2014

中国当代文学年鉴

年度文献

文学创作概况

文学理论与批评综述

文学出版与阅读概况

文学活动纪事

中国现代文学馆

中国当代文学年鉴中心 编

百花洲文艺出版社

BAIHUAZHOU LITERATURE AND ART PRESS

目录

年度文献

文学创作概况

文学理论与批评综述

文学出版与阅读概况

文学活动纪事

年度文献

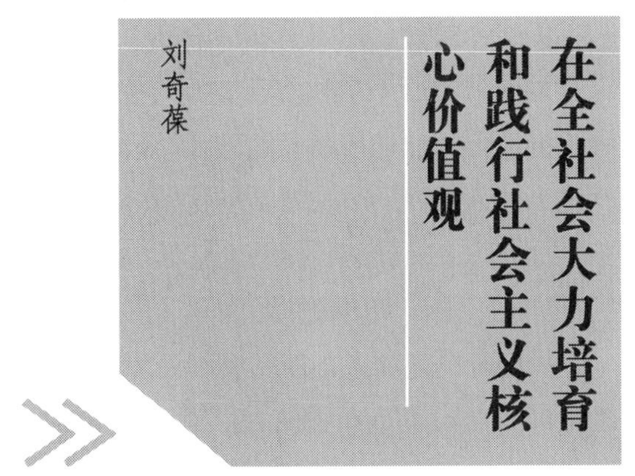

在全社会大力培育和践行社会主义核心价值观

刘奇葆

党的十八大以来，中央高度重视培育和践行社会主义核心价值观。习近平总书记多次作出重要论述、提出明确要求。中央政治局围绕培育和弘扬社会主义核心价值观、弘扬中华传统美德进行集体学习。中办下发《关于培育和践行社会主义核心价值观的意见》。党中央的高度重视和有力部署，为加强社会主义核心价值观教育实践指明了努力方向，提供了重要遵循。

一、把培育和践行社会主义核心价值观作为一项根本任务抓紧抓好

社会主义核心价值观是社会主义核心价值体系的内核。党的十八大提出培育和践行社会主义核心价值观的根本任务，强调要倡导富强、民主、文明、和谐，倡导自由、平等、公正、法治，倡导爱国、敬业、诚信、友善。这“三个倡导”24个字，凝练概括了国家的价值目标、社会的价值取向和公民的价值准则，是社会主义核心价值观的基本内容。培育和践行社会主义核心价值观，是我们党立足推进中国特色社会主义伟大事业、实现中华民族伟大复兴中国梦的全局作出的重大决策，是凝魂聚气、强基固本的基础工程、战略工程，具有重大的现实意义和深远的历史意义。

从适应国内国际大局深刻变化看，我国正处在大发展大变革大调整时期，在前所未有的改革、发展和开放进程中，各种价值观念和社会思潮纷繁复杂。国际敌对势力正在加紧对我实施西化分化战略图谋，思想文化领域是他们长期渗透的重点领域。面对世界范围思想文化交流交融交锋形势下价值观较量的新态势，面对改革开放和发展社会主义市场经济条件下思想意识多元多样多变的新特点，迫切需要我们积极培育和践行社会主义核心价值观，扩大主流价值观念的影响力，提高国家文化软实力。

从推进国家治理体系和治理能力现代化要求看，培育和弘扬核心价值观，有效整合社会意识，是国家治理体系和治理能力的重要方面。全面深化改革，完善和发展中国特色社会主义制度，推进国家治理体系和治理能力现代化，必须解决好价值体系问题，加快构建充分反映中国特色、民族特性、时代特征的价值体系，在全社会大力培育和弘扬社会主义核心价值观，提高整合社会思想文化和价值观念的能力，掌握价值观念领域的主动权、主导权、话语权，引导人们坚定不移地走中国道路。

从提升民族和人民的精神境界看，核心价值观是精神支柱，是行动向导，对丰富人们的精神世界、建设民族精神家园，具有基础性、决定性作用。一个人、一个民族能不能把握好自己，很大程度上取决于核心价值观的引领。发展起来的当代中国，更加向往美好的精神生活，更加需要强大的价值支撑。要振奋起人们的精气神、增强全民族的精神纽带，必须积极培育和践行社会主义核心价值观，铸就自立于世界民族之林的中国精神。

从实现民族复兴中国梦的宏伟目标看，核心价值观是一个国家的重要稳定器，构建具有强大凝聚力感召力的核心价值观，关系社会和谐稳定，关系国家长治久安。实现"两个一百年"的奋斗目标，实现中华民族伟大复兴的中国梦，必须有广泛的价值共识和共同的价值追求。这就要求我们持续加强社会主义核心价值体系和核心价值观建设，巩固全党全国各族人民团结奋斗的共同思想基础，凝聚起实现中华民族伟大复兴的中国力量。

培育和弘扬社会主义核心价值观，要深入学习贯彻十八大和十八届二中、三中全会精神，学习贯彻习近平总书记系列讲话精神，紧紧抓住"三个倡导"24个字，综合运用教育引导、舆论宣传、文化熏陶、实践养成、政策制定、制度保障等方式，把社会主义核心价值观融入国民教育全过程，落实到经济社会发展各方面，使之内化为人们的精神追求、外化为人们的自觉行动。应总体考虑，从国家、社会、公民三个层面开展宣传教育。

在国家层面，紧紧围绕"富强、民主、文明、和谐"的价值目标，广泛开展理想信念教育，不断深化中国特色社会主义和中国梦宣传教育，宣传阐释发展社会主义市场经济、民主政治、先进文化、和谐社会、生态文明的深刻内涵和重大意义，引导人们坚定道路自信、理论自信、制度自信，把个人理想融入国家富强、民族振兴、人民幸福的伟大事业之中。

在社会层面，紧紧围绕"自由、平等、公正、法治"的价值取向，宣传阐释马克思主义自由观、平等观，深入开展法制教育、形势政策教育、民族团结进步教育，加强和改进思想政治工作，推进社会治理创新，促进社会公平正义，培育良好社会心态，建设充满活力又和谐有序的现代社会。

在公民层面，紧紧围绕"爱国、敬业、诚信、友善"的价值准则，深入开展爱国主义教育，大力弘扬中华民族传统美德，推进公民道德建设工程，加强社会公德、职业道德、家庭美德和个人品德教育，宣传学习先进典型，推进精神文明创建活动，引导人们讲道德、尊道德、守道德，形成根基雄厚的崇德向善的人民力量。

社会主义核心价值观是由我国的经济基础和政治制度决定的，属于社会意识范畴，必然也必须体现在经济社会发展各领域，体现在人们生产生活和日常交往之中，体现在政策制度、法律法规各方面。培育和践行社会主义核心价值观，不是孤立的工作，而是一项系统性、综合性的工程，必须在国家发展总的目标下与各方面工作紧密结合起来、协调推进。如果抓不好结合，就会造成“两张皮”；如果制定的政策法规、设计的具体制度、开展的实际工作，与社会主义核心价值观相背离，就会变成“对台戏”。要把培育和践行社会主义核心价值观，与学习贯彻习近平总书记系列讲话精神结合起来，与贯彻落实中央重大方针政策和决策部署结合起来，与推进改革开放和社会主义现代化实践结合起来，与各项重大主题宣传教育活动结合起来，通过广泛的教育实践活动，使社会主义核心价值观落地生根、枝繁叶茂，像空气一样无所不在、无时不有。

培育和践行社会主义核心价值观，是一个长期的过程，不可能毕其功于一役。开展社会主义核心价值观宣传教育，首先要在全社会叫响“三个倡导”24个字，广泛进行宣传、深入研究阐释，使之家喻户晓、众人皆知。同时，要全面系统、分层面、有重点地开展宣传教育，加强分类设计，梳理出各个阶段、各个领域的工作重点，一步一步地向前推进，积少成多、聚沙成塔，垒石成峰、水到渠成，引导人们不断加深对社会主义核心价值观的理解，融化在心灵里、体现在行为中。

二、弘扬中华优秀传统文化，加强道德教育实践，引导人们自觉践行社会主义核心价值观

习近平总书记指出，中华文化源远流长，积淀着中华民族最深层的精神追求，代表着中华民族独特的精神标识，为中华民族生生不息、发展壮大提供了丰厚滋养。中华优秀传统文化蕴藏着丰富的思想资源，包含着优秀的传统美德，必须坚持客观、科学、礼敬的态度，认真汲取中华优秀传统文化的思想精华和道德精髓，做好创造性转化和创新性发展，激活其生命力，增强其影响力和感召力，为涵养社会主义核心价值观提供重要源泉。要继承和弘扬中华优秀传统文化和传统美德，广泛开展道德教育实践活动，大力普及“爱国、敬业、诚信、友善”等基本道德规范，增强人们的价值判断力和道德责任感，不断提高人们道德水平、提升人们道德境界。

1.抓好学雷锋志愿服务活动。学雷锋志愿服务是美好的道德行为和重要的道德实践，是培育助人为乐、团结友善文明风尚的有效途径。要大力弘扬“奉献、友爱、互助、进步”的志愿精神，以社区为依托，以关爱空巢老人、留守儿童、困难职工、残疾人为重点，精心设计开展形式多样的志愿服务活动，把志愿服务做到基层、做进社区、做进家庭。坚持志愿服务活动与

学雷锋活动相结合，大力弘扬雷锋精神，推出一批学雷锋示范点和岗位学雷锋标兵，引导人们立足岗位学雷锋、走上社会学雷锋。贯彻落实《关于推进志愿服务制度化的意见》，完善长效工作机制和活动运行机制，探索建立中国特色志愿服务制度，推进志愿服务制度化，促进学雷锋活动常态化。

2.抓好孝敬教育。百善孝为先，孝乃德之本。古代二十四孝的故事流传至今，当代众多的孝敬典范有口皆碑，孝亲敬老已经内化为中华民族的文化心理和精神基因。要大力弘扬孝道，培养人们的孝心、爱心，引导人们感念父母的养育之恩、感念长辈的关爱之情，养成孝顺父母、尊敬师长、敬老助老的良好品质。家风是无言的教育，家教对一个人价值观的形成有着重要作用。中华民族历来重视家风的培育和传承，颜之推的《颜氏家训》，朱柏庐的《治家格言》，傅雷的家书家信，都堪称当时家风家教的典范。要适应现代社会家庭组织、家庭结构的深刻变化，加强以孝亲敬老为基础的家风家教建设，把中华孝道和敬老之风一代一代传承下去。

3.抓好诚信教育。诚实守信是做人做事的道德底线，是道德建设的基础。市场经济在推动经济社会发展的同时，也带来了拜金主义、一切向钱看的有害思想观念，导致一些人信用意识淡薄，社会信任感下降，诚信缺失、造假欺诈已成为当前社会的一大问题。要广泛开展诚信教育，精心组织诚信创建活动，在全社会积极倡导讲诚实、重信用、守承诺，引导人们树立守信光荣、失信可耻的观念，真诚做人、守信做事。加强政务诚信、商务诚信、社会诚信和司法公信建设，大力推进诚信建设制度化，把诚信作为管理的重要原则，推动有关部门和机构建立健全社会征信体系，深入开展道德领域突出问题专项教育治理，建立“红黑榜”发布制度，褒扬诚信、惩戒失信，营造诚实守信的社会环境。

4.抓好勤劳节俭教育。勤劳节俭是中华民族的优良品德，是国家发展、社会进步的精神需求和实际需要。过去，生产落后、条件艰苦，需要勤劳节俭；今天，经济发展了，生活改善了，同样需要勤劳节俭。在物质条件好转的情况下，一些人好逸恶劳、好吃懒做思想严重起来，一些领域铺张浪费、豪华奢靡现象正在滋长，餐桌上的铺张、舌尖上的浪费可谓触目惊心。懒惰和浪费损失的不仅仅是物质成果，更严重的是损毁了积极向上的民族精神和人的道德情操。要广泛宣传中华民族吃苦耐劳、戒奢克俭的优良传统，任何时候都不能丢掉中华民族勤劳节俭的崇高品格。开展全民性的节粮、节水、节电、节约钱物等活动，特别要突出节粮节水的教育，从娃娃抓起，从幼儿园、各级各类学校、各个单位抓起，从每个家庭抓起，努力营造劳动光荣、懒惰可耻，节约光荣、浪费可耻的浓厚社会氛围。

三、在抓好融入上下功夫，把培育和践行社会主义核心价值观的任务落到实处

一种价值观要真正发挥作用，必须融入实际、融入生活，让人们在实践中感知它、领悟它、接受它，达到潜移默化、润物无声的效果。可以说，融入的程度，反映着工作的力度和深度，决定着工作的进展和成效。要下力气做好融入这篇大文章，把培育和践行社会主义核心价值观的工作做深入、做扎实。

1.融入各行各业的实际工作。各行各业虽然领域不同、性质不同、业务不同，但培育和践行社会主义核心价值观的要求是一致的。在实际工作中，无论是机关、学校还是企业事业单位、社会组织，无论是生产经营领域还是社会服务领域，都要充分体现社会主义核心价值观的要求，形成各方面工作与核心价值观建设同频共振、同向同行的强大正效应。各行各业要深化拓展精神文明创建活动，加强职业道德建设，开展行风评议，规范行业行为，彰显正确价值导向，使社会主义核心价值观在本行业本领域深深扎根。

2.融入大众的日常生活。培育和践行社会主义核心价值观，必须与人们日常生活紧密联系起来，在落细、落小、落实上下功夫，形成有利于弘扬社会主流价值的生活情景和社会氛围，收到“百姓日用而不知”的效果。要按照社会主义核心价值观的基本要求，完善市民公约、乡规民约、学生守则等行为准则，使社会主义核心价值观成为人们日常生活的基本遵循。礼仪是宣示价值观、教化人们的有效方式。要有内涵地建立和规范一些礼仪制度，开展有庄严感的典礼，如升国旗仪式、成人仪式、入党入团入队入学仪式等，同时利用重大纪念日、祭奠日、民族传统节日等开展有教育意义的纪念活动，弘扬主流价值观念，传递社会正能量。

3.融入政策制度、法律法规的制定实施。社会主义核心价值观规定着我国政策制度、法律法规的性质和方向，具体的政策制度、法律法规又直接影响着人们对社会主义核心价值观的认同。要结合推进国家治理体系和治理能力现代化的实践，结合全面深化改革的进程，做好有关政策、法规的制定和修订工作，把社会主义核心价值观的要求体现到各方面政策制度、法律法规之中，形成有利于培育和践行社会主义核心价值观的政策支持和法律保障。要充分发挥政策、法规的导向和约束作用，使正确行为得到鼓励、错误行为受到制约，强化人们践行社会主义核心价值观的行动自觉。

4.创新工作方法手段。培育和践行社会主义核心价值观，必须适应形势发展变化，契合群众的心理特点和接受习惯，努力创新方式方法，有针对性地设计载体、搭建平台，不断提高工作的吸引力和实效性。要结合实际不断探索创新。一是运用现代技术手段，在“微”字上下功夫。现在，网络发展、信息传播进入了一个“微时代”，要充分运用微博、微信、微视、微电影等方式，增强针对性和互动性，扩大社会主义核心价值观网上宣传的覆盖面和影响力。二是运用文艺表现形式，在以文化人上下功夫。充分发挥文化的教育功能，推出更好更多的优秀文

艺作品，开展丰富多彩的主题文化活动，运用各种形式生动形象地传播社会主义核心价值观。三是运用先进典型宣传，在示范引导上下功夫。典型的力量是无穷的。这些年，重大典型、最美人物、身边好人的宣传产生了非常好的效果，要不断总结、不断提高，把重大典型宣传与最美人物、身边好人宣传结合起来抓，形成群星灿烂与七星共明的先进群体结构，产生覆盖全面、远近皆宜的示范效应。四是在公益广告宣传上下功夫。这是传播社会主义核心价值观的有效形式，要制作刊播一批"我们的价值观"主题公益广告作品，突出思想内涵、丰富表现形式，增强传播力和感染力。同时，在培育和践行社会主义核心价值观的过程中，要坚持党员干部带头，突出青少年这个重点，发挥好公众人物的作用，推动形成全体人民共同践行的生动局面。

培育和践行社会主义核心价值观是一项复杂的系统工程，是全党全社会的共同责任。我们要把这项工作摆在全局工作的重要位置，奋发进取、锐意创新，有力有效加以推进，全面提高公民道德素质，增强全社会的价值观自信，为实现中华民族伟大复兴的中国梦提供坚强思想道德支撑。

（原载《人民日报》2014年3月5日第6版）

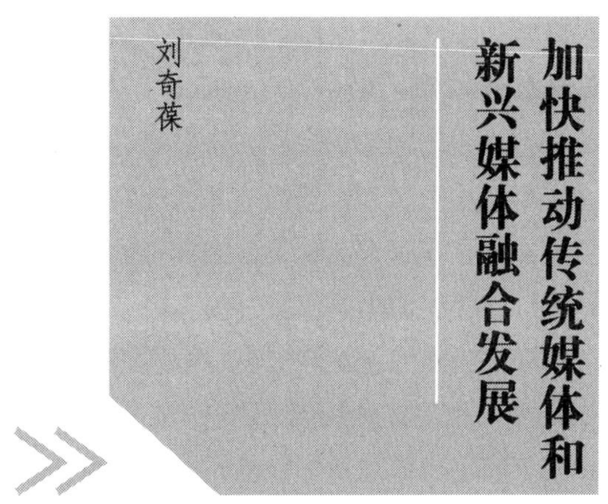

加快推动传统媒体和新兴媒体融合发展

刘奇葆

推动传统媒体和新兴媒体融合发展，是党中央着眼巩固宣传思想文化阵地、壮大主流思想舆论作出的重大战略部署。习近平总书记强调，要加快传统媒体和新兴媒体融合发展，充分运用新技术新应用创新媒体传播方式，占领信息传播制高点。党的十八届三中全会提出，要整合新闻媒体资源，推动传统媒体和新兴媒体融合发展。我们要认真学习领会中央精神，进一步统一思想、提高认识，切实增强推动媒体融合发展的紧迫感、责任感、使命感。

一、推动媒体融合发展是一项紧迫的战略任务

当前，网络和数字技术裂变式发展，带来媒体格局的深刻调整和舆论生态的重大变化，新兴媒体发展之快、覆盖之广超乎想象，对传统媒体带来很大冲击。从媒体发展格局看，传统媒体的受众规模不断缩小，市场份额逐渐下降，越来越多的人通过新兴媒体获取信息，青年一代更是将互联网作为获取信息的主要途径。从舆论生态变化看，新兴媒体话题设置、影响舆论的能力日渐增强，大量社会热点在网上迅速生成、发酵、扩散，传统媒体的舆论引导能力面临挑战。从意识形态领域看，互联网已经成为舆论斗争的主战场，直接关系我国意识形态安全和政权安全。可以说，传统媒体已经到了一个革新图存的重要关口。面对这种严峻形势，推动传统媒体和新兴媒体融合发展刻不容缓，必须跟上时代发展步伐，加快融合发展进程，这是我们应当肩负起的历史责任。

媒体融合发展是传媒领域一场重大而深刻的变革。传统媒体和新兴媒体可能不是一个简单的此消彼长的关系，而是在一定条件下、比如在融合发展的条件下此长彼长的态势。传统媒体和新兴媒体的关系，大体经历了三个阶段，一是传统媒体建设新兴媒体，二是传统媒体和新兴

媒体互动发展，三是传统媒体和新兴媒体融合发展，现在正进入第三个阶段。目前，很多媒体都开始了融合发展的探索，也有不少亮点。在今年全国两会宣传报道中，中央主要媒体加强互动融合，通过网站、微博、微信、客户端等，立体化、互动式、全天候传播两会信息，发出主流声音，成为融合发展的一次大探索。同时也要看到，融合发展是一个全新的课题，我们在许多方面还存在跟不上、不适应、不到位的问题，必须进一步提高思想认识，加强统筹规划，制定总体思路，明确工作目标，在融合发展之路上走稳走快走好。

推动媒体融合发展要按照积极推进、科学发展、规范管理、确保导向的要求，以中央主要媒体为龙头，以重点项目为抓手，坚持传统媒体和新兴媒体优势互补、一体发展，坚持先进技术为支撑、内容建设为根本，推动传统媒体和新兴媒体在内容、渠道、平台、经营、管理等方面深度融合，加快建设形态多样、手段先进、具有强大传播力和竞争力的新型主流媒体，努力达到世界一流水平。

新闻媒体是党和人民的喉舌。推动媒体融合发展，要始终坚持党管媒体原则，坚持团结稳定鼓劲、正面宣传为主方针，把正确导向贯穿到融合发展的各环节、全过程，使融合后的媒体继续成为主流媒体，不断巩固壮大主流思想舆论。

二、努力形成适应媒体融合发展的观念和认识

观念引领行动，认识推动实践。总的来说，我们对媒体融合发展的趋势看得越来越清楚，但在实际工作中还存在一些滞后认识和观念偏差。有的满足现状，患得患失，担心打破原有格局，认为融合发展多此一举、没有必要，不搞融合发展也还能活；有的存在畏难情绪和惰性心理，对融合发展缺乏信心，不愿试不愿闯，坐等给政策、给资金、给项目；还有的存在惯性思维，用办传统媒体的方法来对待融合发展，拿出的方案、提出的措施往往不对路。这些问题和现象的根源，就是没有挪动屁股、更新观念，没有跳出传统媒体的本位和思维。推动媒体融合发展，首先要解放思想，破除陈旧观念的束缚，形成适应融合发展的新观念新认识。

一是树立一体化发展观念。一体化发展，是媒体融合的内在要求和基本方向。现在，传统媒体都在积极发展新媒体业务，办了新闻网站、开了法人微博、建了客户端，实现了互动发展。但传统媒体业务与新媒体业务总体上还是并行的，整体优势没有充分发挥出来。要树立传统媒体和新兴媒体一体化发展的理念，实现各种媒介资源、生产要素的有效整合，实现信息内容、技术应用、平台终端、人才队伍的共享融通，形成一体化的组织结构、传播体系和管理体制，做到你中有我、我中有你。

二是强化互联网思维。推动媒体融合发展，很重要的就是要充分运用网络技术手段去改造传统媒体，这就要求我们必须用全新的互联网思维，来谋划和推进各项工作。要适应新兴媒体

平等交流、互动传播的特点，树立用户观念，改变过去媒体单向传播、受众被动接受的方式，注重用户体验，满足多样化、个性化的信息需求。要适应新兴媒体即时传播、海量传播的特点，树立抢占先机的意识，高度重视首创首发首播，充分挖掘和整合信息资源，在信息传播中占据主动、赢得优势。要适应新兴媒体充分开放、充分竞争的特点，树立全球视野，强化市场观念，提高市场营销和产品推介能力，做大做强自身品牌。

三是增强借力发展意识。推动媒体融合发展，要加强自主建设，提高技术研发创新能力。但在互联网飞速发展、新技术新应用层出不穷的今天，融合发展所需要的技术都靠自己研发，是不可能的，也没有必要。要打破小而全、大而全的观念，能用社会的、别人的技术要尽量用，不能关起门来搞融合，什么都自己来建。要通过多种形式，充分利用别人成熟的技术、平台、渠道、手段等借力推进，实现更好更快发展。

四是发扬攻坚破难精神。媒体融合发展是一场全方位的革新，也是一场新的艰苦创业征程。它不同于以往的改版扩版和栏目调整，也不是在原有框架下修修补补，如果不思进取、怕这怕那，工作就难以推进。要以浴火重生的胆识、你行我更行的气度，勇于挑起担子、把责任扛在肩上，解难题、啃骨头、往前走。要站在新兴媒体发展前沿，解放思想、大胆探索、锐意创新，加快融合发展步伐，实现赶超、争创一流。

三、瞄准和利用最新技术推动融合发展

科学技术是第一生产力。现代科技的加速发展，推动新闻传播从“铅与火”、“光与电”走到了“数与网”。新兴媒体诞生和发展的过程，实际上就是网络技术和信息内容相互结合与发展的过程。技术与内容互为支撑、相互融合，是一体之两翼、驱动之双轮，共同构成核心竞争力。现在，传统媒体在技术研发应用、升级维护方面还很滞后，网络技术的短板制约了自身的发展。融合发展要实现突破，关键是顺应互联网传播移动化、社交化、视频化的趋势，把当今可用的技术都囊括到我们的视野中来，进入到我们的项目设计，用最好的技术，达到最好的水准，取得融合发展最佳效果。

一是利用大数据和云计算技术推进新闻生产。大数据和云计算是当前具有代表性的两种新技术，这两种技术的发展和运用深刻影响着社会生产生活，为创新新闻生产开辟了广阔空间。在媒体融合发展过程中，我们要重视和用好这两种技术，优化媒体内容制作、存储、分发流程，提升数据处理能力，为内容生产和传播提供强大支撑。运用大数据和云计算技术，首先要掌握海量的数据资源。经过几十年的发展，新闻媒体积累了丰富的数据资源，这是我们的宝贵财富。要把这些优势资源整合起来，建设和完善专业化、规模化、现代化的内容数据库，同时加强对各方面数据的收集整理，不断夯实融合发展的信息资源基础。要加强数据新闻生产，充

分挖掘大数据背后潜藏的新闻价值，拓宽新闻来源、丰富新闻内容，为用户提供高质量的新闻信息产品。

二是利用移动互联技术实现弯道超车。现在，移动互联网发展很快，智能手机、平板电脑等移动终端已成为人们上网获取信息的最主要手段。有人说，未来的世界是移动互联的世界。近两年，国外很多大型传媒机构都在向移动互联网布局，但总体来说，大家起步的时间、相互的差距并不大，我们在移动互联网上多下功夫，就很可能实现弯道超车。从目前来看，客户端是访问移动互联网主要入口，也是比较成熟的技术应用，很多媒体都开发了移动客户端，要办出特色、办出影响。要加强手机网站建设，丰富信息内容，完善服务功能，着力打造移动互联网上的新闻门户。同时，积极利用移动通信技术平台，办好手机报，促进其规范有序发展。商业网站在移动客户端、手机浏览器、应用商店等方面技术比较成熟，要积极关注、善加利用，借助他们的技术和平台，扩大在移动终端的覆盖面和影响力。

三是利用微博微信技术拓宽社会化传播渠道。互联网社交类应用日益普及，社交网站已成为互联网新业务的服务入口和用户来源。去年底，月球车“玉兔”微博在网上亮相，用拟人化的口吻播报探月计划，并用网络语言与网友互动，吸引和感动了很多人。推动媒体融合发展，要密切关注并有选择地发展社交类应用和技术，促进社交平台与新闻传播平台有效对接，增强平台粘性，集聚更多的忠实用户。要借助商业网站的微博、微信等技术平台，建好法人账号，扩大用户规模，提升传播效果。

还要看到，信息网络技术发展日新月异，更新换代的周期越来越短，比如4G技术已开始应用和推广，可折叠电子纸、可穿戴设备、5G技术等呼之欲出，将会带来信息传播新的变革。我们必须紧盯技术前沿，瞄准发展趋势，不断以新技术新应用引领和推动媒体融合发展。

四、进一步增强媒体信息内容的核心竞争力

对于新闻媒体来说，内容永远是根本，是决定其生存与发展的关键所在。应当看到，“报纸”是两个部分，一个是“报”，一个是“纸”。“报”是传播的内容，融合发展就是为了使“报”适应和运用新的技术、新的方式，更好地加以生产和传播。“纸”是传播的载体，是物质的、技术的，现在就是要用新的技术来换旧的技术，用互联网技术、电子技术来换“纸”。可以说，“报”是核心，“纸”是为“报”服务的。推动媒体融合发展，在强调技术引领和驱动的同时，必须始终坚持“内容为王”，把内容建设摆在十分突出的位置，以内容优势赢得发展优势。

一是在品质上追求专业权威。传统媒体在信息采集核实、分析解读等方面，有着新兴媒体无法比拟的优势。要通过融合发展，最大限度地把这个优势发挥出来，延伸和拓展到新兴媒

体。要依托强大的采编力量、权威的信息渠道、规范的采编流程，进行专业化的新闻生产，着力打造优质的新闻产品，确保网上网下的报道真实准确、全面客观。要加强信息资源的挖掘和加工，深耕信息内容，推出思想性强、观点鲜明的深度报道和评论言论，进一步提升信息内容的品质。

二是在传播上注重快捷精简。新兴媒体传播的一个重要特点就是微传播，各种微内容、微信息高速流动、跨平台流动，用户随时随地能够获取信息。这就要求我们多在“微”字上做文章，多生产精准短小、鲜活快捷、吸引力强的信息，在传播中抢得先机。要用好微博、微信等传播平台，形成即时采集、即时发稿的报道机制，努力抢占第一落点。要加强短视频、微视频的创作生产，丰富报道方式，把报道内容直观形象地呈现出来。

三是在服务上注重分众化互动化。现在，一般化的信息不再是稀缺资源，人们的个性化需求越来越多，倒逼内容生产必须在特色化、分众化上下功夫。在媒体融合发展的过程中，既要提供共性新闻产品，也要加强个性化新闻生产。要认真研究用户的不同需求，有针对性地生产特色信息产品，点对点推送到用户手中，做到量身订做、精准传播，提高新闻宣传的实效性。互动是新兴媒体的独特优势和显著特征，在融合发展的进程中进行内容生产，必须将互动思维渗透到采编播各个环节。要加强媒体与用户间的互动交流，吸引用户提供新闻线索、报道素材和意见建议，提高用户的关注度和参与度，在互动中参与，在参与中传播。

四是在展示上实现多媒体化。在新媒体环境下进行新闻生产，必须采取多媒体化的展示方式，以多样化的展示、多介质的推送，使我们的新闻报道动起来、活起来。去年，互联网上有一段5分多钟的视频“领导人是怎样炼成的”，用动漫的形式讲述了中国领导人的选拔过程，把我们的领导人以卡通人物的形象展现在公众面前，短短几天点击量超过1000万次，社会反响很好。在媒体融合发展的过程中，要综合运用图文、图表、动漫、音视频等多种形式，实现内容产品从可读到可视、从静态到动态、从一维到多维的升级融合，满足多终端传播和多种体验的需求。

五、建立适应融合发展的组织结构、传播体系和管理体制

推动媒体融合发展，既需要进行技术升级、平台拓展、内容创新，也需要对组织结构、传播体系和管理体制作出深刻的调整和完善。从目前情况看，我们的一些体制机制还不能适应融合发展的要求，束缚了新闻生产力的发展。要加快改革步伐，积极探索创新，推动形成一体化发展的体制机制，为融合发展提供坚实保障和有力支撑。

一是重组媒体内部组织结构。在融合发展过程中，媒体内部组织结构的重组是一大难点。要根据融合发展的需要，加强新兴媒体的力量，改变传统媒体和新兴媒体分立单干的状况，推

动传统媒体和新兴媒体深度融合。要重构新闻采编生产流程，升级采编系统，建立统一指挥调度的多媒体采编平台，实现新闻信息一次采集、多种生成、多元传播。要转变用人机制，建立统一的人才管理体系，加大新兴媒体内容生产、技术研发、资本运作和经营管理人才的培养引进力度，优化人才结构、统一调配使用。要完善绩效考核机制，探索媒体融合发展条件下吸引人才、留住人才、用好人才的有效办法，形成干事创业的良好环境。

二是构建现代化的立体传播体系。传播力关系影响力。要通过融合发展，加快构建现代化的立体传播体系，丰富传播形态和传播样式，拓展传播渠道和平台终端，使媒体传播更加快捷、覆盖更加广泛，做到“用户在哪里，我们就覆盖到哪里”。在现行体制下，办报纸的、办通讯社的、办电台电视台的，功能不同、各有定位。要从各自实际出发，积极探索适合自己的融合发展模式，科学规划传播体系基本架构，明确各自的战略方向和发展重点，构建立体化、广覆盖的传播格局。

三是建立科学有效的媒体管理体制。推动媒体融合，必须坚持一手抓发展，一手抓管理。要理顺管理体制，破除制约融合发展的体制机制壁垒，对网上网下、不同业态进行科学管理、有效管理，努力提高管理的科学化水平，使传播秩序更加规范。要推动媒体资源整合，着力解决功能重复、内容同质、力量分散的问题，优化资源配置，进一步解放新闻生产力。

推动传统媒体和新兴媒体融合发展，既是战略任务，也是紧迫任务。我们要锐意进取、奋发有为、扎实工作，不断开创媒体融合发展的新局面，开辟党的新闻事业新天地。

（原载《人民日报》2014年4月23日）

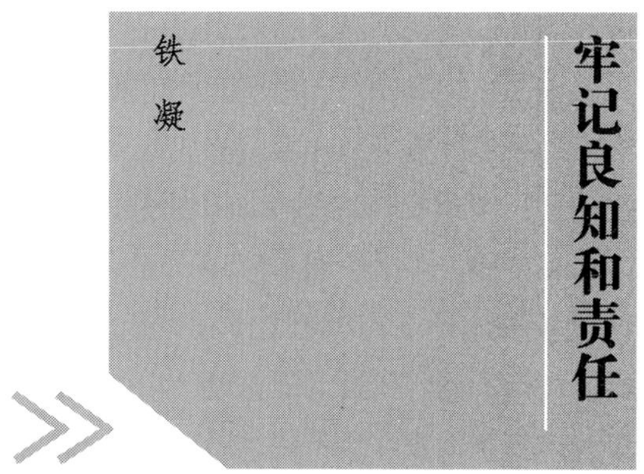

牢记良知和责任

铁凝

今天，在新的历史起点上，党中央召开这样一个文艺座谈会，对于激励和引导全国文艺工作者，全身心地投入到实现中华民族伟大复兴中国梦的宏伟事业中去，具有重大而深远的意义。

新时期以来，特别是新世纪以来，广大作家响应时代的召唤，坚持以人民为中心的创作导向，弘扬社会主义核心价值观，创作出大批思想性和艺术性相统一的优秀作品，中国文学事业呈现出大繁荣大发展大团结的生动局面。回顾走过的道路，我们深刻地认识到，中国文学的繁荣离不开党的文艺政策的指引，离不开党中央的亲切关怀。党为文学发展指明了方向，营造了良好的大环境、大气候。“二为”方向和“双百”方针是中国社会主义文学的命脉。在党的文艺政策指引下，作家的创作和作品出版的空间越来越广阔，深入生活得到了很多具体、实在的帮助。党的关怀激励着作家为人民书写、为时代放歌。

很多同志都会想起习近平总书记当年所写的那篇《忆大山》，我和许多作家朋友一样，都从这篇文章中感受到那种情深意长的温暖。作家特别关注细节，《忆大山》中的很多细节令人难忘。比如，总书记当年经常和贾大山促膝长谈，有时夜深了，院门关了，他们一起悄悄地从大铁门上翻过。比如，贾大山是总书记到正定后第一个登门拜访的对象，而在贾大山垂危时，总书记又专程前往正定，两人执手相望，留下了贾大山人生的最后一张合影。我们从这些细节中感受到了高山流水般的相知相敬，我们也从正定一个作家的小院想到了延安的窑洞，体会到了党对广大作家的尊重、信任和爱护，对“人类灵魂工程师”的深切期许。

我一直在想，是什么使他们结下了那样深挚的友谊？我想这是因为贾大山同志的高尚人品，同时也是因为贾大山是一个深深扎根于人民之中的作家。在他的讲述中、在他的作品里，我能够强烈地感到，他的呼吸就是广大农民的呼吸，他眼中的光就是照亮着无数劳动者心灵的光。他的笔下凝注着人民疾苦忧患的重量。正如习近平同志所说，“他从来也没有把自己的命运与党和国家、人民的命运割裂开”，“他更没有忘记一名作家的良知和责任”。

“良知和责任”，正是因此，我们的人民和我们的作家心心相印。文学从来就不仅是作家个人的事业，中华文化有着悠久深厚的“诗教”传统，文学一向被看作是正人心、化风俗的重要途径，“让人们在潜移默化中感悟人生，增强明辨是非、善恶、美丑的能力，更让人们看到光明和希望，对生活充满信心”。从古至今，那些伟大的作家们，从未放弃他们对家国天下、对民族命运的责任，他们作品呼应着人民的忧乐，深沉地表达着把中华民族从根本上凝聚在一起、使人们向上、奋进的思想和情感。牢记良知和责任，这是党和人民对广大文学工作者的郑重嘱托，我们要有担当的气概，不辜负党和人民对作家的期待。

马克思早年就指出，“人民历来就是作家‘够资格’和‘不够资格’的唯一判断者。”如何面对和迎接这样的“判断”，中国文学在百年的发展中积累了丰富的经验，也提炼出了一个颠扑不破的真理，那就是，文学什么时候与人民共呼吸、共命运，文学之树就会枝繁叶茂，什么时候离开和违背了人民，文学之树就会枯萎凋零。这一点，一再地为历史所证明，它仍会被未来的历史所印证。今天的座谈会上习总书记将要发表重要讲话，我们一定要学习贯彻总书记的重要讲话精神，使中国文学的创造力更充分地激发和挥洒，为中国社会主义文学繁荣做出新的贡献！

（原载人民网2014年10月16日）

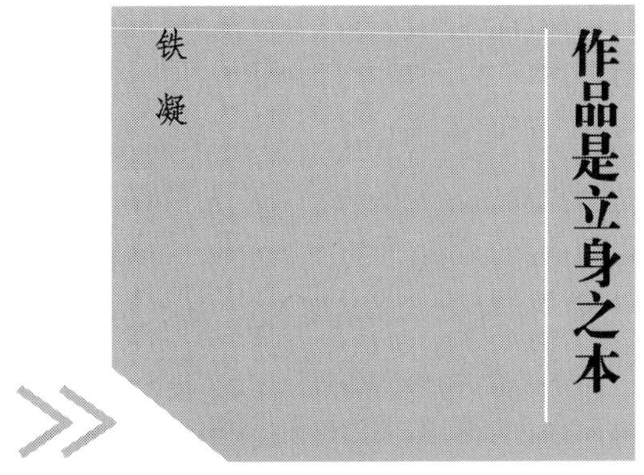

作品是立身之本

铁凝

一个作家，什么是他的立身之本？毫无疑问，是作品。正是在有价值的文学作品中，写作者独一无二的声音被听到，他的独特发现和创造令人赞叹、折服，我们由此看到世界本来是什么样子，可能是什么样子，应该是什么样子。优秀的作品通向深微的人心，传达着人们美好的希望和梦想，潜移默化地改变着人的精神，引领一个时代的风气。习近平总书记在文艺工作座谈会上的讲话，把创作生产优秀作品作为文艺工作的中心环节，他强调："推动文艺繁荣发展，最根本的是要创作生产出无愧于我们这个伟大民族、伟大时代的优秀作品。"他要求广大作家深刻认识到"创作是自己的中心任务，作品是自己的立身之本，要静下心来、精益求精搞创作，把最好的精神食粮奉献给人民"。

中国的改革开放已经30多年，在历史巨变与社会发展的进程中，人的精神面貌发生了很大的变化，中国人的生存状态与过去迥然不同。今天的社会为什么仍然需要文学？这是因为好的文学有能力表现一个民族最富活力的呼吸，有能力传达一个时代最生动、最本质的情绪，有能力呈现不同魅力的文化创造在自己的时代所能达到的最高想象力。在经济社会快速发展、各种矛盾纷繁复杂的条件下，作家应该认真思考如何以文学方式回应我们所处的时代，真正把握时代的潮流，直面人生的诸多难题。信息社会正自信而响亮地踏上经济高速公路，作家在尽情拥抱取之不尽的写作资源时，更应该放慢脚步，留神文学的险情。文学反对轻率，它不应是粗糙的社会情报，不应是某些迅速变换的社会话题的集合，不应仅仅表达一般的时髦意见。作家更不应成为流水线上的素材加工者，他应该感知一个变化着的活力迸发的中国，体会和理解今天的中国人生动而深刻的多样情感。

习近平总书记在讲话中指出文艺创作中的问题——"存在着有数量缺质量、有'高原'缺'高峰'的现象，存在着抄袭模仿、千篇一律的问题，存在着机械化生产、快餐式消费的问题"。这些现象和问题，归根结底，都是浮躁造成的。每个写作者都应该停下来想一想浮躁背后的深层原因是什么？当我们回望过去，就会发现，是对文学发自内心的爱与敬畏，指引着我们走上了这条道路。这就是我们的初心。文学尽可以去表现生活中的各种表演，但是写作的人应该避免表演生活。只有真诚地面对时代、面对生活、面对人生，才能写出生命的明亮的光芒，也写出困苦和焦虑，更写出人们发自内心对未来美好的希望。当作家能不为如何获得关注而焦虑时，他笔下的作品才能“筋道”，才有“韧性”，才能更好地抚慰心灵、引领精神。

一部好的文学作品，除了蕴含精深的思想，还应具有艺术感染力。我曾读到一位法国作家的散文《年轻人与死神》，其中有一小段叙述令我感触深刻，他在形容汉字时写道：“在这个故事中，我们再次领略到东方人描写命运的方式：没有长篇累牍的叙述，只有一个悄悄的手势或几颗书法字。命运的警示似闪电一划而过，根本没有反应的机会。”我注意到的是作家用几“颗”书法字来形容东方的文字，而不是几行、几段、几串、几磅。在这里，“颗”得到了强调，我突然意识到这强调的宝贵——我的母语，汉字的宝贵。一颗珍珠，一颗钻石，一颗种子，一颗星星……一颗汉字。进而我想到，我们必须知道文字和语言对于一个作家的宝贵。就作家所应秉持的信念而言，文字有时的确比生命更重要。面对有难度的文学，有时我们同样需要节制和吝啬，需要尊重文学的本意。

一个正在走向伟大复兴、日益被世界瞩目的民族，她的风骨、精神与文化，特别需要文学的充沛滋养。这是文学和文学工作者不可推卸的历史使命和责任。“实现‘两个一百年’奋斗目标、实现中华民族伟大复兴的中国梦，文艺的作用不可替代，文艺工作者大有可为。”今天，集结号已然吹响，让我们在文学实践中拒绝平庸，潜心创造，“努力创作生产更多传播当代中国价值观念、体现中华文化精神、反映中国人审美追求，思想性、艺术性、观赏性有机统一的优秀作品”。

（原载《人民日报》2014年10月21日）

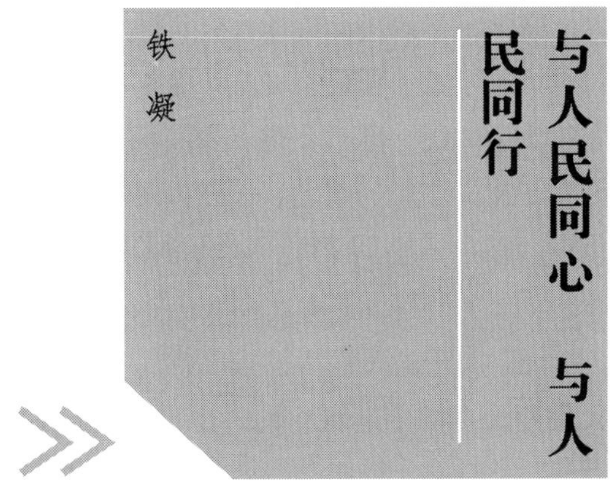

与人民同心 与人民同行

铁凝

我们的文学是人民的文学。什么是人民的文学？就是把满足人民精神文化需求作为文学和文学工作的出发点和落脚点，把人民作为文学表现的主体，把人民作为文学审美的鉴赏家和评判者，把为人民服务作为文学工作者的天职的文学。习近平总书记在文艺工作座谈会上的重要讲话中强调，“社会主义文艺，从本质上讲，就是人民的文艺。文艺要反映好人民心声，就要坚持为人民服务、为社会主义服务这个根本方向。这是党对文艺战线提出的一项基本要求，也是决定我国文艺事业前途命运的关键”。这些重要论述为文学工作提供了思想指导，也使我们更加明确了文学工作的中心任务与主攻方向。

一、坚持以人民为中心的创作导向

文学源于人民，为了人民，属于人民，这是由马克思主义的文学观所决定的。马克思、恩格斯、列宁的著作里都一再地提到人民，人民这一马克思主义的思想谱系中的核心概念，深深地影响着一切进步作家对文学中的人民性的看法，而一个民族优秀的作家，大都是心怀人民的作家。早在19世纪初，普希金《论文学中的人民性》就较早提出人民与文学的联系，而1840年别林斯基又将之加以论述与推进。他说，“文学是人民的意识”，“人民的文学源泉可能不是某种外在刺激或外在的推动力，而只是人民的世界观。每个人民的世界观都是它的精神的种子和要素（本质），亦即它对世界所抱的本能的、内在的看法，有如真理的直觉，生而既有，这种看法构成了人民的力量、生命和意义——它是那含有一种或数种基本色的三棱镜，人民通过它而认出一切事物之存在的秘密”。正是因为心中装有人民，作家普希金才能够成为代表俄罗斯民族并同时是俄罗斯文学代表的普希金。

文学源于人民，为了人民，属于人民，是由我们的社会主义制度的性质决定的。社会主义制度不同于其他任何制度的一个根本点，就在于是否以人民为中心，是否一切依靠人民，是否一切为了人民，是否一切以人民的利益为最终目的。以人民为中心，以广大人民群众作为文学创作与文学工作的基本点，以人民的价值取向作为文学创作的价值取向，而不是以某一个或几个少数阶层或小圈子作为文学创作或工作的目的，这是社会主义文学与其他文学的一个分水岭。

文学源于人民，为了人民，属于人民，同样是20世纪直至今天中国进步文学的优秀传统。人民是历史的创造者，同时也是文学艺术成果的享有者，更是判别一部作品是否优秀的评判者。马克思早年就指出，“人民历来就是作家‘够资格’和‘不够资格’的唯一判断者”。如何面对和迎接人民的判断，中国文学在百年的发展中积累了丰富的经验，也提炼出了一个颠扑不破的真理，那就是，文学什么时候与人民同呼吸、共命运，文学之树就会枝繁叶茂；什么时候离开和违背了人民，文学之树就会枯萎凋零。这一点，一再地为历史所证明。我想，它仍会被未来的历史所印证。

二、坚定人们对美好生活的憧憬和信心

坚定人们对美好生活的憧憬和信心，要自觉了解人民的理想愿望。如何做到对人民的理想愿望了然于心，只有一条路，就是走入人民群众之中，深入基层一线，走进去，沉下来，融进去，听取人民的想法，学习人民的经验，表达人民的心声。人民，是一切伟大作家写作的出发点。周扬同志曾讲，“中国作家中真正熟悉农民、熟悉农村的，没有一个能够超过赵树理。”今天我们要了解中国20世纪30年代到60年代太行山区的生活，了解那个时代晋东南人民的生产劳动、饮食起居、民风民俗、婚丧嫁娶，赵树理的文学是绕不过的。他的《小二黑结婚》写了一对农村青年男女小二黑、小芹冲破重重封建传统而最终争取婚姻自主的故事，《孟祥英翻身》又告诉我们一个太行山区的受欺压的年轻媳妇在党的引领下如何成为一个英雄的故事，还有李有才、田寡妇、潘永福，这一个个具体的农民身上代言着人民的理想和愿望。从某种程度上讲，赵树理的小说，为我们提供了中国新民主主义革命中的中国农村社会发展的一面镜子。何以赵树理能做到这一点？因为他不但来自农民，而且始终不脱离农民，不背弃农民。他了解农民，热爱农民，他是农民的一分子，他笔下的农民有着地道的农民特质，他讲述的是真正属于农民的心灵故事。农民的所思所想、所行所为，在他的文字里不是凭空想象出来的。

坚定人们对美好生活的憧憬和信心，要提高服务作家的意识，以使作家的创作更好地服务人民。生活中有创造，人民中有文学，来自人民生活的文学创造，必须以满足人民的理想愿望作为主要目标。这一目标要求我们要有服务于人民的强烈意识。新中国成立初期，作家柳青

任陕西长安县县委副书记，主管农业互助合作工作。为了更深入地了解农村，1953年他辞去县委副书记的职务，定居皇甫村，在一个破庙改成的住所里，一住就是14年，从而收获了《创业史》。最近我读了一些柳青的作品，他的《怎样沤青肥》《耕畜饲养三字经》以及《1955年秋天在皇甫村》，这些散文杂感类的作品虽不如他的小说知名，但让我了解到了一个作家的所思所想，他的全部心思都在如何使农民过上好的生活上。这是他的小说的来源。作家是通过他的作品服务于人民的，作家协会则通过服务于作家，而使作家更好地服务于人民。作为纽带和桥梁，我们服务于作家的创作，是为了更好地贯彻党的文艺政策，营造文艺创造的氛围，使作家发挥创造力，从而更好地为人民服务。因此我们必须要有理性的认识、清晰的思路、有效的措施。了解作家在创作中的实际困难，并从制度上予以解决。

坚定人们对美好生活的憧憬和信心，要完善引导作家的有力机制。中国现当代文学发展历程中，无论赵树理还是柳青，都为我们提供了丰富的经验，作家前辈们的成功经验提醒我们，必须建立健全一种长效机制，以引导作家深入火热的生活，从生活中汲取丰富的营养，创作出反映时代的伟大作品。我们的“定点深入生活”即是帮助作家贴近实际、贴近生活、贴近群众的一项工程，在人民中建立与人民的血肉联系，在人民中树立为人民的坚定立场。定点深入生活，是我们常设的一个对作家创作进行多方支持的制度，我们并不过多干涉作家的创作，而在他们需要帮助、遇到困难时，伸出援手，提供定点深入生活资金，辅助他们，引导他们，并积极与当地部门联系，为作家深入生活提供一切能够提供的便利条件，以保障作家能够在一个他感兴趣的地方待下来，沉下去，融进去，体察当地人民的生活，积累素材，激发灵感。从这项工程的实际效果看，我们的作家加强了与人民群众的血肉联系，推出了一大批服务人民、引导人民的好作品。

三、让人民精神文化生活不断迈上新台阶

让人民精神文化生活不断迈上新台阶，需要心中时刻装有人民。习近平总书记指出：“随着人民生活水平不断提高，人民对包括文艺作品在内的文化产品的质量、品位、风格等的要求也更高了。”我们的文艺是为广大的人民服务的，怎么服务，是仅只做到满足人民的文化艺术需求浅尝辄止呢，还是以更高的标准要求自己，以提高人民的欣赏水平与审美素养作为自己的职责使命？早在《在延安文艺座谈会上的讲话》中，毛泽东就提出，“人民要求普及，跟着也就要求提高，要求逐年逐月地提高。”普及与提高是一对辩证的关系，正如满足与引导的关系一样，我们的文学绝不仅仅只局限于满足人民现有的艺术需要，而应致力于提高人民的精神文化水平与艺术鉴赏力。如果不明确这一点，不认同这一点，我们的作家就不是一个合格的作家，就配不上“灵魂的工程师”的称号。最近，我读的一篇文章中谈到澳大利亚学者庞尼·麦

克杜尔在为《在延安文艺座谈会上的讲话》译本写的导言中称，毛泽东是“中国第一个把读者对象问题提高到文学创作的重要地位的人”，说得很准确。《讲话》通篇都在讲文艺为什么人的问题，并视之为一个根本的问题、原则的问题。这个“读者对象”就是人民，人民并不是被动的文学的接受者，而是主动的文学参与者，人民不是一个静止不动的抽象的概念，而是一个富有创造力的前进的群体。只有深刻地认识到这一点，才可能做到在更高的层面上为人民服务。

让人民精神文化生活不断迈上新台阶，需要提高作家个人的品质修养。作家的作品反映着作家本人的精神面貌。你的作品要打动人，提升人，前提条件必须是你的作品具备这样的内在品质。这一点当代作家仍要向前辈优秀作家学习。孙犁是文品与人品高度一致的作家，他笔下的水生嫂、吴召儿、秀梅、妞儿、小满儿这些乡村女性形象中，寄托着孙犁一生信仰并追寻的善良的美德。尤其是《铁木前传》中的小满儿，在特定的时代背景下，她并不先进，还似乎是一个落后分子，但孙犁写她“像萤火虫一样四处飘荡”，“在冬天，狂野的风，鼓舞着她的奔流的感情，雪片飘落在她的脸上，就像是飘落在烧热烧红的铁片上”。这种对于乡村女孩子的描写远远超过了当时的那个时代对于乡村女性描写的平均艺术水准，从中我们不但看到了孙犁对于人民的真诚与深情，同时这深情的艺术创造也使人物超越了时间而鲜活如新。

让人民精神文化生活不断迈上新台阶，需要扎实磨炼作家的艺术本领。人民是具体的而不是抽象的，坚持文学的人民性，要认真研究不同群众的思想文化需求，研究他们文化需求的共性与个性，从而面对一个文化赖以生存的经济基础、外部环境均发生了深刻变化的时代，认清人民群众对精神产品的需求的多元化、多样化趋势，多用心在内容、形式、风格等方面的学习，努力提高文学为人民服务的水平。大凡具有艺术感染力的文学作品，都是由具备相当高的艺术传达力的作家所传递和表达的。艺术传达力的获得，没有捷径可走，必得通过对艺术本领的增强才能达到。真正优秀的文学，必得有能力提升读者的精神世界，有能力激发读者“向上、向善”的情怀。中国作家协会近年致力于青年作家与少数民族作家的培养工作，在培训提高作家的艺术能力方面做了大量工作，许多学员都表示，经由鲁迅文学院的学习，在艺术视野与修养上获得了极大的提高。只有一支拥有高审美素质的作家群体，才能写出人民所喜闻乐见的作品，才能以中国特色、中国风格、中国气派的精品力作服务于人民的审美素养的提高。

四、弘扬中国精神、凝聚中国力量

坚持中国道路，文学工作绝不能缺席。坚持和发展中国特色社会主义、实现中华民族伟大复兴的中国梦，是当代中国发展进步的主题，更是中国人民共同的理想。中国梦作为实现中华民族伟大复兴的形象表达，为我们描绘了中国人民在党的领导下共赴未来的美好图景，同时也体现了以习近平同志为总书记的党中央对国家对民族的责任担当。实现中华民族伟大复兴的中国梦，同样给文学工作提出了新的要求。“不日新者必日退。”我们的文学是与共和国的前进一同前进的，中国道路，呼唤着中国特色、中国风格、中国气派，中国人民一直没有停止过追求民族复兴，中国文学也一直没有停止过表达中国人民追求民族复兴的梦想。我们的文学在共和国历史的任何重要转折时刻都没有缺席，在这次全面深化改革、共同实现中国梦的伟大实践中，仍会发出强有力的声音。中国作协已连续十多年的重点作品扶持工程的实施，以及今年的“中国梦”专项的扶持，都立足于面对现实，歌咏生活，投入实现中华民族伟大复兴的洪流中，为中国的富强、人民的幸福做出应有的贡献。

弘扬中国精神，文学工作要发挥作用。一个国家的兴衰，不仅取决于政治、经济、军事、外交，还取决于它的思想、精神和文化的力量。中国道路，要有中国精神提供强有力的支撑，中国梦更需要有文化精神的根基，才可能在实现的过程中，找准目标，团结奋进。什么是中国精神？就是带领着中华民族进行伟大复兴这一宏伟目标前进的、使人民保持旺盛的创新活力的文化根基与价值支撑，它是一个民族前进的动力，更是一个国家的精气神。党的十八大提出，倡导富强、民主、文明、和谐，倡导自由、平等、公正、法治，倡导爱国、敬业、诚信、友善，积极培育和践行社会主义核心价值观，不仅与中国特色社会主义发展相契合，更与中华优秀传统文化和人类文明成果相承接。培育社会主义核心价值观，文学工作者要积极发挥文学的作用。中国作协《共和国作家文库》的出版，正是将书写社会主义核心价值观的优秀文学作品推荐给社会。鲁迅文学奖、茅盾文学奖、全国优秀儿童文学奖、少数民族文学创作“骏马奖”的评选，也是将全国思想性强、艺术水准高的优秀作品评选出来，引导群众阅读的一项工作。我们的文学理论评论做了大量去粗取精的工作，对文学思潮、文学现象做出及时的评判，发出自己的声音，提升读者的思想水平与审美品位。弘扬社会主义核心价值观为代表的当代中国精神，是我们文学的题中之旨，无论国家层面的价值目标、社会层面的价值取向、个人层面的价值准则，文学都予以深情的关注，并正在做出有力的响应。

凝聚中国力量，文学工作当有所作为。为了更好地满足人民群众的精神文化需求、提高人民思想道德素质和科学文化素质，凝聚中国力量，提高国家文化软实力，加快和推进社会主义文化强国建设，以一个洋溢着文化魅力、文化影响力的大国的形象屹立于世界民族之林，中国作协近年开展了一系列工作，《民族文学》杂志在各方支持下，开辟了除汉文版外的蒙、藏、哈、维、朝五种少数民族文字版，在有效地向少数民族呈现丰富的精神食粮与艺术之美的同时，也通过文学的力量凝神聚气，加强团结。我们还开展了中国当代文学精品译介工程，将中国当代优秀的文学作品通过翻译介绍到国外，其中包括大量的少数民族作家的作品，以使国外读者更全面地了解中国文学，同时也是通过文学的方式向国外传递中华文化的当代精神。能够写出一个时代的代表中国的精气神的作品，是我们作家的文学梦想。在中国梦中实现文学梦，以文学梦推动中国梦的早日实现，是我们文学工作者不容推卸的义务和责任。围绕全面建成小康社会和加快推进社会主义现代化，凝聚促进改革发展、维护社会稳定的正能量，反映改革开放的巨大成就，弘扬共同理想、凝聚奋进力量，与人民同心，与人民同行，共同为实现中华民族伟大复兴中国梦而不懈努力，是中国当代作家的光荣使命，更是置身于这个时代的广大文学工作者的神圣职责。

（原载《求是》2014年第21期）

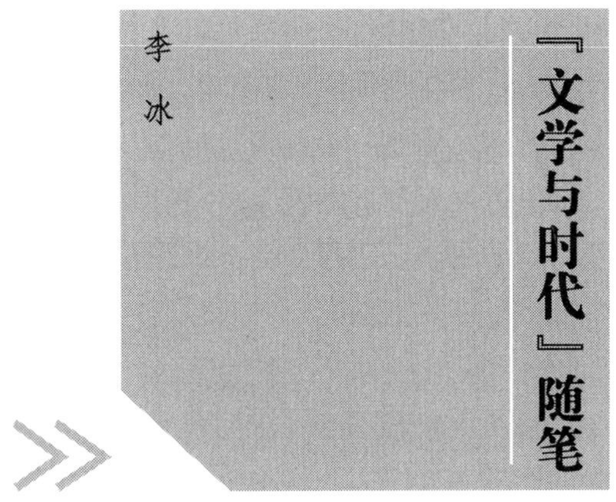

『文学与时代』随笔

李冰

（一）

国学大师王国维曾说：“凡一代有一代之文学。”这句类似格言的话，符合社会存在决定社会意识、经济基础决定上层建筑之哲学原理。文学是社会生活的形象反映，无论是观照现实还是重现历史，文学都天然与时代发生着或显明或隐蔽的联系；无论是纪实还是虚构，文学都真切地表达着对时代或直接或婉曲的认识。从远古神话到志怪、传奇、笔记再到小说，从先秦诸子著述到唐宋八大家文章、明清小品再到白话散文，从《诗经》到唐诗宋词再到现代新诗以及口语诗歌，莫不是时代的产物。正如法国艺术批评家丹纳所说，艺术作品的产生取决于时代精神和周围的风俗。每个时代都有代表那个时代的标志性作品，它们从形式到内容无不打上时代的烙印。

（二）

文学作品虽非历史学社会学著作，却能映射出各个时代的世情人心，饱含各个时代的丰富信息，因此有把作家喻为“社会历史的记录者”、把文学作品喻为“社会生活的一面镜子”的说法。人们常举巴尔扎克和他的《人间喜剧》为例。《人间喜剧》堪称一部法国19世纪上半叶的社会生活史，巴尔扎克通过自己的作品反映了那个时代“任何一种生活状态，任何一种容貌，任何一种男人或女人的性格，任何一种生活方式，任何一种职业，任何一个社会区域，任何一个法国城镇”。事实上，巴尔扎克完成了拟定的137部作品中的96部，精心塑造了2472个人物，巨细无遗地描绘出了当时法国社会的完整风俗画。马克思称赞巴尔扎克“用诗情画意的镜子反映了整整一个时代”。恩格斯也评价《人间喜剧》“汇集了法国社会的全部历史，我从这里，甚至在经济细节方面……所学到的东西，也要比当时所有职业的历史学家、经济学家和统计学家那里学到的全部东西还要多”。

（三）

伟大的时代呼唤伟大的文学作品。当代作家应该感应时代、书写时代，谱写出反映时代的华丽篇章。然而，令人忧虑的是，虽然这些年社会各方面一直呼吁创作贴近生活、反映时代，但一些作家尚未表现出拥抱时代的充分热情，甚至存在着某种“逃避时代”的倾向，体现在作品中便是缺少时代气息与现实温度。造成这种现象的原因很多，其中一个重要原因是一些作家内心深处存在观念误区。

有人认为，文学应该与时代保持距离，直接反映当下社会生活，有“应景写作”之嫌，会伤害作品的文学性。其实，作品的文学性如何取决于作家的文学修养和写作能力，并不取决于题材。认为书写时代的作品会影响文学品位，是一种误解。文学史证明，许多名家正是对本时代社会生活进行高度的典型概括，深刻挖掘出蕴藏在本时代题材中的人文精神，才创作出流芳百世的作品。杜甫的“三吏”、“三别”就是如此。

有人认为，“文学反映时代”是一种过时的理念，现代文学更注重对人的个体生存和“内世界”的呈现，追求的是文学的超越性、永恒性而不是时代性。“超越时代”不是悬浮在半空中超越，完全脱离现实感的作品无论在现世还是后世都是不会真正受到欢迎的。优秀文学作品具有超越时代的永恒意义，与反映时代并不矛盾。某种意义上，越是时代的，才越是永恒的。鲁迅的小说和杂文深刻地反映了半殖民地半封建时代中国的真实现状，它们至今仍具有超越性的影响。

（四）

任何时代都是立体的而不是平面的，是多彩的而不是单色的，是复杂的而不是简单的。在社会生活中光明与黑暗、先进与落后并存。书写时代必须正确处理歌颂与暴露的关系。要全面地、辩证地审视现实，透过现象认清本质，把握住社会生活的基本面和基本走向。

我们所处的时代比历史上任何时期都更接近实现民族复兴的伟大目标。当今时代为文学创作提供了极其丰富的素材和强盛的精神力量。盛世文章可期，人民改革创新的历程，普通劳动者可歌可泣的奋斗足迹，老百姓追求美好生活的实践，都值得挥毫大书。同时，我们也不避讳现实生活中存在的问题，确实有些肮脏现象令人深恶痛绝。弘扬真善美，鞭挞假恶丑，是文学创作的两个方面，不能注重一个方面而忽略另一个方面。应该站在思想和艺术的高度，充分体现时代精神，反映时代本质，呈现时代的丰富性。在把握现实中，分不清历史发展的主流、支流，或对时代作简单化的理解，都可能造成对时代面相的遮蔽与误读，削弱作品的认识价值和现实意义。

最近，我读到一篇文章，文中说，某些文艺作品中的“戾气”，往往源于对某种社会情绪的“迎合”以及对社会发展走向认知和理解的片面化，“戾气”不是创作的正道，无法给文艺带来真实的生机。此论我深以为然。对于社会上存在的各种矛盾、不尽如人意之处，要进行客观分析，取积极态度。“明朝散发弄扁舟”是消极的，“我以我血荐轩辕”才是积极的。对于丑恶与黑暗，我们不仅应抨击丑恶，更应努力用正义去战胜丑恶；不仅应揭露黑暗，更应努力用光明去驱逐黑暗。

（五）

文学的现实主义注重表现生活的真实，刻画典型环境和典型人物，它与时代的写照形成密切的对应关系。现实主义在表现时代生活方面，具有重要的优势，但它不是唯一的创作方法。表现时代的优秀作品，可以产生现实主义，也可以产生浪漫主义、现代主义等其他创作方法。杜甫的现实主义作品和李白的浪漫主义作品都是对诗人生活的那个时代的忠实记录，只不过风格和手法不同。普鲁斯特的《追忆逝水年华》和乔伊斯的《尤利西斯》是现代主义杰作，作者对现实的玄想或感应曲折传达了对时代本质的深切认知。郭沫若的《凤凰涅槃》、惠特曼的《草叶集》都是充满激情和想象的浪漫主义作品，同时也是具有强烈时代感的作品。因此，在书写时代上，再现与写实的方法固然重要，抒情的、幻想的、变形的、象征的、魔幻的等艺术手段也同样可以占有一席之地。

（六）

反映时代可以用“宏大叙事”，也可以用日常叙事。反映一个风起云涌的大时代，采用宏大叙事当然是不错的选择。《三国演义》就是宏大叙事，作品全景式描写了东汉末到西晋初近百年军事、政治、经济、文化活动，写了栩栩如生的1798个人物。被誉为“世界上最伟大的小说”的《战争与和平》也是宏大叙事，作品以史诗般广阔与雄浑的气势，生动描摹了1805年至1820年俄国社会的重大历史事件和各个生活领域。宏大叙事是一种重要的写作样式，但并非书写时代的不二法门。不能片面追求叙述大的历史事件、大的时间跨度、大的社会场面而拘囿了自己的视野。在表现时代生活时，每位作家都有属于自己的素材、体验、视角和形式。对日常生活的开掘，只要有深度，同样可以造就具有时代特征的大作品。《红楼梦》对没落的中国封建社会有着力透纸背的深刻描绘，小说呈现的主要是家庭生活的琐细场景，普通人物的日常关系，但小说所达到的情感与思想境界，烘托出的时代氛围却是一般“宏大叙事”所难以企及的。老舍先生的《茶馆》也不属于宏大叙事，但通过一个小茶馆的起落兴衰和来往人物的描绘，浓缩了清末维新、军阀割据、民国三个历史时期中国社会的变迁。谁能说小茶馆里没有时代风云呢。

（七）

文学是照亮时代前进的灯火。在文学史上有影响力的作品，往往能在唤起民众、推动社会进步方面起到不可忽视的作用。茅盾先生曾经说：“我们决然反对那些全然脱离人生的而且滥调的中国式唯美的文学作品。我们相信文学不仅是供给烦闷的人们去解闷，逃避现实的人们去陶醉；文学是有激励人心的积极性的。尤其在我们这个时代，我们希望文学能够承担唤醒民众而给他们力量的重大责任。”五四新文化运动中成长起来的一批作家，以天下为己任，把改造中国当成自己义不容辞的使命，面对羸弱的中国，通过作品高声呐喊，催生社会的变革。郭沫若的《女神》诅咒黑暗、追求光明，充分反映了当时“狂飙突进”、冲决一切污泥浊水的时代精神，成为反帝反封建的嘹亮号角。歌剧《白毛女》以富于鲜明时代感的主题，号召人们投身革命，奋力砸碎“将人变成鬼”的旧制度，建设人民当家作主的新社会。改革开放以来，活力焕发的中国作家们也伴随着历史的脉搏，以井喷般的创作激情，反映时代，为促进时代发展发挥了积极的作用。

（八）

党的十八大围绕坚持和发展中国特色社会主义，提出了“两个一百年”的奋斗目标。站在新的历史起点上，以习近平为总书记的党中央明确提出了实现中华民族伟大复兴的中国梦。中国梦，凝结着无数仁人志士的不懈努力，承载着全体中华儿女的共同向往，昭示着国家富强、民族振兴、人民幸福的美好前景。我们每一个人都应该为实现中国梦贡献力量。近年来，广大作家书写中国梦，推出了一些佳作，但无论是在质量还是数量上，都还不能满足人们的要求。故此，写下这篇零散絮叨的随笔，意在期盼更多的为伟大时代放歌、为中国梦立传的好作品问世。

切实加强文学批评

李 冰

文学批评与文学创作是文学活动的双轨，既相辅相成又彼此独立。随着现代社会的发展和文学教育的普及，文学批评的独立性及其文化功能更加显著，它不仅是文学生产、传播和阅读过程中不可或缺的重要环节，而且是传播思想文化和人类文明、促进社会相互理解和心灵深入交流的重要方式。加强文学理论和文学批评建设，是今年乃至今后几年中国作协摆在优先位置的重点工作。我们要通过各种方式，团结凝聚文学理论和批评人才，强化文学理论的指导作用和文学批评的导向作用，提高文学批评的质量，不断拓展文学批评的深度和社会影响力。

当前，文学创作一派繁荣，大家可以举出很多数字和一些有影响的作品来佐证。与文学创作相比，文学批评显得尚不相适应，呈现出一条腿长、一条腿短的状态。文学批评的学理性和公信力有待提高，文学批评的生态有待改善，客观主观诸多因素向我们提出严峻挑战。既然文学批评的承担比以往更重要，有再多的艰难我们也要挺直腰杆往前走，努力踏出一条新路来。

文学批评需要才华和洞见，需要理论和积累。我们要大力加强对马克思主义文艺理论的学习，加深对文学批评规律的研究与认识。马克思主义文艺理论是马克思主义关于文艺本质及其规律的学说，是中国特色社会主义文学的灵魂。马克思主义文艺理论包括马克思主义经典作家的伟大贡献，也包括我们党与时俱进地创造性地推进马克思主义中国化的成果。马克思主义文艺理论是我们开展文学批评的根本遵循。面对蓬勃的文学创作和众多的文学作品，文学批评家要充分发挥主动性，褒优贬劣，激浊扬清。优秀的文学批评不仅会对同时代的作家个体起到支持、鼓励和引导作用，还会对同时代作家群体的创作思想和艺术倾向产生影响。正如法国批评家圣伯夫所说："批评的艺术，从其最实用和最平常的意义上来看，在于恰如其分地读懂作者，并依样传授给别人，使他们免于摸索，为他们指明道路。"以文学批评提高读者的接受能力和艺术趣味，促进社会和时代审美理想的形成，是我们不可推卸的责任。文学批评工作者应肩负起这个神圣使命，不断增强自身的理论修养、思想能力和专业知识，提升文学的敏感性、感知力和判断力，充分发挥文学批评的导向作用。

大家都知道两个常见的比喻：一个是镜子，把文学比作对外界事物的反映；另一个是灯，把文学比作一种发光体。文学批评应该既是镜子，也是灯，既能反映现实，又能照亮现实。如何使文学批评有效地反映现实、照亮现实呢？答案会有很多条，我认为，最不可缺少的一条是：文学批评一定要“接地气”，一定要与当下的文学现实紧密联系在一起，一定要努力发出有现场感的文学评论。一些文学批评家、特别是青年批评家学历很高，系统的学习研究、丰厚的知识积累，让人羡慕。从另外一个角度讲，也许由于读书、做学问、搞研究花的时间比较多，与一些老评论家比较起来，生活经历便相对简单一些、人生阅历不那么丰富。茨维坦·托多洛夫在《批评的批评》一书中写道：“有人说文学谈世界，批评谈书。这是不确切的，批评并不应局限于对文本的解读。作为批评家与世界、时代、文学对话的重要方式，文学批评不应忘记它也是对世上真理和价值的探索——一种揭示性的探索。”今天，我们面对不断更新的中国经验、中国故事，批评家应该积极主动地进入文学现场，从文学现场打捞出新鲜而有价值的材料，并对一个时代的文学特性做出准确的判断，只有这样，才能呈现充满个性活力和深切人文关怀的文学批评。

文学批评必须重视诚信建设，树立好的学风与文风。鲁迅曾说：“批评家的错处，是在乱骂与乱捧。”我们都知道，文学作品的价值并不会因“不虞之誉”而增加，也不会因“求全之毁”而减少。批评家要“好处说好，坏处说坏”，客观公允。只有这样，才能够发挥批评的功用，促进文学的发展。我们要尊重作家的创造性劳动，要与作家建立起真诚的对话关系，敢于与畸形的社会文化心理做斗争，杜绝献媚的批评、溢美的批评、“人情”的批评以及否定一切的“酷评”。向读者负责、向学术负责、向历史负责，也是对自己的学术生命负责。文学批评是关于特定时代的创作、作品的思考和辨析，需要进行理性的分析，进而对读者进行“什么是美”、“为何是美”的引导，对文学作品进行社会价值判断。文学批评不能不考虑文学对世道人心的影响和建构作用，不能不考虑时代和文化的发展需要怎样的文学、怎样的精神。如果说文学创作要向真、向善、向美，那么，文学批评就要发掘蕴藏在其中的真、善、美，并阐释其何以为真、何以为善、何以为美。创作和批评应是两相呼应，两相印证，共同完成文学滋润人心、建构文化、推动时代的使命。有益于人心向善，有益于时代向真，有益于文化向美的文学批评才是好的文学批评。相信我们的批评家一定能够坚持审美的批评与历史的批评的统一，坚守价值立场和批评尺度的客观、科学与公正，为我们时代文学的经典化作出切实的努力。

（本文系中国作协党组书记李冰2014年3月14日在中国现代文学馆第三届客座研究员聘任仪式上的讲话，发表时有删改）

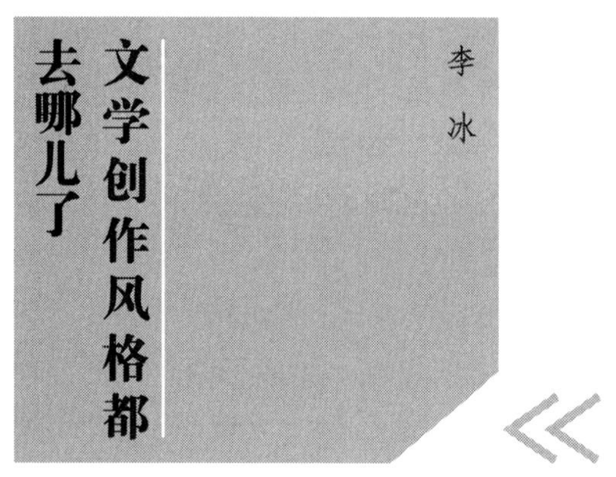

文学风格是非常重要的文学品质，是指作家在自己的创作实践中所表现出来的艺术特色，是一个作家创作趋于成熟、作品达到较高艺术水准的标志。文学风格因此被形象地称为作家的“徽记”、“指纹”。文学大师们有很多关于文学风格的至理名言。福楼拜说，“风格就是生命”；歌德说，“风格，这是艺术所能企及的最高境界”；雨果说，“未来仅仅属于拥有风格的人”；老舍说，“风格是各种花的特色的光彩与香味”，如此等等。

文学风格的千姿百态，是文学繁荣的重要特征。综观漫长的中外文学史，传世的经典作品都具有独特的风格。唐朝是我国文学史上的黄金时代，保存在《全唐诗》中的两千多名诗人的四万多首诗歌，风格各异，争奇斗艳。我国第一部文学理论专著《文心雕龙》中就有关于文学风格的专门论述。钟嵘的《诗品》点评了汉至梁122位诗人的创作特色及其高下。司空图的《二十四诗品》还将诗的风格细分为24种。我国古典文学史上，李白的放旷不拘、思接天地显然与杜甫的苍凉沉郁、济世忧民不同，而文坛上诸如“元轻白俗，郊寒岛瘦”、“韩如海，柳如泉，欧如澜，苏如潮”之说更是流传至今。现代文学史上，鲁迅以“改造国民性”为己任，直面冷峻现实，笔调犀利辛辣，论述剔肌析骨，语言深刻洗练，可谓风格独树。郭沫若、茅盾、巴金、老舍、曹禺、冰心、丁玲、赵树理、沈从文等也都各擅其美。一些作家还因群体风格较为相近形成了创作流派，如大家熟知的“山药蛋派”、“荷花淀派”。

相当数量的作家和作品缺乏独创性和鲜明风格

今天我们谈论文学风格问题，不是为着纯学理的探讨，而是为着研究创作的实际问题。这些年来，我国文学创作状况总体上是令人欣喜的，不仅创作数量有很大增长，创作质量也不断提升，直令从事文学研究、文学评论的学者目不暇接，也使众多读者眼花缭乱。同时也应该看到，我们的精品力作还不够多，还不能让人满意。特别不能不引起注意的是，有相当数量的作家和作品缺乏自己的独创性和鲜明风格，平庸化、雷同化、浅表化似乎成为顽症，自然更见不到新的有影响的流派。

何以至此？原因很多。

其一，文学经验的同质化。文学经验是文学风格独创性、稳定性的来源，它与作家的生活经验有关，是作家对生活经验的审美转化。与丰富的当代社会生活相比，现在不少作品在创作题材、审美趣味、主题内涵上存在类型雷同、思路雷同的状况。譬如，目前有些“底层文学”，不仅基调相似，连人物、叙事、结局也相似。这里面的问题，恐怕与作者生活经验不足，仅凭闭门造车的虚构有关。文学经验要建立在个人生活经验基础上，也要建立在社会经验的基础上。两者有机结合才会具有“经验的厚度”，形成文学风格的基底。文学经验的同质化、狭窄化，直接阻碍着创作风格的形成。

其二，文化修养的贫弱。文学风格是作家主体性和主观能动性的反映。曹丕、陆机、司空图等中国古代的文论家都特别强调风格的主观性，肯定作家个性、气质、才思在风格形成中的重要作用。作家在风格化的过程中应该提高将传统文化和各家之长充分内化后生成的再创造能力，将古今中外的优秀文学作品中的养料有效吸收并融会贯通。遗憾的是，当下文坛跟风写作的习气比较严重。家族小说、官场小说、职场小说、后宫小说等都有一哄而上的趋势，内容意旨大同小异。有些作者不是从自我的知识学养、审美趣味与独到体验出发，而是看什么路数作品走红写什么，急于随风起舞，缺少定力。

其三，文体意识的匮乏。文学风格是作家审美构型意识的体现，具有独特风格的作家往往都是优秀的文体家，其作品具有强烈的“文体感”。如莱辛评论莎士比亚时所说，“他的作品的最小优点也都打着印记，这印记会立即向全世界呼喊：‘我是莎士比亚的。’”同样，中国的文学大师们也都有着令人过目不忘的文体风格。考察目前的文学创作，我们会发现，一些诗人在诗歌创作中自动降低修辞的高度和难度，没有能在通俗化与经典性之间找到语言的平衡；一些散文的创作片面追求“原生态”，造成对审美性和思想性的遮蔽；小说创作中，一些作品的语言干涩，词汇贫乏，缺少文学语言的丰富魅力，更缺少“炼字炼句”的自觉意识。没有了文体自觉，文学作品自然就失去了审美的独特性，变成布封所批评的那种仅仅由“知识、事实与发现”组成的缺乏灵魂与温度的无风格作品。

其四，商业化、娱乐化的诱惑。随着市场经济和全媒体时代的到来，文化市场发生了很大变化。文学如果片面地商业化、娱乐化，就有被市场裹挟“绑架”的危险，长此以往将从根本上侵蚀和动摇文学在审美创造、精神探索和话语表述方面的追求，造成“独异之个人”的消失。在现实生活中，确有些作者为了追求经济收益和社会关注度，一味迎合市场需要和读者眼球。如何面对利益的诱惑而坚持文学的理想，成了作家追求文学风格必须跨过的一道坎。

作家要自觉在社会实践和艺术探索中形成独特风格

我们指出这些问题，不是给热气腾腾的文学创作泼冷水，更不是一竹篙打翻一船人，找到病症是为了疗伤，旨在呼唤风格百花齐放的文学繁荣。

文学风格不是从天上掉下来的，其形成也不可能一蹴而就，必须通过作家不断的社会实践和艺术实践。虽然并非所有作家最终都能形成自己鲜明的风格，但每个作家都应有对风格的追求。文学风格从根本上说取决于作家的创作个性，是作家个人气质、人格精神、审美情趣、艺术才具等因素共同作用的结果。创作个性极大地影响着作家的创作活动，影响着作家对生活的观察、感受、认识和表现，影响着作家去构建独特的文学艺术世界。我们知道，出于不同的创作个性，作家们在描绘相同对象时，笔下也各有千秋。朱自清和俞平伯同舟共游秦淮河，皆以《桨声灯影里的秦淮河》为题抒发感怀，却成就了大异旨趣的两个名篇，正如当时的一位理论家李素伯所概括："如用作者自己的话来仿佛，则俞先生的是'朦胧中似乎胎孕着一个如花的笑'，而朱先生的是'仿佛远处高楼上渺茫的歌声似的'。"

文学风格涉及创作的题材、体裁、语言、结构、原则、手法等，这些要素对作品的风格的形成都是重要的。同时，文学风格还包括民族风格、地域风格、时代风格等内涵。

我国是个多民族国家，各民族作家的作品携带着本民族的文化基因，彰显不同的民族色彩。三大史诗《格萨尔王》《江格尔》和《玛纳斯》，分别呈现了藏族、蒙古族、柯尔克孜族特有的文化模式、精神特质和生活风俗。另外，《召树屯》《艾里甫和赛乃姆》《阿诗玛》等，也深刻反映了傣族、维吾尔族和彝族的生活面貌、风土人情和民族性格。这些独特的民族文化特质，造就了这些文学作品独一无二的文学风格和不可磨灭的艺术魅力。民族风格，是区别不同民族文学的重要指征。伏尔泰认为，"从写作的风格来认出一个意大利人、一个法国人、一个英国人或一个西班牙人，就像从他面孔的轮廓、他的发音和他的行动举止来认出他的国籍一样容易。"我们追求中国文学鲜明的民族风格，还要积极倡导各少数民族的风格，丢掉了民族风格和民族文化特性就等于失去了最宝贵的资源。

地域文化既可以成为文学作品的表现内容，也关系到作家的创作风格。特定区域的生态、传统、民俗、习惯、语言等沿袭悠久的人文环境，潜移默化地作用于作家的文化心理，使其创作呈现出一定的地域色彩，增添了文学的魅力。老舍的小说散发着浓郁的京味，老北京的帝都文化、民俗文化渗透于他作品的字里行间。沈从文的作品与深邃神秘的湘西背景紧密相连。山西太行山区对于赵树理的创作，东北黑土地对于萧红、端木蕻良的创作，都不啻为源头活水。在大师们的文本中，独具韵味的地方语言常常成为文体风格的直接外化。目前国内个性风格较为成熟的作家，也都深深植根于哺育他们的地域文化之中。

"文变染乎世情"，文学风格还必然融入时代因素。无论经典作家们能否自觉意识到，他们的重要作品无不打上时代的烙印。当前我们正处在社会转型时期，各领域体制深刻变革、社会结构深刻变动、利益格局深刻调整，社会生活变得更加多元和复杂。波澜壮阔的时代为作家创作风格的形成发展提供了丰富的可能性。作家们应该站在时代高度，为这个时代放歌。若缺乏“仰观宇宙之大、俯察品类之盛”的胸怀，就难以进入“笼天地于形内、挫万物于笔端”的境界。缺乏对时代的敏锐感受力，仅满足于书写个人的琐屑情感与欲望，放弃历史意识，以拒绝深刻和削平深度为圭臬，是与时代格格不入的。

作家的风格不仅有形成的过程，也有发展的过程，并非一成不变。刘勰认为屈原的创作经历了朗丽以哀志的《离骚》、绮靡以伤怀的《九歌》、瑰诡而慧巧的《天问》，以及耀艳而深华的《招魂》等不同风格阶段，但是自始至终体现了“酌奇而不失其真，玩华而不坠其实”的总体风格。鲁迅小说的整体风格是洗练、深沉、冷峻、幽默，然而他的作品又各具丰采，忧愤呐喊的《狂人日记》不同于深情思索的《故乡》，幽默中含着悲痛的《阿Q正传》不同于藏讥讽于描绘之中的《肥皂》。不少优秀作家拥有“两副笔墨”抑或更多，养成了多方面的创作才能和通达的表现境界。

孙犁说，“风格任何时候都不能是单纯形式问题，它永远和作家的思想，作家的生活实践形成一体。”作家人格境界的高低最终会反映在文学写作视界上。没有作家人格人品的支撑，风格就会显得苍白无力。“情动于中而形于言”，简单的辞藻之美只是一张华丽的外衣，文学风格闪耀的光辉主要来自作家和作品的精神风骨。我们的作家应坚守社会主义核心价值观和文学理想，不断锤炼自己的思想品质和人格情怀，不断积淀和提升自己的精神内涵，这是文学风格最坚实的内核。

文学风格问题，是当前中国文学创作中的一个突出问题，是需要大声疾呼引起注意的重要问题。唯有实现更多作家文学风格的成熟，中国文学才能最终呈现中国风格和中国气派。广大作家和文学工作者要珍惜前所未有的大好机遇，在实现中华民族伟大复兴中国梦的历史进程中，不断提高自身的素养和能力，努力创作出更多无愧于历史、无愧于时代、无愧于人民的优秀作品！

（原载《人民日报》2014年7月18日）

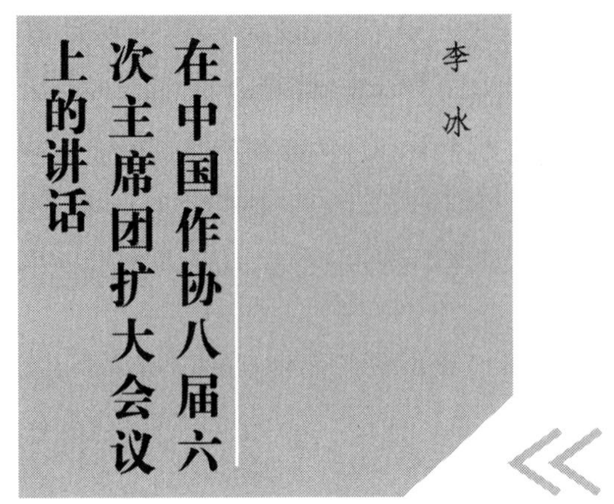

在中国作协八届六次主席团扩大会议上的讲话

李 冰

同志们：

我们召开中国作协八届六次主席团扩大会议，除了主席团成员，还扩大到各团体会员主要负责同志。会议的主题是，认真学习领会习近平总书记在文艺工作座谈会上的重要讲话精神，结合文学工作的实际，研究贯彻落实的措施。

（一）

10月15日，习近平总书记亲自主持召开文艺工作座谈会，邀请作家艺术家与会，听取意见和建议，并发表了重要讲话。这是我们党在72年前召开延安文艺座谈会之后，召开的又一次具有里程碑意义的文艺工作座谈会。召开北京文艺工作座谈会，充分体现了党中央对文艺工作的高度重视、对文艺工作者的亲切关怀和殷切期望，激励和引导着全国广大文艺工作者全身心地投入到实现中华民族伟大复兴中国梦的宏伟事业。北京文艺工作座谈会必将如延安文艺座谈会一样，对我国文艺事业繁荣发展产生重大而深远的影响。

这次文艺工作座谈会，开得令人振奋、令人温暖，体现了我们党的光荣传统，具有鲜明的时代特征。

一是既立足文艺，又着眼全局。这次座谈会分析文艺领域的形势，共商文艺繁荣发展大计，突出强调了使命感。总书记站在党和国家工作全局的高度，围绕实现中华民族伟大复兴中国梦的宏伟目标，着眼当今中国和世界发展大势，深刻论述了文艺的地位和作用、作家艺术家的使命和责任，高屋建瓴、醍醐灌顶。

二是既继承传统，又发展创新。这次座谈会与延安文艺座谈会的主旨、精神一脉相承。总书记结合新的时代特征、新的文化环境、新的艺术实践，从历史与现实、理论与实践的结合上，提出了一系列新思想、新观点、新论断，体现了马克思主义文艺理论中国化的最新成果。

三是既旗帜鲜明，又循循善诱。这次座谈会导向鲜明、基调高昂。肯定成绩全面充分，指出问题切中要害。提倡什么，反对什么，讲得清清楚楚、明明白白，不回避矛盾。总书记推心置腹、循循善诱，表现出极强的感染力和亲和力，使大家既感受到了肩负的沉甸甸担子，也感受到了充分的信赖和尊重，给人以力量、给人以方向。

四是既主题集中，又视野开阔。总书记从人类文明和世界文艺史的宏阔视野出发，分析问题，高瞻远瞩、睿智博学。纵论古今中外，见解独到；评说经典名著，如数家珍。

五是既严肃庄重，又和谐活跃。会场内始终洋溢着平等、坦率、宽松、和谐的气氛。作家艺术家畅所欲言、坦陈己见。总书记平易近人，不时记下要点、插话询问，还深情回忆自己年轻时读书的有趣经历和切身感受，畅谈文艺对自己成长的影响。座谈会结束时，总书记与作家艺术家一一握手交谈，其乐融融。

（二）

习近平总书记在文艺工作座谈会上的重要讲话，思想深刻，内涵丰富，是中国特色社会主义文艺论。讲话运用马克思主义立场观点方法，集中回答了什么是中国特色社会主义文艺和怎样繁荣发展中国特色社会主义文艺的根本问题。讲话廓清了人们思想认识上的迷雾和文艺实践中的困惑，把全党全社会对于文艺问题的认识提升到一个新境界、新水平。讲话是我们党领导文艺工作历史经验和实践探索的科学总结，是新形势下指导文艺工作的纲领性文献。我们要认真学习领会基本观点，准确把握精神要义，把思想统一到讲话精神上来。

1.深刻理解文艺的地位和作用。文艺事业是党和人民的重要事业，文艺战线是党和人民的重要战线。文艺是时代前进的号角，最能代表一个时代的风貌，最能引领一个时代的风气。伟大事业需要伟大精神，举精神之旗、立精神之柱、建精神家园，都离不开文艺。要从我国和世界发展大势中认识文艺和文艺工作。实现中华民族伟大复兴中国梦，必须高度重视和充分发挥文艺和文艺工作者的重要作用。

2.深刻理解社会主义文艺的本质。社会主义文艺从本质上讲，就是人民的文艺。要坚持文艺为人民服务、为社会主义服务这个根本方向。这是党对文艺战线提出的一项基本要求，也是决定我国文艺事业前途命运的关键。要坚持以人民为中心的创作导向，把满足人民精神文化需求作为文艺和文艺工作者的出发点、落脚点，把人民作为文艺表现的主体和文艺审美的鉴赏家、评判者，把为人民服务作为文艺工作者的天职。人民对包括文艺在内的精神文化生活的需求时时刻刻都存在，而且随着人民生活水平的不断提高而要求更高。人民是文艺创作的源头活水，人民的需要是文艺存在的根本价值所在。能不能搞出优秀作品，最根本的决定于是否为人民抒写、为人民抒情、为人民抒怀。文艺工作者必须自觉与人民同呼吸、共命运、心连心，做人民的孺子牛。对人民要爱得真挚、爱得彻底、爱得持久。

3.深刻理解文艺的灵魂。文艺是铸造灵魂的工程，文艺工作者是灵魂的工程师。中国精神是社会主义文艺的灵魂。广大文艺工作者要高扬社会主义核心价值观的旗帜，把社会主义核心价值观体现在文艺创作之中。爱国主义是常写常新的主题，要把爱国主义作为文艺创作的主旋律，引导人民树立和坚持正确的历史观、民族观、国家观、文化观，增强做中国人的骨气和底气。追求真善美是文艺的永恒价值，要通过文艺作品传递真善美，传递向上向善的价值观，引导人们增强道德判断力和道德荣誉感，向往和追求讲道德、尊道德、守道德的生活。文艺创作不仅要有当代生活的底蕴，而且要有文化传统的血脉。要坚守中华文化立场，传承中华文化基因，展现中华审美风范，实现中华文化的创造性转化和创新性发展。

4.深刻理解文艺工作的中心环节。必须把创作生产优秀作品作为文艺工作的中心环节。衡量一个时代的文艺成就最终要看作品，推动文艺繁荣发展，最根本的是要创作生产出无愧于我们这个伟大民族、伟大时代的优秀作品。没有优秀作品，其他事情搞得再热闹、再花哨，只是表面文章。文艺工作者应该牢记：创作是自己的中心任务，作品是自己的立身之本。

5.深刻理解文艺的生命。创新是文艺的生命。文艺创作是观念和手段相结合、内容和形式相融合的深度创新，是各种艺术要素和技术要素的集成，是胸怀和创意的对接。要把创新精神贯穿于文艺创作生产全过程，增强文艺原创能力。文艺的一切创新，归根结底都直接或间接来源于人民，文艺创作最根本、最关键、最牢靠的办法是扎根人民、扎根生活。要坚持百花齐放、百家争鸣的方针，发扬学术民主、艺术民主，营造积极健康、宽松和谐的氛围，提倡体裁、题材、形式、手段充分发展，推动观念、内容、风格、流派切磋互鉴。

6.深刻理解两个效益、两种价值的关系。一部好的作品，应该经得起人民评价、专家评价、市场检验，应该把社会效益放在首位。优秀的文艺作品，最好是既能在思想上、艺术上取得成功，又能在市场上受到欢迎。文艺不能在市场经济大潮中迷失方向。当两个效益、两种价值发生矛盾时，经济效益要服从社会效益，市场价值要服从社会价值。在发展社会主义市场经济条件下，作家艺术家要处理好义利关系，认真严肃地考虑作品的社会效果。

7.深刻理解造就文艺名家队伍的紧迫性。繁荣文艺创作、推动文艺创新，必须有大批德艺双馨的文艺名家。要把文艺队伍建设摆在更加突出的重要位置，努力造就一批有影响的各领域文艺领军人物，建设一支宏大的文艺人才队伍。我国作家艺术家应该成为时代风气的先觉者、先行者、先倡者，自觉坚守艺术理想，不断提高学养、涵养、修养，加强思想积累、知识储备、文化修养、艺术训练。文艺大家不仅要在创作上追求卓越，而且要在思想道德修养上追求卓越，更应身体力行践行社会主义核心价值观，做到言为士则，行为世范，努力以高尚的职业操守、良好的社会形象、文质兼美的优秀作品赢得人民喜爱和欢迎。要用全新的眼光看待新的文艺类型，用全新的政策和方法团结、吸引网络作家、签约作家、自由撰稿人、独立制片人、独立演员歌手、自由美术工作者等新的文艺群体，善于从他们中间发现和培养文艺名家。

8.深刻理解优秀文艺作品的标准。优秀文艺作品反映着一个国家、一个民族的文化创造能力和水平。要努力创作生产更多传播当代中国价值观念、体现中华文化精神、反映中国人审美追求，思想性、艺术性、观赏性有机统一的优秀作品。所谓优秀作品，就是指那些有正能量、有感染力，能够温润心灵、启迪心智，传得开、留得下，为人民群众所喜爱的作品。优秀作品并不拘于一格、不形于一态、不定于一尊，既要有阳春白雪，也要有下里巴人；既要顶天立地，也要铺天盖地。精品之所以"精"，就在于其思想精深、艺术精湛、制作精良。凡是传世之作、千古名篇，必定是作家艺术家笃定恒心、倾注心血的作品。

9.深刻理解文艺发展的根本保证。党的领导是社会主义文艺发展的根本保证。要紧紧把握党的根本宗旨和文艺根本宗旨的一致性，准确把握党性和人民性的关系、政治立场和创作自由的关系。加强和改善党对文艺工作的领导，一要紧紧依靠广大文艺工作者，二要尊重和遵循文艺规律。要把文艺工作纳入重要议事日程，贯彻好党的文艺方针政策，把握文艺发展正确方向。要尊重文艺工作者的创作个性和创造性劳动，政治上充分信任，创作上热情支持，营造有利于文艺创作的良好环境。要诚心诚意同文艺工作者交朋友，关心他们的工作和生活，倾听他们的心声和心愿。对新的文艺形态的管理方式方法必须跟上节拍，下功夫研究解决。要通过深化改革、完善政策、健全体制，形成不断出精品、出人才的生动局面。

10.深刻理解文联作协的工作任务。要选好配强文艺单位领导班子，把那些德才兼备、能同文艺工作者打成一片的干部放到文艺工作领导岗位上来。要高度重视和切实加强文艺评论工作，打磨好批评这把"利器"，把好文艺批评的方向盘，运用历史的、人民的、艺术的、美学的观点评判和鉴赏作品，倡导说真话、讲道理，营造开展文艺批评的良好氛围。文联作协要充分发挥优势，加强行业服务、行业管理、行业自律，真正成为文艺工作者之家。

（三）

长期以来，我国广大作家和文学工作者紧跟时代前进步伐，努力反映人民现实生活，形象描绘时代精神图谱，潜心进行艺术创新，积极开展中外文学交流，取得了显著成绩，做出了重要贡献。当前，我国文学园地百花齐放、硕果累累，呈现出繁荣发展的生动景象。对此，总书记在文艺工作座谈会上的重要讲话中给予充分肯定和高度评价。在对我国文学现状作分析时，我们首先必须看到新时期以来我国文学创作和作家队伍的巨大进步，必须看到广大作家的艺术创新和辛勤耕耘，必须看到队伍大团结、创作大繁荣、事业大发展的良好局面。

与此同时，我们也要坚持"两分法"，保持清醒头脑，用总书记重要讲话精神进行对照检查，看到问题和不足，分析原因及症结，研究对策与举措。这样，才能把总书记的重要讲话精神与文学界的实际结合起来，才能使总书记提出的方针原则和目标要求在文学界落地生根，才能使文学的生产、传播、评论工作有新的改观。

对文学方面存在的问题，大家是有目共睹、心知肚明的。我们自己讲，问题存在；我们自己不讲，问题也存在。看到问题，是一种清醒；直面问题，是一种勇气；改正问题，是一种品格。我们要对文学发展中遇到的重点问题进行梳理分析，认真研究解决。

第一，关于心态浮躁、缺少精品的问题。当下文学作品的数量惊人，但存在有数量缺质量、有“高原”缺“高峰”的现象。在创作方面，由于心态浮躁、名利驱动，缺少严肃认真的劲头，不愿花“十年磨一剑”的苦功夫，有的生活积累已经掏空了还要硬写，明知肤浅和粗糙也急于发表或出版。有的刻意追求发行量、点击率，写作上按格式套路复制，抄袭模仿、千篇一律，乃至机械化生产、快餐式消费。有的写出一部作品后，千方百计策划开作品研讨会，把作品研讨当成广告推销，花钱买“赞场”，并把逢场作戏的“赞扬”当真了，印在书的腰封或封底上。有的患上了“评奖综合症”，不择手段地沽名钓誉，还随便发表不尊重他人、不尊重文学的言论，既伤害了他人，也毁坏了自己在读者眼里的形象。在出版方面，处于“低门槛”、“零门槛”状态，缺少高素质文学编辑，缺少认真把关的编辑，缺少甘愿为他人做嫁衣裳的编辑。有的编辑责任心不强，得过且过，结果高格调低格调、高水准低水准都放行，一律推向了社会。文学被浮躁缠绕，必将远离心灵和纯真，丢弃对质量的追求，导致精品意识减弱，独创性、原创力不足。

当然，浮躁不是文学界独有的，是整个社会的病症。我们要力戒浮躁心态，强化精品意识。向经典看齐、以名家为范。要志存高远，静心笃志，耐得住寂寞，抵得住诱惑，精益求精、用心打磨，切实提高创作质量，努力创作出更多无愧于我们这个伟大民族、伟大时代的优秀作品。要努力探索催生精品力作的体制机制，大力褒奖那些对艺术不懈追求的作家，形成创新为荣、重复为庸、抄袭为耻的氛围。要加强对文学精品的评论和推介，使文学精品广为人知，使作家的创造性劳动得到读者和公众的认可。要维护文学的尊严和名誉，不让那些“伪文学”败坏文学的声誉，不给投机取巧者以兜售劣质作品的机会。

第二，关于疏离现实、脱离人民的问题。文艺为什么人的问题，是根本的问题、原则的问题。现在，有的没有把人民的冷暖、人民的幸福放在心中，没有把人民的喜怒哀乐倾注在自己的笔端，而是热衷于写一己悲欢、杯水风波，脱离大众，脱离现实。有的深入生活，人是下去了，但只是走马观花、蜻蜓点水，没有带着心，没有带着情。“心”的围墙没有拆除，根本做不到“身入”、“心入”、“情入”。于是，想当然地以自己的个人感受代替人民的感受，写出来的作品缺乏现实感、厚重感、真实感，人民群众不认可，不买账。

作家艺术家关在象牙塔里不会有丰富灵感和持久激情，必须走进生活深处，在人民中体验生活本质，吃透生活底蕴。一旦离开人民，文艺就会变成无根的浮萍、无病的呻吟、无魂的躯壳。我们要坚持唯物史观，深刻认识人民既是历史创造者、也是历史见证者，既是历史“剧中人”、也是历史“剧作者”，既是文学表现主体、也是文学作品鉴赏和评判主体。把群众满意认可作为衡量文学作品的主要标准。要坚持以人民为中心的创作导向，把满足人民群众精神文化需求作为创作的出发点和落脚点。要建立健全作家深入群众、体验生活的有效制度，组织作家走下去、蹲得住、打深井，到第一线去进行生活和艺术的积累，寻求美的发现和美的创造，使作品始终保持群众立场和生活温度。

第三，关于价值观缺失的问题。在思想文化呈现多元多样多变的社会背景下，作家队伍中有的人价值混乱、道德滑坡、底线失守。有的调侃崇高、亵渎经典、颠覆历史、丑化人民群众和英雄人物。有的是非不分、善恶不辨，以丑为美，过度渲染社会阴暗面。有的与国家和人民的主流价值刻意“保持距离”，实际上是怀揣某种目的在作“秀”，看似桀骜的背后是逢迎和献媚。有的身在体制又诋毁体制，既不愿切断与体制的“脐带”，又常因私壑难填而恶语中伤。有的作家身为共产党员，遇到风波便动摇了主体立场站位，对错误思潮妥协附和，在关键时刻看不清，顶不住，甚至推波助澜。

实现中国梦必须走中国道路，弘扬中国精神，凝聚中国力量。核心价值观是一个民族赖以维系的精神纽带，是一个国家共同的思想道德基础。我们要认真践行社会主义核心价值观，做到内化于心，外化于行，积极创作弘扬社会主义核心价值观的优秀作品。要把爱国主义作为文学创作的主旋律。要聚焦实现中国梦这个时代主题，创作更多反映人们追梦圆梦火热激情和奋斗精神的作品。党员作家要站稳政治立场，增强党员意识，发挥先锋模范作用，带头弘扬社会主义核心价值观，自觉抵制歪风邪气。

第四，关于低俗庸俗媚俗的问题。有的搜奇猎艳，一味媚俗，低级趣味，娱乐至死。有的罔顾事实，混淆是非，怪力乱神。有的搞所谓的“下半身写作”，毁坏公序良俗、挑战道德底线。

广大作家要树立高远的文学理想，自觉追求文学的高境界，所写作品要能让人动心动情，让人们的灵魂经受洗礼，让人们从中发现自然之美、生活之美、心灵之美。要大力宣传科学审美的文艺评价标准，在全社会营造敬畏经典、抵御“三俗”的浩然正气。

要通过优秀文学作品传播真善美，传递向上向善的价值观，引导人们增强道德判断力和道德荣誉感。要加强文学报刊社网的管理，构建遏制“三俗”作品的体制机制。

第五，关于市场为王、金钱至上的问题。有的在市场经济的大潮中迷失了方向，不是以人民为中心，而是以人民币为中心。有的以市场为风向标，什么题材火就赶紧跟风，什么有市场，就写什么。在一些人那里，文学逐渐沦为市场的奴隶，一些文学作品沾染了铜臭气。

文艺产品不可能不与市场发生关系。我们希望好作品能做到社会叫好、市场畅销。我们也希望作家创作的优秀作品，获得丰厚的报酬。但是，绝不能搞拜金主义，让经济效益凌驾于社会效益之上，让市场价值凌驾于审美价值之上。文学是铸造灵魂的工程，作家是灵魂的工程师。要在文学创作和传播中正确处理社会效益与经济效益、市场价值与社会价值的关系，把社会效益、社会价值放在首位。要以文学大家为典范，讲品位，重艺德，勇担当，努力以高尚的职业操守、良好的社会形象和文质兼美的优秀作品赢得人民的喜爱和尊重。我们既要适应读者，也要引领读者，逐步引导读者向高层次审美阅读发展，把满足需求与提高素养结合起来。

第六，关于文学批评缺位失真的问题。文学批评无批评成了一种常态，褒贬、甄别、遴选功能在弱化。有的受市场和资本驱动，变得庸俗化、商品化。有的作品研讨会泛泛而论、评功摆好、相互吹捧、自我陶醉。有的搞圈子评论、人情评论、红包评论。有的甚至套用西方理论来剪裁中国人的审美。

文学评论是文学创作的一面镜子、一剂良药，在引导创作、推介精品、提高审美、引领风尚方面具有不可替代的重要作用。我们要把繁荣文学评论作为重要职责，认真打磨好批评这把“利器”，努力在提高文艺批评有效性上下功夫。要认真学习马克思主义文艺理论，积极构建符合中国当代文艺实践的价值体系、理论体系和话语体系，运用马克思主义立场观点方法分析现象、引领思潮、评价作品，准确把握生活本质、社会趋势，有针对性地回答重大的文艺理论和文艺实践问题。要运用历史的、人民的、艺术的、美学的观点评判和鉴赏作品，在真诚的批评和充分的说理中褒优贬劣、激浊扬清。要有说真话、讲实话的胆识和勇气，自觉抵制不良风气的侵袭。要规范各类文学研讨会的举办，提高门槛，提高质量。要巩固和加强文学评论阵地，拓展文学评论空间，有效扩大文学批评的社会影响力。

（四）

文艺工作座谈会的召开和总书记的重要讲话，在我国文艺界和社会各界引起热烈反响。座谈会召开后的第二天，中国作协党组就组织专题学习讨论，结合实际，研究学习贯彻习近平总书记重要讲话的安排，并向各团体会员、各直属单位发出了学习贯彻总书记重要讲话精神的通知。随后，我们召开了中国作协机关副处、副高以上干部学习交流大会，几位同志结合各自工作实践畅谈学习体会。《文艺报》开设专版专栏，积极报道文学界对讲话的热烈反响，发表了一批学习体会文章。鲁迅文学院组织在读的第二十三、二十四期高研班和第十四期少数民族文学创作班学员学习讲话精神，开展专题座谈。作家出版集团举办了编辑骨干学习班，深入研究把好出版关。网络文学重点园地工作联席会议专题组织文学网站学习讲话精神。中国作协少数民族文学委员会、影视文学委员会、报告文学委员会等也组织了学习交流。近段时间以来，各团体会员单位组织开展了形式多样的学习交流活动，许多作家撰写体会文章，形成了浓厚的学习氛围，取得了阶段性成效。

认真学习贯彻总书记重要讲话精神，是当前和今后一个时期中国作协工作的重中之重，也是摆在广大作家和文学工作者面前的一项长期任务。

在学习贯彻落实总书记重要讲话精神中，要树立问题意识，强化问题导向。必须有发现问题的敏锐、正视问题的清醒、解决问题的自觉。要打消思想顾虑，讲问题并不是否定文学发展所取得的成就，也不是否定作家队伍，更不是对文学形势的评价发生了变化，而是为了保持头脑冷静，谋求改善之策，努力在解决问题中聚集发展文学事业的正能量，更好地打造我国文学大团结、大繁荣、大发展的“升级版”。如果不针对问题，不解决问题，就会停留在表面，流于形式。我们要下功夫，把学习贯彻总书记重要讲话的成果体现在端正思想、解决问题上。

第一，加强组织领导，深入持久学习。要高度重视，切实加强对学习活动的组织领导，制订学习培训计划，引导广大作家和文学工作者深入领会总书记重要讲话精神，掌握精神实质，在入脑入心上下功夫。可以采用作家座谈会、专题报告会、体会交流会及短期培训班等形式，持久地把学习引向深入。鲁迅文学院在举办各类作家培训班时，要把讲话精神纳入课程教育内容；各专业委员会和网络文学重点园地工作联席会议，要开展各具特色的学习研讨活动；文学报刊社网要及时报道学习情况，交流学习心得，加强舆论引导。

第二，紧密联系实际，制订工作规划。要以习近平总书记重要讲话精神统领作协工作，引领文学创作。把学习总书记在文艺工作座谈会上的重要讲话与作协工作实际和作家思想实际结合起来，进一步明确作协工作的指导思想、中心环节、重点任务和工作思路。从实际出发，梳理出若干重要问题或重点工作，制订详细的工作规划、工作方案，提出具体的目标和举措。要明确任务书、责任人，做到落细、落小、落实。

第三，努力振奋精神，推动各项工作。要抓住机遇，振奋精神，锐意进取，开拓创新。把总书记重要讲话化为推动工作的强大动力，抓住中心环节，强化精品意识，积极探索催生精品的途径和方式，调动优势资源向重点题材、重点项目、重点作家倾斜，力争推出更多思想精深、艺术精湛、制作精良的文学精品。用全新的理念、途径、政策和方法，加强与新的文学类型、新的文学群体的联系，从中培养和发现文学拔尖人才。要担负起作协组织的职责，充分发挥自身优势，切实履行好联络协调服务职能，加强行业服务、行业管理、行业自律，使作协真正成为温馨和谐的作家之家，进一步开创作协工作新局面！

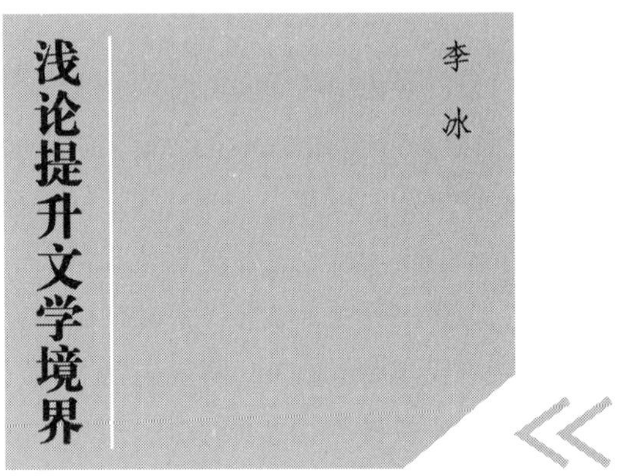

浅论提升文学境界

李冰

从古至今，文坛翘楚们一直都推崇那触摸不到而又可以感受到的文学境界。最早的“境界”概念见诸佛经，后被广泛使用。文学的境界与意象、意境相联，与品位、格调相似，是作家对精神格调、思想能力和文化品位的一种高尚追求，也是评价文学作品价值的一个重要尺度。

文学境界虽难严格定义，却不乏著述。人们最熟悉的当属王国维的《人间词话》。“词以境界为最上。有境界则自成高格，自有名句。”这是《人间词话》开宗明义之言。《人间词话》以“境界”为核心，颇多独到参悟，其中成大事业、大学问的“三境界说”，令人赞赏。除了王国维，亦有其他学者论境界，如冯友兰的“四境界说”等，也充满真知灼见。

生活中，读者接触众多文学作品，有的如过眼云烟，有的直抵灵魂，个中区别应与作品的文学境界有关。文学境界既包含作品的境界，也包含作家的境界，二者相辅相成、互为因果。文学境界有高低之分，我们当然倡导“取法乎上”。当前，我国文学作品有数量缺质量、有“高原”缺“高峰”。精品力作难求的重要原因，是有些作家及其作品的境界不够高。因此，文学的当务之急不是继续扩充数量，而是大力提高质量。提升文学境界成了文学繁荣发展的一个关键。如何提升文学境界，无疑是个复杂且见仁见智的问题，这里谈谈其中三个方面。

提升思想境界

文学属于社会意识形态，文学写作是特殊的精神生产。作家依据一定的立场、观点、方法进行艺术创造，文学作品的思想境界反映的是创作者的思想境界。文章乃经国之大业，须敬畏，不可亵玩焉。“文载道”、“诗言志”是中华民族的优秀传统。北宋张载有“横渠四句”：“为天地立心，为生民立命，为往圣继绝学，为万世开太平。”这是何等博大的胸襟气概和高远的思想境界。

文学是民族精神的火炬、时代前进的号角，代表一个时代的风貌，体现一个时代的风气。在我国革命、建设和改革各个历史时期，文学都发挥着不可替代的作用。广大作家以他们的作品热忱讴歌人民伟业，热情鼓舞人民前进，为民族独立、人民解放和国家富强、人民幸福提供了强大精神动力。当代中国正在努力实现中华民族伟大复兴的中国梦，这是一个值得大书特书的历史时期。广大作家要深入生活，把握脉动，洞察社会发展，描绘伟大实践，创作生产出无愧于我们这个伟大民族、伟大时代的优秀作品。切不可疏离时代主潮、躲避崇高理想，只顾把玩一己之悲欢，并把那当成整个世界。我们虽不能要求作家及其作品一概“代圣贤立言”，但也绝不赞成“娱乐至上”。文学的功能是引领风尚、教育人民、服务社会、推动发展，如果沦为列宁所说的那些“饱食终日”、“百无聊赖”、“胖得发愁”的人的消遣工具，文学将失去最珍贵的价值。

有人会说，写什么，怎么写，这是创作自由。确实，创作自由是文学繁荣发展的基本保障，也是作家的权利。但在讲创作自由的同时，也不能忘记社会责任，这是辩证统一的。邓小平同志曾期望作家“认真严肃地考虑自己作品的社会效果，力求把最好的精神食粮贡献给人民”。作家应该对国家、人民和社会有强烈的责任感。认为作家只需要创作自由而不必承担社会责任，是偏颇。法国作家雨果曾说过，作家“具有双重职责，个人职责和公众职责，正是因为这个原因，他需要有两个灵魂”。所谓“两个灵魂”，是指作家既是个体的，又是公众的；既可以有个人追求，又必须有社会担当。当然，社会责任感的形成不是靠外在强制，而是靠作家内在自我约束、自我提高。

文学既反映人们的精神世界，又引领人们的精神生活。越是各种思潮相互激荡，越要强调正确价值取向。一个民族、一个国家最持久、最深层的力量是全社会普遍认同和践行的核心价值观。社会主义核心价值观是我国文学的主导价值，是方向，是定力，是主心骨。要高扬社会主义核心价值观的旗帜，将其生动活泼、活灵活现地体现在文艺创作之中。要努力寻找社会主义核心价值观与人们情感世界的契合点、共鸣点，从人民群众的日常生活、所思所盼中汲取灵感、挖掘素材、提炼主题，以文学的方式筑造中国人民独特的精神世界，建设美好的精神家园。在社会矛盾凸显期，众声喧哗，美丑纷杂，作家要善于分清主流与支流，认清现象与本质，深刻反映社会进步，体现人文情怀。低俗不是通俗，欲望不代表希望，单纯感官娱乐不等于精神快乐。迎合低级趣味，不但不能给社会提供正能量，反而会制造文化垃圾，从根本上违背社会主义文学的本质，与真善美南辕北辙。

政治和思想倾向性是文学不可抹煞的基本属性之一。把今天不再提“文学为政治服务”曲解为文学与政治不相干，会掉进危险的误区。过去和现在的事实都证明，文学在反映社会生活时总会以不同的方式表现出与政治的联系，或隐或显地传达一定的思想倾向。社会主义文学从本质上讲，是人民的文学。为什么人的问题，是根本问题、原则问题。把人民放在心中最高位置，自觉承担起为人民抒写、为人民抒情、为人民抒怀的历史责任，是作家思想境界的核心。我们任何时候都要坚持以人民为中心的创作导向，把人民作为文学表现的主体，把人民作为文学审美的鉴赏家和评判者，把为人民服务作为文学工作者的天职。只有把根深扎在人民群众和社会实践中，文学之树才能长青。要防止文学离开人民，变成无根的浮萍、无病的呻吟、无魂的躯壳。

提升审美境界

文学审美是人心灵的自由活动，价值、倾向、真实、典型、个性、修辞等都属于文学创作中宝贵的审美品质。优秀的文学作品须能达成思想性与艺术性相统一、历史真实与艺术真实相统一。作家要按照美的规律塑造个性化人物形象，切忌从抽象概念出发。马克思曾提倡要“莎士比亚化”，不要“席勒式”。文学最不能容忍单调刻板、公式化概念化的文字。

《人间词话》说，“能写真景物、真感情者，谓之有境界。否则谓之无境界。”没有真正的情感、生活作为基础，即使有生花妙笔，也断然写不出皇皇大作。这里涉及想象和虚构的问题。想象和虚构是文学创作中至关重要、不可或缺的艺术手段。但想象和虚构不是“无土栽培”，而是源于生活，是作家对人的生活经验的提炼和升华。文学可以放飞想象的翅膀，但一定要脚踏坚实的大地。

文学是语言的艺术。语言技巧是文学最敏感的部位。“言之无文，行而不远。”修辞立诚，就是使语言更鲜明准确地表现作品的人物形象和特殊情景。这种功力不是一年半载可以练就的，需要作家在长期的创作过程中艰苦锤炼、苦心孤诣、孜孜以求。很多关于“炼字炼句”的佳话大家耳熟能详。杜甫的“为人性僻耽佳句，语不惊人死不休”，贾岛的“两句三年得，一吟双泪流”，倾诉着锤炼字句的“苦吟”。俄罗斯作家托尔斯泰一贯主张文学作品“一改再改”，他说“写而不加修改，这种想法应该永远抛弃”。他的《战争与和平》写了7年，修改了99次。无论什么年代，也无论什么作家，优秀文学作品令人敬佩的文采都是用令人敬佩的心血浇灌的。今天，影视风靡对纸质文学构成严峻挑战，在这样的大环境中，文辞之雅、形式之美是文学依然立足的充分理由。

强调修辞，不能重蹈堆砌华丽辞藻的覆辙。我国的历次文学革新，都主张祛除只重辞藻形式的风气，而每次革新都促进了文学的繁荣发展。“初唐四杰”力扫绮靡的齐梁宫体诗风，而后中国诗歌进入辉煌时期。韩愈、柳宗元“文起八代之衰”，一改只重形式而内容贫乏的骈体文，唐宋八大家才得以横空出世。另一方面，在“全民写作”的今天，也不能对修辞降格以求。要追求有艺术难度的写作，拒绝无深度的扁平化创作，反对远离美学尺度的码字游戏和随意涂抹，反对抄袭模仿、千篇一律、机械化生产、快餐式消费。精品之所以精，就在于其思想精深、艺术精湛、制作精良。文学创作要遵循正确的美学法则，精益求精，让读者从字里行间感受到美文雅趣。

提升人格境界

人们常说，“文如其人”，“人品决定文品”。这话听起来稍有绝对化之嫌，但强调人格对文章的影响无疑是正确的。孟子主张“养浩然之气”，李大钊把“铁肩担道义，妙手著文章”置于座右，足见高风峻节。

文艺是铸造灵魂的工程，文艺工作者是灵魂的工程师。毫不夸张地说，在所有的文学作品背后都清晰地站立着作家本人的形象。我手写我心，作家的人格品德影响着创作动机、艺术构思、语言呈现等创作全过程。作品是作家的“心电图”，作家的喜怒哀乐、爱恨情仇都表现在作品之中。中国文学千年流变，但变中也有不变，注重教益、引人向善是始终不渝的旨归，即使是通俗文学、戏曲，也追求“曲终奏雅”、“高台教化”。真正创造辉煌文学业绩、赢得读者喜爱的，往往是拥有高尚人格的作家。清代评论家沈德潜曾说：“有第一等襟抱，第一等学识，斯有第一等真诗。”王国维在评论屈原、陶渊明、杜甫、苏轼时说：“此四子者苟无文学之天才，其人格亦自足千古。故无高尚伟大之人格，而有高尚伟大之文学者，殆未之有也。”

人品一旦失格，作品必然失色！人品包括个人的品德修养，还包括国家民族意识。对祖国、对人民、对民族的立场情感，是高层次的人品。现今，在思想文化多元多样多变的大环境中，有些人价值混乱、道德滑坡、底线失守，甚至搞不清楚“我是谁、为了谁”。有的人与国家和人民的主流价值刻意“保持距离”，实际上是怀揣某种目的在作秀，看似桀骜的背后是逢迎。有的人违反现代社会基本的职业操守和道德，身在体制又诋毁体制，既绝不愿切断与体制的“脐带”，又常因欲壑难填而对体制恶语中伤。还有人身为共产党员，遇到风波便动摇了立场和站位，对错误思潮妥协附和。这种人格的分裂和内心的阴暗不管如何掩饰，人们都看得清楚。

文学是人类艺术地把握世界的独特方式，其本质是超功利的。创作实践反复证明，文学是寂寞清苦的事业，宁静淡泊，伏案苦耕，才能开辟文学境界。没有“不为五斗米折腰”的刚毅，何来“采菊东篱下，悠然见南山”的超凡脱俗。没有“不以物喜，不以己悲”的胸怀，何来《岳阳楼记》的千古绝唱。当前，各种利益、各种诱惑容易让人浮躁、焦虑、短视、失去定力，这也影响了一些作家的心态。比如，我们很希望作家的劳动得到丰厚的报酬，但很不希望拜金主义的炫富扰攘文学发展的方向，让市场价值扭曲了艺术价值。文学不能当市场的奴隶，不要沾满了铜臭气。再比如，文学评奖本是激励创作的手段，评奖为了文学，而文学不是为了评奖。可有人患上了“评奖综合症”，随意发表一些不尊重他人、不尊重文学的言论，伤害了他人，也毁坏了自己在读者眼里的形象。如果作家对文学缺乏虔诚，把写作当成追名逐利的手段，必将远离心灵和纯真，甚至为获取暂时的小利丢掉恒久的大义。有人说，在市场经济环境中，作家面临的最大危险是抗诱惑能力减弱，以及由此导致的文学性的丧失。这种担心不无道理，因为我们已经见到有些作家缺乏艺术耐心，过分看重眼前利益，以市场为风向标，急急忙忙地写作，慌慌张张地发表，在作品精神深度和艺术品质方面留下诸多遗憾。习近平同志告诫我们：“文艺不能在市场经济大潮中迷失方向，不能在为什么人的问题上发生偏差，否则文艺就没有生命力。”作家应该时时警醒自己，不断修炼境界、传承风骨，以坚实的人品为支撑，经受住任何考验。

记得明末清初的思想家顾炎武讲过：有益于天下、有益于将来的文章，多一篇，多一篇之益矣；有损于己、无益于人的文章，多一篇，多一篇之损矣。我们倡导提升文学境界，不是坐而论道，而是盼望不断催生精品力作，使有益于天下、有益于将来的文学作品多一篇、多一篇、再多一篇！

（原载《人民日报》2014年11月20日）

关于报告文学的危言散议

李冰

当今，报告文学在世界各地颇为风行，不过称法有些不同。20世纪30年代初，“报告文学”这一概念被引入中国，从此报告文学便从本土的文学和历史传统中不断汲取营养，蓬勃发展起来。1931年8月“左联”曾通过《无产阶级文学运动新的情势及我们的任务》的决议，大力号召“创造我们的报告文学”。此后的几十年里，茅盾主编的《中国的一日》、夏衍的《包身工》、魏巍的《谁是最可爱的人》、穆青等人的《县委书记的好榜样——焦裕禄》、徐迟的《哥德巴赫猜想》、黄宗英的《大雁情》、理由的《扬眉剑出鞘》等等，为报告文学树起了一面面旗帜，造就了一个个高峰。在新中国成立初的十七年里，报告文学尚没有自己的名分，概念也不很清晰，通常被称为特写或者文艺通讯。伴随着《哥德巴赫猜想》等报告文学的出现和创作的发展壮大，报告文学用一大批优秀作品，有力地证明了自己独立的个性，确立了应有的名分和地位，如张光年同志所说“由附庸而蔚为大国”。

报告文学在人们的社会生活中扮演着重要角色。我们不能忘记，1983年10月邓小平同志在党的十二届三中全会上指出：“文艺方面，近年来反映社会主义建设新生活的文学作品多了一些，这是值得欢迎的。但是，能够振奋人民和青年的革命精神，推动他们勇敢献身于祖国各个领域的建设和斗争，具有强大鼓舞力量的作品，除了报告文学方面比较多以外，其他方面也有，可是不能说多。”显然，邓小平同志对当时报告文学作品“能够振奋人民和青年的革命精神”，“具有强大鼓舞力量”，是给予肯定和鼓励的。近年来，我国每年出版的报告文学（含纪实文学、传记文学）有数千种，在报纸杂志上发表的报告文学作品则更多。一大批文质兼美的报告文学作品，为读者提供了丰富的精神食粮，同时也征服和培养了众多读者。强烈的使命精神和责任担当意识，是报告文学作家的优良传统。近年来，我们一次次目睹，在国家建设重大工程现场，在每一次国家有忧有难的关键时刻，不少报告文学作家生龙活虎地奔走在第一线，与人民同忧乐，与国家共甘苦，勇于拼搏，乐于奉献。在抗洪斗争中，在抗击“非典”

中，在抗击南方冰冻灾害中，在汶川地震救灾和玉树地震救灾中，报告文学作家的卓越表现，至今令人记忆犹新。

与此同时，我们也注意到，从上世纪90年代特别是新世纪以来，社会生活日益复杂多样，文化生产传播手段急剧变化，报告文学的发展面临着新的严峻挑战。如何厘清有关报告文学的理论误区，如何彰显报告文学的魅力，有很多问题需要我们认真思考和回答。

关于真实性问题

报告文学的力量来自哪里？不同的人可能有不同的答案，但谁都不能否认，它最根本的力量来自“真实性”，来自它对发生的时代事件和时代人物的真实反映。“真实性”是报告文学的生命，是报告文学的根本力量所在，也是报告文学的首要美学特征。报告文学的真实，是事实的真实，不同于通常人们理解并接受的“艺术真实”。报告文学如何抵达和坚守“真实”，围绕这一问题，以夏衍为代表的文学大师们达成了一个共识，即对素材进行取舍、整理和剪裁必须遵循不回避、不夸大、不矫饰的原则，要杜绝无中生有和张冠李戴式的“艺术加工”，更不能信马由缰地发挥“主观创造性”。也就是说，报告文学不允许“虚构”，哪怕这“虚构”仅仅是“略微”的。

报告文学的真实性，指的是报告文学所处理的题材、主题、人物、思想和情感的真实。说起真实性，人们会想到报告文学与新闻之间的关系。“真实”同样是新闻的基本原则。我们常说报告文学这一文体具有明显的“跨界”特征，最突出的表现就在于它既有新闻的特点，又有文学的特点，甚至很多优秀的报告文学作家本身就是经验丰富的新闻记者。与单纯的新闻报道相比，除了同样奉“真实”为圭臬之外，报告文学的哲理意味更浓、批判意识更强、艺术感染力更突出，而不刻意追求“时效”。尤其是20世纪80年代末以来大量涌现的“史志性报告文学”，更是以深邃的历史眼光、强烈的理性精神、宏大的知识信息量和厚重的文献色彩展示在读者面前。

谈到“真实性”，人们还会联想到“非虚构文学”这个话题。“非虚构文学”是不是一种独立文体？对这个问题的认识有分歧。我理解，“非虚构文学”与其说是一种文体，不如说是创作原则、创作态度、创作手法。多年来，我们的文学创作中存在着重技巧而忽略题材内容的倾向，甚至主张文学与现实脱钩，这使得文学反映生活、反映现实的能力衰退，文学在现实面前呈现某种“失语”状态。主张非虚构文学作品，正是以一种强烈的现场感、亲历感回应文学重新回归现实、回归生活的呼唤。

报告文学恪守真实性，反对“虚构”，但并不排斥“想象”。“虚构”和“想象”不能简单地画等号。报告文学拒绝虚构，反对在创作中编造人物和情节，但允许在不伤害真实的情形下适当合理想象。合理想象也被不少成功的报告文学作家称为艺术地还原真实。一切艺术创造都依赖形象思维，而想象是形象思维的具体化，是人脑借助表象进行加工操作的最主要形式，是创造性的基础。报告文学素材的筛选、裁剪、结构、表达，是作家对于“真实”的文学接受、驾驭和有效整理。报告文学作家们有一句形象的话，叫作“戴着镣铐跳舞”，说的就是这种独特文体对创作主体提出的特殊要求。要满足这特殊要求，需要报告文学作家具有比一般写作者更严谨的创作态度、更深刻的理性思辨和更高超的写作技巧。

关于思想性问题

思想性是任何文学作品都应具备的，而对报告文学则要求更高一些。报告文学的思想性，源自创作主体的理性精神，它包括作家的社会责任感、历史使命感和价值取向、道德修养、独立人格。一部优秀作品中所蕴含的思想性，是这些因素溶合在一起所形成的结晶。许多优秀的报告文学作品之所以被称为时代的良心和时代精神的晴雨表，就是因其有入木三分的思想性。

报告文学的思想性与时代性密不可分。白居易说过：“文章合为时而著，歌诗合为事而作。”一个时代有一个时代的文学。“文艺是时代前进的号角，最能代表一个时代的风貌，最能引领一个时代的风气。”推动文艺繁荣发展，关键在于创作出无愧于我们这个伟大民族，无愧于伟大时代的优秀作品。在所有的文学门类里，报告文学与时代的关系最为紧密。报告文学作家只有真实地反映时代的现实，倾听时代的呼唤，顺应时代的要求，呼应世界文明的潮流，才能创作出卓越优秀的作品。反映时代的现实，要求我们书写和记录人民的伟大实践，艺术地反映人民群众创造历史的精神和行为，实实在在地为人民鼓与呼；倾听时代的呼唤，要求我们不做脱离时代的无病呻吟，成为时代风气的先觉者、先行者、先倡者；顺应时代的要求，要求我们突出爱国主义的主旋律，为历史存正气，为世人弘美德；呼应世界文明的潮流，要求我们有全球眼光，以自己的艺术个性进行创新。那种在伟大的时代潮流面前只是关心自己的微细得失和感觉的表述，都是局限和渺小的，不被有理想、有追求的作家所取。

报告文学的思想性与题材的选择有密切关系，但题材本身并不天然地具有思想性。选择社会热点题材，常常会使作品受到更多关注，但是否具有思想性还要看作家开掘题材的功力与水平。近年来，许多报告文学作家把目光集中在很多大题材上，确实创作出了不少优秀作品。但优秀的报告文学作家绝不应仅仅依赖于热点题材，而应该对任何有价值的题材都进行深度挖掘和个性表达。从平凡人物、日常小事反映出社会发展进步，其意义和价值不逊于对宏大题材的书写。要警惕对某些题材的过度消费，防止在一些热点题材面前一哄而上。文学作品的思想价值、艺术价值与题材本身价值的高低并不一定成正比。即使是面对一个热点题材，如果停留在就事论事的表象书写，缺少深入的开掘和剖析，最后呈现的也会是庸常之作。

关于文学性问题

报告文学终究属于“文学”的范畴，因此，文学性是报告文学这种文体合法性的根基。报告文学虽然不同于其他文体，但它同样离不开生动的形象、严谨的结构、隽永的语言、丰富的技巧和鲜明的风格。我们反对艺术决定论，也不主张简单地以某一种文体的特性统御所有文学形式，应细心地认识和尊重不同文艺形式的个性特色，但我们必须给报告文学的艺术表达以应有的高度重视。多年来，在一些报告文学作品中存在着轻视和忽略文学性的现象，有些报告文学作品在重视思想深度、批判力度和作品信息量的同时，走上了过分学术化、综合化、史料化的歧途。一些报告文学作品，语言粗糙，形象干瘪，结构失当，成了人物事迹、史料、文献、数据的简单堆砌，迷失了独立的文体创造价值，弱化了报告文学作为“文学”的基本特征。一些报告文学作品，写作难度越降越低，离艺术与美的距离越行越远，其“文学”身份不可避免地招来质疑。

导致报告文学文学性匮乏的原因很多，最主要的是下功夫不足和能力欠缺。有的报告文学作家被浮躁情绪缠绕，不愿花“十年磨一剑”的苦功夫，对表现的对象了解得不深、研究得不透，满足于对零碎表象、现成资料的占有。有的报告文学作家艺术准备不足，缺乏较高的文学修养和艺术表现能力，在语言、修辞、描写、叙事、抒情、议论方面捉襟见肘、力不从心。在这样情形下，创作出来的作品难免给人以文学性稀薄之感。今天，报告文学要继续繁荣发展，必须强调在文学性上精益求精，追求浓郁的诗情和动人的情节，追求语言的优美和结构的精巧，追求思想的深邃和学识的丰富，重塑报告文学的魅力。

报告文学的文学性还来自强烈的情感。“感人心者，莫先乎情”。至今，我们阅读《包身工》《谁是最可爱的人》《哥德巴赫猜想》等经典报告文学作品，仍会被作者的满腔深情所感染。优秀报告文学作家的笔，饱蘸的不仅是墨水，还有自己充沛的感情。我们应该以火热的情感拥抱生活、拥抱时代，自觉充当“时代的眼睛”，发现和传扬曾经感动我们的人和事，向社会传达正能量。

关于两个效益、两种价值问题

习近平总书记在文艺工作座谈会上深刻阐明了文艺的独特属性，对文艺与市场的关系有精辟论述，他指出：“文艺不能在市场经济大潮中迷失方向。”“一部好的作品，应该是把社会效益放在首位，同时也应该是社会效益和经济效益相统一的作品。文艺不能当市场的奴隶，不要沾满了铜臭气。”总书记的谆谆告诫发人深省。

作家要正确处理好义利关系，当两个效益、两种价值发生矛盾时，自觉做到经济效益服从社会效益，市场价值服从社会价值。要认真严肃地考虑作品的社会效果，讲品位，重格调，抵制低俗之风、逐利倾向。这不只是报告文学面临的问题，而是整个文学界都必须正视和解决的问题。我们不能不看到，商业文化对报告文学肌体的侵蚀与冲击正日趋严重地损害这种文体的声誉。报告文学应该确立自己应有的文体自尊，同廉价的歌咏、媚俗的炒作、轻浮的消遣划清界限。报告文学作家，要珍惜“灵魂工程师”的称号，自觉践行社会主义核心价值观，不断提升思想修养，强化人格修为，做到创作与修身共进，追求人品与文品俱佳，以高尚的职业操守和自己的优秀作品赢得读者的尊重和喜爱。

我们热切地希望报告文学作家们，认真学习贯彻习近平总书记的重要讲话精神，书写“中国梦”，弘扬“中国精神”，奉献出更多有筋骨、有道德、有温度的好作品。

（原载《光明日报》2014年11月24日）

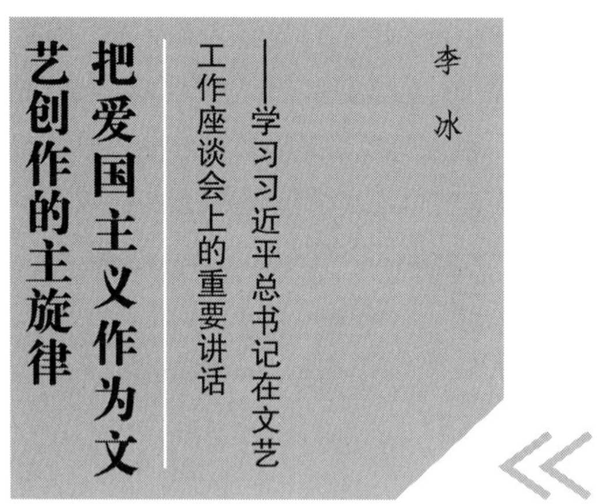

把爱国主义作为文艺创作的主旋律

——学习习近平总书记在文艺工作座谈会上的重要讲话

李　冰

习近平总书记在文艺工作座谈会上的重要讲话，回答了什么是中国特色社会主义文艺和如何繁荣发展中国特色社会主义文艺等根本问题，提出了一系列富有创见的新思想、新观点、新论断、新要求，是指导文艺工作和文化建设的纲领性文献。习近平总书记在讲话中强调，“文艺是铸造灵魂的工程，文艺工作者是灵魂的工程师。”还提出“要把爱国主义作为文艺创作的主旋律，引导人民树立和坚持正确的历史观、民族观、国家观、文化观，增强做中国人的骨气和底气。”习近平总书记的论述高屋建瓴，精辟深邃，具有很强的针对性和指导性，我们要深入学习领会，认真贯彻落实。

一、爱国主义是中华民族文艺创作永恒的主题

爱国主义体现的是个人对祖国的依存关系，是饱含着归属感、认同感、尊严感与荣誉感的意识观念，是千百年来巩固起来的对自己祖国的深厚感情。爱国主义是中华民族文艺创作永恒的主题，历代仁人志士和诗人作家留下了灿若星河的爱国主义篇章，展示了崇高的爱国情怀。班固“爱国如饥渴”的赤心，陆游“位卑未敢忘忧国”的担当，顾炎武“天下兴亡，匹夫有责”的志向，秋瑾“粉身碎骨寻常事，但愿牺牲保国家”的气节，吉鸿昌“恨不抗日死，留作今日羞，国破尚如此，我何惜此头”的豪言，表达的都是炽热的爱国主义的情怀，在今天依然动人心魄。这些爱国主义经典是中华优秀传统文化的重要基因。

新中国成立以来，在党的文艺方针的阳光沐浴下，我国文艺园地呈现繁花锦簇的景象，爱国主义题材的精品力作争奇斗艳。改革开放以来，我国文学艺术迎来新的春天，广大作家谱写了激越、铿锵、雄壮、优美的爱国主义的主旋律，以自己的笔触深切表达对自己的民族、国

家、人民、文化、历史深情的热爱。当然，不可否认，近年来，文艺创作领域也出现了一些刻意背离爱国主义主流价值、贬低爱国主义经典作品、随意颠覆历史、解构民族文化的不良倾向。面对喧嚣和嘈杂，我们更应该高举起爱国主义旗帜，发扬优良传统，弘扬爱国主义主旋律，传播正能量，以有筋骨、有道德、有温度的文艺作品，彰显信仰之美，崇高之美，让人们的灵魂经受洗礼，激励人们昂扬奋进。

二、全身心书写中华民族伟大复兴的中国梦

爱国主义承载梦想、张扬梦想。把爱国主义作为文艺创作的主旋律，就要全身心地书写中华民族伟大复兴的中国梦。这就要求我们树立和坚持正确的国家观和民族观，弘扬作为社会主义文艺灵魂的中国精神，增强做中国人的骨气和底气。

实现中华民族伟大复兴，实现国家富强、民族振兴、人民幸福，是中华民族近代以来最伟大的梦想。中国梦浓缩着中华民族的价值追求，凝聚了一代又一代中国人的美好理想，更是当代中国的民族精神和时代精神。在五千多年的历史中，中华民族形成了以爱国主义为核心的伟大民族精神。在幅员辽阔、山川秀美、人杰地灵的中华大地上，无数中华儿女万众一心、英勇斗争、自强不息、争取民族振兴和国家富强的伟大实践，是中国精神的光辉写照，是文艺创作的重要资源。文艺是民族精神的火炬，是人民奋进的号角，奋笔抒写“历史中国”百年的追梦理想，泼墨描绘“当代中国”的圆梦图景，是时代赋予文学的神圣使命，也是当代作家的历史责任。

书写中国梦，必须着力讲好中国故事。文艺作品一定要讲究艺术性和感染力，避免贴标签、模式化、概念化、标语口号化。要遵循文学艺术创造规律，从人民群众的实践中寻找创作灵感。文艺创作既要有对远大理想的憧憬表达，又要有对现实生活的生动呈现；既要抒写群体追梦的业绩，又要叙写百姓个人的生活经历，透过个体独特的体验映现时代；既要谱写出人民奔向美好未来的激越旋律，又要高奏起人民除恶祛邪的奋进交响。艺术作品要直面真善美与假恶丑、光明与黑暗、先进与落后并存的现实，敢于描写社会的矛盾和冲突，用光明驱散黑暗，用美善战胜丑恶，让人们看到美好，看到希望，看到梦想就在前方。

三、为人民抒写、为人民抒情、为人民抒怀

人民是国家之本，没有人民国将不存，离开人民何谈爱国。人民是创造历史的真正英雄。社会主义文艺，从本质上讲，就是人民的文艺。文艺来自人民，服务人民。爱国主义作为文艺

创作的主旋律，就要为人民抒写、为人民抒情、为人民抒怀。要把人民作为创作的源头活水，自觉与人民同呼吸、共命运、心连心，虚心向人民学习，从群众的火热生活中汲取营养，欢乐着人民的欢乐，忧患着人民的忧患，做人民的孺子牛。现在，一些作品不感人，没有生命力，就是因为文艺工作者脱离生活、脱离群众，取不到生活的真经，触不到群众的脉搏。如果置人民群众需求于不顾，把文艺创作仅仅看作是表达个人志趣的工具，囿于私人话语、个体情调的樊篱，"总是咀嚼个人身边的小悲欢，并把小悲欢当大世界"，文艺创作就会蜕变成自娱自乐的清供，创作必会苍白和空洞，离真正的艺术越来越远。习近平总书记告诫我们："一旦离开人民，文艺就会变成无根的浮萍、无病的呻吟、无魂的躯壳。"

人民既是文艺的创造者，也是文艺作品的鉴赏家和评判者，文艺作品只有获得人民的认可，才能最终实现它的价值。文艺工作者要把人民放在心中最高的位置，自觉把人民群众是否满意作为评价文艺作品的重要标准。要把社会效益放在首位，自觉追求社会效益和经济效益的统一、创作自由和社会责任的统一，努力创作出思想性、艺术性、观赏性相统一的优秀作品。绝不能让文艺创作在市场经济大潮中迷失方向，以至于陷入低俗化和庸俗化的泥潭，使文艺沾满铜臭气，成为市场的奴隶。

四、树立和坚持正确的文化观，弘扬中国精神，凝聚中国力量

爱国主义是一种深沉的文化追求。闻一多说："我爱中国固因他是我的祖国，而尤因他是有那种可敬爱的文化的国家。"中国是举世公认的世界文明古国，创造了灿烂辉煌的中华文化，对世界文明做出了不朽的贡献。中华优秀传统文化是中华民族的精神命脉，是我们在世界文化激荡中站稳脚跟的坚实根基。我们树立正确的文化观，弘扬中国精神，要结合新的时代条件传承和弘扬中华优秀传统文化，传承和弘扬中华美学精神。

文化反映了一个民族特有的信仰追求、价值取向、文明准则、思维方式和生活方式。文化是难以割舍的，文化的损伤是人们心灵深处最难以忍受的痛。记得法国作家都德曾创作一部反映法国人民深厚爱国主义感情的名篇《最后一课》。小说从阿尔萨斯省某小学的最后一堂法语课反映法国领土被侵占这一重大事件，把爱祖国和爱文化有机联系在一起，给读者留下了深刻印象。中华民族经过千百年淘洗，形成了博大精深、底蕴深厚的中华文化，使之成为维系中华民族生生不息的精神家园。我们要自觉运用马克思主义的立场、观点和方法，审视中华优秀传统文化的现代意义和价值，取其精华，去其糟粕，凝聚促进民族振兴、国家富强、人民幸福的强大文化力量。

中华优秀传统文化丰富的思想内涵和深厚的文化底蕴，很多寓于文学艺术之中。从我国第一部诗歌总集《诗经》开始，历经先秦散文、两汉辞赋、魏晋南北朝文学、唐诗、宋词、元

曲、明清小说等多个文学艺术发展阶段，中国文学艺术煌煌大观的典籍，涵蕴了中华优秀传统文化独有的美学精神。文艺工作者必须下一番焚膏继晷的苦读功夫，下一番含英咀华的深研功夫，塑造自己成熟的文化人格。中华传统文化要经过创造性转化，才能在传承基础上发展。要正确处理传统与现代的关系，既保持文化的民族性，又体现文化的时代性。要正确处理传承与创新的关系，既葆有传统文化优秀特质，又实现传统文化的开拓创新。文艺作品要弘扬中华民族优秀文化传统，讲好中国故事、传承中国文化、表达中国价值。

五、树立和坚持正确的历史观，热情书写国家与人民的历史

历史是民族成长的足迹。俄国文豪列夫·托尔斯泰在其巨著《战争与和平》中说过："历史是国家和人类的传记。"每个国家都有自己的历史，爱我们的国家必对我们国家的历史有敬畏感和自豪感。把爱国主义作为文艺创作的主旋律，就要树立和坚持正确的历史观，热情书写国家与人民的历史。一段时间以来，社会上出现了歪曲历史、消解历史的错误思潮，甚至还出现了按照西方标准重写中国历史、重评中国历史人物等历史虚无主义现象。龚自珍曾有一段警世名言："灭人之国，必先去其史；隳人之枋，败人之纲纪，必先去其史；绝人之材，湮塞人之教，必先去其史；夷人之祖宗，必先去其史。"这段话至今读来，仍振聋发聩。一个民族、一个国家，如果不知道自己是谁，从哪里来，到哪里去，就不知道如何选择前进道路；不知道如何对待过去，就不知道如何对待未来。

文学作品固然不是历史教科书，但严肃的作家必须对历史具有客观、理性的认知，向历史负责。我们要自觉学习并运用马克思主义的世界观和方法论分析历史过程、历史事件、历史人物，不能一叶障目或盲人摸象。如果不是从整体上、从联系中去掌握历史事实，把一些零碎的事实随意挑出来随意渲染，那只能是游戏历史。作家要全面地而不是片面地认知社会历史，辩证地而不是形而上学地分析历史现象，发展地而不是静止地认识历史事件，深入地而不是肤浅地评价历史人物，这样才能分清主流与支流，辨明表象与本质。

把爱国主义作为文艺创作的主旋律，不是对创作题材的限制，而是树立起一种高尚的精神追求，具有广阔的表现空间。不能认为只有描写民族战争、革命斗争等重大事件的作品才是爱国主义，才是主旋律。吟咏祖国山河、怀念故土乡愁、描绘百姓生活的作品，同样可以成为爱国主义的主旋律作品。也不能认为爱国主义的主旋律作品，必是长篇巨制。事实上，中短篇小说、散文、诗歌等各种体裁，无不可以创作出爱国主义的主旋律作品，这是被反复证明了的、无须赘论的道理。

（原载《求是》2014年第23期）

文学创作概况

2014年的长篇小说仍然是题量浩大、百舸争流、千姿百态，老将们宝刀不让，新生代们则勇争潮头，尤其是在新媒体（微博、微信）的作用下，文坛呈现出以往难见的波涛汹涌之势。尽管如此，透过浪花，还可清晰地看出今年的小说长河上大写着古老、新鲜、沉重、复杂的两个字：中国。围绕着“中国”这个关键词，作家们从不同层面展开了各自的叙述。对百年来中国故事的挖掘，作家们展现了他们的才华，在叙事方式上的探索与创新令人瞩目；关注当下中国现实，触摸当下中国脉搏一直是中国当代作家的一个重要使命，这一层面的作品数量较多，其中不乏佳作；命运存在的思考追问是2014年度长篇小说的一个支流，作家们联系现实历史人生，跳出表象，进行了深度探寻与追问；个人的精神成长与青春是一个永恒的话题，不同年龄的作家们在这一点上表现出共同的兴趣与努力；也有一些作家将笔力挺向中国传统文化符号的溯源与发掘。这一切似乎可以说明：中国作家开始拥有某种程度上的文化自觉与自信，然而，作家们是否找到了好的小说中国的方式？他们是否实现了自己的初衷？

一、百年中国故事的多重讲述

究竟如何讲好中国故事？作家们在文化自觉的同时却陷入了某种叙事焦虑，这也是近来出现许多“难读”的长篇小说的原因。作家们在讲述中国故事的方式上呈现出多重探索性，譬如贾平凹的《老生》、关仁山的《日头》、雪漠的《野狐岭》等。一个非常突出的现象是，近来长篇小说中出现了大量复调风格的叙事，由多个声部共同讲述中国故事，在这一点上，有不俗的收获，也有不完满的作品。总体看来，作家们并没有停留在形式的探索层面，而是将关注与努力的重心放在书写百年中国历史，讲述百年中国故事上。

贾平凹新作《老生》是在中国的土地上生长的中国故事，用中国的方式来记录百年的中国史。这部作品主要由四个故事构成，每一部分的名称就是“第几个故事”，又辅之以“开头”、“结尾”。书中讲百年中国故事的中心人物“老生”是一个穿越阴阳两界的唱师，他见证和讲述的四个故事共同构成了百年中国的历史记忆与这个国家中人的命运。较为独特的是每一个故事中间又穿插了一位饱学之人给放羊人的孩子讲述《山海经》的内容，这是小说的又一重声音。具体到每一重声音内部，又由多重声音构成，比如《山海经》部分既有老师讲的声音，又有师生问答的声音。这种多声部配合的结构方式是一种文学对于音乐的移植，在复杂的声音中获得小说的丰富性与深厚性，获得普通的小说结构难以达到的戏剧性效果。在多声部同时展开并配合的同时，贾平凹运用了一种巧妙的衔接来完成叙事结构上的转换。《山海经》是描绘远古中国山川地理和奇异动植物的一部书，它在小说四个故事之中是有特殊用意的，它的声音和老生的声音共同记录了中国，这个国家自古至今的历史和生活其中的人的命运。《老生》又是一部向《红楼梦》致敬的作品，其更深寓意在中国传统文化深处，老唱师唱的第一首阴歌“人生在世有什么好，墙头一棵草，寒冬腊月霜杀了……”显然是直逼《红楼梦》中跛足道人的《好了歌》。他的人生是一场梦，他讲述的百年中国故事也是时代的一场大梦。

无独有偶，关仁山的《日头》也表现出对讲述中国故事的方式的努力。这部作品是关仁山的“中国农民三部曲”收官之作，小说通过一老（八十八岁的老人汪长轸）一少（菩提树上的毛嘎子灵魂）的双重叙事展现出河北冀东平原日头村数十年的变迁，对中国农民的生存困境和精神困境进行了深度探寻。同时，作者在每一章的开头引入了古代十二乐律名，小说的文本内部的声音由此变得更加丰富，体现出作者试图书写当代中国黄钟大吕式作品的雄心。作者在《日头》中试图更直接地探讨和追问农民问题，如农民贫困的根源、农民怎样才能生活得更好等。关仁山对当前农村土地荒芜、生态失衡、空巢现象、留守儿童问题等没有停留在简单的谴责层面，而是深度反思其历史文化及制度方面的根源。但是，小说中的古十二律、二十八星宿的象征性意象带来了一定的阅读难度。

《野狐岭》由二十七“会”构成一部长篇，每一会都由“我”的行动和处境与幽灵们的叙述两重声音构成，这是比较独特的。“会”意味着聚会、集会，意味着声音的复杂性和多重性。这种独特的小说结构体现出雪漠的创新与努力。《野狐岭》中的声音实在太多：无形的杀手、痴迷木鱼歌的书生、起义英雄、复仇的女子、向往出家人的年轻人、沙漠中的土匪、驼把式、不义之徒、心思堪与人相比的骆驼……而小说正是在此基础上加上一个活在现世的“我”，来将这一切串连在一起。“我”在小说中表面上是为了探寻百年来西部最有名的两支驼队的消失之谜，但事实上是个灵魂的采访者，倾听者。“我”为了实现灵魂集会并采访他们而来到野狐岭的。《野狐岭》以众多幽灵的集会和叙述来完成一部长篇小说，它的试验性结构其实是有相当写作难度的。虽然小说中而有关“我”的叙述节奏总是与幽灵们的回忆与叙述的节奏有内在关联性和相通性，但仍然有声音过于杂乱之感。

《吾血吾土》是范稳“藏地三部曲”之后的一次精神高地之行。作者为了此书的创作，四年查阅史料，深入滇西采访抗战老兵，甚至赴台湾等地采风，终于在2014年将此书完成。这是一部以个人之史抵达民族之史的作品，小说揭示了西南联大“三剑客”赵广陵、刘苍璧、廖志弘三人抗战时期投笔从戎，英勇救国，及其在不同的历史时期的遭遇。作者以大时代中的人生与命运为线，呈现出这一时期中华民族的历史。赵广陵是小说的重要人物，他曾师从闻一多，参加过远征军，立过奇功，负伤毁容。又重新求学，被冤入狱。解放后被改造。在特殊年代受到亲人的伤害，后搜集远征军资料和文物，书写历史。作者“希望能通过一个人面对历史与现实碰撞中的无奈与坚守、妥协与抗争，来还原我们整个民族的一段历史”。

此外，王妹英的《山川记》通过桃花川三代人的人生与命运的描述，呈现出新中国成立初期至今，尤其是改革开放三十多年以来中国农村的历史变迁。桃花川上有理想主义色彩的人物，有各式各样的乡村女性，有新一代农民形象，他们在各自的人生中品尝世事的艰苦抑或幸福，但岁月总归教会他们释然与坦荡。桃花川就是王妹英心目中的世外桃源，它从未与世隔绝，却似乎只身世外，在这里，人情与世事相容，凡俗与自然呼应。而学者型作家於可训的《地老天荒》多条线索同时展开讲述湖北鄂东地区自20世纪30年代至今的历史及宛戢两大家族争夺大湖滩的惊心动魄的故事，中间又穿插了三代人的爱情故事。张好好的《布尔津光谱》则以一个未及来到人世就死去的婴孩灵魂的叙述视角展现出大时代中布尔津普通人的幸福、伤痛以及他们的故事。

二、当下中国脉搏的深度触摸

触摸自己所处的时代的脉搏是每一个有良知的作家的责任，近来这方面的长篇小说不少，在这一层面上，部分作家同样保持了对叙事方式的迷恋和某种写作的难度。

宁肯《三个三重奏》中的三重奏如下：一是“我”，“我”是一个外表健康但内心病态的人。“我”不是残疾人，却喜欢坐在轮椅上阅读，在书架中穿行，自己将自己囚在书房里面。“我”其实是一个自我放逐和阉割的知识分子，对图书馆畸形迷恋，“我”的理想是居住在图书馆里。某天“我”来到看守所的死囚牢，成为一名志愿者，认识了许多死囚，他们的人生成为“我”讲述的故事，这部分在书中由序曲和注释构成；二是杜远方，一个国企总裁，生活在我们这个时代和社会的黑洞里，他在逃亡中躲避在小学教师李敏芬家中并与其产生不伦之恋；三是居延泽，一个名牌大学生从秘书走向权力巅峰，他在一个纯白色空间中受审。小说在这一重奏中充分体现了现代小说的特征，比如纯白色的空间、审讯方和被审方的深刻心理描写，这些内容在当下的小说中是较为少见的。小说中的三重声音其实在同时奏鸣，最终走向合唱。小说冥想与哲思的风格让人感受到生命之重。小说题记为鲍德里亚《完美的罪行》中的句子，作者借鲍德里亚对虚拟取代现实的批判来反思现代人与真实的疏离。小说中的三重声音其实构成了三重虚拟的空间，人与现实的关系越来越远，这是一种完美的罪行。

刘心武在《飘窗》中坚持了他一以贯之的人道主义思想、知识分子自省意识，以及对世俗生活中普通人的生存和生命关注。小说中的薛去疾是一个有人文理想的知识分子，但他同时又喜欢关切市井之中的芸芸众生，每天通过自己四楼的飘窗观察外面街道的动态，从容地欣赏窗外的“清明上河图”。庞奇的出现打破了他的平静观望，庞奇曾是黑社会麻爷的手下，与薛去疾相识后受到薛去疾“启蒙”，懂得了尊严、高尚、博爱等。然而，为了儿子的事业和房产，他抛弃了自己坚守的立场，出卖了自己的人格，跪在麻爷面前给他磕头，这一举动让曾经被他成功灌输了人文精神的庞奇对整个世界无比绝望，庞奇杀死了他。《飘窗》意味深长，是知识分子成功启蒙大众后却遭遇自身堕落的悲剧，是知识分子的一次自省。

《荒唐》是先锋作家马原新作，小说主人公黄棠是荒唐的谐音，她是一家大型公共关系公司的总经理，作者通过黄棠这样一个特殊的社会位置与当下时代的各个领域取得了联系——黄棠的家族几乎涉及中国现实的各个重要层面：资深的政府官员、跨国公司经理、医药专家、大型节目策划、独立纪录片导演、官二代和富二代……马原试图通过对黄棠及其所在整个家族的叙事，揭示当下社会的复杂面貌与现实生活的本质。马原在这部小说中的叙述态度是冷静而又反讽式的，他避免了一种对抗式的激烈的态度。在《荒唐》的结尾，马原又一次把小说虚构的本质揭开给我们看，时间又一次弄错，那个叫马原的汉人又一次出现，这当然让人想起他的《虚构》，但是多年之后重设叙事圈套并没有给人带来新的质素，反而破坏了整个作品的完整性。

薛忆沩的《空巢》的中心情节并不复杂，讲述一位高龄的空巢老人遭受到电信诈骗并因此离开人世的故事。与许多想占些小便宜而上当受骗的案例不同，小说中的“我”是个一生“清白”没有污点的人，在垂暮之年回想自己的一生，觉得自己一事无成，但是唯一值得珍惜的是自己的“清白”，这清白甚至是悼词里要突出的重要内容。这个终生的精神洁癖成为犯罪分子欺诈成功的一个重要原因。“我”甚至不承认自己是被欺骗了，最后，当“我”终于明白事情的真相后，感到布满自己一身的已经不是污点，而是充满恶臭的污垢。“我”在极度悲伤中离开了这个充满骗局的世界。作者对母亲代表的“这一代中国人”所坚信的历史与政治话语进行了隐性的解构与质疑。《空巢》成功地将一个社会事件转化成小说，人物内心的发掘和呈现也非常成功。

《爱历元年》与王跃文作者此前的写作风格相异，小说由一个普通家庭的情与爱打开了一扇时代社会的窗户。爱历，是两个相爱之后的年历，小说中的孙离与喜子原本是一对相爱的夫妻，并拥有属于他们自己的爱历。然而，因着现实生活的压力，喜子努力上进的同时远离了自己的家庭，孙离也在与其他女性的相处中远离了自己的爱历，一个家庭几近离散。然而，作者却让这个家庭在这个时候遭遇了难以想象的难关，于是，两颗共同面对命运的戏弄和磨难之后重新打开了属于他们的爱历。小说书写的重心不是爱情，而是现实对人性的磨损及其救赎。这部作品有不足之处是某些情节的设置痕迹有些过于生硬。

晓航的《被声音打扰的时光》中每一个人都在极速运转的社会中寻找着爱，小说中卫近宇、楚维卿、秦枫、冯慧桐等人物大多有被亲人或爱人抛弃的经历，他们无一不内心充满伤痕却向往有爱的生活，最终，主人公克服了内心庞大的恐怖声音而走向自己的位置。相比地方志的形式的《上塘书》，孙惠芬新作《后上塘书》更加侧重内心的书写，小说拉开了一幕当下中国乡村现实的画卷，深度书写其中的人的精神世界以及他们历经时代之浪后的重生。高众的《白衣江湖》描写某省城中心医院心内科的医生们在经济大浪下的“江湖”人生，小说揭去了“白衣天使”的面纱，随之而来的是现实的残忍与痛彻。

三、中国人命运存在的思考

在触摸现实的同时，作家们纷纷探寻人性并对生活在这片土地上的人的命运与存在进行思考与追问。2014年长篇小说中出现了较为集中追问女性命运、知识分子命运的作品，当然，也有对人的存在的思考。

叶兆言新作《很久以来》的时间跨度自20世纪40年代初期至今，小说聚焦竺欣慰、冷春兰两位女性的命运及她们一生的友情。作者在呈现“文革”灾难中人物的命运时，淡化了时代对命运的影响，却将人物性格与其所遭遇的结局紧密相连。她们的命运在时间与历史中各自延伸。小说第二章和第九章中仍然以先锋作家的姿态将叙事的本质揭露出来，使文本变得更加复杂。《很久以来》延续了叶兆言对南京记忆的书写，南京在作者笔下是人物活动的场景，更是中国当代历史的见证者，世事沧海桑田，不变的却是南京这座城市的风貌，这样的背景中人物的命运遭际更加让人慨叹。这部作品实现了作者不“控诉历经的苦难，只是想展现普通人的生活状态，为大多数人立传”的意图。

严歌苓的《妈阁是座城》以澳门为背景，呈现出梅晓鸥这个女叠码仔的人生与命运。赌场本身就是一个特殊的场域，小说几乎是拉开了一幅赌场与世界的百丑图。梅晓鸥等人物的性格特点都非常鲜明，但是这部作品对于擅长描写女性的严歌苓来说仍然是一部另类之作。梅晓鸥的工作环境特殊，性格中也有一些不可预料甚至难以理解的因素。透过梅晓鸥的眼睛，既能看到当下人们的无尽欲望，也能看到人性的复杂。叠码仔总是想方设法从客户中找那些所谓的潜力股，他们在贪婪的欲望中的毁灭是叠码仔的生存基础。人性的丑陋与命运的残酷由此可窥一斑。每个人在某种程度上变成无法自拔的赌徒，他们的命运尽头只能是毁灭。这部作品中，反复无常的丑陋人性、无止境的贪婪欲望都得到了深度呈现。

张翎的《阵痛》重点呈现上官吟春、小桃、武生三代女性的命运遭际，命运之神伸出她那无形的大手，牵引着这三代女性走上同一条路，她们无一不经历了非凡的情感经历和在生死边缘独自面对生育的阵痛。对于女性来说，生育的阵痛是暂时的，而时代的苦难却是长久的，生命如此博大，母性却如此坚韧。小说同时也将20世纪40后代初到当下历史的风雨飘摇与动荡时局揭示出来，显现出作者的追求。但作品对于女性的思考过于集中在生育新生命的层面，对女性精神剖面中更深层的剖析似科不够。

徐虹在《逃亡者》中以女主人公“我”的人生轨迹为线索，将人物放在改革开放、市场经济发展中的北京，书写世纪之交都市中的女性人生及命运，小说揭示出当下都市现实的复杂混乱，心灵的无处可逃，绝望感伤。

当代中国知识分子的命运一直是作家们关注的焦点，2014年，两位身在高校的作家呈出了两部直抵知识分子生存与精神双重困境的作品。

阎真《活着之上》专注于高校知识分子的生存状况和精神世界，大胆揭示了高校的学术制度问题与知识分子的生存之痛。小说中的“我”，历史学博士聂致远有学术潜质，热爱自己的专业，却因为不善钻营而处处失意，在求学、求职、婚姻、生活方面可谓举步维艰。“我”致敬的对象是曹雪芹，因其拥有在社会现实面前坚守人生理想的伟大人格，面对现实“我”也时时迷茫失落，但终于坚守了知识分子的良知。另一个人物蒙天舒不学无术，却因为坚持实践“屁股中心论”一路平坦走进高校并仕途得意。被称作高校“青椒”的青年教师成长艰难，他们带着自己的难与痛又如何对学生讲人文精神？《活着之上》将高校知识分子在市场经济大浪中的困境无情地撕开，作者的追问是：活着是不是活着的意义，在活着之上是不是还有更加重要的意义？答案是：在活着之上，还有先行者用自己的血泪人生昭示的价值和意义。

徐兆寿《荒原问道》以双重线索切入到知识分子的心理、命运、精神、信仰层面，书写了新中国成立以来两代知识分子的命运与心灵，追问个体存在的意义与中国文化的命运问题。老一辈知识分子夏好问经历了从广场到民间，再从民间到广场，而最后又回到民间问道，新一代知识分子陈十三则经历了从民间到广场、从东方到西方，再从西方至东方的问道过程，他们的经历从一定意义上可以理解为我们半个世纪以来知识分子的“问道”之路。如果说张贤亮那一代作家强调对知识分子的政治叙事，那么，《荒原问道》的知识分子书写则转到文化叙事。从这个角度来看，这部小说意味着对当代中国知识分子的精神史的书写。同时，也意味着对当代社会的精神现实及人面临的精神困境的追问。

范小青《我的名字叫王村》触及了当下中国农村在城市化进程中遭遇的种种困境，并以一种寓言式的手法直击人存在之荒谬。“我”弟弟从小认为自己是一只老鼠，我们全家为此备受歧视，“我”下决心将他抛弃之后又悔恨，踏上了寻找弟弟的道路。由此吃尽苦头，甚至被人误以为精神失常。后来弟弟竟然回乡了，他说：“我的是名字叫王村。”这里的离乡与归来，背离与寻找，都是寓言式的。作品中的充斥着撕裂和疼痛，迷失和追寻，这是人与人之间的，人与自我之间的，也是人与世界之间的。小说中反复出现“我就是我弟弟”，“我不是我弟弟”，“我就是我”，“我不是我”之类的语句，体现出现代人迷失与找寻的迷惘以及找不到自己存在的荒诞性。

四、中国式精神成长的书写

2014年，不同代群的作家在书写个人的精神成长和青春方面表现出浓厚的兴趣，他们将笔触伸向个人内心深处，写下了一部部精神史或者成长史式的作品，而这些作品地无一不立于当代中国的大背景之下，堪称中国式的精神成长与青春的记录。

引起众人关注目光的首先是老作家王蒙的《闷与狂》，这是一部诗性的个人精神史，也是一次个人精神的时光逆旅。小说由十八个篇章构成，大体以人生经历为序，以两只猫的眼睛为小说开始，先写儿时的记忆，童年的乐趣和贫乏的成长环境，所经受的饥饿与疾病。然而，童年全不需要同情的眼泪。一个渺小孱弱贫窘的童年恰恰是不确定的，它有可能是走向辉煌的梦。作者在此处用了两个极能说明态度的标题：“瘦弱的童年也许更加期待爆炸”、“我的宠物就是贫穷”。其后是“青春赋”，青春是杀人的与救人的，诗性的与血性的悲苦的与敞亮的，郁闷的与痛快淋漓的。爱情也是青春经历中一个不可或缺的部分。作者此后又让意识流向“未名”，一个无法命名的部分，它是人生是文学是幽灵。作者以意识流的方式记述了自己的新疆生活、文学生活、个人的精神生活。最后，他说“明年我将衰老”，他将自己的灵魂飞翔在崆峒山上，绕着“空同”飞翔。王蒙出生于20世纪30年代中期，他是当代中国历史的参与者和见证者，他的个人精神史样包含了中国近八十年的国家历史和民族经验。在这个意义上，王蒙的《闷与狂》是每一个当代中国人的精神史。这部作品又因作者强大的意识整体性流动而被称作“中国版的《追忆逝水年华》《尤利西斯》”。

较之《妈阁是座城》，严歌苓的《老师好美》显得有些单薄，但也是严歌苓的一次大胆尝试。作品采用多个叙述视角的转换，多个故事交叉行进，以细腻的笔法发掘人物内心的情感伤痛和挣扎。作品把人物的身份设定在校园，却几乎没有涉及校园生活的内容，想表达出师生三人的隐秘感情，却将女主角推向不受读者理解的对立面。两名家庭背景、性格爱好都截然相反的男学生却都对自己的女班主任情有独钟。丁佳心一直在人性、欲望、道德的旋涡中挣扎。人的欲望会迷失自我，并出现难以预料的结局。作品虽然努力想要表现高考压力下学生的情感世界，但是很难引起共鸣，结局也有些仓促。

《别了，日尔曼尼亚》是学者型作家王宏图的第三部长篇小说。王宏图是复旦大学中文系教授、批评家，旅欧生活不仅对他的学术研究野产生了影响，而且对他的小说创作产生了深远影响。这是一部“双城记”式的精神成长小说，作品以上海和德国北部一座城市为背景，展现出生活在双城之中的青年人的精神成长与文化冲撞。小说中以上海为背景书写时人物和事件纷繁复杂，有一种强烈的时代浮躁和焦灼气息。钱重华的爱情遭到父亲钱英年反对，因此走上了一条被动留学欧洲的道路。钱英年是一个拥有一切的表象下心灵疲惫空虚的中年人，他与妻子之间冷淡而又不可分割。而当小说的视线转移到欧洲后，立刻变得较为舒缓平静。小说在对爱情与留学生活的书写之上，深刻揭示出不同人生阅历的华人对中国政治、文明、发展各方面的思考，并将这一思考引向终极追问：中国人到底有没有信仰？在两种文明冲撞中生活的钱重华最终实现了自我救赎。《别了，日尔曼尼亚》在中西文明的对比性思考、爱情的书写、知识分子人格的反讽等方面显现出与钱锺书《围城》的相似性，在当下学者型创作中独树一帜。

70后作家徐则臣的《耶路撒冷》虽然去年已经发表，但并不完整，2014年《耶路撒冷》单行本出版。这部作品显现出作者著一部70后精神史和心灵史大书的雄心。小说时间跨度约70年，在复杂浩荡的历史图卷里，出生于20世纪70年代的中国年轻人是作者聚焦所在。初平阳、杨杰、易长安等70后是典型代表，他们强烈渴望“到世界去”，尤其是初平阳，他想到耶路撒冷去。耶路撒冷在小说里是一个抽象的，有着高度象征意味的精神寓所，它象征人的信仰、精神的出路和人之初的心安。“返回故乡花街”与“到世界去”构成了一种强烈的矛盾与张力。70后在飞速发展中国的焦虑与心灵的挣扎是小说聚焦之处。初平阳的70后专栏和花街不同命运的70后的人生齐头并进，构成小说多声部的复调性质。花街与北京，中国与世界，世俗与宗教，一切都在这部作品中得以发掘和呈示。这部作品因此被誉为“70后作家中迄今最具雄心的长篇小说”。

80后作家姚良《虚拟的伤痛》同样以意识流的风格记述了一个80后青年关于理想、存在、亲情、爱情、友情的青春成长史。小说以第二人称展开叙事，“你”在都市城中漂泊，被城市人归为乡下人，被乡下人归为城市人，介于城与乡之间颇感尴尬，最终带着伤痛回到故乡。小说由生活的一个点而漫延至个人的青春经历，揭示出80后青年在伤痛中成长的历史，同时又以有着对生命和存在意义的探寻。作品显然有自传式的精神表白，对父权的反抗的同时对父亲的感恩，对生命的个人化体验。“你”无端地苦闷，热情之后更加冷静。小说中人物的命运没有波澜起伏，爱与恨也不是深入骨髓式的，作者没有刻意去呈现大时代的风云变幻，而是采用独语式的意识流范式，这种独特的话语世界更加倾向于一种小时代的伤痛。

五、中国传统文化符号的发掘

梁漱溟说：“我相信全部中国文化是一个整体（至少各部门各方面相连贯）。它为中国人所享用，变出于中国人之所创造，复转而陶铸了中国人。”（《中国文化要义》）那些具有中国文化特质的意象成为作家们传达中国经验的重要途径。于是，重新发掘中国传统文化符号成为近来长篇小说的又一亮点，作家们纷纷发掘中国文化符号，由此展开自己的叙述。刘醒龙的

《蟠虺》、储福金的《黑白・白之篇》、张大春的《大唐李白・少年游》等在共同的艺术追求中表现出不同的审美气质，彰显出传统文化的独特魅力。

《蟠虺》围绕青铜重器曾侯乙尊盘的真伪之谜展开叙事，由此将社会各色人等聚拢起来，知识分子与普通人在人性的关照下同行。小说中的曾侯乙尊却引来更多关注的目光，这是一件青铜器中的极品，20世纪70年代末在湖北随州市擂鼓墩曾侯乙墓中出土，此后一直收藏于湖北省博物馆。然而，它的发掘者和研究者曾本之等人对它的真伪产生了怀疑，于是，一系列问题产生，小说在与之有关的悬念中层层深入。刘醒龙的创作动因也是由这件青铜器而起，2003年，刘醒龙了解到曾侯乙尊盘的价值，随后大约十年间，他购买了上百本青铜方面的书籍进行研究。刘醒龙选择青铜重器作为小说的核心文化意象是有蕴含的，他借书中人物之口说："与青铜重器打交道的人，心里一定要留下足够的地方，安排良知"，"非大德之人，非天助之力，不可为之"，这显然是对青铜重器所隐喻的中国文化精神的理解与表达。《蟠虺》虽然最终直指人性，反思现代知识分子的文化良知，充满现实意义，却因其特殊的中国文化符号而产生了独到的魅力，曾侯乙尊盘又是未为一般人所知的稀世之物，是王者用来盛酒和温酒的一套器皿，其存在的意义视为国宝中的国宝，小说对读者的吸引力也因此变得浓厚。不可否认的是，《蟠虺》同样具有一定的阅读难度，只是它的难度是在文化方面，书中与青铜重器相关的汉字的生僻、曾侯乙尊盘的制作方法的争议等。

与《蟠虺》较为相似的是储福金的《黑白・白之篇》，这部作品是作者此前《黑白》的延续，由"搏杀"、"围空"、"阴阳"、"涅槃"四个部分构成，以围棋为核心写出了陶羊子、彭行、柳倩倩、小君四代棋手的"黑白"人生。他们的棋路就是他们的人生路。小说将四代棋人的命运分别和他们所处的时代联系起来，以此为线索勾勒出当代中国四十余年的历史剪影，也是中国当代历史中的重要时段：20世纪50年代至"文革"、"文革"期间、80年代、当下。围棋是一种起源于中国的棋类游戏，相传为尧所发明，春秋战国时即有关于围棋的文字记载。后渐渐传入日本及欧美各国。围棋的内蕴不仅仅局限在对弈本身，而是一种中国传统文化的体现。储福金思索棋人们的人生与命运，但更大程度上则是从围棋与生存、围棋与文化等层面来揭示围棋的发展与社会发展的关联。四代棋人的棋路与心路在层层下降，至当下竟走到了追名逐利的境地，这是对时代变迁的书写，也是对围棋文化式微的慨叹。

如果说以上两部作品是从器物着手写文化，《大唐李白・少年游》则是从人物着手写文化，这部作品是张大春有关李白的浩大写作计划的第一部，小说将笔触直接伸向唐代，大唐盛世的兴衰和诗仙李白的一生是小说的重心所在。这部小说出入于历史与文学之间，行走于人生与诗歌之中，每一章的题目和其中人物的心绪都由诗句推动，作者甚至大胆替李白写诗，将其诗续补、改写，作者以一种诗意的方式解开了诗人李白的身世和师从，勾勒出李白早年的人生轨迹。《大唐李白》同样有阅读的难度，小说中引用了许多诗文注解和历史材料，文本整体呈现出过度的历史化倾向，影响到了小说的阅读。

在这方面同样不能忽略的是前面文中提到的《老生》和《日头》。《老生》的四个故事中，饱学之人讲《山海经》，每日一次，每次两节。依次为《南山经》首山系、次山系、次三山系，《西山经》首山系、第二山系、次三山系、次四山系、《北山经》北山首山系，再加上“结尾”部分的《北山经》次二山系共九节。《山海经》中对这些山水的方位、矿产，以及其中怪异的花草树木飞禽走兽的描述是百年中国故事的一个遥远的精神背景，是贾平凹的一次精神寻祖。《日头》中的夷则、无射、蕤宾、黄钟、大吕等古代十二乐律名与二十八星宿等也彰显出关仁山书写一部黄钟大吕之作的雄心和作者对于中国传统文化符号的溯源之意。

以上文本只是2014年长篇小说之河中激起的一个个波涛，它们一再地被扬起，被议论，被注目，而在它们之下，数千条支流在默默书写着中国大地上的生灵故事，景象万千，不一而具，却如秋风中的落叶即将随风而逝了。在加速度行进的现代，在新媒体不断刷新文学传播的今天，它们急需我们去重新阅读和发现，但那也只是回马一枪了。写到此处，我们大概都会为文学在今天的命运而慨叹，而同时我们也应当总结存在的一系列问题，如部分作品对叙事形式过分注重，对时代人性存在的拷问尚浅，对传统文化的挖掘深度不足等问题，它们依然还是我们要攻坚的高地。

2014年长篇小说创作观察

徐 刚

2013年曾被业界公认为“中国长篇小说大年”，这主要得益于这一年贾平凹的《带灯》、余华的《第七天》、韩少功的《日夜书》，以及苏童的《黄雀记》等名家长篇的竞相推出，带动了当年长篇新作品的不断涌现。然而，紧接着的2014年虽谈不上又一个小说大年的降临，但全年长篇作品数量依然浩繁，整体平稳不乏亮色，小说大家如贾平凹、王蒙、叶兆言、宁肯等人皆有重要作品问世，值得一提的作品亦为数不少。

当然需要指出的是，就整个文学创作而言，依据惯性被纳入阅读视野的文学样式依旧狭小，即主要集中在以文学期刊为主的严肃文学，也就是我们常说的“纯文学”领域，而以市场为导向的大众文学、以新媒体为基础的网络文学，并不在考察范围之内。但即便如此，能够纳入的作品仍然很多，再加之习惯意义上的严肃文学作家出版的单行本长篇小说，比如王蒙的《闷与狂》、雪漠的《野狐岭》、严歌苓的《老师好美》、徐兆寿的《荒原问道》，以及各地作协积极扶持的诸多作品，总体数量更是极其惊人。

这些小说题材不同，形态各异，显示出一派热闹繁荣的景象。概括而言，大体有以下几个类别：有执着描写现实故事，切入社会生活的小说，比如马原的《荒唐》、刘心武的《飘窗》、薛忆沩的《空巢》、刘醒龙的《蟠虺》、宁肯的《三个三重奏》等；有写作历史或传奇故事的，比如叶弥的《风流图卷》、叶兆言的《很久以来》都不约而同地写到“文革”，呈现出历史中个人的曲折命运，同样写历史的还有贾平凹的《老生》，小说甚至囊括了书写整个20世纪中国的雄心；有执着关注乡村现实与未来命运的作品，比如孙惠芬的《后上塘书》、范小青的《我的名字叫王村》、关仁山的《日头》、刘庆邦的《黄泥地》，以及季栋梁的《上庄记》等；有展现出战争题材小说新变化的，比如海飞的《回家》、张笑天的《民族记忆——大武汉战云》、常芳的《第五战区》等；亦有业余作家依据某种熟悉话题、专业知识和流行现象等创作成篇的小说，比如刘军的《测谎师》、田建宏的《小律师办案记》、雷立刚的《万物枯荣——一个草根股民的沉浮人生》，以及吕铮的《终极预审》等；除此之外，还有就年龄代际划分被认为是“80后”的一批年轻作家相继推出的作品，比如马小淘的《琥珀爱》、笛安的《南方有令秧》、周嘉宁的《密林中》、焦冲的《北漂十年》、曹永的《无主之地》等，这批不甘示弱的年轻人，其作品都显示出不凡的质地。小说众多，限于个人情感的偏执和阅读视野的局限，能够罗列的仅仅只是极为有限的篇目，而这种挂一漏万的阅读、观察和分析，也只是为了呈现2014年长篇小说创作的某些侧面，展示文学现场的大致轮廓。

一、小说如何切入现实

这些年来，“现实”一直是作家们热情注目的问题，他们的作品越来越切近现实题材，试图通过对现实事件的发言，借此保持自己的“在场”。这种对于现实的焦虑，在2013年余华、方方的小说中体现得极为明显，而2014年马原的《荒唐》、刘心武的《飘窗》等小说也都试图处理现实问题，甚至也都涉及选取新闻素材作为小说来源的问题。人们会讨论，新闻结束的地方，小说究竟如何开始。其间所涉及的现实性的问题，值得人们不断思索。

首先需要关注的是马原的作品。这位当年名噪一时的先锋作家，在重回“现实”之后相继推出了《牛鬼蛇神》和《纠缠》，作品虽然体现出可喜的变化，但总体上并不能令太多的人满意，而今年的这部《荒唐》（《花城》2014年第1期）也同样平淡无奇。坦率来说，小说最大的问题在于为了增强真实的话题感，不惜破坏文本的虚构距离，直接在小说中引用一些话题性的现实元素，比如天价香烟、碰瓷、人肉搜索，以及李天一强奸案等真实事件，都被编织到了文本之中。作者的叙述在某种程度上是对现实的印证，而非重新构造。

同样是对现实片段的描摹，薛忆沩的《空巢》（《花城》2014年第3期）则显得细腻而深入得多。小说讲述“空巢老人”这个流行的话题，它从电信诈骗这个司空见惯的新闻故事入手，却并不停留在故事表面，而是引出人物背后发人深思的东西。作者正是从这种常见表象和现实片段出发，来表达现实背后人们难以察觉的内心世界。小说通过一天之内的叙事时间，不断地穿插主人公的记忆和个人独白，打开无穷的叙事维度，引出受骗者过往的回忆，一路走来的经历，那种生活的失败感，内心的屈辱和创伤，以及满目疮痍的感觉。仔细读来我们可以发现，小说其实写的不是具体的事件，而是活生生的人，一个群体的症候，一代人的内心状态，一种刻骨的孤独与隔膜。在此，现实的表象和片断只是一种呈现人物丰富内心世界的契机，而非小说所着力表现的对象本身。

通过对马原的《荒唐》与薛忆沩的《空巢》进行比较，我们可以发现，问题的关键不在于是否呈现了现实，而是如何通过小说来切入现实，以审美的方式呈现时代复杂的生活样态。然而，如果说薛忆沩的《空巢》以现实的表象为契机，试图打开小说丰富的内部。那么刘醒龙的

《蟠虺》和宁肯的《三个三重奏》则借助类型小说的元素重新讲述故事，借此而触摸现实的敏感侧面。

在《蟠虺》（《人民文学》2014年第4期）中，刘醒龙显示了自己驾驭故事的出色能力，他似乎有意在世情小说的故事脉络中引入悬疑的风格，并顺势借鉴“盗墓文学”的惊险路数，甚至不乏奇门遁甲的玄幻元素。除此，还在这个完美的故事外壳之中，辅以别有深意的隐喻和主题升华，这便使整个小说不仅可读而且耐读，惊人地显示出醇酽的厚度与结构张力。作者也就此自由穿行于雅和俗，纯文学与类型文学之间，叙事精彩，收放自如，这在他既往的小说中并不多见。小说将“盗墓元素”与惊险悬疑风格融合，试图跨越类型文学与纯文学之间由来已久的鸿沟，正像刘醒龙所说的，“叙事艺术的关键不是故事，而是充填故事框架的细节”，《蟠虺》便极为突出地显示了作者对于细节的看重。小说不仅故事细腻、针脚绵密，而且连城市空间的建构也是“都市实景”的再现，这也让人不由自主地将之与丹·布朗的一系列小说相提并论。从水果湖到东湖大道，从老鼠尾巴到省博物馆，这自然体现了小说虚构中似真幻觉的精心营造，却也终究具有一种身临其境的新鲜感。

作为一位影响卓著的湖北作家，刘醒龙当然试图以小说的方式，显示出对楚文化的热切关注，从而彰显一种地域文化的底蕴。而在此，有关青铜重器详尽而丰饶的“知识”构建，亦是小说细节与绵密针脚的题中之意。小说试图表达的观念其实在于，楚文化的精神内核正完美地体现于青铜重器之中，而楚鼎的庄重威严，无可阻挡的浩然正气，则正是寄托古君子高贵人格的绝妙载体。在这样一个实用主义时代，这种难能可贵的追求值得珍视。这也是小说《蟠虺》在寻宝与解谜的故事外壳之中，包裹的激动人心的精神内核。因而《蟠虺》虽看上去是在讨论青铜器和考古，却分明指向正在发生的现实以及现实中的人。作者通过对当今中国社会从权力到政治，从思想到学术的思考和感悟，揭示了“德行”对于个人与社会，学术与政治的重要意义。小说竭力塑造的泾渭分明的两类人，恰恰印证了题记中的那句话，“识时务者为俊杰，不识时务者为圣贤”，“俊杰”与“圣贤”的鸿沟，显示了当今时代的精神症候。然而问题在于，作者的情感倾向固然在知识分子作为一个国家的青铜重器，理应承担的那种拒绝诱惑，“不识时务”的勇气，然而这种简单化的叙事建构，却似乎全然不顾具体现实的限制，多少显得高调而空疏。

宁肯的《三个三重奏》（《收获》2014年第2期）所借助的同样是类型小说元素，小说意欲“透视谜一样的中国”，进而切入由官场反腐所交织的人性扇面。这并不是一部“强攻”现实的作品，尽管诸多声称“强攻”的作品，总是差强人意，而现实并不是一览无余的，事实上，小说需要找个一个合适的角度，才能更好地呈现现实神秘的肌理。它更像是一个刑侦故事，弥漫着从容不迫的气韵。小说并不以快节奏的故事桥段见长，而是深入人物的内心，写权力与腐败，写犯罪分子的逃逸与被审查，写权钱性的博弈，以及审讯者与被审者之间的精神对峙。因而尽管它高度地触及现实，但并不是声嘶力竭地去控诉，而是去呈现，用其独特的方式在故事的讲述中自然抵达，一切都显得绵密而富有韵致。

从具体的故事层面而言，《三个三重奏》讲述国企总裁杜远方的逃亡之路、腐败官员居延泽的审判过程，以及坐在轮椅上的叙述人“我”对1980年代的追忆，这三者是故事上的三重奏，也象征着经济、政治、文化三个领域，而他们各自的爱情故事则是人性上的三重奏。三个三重奏，回响于三个时空，而权力则在此之间伸展、变形，既扭曲又充满人性张力。在此值得一提的是叙事者“我”的位置。作为一位博尔赫斯式的“书斋英雄”，“我”身处被图书包围的世界，并不残疾却不愿起身，宁愿沉浸在自己狭小的空间里。这无疑是一个隐喻，暗示象牙塔里对外界充耳不闻的知识者形象。然而无能的知识分子，也毕竟要用他的方式切入广阔的现实世界。而且事实上，现实远比想象的复杂。这是一个被金钱、权力与腐败围困的世界，就像作者自己所追问的，“权力腐败已经很深地侵入了我们的生活。这时就要自问，作为一个当代书写者，你有没有能力面对这个东西。”在此，宁肯顽强地讲述知识者与世界的关系，显示了他独特的切入现实的勇气。

就像宁肯所说的，文学不是写什么，而是究竟怎么写。《三个三重奏》是他写作谱系中一座奇特的高峰，让我们看到他在西藏这个神秘独特的世界之外，依然有着洞察世道人心的精准眼力。它所体现出的是一种深度的现实主义，呈现着我们这个时代的精神特质。可以说，在宁肯笔下绵密的叙事中，丰富的现实细节与内省的思辨深度交相辉映，抵达了象征与寓言的高度。总之，他以纯文学的方式写官场，辅以福柯的权力/生产理论，由此讲述故事，塑造人物，开掘人性的深度，则必然与典型的官场小说大异其趣。正所谓“以虚写实”，把现实处理得超越现实，但又在精神层面上高度真切，这也就是他所说的“超幻”的意义所在。

二、知识者与他们面对的时代

就现实的呈现而言，值得一提的小说还有刘心武的《飘窗》。《飘窗》（《人民文学》2014年第5期）呈现了生活诸多有趣的侧面，让人领略“清明上河图”式的世俗面向，但究其根本旨归，却是对社会赖以存在的价值与精神背景的深入勘探。因而小说“浮世绘”式的巨大含量中，其实蕴含着惊人的批判性。当然，作者的批判也并非止于社会表象的分析，而是切入问题的根本，呈现出当下社会的“真相”，即社会阶层的固化所形成的密不透风的格局，以及特权网络的盘根错节所造成的整个社会积重难返的状态。小说中人无不利用错综的关系，来获得利益的最大化，在这严密的腐败结构中，个体无处可逃，更无力对抗，因而也只好尽力融入其中，无奈而颇为自得地分一杯羹。于是形成了一种畸形的社会面貌：人人痛恨特权，憎恶腐败，然而一旦涉及自身利益，却往往条件反射地竭力寻求特权的庇护。这样的发现当然显示出成熟作家的敏锐、道义和良知，但也能够从中感受到更为复杂的况味。

由此我们可以讨论一下小说结尾，薛去疾这位作者自况式的人物，光临“麻爷”盖茨比式的豪宅时的情形。这位多少有些傲气的知识者的惊世一跪，着实令人感到意外。而小说最具反讽意味的情节，也在于知识者最后的背叛给人带来的震惊之感。作为庞奇的精神导师，薛去疾曾让这位粗鄙的底层莽夫恍然明白了尊严的意义。然而，这位伟大的启蒙者，却并没有言行合一地恪守自己的价值。在现实的压迫下，他痛苦地做出了妥协，进而沦为这个时代的笑柄。因此，当庞奇这个心有不甘的挑战者，带着他的满腔义愤，向这个社会反戈一击之时，才赫然发现其赖以行动的价值是如此脆弱，这也让历经挣扎而痛苦做出决断，为此放弃自己原有生活的他陷入刻骨绝望的境地。在这个意义上，薛去疾这位傲然的知识者，或许只是一个蛊惑者，他扰乱了庞奇原有的生活，将他推入万劫不复的境地。然而小说提出的问题却在于，究竟需不需要衣食无忧但毫无尊严的生活？或者，为了尊严，向社会隐匿的权威勇敢宣战，重新寻找一种价值和社会正义？

对于知识者来说，当自己的生活也被席卷，而倚卧飘窗台，欣赏风景的潇洒状难以为继的时候，他们的丑态或许也将成为别人眼中的风景，这是刘心武颇为清醒地意识到的问题，因而小说并不因此一味指责知识者的堕落，而是敏锐意识到问题的症结所在，即权力腐败的社会格局。但这也只是极为聪明地点到即止，没能做出更为深入的揭示。而对于知识者的价值坚守，他也没有做出太多悲壮的承诺。一切都顺其自然，肯定人性的弱点和生命中必要的妥协是其第一要义。毕竟在这特权的阴影无所不在的时代，知识者的自傲早已成为问题，而谈论他们的“堕落”与“变节”，也愈发变得艰难。于是，作者极为巧妙地将一切罪魁都推到了社会，因而也显示出恰如其分的辩护意味来。总之，面对“堕落”的知识者与更加“堕落”的社会，批判也好，辩护也罢，似乎都不太重要，这或许正是犬儒时代的价值法则赐予我们的“知识”。而在一种无奈的反讽之中，艰难而心安理得地活着，似乎成了这个时代最大的生存原则。也就是这样，小说《飘窗》让我们领略了现实社会批判的强度和广度，也让我们感受到这种批判的限度与难度，而后者的意义无疑更加重大。

除了《飘窗》，王跃文的《爱历元年》、阎真的《活着之上》与徐兆寿的《荒原问道》等小说都试图通过现实的变化来引出知识分子议题。不愿被“官场小说”这个狭窄标签所局限的王跃文，尝试在新作《爱历元年》（湖南文艺出版社2014年版）中书写深情款款的爱情故事。但也不全是爱情，而是逐渐随时代滑落入庸常世俗的泥淖，因而也顺理成章地呈现出爱情的谎言和婚姻的困窘，这也正是俗世生活的婚姻常态。在庸俗的日常生活中步入沉沦，是这个欲望的时代留给人们的精神印记，小说中的孙离和喜子，这对在“爱历元年”留下誓言的男女亦不能免俗，然而在双双出轨之后，并没如人所料地目送他们命运的毁弃，而是别开生面地呈现了他们在生活颓败中的奋起，通过内心的抗争来获得自我救赎，从而悄然回归情感起点的人性历险。在此，命运的困扰和幡然醒悟，欺瞒所带来的婚姻裂隙，以及最终的破镜重圆，固然是作者给予这个时代最美好的期许，这也显示出情节剧温暖人心的命运转折；但小说更具深意的地方在于，通过人性的迷失、挣扎与涅槃，显示出作者博大的胸怀与悲悯之情。小说当然也不乏苦情戏的结局，“狗血式”的巧合与戏剧化的交织，但这种结局所呈现的人性欲望与升华的辩证，以及由此展现的中国社会与时代的大变迁，却值得人们不断地思索和回味。

与王跃文《国画》之后的《爱历元年》相似的是，同样以写官场见长的湖南作家阎真，也在那部众人皆知的《沧浪之水》之后，写出了虽立足高校，却同样关联官场，见出世道人心的小说《活着之上》（《收获》2014年第6期）。作品以细腻的笔触思索大时代的脉动，为之提出严峻的精神诘问：知识经济的年代，纯粹的学术何去何从？作者不断穿插窘困的曹雪芹和他伟大的《红楼梦》的故事，感叹富足的精神世界早已成为明日黄花，冥冥中深情呼唤的是早已消逝的伟大而专注的灵魂。

然而，在这个粗鄙的年代，人的精神也早已被市场经济所裹挟，“拼爹，拼导师，拼资源”已成常态，“两耳不闻窗外事，一心只读圣贤书”的传奇亦一去不返。圣洁的象牙塔已然沦为藏污纳垢的腐败之所。面对行政干预学术，资本侵蚀权利的体制挤压，小说的主人公聂志远不得不以十分精神和百倍毅力，与之苦苦周旋，以卑微而怆然的姿态，坚守着所谓知识分子的虚弱底线。当然，这里的聂志远也只是区区一名无所适从的俗人，作者更重要的责任是写出这个时代精神流离失所的处境，并寄予它更高的精神标尺。正如其所言，“毕竟，在自我的活着之上，还有这先行者用自己的血泪人生昭示的价值和意义。这是真实而强大的存在，无论有什么理由，我都不能说他是他，我是我，更不能把他们指为虚幻。”人在活着之上应该有更高的追求，这本是一个简单而朴素的道理，但在这个年代被顽强地讲述却掷地有声。这既是作者借人物之口，对这个千疮百孔的世界给予的控诉，也是为这个寂寥的时代点燃的一盏微弱的亮光。

徐兆寿的《荒原问道》（作家出版社2014年版）引起评论界的极大兴趣和广泛关注，小说通过夏木和陈十三两代知识分子不同命运遭际及其在政治、商业、女人、欲望等之间的挣扎纠缠，呈现了半个世纪的历史信息，勾勒了反右、“文革”、改革开放各个时代中国知识分子面貌，由此而见出大时代中个体的复杂况味，以及徘徊其间的现代知识者上下求索的博大情怀。就叙事而言，小说堪称精彩，尽管其基本的叙事并没逃脱才子佳人配以风流韵事的基本结构，但历史的丰富与驳杂还是在他笔下不断绽放。除此之外，小说也在竭力指向一种多少有些飘渺的神性维度，在这个世俗的年代里，这样难得的姿态固然执着证明着信仰的意义，但正如评论家张定浩所说的，“被一种未经省察的思想所裹挟”，也“一直是一种危险的歧途”，在某种意义上看，小说中的东西方之“道”恰是“漂亮空洞的符咒”，而沦为“自己文学作品的点缀”。当然，这里的问题并不在于作者本人，这是一切借小说讨论哲学的当代作家的通病。

三、“传奇化”的现实与历史

追求叙事的“传奇化”是商业时代文学书写的通病。永远有戏剧化的事件为平淡的人生增添精彩，却使得文学流于庸俗。“传奇化”的现实主要体现在借助现实的事件素材，编织曲折离奇的故事，赚取廉价的感动与激情；而“传奇化”的历史叙事，往往将历史的宏大作为传奇的美妙背景，以人性的名义，在已然编织有序的政治框架内，讲述大历史中小人物所承受的不幸命运。无论是对于现实还是历史，它们并没有增添什么新的见解和看法，而只是在人云亦云的框架里，编造出足够离奇足够动人的故事而已。

严歌苓的故事一向精彩，她的小说总有一个非常清楚的故事内核，她知道自己要讲什么。比如《第九个寡妇》，讲的是公公在儿媳的地窖里藏了几十年，藏到头发都白了；《小姨多鹤》是一个日本留在中国的少女，被一个中国男人当作生孩的工具；包括《金陵十三钗》《陆犯焉识》也都在讲述特定政治背景下“人性的光辉”，这是她小说的基本命题。今年的两个作品，《妈阁是座城》（《人民文学》2014年第1期）和《老师好美》（天津人民出版社2014年版），都将叙事的视野由历史收向现实，但基本的逻辑没有改变。确实，当今之时，还有什么比女博彩中介人，也就是故事中的“叠码仔”与风流地产大亨的赌城爱欲更加激动人心呢？小说也正是讲述了弱女子梅晓鸥周旋几个男人（同时也是赌徒）之间的故事，因而作品既可以从容地讲述他们之间的爱恨情仇，又容纳了赌徒这个并不多见，却蕴含丰富情感空间的小说人物。这种决绝而另类的爱情和人性，不正是严歌苓极为擅长的么？好莱坞编剧的科班训练，让她对人物情感与故事设置的关系极为敏感，也总是能找到最为要命的情节关联，在情感叙事的脉络里将故事推向极致。《老师好美》便是这样的一部“杰作”。如果说《妈阁是座城》里的梅晓鸥才是最大的赌徒，她用青春赌爱情、用情感赌人性，最终血本无归的过程，证明了这个飞蛾扑火的女人的决绝与矛盾；那么《老师好美》里身陷不伦之恋的丁佳心，同样显示了被情感奴役的女人的糊涂与盲目。毕竟，隐藏的女性主义企图正是严歌苓小说的一贯特色。

不得不承认，作为一部受新闻故事启发而创作的小说，《老师好美》的作者在新闻之外，以其一贯细腻的笔触，独特的视觉化叙事风格，揭开女性感情朦胧的面纱，描绘出情欲背后女性复杂矛盾的内心世界。讲述禁忌之恋，当然是这个时代最激动人心的话题之一，尤其是当这样的“噱头”被冠之以批判高考的名义时，一切便显得顺理成章。故事当然都是极为精彩好看的，尤其是在虚构的世界里，严歌苓的文字与情感开掘都精准独到，其情感拿捏，以及叙事中人物内心世界的展示，都显示出十足的专业水准。这是一位技术细腻而精致的写作老手，每一个环节都要极大地压榨人物内心的情感与体认，叙事绵密传神，读来令人过目难忘，也不得不叹为观止。但问题或许真的在于评论家黄德海所说的，“手握普世标准的严歌苓，凭借自己搜集材料的功力，挟持题材、人物，仰仗自己久而弥熟的叙事技术，捆扎出了一束尚算得上漂亮的假花。”是的，花再漂亮，也是假的，这样的评价放在《妈阁是座城》与《老师好美》上也是合适的。

就“传奇化”的历史叙事而言，叶兆言的《很久以来》，叶弥的《风流图卷》，以及贾平凹的《老生》都是今年最为重要的作品。《很久以来》（《收获》2014年第1期）是一部从民国一直写到当代的长篇小说，看起来没有想象中那么长的篇幅，却足够丰满厚重。小说之中，时间在高密度的剧情中飞逝，民国、“文革”与当代，在两个女主角的人生中连贯起来。面对众人瞩目的“文革”历史，叶兆言并没有以惯常的方式呈现，而是选取了不同的视角，为此读者或许会发现，历史并不像传说的那么简单明了，而真实远比小说更加残酷荒诞。小说在政治与人性的碰撞之中，彰显出女性主人公生逢乱世，命若琴弦的悲苦。这本是极富吸引力的看点，难怪它有一个更加媚俗的题目，叫做“驰向黑夜的女人”。而依据传奇性和政治敏感度，来获得一种情感的切近与深度模式，也是此类小说一贯的技术。然而问题在于，基于爱情与阴谋，政治与人性的碰撞，而在封闭的历史之外，寻找别开生面的传奇故事，百转千回的人物命运，看得人惊心动魄，但历史的丰富复杂却被极大地遮蔽了。

与此类似的是叶弥的《风流图卷》（《收获》2014年第3期），如果说叶兆言的《很久以来》通过女主人公在不同历史时期的生命遭际，隐含着一代人对“文革”的普遍经验与沉痛记忆，那么叶弥的《风流图卷》则以少女孔燕妮的视角再现了“革命时代”的欲望与成长。小说讲述了一位父亲是留美心理医生、母亲是革命干部的孔燕妮在1958年与1968年两个特殊年份的故事，小说以夸张乃至怪异的手法为我们描绘那个荒诞不经的年份里精神压抑的人们对人性本能的追求。投河被救却因晒太阳时“把生孩子的东西朝着伟大领袖的画像”而被判处死刑的常宝，放浪形骸“生得有趣，死得夸张”的乡绅柳爷爷，风流倜傥“长得像孙道临”的父亲与不断渴求政治前途的母亲，从15岁就开始孜孜不倦地在那些肃杀的年代里寻找身体愉悦的孔燕妮，以及心里扭曲，以告密为能事的卑鄙小人王来恩。通过这些人物故事，作者希求重现那个特殊的年代，以此展示那些被遮蔽，被损害的人性、爱与怜悯。小人物与大历史的劈面相迎，不时铺陈一些激动人心的“风流韵事”，这样的技巧我们并不陌生。在此，荒诞似乎小说的不二法则，在这种美学追求的掩护下，文学的虚构突然有了极为广阔的用武之地，而所谓的历史也沦为一幅活色生香的“风流图卷”。

中国作家总是以历史的名义书写那些激动人心的传奇，《很久以来》《风流图卷》都在写“文革”，但更多只是在历史荒诞的先入之见中，打捞一个个有趣的古史。而我们对小说的评价，也往往会携带对那个时代荒诞历史的评价。相比较而言，贾平凹的《老生》（《当代》2014年第5期）同样写20世纪中国的历史，小说显示了作者一贯的风格，但其历史的叙事更加厚重，更具超然的意蕴。《老生》显然具有囊括历史的野心，四个故事的概括极具代表性。小说其实不是在写故事，而是写万事万物，写一切关系，一切人和事。《山海经》当然只是一个比较取巧的修辞，却使小说获得了一种超然的气韵。小说有许多闲笔，一些神神鬼鬼的东西，贯穿着一种神秘主义，也可以说是装神弄鬼的元素。这既是古典野史笔记影响的痕迹，也是贾平凹理解世界的一种方式。

《老生》讲述故事的视角非常独特，它以唱师这个贯穿性的人物为中心。作为神职人员，唱师一辈子在阴阳两界往来，没人知道他多大年纪，但其身上却包含着作者的深刻用意。小说家要沟通历史与现实，在阴阳两界之间往来，因而小说本身的意义，也犹如唱师一样，它唱着阴歌，把前朝后代的故事编进歌词里，像超度亡魂一样超度历史。将唱师的形象理想化，使之玄之又玄，不仅具有隐喻意义，也具有间离的效果，它将历史的真实性悬置了起来。

《老生》的历史态度也值得一提，如小说所表现的，革命者当然是一群乌合之众，一群打家劫舍的土匪，然而将历史道德化，欲望化固然简单轻率，可贵的是能够写出历史的复杂。《老生》中对老黑的刻画，有点像《水浒传》对人物的描写。这是一个百无禁忌的“新人”，字里行间虽包含着嘲讽和挖苦，道德上的败坏也显而易见，但他参与历史时依然体现出复杂的韵味，他不单单是为了金钱和个人欲望，而激发出一种内在的力量。尤其是当老黑、李德胜和雷布死去的时候，都潜藏着一种历史的悲壮感。而匡三这个人物最初只是革命队伍中非常边缘的角色，甚至可以说是一个投机分子，只是当所有的参与者都死去了，这位苟活者才很自然地获得了革命的荣光，这个人物固然有其卑锁的一面，但在行动的参与之中，我们还是可以感受到人性的一抹亮色。因而小说其实写出了历史的悲壮和真实，也可以由此看出作者对历史同情与理解。

四、乡土文明变迁的文学表述

尽管城市生活已然成为当下中国人所面对世界的基本样态，但不可否认的是，乡土题材依然是长篇小说作者热衷的对象，这一年也不出所料地涌现了大量此类作品。关仁山的《日头》（《人民文学》2014年第9期）是作者“中国农民命运三部曲”（前两部为《天高地厚》《麦河》）的收官之作，小说通过“金权汪杜”等四大家族几代人错综复杂的关系图谱，描写了冀东平原日头村近半个世纪波谲云诡的历史巨变。小说冀望在呈现“文革”至新的转型时期北方农村的斑斓画卷的同时，亦试图在叙事的意义上概括整个当代中国的农村文明史，这无疑显示出作者宏大的叙事野心。然而无论是对于作家本人还是整个当代乡村叙事，这都意味着一次巨大的挑战，其间所面临的困难显而易见。

坦率来说，《日头》为人称道的地方在于，终究显示了当下作家对于现实的敏锐观察和批判的勇气。面对当前农村田园荒芜、生态失衡、空巢老人、留守儿童、道德沦丧、城镇化的强拆等社会现象，关仁山试图在《日头》里回应这些纷纭的社会现象和问题，并从制度、文化和思想的高度，探究当下中国乡村文明崩溃的历史过程和原因，探索时代困境以及农民农村的出路。并在此过程中，剖析农民的劣根性，以及对权力、资本致使人性的扭曲和异化做出果敢的批判。除此，小说以古钟作为主线，用十二律结构全篇，并与二十八星宿相衔接，在象征的意义上也显示出小说形式的巨大抱负。然而这部被认为是“半个世纪乡村中国变革的缩影”的作品，其实并非毫无问题。

阅读这部《日头》，总让人想起去年阎连科饱受争议的小说《炸裂志》。比如要表现的观念太多，理念的先入之见等，这些都影响到小说的叙事态度。《日头》也在刻意追求一种显而易见的象征性，古钟、魁星阁和状元槐，这些都是日头村“文脉”的象征物，它们被认为是乡村文明的标识，作者为它们的消逝而忧心忡忡。小说中不乏魔幻的情节，比如会哭的杂毛狗，以及作为时代精神象征的红嘴乌鸦，都扮演着点缀作品“文学性”的重要功能。然而小说的魔幻部分还有些生硬，未能成为作品的有机成分，即这种贯穿在小说始终的可辨识的象征符号，使小说的意义变得过于明显。其中的问题在于，小说寓言的演绎显得太过粗略，而细节的编织似乎缺乏耐心，用雷达先生的话说，“作为小说，故事虽有波澜，但矛盾解决得过于轻易”，以至于将小说写成了“中国故事”的粗略梗概，没能看出鲜活叙事中绵密的针脚和生动的韵味。

另外，作者所运用的叙事元素其实也不新奇，无论是政治闹剧、家族斗争，以及时代荒诞的表现，都是同类叙事的常见情节。但作者却试图运用这些杂乱纷纭的叙事对现实进行饶有意味的概括，通过荒诞不经的寓言在“更高意义”上“把握”中国的内在实质。他过于刻意地将之塑造为一个无可指责的“中国故事”，即“日头村”在一个连一个的骚动中走向消亡的历史过程，以及极为宏大地书写一部当代农村文明史。而这巨大的写作野心，在具体的落实过程中又显得困难重重。事实上，作品也最终失之于细节的真实与情感的真切。也是在这个意义上，小说为我们提出了一个问题：倘若没有细节的真实作为支撑，只有更高的精神追求、道义承担和主题升华，这样的叙事是否有效?

孙惠芬的《后上塘书》（《人民文学》2014年第11期）也是今年极为重要的乡村题材作品。十年前，她的长篇小说《上塘书》以其“地理志式”的结构广受关注，如今的这部《后上塘书》借用当年的题名，意在表明一脉相承的文学抱负，即对乡村命运的热切关注。然而时过境迁，其间的变化显而易见。用她自己的话说，“乡村与城市的关系不再是重点”，小说更多是在叙事的意义上，呈现“一个人灾难之后的灵魂转变”。就像《人民文学》杂志的编者按所说的，“故土的人与事，曾是布满乡情的扇面；现在，扇子被收束起来，成为一把贯通感和穿透力极为充沛的长剑。传统的乡村从田地依托到伦常秩序渐次弱化之时，通向未来的路径上，行走着裂变的人，忙碌的冷漠、富裕的焦灼，复杂一词已经无法概说内在的困局。”不得不说，在呈现乡村的复杂性上，《后上塘书》的基本命题与梁鸿的“梁庄系列”高度相似，只不过它重返“虚构”，通过引人入胜的叙事，来建构一个切实可感的乡村世界。小说开篇便是一幕奸杀的骇人场景，而整个故事也不出所料地沿着侦探悬疑小说的方式展开，怀疑与解谜的跌宕历程，只是为了铺陈出主人公肮脏的过往。这位地方新贵从不名一文到一夜暴富，成长为特殊阶层的历史过程，当然布满了血腥和罪恶，小说一点点打开这些尘封的往事，在多重聚焦不断变换的叙事之中，整个作品获得一种惊人的延展性。看得出来，作者在如何讲好一个故事上下足了功夫，神神鬼鬼的叙事借鉴侦探悬疑小说的元素，叙事的展开虽不如刘醒龙的《蟠虺》那么曲折精细，却也终究称得上引人入胜。我们大概可以猜想得到作者的启迪所在，央视法制类节目的剧情设置，亦是从最基本的嫌疑入手，意外地牵出主人公的周边关系和过往轨迹，一番周密详实的侦查往往将这些可能排除，而最后的谜底总是出人意表。

《后上塘书》的最后，故事并没有如人所愿地上演特权覆灭的好戏，而是非常和谐地讲述了主人公的忏悔，以及从灾难中获得重生的企盼。这当然是为了服务于主人公灾难之后灵魂转变，畏惧之中心灵忏悔的叙事主题。对于孙惠芬来说，这种多少有些“狗血”的剧情并不是为了获得一种单纯的情节陡转，而毋宁说是尽可能对这个世界表达善意。在这个意义上，小说虽在人性的深处诉说了时代变迁，但终究与《我们名字叫王村》《日头》等顽强讲述乡土文明崩溃寓言的故事稍有不同，它除了讲述这个令人耳熟能详的寓言之外，亦在更深的意义上想象着一种新的历史可能。

相较于《后上塘书》讲述的悬疑故事，范小青的《我的名字叫王村》（《收获·长篇专号》2014年春夏卷）更像是一则现代寓言。小说以卡夫卡《变形记》式的开头先声夺人，确实，人变成了老鼠，这固然只是现代主义的譬喻，却分明包含着异化结构中对于现代人生存困境的揭示。在这部小说中，作者突破了惯常的叙事模式，以日常化、不乏戏谑的语言与纠缠不清的逻辑游戏，讲述了一个近乎荒诞的遗弃弟弟又寻找弟弟的故事。这个滑稽的过程，既是现代主义式的“寻找自我的历程”，又在现实意义上承载了社会百态、乡村巨变等关乎乡土前途与命运的忧思。也是在这个意义上，“寻找”只是一个载体，既呈现出乡土文明崩溃的现实中，现代人对土地的依恋，又在人性和逻辑恣意编织而成的荒诞空间中，展现了现代人对自我身份的焦虑。总之，作品折射出作者在文学创作上的自我突破与不断创新的追求，以及意欲打通哲学和现实双重世界的努力。

除了以上三部，另有刘庆邦的《黄泥地》、季栋梁的《上庄记》，以及王妹英的《山川记》也都各有特点，值得一读。当然在此，需要特别提及的还有《花城》年末推出的湖南作家黄青松的《毕兹卡族谱》（载《花城》2014年第6期）。这是一部较为奇特的小说，让人想起他的著名同乡韩少功的名作《马桥词典》。只是对于从事非物质文化遗产工作的作者来说，这部《毕兹卡族谱》显然更具族群意识。“毕兹卡”指的是土家族人的自称，而《毕兹卡族谱》则意在以“族谱”的方式讲述“虚构的真实”。小说以第一人称叙事，用照应相续的片段和关键词，叙述了土家族花桥地区百年历史中发生的跌宕故事。其间穿插花桥的文化习俗、神话、方言、日常伦理和生活情态，这种片段化的方式也顺理成章地完成了“花桥”作为一个相对边缘的地域族群的文化人类学书写。小说保留了土家族方言的一些特色，很好地还原了几代人的生活场景和生存哲学，因而这也并不是一部真正意义上的小说，毋宁说是以“族谱”的方式，建构的一部关于地域文化的标本，一幅关于毕兹卡的心灵地图。

五、长篇小说文体的多样化表达

似乎是为了迎接即将到来的世界反法西斯胜利七十周年，2014年大量涌现出一批反映中国抗日战争的优秀长篇小说。比如海飞的《回家》、张笑天的《民族记忆——大武汉战云》、李骏虎的《中国战场之共赴国难》等，皆显示了作者不凡的功力。

海飞的小说一向具有良好的文学质地和出色的故事能力，其强烈的画面感和现场感，为小说的影视改编打下伏笔，新作《回家》（《作家·长篇小说》2014年春季号）似乎也不例外。小说成功描述了一批想回家过安生日子的国共两军36名伤兵，与各色人群一道阻击日寇，舍生取义的故事。小说塑造的这些徒具卑俗念想的乌合之众，毅然踏上殊死抗争的悲壮旅程，而故事本身的情怀与气概也足以令人侧目。在革命历史的俗套之外，彰显出一种真实可信的悲壮感，其核心情感，比如回家的渴望，这些世俗的念想与习惯意义上的革命英雄并不矛盾，这也恰恰显示出作者思索的勇气。在此，“回家”并不是在反战的意义上宣扬一种好莱坞式的逃兵英雄，而是基于世俗的中产阶级理念，刻画一种世俗性中蕴藏的崇高感和自我牺牲精神。作者正是冀望在这世俗的缝隙中，打捞出历史的悲壮，从而引向关于历史与人性，战争背景下人的价值选择的思索。

同样是反映国军抗日，张笑天的《民族记忆——大武汉战云》（《作家·长篇小说》2014年春季号）以“民族记忆”为名对1938年的“武汉保卫战”，以及国军抗日战争的全局进行了历史再现。现在看来，围绕这场战争的资料已然十分翔实，而作品从已有的历史材料中选取富有意义的片段本非难事，但小说别有意味的呈现却也显示出作者的功力。小说力图在屈辱的记忆中打捞人性的一抹亮色，从而显示历史的荒谬与悲壮，而在大历史的褶皱之处，历史人物丰富的性格侧面得到了完美呈现。在此，蒋介石、宋美龄、张灵甫等人，皆是小说中浓墨重彩的角色，从那些熟悉的故事中亦能读出惊人的陌生感，足可见出作者对历史材料的重新辨析。

李骏虎的《中国战场之共赴国难》（载《芳草》2014年第6期）在流行的国军抗战之外，重述中国共产党光辉而卓绝的抗战历程。小说讲述红军东征这一改变中国革命进程的重要战役，首次全面呈现了这段鲜为人知的救亡史，这无疑具有文学与历史的双重意义。另外如常芳的《第五战区》（《中国作家》2014年第4期），刘强、解永敏的《盘踞》（《中国作家》2014年第11期）等篇目也都各有特色，值得一读。

范稳的《吾血吾土》（《十月》2014年第5期）虽也涉及战争，但显然具有更大的叙事野心。小说讲述西南联大学生赵广陵及其数名同学于国家危亡之际弃笔从戎，参与抗战但又在此后的历史中命运沉浮的故事。此前，范稳已有《水乳大地》等反映西藏民族文化和民族和谐为主题的“藏地三部曲”，此次新作被认为是“从大地跨入历史”的转型之作，小说力图在史料的爬梳中建构起鲜活的历史，呈现出大历史中个人的悲情与落寞，小说选择四个重要年份的历史切片，在主人公赵广陵不断的交代与检讨中，将历史的片段连缀成篇，构成个人凄烈斑驳的过往，其中无尽的屈辱与无奈，让人欲说还休。为了扎实地抵达历史的深处，作者在小说之前做了广泛调查和采访，获取诸多一手资料，小说中作者也多次引闻一多、李公朴、穆旦、李广田等文化大家入题，在赵广陵周边建构起丰富的文化网络，随后不断展开的抗战脉络，以及远征军和松山战役历史的铺陈，以此在赵广陵身上建构起笔与剑的双重视界。这样，历史的丰富蕴含便不断地在这个独特的人物身上汇聚，由此也寄托了作者深刻的文化情怀。如其所言的，他“希望能通过一个人面对历史与现实碰撞中的无奈与坚守、妥协与抗争，来还原我们整个民族的一段历史”，探寻“中国文化强大而不可征服的独特魅力”。

另外，这一年值得重视的作品，还有王蒙的《闷与狂》，储福金的《黑白·白之篇》，以及晓航的《被声音打扰的时光》等，皆显示出长篇小说文本与风格的新变化。《闷与狂》（北京联合出版公司2014年版）被认为是王蒙所有书中卓尔不群的一部，这部真正意义上的“三无小说”，即“无主题”、“无情节”、“无人物”的反小说作品，可以看成是老去的作者在天马行空独来独往的叙事狂欢中，追溯自己辉煌而惨淡的一生，而那些不知所云的意识流串起的故事其实也依稀可辨。在这部并不厚重的作品中，王蒙穿越纷繁的历史和曲折的现实，完成了对人生的鸟瞰和俯冲，进而将青春与衰老的人生，极致、优美而放肆地呈现出来。用陈晓明老师的话说，这“与其说是历史之书，不如说是作者一生的心迹，一部耄耋抒怀，一部少年狂歌”。当然，这也是一部只有王蒙才敢尝试的“耄耋抒怀”，“少年狂歌”，老作家就是这样任性，因为倘若换成其他年轻一些的作者，可能便会承受巨大的批评压力。不过即便是王蒙，也有人极不客气地指出，“王蒙聊发少年狂，弄出所谓半自传的癫痫化的《闷与狂》是个四不像，说这是小说就是在侮辱小说。”话虽说得尖锐，但不能说完全没有道理。

《黑白·白之篇》（《江南》2014年第3期）是作家储福金的长篇新作，它延续上一部长篇小说《黑白》而来，写了陶羊子、彭行、柳倩倩、小君四代棋手的棋路、心路、人生路。小说时间跨度达半个世纪之久，塑造了一组棋士群像，又将沧桑世事与枰间悟道熔于一炉。四位主人公的命运变迁也作为叙事原点分别指向或辐射出五十年代至“文革”、“文革”期间、八十年代以及市场经济当下这四个大的当代史段落，并串联起围棋在新中国的命运史，由此而折射整个时代的文化变迁：如果说陶羊子的棋是文化，彭行的棋是生存，那么柳倩倩的棋则是情感，到侯小君的棋是效益，这便是六十多年社会的变迁在四代棋王心路历程上的折射和反映。小说以地道中国小说“虚虚实实”的独有趣味自然流露着倾向性，暗示着一个功利主义时代的到来，由此上升到对历史对时代，对于棋道不昌的反思。

晓航的《被声音打扰的时光》（《人民文学》2014第10期）更像是一则寓言叙事，小说围绕着一座“日出城堡”展开它的时空情节，“日出城堡，传说中的城堡，据说也是爱开始和爱毁灭的城堡”。然而，“日出城堡是一个巨大的骗局，别看它里面金碧辉煌、光辉灿烂，所有的一切如同天上宫殿一般精致，充满梦幻感，可在纸醉金迷的表面之下，城堡里到处是深不可测的陷阱”。小说以寓言的方式，象征城市这个深不见底的欲望的牢笼，以及个体身处其间的磨砺，守护与逃离。

2014年值得重视的文学现象包括几位年轻的“80后”作家推出了长篇小说作品。马小淘的新作《琥珀爱》（《当代·长篇小说选刊》2014年第2期）延续了她一贯洋溢的青春风格，伶牙俐齿的机巧与风趣，以及文本内在的柔软与深情，这与故作深沉地贩卖关于青春的爱与痛惜的80后写手们大异其趣。“琥珀其实是一个棺材，凝固的是一个突然死亡的瞬间”，《琥珀爱》呈现的恰是如琥珀般清脆而澄澈的爱情，小说展示异地恋的执守与等待，以及历尽艰辛的苦涩之后，功德圆满的重逢和破涕为笑的喜悦。这固然是神话世界里遥远的乌托邦，与当下的社会极不相容。然而，我们年轻的作者带着她睥睨一切的才情，依然书写出如此清新流丽，自然通透，而又韵味绵长的爱情。这种简单而坚决的姿态总是令人感动，以至于我们也总没心没肺地与故事的主人公一道破涕为笑。毕竟，谁都唯愿去深情呵护这历经磨难终成正果的苦恋，执着守护这爱情依然存在的确证。

焦冲的《北漂十年》（《当代·长篇小说选刊》2014年第3期）在“北漂”的噱头之外，呈现了一群北京白领的情爱浮世绘，体现这座城市浮光掠影的生动写照，但整个故事无疑还是紧扣“北漂”的艰辛与无奈展开的。细细看来，小说中那群被称为“北漂”的年轻人，其实也都是传统意义上的小白领阶层，但他们却也无可奈何地下滑为底层阶级了。因而整个小说也是在写这个群体的命运，处理的是中产阶级后备军“屌丝化”的严峻现实。焦冲这部小说的创作无疑与本人整整十年的“北漂”生涯息息相关。这位身处北京从事广告文案工作，每天都要加晚班，只有周末才能写点小说的“北漂”作者，写的其实就是自己和身边朋友的故事，所创作小说人物，也都是与他类似的，从农村、小城镇出来的大学生和外地打工者，他们的收入比体力打工者稍好一点，但身上仍背负着巨大的生活压力。在某种意义上，小说里写的就是这群人的生活和精神状态，展现的是一代人、一个群体面对现实的巨大焦虑感。尽管作者文笔朴拙，却毫无矫揉造作之姿，亦没有流于表面的铺陈，而难得地写出了生活的质感。

相较于笛安在《南方有令秧》（《收获·长篇专号》2014年秋冬卷）中以想象做母本，写作一部“伪史”，周嘉宁的《密林中》（《收获·长篇专号》2014年秋冬卷）把自己写进小说的姿态，显然更加诚实。这是一个个体化的时代，年轻的作家喜欢构建一个独特的自我形象，一个独一无二的个体世界。80后作家常常写到特异的个人，孤独的不合群者，自以为是的英雄。周嘉宁的小说《密林中》固然也有个人生活的痕迹，自叙传的意味极其明显。但难能可贵的是，在她的个人世界里，我们看到了精神的成长。我们总是可以清晰地感受到，年轻的作家总热衷写自叙传式的人物或是成长的故事，人物从头至尾没有显著的变化。这更多是一个僵化的自我，一个缺乏内省的自我。周嘉宁的《密林中》塑造了一个意气风发，自认为与众不同的人物，20岁的阳阳，这和大多数年轻作者的小说并没有什么不同。对生活独特性的选取，人物的塑造，都显得极为自然，毫无做作。小说写艺术圈毫不及物，头脚倒立的生活，写她的执迷和厌弃，写琐碎的日常生活对人的精神摧残。写她作为一个文艺青年的波西米亚式的生活，写她不断逐梦，不断失败的命运，写她对自我身份的指认，在黑漆漆的密林中对那一束亮光的追寻，直到偶然的转机带来的命运的变化。整个小说显得醇酽而厚重，令人对这个年龄段作家的创作刮目相看。

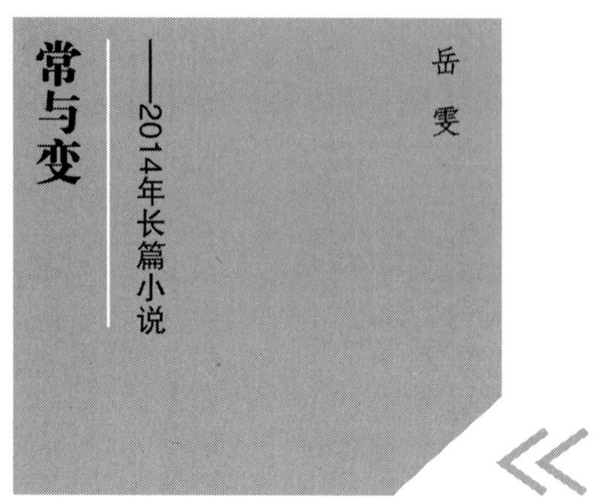

常与变——2014年长篇小说

岳雯

2014年的长篇小说，一如往年一样花团锦簇般的繁荣着——在中国文学杂志上，在大大小小旨趣各异的出版社里，长篇小说像流水一样被生产着。然而，这繁华里，却有几分荒凉在。也许很难统计长篇小说（我指的是纯文学领域）的读者究竟有多少，但是，写作者本人的那份疲惫却是真真切切游荡字里行间。他们努力地写着，但似乎也清楚地知道，写下来的字很快就会被湮没，就像水消失在水中。这份物质的繁华与人心的荒凉对峙，或许就是今天的中国文学通过长篇小说这一体裁所传递出来的消息。

故事与非故事

自现代小说诞生以来，故事似乎正在一步步远离小说。这一点，本雅明在他的著名篇章《讲故事的人》里已经作出了天才论断。本雅明说：“讲故事这门艺术已是日薄西山。”（本雅明：《讲故事的人》，《开箱整理我的藏书——本雅明读书随笔》，金城出版社2014年版，第137页）是的，在现代生活世界，叙事，已然成为越来越不需要的能力。与之相伴随的，是小说的兴起。按照本雅明的说法，小说旨在表达对生活的困惑，它一步步放逐了故事。中国小说离弃故事的努力大约可以追溯到20世纪80年代先锋文学。对于形式的追逐使得故事一度遭遇最大程度的折旧，虽然在几十年的时间里，这样的故事在反复发生着，但是，我敢说，故事并没有彻底主宰小说。谓予不信，一个美学上的证据是，越来越丰富的细节描写正在取代情节叙述。

然而，在莫言获得诺贝尔文学奖之后，这一情形在悄悄地发生变化。按照惯例，在颁奖典礼上，获奖者将发表凝聚了本人世界观、价值观、文学观的获奖感言。莫言的演讲题目恰与七十多年前本雅明的题目不谋而合——《讲故事的人》。“故事”前所未有地在这位小说家的回顾中占据重要位置。他说，“我该干的事情其实很简单，那就是用自己的方式，讲自己的故事。我的方式，就是我所熟知的集市说书人的方式，就是我的爷爷奶奶、村里的老人们讲故事的方式。”（莫言：《讲故事的人——在诺贝尔文学奖颁奖典礼上的讲演》，《当代作家评论》，2013年第1期）这或许是一个风向标，中国作家开始意识到小说与故事并不必然不兼容，他们开始向后退，退回到故事的广袤大地。可以说，对于故事的重新发现，塑造了2014年长篇小说的景象。

这一年，贾平凹也意识到了“故事”的意义。这位每隔一两年就会有新的长篇小说问世的作家，有着蓬勃的生命力和创造力。这一回，他引人注目地将长篇分为了“第一个故事”、“第二个故事”、“第三个故事”、“第四个故事”。他确实是在“故事”的本来意义上使用这个词，故事故事，不就是过去的人与事么。他要用这四个故事讲述中国乡村百年的历史，有意思的是，这四个故事并没有具体的人与事的关联，仅仅依凭一位唱师的所见所闻串起来，它们实际上是要说明在关节点上，历史作出了怎样的选择，而这种选择又是如何决定了今天的现实。从这个意义上说，《老生》（《当代》2014年第5期，人民文学出版社2014年9月）是关于“故事”的，也是关于现实的。

在读者的印象中，宁肯是一位在先锋不再的年代仍然执着于先锋的作家。如果我们还记得他在四年前出版的《天藏》，就能想起他的小说有着多么浓郁的精神气质。特别是，如果你记得在那部小说中有大量的议论，而议论并不作为叙事的对立面，而是成为叙事的一部分的时候，你就知道他是多么服膺现代小说精神，同时，离故事有多么远。而这一年，他也开始召唤“故事”这一魂灵了。在《三个三重奏》（《收获》2014年第2期，北京十月文艺出版社2014年8月）里，他引入了三重故事。一重故事是“我”和杨修的，那是属于80年代的故事；一重故事是杜远方和李敏芬的，以及延伸出来的杜远方、李离和居延泽的情爱故事；一重故事是被审判者居延泽与审讯师谭一爻的交锋。从历史到现实，从对峙到和解，从屈服到反抗，重重故事之下是人性，幽深曲折的人性。

然而，还是不自然。今天的小说家，终究是被“现代”所洗礼。他们丧失了老祖母式的坐在冬日的火炉边慢悠悠地讲述掌故传闻的从容。于是，在2014年的长篇小说中，在那些或圆熟或不那么圆熟的故事之间，我们看到了刀劈斧凿的痕迹。宁肯要将一个首尾相续的故事截成三段，同时展开，将本来具有历史纵深感的故事在同一叙事时空体平行发生。此外，宁肯也在小说的形式上下足了功夫。他延续了在《天藏》里就已经试验过的在长篇小说引入注释的做法，令正文和注释展开充分的对话。可是，这样的形式能为他的故事提供什么样的动力呢？在我看来，正是不自然的故事构成了形式与内容的断裂。同样的，贾平凹要用《山海经》的引文与问答来分割四个故事，在他看来，这构成了对应关系——“《山海经》是写了所经历过的山与水，《老生》的往事也都是我所见所闻所经历的。《山海经》是一个山一条水地写，《老生》

是一个村一个时代地写。《山海经》只写山水，《老生》只写人事。”（贾平凹：《〈老生〉后记》，《当代》2014年第5期）作家的构想无疑是美好的，山、水、人、事，加起来这就是整个世界啊，可是，在小说中，山水与人事之间始终隔着深深的沟壑，也是不自然。这似乎都是故事无法自足的明证。小说家们在回到“故事”这一原始大地上时不免踉踉跄跄。要么是一个观念规定了小说本身的走向，就好像一条奔涌的大河突然之间被狭窄的堤坝所圈禁，规矩是规矩了，却失去了野趣横生的质地；要么是日复一日的现代生活剥去了故事“传奇”的外衣，灰暗、沉闷，叫人意兴阑珊；要么是小说为历史所诱惑，执着地要做历史的仆人，从而与生活本身脱节。讲故事是一门手艺，更是一种观念、一种精神。轻视故事的文学，势必要付出惨重的代价。

当然，还有一些作家本身是故事的迷恋者。比如，严歌苓。严歌苓是那种有能力将平凡的事情讲得暗流涌动、风生水起的那一类人，这固然是她接受了专业训练的结果，但更大程度上归因于天赋。人群中似乎就有这样一类人，他是饭局的中心，一旦他开始说话，所有人都屏住了呼吸，凝神静听。在《妈阁是座城》（《人民文学》2014年第1期，人民文学出版社2014年1月）中，严歌苓尝试讲述当代中国的故事。不得不说，她选择了一个好的空间观察人，那就是赌场。这是她一贯擅长的极端情境，她就是要将人放在极端情境里反复考验，似乎只有如此，人性的成色才会如光谱一样呈现。小说以2008—2012年的赌城“妈阁”为背景，描写了游走于赌场内外、靠追债讨生活的女叠码仔梅晓鸥和三个男赌徒的故事。赌徒身上对“赌”这一行为本身丧心病狂的痴迷是这部小说的核，然而自始至终却不能解释为何“赌”本身就是人性的一种。这大概只能说明严歌苓是如你我一样生活在界限以内的人，相信理性。而赌徒，说到底也没能得到严歌苓的理解。所以，她只能用自己擅长的“爱”来归结一切。可是，因为“赌”本身没能得到说明，“爱”也是苍白的。专注于写爱的，还有王跃文。没错，就是那个在媒体话语里专门写“官场”，写基层政治的王跃文。在他的新作《爱历元年》（《当代》2014年第5、6期，湖南文艺出版社2014年8月）中，他转而书写爱情、婚姻与现代都市人的情感危机，可谓“老树发新芽”。王跃文自己说：“我很喜欢日常化的写作，拒绝宏阔的场面、离奇曲折情节、故作新意的叙述方式，习惯把故事讲得顺畅好读、耐人寻味。”（王跃文：《喜欢日常化的写作，更能反映生活本质》，《长沙晚报》2014年7月18日）或许，“流畅、好读”是故事的真谛之一吧，但是，和《妈阁是座城》一样，过于追求“好读”，某种程度上却丧失了故事本身所可能有的深度。

日常与传奇

与王跃文抱有同样观念的小说家不在少数。70后作家徐则臣对“故事”抱有某种警惕，他认为，很多人对小说的理解就建立在对故事的理解上。显然，他将故事与传奇性划上等号，认为传奇性就是陌生感，浩瀚，曲折，跌宕起伏，耸人听闻。在他看来，具有传奇性故事的时代是属于莫言那一代作家的，已经过去了。他所做的，是在日常生活中发掘出生活的真相或者说本质，精神的质地。《耶路撒冷》（北京十月文艺出版社2014年3月）就呈现出了这种努力。《耶路撒冷》被看作70年代生人的精神史，这精神，大约就来源于琐碎的、漫无边际的日常生活细节。从花街长大的孩子，一个个义无反顾地离开家乡，“到世界去”，去寻找生活的意义。甚至那还不够，徐则臣还要让他的主要人物，或者说就是徐则臣的分身初平阳在《京华晚报》开了一个专栏，主题就是“我们这一代人”，写70后这一拨人所面对的共同问题。这也是徐则臣的一种形式创造，他让思考进入叙事结构中，甚至成为扭结小说的思想关节。随笔与小说，议论与叙事，在技术层面结合得了无痕迹，只是，当初平阳的专栏文字承担了过于繁重的叙事职能和思想职能时，读者对它的期待同小说里的人物一样在节节攀升，这使它有崩裂的危险。

叶兆言也致力于写出日常生活，那些湮没在历史中的平凡的日常生活。在以往的小说中，叶兆言所做的，就是在传奇中怀旧，在怀旧中感伤。在《很久以来》（《收获》2014年第1期，江苏文艺出版社2014年4月）中，叶兆言极力避免传奇化的写作策略。小说写的是欣慰和春兰的一生，这两个美丽的女子，一个活泼，一个沉静，小说家选择了透过春兰的眼睛来看欣慰，因此，欣慰波澜壮阔的人生，不免就像褪了色的照片，显出几分朦胧的说不清楚的味道。可以说，几乎在叶兆言的几乎所有的小说中，时间，特别是历史中的时间才是唯一的主人公。他是如此迷恋具体而微的时间，仿佛失去了时间这道堤坝的依凭，历史就会四溢开来，丧失了秩序感，时间本身构成了理解世界的重要维度。

如果说，叶兆言试图构筑历史中的日常生活，那么，薛忆沩在《空巢》（《花城》2014年第3期，华东师范大学出版社2014年5月）里做的是讲述现在，叙说当下。这是一位空巢老人遭遇电信诈骗的一天，由此勾连出她的一生，用薛忆沩的话说，“那一天的羞辱摧毁了他们一生的虚荣。”这的确是这部小说的精髓。不过，对于一句话就能概括的长篇小说，我总是持谨慎的怀疑。长篇小说似乎不能也不该如此被概括，当然，一年的长篇小说更无法被轻易盘点。

不是所有小说家都是日常生活的信奉者，总有人想要写出传奇。传奇当然是跌宕起伏，但传奇的核心是“不可能”。就像李敬泽说的那样，“讲故事者与听众的根本约定是：某些事竟然发生了，这些事是对我们经验中遍布的‘不可能’的藩篱的逾越，由此，我们意识到自身生活的限度，在‘我’之外，世上仍有奇迹，或者说，人的心灵和行动中仍有奇迹。在这个意义上，故事的叙述近似宗教和神话，它自我表意，它有将自身封闭起来的力量。”（李敬泽：《为文学申辩》，作家出版社2009年版，第109页）从这个意义上说，雪漠的《野狐岭》（人民文学出版社2014年7月）本身就像传奇。《野狐岭》追踪的是一桩疑案：一百年前，西部最有名的两支驼队，在野狐岭失踪了。一百年后，“我”来到野狐岭，与幽灵二十七会，试图还原当年的真相。在传奇的背后，是对中国现代历史草灰蛇线般的书写。笛安大概不会承认自己书写的是传奇，但《南方有令秧》（《收获》长篇专号秋冬卷，长江文艺出版社2014年11月）确实有传奇的品质。小说讲述了明朝万历年间一个叫令秧的年轻寡妇为了获得皇帝旌表贞节的牌坊而一意孤行、苦苦煎熬的故事，当然，她最终得到了她想要的，这中间，有落拓文人谢舜珲的助力，也有令秧付出的时间的代价、身体的代价。笛安意在讲述一个女子是如何突破自己现实处境，通过参与到对现实规则中去，如何“玩弄制度成全了自己”。这是一个多么现代，多么先锋的女子！然而，这部小说的问题在于，这是一个在历史时空发生的故事，然而她并没有进入历史，这种所谓的“不自觉的现代性”不是从生活的土壤中长出来的，而是作者凭空赋予她的人物的。

常识与偏见

还是本雅明说的：“这‘生活的意义’的确就是小说活动的中心。但从小说中追寻‘生活的意义’的过程，不过就是读者在目睹自己过着这书中生活时初步感受困惑的过程。这边是‘生活的意义’，那边是‘故事得到的教益’：小说和故事就是打着这样的旗号彼此对抗；从这样的旗号，我们或许可以辨别清楚这些作为截然不同的历史等同物的艺术形式。”（本雅明：《讲故事的人》，《开箱整理我的藏书——本雅明读书随笔》，金城出版社2014年版，第152页）那么，对于长篇小说而言，“生活的意义”究竟在哪儿呢？稍有见识的小说家都明白，长篇小说对于思想的要求比其他文体都更高。既然不再屈从于故事为读者提供人生的教诲，那么，思想便取代教诲让小说散发光芒的内核。然而，今天的长篇小说，大多从常识出发。常识是什么，是我们已有的恒定的对世界的认识，或者仅仅只是从思想界潮流性的观点中汲取养分。如果我们回溯中国小说的历史就会发现，过去并不是这样的。五四时期和新时期的小说之所以引起了广泛的回响，那是因为它说出了被人们模糊意识到但尚未明确的对世界的新的认识。笼统地说，2014年的长篇小说所发现的“生活的意义”，从两个主题展开。

一个主题是百年中国乡村的历史变迁。这似乎成了长篇小说最恒定的主题。上面提到过的贾平凹的《老生》就是典型的例子。革命、土改、“文革”、改革开放，似乎只要抓住这几个历史的关节点，关于乡村的一切就自然清清楚楚。贾平凹是以“野史”的方式来讲述这一切的，即去除革命正史的神圣性，突出偶然性、荒诞感。这样的写法，也许暗合了历史学、思想界的某些观点，但之于小说而言，却是新历史小说以来的再次复述。如此，小说的活力安在哉？同样的，日头村半个世纪的历史在关仁山的《日头》（《人民文学》2014年第9期，人民文学出版社2014年8月）里以拉洋片的形式飞快地展示着，依然是两大家族的争斗，依然是暴力化的“文革”，依然是农民帝国式的掌门人，依然是市场经济对乡村摧枯拉朽般的破坏，以及前景黯淡的乡村未来。小说也没有提供关于乡村的新的思想与想象。关于乡村无可挽回的衰败，在刘庆邦的《黄泥地》（《十月·长篇小说》2014年第2期，北京十月文艺出版社2014年11月）、孙惠芬的《后上塘书》（《人民文学》2014年第11期）、范小青的《我的名字叫王村》（《收获》长篇专号春夏卷，作家出版社2014年6月）都有不同侧面的展现。《黄泥地》讲述了乡村知识分子房国春在乡民的"哄抬"下上访的故事。"黄泥地"意指陷入当下的中国乡村人际关系之中，就像陷入了雨后的黄泥地一样，黏稠、混浊，难以摆脱。小说写得很残酷，甚至冷酷，不仅房国春的命运让人悚然而惊，更让人恐怖的是，乡村文化就像一个黑洞，不断吞噬善，只剩下了利益、权力。《我的名字叫王村》用现代主义笔法，写现实主义之痛。《后上塘书》以一场蹊跷的谋杀事件，写富裕起来的农民的精神困境。《上塘书》式的温暖与无所不包的日常生活细节消失了，只有百思不得其解，只有困兽之斗，只有无路可逃。从《上塘书》到《后上塘书》，中国乡土的历史命运和美学命运只有萎顿下去了。

另一个主题围绕知识分子的操守与命运展开。刘醒龙的《蟠虺》（《人民文学》2014年第4期，上海文艺出版社2014年4月）是一个类型小说的框架。围绕曾侯乙尊盘这一国宝，考古、收藏、文物、盗墓、学术、权力等诸多结构展开了争夺。种种疑问构成了阅读的动力。这是刘醒龙写的最轻松、最从容的小说。它证明了一个纯文学作家在类型小说的领地也能游刃有余。但是，一旦小说回到了刘醒龙最熟悉的知识分子精神操守的立场上，小说的核就凝固了。之前所有的有趣、好看似乎都是为了这一刻的义正词严而铺垫，知识分子坚守也好，堕落也罢，都令人索然无味。《活着之上》（《收获》2014年第6期）延续了阎真一贯关注的知识分子精神操守的问题，讲述了历史学博士聂志远如何在纠结中坚守知识分子的独立人格，而与之相对照的是他的大学同学蒙天舒，在学问平平的情况下通过钻营与投机不断获得世俗利益。小说基本上由聂志远的思想活动构成。这是一部写得过于纠结的小说。在阅读时，我不禁感到疑惑，坚守基本的道德线有那么难吗？需要如此反复思想斗争，患得患失么？难道知识分子们不明白"正直的生活有代价，不正直的生活代价更沉重"这个道理吗？

这样的长篇小说其实都是封闭型的——也就是说，在写作一开始，"生活的意义"就伫立在那儿，一直到小说的结尾，"意义"都是确定清晰的，没有发生任何变化。小说家所要做的，是敷衍一个故事，然后将这个已然明晰的"生活的意义"编织进去。他们或许该听听一个刚刚写作长篇小说的70后作家田耳的感悟。他说，"想好开头结尾可能只是中短篇的做法，一到写长篇，开头结尾一确定，整个写作过程必将封闭，气息羸弱。……先把人物性情展现出来，立起来，他俩走向不必确定，而我只须相信船到桥头自然直。"（田耳：《就这样，我学会了写长篇》，《文汇报》2014年5月12日）有了这样的过程，他的《天体悬浮》（作家出版社2014年8月）不再有可以被稳定的常识一般的"生活的意义"的核，而呈现出某种开放性。你甚至没有办法概括他，是两个好朋友分道扬镳的故事，是弱者低调地战胜了强者的故事，还是不同的生活道路以及随之而来的不同的命运的故事？似乎都是，又似乎都不是。它呈现了对生活的一种偏僻的看法，或者就叫偏见，但你得承认，这种偏见恰恰击中了我们。

是的，一开始，我就谈到了“疲惫”。但“疲惫”并不意味着“所有路的尽头”，它只是隐隐让我们觉得有什么事开始不对劲。也许长篇小说这辆飞驰的列车需要停下来，看看身下那条绵延的铁路从何处来，到何处去。停下来，再出发。

2014年中篇小说的几个关键词

金赫楠

与长篇和短篇相比，中篇小说通常被认为是最适合讲故事的叙事文体。正如铁凝在谈到小说文体时所说：当我看到短篇小说时，首先想到的是“景象”；当我看到中篇小说时，首先想到的是“故事”；当我看到长篇小说时，首先想到的是“命运”。在我看来，中篇小说从情节角度说，要完成一个相对完整的故事；从人物角度说，要实现一个相对明晰的性格塑造。在故事完整和性格明晰之后，它更需要有力量去求证和演绎一种合理性，人物和外在环境、命运、生活的纠葛挣扎，他们基于自身立场的种种合理性。这是我对中篇小说的基本理解，也是评价一部中篇小说的基本标准。2014年，各大文学期刊上发表推出了大量的原创中篇小说，老中青不同代际的小说家们在这个文体上的写作都表现活跃，《北京文学·中篇小说选刊》和《中篇小说选刊》作为颇具影响、专门针对中篇的月选刊，更是集中呈现了一年来中篇小说创作的主流态势——当然，每一年也都大致如此。作为一个喜欢小说的文学阅读者，作为一个当代作家作品的研究者，平时就随着各大期刊每期的出版读了大量作品，年末更是又集中阅读了这一年的小说原创，文中要梳理和点评的中篇小说，全部来自文学期刊的阅读。

一、活着

时代的高歌猛进中，活着，这个貌似最简单、最基本的问题，在当下中国似乎越来越复杂。面对当下复杂丰富的世事人心，面对时代的迷惑与迷茫，写作者关于“活着”的观察、思考、探究和呈现，难度是巨大的，考验也是巨大的。小说应该从什么层面去介入现实、去讲述正在发生着的时代？它的疼痛、困惑，它的欢愉、激越，它的耸人听闻与迷人微笑。

“活着”，在李凤群的《良霞》中，是在探究“当我们无力反抗时”。村里最拔尖的姑娘良霞，那么美丽、骄傲的良霞，“女人羡慕、男人垂涎”的良霞，当她揣着点小优越、小得意正气定神闲地生活在掌声鲜花之中、并憧憬一路向前有更加茂盛的掌声鲜花的时候，却遭遇了命运的无端来袭——一场大病毁了她的健康，毁了她的爱情和青春和欢快岁月。肾病手术后的良霞卧床不起，原本美丽的容貌和身材荡然无存，城里的男友转身离去，父母在劳力劳心的巨大强度下相继过世，大哥二哥的婚姻也被拖累。在这个过程当中，良霞从最初的错愕、悲痛、绝望甚至轻生，渐渐地平静、超脱，坦然地承受和面对生活给予她的一切。她赢得了家人和乡亲的尊重与敬服，在家族出现风波灾难时竟俨然成为全家的主心骨，成为空巢乡村最后的家园守护者，直至安详离世。这个姑娘让我想起毕飞宇笔下的少女玉米，同样是从云端兀得跌落尘埃，一个不谙世事的女孩的措手不及，以及她不得不的迎面而上。作者大概是想经由这个故事、这个人物去呈现和探询：人生的海拔之上与地平线以下，在云端与跌入尘埃，往往一瞬；而生活不在别处，只在你坚固的自我核心里。李凤群的讲述方式，不拿捏、不做作，叙事语调温婉而沉静，他朴素而低调地看顾着人物和命运，生活和人生。不只是把美好的东西撕碎给人看，同时也在展现了碎片复原过程中所蕴含的巨大的美感与力量。小说着力塑造着一个人在命运的跌宕和无常中反倒有效地实现了对自我生命的了然与自洽，还有分寸地涉及乡村的现代化进呈、乡土情感方式的变迁等现实问题，更经由良霞卧病的视角去展现当下农村几十年的巨大变化和传统家庭的情感流变，独特而自然。李凤群力图呈现和探寻的是关于“活着”的大命题，却始终贴着人物和人心兜兜转转，相比于那部著名的《活着》，良霞的“活着”于情感上更具感染力，人性逻辑上更具说服力。坦白说，《良霞》是最近一段时间阅读中我比较偏爱的一篇，这朴素而有力，在当下的叙事腔调中当真难得。

在石一枫《世上已无陈金芳》，“活着”的难题在于“人想要那么活，但命运没让他那么活”。农村女孩陈金芳，怀揣着对城市、对过好日子的向往转学来城里上学。她寒碜、土气，却又分外自尊和虚荣，努力要赶上城里人穿衣打扮的潮流却每每不合时宜出尽洋相；她怯懦、沉默，却又不甘、执拗，屡遭白眼受尽屈辱后仍然坚持一个人留在城市、拒绝回乡。陈金芳走进社会，通过依附男人成为远近闻名的女顽主；多年后，又摇身一变成为艺术品投资商人陈予倩。年少时的寒酸土气早已脱胎换骨为优雅、干练、一掷千金与八面玲珑。直到一场冒险的投资在经济危机的冲击下失败，她的人生真相与命运底色彻底被揭开，被债主打得鼻青脸肿的陈金芳自杀未遂、被家人接回乡下，彻底打回原形。小说中，讲述陈金芳命运起伏的“我”，是陈金芳的初中男同学，大院子弟，小提琴练习生，这种身份境遇与陈金芳形成鲜明对比。“我”是陈金芳命运起伏与奋斗挣扎的讲述者，和她的数次相遇，见证和注释着一个底层女性从陈金芳到陈予倩再到陈金芳的跌宕起伏。面对这个人物，石一枫的笔锋里流露出些许嘲弄和戏谑，但更多的是唏嘘、感慨，是悲悯、心疼，还有一种深深地悲哀。陈金芳是值得讲述的，她的种种可笑可怜可悲可叹，无非也就是要“活出个人样”；落得如此结局，是“不作就不会死”，还是“人的命，天注定”？石一枫怕是自己也没思虑明白，当他写下这个人这段故事，提问才刚刚开始。小说稍嫌不足的是，类似陈金芳这样出身底层的个人奋斗故事，在广阔的叙事谱系里已有很多，于连、拉斯蒂涅、高加林、了不起的盖茨比，那种和社会和时代作战的悲剧角色，那种底层出身拼命挣扎到头来又被打回原形的悲惨人生，起高楼、宴宾客、楼塌了，面对这样一个熟悉母题，石一枫的《世上已无陈金芳》一篇中，在人物塑造和命运演绎上的陌生化效果不够，看了开头就大概了然结局和作者所要传达的观念，稍落窠臼。

在弋舟《所有路的尽头》，“活着”，很大程度是在“追忆与凭吊”、“自救与救人”。2012年和2013年，弋舟分别发表了中篇小说《等深》《而黑夜已至》，及至今年这篇《所有路的尽头》，一个名叫刘晓东的中年男人作为主角贯穿其间。三篇小说中的刘晓东，各自演绎着自己的故事和人生和命运；但又分明在同一种精神气质的笼罩下：理想主义，以及理想落潮后的幻灭、虚无、颓败和不甘。读这篇《所有路的尽头》之前的几天，我身边一位非常尊重的老师、一位享誉文坛的诗人和文学批评家从他居住的14楼纵身跃下，结束了自己56岁的生命。我久久不能从悲痛和震惊中缓过神来，因他在我印象中最是超脱、淡泊、乐观，学问和人品都是极好，我不知道他何以做如此选择。据说，他一直受抑郁症困扰。我不忍、不敢也无暇去探究这位师长离去的原因，所以，当读到《所有路的尽头》，读到开头时候邢志平的纵身一跃，跟随刘晓东去一路探询邢志平自杀的缘由真相，一个时代、一代人的精神疑难和灵魂遭难呈现在我面前。这三个中篇在2014年夏天已经结集出版，书名就叫《刘晓东》，它们各自成篇却有着内在的统一性。这个中年男人的面目渐次清晰起来，他的百感交集、热泪纵横，他的东奔西突、激越和迷失，用弋舟自己的话来说，他就是——我们这个时代的，刘晓东。我必须坦陈，读这小说的时候，我是犹疑甚至矛盾分裂的，忽而感动于作者在行文中表现出真诚与真挚，忽而又忍不住怀疑弋舟写作时的刻意与做作，也许，这正是那代人的矛盾纠结和不知所云；又或许因为，生于80年代我的，对那个时代、那个历史节点缺乏感同身受、贴身切骨的迷恋与痛楚。

在阿袁《米白》中，“活着”，要追问“什么样的女人，才能获得一种幸福人生？”《米白》是阿袁“打金枝”系列中篇的第三篇，前面两篇分别是《米红》和《米青》——是的，这再次让我想起很多年前毕飞宇名动文坛的《玉米》系列。弄堂里老米家的三千金：明丽妖娆的米红，她知道自己漂亮，却不知怎么和自己的漂亮相处；一头扎进书堆里的米青，书本却没教会她如何幸福；姆妈偏疼米红、父亲看中米青，生活在两个姐姐遮蔽下的米白，淡淡的、羞怯的、在自己的世界里悄悄盛开，她的美满婚姻有点近乎人们戏称的那种“三没女郎的逆袭”，或者“老天偏爱笨小孩”。阿袁的文笔才情不输毕飞宇，她的小说语言一直是高识别度的，凭借自己深厚的古典文学修养，在叙事中自如地穿插诗词歌赋和典故修辞，将小说语言极阳春白雪的雅与小说故事极市井烟火的俗打通，雅俗之间的对立形成一种张力，赋予作品特殊的审美效果。在“打金枝”系列中，人物的生活背景从高校象牙塔转换到市井弄堂，叙事语调刻意朴素、平实了很多，浓淡相宜，刚刚好。阿袁擅写女人，女人之间微妙的相互关系，女人的婚姻爱恋以及婚姻爱恋中的心机与算计，在“打金枝”系列中，三姐妹之间的微妙和波澜，男女关系中的远兜近转，种种微妙、会心，刻画得十分到位。但以小说格局的宽广深厚论，却远逊《玉米》三篇。

在武歆《张灯结彩》，活着，是“我们都将老去”。机关干部老张，退休后久久不能适应闲下来的生活节奏和状态，于是，广场舞和跳舞的老头老太太们，成为他延续权力、管理、心机等等职场官场情结的另一个舞台。播放舞曲的大音箱，居然成为老张和老房争夺博弈控制权的目标，健身怡情的广场舞也变了味道。老张与老房的较量，读来让人忍不住发笑：值得吗？至于吗？却也让人心生感慨悲凉：一代人的被时代烙下的深深印记，一代人的思维方式和生活方式，一代人的退休生活。在人口老龄化日益严重的当下中国，老年人退休后如何“活着”，活得精彩，活出自我？武歆呈现出方寸之间的戏剧性，更在探询当你我终将老去的那一天，我们要如何活着？还有季栋梁的中篇《晚年》，也涉及退休生活、精神赡养、晚年的生活质量等等老龄化问题。

活着，这个词貌似何其简单、何其基本。是的，对中国人来说，它可以简单朴素到“一亩地两头牛，老婆孩子热炕头”，也可能沉重复杂到“穷途而哭”的惶惑与无解。广义上说，这个时代的小说写作者都在从不同角度切入、呈现、探讨关于活着的巨大命题，围绕这个话题这一年可圈可点的中篇还有很多：胡学文的《同谋》，试图厘清人在生活中的角色和角色转换；万方的《女人梨香》演绎生命的鲜活和生活的无常；王小鹰的《解连环》中勾勒沪地风情的浮世绘。还有王手《斧头剁了自己的手》、梅驿《位置》、滕肖澜《又见雷雨》等等太多篇目。

二、事件、问题、小说

我们可能比任何时候都更急切地渴望书写当下的作品，渴望那些对应着中国当下经验、当下问题的叙事，除了穷形尽相地铺展罗列当下的五光十色与光怪陆离，更经由它们打量和探究当下之惑、之痒、之兴奋癫狂、之苦痛艰深。就在我写作这篇文章的时候，放在桌上的手机频繁响起，并非电话短信，而是我订阅的手机新闻，接踵而至、不断刷新地发布着刚刚发生的一个又一个新闻事件：监狱韦小宝、明星出轨案罗生门、娃娃鱼饭局……当你还来不及为上一则新闻唏嘘感慨的时候，下一个更让人瞠目结舌的事件已经发生。我们身处一个速度飞快且姿态决绝地奔跑着的当下中国，城际、动车、高铁、磁悬浮，中国速度在短时间内不断刷新、屡创新高；希望与无望同在，生机勃勃与垂头丧气共生。当新闻事件成为小说创作的题材，当小说家要将一则众所周知的新闻变成小说，他如何运用手中的虚构之刀？如何完成小说对于新闻事件的审美性重构和再现？

当新闻意义上他人的事件与命运进入文学叙事，他们都变成了“作家自己”，作家自己的欢喜与疼痛必须注入他所书写的对象。王十月的《人罪》，小说从一场即将开庭的审判写起：法官陈责我，即将审判一名小贩刺死城管的案件，而这个小贩的名字也叫陈责我。这不是重名的巧合，而是十几年前的一桩顶包事件：法官陈责我正是通过在校长舅舅，顶包冒名小贩陈责我的录取通知书去大学报到。法官陈责我顶替了小贩陈责我的大学，也顶替了小贩陈责我知识改变命运的人生。这篇小说的题材资源分明对应着这两年微博的热议话题“小贩夏俊峰打死城管”以及数次在新闻中被播报的“冒名顶替上大学”。尤其“夏俊峰事件”在新媒体的传播过程当中，被意见领袖、草根网友以及当事人和涉事人从不同的立场和角度进行着不同版本的讲述。现实变成小说，新闻进入叙事，当然要有复杂而深刻的一系列变动，没有变动，它就是只是新闻，这种变动是作家必须要有效完成的。王十月把这两个事件，巧妙地联系在了一场官司中，他在小说中对新闻事件进行了叙事意义上的重构，“陈责我审判陈责我”，深入事件的肌理和人物的灵魂。

陈应松的《滚钩》，笔涉长江边上打捞溺水者这样一个独特的题材。这让人很容易就想起几年前那条产生巨大争议“挟尸要价”的新闻报道。记得当时针对这条新闻，针对事件中的是非对错、道德与法律引发了一场全民大讨论。这篇小说对这个事件重构的重要方式是，叙事人和叙事视角的选取——主人公成骑麻，曾经的渔民、老村长，现在受雇于某打捞公司、专职靠打捞落水人的尸体为生。我认为这个叙事视角的选取是作者精心设计和安排的，在那场事件中，一方面，成骑麻身在其中，虽然是打捞公司的老板拿不到现钱拒绝捞人，但成骑麻作为执行者似乎也难逃其咎；但另一方面，虽然被迫服从老板的意志，成骑麻又始终处于矛盾纠结中，朴素的是非观念与现场的利益得失，加上他自己个人生活中的烦恼纠缠，使得这个人物在事件中张力十足。跟随成骑麻的视角进入这一事件，就不再只是简单的道德评判和是非谴责。陈应松创作中楚地方言的得体自然使用，更给小说增添了独特的地域审美特质。陈应松曾经说过：一旦写作，面对一个题材，就与世界发生了关系，甚至是火药味十足的敌对关系，是一种对峙关系。在我看来，事件本身不足以构成小说审美的对象，而现象背后各种驱动力的纠葛缠绕的巨大张力才是价值所在。

现代小说自发轫之初，就携带着深重的问题意识；问题小说，更成为新文学中一个坚固、巨大的传统。一个写作者的现实关怀和当下意识，往往是通过对当代社会生活中种种有代表性的问题展开叙事，从而呈现自己的某些观察、探究和思考。余一鸣的《种桃种李种春风》。出身贫苦、在城里打工做保姆的徐大凤，为了儿子能进重点中学读书，省吃俭用费心费力，甚至不惜用身体来同雇主、教育部门的陈书记交换一个入学指标。儿子的教育问题、他是否能进入重点中学读书，对于大凤来说，不仅仅是望子成龙的俗常渴求，不仅仅是孤儿寡母今后的生活着落，它更是大凤对自己曾经梦想的追逐和坚守，是对逼仄残酷现实的反抗。对于一对挣扎在社会底层、资源占有少得可怜的孤儿寡母来说，现实的困顿和坚硬是淹没性的，难以摆脱的，唯一的希望和机会就是考上好的大学，通过“知识改变命运”这条传统之路来实现对命运的抗争。此外，季栋梁的《教育诗》涉及农民工子弟上学问题，直指城市对乡村的傲慢与偏见、教育公平问题；蔡呈书的《学校那些糗事》从高考在即的一场坠楼事件写起，塑造了被高考折磨得疲惫不堪的师生家长群像；以及温新阶的《铁猫子》，都从不同的角度表现出当下小说创作对教育问题、对“知识改变命运”这一传统奋斗路径的观察与思考。

邵丽的《第四十圈》，讲述女作家作为挂职副县长时对当地一起广受关注的恶性官民冲突的调查、探询和阐释、思虑。挂职的特殊身份使得讲述人天然地有着既身在其中又置身事外的双重视角与立场，从而在结构上实现了不同叙述视角的合理转换。于是，司机、办公室副主任、秘书，各色人等从自己的立场和利益出发，把一场关乎四条人命的“齐光禄事件”变成了真伪难辨、铺设迷离的“罗生门”。如同作者在小说中忍不住地感慨“事情的麻烦之处就在于，看起来谁都有责任，但是到法律上，有都没有责任”。在铺陈他们讲述的重合与矛盾之中，在对当地基层政治生态的充分呈现之后，作者不仅仅是要还原和厘清“齐光禄事件”的来龙去脉与是非对错，更直指那些彼此独立、对抗又相互缠绕、胶着的立场、意志和利益，各种嘴脸的描摹淋漓到位。

现代户进程中传统乡村的沦陷，也是作家创作中热切关注的问题。冯俊科的《鸦雀无声》，涉及工业化发展对农村土地的侵蚀和乡村水土污染的现实问题；《出故乡记》发出“田园将芜胡不归”的苍凉喟叹，反复追问着面对进不去的城市和回不去的故乡，我们怎样安置自己精神与肉身？

《第四十圈》发表后被多家选刊转载，在批评家和读者中引起广泛的关注和评议。这让我又想起方方去年发表的中篇小说《涂自强的个人悲伤》发表后引起的巨大反响。坦白说，这两篇作品虽然出自我一向喜欢的女作家邵丽和芳芳之手，虽然发表后都反响热烈，虽然都触及了当下中国社会最紧迫、最真实的问题所在，但我仍然不认为它们在小说的尺度内是杰出的。人物的疼痛不是情感的、血肉的，而是概念性的、类型化的。而文学作品，恰是通过影响人的情感来进而影响人的理性认知和价值判断。相比之下，我更看中《种桃种李种春风》。无论耸人听闻的新闻事件，还是备受关注的社会问题，一旦变成小说写作的素材起点和故事核心，一旦经由作家的叙事来呈现铺展它们，它必须以人为本，文学关注的表达的始终是人。是的，新闻事件与问题中的人。从这样的尺度和标准出发，当下叙事现场的很多问题小说，也许足够现实感、使命感，足够尖锐、犀利，却往往不够“文学”。

三、我们终将逝去的青春

80后，这种代际命名的文学指称至今也没有得到所有谈论者的认可，而关于它的论证其实内含着这样一种疑问：命名的有效性与合理性？而在我看来，在文学尺度上对于80后的阅读、研究和讨论，终究要落到这样一个问题：这一代人的写作，为中国当代文学提供了怎样的新东西；以及80后在其文本中呈现出的受制于时代又得益于时代的独有思考能力和审美趣味。进入2014年，当年的少年作家都已经完全长大成人，韩寒从叛逆小子成为国民岳父，郭敬明从小四变成郭总郭导；曾经喧嚣一时的80后写作，在不同程度上实现着自己的转身，或华丽或狼狈。2014是80后小说家在期刊表现活跃、创作风格多样化的一年，是他们的小说才华和志向井喷式充分释放和呈现的一年。翻开各大文学期刊，明显发现这一年80后作家发表的中短篇小说在数量上明显增多；阅读后更会发现，其作品在题材、手法、艺术风格上所呈现出的差异性和个性化特点越来越明朗。多家刊物都设专栏或专刊，加大了对80后小说写作的关注、推介，如，《小说选刊》的新锐展、《收获》连续两期的“青年作家小说专辑。可以说，自此，80后一代的小说写作者，从出版喧嚣和话题炒作中转身，已经方向感明确地在寻找和实现着自己的文学路径。一大批80后写作者，已经融入了“刊物、评奖、文学批评”三位一体的传统文学评价体系。

颜歌的《江西巷里的唐宝珍》，延续了颜歌自《白马》和《我们家》朴素、家常的话语方式，渐渐褪去早期的华丽空灵的叙事风格，运用白描的手法呈现着四川小镇上一段俗常而又隐秘的男女生活。如果说颜歌早期的作品更多展示了她于小说创作上的才情禀赋，那么这几年来她发表在文学期刊上的一系列中短篇小说则让人感受到颜歌写作上渐生的巨大野心和志向。至此，小镇已经成为颜歌笔下反复勾勒的场景和背景，它或叫桃乐镇、常乐镇或者平乐镇，这些四川城乡结合部的小镇，相对封闭又宁静自洽，它的混沌、琐碎可以生发出一种特殊的张力。颜歌在很努力地营造一个独属于她自己的小镇世界，面目纷繁、自成一体的魔法天地。这时的颜歌似乎在叙事上更有耐心，四川方言在小说中运用得得体自如，也更有一种真佛只说家常话的自信。她不再依赖那些那些青春期为赋新词强说愁的感伤和文艺腔调，从青春专注自我情感表达的格局中开阔出对外在世界的观察、思考和探究，她开始调动自己骨子里和内心深处的家乡记忆和小镇情结，寻找自己的精神家园和写作资源。从《五月女王》《白马》《我们家》《三一茶社》到这篇《江西巷里的唐宝珍》，那个独属于颜歌的广阔天地，面目渐渐清晰起来。

马金莲的《绣鸳鸯》，从一个很马尔克斯的句子写起：“多年后回想起那个被白雪覆盖的漫长的漫长冬季和之后那个分外短暂的春季，似乎注定是要发生那么多事情的。”小说围绕姑姑和卖货郎爱情故事里的美好和辜负铺展，这样的故事和人物在我们的叙事谱系里并不新鲜，从古到今，痴情女子负心汉、少女的青涩懵懂与执迷不悔、被辜负与误终生，一直在重复发生与反复讲述。在这篇小说中，马金莲选取的是一种孩童视角，经由一个7岁女孩的心智能力和情感方式去观察、想象和讲述一段青涩感伤的男女爱情。小说的男女主角，姑姑和卖货郎，作为准成年人的半大孩子，他们对情感、生活、责任、身体和梦想其实都怀着一种似是而非的懵懂憧憬，而孩童视角的引入，提供了更贴近更同构的讲述可能性。不同于大部分80后作家多集中于都市书写，马金莲从亮相文坛便一直专注地讲述着家乡小镇的乡土生活，西海固小城的苍凉与诗意，关于饥饿、关于贫穷、关于现代化的匮乏与疏离，她被称为乡土80后。如果说颜歌近期创作中所表现出来的朴素自然文风，是她在多年小说写作中几易语言方式、刻意选取和营造出来的，那么马金莲的叙事语言的无华、恬淡和细腻却始终贯穿在她的小说创作中，与她所呈现的生活和人物恰如其分地合辙押韵。

80后作家中，孙频在2014年可谓高产，陆续在《钟山》《花城》《小说月报等多家刊物上读到她的作品。她偏爱展示极端环境中的扭曲人性，以及其间的人性困境，其中篇小说《同体》《乩身》《十八相送》《假面》等都属此类。80后小说创作中如颜歌、马金莲这般书写家乡风土人情并自觉地在叙事中融入地域语言的还有宋小词的《呐喊的尘埃》、曹永的《捕蛇师》。除了上述谈及的篇目，2014年80后小说创作中可谈论的中篇小说还有很多，这一代写作者于文学写作上的更大的野心志向，以及越来越面目迥异的审美追求和风格特点经由期刊上呈爆发状态的作品发表，呈现在读者和评家面前：张悦然的《动物形状的烟火》、马小淘的《章某某》、霍艳的《无人之境》、周李立的《春眠不觉晓》、池上的《桃花渡》等等。

这篇文章名曰2014中篇综述，其实难符。准确地说，它只是我在这一年小说阅读中的目光之所及，视野和格局之局限自不必说，更携带着重重的个人口味与审美偏好。文中涉及的篇目，有的是我自己中意喜欢的，有的是屡被评家论者提及的，有的来自身边同行甚至普通读者的推荐。点评作品时所表达的理解、感悟与褒贬，也是在探讨小说在这个时代得以安放自己的合理性与说服力，探询小说在现实生活加速的过程中对于世事人心的见证与陪伴。多篇大家新作在文章中没有论及，如方方的《惟妙惟肖的爱情》、池莉的《爱恨情仇》、尤凤伟的《金山寺》、叶广芩的《月亮门》等，放在这一年的小说中虽然都算是上乘之作，但是和他们自己的创作相比，没有超越、没有提供新的东西，故而不再详说。点评具体篇目时，我曾两次提及毕飞宇和他的代表作《玉米》，用它来做对比或类比，也许是自己对《玉米》的偏爱和念念不忘，但也确实能够反映出一个经典名作，对后来写作者的深深影响和难以摆脱。

文章的结尾，我想再次强调这篇综述扫描所携带的浓重的个人口味，也允我为这“个人”寻个理由——面对庞杂的世相万千、纷繁的世事人心，面对时代风云与历史变迁，小说提供的本就是个体的眼光和视角。当然，从某种意义上说，个体的眼光、见地、趣味、格局，都是既受制于又得益于历史社会时代等这些“大”而形成的，但在写作中仍须经由个人化的审美偏好、切入视角、语言方式、叙事路径等有识别度的“这一个”来实现。小说如此，文学批评其实也是如此。如此，在文学的尺度内，方有意义和有意思。

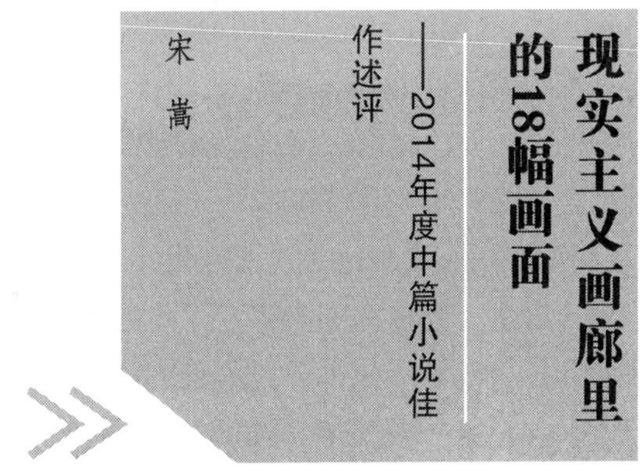

一种文体自身的特征往往可以决定其创作领域的整体风格。短篇小说因短小精悍，适于作家进行新颖乃至极端的形式实验；长篇小说体态庞大，气量恢宏，是操练各种“思想”和“主义”的理想演兵场。相较之下，中篇小说的文体特征略显尴尬，但唯其如此，才决定了作家们可以在这一领域里老老实实地使用最原始朴实的现实主义态度来叙述故事。因此，在中国当代小说王国的版图中，中篇小说可以视为最坚固的现实主义领地。粗粗翻阅2014年刊载于各大文学期刊上的中篇小说作品，以上那种根深蒂固的印象再一次加深。

在综述某年度的创作情况时，将这一年里的佳作分门别类地加以总结，已成为一种约定俗成的做法；笔者亦不能免俗，只是受到“艺术都是相通的”这一说法的启发，将小说与绘画牵强地联系起来，视18篇佳作为18幅画面，也算是一种“独辟蹊径”吧。

一、油画：对沉重现实的重彩涂绘

油画的色彩浓郁丰满，在各种绘画门类中层次感最强，最适合用来对时代作现实主义的呈现；可以说，中世纪以来西方美术的辉煌，就是由无数现实主义油画杰作所造就的。这种强烈的再现感，甚至“照相写实”式的社会记录，在2014年度的中篇小说创作中比比皆是；一种“艺术化新闻写作”（请原谅我生硬地造出这个名词）的倾向经过多年的酝酿，在本年度已然成形。这固然是受到了近年来盛行的“非虚构写作”的影响，但时代变迁、社会发展以及新闻传播、通讯手段的高度发达，无疑都在深化着作家们头脑中的现实主义观念。

邵丽的《第四十圈》（《人民文学》第2期）在年初甫一发表，立刻便引起了多方的关注，不仅众多选刊纷纷转载，作者还以这篇作品拿到了本年度的“人民文学奖”。可以毫不夸张地说，《第四十圈》是2014年中篇小说领域取得的最引人瞩目的成就之一。近年来，邵丽把自己在基层挂职时的经验写成小说，此前已有《刘万福案件》等佳作奉献给读者。这篇《第四十圈》，其故事和人物原型虽然同样是来自挂职期间的所见所闻，但因为时间的积淀，其震撼力又达到了一个新高度。平心而论，邵丽的语言在同年龄段的女作家当中算是平淡的，但是她并没有东施效颦地去追求诗化的语言，而是将功夫下在作品结构的营建和思想意义的深掘上，以扎扎实实的叙述将基层工作的复杂情况原生态地再现给读者。《第四十圈》看似是“伦理小说”与“问题小说”结合的产物，但处处显示出超越的努力和追求。“我”以一个挂职副县长的视角，通过对各方面的叙述和评价的转述，将有关四起命案的细节和盘托出，编织出一幅“罗生门”式的叙事帘幕，困扰天中县、天中镇几十万人民十几年的迷局由此客观地摆在了读者的面前。作者采用近似推理小说的手法，引导读者借助不断涌现的案情线索一同去探寻事情的真相，设身处地地去体会当事各方的喜怒哀乐，在一个个感情、伦理和法律的悖论面前感受到了生活与命运的巨大张力。

因为作者由具体案件所诱发的创作动机，这篇小说所揭示出的问题无疑是令人触目惊心的。两千多年前哲人老子的著名观点——“民不畏死，奈何以死惧之”，被邵丽以艺术的方式再次提出。在小说中，几乎人人都深谙要想解决问题“什么都别干，就往上跑，闹呗”这一“绝招”，而“风筝事件”也只能是老百姓在绝望境地下孤注一掷的选择。但这种“跑”和“闹”的方式，往往并不能从根本上解决问题，反倒会使局势向着更糟糕的方向发展；而在此过程中，无论是老百姓的人格尊严和利益，还是国家机关的形象与尊严，乃至法律的神圣与严肃，都会受到不同程度的影响。作者摆明了这个问题，但也没有指出一条解决问题的明路——当然，这已经超出一位作家的职责范畴了。除此之外，“情”与“法”的对立、基层官场的政治生态、劳教制度背后的灰色内幕等等，无一不在小说中得到了淋漓尽致的展现。

另一篇发表于《人民文学》的作品《种桃种李种春风》（《人民文学》第1期），虽未获得“人民文学奖”，但作品中描绘的现实也极为发人深省；甚至可以说，由于其反映的问题指向“未来”，其意义还要大于《第四十圈》中的“历史遗留问题”。作者余一鸣并非专业作家，而是一名中学教师，但他的文笔比许多专业人士还要老到。他看问题的眼光颇为“毒辣”，往往能一针见血地点住问题的“死穴”，所以在他的小说中，无论涉及的事件和登场的人物多繁杂，情节却总能做到精炼明晰，很少掺杂水分。《种桃种李种春风》写作者最为熟悉的基础教育界，各种内幕轶事手到擒来。看似是在写一个进城打工的农妇想尽办法，“曲线救国”，为了使自己的儿子能进重点中学而奇招尽出，无所不用其极，实际上却通过大凤和儿子清华的遭遇，折射出当下教育界的种种乱象。举凡高考压力下应运而生的“考试综合症”、畸形的“奥数”狂热、“团购”特级教师优质课程、倒卖领导入学批条、学校组织考生集体到文庙烧香等等，近年来的新闻中屡有曝光，似乎已经不新鲜；但为了下一代能占有优质教育资源而委身文教局退休书记家里当保姆，甚至不惜出卖色相拉拢学校食堂大厨和奥数辅导老师，则令人读后大有“天方夜谭”之感。围绕着入学名额指标和所谓的“素质教育”成绩，一出出闹剧在小县城里走马灯似的上演，令人应接不暇之余，也难免萌生些许悲戚和疑问：在这样的社会风气熏染下，我们的下一代即使都能接受到“一初中”的优质教育，都能在某个级别的奥数竞赛中捧回一张奖状，于世道人心又能有何裨益？

作者的语言朴实无华，把所有的精力都投入到了对源自现实经验的情节进行改造中去，由此，呈现在读者面前是一波三折乃至多折的精彩文本，读起来格外过瘾。女主人公大凤在应试教育的指挥棒下，围绕着争夺优质教育资源这一终极目标，机关算尽，经由陈书记家保姆、中学食堂服务员、大厨姘头、特级教师情妇的身份变换，一步步走来，最终却画了一个“精心策划——充满希望——希望落空”的怪圈。小说中最令人触目惊心的，是奥数辅导教师梁亚民因为学校对奥数辅导态度的变化而愤然跳楼自尽；然而，事实却证明他这愤然一跳的毫无意义——上级虽然禁止优先录取奥赛获奖生，但是并没有取消奥赛，奥赛成绩仍然会被学校视为重点建设的门面工程。大凤的一切努力因为这条政策的微妙表述而终究没有白费，而梁亚民的生命却已然无可挽回。人生就是如此，几家欢乐几家愁。余一鸣在辛辣地揭露出种种世相之余，将批判的锋芒指向了看似有所变通、实则仍是铁板一块的教育制度。

同样是“现实主义油画”，刘玉栋的《风中芦苇》（《鸭绿江》第3期）则在写实的同时透露出了形式和技术上的实验倾向。多年以来，刘玉栋的小说一直坚持一个主题，即书写鲁北乡村在城市扩张和物欲横流对照下破败凋敝的现状。无论是此前小说中的“齐周雾村”，还是这篇《风中芦苇》里的“雾村”，都是他努力营构的一处心灵荒原。在小说中，作者称这些村庄为“故乡”，但没有任何通常意义上的“恋乡情结”的流露；在这些村庄里，被大规模进程务工热潮所被抛弃的留守村民，无论是肉体上还是精神上，都或多或少地有着残疾。他们看不到生活的希望，只能在平原的寒风中缅怀这片土地上早已故去的荣光，或是在村痞恶霸的淫威面前逆来顺受地“打落牙齿和血吞”；也曾有人做过奋争反抗的努力，但很快就如田间的野火，被更为强大的势力所扑灭。刘玉栋笔下的雾村，仿佛是鲁迅笔下百年前的鲁镇。“苍黄的天底下，远近横着几个萧索的荒村”，百年弹指一挥间，时空易变，不变的却是中国乡村的萧索气息。中国农民的命运，就如村头河边的芦苇，顽强却又凄凉地在风中摇颤。

《风中芦苇》在结构上有自己的特色，采用了一种“连环”式的叙事方式。在小说中，小樱、二九、小二、小盼等九个人物先后登场，九个叙述人依次由自己的视角展开叙事，而将他们来自四面八方的观照目光集中起来，鲁北小村庄在两天内发生的几件说大不大、说小也不小的事件便形成了一条叙事锁链，全景式的呈现在读者面前。一个个看似孤立的事件却彼此纠结，既反映出农家日常生活的互为表里，又揭示出当下乡村政治、经济和人情生态的脆弱不堪。自杀、偷情、对亲人的背叛，以及家族势力、行政力量和乡间地头蛇的卑劣交易，诸多元素在这条叙事链上依次凸显。刘玉栋用独具匠心的互文和复调手法，谱写出了一部属于当代中国乡村的《悲怆交响曲》。

多年前在文坛上闹得沸沸扬扬的“底层写作”之争，近年来似乎因为“打工诗歌”和“非虚构”的异军突起而转移了方向，但仍有不少作者坚持在小说领域书写这一题材。李铁的《定向爆破》（《芒种》第4期）便是其中翘楚。小说写了两个人的蜕变和一个人的坚持：原本同为国有大型发电厂工友的张文慧、高洪林、宁胜利三人，在30年的社会变迁过程中，一个成了新生“资本家”，以谋求企业发展的名义沉迷于“风水”谎言之中；一个因经不住资方“糖衣炮弹”轰炸受了招安、“变节”为当代“工贼”；另一个则始终坚持着最朴素的底层立场，终究难以承受来自各方面，特别是来自昔日工友的压力，做出了爆破工厂假山的惊世骇俗之举。宁胜利的行为是徒劳的，爆破的浓烟换来的只是一座更加庞大的假山，但比这一结局更为令人心酸的则是所有人对其行为的不理解。“定向爆破”是一个隐喻，“所谓定向爆破，就是利用炸药将建筑物的支撑按一定时间顺序损坏，使其无法支撑建筑物的重量，建筑物在自身重量的作用下沿着被炸坏的支撑方向倒塌”。“工人阶级意志”这座看似坚不可摧的堡垒，正是在资本力量的“定向爆破”下逐渐动摇，先是张文慧，再是高洪林，最终波及整座工厂；更可怕的是，先动摇的人会主动去动摇后面的人，而后面的人则在不知不觉之间被同化成“帮凶”，心甘情愿地去孤立那些不愿动摇的人，直至他们根基松动、缴械投降……李铁为读者描绘出了令人痛心的“底层”瓦解景象，也说明那种“惨淡”并不仅仅存在于刘玉栋式的鲁北乡村。

二、版画：理想与现实的黑白对比

普通大众对版画了解较少，一旦接触却能留下过目不忘的印象，这全都拜版画强烈的黑白对比所赐。以这种最具视觉刺激的绘画形式来概括本年度两篇探讨理想与现实关系的中篇小说，最为适宜。

方方的《惟妙惟肖的爱情》（《花城》第2期）是作者1992年一篇名为《禾呈》的短篇小说的“续写”。《禾呈》反映了高级知识分子在商品经济大潮冲击下的普遍心态——有些茫然失措，但又坚信知识的价值、坚持人格操守，并希望以“心如止水”来拯救这个浮躁的社会。转眼间二十多年过去，“21世纪是知识经济的世纪”、“知识变命运”之类的说法早已经由媒体铺天盖地的宣传而深入人心，但“禾呈”们的命运是否真的得到了改变？在《惟妙惟肖的爱情》中，作者通过“禾呈”们下一代的经历告诉我们，知识或许真的能改变某些人的命运，例如因为上了大学而彻底摆脱农民身份的马小珍；但大多数人的命运并没有根本性的变化，在社会上混得风生水起的仍然是善于钻空子、深谙“人不能跟时代拧着干，要跟它合作，要顺着它的水流走”之道的雪青表姐和惟肖，而自始至终坚持知识分子理想的禾呈、惟妙、马教授，却只能被逼到被时代和社会抛弃的边缘。小说中的“读书永乐派”和“读书臭屁派”看上去似铁板两块摩擦不断，实际上却如磁铁两极，始终有彼此吸引的倾向：雪青和惟肖虽然看不起读书人，功成名就的道路上却需要一个“博导”头衔或“博士”学位来提升自己的身份；自命清高的知识分子们虽然不齿于与这个没有底线的时代同流合污，却免不了在“前所未有”的形势下黯然神伤。与其说在“知识经济时代”里知识改变了命运，倒不如说是“经济”改变了“知识”，只不过这种改变中掺入了太多的黑色幽默意味。

小说中的知识分子无不醉心于魏晋时代。如果说《禾呈》是《惟妙惟肖的爱情》的“前文本”，那么魏晋士人放浪形骸的事迹则构成了《禾呈》的“前文本”、《惟妙惟肖的爱情》的“前前文本”。若要更好地理解方方的小说，《世说新语》不可不读，不可不细读。惟肖口中几次冒出“新历史主义”理论的精髓，诸如“这世界只属于当代，从来都不属于历史”之类，是作者的调侃，是黑色幽默，也道尽了一切坚固的东西都烟消云散之后的苍凉。历史也许从来都比不上当下的精彩，然而唯有明眼人才能看到，等待在花团锦簇之后的便是“繁花落尽”的无可奈何。由此，小说结尾处禾呈吟出唐人杜荀鹤的“啼得血流无用处，不如缄口度残春”，恰如当头棒喝，一语惊醒梦中人。

方方这篇小说的“黑/白”（理想/现实）对比格外鲜明，而普玄的《月光罩灯》（《小说月报·原创版》第7期）则呈现出略显迷离的版画风格。初读这篇小说，难免会被它的主题和形式所迷惑。诸如女公务员因婚姻不幸而与地产商萌生婚外情、地产商因行贿罪而负罪逃亡之类情节，每一个都有可能诱发肥皂剧的改编灵感；而从外在形式看，以短句为主的叙述语言，每几句甚至每一句都自称一段，切合“读屏时代”叙事文学的特征。因此，或许会有人将其贴上“网络通俗小说”的标签。但随着情节的发展读者也许就会意识到，作者的用意并非是要写一篇吸引眼球赚取点击率的网络小说，而是想在一个通俗小说的框架里引发读者的思索，探讨爱情、理想、信任、背叛、伦理等宏大命题。在糅合可读性和思想性探索之路上，普玄做出了自己的努力，而这一结合的效果，也的确达到了预期的目的。“月光罩灯”无疑是一个象征。正如主人公们当年在那个停电夜晚所抒发的，它象征着每个人心中都有的两个美好理想，其一是对日后职业的憧憬，其二是对真爱的渴望。“理想”是人们常常挂在嘴边的词，却几乎没有人能够准确说出它的含义。正因为如此，当某家咖啡馆将“理想是指对未来事物的合理想象”这行字刷在临街的门楣上，来来往往的人才会伫足而望，若有所思。但是理想又是一个很容易被人遗忘、也很容易被人背叛的东西。小说中的几位主人公，少年时期的职业理想或是当“总理”或是成为攻克费马大定理的数学家等等，最终坚持下来的却少之又少；而对真爱的追求，则大多早在学生时期就在校方的干涉下灰飞烟灭，唯有田测量一人，因为坚持不收回写给秦百惠的情书而被学校开除，日后又为了能与心上人结合而历尽千辛万苦。秦与田最终寻得了真爱，但这份真爱却又为伦理和法律所不容。正如田测量在小说结尾的抉择，为了能够真正合情合法、“堂堂正正地爱你”，他只能选择去坐牢，然后与现在的妻子离婚。秦、田二人的遭遇生动地解说了这个困扰人类几千年的难题：想要保持对最初理想的坚贞，往往需要付出天大的代价、经历非人的磨难；选择放弃很容易，但也因此放弃了实现理想的可能。在向着远方踽踽而行的无边黑夜里，唯有理想，像少年时代那盏虽简陋却明亮的月光罩灯，指引着我们前进的方向。

三、素描：勾勒人性的线条

素描是一切绘画艺术的基础，是锻造结构与线条技巧的基本功，正如写人、写人性是小说艺术的基本功一样。几乎每一位小说家都试图在作品中勾勒出人性的线条，在2014年度的中篇小说中有几篇做得格外出色。

鲁敏的《徐记鸭往事》（《长江文艺》第5期）采用“亡灵叙事”的手法，让一个已经被执行了死刑的犯人的鬼魂来讲述一桩杀人案的来龙去脉。这位20年前赫赫有名的老牌“徐记”盐水鸭店主，原是一个老实本分的生意人，用自己的辛勤劳动养活全家老小，却因为妻子与领导杨经理的通奸，以及通奸事发之后来自杨副经理夫妇双方无形的心理压力而最终崩溃，凭多年来练就的剖鸭绝技，酿出了一场骇人听闻的血腥事件。“亡灵叙事”的手法并不是作者的独创，此前不少人都曾用过，但往往是让死者的亡灵采用一种追悔的口吻写出对往事的愧疚。而这篇《徐记鸭往事》则反其意而用之，从徐老板鬼魂的回忆中，我们几乎读不出什么忏悔的意味，反倒像是听一位暮年英雄茶余饭后回忆自己人生的最光辉的顶点。正如他在走出杨家卧室时的想法：“我很自豪，真的干得太漂亮了。”

作者鲁敏近年来佳作频出，但这些小说都有一个共同点，即热衷于描写普通人在极端情境下心灵的扭曲，以及这种扭曲心灵支配下的暴力行为，例如几年前名噪一时的长篇《六人晚餐》。这种扭曲在《徐记鸭往事》中也随处可见，有几处给人印象颇深。首先是杨副经理的无耻至极：平日里以道貌岸然、不苟言笑的劳动模范和业务领导形象示人，在值夜班的时候却可以毫无顾忌地凭借手中的权力与手下营业员通奸；而当戴了绿帽子的徐老板找上自家门来，他却可以与之若无其事地谈论“私了”的条件，不仅打不还手，反倒像《圣经》中所说的那样，“别人打你的左脸，伸出右脸也让他打”，甚至建议徐老板“你也睡我的老婆”。其次是杨副经理夫妻之间关系的冷漠。不仅是杨的提议出乎了所有读者的意料，杨妻对此事的不以为忤，也大大超出常理；但当夫妻二人之间的冷漠关系随着杨妻的叙述和表现被一层层公之于众，他们做出这样的选择反倒是自然而然、水到渠成了。在此过程中，鲁敏祭出了她最擅长的“蓄势”法宝，使极端情境给人心理造成的压力不断增大，终于，杨妻的某一句话或某一个动作成了压倒骆驼的最后一根稻草，伦理、道德与法律的堤防瞬间被冲垮，巨大的心理势能转化成人物行动的动力，原本的老实人做出了惊人的举动。

有评论者质疑作者的写法，认为她写得太“狠”、太极端，没有传递正能量。其实，我们何必那么认真？不妨把这篇小说看作一则人性的寓言，故事里的事或许在现实生活中没有发生过，但并不妨碍作者采用这种这种方式来探讨一种人性的可能。须知人性并不都是含情脉脉的，“温情叙事”大可不必、也不可能一统天下。

鲁敏的这篇小说，恰好可与文珍的《普通青年宋笑在大雨天决定去死》（《中国故事·虚构版》第4期）对照来读。文珍的小说写“80后”在而立之年面临的窘境，主人公宋笑性格上的缺陷和往事造成的心理阴影，在来自事业、家庭两方面的压力下被不断放大，最终在极端情境（史无前例的大雨）中做出极端举动（“决定去死”）。但小说的结尾却颇令人诧异，持续多年的夫妻矛盾由此得以消解，而主人公原本“难以启齿”的换岗要求也并未受到老板的驳斥，一场大雨仿佛就改换了天地。作者在创作谈里说，自己通篇是写宋笑在大雨中做的一个梦里梦，而她所要表达的观点，则是“虽然生命本身毫无意义，但是既来之，则安之。……也许他这个世代来不及改变些什么了，但一代一代活下去，总会指向更有希望的前路”。宋笑的处境与徐老板有颇多相似之处，但两位女作者却让笔下的主人公做出了不同的选择：徐老板原本可以在杨副经理老婆身上获得些许心理补偿，这种补偿虽微乎其微，倒也聊胜于无，但他却最终走上一条绝路；宋笑的困境在文珍的渲染之下几乎已经让读者忍无可忍，他就像一头挣扎在生活斗牛场上的公牛，遍体鳞伤，所有的观众都已默许早点结束它的生命，以免它遭受更多痛苦，但一场大雨却把往日的阴霾冲刷得一干二净，春天似乎又重返人间。这种对人生苦难截然相反的态度，是鲁敏与文珍的区别，是否也是“70后”与“80后”的区别？

蒋韵的《晚祷》（《小说月报·原创版》第11期）和王十月的《人罪》（《江南》第5期）都写主人公心底的“赎罪”情结，也可以对照来读。《晚祷》的主人公袁有桃童年时因自己的过失（没能及时援救）而导致同学秦安康溺水身亡，秦的母亲也因此成了疯子。这一事件给袁有桃的心理和生理两方面都造成了巨大的影响，她从此开始了长达一生的“赎罪”之旅。老作家蒋韵的创作深受19世纪俄、法现实主义文学与艺术的影响，不仅体现在小说中多次出现的细节（主人公读的书、看的画）中，散文与诗歌相结合的语言也接近屠格涅夫的风格。作品中借由原罪、惩罚、忏悔、皈依、救赎等字眼和牧师、教堂等意象透出的浓郁宗教氛围，使其在本年度的中篇小说中分外显眼。《人罪》则揭开了“冒名顶替上大学”这个被时间尘封许久的秘密，但发人深省并不是冒名顶替这一行为本身，而是在多年以后这一秘密已然保守不住、不得不被暴露在光天化日之下的时候，当事人以及与当事人有关的人们所持的种种态度。有的人尽管内疚，却不愿放弃既得利益，一方面想用“万能”的金钱去弥补自己的过失，以此来“赎罪”，一方面又找出种种借口、诸如“仁至义尽”之类来安慰自己，甚至在“难得糊涂”的古训指导下自欺欺人地谋求心安理得；有的人则趁火打劫，表面上摆出一副要替受害人伸张正义的嘴脸，私下里又以“真相”相威胁，以此达到日后与既得利益者勾结的长久打算。即使是坚守着道德底线的记者杜梅，也不能认定就是无辜的，因此读者对她所经受的内心折磨能够感同身受，有切肤之痛。小说的结尾，杜梅给“法官陈责我”发去一张“小贩陈责我”之墓的照片，明确地告诉读者，这座墓里除了安葬着过失杀人犯“小贩陈责我”的躯体，一同埋葬的，还有那个曾经拥有负罪感、如今却早已沦为欲望囚徒的“法官陈责我”的灵魂。耶稣曾质问众人，“你们中间谁是没有罪的？”这个问题，也许谁都无颜回答。

光盘的《我爱美金》（《福建文学》第5期）则用较为轻佻的笔触勾勒出了一幅小城人心百态图。10万美金=60万人民币，这一简单的汇率换算成了串联小说故事情节的竹签，姑姑刘荣霞、姑父马民权、我、我父亲，以及我未来的岳父、记者柳絮、我的朋友钟长水一干人等的内心就像这根竹签上通红滚圆、饱蘸糖蜜的山楂，整篇小说好似一串糖葫芦，颇为荒诞的情节初读带着甜丝丝的有趣，细细体味却能品出明显的酸涩，甚至间或会有一两个果实带着虫眼。小说深挖一件“拾金不昧”的社会新闻背后的隐情，故事中的每一个人心里都在围着那得而复失的10万美金打算盘，每一个人的心里话都像小说题目所表达的——“我爱美金”。在这个意义上来说，《我爱美金》与《人罪》有异曲同工之妙。小说的主题还不免让人联想到马克·吐温的名作《败坏了赫德莱堡的人》。在那个以“诚实”与“清高”闻名于世的小镇上，“诚实”的居民们居然没有一个人能抵得住一口袋“金子”的诱惑；《我爱美金》里的沱巴街就是另一个“赫德莱堡”，居民们无不对“感动本市十大人物”的评选趋之若鹜，却终究会在10万美金面前现出人性和灵魂的原型。在品尝这串糖葫芦的时候，作者对社会风气的无情嘲讽好似坚硬的果核，想必会硌了道德理想主义者娇弱的牙齿吧。

四、水彩小品：童年印象与乡村记忆

水彩小品，色彩淡雅，如梦似幻，轻灵飘逸，还往往带着一股朦胧迷蒙的气息。本年度有一部分中篇小说在创作中呈现出散文化倾向，主题集中于描绘童年印象与乡村记忆，恰与水彩小品的格调相契合。

最初对叶广芩的《太阳宫》（《当代》第1期）投去比别人多得多的目光，是因为笔者就住在太阳宫附近、小说中也有所提及的“芍药居”，带着一分探索与好奇的心态，想看看这位前清皇室后裔、土生土长的老北京会道出“太阳宫”如何惊人的“前世今生”。这想必也是人之常情吧。小说写“我”有关太阳宫的回忆，这些回忆都与二姨和日头一家的点点滴滴缠绕不清。如果说“生活在别处”是法国诗人兰波毕生的梦想，那么“我”就幸运得多。从今天的北京地图来看，太阳宫一带已经属于闹市，然而在“我”童年的印象中，那里还是东直门外广袤的菜地；随母亲探亲一趟，初次体验京郊农家的夏日生活，就仿佛是来到了另一个世界。无论是稠粥的醇厚还是爆腌老洋瓜的鲜脆，无论是下窑坑捞鱼的新奇还是有关西红柿、黄鼠狼的真真假假的传说故事，无一不是凡人琐事，又无一不在作者散淡简约的叙述中显得妙趣横生，民间生活的无穷乐趣被展示得淋漓尽致。尤其是那些看似漫不经心的细节：攒下包装纸当画纸、摇尾讨肉吃的黄狗、一顿可以吃四碗卤煮火烧的农村少年，以及太阳宫荒凉颓败的小院、清晨日出的壮丽之美，作者信笔写来，却如撒落在沙滩上的宝石，耀眼夺目。而对雍和宫过年“打鬼”过程的详细记述，又使小说具有了宝贵的民俗志价值……但这一切或温馨或新奇的铺垫，都是为了衬托出日后二姨一家巨大的变故——二姨父染病去世、二姨改嫁又意外身亡、日头投身朝鲜战场却最终沦落台湾。当年太阳宫的破败衬出了农家小院和和美美的日常，而如今太阳宫地铁轰鸣灯红酒绿的生活，却道不尽家破人亡、天各一方的凄凉。时代的变迁、人世的无常，都由作者不动声色地娓娓道来，其间的悲欢离合，令人唏嘘不已。

小说篇幅不长，这在中篇小说越写越像小长篇的时代显得有些另类；扑面而来的清新气息，以及作者一贯的散文化叙事，都令《太阳宫》通篇透出一种卓尔不群的气质。小说以一句“太阳宫是北京过去、现在都不太有名的地方”开头，特色鲜明；而文中以大段篇幅描写京城东郊农家的日常吃食，以及小儿女之间两小无猜的童年友谊，自然而然地让人联想到汪曾祺先生那些朴素隽永的传世佳作。曾几何时，有人感慨说，由周作人、沈从文、废名发端的“京派”风格，延续到汪曾祺便中断了，因此汪先生被冠以“最后一个京派”的称号。从《太阳宫》中，我们多少可以看出叶广芩向汪曾祺学习、延续京派文脉的努力。

类似的小说还有曹乃谦的一篇《初小九题》（《大家》第1期）。这其实是一篇由九个小片段组合而成的“攒花”式的作品，呈现出的质地比《太阳宫》更为素朴纯粹。我一直认为，当下评论界对曹乃谦的评价与其作品所表现出的水准是不相称的，《初小九题》发表后并未引起太大反响，就是这一现象的缩影。曾有台湾媒体将曹乃谦视为“沈从文、汪曾祺的继承者”，精到地概括了他的整体风格。“我一到了大同城就生病，一回了村就好了”，这样的开头也只有这样的作者敢于使用。“大跃进”前后晋北古城大同的民间风貌，在老作家笔下栩栩如生地得到再现，无邪的童心、真挚的感情也跃然纸上。同样是采用童年视角展开叙事，如果说叶广芩的语言里处处透出皇城根下大家闺秀的娇憨与早慧，曹乃谦式的方言土语就活脱脱地点染出了一个50年代晋北愣小子的音容笑貌。

叶广芩、曹乃谦皆是20世纪40年代末生人，如今已经迈入“老作家”的行列，但并不是只有“老作家”才能写出这种淡雅质朴、水彩小品式的散文化小说。“60后”作家季栋梁的《黑夜长于白天》（《清明》第6期）和“80后”作家马金莲的《绣鸳鸯》（《芒种》第3期）同样也是这一风格作品在2014年度令人惊喜的亮相。也许是因为恶劣自然环境下的人生经历分外动人，这两位宁夏籍作家不约而同地将目光投向了西北女人悲中有喜、喜中亦有悲的爱情经历和婚姻生活。无论是《黑夜长于白天》中的“我”和“她”，还是《绣鸳鸯》中的“姑姑”，都展现出如西北黄土地一般广阔的胸怀，而她们在命运面前或忍耐或抗争的经历，也一如层层堆积的黄土层般深沉厚重。“她”深明大义、知恩图报，“我”自尊心强、隐忍能干，祖孙二人之间的关系从针尖对麦芒似的紧张，发展为“多年祖孙成姐妹”。季栋梁通过讲述她们的故事，歌颂了西北妇女们为家庭甘愿奉献的伟大精神。马金莲近年来创作上取得的成绩，让我们见识了与既有印象不一样的“80后”作家。她的这篇《绣鸳鸯》，其实是重述了一个并无太多新意的“货郎与小姐”的老故事，叙述结构近似于“无”，几乎就是一篇“流水账”，语言也朴实无华。但就是这样一篇充满了“无”的作品，读后却能带给人一种充实饱满的“有”的感觉，这不能不说是一个奇迹。究其魅力所在，也许还在于每个读者心底的“母题”情结吧。马金莲的成功对广大“80后”作者来说是一个很好的启示：在当下这个大家纷纷向欧美、日本寻求文学“神启”，言必称卡佛、卡尔维诺、村上春树的年代，把目光转向民间那些绵延了成百上千年的老传统，从中汲取养分、启迪灵感，未必不是一条蹊径。

五、漫画三章

在2014年的中篇小说佳作中，还有三部通篇透出幽默气息的作品，我将其称为“漫画三章”。

第一篇是田耳的《长寿碑》（《人民文学》第3期），写的也是纷乱荒诞的世相。龙马壮凭空多出一个“爹”来，他的娘变成了他的奶奶，这样的情节无论放到哪个年代的哪个国家，估计都会成为热门的闹剧题材。但它却发生在我们这个时代，而且还是响当当的“政府行为”，这就不能不让人汗颜了。小说中的县政府为了申报“长寿县”无所不用其极，民间也乐得为每月多领一笔钞票而在年龄、户口造假行为上添柴煽风；最可悲的是，原本为众多文学青年所推重、将文学视为毕生事业的老作家，在经济利益诱惑面前也堕落成了资本的帮凶和“狗头军师”。田耳的文笔一向不惮于嬉笑怒骂，擅长将讽刺的“杀伤力”发挥到极致。像这样既有正义感、责任感又“有趣”的作家，在我们这个时代真是不多了。

第二篇是须一瓜的《老闺蜜》（《收获》第2期）。这篇小说也是脱胎于网络上屡见不鲜的“围观跳楼”的新闻，但漫画的笔锋却并非完全指向围观者的冷漠心态。小说中的每一个人都显得非常怪异，但主人公却是两个老太婆。她们一贯吵吵嚷嚷，从年轻时代期就热衷于“诉说她俩以外的、所有人的坏话”，年纪越大，脾气越乖戾，行为越乖张，甚至会因为公交车上没人让座而诅咒周围的乘客“不得好死”；面对餐厅服务员的推销、有同性恋倾向的男顾客，她们或是显得警惕过度，或是厌恶之情溢于言表，间或搞出些与年龄不符的恶作剧来捉弄一下他人；而当几乎所有人的注意力都被跳楼男人吸引过去的时候，她们为了宣泄心中的郁闷，同时也为了宣告自己的存在，在警察面前做出了惊世骇俗之举。她们令人匪夷所思的举动，处处都是现代都市社会物质欲望下所掩饰的混乱与人情淡薄所致。一方面是人群的自私自利、空虚无聊和道德失范，斤斤计较于加装电梯是否会遮挡客厅阳光、公交车上老人摔倒是否会讹诈自己等鸡毛蒜皮的小事，又将观看甚至怂恿他人跳楼作为抒发内心压抑情绪的减压阀和出气口，暴露出冷漠灰暗的人性底色；另一方面则是则是老太婆们为老不尊、倚老卖老、贪小便宜和虚伪做作，丝毫不能从他人的角度进行换位思考，一切都以自我为中心，将他人对自己的迁就视为理所应当，而对他人的无视报之以毫无理由的咒骂。小说中还有一个屡屡提及却自始至终都未出现的重要角色“张丽芳”，她就像贝克特笔下的“戈多”，其幽灵般的存在成为现代社会的又一个缩影。

这篇小说在技巧上也颇有可圈可点之处。许多年前，老舍在创作他最著名的剧本时，将故事的发生地设置在了茶馆里，借茶馆这一窗口，透射出近现代中国北方社会的方方面面。在《老闺蜜》中，聪明的须一瓜也将故事的主要背景放在了一家红茶餐厅，并以此作为透视当代中国人生活和心灵的窗口。为此，她甚至只选择了这家红茶餐厅里的一个固定角落——有着大玻璃幕墙的拐角座位。其实除了这个角落，小说中事件的发生地还有另外两处：其一是早晨的公交车上，其二是玻璃幕墙外的街边。但这两个地点也与那个角落有着千丝万缕的联系。首先，高老太婆费尽千辛万苦乘公交车，为的就是要到这个固定的位置赴约；其次，从餐厅角落透过玻璃，又可以清楚地看到街边的情况，两位老人正是从玻璃一侧的角落走到了玻璃另一侧的街边。可以说，倘若把《老闺蜜》的故事改编成电影短篇，只需三个长镜头就够了；假如采用由餐厅内部透过玻璃向外拍摄的角度，甚至只需要两个镜头——如此简洁的镜头语言，却道出了万般深意，由此可以看出作者独具的匠心。

最后一篇是李亚的《自行车》（《十月》第1期）。李亚说，他写作《自行车》的目的，就是“老老实实地讲故事”。故事可以讲得“千姿百媚”并蕴含多重道义，也可以带上一些“先锋意味”，关键不在于“讲什么”，而是“怎么讲”。于是，呈现在读者面前的就是这样一个洋洋洒洒几万言，东拉西扯似乎没有一个明确主题的文本。作者将李庄的“自行车简史”娓娓道来，明眼人一看便知是在模仿说书人讲故事的方式。据说当年扬州评话大师王少堂说《武松》，几个晚上下来，武松进了店门还没喝上酒呢。由此可见，“长”、“杂”和“旁逸斜出”是通俗文学的一大特征，也可以说是一人弊病。《自行车》遗传了这一基因，却在作者的生花妙笔下达到了化腐朽为神奇的效果，看似笨拙冗长，却将民间日常生活的多彩、淝河两岸民风的淳朴，以及青春期男孩心底的骚动、改革初期乡村物质欲望的萌生一一加以工笔细描，十几个性格各异的人物形象活灵活现地跃然纸上。李亚并不是一味地插科打诨，虽然令人忍俊不禁的细节在故事讲述过程中不时冒出，但单纯得近乎透明的初恋情结，又使那个时代的记忆显得回味悠长。可以说，作者的“无招”，绝对达到甚至超过了“有招”才能取得的效果。

回望20世纪80年代的“先锋小说”和“形式实验”，作家们并非一味生搬硬套西方理论资源，向文学传统学习也是其取得突出成就的重要前提。而李亚的《自行车》，一方面借用传统经验，另一方面，其表现形式又带有某些“超文本”的特征。那些旁逸斜出的故事，正如一个个“超链接”指向的未知内容；而作者醉心的“转了一圈又回到从前”的叙述方式，又恰好适于采用“超文本”的形式来表现。由此，这篇小说又透出出浓郁的“实验”意味。

本年度的中篇佳作，情感基调压抑的篇目居多，因此亟需如李亚《自行车》这样明朗轻松的作品来调节一下气氛。但这并不意味着李亚的小说“轻浮”，相反，像这样尽情抒写个人记忆与民间经验的文本、恣肆洒脱的形式实验、狂欢不羁的叙事语言，在一个小资情调盛行、热衷于标榜“比逼格更有逼格”的时代，尤其难能可贵。

“现实主义画廊”，一个多么堂而皇之而又略显老套的称谓。但是在我看来，没有什么更好的提法能够代替它对本年度的中篇小说创作进行概括了。至少在今天的中国，“现实主义”还不过时，在它指导下创作出了足以代表华语中篇小说最高水平的作品，也多方探求了这一文体发展的可能性。我不敢对中篇小说发展的前路妄加猜测，但是我坚信“现实主义风格”的中篇小说会成为新世纪文学史上的重要一章。

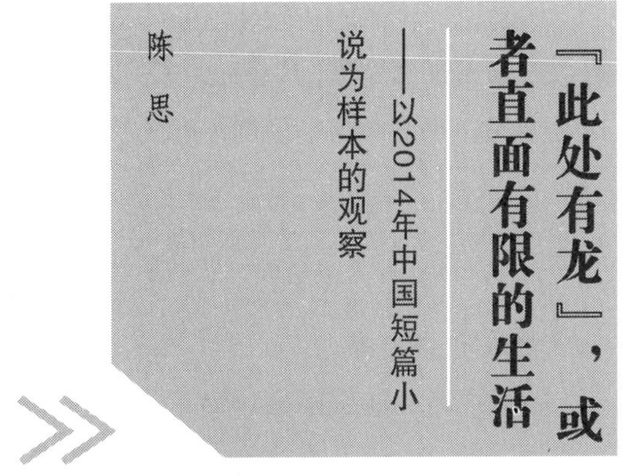

『此处有龙』，或者直面有限的生活

——以2014年中国短篇小说为样本的观察

陈思

美国作家罗杰·泽拉兹尼（Roger Zelazny）曾有一部短篇小说《此处有龙》。从前，在一个身处群山之中的小国，国王和臣民始终与世隔绝。皇家绘图师吉伯林先生足不出国门，为图方便，按祖传伎俩在地图上所有未知的地方用花体字写下“此处有龙”。由于国家在地图上被各色残暴的喷火巨龙团团围住，臣民们看了地图之后觉得处处有龙，只能呆在家里。小王国就在绘图师因为偷懒而划定的范围内运转，好在官僚体制成熟，臣民忙于案牍与吹牛，谁也未曾真的想要做出任何规矩之外的行动。一直到国王在女儿生日那天突发奇想需要焰火，而委派第四参事前去搞一头“会喷焰火、中等体型的龙”来，皇家绘图师的把戏才被拆穿，世界的一部分真实地形才展现在人民面前。

我们不妨将这部讽刺短篇当做中国当代文学危机的隐喻：每一个小说家都要面对生活的有限性，人人都有在稍微偷懒的时候变成“皇家绘图师”的危险。第一个方面，在全球化、现代化和后社会主义政治经济局势下，中国社会正在快速发生多个层次的变化，个人相对于快速变化的环境变“小”了。第二个方面，文学与作家已经变得十分专业化，作协、期刊、学院提供了舒适、安定的生活环境，我们很难想象如赵树理那样先熟悉30年代中国华北财税制度实际运作方式，才写出《催粮差》这样的小短篇；我们也很难像柳青在长安县皇甫村那般工作多年，才写就《创业史》；我们也很难像狄更斯、巴尔扎克、麦尔维尔、海明威那样，上天入地、转换多种身份，看到当代生活的每一个层面。第三个方面，资讯发达的时代快速带来对生活的覆盖，已经泛滥到民间的学院话语和各色公知再插上一脚。这些叙事不断重复对世界的陈词滥调，历史和现实的褶皱被磨平，情色反腐、征地拆迁、村干部的霸道、城管执法不公、政治小道消息、土改暴力、“文革”秘闻，再加上心灵鸡汤、洒上几点“感动中国”的泪水……我们被包围在群山之中，我们面前摆着现成的理解世界的方式，这种情况便所在多有：鹅毛笔一软，好吧，此处有龙！

如果说，生活的有限性已经构成了考验和挑战当代作家独立性、敏感性、技术性和意志力的大背景，那么作家们对待这一背景所选择的抵抗方式各有不同，其欲望与姿态亦耐人寻味。在考察2014年度短篇小说创作的几种现象时，我们将参照这一前理解给出依次的说明。

一、逃出日常生活

一般而言，80后作家的生活阅历相对狭窄同质化。“求学—上班—结婚—生子”是他们相对接近的轨迹。工作的单位大多是政府部门、部队、国企、外企，更多的在报刊、媒体和学院。或许在这些作家的经历中，“生活”就等于领导与同事之间的勾心斗角、蜚短流长，经济压力、观念差异、职称考评、代际冲突等等。因此，在这批作家笔下往往出现了一种对被命名为“日常生活”的特定都市生活世界的拒绝。

比如文珍的短篇《银河》（《中国故事·虚构版》，2014年第9期）。从早期的《第八日》《动物园》《色拉酱》到最近的《衣柜里来的人》《银河》，那个秩序、庸常、琐碎、市侩的世界里，总是飞翔着那些脆弱的精灵，她们要精致的生活、要对当下时间永恒之美的发现，但又不敢颓废放荡，甚至不敢口吐脏字，对这个世界所做的最大革命无非是“一场说走就走的旅行”，是的，大约是动物园、美术馆、西藏或者新疆。《银河》里处理的还是“向死而生”的问题。两位主要人物都在银行工作。银行是我们世界的象征秩序。在“银行”（及其内包的金钱、规矩、市侩、虚伪、家长里短、流言蜚语）当中如何能够诗意地生活？彼此都是生活中唯唯诺诺、毫不起眼的小角色，小城市或乡镇长大，父母也都能力平庸，个人资质中等，打卡、上班、“房奴”。剩女“我”与已婚的老黄发生了心灵感应，在人群中找到彼此——另一个不合格的“普通人”。可是为什么要做“普通人”？然而他们又成为不了魔鬼或者英雄，创造性也欠奉，连偷情亦被捉奸。而且，竟然可笑到私奔。幸好旅途本身还算风光旖旎。飞机飞往乌鲁木齐，一掷万金租下了RAV4，听着崔健的《一无所有》、梁博翻唱汪峰的《北京北京》，开往南疆，想象着“我们从那可以去拉萨、巴基斯坦、印度、尼泊尔……”。各种动听的地名与异文化纷至沓来，库尔勒、托克逊乡、轮台、龟兹博物馆、昭怙厘大寺、库车河，看千年的壁画、巴扎的风情，在沙漠中恐惧被抛弃，夜宿拜城，逃离丑陋的阿克苏，穿越民丰县、柯坪县、巴楚县、阿图什县、喀什来到帕米尔高原，抵达终点塔县。虽然看似过足了“生活在别处”的瘾，但现实生活的脚步实际早从后面追上他们的越野车。老黄的手机不断响起，他率先做了逃兵，不断悄悄和妻子张梅联系。大家心知肚明下面的故事无非是计划回程，飞速收拾生活的狼藉。两只大行李箱此刻变得无比的可笑。

但“我”不愿回头，执意让这场爱情与私奔的英雄剧目终止在塔县。就终止在赛马会——或许是致敬了托尔斯泰《安娜·卡列尼娜》的赛马会。喧嚣的场合、盛大的场合，最适合做一场轰轰烈烈的葬礼——“我”应向奔腾的马蹄。不仅是写法的相似，还有精神与结构的呼应。在托尔斯泰的小说中，安娜之死早已埋伏在赛马会当中。骑手沃伦斯基正是在越过最后一道障碍时自己没有跟上胯下的爱马，才导致了爱马的死亡——在沃伦斯基勾引安娜之后，正是他的“没有跟上”，造成了安娜的不幸。

两个弱者做出了自以为浪漫英雄的举止，悲喜剧张力开始出现，这是文珍作品中比较少见的。原先，文珍笔下容不得反讽。她是笃定的，不需要思辨，因为那是明明白白的东西，现在她的笃定是经过挑战的，是包含对“两只可笑的大皮箱”的承认的，是黯然一笑之后的坚持。更进一步看，“爱情”其实不是故事的主角，而是故事借以对抗世界的工具。“我”与老黄与其是真心相爱，不如说是惺惺相惜。但这种同为弱者的命运与共的相依感，使老黄的退缩背叛变得更不可忍。小说本身跳出爱情小说的限度。正是这样，文珍世界的宽度和深度都在增强，一如小说开篇那又宽又急的意象：“天上的银河非常完整，可以听到自己的心跳，像所有的星星都在同一时刻沉沉地往心上砸。不能停，还得跑下去。在星光下、月光里、大日头底下、倾盆大雨中。那一瞬我就把彼此暗淡无光的前路看了个清楚透亮，得一辈子往前跑，跑下去。”

同样拒绝日常生活的还有蔡东。今年《收获》第五期“青年作家专号”，发表了她的《我们的塔希提》。麦思与春丽是发小，当麦思正在玉门关享受宁静与孤独时，春丽打来电话，不堪忍受琐碎工作的她竟然鼓起勇气辞去公职，从留州到深圳去“写点东西”。撕裂感深深攫住了麦思，她完全能够体会春丽的痛苦，因为从研究所被调整到资料室的她早已深谙个中滋味。独自旅行、周五不坐班的时光、崇光百货大“血拼”、对精致生活器皿的挑选，这是麦思从密不透风的生活中解脱出来的避难所——当然是暂时的，这更像为了让她全副武装、精力充沛地杀回现实生活的加油站。麦思的丈夫高羽同样“生活在别处”，让他从当下的生活中解脱出来的方法简单一些，一个永远对妻子上锁的抽屉，以及在足球经理游戏中所向披靡的“斯托克城队”。为了不让生活质量下降，他们谁都必须恪尽职守，制止对方任何任性出位的念头。小说为更多地给出这方面的信息，专门让夫妻两个人在“十一”期间回了一趟留州老家：老家人是刻板守旧、作息规律，抱定铁饭碗，享受按部就班的生活，对哪怕一丁点儿浪漫与冒险都深恶痛绝。本来麦思和高羽夫妻两人已经与不堪忍受的生活达成了平衡，春丽的介入就像一枚催化剂，用小说的话，是如同“一只浑身带电的深海生物”，使夫妻俩的生活重新显出烦闷的原型，让人萌生出逃的念头。麦思很快意识到，春丽是危险的，她会使夫妻俩平庸安稳的生活产生颠覆。当然，春丽自身也陷入困境，毫无才华的她并没有在“写作”当中获得心灵的释放，更多的时候，写作只是一种退缩逃亡的借口，她甚至还需要做更多七七八八的事情来推延“写作”这件事情。然而，不管春丽自己是否得到拯救，她一旦住进麦思家里，就成功“策反”了高羽。这一天，正是麦思享受专属宁静的周五，“天阴阴地，是个仿若被黄昏修订过的清晨。她来到阳台上伸展了一下四肢，感觉自己像一只猫，好人家养的懒洋洋的猫”，高羽以病假为借口从工作单位消失了。高羽倒是说走就走，可怜扛下一切后果的麦思既心生向往、羡慕嫉妒，又担惊受怕、醋意丛生。她打电话给春丽，首先试探这是不是一场私奔，再撬开高羽的抽屉，发现里面不过是一把男孩子气的仿真枪与望远镜——这果然不是私会旧情人的电视剧桥段，而真的是一场“说走就走的旅行”。高羽打回电话，定下归期，读者替麦思松了一口气，还好还好，高羽终究是要回来的。蔡东的语言有着深重的文艺气息，因而小说处处具有凝练和纤细的诗意，比如小说处处出现的风景，也比如小说最后携带着失败的理想主义与对远方的渴望的意象——“接着，她往里看，看到了一台望远镜，小小的，小得让人心疼，让人想流泪。”

蔡东想问的是，如果女主人公从未选择从不堪忍受的生活逃离，而是选择憋屈地栖居其间呢？女主人公麦思始终都在贯彻一种更踏实和更少戏剧化的“行动”——她不像另一个人物春丽和丈夫高羽那样说走就走，不过是因为她想得更透彻，早就看见前路茫茫。

同样走不掉的还有春树。所不同的是，春树一直在“想走”和“走不掉”之间来回徘徊，不太笃定。今年的短篇《超级月亮》（《青年作家》第12期）同样刻画了一个危机当中的小说家。她对周围的世界格格不入，而格格不入的原因恰是她的“真诚”。以她看似执拗单纯的真诚之眼看去，世界与人群如此庸俗虚伪市侩，我们真是只好逃到美国去。此时此地的日常生活是不值得过的，那么当我们问问主人公，理想的生活又是什么样的：她也只能够说出“美国”、“军队大院”和“学院精英”这样苍白的符号。可是小说中的那位小说家又没有真正的行动力，她的“真诚”（比如结尾处那一场纵火）无法掩盖她对理想的向往只是一种姿态，她从未真正迈出朝向“理想”的那一步。

那么，如果真的从日常生活断然出走了，又怎么样呢？七堇年的《夜阳》（《收获》，2014年第5期）像某种纤细花俏的织物，里尔克、Fernando Pessoa的诗、马德里Parque del Buen Retiro、1881年的阁楼、星点残雪堆在街角、飞机缓缓划过天空、里斯本的大海、深渊上血红如日的月亮……一个厌倦了平庸的生活与丈夫的中国女生，远赴西班牙马德里，在车厢遭遇扒窃的时候被一位后来才知道患有躁郁症的葡萄牙女作家所救；在同居之后，她终究无法忍受女艺术家的“不平庸”，迅速从那样动荡激烈的生活中退场。在“叶公好龙”的女主人公面前，一面是平庸的生活、崇拜成功学的丈夫，另一面是15岁被渔夫咬掉乳头的女同性恋者、躁郁症者、在冰淇淋店打工的“女作家”、炽烈的爱人、绝不平庸的Nox。可是我们都知道，一切到了尽头：“如一切安详的尾声，我们的交谈，一句，又一句，平静而细腻——如一层又一层浪花——源自浩瀚汪洋，千里迢迢推进到沙滩上，已褪去种种不可言说的深蓝，变成了白色的浅浅的薄纱，一层层不断退却又不断叠加，不断叠加却又不断退却。”女主人公就在平庸和不平庸的道路之间，搁浅了。

“娜拉出走之后”的命题，始终没有得到解答。即使主人公拥有娜拉所不具备的种种能力，也不可能在日常生活之外发现一个诗意而又安稳的空间。“出逃—落网”似乎是这批女作家笔下主人公的共同命运。

二、一种名叫焦虑的表演

一旦对“生活”全部定义发自“北上广”与“职场、媒体、单位、学校”这样的体验，生活自然就变成面目可憎的“秩序”。出逃注定是悲剧性的，因为一种新的整全生活很难以面目清晰的方式从无根的反日常生活的情绪反应当中诞生出来。由于丧失了在秩序之外想象新生活的能力，一些同样感受到“娜拉困境”的作家转向内心情绪的表达。内心，无论如何激烈澎湃，又断难完成对创作的长时间输出，她们焦虑着。一旦对于写作自身的焦虑俘虏了她们，这些聪明的“老灵魂”还会趁势将这种对写作资源枯竭的焦虑转化为写作资源本身。

周嘉宁、张悦然的创作中，出现了一系列“失败艺术家”形象。张悦然《动物形状的烟火》（《收获》2014年第5期）里，主人公林沛是一个穷困潦倒的艺术家，最致命的一点是他的灵感荡然无存、泯然众人。当他在荒凉寥落的艺术区醒来，走到隔间用铁钩通路子的时候，口袋里的电话响了，竟然是宋禹——最早收藏他画的商人。小说从林沛受邀参加宋禹的跨年派对开始叙述，穿插画家本人对往昔荣光的追忆。带着隐秘的兴奋与重新受宠的期待，林沛在派对上遭到无情的打击。非但宋禹对他不理不睬，他所见到一个又一个女孩，如今都投入了他人怀抱，甚至连往日画室前台小姐颂夏都咸鱼翻身，开了自己的画室。林沛的敏感、自卑与无能使他在无休止的猜忌和对往日荣光浮华的追忆中很难继续保持一种可笑的风度。报复心让他必须从晚会上带走些什么，于是他看中了在别墅中不受欢迎的养女。谁知，他的“动物形状的烟火”的把戏早就被恶童识破，自己成为了晚会的最大笑柄。原来艺术家没有了“创造力”这样的任性资本以后，竟是如此焦虑可怜。

周嘉宁《让我们聊些别的》（《收获》2014年第1期）最具有症候性。小说选入了2014年短篇小说集《我是如何一步步毁掉我的生活的》。说出这一点，似乎已经将小说解释了大半。“我”在小说中是一位得了抑郁症的女作家——“我”无论如何都“写不出来”。“写不出来”源于“我”无法与周遭日常生活建立意义关联。一直对女作家施加压力的经纪人天扬与始终霸道成功的男作家大澍，向“我”灌输各种宏大叙事，在男人的眼中，“好故事”才是文学的真谛。而“我”下意识觉得虚伪，他们的“故事”只是一种关心地沟油的虚假“悲剧”。“我”焦灼地想要证明自己，却找不到属于自己的“故事”。“我”痛恨男性的暴力，又羡慕他们所具有的锐利的攻击性。于是在向外的“羡慕嫉妒恨”与向内的懊悔、愧疚、怀疑、自责在心中形成不断扩大和纠结的旋涡，这个旋涡吞噬着她所有的行动力和自信心。沉溺在这一旋涡中，“我”丧失了作家基本的敏感性——错过了发生在身边的露露的死。当“我”觉得她只是一个“二十多岁、肥嘟嘟、穿着荷叶边短裙，露出一截藕色的大腿”的时候，“我”已经丧失了交谈能力甚至恐惧交谈、恐惧生活本身。一旦彻底丧失与日常生活建立联系的希望，“我”就变成一块“迟钝的旧橡皮”——多么悲惨的意象。小说中的威士忌和咖啡店，并不仅仅是小资的符号标签，而有其文学上的归属：虽然女主人公总是提及海明威（别忘了海明威更容易与热带、海水、椰林、朗姆酒和Mojito、Daiquiri这样的鸡尾酒联系起来，而篇末所引的米沃什的诗句里也充满了类似的阳光意象），然而在小说主人公身上，我们更容易看到晚年杜鲁门·卡波特或菲茨杰拉德的影子。绝望，以至于绝望到了麻木；绝望，将绝望自身也毁掉，这是周嘉宁想说的。

必须提醒的是，这种焦虑感自身变成文学表现的对象时，可能沦为一种表演。为表演焦虑而表演，为表演焦虑而焦虑。表演性会抽空真正的改变与行动，因此不能真正解决焦虑问题，更不能真正跨越“有限的生活”的地平线。

此外，“文艺范儿”从来都与时尚彼此暗送秋波。“焦虑”书写很容易滑动到和明星制挂钩的、以作家形象作为卖点的“真人秀”。比如，我们可以看到小说家对海明威、菲茨杰拉德、伍迪艾伦等等如今成为流行文化一部分的艺术家形象的模仿与盗用——要知道“写作的焦虑”早已成为这些20世纪时尚代言人笔下的俗烂主题了。

三、理论与文学彼此激荡

如果日常生活无法进入写作，而内心又缺乏足够持久的输出能力，80后作家的阅读与知识结构使其中某些人更容易与理论话语产生联系。这一写作倾向未来的发展尚未明朗，毋庸置疑的是学院教育使得一种与西方理论更高级的互文形态成为可能（这方面80后小说家拥有远超前辈的优势）。唯一使人担心的是，一旦脱离了现实经验的土壤，进入与理论话语的近身调情，小说如何能够提供比理论更丰富的东西?

王威廉出生于1982年，曾在中山大学攻读人类学系和中文系，获得现当代文学博士学位，也是首届“紫金·人民文学奖”的得主。王威廉对于人与人之间的暴力关系有着格外的敏感（比如他的“法”三部曲《非法入住》《合法生活》《无法无天》）。这一次《当我看不到你目光的时候》（《十月》2014年第6期）的切入点选在“看”与“被看”的关系。我们将他的作品作为这一现象的代表。

小说以某种非现实的逻辑开始——未来社会中，一名照相馆摄影师在感化女犯的过程中体会到了视觉装置所带来的主体权力与快感。“我”本是照相馆的摄影师。政府规定主人公必须道德感化一名女杀人犯，其罪名是将男友禁闭在一间满是摄像头的房间内造成其死亡。女犯住到“我”家，这种亲昵温馨的关系并没有让“我”放松警惕，而是令“我”对杀人动机产生了兴趣。女犯讲述了其父亲及其男友怎样先后沉浸在看与被看的快感之中，以及男友如何在屏幕发现自己的渺小可憎，而从快感模式中被无情抛出，就此虚无绝望，自杀身亡。“我”逐渐被女犯反向“感化”，开始产生对“看”的自觉意识。通过镜头，我瞬间变为大他者，镜头中的客户在大他者的目光下开始面目绯红、享受被看的快感，将自己嵌进了大他者规定的欲望客体的位置。新的主体被成功询唤出来。

明眼人一眼就能看出小说中的“看与被看”，灵感来源于法国哲学中的“凝视”理论。“看”与“被看”既可以被彻底抽象地理论化，又可以进一步放置在特定历史当中去描述人对人的监视及控制。前者肇始于科耶夫1933—1939年在巴黎所做的黑格尔精神现象学讲座——这一讲稿经过施特劳斯高足布鲁姆翻译整理出版，其中就以恋人之看来佐证其主体理论，座上三位听众萨特、梅洛庞蒂、拉康后来都在各自的拓扑学发展当中延伸了肇始于科耶夫的理论雏形，暂不细表。后者——历史地考察观看关系的脉络，最为人熟知的自然是辈分再小一些的福柯，而后殖民领域大名鼎鼎的萨义德对东西方关系的比附也来源于此。一般通俗理解的主体对客体的看，涉及一种爱欲、控制、将对方物化的倾向，这种看是“凝视”（gaze）——本雅明另外开启了一套“观看”的谱系，不在本文讨论之列。在科耶夫原初的理论模型中，这种单向凝视的功能是：主体（大写的Subject）通过将对方设定为物而获得未经承认的虚假主体。问题是，被看者不能回看，一回看，她就不再是物，从而使主体不再是主体。到了拉康那里多了一层，简略地说，看者同时又是被看者。主体同时想象自己是被大他者观看之物，想象着受到大他者（other）的凝视，在这种凝视当中搔首弄姿，充当大他者（other）的欲望对象，从而有条件地获得主体（小写的subject）身份，并依据这一主体身份去凝视对象（object）。其危机的表现则是，植根于看与被看关系构成的主/客双方，必有不能被看到的“盲点”（法文术语petit objetà），这些物身上的小斑点总是凸出出来，让对象变得陌生可怖，通过提示目光之不可靠而反向提示依据目光构成的主体的虚妄性，使主体自身感受到自身（it-self）的陌生可怖——这就是存在/实在界的降临契机。

那么，有可能从暴力性和构成性的视觉关系中挣脱吗？小说的态度是基本悲观的。理论上，第一种对于这种凝视的破坏方式是回看（gaze back），通过目光的对视来脱出掌控，从而使对方经由窥探所积聚起来的脆弱虚假（爱欲）主体，瞬间破灭成灰。这是萨特在《存在与时间》中提供的路径——小说中的女孩跑到了房间之外，抓住了正在通过窥视自己获得性快感的男友，从而破坏了他的欲望及根据这一欲望构成的主体。可是，问题来了——挣脱之后的空虚感和无意义感是无法承受的，存在/实在界本身向他敞开，他却要重新回到欲望和主体之中。“看”之途被堵死，他由是必须通过“被看”来重新获取身份与欲望。他奢望一个性致勃勃的大他者，通过它的眼睛能够看见自己千娇百媚。于是恳请女友充当看者，而自己扮演欲望对象。可是一旦让他/它站到大他者的位置上凝视自己，他发现想象中的自我并非千娇百媚而是如此卑琐可笑，他看到了自身的盲点，其存在的灰败性——进而感应到大他者的性无能和空洞性，其想象主体也就瞬间破灭成灰。当其存在的无意义性第二次向这位不幸的男人现身，他选择了自杀。萨特或许还是会说他是懦夫，一个无法承受存在之无意义、不敢直面其存在的懦夫——他不能“去—存在”（to-be，as to become）。相反，按照拉康-齐泽克某些中国门徒的立场，他的死亡却是一个主体闪闪发光的事件，是对大他者的彻底拒绝。至少，自杀时刻留给世界的目光，是对这一世界当中最大的挑战——作为物的回望，总是让人不寒而栗，被凝视的物变成不能被主体/客体之分所框定的小客体（petit objetà），充满死本能的目光逼视我们，戳穿了我们这种植根于生本能的视觉主体内在的缺陷性。

当然这么勉强区分其实殊途同归，当小说限制在存在主义的整体进路（无论是萨特还是拉康-齐泽克一代，法国理论家某种意义上都具有存在主义的内在理路）之内时，其实世界早已经是一间铁屋子了——装不装摄像头，懦夫还是烈士，倒还是其次。小说另一个漏洞或者说缺憾在于，女性似乎从这套视觉—欲望—主体装置之中被轻易地豁免掉了。

写到这里，笔者又不禁想起，这样一篇小说会不会正在期待上文这样充满西方理论的凝视，而笔者是不是又恰好一步步陷入这种凝视的快感当中了呢？或者，其实笔者撰文之时，已经被小说文本所感化，自觉充当了理论大他者眼中的欲望客体？

四、在惯性中嬉戏

小说家在面临无法轻易穿透的生活时，一些年轻作家往往容易选择设想出逃、描绘焦虑和诉诸学院话语的处理方式。另一些作家往往延续此前已被证明获得成功的写作主题或者方式，比如王蒙和刘庆邦，毕竟“习惯”有时候就是“保险”。

王蒙推出他的短篇《杏语》（《人民文学》2014年第7期），继续呈现他的“自我”。小说风格延续着从80年代“意识流”时期《春之声》《夜的眼》《深的湖》《来劲》、90年代“季节”三部曲、一直到《王蒙自传》的个人叙事形态：饶舌、汪洋和充满了修饰成分。春天始于杏花，小说里的老干部一方面感慨时光飞逝，一方面也不时表现对时尚文化与流行语的熟谙。在春天出游享受勃勃生机，在春天遭遇堵车，在春天探望故友、凭吊逝者，更重要的是在春天怀念自己生命中的春天，甚至享受着惆怅的怀念，快乐着自己的痛哭。爆炸式的网开八面的语言，自身生长成一树纷飞的杏花。这株杏树由王蒙拿着情绪来浇灌。他灵魂出窍地跳出来，满怀赞赏、怜惜与眷恋地对一个放置在他面前的自己发出倾诉、评论与调侃。“随便你悲观、乐观、片面、全面、善良、刁恶、鸡汤、粪汁、取缔或者提倡……怎么思想怎么浇灌怎么念藏经还是喜歌、唱衰还是唱帅，三下五除二，三月二十二日，全市的杏花都开了。”“你还能有多少遭芳华凋落呢，你哭了。”倾诉的欲望在感官甚至词语之间形成流荡的大风，情节、人物、场景甚至叙述方式都变成了无足轻重的东西，大风吹过，杏花落下，华丽而惆怅的感觉覆盖了一切。

刘庆邦的《琼斯》（《人民文学》2014年第3期）同样是一篇篇幅短小的作品。说的虽是狗事，论的却是人情，确切地说是当代都市老年人所遭遇的窘境。寂寞的老两口养着一只京巴狗琼斯，围绕这一只品种虽未见高贵、却温顺聪慧的小母狗，老两口起了矛盾。表面看去，李月卓的情感寄托于小狗琼斯；丈夫老张半身不遂，偏偏对于琼斯极不友好。细想去，老两口手头拮据，儿孙又都在外地，文化程度都不高，丈夫又因病半瘫，其实晚景凄凉。正是如此，琼斯不仅成为家里沉重的经济负担，也分走了李月卓对丈夫的关心。然而李月卓就是离不开出嫁的女儿取好名字的小狗，甚至她还瞒着老伴前去参加一场营救流浪狗的集体游行，这是她对抗现实的一种最为卑微的方式。最后，琼斯与丈夫老张的摩擦愈演愈烈，终于鬼使神差地咬伤了老张。老张与琼斯的打斗细节无从知晓，只知道老张早就丧失了一个男人理性的一面，撒娇一般以绝食威胁老伴把小狗送走。李月卓请开出租车的邻居把琼斯遗弃在野地里之后，我们能够预料到这一双老人今后必将更加惨淡。小说对老龄化群体遭遇的诸多现实困难做了一定程度的展示，看似琐碎，其实牵扯起了现代化进程当中被牺牲被忽略的群体的命运；但是，单在养狗这一话题的开掘上，小说并没有借机更多去打开老年人其他生活空间，就狗论狗，魄力稍显不够。

惯性容易产生一种共同的匀速写作。在这些作品中，一种看似圆熟和自如的书写统治着文本。范小青的《南来北往谁是客》（《人民文学》2014年第9期）讲述了一个究竟谁才是住客的荒诞故事，小说在讨论身份与证明的问题时，回到了先锋文学对“亦真亦幻”的效果的追求上。须一瓜的《贵人不在服务区》（《厦门文学》2014年第1期）玩的是“究竟谁才是贵人”的翻转把戏，对于存在之荒诞性做了比较按部就班的处理。探讨权力主题的有两篇。鲁敏的《徐记鸭往事》（《长江文艺》2014年第5期）讲述一个50年代初南京制贩盐水鸭的个体老板如何在当时的历史局势下报复惩罚国营布店经理的故事，充满了对权力令人作呕一面的揭露与小人物舍身相击的快感。盛可以的《弥留之际》（《人民文学》2014年第1期）背景放在当代都市，小人物掌掴副院长，竟从此发现自己得了飞蚊症，由于成为“病人”，而超出了当代所有划定的规矩，横行无阻。但由于过度迷恋那一记耳光带来的权力快感，小人物最后失去了女友，成为了小楼之上孤苦伶仃的盲画家。小说试图说明，暴力的恶与蛮始终无法被文明驯化，有些时候甚至可以成为小人物唯一的防身武器。这种惯性的写作尽管拥有较高的完成度，但并不能每次都让作者和读者满意。

五、情绪的流荡与升腾

生活的有限性并不必然带来体验和感官的有限性，更进一步地说不能限制对生活的理解。恰恰是感受/体验的有限性，首先需要被打破，因为从洛克的《人类理解论》开始我们就相信感觉是形成知识的素材。事情又不是那么简单，当感觉被不同的结构（话语知识型）组织起来的时候，就先天地被赋予了形式，结构会形成对感觉的压抑，无法进入结构的感觉呗放逐、被忽视。那么，对于历史形成的话语形式的拆解与重新探索，使得文学同步承担了解放感官、发现感官并促成认识进步的任务。于是我们永远需要一些小说家，像“非对象化艺术”（non-objective art）的画家如波洛克或者康定斯基那样，让线条挣脱轮廓，让色彩挣脱对象，用一种情的能量腐蚀认识的网格，摧毁对于“对象”的刻板印象。在这一方面，作家们也的确作出了一定的努力，试图将一些被压抑的情绪重新放在显影剂下。

首先要提的是张楚。如果非要用一句话概括小说所展现的情绪，那么就是一股混合了浓烈体味，性感、优雅、狂野、滑稽然而又神圣的气息。《野象小姐》（《人民文学》2014年第1期）试图消弭卑下与崇高之间的界限，赋予最笨拙、最丑陋的身体以最灵动、最飘渺的神性。所有关于“底层”的概念——那种催泪弹式的、打鸡血式、苦难展览式的叙述套路与语气，完全被这部作品的野气所摧垮。让二元对立和刻板印象见鬼去吧！

这一部短篇小说它看似在说身体问题，实际触摸灵魂的高度。“我”因为乳腺癌，在化疗期间认识了病友翠翠、华妃和安姐。癌症对大家的女性身体造成巨大影响，或者切除乳房或者掉光了头发。病房自然是一片愁云惨雾——“我”总是瞪视天花板，想象基督仍然沉睡在玛利亚怀中的样子。这片灰暗的世界里偏偏闯入一名体重超过100公斤的清洁工——野象小姐。她就是这么不识趣。“野象真的来了。我们听到了她咚咚的脚步声，即便在略显嘈杂的楼道，她的脚步声也那么铿锵响亮。我们仿佛看到她那两条肥壮的巨腿正艰难地、迟缓地挪动，水缸般的腰身上，一绺绺赘肉随着悲壮的步伐前翻后涌。”奔逸的想象，带来了极强的画面感。读者甚至能够手中纸页的震颤上，感觉到那个庞然大物的粗腿在楼道里造成的动荡。奇怪的慢镜头，恰恰是突破悲剧世界的神性力量的现身。化疗期间，病友暴露出各自的真面目，比如安姐与懦弱卑琐的儿子安长河的纠结关系，姑娘翠翠与男友“臭脚”来自农村，教师华妃充满了市侩庸俗的气息，再比如“我”丈夫宁蒙在此期间的网上出轨。正是在野象小姐身上，她们得到了某种滑稽可笑的心灵净化。一开始是大家帮助她收集废弃的矿泉水瓶，“我”送给了野象小姐一件夸张可笑的孕妇装，再后来是“我”帮助野象保住清洁工的工作，野象小姐成为了“我”的至交，并真的把她的秘密告诉了“我”：她站在体重秤上，一旦神游八极，立刻轻了五斤。原来她不仅身躯硕大，还有一颗足足重达五斤的灵魂！小说开始走向荒诞，但不同于一般荒诞的地方在于，这是在足够坚实土地之上重重一踏以后的腾飞。野象小姐的命运当然不幸，她一直抚养着无法走路的脑瘫儿子，始终手头拮据，然而并不小气——除了给我们带来各色古怪食物（腌制的萝卜条、爆炒的绝辣海螺蛳、新煮的玉米洋芋，还有菜市场抢购来的猪乳头），她和儿子自己一口气点了四份牛排、两份水果披萨和六个冰淇淋；她贫穷而向上、低贱但不卑微，随时准备把庞大的身躯挤进生活的入口。野象小姐就这么用她庞大但是灵活有力的身躯带着我们飞起来——谁都想不到，她竟然成为迪厅最受欢迎的钢管舞者，“我们看着野象随着音乐开始扭动她肥硕的臀部，看着野象绕着明晃晃的钢管风姿绰约地抛媚眼、抖乳房，间或微微抬起她大象般的前腿”。这几乎可以算是小说最神圣的瞬间——她在这一刻就是基督，就是拯救。膜拜吧，向着我们的女神！读者因此领悟到：一方面，我们被禁锢在各自牢笼般的躯壳中、终究要在卑微琐碎的一生中颠沛终老；另一方面，我们又的确需要这样自由、欢快、充满力量的灵魂，“那个随着野风流浪、在马背上跟跳蚤聊天、或许重达五斤的灵魂”。

斯继东的《白牙》（《人民文学》2014年第3期）讲述的是已婚老男人与小姑娘的美好恋情——这么概括既让人觉得庸俗又不得不怀疑作者太过自恋。部分事实的确如此——有人说这不过是个“豆瓣约炮”的故事。但我们先将这样不可忽视的批评意见放在一边，也将故事先抛到一边。“白牙”是生命力，是纯爱，是一切被岁月剥蚀的美好——这是小说着力塑造的复杂情调。这一情调是以衰老的身体、对生命的倦怠作为背景来展开的。与80后小说家所写出的爱情不同，这里面的颓废、感伤带有着时间磨砺出来的钝痛，它并不很容易地就流于轻薄虚假，因为它有着一定的重量。

“我”到上海学习，约了网友阿檬见面，两人沉醉在彼此的身体与气息之中，难以自拔。阿檬在外企做网站，无须坐班，而“我”所谓培训则是总公司给各地营销人员的福利、纪律松散，于是白天夜晚，我们都在一起。我们在一起的生活非常纯粹，小说也叙述得非常自然，无非是饭点出去凑顿饭、看一场电影或者话剧、带上单反去周边街区遛遛、周末陪她坐地铁去汾阳路音乐学院那边上一堂小提课，然后再坐地铁回来。换句话说，这样的“纯爱”既是不掺杂任何现实杂质的，也是被小心翼翼呵护而不触碰任何现实秩序的。当然，不要忘了这依然是“偷情”，而且是成本很低的偷情。小说家把伦理系统完全关闭，正如主人公刻意将现实秩序屏蔽，我们先暂且贪欢吧。阿檬任性固执地裸着身体，她美好的裸体出现在房间每一个角落。但无论“贪欢”或者更正式的说法“偷情”，都无法不走向常态——真爱的双方总会忍不住改变对方，悄悄潜入原本说好绝不涉足的领域。偷情总会失控，危及婚姻。阿檬开始隐秘地改变“我”——她逼我刷牙。她科普各种牙科保健知识，从生活习惯/生命形态上想要拯救/改变“我”。小说的高潮在于“洗牙”——这是她对我所能做的最大改变，也是这一场必须走向终结的爱情所必须留下的一点痕迹。阿檬并不洒脱，她洒脱的伪装都被对洗牙的执着剥个一干二净。“我”走向机场之前，还是鼓足勇气自己去了牙科医院。如果一切终将烟消云散，至少留下一口白牙。好玩的是，一定距离之外的反讽式观照未必不能同时存在——你也可以把这部作品看做是老男人“洗白”自己的痴心妄想。

甫跃辉的《坼裂》（《十月》2014年第4期），情绪核心在于站在满是裂纹的冰湖时那种即将下沉的黑暗、冰冷、无望之感。这种精雕细刻的无望感，是小说能够从众多文本当中脱颖而出的原因。小说开始不久提到“灯光浮油一样凝在地面”，但这样黏稠、烟熏火燎而颇有虚实辩证性的感觉其实并不是小说的主调。小说还是很空灵很纯粹的爱情小说。开头就轻柔飘忽，颇有流动感，两位主人公顾零洲和易沄的名字也是轻烟一样。小说“本身”的逻辑很简单，这是一场悲凉的告别仪式，在第七个城市，婚外情走到了尽头，沉重的压力令男主人公终于欲振乏力，而女主人无非是生孩子之前最后疯狂一把。小说先预设了离婚之不可能，然后强调了维系婚外情的艰难与无力。这样，“坼裂”说的是现实压力之下婚外情的沉没——那种下沉的绝望无奈对应的是现实压力下撕心裂肺的失恋创痛。

我希望通过对小说的创造性解读来开拓文本未曾展开、而又很可能隐藏的扇面。必须承认，我个人的阐释所附加上去的重量，很有可能使文本不堪承受而发生同样的“坼裂”。

第一个可供打开的层次：爱情之消逝。我个人更偏好罗兰巴特式的命题：主人公对于爱情的消逝既绝望又无奈，而任何挽回的企图都不可避免地导向失败。根据甫跃辉着力制造的爱情信条，看似男女主人公分手的原因还是来源于外部的社会压力，而实际上男女主人公又都清楚，激情的给养就是危险与禁忌。小说隐藏的一个悖反命题为：压力恰恰是欲望的动力。他们打一枪就换一个地方——当代“婚外情”带上了这些仪式，就带有19世纪小说的郑重其事，就变成了“通奸”。他们怕被发现，于是只能宅在宾馆做爱，做爱变成超量的做爱，就变得程式化。于是又渴望安定、渴望暴露在光天化日之下，因为安定变成了一种非常态，从而是可欲的。可是即使暴露在光天化日之下，比如看场电影《一代宗师》，难道爱情就能够继续漂浮吗？话说，“通奸”的感情如何维持？“通奸”会不会变心，即在对配偶的背叛之后会不会对自己的千辛万苦得到的情人进行又一次的背叛？他们心中满腹狐疑，可是这些满腹狐疑又以海誓山盟来掩饰。可是他们分明是厌倦了海誓山盟才走到了一起，于是他们在挣脱枷锁的过程中被枷锁追上了。渐渐感到腻味的两个人，聪明地在腻味之前完成了体面的结束。毕竟，爱情如同自在之物，随时会从生活看不见的裂痕里喀拉一声就掉入深渊。无论是宾馆里、情人黏腻的汗味里、漫长两地分居的形迹可疑里、突然瘫软松脱的身体里、还是日常的关怀中，总会听见冰湖碎裂的喀拉声。

仅仅这样子这篇小说好像还有些单薄。我个人会再附加第二个层次，离别的结尾处也许还可以再处理出一个反讽的维度：爱情主题真的存在吗？顾零洲背对冰湖大声复诵《一代宗师》，这些种种纷至沓来的情绪意象，岸上那被生离死别击倒的身影，这些所谓爱情的经典场景，难道不是欲望驱动下的一次角色扮演？我们似乎也可以这么理解：男主人公诸多心念百转，只是因为女主人公很心机地说了一句“不做爱”，于是非要再次得手不可；而做爱之后的诸多疲沓空虚，以及伴生而来的离别戏码，或许预示了他们下一次在另一个城市的旧戏重作——《一代宗师》里不是有一句屡遭吐槽的“念念不忘，必有回响”吗。

一部以情绪为塑造对象的小说，有可能走向三个方向，情绪的烈度、特异性与复杂度。尽管这样的区分十分粗疏，柏格森大概不会同意这种以外在空间性的思维方式去臆断人类的内在的绵延性的方式，但简而言之，小说所唤起的情绪如果无法达到某种凛冽与澎湃的能量值（比如某种纯粹的恐怖或者崇高感），那么至少应当形成与常情的差异和距离，或者应该拥有多多少少显得饱满丰富甚至彼此冲突的层理。做到这种程度，生活就开始变得“无限”了。

六、让"它"说话

弗洛伊德将无意识之中的东西称为"id"，也就是"它"——它是非人的，因为"人"正是被规定好了的东西，"人"意味着意识。意识何以是被规定的呢？生活的有限性更多的时候源于认识框架带来的有限性。人人脑中都安装着一套"大过滤器"，不同时空的"人"之所以不同，是因为装载了不同的历史赋予的"大过滤器"。这台"大过滤器"由许许多多的概念、命题、判断构成，所有穿越这些筛子的经验都预先分装到了不同的流水线上，依次进行深度加工。那些莫可名状的东西，那些面目晦暗恐怖的物质，那些没来由的情绪，随时都被压抑在无意识之中，变成喑哑的"它"们。那么，有没有一些文学，是破坏者的文学，是试图在筛子上面挖洞、让这台"大过滤器"短路的文学，是让"它"说话的文学？除了上文提到的那些在都市生活内部重新挖掘非常态的情绪的作品，还有一批作家重新卸下预先装上的"大过滤器"，把更汹涌、更生猛的现实浊流引了进来。

叶广芩的《黄金台》（《芒种》2014年第5期）推出了"老刘"这样横空出世的人物形象，超出了50—70年代文学的社会主义新人与新时期以来对农村能人的书写。

这位据说是满清叶赫那拉氏后裔的女作家总是构成了对主流历史叙事一种若有若无的冒犯。她这次玩的是"古董"，而且纯然"野路子"。老刘是黄金台村的村民，"我"当年曾经挂职在青山县里，就寄居在他家半年。乡村能人老刘的致富具有地方特殊性——既不是利用政策搞养殖跑运输，也不是勾结村中豪强霸占资源，当然也不是卖血卖肾、碰瓷讹诈，而是倒卖"古玩"（而非"文物"）。油滑中的坚贞是小说极力保持的格调：老刘虽然只是小学三年级程度的村民，却自命文化人；虽然生性风流、相好无数，可总是有原则、讲情义；他虽然小处含糊，可是大节不亏。青山县黄金台村历来出土文物，老刘二十年前就先知先觉地开始收集秦砖汉瓦、各色陶罐。几年前，他往返山村和京城，还带来了两块形迹可疑的马蹄金。马蹄金虽然形似假货，却也悄然出手，老刘终于借机达到了人生最巅峰。他还不满足，偏要开办个人博物馆，拉动村民集体致富。一个农民达到如此境界与视野，令人不由得想起农村改革之初高晓声笔下一心操办"农民旅游公司"的江开良。小说家在调侃中也逐渐增加敬重的分量。当然，天不遂人愿，农民的力量暂时不敌资本，商人征地造成了严重的地方—资本的冲突。当"我"急急忙忙赶到医院，却见伤了生殖器的老刘还在跟两个受伤的儿子高谈阔论"爱情观"，全然不把这一挫败当一回事。结尾的"突然落空"保留了两种可能：第一种可能性恰如小说字面所写，正在村民跟资本进行殊死搏斗的紧要关头，老刘却真的因为自己的偷情先栽了跟头；读者还可以选择另一种可能，老刘与资本家雇佣的打手搏斗受伤，却告诉医生老李自己是因为偷情被打，以"风流债"为由将这一茬轻轻揭了过去，实是不希望他人知道自己面临如此之大的困境。

“老刘”作为一种横空出世的典型形象，具有着文学史的意义。新时期以来，随着新启蒙知识话语占据了历史叙述的主流，我们看到的农民通常代表了野蛮、低贱、卑琐、消极无能，从历史的主人变成了历史的垫脚石。不仅如此，这种乐观的主人翁的姿态既跳出50—70年代对自上而下国家政策的诠释与阶级论的粗暴推演，又跳出了个人主义英雄与乡村环境之间必然的对抗与征服的关系。老刘粗鄙无文，可总是趾高气扬、昂首挺胸，不知道哪来的一股子生机活力。保守的人们如果坐上那辆自动播放老刘声音的吉普赛汽车、听他一路吐槽北京各色小吃、看他胆大妄为想要抚摸故宫的铜鹤、挥舞两只臭脚丫得意洋洋地在作家的核桃木地板上吧唧吧唧走来走去，恐怕要大惊失色的。作家对地方性的偏爱，可能赋予了其超越历史实然状况的浪漫拯救力量。但如果不是叶广芩，在如今的文学叙事包括历史叙事中，我们上哪儿再去找这样乐呵、狡猾、有操守而又对未来充满信心的农民形象？幸好无论结局如何，老刘这种农民都不可能真的“绝种”。

曹文轩的写作首先展现了“纯美”世界背后作家的“超人意志”。他的作品往往很难评论，因为一个无法走出“芦苇荡”的“纯美”作家总让人怀疑其深度与格局。我们很难从薄薄的文本当中提取某些元素，去还原小说背后一整套形而上的大厦。他又很执拗，许多被其他小说家奉为珍宝的“历史”细节被他看似并不宽厚的肩膀挡在水乡的世界之外。如果勉强讨论他的美学思想，往往要补充一大堆本来不属于这个文学世界的理论背景。我们认为，不妨将其美学趣味归纳为“康德尼采化”的两个方面。一方面看似美是自为目的，其“无目的的合目的性”不能简单臣服在规范伦理学的道德训令之下，同时它的合目的性却也不能直接从目的论（teleology）的角度预先得到说明——美甚至是那远在地平线之外的“历史目的”的构成性条件；另一方面，美与善往往是联系在一起的，两者之间并无绝对的冲突。但又不要认为这一点就是保守，相反这一点其实是激进的：在当下维持这样的美学世界，毋宁说相当于让作家发动自己的主体力量为笔下世界投入一整套严密秩序。绝对不能认为曹文轩的世界简单，这种简单是在深思熟虑和下定决心之后的简单，这种平淡又掩盖了一种对当下世界的怎样言说都不过分的激烈态度，它是以主体消化历史之后的意志的呈现。

在“主体为世界立法”的意义上，曹文轩今年两个短篇描述了某种和谐的“乡里空间”以及这样的空间对于主体的生成作用。

《小尾巴》（《人民文学》2014年第6期）讲述一个黏人的小姑娘怎样以惹人疼爱的方式成长，将自己对母亲的依恋转移到对自然之物的同情理解，并生长出一种对弱者的责任意识、最终形成独立人格的过程。让人惆怅的结尾是，当妈妈打算把她的“小尾巴”珍珍带给自己的好朋友们看看时，珍珍固执地不再跟随了——因为她对一只老兔子已经许下承诺。那一刻，珍珍可以为了他人、责任而与母体分离，这种分离所形成的主体又是总以他人为考虑前提的。妈妈寂寞地走了，但她又非常理解珍珍，她明白这一只老兔子对于珍珍意味着什么。

一个被周围人溺爱的小孩子，“并不必然”变成让人厌恶的自私自利的小皇帝、小公主。

可是，这中间起作用的东西究竟是什么呢？我们好像很难找到小说转折的榫口——这是曹文轩小说曼妙的地方，追求某种浑然天成氛围的他从来不会轻易暴露结构的转折点。在迷失于芦苇地之后，珍珍真的变得不那么黏人了。“芦苇地”又是什么？或者说，为什么必须是“芦苇地”？曹文轩的小说不存在一种句子对句子的等级制关系（好像某些句子先天就比较重要，即俗话说的“提纲挈领”，仿佛有了它们，别的句子就永远是奴仆一样），从而我们也就必须在句子与句子的集群与博弈之间去理解小说的内涵。因此，将小说整个前半部分纳入考量，我们勉强可以说的是：芦苇地是整个水乡（“乡里空间”）的化身。一点一点帮助小姑娘珍珍成长的东西，是风景、是母亲、是母亲非要“种出最好的庄稼”不可的态度；是整个村庄所有人的一言一行；是在黏人的小姑娘号啕大哭时，所有听到的人那发自内心的疼痛；是包工头对母亲和对她的不耐烦之中保持的敬重与关爱。这一切看似散碎不重要的能量，构成了对小姑娘的最好的教化。读者呢，是不是也在阅读当中完成一套心灵的净化仪式？

《第五只轮子》（《人民文学》2014年第6期）同样具有某些隐藏的深度。小说秉承曹文轩描写少年的一贯思路，讲述了一个“渴望集体—寻找自我—重新在集体中确认自我”的故事。磨子是一名在被人贩子逃跑时遗弃路旁的婴儿。收养磨子的单身汉吴贵不事生产，仅仅以放羊为生，平时喜欢喝得醉醺醺的。倘若从文本向后跳开冷静一想，吴贵实为乡村闲汉，这种随性的生活实在与青羊村格格不入，甚至他身上总是携带的羊膻味也可能暗示其私生活的放浪形骸。但曹文轩有意将这一切屏蔽幕后，单说慈父身上的羊膻味给磨子带来的困扰。磨子因此被全村孩子孤立——童年的孤独感是个人成长的必经过程。所有孩子一起坐船去看电影，不知为何他就被留在岸上；他被安排在全班最后一个单独的水泥桌子听课，因为没人愿意和浑身羊膻味的孩子做同桌；磨子也没有能够加入山田和野树的“鱼鹰抓鱼”的游戏当中，一旦没有做好看管衣物的工作就要受到报复。一直到磨子在汽车修理厂找到了各种轮子，在与轮子的滚动与交流当中获得了某种神秘的解放。轮子成为了他一个人的玩具，此时磨子虽然被儿童集体所孤立，却在这种孤独当中处之泰然。小男孩在与“机械”的关系当中找到了自我，变成凛然不可侵犯的存在：“轮子骨碌骨碌地滚动在村巷里，地在震动，屋里的人听来，简直隆隆作响。轮子从南滚到北，再从北滚到南。月光洒在村巷里，他和轮子投照在地上的黑影，在不住地移动——更像是飘动。”轮子意味着现代化，一个外来的孩子通过征服机械，掌握了代表“现代化”的象征力量，回过头来征服了那个曾经拒绝他的乡村。但是，这种征服并不是简单的“克服”，而是一种将对方纳入伦理规划之中的考量，是一种“信任”和“承认”关系的建立。磨子在一次意外事件中，贡献出了那唯一一只匹配小面包车的轮子，从而变成了集体中的一员。这种贡献，以一种“赠礼”的形式换取了集体中的主体身份。林校长答应让磨子在大家排演的小戏中扮演一个角色，此时磨子望着远去的面包车留下了泪水。小说家设想了一种理想情况，外在的现代化拥有者恰恰拥有与“乡里空间”相互一致的伦理原则，从而以小说的方式想象了一种“乡里空间”隐约朝向现代化转型的可能。

我们见惯了张翎、陈谦、陈河、哈金等人笔下海外华人的生活，但葛亮的《问米》依然带来一定的亮点。小说以“通灵师”这一越南殡葬业新兴热点作为切入口，向读者打开了当下侨居东南亚的底层华人的独特图景。

葛亮生于1978年，毕业于香港大学中文系。早年在台湾出版短篇小说集《谜鸦》《七声》，后在香港先后出版了《相忘江湖的鱼》和《朱雀》，后者入选王德威先生主编“当代小说家书系”。作为近年来港台小说界崛起的新秀，他获得过包括香港艺术发展奖、香港书奖、台湾联合文学小说奖、台湾梁实秋文学奖、《亚洲周刊》“全球华人十大小说奖”在内的诸多奖项。小说描绘“我”跟随老凯在越南拍摄通灵师的故事。“我”本是殡仪馆的工作人员，除了迎来送往之外兼职摄影。因为业务关系结识的老凯邀“我”一同前往东南亚拍摄丧葬业新兴的仪式“问米”，正是这一路在越南结识了通灵师阿让。“问米”是死者家属借助“鬼上身”的通灵师与逝者的灵魂重逢和对话的仪式。阿让来自中国内地，原来是浙江省越剧团的演员。小说不断在“我”对“问米”的怀疑当中推进，正当我笃信“问米”、并因为这一趟拍摄交了好运成为御用摄影师之后，我与阿让重逢于河内，原来阿让本是越剧团小脚色，他恋上了越剧团台当红花旦，由爱生妒，破坏了花旦与团长之间的婚外情，导致团长撤职、花旦借调。等他再见到那位年长他好几岁的女演员，她已经肺癌晚期、辗转病榻。为了租下冰柜保存她的尸身，阿让滞留河内，凭着查阅资料、察言观色和当演员的天赋，成为红极一时的通灵师。总是停电的河内、越南著名的法包与牛肉粉、同春市场的寿衣店、阴雨濛濛的环境、头顶滋滋响的日光灯管、东川市场、东双夜市的“河内越剧同好会”、一次次逼真的“问米”，这一切都构成小说视觉奇观的来源。“生者对逝者的执念”是《问米》要表达的核心。让人有些惋惜的是，不知道是不是因为“鬼故事”这一香港文化独特主题的磁场太过强大，小说不由得带上了大陆90年代录像厅常见的鬼片色彩，主人公表情做作、略嫌浮夸，常常“连滚带爬”、“一路小跑地从内街里跑出来，心里不停说着呸呸呸”。难道这些地方，小说自己也被90年代已逝港片“鬼上身”了吗？也未尽然。只是，从这些地方我们更容易辨认出那个“葛康愈—陈独秀—邓稼先”谱系之外属于当代香港生活的葛亮。

2014年《上海文学》第8期重新发表了台湾乡土文学大家黄春明旧作《死去活来》。老作家旧作重现，也算另一种“死去活来”吧。黄春明从1962年发表《城仔落车》开始，到1967年四月在《台湾文艺》发表《他妈的，悲哀！》，渡过模仿“现代文学”的早期；随着1967年《青番公的故事》（包括其后《溺死一只老猫》《看海的日子》《癣》《阿屘与警察》《鱼》《儿子的大玩偶》《锣》等）进入了以宜兰地区经验为书写对象的“乡土文学”阶段；短短几年后，一些都市题材作品开始出现，例如《两个油漆匠》《苹果的滋味》《莎哟娜拉·再见》《小寡妇》《小琪的那一顶帽子》《我爱玛莉》。在1977年发表《我爱玛莉》后，黄春明投入电影世界，等回过头来继续写老人题材已经是1986年（《现此时先生》《瞎子阿木》《打苍蝇》）。此后的《放生》更出名一些，本篇则发表在1998年。乡下老人粉娘高寿89岁，只与幺儿炎坤同住在山上。弥留之际，幺儿电话将全家四十余口四代聚齐，谁知粉娘回光返照高呼肚饿，场面顿时变成祖孙团聚认亲的“喜庆”场面。老人浑不知众人齐聚所为何事，喜庆来得有些滑稽，众人也都感到好笑，纷纷下山。第二次弥留，幺儿稀稀拉拉叫来半数亲戚，确认没有脉搏呼吸之后请来道士。谁知老人又活了过来。但这一次她已然感到十分抱歉，直呼“下一次，下一次我真的就走了。下一次。”之后，疲惫的脸就不再说话了。多年以后重读，还是感佩老作家的老练。他对人情冷暖的讽刺，早已超过早年笔无藏锋的阶段。死去活来的喜庆、众人心中的好笑、儿女的不耐、幺儿炎坤的尴尬、老人家自己的愧疚，全然包裹住了他对一众儿女的讽刺——这又不仅仅是对年轻一辈的讽刺，而是对旧有乡土生活方式的哀悼与缅怀。有一些文学，总是在把那些已经被宣布为死亡的东西，比如山村原始朴素的生活方式与伦理关系，重新拉到生者的视野当中。这种“死去活来”，正是一种对抗遗忘、对抗压抑的努力。

让我们把目光从东南亚贫民窟一隅与台南山地，收回到小说家田耳笔下的三线城市“佴城”。这一次的《鸽子血》（《文学港》2014年第2期）延续了获得华语文学传媒大奖的长篇小说《天体悬浮》所展现的底层公务员与法外边缘人的世界。鸽子血是小说的中心枢纽。围绕着总是来买鸽子的两个女人——少女小猴子和胖护士阙金媚，小说打开了两层空间。随着鸽贩子小边与卖鸡鸭鱼的小贩小尚的闲谈，我们跟随小猴子进入了母亲粉妹麻二、养父皮条客庞老大这样卖淫、诈骗团伙的世界。庞老大抽取鸽子血做成道具，让手下妓女伪装处女来卖个好价钱，在把戏被客人拆穿后从天而降敲诈嫖客——这是小说描述的第一重骗局。最终，吸毒成瘾的麻二无法阻止庞老大对女儿下手，还处于青春期的懵懂的小猴子也被卖了出去。选中小猴子的嫖客是一位刚刚上了当的小老板，于是小说揭开了另一个世界——医院聘用护士的世界。这个世界里同样存在着骗局。这第二重骗局主角是编外护士阙金媚，为了获得医院正式编制，聘用护士阙金媚几年来烟视媚行，依靠身体在各位领导的床第之间奔波未果，沦为“剩女”的她觅得小老板，凭着鸽子血让他以为自己还是处女，终究骗得一张结婚证。真相大白之后，郁闷的小老板才找到庞老大，要一个“货真价实”的处女了却心愿，小猴子成了牺牲品。聘用人员对“编制”的竞争，颇有《天体悬浮》之中协警的影子。小说隐而未发的还有第三重骗局。让我们回到卖鸽子的小边，他的女友陈凤也是佴城医院的聘用护士，原本打算考上编制之后甩掉自己一直看不起的小边。终于，由于身体检查原因，陈凤黯然回到聘用护士的岗位，也就不再考虑甩掉小边，这第三重“骗局”便悄无声息地终止了。田耳有一双情绪稳定的手，鸽杂一样的现实都整治得爽爽利利。更重要的是，他为我们剖开了中南部中国三线城市最污浊最泥泞的暗面。

本年度还有两部小说，可以用“反常识”来进行重新观照。毕飞宇的《虚拟》（《钟山》2014年第1期）表面上讲述了祖孙三代的关系和观念冲突问题，其实探讨的是是否存在彻底利他的善的哲学命题。毕飞宇的写作带有某种阴柔的意味，这并不是说他笔下擅长写女性（例如玉米三部曲的玉米、玉秀、玉秧），而是他善于一种沟通与承认，一种诱敌与歼灭，一种为了前进的后退。因此，他讨论彻底的利他性（无功利的善）的时候，采取了一种以退为进的方式。县城退休老教师的祖父因为耽误了儿子高考，与儿子不和多年，终于在孙子这里得到了认可与谅解。但是一辈子毫不利己、专门利人的祖父偏偏在弥留之际惦记自己葬礼的规模，渴望被人以“182个花圈”真实地纪念。父亲之所以不愿意原谅祖父，也是因为他敏锐地感觉到了这位县城名师对于虚名的在意背后那自私的念头。祖父一辈子要“面子”。小说试图从“利人”当中分离出“利己”的杂念，第二步是对这种充分崇高的“利己”予以足够的承认与致敬，因为这种“利己”尽管是“虚荣”，却是坚持了一生并且付出了亲情的代价的“虚荣”，这种“虚”荣是“真实”的荣光。小说从“真实”与“虚拟”的二元对立当中解脱出来，证明孙子最后为祖父所杜撰的花圈挽联虽然是“虚拟”，却是最“真实”的。因此，毕飞宇对于彻底的利他性或曰绝对的无功利的善的判断是，它既是虚拟的，又是真实的。

马小淘的《章某某》（《收获》2014年第5期）通过推出了一个动荡不安、空心的人格典型——章某某，描述了一种本身充满毛病的伪“理想主义”。章某某不断地换名字，生活在自己为自己搭建的小世界里，恋爱受辱、求职受挫、辛辛苦苦为了自己的“理想”努力着。她对于自己的可笑毫无自觉意识——用拉康派新锐理论家Alenka Zupancic的话说，成为了“摧不垮的id”。章某某最大的理想是当“春晚主持人”，而这一理想的根基其实只是来源于小县城里儿童节目主持人带来的“虚荣”。最终“梦想撑破了胶囊”，她在嫁给商人妇之后始终念念不忘自己的“理想”，被送进了疯人院。

小说太容易被彻底归类为一部《涂自强的个人悲伤》式的作品，比如书写底层青年如何在大城市的物欲横流中丧失理想信念、同流合污，最后被无情的现代都市吞噬的煽情故事。这种解读显然既低估了马小淘对于底层青年的识别能力，又高估了“涂自强”对于底层青年的概括力。试想章某某如果遇到又土又木讷的涂自强，一定第一时间嗤之以鼻吧。细看去，叙事者对于章某某绝非一味感伤的怜悯与同情，而始终带有着俯视的视角——尤其是小说前半段的讥诮与讽刺、后半段对于章某某的失望。这种叙述的距离暗示，章某某不是“小镇普通青年”的化身，而是特指一种病态的“小镇文艺青年”。章某某是《狂人日记》里的狂人，抑或更接近于《阿Q正传》里的阿Q呢？无疑马小淘对于章某某是带有同情的，正如鲁迅对于阿Q也带有同情一样。

章某某不断改名，说明她始终对于自我、对于理想缺乏一个由内而外、再由外而内的坚实认识，并从中获取行动的循环能量。她的行为是极度空壳的，细看她的“奋斗”轨迹，也是听风就是雨，随波逐流，人云亦云。表面看上去她是“坚定”的，是“文艺”的。这里之所以在“坚定”和“文艺”二字上面加上引号，是要点破：在城镇化高速发展中，中国三线城市生产出的“文艺青年”一方面无法融入当代都市物质文化生活；另一方面其自身世界观与价值观又是被给予的，因此是毫无根基和充满杂质的，比如她心目中的所谓“理想”始终与虚荣纠缠在一起，因此这种“文艺”不过是一种弱者的心理自我保护和应激反应。再看得长远一点，这种

“坚定”的理想主义是随时可以放弃并被金钱逻辑所俘虏的空壳理想主义。当许许多多小说家甚至评论家、理论家都在大力讴歌“理想主义”的时候，马小淘的文本以一种非常低调的方式，重新向我们提出了一种对“什么是真正的理想主义”的质问姿态。

我们不惜冒犯体量长度的严整性，借邵丽这部不合短篇小说规格的作品作为本小节的终结。

邵丽的《第四十圈》（《人民文学》2014年第2期）作为优秀中篇获得了2014年度“茅台杯”人民文学奖。小说叙述女作家“我”挂职中天县期间，探听到一起众说纷纭的恶性官民冲突事件。这一事件影响巨大，多年来该县与乡镇关系恶化、群体事件不绝，上至县领导、镇领导下至普通群众都对处理结果不满。同时，调查这一事件的真相又并非轻而易举，一开始人人欲语还休，到后来又人人提供不同的说法。取得突破口要落在行动上。女作家赵芫虽然挂职身份是副县长，却既要一片公心为地方办实事（例如拉来资金修一座大桥）、又要出入酒桌凭个人魅力与政治智慧折服地方干部，才有可能抽丝剥茧、打开错综复杂的关系网，还原信息来源，最终了解众多叙述者彼此对抗的个人利益与意志。小说语言的干燥与事件密集的堆叠，使得在评论当中转述这一故事变得异常困难。但我们必须从智力偷懒中警醒起来，这不是一起“罗生门”，而是可以被还原、而且应当被充分还原和充分打开的一颗携带巨量社会历史信息的压缩胶囊。

在从社会史角度全面表现当代基层生态（包括鄂豫皖三省交界的地方特性、乡镇与上级县政府之间的矛盾与合作、县政府各部门之间的关系、省项目办与县政府的关系、地方对待外来挂职干部的“潜规则”、地方“正义”观念与法理的对抗）的意义上，本篇小说堪称多年来少见的佳作；它摆脱了文学内部所通用的各色“概念”与“套路”，在触摸历史现实的地方又处处熨帖收敛，绝不图一时之快而轻易荒腔走板，这已经远远超越了我们当前所习惯的狭窄逼仄的“文学史”。

从最本分的角度说，我们让“它”说话，正是针对文学史的宰制而言的。

七、结语：继续直面生活的有限性，抑或“此处有海蛇”？

正如文中反复提到的，生活的有限性植根于我们存在的被规定性，在当前的历史环境中可以尤其被视为作家共同面对的大背景。对于一些80后的年轻作家而言，由于生活阅历更为狭窄和稀薄，他们对“生活”的定义也就相对接近“北上广”的上班族。“从日常生活出逃”变成她们的集体选择，背对生活之后的“焦虑”又成为她们的表演。另一些80后作家转向更为学院化的资源，比如“与理论话语形成互动”。尽管学院话语尚未对小说本身构成穹顶一般的宰制，然而今后这一方面的影响必然愈演愈烈。与前三种趋势相对的是，部分曾经在文坛获得高度重视的老作家在现实面前，往往采取一种稳妥的“惯性”写作；有些年轻作家并未选择正面以头撞墙，而是在文学世界之内试图创造出一种少见的“情绪”，搅扰我们的感官方式；最后，最让人赞赏的一些作家对我们生活的边界做出了勇敢的跨越，让那被现代化认识装置所压抑的“它”们发出了声音，对于21世纪农民新形象、乡里空间的可能性、少为人知的特定人群、无功利的善、空心的伪“理想主义”和中国基层纷繁复杂的关系等现实与理论命题，做出了反常识的探讨。

不幸的是，生活的有限性，是不断生成的。我们一旦突破世界的边界，一条新的地平线就会重新出现。当我们回看近年来成名作家的小说创作，如阎连科的《炸裂志》、方方《涂自强的个人悲伤》、余华的《第七天》等等，不由得惋惜这些作家未曾找回年轻时那慨然前行的锐气。我们必须不断提醒自己，因为一旦停止了前进的脚步，自我闭锁在先前的腔调之中，我们又将回到那个绘图师的命运中。

作为全文的结尾，我们重提开篇所引美国小说家泽拉兹尼《此处有龙》。

小说颇具象征和警示意味的结局是这样的：

> 一条真龙贝尔奇思终于忍无可忍，狠狠教训夜郎自大的国王与信口雌黄的绘图师之后，抓起皇家绘图师四下飞行，指点脚下江山，逼他一一标在地图上，不许他从此以龙为借口、胡乱偷懒。于是，国家走向开放，国王开始鼓励贸易，人们纷纷走出小国同其他国家学习交流。
>
> 可是有一天，当国王开始琢磨地图的四角，发现都是海洋，他召来皇家绘图师：陆地边界的海之外有什么东西？
>
> 吉伯林先生拂了拂胡子（他的胡子又完好如初了），用了很长时间研究地图，然后他拿起羽毛笔，大笔一挥（用花体字），在所有水域的边缘处写道：
>
> 此处有海蛇。

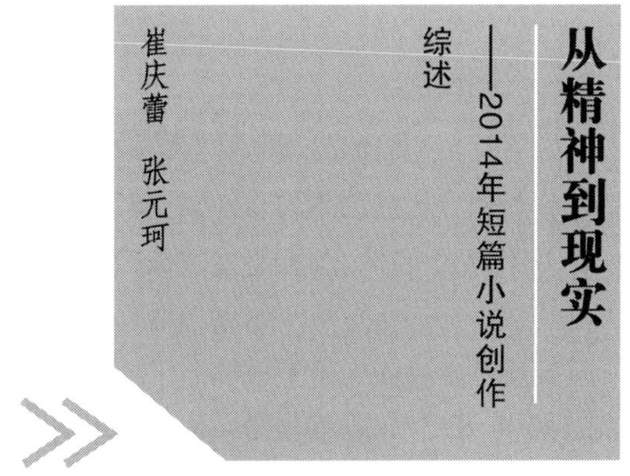

从精神到现实
——2014年短篇小说创作综述

崔庆蕾　张元珂

新世纪以来，短篇小说创作的持续发展构成了一个“繁荣”的局面，不仅“产量”较高，“质量”看上去也说得过去。但质疑和批评的声音也一直未曾间断，批评之声主要集中于两点，一是创作内容越来越“小众化”，二是创作风格越来越“技术化”。“小众化”伴随多元化而来，是多元中的一元。自从“工具论”的口号偃旗息鼓，文学一直在朝着多元和自由飞奔，这不仅是短篇小说的“时态”，也是文学共有的“时态”，但小众仅是多元的一元，不能取代多元，事物往往这样，从一个极端逃离而走向了另一个极端，这不仅是文学前进的误区也是社会发展的误区。由于篇幅容量的限制，相比较而言，短篇小说更讲究技巧，这是尽人皆知的常识，但技术仅仅是一种表达的手段，而不是小说的全部，过度的技术试验会稀释作品的内涵、抽离作品的灵魂，这也是短篇写作的一个误区。这两个误区和问题一直伴随着近些年的短篇小说创作，带着这样的两个问题来审视2014年的短篇小说创作，可以说这一年的短篇小说是有进步和改观的，一个明显的证据是这一年的小说创作增加了“现实”的比重，无论是对于“现实”的直接呈现还是从精神方面对于“现实”的投射，都给人以沉甸甸的重量感，以往那种轻飘飘甚至有严重失重感的作品少了许多。从这个角度来说，应该为2014年的短篇小说点一个“赞”。

整体来看，2014年短篇小说创作延续了过去几年的平稳态势，在波澜不惊的状态中展现出强劲的韧性。这一年，不仅尤凤伟、毕飞宇、叶兆言、范小青、陈应松、徐小斌、刘庆邦、王祥夫等老面孔在持续的向人们展现着他们丰厚的创造力，马小淘、双雪涛、蔡东、霍艳等“后来者”也有新作推出。本文以主题作为划分依据，选取不同主题下的优秀文本进行解读，希望能以此为线索对2014年的短篇小说创作情况做出概括。需要说明的是，限于精力和才力均有限，难免有遗珠之作，本文所选文本仅仅代表笔者的审美取向。

一、“底层”的言说与倾诉

随着社会经济的发展和社会结构的调整，社会整体的分化在逐步加剧。不仅是城乡两种文明的二元对立，社会人群也在发生着自我分化和自我“分级”。“底层”代表了目前社会结构中的一个庞大群体，他们有着特殊的物质生活状貌，也有着一个复杂的精神世界。对这一群体的关注成为2014年短篇小说创作的一个重要主题和方向。

安庆的《麻雀》将笔触伸向了当下中国一个庞大的社会群体：打工者。揭示了社会转型时期，城乡一体化快速发展带来的诸多矛盾，展现了世纪末以来中国最为壮观、最为复杂的社会景观。千多年来的乡村风貌、伦理道德和乡土精神受此思潮的影响而发生了翻天覆地的变化。大批农民入城，不但为资本的扩张源源不断地提供了廉价劳动力，也为社会再生产和承担社会发展成本做出了巨大贡献。然而，社会发展的成果不属于他们，他们始终是社会最底层的被压迫者和被剥削者。进入新世纪，对农民工生存现状和精神状态的关注和书写，一直就是当代作家们重点表现的对象，但这股被称之为“底层文学”的写作热潮因其对农民工和城市弱势群体苦难生活的过于夸张的描写和虚假的想象而一直备受质疑。很显然，《麻雀》不存在这方面的问题。这个小说写出了打工者的真实状态。首先，它所表现的主题不仅仅是农民工生活的艰难和所遭遇的心灵创伤，也有小人物之间的关爱和温暖。小年和小婉都是来自乡村的打工者，他们固然有着艰难的生活经历，但其相处中的那种若即若离的美好情感以及因共同的漂泊经历所引发的无意识互助行为也显得格外感人。其次，它所描写的人物形象及其情感是富于个性的。比如，小年对二年的兄弟情谊以及以武力方式保护弟弟不受伤害的行为，小碗与小叔的相聚、分离及其与小年的偶然相遇，都堪称新颖独特，富含生活气息。除此，“麻雀”作为一个小说意象也富含深意。其艺术生发作用不仅表现在烘托主题、衬托人物形象方面，在展现生活细节及小说架构方面。

同样关注打工群体，郑小驴的《赞美诗》更多关注打工群体的情感世界。小说中的“他”是谁？他是一个在劳累的白天和躁动的黑夜之间寻找理想和生命尊严的打工者。他的寻找“一直在路上”。因此，“他”就是生活中的“你”和“我”，渴望幸福，渴望成功，渴望自由，但一切似乎都是“渴望”而不可求。“他”和女孩合租一房，但从未有任何实质性来往，彼此不过以“看”的姿态审视对方。女孩看“他”，“他”也看女孩，不过，“他”的一厢情愿的向往和黑夜中的欲望，对于这个女孩来说，既是毫无意义的，也是毫不知情的。那种“同是天涯沦落人，相逢何必曾相识”的精神共鸣在此没有一点发生的可能。也许，那个女孩对“他”的评价是令人绝望的，但是，这就是生活，本相如此，人与人之间的存在也如此，哪来那么多意义？如此看，郑小驴的讲述是够冰冷的，既没有给深陷困境中的“他”以任何的希望，也没有给读者以任何喘息的机会。人性是荒凉的，故事是荒诞的，阴冷构成主色调。所谓“赞美诗”不但指向了生活的反面，而且打开了底层生活的细部，让生活中的你我看得清清楚楚、明明白白。天涯何处，人生何为，生活中的你我又该在哪一点上达成现实与生活、生命与未来的和解呢？

与安庆和郑小驴关注漂泊在外的打工群体不同，邢庆杰《孤独的玉米》则回到了打工者的家乡，关注中国乡村的政治生态与生存伦理。小说首先反映的是基层官员们的好大喜功和普通农民的势单卑微。陈绣花们的生命历程和老汉的生活遭遇让人同情。基层官员们的伤农之举让人气愤。指导生产，促收惠农，本来是乡镇一级政府所应有之义务，但基层官员扭曲的官本位思想和政绩观往往使得原本为好事的督导活动最终演变为坑农、害农的举动。这不啻为一个巨大的讽刺。作者以“我”为视角，从一个生活的横断面介入乡村生活的内部，对乡土生活中的不和谐一面给予集中反映，对其中遭遇物质损失与精神伤害的弱势群体的不幸遭遇给予关照。这至少表征了一个长期扎根于中国乡土基层社会中的现实主义作家重新打量生于斯、长于斯的乡村历史时所流露出的人文意识和人道主义情感。面对弱者，有体谅，有怜悯；面对强权，有反思，有批判。这理应是任何优秀的新文学作家所必须坚守的道德底线和审美基点。这也是一个典型的“元小说”文本。一方面，不但作家和叙述者“我”很难分开，而且还将创作的素材和过程公布于众，表现出了“反小说”写作的趋向。在文本中嵌入一个《玉米的馨香》，与《孤独的玉米》形成一个有趣的对比。这给读者参与阅读和分享作家的创作经验提供了很好的入口。另一方面，“我”既以叙述人身份参与整个故事的叙述，也以作家代理身份不断向读者交代故事和人物的真实性。“我”的存在及叙述宛然就是作家本人的行动。但“我”的叙述一直在提醒读者，这是小说，不是纪实。这营造了一种似真似幻的经验呈现效果。

张楚的《野象小姐》塑造了一个颇具正能量的底层人物。小说让人想起方方的小说《在我的开始是我的结束》，这两篇小说里都有一个“双面人”，一个是黄苏子，一个是野象鲁叶香。尽管两个角色都有身份的“分裂”的特征，但同黄苏子的沦落形象不同，野象小姐无疑是让人心生温暖的。野象既是一个医院的清洁工，又是一个迪厅的钢管舞演员；她既是人们眼中单纯善良的开心果，还是一个患有疾病的孩子的妈妈，多重的身份构成了她复杂的形象。但不管这一形象融汇了多少不同的元素，最耀眼的无疑是她乐天阳光的一面，她用自己的欢乐情绪照亮了这个阴郁潮湿的重症病房，给这一群身患重病的人带来不同的生活气息。也正因如此，她与这个重症病房的人们建立了深厚的友谊。野象这一形象具有多重内涵，她首先代表了一种底层人的生活面貌，她在医院里偷偷摸摸进行的收矿泉水瓶的“地下活动”代表了底层人的一种生存窘状，这是物质匮乏情况下的人生图景。但与物质的匮乏成反比例的是她精神的充盈与富足。与她形成鲜明对比的是这些住在重症病房里的人，她们不仅身体患有疾病，而且精神也极度萎靡，野象身上所具有的恰恰是她们最匮乏的。野象恰似一剂良药，输入给她们以生命的活力。因此，多年以后，当野象消失在她们的视野里，她们仍然念念不忘，她们所怀念的，是那一抹温暖醉人的阳光。

尽管关于“底层文学”的概念一直充满了争议，而且对于其概念的内涵与外延也难以形成共识。但可以确定的是，在这个社会结构中真实地存在着一个庞大的“底层”群体，而且恰恰是这一群体构成了当下中国社会的“地基”，对于他们生存状况和精神风貌的关注和描写将会持续下去，而且将会以此构成时代中国的一个重要镜像。

二、青春的创伤与迷茫

一直以来，青春叙事都是文学叙事的重要母题，在2014年的短篇小说中，这一主题占据了相当大的比例。在这些优秀文本中，对青春创伤和迷茫的展现成为重要的内容。

蔡东《我们的塔希提》展现青年一代自我的矛盾与迷茫。春丽、麦思、高羽是这个短篇小说中的三个人物。他们彼此熟悉，相互了解，但对生活和理想各有各的看法。无论辞职专事写作的春丽，寻求安稳生活的麦思，还是对工作厌烦的高羽，都以自己的标准看待生活，维持情感，寻找理想，但他们生活、情感、理想皆没有达成所愿。因为他们看问题的角度不同，人生道路不同，彼此隔膜，互不融通，甚至引发敌意，就实属难免。何谓幸福、自由和理想？那答案不过是按“我”所愿去生活，去追求，去实践。小说对当下青年人生活现状的反映和对精神状态的揭示都引人深思，引发青年一代人的情感共鸣。深圳和留州两个地名也富有象征意义。作为现代化大都市的深圳是现代文明的象征，它的开放与自由，它的前卫与摩登，都对青年一代构成了巨大的吸引力。作为县城的留州是乡土中国的象征，他的封闭与保守，它的势利与落后，都对青年人的精神和理想造成了压力。春丽、麦思、高羽在深圳和留州之间来回流转，既遭受着双重的精神煎熬，也忍受着无路可走、无路可退的困境。他们无法忍受亲人的势利眼光，也不能预知在都市里的前景。小说很真切地揭示了一个时代的精神气候，反映了当代青年作家敏锐的眼光、介入生活的深度和开放的写作姿态。

徐小斌《无为》讲述一个青年人在追梦路上的沦落与醒悟。文学青年杰有着自己执着的梦想，他混迹在娱乐圈里，逢场作戏、闪转腾挪，为了实现自己的目的不择手段，连爱情都是可以利用的工具。朵美、珊妮，不管对他是否忠诚，最后都无一例外成为他前行路上的祭品。他在寻找，寻找一个呼风唤雨的英雄，寻找一个忠贞不二的女子。但他的寻找注定是无果的，他的梦想注定是要落空的，在资本和利益当道的圈子里，他挣扎的力量微弱到可以忽略不计。在最终落得个一无所有的下场之后，杰终于看到一个真实的自己，尽管他已千疮百孔。我愿将此看成是一种归来，每个人只有在清醒地认清自己之后方才可能找到自己的方向。与杰相比，朵美、珊妮这些漂浮在那个浮躁圈子里的人同样也是一群迷途的羔羊，她们都是资本的棋子和奴隶，沉浮之间，都有双利益的手在背后翻飞。杰在早些年的时候觉得七十七年人生太短，而几经沉浮之后又觉得七十七年太长，这一看法的转变皆因他的生命始终处于“无为”与虚空的状态中。

朱个的《秘密》塑造了一个“多余人”的形象，主人公左辉像一个“流浪汉”，他喜欢背着相机穿戴整齐地参加陌生人的婚礼，在一群陌生人中间听他们的交谈，用相机记录下一个个永不回来的瞬间。他也喜欢一个人漫无目的地乘坐一辆火车，走到终点然后再走回起点。他像一个现代生活的“多余人”，像一个影子一样穿行在喧嚣的人群中。在他又一次故技重施时，他发现了一个秘密，这个秘密让他邂逅了一个姑娘，姑娘被他的气质所吸引，然而，这个美丽相遇并没有让他开始一段正常人的幸福生活，相反却发现自己丧失了爱的能力。怀揣着这样一个秘密的左辉与婚礼上的新郎新娘形成了鲜明的对比，他游离在生活之外，像是一个“多余人”。在这篇小说中，朱个的叙述含蓄而节制，在结构上也采用了蒙太奇式的手法，小说的情节在各种镜头的推拉摇椅中呈现出唯美冷峻的风格。热闹的婚礼与冷艳的美人、炽热的情欲与低沉的悲伤都在朱个的讲述中像一面面光影不断闪现。小说不是为了讲述一个充满悬念的秘密，而是为了呈现一个有着“秘密”的“多余人”。

将马小淘《章某某》划入此类是因为其叙事背景主要在校园内，但很显然这篇小说的关注点并非局限于大学生活，而是对年青一代的成长做出了更深刻的反思。章某某来自一个西南三线城市，从十岁起她在那个小城市成为了“名人”，因为她曾被当地电视台看中做了六年少儿节目的主持人。这份荣耀与光环一直陪伴了她许久，直到考上大学进入大城市才清楚地意识到自己的差距和现实的残酷。于她而言，大学并不是“圆梦之旅”，而是“梦醒时分”，四年大学生活的屡战屡败让她终于清醒地认识了自己，但这种成长无疑是苦涩的，挣扎的，是对于过去的含泪告别，亦是对未来理想的撕裂与埋葬。马小淘用冷静的笔触勾勒出年轻人成长的阵痛，章某某的人生走向固然有其个人化的内在原因，但也映现出时代整体的诸多症候。

三、知青记忆与反思

知青生活是一代人的整体记忆，也是中国历史无法抹去的一个“标签”。在这一历史已经过去的三十多年里，以此为背景形成的小说文本不计其数。尽管数量众多，但每一次的呈现和阅读似乎总能给人带来深思和震撼。在2014年的短篇小说中，这类主题亦有佳作涌现，而尤其难能可贵的是，这些文本所展现出的探索精神，它们试图从新的角度来重现和反思这一段历史。

张学东《小幻想曲》将反思的目光回溯到“文革”时期。小说中的羊角村当然是作者虚构的一个地名，但其所负载的历史信息则是共通的，即上个世纪的那场知识青年“上山下乡”运动对其造成的正反两方面的影响内在而深远地留存于民族记忆中。不过，作者并没有描写这种创伤性的历史记忆，而是假借一个孩子的眼光，透视了那个年代人们的生活样态和精神动态。

茬蓝头是一个乡村野孩子。他的整日游荡和野性生活固然是那个年代农村孩子童年时期的一个生活缩影，但是阶级运动、自然灾害等天灾人祸对他们造成身心伤害也是有目共睹的。饥荒来临，对于孩子来说，“吃”是天大的问题，当“整日就靠想入非非来填充”，“在梦里吃上一遍又一遍”来摆脱饥饿感的时候，人性的卑微、生活的残酷和历史的荒唐就一并被赤裸裸地呈现了出来。然而，小说是一种修辞的艺术。作者以修辞方式进入关于历史的表现，也以修辞方式进入关于历史的审美化理解。这样，孩子们的抓鸡拔毛和关于吃鸡的种种想法就具有了巨大的艺术力量。茬蓝头们的率性天真、最后想看望李桃老师的想法，以及藏鸡成功然而烂掉的场景，充分展现了孩子们的本能愿望和历史的必然结局构成了巨大冲突。但当孩子的本能愿望最终落空，那种人性的悲悯和历史的反讽便瞬间铺面而来了。小说因为有了这种气息而让人久久沉思。

陈启文《梦魇》也是一篇知青题材的小说。但其对人性的深度展示又超出了同类题材小说。小说以1976的“文革”时间为背景，主人公文零是一个上级派下来的人，他一个人孤身来到了偏僻的烟波尾。烟波尾虽然有着好听的名字，却是一个远离主流社会、生活条件艰苦的地方，更重要的是这里像一个世外桃源，有着一套自足的近乎封闭的秩序体系。文零像一个闯入者，带给了这个小地方许多新鲜感。但这种新鲜感又并不全是积极的、欢乐的，还有一些负面的、阴郁的。就像叙述者“我”所感受到的那样，文零带给了“我”一场多年挥之不去的梦魇。文零是烟波尾人眼中的异类，因为他的性取向与人们的价值观相悖，他一直试图掩盖这样的一个秘密，却被“我”无意中窥见了。在这样一个封闭而又传统的小地方，这样的秘密被揭开意味着一场灾难的降临。文零被孤立、被耻笑。尽管湖州上的放逐生活让文零的性情有所改变，但在那样的时代环境下，文零的内心注定是压抑的、孤独的。不被理解的他最悄无声息地终消失在人们的视线中，于他而言这是一种解脱，在那个集体无意识的环境里，或许只有孤独才是他最好的伙伴。陈启文在这里不仅关注时代的演变，更关注特殊环境下的个体命运。文零是一个生活在时代秩序之外的“他者”，他也最终逃离了那个一直排斥他的世界。

同样是发生在“文革”背景下的故事，董立勃的《哑巴》则充满了浓浓的温情。多年来，董立勃一直在打造属于自己的文学王国——下野地。《白豆》《米香》《静静的下野地》都是他成功探索的见证。在《哑巴》这个文本中，辽远边疆的异域风情自然仍是小说的重要构成元素，但董立勃更着意表现的却是人性的温暖，而哑巴朱顺承担起了这个重要的表达使命。朱顺和弟弟朱民以及年迈的母亲从遥远的内地跋涉而来，他们希望在新疆这个陌生的地方走出具有地主身份的父亲的阴影，他们的父亲在“土改”中被作为革命对象革了命，他们因此选择了“出走”。尽管这次出走让他们获得了短暂的安宁，但随之而来的“文革”却让噩梦重现。“文革”不仅让整个社会迅速分化，也让这个家庭瞬间解体——尽管其中夹杂着主动妥协的成分。朱民为了能结婚，不得不宣布与带着“地主婆”帽子的母亲以及哑巴哥哥断绝母子关系、兄弟关系，同时还在批斗大会上扇了母亲一个耳光、踢了哥哥一脚，但在这个事情上，母亲和哥哥显示出了极大的包容，他们以自我的牺牲完成对于朱民的成全，这种超越生死的包容与“文革”时期六亲不认的癫狂氛围形成了鲜明的对比。小说另外颇具温暖的一幕是哑巴朱顺与造反派汪兴启的老婆春桃的关系，尽管一切都蒙着一层缥缈的面纱，尽管他逸出了生活逻辑和道德伦理，但毫无疑问春桃温暖了寂寞而又孤独的哑巴，她让哑巴感受到温暖与欢爱，让小说升腾起阵阵暖意、散发出人性的光泽。

四、我们的“父亲母亲”

时代的快速发展正在不断解构着已有的伦理体系，建立在农耕文明基础上的传统伦理正在远离我们，新的伦理关系正在形成。在此语境下，家庭伦理也发生了诸多微妙的变化。2014年的短篇小说中有相当多的篇幅在关注着新时代语境下的家庭伦理，塑造出了不同以往的“父亲母亲”形象。

黄咏梅的《父亲的后视镜》讲述老人故事，展现老人情感，揭示老人心理。对老人精神世界的关注成为黄咏梅近年来小说创作中的一个引人注目的现象。《父亲的后视镜》中的父亲曾经是一位精力旺盛的卡车司机，他走南闯北的经历及那些“出轨”往事，都可作为一个时代的历史及特殊条件下精神成长的见证。然而这些似乎又不是作者所要重点展现的，其所聚焦的是这位司机晚年的生活经历和精神状态。他在倒行中所遭遇的“艳遇”及那位老女人的亲密交往真乃荒唐不经，他遭遇诈骗的结局及其父亲的反映在让我们心生同情而又感到啼笑皆非，他学习游泳的过程及运河里游泳的经历又向我们展示了其幽默而又充满生命活力的独异风景。总之，小说以“我”为叙述人，透过“我”的视野，呈现了一位具有鲜明个性和丰富的生命内涵的老人形象。作者的讲述客观、冷静，对小说中的人对事不轻易做出主观性评价，只呈现一个画面、一个场景和一个人物。至于画面怎样，场景如何，人物好不好，这一切就都交给读者去评判了。

双雪涛的《大师》也讲述一个与父亲有关的故事。《大师》中的父亲在日常生活和内在精神方面都有其固定的处事方式和生活法则，堪称民间社会中的自在、自足存在的传奇人物。《大师》与阿城的《棋王》堪称小说创作中的“双子星座”，如果说后者侧重展现一种富含道家色彩的传统文化人格，从而为在“上山下乡”时期知青寻找生存之根、生活之托和精神之源的话，那么，前者就不再聚焦这种文化人格的建构，而是集中表现茫茫人海中极少数个体的生活世界，用作家的话说，就是“《大师》写了一种生活，也许是献祭，或者是别的，总归是一种人的生活，不是大多数人的生活”。此外，作家写这篇小说的初衷也有其先在目的：“我的父亲活得不算长，可是已经赢得了我的尊敬和思念，他极聪明，也极傻，一生匆匆而过，干了不少蠢事，也被少数几个人真正爱着。没有人知道他。《大师》不是为他做传，因为完全不是他的故事，但是《大师》某种程度上是我的决心，我希望能把在他那继承下的东西写在纸上。”（上述引文见《让我们来做滑稽的人》）大概这篇小说就是要为那些“极聪明，也极傻，干了不少蠢事，也被少数几个人真正爱着”的人立传。当然，这样的写作自然是心血之作，寄托了作家本人深厚的情感。

毕飞宇《虚拟》同样也是关注老年人的精神世界。小说书写了祖父、父亲和“我”三代人，而主要的笔墨则挥洒在祖父和父亲身上，“我”是一个叙述视角，也是一个故事的参与者。祖父是一个在当地颇有名气的中学退休校长，他的人生辉煌而充满传奇，父亲则是一名比较普通的教育局职员，一生平淡。祖父的耀眼光芒并未给父亲的人生带来太多的帮助，反而是生成了一张压抑的大网，这张网罩住了父亲的一生，直到祖父去世，父亲都未能从这张网中走出来。祖父用他的勤恳和敬业建构了自己的事业大厦，然而这种成功建筑在对家庭的疏离上，作为一个父亲，祖父没能认真陪伴儿子的成长，他把他的爱给了他的学生们。从社会道德的角度来讲，祖父无疑是一个楷模式的人物，他也确实因此享尽了殊荣，他成为了风云人物，并登上了新闻报纸的专版。但对于家庭而言，祖父无疑是一个失败的父亲，他没能尽到家庭的责任和父亲的义务。从青年时代起，祖父与父亲的隔膜便已生成，一生未解。祖父去世前的心愿清晰地表明了他其实活在一个虚拟的世界里，这个世界充满了形而上的宗教感，而缺少了人间的烟火气。为了完成祖父的遗愿，我不得不违背祖父的指示进行“做假”，然而，铺满一地的“虚拟”的花圈却没有一个是来自父亲的，那个被祖父视若生命的冰冷的数字能抵得上父亲的一滴眼泪么？

孙未《告别》展现了“母亲”形象的另外一幅面孔，小说以一个大家庭的一次生死经历为故事线索。一向精明强干的母亲被诊断患上了癌症，而且已经没有治愈的可能。剩余的家庭成员父亲、儿子、女儿在这样的情形下艰难地向母亲“告别”，他们考虑到母亲的知识分子身份选择了向她告知病情，而不是隐瞒病情。然而一向强势的母亲并未真正相信他们的话，在交代后事的过程中，当母亲准备把一生的积蓄交出来时，她的猜疑达到了顶点。她停止了交代，同时质疑家人的动机。此后，母亲变成了一个斗士，她要与死神做斗争，同时也在与“宣布”了她生命即将终止的家人在暗斗，母亲的求生欲望蓬勃旺盛。然而，癌症的诊断后来被证明是一次误诊，情节的反转带来的不止是喜悦的讯息，还有母亲性情的突变，“死而复生”的母亲并没有大家想象中的高兴，经历了一场生死煎熬之后母亲变得温顺沉默了许多，她不再是那个餐桌上声音洪亮滔滔不绝的“老师”，她不再“指点江山”，也不再指手画脚。母亲由此次误诊经历得到的是对生命的顿悟和升华，她像一个看透红尘的高人，拥有了一种豁达通透的心胸和性情。在这篇小说中，告别有两层含义，在误诊的两周时间里，我们整个家庭在悲痛中向母亲告别，而在误诊消除之后，是母亲在向过去的自己告别，可以说，在这样一个残酷而又充满戏剧性的误诊事件里，母亲获得了一次“新生”，她蜕变出了一个全新的自我。

邓一光《我们叫做家乡的地方》展示了两代人的生活错位和各自的困顿与迷茫，与方方中篇小说《涂自强的个人悲伤》有几分相似之处。但相比于方方对涂自强个人生命历程的细致描写，邓一光的这篇小说的线索更为复杂。除了对“农二代”进城之后生活困境的揭示，还展现家庭关系的分裂和亲情的沉重沦陷。小说中，哥哥对父亲母亲难以释怀的仇恨和兄弟之间的长期隔绝、互不往来，让人倍感压抑，而母亲只求一死的决定和我进退两难的工作现状都给小说平添了绝望的气氛。但好在一切都还有希望，因为尽管哥哥心意已决，“我”与母亲都还未曾放弃，我们之间还有一个叫作家乡的地方联结着我们。沉重的苦难将这个贫苦的家庭割开成一个个孤绝的小岛，但总有一条看不见的线将彼此相连，在一些时刻将四散开来的目光重聚，这便是我们的家乡以及永远相连的血脉。

五、“精英群体”的困顿与挣扎

在社会整体结构中，以知识分子为代表的精英群体往往被视为上层的代表。单从知识角度划分，这是毋庸置疑的。但是在新的时代语境下，知识分子的话语权在不断被削弱，尤其是商业化浪潮的冲击，让这一群体的地位更加尴尬。如何在困窘的现实中寻得精神和物质的平衡成为一大难题。蒋一谈《在酒楼上》、王威廉《佩索阿的爱情》与霍艳《无人之境》在这方面进行了有效的探索。

鲁迅的《在酒楼上》反映了五四一代青年知识分子精神的苦闷和彷徨，蒋一谈的《在酒楼上》继续书写知识者的感伤主题，当然其时代背景及主题意向已不可同日而语了。“我”不仅事业困顿，情感陷于困境，而且未来也不甚明了。自我救赎的方法和力量到底在哪里？这不仅是这位拥有博士学位的历史老师所面临的生活和精神的危机，也是所有漂泊于大都市中的当代青年知识者的一个缩影。如同鲁迅笔下的吕纬甫所遭遇的深重的人生迷茫一样，“我”也处于人生的另一个十字路口上，不仅与相处五年的女友有了情感上的割裂，也萌生了逃避生活意念。摆在“我”面前的路有两条：一是接受姑姑的500万财产，前提是以照顾残疾者阿明从而失去自由、丢掉理想为代价；二是继续为理想、事业而奋斗，以实现自我人生价值。两者较量的结果是，后者战胜了前者，“我”重新回到了人生的正道。因此，“我”的初时迷茫终则重燃希望之火的人生抉择，与吕纬甫的彻底的颓废消沉相比，就有了完全不同的生命意义。小说中的姑姑对儿子的生存现状和未来生活不忍弃之又无可无奈何的心态又一次诠释了母爱的隐忍和伟大，但其身患绝症后对生活和生命的态度也足以让深处世俗生活的你我深思。总之，这是一篇能够带给你我心灵的感应和人生的启迪的优秀作品，值得细加品读。

王威廉《佩索阿的爱情》聚焦于诗人的情感世界，佩索阿是葡萄牙诗人。他一直爱着那个打字小姐，但与其分手后终生未娶。有关他的情感经历一直是个谜。小说以“佩索阿的爱情”为题目，并以此作为凸显主题意蕴的线索，显然有其深刻的含义。他和阿丽都喜欢佩索阿，并因此一度成为恋人，但当两人曾经的甜蜜相处最终因阿丽的突然消失而轰然倒塌之时，有关爱情的真谛又一次进入我们探讨的视野。我们不禁问，爱情之于他和阿丽的意义，仅是发生而不拥有的关系吗？他俩的爱情经历就如同佩索阿与打字小姐的爱情一样，都最终走向了存在过但不能拥有的悖论。这到底是喜剧还是悲剧呢？按照常识，我们可能会说，爱情本无对错，双方共同分享幸福，也要一同承担责任，但正所谓“一个人的死亡，不仅仅是肉身的衰败，还是一个特定世界的消亡。而我们的生活的这个世界之所以存在，正是依赖于无数个特定世界的重叠”一样，他和阿丽的爱情的发生与消亡也就多少蕴含了一点生命哲理意味。这种“哲理意味”应该是这个短篇最吸引人的地方。文末他的梦境很有意味。他在梦中与阿丽的相见以及对爱情破裂原因的呈现，其实都是一种无意识在其精神深处长久沉淀的结果。这正好呼应了开头的一幕，他俩的爱情因为佩索阿而结缘，也因为他而走向分裂。现实中的阿丽到底在哪？他们会不会破镜重圆换？这些都不重要了。他已经先入为主地主导这场爱情的发生和消亡。

霍艳《无人之境》以作家这一群体为展现对象，塑造了楚源、柴柴、方红等一系小说家、诗人形象。小说的出彩之处在于作者不仅通过塑造不同代际作家群体的方式展现了作家自我生命的跋涉过程，同时揭示出这一群体的精神空虚和苦闷。楚源作为一个成名已久的作家并不像众多读者粉丝想象的那般风光，他面临着生理的、精神的、现实的多重困境。他在一次颁奖会上遇到与自己女儿年龄相仿的作家柴柴陷入了不可遏制的疯狂之中，他不由自主的被吸引并最终心甘情愿地沦陷在这段不伦之恋里。那个通过小说作品俘获了众多读者的楚源不见了，一个带着苍老颓废气息的楚源浮现在人们眼前。但这又不是一段感天动地、海枯石烂的爱情，二人从一开始就约定般克制着，似乎投入越深结束的就越快。这是一种独属于知识分子的爱情观？还是出于对道德伦理的一种敬畏？从小说线索来看，似乎前者的成分更多一些。但不管怎样，两代作家的精神苦闷都是醒目而深重的。

六、民间故事与历史寓言

在短篇小说创作中，由于篇幅的限制，历史小说比较少见，但这并不能消减短篇小说家对于历史的兴趣。虽然无法直接铺展历史事件，但借助于民间故事与历史寓言这样的内容，仍可以有效地展开对于历史、文化、人性的深度呈现，当然，这样的文本需要巧妙的构思和精致的结构作为前提。

秦岭《女人和狐狸的一个上午》是一篇典型的寓言小说。故事构成了文本的基本形态。不同的故事连贯成情节，使得小说产生了极强的可读性。男人不断猎杀狐狸，狐狸在担惊受怕中也嫉恨着男人，母狐在痛苦中目睹丈夫的被杀，男人妻子与母狐在干旱年景中因生存而狭路相逢……这些大大小小的事件都有特定的寓意。人类对皮草的需求导致了男主人对狐的大肆猎杀，其与狐的紧张对立及矛盾的不可消解将人类的欲望和对自然的无节制掠夺本性揭示得淋漓尽致；女人与母狐的相互猜忌及心灵的不可通约性隐喻了人性的复杂，其最后双双夭亡于水缸中也将个体人性中的善意和命运的无偿揭示得触目惊心；两个怀孕的生命个体发出的彼此不能理解的信息将本能的母性之爱和女人们的善意诉求也彰显得格外感人。

这也是一则悲剧故事。母狐带来杜鹃花，女主人百思不解；女主人发出救助信息，母狐同样不可理解。母狐因惊吓而掉进缸里，女主人因救助她而挂在缸沿上。本来，彼此之间因无法沟通而丧命就是一个很大的悲剧了，而“诚意”的不被理解并因此而命丧黄泉，这又是怎样一个巨大悲剧啊！死亡是人类最为触目惊心的事件。它带给读者带来诉说不尽又的、无以言表的生命体验和形而上思考。“杜鹃花”作为意象在小说中的几次出现，开头和结尾出现的男人和女人的简洁对话，也都是有意味的形式，也是小说艺术性生发的重要来源。

王方晨《大马士革剃刀》则聚焦于民间文化。小说讲述了一段老济南老实街上发生的故事。老实街上的人们以“老实”为荣，并以此作为行动指南。作为不成文的礼法“老实”精神一旦内化到精神深处，便成为老实街人日常行事、交际往来和人格塑造的不二法门。如果说开百货店的左门鼻是这种精神意识的代表者和护卫者，那么，外来租房开理发店的陈玉伋则是此种精神的最完美的被塑造者。他俩由此而产生的高古情谊以及在老实街的扬名更是将“老实”的个人品行和民间规约诠释得淋漓尽致。然而，小说所呈现的经验又不仅限于此，而是在“老实”精神和规约背后又衍生了深层的命意。关于谁是虐猫事件的元凶，其实，这样的笔法对于稍读先锋小说的读者来说并无新意，但它被置入文本场域中，并有意成为比衬左门鼻和陈玉伋之间的隐秘心理和人际关系时，却成为文本艺术性生发的主要来源。无论叙述者的有意提示还是读者的积极参悟，即使都能标示一个八九不离十的结论，但陈玉伋最后离开老实街的结局也足以引领读者对其高古情谊背后的心理动态和精神内面保有莫大的求知兴趣。这也是小说作为修辞的叙事所展现出的巨大魅力。因此，作为这个短篇最具核心的叙述行动的虐猫事件最终成为推动小说情节发展和呈现人性真实风景的主导事件。陈玉伋女儿重返老实街，老实街已今非昔比，即使剃刀重现真容，也不过为一段故事和情感徒增一份物是人非的怅惘罢了。不过，这是一种作为叙述艺术的小说所独有的意味，有了这种意味，小说才不干巴，才是上等的小说！

石舒清《公冶长》借助于历史故事，展现了民间文化的丰富与浑厚。小说通过对《公冶长》故事的“新解”再次展现了民间资源的广袤与博大。公冶长本是孔子的一个得意门生，是七十二贤之一，他因能听懂鸟语而被人们所熟知，这是正统文化体系中的公冶长形象。在民间话语体系内，公冶长的故事却是另外一幅面貌。在孙贵的故事里，公冶长与鸟无关，与蟒蛇有关，他在上山砍柴途中撞见母蟒蛇偷情而面临危险，母蟒蛇诬陷公冶长攻击自己，被谎言蒙蔽的公蟒蛇气势汹汹前来复仇，然而知晓内情后，公蟒蛇放过了公冶长母子，转身回去杀死了母蟒蛇。整个故事由孙贵父子合力完成，但在一些细节上父子二人又不完全相同，这显示了民间文化的丰富性。与公冶长的故事形成“复调”线索的是民间文学家孙富生与木匠孙贵的现实对话与精神碰撞，两个人的知识背景千差万别，是民间文化将二人联系在了一起，孙贵的“讲”与孙富生的“写”构成了一种文化的交融与传承。毫无疑问，孙贵的故事不仅大大有益于孙富生的采录工作，而且在某种程度上也是对传统文化的“补充”与“扩写”。这两条线索在小说中交互缠绕，共同行进，演奏出动人的文化交融的变奏曲。

结语

与中、长篇小说的厚重、大气不同，短篇小说的优势在于轻巧灵活，在于切入角度的多变及对现实反应的迅捷，但是这种“轻”的特质是偏重于结构和形式的，它并不意味着内涵的简单。相反，我认为短篇小说要真正具有文学史的品质，必须具有“举重若轻”的能力，必须能够以轻巧的形式介入厚重的现实和历史，唯有如此，才可能具有重量和分量，才可能具有经典的品质，才可能承担起自身的文学使命。2014年的短篇小说创作除了展现出强劲的韧性之外，另外一抹亮色来自“80后”作家的创作越有越有“厚度”，越来越有“重量”，这一点与早些年“80后”初登文坛时的喧闹浮躁形成了鲜明的对比。不管是哪一代人，没有“重量”的作品是不可能留在文学史上的。也许是时光的雕刻改变了他们，也许是他们的一种自觉追求，但不管怎样，这些作品呈现出的勇于担当的姿态是令人欣慰的，我们也因此而对小说写作的未来充满期待。

附：2014年度优秀短篇小说推荐篇目

1.晓苏《传染记》，《天涯》第2期
2.秦岭《女人和狐狸的一个上午》，《人民文学》第9期
3.蔡东《我们的塔希提》，《收获》5期
4.乔叶《黄金时间》，《花城》第1期
5.黄咏梅《父亲的后视镜》，《钟山》第1期
6.双雪涛《大师》，《西湖》第6期
7.王方晨《大马士革剃刀》，《天涯》2014年第4期
8.安庆《麻雀》，《文艺风尚》第9期
9.蒋一谈《在酒楼上》，《人民文学》第2期
10.邢庆杰《孤独的玉米》，《北京文学》第12期
11.王威廉《佩索阿的爱情》，《作家》第7期
12.郑小驴《赞美诗》，《人民文学》第9期

13.张学东《小幻想曲》，《天涯》第4期
14.曹文轩《小尾巴》，《人民文学》第6期
15.石舒清《公冶长》，《十月》第1期
16.张楚《野象小姐》，《人民文学》第1期
17.邓一光《我们叫做家乡的地方》，《广州文艺》第1期
18.孙未《告别》，《收获》第2期
19.朱个《秘密》，《收获》第4期
20.毕飞宇《虚拟》，《钟山》第1期
21.陈启文《梦魇》，《花城》第3期
22.董立勃《哑巴》，《作家》第4期
23.马小淘《章某某》，《收获》第5期
24.霍艳《无人之境》，《收获》第4期
25.王方晨《大马士革剃刀》，《天涯》第4期

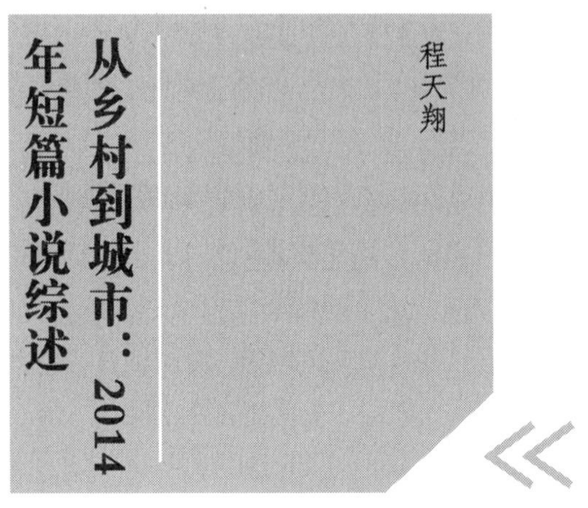

从乡村到城市：2014年短篇小说综述

程天翔

在文学这个家庭成员众多的大家庭中，短篇小说似乎变成了一个热闹绝缘体，进入新世纪以来，一直不温不火。2014年的短篇小说并没有走出不同以往的步调，没有什么爆发性事件夺人眼球，依旧发展平稳——或可说是过于平稳了。“水波不兴，暗流涌动”，今年的短篇小说印象大抵如是，它正在进入一种常态化、惯性化的书写模式。经过对2014年短篇小说的全面梳理，可以发现一个很有意思的问题，今年中国城镇人口完全超越农业人口，占比达到55%。与之相对应的是，短篇小说在题材比重上也发生了变化，势头正劲的城市题材已逐渐取代日益衰落的乡村书写，成为当前的创作主流。乡村作为小说的取材重镇，自然不乏优秀、成熟之作，但与城市题材小说相比，它在内容、主题等方面，似乎已找不到新的“生长点”。乡村题材和城市题材的一衰一兴之间，恰恰反映了中国社会从乡村文明向城市文明的时代转型。虽然短篇小说在国家如火如荼的城市化进程中找到了新的发展方向，但受制于文学整体影响力下降之局，短篇小说目前也面临着诸多问题。一是当前功利化创作思想盛行，一些作家因为“回报少、价值感低”而轻视短篇小说创作，导致短篇小说的重要性下降；二是数字化阅读等新兴媒体的搅局、出版机构对选题的畸形引导以及快餐文学的流行，致使短篇小说的读者数量锐减；三是短篇小说面临着“怎么写”的问题。评论家段崇轩认为，现代短篇小说在表现形式上已然成熟，文体形成模式后，也即是僵化的开始。近年来的短篇小说领域，已经看不到艺术形式上的创新潮流，在表现方法和手法上也似乎“山穷水尽”了。艺术上的保守僵化，直接制约了短篇小说小说创作的变革和发展。市场浮躁，众声喧嚣，更应看到那些作家中“沉默的大多数”，他们选择默默耕耘，继续向着作品的探索性、突破性、原创性掘进。当然，平静的表面下也有暗流，2013年门罗的获奖余温未散，这对短篇小说多少起到了正面的刺激作用，作品数量有所抬头；而随着今年中央文艺座谈会的召开，文学的位置提升，作家队伍备受鼓舞，相信文学创作活动也将在一段时间内达到一个小高潮。

对于2014年的短篇小说来说，国家核心期刊仍是优秀之作的重要展示平台。《人民文学》今年分期推出了儿童文学、网络文学、武侠、军事等短篇小说专题。一些刊物重视对年轻作家的挖掘和扶持，像《作家》《朔方》还专门推出了90后作品专栏，《小说选刊》甚至选载了30位80后作家的作品，这在以前是绝无仅有的。而向来与传统严肃文学不怎么交界的网络方面，今年的互动也是明显增多。比如知名网站豆瓣通过“单行本”或组织对网络文学短篇年度作品的评选与评奖，力使短篇小说成为网络文学新的热点或抓手。比如张佳嘉《从你的全世界走过》的“意外”畅销，四篇小故事被卖出影视版权，这让很多人发现网络文学中真正最有生产力的，并非长篇，而是从博客体、论坛体到140字的微博体，以及到现在的微信体等各种“语体实验”微文本——这些实验，都逐渐被网络文学中的所谓主流即商业类型小说和虚构与非虚构的其他长篇文本所吸收和消化，并在“经典化”和“主流化”的过程中，被影视剧等吸纳成为其“畅销元素”。这种从先锋实验的语体，到主流类型的文本，再到大众文化现象，都需要专门的研究和梳理。张佳嘉的作品其实就是在“微博阵营上用新语体来讲的中短篇故事”，它的走势和影视噱头，其实还代表着一个风向标，就是商业推手和资本玩家，“意外”地发现了“中短篇”也是可以商业化的。事实上，无论是创作者的心态，还是读者的接受心理结构，或是评论家的评价、评选体系，短篇小说和是网文界都是“最不具有差异”（相对比网络类型小说而言）、最容易沟通与融合的。传统短篇小说与网络平台的暧昧关系，也许会为日渐冷落的短篇小说找到未来发展的全新路径。

具体从作品来看，2014年的短篇小说在平稳中前行，在思考中探索，涌现出了诸多优秀之作。以下列举的作品全部出自传统文学期刊，但因目力所限，难免挂一漏万，忽略掉其他重要作品。对于出版的短篇小说集和网络文学作品，就未能兼顾到，特此说明。

对纷杂世相的真实投影

有学者曾用文体特质来分析小说，认为长篇小说惯常采用时间结构，而短篇小说则采用空间结构。长篇小说描写人间生活的纵面，富于时间连续性质。短篇小说则表现人生横断面，富于暗示气质，以“部分暗示全体”的方式对生活作片段的呈现。因此，短篇小说的空间结构被看作是更具表现现代人把握“此在”的思维特点的“现代性”。通览今年的小说，那些直指当下现实，对杂纷世相、幽微人性及各种社会问题进行真实投影的作品令人印象深刻。刘庆邦的《贴》继续描写矿工生活，借一个亡灵的视角来审视矿工一族的“生之多艰”，构思奇特，叙述低回，字里行间饱蘸泣血之情，催人泪下。可与之对照阅读的，是陈应松的《铁疙瘩》。小说通过记叙底层劳动人民之死，以“骨渣子、彩石子、铁疙瘩、舍利”等物象喻示死者裴和尚被分割的灵魂，强烈批判了社会的残酷和人性的冷漠。张楚的《野象小姐》写了几个身患癌症、久病成友的女人，她们彼此的关系折射了当下社会的复杂特征，对人性的真与善进行深刻定位。雷默的《正在消失的模样》以照片映现人心世道，深刻展现小人物的悲剧命运。郑小驴的《赞美诗》通过描写“北漂”青年对一起合租的女孩的情感变化，在赞美与诅咒之间产生撕裂尊严的错位，让读者直面现实之痛。张敦的《夜路》也是一篇描写“北漂”生活的小说，主人公面对大城市环境的风云变幻，身体与心灵都承受着巨大压力，面对未来感到迷茫无路，如同置身于夜雾之中，“被北京搞阳痿”之言印证了年轻一代在外乡生存之不易。吴君的《关外》、柏祥伟的《火烧》、李心丽的《腊月》、陈再见的《人物二题》等，或写“贱民”的血泪人生，或写年轻漂泊者的困难艰辛，或写“打工者”的美好人性，这些作品将笔触伸向当前的底层民众，真实展现了这个群体的生存境况。

范小青的《南来北往谁是客》采用第一人称视角展开叙述，通过一场滑稽可笑的房屋租赁风波，深刻揭示出现代人的生存境遇和精神生态。胡学文的《米高和张吾同》演绎了一个令人啼笑皆非的故事，主人公米高寻找张吾同的经历从侧面反映了城市人与人的紧张关系，小说以科学理论“蝴蝶效应”来喻示生活，堪为巧妙。蔡骏的《北京一夜》延续了他一贯的悬疑手法，通过一个吊诡凄美的爱情故事来表现生死大事在现代人伦关系中的异变。鲁敏的《万有引力》、盛可以的《弥留之际》、薛友津的《一九七一年的思想汇报》、张漫清的《珍珍在幸福路》等，此类作品用荒诞不经的笔法折射人性与现实的复杂关系，体现出了较高的艺术品质。

毕飞宇的《虚拟》延续去年《大雨如注》的风格，反思中国式教育，讲述一个家庭里三代人的家庭生活和亲情恩怨，就如何认识、对待前辈人的精神信仰，怎样承传、重建现代人的理想信念等问题进行了探索。朱日亮的《自行车》同样涉及了教育话题，以“自行车”为线索，表面是写孩子，实则指向他们的父母及家庭，以此来反映社会剧烈转型时期各阶层之间的分化与组合。李落落的《两个王小梅》则将笔墨落于冒名上学这一社会话题，重点写平民百姓与官宦人家的冲突，为社会资源分配不公的现象大声疾呼。哲贵的《酒桌上》记叙了一场饭局，篇幅很短，依靠对人物语言、动作及心理的捕捉，将小说中不同身份的几个人物刻画得颇为传神，而人物关系的勾连又从侧面表现出社会上亲权拜金的时代症候。葛亮的《问米》展示了流行于东南亚的一种祭奠仪式，并以此为线索，将小说中通灵师的情感心路抽丝剥茧般呈现。刘齐的《脱衣舞》也是一篇具有“异国风情”的作品，以第一人称追记了90年代初期几名中国人赴美考察的所见所闻。卢新华的《申秃子》写孩子和被特赦的国民党旧将交往的故事。作品从孩童视角展现了一位将军铁骨铮铮的一生，与我们从书本上认识的历史产生强烈反差。小说提供了更为宽阔的人生体验，对我们反思历史、修正教育体制有着积极的作用。曹军庆的《请你去钓鱼》探讨权利与欲望、忠诚与仇恨等问题，对人物隐秘内心作了细致描写。此外，陈世旭的《妖母娘娘》、赵晏彪的《天算》、聂鑫森的《破毡笠·虎骨酒》、徐铎的《幸福后半生》、余一鸣的《闪电》、詹文格的《春风剪》等，这些小说都注重对人物情状、性格的塑造，紧扣当下社会生态，将一系列尖锐社会问题摆到读者面前。

值得注意的是，随着今年中央反腐力度加大，官场、反腐题材的小说数量陡增。杨少衡的《酒精测试》讲述了某市大领导赴省开会，而京城有一位贵宾突然来访，市委书记责令留守的刘副书记和林秘书长好好接待。此时省纪委的暗访组已入市展开明察暗访，刘副书记忧心忡忡，谋划再三，先是派专人盯紧暗访组，到后来的陪酒测试、面对暗访组的突然出击，最后在心惊胆战、九死一生的体验下完成了接待任务。小说通过跳动洒脱的讲述将官场规则、腐败现象直观呈现，含蓄反思体制改革才是反腐的关键。尤凤伟的《金山寺》、张暄的《姐妹》、李治邦的《佛爷》等，都是今年官场、反腐小说的优秀代表。此外，军事文学在今年也有一定发展，像李骏的《待风吹》、曾剑的《岸》、王凯的《对白》，这些小说用写实手法将不为群众所熟悉的部队生活展现出来。

情感伦理的裂变与融合

今年的短篇小说，对婚姻、情感等题材的把握和锤炼，也占据了不少比重。这些作品写婚姻、亲情的迷失、变易和破裂，或从家庭琐事入手，以小见大，托衬现实社会的阴暗侧面、不良风气，对情感内心和道德予以了有力叩问。乔叶的《黄金时间》讲述了一个对婚姻、家庭极度失望的妻子，在丈夫突发脑溢血之时冷眼旁观，用看电视、看杂志、洗澡等来打发救援丈夫的黄金时间，以期获得自己余生的黄金时间。小说以第三人称视角来解读女性心理、婚姻困局，是一篇心理力作。刘庆邦的《琼斯》，记叙了一只宠物犬给一个家庭带来矛盾的故事。小说情节紧凑，亦庄亦谐，针对现代人的亲情缺失现象进行喜剧性讽刺。姬中宪的《九指女孩》透过神秘年轻女孩的“入侵”，描写了一个年轻家庭所经受的考验。男主人新奇、波动的心理变化，来源于现代人婚姻围城里的“X年之痒”效应，平淡的故事中暗藏着丰富的心灵密码、情感玄机。林筱聆的《关于田螺的梦》含蓄表达一对夫妻的同床异梦和丈夫的隐秘情事，表现了婚姻中情感与人性的两重分裂。蒋一谈的《在酒楼上》以一种致敬的方式对鲁迅先生的著名小说进行了拓写，故事的表面是写家庭情感的迷失、寻找与融合，深层展示的则是新一代知识分子的苦闷和彷徨。邓一光的《我们叫做家乡的地方》在故乡、亲情、打工等方面都有涉及，三者既分裂、异变，又交融、统一，深刻反思了家乡、异乡和亲情的关系，呼唤人性温暖的复苏。金岳清的《远距离欣赏》前半部分是金瓶梅式的香艳小说，后半部分情节急转直下，变成了犯罪小说。主人公从包养小三，到被小三设计劫持，整个过程合情合理，因为它所反映的是最为现实的社会问题。甫跃辉的《普通话》里，远离故乡者通过一次回乡之旅进而回望故乡，寻找亲情，笔调沧桑低沉，令人唏嘘。作为一个“存在主义者”，傒晗写小说是“为了挖掘人存在的真实和人性的真实”，她的《颤动的日光》解读物质与情感的平衡、奋斗与享受的关系，由事入理，就如何建立现代健康家庭体系起到很好的反思作用。这一类小说还有夏鲁平的《土鳖》、何玉茹的《不要近我半步》、王芫《父亲的毒药》、女真的《老爸的家庭会议》等，数量众多，既有格调高雅的优秀作品，也有部分粗制滥造的低俗之作。一些作品重点描写多角恋、一夜情、婚外恋，着重渲染性和欲望，损害着短篇小说的典雅品格，这种倾向应为作家们所注意。

时代新局下的乡村书写

和一位青年学者聊天，他也承认当前的乡土小说无论在质量上还是数量上都呈下滑趋势。原因比较复杂，一个是乡土小说作为现代小说发展的根基，曾经占据着广袤的文学疆土，而随着国家城市化进程提速，人口比例发生变化，很多农民变成市民，走向城镇，旧有的乡村题材面临着创作枯竭的局面；而在新形势下，土地问题、就业问题、身份问题，正成为困扰如今农民的新问题。城市与乡村的碰撞折射出两种文化的冲突、交融，昭示了乡村不可阻挡的变化之势以及对新发展的寻求，农民在市场经济大潮下也面临着何去何从的挣扎和追问。在2014年的乡村书写中，作家对农村和农民生活进行了多方面表现，但总体并没有走出旧式乡土书写的框架，难免有重复叙事之嫌。国家发展日新月异，如何表现新时代下的农村，如何描绘和总结农民的未来与走向，如何在传统乡土文学上谋求新的创作因素，成为了作家亟待开发的新课题。晓苏的《双胞胎》将一个妙趣横生的故事置于乡村背景下，借不存在的孪生“哥哥”之口表现乡村中人与人之间复杂微妙的关系。“我妈”生了一对双胞胎，在村里成了稀罕事。然而“哥哥”过早夭折，“我妈”选择了隐瞒，对外就说将“哥哥”送给了外乡亲戚家。留存下来的“弟弟”随着年岁增长开始不断给亲戚和村民施展恶作剧，每次都由“哥哥”背黑锅，自己却落下了好名声。结尾处真相大白，令人感慨作者的构思之巧，笔力之健。符利群的《水上花生》流动着“南方小说”灵动清新的气息。作品以孩童视角讲述一件乡村往事，柔暖、洞透，而又神秘、奇玄，“水怪事件”与南方水乡相映成趣，飘逸着那么一点儿“聊斋味儿”，可看成是对文学经典的一次致敬之作。黄开中的《英雄失踪》书写人性在大是大非问题上的抉择。因一次偶然事件，农民石碰成为了救灾英雄，受到各级部门的表彰。此中别有隐情的他面对飞来的荣誉和利益，心灵承受着巨大煎熬，故事结尾处，“英雄”石碰失踪了，他用不辞而别回应了命运对他开的玩笑。马金莲的《口唤》回忆过去乡村中的饥饿与死亡，像是一幅珍贵的幻灯片影展，对如何珍惜今日之生活具有重要启示意义。刘照如的《哭帮腔》借外乡人的“哭戏”折射出自身悲剧的命运图景，使世人的麻木与恶毒暴露于光天化日之下，令人唏嘘不止。阿良的《鄢驼子的后事》叙述“我”因处理农村一位老人的后事，而与形形色色的村民打交道，阻力和困难接踵而至。小说深刻展现了乡村生态与农民心理，作为了解中国农村现状的作品，具备良好的贴地性。陈启文的《浑然不觉》透过一场宰羊事件彰显人性深度，反思极左年代的悲伤往事，强化作品的批判精神。

此外，文非的《周鱼的池塘》、付秀莹的《绣停针》、石舒清的《土路》、黄丽荣的《今生》等，都是今年乡村书写中的重要收获。

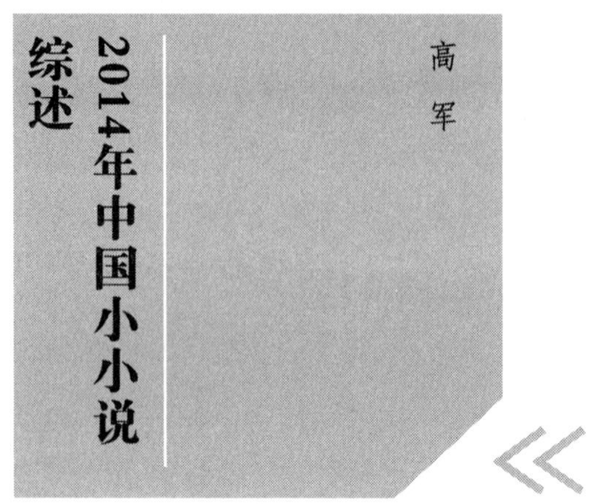

2014年的小小说，仍然表现得平平稳稳，波澜不惊。但是只要进入到这种文体的具体阅读，就会发现数万篇新创作的作品中固然平凡之作、重复之作不时出现，但平流缓进中的后浪推前浪形势可喜，琳琅满目的作品中时常出现一些让人眼睛为之一亮的优秀之作、创新之作。

本年度的中国小小说综述，我准备从以下两个方面展开：

一、与小小说发展有关的一些关键词

媒体

媒体作为传播信息的媒介，既是承载信息的物体，又是储存、呈现、处理、传递信息的实体，是人类借助用来传递信息与获取信息的工具、渠道、载体、中介物和技术手段。目前小小说媒体主要应该包括发表小小说的报刊、网站、电子杂志、博客、微博、微信、客户端等。新的媒体，在传统媒体的基础上发展起来，但与传统媒体又有着质的区别。传统媒体地位仍然重要，新兴媒体同样使小小说的发展、出版发生了革命，使小小说文体焕发出了勃勃新机。新媒体让生活方式和创作发生转型，激活了新一茬作家的言语智慧和创造才能，使一批新生代的小小说作者的创作内容与创作方式出现了创新和突破。

2014年，纸质媒体对小小说的关注热情不减。《人民文学》《十月》《青春》等时常在“短篇小说”、“散文”等栏目中发表一些小小说，如《十月》2014年第4期发表黎晗的《朱红与深蓝》，就是由多篇小小说组成，其中《虚年》等体现着小小说的典型特点。《人民文学》2014年第6期发表张炜的散文《描花的日子》，里面多篇如《名医》等均为典型的小小说。《青春》2014年第2期“手记中国”栏目发表王族的《阿合奇猎鹰》，由多篇精短文章组成，其中《逃跑的鹰》等是标准的小小说。《小说选刊》“微小说”、《小说界》“微型小说”、《山东文学》“小小说擂台”、《北京文学》“小小说”、《当代小说》“掌上小说”、《啄木鸟》“小小说”都成了刊物的名牌栏目。《文学港》《红豆》《鸭绿江》《东风文艺》《金山》《喜剧世界》《短篇小说》也都有固定的小小说栏目。《青年文学》《上海文学》《萌芽》《天津文学》《福建文学》《小说林》《北方文学》《四川文学》《阳光》《朔方》《长江文艺》《广州文艺》《边疆文艺》《飞天》《延河》《芒种》《胶东文学》《延安文学》《青年作家》《青春》《岁月》《海燕》《鸭绿江》《草原》《鹿鸣》《东京文学》《大观》《佛山文艺》《辽河》《创作与评论》《三联生活周刊》定期或不定期刊发小小说作品，《儿童文学》等少儿文学刊物也时常刊登小小说作品。《译林》也推介小小说，如第1期介绍了德国作家霍斯特·埃沃斯《榨出来的生活质量》（郭力译），《小小说选刊》第7期进行了转载。《百花园》《小说月刊》《天池小小说》《微型小说月报》（原创版）《幽默讽刺精短小说》《小小说大世界》等都是专门发表小小说的杂志，《小小说月刊》《绝妙小小说》选载和原发并重，《小说选刊》《小小说选刊》《微型小说选刊》《微型小说月报》（选刊版）是重要的小小说选刊类杂志。

报纸副刊大多设有小小说栏目，且出版周期短，发表作品更加灵活。据不完全统计，《文学报》《文艺报》《光明日报》《中国青年报》《北京青年报》《中国纪检监察报》《羊城晚报》《新民晚报》《今晚报》《南方日报》《现代女报》《甘肃日报》《河南日报》《贵州都市报》《保定日报》《焦作日报》《赤峰日报》《亳州日报》《亳州晚报》《扬子晚报》《义乌商报》《常德民生报》《常德晚报》《新乡日报》《开封日报》《通辽日报》《内蒙古日报》《广州日报》《周口晚报》《西南商报》《梅州日报》《珠江时报》《江海晚报》《宝安日报》《京江晚报》《永州日报》《北海日报》《涟水快报》等等都发表小小说。之所以列举以上的这些报纸，是因为这些报纸发表的小小说时常被有影响的选刊转载。

尤其值得一提的是，有些刊物在2014年有了一些新的举措。《小小说选刊》酝酿时间较长的改刊从2014年第1期开始实施，扩版增容，刊物由80页增至96页，价格也由3元提升为4元，栏目编排采取“板块——栏目——作品”的结构模式，每期推出一个精心策划的“专题”，以同一题材或同一主题四至六篇作品为一个阅读组，对这一阅读点以发散式、集束式展示出一种引领深度阅读的鲜明导向，如“动物小小说小辑”、“幻想与寓言”、“生命中的一些瞬间”等。还设置了一个“主打”栏目，特别推出某位作家、某类作品、某本图书等，如第7期“主打”是“墨白小辑”，从他的作品集《癫狂艺术家》（河南文艺出版社）中选出三篇作品，配发作家的创作谈，同时推介了作家和图书，一举两得。原创栏目开辟了“兔兔兔子”专栏，设定场景、设定人物，设定内容要求等，进行命题写作，很多作家积极响应，创作出了一批优秀作品。为了进一步打造“小小说金麻雀奖”，第24期是《小小说选刊》创刊600期，专门推出了“金麻雀奖获奖作家新作专号”。《金山》办刊思想实行调整，进一步打出了“全国微系列原创品牌”，以“微小说”、“微观点”、“微话题”、“微人物”、“微镜头”、“微现场”等组成刊物的栏目，但坚持文学品位，“微小说”占有的篇幅为三分之二，版式、纸张高档时尚，大多作品都配有精美插图，显得图文并茂。文学界知名人士纷纷题词祝贺祝愿，如陈建功题写了“人文情怀，艺术魅力——题赠《金山》杂志”；叶辛题写了“金山微篇，精彩纷呈，小中有情，微中含韵，以小见大，以小见奇”；蒋子龙写的是“微小说，大文学”；格非题写的是“致广大而尽精致”；范小青题写了“小小说，体量小，容量不小；形式微，内涵不微；阅读快，韵味常在。范小青，2014.9.4”等。《东京文学》长期设置“小小说”栏目，2014年上半年杂志分为上中下旬刊出版，从2014年6月经国家新闻出版广电总局新广字（2014）247号文件批准，《东京文学》更名为《大观》，原《东京文学》上中下旬刊终止出版发行。《红豆》开设“小小说研读”栏目，除11、12期合刊外，每期发表一位小小说作家的两篇小小说作品，同时配发杨晓敏的一篇关于这位作家的评论文章。1984年创刊的文学杂志《短小说》2013年1月改版成文化类刊物《名城绘》后，也还登载少量的小小说。在有关热心人士的努力下，江苏省微型小说研究会出版《精彩短小说》（后又更名为《短小说》），也颇受读者和作者欢迎。

2014年，网络媒体对小小说的发展起到的作用进一步加大，小小说作家网、中华微型小说网、小小说网、小小说阅读网、中国作家网、作家网的地位日显突出，很多小小说作家的博客、一些小小说电子杂志点击率越来越高，很多读者已习惯于从这些媒体获取信息，进行阅读。

出版

2014年，小小说作品的出版也可圈可点，很多出版社集束式推出了小小说作品集。

四川人民出版社2014年1月出版“百年百部故事经典”，共分四辑，每辑25本，一次出版100本，除3本合集外，其中97本为个人作品集，名为故事但大多为小小说。

百花洲文艺出版社出版的“微阅读1+1工程”100本个人微型小说集分别于2013年8月、2014年2月已出版了60本，2014年年底后40本出版，至此100本全部出齐。

世界图书出版公司2014年2月出版“中国小小说金麻雀获奖作家文丛”，包括赵新《拉着小车散步》、修祥明《巴黎太太》、凌鼎年《那片竹林那棵树》、袁炳发《血色花》、秦德龙《特型演员》、芦芙荭《一条叫毛毛的狗》、夏阳《一条丧家犬的乡愁》、红酒《大钟馗》、王往《花船》、陈力娇《米桥的王国》。

四川文艺出版社2014年4月出版“中国微经典”第一辑，推出了八位微型小说作家的作品集，分别是，滕刚《世外新闻》、大解《傻子》、陈然《窒息》、陈毓《伊人寂寞》、劳马

《有意思》、安勇《一种假设》、秦德龙《没表情》、曾颖《小幸福》。

江西高校出版社2014年6月—7月出版“少年梦·青春梦·中国梦：中国故事”系列小小说丛书，包括：刘志学《卖伞姑娘》、芦芙荭《袅袅升起的炊烟》、曾平《身后的眼睛》、陈敏《老师，你能抱我一下吗》、孙方友《心灵的虹》、徐慧芬《青青的果子》、邢庆杰《屠蛇记》、聂鑫森《美丽的小茶杯》、刘黎莹《一朵花儿的绽放》、王往《捉鱼小孩》、蔡楠《有一种感觉叫疼痛》、韩昌盛《从空而降的礼物》、周海亮《一条鱼的狂奔》、魏永贵《睡上铺的女孩》、伍中正《云很白》、刘国芳《花一样开在心里》、刘万里《考试天才的梦》、非鱼《追风的人》、墨中白《布达拉宫天空的鹰》、沈宏《让我轻轻握住你的手》、陈永林《青草地的诱惑》、沈祖连《荒唐的画家》、秦德龙《不跪的人》、高军《把母爱还给你》、刘立勤《最美的教师》、刘建超《别不把自己当回事》、陈毓《花香满径》、申平《红鬃马》、马新亭《你是一条船》、安石榴《完全爱》、曾颖《向往天空的鱼》、王海椿《童年的歪房子》、邓洪卫《春天送你一首诗》等。

2014年7月，河南文艺出版社在孙方友去世一周年之际，出版了《孙方友小说全集》中的《陈州笔记》和《小镇人物》八卷本，1至4卷的《陈州笔记》，5至8卷的《小镇人物》，收录了孙方友生前创作的、目前收集到的新笔记小说，这是迄今较为全面的孙方友小小说著作的结集，每卷作品按年代选编，另外附有墨白的序、孙方友年谱、作品目录、来自民间的悼念及评论文章等翔实资料。

2014年出版的小小说作品合集主要有：

花山文艺出版社2014年2月出版了《阅读之美·小小说赏析》（10卷）。

郑州大学出版社2014年4月出版“小小说·美文馆”第二辑10卷，共分为《红尘有爱·半亩花田勿忘我》《人性画卷·藏在时光里的爱》《世态万象·从我窗前经过的人》《市井人物·出门是江湖》《职场百味·你若盛开，清香自来》《苍生百相·老牛车上的钢琴》《打工路上·渐行渐远的村庄》《人世沧桑·怀念一亩田》《田野风情·小年过了是大年》《乡村爱情·谁来为我做嫁衣》。

浙江少年儿童出版社2014年4月出版“微小说爱读本”丛书8本，包括《一刹那的亲情·开满葵花的小镇》《一刹那的成长·被风吹走的夏天》《一刹那的人生·谁看见了石头开花》《一刹那的震撼·木头伸腰的声音》《一刹那的感动·九百九十九只草蚱蜢》《一刹那的传奇·这个“幽灵”就是您》《一刹那的幽默·浣熊光临我们家》《一刹那的领悟·每个人只有一点不幸福》。

美国环球作家出版社2014年10月出版凌鼎年主编、纪洞天（美国）、李永华（捷克）副主编的《亚洲华文微型小说选》，收录了新加坡、马来西亚、泰国、印度尼西亚、菲律宾、文莱、日本、缅甸、越南、柬埔寨以及中国香港、澳门、台湾等14个国家与地区的98位作家的183篇作品，缅甸、越南、柬埔寨等国家的华文微型小说作品首次进入了《亚洲华文微型小说选》与读者见面。

本年度，还出版了一些对小小说作家、编辑的研究类专著。

作家出版社2014年11月出版了赵富海编著的《杨晓敏与小小说时代》一书，并在湖南常德举行了首发式，该书以30万字的篇幅，将杨晓敏与小小说置放在一起，讲述了小小说从播种、萌芽到日渐成长壮大的过程，以及小小说在当代中国乃至更大范围内所凸现出来的“文化符号”意义。

捷克华文作家出版社2014年11月出版了凌鼎年主编的《世界华文微型小说作家微自传》，共收入了239位作家的微自传，分江苏、浙江、山东、河南、河北、湖南、湖北、北京、上海、天津、重庆、四川、广东、广西、福建、江西、陕西、黑龙江、吉林、辽宁、安徽、甘肃、贵州、山西、云南、海南、内蒙古、新疆、西藏、香港、澳门、台湾，与新加坡、马来西亚、泰国、印尼、菲律宾、文莱、美国、新西兰、澳大利亚、欧洲、翻译家、理论家、评论家等43个小辑。这些微自传，大部分千字左右，有的仅三四百字，多数文字或幽默俏皮，或自我调侃，且洗练简洁，行文各各不一，读之饶有味道，既是了解微型小说作家家世、身世、创作情况的有效门径，又可当隽永的美文欣赏。

活动

2014年，有关小小说的活动不断举办，产生了很好的效果。

1月10日，由中国小小说名家沙龙、桥头镇宣传教育文体局主办，桥头镇文化广播电视服务中心、桥头镇文联、《小小说选刊》《百花园》承办，华厦酒业集团、三正半山酒店协办的2013年中国小小说名家沙龙年会在东莞桥头举行。作家出版社总编辑、著名评论家张陵，《文艺报》副总编、著名评论家王山，以及广东省内小小说作家共80余人参加了此次年会，在此次年会上，发布了2013年中国小小说十大重要事件、十大热点人物、十大新秀和2013中国小小说排行榜，并公布了第三届（2014年度）沙龙主席团名单，还举行了“桥头小小说现象”研讨会。

4月26日至27日，由四川省作家协会、四川省小小说学会主办，安岳县作家协会承办，四川红鹤酒业有限公司协办的“安岳柠檬杯”四川首届年度（2013年度）优秀小小说颁奖活动暨四川省小小说学会2014年工作会在四川省安岳县举行。四川省作家协会党组书记、常务副主席吕汝伦，四川省作家协会办公室主任张渌波、创联部主任税清静，四川省小小说学会会长欧阳明，“安岳柠檬杯”四川首届年度（2013年度）优秀小小说获奖代表等参加会议。“安岳柠檬杯”四川首届年度（2013年度）优秀小小说评选活动，通过初评、终评，评出了一等奖2名、二等奖3名、三等奖5名、优秀奖20名。

5月16日至18日，由郑州市群众艺术馆和郑州小小说创作函授辅导中心联合主办的“中国郑州·小小说大讲堂”在郑州市群众艺术馆正式开讲，历时三天，来自全国各地的近六十名小小说爱好者与会。

由河北省作家协会小小说艺术委员会、野三坡管委会、涞水县旅游局、《河北小小说》杂志社联合举办的“野三坡杯”第四届河北小小说优秀作品奖评奖5月份揭晓。经过初评委、读者评委和专家评委的综合评比，李永生的《墨药》等10篇作品获“河北小小说优秀作品奖”，张梅英的《我是一张床》等10篇作品获“河北小小说佳作奖”。

6月16日，宁波市北仑区作家协会主办苏平小小说研讨会，省内外20余人参加了研讨。

6月23日，中国·东莞（桥头）小小说创作基地在桥头图书馆挂牌成立。并签约了申平、刘建超、蔡楠、尹全生、袁炳发、非鱼、张晓林、夏阳等8位全国实力派小小说作家，他们将对当地的小小说爱好者进行结对帮扶指导。同时，举行了《荷风》小小说季刊创刊号首发座谈会。

7月26日，由河南省文学艺术界联合会、中原出版传媒集团、周口市委宣传部主办，河南省作家协会、河南省文学院、河南文艺出版社、淮阳县人民政府承办的《孙方友小说全集·〈陈州笔记〉卷》首发式暨孙方友逝世一周年纪念会，在河南省文学院二楼会议室举行。河南省文联主席杨杰、河南省作协主席李佩甫、河南省文学院院长何弘、河南文艺出版社总编辑陈杰、河南省文联原主席南丁、河南省文联副主席郑彦英、河南省文学院副院长墨白等出席了这一活动。

9月13日，信阳市小小说学会成立大会在信阳语溪书院举行。河南省作协副主席、百花园杂志社总编辑杨晓敏，开封市作协副主席、《大观》杂志社主编张晓林，《小小说选刊》执行主编秦俑受邀出席会议。会议审议通过了《信阳市小小说学会章程》，选举产生了信阳市小小说学会会长、副会长、秘书长，聘任了副秘书长。

9月20日，东北小小说沙龙首届年会在长春净月潭游客服务中心召开。来自东北三省的沙龙成员共40余人参加了会议，《海燕》《小说月刊》《小说林》《小小说月报》《天池》《参花》《春风文艺》《天下书香》《航空画报》等刊报的编辑应邀到会。为了进一步扶持小小说新人，经与到会名刊杂志主编协商，2015年推出小小说东北军板块、专辑计划：《天池》推出“1+2”计划，即每期一位名家带两名会员，会员作品择优经名家修改及点评后发表，刊发沙龙作品3篇；《海燕》推出“1+1”计划，即每期一位名家带一名沙龙会员，会员作品经名家修改后刊发，每期2篇；《参花》推出东北小小说沙龙作品专栏，并为东北小小说沙龙提供专门的编辑邮箱，专门安排一名编辑审稿；《小说月刊》《春风文艺》等也将增加对东北小小说沙龙会员作品的扶持力度。会上，还就小小说创作的现状与未来走向，进行了广泛而深入的讨论。

10月15日，由河北省作家协会小小说艺术委员会、承德作家协会小小说艺委会、兴隆县文化体育广播电影电视局、兴隆县文联联合举办的首届“太阳红杯”河北小小说大奖赛颁奖会在兴隆县国家田径训练基地举行。程艳春的《热河驴皮影》、赵新的《钱包做媒》获得一等奖，翟桂平《味道》、赵明宇《温老太太》等获得二等奖，李荣《割舍不下的亲情》、宋向阳《酒魂》、张梅英《猪的一生》等获得三等奖，陆彩霞《王七那点事》、武汉交《太阳红》等获得佳作奖。

10月25—27日，第10届世界华文微型小说研讨会在马来西亚吉隆坡的晶冠酒店召开，会议由世界华文微型小说研讨会主办，马来西亚华文作家协会承办。中国、马来西亚、新加坡、泰国、印尼、文莱、日本、瑞士、新西兰、澳大利亚，以及中国的香港、澳门等12个国家与地区的近百位作家、评论家参加了这次研讨会。其中，25日，在《星洲日报》大礼堂举办了微型小说讲座，这次活动由马来西亚华文作家协会与《星洲日报》联合举办，有100多位华文文学爱好者参加；下午，还举行了“马来西亚微型小说15家”推介会。26日第10届世界华文微型小说研讨会在晶冠酒店举行开幕式，马来西亚华文作家协会顾问、拿督、国会上议员何国忠与世界华文微型小说研究会会长郏宗培分别致开幕词，马来西亚华文作家协会会长、拿督曾沛女士致欢迎词。出席第10届世界华文微型小说研讨会的有：马来西亚华人文化学会永久荣誉总会长戴小华、马来西亚华文作协顾问云里风、马来西亚华文作协副会长李忆莙、柯金德、苏清强、年红，秘书长潘碧华，世界华文微型小说研究会创会会长黄孟文、新加坡作家协会会长希尼尔；泰国华文作协永久名誉会长司马攻、泰国作协会长梦莉，印尼作协会长袁霓、印尼华文文学社主席林万里，文莱华文作协会长孙德安，新西兰大洋洲华文作协主席冼锦燕、瑞士的欧洲华文作协原会长朱文辉、澳洲中文作协中华分会会长李明晏、日本国学院大学的渡边晴夫教授、中国的吴林博士等。中国的郏宗培、刘海涛、龙钢华、萧成、郭剑卿、古远清、郭虹、王川、凌鼎年，香港的东瑞，日本的荒井茂夫，马来西亚的许通元、李树枝、马峰等宣读论文。提交论文的还有日本的渡边晴夫、马来西亚的曾沛、陈政欣、刘育龙，新加坡的修祥明，澳门的贺鹏，中国的孟建煌、亚华等。26日晚上，召开了世界华文微型小说研究会理事代表会，增补菲律宾华文作家王勇为副会长，确定第11届世界华文微型小说研讨会2016年在泰国召开。

11月1日，著名作家、编辑家孙苏、张宇、杨晓敏、墨白、秦俑、刘建超、张晓林、非鱼、魏永贵、高海涛、孙玉亮、潘新日、韩露等30多人聚集中牟，参加了为期两天的“雁鸣湖金秋笔会”。

11月15日，“中国辉县·第二届小小说大讲堂”拉开序幕，来自全国各地的四十余名小小说爱好者与会。杨晓敏作了关于《小小说与大众文化》的专题讲座。郑州小小说高级研修班辅导老师蔡楠、非鱼等，结合自己的创作体会，分别就小小说题材选择、小小说意蕴挖掘、小小说结构技巧、叙述方法等方面进行了辅导。

12月1日至2日，中国武陵·“德孝廉”小小说全国征文大赛颁奖大会暨2014中国小小说年会在湖南常德召开，中国作家出版集团管委会副主任、作家出版社社长葛笑政，《文艺报》副总编辑胡军，《小说选刊》副主编李晓东，河南省作家协会副主席、《小小说选刊》《百花园》主编杨晓敏等，以及来自海内外的华文小小说作家、评论家、编辑家等60余人参与了相关活动。其中：12月1日，中国武陵·“德孝廉”小小说全国征文大赛颁奖大会举行。这次征文大赛由《小说选刊》《小小说选刊》《微型小说选刊》、小小说作家网和中共常德市武陵区纪委、武陵区委宣传部、武陵区文联联合举办。经严格公正的初评终评，张玉兰《陪着母亲坐火车》、申平《瘸羊倌儿》、戴希《一串佛珠》3篇作品获一等奖，林庭光《小巷》等10篇作品获二等奖，金洁雯《摄像头》等20篇作品获三等奖，另有30篇作品获优秀奖。《中国武陵·“德孝廉”小小说全国征文大赛获奖作品集》也已经由湖南人民出版社正式出版。在这次颁奖大会上，还宣布启动“武陵小小说奖”首届评选工作，“武陵小小说奖”由《小小说选刊》、小小说作家网和中国武陵微型小说（小小说）创作基地联合主办，每年评选一届，每届拟评选华文小小说年度作家奖1名，华文小小说年度图书奖3名，华文小小说年度优秀作品奖10篇。12月2日，由《小小说选刊》、小小说作家网主办的2014中国小小说年会举行。会议由杨晓敏主持。会议发布了2014中国小小说十大重要事件、十大热点人物、十大新秀与2014中国小小说排行榜，并对国内外2014年华文小小说创作态势进行了研讨与交流。在这次年会上，作家出版社还举行了《杨晓敏与小小说时代》新书首发式，该社社长葛笑政、该书作者赵富海、责任编辑罗静文等发了言。

12月12日，由《微型小说选刊》、四川省小小说学会等主办的全国第四届微型小说笔会在成都市武侯区召开。100余名作家、编辑参加了这一活动，探讨了国内微型小说发展状况，省内首个微型小说创作基地也落户武侯区，该区作家协会还与四川微电影艺术协会签订了将微型小说作品转变为微电影的战略合作协议。

郑州小小说创作函授辅导中心年内举办了第五届和第六届全国小小说创作高级研修班，每届学期为6个月，以网络教学为主（兼顾偏远地区函授）。小小说作家网设小小说创作高级研修班版块，分设高研班教师授课专区和学员作业专区。作业区专发学员原创作品，供《百花园》《小小说选刊》《小小说出版》编辑选发优秀作品。每位学员安排固定的辅导老师，每月交作业两篇（自由创作一篇、同题赛一篇。也可自由创作两篇）。

奖项

2014年，涉及小小说的奖项比较多，大的方面有鲁迅文学奖、世界华文微型小说双年奖、第十一届全国微型小说（小小说）年度奖、中国微型小说年度奖等，小的方面有地方性的各种奖项。

鲁迅文学奖2010年2月25日修订的《鲁迅文学奖评奖条例》首次将小小说列入评奖范围，规定“小小说作品，以结集出版的方式参评；……结集参评的作品，应在评奖年限内出版且其间创作的作品应占结集字数的1/3以上”。小小说终于被官方接纳，这极大地提升了小小说创作者的热情和信心。2010年第五届鲁迅文学奖的评奖序列中，首次出现了小小说的身影。虽然参评的24部小小说集子在初评后无一入围，但小小说和鲁奖有了联系，是让写作者、编者、倡导者都无比欣慰的事情。2014年，第六届鲁迅文学奖评奖开展，很多小小说作家踊跃报名参评，一些出版社、省级作家协会等也推荐了作品参评，一共推荐了19部小小说作品集，第一关第二关都全部通过，但是当进入提名作品时，这些作品全部落选。为什么会出现这种情况呢？首先是鲁迅文学奖三年评选一次，获奖作品要求质量高，数量又相对来说很少，小小说作品集要想脱颖而出，尚有一些难度；小小说受众多，写的人多，看的人多，同时就出现了质量参差不齐的乱象。总体说来，小小说整体的文学成就、艺术造诣还未达到大家所期待的高度，小小说的整体水平距离鲁奖还有距离。另外一些评委对于"小小说作家"这个称呼，以及对它所产生的文学影响力，还没有达成共识，有的甚至认为小小说是雕虫小技，与小说的三大家（长、中、短篇）不是一个档次。

第十一届全国微型小说（小小说）年度奖由中国微型小说学会、镇江市委宣传部、镇江市文学艺术界联合会主办，《金山》杂志社承办的第十一届全国微型小说（小小说）年度评选，经初评和终评，于2014年1月揭晓，《鸟窝》（刘黎莹）、《半夜急救》（万芊）、《泉》（贾平凹）、《转场的哈萨克》（刘斌立）、《陶之恋》（申弓）、《谁来证明你的马》（伍中正）、《寻找仇家》（何百源）、《怪病》（远山）、《最后一幅画》（吴鲁言）、《梦工厂》（秦德龙）等10篇作品获一等奖，另有30篇作品获二等奖，60篇作品获三等奖。《天池》《幽默讽刺精短小说》《周口日报》获优秀组织奖。这一年度评选，参评范围为2012年内正式发表、出版的微型小说（小小说）单篇作品。担任评委会终评委的是中国作家协会副主席陈建功、叶辛，中国微型小说学会会长、上海文艺出版社社长郏宗培，文艺评论家江曾培、凌焕新、顾建新等，他们对获奖作品给予了综合评述，认为本届评选从整体质量上入选作品较往年有进一步的提高，大部分作品内涵深刻，构思巧妙，立意新颖，一些作品可称得上是脍炙人口的经典。作为微型小说界的一项权威赛事，全国微型小说（小小说）年度奖自2002年至2013年，已成功举办十一届，在全国乃至世界华文文学界的影响力越来越大。

世界华文微型小说双年奖为鼓励和加强世界华文微型小说的进一步交流和发展，期待微型小说更具有深厚的人文底蕴、深沉的文学哲悟、深刻的生命诘问、深情的阅读乐趣，中国微型小说学会、世界华文微型小说研究会、镇江市文学艺术界联合会、上海文艺出版社主办，《金山》《小说界》承办的"世界华文微型小说双年奖（2012—2013）"2014年10月25—27日在马来西亚吉隆坡召开的第十届世界华文微型小说研讨会上揭晓。这是为激励海外华文微型小说创作发展而专门设立的奖项，凡是海外华文作者在公开出版、发行的华文报刊上发表的单篇微型小说、小小说、微小说、闪小说、百字小说等均可参评。参评作品的发表期限为2012年1月1日至2013年12月31日首发的原创作品。获奖情况如下：一等奖（空缺）；二等奖：《寿司》/希尼尔（新加坡）、《宠物》/若萍（泰国）、《舞台》/曾沛（马来西亚）；三等奖：《人类——真正的神》/莫凡（泰国）、《不落的太阳》/朵拉（马来西亚）、《他的假日没有她》/呢喃（德国）、《三串沙爹》/袁霓（印尼）、《回家》/林锦（新加坡）；优秀奖：《樱花树下的合作》/解英（日本）、《欲念》/晶莹（泰国）、《受奖·通知》/辛羽（新加坡）、《恶梦》/杨玲（泰国）、《难熬的一年》/吕顺（澳大利亚）、《卖文化》/吴小菡（泰国）、《美国白宫，卖不？！》/刘瑛（德国）、《外星人的故乡》/穆紫荆（德国）、《孤独剑》/梦凌（泰国）、《地久天长》/温晓雲（泰国）。

中国微型小说年度奖中国微型小说学会、世界华文微型小说研究会、镇江市文学艺术界联合会、上海文艺出版社主办，《金山》承办的"中国微型小说年度奖（2013）"11月揭晓，邵火焰的《金项链》摘获一等奖桂冠，奖金一万元；姜铁军的《赝品》、芦芙荭的《麦垛》获二等奖，纯芦的《葱》、白旭初的《寻找亲属》等五篇获三等奖，另有21篇作品获优秀奖。这次评奖，李敬泽任终评委主任，叶辛、雷达、梁鸿鹰、范小青等任终评委。

下面，再说地方性的小小说奖项。2014年，地方性的小小说评奖、征文等，出现了更加火爆的现象。

2月26日，2012—2013年度"海南文学奖"在海口颁奖，符浩勇的小小说集《最后的狩猎》获得二等奖。

3月—8月，中共南京市纪委、监察局，中共栖霞区委、区政府联合举办"红枫廉韵杯·我的勤廉家风"主题征集活动，小小说是其作品形式之一。这次活动的奖项设置：特等奖3名：各3000元；一等奖5名：各1000元；二等奖10名：各600元；三等奖20名：各300元；优秀奖30名：价值100元的纪念品。

2013年10月18日起至2014年6月18日浙江作家网和浙江浦江梅花锁业集团（中国挂锁中心）为推动小小说作家和广大网友的小小说创作，联合主办"梅花锁杯"全国小小说大赛。大赛共收到800余位参赛者投稿，经初评、复评两轮评选，评出一等奖一名、二等奖三名、三等奖八名，优秀奖二十名。

2014年3月1日至7月31日，《小说选刊》杂志社、《小小说选刊》杂志社、《微型小说选刊》杂志社、中共武陵区纪委、中共武陵区委宣传部、武陵区文学艺术界联合会，举办中国·武陵"德孝廉"小小说全国征文大奖赛。本次征文活动共收到参赛作品10212篇。经过严格的初评和复评之后，由业界著名作家、评论家、编辑家组成的终评委员会对隐去姓名的入围作品进行终评投票，按得票多少评定奖级，最终评选出63篇获奖作品。

4月2日至9月1日，首届"陀螺文化杯"中国小小说擂台赛举办，经过初审和终审，结果如下，一等奖一名：白文岭《大国手》；二等奖三名：石语《疯狂的石头》、秦景棉《年三十儿》、李国新《位置》；三等奖六名：袁省梅《限期拆迁》、美人锥《牡丹花后》、谷雨《正午的河滩静悄悄》、青霉素《伞》、言小语《羊白》、杨世英《找梅花》。

5月中旬开始到9月底，由世界华文微型小说研究会、中国微型小说学会、江苏省作家协会、苏州市委宣传部主办的中国“太仓杯”全球华人网络法治微小说大赛举办。共收到国内28个省市与海外13个国家与地区的1100多篇来稿，经雷达、郑宗培、施战军、吴义勤、王干、冰峰、陈歆耕、汪政、张王飞等终评委评选，经打分统计，并请法律顾问把关审核，姚凤阁的《阳光是那么美好》等3篇获一等奖，顾振威的《北风吹，太阳照》等6篇获二等奖，闫建军的《跪》等12篇获三等奖，汪志的《讨工钱》等25篇获优秀奖。获奖作品与部分优秀作品已选编结集，将由正规出版社出版、发行。

6月24日，第三届“坚信杯”佛山小小说创作大赛征文颁奖仪式暨名家讲座举行，黄观水作品《饮酒伤身》获一等奖。“坚信杯”小小说创作大赛已连续举办三届，已成为目前佛山地区最具权威性和影响力的品牌赛事。

7月至10月，由中共江西省抚州市委宣传部、江西省抚州市文联、《小小说选刊》、小小说作家网联袂举办的“临川之笔”全国小小说征文大奖赛开展。征文设一等奖2名（奖金各5000元），二等奖4名（奖金各3000元），三等奖8名（奖金各1000元），优秀奖20名（奖金各300元），均颁发获奖证书，获奖作品将结集出版。大奖赛自2014年7月启动，征稿历时半年，共收到参赛稿件三千余篇。12月底，经著名小小说作家、评论家的初评与终评，公布评审结果：乔迁《管闲》、抚州娃子《卖雪的老人》获得一等奖；何葆国《文川坊9号》、刘建超《大印象》、芦芙荭《一个特殊的电话》、临川柴子《真相》获得二等奖；王明新《放飞》、夏阳《扒火车》、赵本连《蝉、赵明宇《马小枣》、歪竹《酒杯里的月亮》、蔡良基《做梦》、李立泰《军鞋》、了落《新衣服》获得三等奖，另有20篇作品获得优秀奖。

7月至11月15日，浙江省岱山县文学艺术界联合会主办，小小说作家网、岱山县作家协会协办的首届全国海洋小小说大赛举办，题材限于描绘海洋海岛、反映海洋生活方面的小小说，共收到征文1600篇。年底，大赛征文评选揭晓，经国内知名作家、编辑组成的评委会对所有作品进行认真初评和复评，评出一等奖2个，二等奖5个，三等奖10个。

中国闪小说学会、四川省小小说学会、《四川文学》中旬版、《当代闪小说》杂志、西南商报社、四川红鹤酒业有限公司决定联合在全国范围内开展“红茅液杯”全国小小说、闪小说有奖征文活动。活动时间：从2014年6月1日至2017年5月31日，每年举行一届。首届从2014年6月1日至2015年5月31日；第二届从2015年6月1日至2016年5月31日；第三届从2016年6月1日至2017年5月31日。每年从60篇优秀小小说中评出一等奖2篇，二等奖3篇，三等奖5篇。一等奖每篇奖励1000元；二等奖每篇奖励800元；三等奖每篇奖励500元。从120篇优秀闪小说中评出一等奖3篇，二等奖5篇，三等奖10篇，一等奖每篇奖励800元；二等奖每篇奖励600元；三等奖每篇奖励400元。

“古贝春杯”全国暨海外华人小小说大奖赛、首届“梁羽生杯”全球华语微小说大赛等征文大赛也吸引了广大小小说作家的参与，近期都将落下帷幕。

另外，2014年关于小小说的关键词还有“影视”、“高考”等。

9月12日，河北卫视开始播出电视剧《翠兰的爱情》，这是小小说作家李伶伶根据自己的同名小小说改编的，这篇小小说原发表于2010年第10期《天池》杂志。

9月18日揭晓的国家新闻出版广播电视总局“第9届夏衍杯优秀剧本评选”中，曾颖的《蒲公英的歌》被评为优秀剧本，获得创作扶助金10万元，这个剧本是根据作者原创同名小小说改编的，这篇小小说曾被2012年第24期《小小说选刊》选载过。

2014年的高考，一批小小说作品被设计为现代文阅读试题，如阿城的《抻面》入选江西语文高考试卷，墨中白《六指猴》入选湖北语文高考试卷，何晓《东坛井的陈皮匠》入选重庆语文高考试卷，李伶伶《数学家的爱情》入选辽宁语文高考试卷，王伟锋《走眼》入选浙江高考语文试卷，等等。

二、小小说作品呈现出来的一些关键词

乡村

在我们的现当代文学发展中，一直存在着一种十分深厚的乡村小说传统。虽然当下中国的城市化进程已经有了一种迅猛的发展，但从本质上而言中国广大的乡村世界依然存在，中国短期内也依然很难脱离农业国的定位。广大乡村世界的存在是一个不争的客观事实，以此为表现对象的乡村小说的长期存在便也是不言而喻的了。2014年的小小说创作中，我们看到的事实也是如此。作品既有展示既往历史中的乡村世界的，也有表达当下乡村现实生活的。作家们的观照与描写，都是极具艺术性和震撼力的。

张炜《名医》（《人民文学》2014年第6期）中的“我”由于得到了名医“由由夺”的诊治而疾病多次痊愈，因此得到了的一些启发，就立志想当一个医生，于是开始了少年行医生涯，似乎也确实用胡乱配制的“药”治好了一些小孩子闹腾着玩的病。但是，“我”的这一理想最终被外祖母、父亲、班主任老师封杀了。尤其是父亲说的“胡闹，这是胡来的吗”、班主任说的“要经过专门的培养”等这些理性的话语，和“我”真诚行医的稚嫩行为形成尖锐冲突。在张炜的笔下，既往的乡村生活枝叶饱满地鲜活起来，作品既对主人公自身进行了一定的反思，更对桎梏着少年自由思想的社会现实发出了深刻的诘问。总想超越现实，而现实向相反的方向背道而驰。小说把深刻的主题，隐藏在表面波澜不惊的叙述中。

申平《瘸羊倌儿》（《常德晚报》2014年7月29日）写一个放羊的瘸羊倌儿，在人们疏于对他关注和管理的情况下，用虚报的办法把生产队的羊据为己有，在生活中极尽挥浪费霍之能事，并且他还由只能和母羊谈情说爱发展到了艳遇不断的境地。在看似荒诞的故事中，揭示出

来的现实让人触目惊心。作者用亦庄亦谐的叙事文笔，负载欲泣欲诉的沉重主题，探悉出隐藏在其中的社会问题与人性病灶，小小说因此增添了一个颇为厚重的写作样本。

安石榴《深白》（《广西文学》2014年第4期）语言准确，极具东北风情，散散淡淡地叙述着，一个山东人，一个吉林人，在房东家里的所见所闻，从各自生活遭际出发进行平行叙事，讲述了人生不同的处事态度、生活方式。房东女人整天就琢磨着死，女儿小红因救她被踢成了小罗锅。她大年初一穿上深白色的大布衫子让人惊讶，并且当天夜里真的死去，而她的男人却显示出了一脸古怪的笑。小说讲述了一段人生纠结，探悉了善与恶、罪与罚、勤劳与懒惰、沉沦与救赎、绝望与希望的人生况味，写出了乖蹇命运造成的紧张、焦虑与痛苦情态。一方面细写三家人的生活和精神状态，一方面又抒写悠然、湿润、幽暗的人生，具有万象与百态之感。

刘国芳的小小说创作大多充满温情和诗意，尤其是在重复情节的结构方式上，颇具童话色彩。但其新作品《玉米》（《当代小说》2014年第5期）却以犀利、冷峻的文风解剖人性，拷问人生，让我们看到了作者创作的新突破。小说中，铁扁担娘子军成员春兰秋菊四个女人感情深，有坚守。但当饥饿难忍的时候，开始一人去偷玉米，其他三人指责，后来发展到都去偷了，物质的诱惑终于压倒了气节的保持。当被看坡的狗疤子抓住被逼失身后，也是由开始三人指责一人，最终全军覆没，铁扁担们遇到强权立刻显示了软弱的本性。后来再去偷玉米时，四人团结起来共同抗击狗疤子的凌辱，才改变了被动的局面，每人还偷走了一大筐玉米。小说意蕴丰富，特别是由人格的独立演变为集体无意识触目惊心，引人思考。

赵新《哪怕打个呼噜呢》（《天池》2014年第8期）写善良的女人对家里的一头猪舍不得卖但还是卖了，因为孩子上大学急着用钱。小说深情回溯了这头猪的来历，表现了女人的通情达理。新买来的小猪还是原来那个老汉的，却连个呼噜都不打了。于是，女人就给在南方打工的男人打电话，念叨了这个事情。小说由最日常化的生活事象入手，以直面现实的故事书写实现了生活与戏剧的对接。作品的奇妙之处在于，由细针密缕的家长里短的抖搂中，自然而然地揭示出当下社会和人心的某些本质方面。作家既高度注重时代的深层变异，感应生活的脉动，以使作品更具生命力；又密切注意切合大众读者的阅读趣味，力求更多的读者喜闻乐见，以使作品更具辐射力。

陈茂智《水井里长出白蘑菇》（《永州日报》2014年6月21日）开始淡淡地叙述着砖头老汉从地里扯了一大把花生回来准备给孙子孙女煮花生吃，看着长得不好的花生老汉回忆起了过去自己种的碧绿滚圆的西瓜，想到两个儿子儿媳打工去了，自己的老伴整天热心于打麻将，对孙子孙女很少过问，家里连洗花生的水都没有，他去挑水时却发现孙子孙女露着肚皮已经像两朵白蘑菇一样淹死在了水井里，最后他把老伴推入井中，自己也跟着跳了下去。作者用冷峻的笔触不动声色地写着人物的语言、动作等，揭示了农村当下的很多尖锐问题，如农民工进城带来的家庭问题，子女的养育问题，土地的退化和抛荒问题，这个残忍的故事给读者的心灵造成了巨大的震颤。

女真《归来》（《光明日报》2014年7月4日）从打工者李大壮回农村老家过年展开，买火车票多花了二百元让李大壮心疼。因为在老家妻子很抠门儿，家养的鸭子下了许多蛋，端午节却只能一人一只，其余都卖了钱。一套红秋衣她穿了五年，洗得没了颜色。为了多挣点钱，李大壮前两年过年加班没回家，后来妻子儿子奔过来一起打工，竟然到第五年才回家过年。这次回来，是媳妇得了重病却苦熬最终耽误了病情不幸去世后才启程的，父子俩是抱着骨灰盒回家的。小说在过年的欢乐气氛中，写送媳妇的骨灰盒回故乡的悲惨，形成一种强有力的艺术对比。真实地反映现实生活，不人为地涂饰太平，是这篇小说的最大特色。这是一篇有思想深度的优秀作品，能深深打动读者，并引发一系列对现实的思考。

江岸《稻草人》（《百花园》2014年第4期）中，老人看到麻雀落到稻田里，就使劲赶它们，但不久它们就又飞了回来，老人于是开始了扎制稻草人，看到放置了稻草人的稻田里麻雀不敢落下，老人就一直扎制下去，把稻草人放满了远远近近的田野，直到最后他歪斜在稻草人身上去世，也宛如一个稻草人了。老人的稻田早被儿子承包出去了，他扎制的所有稻草人都放在了别人的稻田里。全村人深受感动哭着为他出殡。小说中，老人对土地、对庄稼的爱，感天动地。作品以颇具现场感的视角，深刻反思了一个普通人在当下农村社会的命运轨迹，在人与鸟的矛盾冲突中探悉了隐秘的人性与人情。

赵文辉《洗澡记》（《新乡日报》2014年4月11日），聚焦农村官场，在支部书记和村委主任的关系上进行拓展。村主任小星工作积极，时常跑在了支书文玉的前头，文玉心中很不舒服。在县里下来的一个工作队到来的时候，文玉开始整治小星了，在吃饭的时候一会儿让他出去巡查，一会儿又指派他去乡里开第二天才开的会，并不断地让小星的对手出面来拆小星的台。这篇小说的可贵之处是并不仅仅揭示基层官场的争斗和人性的阴暗，而是在更进一层中别开生面。文玉正在河边为自己权术的游刃有余而高兴地转悠的时候，正在河中洗冷水澡的工作队的吕科长给他讲了自己当年在校长位置上时的一些感悟，觉得应该把官本位那就像厚茧一样的精神垃圾彻底洗掉，并说自己是为了不被这些垃圾毁掉才开始了冬泳的。文玉由此受到震撼，也跳进了冷水中开始了洗澡。这篇小说尽管后半部分仍有一些概念化痕迹，但总体上说生活气息浓郁，人物形象鲜明，在今年的农村题材小小说中是做了开拓努力的，应予以充分肯定。

职场

和丰富的乡村题材小小说作品相比，以现代城市为主要表现对象的小小说虽然较前也有了长足的发展，但却仍然相当薄弱。或者说，我们的一些作家更多地似乎还不具备进入都市文化的能力，作品缺乏多种阐释的空间，贴近生活的真实性和把握时代脉搏的前瞻性尚有欠缺。我们目前看到的现代城市题材的作品最多的是写职场的。究其原因，首先是如今的职场竞争激烈，这些作品迎合了职场人希望补充相关知识的愿望，对于职场新人而言迫切需要通过这些作品给他们迷惘的职场提供一些指引，这样以来往往显得文学性有所欠缺。优秀的作家注重的是从人物出发，2014年的小小说在大量传授职场经验等工作指南类作品之外，也出现了一些有新意的作品。

张玉兰《陪着母亲坐火车》（《常德晚报》2014年7月29日），写陆总的母亲不坐飞机而要儿子陪着自己坐火车回乡下老家，在火车上陆总亲眼看到了一同乡因为老板不发工资饥饿难耐甚至偷吃了他们的零食，但这个男人却打电话告诉父母自己有吃有喝坐的是卧铺车云云。陆总为这个人的孝心感动得眼睛湿润起来，硬给了他五百元钱让他回去孝敬父母，并随即安排自己公司把拖欠的工资全部结清，回家过年的再发五百元的红包。在母亲的良苦用心下，陆总回到了诚信，回到了良知。小说有步步紧逼的故事情节、环环相扣的道德拷问，美好温暖的善意之光照亮了弱势群体的孝亲之心，唤醒了良善而美好人性的觉醒，体现了母亲对儿子的良苦用心。是职场小说，又超越了一般的职场小说。

袁省梅《舞台》（《百花园》2014年第6期）写有着坚定信念和崇高艺术追求的王少宏因为缺少舞台一辈子不得志的故事。他有天赋，音乐学院毕业，本来被分在了省城大剧院，但让父亲以家庭困难为由把他扯回小县城当了一名小学教师。因为他太孤傲，上舞台的事总是没有他的份。他心中有一座华丽的舞台，所以总是不懈地去北京参加比赛，但他没能拿回一个奖杯，浮躁之气让他的舞台轰然倒塌。让人感动的是，妻子在家中阳台上为他搭建了一个小小的舞台，不断鼓励他，愿意做他的听众。但现实生活中父亲的病、大侄子的婚事、小侄子的学费等，让他最终接续上了人间烟火，决定低下高傲的头当小孩子的启蒙老师带学生了。妻子不同意，他说有了妻子搭建的舞台就足够了。在无奈和妥协中，吟唱了一曲悠远又悲情的挽歌。小说写职场，但具有更深广的社会内容。

李立泰《免试》（《北京文学》2014年第10期）直接关注职场，研究生毕业的戈黎明为找工作东奔西走，整天到处乱闯。接到老板晚上在大酒店面试的通知后颇为犹豫，她知道笔试的时候老板已经对她的美貌垂涎欲滴了，这次若去肯定是凶多吉少，不去自己喜欢的工作又将擦肩而过。在一场噩梦后她还是决定去参加这次面试，但在路上因遭到流氓骚扰而衣衫不整只好回家了，第二天她却意外地接到了面试通过可以上班了的电话通知。原来这次面试是老板夫人一手操办的，凡是亲赴宾馆的都被打发走了，只有没能参加的她幸运地被录用。小说所触及的问题也已超出了职场的范畴，既描述了社会、职场、家庭等的矛盾和纠结，更涉及了普通人的普遍心理，表现了他们在社会生活中的生存状态和行为准则。小说不仅演绎了某一个案，还折射着许多社会现象。

曾平《后果》（《百花园》第11期）从小人物的职场这个侧面聚焦官场，父亲好不容易给儿子找到了一份给领导当司机的差事，曾经当到副局长的父亲以自己的司机生涯作经验，一次次教育儿子怎样为领导搞好服务，因为自己一辈子谨小慎微所以后果不错。但是儿子对父亲的经验、对父亲一次次后果很严重的忠告懵懂不解，尤其在对领导夫人用车、领导儿子用车中，儿子一片天真既不知道为领导夫人拿行李支付费用索要发票，也不知道为领导儿子喝酒、唱歌服务，父亲觉得后果会很严重很严重，儿子却不在乎地说自己已经不干了还有什么后果。反腐倡廉的小说可谓汗牛充栋，要写出新意不容易。这篇小说生活气息浓郁，人物性格鲜明。尤其是儿子的形象时尚而现代，充满青春朝气，有着温暖而充满希望的正能量。

于心亮《细粮》（《胶东文学》2014年第2期），展现了他自如地以生活化的细节讲述打工故事的不凡功力。作品以建筑工地为场景，讲述了黄彪、大头、我和想吃细粮的张细妹之间的人生交集与各自的人生轨迹，在多条线索的交叉行进中呈现了不同个性与多样人生。尤其是张细妹的形象显得很有个性，她单纯而又勇敢，自身卑贱而又对和自己命运相差无几的“钉子户”绝不手软，作品在一个看似简单的形式里，昭示的是现实事件背后人们的态度表现和情感反应，以及他们在和复杂的时代相纠缠时的欲望与奋斗，包括了远比故事更加复杂的现实与人性的内涵。作品在精短的篇幅中写出了时代的复杂和人性的复杂，痛恨“钉子户”而又自愿回到家乡去当“钉子户”就显得更加意味深长了。在直面现实上入木三分，而且在细节描写上也错彩镂金。作品有如一壶上好的浓酒，既清醇引人，又后劲十足。于心亮的小小说创作有着自己的鲜明特点。

文化

文化思考者该如何进入现实，该用何种心灵实现时代的文化品格，是今天的作家们无法回避的问题。把文化因素融入小小说创作中，让故事和人物笼罩在浓郁的文化氛围之中，不仅能增添作品的艺术色彩，更重要的是能凸显人物的性格特征，发掘人物的深层心理，强化人物形象的塑造，力避作品简单、肤浅、直露、缺少余味的毛病，提升小小说的文化品格。优秀的小小说创作会把文化因素同现代社会的实质、人的生活、人的本质和人类文明的普遍意义有机地结合起来，传达带有普遍性的人类生存状况，揭示生活的本质，反映人性的普遍内容。2014年，很多作家把侧重点放在对人的生存的领悟和发现上，在小小说中展示出一个美丽神秘而又令人神往的艺术世界。

聂鑫森《书衣》（《光明日报》2014年3月28日）在文化的背景上透视人性、透视红尘滚滚的现实世界。小说设置了两个人物，集中笔力塑造了一个中年单身女人朱青朱大姐的形象。她自身就是一位“出手不凡的工笔人物画家”，在古典诗词方面也具有很深的造诣，她的工作是在出版社搞装帧设计。她设计的书衣多次获得过国家级、省级大奖。我们看到的她，是一个衣着讲究、才情不凡、极具古典韵味的高雅美女形象。她因才情没有与自己相配的男人而坚持单身。领导安排的一套当代企业家的旧体诗词作品集能为单位带来100万的效益，企业家们又点名要求她设计书衣，她看过以后感到“多有破绽”而予以拒绝。小说的精彩之处在于，她不是直接用语言而是用自己更换的浓艳团花的扎眼服装在出版社里我行我素着表示了自己的态度。好在作为领导的另一人物吴进知道是怎么一回事儿，于是采取了变通的方法让别人设计后加上一个大红书带印上了朱青论述装帧的几句话。结局皆大欢喜，朱青的衣着也变回了正常。但小说却意味深长，风雅不能当饭吃，所以朱青最终变通地妥协了。吴进更是八面玲珑进退有余地为出版社操持着。不协调中有着可贵的坚守精神，最终变幻出新的协调时其实寓意着一种更大的不协调。两种妥协，一种实质，当下社会中的多重矛盾得到揭示，小说在耐人寻味中戛然而止。

张晓林《和高俅蹴鞠》（《海燕》2014年第8期）是他的笔记小说中的一篇。近年来张晓林致力于笔记小说的写作，经营的“宋朝故事”结构庞大，其中的“书法菩提”这个系列更是很受称赞。张晓林的笔记体小小说坚持走自己的路子，和一些写作笔记体小小说的作家走向古典笔记借鉴相比，张晓林还更多地吸收了西方现代小说的表现手法，所以他的笔记体小小说给人耳目一新的感觉，《和高俅蹴鞠》就明显的体现着这一特色。小说写的是赵佶和高俅蹴鞠的故事，赵佶觉得高俅很合他口味，高俅觉得自己最大的本事是让赵佶高兴。高俅经过送箅子刀并显示高超蹴鞠技艺后被赵佶留下，赵佶在和高俅蹴鞠的过程中砸歪了他的鼻子他说是王爷给他留的记号，赵佶当皇帝后想尽办法提携高俅，高俅当了禁军统帅竟然训练禁军不务正业去蹴鞠，并让他们去经商赚钱。最后，赵佶遗憾的仅仅是高俅的蹴鞠技艺下降，肚子变大。“不问苍生”的赵佶，投机钻营的高俅，都在小说的古典因素和现代因素有机交融中，具有了现代意味。

高军《周碧华》（《东京文学》2014年第2期）是作者中医题材系列小小说之一，以民国年间的女医生周碧华为主人公，透视社会变迁和心灵潜移等问题，尤其是她看到作为医生的丈夫在开的药方中有时药量把握不准，她都是在抓药中给调整回去。不论是和丈夫关系疏远的还是有肌肤之亲的，她都能一视同仁。当然对自己丈夫的出轨，作为新女性也是不能容忍的，所以她和丈夫离婚了。但在离婚以后她独立开诊所，并进一步认真研究情感对用药的影响，在晚年出版的专著中对于“改方”有独到分析，至今仍有现实意义。小说把中国文化中博大精深的中医作为塑造人物的重要载体，写出了一个性格鲜明的人物形象。以今人的心灵去体察昔人的心灵，用昔人的心灵来反照今人的心灵，这是一种文化对话和心灵对话的产物。小说给人们提供了一面镜子，镜子属于历史，镜中之像却属于现实。所以作品有历史意义，更有的现实意义。

夏阳《好大一棵树》（《小小说选刊》2014年第20期），以经典老歌为题，演绎时光流转里酸甜苦辣的人生故事，涉及丧葬文化的传承和归宿等问题，同时折射出更深广的社会问题。作者写母亲去世十年后“我”和父亲回家乡小县城寻找母亲坟墓的故事。十年前由于造纸厂等开发，家里只有低矮潮湿的两间平房，其余再也没有一寸土地了，母亲去世只好在山坡上暂时安葬。可是这次回来寻找母亲，那片山坡也被工厂占领了，当时做的记号已经不复存在，母亲的坟墓已经再也找不到了。看到五颜六色的污水更加肆意地流淌着，建筑工地上钢筋水泥张牙舞爪，想到父亲也已经肝癌晚期，父亲去世后的安葬问题更加严峻地摆在了面前。作品情感节制，叙事隐忍，语言富有张力，主题意味深长，对土地过度开发、环境污染等一系列现实问题进行了深度诘问，有着对国家、民族命运和前途的悲悯思考。

李永生《扈三爷》（《天津文学》2014年第3期）涉及乞丐文化，写原先是叫花子的扈三爷富裕以后，为了显示不忘本每年腊月初六总是穿上补丁衣裳，再当一天叫花子，用破碗吃搅拌在一起剩饭，裹着麻袋睡狗窝。这年腊月初六，扈三爷拉着打狗棍去城里理发，剃头匠看人下菜马马虎虎给他理得很不舒服，在剃头匠报价两个子儿后，扔下一块大洋骂了一句“狗眼看人低”扬长而去。一个月后，长袍马褂的扈三爷再次来理发，剃头匠精心伺候，可是扈三爷仅仅给了应该给的价钱，并等着剃头匠脸上出现自己期望的表情。可是出乎意料的是，剃头匠承认自己不能有个性，就得见人下菜碟，并指责扈三爷假装乞丐然后摆阔在吓唬人中满足自己的虚荣心，拿着小人物找乐子抖威风等，最后剃头匠拔腰挺胸不亢不卑声音响亮地把张着大嘴的扈三爷送出了门。小说不是简单地处理素材，而是对生活深入思考，上升到形而上的层面，揭示人物义正词严中的阴暗心理，见风使舵中的理直气壮，高雅中的卑下，劣行中的坚守，内涵丰富，况味悠远。作品以荒诞的艺术形式完成了真实的现实批判，更透显出一种含有反省意味的人生醒悟。

世风

世风，也就是社会风气。社会风气的变化，始终应该是文学关注的热点，更应该是小小说创作绕不过去的落脚点之一。随着经济的发展，人们越来越多的关注物质的享受，精神追求却不断退步。在小小说创作中，作家应有“再使风俗淳”的社会担当意识。2014年的小小说，在这个方面做得也是比较好的。

何君华的《礼拜二午睡时刻》（《通辽日报》2014年7月19日）取材于草原牧民生活，但小说从背包客的目光透视世风日下的现实，蒙古牧民外出从不上锁，经过的行人能够得到生活的一系列方便，在对话交流中主人甚至连锁的概念都没有，写出了牧民的质朴和民风的淳正。可令人痛心的是，当一年后背包客再次来到的时候，这里家家户户都上了锁，原因是过路的人把不上锁人家的东西顺手都拿走了。小说构思精心，在前后的对比中通过一个道具使用的变化，表现了世风的变化，让人感到一种惊心动魄的艺术效果。

江岸《秧大麦》（《小说界》2014年第2期）仍然是作者精心构建的“黄泥湾”系列中的一篇，写出了浓郁的地域风情和乡土气息。“秧大麦”是当地对女人的一种惩罚，具有独特地域特色的秧大麦让人感到新奇，让毛妮感到紧张。毛妮听说自己因不孝敬婆婆将要被秧大麦，吓得跑回了娘家。小说叙事自然，笔触挥洒自如。尤其是前半部分的几段插叙介绍了秧大麦这个活动的来历，文笔舒缓中，一种紧张气氛却被营造了出来。随后开始用更进一层的写法，将毛妮的紧张情绪刻画得惟妙惟肖。更难能可贵的是，短小的篇幅里还写出了旺旺、老头、小姑子、嫂子、婆婆等多个有特色的人物。文本用“秧大麦”将故事、人物、民俗、风情有机结构在一起，在轻喜剧的故事中，写出了情趣，写出了性格和性格的变化。小说浑然一体，结尾皆大欢喜，但读者回味起来却感到在不失厚重中包含着无限情趣。

吴宏博《楼顶的玉米》（《山东文学》2014年第10期）写父亲一听到孙子说老师让种一种粮食作物观察整个生长过程，就热心起来。为了照顾孙子来到城里的父亲，首先在阳台上开起了荒，在花盆里种起蔬菜来，这次竟然决定和孙子一起种玉米。在楼顶上用盆种上了玉米后，孙子开始还很热心，不久就失去兴趣，到QQ农场耕耘去了。回到乡下的父亲打来电话过问楼上玉米的事情，“我”和儿子上去一看，因疏于管理玉米早已枯萎。看到这种情况，“我”决定赶紧和孩子回老家看望老人家。这篇小说角度好，表现了父亲对家乡、对大地、对庄稼的深厚感情。更通过“我”和“儿子”的不同表现，写出了比较丰富的内涵，展示了人物性格、心灵的变化。

吕啸天《请佛》（《珠江时报》2014年2月26日）写的很有禅宗文化的韵味，人们盼望大师来村里指点生路，大师答应后却始终未来。开始大师的弟子来传话说村里好斗成风，为了不亵渎佛祖，所以必须推迟行程，人们受到震动开始改正这些毛病，村子里风气为之一变。后来弟子又告诉村人大师年事已高，通往村子的路况太差，大师捎来了五十两银钱让村人修路。村人有钱出钱，有力出力，团结一心，夜以继日终于修成了一条宽阔的道路。由于交通方便，村人勤劳，村人的生活越来越好。大师弟子第三次来到村里的时候，告诉村人说大师说自己已经来过村子里了。作品以一种达观的气度阐释着命运的改变只有靠自己的人生命题，字里行间流淌着生活的细流和情感的涓流，在有韵味的叙述中，讲述人心向善的变迁，社会风气的潜移默化。

爱情

爱情是一本需要去感悟的书，文学创作尤其需要在爱情这个大的主题中，写出不同的爱情故事，体现出常写常新的艺术魅力来。2014年爱情题材的小小说依然佳作迭出，作家们总是注意营构一个波澜起伏的故事，达到尺水兴波、韵味悠远的艺术效果。

李伶伶《数学家的爱情》（《天池》2014第2期）写外号“数学家”的他对数字特别敏感、对现实却懵懂麻木，为了0.20元的纠纷女友愤然离去。后来遇到干会计的她眼看就要结婚了，却又因为喝完咖啡两人都热心帮助老板娘算账出现纠纷而分手。老板娘感激“数学家”，以后就不收他的钱了，一来二去两人产生感情。他们结婚的时候，咖啡厅全部商品打八折，但老板娘强调只有开心果不打折。他突然想起去年在自己的算账中却打了折，老板娘也和他说了实话，当时他的女友算的账是对的，是因为自己看上了他才说他的女友算错了的。知道这一真相后，在老板娘的不解中，他坚决离了婚。精于数学的他被不会算账的老板娘算计了，不管把它当做一个喜剧还是当做一个悲剧，这一故事中藏着颇多玄机，都指向着对人性、命运、人生等重大主题的体验与思考。作品克制冷静，以自己的方式联通着社会大千世界，产生出一种惊心动魄耐人咀嚼的艺术效果。

符浩勇《洁白的婚纱》（《椰城》2014年第4期），结构上独出心裁，朱良和妻子菊子黄昏散步，碰到一个穿白色风衣的女人，后来女人靠着朱良坐了下来。菊子马上离开，朱良身边也没有了那个女人。开始这三分之二多的篇幅写的是一个梦境，梦中的一切随着朱良的醒来，烟消云散。现实又是如何呢？朱良再次看到了那个穿白色风衣的女人正在盯着他，这竟然不是梦！直到躺在身边的菊子也醒来了，朱良才完全醒悟过来。原来，这是朱良和菊子的新婚之夜，门口贴着大红喜字，洁白的婚纱在门后的衣服架上。朱良到底有什么样的人生经历和精神纠结？这个故事，透视一个新婚男人的精神紊乱，并进而凸显了一个时代的精神混乱。

崔立的《往来》（《牡丹》2014年第6期）写李阳和妻子坐长途汽车回家，刚在车上坐下就看到了自己的初恋王月。这种突然相遇，他内心的波澜自然难以平复，于是回忆起了两人的相识、相爱、分手。王月在打电话的时候讲了与丈夫存在的极大的矛盾，表明自己这次带走儿子让丈夫爱和谁过就和谁过去。当李阳给王月的儿子薯片时，王月和孩子强调了陌生人给的东西不能吃。车到站王月和男孩下车，妻子突然说怀疑李阳认识这个女人。这说明妻子并没有在看书，而是在一直观察丈夫与王月的动向，把她的复杂的思绪与疑虑暴露得非常充分。三个成人之间剑拔弩张的气势展露尢遗，说明现代社会中人与人、夫妻之间的巨大不信任，在一个狭小的空间里包容着巨大的生活和心理含量。作家出于对于人的精神现实的理解与尊重，寄寓了对于人的精神境遇的关注。在车内风平浪静的狭小空间，包容着很大的开放的社会内容。

心灵

心灵是一方广袤的天空，它包容着世间的一切；心灵是一块皑皑的雪原，它辉映出一个缤纷的世界。对于作家来说，心灵是一片湖水，会时时泛起一阵阵涟漪。用各自不同的发现和不同的角度，让作品散发出格外浓郁的精神关怀，体现着小小说高品位的文学追求。

毕淑敏的《绵延二十一日的宴》（《广州日报》2014年3月14日），别具匠心地在国际背景上展开叙述，在加拉比海的航船上，“我”、外国医生、女患者构成的叙述张力昭显着一种感人的执着。女厨师在生命的最后时间里，执着于做出一桌美味菜肴。由于有了这一目标，她的生命的最后时光充实而有意义。外国医生执着于自己从事的癌症临终治疗事业，他的治疗不但是药物的，更是心灵的。他认真安排女厨师的最后愿望，并充当食客吃下了女厨师在视力、味蕾等受到严重损害后做出的难以下咽的菜肴。在两种执着的和谐构建中，处处显示着爱、终极关怀等主题，在表面看似淡淡的平静的叙述中，诠释着普世价值中的大爱无疆主题，作品在错综事象的细切铺陈中显示出强烈的现实意义。

李国新《放下吧》（《亳州晚报》2014年1月13日）写小镇古寺来了一位和尚，据说开了慧眼，能知过去未来之事。女居士来行了大礼，但和尚默坐无声，眼睛半睁半闭，直到半个小时后才喃喃自语了一句“放下吧”。女居士通过反思，觉得和尚看透了自己的心思，决定彻底放下思想包袱，轻装上阵，快乐生活。男居士也喜欢佛教，听到女居士的讲述后，也去参拜和尚。和尚同样是不搭不理，也是半个小时后才开口，仍然是一句“放下吧”。自己感悟了一番，觉得师傅是让他放下欲望贪婪之心，还自己的清净，于是高兴而去。然后小说设置了和尚卷款而逃、为灾区捐巨款、不知来路就默然去世三种结局。小说篇幅短小，但进行了一次深度的掘进，剔抉出人在现实中的种种心态异象与心理病象，并将文学的钻头更深地掘进了历史的文化岩层，让不同的心灵在一个人物身上凸现出来。让读者在审美愉悦里，感觉出了无以言说的厚重。

黎晗《虚年》（《十月》2014年第4期）写新年前夕，“我”很空虚、很无聊地来到一家茶舍，看到打扮有特色的茶舍小妹，尤其是看到茶舍小妹年轻富有弹性的小腿后突然有些迷醉、有些迷茫。“我”想到了以前自己用过的旧手机号码，旧手机被停掉后自己一直没有和朋友们告知一下，自己曾经拨打过竟然不是停机提示而是风的声音，继而竟然是先轻后重的喘息声。茶舍小妹来泡茶时，在和她的语言交流中，得知她的名字叫虚年，因为“我”正给朋友发短信，突然想到应该给虚年也发个祝福短信，她欣然同意报出了号码，那号码竟然就是“我”以前用的那个手机号。小说在貌似单纯中，蕴含着世道人心等复杂内容，在令人纠结的故事中，有一种显见的向心灵深处探寻的文学追求。这说明小小说不仅可以作为历史的载体，而且可以极有特色、极有深度地承载历史、承载心灵。

刘国星《月光下的草原》（《天池》2014年第3期）具有浓郁的民族地域特色，从童年视角透视汉地医生爷爷治疗少数民族患者塔娜的故事。置身时代的风雨和社会的风浪中，人们的爱情会不可避免地经历各种坎坷境遇，这一切都会转化为一种心理的忧伤与精神的隐痛。塔娜因为自己心爱的人巴图和另一个汉地姑娘结了婚，失魂落魄，生命垂危。在洒满月光的大草原背景上，巴图的道歉，萨满的舞蹈，家人的关爱，“我”爷爷的疏导，让塔娜终于走出了门口，走出了严重影响个人生活与命运走向的人生关口。小说语言灵动，意境优美，写出了一种人格，一种人性，一种人生境界。

韦延丽《月光手帕》（《啄木鸟》2014年第3期）中把月光透过树影形成的光斑叫作月光手帕，母亲心中装着美，心怀美好愿景，所以才有了这一美好的拟名。小说精心选取犯罪的哥哥阿斌偷偷回到家中，弟弟向不认识的他陈述了哥哥逃跑后的种种情景。母亲尽管受到多种磨难，但对自己犯罪儿子信任期盼，并且详细讲了什么是月光手帕。阿斌的良知被唤醒，毅然走向了自新之路。小说结尾含蓄有韵味，阿斌“走进月光中，满地的‘手帕’忽地抱成团儿，包裹着阿斌向前走去……”。小说在冷与暖、动与静、明与暗、既反衬着又并置着的意象中，构成了作品含而不露的内在底蕴，具有很大的感情冲击力。

动物

2014年的动物题材小小说也有一些可圈可点之作。小小说作家们把视野深入到生态学、历史学、哲学等方面，把读者引入对人与自然关系的更深层次的思考，塑造的动物形象含蕴丰满且更加人本化，成为人的精神象征。

王族《逃跑的鹰》（《青春》2014年第2期），通过动物性来拷问人性，用一只复杂的鹰的形象来折射深刻的内涵。这只鹰在获得成功之后却出人意外地飞走了，我们在为它身上保留的顽劣难改的禀性高兴的同时，也看到了更加可怕的现实，——另外一只优秀的幼小的鹰又被开始训练了。小说的深刻之处在于，这只逃跑的鹰一年后又飞回来了，落魄的形象说明它出逃后生活得并不美好，它经过独自的生活后再次产生了对人类饲养的依恋。当它看到被束缚的幼鹰后，痛心疾首地高叫着，毅然决然地再次飞走，将鹰的个性、鹰的内心的波澜通过细腻描写，展示了出来。小说在给人以真实感觉的基础上，由动物性转化到了人性描写，鹰的多元性格显示着作品的深刻性。

沈石溪《牝马》（《新聊斋》2014年第5期）以明朗而优美的语言、深沉的笔触，严格按动物特征来规范所描写的这匹牝马的行为。这匹名叫小雪的牝马非常漂亮，它头一胎生下的一只死马驹被埋掉后痛苦异常。“我”牵着它去卖掉它时，它又母性大发要用乳汁去喂养别的马驹，被主人误会打跑。“我”找到它后迷了路，是它用乳汁缓解了“我”的寒冷和饥饿，回去后它的疯病好了，竟然像对待儿子一样对待“我”了。直到第二年春天，它又生产了一只活蹦乱跳的小马驹才疏远了“我”。小说通过对一只牝马的描写，揭示了这匹牝马情感纠葛的内心世界，着力反映出动物主角的性格命运，使读者不仅了解了动物的生活习性，还可以从中引发联想，体会其中的内涵，引起人们深沉的思索。

朱耀华《兽王之殇》（《小小说选刊》2014年第7期）写秃鹫跟踪一头伤残的狮子辛巴想伺机吃掉它，但这只伤残快死的狮子即使已经衰竭，也顽强地有尊严地和阴险的秃鹫对峙着，在秃鹫的不断挑衅中，辛巴顽强地站立着、前行着，最后它投入到了熊熊燃烧的山火中，在漫无边际的火光里，完成了它性格塑造的最辉煌的一笔。小说的结局安排得非常出色，写得力透纸背，有个性，有气概。在浪漫文学的探求里，弥布着蓬勃的精神张力。

周国华《藏獒》（《辽河》2014年第11期）写“你”到毡房后面觊觎藏獒的时候，被一条狼咬住后腿，在随后即将被狼咬住喉管的时候，是刚生育不久的藏獒扑上来和狼搏斗起来才救了“你”，但因体力欠缺藏獒渐渐支持不住了，狼的利齿就要落到藏獒的喉管的时候，“你”

射杀了狼，但藏獒已经身受重伤，只能爬行了。幼獒们扑上来，吃着母亲的乳汁，然后甜甜地倚在母亲身边沉沉睡去。其中三只银灰色的幼獒是藏獒中的极品，价值不菲，“有了它们，你将一夜暴富，还清巨额赌债，结束流浪的生活，和分别多年的妻儿团聚”。但是，小说结尾却这样写道：“幼獒们就毫无防备地躺在你面前。万籁俱寂。突然间，你听见了眼泪滑落的声音。”在一波三折的叙事中，在人畜大战中，在心灵交锋中，拷问着贪婪的人性痼疾，小说是在深入到人性的深处呼唤被泯失、被污损的真情。

荒诞

荒诞小小说将现实中的具体事物抽象化，把不起眼的事物虚构到极点，在故作平淡无奇的日常形式中表达出反常的内容，直入现象的至深之处，揭示事物的本质，开掘主题的深度。在2014年的小小说创作中，这一向度的创作中持续不断地出现了一些优秀作品。

歪竹本来是个诗人，近年开始写作小说，《过期视为放弃》（《小小说选刊》2014年第15期）写电视、网络和晚报上发了一个消息：“过期视为放弃！”并说这一条被列入了最新修订版的通用法律。轩然大波于是掀起，生活中荒诞的事情接连发生，不管强迫推行什么，堂皇的理由都是“这是一个民主的国度”，什么都是由法律说了算。小说把荒诞放在日常生活之中，放在最平庸的环境里，把它当作丝毫也没有什么可怪之处的东西加以表现。小说的向度直指将法律荒谬化，将“霸王条款”合法化，并强加在广大民众身上的可怕事实，深情呼唤公正、正义、民主、法治等本质的回归，让读者激起发人深省的思考。作者内心带着强烈的感情，不动声色地强调其荒诞性，戏剧化事件的背后有着现实影子的折射。

本年度，于德北小小说创作也有了转型，《绝望》（《青年文学》2014年第7期）写得很自由，很散漫，很诗意，充满幻想色彩。作品从小文的角度写爷爷的故事，每年秋天爷爷会突然失踪，次年春天回来。原来是爷爷陪同一位失群大雁的时候，为了让大雁飞起来，他做示范动作的时候长出了翅膀，自己先飞了起来。但这个情况没有任何人相信，所以爷爷绝望了。但是爷爷变得沉默不和人交流后，仍然每年秋天失踪，第二年春天再回来，直到最后一年再也没有回来。人们对他的失踪习以为常，对他的不再回来也渐渐习以为常，现实存在的因素和非现实虚幻的因素交织于一起，用写实的手法，来叙述非现实生活中的事件，大胆创新，诗意表达哲理的这种艺术追求值得肯定。

谢志强《一个秘密》（《山东文学》2014年第12期），王子在继承王位前的一次远程狩猎中把随从甩了，自己竟然看到农夫拿馕在渠水里蘸一下就吃得很香甜，他想求要一块尝尝，农夫开始拒绝，后来答应了王子要求。但只能作为两个人之间的一个秘密，因为父王是将馕列为平民食品的。后来王子即位，解除禁令，才将馕列入了王宫的食物。但吃不到原来的香味了，就想请农夫进宫。农夫觉得宫里无农田、无渠水，来人只好带上农夫的馕返回。谢志强“王国的秘密”这个系列已经成为一个品牌，能就作品题材采用不同的创作手法，提炼社会、道德、伦理现象的理性认识意义。从本篇也可以看出谢志强的艺术探索成果，那就是在故事情节、人物形象的设置上，弃实就虚，有意造成极端化、象征化。形式具有抽象性和超前性，却同时有着很强的现实针对性。呈现给读者的不仅仅是生活的华丽外表，更是丰富精深的内涵。小说中的讽刺意味往往与苦涩的幽默结合在一起，通过不确定的时、空和人物来表现出作品的思想内容。

东君《东瓯异人三题》（《上海文学》2014年第2期），由三篇小小说组合而成，总计字数不足三千，但在传奇小小说的写作中给读者带来一股阅读清风。《左手·右手》写一个怪人，他的左手，是恶势力的象征，但行恶不知恶之为恶，右手是善的势力象征，但行善不知善之为善，“左手”被“右手”砍死，“右手”做了好事后，竟有“愧意”，情节新奇，人物怪异，写出了人性的复杂。《快刀·慢刀》中刀竟与鱼同游，时而为鱼，时而为刀。快刀杀死仇人以后，却每个夜晚都发出凄厉的哭声，在奇思妙想中蕴含着深沉意象。小说在似真似幻的故事中，最终指向的是社会的本质和哲理的自省，内里蕴含的是对复杂世相的人性反思。《木心》中，老者的人心换成了木心，以牺牲了情感做代价，才最终脱离了痛苦。这种逃避态度，恐怕不能界定为对人生的一种超越，把人自身的价值与意义抛之脑后的现实让读者感到触目惊心。这三题小小说有深刻的含义，经得住咀嚼，令人回味。语言也很有特色，句式简短，深得古典笔记小说的语言神韵。从某种主观感受出发来改变客观事物的形态和属性，荒诞的情节却曲折地反映了人类存在的非理性表现。

人物

小小说当然也应该不断给社会和读者奉献众多鲜活的人物形象。作家如何才能挖掘人物更深层的内涵，让自己笔下的人物形象具有一定的精神深度始终是一个重要课题。2014年，小小说作家们努力实现人物形象塑造的突破，写出了一些有特色、有突出的审美价值的人物形象。

刘心武《徐胜马利芳》（《今晚报》2014年6月4日）以意气风发的几个大学舍友展示成功的聚会，引出“他”的初中同学徐胜利、马芳两位同学的可贵人生坚守，他们都没有考上大学，结为夫妻后对自己的平淡生活很满意。没坐过飞机，没出过境，旅游的最远足迹到达过北戴河。他们车座上夹一个不锈钢饭盒骑自行车上下班，养育自己的孩子，赡养自己的老人。谈论过后，“他”回忆起自己恶作剧把他们的名字在树上刻成“徐胜马利芳”的经过。最后，“他”回到老地方，费尽周折，终于找到了刻字的杨树。作品中的几个人物，都给读者留下了深刻印象。

刘建超《老街大炮》（《大观》2014年第4期）是他用心经营的“老街系列”之一，因从小嗓音大而得名霍大炮，霍大炮用高高的嗓音主持正义，如隔着一条街向省长喊冤反映情况，解决了拆迁款被挪用的问题。但不幸的是，十二岁的女儿得了白血病，需要一大笔医疗费，花光了所有积蓄后只剩下卖房子了。由于压力过大，他的声音也黯然失色。这时候一个企业家来到他家捐助了十万元给孩子治病，并承诺企业将全包医疗费。但老板提出了一个要求，过几天有个调查组来了解企业情况，要他美言帮助企业恢复生产。霍大炮一了解，原来这是个毁了土地，污染了河水，污染了空气的重污染企业。在调查组召开的会议上，霍大炮仗义执言，真实地反映了情况。第二天一大早，他开门时门外站满了老街人，都是来给孩子捐款的。他的哭声，又恢复了大炮的本色。小说既有对现实的深刻把握，又有可贵的良知和不懈的坚守，是一篇具有鲜明人物性格特色的优秀作品。

薛舒《三号床》（《光明日报》2014年6月20日）体现的是临终关怀的主题，写一个生命只有三个月时间的癌症晚期病人平静从容地面对残酷命运的平凡故事，他以调侃的语调谈论自己的病情，以正常的方式好好吃饭好好睡觉，没有悲伤、没有叹息，没有消沉。但小说不是简单地只写他内心强大，当“我”帮助他找到手机的时候，面对年轻女人他却显示出了内心的自卑。这样就写出了人物心灵的隐秘之处，写出了人物个性的多面。在让我们为他的刚强感到敬佩的时候，也看到了他内心的某些不堪。人物更加真实，小说的内涵更加丰厚，读者的心灵震动程度更加强烈。

周海亮《胭脂剑》（《小说月刊》2014年第10期）很有寓言意味，传说小妹的武功天下第一，她的胭脂剑是独门兵器，剑出如胭脂漫天让人沉醉其中忘记躲避，所以江湖上很多人都想杀掉小妹。小武厌烦了江湖的打打杀杀，想去打败小妹然后归隐田园，他找到了小妹居住的世外桃源并不见所谓的胭脂剑，更不见小妹身上有丝毫杀气，可在这里居住的都是一顶一的武林高手，他们在担水、劈柴……小妹也和其他女孩们在桃林中追逐嬉戏着，小武甚至都弄不明白小妹到底会不会武功、究竟有没有胭脂剑？小说在虚幻缥缈中，以自己的价值向度勾勒出现实社会缺失的一些因素，呼唤着和平、和谐等具有普世价值的本质追求。小妹的形象，给人留下了难以忘怀的印象。

陈毓《去原始森林的那个下午》（《牛背梁》2014年第2期）以“我”的角度观察学校的一位花工老来，“我”来上大学是急于离开父母离开家，开学第一天我就看到了土拨鼠一样挖土的他，两个人结识并开始了交往。老来的儿子去了日本，老来一直想找一个人传授园艺学，但儿子和“我”都没有选择这门学问，但“我”接受了老来的有关书籍并认真阅读起来，同时“我”发现在老来这里能练习爱，对老来、对母亲、对故乡、对世界……秋天的一个下午，老来带“我”去看原始森林，那么热情地指点着森林中的一切，并出现了最让人感动的一幕，老来把头埋进替“我”拿着的T恤使劲嗅着。“我”看着松果落下又被弹起，给人一种美丽而惆怅慢镜头的感觉。小说写的是当下社会，在看似随意的笔法里，取材严谨、细节密实，以日常化的生活细节素描人物，在原始森林的背景上，透视丰富的生活景象，写出了当下社会不断涌动和深刻隐伏着的一些东西。

谢大立《战友》（《山东文学》2014年第8期），写张凤收到一封信，说墓园管理处的负责人木根没有按他的要求，祭奠要他帮着祭奠的人。张凤和木根是战友，张凤后来当了法院院长，木根复员后受他的照顾才谋到了这个差事。张凤因一个案子导致死人被撤职，在反思和忏悔中委托木根每天为这个死去的人烧纸祭奠。可木根巧妙地把这笔钱转移用到了隔壁幼儿园孩子身上，张凤逐渐理解并将继续支持这一活动。战友之间的情谊进一步升华，张凤也走出了心灵的阴霾，精神逐步得到解脱。小说写了忏悔，写了救赎，写了理解和爱。表面的故事和深层的故事一明一暗，有机交织，蕴含丰富，韵味悠长。两个人物，各有特色，塑造得颇为成功。

空间

小小说篇幅短小，很容易写得简单，缺少蕴藉。有出息的作家，总是自觉地在有限的空间里，拓展出更多的内涵。

于心亮《杀死田耳》（《山东文学》2014年第7期），具有探索精神，小说开篇就要杀死不认识也不知道在哪儿的田耳，原因是田耳写了一篇以“我”的名字为主人公的小说，小说把“我”写成了一个卑劣的杀人犯。然后自然过渡到与妻子张琴的故事，为妻子查胎位的医生就是田耳。于是“我”请田耳吃饭，想借此机会杀死他。可是，田耳讲了一个故事，事情又回到了“我”的身上。小说叙事腾挪跳跃，故事套故事，短短的篇幅展现着尽量多的内容。尤其值得称道的是，小说笔调冷峻，叙事者脱离了故事的悲欢离合，显得对故事的进展无动于衷，让读者有一种新的阅读体验。

戴希《祝你生日快乐》（《文学报》2014年3月31日）运用设置三种结局的结构方式拓展小说空间。这种形式已经不新鲜了，但这篇小说内容的光怪陆离却是颇有震撼力的。芦苇岸和林馥娜网恋得热火朝天，林馥娜建议在芦苇岸老婆生日的时候要芦苇岸送礼物，芦苇岸于是送了花。第一种结局是老婆隐瞒送花的事，第二种结局是老婆猜到了是他送的，第三种结局是老婆不承认有这事。林馥娜和芦苇岸交流下一步怎么办，当芦苇岸说要离婚时，林馥娜忍不住跳了出来，说明自己就是芦苇岸的老婆本人。故事写得很热闹，这种生活的流动性与相关性构成的复杂性与不确定性，昭示着社会生活的演变。小说由表及里、由浅入深地写出了世态的变异，时世的变迁。

总的说来，2014年的小小说创作，花开锦绣，一片盎然。它们题材多样，角度多种，对生活和人性的展示达到了一定的广度和深度。同时这些作品大多构思精巧、叙事别致，体现着小小说作家在艺术上的不懈努力。在新的一年即将到来的时候，我们有理由相信，随着春回大地，草木葳蕤，小小说会越来越茁壮地不断成长着。

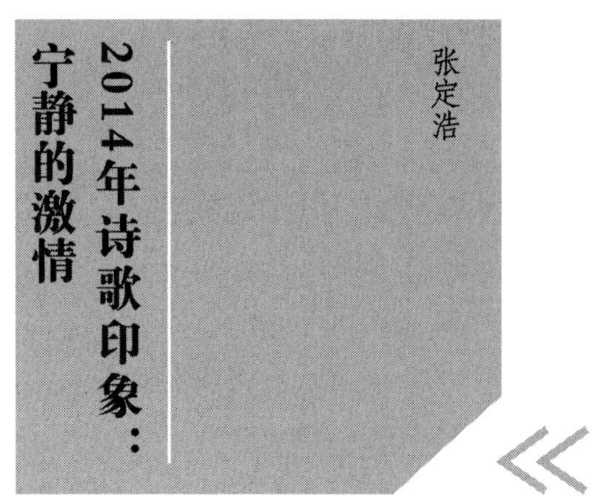

2014年诗歌印象：宁静的激情

张定浩

“时间……崇拜语言。”奥登说。作为一门以时间作为基本要素并凌驾其上的语言技艺，诗歌从本质上是拒绝按照年度来进行划分乃至评判的。因此，就某一年度为界限来考察诗歌，在其最好的意义上，也不过是从长河中随手取一瓢自饮。

小于一和ABC

2014年秋天的时候，我在报纸上看见一段有关新诗的话，觉得特别之好——“在现代传播业和大众媒体泛滥的时代，不断重复一些人的名字，意味着将这些人临时经典化，还可能意味着稀奇古怪的荣誉地位和市场利益，这与衡量一个真正诗人的标准相去甚远，对冀求能够深度体验作品的真正读者而言，也是无关紧要的”（殷实：《新诗如何继续生长——对几份文学期刊诗歌作品的抽样观察》，《文学报》2014年10月23日）。如今的新诗界，被不断重复的人名远远比能让人记住的诗行要多得多，这一方面可以理解为在一个新时代里诗人们自己的抱团取暖，另一方面却也来自严肃批评家的纷纷退场。我们现在很难找到像李振声《季节轮换》那样细致恳切地面对当下诗歌现场的本土诗学著作，诗歌批评家要么退回文学史中去，要么，就在浮躁和寂寞中成为庞德建议抛弃的那类批评家，“我建议我们抛开所有使用模糊概括词语的批评家。不仅是那些因为太过无知而没办法拥有一种意思才使用模糊词语的；更包括那些使用模糊词语来掩盖他们的意思的，以及那样的一类批评家，他们使用的词语模糊到让读者可以认为他同意他们或赞成他们的主张，而其实却并非如此”（埃兹拉·庞德：《阅读ABC》，译林出版社2014年8月）。

诗歌翻译，作为汉语新诗的重要哺育，这些年一直都很热闹，可以说是城头变幻大王旗，

2014年又有很多不错的译本出现，如程佳译《R.S.托马斯晚年诗选》、王家新译《新年问候：茨维塔耶娃诗选》、胡桑译《我曾这样寂寞生活：辛波斯卡诗选2》、张芸译《宁静的激情：狄金森诗歌书信选》等。但相应的注重文本细读的诗论翻译一直都太少，以至于过去有段时间汉译本的海德格尔大概竟成了阅读现代诗的启蒙教材。而我有时会觉得，要准确感受一位其他语种的现代诗人，单靠原作和现有的翻译是徒劳的（除非是遇到一位同等强力的诗人译者，如穆旦译奥登），靠半通不懂的诗化哲学汉译也只能是“以己昏昏使人昭昭”，更踏实地能够起到帮助作用的，是诗人本人论诗的散文著述（如果有的话），以及借助另一位和他同语种诗人的眼睛和耳朵。在这样的背景下，我愿意把布罗茨基《小于一》（浙江文艺出版社2014年9月）和庞德《阅读ABC》这两部诗人文论的中译本出版，视为2014年度最为重要并且对新诗今后发展影响深远的诗歌事件。因为每一个喜欢现代诗的普通读者，从此都可以借助这两部平实而有力的书，把它们作为试金石，自己去检验一首诗、一篇诗论，进而去检验自己对于诗歌的认识程度。这是两个截然不同的现代诗人，但他们对于现代诗的某些基本认识，比如对音律和节奏的强调，对古典素养的重视，对诗歌语言特质上的凝练、准确和新鲜的追求等等，却取得了惊人的一致。他们很好地展示了什么叫做对于诗歌的严肃谈论，这种严肃谈论探讨的不是急功近利的题材设定、抽象空洞的理念情怀、廉价肤浅的政治指向，而是具体的、一个词与另一个词的关系，以及如作曲一般的微妙精细的调性变化。他们很好地展示了，为什么说，诗人是一门语言赖以生存的人。

反观2014年主流文学期刊上的诗歌整体状况，其实和前几年并无大异，它依旧是一种写作门槛和难度非常低的文体存在，几近于分行的说话，这是相当令人匪夷所思的事情。绵软无力的口语叙事腔，遁入油滑的玄学表演腔，以及陈腐矫揉的浪漫抒情腔，依旧占据主导地位。由于缺乏“小于一”的自我认知和“ABC”的诗学教养，很多诗人们的诗歌抱负和实际写作之间存在着惊人的落差。相对而言，今年《山花》月刊上的诗歌品质，似乎稍显突出一些，其中，孙文波《长途汽车上的笔记》、阿翔《恣意诗》、朵渔《危险的中年》组诗，都有让人眼前一亮之处，就连臧棣，在这里刊发的一组《潜水史和预防针》，在气息上也比他那些不痛不痒的丛书诗和协会诗要诚挚动人很多，也许正如他自己所写下的，“一个人同时走在两条路上，是可能的”。

站在青春的桥头

相对于诗歌江湖上的山头林立和好大喜功，校园诗歌以及围绕在校园周边的年轻诗人，一直是汉语诗坛上一种值得珍视的、相对清新和纯粹的存在。2014年，这种存在似乎尤为醒目。

先是在上海这边，4月有以同济诗人为主的“星丛诗系”出版，收有胡桑《赋形者》、茱

[illegible]《仪式的焦虑》等六种，9月，复旦诗人肖水也出版诗集《艾草》。和那些大学毕业工作之后就匆匆罢笔的上一代校园诗人不同，这几位诗人有幸长年在学院里生活，或工作或读书，而这几本诗集也均是他们各自近十年以来的自选集，从中可以清晰地看到校园诗歌在写作者日趋成熟之后可能呈现出的新风貌。11月，《上海文学》杂志也推出“新人场”专辑，刊发一批90后校园诗人的诗作，也颇可观。大体说来，他们的诗歌都比较讲究字句的锤炼、意象的丰润，以及情绪上的沉静：

面包由如下成分组成：雪，沙砾，石头的嫩枝，
适量带边锋的语言，朝两三点钟方向摇摆的梦。（肖水《便利店》）

细雨中沉默的人，生长出鹿角。（吴盐《午间土豆》）

而在北方，《诗刊》的下半月刊这几年集中刊发年轻诗人作品，并组织锋芒毕露、坦诚相见的诗歌讨论会，显得颇有生气，比如丛治辰在针对戴潍娜作品的研讨会上就直言不讳，“我们这一票人可能都背离了诗歌技艺最基本的东西，就是准确。表演性的东西占了上风，看起来丰富，但恰恰失去了准确”。我想，这种准确可能会包括很多具体指向，但最终都会落实在用词的准确上，而正是这些准确的用词，才使得一个诗人有可能区别于另一个诗人。在批量化生产、同质化严重的诗歌现场，这样对于“准确”的反省弥足珍贵。9月，由《诗刊》主办的第30届青春诗会召开，并随之出版了15种青年诗人的诗集。10月，在北京的另外一些年轻诗人，又策划举办了主题为“桥与门”的北京青年诗会，他们明确地宣称，“今天在北京从事写作的诗人，我们惊叹于他们的创造能力和生产规模，这里并非冷清寂寥，而是写出的作品太多了。我们宁可诗人们少写一点，多想一点。因此我们更倾向于提出‘一次性’的概念，把每一次写作都当作第一次，把每一次写作也都当作最后一次”。这，是新一代写诗者的清醒和抱负。

就诗风而言，北方的年轻诗人烟火气似乎更浓烈一些，句法上也显得更加放纵多变。比如：

有些男人试图拧紧你的发条，有些则要免费你的肉身
你一面挡住绝望，一面对撞上来的废墟传神写照、随物赋形（李宏伟《有关可能生活的十种想象》）

它们结伴而来，抽象的弧线的
系列，饱满的光的花序，
浪花里缠斗的健硕的孩子（黄茜《室内乐》）

才学兼备的新气象

严羽《沧浪诗话》里有名的句子："诗有别才，非关书也。诗有别趣，非关理也。"有很多诗人常会津津于此，却忘了这只是原文里的半截话，后面还有半截话作为补充："读书破万卷，下笔如有神；贯穿百万众，出入由咫尺。此得力于后天者，学力也。非才无以广学，非学无以运才，两者均不可废。有才而无学，是绝代佳人唱《莲花落》也；有学而无才，是长安乞儿着宫锦袍也。"一种重才轻学的空疏倾向，曾长久笼罩诗坛，以至于有些年长一点的新诗作者，直到如今，对于古典，依旧存在一种源自无知的极其轻薄的态度，且呈现出一种大而无当的傲慢。他们对于古典诗和古典诗人的谈论，每每令人喷饭。

但这种状况近年来也正在逐步好转。越来越多的中青年诗人开始自觉地向着中西古典传统深入，而不是仅仅满足于拿着屈原、陶渊明、杜甫发发诗兴。限于篇幅，我在这里抱歉只能挂一漏万地略微提两个人，一个是北京的王炜，一个是上海的朱琺。

2014年，王炜开始撰写诗论随笔集《近代作者》，计划对拜伦、海涅、莱蒙托夫、普希金等十余位19世纪诗人进行重读和评述，从已经问世的几篇来看，结合他自己的长诗和诗剧实践，他正在有意识地构建自己的写作谱系，通过回到西方经典；同时，他也正在呈现出更为强力的综合作者的自我形象，通过在经典作者身上找到楷则。

于是我访问被迫停止工作的人
整理敌意的历史。
在冻土与军管各省
安扎语言营帐，它将包含
几种粗率的样式：
对话、叙事诗和散文。（王炜《大陆桥未来史·献辞》）

与田野工作出身的王炜所具有的强烈实践感相比，在上海高校教书的朱琺，走的则是另一条博古通今的趣味书斋之路，他的偶像是图书馆长博尔赫斯。但他真正令我吃惊之处，是他的那些尚未完成的诗经今译。2014年他自印《一个人的诗经2》，收入《国风·召南》的今译14篇，在那些诗里面，源自古典的绵绵深意，得以转化成一种强劲新鲜的现代汉语语感：

去往南山只是一个借口
我顺手摘下薇和蕨的叶子
草丛不再奏鸣，草虫

都停下来看我。（朱珐《召南·草虫》）

小出版和女性诗歌

民间出版，这些年一直是新诗传播的重要媒介，它具体又可以分为两种形式，一是聚集诗人群体的定期或不定期的民间刊物，二是专门制作诗人单行本诗集的小出版。前者，在2014年值得一提的是诗人木朵一个人自办的《元知》，它主要取材于豆瓣、微博等网络平台上的诗人原创，注重诗、译、论的结合，强调诗歌的思想力度以及文体特质，其中关注的如杨铁军、王志军、邹波、施茂盛等，都是近年涌现的才学兼备且对汉语言质地有要求的成熟诗人。至于小出版群体，品质比较出众的是广州的“副本”和海外的“山水印作”。“副本”今年出版了连晗生《露台》、马桓《故事》、邓宁立《裂口》、江汀《明亮的字码盘》，“山水印作”出版了周琰《天体的时光》、阿九《兰园学报》、杨铁军《和一个声音的对话》、李景冰《北方的河》、吕德安《长诗》。相对而言，“副本”倾向于出版诗人阶段性的小册子，而“山水印作”更偏好出版反映诗人整体面貌的自选集。把这些为他们所囊括的诗人放在一起，可以构成一个新的松散又鲜明的诗人群像，将他们联系在一起的不再是含混狭隘的地域，也非朝生暮死的流派或野心，而是诗艺本身。

女性诗歌一直是新诗特别的一叶。《诗歌风赏》是一本2013年末新创的诗歌出版物，每季度出版一本。2014年第一期的“当代少数民族女诗人”专号，把一个相对不为人熟识的诗人群体呈现了出来，相对而言，在这些少数民族女诗人的诗作里，某种空灵和健朗的歌唱性似乎是她们特别的地方。和新生的《诗歌风赏》堪可对照的，是周瓒和翟永明主编的《翼》女性诗刊。作为中国第一本女性诗歌刊物，《翼》已经持续了十六年，并且依旧保持很旺盛的活力，今年她们出版了第八期《翼》，收入蓝蓝、吕约、宇向、刘丽朵、翟永明等女诗人新作，并着力推介范雪、叶美、林侧、余幼幼等80、90后女诗人的作品，某种艾米莉·狄金森般“倾斜着说出全部真理”的姿态，是她们所愿望的。

年选和余秀华

每年的岁末年初，都是各种诗歌年选纷纷出炉的时节。国内有关2014年的诗歌年选，较具影响力的约略有以下几本：中国作协创研部编选的《2014中国诗歌精选》（长江文艺出版社）；李小雨编选的《2014中国诗歌年选》（“花城年选”系列，花城出版社）；《诗探索》编辑委员会选编、林莽主编的《2014中国年度诗歌》（“漓江年选”系列，漓江出版社）；

宗仁发主编的《2014中国最佳诗歌》（辽宁人民出版社）；邱华栋主编的《2014年中国诗歌排行榜》（百花洲文艺出版社）；谭五昌主编的《2014中国新诗排行榜》（北京师范大学出版社）。这些年选，往往都是由某个诗歌刊物或学会和某个出版社长期合作，具有一定的持续性，有的已经有十几年的历史，因此也各自形成不同的风貌和传统。

诗歌年选的编辑有助于普通读者迅速了解最近一年的诗歌创作生态，但同时它也很容易沦入某种权力和利益之间的蝇营狗苟，制造某些文学野心和才华不相匹配的闹剧。从这个角度来看，出自各种渠道的不同选本的并存，是非常有必要的，可以有助于彼此的竞争和自醒。对于当下诗歌创作的贫乏和困窘，很多编者也都有着相似的感受和表达。

比如，《2014中国诗歌年选》的编者李小雨在前言里就说："撞击我们心灵的诗歌少了些，那种满足于自我玩味的刻意为诗或大白话、并无意义的叙述仍一次次让我们面对那些久已熟识的格式化的构思和语言无话可说，而面对生活的深刻思考、与时代同步的黄钟大吕式的令人震撼、回味的诗也不多见。"而《2014中国诗歌精选》的编者霍俊明则在后记里直言道："在写作越来越个人、多元和自由的今天，写作的难度正在空前增加。由此，做一个有方向感的诗人显得愈益重要，也愈加艰难。尤其是在大数据共享和泛新闻化写作的情势下个人经验正在被集约化的整体经验所取消。当我在一个个清晨和深夜翻开那些诗集、刊物、报纸以及点开博客、微博、微信的时候，那一首首诗不仅没有让我看清这个时代诗人的个性，反倒是更加模糊。在自媒体平台上成倍增长的青年写作群体不仅对诗歌的认识千差万别，而且他们对自己诗歌水准的认知和判断更耐人寻味。这些诗人（尤其是年轻诗人）好像是被集体复制出来的一样。但是他们却又如此狂妄和无知。看看他们自吹自擂的简历，看看他们不知所云的诗歌观念，看看他们那些鄙夷、漠然和空洞的眼神，我一次次无语！与此同时，很多成名的大腕诗人正在国际化的诗歌道路上摇旗呐喊。可看看他们的诗，他们仍然是翻译体写作的二道贩子。而很多诗人也欣欣然于毫无创见和发现的旅游见闻写作，他们正兴奋无比的给那些山寨、仿古的景观贴上小广告。还有一部分诗人更为恶劣，他们对诗坛不断恶语相向。看似义正词严的面具却掩盖了他们的私心、恶念和猎猎的嘴脸。"

在2014年末，可以和周期性地在诗歌小圈子里掀起的年选式热闹堪作有趣对应的，是余秀华作为一个诗人引发的史无前例的热闹。

2014年《诗刊》9月号重点推荐了余秀华的诗，编辑刘年指出："一个无法劳作的脑瘫患者，却有着常人莫及的语言天才。不管不顾的爱，刻骨铭心的痛，让她的文字像饱壮的谷粒一样，充满重量和力量。"随后12月17日，中国人民大学第三教学楼，更多的人听到她现场的朗诵，并为之感动。2015年1月13日，旅美学者沈睿发表了一篇余秀华诗歌的读后感，将余秀华称为"中国的艾米莉·狄金森"。紧接着网友王小欢把沈文发布在自己经营的微信公号上，并把原标题《什么是诗歌？余秀华——这让我彻夜不眠的诗人》改成《余秀华：穿过大半个中国去睡你》。由此在微信朋友圈引发刷屏，以及随之而来的围绕余秀华诗歌展开的事件级的全国性大讨论。因为这样的讨论实际上属于2015年范畴，在这里恕不展开。可以顺带提一句的是，无论余秀华的诗歌最终走向如何，她的的确确激发起文学读者这一二十年以来积压已久的、针对当代汉语诗歌和诗人低劣品质的怒火。

朝向未知

尽管诸如“为你读诗”和“读首诗再睡觉”这样的微信公众号去年就开始出现，但真正的微信诗歌热可以说是从2014年开始的。除了上述两家更加火热外，还值得特别推荐的是“中国诗歌学会”微信号，每隔两三天就推送一种配带作品评论的诗人专辑，从密度到品质，堪称这一年兴起的最优秀的诗歌微信公众号。其他还有一些私人凭兴趣开设的诗歌公号如“红杏出墙人民艺术广播”，或语音或文字，定期推送他们喜欢的诗人诗作、译诗及相关诗论，在品质上也远胜于传统诗歌刊物和大多数民刊。随着微博、微信、豆瓣乃至荔枝电台等等这种自媒体的形成和日益成熟，诗歌主要载体正在发生变化，由此带来一种非常清新的气象，它使得韵律、节奏、语感，以及情绪上的明净，重新成为一些最需要重视的诗歌品质。诗歌，开始重新意味着一首首具体的、依靠文本自身在口耳和手指间流转的诗，而不是局限在小圈子里面的自娱自乐。诗人们仿佛正慢慢地尝试要从私密的小房间里偶尔走出来，但并不是要像八十年代那样回到广场，而是走到朝向街道的阳台上。

无论对于诗人还是对于诗歌本身，这都会是一个有益的空间，因为其中蕴藏着未知和考验。

每一年都有一些诗人离开我们，走向更广袤的时间。也许我们还应该谈一谈他们。但对诗人而言，死亡其实只是一个开始，而不是结束，我们或许没有必要那么心急地给他们盖上封印，仿佛要赶在新年到来前甩掉他们。

碎片时代诗歌何为

——2014年中国年度诗歌考察

霍俊明

2014年已经远去了，人们仍然日复一日在卧室、地铁、车站、街道、广场低头翻看手机。此时，当你拿着手机刷屏和游戏的时候，你是否想到了某个国际品牌手机的那个无比煽情甚至还充满了“诗意”的广告——your verse anthem？你是否记得这款手机广告借用的电影《死亡诗社》里那句经典台词：“我们读诗、写诗并不是因为它们好玩，而是因为我们是人类的一分子，而人类是充满激情的。没错，医学、法律、商业、工程，这些都是崇高的追求，足以支撑人的一生。但诗歌、美丽、浪漫、爱情，这些才是我们活着的意义。”这款广告还借用了惠特曼的诗句“人类历史的伟大戏剧仍在继续/而你可以奉献一段诗篇”。但是，这则广告却有意忽视了惠特曼这首诗中更为重要的诗句，“毫无信仰的人群川流不息/繁华的城市却充斥着愚昧”。

在被指认为文学和精神碎片化的年代，一个问题必须被提出来。也就是在热闹纷杂的诗歌现场，在缺乏共识和公信力的年代，诗歌如何能够最大程度上对自我、公众和社会发声呢？

本年度的诗歌在发展过程中既有一些老问题的延续，也出现了一些新的现象需要认真梳理和及时总结。无论诗歌被业内指认为多么繁荣和具有重要性，总会有为数众多的人对诗歌予以批评和无端指责。这就是诗人的“原罪”。社会事件、爆点噱头、娱乐事件、“不良”诗歌的新闻炒作都使得诗歌在公众那里缺乏足够的自信和公信力。从“诗人的诗”及其场域来看，我们现在一方面有的是“繁荣”而喧嚣的诗歌现场——诗集（包括各种民间出版物）、诗选、诗歌类报刊的出版，诗歌朗诵会、大型诗歌节、小团体沙龙、跨界诗歌的公益活动以及采风、研讨、颁奖等形形色色活动的频繁举办；另一方面却是诗歌刊物的销量不断走低，大众对诗歌的“圈子化”、“精英化”、“小众化”、“自我窄化”的诸多不满以及“诗歌正在离我们远去”的质疑之声犹在耳边。

移动自媒体语境下的诗歌新生态

移动平台自媒体的出现对诗歌生态产生了不可忽视的影响。尤其是“为你读诗”、“读首诗再睡觉”、“诗刊社”、“诗歌是一束光”等数百个诗歌微信平台的出现对诗歌的“大众化”、“流行化”以及审美的多元化所起到的作用不容小觑。动辄几十万的阅读量、粉丝群和转载率、点赞数是以往包括文学网站和个人博客、微博平台在内的诗歌传播所没有过的。而由此出现的诗歌传播、阅读和评价的新变化已引起学界和媒体的关注。微信平台的诗歌更适合高速的城市生活和读屏式的阅读习惯。微信自媒体空间的诗歌传播给出了一些出乎诗人意料的答案。一个明显的现象是，现在订阅量比较大的诗歌微信公众号，其制作者并非都是专业的诗人和诗歌从业者，而更多是由普通人来参与完成的。他们在以最大的自由度理解和接受、传播诗歌。这种自由度不仅体现为筛选范围的扩大（古今中外应有尽有），还尤其体现为对诗歌美学理解的多元。可以说，因为挣脱了美学、思想和文学史意义上的条条框框，普通人忠实于自己的阅读感受，用订阅和转发来“投票”，选出了那些最能接通他们情感的诗作。人们最直观的感受是，诗歌好像正在从圈子里的创作和阅读走进普通人的生活，诗歌开始“流行”起来了。“诗人的诗”借助不断攀升的粉丝数和订阅数，似乎正在变为“大众的诗”。2014年11月25日《人民日报》“青年文艺论坛”推出文章（《诗歌的阅读时代正在降临》《“有感而发”的抒情本质不变》）专门谈论大数据时代新媒体语境下“诗人的诗”和“大众的诗”的交互性对话和转换关系。较之精英化、学院化、小众化、知识化和圈子性（很大程度上具有排斥性和自我窄化的倾向）的“诗人的诗”，自媒体平台建立于更开放的“个人审美”基础上的“大众的诗”确实更容易为普通读者所接受。以个人微信号为主体的诗歌传播显然与一般意义上的新媒体和大众传媒不同，而是更强调个人性和自由度。微信平台上流传最广的往往是朗诵诗、爱情诗和浪漫主义色彩鲜明、抒情性强的诗歌。尤其是那些抒写亲情、友情、爱情、乡情的诗歌更容易迅速传播。

与新的传播方式相应，是诗歌与影视、戏剧、舞蹈、音乐、绘画等艺术领域的跨界。由此，出现了诗歌的剧场化、音乐化、广场化、公共化的新现象。代表性的有融合了舞台、音乐和朗诵元素的蓝蓝的诗剧《边界》、翟永明的诗剧《随黄公望游富春山居》、音画诗剧《面朝大海》、闽南风情舞蹈诗《沉沉的厝里情》、肢体诗剧场《隐秘·莲花》、“第一朗读者”、交响音乐诗“女书”、“江南音素——诗歌与民谣分享会”、“新诗与古琴”朗诵演奏会、“诗歌来到美术馆”、“外滩艺术计划·诗歌船”（其内容是将上海外滩金陵路码头的一首轮渡命名为“诗歌船”，并将码头、船体内的写真灯箱作为当代诗的发表载体，陆续发表国内外极具影响力和文本创造力的当代诗力作。诗歌船首航是“臧棣号”）。此外还有诗歌专题纪录片和诗歌微电影的出现。12月2日公布了反映打工诗人的电影预告片《我的诗篇》。该电影由上海大象微记录、爱奇艺和蓝狮子字文化公司联合出品，被称为中国第一部工人诗歌的记录电影。《我的诗篇》以广东富士康公司出现的郭金牛、许立志以及谢湘南、乌鸟鸟等工人诗人展现工人阶层的特殊生活和精神状态）的出现。

一定程度上，诗歌借助新媒体平台在公共空间的传播确实有利于诗歌接受的大众化。但是，自由和开放的以个体为主导的自媒体又很容易出现信息的泛滥和失衡。微信平台的诗歌传播也面临着一些危险，那就是由于缺乏必要的监管、筛选、甄别和编辑机制而导致良莠不齐、泥沙俱下（比如对“废话体”、“口水诗”、“乌青体”、“脑残体”诗歌的不良传播）的现象。甚至有的微信公号为了迎合眼球经济将那些与诗歌内容无关的色情图片和视频作为招牌。这种类似于“新闻标题党”的做法带来的结果不是让人们离诗歌越来越近，而是越来越远。诗歌的亲和力和它在一定范围内的独立性和纯粹性并不矛盾，它在受欢迎甚至在“流行”的过程中应始终保持来自日常却又高雅的诗意，对诗歌的阅读不能完全置于功利性的目的之上。我们当然需要通过自媒体的平台走近诗歌，用诗意滋养更多人的内心；与此同时我们必须防止那些浮躁、功利、唯粉丝和阅读量为旨归的不良传播心态。自媒体平台同样应该营造一个健康的诗歌传播环境，让更多的人读到更多的具有正能量的好诗，也让“诗人的诗”和“大众的诗”相互补充、彼此打开、平行发展。

需要再认识的“工人诗歌”

近期纸媒、网络和微信自媒体对“90后”跳楼自杀的打工诗人许立志的传播和评价，很大程度上已经离开了诗歌本身。也就是中国当下被热议的诗歌和诗人，尤其是“诗人之死”往往都具有某种被放大化的社会象征性和时代寓言性。

“大众”和公共媒体以及自媒体所关注的不是诗歌自身的成色和艺术水准，而更多是将之视为一场能引起人们争相目睹的社会事件——哪怕热度只有一秒钟。这可能正是中国目前诗歌的写作、传播与评价过程中难以避免的悲哀！甚至这份悲哀来得让人无言以对。值得注意的一个细节是许立志是在2014年的9月30日（星期二）跳楼自杀的，而后来的媒体报道却将这一时间有意地改动为10月1日。显然，这两个时间节点上死亡的象征意义是完全不同的。一个国家的重大节日和一个默默无闻的打工诗人的死亡之间又恰好形成了意味深长的紧张关系——时代隆隆的发展与静寂的个体死亡构成了生动的戏剧。我们如何在一个诗人的生前和死后认认真真地谈论他的诗歌？如何能够有一个不再一味关注诗人死亡事件、社会身份、公众噱头的时代到来？这些追问也许都是徒劳。而由许立志定格在24岁的生命我们想到的是他奉献了怎样的诗歌？还好，他生前的诗歌值得我们认真谈论，因为，他确实是一个不错的诗人。只可惜他同样是一个没有最终“完成”的诗人。

“媒体报道”在今天看来甚至对“现实”也构成了一种巨大的虚构力量。而围绕着许立志，媒体（也包括一部分诗歌界）为我们揭开的是如下关键词：90后、打工者、诗人、打工文学接班人、深圳、富士康、十七楼、自杀、海葬。对于任何人来说这些时代关键词一起冲涌过来的时候都不能不为之心惊胆寒。对于“诗人之死”的谈论和关注更多是追认式的，包括海子在内。试想，在海子和许立志生前有谁认真谈论和评价过他们的“诗歌”？许立志生前诗歌的写作和发表数量都不多，在诗歌界的影响甚微。而许立志也许还算是幸运的一个。诗人伊沙在《新世纪诗典》（第三季）中于2013年11月12日推荐了许立志的诗《悬疑小说》。这首诗的戏剧性结构尤其是令人意想不到的结尾确实令人称赞。很多人读到这首诗最后两句的时候都会感到“一哆嗦”。确实，现实本身比悬疑小说还不可思议。

实际上，许立志并不是一个个案。他既不是打工诗歌写作的个案，也不是打工者自杀的个案。2010年震惊中国和全世界的是13个工人先后从富士康的大楼跳下。2011年许立志来到深圳富士康。而许立志之所以是作为一个现象出现，不仅在于打工者的连环自杀，而且更在于他的诗人身份。由他扩展开来的恰恰是十几年来打工诗歌的热潮。甚至对于打工诗歌或者工人诗歌而言，这已经是一个炒冷饭的话题了。打工诗人群体的出现与地方经济发展和全面城市化的时代直接相关。甚至十多年来我已经听惯了诗歌界和评论界对打工文学和打工诗歌喋喋不休的热议甚至争论。我并不是对这一写作群体有任何的不满，甚至从生存的角度来说他们是中国最值得关注和尊敬然而又一直受到冷落、漠视甚至嘲讽的人群。而据相关的统计，中国目前有三亿一千万的农民工，有2000万在写作。问题的关键是在评价许立志和郭金牛、郑小琼、谢湘南、乌鸟鸟等打工身份的诗歌文本的时候，人们和媒体争相关注的并不是诗歌本身，而更多是关注诗人的身份、苦难的命运以及一个阶层的生存现状。实际上这也没错，为什么诗歌不能写作苦难？为什么打工者不能用文学为自己代言？但是，有一个最重要层面却被忽视了——美学和历史的双重法则。历史上能够被铭记的诗人往往是既具有美学的个人性又有历史的重要性。而无论是任何时代，不管出现多么轰轰烈烈的诗歌运动、诗歌事件和大张旗鼓的诗歌活动，最终留下来的只有诗歌文本。历史不会收割一切！稗草只能成为灰烬。时下很多诗人和评论家认为农民工诗人是一支新兴的文学力量，他们抒写痛苦的打工生活和工厂世界，为农民工代言。但也有很论家和诗人认为农民工诗人的写作过于狭窄、单一化和道德化，缺乏美学上的创造力。目前人们热议的许立志正是被附加了很多诗歌之外的时代象征性和新闻效应。也就是说，在社会学的层面他是被同情的弱者，即便谈论他的诗歌也更多是从社会学和伦理的角度予以强化。而12月2日公布的所谓中国第一部打工诗人的记录电影预告片《我的诗篇》更是对许立志以及工人诗人的社会关注度予以推波助澜。我们必须承认，随着自媒体以及大众化影像平台的参与，诗歌的传播范围和速度确实是超越了以往的任何时代。这种影像技术以一种特殊的修辞方式通过极其真实的细节、画面和人物重构了诗歌与现实和时代的关系。深圳富士康超级工厂的流水线和一个个像机器一样简单操作的工人正上演了卓别林当年的“摩登时代”。而人与机器的较量又通过写诗者这一特殊的群体被提升到精神生活和社会公共生活的层面。重读许立志在2014年7月写的诗歌，那简直就是一份生命的自供状和临终的遗言。诗人“一语成谶”的能力又再次成为现实。看看许立志的《我知道会有那么一天》《死亡一种》《诗人之死》《我咽下一枚铁做的月亮……》《我一生的路还远远没有走完》《我弥留之际》《发展与死亡》《一颗螺丝掉在地上》《夜班》《失眠的夜晚不适合写诗》《最后的墓地》《我来时很好，走时也很好》等诗就可以找到“预知死亡”的命运了。这是真正的“死亡之诗”，如此不祥，如此让人不寒而栗。这些诗歌中不断出现和叠加的是钢铁、骨骼、血液、蛆虫、死亡、刑场、棺材、屠宰场、失眠、偏头疼。以许立志的为代表的呈现的正是一首首黑暗的充满了泪水和苦难的辩难之诗、控诉之诗、沉痛之诗，同时也是耻辱之诗、反讽之诗、无助之诗。任何诗歌都不能比这更“现实”更“捶心”了。许立志在诗歌中已经透露在繁重的工作中他又深陷长期的失眠和偏头疼之中。而作为精神上的“成人”许立志与同时代的其他打工者不同的是对自己的身份、命运和未来有着极为清醒的认识。换言之，在许立志等年轻一代人这里他们在大机器和大工厂里看不到自己的任何价值，更看不到自己的前途和未来——也许，他们是没有明天的一代人。他们已经被机器化、物质化和非精神化了。而有了精神，有了写作，有了诗歌，你又将更将痛苦无着。当你最终无力承担这一切，那么，许立志一样的命运就会出现和再次发生！许立志不是第一个，也不会是最后一个。在纪录电影《我的诗篇》预告片中有一个镜头，已经成名的打工诗人谢湘南无语地站在一大片墓地前。对于他们来说，这既是现实生活，又是时代的集体性隐喻。而对于许立志等工人诗人来说，活着已经没有意义了，那么你们奉献了什么样的诗篇？此刻，在那么多大大小小的工厂里，在无边的噪音中一定有一颗螺丝像发丝一样无声地落下。而一个已逝的诗人却曾经无比苍凉地写道：一颗螺丝掉在地上/在这个加班的夜晚/垂直降落，轻轻一响/不会引起任何人的注意/就像在此之前/某个相同的夜晚/有个人掉在地上。

寻找有方向性、可辨识度和精神难度的诗人

第六届鲁迅文学奖诗歌奖既是对近四年中国诗歌的全面检阅和总结，也是对具有方向性、可辨识度以及精神难度的优秀诗人的寻找。参评第六届鲁迅文学奖诗歌奖的223部诗集已经大大超出往届参评的数量。这不仅说明当下诗歌写作的繁荣和多极化，而且也体现了诗歌界对这一奖项的看重。此次鲁奖诗歌奖的参评作品，包括现代诗、散文诗以及古体诗词基本上代表了当下诗歌写作的多元化路向和最高水准。鲁奖诗歌奖无疑是国内最具重要性和公信力的奖项。对于鲁迅文学奖诗歌奖的评选而言，文学性、思想性、方向性以及牵涉到的题材、主题、文体类别（现代诗、古体诗词曲赋、散文诗）、代际、民族、性别、地域、风格、流派等各种因素都要予以考虑。从诗人的身份以及写作题材和风格的多样性来看也是空前的，比如乡土写作、

底层写作、打工写作、军旅写作、西部写作、少数民族写作、现实写作、女性写作、长诗写作都占据了非常大的比重。其中最值得关注的是一些少数民族诗人的文本令人耳目一新，一定程度上突破了以往传统意义上的少数民族写作的类型化。其中“80后”和“90后”参评诗人尽管还大体处于写作的成长期和探索期，其风格也还处于成型阶段，但是他们思想的开放程度、个性化的话语方式以及开阔而大胆的想象力都令人刮目相看。以海男等为代表的女性写作对1980年代以来传统意义上的女性写作和女权主义立场予以更具宽阔性的融合和拓展。

获得此次诗歌奖的诗人无疑是具有方向性、可辨识度和精神难度的优秀诗人。在现代性的快速进程中传统意义上的乡村生活与城市化景观之间形成了显豁的“断裂”。而如何在此“断裂”地带进行写作就成了当下写作的诗学难题。而对乡土写作和西部写作予以重新审视并进一步开拓的代表诗人是获得此次鲁奖的陕西诗人阎安。阎安的意义在于他立足于西部却又通过个性化、现代性的诗歌方式以及现代意义上的对传统文化和乡土文明的重新思考。他对以往一般意义上的乡愁、挽歌、叹惋、沉痛的乡土伦理化写作予以一定程度的提升。以大解和李元胜为代表的诗歌也是新世纪以来非常重要的写作方向。他们的写作沉静、深入内敛，不仅有悲悯的时间之痛，而且以扎根向下的敏锐、深省、沉郁的入世意识凸显出愈渐开阔的精神路径。他们这一风格的写作专注于个体心灵境遇与现实世界的探询关系，不断凸显出日常性生活经验与时代现场之间的对话。他们善于在日常化的事物和生活场景中发现诗意，揭示真理，表达灼见。而以海男为代表的女性写作在立足于细腻深刻的女性体验和爱情想象的基础上对宏大的历史叙事、革命战争以及历史题材的深入开掘令人耳目一新。尤其是海男的个人化的历史想象力与幽微的女性意识结合所凸显的诗学新景观突破了以往女性写作的狭小格局。

本年内涌现出大量的弘扬主旋律、传播正能量、高唱中国梦的诗作，主要集中于叙事长诗、长篇政治抒情诗以及组歌。《诗刊》从2014年2月号开设“诗意中国梦”栏目，推出老中青诗人讴歌时代、赞美生活、抒发民性、滋润心灵的富有艺术感染力的力作。编者按强调为了更好地反映各族人民实现中国梦的伟大历程，吁请广大诗人拿起笔来，围绕“中国梦”的主题谱写出思想性和艺术性俱佳的感人诗章，切忌概念化、雷同化的表达。诗刊社组织的红其拉甫走边关活动对诗人产生了深深的震撼。商震、刘立云、臧棣、蓝野和朱零等诗人重新认知边关对人的挑战以及军人强大精神和正能量的感染力。

本年度带有宏大叙事的抒情诗和纪传体长诗以及组歌都一定程度上在抒写重大主题和为人民抒怀的同时在诗歌的构架、想象力、修辞和语言上较为讲究并具有一定的探索性和突破。与此同时，同类题材的诗歌也存在着挖掘不深、空泛议论、浮夸抒情、缺乏生命体验的雷同化弊端。军旅诗歌作如何突破一般意义上的战争题材和模式化的宏大历史叙事已经成为写作的难题。尤其是中青年军旅诗人在个人与民族、存在与死亡、当下生活和历史记忆的重新定位与思考中使得这一类型的诗歌在呈现出个体真实的同时也进而实现了想象的真实、军旅生活的真实以及历史的真实。尤其是以中青年为主体的军旅诗歌写作在表现时代主旋律和宏大主题的同时携带着生命体温、情感热度、思想深度、人文情怀和社会观照。这些中青年军旅诗人在诗歌意境、思想纵深和诗歌美学方面也实现了一定的拓展。当然军旅诗歌创作也出现了一些“短板”。著名军旅诗人刘立云在《铁马冰河入梦来》中指出当下一些军旅诗歌缺乏锐气和担当，缺乏有写作难度和精神难度的以爱国主义和英雄主义为宗旨与社会主义核心价值观一致的撼动人心的大作品。

诗歌教育与诗歌批评

台湾著名作家张大春在今年接受媒体采访时认为只要有教育，传统文化和诗歌就不会消亡。但是自新诗发轫以来，其传播大多局限于诗人和专业读者内部。以至于有人在问，孔子倡导的“不学诗，无以言”的诗教传统今天何以传承？还有人在问，新诗产生100年了为什么想找到一本属于孩子的诗集依然那么困难？新诗创作和阅读在多大程度上影响到普通人的文化生活？

著名诗人王小妮编选的《给孩子的诗》、北岛编选的《给孩子的诗》、叶开主编的《这才是中国最好的语文》（诗歌卷）的热销引发文学界和教育界对诗歌教育与普及问题的反思。适合儿童阅读的诗歌选本以及相应的新诗教育（北岛称之为“新诗蒙学”）问题成为广泛关注的焦点。9月15日《文艺版》以整版的篇幅推出李墨波编写的《语文教材：如何构建儿童的心智发育体系》。该文通过对教材编选者、语文教师、学者、教育专家、儿童文学作家的各自不同的视角提出语文文学性教育以及儿歌、新诗教育在儿童心智发展过程中不可替代的重要性。由此，一些出版社纷纷推出各种诗歌选本、语文教材，企图重建文学教育。而较之国外具有悠久历史和传统的驻校诗人制度而言，国内首个驻校诗人则迟至2004年才出现——首都师范大学中国诗歌研究中心与诗刊社和《诗探索》合作推出国内的驻校诗人制度。先后有江非等十一位诗人驻校。驻校诗人从每年的三位华文青年诗人奖获得者中按得票多少选出，年龄在45周岁以下。驻校诗人驻校期间与学生对话、开设讲座、指导文学社团等活动，参与一系列的诗歌的教育和普及工作。诗人与校园的互动在一定程度上推动了诗歌教育和大学校园文化的发展，比如对学生审美能力和写作能力的提升，诗人与教师、学生和批评家形成教学相长。首都师范大学开创的驻校诗人制度已经在国内产生越来越大的影响，北京大学、中国人民大学（2014年台湾诗人陈黎驻校）也纷纷推出驻校诗人。广东外语外贸大学推出女诗人工作室。值得关注的现象是北京航空航天大学的驻校作家计划推出的“中华诗词赏析与创作”研修班。北京师范大学自2014年春天推出驻校诗人，已有欧阳江河和西川驻校。而校园的诗歌传播和诗歌教育目前已经不再局限于国内，而是向国际传播。2014年首都师范大学迎来首位国际驻校诗人——阿莱什·希德戈（斯洛文尼亚），北师大也在2014年春天迎来首位国际驻校诗人——约翰·兰多夫·桑顿（美国）。值得进一步思考的是大学驻校诗人制度还应该向中小学校园推广，因为诗歌的普及还要从基础教育做起。

进入新世纪以来，诗人与现实之间的紧密关系使得诗歌的现实感、人文关怀、及物性都得到了很大程度上的提升。与此同时诗歌过于明显的题材化、伦理化、道德化和新闻化也使得诗歌的思想深度、想象力和提升能力受到了挑战。深入探讨文学与现实的关系对于深入研究和解决当下诗歌写作中出现的种种切实问题问题，进一步引导现代新诗的健康发展，引领诗歌写作的先声，都有着重要的现实意义、社会价值和诗学建设性。2014年以来“诗歌与现实”这一话题在整个文学场域中全面展开。《文艺报》从2014年4月18日开始“新观察”推出专题讨论。相关评论从诗人的写作身份、姿态、历史意识、现实立场以及现实生活和新媒体的挑战强调了讲述中国故事的困窘和难度。诗人如何在场而又离场，如何本土而又世界，成为了文学的美学问题，也成为重要的历史问题。

在江苏沙溪的第三届中国新诗论坛上，与会评论家就“诗歌与现实”的话题进行讨论。观点有差异，有争论。一部分学者认为诗歌不能硬性而直接地与社会生活和公共空间发生关系，而应该保持其独立性和纯粹性。另一部分学者则认为尤其是新世纪以来的社会现实以及新媒体的发展对写作和评论的“现实性”提供了新的课题和挑战，写作的现实性成为不可回避的话题。在第四届中国诗歌节诗歌论坛上来自大陆以及港澳台的两岸四地的16位著名诗人和评论家将紧紧围绕“梦想与现实”这一主题来讨论新的历史条件下诗歌与当下和现实的关系，诗歌如何反映时代、承担现实、深入生活。抒写“中国梦”已经成为当下文学的重大主题，这也进一步激励了作家对现实和公共生活的关切。第六届天问诗歌艺术节以“让诗歌发出真正声音”为主题研讨当下的诗歌生态、诗人面对社会现实的责任感。此外，诗学专著《个人化历史想象力的生成》《新世纪诗歌精神考察》《阅读的姿势：当代诗歌批评札记》《当代诗坛“刀锋”透视》《自由的诗》都对诗歌与现实的问题进行了较为深入的学理思辨和现象分析。欧阳江河则认为诗歌不应该像其他“媒体写作”一样被文化和现实、市场等消费而成为“风格化景观”，应该具有痛感、尖锐性和现实性，应该对时代做出更复杂的观照，诗歌写作应该有宽广性和深度。吉狄马加在《诗歌在当下现实中的作用与诗人的使命》中认为全球化时代语境下诗人担负着建设人类精神家园、抚慰人类干枯绝望心灵的重要作用和使命，诗人是民族和时代的良心。在复杂的社会现实面前应该做一个行动的诗人。在关注新近诗歌写作与现实关系的同时，诗歌理论和批评研究主要集中于对新诗评价体系和评价标准如何能够取得公信力和大众共识度的问题。而批评家在多大程度上能够改变大众对某位诗人、对过去某个时期文学的兴趣？批评家在多大成程度上影响他时代读者的趣味？艾略特的答案显得很是悲观：几乎没有。而当下诗歌写作和诗歌批评出现了“两张皮”的现象。一方面是乡村写作和城市写作的等量齐观，关注现实题材的诗歌大量涌现，并引起社会广泛的认知度，但也因为缺乏对现实的深入理解和诗歌的转化能力而导致类型、平面和浮泛。另一方面是诗歌批评和理论研究的自说自话，缺乏对当下诗歌写作现象的深入和透彻的梳理、反思和总结，空泛地谈论诗歌美学，套用西方文论，对诗歌历史的掉书袋式的研究。2014年突然辞世的陈超先生最后一本专著《个人化历史想象力的生成》所强调的诗歌研究应该对现实问题予以关注和介入具有相当的启示性。在陈超看来诗歌批评和诗歌写作一样都应该深入当代、介入当下的“噬心主题”，而深入当代和介入当下的方法则是“个人化的历史想象力”和“求真意志”。

2014年结束了！在一个碎片化的缺乏整体精神的年代，诗人该如何奉献一部既指向诗人内心世界又向公共空间和时代打开的诗篇？

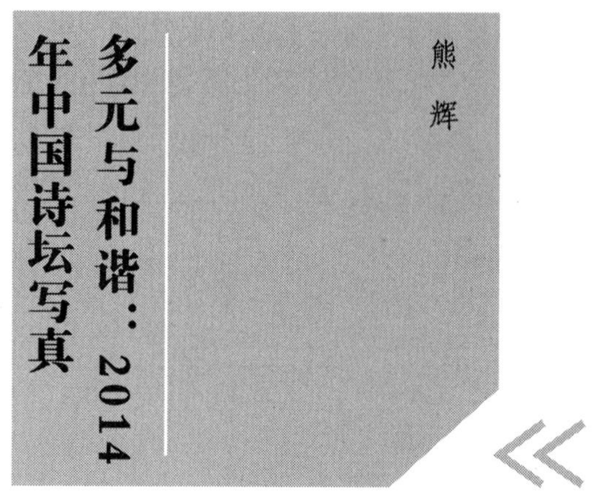

多元与和谐：2014年中国诗坛写真

熊辉

2014年是中国诗歌史上极为平常的一年，各种常规的诗歌创作和诗歌活动映衬出诗歌发展的传承之道，就算是第六届鲁迅文学奖诗歌奖揭晓后引起不小争论，但相对于中国各类诗歌的历史遭遇而言也不过是波澜不惊的一瞬。但2014年又是中国诗歌史上不平淡的一年，通阅本年度有代表性的各类诗刊和部分诗集，我们依然能够从沉寂中看到一些不同往常的诗歌创作面貌：一是诗歌创作呈现出色彩斑斓的格局，新老诗人齐聚诗坛，女诗人创作受到特别关注，校园诗歌和民间诗刊不再黯然；二是诗歌翻译成就斐然，译诗已经成为中国诗坛重要的构成元素；三是古体诗词的创作态势不容小觑，当下诗坛给其提供了存在和发展必要的空间；四是青年诗人异军突起，尤以90后年轻诗人切入当代诗歌历史为典型；五是宽容的诗歌阅读和评价方式营造了和谐的诗歌生态。

因此，“多元”与“和谐”是概述2014年度中国诗坛的关键词，不仅表明新诗、译诗、旧体诗的多元共生，新老诗人、90后诗人多元化的艺术主张与和谐共存；而且就诗歌阅读和批评而言也体现出多元化的立场和相互包容的姿态。

色彩斑斓的创作格局

要用有限的文字归纳本年度芜杂的诗歌创作，固然会遭遇诸多障碍，而且所写文字至多只能呈现事态的某些侧面。本文在此结合各大诗刊的栏目和专号，尽可能客观地呈现2014年中国诗歌创作的繁盛现状。

（一）诗人推荐和诗歌年展。不少诗歌刊物通过开辟专栏的形式推荐新老诗人的作品，还通过年度专号的方式展示诗人的创作成就。

第一，每月推荐。《诗刊》的“每月诗星”栏目注重推荐处于上升期的诗人诗作，本年度推荐的诗人有10位：灯灯、刘海星、莫卧儿、寒烟、沈浩波、王单单、杨方、阿华、慕白、唐小米。除刊登被推荐诗人的作品外，还附有一篇针对此诗人的批评文章，用作品和批评呈现被推荐诗人的面貌。《星星》诗刊的“首席诗人”栏目是对当下著名诗人的推荐，本年度重点推荐的诗作是大解的《史记》（长诗节选）。同时，《星星》诗刊的“每月推荐”与《诗刊》的“每月诗星”相似，只是不以推荐诗坛新人为主，本年度重点推荐了诗人张慧谋的《半老男人的春天》（组诗）、李冼洲的组诗《灯下》、荣荣的组诗《更年期》、徐泽的《前世今生》（二首）、吕叶的《怎么又下雪了》（三首）、沈浩波的《沈浩波的诗》（四首）、王杰平的《间谍》（五首）、贺绫声的组诗《贺绫声的诗》。《诗刊》下半月刊延续了清新锐气的风格，在推荐青年诗人尤其是80后和90后诗人方面发力较大，其“发现”栏目本年度相继推出了80后诗人黄茜的《我这样坐在阴影里》、90后诗人苏画天的《地铁车站》、90后诗人李琬的《秋日图书馆》、80后诗人盛华厚的《与我有关》、70后诗人影白的《这日头也不急着醉》、70后诗人青鸟的《和时间无关的事物》、70后诗人武强华的《乳晕》、90后诗人夏周的《一首歌，一座城》、80后诗人黎衡的《乌有镇的秋天》、90后诗人秦三澍的《冷记忆》、吉葡乐的《像贼一样快》。

第二，年度展示。《诗刊》下半月刊本年度最后一期推出了“年度诗人展”，集中展示了2014年度中青年诗人的创作成就。《诗选刊》2014年第11期至12期为“2014·中国诗歌年代大展特别专号”，分“2000年代—90年代”、“80年代”、“70年代”、“60年代”和“50年代”五个单元展出了各年龄段主要诗人的作品，这是本年度诗歌刊物对诗人诗作的一次全面展出。从入选的诗人和诗作数量来看，60年代和70年代的诗人无疑是当下中国新诗创作的中坚力量。《绿风》诗刊第4期推出了“网络诗歌特大号”，第5期和第6期又开辟了“网络在线”栏目来继续刊登优秀的网络诗歌作品，体现出多媒体时代纸质的诗歌刊物对网络文学的认同。《星星》诗刊第11期为“2014全国短诗大展特别专号”，分第一卷“云朵打开远游的翅膀”（地理篇）、第二卷“放逐尘世的风霜”（人生篇）、第三卷“时间的倾诉与表达”（时光篇）、第四卷“云和雨穿在身上”（自然篇）、第五卷“越过城市的沧桑”（都市篇）、第六卷“卸妆落红的朝代”（历史篇）、第七卷“像一对贝壳一样相爱”（爱情篇）、第八卷“缝补生活的缺口”（现实篇）和第九卷“寻找乡愁的版图”（乡土篇）等9个部分展示了本年度短诗创作取得的成绩。另外，《诗选刊》2014年第8期为“‘冲浪诗社’30周年特别专号”，发表了该诗社主要成员郁葱、张洪波、白德成、何香久、逢阳、伊蕾、刘小放、萧振荣、姚振函和边国政等10人的作品，成为本年度对诗歌社团最浓重的一次推荐。

第三，地域诗歌展。《星星》第12期为“四川诗人大展特大专号”，分“成都卷”、“川东卷”、“川南卷”、“川西卷”和“川北卷”5卷展示了四川诗坛2014年度重要诗人的作品。与此相似，《诗选刊》2014年第10期推出了“河北青年诗人作品专号”，体现出诗歌的地方特色和地方创作优势。《星星》诗刊的“诗歌地理”栏目本年度设置了“苏州十中教师诗选”、“米易诗会作品辑”、“浙江黄岩诗人作品小辑”、“重庆江津诗人作品专辑”和“四川诗人南充采风行特别专辑”，展示了全国多个地方的诗歌创作面貌。《绿风》诗刊尤为注重突出诗歌创作的地域特征，每期“西部诗歌高地”栏目都会刊登10多位西部诗人的作品。地域性诗歌栏目发表的作品不仅展示了某区域诗人诗歌创作的成就，而且有助于发掘地域文化和区域性创作特征。

第四，著名诗人新作展。成名诗人作品的发表多以“旧人”新作的方式推出。《诗刊》上半月刊9月号推出了“玉树·诗刊社第五届‘青春回眸’诗会作品辑”。“青春回眸”诗会是诗刊社2010年创办的与“青春诗会”相对应的一项诗歌活动，邀请在诗歌创作道路上成就突出且对中国当下诗歌发展贡献卓越的诗人共同怀念青春岁月的诗歌理想，探讨当下诗歌发展的路向。本期“青春回眸”诗会共收入吉狄马加、胡的清、阎安、王自亮、臧棣、靳晓静、李南、潘红莉、李犁、文国栋和李先锋等11位知名诗人的代表作、新作和诗歌随笔，同时还刊发了“玉树诗人作品小辑”，共计收入江洋才让、昂旺文章、尼玛松保、才仁当智、秋加才仁、魏彦烈、索南才旦、扎西旦措、朱玉华、旦文毛、更求金巴和那萨等12位诗人的作品。《星星》诗刊也开辟栏目展示著名诗人的最新创作成就，该刊上旬刊第5期的“点赞：鲁迅文学奖获奖诗人新作选”栏目发表了9位诗人的作品：张新泉的《那山那水，那些隐约的禅》（组诗）、西川的《潘家园旧货市场玄思录》（节选）、娜夜的《朗读》（组诗）、马新朝的《海边书》（组诗）、林雪的《原乡》（组诗）、于坚的《香格里拉》（四首）、雷平阳的《雷平阳的诗》（三首）、车延高的《车延高的诗》（五首）以及李琦的《李琦的诗》（三首）。

第五，青年诗人展。“青春诗会”是中国诗坛一年一度的诗歌盛事，今年的诗会在海南陵水举行，共有玉珍、张巧慧、影白、戴潍娜、陈亮、李宏伟、徐钺、吉尔、麦豆、王彦山、杜绿绿、孟醒石、林森、爱松、李孟伦等来自全国的15名青年诗人入选诗会。2014年《诗刊》上半月刊12月号推出了“陵水·诗刊社第三十届青春诗会专号”，刊发了入选诗会的诗人的作品及诗歌随笔，是本年度在诗歌创作上成绩突出的青年诗人的一次集体亮相。谢冕先生写了《青春如此美好》一文来勉励青年诗人，并肯定了“青春诗会”自新时期以来在中国新诗发展进程中扮演的重要角色。谢先生如此写道：“‘青春诗会’已成为中国诗歌的一个节日，一年一届，年年都有新面孔，年年都有新收获，年年也都有新经验。‘青春诗会’于是不仅是一个节日，而且成为一个‘定制’——《诗刊》以青春聚会的方式，邀请此一年度成绩突出的年轻诗人，举行一次青春的聚会，展示新作，切磋技艺，交流心得，最后以专刊或结集的形式发表作品。这就是‘青春诗会’所做的，它把播种、耕耘、施肥、收成，一连串的耕作程序不间断地完成了。收获的不仅是那些参与者，而且影响到更多的向往者。这些更多的来不及加入的人，他们视此为荣耀，寄托着他们成为诗人的梦想。一批新人走过来了，一批更新的人渴望着加入。”（谢冕：《青春如此美好》，《诗刊》上半月刊，2014年12月号）

第六，港澳台诗歌展。《星星》诗刊注重推荐和展示港澳台诗人诗作，本年度由澳门诗人姚风主持了“港澳台诗人12家”栏目，选登诗人的诗作和创作经验谈，由于推出专号的缘故，2014年度实际上本年度只展出了9位诗人的作品。其中推出了5位台湾诗人：陈克华的《陈克华诗选》（三首）和创作谈《〈我和我的同义辞〉自序》、杨佳娴的《杨佳娴诗选》（四首）和创作谈《旧址》、方明的组诗《方明的诗》、吴音宁的《吴音宁的诗》（四首）和创作谈《更以肉身相搏这世纪》、阿芒的组诗《阿芒的诗》；推出了3位香港诗人：孟浪的《孟浪的诗》（五首）和创作谈《说旧忆往点滴》、宋子江的《宋子江的诗》（三首）和创作谈《诗路小札》、饮江的组诗《饮江的诗》和随笔《相逢你自己》。推出了1位澳门诗人：凌谷的组诗《凌谷的诗》和诗论《我心目中的现代诗》。

（二）女性诗歌创作。本年度多个诗刊为女性诗人多次开辟专栏或专号，集中展示“她们”的创作实绩。这是诗坛对女性诗人的特别关注，除去“性别”可能引发的争论之外，女诗人创作的进步却是不争的事实。

第一，女性诗歌专栏。《星星》诗刊上旬刊开辟了女性诗歌栏目“她们”，该栏目在第3期推出了15位诗人的诗作：离离的《旧日时光》、李轻松的《收割者》（四首）、李云的《宁愿》（四首）、陆苏的《小心轻放的光阴》（组诗）、黄芳的《仿佛疼痛》（四首）、路也的《T.S.艾略特的声音》（节选）、从容的《无中生有》（三首）、秦念红的《秋天的宗教》（五首）、李见心的《细雨与呼喊》（组诗）、尹远红的《生活书》（五首）、谢小灵的《我喜欢我再一次迷恋》（四首）、施施然的《先锋记》（四首）、李成恩的《酥油灯》（组诗）、琳子的《家住黄河边》（组诗）以及王雪莹的《没有比爱情更悲伤的物质》（组诗）。第10期“她们·站在月光和水光之间”栏目推出了6位诗人的作品：三色堇的组诗《万物之源》、海烟的组诗《我就这样眷念着人世》、李欣蔓的组诗《生活的浪潮》、朱佐芳的组诗《流水经过岁月》、许玲琴的《露水时代》（五首）和杨玫的《水乡月夜》。《绿风》诗刊的“女诗人方阵”第1期刊登了李燕的《瘦月亮》和梁蓉的《梁蓉的诗》，第2期刊登了琴心浅醉的《鹅卵石上滑跃的诗行》和田梦园的《野杏花》，第6期刊登了王小敏的《午安，梦想》和刘琼的《清晨，我替一些事物醒来》。

第二，女性诗歌专号。《星星》（散文诗）2014年3期推出了“当代女诗人·特别专号”，共分为6个栏目，发表了39位女诗人的散文诗作品：“双子星·散文诗二重奏”栏目推介的是爱斐儿的组章《蓝色风》和语伞的组章《外滩，或者光》；“明亮星·女诗人十家”栏目发表了水晶花、宋晓杰、金铃子、宓月、安琪、转角、娜仁琪琪格、李见心、弥唱、灯灯等10人的作品；“多彩星·散文诗五姝”栏目发表了卢静、白月、霍楠楠、寸丹、青蓝格格等5人的作品；“星之旅·散文诗地理”栏目发表了三色堇、夜鱼、苏黎、蔓琳、张泉花、绿袖子、夏吟、苏扬等8位诗人的作品；“三月星·粉色的吟唱”栏目发表了清荷铃子、王妃、伊云、方志英、曹玉霞、草原灵儿等6人的作品；“繁星·心灵的散章”栏目发表了李浅浅、小布头、子薇、宫白云、鲜红蕊、重庆子衣、安娟英、青玄等8人的作品。

《诗选刊》2014年2期重磅推出“2014·中国女诗人作品专号”，共有57位女诗人的作品入选，包括幽燕、冷盈袖、柴棚、雨梦、晨阳、陈小素、如意、白水清茶、黑眼睛、李萦枝、米正英、阿华、阿略、白兰、贝里珍珠、冰凌花、蔡峥嵘、初梅、纯玻璃、纯子、风荷、高小雅、顾懿初、韩簌簌、吉尔、李见心、林莉、陆燕姜、梅雪飞飞、琪轩、倩儿宝贝、清荷铃子、申艳、霜冷寒天、峡谷行云、小葱、小哑、湮雨朦朦、一束星光、以火妞妞、雨兰、张洁、张晓润、张艳徽、赵秀英、重庆子衣、南子、苏宁、梅子、沈向阳、朱巧玲、合心、翁美玲、宋傲、王玉芬、周冬梅和朱建霞等。

（三）校园诗创作。对校园诗歌的大胆“提携”是本年度诗歌创作的一道特殊风景。

第一，中学生诗歌。《星星》诗刊开辟了“中学生营地”栏目，第4期发表了王敏成、张红岩、陆敬琪、王昊、高璨、杜海娇、单嘉宸、姜育田、陈慧宁、仇智月和曾琬淳等11位中学生或中学老师的诗作。第6期上的“中学生营地”栏目发表了李蕴、郝怡平、李忻玥、徐子宇、姜萱、寇晓东、钟先浩和黄瑞栩等8位诗人的中学生诗歌。第8期“中学生营地”栏目发表了宋予昂、葛涵瑞、杨欣、胡越秦、王悦、王晓楠和林薇等7人的中学生诗歌。第10期上的“中学生营地”栏目发表了柳袁照的组诗《流连》。李路平先生肯定了这批中学生诗歌体现出来“诗心”，并期待着他们的创作有更大的突破：“尽管诗歌的语言略为粗糙，表达的主题稍显模糊散乱，句与篇还有待完善，然而这一份清纯的诗心却是值得肯定和赞扬的，套用罗丹的话：‘生活中不是缺少美，而是缺少发现美的眼睛’，倘若我们都缺乏一颗诗意的心，诗将何以存在？只要保持对生命的热情，他们诗歌创作也将走向更加纯熟开阔的境界。”（李路平：《小荷初露，诗意清香——读中学生诗歌小辑》，《星星》上旬刊，2014年4期）因此，与其说“中学生营地”展示的是中学生诗歌创作实绩，毋宁说是一份清纯美丽的诗心，后者才是推动诗歌创作进步的基石。

第二，大学生诗歌。《诗江南》杂志2014年的“学苑”栏目专著于高校诗歌创作群体的推荐。本年度主要推荐的有“广东高校诗人作品选”、“四川高校诗人作品辑”、“杭州儿童诗作品小辑”和“云南高校诗人作品选”等。刊登这些高校诗人的作品，不仅仅只是为了展示每一个独立个体的艺术特征，更是为了发现他们居于某地域而形成的创作共性。比如“云南高校诗人作品选”共选入16位诗人的作品，编者在主持人语中曾说：“依次再读这16位的作品之后，我产生了这样一个基本的认识：年轻的诗人们从自身所处的生活空间、视野空间开始，将这么多充满象征意义的诗句和独特的意象组合在一起，让我们不难发现，他们外在物象与内在情绪之间形成了独立的精神个体。”（《学苑·主持人语》，《诗江南》2014年5期）

（四）民刊社团创作。《诗歌月刊》近年来一直关注民间诗刊的发展和生存现状，每年推出一期专号来展示民刊和社团刊物的创作成效。

《诗歌月刊》2014年6期为“全国诗歌民刊社团专号”，展出了全国60家民刊中的部分诗歌。这些民刊包括深圳的《诗篇》、天津的《葵》、安徽的《文本》、北京的《诗参考》、宁夏的《草根诗歌》、浙江的《坡度诗刊》、福州的《反克》、湖北的《骚坛》、安徽的《太白诗刊》、深圳的《大象诗志》、北京的《太阳诗报》、江苏的《先锋诗报》、长春的《后时代诗刊》、贵阳的《旅馆》、合肥的《抵达》、甘肃的《轨道》、福建的《诗》、内蒙古的《杯水》、广西的《漆》、江苏的《诗家园》、湖南的《湖南诗人》、吉林的《关东诗人》、浙江的《群岛》、广西的《相思湖诗群》、深圳的《诗南方》、贵阳的《诗歌杂志》、福建的《第三说》、贵州的《壹首诗》、西宁的《青海诗人》、重庆的《现代汉诗》、安徽的《淮风》、贵州的《镜像》、安徽的《滴撒诗歌》、湖南的《桃花源诗季》、贵州的《威宁诗刊》、重庆的《界限》、湖北的《坐标》、江苏的《南京我们的诗》、杭州的《野外》、湖南的《桃源诗刊》、甘肃的《甘肃诗人》、成都的《或许》、浙江的《瓯江源》、西安的《陕西诗歌》、济南的《山东诗人》、吉林的《诗东北》、湖北的《诗汉江》、广西的《天南湖》、四川的《屏风》、福建的《蓝鲸诗刊》、山西的《π° 诗刊》、南京的《南京评论》、江西的《元知》、云南的《审视》、湖南的《中国风诗刊》、上海的《新城市诗刊》、河南的《延伸》、河北的《凤凰》、深圳的《深圳诗人》。此外，《诗选刊》2014年第4期、第6期推出了“民间诗报刊诗选”栏目，主要是从民刊中遴选出优秀作品加以刊登，是对民间诗刊编选诗歌的认同。

在新的历时语境中，我们需要重新界定“民刊”的所指：“除了约定俗成的说法，独立出版、博客、论坛、电子诗集、独立域名网站、微博、微信等基于互联网技术的传播，都可以视为民刊的组成元素。”在肯定本年度民刊中的部分作品“大多具有探索性和前瞻性”外，总体上对当下的民刊“立场”表示担忧：“必须承认，民刊作为一个诗歌的对抗式的意识形态的符号早已式微，曾几何时，那些具有巨大争议和绝对修辞技法的诗篇无不出自民刊，但现在，民刊从发生蜕变的病态中滑入了呈现文本的常态，以清晰的理性精神扔掉了冗余的花哨技巧。”（《写在前面的话》，《诗歌月刊》2014年6期）这也似乎切中了当下诗歌创作的整体症候，创新意识和自由精神的失落反映出一个时代诗歌的偏颇。

成绩斐然的翻译诗歌

中国当代诗歌是一个时间概念和文体概念，但在我们今天惯常的文学史书写思维中却仅仅是一个文体概念。正因为如此，我们的当代诗歌常常以新诗为准绳去要求当下诗歌创作的形式和语言，从而将古体诗和外国诗歌的译文排斥在诗歌园地之外。但倘若我们把当代诗歌视为一个时间概念，那中国新诗、古体诗和外国诗歌的翻译体就会是在这个时间范畴内和谐共生的三种诗歌样式。为此，考察2014年的诗歌现状就不能不涉及翻译诗歌。

《诗刊》开辟的“国际诗坛”栏目，除第9期和12期外每期均刊发了翻译诗歌。本年度第1期发表了王家新翻译的以色列诗人耶胡达·阿米亥的10首作品：《我发现一本动物学老课本》《我的归来》《我父亲的纪念日》《我的灵魂》《阿姆斯特丹的葡萄牙人犹太教堂》《在闰年里》《就像房屋的内墙》《离去的是夜的日子》《一首关于休息的歌》和《静静的欢乐》。第2期发表了远洋翻译的尼日利亚诗人沃雷·索因卡的3首作品：《献给曼德拉的诗：你的逻辑吓坏我了，曼德拉》《像鲁道夫·赫斯，那人说》和《那么现在他们放大烧她头上的屋顶》。第3期发表了阿九翻译的加拿大诗人帕特里克·雷思的9首作品：《鸟》《野马》《长城》《冬季·1》《冬季·16》《冬季·20》《冬季·35》《晚餐》和《调羹》。第4期发表了阿九翻译的加拿大诗人洛尔娜·克罗齐的13首作品：《故乡的先知》《野鹅》《有血有肉》《写给大地的诗行》《虎天使》《等待一个信号》《暴风雪》《夜深了》《戈壁沙尘》《冬天的桦树林》《以后》《月下独酌》和《耐心》。第5期刊登了李笠翻译的拉脱维亚诗人维茨玛·贝尔瑟维卡的12首作品：《做根……》《树与质枝杈》《秋天的傍晚》《别对你的樱桃树那么自信》《给我的好人》《车站》《最短的夜》《我知道你在哪里》《在四月的雨中》《分家》《你不会再见到我》和《讽刺》。第6期刊发了李笠翻译的“拉脱维亚当代诗选”，包括克努兹·斯古叶涅克斯诗选：《他们分配给我》《吉他》《阶梯》《纽扣》《我的手还在》《死亡时持久的》和《落日》；雅尼斯·若科佩尔尼斯诗选：《着陆》《镜子》《春天》《影子》《年底总结》《手》《树叶》《星星》和《你是行者》；阿曼达·埃兹普里特诗选：《贝壳博物馆》《毛衣》《疼》《孤独》《世界和你》《碎片》《我缺少的东西》和《慢慢习惯》。第7期是上一期的延续，刊登的是李笠翻译的“拉脱维亚当代诗选”（二），包括埃德温斯·劳乌普斯诗选：《白夜》《假如》《浪漫的缺席》《从头开始》《无题》《别哭》和《尽头》；卡尔利·威尔丁斯诗选：《现状》《牧羊人》《电影》《修复》《为什么否认》；茵嘉·卡勒诗选：《女人》《我们》《假设》《走动》《黑点》《我不在家》和《幻想》。第8期刊登的是澳门诗人姚风翻译的葡萄牙诗人索菲亚·安德雷森的作品：《您是谁》《启程》《抖落云朵》《女先知》《等待》《这一天》《死去的士兵》《这样的时光》《这就是我》《流放》《敏感的人》《为了和你一起穿越世界的荒芜》和《满腔怒火》。第10期刊登的是欧阳昱翻译的萨尔瓦多诗人洛克·达尔东的作品：《确定》《忘却》《像你一样》《裸女》《凌晨》《有点乏味的书房》《我要》《我跟你说》《论头痛》《第十六首诗》；王剑钊翻译的荷兰诗人汉斯·娄岱森的作品：《他们并不愿意服从我的手指》《到处是城市》《城市——这是一出木偶戏》《我领悟了生活的形而上学》《你听》《柔软的黄昏》《在春天的眼睛里》《他人同样感受的那种痛》和《忧伤的柔性》。

大多数诗刊都开设了译诗栏目，表明翻译诗歌是中国新诗园地中不可或缺的重要构成部分。《诗江南》双月刊专门开辟了境外译介栏目，每期发表外国诗歌译作数首和相关的作者介绍或研究文章，2014年该栏目定名为“域外”，翻译介绍了2位英国诗人、1位俄国诗人、1位韩国诗人和1位圣卢西亚诗人的作品。第1期“域外”栏目刊登的是薛舟翻译韩国诗人李晟馥的10首作品：《1959年》《一次打架》《那天》《那年秋天》《爱情日记》《给儿子》《关于岁月》《岁月的褶皱，记忆的断层》《现在只说迟到的爱来的不是时候》和《南海锦山》，附有介绍性文章《李晟馥简介》。第2期“域外”栏目刊登的是海岸翻译英国诗人狄兰·托马斯的13首作品：《森林美景》《月中的小丑》《橡树，我来领会你的声音》《你呼吸的空气》《准许阳光》《不在痛苦中而在遗忘中》《一个宁静的夜晚》《永不触及那忘却的黑暗》《只不过是人》《青春呼唤年轮》《他们的脸闪烁光芒》《时光的年鉴》和《你的疼痛将是乐音》，附有介绍评论性文章《生·欲·死——狄兰·托马斯及其作品简介》。第3期“域外”栏目刊登的是赵四翻译英国诗人特德·休斯的儿童诗9首：《月亮——鲸鱼》《探访月亮》《月亮——橡树》《月亮——翅膀》《月亮——忽布花》《树——病》《苹果落地》《北极狐》和《获月》，附有评论性文章《完美的月亮艺术家——特德·休斯的儿童诗》。第4期“域外”刊登的是王剑钊翻译的俄罗斯诗人安娜·阿赫玛托娃的长诗《没有主人公的叙事诗》（三联诗），附有评论性文章《“她命中注定要下地狱”》。第5期“域外”发表的是刘巨文、翟赫翻译的圣卢西亚诗人德里克·沃尔科特的8首诗歌：《就像约翰去到帕特莫斯》《焚城之死》《名字》《灯塔》《大宅的废墟》《棋盘上的棋子》《这是我早期的战争……》和《你的两只猫……》，附有介绍评论性文章《不平静的争论》。2014年度《诗江南》“域外”栏目在译介外国诗人诗作上形成了自己的特点，那就是在翻译作品之后配发相应的介绍或研究文字，作品和文章相结合的方式可以让读者更好地理解翻译诗歌。

《诗歌月刊》本年度的“国际诗坛”共计发表了4位美国诗人、1位澳大利亚诗人、1位俄罗斯诗人、1位智利诗人、1位印度诗人的作品以及两期“东南亚小诗大展”。主要翻译了美国诗人莎朗·奥兹诗选、拉塞尔·埃德森、罗伯特·哈斯诗选和玛格丽特·罗斯的诗，澳大利亚诗人罗斯玛丽·多布森诗选的诗，智利诗人罗贝托·波拉尼奥的诗，俄罗斯诗人安娜·阿赫玛托娃的诗和印度诗人K.塞奇达南丹的诗，译者主要有远洋、倪志娟、梁小曼、王家新、车邻、任绪军和黄梵等。

《扬子江》诗刊的“外国诗译介”栏目2014年度主要以翻译美国诗人的作品为主，共计翻译了5位美国诗人和1位叙利亚诗人的作品：美国诗人有戴维·埃文斯、简·埃文斯、查尔斯·赖特、萨拉·蒂斯黛尔和莎朗·奥兹，叙利亚诗人是阿多尼斯。此外，第5期推出了“当代韩国诗选”。《诗林》“诗人译诗”栏目第1期和第2期主要刊登了美国诗人理查德·加里·布劳提根和伊丽莎白·毕晓普的作品，第4期开辟了“澳大利亚诗人诗选”栏目，共计翻译出梅林达·巴弗顿、克莱尔·波特、柯里·威克林、阿里·阿里扎德、连姆·芬尼和佩特拉·怀特等6位诗人的诗作。《中国诗歌》则注重对俄罗斯及东欧诗人的翻译。第2期刊登了曾思艺翻译俄罗斯诗人阿波隆·尼古拉耶维奇·迈科夫的14首诗歌；第3期刊登了李以亮翻译土耳其诗人纳齐姆·希克梅特的诗歌；第4期刊登了王海燕翻译美国诗人莎拉·蒂斯代尔的诗歌18首；第9期和第10期刊登了高兴翻译的总题为“罗马尼亚当代诗选”的组诗。

据统计，2014年度还翻译出版了约85部诗集，这些译诗集涵盖了美国、英国、俄罗斯、印度等国的古典和现当代诗歌作品，有些诗集是再版或重译。限于篇幅，本文在此不再一一列举和评价。单就诗歌刊物上的译诗而论，与其他刊物注重对美国、俄罗斯或者澳大利亚等国家的诗歌翻译相比，《诗刊》本年度翻译外国诗歌的特点十分突出，那就是避开译介数量众多的国家或民族诗歌，转而翻译那些还不为中国诗坛关注的民族或国家的诗歌。比如用3期的版面发表了拉脱维亚当代诗歌的翻译作品，用2期的版面发表了加拿大当代诗人的作品，还有就是对以色列、荷兰、葡萄牙、尼日利亚和萨尔瓦多等国诗歌的翻译，在地域上涉及亚洲、欧洲、非洲、北美洲和中美洲等地的诗歌作品。由此可以看出《诗刊》译介外国诗歌的策略性和目的性，那就是要把很多不被中国读者熟悉的外国诗人诗作介绍到中国来，打破英国、美国、俄罗斯、法国以及德国诗歌翻译垄断中国译诗坛的格局，从而平衡国内的诗歌翻译格局，让中国读者更全面地认识世界诗歌的面貌。

这些翻译诗歌不仅是中国当代诗坛必不可少的构成部分，而且还会给中国新诗提供丰富而奇异的创作资源，持续不断地推动中国诗歌的发展。

不可小觑的旧体诗词

2014年8月11日，周啸天的古体诗作《将近茶》赫然出现在第六届鲁迅文学奖诗歌奖名单中，虽因各种原因引发了人们褒贬不一的议论。但有一点却可以肯定，那就是古体诗取得了在当下诗歌语境中生存的合法性，当代诗歌的生态已日趋良好，人们不再站在“新人”的角度排斥“过时”的诗歌语言和表现形式。

《诗刊》2014年的“当代诗词”栏目由三个分栏目组成，包括“诗词翰墨”、“本期聚焦”和“诗林撷英”。第1期“诗词翰墨”推荐的是叶晓山的作品，“本期聚焦”栏目则发表了了凡的诗词选以及诗论随笔《我的诗词审美标准》。第2期“诗词翰墨”推荐的是吴小如的作品，“本期聚焦”栏目发表了岳如萱的诗词选以及诗论随笔《现代化关乎格律诗词的生命》。第3期“诗词翰墨”推出的是李一信，“本期聚焦”栏目发表了林峰的诗词选以及熊盛元谈林峰诗词的文章《一语天然万古新》。第4期“诗词翰墨”推荐的是王少鹏，“本期聚焦”栏目发表了的诗词选以及诗话《彼岸诗话》。第5期“诗词翰墨”推荐的是李一，“本期聚焦”栏目发表了李葆国的古体诗选和诗论《浅谈诗词的情真、意新、味厚、格高》。第6期“诗词翰墨”推荐的是李多来，“本期聚焦”栏目发表了孟庆武的诗选以及其诗话《诵诗悟诗，求新求变》。第7期“诗词翰墨”推荐的是周啸天，“本期聚焦”栏目发表了倪健民的诗词选以及诚公评论其诗作的文章《希古得精神，抱朴归本真》。第8期“诗词翰墨”推荐的是黄君，“本期聚焦”栏目发表了王改正的诗词选以及田永清的评论文章《追求诗意人生》。第10期“诗词翰墨”推荐的是满文斗，“本期聚焦”栏目发表了范诗银的诗词选以及陈先义的评论文章《赤子之心爱国情怀》。第11期“诗词翰墨”推荐的是李知宝，“本期聚焦”栏目发表了陈善壎的诗词选以及诗论随笔《诗集自序》。

同时，《诗选刊》也给旧体诗词提供了生存的“土壤”，该刊开辟了“诗词之页”栏目。第1期发表了张益禄的诗选以及简明和薛梅的评论文章《张益禄的审美取向和性情建构》，第3期发表了杜中伟的《杜中伟诗选》及巩吉银的《巩吉银诗选》，第5期发表了有韧、门天阔和郭敬文3位诗人的诗词选，第7期刊发了陈立友的《陈立友诗词选》，第9期发表了张绍红、焦素菱和红娟的诗词选。《诗歌月刊》几乎每期都有古体诗词栏目，内容丰富全面；《诗林》本年度的“古诗新韵”栏目也给旧体诗词的发展提供了长足的空间。

《诗刊》等刊物诗歌刊物给旧体诗词留出专门的版面，不仅满足了广大诗词创作者和爱好者的阅读需要，而且具有非常重要的诗学意义。旧体诗词一直是中国诗歌“正史”的书写者，随着新诗在五四新文化运动中的“异军突起”并迅速取得文坛主宰地位之后，旧体诗词的“势力”才被大大削弱。但旧体诗词却并没有从此销声匿迹，一直以来旧体诗词的创作拥有庞大的作者群，而且旧体诗词与新诗相比在文体上还具有很多优势，所以我们的文学史研究不能只认新文学而忽视旧文学，不能偏执于“新诗”一端而排斥旧体诗词，甚至忽视旧体诗词创作的繁盛景象。在新的历史和文化语境中，旧体诗词还在积极地探索自我发展和提升的诸多可能性，比如《诗刊》第6期发表孟庆武的诗话《诵诗悟诗，求新求变》，作者结合自己写作旧体诗30余年的经验，探讨在写作过程中如何悟得诗心，如何追求语言和形式表达的更新，从而推动旧体诗词的发展和提高。（孟庆武：《诵诗悟诗，求新求变》，《诗刊》上半月刊，2014年6月号）

因此，旧体诗词不能被视为过时的“倒行逆施”，也不能被漠然地置于中国当代诗歌的园地外，它不仅是中国现当代诗歌的重要构成部分，而且还为中国当代新诗的发展提供了可资借鉴的写作资源。

异军突起的90后诗歌

2014年是90后诗歌创作取得丰硕成果的一年，虽然各大诗刊的年展留给他们的版面有限，但正值青春年少的他们能够以整体的“代际”形象切入当下诗坛，足以定格这代人诗歌创作的面貌并揭开他们书写心灵的历史。

90后诗人在2014年取得了创作的丰收，他们不仅在文学报刊上发表了大量的作品，而且还出版了有分量的个人诗集。90后诗人专栏发表的诗作集中展示了年轻诗人的创作成就和艺术特色。《诗刊》下半月号、《诗选刊》和《上海文学》2014年分别为90后诗人开辟了专栏，《诗刊》下半月号的“发现”栏目虽然不完全针对90后诗人，但本年推荐的11位诗人中就有4位是90后新秀：苏画天的《地铁车站》、李琬的《秋日图书馆》、夏周的《一首歌，一座城》和秦三澍的《冷记忆》等。《上海文学》2014年11月号的“90后诗歌选”专栏共计推出了9位90后诗人的作品：李琬的《七月》、苏画天的《家庭教师》、吴盐的《午间土豆》、蔌弦的《道中作》、李海鹏的《Dreaming Sixty Eight-For J》、陈汐的《另一个夜晚》、砂丁的《早上》、王静怡的《伞骨》和秦三澍的《雾变得蓬松》。《诗选刊》2014年11期至12期的年度诗人大展中设立了“2000年代—90年代”专栏，共计展出了傅于桐、徐毅、玉珍、张雨丝、秦三澍、彭千郡、曾入龙、高短短、顾彼曦、程川、顾懿初、梁永周、卢游、泣河、唐明霞、吴天威、向晚、张紫萌和陈吉楚等19人的诗歌及诗观。此外，2014年11月《诗刊》下半月刊登载了90后诗人王畅的《对饮》《糖果车站》和《给一位友人》；90后诗人李唐诗歌的组诗《草木的野心》，包括《错了》《大片的时间》和《草木的野心》。蒋在2014年9月发表在《星星》上旬刊的《伊斯坦布尔》，贯穿着诗人对现实、爱情乃至生命的思考。90后诗人作品集的出版应该提及“新发现诗丛”，这套诗丛是由《中国诗歌》编辑部和卓尔书店编印出版，共48本，分4辑，包含以往三届“新发现诗歌夏令营”44位优秀学员的诗集、两册《中国诗歌》年轻编辑的作品以及两册关于前三届夏令营老师的讲义、纪要、学员诗歌的点评、侧记等内容。“新发现诗丛”旨在帮助年轻人出版他们的第一本诗集，推出更有潜力的诗人，2014年8月，出版了庄苓、陈曦、徐威、向晓青、潘云贵、蓑依、施瑞涛、莫诺、张琳婧、何伟、刁修鹏、李有兰、陈耀昌、伯劳、魏晓运、盲镜、康伟明、莫小闲、陌峪、木槿、朱夏妮、简杺、郁陈、徐晓、袁磊、灰狗、杨全兵、王飞、尚子义、刘理海、赵应等31位90后诗人的诗集。

90后诗人2014年度的作品呈现出多元化的特征，但拒绝成人的世界或表达成长经验却是他们的共性。年轻的女诗人玉珍参加了《诗刊》社第三十届青春诗会，成为本年度入选该诗歌活动最年轻的诗人，她今年在《人民文学》第1期“新浪潮”栏目发表了组诗《一纸惘然》，表达了90后青年人在缤纷的现实生活中无所适从的种种心态，以及无法承受的生命之重。而且玉珍的诗歌在语言和形式上都有大胆的尝试，比如《我干不过命运》一首，既采用了散文诗般的长句，又采用了日常口语入诗，给读者新鲜而陌生的审美感觉。余幼幼的诗歌具有与年龄不相称的成熟和深沉，其作品充满了强烈的现实批评意味和深刻的现实思考，比如2014年1月发表在《诗刊》下半月号上的《去》和《下雨，下我》两首；同时她的作品透露出一股逆时光而动的不愿长大的愿望，比如2014年11月发表在《青年作家》上旬刊上的长诗《东门记》。90后诗人莫小闲2014年11月在《人民文学》发表组诗《桥头的风花雪月》，包括《铁树》《空房子》和《隐去》等作品，记录的是青年人的成长故事，但同时也表达了积极向上的生活态度。苏画天是90后诗人中擅长刻画人物内心细腻情感的一位，发表于2014年11月《上海文学》“90后诗歌选”栏目的《家庭教师》便是这类诗歌的代表。2014年2月《诗刊》下半月刊发表的《地铁车站》，表现了当下各种人群的生存状态，反映出诗人对生活的忧思。苏画天的诗歌与外国经典诗作形成很强的“互文性”效果，这主要是因为后者成为了前者的写作资源之故。比如读这首《地铁车站》总会让人想起庞德的《地铁车站》，不仅因为诗歌标题相似，而且“他们的脸上，有铁屑般的睡意正在玻璃上/渗漏”等诗行也会让人想起庞德诗中“在人群中幻景般闪现”的脸孔。

需要特别提及的是那些居住在中心文化城市之外的90后诗人，这些“外省人”默默地坚守着诗歌这片精神家园的净土，默默地从事着也许不为主流媒体认同的诗歌创作，对这部分诗人而言，诗歌创作更是一种深入骨髓的爱好和精神追求。比如蛰居西南重庆的90后诗人潘云贵，他在2014年3月《诗刊》下半月刊发表《秋天的兑换》和《中秋》，2014年10月《青年作家》上旬刊发表《九月的遗忘》，虽没进入各种专栏，但其创作成就却非同一般。潘云贵本年度的诗歌坚持了语言清新的一贯风格，借助对外在世界的观察和自然物象的刻画来表达内心丰富的情感或深邃的思想，避免了语词的堆砌和话语的滑动。相比那种专注于思维转换或哲理演绎的创作方式，潘云贵的作品更能够进入人们的世界，读者在免除苦思和冥想的痛苦之后，在轻松和美感的状态下更容易完成对诗歌的理解。2014年8月，《中国诗歌》杂志社推出的“新发现诗丛”收录了潘云贵的诗集《何处是我影子的家》。2014年9月，潘云贵作为年龄最小的90后“我们散文诗群”成员，其散文诗集《天真皮肤的同类》入选该散文诗群的第二辑丛书，由北京燕山出版出版。我们生活在信息便通和物质丰富的时代，享受着科技文明给生活带来的各种便捷与高效，但与此同时，我们又生活在一个冷漠而脆弱的时代，人类为了不断膨胀的物质欲望而抛却了心灵之间的交流与理解，世界的和平与安宁一直遭受着政治意图和局部利益的侵扰。作为对世界、生活和生命有独到理解的诗人，潘云贵在他的散文诗中灌注了浓烈的人文内涵，他的作品既表达了当下复杂语境中的生存体验和生命思考，也寄予了沉重的悲悯情怀和高远的社会理想。

在开放的语境和多元化的诗歌创作格局中，90后诗人在2014年不仅展示了创作的实绩，而且部分传递出他们独具特色的语言和艺术方式。但吸收古今中外的诗歌营养或者模仿经典作品只能是诗歌创作的基础和出发点，如何在承传中创新，如何在影响中形成自己的风格，如何表现符合一代人精神世界和价值观念的情感等等，是年轻的诗人们在今后的创作中必须思考和面对的问题，这也表明他们的创作还有极大的提升空间和多种可能。

多元化的诗歌阅读

在纵向的历史语境和横向的文化语境的双重检验下，我们从文学性和审美性的维度出发建构起了属于我们这个时代的经典诗歌文本。在此，本文将经典诗作产生的方式和评判标准“悬置”不论，单就对那些得到学术界或民间认可的作品欣赏而言，由于阅读主体的角度不同、标准混乱、目的迥异、理论依附不一，以及价值观念等存在差异，导致诗歌欣赏呈现出“混乱的美丽”和各鉴赏文本之间的认同危机，相应地也就产生了诗歌理解的焦虑。

什么是好诗？如何欣赏诗歌？如何引导广大诗歌读者理解诗歌？这是困扰诗人和读者的诗歌难题。《诗刊》上半月刊本年度继续设立“读诗”栏目，对国内外不同时期的经典诗歌文本进行详细解读，目的在于引导读者理解诗歌，真正进入优秀诗歌的精神与审美内核。“读诗”栏目本年度推出了4位中国现当代诗人和5位外国诗人的10首作品的解读。中国诗作包括现代诗人闻一多的《雨夜》（第2期）、当代诗人韩作荣的《秘密的细节》（第1期）和《宁静》（第11期）、当代诗人朱竹的《渡口》（第5期）、当代诗人海子的《日记》（第10期）；外国诗人诗作包括俄罗斯茨维塔耶娃（Цветаева Марина Ивановна, 1892—1941）的《我想和你一起生活》（第3期）、墨西哥诗人何塞·埃米利奥·帕切科（José Emili Pacheco，1939—2014）的《诗人之恋》（第4期）、奥地利德语诗人里尔克（Rainer Maria Rilke，1875—1926）的《波德莱尔》（第6期）、波兰诗人亚当·扎加耶夫斯基（Adam Zagajewski，1945—）的《尝试赞美这残缺的世界》（第7期）、英国诗人但丁·迦百利·罗塞蒂（Dante Gabriel Rossetti，1828-1882）的《闪光》（第8期）。不同的读者由于生活经验、审美经验和文化素养等存在差异，他们会对同一首诗歌进行不同的欣赏，同一个读者在不同时期带着不同的心情去欣赏同一首诗时也会对之作出不同的阐释，更何况文本自身就是一个丰富的存在实体，因此所有的解读并非绝对合理并得到广泛的认同。任何单一的欣赏模式都不可能全面地解读文本意义，唯有采用多种视角和方法，借助各种文学欣赏理论多层面地对诗歌作品进行复合型欣赏，我们才能对同一首诗的艺术和意义取得更多的共识。但我们不能否认的是，这些鉴赏文字至少为理解诗歌打开了一扇窗口，人们可以循此窗口进入诗歌内部并领会更多的诗歌内容，也正是从这个角度讲，“读诗”栏目推动了国内外经典诗歌的传播和接受。

《星星》上旬刊“文本内外”栏目的立意也是引导读者理解诗歌作品。第1期刊登了徐俊国的组诗《傲慢的时间里》和创作谈《请喊“鹅小鹅”》、邓朝晖的组诗《深蓝》和创作谈《绍兴班》、林典刨的组诗《爱上和时光讨价还价的女子》和创作谈《感恩和欢喜》。第2期刊登了作二的组诗《惠安：老去的大海》和创作谈《纸一样的生命》、杨勇的组诗《色盲》和创作谈《说话与写作》。第3期刊登了横行胭脂的长诗《病历》（节选）和诗歌评论、宋晓杰的组诗《慢板》和诗歌评论。第4期刊登了蒋蓝的诗歌《豹诗典》（五首）和创作谈《酒桌边的女儿》、舒洁的长诗节选《帝国的情史》和创作谈《忆少年》、王学芯的诗歌《寒冬里的温暖》（四首）和创作谈《诗情如初》。第5期刊登了周世通的组诗《列车穿过节令》和创作谈《与藏地有关的诗歌记忆》、梧桐雨梦的诗歌《中年赋》（三首）和创作谈《我和松花江是相爱的》。第7期刊登了尤克利的组诗《无数朵浪花在潮头日夜守候》和诗论随笔《依依杨柳岸》、韩玉光的组诗《独唱》和创作谈《蝴蝶之心》、金国泉的《回望与抵达》（二首）和创作谈《诗的困惑》。第10期刊登了金铃子的组诗《你不曾到过我的故乡》和随笔《思考是件坏东西》、洪烛的组诗《青海：从循化到贵德》和随笔《中国诗歌，进入“无名英雄”的时代》、姜华的组诗《苍茫大地》和诗论随笔《秦巴汉水：我的诗歌母语》。“文本内外”栏目选取当下诗人的作品作为欣赏对象，而且鉴赏文字并不出自评论者之手，采取作者自己谈论诗歌创作的方式，从作者的角度告诉读者为什么要写这样的作品，又如何通过艺术的语言表达方式去呈现自己的情感。比如第一期林典刨的文章中有这样的话：“接受一切苦乐，坦然的接受，因为你不接受，它也会如约而至，我们能做的就是心灵的解放，尘世于我们，谁都绕不过生老病死之事，但是我们可以欢喜地生，欢喜地死，欢喜地老，欢喜地病。”（林典刨：《感恩和欢喜》，《星星》上旬刊，2014年第1期）这段质朴的话让我们理解了他诗歌中对生命苦乐的参悟，以及内心执意要倔强地快乐生活的信念。

除业已经典化的诗人诗作可以为我们这个时代提供精神和艺术营养之外，当下诗歌场域中的很多优秀诗篇同样可以成为飨食读者的饕餮盛宴。与“读诗”栏目注重国内外诗歌经典作品的推介不同，《诗刊》的“视点”栏目更注重“提携”当前正值创作盛年的诗人。本年度的“视点”栏目一共有9位诗人亮相，包括荣荣、侯马、西川、娜夜、李轻松、于坚、胡弦、叶丽隽和朵渔。该栏目集推荐人语、诗人的作品以及诗人的创作漫谈三元素为一体，既能从普遍性的角度反映出读者对诗人作品的客观评价，又能提供具体的诗歌作品作为有力证据，还能结合诗人自己的叙述性文字加深对诗歌作品的理解。比如《诗刊》第2期“视点”栏目推荐的诗人是侯马，推荐人语除对本期刊发的诗歌作简短的评价外，在总体上认为：“他的诗拒绝甜腻的抒情，修饰用语也几乎没有，删繁就简的修约文字如虬劲的古树，透露出倔强、坚韧、自信与果敢。也如他家乡的煤，积聚的能量紧紧缩进内核。看似记录熟悉的日常和荒诞的人生，但他独特的运思方式，像历史的留声机，为属于自己及那一代人的岁月留下了独特的印痕。”（宋晓杰：《推荐人语》，《诗刊》上半月刊，2014年2月号）接着发表了侯马的组诗《街头争风》和随笔《你是哪村的？》，年少时的成长记忆成为侯马日后观照生活和生命的基点，我们从侯马的随笔中终于可以理解到其诗歌为什么会将“年少的记忆与成人的思辨有机地结合在一起”。如此这般，我们通过“视点”栏目便能更深刻而准确地把握侯马的诗歌了，达到了栏目设置的目的和初衷。实际上，“视点”推荐的诗人都是名满诗坛的实力派，有的获得过最高的诗歌奖项鲁迅文学奖诗歌奖，“视点”栏目刊登他们的作品，不仅是要展示当前中国新诗创作的实力，而且有助于读者通过该栏目了解中国新诗创作的现状，了解当下主要诗人的主要诗作，从而形成对当代诗歌创作的框架性认识。

《诗刊》下半月刊的“锐评”栏目结合“发现”栏目的诗人诗作，注重针对当下诗歌创作和诗歌现象发表较有锋芒的观点和意见，在同一期中刊发两篇表达不同意见的文章，营造了学术自由的氛围和争鸣的格局，而且让读者在阅读了不同声音之后结合自己的立场去辩明是非。比如2014年第5期针对影白的作品，作为“正方”的田冯太发表了《对生活，女人般的热爱和体贴——关于影白的几首诗》一文，肯定了影白诗歌切入日常生活的优点：“他的语言很有特点，灵动而不失自然，充满了弹性和向前的力量。读的时候像跟着一条曲折的小径进入了迷宫一样的诗歌内部去探险。每读完一首，回过头去，往往会发现，他的诗歌其实很平常，入口是日常生活，出口还是日常生活，迷宫只是一颗敏感、丰富的诗人的心。”（田冯太：《对生活，女人般的热爱和体贴——关于影白的几首诗》，《诗刊》下半月刊，2014年5月号）而霍俊明作为“反方”发表了文章《当粮食没有转化为酒——关于影白的诗》，指出影白的诗歌因为急躁而沉潜不够：“较之当下很多无畏、无知的青年诗人们直接将大米煮成米饭或米粥的拙略庸俗的做法不同，影白的一些诗是具备了从‘粮食’飞升到‘酒’的品质的，只是其程度和过程存在问题。他已经能够将这些粮食进行挑拣、分类、清洗，然后放在容器中发酵，只是在发酵的过程中诗人过于心急。他急于或有野心地迫切想让人来分享他的成果，只可惜那些尚处于发酸、发酵的东西还不是所要之物。”（霍俊明：《当粮食没有转化为酒——关于影白的诗》，《诗刊》下半月刊，2014年5月号）究竟影白的诗歌艺术性如何？是站在某个立场上完全赞同褒扬或贬评的观点吗？还是其优点如“正方”所说，其不足如“反方”所说呢？实际上，我们既不能偏执于一方，也不能偏废于两方，将两篇评论结合在一起，我们才可以看清诗人作品的优缺点，从而更客观地看待和评价诗人诗作。这是一种客观且包容的诗歌态度，因为对于诗坛“是非”本无绝对的“正方”和“反方”，诗歌的抒情方式和表现内容也无绝对的“唯一”标准，有时候用客观呈现而非肆意横加干涉的方式更能彰显诗坛的丰富性和多元特色。从这一点上来讲，“锐评”栏目无疑促进了当下诗歌生态和学术生态的良性发展，对当代诗学具有积极的建构作用。

2014年必将成为历史，中国诗坛在这一年里无论取得多大的成就或遭遇多大的质疑，抑或与往昔多么迥然有别，它必将随着2015年第一声钟响的传来而不复上演。更何况相对于人类漫长的文化知识积淀过程来说，一年的时间略显仓促而紧迫，我们甚至从中无法看到诗歌发展和变化的任何征兆。因此，唯有立足现实，放眼历史和未来，中国诗歌才会在一年年的发展中不断续写自身的历史，从而为民族文学乃至世界文学的进步贡献积极的文学和艺术元素。

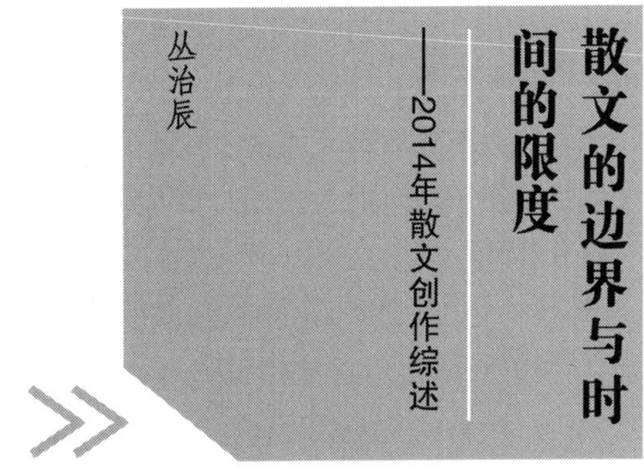

散文的边界与时间的限度
——2014年散文创作综述

丛治辰

讨论散文是困难的。困难首先来自其身份之暧昧：散文究竟是人人皆可信手为之的广义文章，还是和小说、诗歌、戏剧一样具有相当规范的狭义文体？尽管关于小说、诗歌、戏剧的边界讨论与跨界实验同样从未停止，但毕竟不像散文一样似乎从来都无所定形。某种程度上，或许正是文体边界之模糊导致散文很难成为批评界与理论界严肃处理的对象。关于小说、诗歌与戏剧的文学史梳理与理论研究早已汗牛充栋，形成极为成熟的研究范式；但是如何认识散文、界定散文、审美散文与谈论散文，却很少有人关注。与尴尬的文体界定和缺席的学理评判形成强烈对照的，是散文创作的蔚为大观。或许恰恰因为无一定之法，人人皆自认为可作散文，散文遂如无人刈除的野草般蓬勃生长。2014年照例有铺天盖地的散文作品问世，仅散文类图书的出版量即在300种以上，关于散文的文学活动亦络绎不绝。但在这样的繁荣之下也照例让人倍感困惑：当2014年过去，那些难以归类与言说的文字究竟有多少能够留存，它们又将为散文、为文学增益多少？

一、文本之外：散文现场与学理论争

2014年散文之热闹繁荣，从评奖活动可见一斑。6月初，冰心散文奖在济南揭晓，龚静的《写意——龚静读画》、徐俊国的《在方言的呜咽中远走他乡》等多达96篇（部）作品获奖，可谓花团锦簇、济济一堂。然而这样大规模的获奖很快遭到质疑：近百部获奖作品的奖项，其意义究竟何在？是散文水平真正迎来了普遍提高，还是利益权衡之下全面平庸的产物？某种程度上，这样的散文评奖，是否恰恰说明散文创作与评价机制的混乱？

8月11日，鲁迅文学奖揭晓，意料之中引来多方争议。尽管刘亮程《在新疆》、贺捷生

《父亲的雪山 母亲的草地》、穆涛《先前的风气》、周晓枫《巨鲸歌唱》、侯健飞《回鹿山》五部获奖散文被认为是实至名归，但关于报告文学类评奖的种种质疑，某种程度上亦足以提醒我们再次思考散文的文体问题。阿来《瞻对》以零票落选，引起作家本人及其读者对于鲁奖的强烈不满，然而《瞻对》是否应归入传统的报告文学文类本身即应存疑问。作为一种相对具有独特性的文学门类，报告文学自然有其隐在的传统与边界。这或许也是近年来批评界发明“非虚构”文体的原因所在：这类写作在规模、容量与写作方式上与报告文学有相似之处，然而往往极富个性，对传统报告文学的边界多有冒犯，当然不应放在旧有文体门类中加以考量。然则，如果说广义的散文包含除小说、诗歌与戏剧之外的所有文学创作，那么报告文学、“非虚构”，又与散文构成怎样的关系？同样以非虚构为标榜（当然，在文学创作中，乃至在任何文字记录中，都不存在纯然的非虚构。有意无意的虚构永远不可避免），这三种文体究竟如何相互区别，划分营盘，又是否有此必要？或者说，这样的命名与区别，是否建立在各自相对清晰的定位与规范基础上？

实际上，批评界关于散文本质、边界与相关问题早有关注。本年度在《光明日报》文学评论版陆续发表的关于散文边界的讨论文章，无疑是散文研究方面最值得瞩目的论争。3月17日，古耜发表《散文的边界之争与观念之辨》一文，指出在散文创作日益发展和扩张的态势下，散文的边界问题尤为凸显。在强调开放性与倡导文体规范这两种立场之间，古耜选择认同前者，认为应将散文视为一种文章类型而非文学体裁：“散文具有显而易见的边缘性和跨界性”，这正是它的生命力所在。但同时古耜又认为，散文亦有其“大体”和“一定之法”，他将之概括为三个方面：一、“文本彰显自我”，散文乃作家人格与灵魂的呈现；二、“取材基本真实”，“主体的真情实感和客体的守真求实”乃是散文写作的底线；三、“叙述自有笔调”，散文中应洋溢着作家自身思想、情感、人格投射于作品而形成的独特叙事风度。

古耜的文章引起评论界的热烈回应，3月31日，何平发表《“是否真实”无法厘定散文的边界》，针对古耜将“取材基本真实”视为散文“大体”之一表达不同看法。尽管古耜也认为散文不应有严格的文体规范，但是何平对散文之自由精神显然更多期许。在他看来，散文与小说的边界移动，相互冒犯与借鉴，恰可以为两种文体提供新鲜活力。小说家借散文的力量冲破“小说的不散文化”之审美成规，而散文亦应在技术之外，从小说中学习如何摆脱对日常生活的依赖，完成其创造性和想象性重构。何平甚至认为，“五四”以来散文所达成的个性张扬，其实仍是精英知识分子的有限度的自由，散文仍可更加民主一些，成为“可以全民参与的，最大可能包容个人‘私想’的文类”。

而熊育群于4月21日发表的《散文的范畴亟待确立》一文，则针锋相对，指出散文作者若“利用散文的真实性要求，以大量的虚构达到只有真实才能获得的艺术效果”，则已经构成对文学伦理的某种背离。在熊育群看来，在当下散文创作失范，通俗散文和非散文在消费文化的推动下大行其道的情势下，重新反思与严格界定散文的边界尤为重要。对个体生命意识的张扬、对真实性的笃定追求与对语言文字和审美意境的锤炼，都应成为散文坚守的规范。熊育群尤其指出，散文之混乱，关键在于散文理论对创作的方向引领缺失上。5月12日，朱鸿发表《散文的文体提纯要彻底》一文，同样指出散文边界不可不明晰，而朱鸿尤其强调散文的审美性，强调唯有抒情散文、随笔和小品文能够表达人情、人性和人的欲望，有资格准入艺术殿堂。陈剑晖亦认为，散文边界的进退变化当然可以理解，但“不管散文的边界如何变化，散文的审美性即诗性，散文的艺术创造却是永恒的”。在6月16日发表的《散文要有边界，也要有弹性》一文中，陈剑晖指出上世纪90年代以来散文“破体”的诸种病象：未经审美化的实用性文字充斥散文队伍；散文篇幅无节制地拉长；以小说笔法来写散文；语言的拉杂拖沓、材料的任意堆砌，题目的荒诞不经等。这些病象，恰是两种立场相持不下的焦点。

7月14日，南帆发表《文无定法：范式与枷锁——散文边界之我见》，将争论引向更为深入和学理化的方向。南帆追溯文学史脉络，指出所谓散文的纯正血统，原本就是想象和建构的产物，文体的现代定型本来就充满了暧昧与矛盾。进而，南帆以其个人创作体悟提出散文与诗、小说和论文之间的差异：较之诗歌，散文更加松弛从容，有人间烟火气；较之小说，散文以玄机妙趣取代戏剧性，以内心的起伏取代情节的跌宕；较之论文，散文更追求个性表达，而并不抢占共同认可的思想高地。当然，对于全无兴趣讨论散文边界，认为这并无意义的南帆而言，他所提出的亦同样是他所认为的“好散文的标准”，而非为散文树立界石。实际上，南帆更为关注的反而是如何突破文类的规约，在他看来，优秀的作家必然谋求文类的修正与改革。既然文类规范本就是历史的产物，则随着历史推移，必然将有溢出文类之创作，乃是任何边界都无法约束的。因此，“争论‘何谓散文’，我主张‘为文造名’而不是‘为名造文’”。

作为争论诸家当中唯一以小说创作为主业的作者，张炜更倾向于以感性的方式指出散文之于小说、诗歌等其他文体的意义。在9月1日发表的《小说与散文应该是趋近求同的》一文中，他指出，散文乃是一切文学之基础，然而这基础又是很难的，它自身可以有极高的境界。针对有些论者将实用性文体排斥在散文文类之外，张炜反其道而行之，认为散文恰恰是有使用价值的文章——那些抒情散文同样也有使用价值，那是作者感情积累到一定程度，不吐不快的结果。言外之意，实际上仍是强调散文有赖于创作者的修养与感性。张炜尤其关注小说与散文之间的关系，甚至认为是否具有散文的审美特质某种程度上可以作为区分雅文学与通俗小说的标准；而从一位小说家能否写好散文，也可评判其平衡逻辑与感性的能力。

如此争论，以兼具前辈学者与散文大家身份的孙绍振来作一收束，当然是最为合适的。9月29日，孙绍振发表《从抒情审美的小品到幽默“审丑”、“审智”的大品——在建构中国散文独立范畴系统的历史使命面前》一文，同样指出散文这一文体实际上本不存在，而较之南帆文更为深入的，是他详尽梳理了自现代文学以来，中国散文文体的发展流变过程。不足百年的现代白话散文史恰恰表明，将散文封闭在叙述和抒情为主要表达方式的审美传统中，正是窒息散文活力的根源。在此基础上，孙绍振提出散文文体的生命力应该是动态的，“审丑”和“审智”等多元情趣的加入，正是激活散文活力的重要力量。而如何把握变动不居的散文文体，其实是散文理论界的重要任务，以固有的规范去要求散文，乃是理论界的懒惰。

关于文学的论争从来没有，也不必形成最终的统一意见。《光明日报》关于散文边界的讨论最终当然仍不免各说各话：“强调开放性还是倡导文体规范”，恐怕永远无法说服彼此；而众声喧哗、多元共存或许正是文学论争的最好结果。多年之后再来回顾，相信将对论争各方的立场意见，及其背后的知识背景、理论框架，乃至各自掌握的既得资源，有更加完整和清晰的认知。关于2014年的散文，更为重要的仍然是，究竟哪些文本给予我们出色的审美体验？对于散文这样一种边界格外模糊的文体而言，其实正是由“好散文”对“散文”的边界作出了规定。或许对于文本的深入，更能帮助我们逼近论争无法抵达的地方。我将从三个方面，对我所认为的2014年散文中较为优秀者作一总结。

二、向传统致敬

尽管只有短短十万字篇幅，但张定浩的散文集《既见君子》无疑是本年度散文创作最为重要的收获之一。在这本以古典诗歌为谈论对象的小册子中，作者所表现出来的学养与才华令人叹服。自20世纪90年代文化散文与学者散文日渐繁荣以来，此类作品可谓多矣，但少有能像张定浩这样纵横捭阖、举重若轻而又深情款款者。作为一名现代诗歌的写作者，张定浩表现出难得的古典修养，历代诗评掌故信手拈来，却绝不显得冬烘。他挥洒自如地出入于经典文本，不断将解诗人的个人生活、情感体验，乃至当下流行文化与那些历尽岁月沧桑的文字呼应对话，使这本散文集既厚实又轻盈，流荡着令人心醉的才子气。这已经不是一个当代诗人向伟大传统的致敬，更是一种两相印证的发明，恰如张定浩在全书开头引述T.S.艾略特所说：“这里没有任何翻案文章要做，谈论他只是为了有益于我们自身。”在后记中，张定浩亦坦承这本小书乃是“人生迈入中途之际某种感情危机的产物”。唯其如此，张定浩并不把经典供奉起来，视为于己无关的身外之物，而更为重视它们与自身生命之间隐秘而真切的联系。因此，他所说的解诗，“不是要做庖丁，支解一首作为客体对象的诗，而是试图追索自身何以会被一首诗打动”。张定浩以此丰富和安定自己的生命，并进而追问处于时间源头的那个时代，与处于时间末端的当下，有着怎样的关系。在论及曹操《十二月己亥令》时，张定浩写道：“那些过去人物用一生行事印证过的精神准则，留在文字里，作用于后来人的生命轨迹，如此反复延续，便是中国人的文教。中国人的文教不是典章篇牍里关于历史、文学和哲学的知识，而是一个个活生生的，最终成为了历史、文学乃至哲学本身的人。《十二月己亥令》中有一个曹操期待成为的人，这个人有无名的大志，又时时明瞭自身的限制，是这个人打动了我们。”张定浩谈诗论文的通透与动情亦大抵如此，而如果说是一个个人物的生命轨迹构成了中国人的文教，则我们恰恰因张定浩面对浩瀚时间逆流而上的追索，才得以看到那些人物的生命从文字中浮现出来，逐渐清晰，并变得与我们有关。就此而言，张定浩又岂是仅仅在谈诗歌，他所触及的乃是关乎生命、文化与时间的大命题。

如果说张定浩是以才情深沉动人，刘丽朵则是以才智俏皮取胜；张定浩令我们沉入时间的深处，体味构成我们生命丰富性的所有情感都其来有自；而刘丽朵则将时间拉近，让我们看到在取消了时间的隔膜之后，我们又何尝比古人高明和好玩？在散文集《还魂记》中，刘丽朵讲述了一个个有趣的故事，一一与当下世界构成对照。这位成名已久的青年女诗人、非主流小说家，如今是古典小说的研究者，因而对种种掌故轶事了如指掌。或许在刘丽朵看来，那些让当代的人们津津乐道的事件与话题无不古已有之。太阳底下从无新事，可怜在逝者如斯夫的漫长时间当中，人类能够经历的事情却总是有限，因而周而复始地踏入同一条河流。无论是熊孩子的淘气、电视里的选秀，还是慈善事业、富二代，刘丽朵统统能够从古典小说与文人笔记当中爬梳出材料，讲出我们这个民族从未改变的某些惯性。而作为一名现代女性，刘丽朵显然对性别问题尤为关注：处女情结，性倒错与同性恋，对女婴的歧视与谋害，以及那些看似浪漫的爱情故事中代代相传的男权思维。某种程度上，刘丽朵当然应算是女性主义者，但是她并不慷慨激昂，而是绵里藏针，以愉快的调侃替代严肃的抗议，在这不以为意的姿态里反而有一种更加自信的轻蔑。这正是她文章的风格：以其所涉及命题之严肃，观点之犀利而论，这本散文集中篇篇都可以作成投枪匕首般的杂文；但是刘丽朵以其独特的幽默感和文字的欢快明丽抹掉了杀伐之气，让那些难以相互谅解的立场对峙变成轻快翻过书页时的会心一笑，在这当中就产生了散文特有的审美性。或许被刘丽朵放在文集卷首的那篇《扯淡》最能说明刘丽朵创作的风格与写作时的心态："在我们这个国家，一向只有最聪明博学的人才会不以探寻真理为目的，而以扯淡的方式进行经典重构，最终把他们扯的淡变作本时代的民族经典"，"当一个自觉负有某责任的人有机会针对某些关系重大又莫衷一是的话题发表公开见解时，这便是扯淡的开始"。《还魂记》当然还不能算是本时代的民族经典，刘丽朵也绝对无此诉求；但她以扯淡的方式对自觉负有的责任发言，倒比很多正襟危坐的讨论都更有可观。

三、故乡与异乡

张定浩的《既见君子》与刘丽朵的《还魂记》在宏阔的时间当中出入穿梭，而王选的《南城根》则选择在一个狭小的空间当中抒发感喟。他以天水城南的城中村为对象，从城市的小小角落写出了整个中国的希望与失望，伤痛与挣扎。中国的每一个城市或许都有自己的"南城根"，它们是在急速城市化的进程当中被遗忘的孤儿。在它们不远的地方，宽阔的街道与高耸的楼房将它们团团围住，格外显出它们的破败潦倒。从文明与进步的视角看去，它们当然是霓虹灯后的阴影，繁华都市的疮疤。但也正因为此，这些逼仄的空间记录下一个高歌猛进的时代不应被忘记的背面的风景，提醒着我们那些日益明净光辉的水晶之城，其实远不那么光滑。在建筑城市的过程中，有多少复杂曲折的历史，与被历史裹挟着的人们的面容，被一一抹去，隐没在城市的边缘地带。也只有这个失败的空间，才能够容纳那么多同样失败的人们：混混，扒手，形迹可疑的女子，沉湎于古旧时间的老人，从乡村涌来的打工者们，以及收入微薄的大学毕业生。如果像作者所说，南城根乃是“中国的低处”，那么这些被城市排斥在外的人们，当然是“人群的低处”。他们离开自己的故乡，或者已经失去了自己的故乡——对于那个已经在此居住近七十年的老贾而言，南城根便是他失去的故乡——但在城市中却永远找不到立身之所。而王选深入其中，写出他们围绕在城墙根下久久徘徊却不得其门而入的仓皇与漂泊。尤为动人的，是王选对冬天与夜晚的书写。冬天与夜晚是最为残忍的时刻，人们将不得不在寒冷与黑暗当中感受这个世界最大的恶意，一点点剥除自己对于生活的最后奢望，以能够更加粗糙而坚韧地生活。冬天与夜晚之于温暖与光明，正如南城根之于天水城，它们是“时间的低处”。当所有人抖擞着不断向高处爬升的时候，恰在王选笔下的这众多低处里，记录着攀爬者后背上的累累伤痕。

某种程度上，杨献平的《生死故乡》构成了《南城根》的另一个版本，这两本散文集共同拼出了这个时代往往被忽略的底层地形图。从王选所关注的逼仄的城墙根出发，杨献平回到他的故乡，回到太行山南麓的广阔乡土，为我们寻找那些在南城根挣扎生活的人们的出身之地。我们几乎不能相信，当代中国的农村依然如此贫穷、艰难和蛮荒。现代文明并非没有深入此地，但却并未带来生活的福祉，而造成更多的苦难。这些散落在太行山脉中的村庄，早已不是田园牧歌般的古典家园。在整个世界都在发生翻天覆地变化的时代里，这里消失的似乎只有想象中的那种乡土温情。曾经长久维系着传统中国的道德约束与人情网络已然土崩瓦解，残败不堪。取而代之的则是和城市一样不可遏制的欲望与躁动不安，而在城乡二元对立的宏大结构之下，这欲望与躁动显得何等卑微与无望；又正因为卑微与无望，这欲望与躁动较之城市当中更加粗暴。诚如杨献平所说：“乡村其实也和城市相差无几，只不过，城市中的某些事情是有所遮掩和必须遮掩的，而乡村，则仍旧承继了人类原始思维和行为，暴力可能更肆无忌惮，人性的暴露方式也更加直接。”因此在杨献平看来，他所书写的“二十一世纪初叶的北方民间”，同样也是“当代乡村的底部”。而在这本散文集中，值得格外注意的还有杨献平的笔法。杨献平以一种田野调查的姿态重返故乡，却从不避讳地大量使用虚构手段，那些乡村夫妻炕上枕间的私密言谈，显然是非想象不能抵达的。然而杨献平恰恰让我们看到了在散文艺术层面虚构的合法性：细节的虚构正是为了逼近本质的真实，杨献平像司马迁一样，用一个个虽出于想象但合乎情理的细节，极大地丰富了所谓“真实”的意义。

绿妖的《我曾遇到这城市的青春》（收入散文集《沉默也会歌唱》）则写出了另一种关于

边缘与中心、异乡与故乡的观感。与《南城根》《生死故乡》不同，绿妖并不浓墨重彩地表达苦难与沉重。她写的是北京，与天水城外的南城根完全不同的城市空间。这里不是中国的低处，这里是中心的中心，让曾经身在县城消耗生命的绿妖心心念念。作为一个修养良好的文艺青年，漂泊在北京的绿妖亦当然不可与南城根下的潦倒人们同日而语。她很快进入某个圈子的核心，出入于各种饭局，在觥筹交错当中绽放自己略微迟到的青春岁月。即便曾经在深夜不能安眠，从简陋居所的窗子望出去，那个永不睡去的城市也给她以安慰。对于绿妖而言，北京简直不是异乡，而是精神的最终归宿。然而我们依然会在她的文字当中读出那种熟悉的乡愁，这乡愁指向那个已过青春期的北京。饭局的人们来来去去，终于在一次次醉酒狂歌中慢慢老去；而这座城市也悄然改变着它的人文生态。“最初，饭局上谈论房子，还会被鄙视。到2006年，房价飚过两万，大家如梦初醒，房子的嗡嗡声再也压不住——现实，以排山倒海之力，长驱直入。一碗面条要十五块的时候，你是无法坐而谈论小津安二郎了。旧建筑越拆越多，新建筑里没有我们的一席之地。北京犹如一个气球，被无限地吹大，我们是气球上的地图，随着它的急剧膨胀，脚不沾地地飞向四环、五环、管庄、通州、燕郊、香河、天通苑、回龙观。……有人创业。有人破产。有人换房子。有人失恋。有人离婚。有人再婚。有人酗酒。有人患抑郁症。有人染上赌瘾。有人自杀。有人猝死，在他的葬礼上，据说有人，握手，泯恩仇。”当城市的青春和人们的青春都如一场大梦，无可追回地远去，那些曾经将自己的青春、激情与生命跃然交付的人们，对于脚下这座已经老迈的大城，当然有挥之不去的乡愁。唯有将绿妖的北京、王选的南城根和杨献平的太行山麓放在一起，我们才能够看到二十年来中国在地理与心理层面的深层变动，以及在这变动当中，关于故乡与异乡的立体复杂的体验。

四、亲者与死亡

宏大的命题尽管也牵连着个体的生命，但能够带来最直接和最锐利的痛感的，永远是人本身。因此止庵的散文集《惜别》当然是2014年最哀伤动情之作。丧母之痛对于儿子而言，不啻于生命的坍塌，在原本温暖踏实的位置上，只剩下空空荡荡。止庵因此必须用近二十万字的追怀与沉淀，去填充这个位置，消化母亲的死，让自己能够在这个已没有母亲的世界上继续生活。在这部悼怀亡母的长篇散文第一部分，止庵并没有过多地谈论母亲，而是回到中西方文化的源头，不断引经据典去谈论死亡，试图理解死亡。这些看似极其哲学化的论述，其实字字滴血，句句含泪。固然至亲之人的亡故让止庵对生死事大有更深切的体悟，但如此书写的更隐秘心理或许是：母亲的死如此巨大，如此难以承受，止庵不得不从别处寻找支撑，让自己有足够的勇气面对。想象一个人坐在亡母生活过的旧屋里，触目所及都是她生前的身影：她曾经坐过的椅子，亲手挂上的画，几天前刚刚浇过的花……任何对于细节的触及都将使他淹没于无尽的哀痛，他的心理防护机制已使他不能想起母亲清晰的面容。而谈论抽象意义的死，既回避了具体的死，又安放了具体的死。唯有经过这样的准备，回忆才有可能真正展开。因此要等到母亲去世整一个月那天，止庵才能独自进城，重游母亲生前常去的那些“故地”。然而这已经不是“节同时异，物是人非”的古典时代，在随时拆迁与重建的城市里，那些关于母亲的记忆坐标，“甚至先于母亲的不存在而不存在了”。一个人对于纷纭世界究竟意味着什么呢？或许正如止庵上下求索后最终得出的结论：“死亡，归根结底，就是一个人从世界上消失，而世界依然存在。是那么简单的一件事。”简单得令人绝望。在“物非人非”的时代，甚至没有可供凭吊的“王谢堂前”，有的只是废墟。好在止庵的母亲是一位喜欢记日记也喜欢写信的人，因此留下了足够丰富的文字材料。然而这对于止庵是幸运还是不幸？当翻过那一页页尚带温度的纸张，而写字的人早已冰凉，内心又将是何种感受？止庵的母亲是那么热爱生活的一个人，她集邮，看电影，种花草，练习书法，津津乐道地向女儿回忆平生吃过的美食和去过的地方，而面对绝症时又有一种极其尊严的态度。但她曾经有多么热爱生活，她的亡故就有多么令亲者难以释怀。因此她生前的点滴往事与未尽心愿将如涓涓细流，不断在止庵的梦中浮现——对于人子，能在梦境中回味已不复存在的母子温情，也是一种幸福。

由于在2014年获得老舍散文奖，或许我们也可以谈一谈刘醒龙发表在2013年《北京文学》的散文《抱着父亲回故乡》。和母亲那种填满所有生活空间的琐碎温情不同，父亲的情感表达方式往往是内敛的。“与天下的父亲一样，男人的本性使得父亲尽一切可能，不使自己柔软的另一面，显露在儿子面前。所谓有泪不轻弹，所谓有伤不常叹，所谓膝下有黄金，所谓不受嗟来之食，说的就是父亲一类的男人。所以，父亲不记得抱过我多少次，是因为父亲不想将女孩子才会看重的情感元素太当回事。”当刘醒龙这样回忆父亲的时候，我们当然能够读出文字背后的深深认同。这是儿子与父亲独特的传承关系，每一个儿子最终都会在某种程度上长成如自己父亲一样的男人，以这样的方式抵达父亲曾经用坚硬外壳隐藏的核心。很多儿子或许都像刘醒龙一样，只有在捧着骨灰盒送父亲上路的时候，才和父亲有了第一次也是最后一次拥抱。那是和父亲无限远的时刻，也是和父亲无限近的时刻。走在故乡的山路上，父亲的一生将从满目风景里涌出来，太满了，因此所有的语言都将是徒劳。

五、散文：面向不可追回的时间

盘点完2014年曾经打动过我的散文作品之后，我发现它们几乎全都与时间有关。那些层层积累充盈了我们的精神与生命的时间；那些沧海桑田扭曲了故乡与异乡的时间；那些残忍地将我们留在原地却带走最挚爱与最温情者的时间。因此回到关于散文边界的论争，如果要以“好散文”为“散文”作出定义的话，我愿意说，散文即是面向不可追回的时间之文体。如果说散文的底线在于非虚构，则意味着与小说、诗歌不同，散文不能驰骋于真实的时间之外，它所写下的必已逝去；如果说散文的特质在发乎于情，那么又有什么情感不是因时间的桎梏而萌生？我们以个体生命的有限性，去面对浩瀚时间的无限性，所有恐惧、孤独、茫然，当然也有片刻的欢欣，以及所有不可名状的情绪，使我们不能不有所书写。那些文字，就叫做散文。

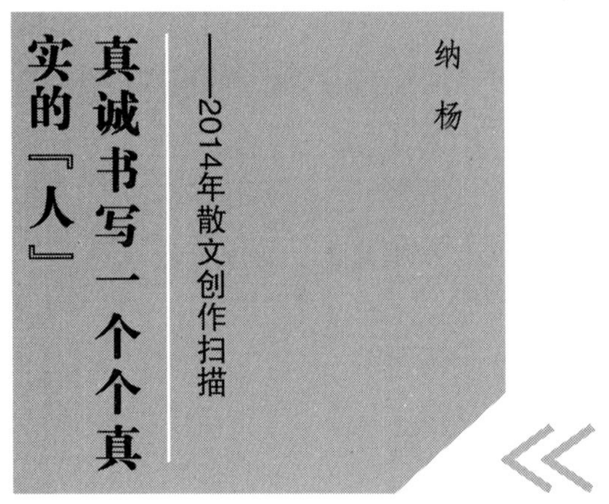

真诚书写一个个真实的『人』

——2014年散文创作扫描

纳 杨

2014年的散文创作，是作家们为读者奉献的一场精神盛宴。在这里，你可以读到文化底蕴深厚的文人哲思，可以读到独特而鲜活的个人生命体验，可以读到各行各业人们的情感与生活。这里不讲故事，那细细密密的文字里潜藏着的是一个大大的、实实在在的“人”字。

随着“中国梦”的提出，“个人”与“国家”被紧紧联系在一起，个人的奋斗被鼓舞，个人的成功被赞扬，“个人”的价值正在被重新发现和定义。散文创作也呈现出两个比较明显的写作路径，一是保持了传统写作特质的文化视角写作。这类作品有着文化散文的气度和格局，有着丰厚的知识储备和文化底蕴，是作家思考的结晶，承载着文学的识知、教化功能，满足人们开拓眼界，提升个人修养的阅读需求。另一个方向则是平民视角写作，以普通人的心态和视角来看社会、看人生，写感悟、写情绪。这类作品更加突出“个人”，代入感强烈，容易引起共鸣。从贴近读者的意义上来看，这样的写作可能更接近文学以笔写心的原初形态。

近距离观察身边的农村

中国的农村正在经历着前所未有的剧烈变化，这种变化为文学创作提供着丰富的素材和灵感。在经历了最初的震荡后，作家们开始把目光从远方收回，回到当下，近距离观察和感受着身边的农民。王月鹏《血脉里的回望》讲述了作者在望庄的拆迁工作组工作的一段经历和思考，用既是局内人又是局外人的心态来看待一个当下非常普遍的现象——农村拆迁。作品中对人心的思考深入而独到，从中生发出“新建起来的高楼是另一种废墟”的感慨，撞击心灵，引人深思。朱强的《墟土》也写拆迁，写故乡的最后一块处女地终于没能摆脱被挖开重建的命运，而与其相关联的小城历史也只能在县志里沉寂。作家一方面感叹面对乡村向城市的转变只有观看和目瞪口呆的权利，还有悲伤和流泪的权利，但另一方面，也理解着小城里热切盼望变化的人们并非不关心历史，而是厌倦了陈旧的生活，希望能在旧土地上找到新的价值，找到除商品房外更让人怦然心动的价值。

铁穆尔的《蓝翅膀的游隼》关注现代游牧民族的生存变化。作家用深沉的笔调提醒我们，游牧民族与草地的关系，就像农民与土地的关系，深入骨髓，而他们也同样正在经历着撕裂的疼痛。冯秋子的《草原上的农民》讲述了被贫穷所困的草原农民不惜忍受自然环境的折磨和人们的恶意防范而偷偷进入草原“搂地毛”。作者亲身探访搂地毛的草原农民，倾听他们的讲述，用平视的目光观察他们的无奈境遇，使文字带有一种真诚的温度，感人肺腑。同时也展示了一个恶性循环的圈子：贫穷——搂地毛——草原沙化——更贫穷，让人感触良多。

越瑜的《乡村阅微》不是回乡偶书，而是置身其中，讲述既现代又传统的当下农村，人们生活的变与不变。外部世界变化明显，人们的生活习惯有所改变，但一些内心最深处的东西，比如情感方式、处世基本原则，其实一直没有改变。崔东汇的《马年耕田》把回老家过年称作“耕田”，是作者在亲戚中耕耘“心中之田”。一方面是亲情的维系，一方面也是作者精神力量的维系。作者看似漫不经心的讲述，写出了农村生活的一个残酷现实：生活艰辛而无望。作品中对于传统文化、思维方式在农村的沿袭和固守的发现与思考，对于我们理解农村变化、寻找改变途径有一定的意义。

“人”的变化是作家观察与思考的重点

作家是敏感的。他们对于社会生活中的种种变化总会给予特别的关注和较多的思考。而“人”在这些变化中的种种反应总是他们目光的出发点和终点。

李存葆的《龙城遐想》从以出土恐龙化石而著名的“中国龙城”诸城写起，写恐龙化石的发掘，想象远古时期恐龙在这片土地上的生活景象，写世人关于恐龙灭绝的种种猜想，自然引出“生态环境和生存条件的大变异、大恶化，是恐龙灭亡的根本原因”这一共识。文章从恐龙化石说到当今困扰全人类的环境问题，由远及近，由虚到实，验证了这样的观点：人们对待大自然的心态是人类如何生存下去的关键，可谓思之远、情之切。

郭文斌的《认识我们的心》从心之好恶讲到心量的边界讲到舍与得，归纳出生命的本质状态和非本质状态，进而回答如何保持本质状态的生命，活出生命的意义。这是作家内心修炼的诚意分享。毕淑敏的《恰到好处的幸福》同样充满了追寻生命本质的温暖力量。不同于那些无心的“心灵鸡汤”，这是用作家的心智和眼光去理解幸福的奥义。因为有作家的“心”，而使文字有了“生命”的温度。

东西的《经验在最深入》，思考作家与媒体的关系。在现代传播技术的基础上，现代媒体正在与所有人发生着越来越深入的关联。多种多样的信息传播方式，让人们来不及去思考消化所获得的信息，盲从、亢奋就成了习惯。这种影响也同样辐射到了作家身上。作家，这个最需要保持清醒独立的头脑的群体，面对信息的轰炸、社会情绪的裹挟，如何坚持自己的信念与理想？作家没有在作品中给出答案，但他看到了独立思考这一最宝贵品质可能被消弭的危险，勇敢地正面应对挑战，用客观、清醒的思考去面对问题、分析问题。作家真诚地写出了自己的心，一定能引起人们的认真面对。

王必胜的《单位》，写关于中国特有的社会构成部件——“单位”的思考。文章从作者自身经历写起，以作者的工作单位发生的变化为依托，直言快语，条清理晰，写出了“单位”的今日往昔，触及社会顽疾，引人深思。“单位”一直在人们现实生活中扮演着重要角色，但也许是太司空见惯，没有人去认真地观察它，如今社会的发展使“单位”的面目越来越模糊，人人都认识，却没人能看清。“单位”的变化实际上是“人”的变化。改革开放以来，社会经济的飞速发展，特别是第三产业的蓬勃发展，催生了一个范围极广的单位不明人群。他们应以何种身份参与社会生活，他们的基本社会保障如何实现，是摆在我们面前的一大难题。

诗人路也的散文作品《墓》包含着丰富的历史和文化的因子，是作者关于生死的思考和感悟。文章写作者所到过的历史人物的墓地，回望墓主的人生际遇，感慨今日人们的遗忘。这种遗忘，看似只是对一个个渺小的个人的遗忘，但实质上却是对中国人最宝贵的传统精神的遗忘。点滴汇大海。如果继续遗忘，可能最后会发现找不到可继承的，如果从纪念一个个“个人”做起，终将汇成传统根基的浩荡海洋。

作家的写作，有时可以从司空见惯的一件小事物切入，经过思维的酿造，成为怡人的美酒。陈漠的《跨文体名字》从不同语言对植物的称谓写起，揣测人们给事物命名的初衷，记述关于名字的趣事，想象独特，开启心智。帕蒂古丽的《词语带我回到喀什葛尔》也是从语言的角度讲述民族文化。维吾尔语中对事物的表述体现着维吾尔人对生活的理解。作者通过对不同语言的细腻的体会，切身感受到语言对反映一个民族的情感方式的特殊价值。艾克拜尔·米吉提的《父亲的眼光》写不会汉语的父亲凭着生活的经验和智慧决定让儿子学习汉语，而这一决定对儿子的人生产生了重大影响。从中可以看到汉语的教学对新疆各民族发展的影响。

历史感悟，重在启示

历史人物、事件的追思是散文写作中一个重要内容。回顾历史，一方面是还原历史真相，追寻前人足迹，汲取先人精神能量，另一方面，更是为了启发当下，谋划将来。

周立民的《槐香入梦》，重述甲午海战、日军侵略历史，提出记住不为复仇，重在知错而改，不再重犯。大量的历史细节为论题提供了坚实可信的基础。而作者保持了理性的愤怒，没有陷入历史的旋涡，而是客观、清醒地回顾历史，还原真实，为不再重犯提供经验和建议。

江子的《督陶官：唐英的手腕》讲述历史人物唐英如何把制瓷工匠的景德镇打造成富有艺术气质的瓷都。作者在阅读了大量关于唐英和景德镇的历史典籍后，把唐英执政策略内化于胸，再用小说化的笔法呈现出来，带领读者跟随唐英的脚步，感受一个辉煌时代的开启和落幕。唐英的手腕对今天的官员为官很有启示性意义。

个人回忆文章可以看作另一种历史书写，书写的是活着的历史。近年来个人写史渐成风气。一些历史事件的普通亲历者，讲述自己的经历，为记述历史增加了新鲜的血液。作家写史更注重“人”的感受，而作家回忆自己的人生往事，更是为历史的书写补充了鲜活的注脚，增添了人文气息。

雷达的《黄河远上》写儿时求学经历。作者出生在新中国成立前，他的求学经历就有了特殊的历史价值。作品从孩子的视角，以求学的经历为线索，串起了新中国成立前后的一些重大历史事件。作者用真诚的讲述，带领我们感受那段历史。雷达的另一篇书写儿时记忆的作品《多年以前》，既是回顾自己的成长道路，也是对父亲母亲的重新认识。孩子对父母的理解和认知，是一个不断变化的过程，我们总会去寻找值得仰望的偶像，却可能在长大后的某一时刻突然发现，最值得仰望的人一直就在我们身边。

余秋雨的《祭笔》用一支笔为线索，讲述自己在文学道路上的求索，分享过程中的欢乐与苦涩，失去与收获。

北岛的《旅行记》把人生比作一次旅行，一个人的行走范围就是他的世界，而一个人的世界有多大就看心能走多远。作家在回忆往事的同时，也在回顾着心的旅程。

梁鸿的《历史与“我”的几个瞬间》同样是回忆个人往事，但更偏重思考个人如何与历史发生关联的问题。生于不同社会背景的人，会呈现不同的精神特征，而生于相同社会背景的人，除却细部的个体差异后，总会呈现一些相同的精神特征，这就是个人如何与历史发生关联的切入点。社会背景在个人的成长中起着非常重要的作用，而我们只有脚踏实地地去体会当下社会，真正进入当下人们的生活中，才能看清所处的社会背景。

书写普通人，关注当下中国人

不同于前几年作家以俯视的姿态去关注底层的底层写作，现在作家们自觉地把自己还原成普通百姓，以平视的心态去感受他们的感受，体会他们的体会。作家只有真正溶入到普通百姓的生活中去，才可能写出真正让读者接受和喜爱的作品。同时因为与当下正在进行中的生活几乎零距离，这样的作品也有助于我们了解当下社会，理解不同人群。

蔡崇达的《皮囊》用拉家常式的语言记述自己眼中的外婆的母亲，我的阿太。能够有机会与“阿太”相处，已经很不容易，而作者的阿太又是那么特别的人。作者用朴实中透着调皮的语调，讲述阿太的“事迹”，讲述自己理解的阿太的处世道理。在作者的讲述中，我们不仅被亲情感动，更被九十九岁老人的人生智慧所触动。

南帆的《到来一只狗》写自家养的一只小狗，最初被迫相处，一年以后竟有了亲人般的精神联系，这是人对狗的逐渐了解的“个案”，也是人与宠物相处的普遍性心理范本。在这里，作家与众多爱狗人士没有区别。与狗的相处中，人们没有身份的差异，学识与修养也不是必需，只要有一颗真诚的爱心，愿意设身处地去为小狗考虑的心。作家以自己的亲身体验告诉我们这样一个理念：万物相通，精神的需求对各种生命形式来说都是不可缺少的。只要真心善待，各种物种之间都能友好相处。

温亚军的《那个度日如年的夏天》讲述女儿高考前全家人的各种表现。与千万个家有考生的家庭一样，作者也经历了女儿情绪波动、家人的有力支持，最终顺利渡过人生重要关口的生活片断。普通的经历，普通的情感，通过作家平实的讲述，记录着，分享着，拨动有着相同经历人们的心弦。

邝美艳的《我们都是鱼儿》刚开始读，觉得不过是小女人对丈夫的牵挂，但在妻子的想念中，一个因工作而奔波、为生活而打拼的普通打工族的形象渐渐清晰。真实的在场感，是这篇作品的特色。在深圳这类经济发展飞快的地区，像丈夫这样的打工族非常普通，正是他们勤勤恳恳的工作与付出，才能够筑起腾飞的中国。也许他们因忙碌而无暇阅读文学，但他们的生存状态，他们的喜怒哀乐，应该是文学的书写对象。写好了他们，就能写出真实的当下的鲜活的中国人。

江少宾的《向黄昏沉沉坠落》写一个坚持用诚实的劳动追求幸福生活的普通青年，却因家庭原因一再遭受挫折而最终消沉。作者的讲述中透出对朋友的深深同情。父亲生病给了他第一次打击，但他重新站起来了，可是母亲却没有走出失去丈夫和生活支柱的痛苦，不仅自己被击垮，还转而拖累儿子，最终使儿子失去重新来过的机会。作品通过对个体的深入观察提示我们，青年个人奋斗的艰难不仅在于社会环境，更在于亲人的态度。除了对朋友孝道的赞许透出一点点光亮，作品中弥漫着压抑的情绪。这不仅是主人公的不幸带来的，更是作者对这样的事情的愤怒却无望的情绪的投射。作家看到了问题，提出了问题，却无法给出解决的办法。

勇于解剖自己，分享独特个人生命体验

有一类作品特别抢眼，作家是自己的医生，以思想和笔为手术刀，大胆地剖析自己的灵魂，为了解我们自身的精神世界提供一条通道。在这样的写作里，作家可以释放困惑，寻求平静，也是自我发现，自我认识。写作中可以看出作家的心路历程。这类作品动人的地方在于解

剖自我的勇气，难点则在于感情释放的“度”。感情过浓，可能导致叙述的跳跃，让读者跟不上情绪的节奏；感情过淡，则又不够深入透彻，让人感觉欲语还休。今年有三篇作品非常突出。

彭学明的《这样回到母亲河》延续了《娘》中强烈而真实的忏悔精神，记录了自己历经曲折寻访母亲身世、寻亲寻根的过程。作者用自己的实际行动和教训，呼吁和唤醒天下儿女不要忘本、不要丢掉自己的根。难得的是，在这一心灵之旅中，还让我们看见了湘西苗寨人民真实的生活景象。曾经被贫穷和艰难打散的亲情，在生活逐渐好转后也逐渐获得重生，这其中隐藏着多少无奈和痛苦。吃过那么多苦的人，才会懂得珍惜今天得来不易的幸福生活。

周晓枫的《独唱》用深刻而大胆地自我剖析，完成了对嫉妒这一女性隐秘心理的透彻表述，其独特的审美体验，读来大为畅快，同时也让人心有余悸，吸引人们不自觉地去对比、审视自己。

塞壬《耻》写生活中多次遭遇飞车抢劫而留下的伤疤无言地记录着人生的艰难，然而外在的创伤远没有内心的耻辱感对人造成的伤害来得强烈。作品中极其细腻而真实的心理剖析，不仅让我们近距离体验打工者的真实生活，更用文人的敏感和思考，批判现实社会中存在的虚伪和不切实际的意淫，描绘着生活的假象，阻碍人们真诚地对待自己的内心，对待自己的失败和屈辱，看清人生的真相。

用散文记录新鲜面孔

今年有几篇记人散文很有特色。铁凝的《天籁之声隐于大山》写作者当编辑时与作家贾大山交往的一些片断。已经成为文学大家的铁凝，在回忆自己倾心敬佩的文学大家贾大山时，仍然充满了敬意，并且在款款叙述中与读者一起感受文学大家的人格魅力，感受这种人格的力量如何幻化为文学的力量。同样讲文学大家，陈文芬的《远东图书馆师徒列传》讲述的是瑞典最著名的研究中国文学的学术机构远东图书馆的发展历程，讲述这些瑞典汉学家们对中国文学的研究与传播所作的努力，从中可以领会到能够评出影响全世界的文学大奖的国度里，人们对文学的态度，学者对研究的态度，很有借鉴意义。

父亲母亲都是散文永远写不完的主题。陈元武的《野草般的母亲》立意新颖，以讲述记忆中与母亲有关的几种植物来追忆母亲，歌颂母爱。黄金明的《父亲与我》是儿子对父亲的坦诚讲述，儿子终于理解了博大而狂热，简单而扭曲的父爱。

异域见闻领略不一样的人生

如果人生是一段旅程，有的人是用心在行走，有的人是用脚在行走，还有一些人则是脚和心都在行走，这部分人把亲身体验的异国风情用文字记录下来，为我们打开另一扇窗。

阿航的《番邦客》讲述“我”在欧洲国家的中餐馆打工的经历，除了作者自己的经历，还写到他所遇见的那些在国外淘生活的中国人的境况，他们对生活的安排和理解，他们对精神家园的渴求，让我们领略到不一样的人生。

黄永玉的《沿着塞纳河到翡冷翠》画家文笔，跟随作者用画家的眼睛看天下。其中写到自己对国外某些人生智慧信条的困惑，不装不隐，直言表达，坚持独立思考，让人印象颇深。

要想在一篇文章里穷尽一年的好作品，是不可能的。尤其是2014年的散文创作形态更加丰富、情感更加充沛，作家们的视线遍及社会生活的方方面面，写作直达人的内心深处。其中最动人的，是作家用真诚地写作分享对人生的体会。散文贵在一个“真”字，只要以最真的态度面对生活，保持最真的情感写作，一定会引起读者的共鸣，而散文的价值就在于最真实地分享。

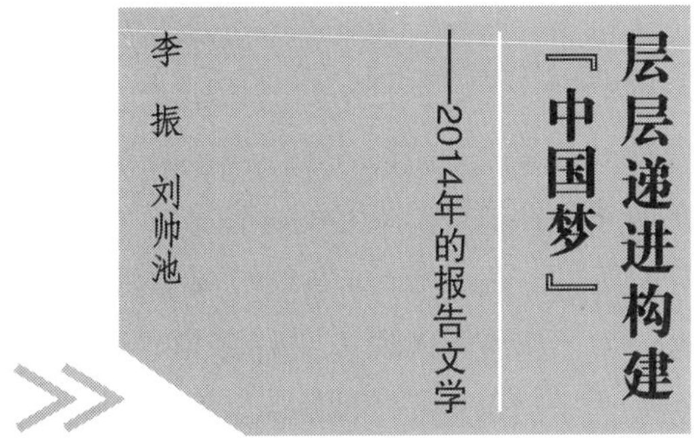

2014年的报告文学，在保持其丰富性的同时，绝无令人失望之处，也并没有太多的惊喜。当然，这正是报告文学应有的姿态，宠辱不惊，紧紧贴合着时代，而平稳安逸，倒也正是这个时代的特征。

时代与社会的丰富性在2014年报告文学中得到了充分的体现。李春雷的《赶考》将中国共产党人喻为考生，呈现了1948年“进京赶考”的心路历程；何建明的《南京大屠杀全纪实》提前于中国首个国家公祭日出现，再现了那一年日本侵略者在南京的罪行；杨振辉的《血性福州》，从地域文化的视角记述了福州人的血性，在城市的历史与繁华之中再现了他们爱国强国的精神理想；《失独，中国家庭之痛》紧扣社会矛盾，对独生子女生育政策进行反思……

如果要抽取出2014年报告文学的独特之处，那便是从不同的角度，不同的层次，由个体到群体，由群体到行业，由行业到国家，层层递进，构建起内涵丰富的“中国梦”。

一、不普通的普通人

2013年5月，乳山市诸往镇文化站上报市文广新局一条有关母爱的信息，引起市文广新局主要领导的极大关注，并责成母爱研究会深入采访整理，于是便有了赵红日、郑华的《母爱如山——乳山母亲宋维莲18年如一日扶养维吾尔族孩子的生活剪影》。自20世纪80年代中期至今，宋维莲默默抚养维吾尔族孩子成长成才。1955年，在乳山县诸往镇泊子村，两个残缺的家庭，经人说合，重新组合起来。第二年，宋维莲就出生在这个新的家庭中。她的童年，孤独与痛苦并存，成年后，十分期盼找个丈夫远嫁，离开那个令她感受不到温暖的家乡。1980年，24岁的宋维莲与育黎镇汪水村丁某结了婚，婚后随丈夫定居在新疆农九师161团。结婚一直无子的宋维莲，收养一个地道的维吾尔族孩子。正如宋维莲的名字一样，她的命运从见到孩子的那一时刻起，就与维吾尔族人连在了一起。她自己也无法想象到，一个山东半岛的女人，这辈子竟能和新疆维吾尔族人产生深厚的亲情，且是永远的亲情。维吾尔族孩子的到来，让她在未来的日子里，搭进了美好的青春，牺牲了欢乐的家庭，她曾亲手将孩子送回新疆工作、结婚、生子。人的一生，命运与缘分常常紧密相连。脱离缘分能够改变命运，遇到缘分也照样能改变命运。对于宋维莲来说，别人脱离的缘分是送走了不幸，而她接收的缘分，却从此改变了她的命运。为了这份缘分，她经历了坎坷、痛苦和生离死别……在宋维莲的生命中，这份缘分有时像是阳光，它能温暖她多舛的命运；有时又像天上的乌云，让她坎坷的命运无法得到一片晴天。宋维莲历尽千辛万苦，用黄连般的苦水浇灌出一朵盛开在新疆的雪莲。

《母亲的高寿》是一篇写给母亲的悼词与挽歌，笔墨之间都寄托着对母亲的崇敬之情。文章开篇点题，指明母亲去世时的高寿，而后四个小标题，每个都为母亲的高寿做了注脚。在这四个注脚中，我们能从中窥测出母亲那勤劳的一生。母亲的高寿，首先来自她的勤劳，从旧中国到新中国，母亲几乎是操劳了一生，年轻时操持家务，年长时操心儿女，颐养天年时期也一直闲不住，除平时经常帮儿孙们做这做那，逢年过节家人团聚，也是她在家准备饭菜，煨汤、烧肉、煎鱼，要忙好几天。母亲高寿的第二个原因来自她的忍耐力：母亲干活特别能磨，家中那么多事总是要做，但母亲习惯用循序渐进方式，一件件来。这当然耗时。但这种从早忙到晚，是以节奏均衡的“磨”的方式进行。同时她的心理承受能力非同寻常。当年，孩子们不可逃脱地上山下乡，丈夫则去了干校，这样的一段时期，任谁都会觉得忧虑和孤单，但是母亲却挺了过来。母亲高寿的第三个原因在于她的知足常乐：她的知足跟大富大贵之类毫无关系，而是体现在具体细微的日常生活中。母亲高寿的第四个原因来自她的喜欢思考。母亲记忆力好，爱记日记，思路清晰，思维上的精神运动对母亲的高寿产生了很大作用，母亲的喜欢“思考”还显示在很特别的习惯方面，如母亲有常常自言自语，有时就好像在与人对话。这种自言自语对心理调节非常有效，话语本身就是一种思维活动。母亲早已将生死看淡，这种淡然的态度无疑也影响到了她的儿女。本文虽为挽歌，通篇却只是稍有哀伤之情，代之的是作者娓娓的阐述，那操劳而平淡的一生，从作者笔下自然的流出。

他情怀高洁、儒雅仁厚，拥有自然而生的长者风度与长久养成的君子遗风；他才情纵横、安然自若，带着卓异自在的平和性情与甘心寂寞的隐者性格。他是一位生活在齐鲁大地偏僻乡村的老人；也是山东省政府聘请的文史馆馆员。他随性自在的“记问之学”，游于乡野，未曾受过任何规范的教育；他也成了“学识渊博的乡野儒师”，让所有人都明白“朝有贤相、野有遗贤”。他就是郭连贻，一位生活在齐鲁大地的有德乡贤，一位隐居于中国乡间的敦厚长者。李登建在他长篇纪实散文体人物传记《最后的乡贤》中，从头讲起，由点入微，怀着虔诚与钦佩、审慎与敬仰，为我们徐徐拉开了主人公郭连贻平凡而传奇的一生。

文章笔法细腻，疏落有致，以几十年的时间跨度为轴，娓娓道来——多灾多难、几经坎坷的童年，顽皮活泼、聪颖烂漫的少年时代，战火不断、纷扰不堪的青年时期，磨难重重、打击不断的中年，直到最后他安稳泰然，感时知命的老年。走过童年的历程，少年时的赤子热忱让他始终不忘初衷，青年时的自负上进，让他几经沉浮，到中年一点点的沉淀，老年彻底的安然。最为人敬重的，却是隐于老人虚怀、古雅、博学、慈悲背后使命般的文化担当、赤子般的家国情怀。他的这份安然，让人油然生出敬意，那是一种生命的沉淀，就像饱经厄运以至八旬高龄的郭连贻迎来生命中迟来之春时，老人却并未因生活改观而满足于一己之逸，从心系国家命运到关切黎民苍生，从揭示林林总总文化乱象到率范聚集文化群体，他以真正的文人风骨、道义良知，捧出一位长者的血肉之心，以此将“乡贤”的意义，阐释得极致而深刻。同时，作者犀利的笔触也没有简单停留于对传主个人成长故事的描绘，而是向着纵深场景掘进，将笔触深深切入人的内心世界，淋漓展示其内心的冲突，探其灵魂的挣扎。年轻时的清高自负乃至桀骜不驯，历经一次次沉重打击、艰苦磨难，就变得谨小慎微、顺天知命。身处的时代错乱，脚下的文化泥泞，使行走中的旅人满怀血泪和屈辱，充满搏斗与抗争，凝结的是许多现代中国知识分子特定年代遭际的缩影。李登建笔下的郭连贻，情怀高洁、儒雅仁厚，颇有君子风范；才学卓异、甘于寂寞，保留隐士遗风；饱读诗书、遍览文史、博考经籍、研精覃思，赋诗填词、勘史研志、撰写小品、校注古诗，成就一时传奇。

二、群体：“正能量”的集合

2014年的报告文学中涌现出一系列记录某个社会群体的创作——他们的存在也许并不特殊，并不闪耀——但这种宏观的描摹，成为记录中国社会结构的重要元素。它为我们呈现了一组有关“群体”的纪实书写。虽然与行业、与职业脱不开干系，但它们更侧重于对个体事迹的记述，而这些个体事迹，一个个单独的故事，最终组合拼接，形成了某一群体的宏观面貌。而且，在这些作品中，行业或职业的不同并不影响各个群体之间的关联，责任、担当、热忱和最基本又最动人的人性、人伦，将这些群体连接在一起，成为中国社会结构大版图中的一个个小阵营，播散出更贴近生活的“正能量”。

郝敬堂的长篇报告文学《大海作证》用记叙和穿插的笔法，写了被称作“当代妈祖”的中国救捞人。他们在300多万平方公里的海洋与18000多公里的海岸线上，用弱小的身躯承担起守望“蓝色国土”、守护万里海疆的重任。《大海作证》先是讲述了中国救捞人在过往岁月中的辉煌荣誉与艰辛历程，接着通过大量真实救助抢险的案例回放，以一线救助职工亲历中国救捞近年飞速发展的真情表露，船员家属在背后的默默付出与对救捞工作的理解和支持，大篇幅的讲述了一线救助船员、救助飞行队和应急反应救助队在新的历史起点上，队伍由小到大、装备由旧到新、技术由弱到强，救捞文化由浅到深，不断壮大成为一支“政令畅通、行动迅速、装备精良、人员精干、作风顽强”的国家专业应急救援队伍。无论面对怎样艰难的条件，无论面对怎样恶劣的天气，只要起飞，就意味着希望，就意味着担当，“把生的希望送给别人，把死的危险留给自己”的救捞精神也便在中国救捞人忠实履行海上人命救助的神圣职责中千锤百炼，薪火相传。直到最后一章“梦之蓝”，我们仿若能够置身其中，感受着这只团队的坚守与传承，感受着他们的平凡与伟大。《大海作证》采撷大量一手资料，使一次次大风浪中的救助、一次次应急抢险打捞动人心魄地呈现于纸上，全面刻画出中国救捞人始终以救捞精神为鼓舞，忠实履行职责，在人命救助和抢险打捞的关键时刻，以钢铁意志凝聚成钢铁般队伍，以冲得上去、救得下来的坚强决心，用精湛的救捞技艺、过硬的抢险本领和顽强的拼搏精神，集中展示了中国救捞人“特别能吃苦、特别能战斗、特别能团结，特别能奉献”的群体风采。

李迪的《那时候，我们青春浪漫》写的是四十年前作者所在部队文艺宣传队的青春往事。一个个清淡生动的故事，一个个自然清和的人物，呈现了一段酸甜苦辣、五味杂陈的军旅生涯。第一章“黑头火柴”以张志刚为核心人物，再现了四十年前作为文艺兵排演节目的场景，聚集着一群斗志昂扬、热情似火的年轻人，像演技绝伦、形象生动的“老鸠山”金大宝；挥洒“斥敌”，满堂喝彩的“沙奶奶”赵青；当然还有心情英雄梦的张志刚。一出《沙家浜》，演的是剧本里的故事，也是当年那群年轻人似火的岁月。而当时光荏苒，四十年后老战友们再相聚，有欣喜，有叹息，也有岁月留下的伤怀和尴尬。第二章“一根藤上两个瓜”写战友搭档，共同书写、共同创作，共同经历青春军旅的欣喜与坎坷。第三章“战争与人”、第四章“大板儿牙”轻松明快的主题与第五章“你可听见阿妹叫阿哥”和第六章“一百三十七封信”的压抑纠结前后呼应，即使作者在前面着重渲染青春与欢乐，也终究无法避免那段上山下乡苦乐并存的日子。其间的爱情，有甜蜜，有纠结，有释放，有压抑，更多的都是属于年轻人的回忆。无论友情、爱情，无论社会、军营，就像作者在“尾声”写下的诗作：“战友聚一堂，青春成过往。岁月不容易，两鬓多染霜。转眼四十载，清风悠悠长。青春来作伴，浪漫好还乡。”因为同在一个军营的扶持与包容，因为一起扛枪的信任与过往，也因为青春岁月的信念与昂扬，李迪的讲述使回忆流淌于笔尖，行云流水、不着痕迹，让人们仿佛能透过他的笔触，感受到军营的昂扬气质和军中文艺的浪漫清和。而四十年后的时空交融，更是让人不胜唏嘘，那是一种经年老兵的感怀，“铁打的军盘，流水的兵”化为铮铮铁骨中的柔情。

在“南水北调”这一中国水利史上史诗性大动作，为了在两年间安置34.5万移民，为了做到“不伤一人、不亡一人、不漏一人”，实现平安、顺利、和谐的搬迁，有一批默默付出辛勤劳作的“移民干部”。裔兆宏的《公仆》讲述就是他们的故事。在这些人中，有刚刚走下手术台就拔下输液管投入工作的“拼命三郎”王玉献；有苦口婆心、实干在前、最终促成一万六千名移民安全转移的乡长向晓丽；有敬民如父母，甘心做村民们“孝子贤孙”的安建成；有一心为民办事，真情动人的人杨明乾……在这些人中，还有十八位因为劳累、疾病等种种原因，在移民工作中永远献出生命的移民干部。两年多的时间，这些移民干部坚持“移民问题无小事”的精神，一切从民众的实际利益出发，忠诚在胸、无私奉献，在基层岗位上做着最艰辛的工作，用自己的不懈坚持，顺利解决了“南水北调”工作中移民安置这一难题。什么是人民公仆？在“南水北调”的过程中，面对“故土难离”的村民，面对日复一日复杂、操劳的工作，无数的移民干部用他们的坚持、他们的责任、他们的热情和他们默默的承受，甚至用年轻的生命，向所有在移民过程中被波及的百姓证实了他们的真诚与执着。

公安作家紫金的长篇报告文学《泣血长城》是以2010年大连“7・16”特大原油火灾救援为背景的长篇报告文学作品。该作热忱讴歌了危急时刻冒着生命危险救援火灾的公安民警及武警消防官兵，讲述了他们惊天动地的英勇事迹和悲怆故事。作者历时四年，采访了387人，走遍大连市十几个参加救援的单位，最终还原给我们一个真实、感人、热血、悲壮的英雄故事。在《泣血长城》的创作中，作者打破了纪实文学惯有的以事件叙述为主导的方法，将人物放在第一位，在一个接一个各具特色的人物叙述中，反复描写事件，既强化了报告文学的纪实感，又增加了它的艺术感染力。一个个例子，一幕幕再现，展示给我们宛然如昨的现场感，带给读者切实可感的心灵震撼。作者一方面记述了采访、写作的历程，一方面还原了“7・16”特大原油火灾救援的过程，从不同角度展现了灾难之中人性的熠熠光辉。2010年7月16日18时20分，大连中石油输油管线发生泄漏爆炸，火势凶猛。火灾期间，上万名消防官兵血战火场，用生命书写了保卫城市的一曲悲歌。桑武、邱英辉、吕杰三名敢死队员为了关闭105号油罐而历尽艰辛，拖着疲敝的身躯不断尝试不断坚持，他们遍体鳞伤、精疲力竭。桑武的妻子还身患重病，但在危难面前，他们只有作名一名消防官兵的责任与坚守。火灾中唯一牺牲的战士张良，几天几夜得不到休息，为了不拖累战友，他选择了一个人平静的沉入海底。还有为了维持秩序、疏导交通而出现在现场的交通警察，他们一直站在随时可能夺走他们生命的危险化学品罐旁边。他们是父亲，是丈夫，是儿子，是一个个家庭的希望，但心中的责任和肩上的重担让他们选择隐瞒妻儿、挥别父母，毅然投身火海。就像作者紫金在采访中所说的那样：“7・16事件，给了我一种全新的现实和感受。对于我们这一代人来说，面临生死抉择的英雄，都活在过去的文学、影视作品中。可在7・16特大原油火灾救援中，这些平常看来的普通人为了美丽的大连、为了600万人口的生死存亡，却义无反顾准备献出生命，用自己的泣血经历，诠释了新时代的高尚灵魂和人性中的至善至美。”

三、行业：“长子”与“幼子”

有人把上世纪50年代初国家第一个五年计划确定的“156项工程”称为“共和国的长子”，后来渐渐扩大，把整个工业、大型国企，统称叫作“长子”。2014年就出现了两篇以“共和国长子”为题的创作。工业作为一个国家的经济支柱产业，在新的时代里面临着自我的更新与调整。陈玉福和蒋子龙的两篇报告文学，当然也包括写李连义、王兆山描写泰钢30年生存与发展的《大道直行》等，从回顾和路途记述了“共和国长子”从出生到成熟再到壮大的过程。与此同时，新行业的蓬勃发展，则是产业结构的直接成果。因此，如果说要从什么角度记录下一个国家在某个时代宏观的运行状况，可能没有比讲述行业更直观有效的了。

陈玉福的《共和国长子》写“9·18”之后，日本在中国东北大力发展军事工业及相关重工业，使东北成为日本经济的附庸和扩大侵略战争的跳板。开篇讲“鬼难拿”黑一江因中国女孩被糟蹋，深夜躲开日本人的防线，进入元凶关东军辽海守备队队长顿村的家，强奸其女惠子未遂。日本人在东北强取豪夺，以合作的名义霸占了黑银基的银基加工厂。日本关东军特务机关长池田一郎进入惠子家询问那天深夜情况，惠子因为听到“鬼难拿”是在为同胞复仇，决定将父亲背负的债由自己偿还。黑银基回家路上，邂逅了一个被人欺负的小孩，将其收做义子，起名黑一湖。黑一江让章小凤女扮男装混进日本人的辽海东洋制造厂做学徒，伺机为其姐姐报仇。黑一湖在银基加工厂当学徒，很勤奋，管家路一辛很中意他。看着日本人早晚要进入银基加工厂，一家人忙着商量计策，管家路一辛有了主意。辽海东洋制造厂大东门外的景象，与大西门外的迥然不同。在这片苍凉与慌乱中，唯有刚建起来的辽海兵工厂矗立，已经被日本人收走，只留下刻骨铭心的耻辱。于是，黑一江上山当了土匪，盘踞于鸡冠山这一守望辽海的堡垒。日本关东军司令官本庄繁来参观辽海兵工厂，观看了其改造状况。兵工厂制造出的第一批炮弹失败了，黑银基见到那些看守库房的中国工人全部被捕了，心情十分沉重，因此萌生了炸掉兵工厂的想法。面对盟国日益频繁的轰炸，日本关东军也乱作一团，工厂反日标语调查险些让章小凤遇险，好在黑海一郎出面解围。经历了一系列保护工厂的斗争，终于把日本鬼子赶跑。惠子留在了中国，受尽了各种歧视和偏见，但有黑家和路管家一直保护和照顾。1949年后，父子同心共谋发展，章小凤也怀孕了，为黑一湖生下了建华、设华、祖国三个儿子，并作为女工代表接受了毛主席的亲切接见，被评为劳动模范，获得了无数荣誉和奖励。饥荒之年，章小凤加倍工作，努力奋斗在工作岗位上。“文革”期间，一家人经历了各种恩恩怨怨爱恨情仇。元房子公社、骆子忧伤的笛声、不分青红皂白的荒唐年代、章小凤的昏迷、情感危机、在农村插队的日日夜夜等等记忆，都让人难以忘怀。渐渐的，建华、设华、祖国都长大了，来到辽海制造厂工作。在爱情、工作和未来带给他们无限的憧憬和青春的困惑中，还夹杂着复杂的亲缘关系和历史纠葛。最后好在真相大白。在女儿郝婷花的心中，自己的命运已经和这个家紧紧联系在了一起，章小凤是自己的亲妈，一湖是她的亲爹。可摆在眼前的事实是，她在国外还有一对父母。人海茫茫，今生是否得以相聚，又引起了无限伤感。章小凤面对自己的女儿，心中五味杂陈，一方面感谢上帝的恩赐，一方面又感叹命运的多舛。

这是一段饱含辛酸与温情的往事——家事、国事在这一故事中紧密结合在了一起，时代塑造了这一场人间史诗，平凡中凸显着伟大，让人回味无穷。从赶走日本侵略者，到努力建设国家，再到“文革”的回忆，坚毅、顽强、包容支撑着黑家一路走来，命运的苦痛化作前进的动力，汇聚到建设强大祖国的大潮中，令人震撼，也让人惊异于爱的力量。而作为母体的辽海制造厂，是共和国的长子之一，黑家则是千千万万投身于民族独立、国家建设的家庭的缩影。他们是中国近现代历史的可以触碰到的有血有肉的、最鲜活的教科书。

蒋子龙2014年初去兰州的工业区西固，参观了中国第一个石油化工基地和中核兰州铀浓缩有限公司，对这些共和国的“长子”重新燃起敬意，便创作了《共和国的“长子”》。作者首先谈到进入西固之后，见到这些共和国长子，感觉腰杆子挺直多了，心胸豁然开朗。接着，作者分析了这片集中了“高精尖”大厂的地方的地理位置，并引用古人对西固的命名，阐述“西固则民安，西固则国强”的历史经验。从1872年清政府的兰州“制造局”、左宗棠的兰州织呢局、清末兰州黄河铁桥的建成，到中国工业建设选址西固，都说明西固不仅是山河形胜的天前雄关，更是自古以来的工业福地。于是，中国第一座石油化工工业城诞生了，中国的第一批大型生产燃料的骨干企业像“长子”般，突破国内外的重重困难，生产出上天下海的高精尖燃料、润滑油，以及第一枚原子弹、氢弹，第一艘核潜艇与第一座核电站的所需原料，为我国国防事业和工业建设做出了巨大贡献。今天的兰州石化，依旧是国家重要的石油化工生产基地。接着，作者回答了兰州石化厂被尊为“石化工业”的摇篮的原因所在，近60年的时间，石化厂为全国石化企业、党政机关提供了大量技术人员、领导干部——西固之所以能赢得如此信任和尊重，是因为他们无愧于历史和时代。

“长子”之后，当然有“幼子”。在传统基础工业持续发展的同时，是新兴行业的飞速成长。董利荣、李龙的《桐庐快递崛起之路》讲的就是新兴快递行业的发展。历史的车轮行进到20世纪，浙商如钱江大潮汹涌而起。在浩浩荡荡的浙商大军中，快递军团异军突起，他们发端于杭州，发迹于上海，发展到全国。申通、圆通、中通、韵达四家快递公司是其中的佼佼者，他们的掌门人也都来自桐庐的崇山峻岭中。他们彻底改变了“商惟坐售”的桐庐旧商人形象，以通达天下的豪迈，树起了桐商新形象。也正是因为他们，浙江省桐庐县拥有了“中国民营快递之乡”的金名片。《桐庐快递崛起之路》第一部分讲述了几大民营快递业的领军人物都集中在桐庐这一小块地方，或许有机会的偶然，但也有历史的必然。历史赋予了桐庐快递以责任，桐庐快递就有一副这样的肩膀，去挑起这份责任。第二部分讲述了申通老总聂腾飞的创业历程。他是桐庐快递的引路人，他以敏锐的眼光、独特的思维和实践的勇气，发掘出了快递这一座金矿，为家庭、为家乡开辟了脱贫致富的道路，为中国快递整个行业的飞速发展立下汗马功劳，改变了人们的消费观念和生活方式。第三部分讲述聂腾飞不幸车祸身亡后，陈德军临危受命，聂腾飞的弟弟建立韵达快递，喻渭蛟创办了圆通速递，赖梅松和他的伙伴创建的中通快递，三家企业并行发展和壮大。桐庐籍快递企业家创业在外、情系家乡，积极参与家乡建设，在对外交流、招商引资、宣传桐庐、建言献策等方面做了大量卓有成效的工作，为家乡的经济建设和社会发展做出了贡献。快递业的快速发展，也衍生出了一条产业链。最后，是桐庐快递业发展给予我们的启示，透过桐庐快递的飞速发展，看到的是隐藏于桐庐人骨子里的创业创新精神。

四、“中国梦”

“道德如同一轮高悬的太阳，如果让雾霾遮住了他的光亮，那么，我们失去的不仅仅是温暖。”这是杨文学写在《“太阳”梦——“中国梦”调查报告之一》最前面的话，仿佛在提醒我们社会的现状和我们必须要面对的问题。杨文学的足迹遍布中国，从贵州山区到长沙市郊，他的《“太阳”梦》直观地关注生活的底层与社会的角落，用一个个鲜活可见的例子向我们一点点展示一个调查的角度，最终传播一份社会的正能量，真实而具体的将“中国梦”的主题同当前社会精神价值与道德建设结合起来。当作者在贵州、胶东、珠海、西柏坡、沂蒙山等地采访农民时，普遍发现在生活水平日趋进步之下，潜藏着底层百姓越来越少的社会幸福感。人们对现实社会道德环境表现出普遍的不满，对那些不顾法制的约束以权谋私干部的贪腐情形、那些突破道德底线不顾一切后果谋取钱财的掠夺行为、对于社会公益财产的分配不均、对于仁爱善行及孝道精神行为的严重失落、对于社会治安环境的恶化、生态状况退化等等，都十分敏感且怨愤多多。底层的人们，更多的怀着一个梦想，这个梦想关乎公平的环境、法制的尊严，关乎相亲相爱与传统美德的守护。正是基于这样的梦想，《“太阳”梦》用通篇的大段笔墨和大量的事例，在相对的阴影下，给我们讲着光明的故事，勾画给读者一个趋向温暖和明媚的“追梦”过程。

在这篇报告文学中，作者讲述一个个绚烂多彩的感人故事，描绘出一幅幅感人至深的画面：坚持15年对患病妻子精心看护的农民孙百航，无怨无悔，不离不弃；对遭遇车祸而瘫痪的丈夫十多年不离不弃的“80后”女子李芹儒，平淡伟大，宁和坚贞；捐肾救妻的贾澄荣、再嫁后继续照顾前夫父母，还周全地照顾如今走“二门”的丈夫陈文敏及公婆的王秀燕。这些小人物用自己长年累月的坚持和无怨无悔的行动，证明着社会的、人与人之间的大爱无疆，证明着承诺和信念的力量。还有那位自己并不富裕却依然在19年前开始照顾弃婴乐乐的农民陈贤如、个弱女子于晶和她的“爱心联盟”、“骑三轮车三千里送无腿女回故乡”的孟昭良以及为共筑和谐环境用心费力的淄川韩庄的老褚等很多人、很多故事——对这些大德善行人物心灵和行为的突出推举、客观强调，作家试图用明丽的精神道德之风，吹散弥漫于现实生活中不少甚嚣尘上的失德恶行，试图提炼出一个真正阳光明媚的“中国梦”。

2013年4月，李炳银赴赣州深入调查贯彻落实《国务院关于支持赣南的那个原中央苏区振兴发展的若干意见》精神的情况。《春到赣南》，一语双关，一方面指的是赣南到了春季时节，另一方面则意指中央政府对革命老区振兴政策如春风化雨般滋润着赣南这片土地，那是一个关于春天的约定。全文围绕“春”展开叙述，开篇“触春”，讲述了作者初到赣南对春天的感知，而当作者将季节与自己的使命联系在一起，春天的内涵变得丰富起来，渐露出很多表现与象征，有许多可资感受的体会的味道。接下来的“春忆”和“春寒”，从历史的角度，回顾了赣南的历史，赣南曾经是中国共产党人信仰扎根并为之艰难奋斗和牺牲的地方。“打土豪分田地”，中华苏维埃共和国的成立，五次反围剿战争和战略转移等等，很多大事件都在这里发生，这片土地上的历史不能忘记。“春汛”叙述了1949年后，原苏区人民告别了黑暗和恐怖的日子，但仍然面对经济建设落后，生产生活条件艰难的问题。“春潮”写2010年，一名蒙古族汉子来到赣南，开始广泛而深入的社会调查，制定主政思路，解决革命遗属、伤残人员和极贫人员的生计问题，在专项救助的基础上认真开展“三送”（送政策、送温暖、送服务）活动，深入联系群众。终于，赣州市委的努力引起了国务院的重视，一系列国字号文件的出台把赣南地区振兴提升到了国家的层面。

作为曾经革命事业发展的重要地区，赣南的社会发展、百姓的生活水平的提高不仅是简简单单的地区经济问题。深厚的革命历史传统、艰难的自然地理环境和淳朴额民情民风，正考验着每一位基层工作者的主政智慧。

陈可非、张铁汉的《假如战争现在来临》讲述了作为我国尖刀部队，承担“点穴置瘫”任务的共和国导弹部队新型长剑旅。在政委柳长国、旅长程丛才的带领下，这支队伍时刻铭记责任、刻苦训练、同时加强责任意识与忧患意识。面对内忧外患的国际国内形势，强词夺理的岛屿之争，虎视眈眈的邻国威胁，面多复杂的世界现状，战争随时可能爆发。在这样的现实背景下，新型长剑旅官兵们计算的不是战争有多远，而是战争有多近。他们在红蓝演习中一切以实战出发，积极主动，坚韧卓绝；同时组训了女子导弹测试发射分队，贯彻战场不分男女，苦练才是生存王道的精神。新型长剑旅坚持“平时让人练，战时就要让人上”的传统，一切从实际战争出发。他们在布阵篇章中写道“军人与战争相随，备战打仗永远是军人的主旋律”。“在这里学会打仗，从这里走向战场，在战场夺取胜利，我们时刻准备着”是这支现代化的尖刀部队时刻铭记的铮铮誓言。他们平时忧思进取，战场没有假如，机会只有一次；他们训练认真刻苦，虎虎生威，苦练“一剑封喉”。在和平年代，更要懂得战争的可怕与和平的可贵。对于当代中国军人而言，远离了战场和硝烟，更加不能放下军人的机警与素质；生活在和平的日子里，才更加要体现中国军队的强劲与气魄。《假如战争现在来临》通过新型长剑旅的事迹，让我们看到了当代中国军人的军魂与担当，也看到了国家的强盛和力量。

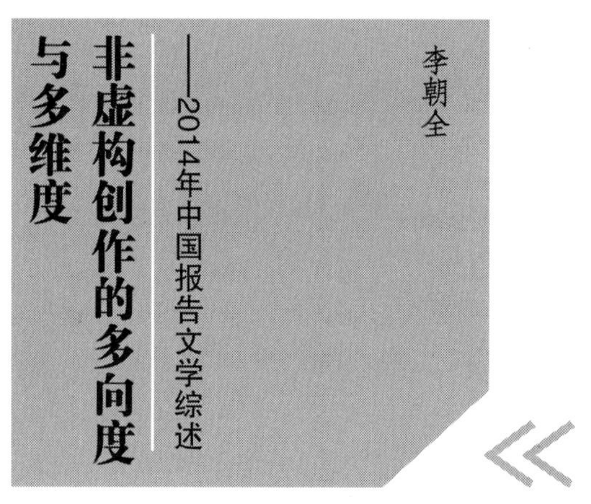

非虚构创作的多向度与多维度
——2014年中国报告文学综述

李朝全

报告文学是感应时代真实最敏锐迅捷的文学。时代和人民的召唤往往能激发起报告文学作家最强烈的创作冲动，也能造就报告文学创作的多个向度和多个维度。2014年，国家经济社会发展继续保持平稳，十八届四中全会关注依法治国主题，致力于建设法治国家。10月15日召开的文艺工作座谈会，厘清了许多文艺创作上的迷雾和误区，为书写中国故事、表现中国精神、塑造中国形象的文艺创作注入了强劲动力。互联网和数字信息媒介的迅猛发展，给普通人的生活状况带来了无法估量的影响。报告文学是时代的晴雨表和风向标，国家政治经济思想文化领域的新趋向、人们日常生活的新潮流新风尚，都很快地作用于并体现在报告文学作家的创作之中。

回望2014年，报告文学不断涌现出一批反映时代真实、描写中国梦、讲述中国故事的优秀作品，这是报告文学创作最长远的一种传统，也是非虚构创作的第一向度。在8月评出的第六届鲁迅文学奖中，黄传会的《中国新生代农民工》，任林举的《粮道》，肖亦农的《毛乌素绿色传奇》，铁流、徐锦庚的《中国民办教育调查》和徐怀中的《底色》等5部作品获得报告文学奖。在9月颁发的第十三届精神文明建设“五个一工程”（2012—2014）奖中，在全部28部获奖图书中，共有10部是报告文学，约占总数的40%，包括铁流、徐锦庚的《国家记忆——一本〈共产党宣言〉的中国传奇》，刘先琴的《玉米人》，李朝全的《梦想照亮生活——盲人穆孟杰和他的特教学校》，陶克、蒋永武的《编外雷锋团》，胡平的《瓷上中国——China与两个china》，张雅文的《百年钟声——香港沉思录》，谭楷的《让兰辉告诉世界》，黄传会的《国家的儿子》，杨守松的《大美昆曲》和傅宁军的《淬火青春——大学生从军报告》等。巧合的是，黄传会与铁流、徐锦庚成为了双料获奖者，而肖亦农的《毛乌素绿色传奇》此前已获得第十二届“五个一工程”奖。他们都是密切关注现实，用心书写时代的作家。这些获奖作品则可谓是讲述中国故事，展现中国精神的佳作。可见，那些站到时代前列、引领时代风尚与新潮流的报告文学，更容易受到褒奖与表彰。2014年适逢著名报告文学作家、中国报告文学学会首任会长徐迟先生百年诞辰。中国作家协会等单位举办了隆重的纪念活动，追思和弘扬徐迟以满腔热情拥抱时代、用诗意笔墨描绘时代的精神，更好地传承徐迟的文学基因。10月15日中国报告文学学会在武汉举行第五届徐迟报告文学奖颁奖典礼。陈启文的《命脉：中国水利调查》、阎纲的《美丽的夭亡》、丁燕的《低天空：珠三角女工的痛与爱》、李青松的《乌梁素海》和王国平的《一枚铺路的石子》等五部作品获得大奖。郭晓晔的《孤独的天空》、叶多多的《一个人的滇池保卫战》、薛媛媛的《中国橡胶的红色记忆》、余艳的《板仓绝唱》、聂还贵的《中国，有一座古都叫大同》、李玲修/王鼎华的《乒乓中国梦》、马娜的《滴血的乳汁》、梅洁的《汉水大移民》、贺平的《千里走黄河》、朱晓军/李英的《让百姓做主——浙江省琴坛村罢免村主任纪事》等十部作品获得优秀奖。

同上一年度相似，2014年报告文学继续专注于描绘中华民族为了实现民族伟大复兴中国梦，继续关切社会的弱势群体和社会焦点热点问题，在现实和历史两个向度、群体与个人两个维度掘进，发表了一批既有文学价值又有社会影响的佳作。

讲述中国故事，刻画时代新人

报告文学擅写重大事件、重大场景，对于中国正在进行中的伟大建设能够给予最及时的反映。张胜友、徐锋总撰稿的电视政论片《百年潮·中国梦》在央视热播，其解说词由新华社发布，全国众多媒体转载，社会反响热烈。该片分为“百年追梦”、“中国道路”、“中国精神”、“中国力量”和“筑梦天下”五集，系统梳理中国人民为了追求和实现中华民族伟大复兴中国梦的历史过程，阐释了实现梦想的根本路径、基本依靠和发展战略，语言洗练精到，情感饱满丰沛。这是一部富于思想力量、思辨性和解释力都很强的政论报告，是一部让“中国对着世界说”、生动讲解论述“中国梦”的文艺作品。电视政论片和纪录片是对报告文学实现形式和传播方式的一种有力延升。中央电视台8月热播的传记影视剧《历史转折中的邓小平》生动讲述了1976—1984年间邓小平如何带领中国人民拨乱反正，走上改革发展的道路。央视8月开播的另一部十集纪录片《互联网时代》全面、深入、系统、客观地剖析互联网及其对人类生活的巨大改变。这些电视纪实作品堪称影像化报告文学的优秀之作。在央视纪录、科教等频道，还播出了以南水北调工程建设为主题的八集大型文献纪录片《水脉》、反映新疆生产建设兵团成立六十周年风雨历程的六集纪录片《新军垦战歌》等多部纪实作品，都拥有较高的收视率和观众好评率。这些纪录片大多有作家如麦天枢、丰收等参与创作或执笔，具有很强的艺术性。纪实题材剧和纪录片在近年来的异军突起并风行盛行，充分证明了报告文学可以在影像化方面做出努力并且赢得成功，昭示着报告文学发展和前行的一条新路。

有些报告文学专注于反映重大工程、重点建设和重要事件。艾克拜尔·米吉提和裔兆宏合著的《黄河金岸》聚焦“塞上明珠”宁夏改革开放发展新成就，点面结合，主题鲜明，是一部讲述中国梦的长篇新作。赵雁的《中国航天梦》从神舟一号载人飞船写到天宫一号、神十，反映中国飞天事业发展的全貌，这是一位“航天二代”人深情的记述与描写。铁路作家戴荣里的《最完美的抵达：中国高铁梦》描写我国高铁建设成就，水利作家赵学儒的《圆梦南水北调》揭示南水北调工程的建设进展。李明春、吉国的《中国深蓝梦》是关于我国载人潜水器发展的纪实，殷允岭的《“雪龙号”纪实》讲述中国唯一一艘能在极地地区航行的破冰船的故事。薛晓康的《悲怆莲花路》追记了一群默默奉献的墨脱筑路人，描述了修建墨脱县与外界联系的生命线的艰辛过程，注重彰显这群筑路知识青年身上顽强奋斗、奉献牺牲的精神。作者用翔实可信的资料，写下了一段难忘的历史记忆。徐歌的《大流向：沧桑西江与黄金水道建设的时代际会》注重在记录事件和历史中描写水上人家的曲折命运，折射一个时代的发展演进，通过忠实记录西江黄金水道建设的历史，刻画了一批鲜明的建设者和劳动者形象，写下了一条江的历史沧桑，也写下了西江流域八桂人民勇于开拓进取的精神风貌，如实记录了一片正在发生着巨大变动的土地。喻季欣的《逐梦世界》则回溯了广交会的历史，为读者全面、深入了解广交会的来龙去脉、过去与现状提供了一个可信的文本，也为描画我国改革开放的伟大进程谱写了一曲乐章。孙晶岩的《西望胡杨》表现了北京人对口援建新疆和田地区的成就以及援疆者身上所体现出来的高尚精神风貌。李鸣生、纪红建的《发现龙门山》将目光投向2008年汶川大地震的中心龙门山，考察几年来龙门山的重建与变迁。徐江善的《孔子，走出国门》则聚焦十年来孔子学院在世界各国的建立及发展进程，孔子学院在开展对外汉语教学和中华文化教育、塑造中国形象方面具有重要意义，因此这实际上是一部关于中国如何向外推介中国文化和国家形象的长篇纪实，具有独特的价值。这些关注重大题材的作品是传统意义上的重大报告，向来都是报告文学创作的一个重要领域。近期的此类报告大多呼应时代倡导，以中国梦为主题或立意，从科技、工程、文化建设等多方面来表现中国梦实现过程的艰难曲折，刻画为实现中国梦作出奉献牺牲的劳动者和建设者。作品旨在传递时代正能量，弘扬民族精神和时代精神，是报告文学混合交响中的高亢乐章。

中国故事的真正讲述者与创造者是中国人，中国梦的实现要依靠有道德、有思想、有理想、有追求的一代新人。李春雷的《善行启示录》聚焦“善行河北”活动，辐射到对全国涌现出的有代表性善行好人的刻画与描写，引导读者深入思考善行善举的社会意义。杨文学的《“太阳”梦》着重描写山东省在道德建设方面的成就。他通过深入采访山东省近年来出现的一批重德守德模范，认真开掘他们身上所呈现出来的道德风范和精神风采，充分展示出道德的巨大力量。《“太阳”梦》中的人物都是普通人，原先淹没在茫茫人海之中，但是他们却能坚持孝道、爱心、仁义、诚信，十几年乃至几十年坚持做好一件事，平凡如水却又能一清如洗，守德如磐，于是，他们的所作所为便具有了世人楷模、为人师表、道德标杆的意义。妻子变成植物人以后，孙百航十五年坚持不弃地照顾病妻，每天艰难地给她用导管往胃里喂流食，精心护理，让妻子活得有尊严有欢乐。这是夫妻心手相连相搀相扶相濡以沫的生活。此情此景虽然寻常却无比动人。80后女性李芹儒当上新娘后不久丈夫即因车祸昏迷，运交华盖之后她却毫不气馁，独自顽强地扛起了一个家，十几年里不仅悉心照顾好丈夫，还担任了村主任，为全村人谋幸福。贾澄荣老师因为无钱买肾，竟然捐出自己的一只肾来拯救妻子苏加红，情动天地。王秀燕在丈夫遭遇鞭炮作坊爆炸去世后，重新组织了自己的家庭，与丈夫一道抚养前夫家的老人和三个家庭的孩子，全家就像一个“联合国”，但却始终保持和睦谐顺。这是仁义、仁爱的道德典型。还有如六十岁的老人陈贤如坚持抚养弃婴盲孩子乐乐；“富二代”于晶组建德州“爱心联盟”；山东好人孟昭良“千里单骑”送无腿女人还乡；90后聊城女孩刘慧丽死后捐献个人全部器官……这一串串的当代道德故事都相当感人，很好地诠释了道德的力量这一主题，带给读者潜移默化的道德感染及影响。管斌的《成德之道》是一部题材独特、形式新颖的长篇纪实，讲述了来自泰山脚下雷锋的战友、退伍兵刘成德几十年坚持不懈学雷锋做好事的经历，倡导一种有德的、守德的人生。这些作家纷纷关注道德主题，在对当今社会道德水准下滑表示忧心忡忡的同时，更提出了改善和提升的典型范例。

各种带有时代鲜明特征的新人特别是英雄人物纷纷进入报告文学作品。马云是互联网经济时代的成功典型，他在斯坦福大学以身说法式的演讲《如果你总是不尝试，你怎么知道没戏》是一部富于思想光彩的报告，对于青少年具有很强的励志作用。黄传会的《国家的儿子》和关庚寅的《冲天一跃—：罗阳和歼-15的秘密》都以已故歼15总指挥罗阳为主人公，谭楷的《让兰辉告诉世界》则以已故北川副县长兰辉为主角，分别生动描写了两个被重点推出的时代英模。《国家的儿子》叙事角度独特且富于新意，作者引述罗阳自己的话：沈飞是共和国航空工业的“长子”，长子，就要勇于挑重担，敢于负责任，就要干出个长子的样子来！——并由此生发开去，将共和国的烈士罗阳定位为“国家的儿子”，他为了国家的强大、民族的复兴殚精竭虑，死而后已。刘先琴的《玉米人》塑造了玉米育种专家程相文的鲜明形象。程相文几乎用自己的全部时间和精力、心血与才智去研究玉米育种，带领团队发明出了数十个玉米新品种，为农民的粮食丰收、国家的粮食安全作出了突出的贡献，赢得了社会和人们的高度评价。他就像自己的研究对象玉米一样，是一颗顽强的种子、一种优良的庄稼和一道滋养大众的粮食。李朝全的《梦想照亮生活》讲述了河北一位普通农民、盲人穆孟杰和他创办的特教学校的故事。穆孟杰曾经因为从小目盲而备受歧视并被所有的学校拒绝入学，于是他便发愤自强要为盲人创办一所学校，让他们免遭自己当年的困厄，让他们接受教育自立于世。经过数十年的流浪卖艺、苦心经营，他实现了梦想，影响了数百位盲人的人生，改写了他们不幸的命运。裔兆宏的《淮河赤子情》运用生动的细节和形象的语言，着力刻画为保护淮河少受污染之害倾尽全力的“淮河卫士”霍岱珊的形象。这是一位视淮河如母亲，甘愿抛弃工作，主动踏上守卫淮河难途的环保志士，在其身上集中体现了一种宝贵的志愿精神和现代公民意识。蒋巍的《海雀的一棵树》追述贵州毕节市海雀村老支书文朝荣的故事，徐锦庚的《懒汉治村》则以简练的语言，生动叙述了作者家乡一位外号“懒汉”的村民如何成长为村民信服的有作为的村支书兼主任，李春雷的《党参沟纪事》描写了甘肃定西大山深处的翻山村如何通过科学种植药材发家致富的故事。马娜的短篇报告《天路上的吐尔库》用优美的旋律讲述了一位维吾尔族农民热心帮助军队建设被称为“编外老班长”的故事，人物形象鲜明，亲切可感。作品通过描写吐尔库的感人事迹，深情赞颂了少数民族与汉族、人民与子弟兵之间的鱼水深情。康纲联的《扼住命运的咽喉》讲述了伤兵群体发奋自强的感人事迹。赵瑜冒着巨大风险，亲赴缅甸采金点采访，创作的《野人山淘金记》，反映了一批敢于在异国他乡创业的中国人如何艰辛打拼，获取财富，成就人生，塑造了一群不同寻常的中国人。他们是陌生的中国新人。他们中间不乏有过污点的人，但在当今这样一个开放的年代，这些人都能有所作为，建功异域，他们的身上呈现出了一种特殊的民族精神及时代风貌。杨猛的《陌生的中国人》同样选取新时代成长起来的各种新兴人群，讲述他们的艰辛奋斗，展现中国人陌生而熟悉、新鲜而深厚的民族精神风貌。朱晓军、梁春芳的《高地——浙江“最美”现象纪实》和《天地良心——中国最美渔民郭文标》选取生动感人的最美人物，记述他们的感人事迹，彰显他们的精神魅力。

中国梦是中国人民共有的最大梦想。中国梦的实现，需要强大的精神力量的支撑，需要高尚的道德理想的支持。在本年度报告文学创作中，无论是描写中国新人还是讲述中国新故事的作品，都致力于寻找和表现最美的时代精神和道德风尚，都着力为我们这个社会的道德进步和文明进程而作，其意义和价值将日益显现。

关注弱势群体和社会边缘

报告文学是食人间烟火的平民艺术。关注平民，拥有百姓情怀是报告文学作家的自觉追求。2014年农村留守人群再度成为作家们创作的一个热点。阮梅《警示：四个沉沦的留守少年》（单行本名《罪童泪》）通过采访四个走上违法犯罪歧途的少年犯，向全社会发出严峻的警示：缺乏足够关爱的留守少年更易沦为问题少年。方格子的《农村留守妇女》（单行本名《留守女人》）和李琭璐的《寂寞夕阳——中国农村留守老人现状采访记》则分别将目光聚焦于留守女人和留守老人，揭示他们在生活中遇到的辛酸与苦难，在呼吁全社会给予更多同情与关怀的同时，也提出了一个峻切的社会问题：如何解决农村妇孺和老人等庞大社会群体的生活要求、情感诉求问题。这是我们国家在发展进程中亟需严肃面对并认真解决的现实问题。

对失独家庭、高危老人的关怀带有某种特别的人性和人文意味。杨晓升在前些年出版的长篇报告文学《只有一个孩子》的基础上，进行修订充实，发表了长篇报告《失独，中国家庭之痛》，对痛失独生子女家庭酸楚的现实处境进行了细致描写。张大诺的《她们知道我来过：中国首部高危老人深度关怀笔记》则是对高危老人临终前的关照呵护，体现了深切动人的悲悯与仁爱情怀。

报告文学要写独特，选取独特的题材和人物。对一些遗落在历史角落里的人群的关注和描写也是作家们自觉努力的一个方向。张春燕的长篇报告文学《向东找太阳——寻访西路军最后的女战士》令人感到特别惊喜。这部作品把作者能够接触到的七位西路军女战士——几乎都是百岁老人的命运遭际逐一采写下来，展现了人物身上焕现的崇高之美、信仰之美，写下了一段不该被遗忘的珍贵的国家记忆，是本年度报告文学创作不应忽略的一部作品。正如作者在书中写到的，这些女战士的历史，虽然已经过去了70多年，但是她们的历史今天会与我们重逢，她们的历史会带给我们许多现实的启示。这部作品对于西路军诸多历史问题的迷雾是一种可贵的澄清和纠正。而女战士们的理想信念和悲壮人生对于今天的年轻人亦富于启迪。就像那位强悍的女战士刘汉润在给学生讲红军女战士打仗的时候说的那样：你们这些蜜罐里长大的牛奶糖，居安要思危呀，如果发生战争，我这个90多岁的老太太还有胆魄和勇气上战场杀敌人，保家卫国！这位老太太的话一针见血，对青年一代无啻于当头棒喝，对于我们的现实确能起到一种针砭的作用。现在我们很多孩子已经成长为了牛奶糖白面书生，拿不起枪甚至也拿不起锄头，这群吃麦当劳喝可口可乐在网络游戏中泡大的孩子，他们将来还能不能继承红军前辈女战士身上的浩然豪气和英雄主义精神，还能不能上战场保家卫国，这确是我们今天应该深刻反思的。因此，这是一部具有现实意义的作品。

王贤根、吴潮海的长篇报告《千古长城义乌兵》挖掘到了一个十分独特的题材：明朝抗击倭寇的民族英雄戚继光和以他的姓氏命名的军队——戚家军，这支军队主要是从浙江义乌征召的兵士；南方的倭寇被荡灭之后，戚家军义乌兵又被明朝皇帝派往北方镇守长城，由是，万名南兵便迁居于蓟辽一带，即今北京河北等地。这些当年守护长城捍卫边疆的义乌兵的后裔，如今竟成了保护古长城遗址的一支主力军。明朝时守卫长城是为了防范北方蒙古旧部鞑靼部落和后金的入侵犯边，而今天守护长城，却是为了保护好长城这一处世界文化遗产。这是一种跨越千年的守望，是对国家安危、民族血脉传承的一种守望，更是对历史，对文化之根、出身之源的一种守望。作者怀着对家乡和遗落他乡的义乌乡亲无比深厚的情感，踏上了一次极富意义的历史和文化的寻根之旅，穿越明朝和当代，描绘了一幅关于义乌人守护长城的壮阔画卷。这是一部可贵的文化寻根之作，对于探析人口迁徙和习俗变迁有价值，对于考察文化流脉传承有意义，是一部作者向家乡和乡亲致敬的书。

反映社会焦点及揭示问题

问题报告历来是报告文学作品备受关注的一个重要方面。读者出于对社会热点焦点问题的关心，对事关自身利益事情的关切，自然会更喜欢选择阅读问题报告。问题报告往往具备较高的认识价值和社会价值，对现实问题具备较强的解析力和批判力。

问题报告总体上可以归结为民生报告，因为涉及的社会问题大多与百姓的生活生存质量密切相关，与国家社稷的发展进步相连。张敏宴的《吸血的血透》目的是揭开医院过度医疗内幕，作者顺着打假医生、“感动中国”人物陈晓兰观察调查的视线，反映血液透析中存在的暴利及严重腐败，揭示了过度医疗和医疗腐败是造成医患关系紧张的重要原因。其中写到，江苏海安县的胡颂文因家庭困难医疗费超高，无奈采用自己发明的“土法透析”并赖此已存活十几年的故事，更是惊心动魄、震撼人心。也从一个侧面批判了过度医疗和腐败为害之剧之烈。这是一篇具有战斗精神的问题报告。陈廷一的《魂殇》是对2012年沸沸扬扬的河南周口市“平坟风暴”的调查与冷思考。作者作为该事件直接受害者之一，感同身受家乡的一场“劫难”，批判了某些地方政府缺乏调查研究不进行科学决策的“瞎作为”和“胡作为”的巨大危害。教育是报告文学作家常写不衰的一个重要题材。向思宇的《中国西南乡村教师》将目光投向那些容易被人们遗忘的乡村教师、民办教师，表现他们身上的奉献牺牲精神，动人以情。春桃、陈桂棣的《南下北上求学记》则再现了当今家长为了子女的教育受尽煎熬的生动情景。

依法治国是十八届四中全会的主题，也是我们国家的治国方略。法制建设关乎每一个人，法制题材在本年度报告文学创作中绽放光彩。以创作推理侦探小说著名的作家何家弘发表了《死刑的证明》，讲述了一桩被误判的死刑案件，多年以后，“被杀死”的人重新出现，推翻了以前判处当事人死刑所谓的铁证，然而，死去的人不能复活，唯一可以慰藉活着的人只有数十万元的国家赔偿，而当年的误判给当事人及其家人所带来的伤害却是永远无法弥补的。作家由此反思了死刑在中国具体实行过程中的各种利弊，强调了法律的实施必须本着对每一条生命高度尊重和负责的原则。《啄木鸟》杂志在发表公安法制题材报告文学方面卓有建树。既发表有呼应当下公众关注的热点话题的报告，如丁一鹤和梅贤明撰写的《微信危信》，揭示微信普及所带来的各种潜在风险；也特别重视发表公安部门正在进行的各种专项行动的纪实，如一丁的《寻找遁形人——公安部严厉打击整治“伪基站”专项行动纪实》对伪基站的危害及整治活动进行真实反映，吕铮的《“猎狐”行动——公安部“猎狐2014”缉捕境外经济犯罪嫌疑人专项行动纪实》跟踪描写正在进行中的境外反腐活动，胡正第的《天剑——“3·01”昆明火车站暴恐案犯罪团伙覆灭纪实》和艾璞的《护花使者——公安部督办“2010·7·03”特大网络贩卖婴儿专案侦破纪实》记述的是两桩举国瞩目的大案要案侦破情况。

此外，对生态环保、世界文化遗产和非遗等的描写也是报告文学创作的重要领域。特别是对那些正在逐渐被人们淡忘的民族传统文化的描写，更是具有重要的人文价值。徐刚发表了《森林九章》，陈廷一聚焦《2013，雾霾挑战中国》的严峻话题。黄立轩出版了《远古的桨声》，全面研究浙江沿海渔俗文化，向思宇、周婷发表了《流浪的川剧》，关注川剧团和川剧的命运。杨守松出版的《大美昆曲》则展现昆曲的艺术魅力，表现昆曲的前世今生曲折命运，强调昆曲实际上是民族文化的一个符号，折射着民族政治经济的兴衰。姜宗福的《末代槽坊》关注渐行渐远的槽坊及其历史文化韵味。胡平的长篇报告文学新作《瓷上中国——China与两个china》是一部关于千年瓷都景德镇发展历程的简要记录，更是对瓷文化、中国优秀传统文化进行深入审视和开掘的大书。旧称昌南与中国同名的景德镇的历史正好映照出中国的历史，这个被英国人李约瑟誉为“世界上最早的工业城市”的命运就是中国命运，它的身影就是中国身影，它的精气神与魂魄就是中国精气神与魂魄。《瓷上中国》讲述了一个斑斓博杂的现代都市艰难地浴火涅槃，从旧体制机制的桎梏中挣脱出来，探寻出一条变革创新发展的道路。因此，景德镇故事或许正是作者希望“说给全球听的中国故事”。

钩沉史实，讲述历史

近年来，报告文学作品的市场销量和读者数量明显下降，报告文学阅读消费不容乐观。这，已是一个不争的事实。然而，在报告文学市场普遍不景气的大氛围之中，历史题材报告文学却一枝独俏风景独好，广受读者拥趸，不断创下阅读、销售新纪录。人民文学出版社推出的王树增非虚构系列，包括“非虚构战争文学系列”的《长征》《朝鲜战争》《解放战争》（上下卷），以及“非虚构中国近代史系列”的《1901》和《1911》，其图书总销量已超过150万册，成为该社仅次于引进版《哈利·波特》系列的巨型畅销书。其中，长篇纪实《长征》已印刷25次，销量40多万册；《朝鲜战争》销量20多万册；《解放战争》已15次印刷，销量80多万册；《1901》和《1911》销量也分别超过了6万册和10万册。王树增系列作品为出版社创造的纯利润超过了2000万元。目前，王树增正在创作“战争文学系列”之长篇纪实《抗日战争》，估计将在2015年抗战胜利70周年之前推出。华艺出版社出版的金一南的历史纪实《苦难辉煌》销售了100多万册，创造了主旋律作品热销的新纪录。何建明（执笔）、厉华的《忠诚与背叛——告诉你一个真实的红岩》（重庆出版社）三年时间销量达到了40多万册。岳南《南渡北归》系列自2011年首版至今，已经印刷了11次，总发行数20余万套。

历史题材报告文学之所以广受欢迎，原因在于其大多建立在新发现的文史资料、档案、回忆录、田野调查或口述实录搜集到的新材料等基础之上，大多带有揭示历史真相、内幕或隐情乃至“抢救历史”、“重述历史”的意味，具备实录、史志、史传以及史鉴等多重独特价值。不少此类作品实质上是一种旧闻新知，具有较强的信息性、新闻性，能够满足读者探见历史真实的阅读期待。同时，这些历史纪实往往都指向当下社会生活，对今天的读者和人们富于启示意义，具有教育、认识、励志等多方面的作用。本年度亦有一批历史纪实受到热烈关注。李春雷的《朋友——习近平与贾大山交往纪事》以简短的篇幅，追述了一位国家领导人与一位作家之间的交往，表现了他们之间挚友般的深情与友谊，动人以普通人之情之义，这是一篇题材新颖的短篇报告文学，是近年来报章报告文学的一个重要收获。2013年，河北作协党组书记魏平在整理河北文学史料时，发现了习近平同志1998年发表在《当代人》杂志上的一篇纪念作家贾大山的散文《忆大山》，敏锐地意识到这是一个可以深挖的文学创作题材。当即指示该文责编、河北作家康志刚在其个人博客上转发习近平同志这篇文章；并随即委派报告文学作家李春雷深入采访，迅速推出了《朋友》这篇作品。贾大山是一位党外人士，性格清介耿直，但是，时任河北正定县分管文教的书记习近平却能与之推心置腹，完全信任他，并且推举他出任文化局长。贾大山在局长的岗位上兢兢业业，做了大量有益的工作。习近平与贾大山交往往事提示我们，领导与作家应该是可以交心的朋友的关系，互相尊重，相互信任。党领导文艺，要通过正确的引导的方法，鼓励和支持的办法，这样才能促进各种文化创造活力充分涌流。《朋友》一文成功塑造了两个主要的人物形象。贾大山自负、清介、善良、正直，“士为知己者死”，为了朋友的信任与托付，恪尽职守，鞠躬尽瘁。习近平平易友善、知人善任、珍视友情、儒雅谦逊。二者的性格皆跃然纸上。该作品由新华社发布后，全国有1000多家媒体转载，产生了广泛的社会影响。李春雷的另一部中篇报告《赶考——西柏坡感思》则撷取解放战争胜利前后我们党的领导人在西柏坡的生活工作往事与深邃的历史之思，阐发了我们党优良的作风和传统应该不断得到弘扬光大的主题。女作家紫金亲临2010年7·16大连新港火灾现场，感同身受消防官兵、交警和各级领导在大难面前的威武顽强、坚毅果敢、勇于牺牲，花费四年时间沉淀反思，蘸着泪和血写下了这部长篇报告《泣血长城》。那些伟大的功绩已成历史，那些拯救城市的英雄已混同平民，但是，他们在灾难面前瞬间的爆发和闪耀，照亮了整个人性的天空，教我们永远敬畏生命，热爱生活。铁流、徐锦庚的《国家记忆：一本〈共产党宣言〉的中国传奇》讲述《共产党宣言》诞生及160多年的传播史，描绘了《共产党宣言》给山东广饶县大王镇刘集村、延集村带来的一场轰轰烈烈的革命风暴，因此这部作品实际上是关于山东共产主义传播历程和农民革命的一种历史书写，刻画了一批鲜明的共产党人形象，尤其是像刘良才这样杰出的农民领袖，更是生动而传神。他与叛徒斗智斗勇并最终将其“坐实”成土匪而被国民党枪毙的经过令人叫绝；而刘良才自己最终竟被敌人钉死在城墙上示众，又是如此地悲壮与惨烈。田家村的《江南小延安》深入挖掘新四军苏浙军区司令部浙江长兴县——“江南小延安”这个新颖而有价值的文学题材，对这段重大革命历史进行形象化的再现。郑雄的《中国红旗渠》则是关于河南林县红旗渠历史的追述，表现了一种敢于与自然抗争、勤劳勇敢有作为的民族精神。兵团作家丰收厚积薄发，创作出版了《西长城——新疆兵团一甲子》，资料翔实充分，叙事生动，语言精练，以人和事相结合的手法，通过记录兵团人屯垦戍边六十年的历史，生动刻画了几代兵团人的群体形象，表现了他们身上葆有的以国为家、爱国敬业、无私奉献、勇于牺牲的精神，这是一部具有国家情怀和史志价值的大书。

历史题材报告文学注重在历史中反思。不忘过去才能赢得未来，反思过去为的是警示今天和昭示未来。何建明发表于《人民文学》12期的《南京大屠杀》，全文60万字《南京大屠杀全纪实》由江苏凤凰教育出版社推出。2月底全国人大宣布将每年9月3日确定为中国人民抗日战争胜利纪念日，12月13日定为南京大屠杀死难者国家公祭日，这是作家创作这部视域宏阔作品的一个触发点。作者下大气力对卷帙浩繁的史料进行了艰苦的梳理，运用大量新披露的档案和资讯，力图对南京大屠杀这一人类惨剧进行真实复原，并站在今天之中国回望沉重历史，反思这场反人类的大劫难，以《十问国人》为题，给读者提出了峻切的思考与警示。作品题材重大，主题沉重，情透纸背，撼人至深。陈启文的《绝地上的诞生——一个令人发疯的科学神话》通过描述三门峡水利枢纽和小浪底工程的上马建造经过，以正反映衬的手法，表现错误的决策会带来长久危害，科学的决策则能起到绝地反击、死而复生的神奇效果。这是一部反思黄河治理的报告，能带给人们深刻的启迪。王宏甲的《非典启示录》在非典结束10周年之际出版，重新回顾非典历史及其带给中国社会的深刻影响，以反思立意，昭示人们从灾难与祸患中汲取营养和教益。祝勇用他擅长的散文笔法，在甲午海战120周年之际，独辟蹊径，创作了《隔岸的甲午——日本遗迹里的甲午战争》，为反思甲午中日战争提供了一个新的视角。

传记：人生不可重复却可以效法

传记作品是报告文学的有机组成，每年发表和出版的传记作品数量都相当可观。

关于伟人、名人的传记大受注目。由中央文献研究室选编、杨胜群主编的《邓小平传（1904—1974）》在邓小平诞辰110周年之际出版，是本年度最受欢迎的一部人物传记。丁晓平近年来在历史题材特别是中共党史题材方面的挖掘和创作方面乐此不疲，2014年又出版了长篇纪实《硬骨头陈独秀五次被捕纪事》。老作家邵燕祥和从维熙都出版了准个人自传式的作品《一个戴灰帽子的人》和《我的黑白人生》。《一个戴灰帽子的人》是一部回忆录性质的纪实作品，邵燕祥回忆了自己1960至1965年间的一段生活、工作经历。在这个时期，他虽然沾了特赦战犯的光，被摘掉了“右派分子”那顶沉重地压在头顶上的“黑帽子”，但特有的政治烙印迫使他不得不继续“夹着尾巴做人”。全书努力如实还原作者当时的心情、心态、心境：头上扣着的帽子变成了灰色，这种特殊生存状态、精神状态，作者一言以蔽之曰“苟活”。本书较好地体现了作者在回望历史时的反思意识及精神，出版后受到了广泛的好评。林贤治出版了《漂泊者萧红》，以新视角重写天才女作家萧红传记，再现其生活、写作和精神世界。2006年李杨曾出版过《沈从文的后半生》一书，张新颖的同题新著《沈从文的后半生：1948—1988》以一个柔弱个体在坚硬时代背景下的生存命运为主题，试图重写沈从文后传，引发人们对时代与知识分子关系的思考。陈培浩和阮援朝则发表了《文学苦旅——阮章竞小传》，以纪念著名诗人阮章竞一百周年诞辰。郑旺盛的《震撼日本列岛的中国英雄——花冈暴动与中日索赔第一案揭秘》以花冈暴动和对日索赔第一案主人公耿谆为传主，通过直接采访，记述了这位可敬老人不平则鸣敢于抗争卓尔不凡的一生。作家出版社推出了《中国历史文化名人传》第二批十部作品，包括李洁非创作的《天崩地解——黄宗羲传》以及颜真卿、杨万里、关汉卿、马致远、王阳明、李梦阳、蒲松龄、吴敬梓、章学诚等10位历史文化名人的传记。

平民自叙自传或者家谱、家族传记继续兴盛。个人撰写的“微历史”受到关注。每个个体都是历史的在场者与见证者，个人的历史及对历史的叙事，可以充实和修正官修历史或所谓的正史，具有独特的价值。凸凹的《母说，或家史》、李运抟的《母亲的高寿》都是关于母亲的追忆和传略，带有传承家风的深层意味。瘫痪青年赵凯的《扛住——倒下，还能站起来》是一本自传，以平静口吻记述自己的身世，彰显坚韧不屈、自强不息的精神。王庭德的《这个世界无须仰视——一个侏儒青年的奋斗之路》和徐渝江的《挥动翅膀的女孩：一个脑瘫儿的成长故事》也是关于残障人士的成长叙事。这些身残心不残志更坚的人的故事对于读者都会起到励志作用。

还有一些传记是为一座城市或一条河流而作。如杨振辉的《血性福州》和王若冰的《渭河传》。前者凸显福州这座城市的鲜明品格，后者则描述了渭河千年历史和渭河领域的风土人情，具有较高的文化价值。

评奖引发关注，非虚构再成热议焦点

8—9月间，鲁迅文学奖和全国“五个一工程”奖先后揭晓，其中分别都有报告文学作品。这是其他体裁所不曾拥有的荣誉。特别值得一提的是，常年从事报告文学创作的黄传会，山东作家铁流、徐锦庚蝉联二奖。这是此前少见的现象。

尽管有个别作家对鲁奖报告文学奖的投票结果提出异议，但是从整体上看，本届鲁奖评奖，获奖作者大多长年从事报告文学创作，发表有多部产生较大社会反响的作品，获奖作品大多关注国计民生和重大题材，内容贴近现实生活，具有现实价值和长远意义。而本届全国“五个一工程奖”，在28部获奖图书中，包括通俗理论读物、长篇小说、纪实文学和少儿文学，其中报告文学竟占获奖作品总数的40%。这，一方面体现了近年来报告文学创作的实绩；另一方面也反映出报告文学在弘扬主旋律，唱响中国梦，倡导核心价值观，筑牢社会理想信念等方面所具有的不可替代的重要作用。

鲁奖结果揭晓后，茅盾文学奖得主、小说家阿来，因为不满自己的作品《瞻对》落选鲁迅文学奖并发表声明，成为文坛焦点。《瞻对》是阿来花费了两年时间收集材料后才动笔写作的非虚构作品，最先发表在《人民文学》2013年第8期，此次即是以此版本参评鲁奖的。

对阿来的质问，鲁奖评奖办公室未作出回应。阿来认为，自己之所以落选，是因为这些报告文学评委缺乏眼光，对非虚构创作另眼低看，不愿纳入报告文学范畴。他提出：“我觉得这样一个概念其实有一个意义。中国今天有一句话叫跟国际接轨，‘非虚构’的概念在国际上一直认为比报告文学、纪实文学这个概念还要大，而且还有更严密的要求，我觉得这很好。所以我突然觉得，有‘非虚构’概念的提出，我们可以开始写作更多内容。比如过去我读过的书都忘记了，但突然之间被记忆的时光照亮。”也有一些人提出，应该在鲁奖中增设“非虚构”奖项或者将报告文学奖更名为“非虚构创作奖”。

“非虚构”创作的兴盛，始于2010年。当年，《人民文学》杂志开辟名为“非虚构”的新栏目，并启动“行动者计划”，吁请海内作家和写作者，走出书斋，走向现场，探索田野和都市，以行动介入生活，以写作见证时代。同时，《人民文学》向全国公开征集12个写作项目，各提供1万元资助经费。由“非虚构”栏目推出的、由梁鸿撰写的《梁庄》（《中国在梁庄》）获奖多多，并成为热门图书。从此，“非虚构”引发写作风潮。而关于非虚构这种创作手法和文类，亦出现各种观点及论述。在鲁奖评选中，据说梁鸿本人即听信某些传言，说她的《出梁庄记》不能归入报告文学范畴，于是转而申报散文杂文奖。然而，在散文杂文奖评委们看来，这其实是一部地道的纪实文学（报告文学）作品。就像前一届鲁奖，李兰妮的《旷野无人——一个抑郁症患者的精神档案》也是申报散文奖，结果被评委们认定是纪实文学作品。二者最终皆无缘鲁奖。由此可见，对非虚构创作的内涵与外延、范畴与底线、定位与归类等，均需在理论上进行进一步的澄清，需要更多地凝聚共识。

关于报告文学非虚构性与合理想象的问题也成为2014年文坛探讨的一个热点。3月2日，在京举行余艳作品《板仓绝唱》《杨开慧》研讨会。作者通过解密杨开慧当年的一批心灵手记，揭示杨开慧与毛泽东的爱情往事，以情动人，富于感染力。作品发表后，受到了媒体和评论界的广泛关注。但是文中有个别情节存在虚构成分，如李琼劝降，李灿和李淑一到监狱看望杨开慧等内容，皆于史无据，由此引发了部分专家对这部作品真实性的质疑。多数专家认为，报告文学以真实性作为自己的生命线，不允许虚构和杜撰；但在写作实践中，报告文学可以展开合理的艺术想象。想象的限度与底线以不无中生有、凭空杜撰为准则。11月24日，李冰在《光明日报》上发表《关于报告文学的卮言散议》一文，亦提出：“报告文学恪守真实性，反对‘虚构’，但并不排斥‘想象’。‘虚构’和‘想象’不能简单地画等号。报告文学拒绝虚构，反对在创作中编造人物和情节，但允许在不伤害真实的情形下适当合理想象。合理想象也被不少成功的报告文学作家称为艺术地还原真实。一切艺术创造都依赖形象思维，而想象是形象思维的具体化，是人脑借助表象进行加工操作的最主要形式，是创造性的基础。报告文学素材的筛选、裁剪、结构、表达，是作家对于‘真实’的文学接受、驾驭和有效整理。”

抓紧人才培育，准备创作新力量

2014年9月至11月，鲁迅文学院首次开办分体裁的作家培训班，即鲁院第二十四届中青年作家高级研讨班（报告文学作家班）。办班消息传出后，在全国从事报告文学创作的广大中青年作家中引起了热烈反响。各地作家报名踊跃。根据鲁迅文学院截止8月15日的统计资料，全国共有56人报名参加学习。经过征询中国作协和中国报告文学学会有关同志的意见后，鲁院对入选学员进行了少量调整，增补了8位近年来创作活跃、成绩突出的报告文学作者。实际参加学习的学员共有61人，其中不乏获得全国少数民族文学创作“骏马奖”和徐迟报告文学奖的作家。

这次报告文学专题作家研讨班备受关注，一方面在作家中产生了很大反响，陆陆续续有许多作者纷纷来电来信要求参加培训班；另一方面，也在各地作协中产生积极响应。例如，山东作协继2013年举办报告文学青年作家培训班之后，2014年9月又举办了一期长篇作品（含报告文学）作家班。河北作协则在9月11日至15日举办“河北首届青年报告文学作家培训班”，邀请赵瑜、丁晓原、李朝全等有关专家授课。福建作协也在11月举办了报告文学培训班，邀请何建明、张胜友、李炳银等专家授课。作协系统采取的这些给力举措，将有助于培育一批报告文学作者，调动广大青年报告文学作者的创作热情，提升报告文学创作的整体水平。

加强创作交流，推动理论研究

2014年10月27日至28日，中国作协报告文学委员会、中国报告文学学会、河南省作协、河南省报告文学学会在河南平顶山市鲁山县联合举办“2014年全国报告文学创作会”。这是继2012年在江苏江阴市华西村和2013年在江苏常熟市沙家浜连续举办两次全国报告文学创作交流会取得良好社会效果之后，举行的第三次全国报告文学创作会。来自全国各地的报告文学作家共约150人参加了会议。

在创作会上，何建明提出，有必要认真追问报告文学的准确内涵，报告文学的特点是真实，要经得起审查。报告文学的界定中明确地有“新闻性”的要求，最好是描写新近发生的事或者是有新闻价值的题材。至于几十年前、几百年前发生的事情，到底还是不是报告文学？这需要专家进行甄别。关于非虚构创作，何建明认为这不是一个新话题。报告文学界不排斥追求真实性品格的非虚构文本，本届鲁奖获奖作品之一、徐怀中先生的《底色》就是一部比较典型的非虚构作品。针对各种指摘报告文学边缘化或者沦为某些利益的附庸的质疑，何建明也不回避，并且直截了当地指出当前报告文学创作中存在的一些问题或缺陷，如，某些作者因为作品获奖而过于自负，有些作品存在着抄袭模仿、千篇一律的问题。写现实题材是报告文学的创作主体和主流，但是近年来出现了太多关于调查的作品，光作品标题中带有“调查”字样的作品就不胜枚举。报告文学需要深入的调查研究，但是作品的命名不能千人一面都以“××调查报告”称之。何建明认为，在创作上出现这些不足和问题归根结底都是心态浮躁造成的，根源在于作家下的功夫不够。这几年写报告文学不吃香，但是，他鼓励报告文学作家们要坚定秉持自己的创作理想，理直气壮为人民写下去，同时要反思如何提高写作的手段和方法，让作品具备强大的感染力。

张胜友结合自己数十年的创作体会，认为报告文学尤其应该具备思想性，报告文学作家应该为变革时代提供新思想、新观点，徐迟的《哥德巴赫猜想》等七八十年代的优秀报告文学正是这样做的。同时，他通过自己两次参与评选小说奖的经历和感受，提出报告文学应该主动向小说等文体学习，借鉴吸取其在艺术表现手法上的长处。李炳银认为，看一种文体是否有潜力是否能发展要看它和时代的需要能否紧密结合在一起。网络媒体挤压了报告文学的生存空间，这是不争的事实，但是，“一句真话的力量比整个世界的分量还重”，在互联网时代，报告文学坚持说真话就会赢得读者，人们和真相之间的距离，需要报告文学来拉近。

杨黎光认为报告文学题材的选择不能盲目跟风。每次创作都要有自己独到的考虑，譬如，他写“非典”题材的报告文学时，注重将其放在人类瘟疫史的背景上来考察和反思；他写《中山路》，是将其放在中国对现代化道路的探索选择这个大的主题下来思考；近年来他特别关注珠海横琴特区、浦东新区、广州南海新区等新型特区的发展，撰写“中国现代化三部曲”的长篇纪实，都有着自己独到的历史的沉思。李春雷认为，当前部分报告文学创作在思想性上力量不足，报告文学从新闻脱胎而来，应该有反思和批评；除了缺乏精深的思想，文学性缺失也是当下报告文学存在的一个严重问题，在语言、细节、结构上，报告文学都要精心研究。李朝全根据自己多年兼事报告文学创作和研究的体会，结合对众多具体作家作品的剖析，提出报告文学创作存在着三大规律，即：报告文学须“写独特、独特写、要有我”，报告文学“六分跑三分想一分写”或“七分采访三分写”，报告文学须“戴着镣铐跳舞”。换言之，报告文学要选取新颖独特的题材，采用匠心独具的结构、剪裁，出新出奇的创作手法和叙事技巧，表现作者主观的情感和深入的思考；田野调查研究、资料搜集沉淀是报告文学创作的基本功，也是作品成功的基础；报告文学素材要经过深入的咀嚼省思和凝练提升；报告文学是一种受限文体，须严格遵循真实性原则，同时又必须是一种优美的语言艺术，允许合乎艺术真实的想象但绝对摒弃虚构。

与会者一致认为，报告文学是用文学的手法创作的新闻性艺术报告。任何一个时代，用文字记录现实生活都是有意义的。当前是报告文学发展的黄金时代，国家的迅猛发展为报告文学提供了丰沛的素材，报告文学作家应像冲锋的战士一样，用文字证明我们存在的价值。报告文学的力量，在于真相即将没入黄昏时，为向往光明的人点亮一盏灯。

与会者普遍认为，群众对新时代的发展有强烈的倾诉欲望，需要有平台让他们涌动的热情得以释放。文学是中国梦最直接的表现者，中国梦之中最能落地的就是报告文学。报告文学作家还需努把力，推出更多精品力作，把我们对人民的爱表达得更真挚、更彻底、更持久、更浓烈。

报告文学作家们也意识到了新媒体带来的冲击。全媒体时代的到来，“碎片化”阅读的确给报告文学带来了新的挑战，但我们不能回避现实，而是要积极适应新的传播媒介，在创作时也要考虑读者乐于接受的表达方式，同时要主动运用新媒体平台来传播优秀作品。与会者也清醒地指出了报告文学创作中存在的一些弊端。大家认为，报告文学虽然创作数量上去了，但质量尚差强人意，优秀作品太少，雷同题材太多，创作手法千篇一律，还有很多作品无法保证真实性，这些都伤害了报告文学的纯正性。有些报告文学作品老百姓不爱读是因为作者没有写到他们的心里，作品缺乏深刻的艺术感染力。报告文学作家要以强烈的社会责任感和使命感，真实地记录社会发展进程中与人民群众生活和命运息息相关的重大事件，为人民代言；要不断提升自己的艺术能力，力求使自己的作品达到思想性、艺术性和可读性完美统一。

本次创作会吸取了此前创作会的成功经验，采取开放式报名、开门办会的方式，可由作家个人申请参会，让广大的基层作家和文学爱好者都能有机会参与高规格的专业性的文学交流和研讨活动。最终经过协调，共有来自全国20多个省区市130多位作家和报告文学爱好者自发参会。大家纷纷表示，参加创作会收获很大，这样的活动形式对自己今后的写作有很大的帮助，也更加坚定了自己从事报告文学创作的决心。会议真正达到了以文会友、切磋交流、评文论道、培训提高的目的。

11月20日至22日，全国报告文学理论研究会第八届年会在福建福州举行，来自全国各地的20多位报告文学理论家与会。会议深入探讨了近年来报告文学作品缺乏广泛关注度的复杂原因，认为唤起读者的报告文学阅读热情，理论探讨总结和及时推广的任务十分艰巨。12月12日，中国报告文学学会发布了《2014年中国报告文学优秀作品排行榜》，何建明的《南京大屠杀全纪实》、李春雷的《朋友——习近平与贾大山交往纪事》、丰收的《西长城——新疆兵团一甲子》、张敏宴的《吸血的血透》、裔兆宏的《淮河赤子情》、马娜的《天路上的吐尔库》、胡平的《瓷上中国——China与两个china》、薛晓康的《悲怆莲花路——追记一群默默奉献的墨脱筑路人》、紫金的《泣血长城》和赵瑜的《野人山淘金记》十部作品上榜。其中长篇报告文学和中短篇各五部，基本上反映出今年报告文学创作的面貌和成就。

《南方周末》《新京报》等影响较大的媒体也参与到对报告文学现状及其存在问题的探讨中。6月13日《南方周末》引用赵瑜的话，震动视听地提出“歌功颂德已经把报告文学全毁了”；同时探讨了“报告文学能否万岁”、是否拥有长久存在生命力等问题。8月23日《新京报》从鲁奖评选结果引出话题，以《关于报告文学的报告》为题，回顾了报告文学最近30年的潮起潮落，探讨了非虚构与报告文学将竞争还是并存的论题，认为报告文学正被市场俘虏，只有“去商品化”、回归到为百姓利益喜与忧的道路上才是正道。所有这些围绕报告文学的议论、阐发，应该有助于报告文学界深入自省，自警与自励。只有正视自己的问题与短处，报告文学创作才能创造自己的辉煌。

回望2014年，报告文学依旧处在文学场域的一个中心。在市场空间的不断挤压下，报告文学依旧保持了平稳发展的势头，涌现了一批思想性和艺术性较高的佳作，体现了报告文学参与现实的优秀品质，构成了2014年文学领域一道独特而亮丽的景观。

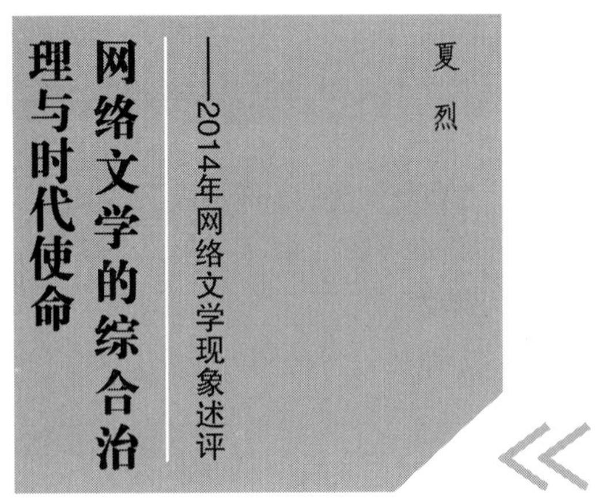

网络文学的综合治理与时代使命

——2014年网络文学现象述评

夏 烈

网络文学也许到了一个需要综合治理的节点，这个节点在2014年的预兆不可谓少。

主流化网络文学及其新常态

1月，浙江省成立全国首家网络作家协会，7月，上海市网络作协相继成立，地方党委政府和作协积极主导推动其事，团结、服务、介入的定位与其说标志着“网络文学主流化”，我看不如说首先意味着主流“化”网络文学；4月到11月，全国性的“扫黄打非，净网2014”行动突出“涤荡污泥浊水，还网络清朗空间”，对包括网络小说中的“小黄文”等在内的网络负能量给予了严肃惩治，这与此前此后的一系列互联网整治事件共同构成了2013年“8·19”讲话精神以来关于党的宣传思想工作，尤其是新的历史条件下网络阵地、新媒体阵地的“守”与“治”的清晰理念和方法手段；7月，中国作协、《人民日报》文艺部、《光明日报》文艺部主办的“全国网络文学理论研讨会”第一次有规模地集聚了全国网络文学代表性研究者和各大文学网站的负责人70余位，全天候地研讨了两天，成果汇编搜集为中国作协创研部编定的《网络文学评价体系虚实谈》（作家出版社）；10月，习近平总书记做了文艺工作座谈会上的讲话，涵盖自然远大于网络文学而遍及所有当下的文艺样式，讲话直面文艺界的时代病，作为“一时代之文学”的时髦货，“有数量缺质量”、“抄袭模仿、千篇一律”、“机械化生产、快餐式消费”、“在市场经济大潮中迷失方向”、“低俗”、“欲望”、“单纯感官娱乐”这些毛病同样存在于浩如烟海又品流复杂的网络文学之中，足以引起热爱网络文学、抱希望于网络文学之未来的创作者和研究者们的警惕与细思。

总的来讲，今天网络文学的主题仍然是成长和发展，其主流价值也是在满足人民群众（网民受众）的精神文化需求，并竭尽所能地在主流价值观和市场（对大多数网络作者而言则是生存）之间找到一种更为优化的平衡。但毫无疑问，2014年开始的一系列网络文学生态场的变化，正如我的另一个判断，影响中国网络文学的力量正由过去的“受众和资本”的两强，变为“受众·资本·文学知识精英·国家意识形态”的四种基本力量的合力矩阵，这种格局的出现是趋势性的、中长期的，是一种“新常态”，标志着网络文学综合治理已然加快了步伐、提升了意义层级；当然也意味着网络文学现在以及未来都已不是一群单纯的业余作者们的吟风弄月、异想天开，而是随着它的影响力增长、读者人群庞大、社会效应和经济效应辐射力牵连甚广，成为一块连接着中国当下各个方面、各种权力意志以及各种表达、各种写作可能性的非边缘性文化场域。

资本的提示和“网络文学IP元年”

有趣的是，这一年资本在网络文学领域丝毫没有懈怠，依旧表现出国家将文化创意产业提升为国民支柱性产业战略下的商业作为。

一方面，作为网络文学平台的各大巨擘的格局不断遭遇改写。如果说2014年上半年依旧流行的是三足鼎立的“起点·创世·纵横”或者另一个版本“一起创”（17K、起点、创世）的话，那么，靠近年底，随着“百度文学”11月27日成立和“腾讯文学”12月8日召开腾讯产业峰会，一年之内，国内网络文学疆域完成了从所谓“三强鼎力”到“两霸争雄”的格局位移。过去多年处于“一超多强”的“一超”——“盛大文学”，在整个资本市场的夹击和本身资方战略布局的转型下，轰然解构，归入腾讯的版图，此中故事细节自然是将来一部网络文学发展史的好材料。而这种资本运作的特点再次说明，网络文学目前的主流就是市场化文学，不研究、不了解、不尊重市场规律和游戏规则，可能对网络文学的研究尤其是治理，都不免隔靴搔痒、不在点上。

另一方面，2014年下游产业链资本的上溯直接导致了网络文学今年的最热词是“IP”或者说“IP价值”。也许没有这一年的普及，我们连“IP”究竟是什么都搞不清楚，以为无须顾问——IP，Intellectual Property的缩写，直译为知识产权，全称为Intellectual-Property Right，指无形的财产权，或称智力成果权。当一个核心智力成果向下游产业链衍生的时候，会诞生无数的产业新价值，作家们最常见的就是小说版权被购买影视改编权，而网络作家同时还有可能被购买其作品与作品中人物形象的动漫、游戏、衍生品、海外传播等产权；作家可以靠一部或多部作品较快形成庞大的产业利润，国际如J.K.罗琳和她的《哈利·波特》，国内如唐家三少和他的《斗罗大陆》，天蚕土豆和他的《斗破苍穹》，流潋紫和她的《后宫·甄嬛传》……2014年中，《盗墓笔记》《鬼吹灯》《何以笙箫默》《华胥引》《琅琊榜》《云中歌》等网络类型小说名篇都纷纷在影视市场开机，更多的网络小说名篇正在成为影视业IP价值寻觅的热点，同样的情况也发生在动漫、游戏等业界。所以，把2014年称为“网络文学IP元年”并不夸张。

在此背景下值得深思的是这样几个问题：

一、资本尤其是下游产业链资本的内容诉求大量生成，进一步加剧了网络文学和网络作家的市场化程度，文学与经济的天然规律在繁荣文娱产业的同时，也同时催生了我们这个时代关于写作与金钱的欲望神话，作家主体可能在此间异化，忽略和遗忘“一部好的作品，应该是把社会效益放在首位，同时也应该是社会效益和经济效益相统一的作品。文艺不能当市场的奴隶，不要沾满了铜臭气。优秀的文艺作品，最好是既能在思想上、艺术上取得成功，又能在市场上受到欢迎”这样的辩证关系和创作伦理，患上“就低不就高”、纸醉金迷的时代病。如何修养我们自身的灵魂，对文艺创作的价值及其时代使命有更为高远的认识和判断，我想是考验网络文学“大神”们的一次重要“试炼”。

二、由于资本的逐利性，热闹的“IP元年”带来的还有可能是一种竭泽而渔的IP浪费、IP资源粗放型开发。这就仿佛人类对地球能源的渴求，自工业文明以来的二百多年透支的是大量不可再生的资源，并由于技术能力薄弱达不到精细化开发要求，急功近利中完全来不及捉摸一种生态保护意义上的可持续发展道路。换言之，理想资本不应该是对青春期的中国网络文学资源和环境施加浪费、污染的掘墓人，而必须是一群富有生态意识和长远眼光的文化儒商；与此对应，理想作者也不应该是一拨粗制滥造、重复拷贝，并且毛孔全是金钱、妄想自我利益独大的“土豪与屌丝”的结合体。网络文学的超级“IP”得来不易，需要养护和精耕，需要与之相关的产业链上的各类专业人才通力合作，这是考验我们网络文学产业智慧的另一重要“试炼”。

理想资本与综合治理

在我看来，理想资本实际上是中国网络文学下一步发展暨综合治理工程中最需要有所认识并加以培养、挑选、鼓励的核心要素。

换言之，市场化文学不仅要用文学的标准去导引，更要用市场的手段去导引；并且，文学的、审美的、价值观的注入同样可以借助市场的手段深化其说服力，这是组合拳，也吻合网络文学长期积淀的性格基因——目前很多在外场的批评，固然有其超越性、学理性，但内场才是切身与肉搏、交互与融合、热爱与创造的终极路径，这过程富有酣畅的生命力，也亟需高明的整合力。网络文学是一方极富中国特色的、具有可塑空间与期待值的热土，他考验人们的恰恰不是单一化的解读和工作思维，而是复合型的、交叉性的思维，需要具备跨界的、创意的，与时代政治、经济、科技、文化相伴相行的本领和勇气。

内场的方式，现在看来也有两条路：一条就是“进网写”，比如金宇澄在弄堂网里写《繁花》（虽然不是类型小说，但意义重大），比如邵燕君、庄庸在北京大学实验网络文学创意写作课程，让学生在文学网站里“开更”；一条则是“进网投（投资）”，代表着“理想资本”背景的国有、民营出版机构、文学网站、影视集团、动漫游戏公司、策划人、版权经纪人等应深度掌握网络文学资源，互相之间形成理想、共识、联合，因势利导其文化产业价值，形成生态性的网文“育人”机制，精细化、专业化中国网络文学的IP运营模式。后一条路，虽然我们在文化产业上的投资动辄过亿，却仍因认识不足、专业度低，至今是产业结构上的短板。此外，我们也较少从综合治理的角度思考着眼，协同创新，用理想资本来引导网络文学创作的方向和流变，把市场化的文学仅仅交给文学去办是不妥的也是不够的，市场一面的经验还需补位、做好、做强，最终能够让我们的大众文化产品立得住、走得出，像好莱坞大片般运行，承担起国家意志和民族文化的传播功能。

“小白”与“文青”：2014网文创作观察一

倘若翻看网络小说的介绍或者是浏览网络文学论坛就会发现，“小白”和“文青”已经成为了概括和推介网络小说的两个高频词汇，这也是网文圈自己生发的两个典型性文学批评术语。作为目前网文的两股颇为不同的力量，“小白文”和“文青文”的命名一方面似乎在表明两种截然不同的写法和风格，但另一方面，却也不是完全对立和不能相互转化的，它们毕竟仍然是大众拥趸的网文内部的一种聊作区分。

顾名思义，“小白文”通常没有什么深度，内容较简单，读起来令人放松无障碍的网络小说，它们顺应当今年轻人的普遍口味，甚至可以说就低不就高，刻意不选择高大上的陌生化处理和情节挑战模式——代表人物唐家三少就公开声明过，他不会为了使作品看上去更高大上而作任何调整，因为他是为固定群落（年龄、趣味和市场）写作的。相比“小白文”，“文青文”的定义则没这么好下。“文青”是“文艺青年”的简称，如果说“小白文”主打的是直白，那么“文青文”则竭力以环境描写、情节渲染等烘托文意、体现主旨；语言上也更加用功雕琢。这样的写法使得此类小说更精美也相对接近传统文学的一些要求，但数量众多的不成熟的、达不到真正“文青”要求的“文青文”同样使这个领域问题复杂，常常惹人诟病、争议不休。

事实上，在如今顶级的网络作家中，“小白文”作者和“文青文”作者各擅胜场。网民读者还慢慢自发形成了所谓“中原五白”和“四大文青”的说法来概括当下活跃着的这些顶级网络作家。“中原五白”指的是唐家三少、天蚕土豆、我吃西红柿、梦入神机、辰东，而“四大文青”则指猫腻、烟雨江南、烽火戏诸侯、愤怒的香蕉。这两类作者若只从无线订阅量而言，毫无疑问，现阶段的“文青”们依然被“小白”压得死死的；但很多网文的精英读者、资深读者则会放弃“小白”的无难度和重复，选择“文青”作为他们跟踪与品评的对象。

当然，这事也不是完全没有交集。猫腻的《择天记》无疑是2014年大热的一部作品。作为网络“文青”界的中流砥柱，猫腻的文风细腻，辞藻在当代的网络作家中也是数一数二的考究且华丽。这样一部典型的“文青文”一经上榜便广受好评，蝉联人气榜冠军。对于这部作品，很多读者给出的感受是“高潮不断”，这却是发扬了“小白文”的优良传统。而在“小白文”方面，梦入神机为了新书《星河大帝》写废五十万稿子，修改多次，甚至差点耽搁发书的时间，目的就是打算写得精致一些，有趣味性一些，节奏感强一些。这倒是符合“文青”对文字和情节的一贯苛求。

我们常把两样截然不同的东西想像成毫不相干或是完全对立的，以此便宜做文章、做史论，而事实现场的网文创作却始终如阴阳转化、爻变无数，“小白”和“文青”就是一对极其有趣的概念，值得我们体察和追踪，这也是2014年中国网文创作现场的一种典型现象。

科玄合流及其背景：2014网文创作观察二

“科玄合流”是我2014年生造的一个词，希望它能够准确地概括一个现象及其未来趋势，成为网络文学研究的术语。所谓科玄合流，是指科幻和玄幻融合的写作潮流及其未来的趋势性。在2014年的网络文学作品中，越来越多的玄幻小说里运用了科幻的思维和物理学等方面理论——虽然这一潮流并非端倪于2014年，多年以来如《星辰变》《斗破苍穹》等神作都有这样的设定；同时，网络科幻小说也正在从貌似玄幻一枝独秀的江湖格局中浑然崛起，渐有一种双峰并峙的可能性，从而引导网络阅读（尤其是男性读者）向更加多元的维度展开。

一般认为玄幻小说一词为香港作家黄易所提出，原意指“建立在玄学基础上的幻想小说”。所谓玄学因子，即是注重道家思想、易经术数、民间传说、超自然状态与神祕学、空间学等等面向的解读、描写与探索。而科幻小说则是主要描写想象中科学或技术对社会、个人的影响的虚构性文学作品，它的核心情节不可能发生在人们已知的世界上，但它的基础是有关人类或宇宙起源的某种设想，有关科技领域（包括假设性的科技领域）的某种虚构出来的新发现。上述两者融合之后，阅读感觉上的化学反应确乎非常奇妙。玄幻小说中的玄学因子冲淡了科幻的冷硬，科幻的逻辑性与科学性使得玄幻更为严谨，二者相得益彰。

在2014年的这类作品中较为出彩的是梦入神机的《星河大帝》。小说的背景是在2050年，一艘外星大舰（主神号）掉落在地球上。各国为了争夺这大舰，发动第三次世界大战。大战极其惨烈，最后却使得人类统一，各国高层联合在一起，组成新的人类政府。人类统一，进入新纪元。两百年后年，人类破解了虫洞跳跃技术，开始探索别的星球，发现大量资源，甚至在外星建立基地。这样的背景设定明显是科幻的风格，而在具体的情节展开中，主角走的是修仙的道路——这又显然符合玄幻的设定。在读者反馈方面，这部小说也取得了极大的响应——2014年4月原创榜中榜排名第一的成绩显示了科玄合流的设定是受到读者欢迎与喜爱的。

行业和都市类小说：2014网文创作观察三

随着网络文学写作类型的多样化，读者和作者都已不再局限或者说是满足于幻想类的文字。伴随着影视业对网络文学作品改编（网络文学IP）产生的越来越大的兴趣，行业类和都市小说受到的关注度和作品数量依旧不断攀升。

接续过去的官场、职场、财经、都市言情，这把事关“现实”的“火”该传递给哪些比较新兴的类型？而这些类型是否能在影视市场得到进一步的眷顾呢？

值得一说的是，行业题材的小说不再仅仅流落于叫座不叫好的算命、风水，而转换到了颇有改编前景的国医、国药。如《首席御医》，作者对作品的简介是“挽救你的生命，即挽救你的政治生命。机缘巧合之下，踏入了半官半医的‘御医’之列。在展现中医强大魅力的同时，曾毅也实现着自己‘上医医国’的理想，一步步直入青云！”我们可以看到，这部小说的内容包含了都市、医学、官场的范畴，得到了众多读者的一致好评，也获得了千万以上的点击量。

有趣的是，对医药和官场感兴趣的作者显然不止《首席御医》的作者银河九天一位。《医统江山》讲述的同样是一个医药和官场的故事，只不过它的背景不在都市而是在一个架空的古代王朝。前世过劳而死的医生转世大康第一奸臣之家，附身在聋哑十六年的白痴少年身上。上辈子太累，这辈子只想娇妻美眷，儿孙绕膝，舒舒服服地做一个蒙混度日的富二代，却不曾想家道中落。作为九品芝麻官的主角最终凭借医术权术，游刃江湖庙堂，医手遮天，一统山河。

《韩娱之天王》也是在2014年得到非常好的成绩的一部都市行业文，讲述了主角在娱乐圈拼搏的故事。同样类型的小说还有非天夜翔的《金牌助理》、不如安静的《神级演技派》、焦糖冬瓜的《浮色》等。

相比医药、官场、娱乐圈这几个相对于读者较为熟悉的行业，电子科技和材料化工显然较为陌生了。齐橙的《材料帝国》和千年静守的《超级电子帝国》讲述的就是这样的两个发生在高科技行业的故事。作者显然对笔下的材料帝国和电子帝国非常熟悉，虽然作品中有很多专业名词的运用，但这并不妨碍读者在阅读过程中感受到饕餮盛宴般的阅读享受。——这些都在满足读者的文字阅读饕餮之外，悠悠等待着影视改编的光临，从而再次佐证了网络文学创作逐渐过渡到“IP”作为核心价值的阶段。

网络文学的时代使命

网络文学目前的市场化并不是一条谬误的道路。谬误在于介入力量的不平衡，在于不平衡后变却的人心。

我们选择文学，是因为文学考量灵魂，无尽表现造物设计的奥秘，呈现人间的苦难和欢喜，温润与坚强我们的心智；选择文学是选择一个务虚的位置，是尊重我们内心伟大而神秘的召唤；观察生活、观察人性、观察生死之间甚至之外，是文学创作和研究最大的价值与乐趣。享受过这种价值与乐趣的人群，对于市场化是能看清、看透、看宽的，理应明白我们在这世间的位置、操守，处理好自己的进退分寸。

网络文学作家是否能领悟和自证这一点，决定了他的作品能走多远，个体是否明朗智慧。我们的文学评价体系要在这个意义上寻找作家、作品，看得到网络作家、作品之间的差异和闪光点。

由此回到网络文学自身，我以为，它的第一层时代使命就是做好通俗性、大众性、网络性，坚持它的大众文艺立场，而不是邯郸学步、失其故行。目前的网络文学主流是通俗的类型小说，这条路的发展进步弥补了过去文学观念、文学评价体系中对通俗文学的压抑，使我们续接了更古老久远的文脉，也使我们的文艺创作在另一维度上更接“地气”。又因为媒介革命和国际化背景中的大众文化、流行文化、亚文化因素的嫁接，当下的网络文学开启了“ACGN”（动画、漫画、游戏、轻小说）文化及其产业循环的模式，也为我们注意年轻一代的文化缘起，关注流行文化问题，梳理和矫治大众文化走向敞开了门户。

一方面，网络文学就是要把类型化的技术性、专业性做好，试验和研究清楚里面的叙事模式、创新可能，维护好它的通俗、大众、网络特点；另一方面，只有熟练地认知这些群众喜闻乐见的叙事模式和传播规律，才能贯注新内涵，输入和输出核心价值观。

其次，中国网络文学16年发展路径是一条民间创造力、文艺生命力自由生发，破除传统文学观念“大一统”以及部分傲慢、偏见、孱弱、无根之弊的自发之路。要把它纳入文学创作本身的破旧立新或者被压抑的“旧”托网还魂的文学运动律令里去看待，也就是说，它的另一个时代使命就是创作和阅读的多样化诉求，以及对稳定的文学场的合理扰乱与重构。

在这个意义上，我们要善待网络文学的奇思妙想乃至怪力乱神。网络中最典型的玄幻修真类小说中的主人公往往表现出的那种如饥似渴、狂乱快意的热血情怀、修炼模式，其实正是网络文学现阶段不择良莠、泥沙俱下的海绵般无尽吸取一切的状态写照。各种粗粝的“爽度”都在证明它不是一个已完成的“自我”，而是一个全凭天赋、神志懵懂的少年的高速发育期。恰如“一根藤上七朵花”，每个金刚葫芦娃都有神通，但得看是被善良的人养育，还是被蛇蝎二精掠夺。

未来，网络文学的最终使命却是消灭网络文学这个概念，让它留在文学历史当中，这意味着网络文学走向了成熟和新的稳定。“土返其宅，水归其壑”，本来就没有什么网络文学、纸质文学、丝帛文学、甲骨文学之分，只有“文学”是永恒的命名。大众的类型文学是消灭了热闹嘈杂的网络文学时代之后比较靠谱的名字，他们理应在文学创作的谱系中拥有自己久长的位置和荣誉。而当一切创作的发表、阅读、评价都以网络及新媒体的方式展开时，再提网络文学已经没有了新鲜和革命的意义。

附：2014年度网络小说

1.《夜天子》，作者：月关，首发网站：起点中文网
2.《首席御医》，作者：银河九天，首发网站：起点中文网
3.《官道无疆》，作者：瑞根，首发网站：起点中文网
4.《医统江山》，作者：石章鱼，首发网站：起点中文网
5.《儒道至圣》，作者：永恒之火，首发网站：起点中文网
6.《神纹道》，作者：发飙的蜗牛，首发网站：起点中文网
7.《冰火破坏神》，作者：无罪，首发网站：纵横中文网
8.《雪中悍刀行》，作者：烽火戏诸侯，首发网站：纵横中文网
9.《不败战神》，作者：方想，首发网站：纵横中文网
10.《星河大帝》，作者：梦入神机，首发网站：纵横中文网
11.《浮色》，作者：焦糖冬瓜，首发网站：晋江文学城
12.《金牌助理》，作者：非天夜翔，首发网站：晋江文学城
13.《材料帝国》，作者：齐橙，首发网站：起点中文网
14.《超级电子帝国》，作者：千年静守，首发网站：起点中文网
15.《英雄联盟之谁与争锋》，作者：乱，首发网站：创世中文网
16.《韩娱之天王》，作者：呓语痴人，首发网站：起点中文网
17.《神级演技派》，作者：不如安静，首发网站：起点中文网
18.《重生之大文豪》，作者：别人家的小猫咪，首发网站：起点中文网
19.《大画师》，作者：自由与荣耀，首发网站：起点中文网
20.《择天记》，作者：猫腻，首发网站：创世中文网
21.《大官人》，作者：三戒大师，首发网站：创世中文网
22.《永夜君王》，作者：烟雨江南，首发网站：纵横中文网
23.《戮仙》，作者：萧鼎，首发网站：纵横中文网
24.《大荒蛮神》，作者：更俗，首发网站：纵横中文网
25.《剑王朝》，作者：无罪，首发网站：纵横中文网
26.《愿相随》（原名《江北女匪》），作者：鲜橙，首发网站：17K小说网
27.《斩龙》，作者：失落叶，首发网站：17K小说网
28.《龙血战神》，作者：风青阳，首发网站：17K小说网

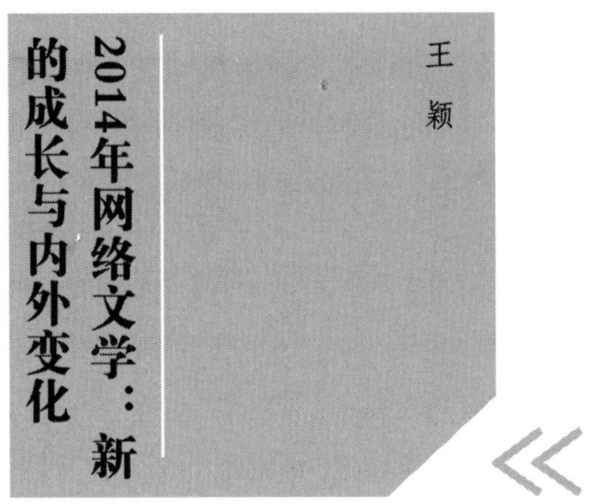

2014年网络文学在内部的合纵连横和外部的加强引导下，展现了一系列的成长与变化。据第34次《中国互联网络发展状况统计报告》统计，中国网民继续向低学历人群扩散，4.5亿农村非网民人口将是未来互联网普及工作重要方向。截至2014年6月底，我国手机网民规模首次超越传统PC网民规模。随着网络技术的不断发展，无线阅读仍是网络文学最大的增长点，创新类移动应用将是未来发展方向。

2014年网络文学界发生了两件大事：上半年开展了规模力度空前的“净网行动”；下半年“文艺工作座谈会”召开，网络作家周小平、花千芳与会，这两件事充分表明了网络文学的地位不断增强，网络文学正朝着规范、有序、健康的道路前进。随着网络文学的不断成长，长篇小说和超长篇小说一统江湖的局面发生了变化，中短篇小说等其他文学形式也找到了发展的可能和路径。

网络文学内外环境的整合与改善

在2014年初开展的“扫黄打非·净网2014”专项行动中，盛大、百度、腾讯、中文在线、搜狐原创、新浪读书、TOM在线、汉王书城、铁血网、大佳网、纵横中文等各家网站都以前所未有的规模和力度配合了此次行动。各大网站经过地毯式的自查和排查后，在内容审核方面获得了显著成效，对网络文学的稳健发展有着长远的意义。

另一方面，随着无线阅读市场的进一步繁荣，在碎片化、闲散化时间中付费阅读网络文学渐渐成为一种新的文化娱乐活动。中国移动公司2014年推出“和阅读”品牌，迅速引起关注。在其2014年初发布的数据中，月关的《醉枕江山》获年度最佳网络文学新作奖、若雪三千的

《天才召唤师》获年度最佳女生原创奖、天蚕土豆的《大主宰》获年度最佳网络文学奖。

2013年以来，盛大、百度、腾讯三足鼎立，其他网站群雄逐鹿的分配局面逐渐成形。以往在举办文学赛事、发掘新人、培养作者、版权维护等问题上，各网站均以自身目的出发，各自为阵，较少跨越平台。而随着网络文学的日益发展，作家阵营不断扩大，文学新人的竞争愈来愈激烈。在此情况下，2014年10月，由多家网站联合举办的首届“磨铁杯”原创文学“黄金联赛”启动，吸引了各方关注。为鼓励更多网络作者参与比赛，联赛将持续至2015年12月31日。未来网络文学界是否能更好地打破藩篱，为网络文学发展集思广益，令人期待。

与网络文学内部的强势发展相映成辉的是，传统媒体、大学、专业研究机构等的不断进场，针对网络文学展开了深入长足的研究与引导。与此同时，传统文学也在各方压力和动力下不断进入数字阅读主场，使数字阅读朝着百花齐放的方向发展着。《人民日报》的“网络文学再认识”专栏、《文艺报》的“网络文学评论”专栏等，邀约专家学者，从网络文学的文本内容、历史与现实意义、文化功能、生产消费、评价体系等多方面各抒己见，共同探究网络文学历史现状及其走向。7月，中国作家协会创作研究部等举办“全国网络文学理论研讨会”，从讲好中国故事、弘扬主流价值、评价体系建设、审美特性发挥等多个专题与维度进行研讨，在我国网络文学发展史上具有重要意义。

2014年，中国作协继续对网络文学发展给予实际支持。不仅开展广泛调研，组织作家培训，而且注重作品研讨，如在5月份，专家对架空历史小说创作方面成绩颇丰的酒徒进行了评点。自2000年发表第一部短篇网络小说《秦》开始，十余年来，酒徒先后发表了《明》《指南录》《隋乱》《开国功贼》《盛唐烟云》《烽烟尽处》等多部长篇历史小说。研讨对建立网络文学评价体系、推动网络文学精品化有着积极的作用。在6月最新公布的中国作家协会2014年新发展会员名单中，网络文学作家有24人，而此前历年总和为36人，可见网络文学正不断得到传统文学界的认同。在7月公布的年度重点作品扶持项目中，网络文学作品有云霓的《吉时医到》、失落叶的《斩龙》、酒徒的《烽烟尽处》、苍天白鹤的《无敌唤灵》、仙人掌的花的《回归家园》、爱潜水的乌贼的《奥术神座》、柳暗花溟的《律政先锋》等10部。鲁迅文学院先后举办了两届网络作家培训班，以支持和引导网络文学的发展。

网络文学在经历了十多年的发展后，成立自己的协会组织也被提上议事日程。2014年1月，全国首家省级网络作家协会“浙江省网络作家协会”宣告成立。5月，在“中国网络文学南北对话论坛”举行的仪式上，江苏省作协网络文学工作委员会成立。7月，上海网络作家协会成立。四川、广东等地也表示将成立网络作协。这些举措得到网络文学作家的积极回应，有效解决了他们的身份认同和归属感问题。

2014年，《人民文学》开发了“醒客”阅读APP并在5月首次推出了网络文学作品专号，从海量稿件中选出5篇短篇小说，分属科幻、武侠、军事、情感等类型。该期编者按说：“它们的特异与轻逸，不似现今‘正典’序列上的‘纯文学’。不过，史事如飞鸟掠过，仿佛在示意我们，某些艺术先知的身形往往是特异而轻逸的。”此外，北京大学中文系在2014年创办了微信“媒后台”公众号，希望通过对网络文学的生态观察和亲笔写作，亲身试验和展示网络时代，我们如何思、为何想，以不断发现和认识我们身处的这个世界。

网络文学的成长与分化

如果说前几年对网络文学的讨论还处在表象的不断争论和内部的资源抢占中，如今的网络文学经过内外力量的不断撞击和融合，展现了一步步稳健向纵深和开阔方向发展的可能性。网络文学内部走向分化：长篇小说、超长篇小说和中短篇小说、散文、诗歌等其他文体都能在网络上盛情绽放。2014年，豆瓣阅读开始力推中短篇小说，涌现了一些新人。豆瓣阅读选择了一条与其他文学网站不同的运营之路，在审美取向上不刻意强调与传统文学的差异，文学性成为选择文本的唯一标准。北京大学中文系的“新世纪网络文学研究”论坛课程也专门研讨了“网络文学的中短篇小说热”。可见，“中短篇小说”正逐渐成为网络文学的新热点。在这一现象背后更值得挖掘和梳理的是，从曾经的榕树下到天涯，网络文学在草根、全民、自由写作的1.0时代，其实已培育出一些中短篇“精品力作”，但当盛大等资本进驻网络文学后，以商业类型为主的小说进入繁荣甚至泡沫化的2.0时代，中短篇小说及其他文学的“网络形态”由于不符合资本“利益最大化”的需求而被压制，甚至被全面遗忘。事实上，“中短篇小说”及其他网络文学形态，无论在创作者的心态还是阅读者的接受心理、评论者的评价体系来看，都是网络文学界和传统文学界中“最不具差异”者，也是最容易相互沟通和融合的。

在2014年网络文学中短篇小说的复兴中还有一个现象值得注意，张嘉佳《从你的全世界路过》“意外”畅销，部分故事已被卖出影视版权。它使网络文学意识到，真正最有生产力的并不一定是长篇小说，还有可能是博客体、论坛体、微信体等带有“语体实验”性质的微文本。在这个层面上，言语即生产力，它们代表着最新、最前沿、最先锋的“语言”和“文学”实验样式。这些实验正逐渐被网络文学中的商业类型小说、非虚构等长篇文本所吸收和消化，并在“经典化”和“主流化”的过程中，被影视剧等吸纳为“畅销元素”，这就是网络言语生产力对大众文化的渗透和侵袭。张嘉佳《从你的全世界路过》其实即是在“微博阵营上用新语体来讲的中短篇故事”，它还代表着一个风向——不只是动辄几百万字的类型小说才可以影视化、游戏化，简单、简短的小故事同样也可以。以往网络文学越写越长，有作者意愿和经济利益等多方面原因，而豆瓣运营方式、张嘉佳的个人成功等现象，使网络文学作者的创作方向也发生了改变。单纯靠量取胜，只会消耗自己的名声，在作品质量和输出价值观方面若不加强和改进，最终让自己的“大神”形象土崩瓦解。

如今，网络文学的读者将不仅仅是面对那些内容注水稀释，开启断点续传功能、打怪升级式模式写法，让读者什么时候都能中断、什么时候都能毫无障碍地再进入，以愉悦打发闲散时间的文本。网络文学的实践说明碎片、通俗也可以走向精致和审美。豆瓣阅读的审稿流程放在网络时代可谓保守，不过也正因为这种慢和保守，使它发布的内容、质量都能得到更好的把控和引导。未来网络文学的发展趋势，除了靠勤奋地码字来维持人气、凝聚粉丝之外，在商业市场和个人表达之间的不断平衡、博弈、探索，不断挑战文学的想象力和创新精神，也是一种新的选择。例如，猫腻的小说一直有着两者兼具、不可或缺的气质，而这样的作家随着机制的成熟会越来越多。在信息时代，只有那些无法被复制、粘贴的作品，其价值才会水涨船高——比如秘密、原创的点子、活力以及完整性等，而未来网络文学的生长点也正在于此。

网络文学作为新世纪的新文学，一直与我们这个时代紧密地连结在一起。它的不断“进化”、“分层”和“演变”最终反映的是我们这个时代。然而，网络文学固然拥有市场，同时也面临挑战。特别是在“4G时代”，如果手机下载一部电影只要几秒钟，那谁还来读网络小说？所以，网络文学应向动漫、影视等多种娱乐载体进军，发挥文学作品的最大价值。此外，网络文学与传统文学的融合越来越必要，只有向市场提供精品，才能让文学拥有更强大的生命力。“进军说”虽是事实，却着眼于网络文学剩余价值的最大化而非网络文学本身，并不利于网络文学的全面发展。如同网络文学与传统文学的互补性日益为人所识，网络文学与其他文化艺术门类的差异性与独特性也一直存在。

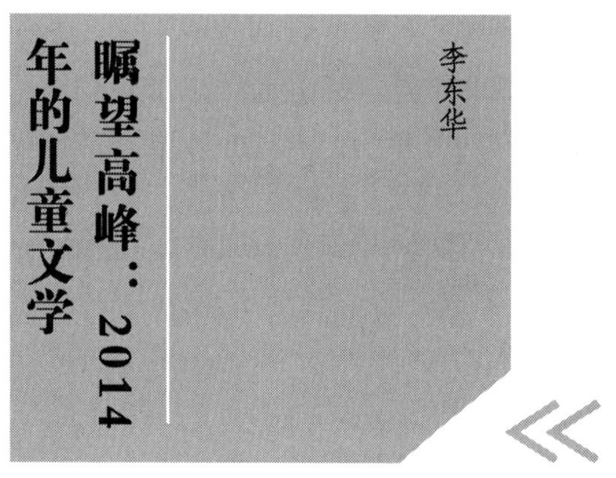

瞩望高峰：2014年的儿童文学

李东华

2014年的儿童文学继续保持繁荣态势，少儿图书销售量同比增长依旧超过10%，而儿童文学则占据了少儿图书市场的43.62%。然而，经受过市场化和新媒体崛起冲击与洗礼的儿童文学更加成熟和理性，在这一年出现了清晰的转向：从关注量的扩张变为更重视质的提升。并形成了明确共识：创造精品才是儿童文学能够持续发展的根本。在这种理念的指引下，年内原创儿童文学呈现井喷式爆发，取得丰硕成果。

“艺术坚守”和“大众感动”

2014年上海国际童书展期间举办的“瞩望高峰：向中国经典儿童文学致敬”论坛印证了儿童文学作家们重归经典化写作的自觉和努力。正如“曹文轩‘丁丁当当系列’图书发行200万册国际研讨会”所总结的，“艺术坚守”和“大众感动”之间并不是对立的，相反，对纯真、美好的文学理想的坚守，正是能够抵达千千万万读者内心的最佳路径。

而2014年的儿童文学家们正是在对童年精神的不懈探索中，对真善美的执着守护中，坚持“向经典致敬”的写作方向，通过不同角度的勘探和发现，讲述丰富多彩的中国孩子的故事，见证了中国少年儿童精神世界的活泼、丰饶和宽阔。

年内涌现出一批具有深切人文关怀的长篇小说。曹文轩的《枫林渡》、祁智的《小水的除夕》、薛涛的《九月的冰河》、殷健灵的《天上的船》、韩青辰的《小证人》、汪玥含的《我是一个任性的孩子》、于立极的《美丽心灵》、三三的《我和铁车》、彭学军的《浮桥边的汤木》、星河的《你才是那只小白鼠》等，以广阔的题材、形式的多样深刻关照了来自不同地域、境遇各异的少年儿童的心灵成长；徐鲁的《罗布泊的孩子》、李东华的《少年的荣耀》、李秋沅的《木棉·离歌》等流露出浓郁的故土情结和家国情怀；金曾豪的《凤凰的山谷》、黑鹤的《血驹》、牧铃的《血燕》、常新港的《一匹脾气倔强的马》等展示了动物小说写作强劲的创造力，其硬朗、野性的风格，是对英雄主义精神的召唤，也是对重建少年儿童和大自然之间密切关系的热切期待。

散文写作突显了量少而质胜的特点。殷健灵的《爱：外婆和我》、朱赢椿的《虫子旁》、陆梅的《沿途》，关乎日常，关乎亲情、关乎心灵，是人与人、人与宇宙万物的凝神交集，以虔诚的心情传播着对爱和美的感动与感悟；“中国百年个体童年史（九册）”则以童年的视角和个体的经验折射出百年中国的时代变迁和人情风貌。在童话写作中，刘海栖的《爸爸树》、汤素兰的《开心猫奇遇记》、张玉清的《鼠洞奇遇记》、曹文轩的图画书《烟》等以飞扬的想象力，或幽默或唯美的语言，书写了少年儿童的幻想精神和游戏精神。在儿童诗方面，金波主编的《中国梦之歌校园朗诵诗》包括了祖国篇、校园篇、亲情篇、自然篇、成长篇、未来篇等6册，展现了中国孩子们的梦想与憧憬。

“品牌化”和新势力的崛起

2014年的儿童文学继续坚持“品牌化”、“系列化”的策略，曹文轩的“我的儿子皮卡系列”；杨红樱的“淘气包马小跳系列”、“笑猫日记系列”、张之路“会飞的狗”系列、秦文君的“王子的冒险系列”、王巨成的“震动系列”等均有新作问世，而老作家金波推出了《点亮小橘灯——金波80岁寄小读者》，儿童文学大家们以其丰沛的文学能量为后来的写作者立起一道值得仰望的标杆。

60后、70后儿童文学作家们在这一年也展示出活跃的写作姿态，已渐成儿童文坛的中坚力量；而80后、90后则显示了令人惊喜的创作潜力。年轻作家们已经形成值得关注的儿童文学新势力，他们在艺术上大胆而新异的实验和探索，他们既具有世界性眼光，又和本土传统文化血脉相通，为当下的儿童文学带来了新鲜的审美经验和清新的气息。

翌平的科幻小说“燃烧的星球系列”、王勇英的乡土小说“弄泥系列”、余雷的儿童武侠小说“笨侠号令天下系列”、陈诗哥的长篇童话《童话之书》、张国龙的长篇小说《老林深处的铁桥》、舒辉波的长篇小说《飞越天使街》《心里住着好大的孤单》和他的短篇小说集《小时候的爱情》《十七岁，花要开》、夏无双的图画书《卡普与卡普》等，以及中少社的《儿童文学》金牌作家书系、“淘·乐·酷丛书”推出的徐玲、吴梦川、梁慧玲、顾抒、赵菱等年轻作家的新作，都从不同的方向扩展和丰富着儿童文学的感受空间和表现能力。少年儿童出版社的“绿拇指精品童书”集中推出了儿童文学新人们的短篇小说，孙玉虎的《我中了一枪》、两色风景的《天外天的礼物》、小河丁丁的《我本来可以大侠》、冯与蓝的《不让一个南瓜掉队》等，充分利用了短篇小说的轻捷灵敏的体裁优势，显示了短篇创作虽不受市场青睐，但它依旧处于儿童文学思想和艺术探索的前沿。

跨界写作的热潮和“走出去”的突围

让儿童文学走出封闭的小圈子，把它放置到世界儿童文学和中国当代文学的参照系内来考察，是年内引人注目的现象。

名家们跨界介入儿童文学写作，让儿童文学能够更充分地从当代文学的整体经验中汲取写作资源，依旧是2014年儿童文学的一道亮丽风景。6月，《人民文学》推出了儿童文学专号，马原的中篇小说《湾格花原历险记》、张好好的长篇小说《布尔津光谱》，再加上名家短篇小说、散文和精选的诗歌等，本期总题为“中国梦·成长质地”。杂志主编施战军在卷首语中说：“年初，编辑部曾邀请中国作协儿委会的部分在京专家，回顾本刊将近六十五年来发表的一系列少儿文学名作，并帮助我们出主意和组稿。大家共同的意向是，要有孩子和大人都能看、对人生有启示、对人心有慰藉的作品。国际儿童节到了，我们把历经半年努力做成的这一本杂志，呈给小朋友和大朋友。”

张炜先生在推出长篇儿童小说“半岛哈里哈气系列”之后，今年又出版了《少年与海》，女作家虹影也首次推出了自己的儿童文学作品《奥当女孩》，这些作品以对逝去童年的诗性回望，把个体经验提炼为可与今天的孩子亲密交流的共同话语，为儿童文学提供了更多的艺术可能性。

如何让中国的儿童文学“走出去”是2014年的一个热点问题，并且在实践中积累了很多有效的经验。如中少社推出了朱自强的《中国黄金时代的儿童文学作家》，这是中国首次用英汉双语的形式图文并茂地向世界介绍自己的儿童文学作家。正如评论家方卫平曾指出的：“‘回到艺术本身’是中国儿童文学‘走出去’的根本支点。把‘走出去’作为一个进行自我比照和反思的契机，站在世界性的角度来考察和思索我们自己的写作。这样，走出去的焦虑就有可能转变为一种反观自己的勇气，而这份勇气及其实践将在真正意义上把我们的文学带向更高的海拔。”

儿童文学作家高洪波认为：“应该把最好的中国故事写出来，把中国孩子最好玩、最调皮、最童真、最优秀的一面展示出来。我们要有中国特色，让中国儿童文学借助于一系列的平台走出去，代表了我们中国气派、中国精神，也完成了我们这一代中国作家所应该做的使命。”

走向开阔和深入的儿童文学批评

2014年的儿童文学研究更为迅捷和深入地因应当下儿童文学创作和出版中的热点和难点问题，坚守敢于说真话、勇于担当的批评品格，呈现出客观、真诚、开阔和务实的批评风貌。

方卫平主编的《红楼儿童文学对话：浙江师范大学儿童文学新作系列研讨会纪要》一书围绕张之路、沈石溪、彭学军等十位中国当代儿童文学作家的十部新作展开对话，张扬了独立、坦诚的批评精神，为建设严谨、专业的学术探讨制度提供了珍贵的启示。刘绪源的《美与幼童》对幼儿审美心理与想象力的生成做出了科学、有趣的解读，是儿童文学理论研究的新收获。此外，今年《人民日报》组织了“走近少儿出版系列访谈”，发表了“坚守少儿出版的精神高地”、“‘天花板’不低，‘门槛’也要高”、“创新当如星星之火”、“儿童文学要执着追求精品，切勿被市场绑架”等四个专题文章，详细探讨了在市场化的时代，如何提升儿童文学作品的品质、如何使优秀的作品也能成为最受小读者欢迎的作品、儿童文学最重要的品质是什么等问题。并坦率指出：“蜂拥而上的出版热潮，似乎暗示了儿童文学的‘门槛’很低，以致于全国90%的出版社都能来踩一踩，然而，每年的少儿图书的精品榜单上，本土作品依然难敌引进版，这似乎又昭示了少儿出版的‘天花板’其实很高，打造精品并不容易。”对飞速行进中的儿童文学无疑是一种尖锐而善意的提醒。

事实上，当我们说当下的儿童文学正处于“黄金时代”的时候，与其说是对中国儿童文学已经达到的艺术成就的褒扬，不如说是儿童文学生机勃勃的现状让人产生了它能够创造无限未来的美好期待。取得过辉煌业绩的儿童文学，要赢得更多的敬意和荣耀，仍旧需要在艺术上增强精雕细刻的耐心和自觉。正如儿童文学作家张之路所指出的，一些儿童文学图书缺乏孕育的过程，图书出版后没有打磨和考验。同时，儿童文学还需要增强与当下儿童生活的对话能力。评论家方卫平在《从“现实”的童年到“真实”的童年》一文中指出：“中国儿童文学对于中国式童年的关注，不应只停留在某类童年生活的现实表象层面，而需要进入这一表象内部，去发现和揭示童年最独特的生命精神，书写和呈现童年最真实的审美内涵。”要达到这样的高度和深度，就要求作家对儿童真正地熟悉和热爱。事实上，作家过于依赖自身的童年经验，从某种程度上也显示了作家对当下儿童生活的隔膜，因此，深入到儿童的生活中去，走到他们的内心之中，对儿童文学作家们来说具有迫切的现实意义。此外，儿童文学也需要继续拓展自己的视野，具有更大的包容性和开放性。就像儿童文学作家薛涛所说的，不要把儿童文学仅仅圈囿于儿童范畴考量，它同样应该是关注人的存在的“大文学”。

金波先生曾说：“儿童文学作家没有衰老，只有成长。”儿童文学也一样，它是一代又一代作家不断超越自我的接力赛，正是因为这种渴望“成长”的激情从未消退，让我们有理由相信中国儿童文学终将迎来真正的“黄金时代”。

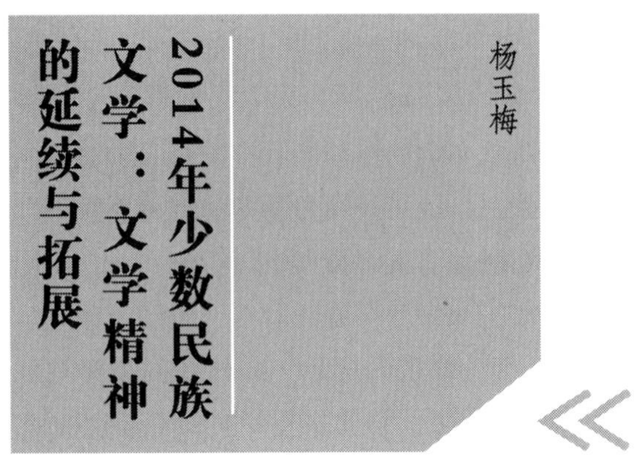

2014年少数民族文学：文学精神的延续与拓展

杨玉梅

2014年，“中国少数民族文学发展工程”放射耀眼光芒，作家队伍不断发展壮大、新人辈出，尤其是业已选编完成的55个少数民族的《新时期少数民族文学作品选集》，集中展示了新时期少数民族文学取得的辉煌成就，也是少数民族作家队伍的一次大检阅。第三届朵日纳文学奖和首届“阿克塞”哈萨克族文学奖的圆满评选并颁奖，不仅是蒙古族文学和哈萨克族文学的盛事，也是少数民族文学不断扩大影响、备受关注的喜事。

每一部新作，都是作家在各自文学之路上持续耕耘的成果，其承载的思想内涵、民族文化意蕴、艺术风格及其隐含的文学理想、价值观、良知和艺术技法等，都是作家各自文学经验的继承与发展。2014年的少数民族文学，从总体上说是新时期少数民族文学精神的延续，多数作家锤炼出一颗沉静、自如的文学之心，获得对文学本质的清醒认识。它们的作品，或从丰富、鲜活的现实生活中汲取创作资源，或向民族历史的深处掘进，在艺术想象中展示人物命运、追忆民族社会发展足迹、重塑民族精神，在文学题材的开拓、主题的深化、文体的自觉等方面，都呈现出新的发展趋向。这些文学实践，在关注生命、讲述中国故事、弘扬爱国主义、促进民族团结进步等方面进行真诚的表达，构成了对中华民族文化多样性和命运共同体的深刻阐释。

爱国情怀的抒发

我们祖国的边疆，基本上都是少数民族聚居区，在这片广袤的土地上生活的少数民族比中原人民更深切地体会到了国家富强、民族团结、祖国统一的重要，因而爱国主义思想一直都是近现代以来少数民族作家创作的主旋律。

2014年6月，阿扎提·苏里坦、伊明·艾合买提、哈孜·艾买提等15位维吾尔族作家、评论家和文学翻译家联络200多位维吾尔族作家，联合签名发表了《永不沉默是我们的责任和使命——致维吾尔同胞的公开信》。他们共同发声，深入揭批暴力恐怖分子的罪恶，呼吁全体维吾尔同胞不要保持沉默，而要团结起来，以身作则，发扬爱国主义精神、继承民族优秀传统、维护新疆稳定和祖国统一。《民族文学》汉文版刊发汉文公开信，维吾尔文版编发专辑刊发维文公开信及信中提到的3位爱国诗人的诗作，即鲁特甫拉·穆塔里夫的《中国》、尼米希依提的《思念》和铁依甫江的《祖国，我生命的土壤》。《公开信》同时在多家报刊和网站发表，少数民族作家以文学的名义，向世界宣告维吾尔族作家翻译家对国家民族命运的关心和坚定信念。

2014年5月至11月底，新疆自治区宣传部、文联、作协组织了“唱响时代最强音诗歌全疆行”活动，在全区各地举办了16场大型诗歌朗诵会，120多位诗人参加活动，不但朗诵新创作的弘扬社会主义核心价值观的诗歌，还朗诵了一批已故著名诗人创作的爱国诗篇，通过诗歌唱响爱国、团结、稳定的最强音，以诗歌的形式教育人们向善向上向美。每一场诗歌盛宴都赢得现场观众热烈的掌声和深情的热泪。各地州市县文联作协也纷纷组织类似的朗诵会，成为遍布全疆的爱国主义集体大合唱，是2014年最引人注目的文学行动。

在创作中也涌现出一批书写“中国梦”、反映时代新生活的充满爱国主义精神的优秀作品。如维吾尔族作家艾贝保·热合曼的抒情诗《面向大海》，“面向大海”其实是“面向祖国”，诗人娓娓诉说由“海”意象引发的思考和感悟，启示读者要记住甲午海战的历史悲剧，要像滴水汇入大海一样融入祖国，还深切期盼海峡两岸的统一。艾贝保·热合曼擅长散文写作，可是真挚的情感孕育了浓郁的诗情。这些真实、自然而贴切的抒怀，给人以强烈的情感共鸣。

《民族文学》6个文版组织“中国梦”征文，刊发了30多位作家的优秀作品。在散文方面，有赵玫的《悠远的长歌》、赵晏彪的《额济纳的胸怀》、艾克拜尔·米吉提的《飞天逐梦的地方》、郭雪波的《科尔沁大青沟峡谷纪实》、陈永柱的《槟榔江纪事》、东巴夫的《格桑奶奶》、左中美的《村庄书》等；在诗歌方面，有冯艺的《酒泉的气息》、布仁巴雅尔的《宇宙传奇》、密英文的《故土情结》、吴基伟的《飞天逐梦醉酒泉》、马克的《我弟弟马三的追求与梦想》等。这些作品通过个人、家庭、村庄和民族地区的发展变化，讲述中国故事，反映时代发展，表现各族人民积极进取的精神，体现了少数民族作家对祖国、对伟大时代的热爱之情。

民族历史的凝望

新时期少数民族文学的发展过程是文学自觉的过程，也是文化自觉的过程。“文化自觉”，用社会学家费孝通先生的观点来说，指的是生活在一定文化历史圈子的人对其文化有自知之明，并对其发展历程和未来有充分的认识，也就是文化的自我觉醒、自我反省、自我创建。近年来，在文学自觉和文化自觉的双重作用下，一方面，少数民族文学的民族性得到充分发扬，一部分少数民族作家自觉立足于民族现实生活或走进历史深处，再现民族的社会发展进程；另一方面，少数民族作家视野开阔、认识深刻，不再受民族属性所束缚，对文学本质的追求和对现实生活的关注超越了对民族性的追求。

侗族作家袁仁琮几十年来关注现实，沉思历史，笔耕不辍，年过古稀而老当益壮。近10年来创作了《血雨》《王阳明》等8部长篇，2014年又新出版了近百万字的长篇巨制《破荒》。作品真实叙述了新中国成立前几年到“文革”结束期间贵州侗乡社会的坎坷发展历程，在那个充满强烈政治色彩的时代，每个人物都与政治、与国家命运密切相关。作者在凝望这段历史时，不是抽象地解读政治，而是从生活、从人性出发，在事业、爱情与家庭中刻画人物，借人物命运演绎时代风云。袁仁琮不惜笔墨，笔下人物有名有姓者多达90余位，这些人物群像的故事构成了对社会生活的全面展示，使得作品既包含深厚的社会生活内容和人性内涵，又蕴含着独特的民族文化特质。其中人物命运的多舛，社会发展道路的曲折艰辛，生动说明“中国人走到今天不容易”的深刻命题，也阐释了国家必须科学发展的道理。

2014年土家族出现了几部回望民族历史文化记忆的长篇小说。吕金华的长篇小说《容米桃花》叙述容米土司从清顺治三年到雍正十一年近百年间由盛到衰直至改土归流而分散瓦解的沧桑巨变。小说以鲜活的人物和曲折的情节复活民族历史的生动记忆，在复杂、动荡的重大历史转折期再现三代司主在乱世中保民安邦、励精图治、波澜壮阔的一生。作者对历史生活既不猎奇，也不戏说，而是以严肃的现实主义精神、高雅的笔法和飞扬的诗情展示各种生命形态，书写生命的酣畅，让读者领略民族历史的辉煌、人性的丰盈和精神的高贵。尤为重要的是，作者不是书写一个封闭的世外桃源的土司世界，而是将土司的命运与中原王朝的发展紧密相连，深刻阐释了在中国的历史发展进程中，少数民族与汉族一起经受历史风云的动荡与波折，共同谱写了中华民族文化，共同推动中国历史的发展。这部作品视角独特、内容扎实、思想深刻，提升了少数民族历史题材小说创作的艺术境界。羊角岩的长篇小说《花彤彤的姐》通过跨越了红军时期到新世纪的百岁老人——田钟乐的人生命运起伏反映时代的沧桑巨变，举凡生活的苦难与生命的多艰都通过田钟乐的生命历程加以呈现，反映了中国百年发展的沧桑与辉煌。雨燕的长篇小说《盐大路》，小说回望古盐道上各色人物的生命形态和命运挣扎，作者的要义不在于猎奇，不是描绘地域风情，而是通过鲜活的生命群体展示生生不息的民间精神，特别是青苹、花喜鹊等女性形象的善良、果敢、大义，在中国历史题材小说中都是独具特色的存在。

作家们用各种文体的作品来描述自己民族的发展进程。回族作家马瑞翎以高度的责任感和使命感深入怒江峡谷采风调研多年，并用5年时间创作了长篇小说《怒江往事》。作品生动反映了19世纪末到20世纪中叶怒江峡谷怒族、傈僳族从贫弘、荒蛮、落后走向科学、文明、进步的沧桑巨变，展现了怒江大峡谷独特的地域生态文化与人文景观，内容厚重，气势恢宏。藏族作家丹增的散文《百年梨树记》借梨树的命运反映云南长头白族村的历史发展变迁，折射百年中国的时代变化和百姓命运起伏，以物喻人，展现了坚挺、顽强的民族精神。侗族作家陆景川的散文随笔集《向世界敞开大门》展现了在贵州这片神奇的土地上，人们从闭塞走向开放、从传统走向现代的历程。作者笔下的人物进行着不屈不挠、孜孜不倦的人生求索，彰显了他们勤劳、善良、坚韧的民族精神。

关于革命历史的叙述，出现了一批优秀的作品。土家族作家龚爱民的中篇小说《我的前世的亲人》以一个将军的警卫员——红军战士谷茂林的亡灵作为叙述者，深情凝望红军长征之初到“文革”结束之后半个多世纪的动荡岁月，叙述“我”的遗孀玉莲、遗孤谷满穗和梁三，以及留守红军参谋老颜的命运遭际，以个人与家庭的命运牵起中国厚重的革命史。白族作家那家伦的散文《用血肉争取民族的解放》以父亲及自身的经历为重点，真实记录了滇军和云南各族人民抗日救国的悲壮历史。回族诗人高深的长篇叙事诗《巍巍长白山滔滔鸭绿江》饱含深情地追述辽西义勇军歼灭日本骑兵团的过程，歌颂这支部队英勇无畏的精神。达斡尔族作家鄂胜华的小说《葛根庙的枪声》以纪实笔法记录了1945年伪满陆军军官学校全体官兵通过起义蜕变为反抗日本法西斯强盗的民族解放战士的过程。

生命关怀与现实观照

2014年少数民族文学在对生命的书写和对现实的观照上涌现出一批精品力作，拓展了少数民族文学表现生命、传达情感、透视现实生活的广度，提升了思考的深度。彝族诗人吉狄马加的长诗《我，雪豹……》通过对雪豹命运的诗意描摹传达对生态环境和人类命运的深刻思考，气势磅礴，意蕴深广。作品专注于野性的呼唤，是一曲壮阔庄严的生命的赞歌。朝鲜族诗人南永前的组诗《人与动植物的新神话》，讲述植物也和人一样懂得悲欢离合，动物也可以和人类和谐共处，让人敬畏自然、热爱自然、热爱生命。维吾尔族作家沙吾尔丁·依力比丁的短篇小说《鼠饷》充满了奇特的想象和强烈的劝诫意味。主人公尼亚孜·恰西坎以掏挖鼠洞为生，因捣毁老鼠王国而被鼠群报复，弄得家破人亡。小说呼吁人们善待自然，善待生命。

维吾尔族帕蒂古丽的散文集《散失的母亲》深情回望多民族共居的故乡——新疆大梁坡，对各种生命形态、混血村庄的生活之痛与爱、多元文化杂糅中独特的生命体验与思考等，进行细腻、深刻而老到的剖析。每一篇作品所包含的文化意蕴、情感内涵，以及深刻的思考和流畅的表达，给读者以独特的艺术享受。她的长篇小说《百年血脉》叙述了1910年至2013年“我”的家族四代人的命运挣扎和抗争。小说在百年中国历史发展背景中回望亲人们的生命历程，比如太外公从甘肃逃荒到新疆、父亲一生的荣辱悲欢、母亲的疯癫疾病等家族苦难都与百年来中国社会的历史事件相关。作品还塑造了在苦难和矛盾中磨炼出来的坚韧、包容、和谐、仁爱等民族精神，直抵生命与文化的内核。

满族作家叶广芩的中篇小说《月亮门》追忆青少年时代的成长故事和纯真的爱，浸润着岁月深处的烂漫与悲伤。满族作家阿满的中篇小说《姐们，一起参加老兵会》展示了上世纪70年代末期的女兵生活及其复员后的不同命运，充满生命关怀和对社会人生价值的思索。满族作家刘荣书的短篇小说《流水场景》叙述了男主人公静东与患病前妻细米和善良的女人喜梅组建一个特殊家庭的辛酸故事，在细致入微的刻画中展现生存的困境、人性的复杂和人情的冷暖。

土家族作家陈川的中篇小说《相伴》通过细腻的笔触描述秦奶奶在老伴离去后的孤独寂寞与思念之情，还描述了家庭氛围、亲情关系随时代发展而发生的变化，饱含对生命的独特感悟和对人生历程的深刻总结。苗族作家向本贵的中篇小说《母亲是河》叙述了娘的养儿之苦和对子孙的无私之爱，因为贫困而使得娘的爱充满疼痛和无奈。蒙古族作家阿云嘎的短篇小说《半圆的月亮》保持对草原生态文化的关注。“半圆的月亮”是草原上流传的一首歌，描绘了草原的优美意境，可是在现实中却隐喻着草场生存境遇的残缺。韩静慧的《额吉的荞麦地》、韩伟林的《遥远的杭盖》和忽拉尔顿·策·斯琴巴特尔的《老人·狗·皮袍》等蒙古族作家的小说，以及裕固族作家铁穆尔的散文《蓝翅膀的鹰隼》等，也是立足于草原，展示社会转型期草原文化的现代性境遇，饱含深沉的文化忧患意识。

民族文化在传统与现代的碰撞中也获得了新的发展可能。瑶族作家光盘的中篇小说《酒悲喜》叙述沱巴镇酿酒厂的发展变迁。面临着倒闭的夏家祖传酒业在官场与商界、传统与现代的碰撞中赢得了声誉，走上了良性发展的道路。满族作家许长文的中篇小说《小庄纪事》在李家公司开业庆典与满族穆家老人葬礼的冲突中展开故事，在民俗专家的协调下两事得以携同举办。别具意味的是，逝者穆老尚一辈子领着寻梦山庄的农民发家致富而找不到门路，村庄却因为他的葬礼而成为远近闻名的民俗文化村。满族作家格致的散文《满语课》叙述年近六旬的胡彦春老师四处求师学满语并成为满语老师的求索过程，传达出作者对民族文化及文化传承人的敬意和向往。壮族作家梁越的散文《宁静坡芽村》描述文山州壮族坡芽村宁静、谦逊的生存状态，赞赏坡芽女性千百年来“生活在与世隔绝的地方，除了生活，仍然要歌唱，仍然要传承祖母的祖母传下来的永恒的东西”。

土家族作家李传锋的长篇小说《白虎寨》和满族作家关仁山的长篇小说《日头》是乡村改革题材文学的新发展。前者叙述白虎寨以幺妹子为首的土家族青年自觉放弃外出打工的机会，回到家乡寻求改革致富门路。幺妹子敢闯、热心、聪明、能干，被推选为村支书，她上下求索跑项目求发展。小说以修路之难和致富门路之艰作为小说故事发展的两条结构线索，生动展示了乡村摆脱贫困走向社会主义新农村的曲折历程，塑造了新世纪中国农民的新形象。《日头》生动描述了冀东平原日头村的金、权、汪、杜家三代人的矛盾纠葛和变革生活，在理想与现实、财富与权力、金钱与爱情等种种关系中描述错综复杂的生活画卷，展示人性的复杂，内涵丰富，叙事充满魔幻色彩。

一些作家在作品中直面现实，扬清激浊。满族作家孙春平的中篇小说《耳顺之年》对当下社会的人情世态与官场风云进行生动描绘，集中展示主人公在物质诱惑与职务竞争中的人格坚守，塑造了一位善良、正气、无私的公务员形象。土家族作家苦金的中篇小说《驰心旁骛》围绕板夹溪水库大坝项目的筹备工作，展示了廉洁的县委书记、充满爱心的商人、贪婪的副县长等各色人物的真实面目。土家族作家温新阶的短篇小说《青蛇》塑造了一位充满奉献精神和大爱情怀的主管文化教育的女副县长的理想形象。维吾尔族作家穆泰力甫·赛普拉艾则孜的短篇小说《阳关小道》叙述了从政的儿子犯错后给家庭带来的伤害。壮族作家凡一平的中篇小说《非常审问》以幽默和讽刺的笔法叙述了一对贪污腐败分子在家扮演互相审讯的丑态及最终落入法网的命运。这些作品树清风扬正气，隐含劝诫意味。

此外，还有其他很多诗歌和散文，莫不是从日常生活、从故乡出发，在继承与超越中书写生命的记忆与感动，赋予少数民族文学新的生命力和想象力。

青年作家的文学自觉

一些真诚热爱文学、执着求索的少数民族青年作家不断成长，他们在表现生活、思索生命、洞察社会等方面体现出来的艺术自觉，为少数民族文学的发展注入了新鲜的活力。

在各类评奖中，我们都可以看到少数民族青年作家的影子。这从一个侧面说明少数民族青年作家已经成为一支不可忽视的力量，推动着少数民族文学走向新的繁荣发展。比如2014《民族文学》年度奖，汉文版共有10个作者的原创作品获奖，有7个是青年作家，其中于晓威、阿舍、于怀岸、敏洮舟、曹有云、哈志别克是“70后”，麦麦提敏是“90后”。首届“阿克塞”哈萨克族文学奖大奖获得者叶尔兰·努尔得汗也是刚刚年过40的青年诗人。马金莲的《长河》荣获第三届郁达夫小说奖中篇小说提名奖，长篇小说《马兰花开》获得第十三届精神文明建设“五个一工程”奖优秀图书奖。还有石彦伟、曼娘、阿依努尔·毛吾力提等获得第六届冰心散文奖。凌春杰获得第二届全国青年产业工人文学大奖。

回族作家马金莲将2010年以来创作的11篇中短篇小说结为小说集《长河》出版。她的小说深深扎根于生活，从自我经历及其村庄延伸到整个西海固，用细腻而深刻的笔触描绘苦难中的温暖，展示生命之难与人性之美。其长篇小说《马兰花开》叙述了女主人公马兰历经考验，成长为家庭顶梁柱的生命历程。马兰花开的过程，是其经受住生活的重重考验锤炼出坚韧、顽强、善良等民族精神的过程。

满族作家于晓威的小说《房间》展示了作者高超的叙事能力。两位男主人公面对一扇无法打开的门，通过对话和心理活动道出现代青年的生存状况、社会的人情冷暖，以及婚姻的危机。情节的铺陈和悬念的制造，推动故事情节走向出乎意料而又符合逻辑的结局，展示了生活的复杂。

维吾尔族作家阿舍的小说《蛋壳》通过儿童视角反映新疆建设兵团知青的生活与情感，在青春梦想与现实的落差中展示生命的求索与失落。这篇小说题材并不新鲜，然而阿舍别出心裁地通过孩子的眼光审视那个特殊的年代，以真实、冷静而细腻的笔触描述知青及其孩子的惆怅与茫然，留下了一个时代的独特记忆。

2014年，回族作家于怀岸发表了20多篇中短篇小说。其中获得2014《民族文学》年度奖的《一眼望不到头》恰似一个现代聊斋，通过颇为落魄的现代迂夫子武长安的遭遇反映现实，饱含悲悯情怀，呼唤真诚、质朴、美好的人情人性。故事其实并不复杂，可是作者叙事从容、自然，充满诗意和浪漫情怀，在娓娓动听的叙述中将读者引入迷宫。

壮族作家李约热的长篇小说《我是恶人》是关于国民劣根性的生动展示与深刻剖析。野马镇的平民马万良一刀割伤了卖药骗子，关于是否应该处理马万良，围观者口头上说不该，可是让大家提供书面投票时，却几乎都打勾。马万良被关押，后来又被放回，他放话说野马镇的每个人都是他的敌人。当马万良欺负善良软弱的毛快夫妇时，夫妻俩求助围观者，却没有一个人能站出来制止马万良。公安黄少烈的孩子黄显达以恶人马进为英雄，拜他为师，争做坏事，还要当马家的儿子，住到马家。在缺乏英雄的时代，校长韦尚义绞尽脑汁把黄少烈打造成为英雄人物，结果适得其反，令人啼笑皆非。作者巧妙地将这些恶性和恶行集中到野马镇，进行一次痛彻心扉的批判，娴熟的叙述中道出了生活的荒诞与残酷的真实。

杨仕芳是新近脱颖而出的侗族青年作家，其长篇小说《故乡在别处》既是关于青春的成长书写，又是对乡村教育和乡村命运的生动展示。作品表达了对理想、爱、奉献的追寻，又展示了城市与乡村、理想与现实、贫穷与富有等矛盾体。乡村孩子走出乡村，却找不到安身立命之所，他也再回不到自己的故乡。叙事充满浓郁的抒情，人物命运隐含深刻的思考，又散发独特的侗族文化气息，内涵丰富，意蕴深远。

土家族作家田耳已深谙短篇小说写作之妙，正如有评论说的，“他拥有了一种不一样的视角，就像他的目光能够游离出自己身体之外，在某个适宜的角度平静地打量着别人和自己。这种眼光使他日益超脱于水火，日益变得轻盈”。他的中短篇小说集《衣钵》取材于日常生活，看似关于身边琐碎的不经意的描述和讲述，却从日常里挖掘到了普通人物的非同寻常之处。比如《揭不开锅》里的尹婆、《衣钵》里的李可、《老大你好》里的廖琼，作者在不动声色的叙事中把读者带入一个真实的艺术境界，又刻画出人物坚毅、纯洁、善良等性格，这样的人性其实是跨越时空的人类共性，别具意味。

在小说方面，还有很多优秀的作家作品值得我们关注。比如万玛才旦的《玛尼石，静静地敲》、严英秀的《雪候鸟》、拉先加的《一路阳光》、何延华的《乔庄新年纪事》、蒙飞的《面具》、陶丽群的《病人》、钟二毛的《旧天堂》、阮殿文的《深夜里，谁引我们上路》、马悦的《归圈》、马碧静的《马媛奶奶的口唤》、陶青林的《录音笔》、陈思安的《女作家的新书发布会》、石庆慧的《女嫁》等小说，从不同的侧面展现了我国各个民族人民在时代变迁中的命运沉浮和心灵变化。

生活中或轻或重的生命，成就散文里动人的篇章。如回族作家敏洮舟的《怒江东流去》中，赛里命丧于有着“七十二道回头弯”的业拉山，随怒江东流去之后，赛里60多岁的老父亲在怒江边默默守望……在从容的叙述中充满了对逝者的深切思念和对生命的眷念。敏洮舟多年跑川藏线长途，近几年创作了一些关于自身经历的散文，饱含生活的严酷、生命的无常和人性的善良，笔法越来越娴熟、老到，值得期待。

同样是回族作家的石彦伟，其散文也是以细腻、感人的笔力见长，比如获得冰心散文奖的作品《奶白的羊汤》，以奶白的羊汤切入生活，追忆母亲走过的一段生命历程，以小见大，意蕴丰盈。

青年作家的散文写作中也有对传统文化的深情观照。藏族作家白玛娜珍的散文《劳动的歌》以一个独特的视角展示了藏族社会的深刻转型。建筑工人有在劳动中歌唱的习惯，一栋大楼的建设过程，就是一场精彩的歌舞剧。然而，在现代化的冲击下，为了追求速度和金钱，这种从容劳作和唱歌的场面渐渐地成为了一种记忆。羌族作家任冬生的散文集《羌风遍野》立足自己的村庄，关注羌族现实生活，饱含浓郁的民族文化情结。

土家族作家凌春杰的散文集《花屋场》回望自己走过的人生路，通过自身经历思索乡村和从乡村走向城市的一代人的命运，也展示了数千年来的传统农业文明转向城镇化的深刻变革。作者从鄂西辗转到了深圳，从一个成功的经理人转型做一个有更多时间写作的文学爱好者，让心灵在文学中获得沉静，让生活在黑夜闪烁着文学的光芒。

彝族作家左中美的散文集《拐角，遇见》记录生活点点滴滴的发现和感受，在自然、朴素的叙述里蕴含着让人感动的细腻、真诚和深沉的爱。蒙古族作家曼娘的散文集《与一盏茶相遇》以茶悟道，书写充满诗意的艺术人生，饱含对自然对生命的热爱，文笔清新自然，意蕴悠长。壮族作家透透的散文集《底色》从故乡启程，书写故乡人故乡事，留下了故乡一段历史的生活与情感的记忆。在散文领域，阿微木依萝、乔丽、吴治由、伊蒙红木、曹国军、罗勇、向迅、九妹、杨犁民、朝颜等少数民族作家也写出了自己的优秀之作。

少数民族人民有着率真、质朴和浪漫的性格，喜欢用诗歌的形式来表达自我，因此，诗歌成为作家对抗世俗现实的方式。少数民族青年诗人群星璀璨，佳作迭出。如藏族诗人曹有云的诗集《边缘的琴》和康若文琴的诗集《康若文琴的诗》以高原文化的独特性为切入点进行抒写，充满对人生、对世界的独特发现和思考。壮族诗人荣斌的诗集《卸下伪装》既有先锋、前卫的探索，锋芒毕露，也有对生活、生命的真切表达，充满浓郁的抒情意味和哲思。

在2014年，佤族诗人张伟峰的《风吹过原野》、布依族诗人陈德根的《家族简史》、土家族诗人刘年的《远》、羌族诗人王明军的《阳光山谷》等诗集先后出版。此外，鲁若迪基、聂勒、徐国志、北野、王晓霞、雷子、末未、麦麦提敏、李贵明、玖合生、费城、许雪萍、吴基伟、姚文、雄黄、吴真谋、单增曲措、徐必常、单永珍等诗人也写出了众多优秀诗作。这些作品既饱含丰富的生活细节与情感内涵，又充满了丰富的想象和独特的诗情。

不过，2014年度少数民族文学依然有近些年都存在的不足，比如：还缺乏展示当下时代巨大变革和社会深刻转型的具有中华气派和民族精神的作品；整体上数量多，而精品少。当前中国处于一个重要的社会转型期，每个民族都承受着多种文明的融汇与冲突，每个家庭每个个体都经历着各种情感与思想的碰撞，这些都为作家创作提供了丰富的素材。少数民族作家，特别是青年作家，需要以更加从容与沉静之心观察生活，把握时代，通过小题材和日常生活故事反映民族发展的重大命题，于平凡中见深刻，并通过独特的艺术技巧，精雕细刻，创造出更多的精品力作，为中国文学的多样化与丰富性做出更多的贡献。

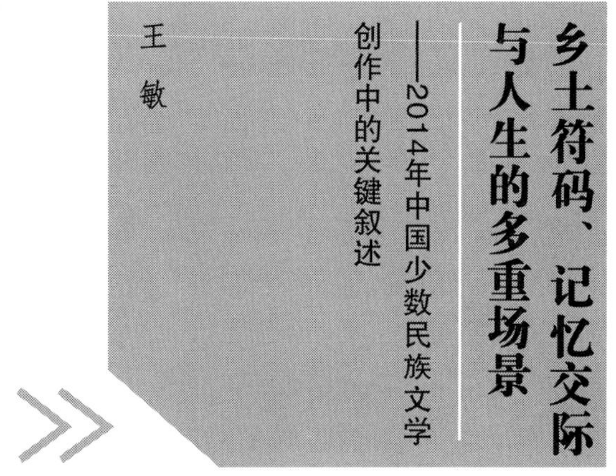

在城镇向城市转型这个大的时代变迁与文化转型的共识语境中，2014年的中国当代少数民族文学创作，总体上呈现出现代化转型的表述焦虑以及族际交流、记忆交际等全新的叙事尝试，在我看来，这种表述焦虑或者现代化转型中的阵痛以及视乡土资源为叙事符码的书写策略，在他们的书写中可以集中概括为如下四种关键叙述。其一，不断追思边界漂移后解域流动的乡土；其二，面对各自民族历史记忆的文化协商、交际与主体斡旋；其三，整理归类碎片化的生活中一度互为矛盾的多重场景；其四，集中塑造并描述城与乡间无所归属的“陌生人”形象。本质而言，这种创作焦虑与叙事尝试，其自身多少体现出少数民族作家反思自己的创作如何重新在渐次更新的社会结构中，更加妥当地为本民族代言的文化况味。

一、解域流动的乡土

解域流动的乡土经验，最终使作家的乡土叙事由资源变作符码，乡土逐渐由一个具体的地方变作自我寻根的一种语言符号、精神符号与情感归宿。比如现居浙江的维吾尔族作家帕蒂古丽的散文《词语带我回喀什噶尔》（《民族文学》2014年第1期），在这篇散文中，真实的地方性经验通过作家的回忆、经历过异质文化体验后的打量，反而具备了一种重新被塑造的生命力。一如有的评论者所指出的，帕蒂古丽“用维吾尔族式的思维说出她的汉语表达”，而具有异乡生活的经验，又使得她对家乡的“地方性”与“民族性”如何在保有其自身文化传统的价值与特色的同时，参与到现代社会的建构中有所思考，比如她写家乡人如何通过对现代电器进行传统语词命名，进而挽留乡土记忆：“喀什噶尔人还经常会用已有的古旧事物，来为新的科技产品冠名，不外乎在按摩椅、剃须刀、秤之前冠以‘电’。他们用这种简化了的办法，了解不同机器的性能，区分各自的用途。看似快速变化的事物，在他们眼里无非是装了电，万变不离其宗，后面关键性的称呼，还停留在过去的词语上。”（帕蒂古丽：《词语带我回到喀什噶尔》，《民族文学》2014年第1期）无独有偶，她的另一篇散文《思念的重量——献给父亲的四月信笺》（《民族文学》2014年第12期）则深情追思了她父亲在喀什的生活，追忆父亲一生的通往，本质上等同于作者完成对独处他乡自我精神困境的有效整理，而父亲顽强的生存姿态，更坚定了她“将异乡当故乡”的生活勇气。记得她在散文中写道：“这个踩踏金钱的动作的象征性意义似乎是，永远不可让信仰降格，永远不可让金钱高高在上。一旦让物质和贪欲站占了上风，人就会降格为受物欲驱使的奴仆。”这句话的表述，复杂地将作者的故乡经验、对父亲的记忆、精神信仰与价值观整合一起，构成了她心怀家乡、异地为生的信念基石，当然，最显豁地将乡情、价值观认同进行符码转化的还是体现在她新出版的长篇小说《百年血脉》里，在这部小说中，她将自身成长家庭混血的现实经验借助文学表述的方式，以五代更迭的叙事建构，完成了一个多元文化交融一体、族际交流血脉相连的家族志撰写，并隐喻式地点明过于封闭的文化观念与病理式人格的关联。

将家乡意象、对亲人的怀念提炼成家园符号的写作策略不唯独出现在帕蒂古丽的作品中，还记得来自湖南的苗族作家向本贵在中篇小说《母亲是河》（《民族文学》2014年第9期）中，不无深情地将母亲与乡村生活中的河流叙述符码化，作为对家乡记忆的一种情感认同，自然将母亲的年岁衰老与家乡记忆交叉对应，互为背景的叙述中，作者帮助母亲从老年痴呆症的症状中回复与打捞家乡的过去记忆间，便巧妙地具有一种叙述的同构性。而锡伯族诗人郭小亮在诗歌《轻一点或慢一些》中则直接将对家乡的情感与睡梦中流淌的河流相对应，认为回乡之路就是流向内心的河流：“平静而忧伤的家乡路，打开/就是这样一条/在睡梦中流向内心的河”。

在2014年的少数民族文学作品中，乡土资源除了以地方意象、父母亲形象的方式转化为一种乡土符码之外，还会借助对民族的历史追溯、民族优秀人物精神履历的系统梳理、历史遗迹的亲在巡礼完成一种叙述的编码。比如哈萨克族作家叶尔克西·胡尔曼别克的《散文三篇》（《西部》2014年第2期）通过追溯哈萨克族诗人阿塞特、阿赫特、阿拜的人生故事，实现了对哈萨克族诗歌创作历程的历史整理，进而在历史人物的诗歌创作历程、个人经验的移情处理以及民族知识的整体建构上完成了对家园故乡的书写转化。柯尔克孜族作家赛娜·伊尔斯拜克的散文《梦幻贝加尔》（《西部》2014年第2期）中，则通过记叙她在俄罗斯伊尔库茨克生活的见闻实现乡土符码的编码过程，文中，她提及奥尔洪岛的历史人文，哈卡斯共和国、图瓦共和国的人文风情、历史遗迹，特别是对哈卡斯共和国的历史追溯，这些都使其能够在一个更大的知识谱系与文化框架中去完成柯尔克孜族的文化寻根与身份认同。

在对乡土资源进行符号转码的过程中，有的少数民族作家能够关注汉族的精神处境与家园情怀，这种视角的转移一方面筑基于作者与汉民族之间族际交往的生活现实，另一方面，也是全球化或者现代化过程后的一种必然结果。现代化、全球化所造成的对既有地方人员结构的影响，它所促成的族际之间更为紧密的人际往来，都意味着既有的在单一民族内部认知与判断世界的经验不再有效，意味着传统的与他者交往的方式正在发生新的变化。就此而言，维吾尔族作家阿舍的《蛋壳》（《民族文学》2014年第3期）最具代表性，这篇维吾尔族作家写的小说，难得地聚焦于在疆生活的汉族对乡土家园的怀恋之情，讲述了在新疆团场生活的上海知青鲁一民一家的故事，主要记叙了知青二代援疆之后，在新疆团场的命运沉浮。小说以家倩的视角为主要视角，讲述其目睹了母亲与父亲就回上海，还是继续留在团场生活所发生的口角争执，并以家倩陪同父亲鲁一民给瘸腿阿姨送白面，以及家倩接受瘸腿阿姨赠送的雕花蛋壳为引，婉转地揭示出作为团场劳模的瘸腿阿姨与父亲、母亲之间的情爱恩怨。印象深刻的是，阿舍在描写家倩妈妈望穿秋水等待来自上海的家信时，这样写道："家倩越看越觉得妈妈可怜，因为妈妈每次写给舅舅的信都有一个指头厚，而舅舅的回信，总是简短的半页纸。因此，盯着信纸里的空白发呆，就成了妈妈看信的一种固定表情。"（阿舍《蛋壳》，《民族文学》2014年第3期）文字简练，言语克制，一副白描语调，却将一位支边的知青渴望还乡的心情刻画得淋漓尽致。再比如，维吾尔族作家艾贝保・热合曼的《曲阜杂忆》则回忆了他在曲阜师范学院念书的往事，异地念书与汉族交往，共同生活、一起念书的成长经验自然也成为作家进行乡土叙事不可遗漏的经验与资源。

值得一提的是，由于信息技术、互联网与通讯行业的迅速发展，空间距离在不断压缩并最终消失，这使得以往因为空间距离所造成的少数民族地区的乡土记忆，正在发生根本性的变化，当出行变的格外容易，渴望"见识"外面的世界，追求更加丰富富足的生活，会成为一种普遍的向往和动力，"走出去"便会成为栖身偏远的人们极为热衷的选择。这种感触在2014年的少数民族诗歌作品中得到了集中的表达，比如回族诗人马绍玺的诗歌《要是我也是一只鸟多好》："夏天呀，要是我也是一只鸟多好/你看，你手中的世界/何其广袤/它让我想走出房子/像草们那样青青地绿/像鸟们一样高高地飞"则表达了对远行的渴望。维吾尔族诗人麦麦提敏・阿卜力孜的《玫瑰赞》（《民族文学》2014年第3期）则这样写道："我的归宿，只能是一朵玫瑰……你我之间没有任何距离，如果有，那只能是一朵玫瑰//如果你的欢乐是一片森林我的忧伤是一朵玫瑰，对我，这已经足矣"，"我无名，但你们可以叫我玫瑰"。这首诗非常有趣，作为一名正在江西念书的维吾尔族诗人，他将家乡和田生长的玫瑰与江西生长的玫瑰进行了一种意象的缝合、并置与叠加，进而实现了区际之间差异经验的打通与贯穿，借助一朵人人皆知的玫瑰，麦麦提敏实现了对乡土印象符码便于流通的编码与兑换，同时也寄托了乡情。与之照应的是，玫瑰作为南疆乡土记忆最浪漫动人的符号，在维吾尔族诗人帕斯安新出版的诗集《无人》（北京燕山出版社2014年1月版）中也有相应抒情化的表达："我/在玫瑰中做梦最多的一个……我的花瓣儿/由岩石组成的这些花瓣儿/天一黑/就会生出忧伤的行人……"

全球化、现代化所带来的人员流动的自由度，将许多少数民族从原生地域的束缚中解放了出来，它一方面使某些地区生成的意义能够延伸到疆界以外，个体能够走出自己常年赖以生存的乡土家园，对他们而言，走出去可能会意味着收获更大的自由与可能，为此值得克服直面异地的恐惧与生活既有的惯性。对此，锡伯族作家傅查新昌在《写作的孤独与恐惧》（《西部》2014年第2期）一文中写道：“对于故乡的记忆，可能只有伤口了，再没有别的记忆。我对赵斌说，要给人的苦难下定义是多么困难，但有一点可以肯定：我们再也不能做被驯服的工具理性之奴仆。所以，我终于从家乡逃了出来，赵斌比我更彻底，一下子逃到北京城。……而远方的城市使我们的生命有了内在的联系，想超越原始的野性本能，这同样是受启迪的过程，我力图想摆脱本能的感性诱惑。诺瓦利斯说，人类怀着乡愁的冲动到处寻找精神家园。”（傅查新昌：《写作的孤独与恐惧》外一篇，《西部》2014年第6期）维吾尔族诗人帕斯安则对离开乡土，移植他乡如是理解：“我们会使恐惧的黑影/停住/我们会使从它们撒漏的土壤停驻……”（帕斯安《无人·移民》）

另一方面，人员流动所造成的乡土解域当然也会剥夺或者限制另一些人退回更小的“本土”，使之并不能如离开之人那样继续享用和安于这块他们没有走出的乡土，更多未能随意“出走”和“撤离”的少数民族本地人只能看着他们赖以生存的地方从他们的脚下离开，并丝毫不妨碍他们所坚守的“家园”转化为离家出走者纸上的乡土符号。我想起李敬泽先生在评价甫跃辉的小说《动物园》时，曾描摹过这种情感真空的情形，他说：“这个人，在这个广大的世界上，忽然意识到，他所能够辨认的、属于他的世界只有脚下的‘一小片地面’。”（李敬泽：《独在此乡为异客》，转见李敬泽：《致理想读者》，第174页，北京：中国人民大学出版社2014年3月版）一个背井离乡的汉族作家笔下塑造的人物情怀与少数民族作家面对边界漂移的家园，竟有同样类似的情感感悟。就像锡伯族诗人郭小亮在诗歌《一群人》中所写的：“一群人，因为远方/离开另一群人”，乡土的“在地化”与“解域化”在少数民族作家作品的符码表述中的确存在一种需要仔细辨析的阐释需要。

二、历史记忆的文化交际

从历史叙述中寻找族群文化记忆与家园意识，一直是中国少数民族文学创作非常重要的叙事传统。2014年的中国当代少数民族文学创作中，不少作品依然集中显豁地表现出回溯历史，并希冀在与历史的文化交际、协商中完成重新塑造家园共同体、梳理民族知识的文化诉求。

这些面对本民族历史记忆进行文化交际的文学作品，或者通过叙述一段历史实有、鲜为人知的地方民俗、宗教经验，通过跌宕起伏的情节编排，打捞历史长河泥沙俱下之后遗落的知识线索或曰记忆档案。比如蒙古族作家阿云嘎的《满巴扎仓》展现了19世纪末鄂尔多斯高原上的社会生活图景，富有浓郁的民族文化特色，小说波澜壮阔地反映了清朝时期一座蒙医学院的权力争斗，围绕着一部被住持堪布保管的，自元末明初流传下来的蒙古族皇家药典，清廷官方、民间与住持继任者内部如何相继展开有关探求“知识真相”与权力博弈争夺的故事，小说的结尾，新任住持堪布当着清廷官兵的面，宣布将皇家药典中的秘方公布天下的举动，无疑具有象征意义，使得一度只为特权阶层所掌握的知识成为整个民族可以分享的文化遗产，整个故事写的一波三折，充满悬疑色彩，值得一提的是哈森的翻译优美，整部小说的文字充满了画面感；而回族作家陈自仁的《回惊天下》则真实再现了明末清初甘肃河西回军将领米喇印、丁国栋率兵起义反清的悲壮史实，作为对正史的补遗，给人以心灵的震撼。藏族作家阿来的《瞻对》则叙述了一个名叫瞻对的川属藏民居住地近200年间的文化与生活变迁史。内容庞杂、人际交往诡谲，历史场景惊心动魄，一如李朝全先生所说，整本书属于“民修历史”或“私修历史”，是一种区别于官修正史的“外史”或“野史”。再如藏族作家才旦的《安多秘史》，则讲述了安多部落王转世的故事，小说以安多部落王国第六世部落王转世投胎的场景开场，以第六世部落王的转世真身未能如愿认定，进而引起部落间的干戈争斗为情节主线，实则记述了藏地安多部落别具宗教与民族特色的王位更迭制度。在这些文本作品的创作中，我们看到通过对地方性民俗、礼俗制度、宗教经验等历史知识的文学处理，少数民族文化得以书写自己。

另外一些少数民族文学作品在处理历史记忆的文化交际上，则通过对一些传奇人物命运起伏的关注，借助差异民族之间、代际之间交流交往的情节安排，为自己赢得了另外的意义维度，如人物记忆私人版本的公共转化，人物传记经验与历史记忆框架的融合等。比如土家族作家雨燕的长篇小说《盐大路》，以梅子镇（柏杨镇）为圆心，以一条贯穿东西的“盐大路”为主线，讲述了一群挑夫、生意客流血流汗，在小镇上创业的艰苦历程。比如蒙古族作家郭雪波的《蒙古里亚》，通过丹麦探险学者亨宁·哈士伦和国内文化学者“我”的双重线索，在历史与现实交错中描述了蒙古族一段鲜为人知的精神历程。无独有偶，蒙古族作家巴尔木德·乌兰夫的《阿拉善风云》则以上世纪三四十年代蒙古草原的共产党地下斗争为大背景，记述了阿拉善地区在那一历史转折时期的民族发展风貌。再如北来的长篇小说《大凉山往事》则以外视角聚焦的方式，将民族的历史记忆转向了民国时期，记述了“我”的姥爷年轻时怀揣经商梦想，从河北保定来到大凉山彝族聚居区如何展开职业生活的往事，记录了民国时期的大凉山，一个外来的异族人如何在当地各方势力间交叉游移，力图融入当地生活的历史记忆。内容浩瀚、复杂，涉及多民族间的交往；人物神秘、野性、充满传奇色彩。同样涉及异族间交往交融故事的还有藏族作家昂旺文章的《嘛呢石》，这部小说讲述的是20世纪三四十年代，青藏高原腹地，玉树新寨村的马帮帮主的儿子扎西彭措在商贸盛会上邂逅了美丽的刻嘛呢石的女孩代吉侃卓，二人由性格不睦到渐生情愫，互表衷情，最终喜结良缘。然而，战乱年代，风波频起，在扎西彭措走马帮期间，代吉侃卓被国民党地方官员马洪看上，被逼躲入深山，不慎身亡，得知消息后的扎西彭措伤心至极，最终走向革命之路。小说将家国情仇、时代风云所引起的爱恨离苦通过藏地独具风情的男女情爱加以表现，写的诗情画意，唯美动人，结尾回旋起讴歌男女主人公的那首主题诗："英俊扎西彭措/是那鞍前太阳//姑娘代吉侃卓/是那鞍后月亮//如果没有日光/哪有月明之时"，感人至深。此外，土家族作家龚爱民的中篇小说《我的前世的亲人》（《民族文学》2014年第7期）使得我们跟随主人公跌宕起伏的命运脚步，穿行在半个多世纪的时光隧道里，唤醒了逐渐淡忘的红色记忆，读懂了大时代下小儿女的生死情怀，体悟到艰难岁月中，生死与共尤为不易的人性光辉。

总之，2014年的中国少数民族文学作品正是通过文学创作，经由对历史记忆的文化交际，不断修整集体记忆的边界，从而使得地方经验、集体记忆能够实现一种指向可被共享的家园意识的方向转化。正如哈尼族诗人艾吉在《寨神树的儿女》中所写的："第一棵寨神树栽在诺马阿美/历史深处的故乡/源头很遥远/分不清在哪里/无情的岁月/没能冲掉鲜明的血色/只要有哈尼人的地方/不死的大树枝繁叶茂/一棵棵相似的大树/我们躲着风雨/我们分享安宁。"

三、情感生活的多重场景

生活场景的碎片化、情绪的片段化以及记忆与现实的混淆化，是现代化生活的重要特点，而传统生活中的情感结构相对稳定，场景多集中于街坊邻里、往往侧重于社群、邻里关系。就此而言，2014年的中国当代少数民族文学作品中也有不少作品集中表现为情感生活在传统与现代之间来回切换的多重场景，并与少数民族独特的生命体悟、伦理认知杂糅交织。

就传统社会结构中的情感内容的文学表达而言，白族诗人严谅的诗集《从不呻吟的花蕾》（云南人民出版社2014年4月版）中，将纳西族坚强隐忍、睿智美好的民族性格与女性体认自身在社群结构中的作用加以打通，并最终与花蕾这一美好意象相联，"从来不让眼泪/越过屋檐/碰落院心的樱桃//丰乳如牡丹/深藏三月的帘后/从来不越过冬天的雪线//黑板上行走的月牙儿/心尖最疼的伤口/用兰苑厚厚的香气包扎//从来不跟秋风踩碎落叶/从来不跟落叶踩碎秋风/从来不用红线捆扎爱情/不像厨师/把另一种生命做成可口的艺术/只用满山杜鹃煮一坛毒酒/一生自饮//只越过雕花窗棂/用木质的阳光浇灌田野/从来不会打干井里的相思//从来不把捂热的男人/晾上粮架/雪风漂洗过的水光山色/只用金色的麦粒喂养长流的山歌"，至此，花蕾意象、纳西族女性形象与民族性格交迭，构成了族群内部情感沟通的基石。而万玛才旦的小说集《嘛呢石，静静地敲》中，则在多个短篇故事中，通过对藏区不同人物的侧写，完成对西藏情感生活里传统面向的描摹，比如那位总是背着他的梯子，惯性地走在熟悉老路上的昂本，还有同样采用惯性生活认知模式的甲洛，则坚信他一定会有100只羊等等。人物对日常生活中某些因袭而下的传统习惯日复一日地加以坚持，并在情感关照中赋予其永恒的意义，恰恰是乡土社会中传统情感认知世界方式的重要体现，它与现代社会中渴望流动、变化的情感动因完全不同。

蒙古族作家蒙道忠的《翠香》（《民族文学》2014年第1期）中，写了一个传统乡村结构中普通乡民的三角恋故事，主人公“我”爱慕朋友阿军的妻子翠香，却一直无法判断翠香是否有情于“我”，同乡的柳妹喜欢“我”，“我”在自己喜欢的人与喜欢“我”的人之间犹疑不决。恰逢阿军的葬礼需要做法事，法事活动做了三天三夜，“我”去阿军的墓前忏悔，偶遇翠香守坟，便借机求阿军成全，被柳妹撞见痛哭离开，小说的结尾是开放式结尾，如壮士断腕，戛然而止，既没继续写“我”与翠香结合与否，也没写柳妹离开后，是否与“我”有坦诚的对话。一个看似写男女情爱的故事，却在紧要关头，踩了刹车，喊了停。当然，这个故事中，我们更多看到的或者说温习到的，仍然是乡村经验里的情感秩序、邻里之间的群体关系，它们仍然对个体的情感生活发挥着决定性的作用，或者这样讲，在这篇小说中，乡村伦理借故事主人公处理男女之情的态度和方式再次进入我们的视野。与此同时，关注家庭中父子、母女、夫妻间的伦理关系、情感交流，也是2014年相当一部分少数民族文学作品纷纷聚焦的重要内容。比如柯尔克孜族作家买买神苏甫·阿曼吐的《父亲》（《民族文学》2014年第1期）讲述了主人公海拉提在成长的过程中针对别人指责其父为奸细的屈辱，经历奶奶讲述其父化身为一座大山的安慰，最终得以证实其父亡故的真相，重新建立起有关父亲的记忆，故事中奶奶和妈妈总爱叫自己“我的小马驹呀，你怎么啦”，又不乏柯尔克孜族民俗细节的呈现。而回族作家敏洮舟（回族作家敏洮舟、于怀岸，维吾尔族作家阿舍获2014《民族文学》年度奖，见“2014《民族文学》年度奖颁奖会在京举办”引自http：//www.chinawriter.com.cn/news/2015/2015-02-01/232894.html）的散文《急救室》（《民族文学》2014年第1期）则记述了“我”去医院急诊室探望母亲，并在母亲的示意下为一位患者募集医疗费用，遇见一位罹患帕金森病的老人，目睹白发人送黑发人离开的场景，在急诊室短短停留的时间里，“我”体会到生命的脆弱、人生的无常，从而更加珍惜与母亲间的情感。土家族作家陈川的《相伴》尤为难得地聚焦老年人的情感生活，通过讲述晚年丧偶的女主人公秦嬢在老伴去世后，反而更加清晰地回忆起其在世时的生活点滴、起居细节，并通过秦嬢拒绝儿女给自己安排的相亲细节，最终生病住院，如愿离世与老伴团圆的心理过程，展现出独居老人秦嬢身上所体现的她那一代人对恋爱、婚姻相濡以沫、不离不弃的婚恋观念。

城乡生活间起伏变化的情感际遇以及城市生活中所出现的情感逻辑的转变，也是2014年少数民族文学作品中频繁表述的内容。回族作家于怀岸的《一眼望不到头》，讲述了图书馆普通文员武长安下乡所遭遇的一段诡异情事，喜爱写作的武长安第一段婚事以妻子不愿共同负担还款，提出离婚而告终，离婚后的武长安，一直未敢再找人共同生活，直到他送电脑设备去西卡村，遇见了西卡村的姑娘向小欣，二人互生情愫，一夜春风，原本答应要娶向小欣的武长安，离开时，在向彭副乡长打探向小欣家世时，却意外得知，向小欣七年前便已离世。整个故事讲得不疾不徐，张弛有度，颇有南柯一梦的情节况味。至于小说为什么要叫《一眼望不到头》，小说中有一个细节对此进行了解释：“从屋里出来，他们又站在台地上，望着远山。向小欣说：‘你晓得西卡是什么意思吗？’武长安问：‘不知道，是什么意思？’向小欣说：‘它是我们这里的土语，一眼望不到头的意思。’她叹了一口气，幽幽地说：‘生活也是这样，永远都一眼望不到头，你说对吗？’”由此而可知，“一眼望不到头”既是西卡村的汉语涵义，又浓缩了二人各自人生之旅的艰难之处。幻梦之外，现实与臆想的“混淆”之外，对武长安而言，面对日常琐碎中一个个具体微小的不如意、小失败，日积月累年复一年的忍受，才是他人生最长的浩劫，而向小欣这个向往城市生活，对乡村“小地方”里望不到头的生活，早已选择“任性”离去。离开乡村，重新回归城市，意味着城市生活现代化的情感逻辑再次向武长安走来。城市生活现代化的情感逻辑与乡村生活传统的情感逻辑相比究竟有何区别？对此，满族作家于晓威的《房间》所讲述的故事，篇幅不长，却直抵内核。该故事讲述了一个本来去帮朋友刘齐开门解围，化解夫妻口角的和事佬陶小促，在好不容易爬上天窗，预备破门而入的瞬间，却因目睹刘齐的妻子倒锁房门，其实是在房内与第三者偷情的事实，而放弃破窗选择佯装失足，坠落楼层的故事。这个故事反映的完全是城市现代人生活的心理遭际，即在一个以个体为本位的城市社会里，情感不能给任何人以归属，更不可能提供安全感。夫妻间、朋友间由于摆脱了传统群体本位社会生活的人情牵绊，而陷入一种高度疏离模式。陶小促并不会像传统社会中标准的“好友”那样，对朋友妻子的出轨行为义愤填膺，而是选择聪明地划清知晓真相的边界，借以维护与朋友关系恰到好处的疏离感与分寸感，以避免对个体本位的一种伤害。故事中，陶小促选择从窥破家庭伦理真相的楼层高处跌落，恰巧是对传统社会解散为个体这一伦理观念变迁的最好例证。城市化、现代化生活作用于人际之间的一个重要标志就在于，人们之间理性交往的能力飞速提升，而情感交往、对每一件具体事件，尤其对在以往的人情结构中能够明确做是非对错价值判断的事件的情感感受能力却在迅速下降，而这些不唯在汉族作家作品中有显豁的体现与深刻的人文追索，便是在近年来的少数民族作家作品中也有不同程度的表达。

此外，描写族际往来情感内容的作品也值得一提，书写族际交往的生活流与情感流，既是对日趋扩大的民族聚居区“本土边界”中族际交往事实的现实描述，也是从他者视角反观自我、更新认知方式最常见的一种书写策略。对此，维吾尔族作家艾贝保·热合曼在散文《曲阜记忆》中回忆了在曲阜师范学院念书时，给自己教书的杨老师、魏老师、刘老师以及张院长。在他笔下，这些生动的汉族人物形象、连同读书记忆构建起他的知识履历、人生经验与情感结构。“说到学生生活，我不能不提到张哲瑞同学。他也来自新疆，和我住一间宿舍，因为单身且带薪，改善伙食的机会就相对比较多。平时也就罢了，到了寒假，因为假期短，我回不了家，张哲瑞就招呼我到校门口，先买煤油，再买鸡蛋、挂面和西红柿，然后回到宿舍，点炉子，煮挂面，汤汤水水，有鸡蛋，有面条，吃饱肚子不想家，浑身舒畅。”（艾贝保·热合曼：《曲阜杂忆》，《西部》2014年第6期）近年来，少数民族作家作品中写汉族人形象的不多，艾贝保·热合曼用散文的笔触难得地追忆起自己在曲阜师范学院念书时与汉族同学、汉族老师之间交往交流的生活点滴，这诚然也是乡土边界漂移之后，族际交往扩大之后，一个准确反映时代变迁的创作者必须处理的情感经验。

诚然，我们会说过时的社会结构、过时的制度和观念，但我们很难去说过时的情感，保留情感相对恒定的温度，似乎是我们坚持对这世界恒定认知的最后底线和姿态。

四、城乡间的陌生人们

今天我们认为一个典型的城里人便是不生产自己食物的人，他获取食物的途径只有通过货币交易，而一个乡里人可以从土地、林地和湿地中生产自己的食物。通常情况下，城里人与乡里人之间不会有任何矛盾，理想状态是一种共生关系，城里人需要乡里人提供农业物资，乡里人需要城里人提供工业物资。但是，当城市日渐扩张，侵占了农牧业所需的土地，城里人与乡里人的矛盾便产生了。乡里人认为城里人拜金、虚荣、冷漠、物质至上；城里人认为乡里人保守、愚昧、轻信、靠天吃饭。当乡里人经历了城市生活，城里人返归乡里生活，种种摩擦失衡、彷徨迷茫便自然而生了。所以，在某种意义上，城里人和乡里人在一个人身上也只是一个时态问题。如果说，此前的少数民族文学创作在很长一段时间，更多地着墨于揭示城与乡的间性问题，那么2014年的少数民族文学作品则不再简单地纠结于对城与乡迥异生活模式是否进行价值判断，而是较多地聚焦于对徘徊在城市与乡村间，无所归属的“陌生人”形象的塑造与描述。换言之，城乡二元对立的叙述结构与人文反思在2014年的少数民族文学创作中不再作为一个显豁的主题普遍地出现，更多有关城乡之间陌生人形象的“零度描述”——意即不做价值评判——出现在作品之中。

这些形形色色、令人印象深刻的“陌生人”形象，他们既不是城市主流经验群体，也不是乡村主流经验群体，他们更像是突然置身于自身异质化经验的人生现场，努力适应各自生活的新角色，却又时常不得不忍受文化变迁所带来的频繁阵痛，进而使得自身面目恍惚、身份模糊。他们既是自己已知熟稔却又边缘经验的拾荒者，又是面对未知经验努力适应、力图中和不同生活方式的“中间人”。首先来看乡村生活、荒野生活中突如其来的陌生人，如哈萨克族作家乌拉孜汗·阿合买提的小说《山村纪事》（《西部》2014年第9期）中的凯米勒便是这样一位乡村生活里突然闯入的“陌生人”，凯米勒从城市搬回山村老家，回忆起初恋女友，想通过对天使泉命名、养妻哥家的鹰找回昔日的美好记忆，却不料波折百出，最终不得不靠在喀纳斯旅游景区出租猎鹰给人拍照养活生计，最终又因年老体衰被景区旅游公司老板辞退，雪上加霜的是，村长以他的工资赊账而使其最终劳无所获，幸好得朋友相助重新寻得土地所有权，才得以在山村生活下去。再比如蒙古族作家阿尤尔扎纳的小说《老人与戈壁》（《西部》2014年第9期）中的嘎那，也是这样一位突如其来地闯入了尼玛达丽老人世界的“陌生人”，这位年轻人从城里来戈壁开采金矿，在戈壁中迷失了方向，幸被尼玛达丽老人救助，老人帮助他穿越戈壁重返城市。小说的结尾，老人临别赠送给嘎那的头饰以及嘎那次年重返戈壁，寻找老人而不得的细节，都在加深嘎那作为戈壁生活“陌生人”的主体体认。这两部小说有志一同地通过建构一个乡村（戈壁）生活的“陌生人”如何获得新生的情节，描述了城镇转型中，一种发生在少数民族个体身上普遍断裂、彷徨无依的陌生体验，就像蒙古族诗人北娃写的，“我是一位城市牧羊人/祖先遗留的马桩上野鸟搭建了/几间云屋，随风漂浮/骑马、打猎、悠远长调/只是在梦里偶然出现”（娜仁琪琪格：《诗歌风赏——中国当代少数民族女诗人作品选》，第258页，武汉：长江文艺出版社2014年4月版）。锡伯族作家觉罗康林的小说《霍列霍列：罗布泊秘境》则描写了一位置身沙漠，从事科考的人，再次返回城市后，面对自身“陌生”经验的不可交流性，失却了正常人际交流能力的故事。新疆考古院副院长穆合塔尔从塔克拉玛干大沙漠科考回来，给“我”讲述了一个流传于罗布人中间的古老传说，他认为，传说中古代罗布人经历的一些神秘事件很有可能是真实的，如果传说是真实的，将对于现代科考有很大的帮助。不仅如此，他还告诉“我”，有一个人曾经亲历过传说中的事件，并且了解很多我们所不了解的事情。这个人姓罗，曾经是个老师。好奇心促使当记者的“我”踏上寻找罗老师的旅程。找到罗老师后，才知道他在精神病院住了很多年，性情古怪，拒绝跟人交流。从有限经验来看，我们每个人都是世界庞大经验的陌生人，我们在城市感怀乡村，又在乡村渴望城市；我们在当下感怀历史，又在穿越历史中反思过去，我们或多或少都需要学会与发生在自己身上的陌生体验和谐相处，并要具备将这种陌生经验转化为普遍认同的能力，否则就会酿成悲剧和遗憾。

再比如，在同一个乡村共同体中，其共同体的内部基于个体经验遭遇的不平衡性，也会出现城乡经验的错位感，与此同时，故事主人公因为某种与生俱来的特殊性，或者由于天赋异禀或者由于掌握某种独门技艺，作为同伴间普遍经验里的“陌生人”，拥有看待世界另外的视角、态度与观念。比如蒙古族作家巴·加斯那的小说《老榆树下的风景》，第一个故事中，树作为一个地方群体与其自然系统所签署的契约，似乎正在被一种新的城镇化生存模式所重新修订，就像老榆树下卖鸡蛋的“我”目睹并拆穿了布丽图古尔与渣江布拉之间的暧昧关系一样，这其间指涉的何尝不是一种乡村旧有的伦理观与新生市场伦理观念的斡旋过程？而在第二个故事里，猎手布卡老人遵从父亲对他的教导，根据《狩猎藏经》的教诲，坚决不猎杀白羚羊，并最终用原本猎杀动物的枪，阻止了与自己价值观完全不同的布腊丹的儿子猎杀白羚羊的行动。这也是在探讨山林生活在市场逻辑的诱惑下，个体基于不同的经验知识，处世态度的截然相反。无独有偶，在回族作家马金莲的《长河》（作家出版社2014年版）中，这种由于城市化、市场化经验作用于乡村个体产生的不平衡性，牵涉到的人际交往与互动间的纷繁变化，又集中发生在西北地区另一片乡村农事之中。再比如蒙古族作家嘎·西日的《搏克手伊希根》，写了一个在呼伦贝尔大草原上广为流传的传奇式人物，一位充满人性温暖的蒙古族摔跤手，他壮硕的身体与天赋神力令人称奇，与他身边同伴不同，他所具备的才能，使得他面对生活能够从容到底，他善良诚实的品性使得他看待世界的眼光永远平和、充满希望。藏族作家阿来的短篇小说集《格拉长大》包括小说《老房子》《阿古顿巴》《少年诗篇——外公表姐》《月光下的银匠》《行刑人尔依》《蘑菇》《野人》《鱼》《槐花》《欢乐行程》《格拉长大》等诸多篇目。其中《格拉长大》中，格拉由于其作为私生子的特殊身份，也是他同龄人生活经验里的“陌生人”，他化解其陌生体验的反应是常学狗叫，母子俩常常被村民们嘲笑。为了赢得认同，一个雪后的下午，格拉杀掉了一头熊，虽然受伤，但在其他人看来，格拉以证明自身成长的方式赢得了乡民们的认同。

就城市中出现的陌生人形象而言，蒙古族作家扎·哈达的小说《空心人》（《西部》2014年第9期）让人难忘，故事讲述了靠捡破烂为生的道日吉老人捡破烂的一天，从道日吉老人后知后觉为捡起的安全套颇觉别扭起，小说通过将衰老的生命力与年轻的生命力并置的细节设计，不无象征地开启一位被城市经验置身边缘的老者，整理自己的需求、尊严、情感的过程，在小说中这个过程被老人以做梦的方式加以陈述，在梦中，他梦见老伴送饭，梦见下起大雨，他帮助一个青年修好自己的自行车。这么简短而仓促的梦境难道不是在表达，即便是如道日吉老人这般置身城市边缘、年纪衰老的“陌生人”，也在最隐秘的梦里，渴望能为这个新的世界创造价值。在维吾尔族作家阿拉提·阿斯木的小说《酒哥》中，我们看到一位城市生活的陌生人，面对蓬勃变化的现代生活，价值旁落，寄情喝酒的画面，而与之相比，显然更具备城市生活适应能力的妻子，串通“我”通过金钱“贿赂”，让医生编造虚假的专业知识，哄骗其戒酒，最终“得逞”。这其中，熟谙城市结构中人与人间交换关系的妻子，显然比酒哥更适应城市生活的“丛林法则”。

当然，对变迁中的城市与乡村生活的陌生体验，遭逢变化而颇感价值失落的陌生人形象也更多集中地出现在2014年的少数民族诗歌作品中。譬如云南哈尼族诗人哥布的《我为什么怀念火塘》写道：“可我下意识地/寻找着火塘/钢混结构的房子里/已经没有了火塘的位置/我有些失落/听说村里的老人/也都像我一样/需要火塘的陪伴/他们在自己的家里/突然失去了故乡”；云南的傣族诗人柏桦在《让我为你唱完这首歌》中写道：“隔着千千万万座城市/隔着/一道道流水一座座山岗/是我的亲人/我的故乡/是默不作响的/往昔时光/手握话筒/城市舞台的聚光灯将我/烧灼得遍体鳞伤/今夜，谁会如约前来/听这一首老歌/和我一起轻轻歌唱……”；彝族诗人阿卓务林在《耳朵里的天堂》中写道：“那个孤独的哑巴/静静地坐在门前的古松下/一脸的庄重/好像有一道命令/比他的心更固执”；云南普米族诗人曹翔在《闪着泪花的星星》中写道：“村庄的篝火点燃/竹笛吹出的锅庄舞曲/像踩在脚下的火炭/夜晚的风/溅出了火花/吹进一盏盏奇艳的灯笼//一面湖水/在银白的视线里/收起白天波动的茫然/它怎么努力地变幻/也无法回到从前”；藏族诗人扎西尼玛在《扎西德勒》中写道：“……我唯一能做的/在酒中滤净泪水/唤醒内心的山脉、河流/血肉之乡/和亲人的名字”；普米族诗人曹媛的《记忆》中写道：“童年的记忆里/不知道山那边会是什么样/但总是在猜想自己/哪天能翻过那座山去/如今，当童年的所有疑惑都弄明白时/自己却真正的不知道了很多。”

这种区别以往乡村或者城市经验，处于城与乡之间的陌生体验，既让人无可奈何又让人无所适从，就像“陌生的赶路人，在一棵苹果树下/遇见自己”（郭小亮《雪树》），对此，维吾尔族诗人帕斯安在他的诗集《无人》中也多次描述到这种体验，“……画中的人们也为了走进现实/与对面的/朝自己走来的陌生的人/在这片森林里相碰，隐隐约约”（帕斯安《无人·在这附近》）。

事实上，在城乡之间的关系最终转向有利于城市的过程中，无论是少数民族还是汉族，我们无一例外都是这社会文化急速转型中的陌生人，需知即便是工业化、城市化发展极为快速的欧洲，直到18世纪末，乡村也是他们世界的全部，它是人类在世世代代的延续中完成的与自然之间的关系缔结。就此而言，我们身上的乡村性或者承继父辈的乡村记忆、经验与伦理关系，都在共同经历着城镇转型中不同程度的“陌生化”过程，总之，在2014年的少数民族文学创作中，这个时代的“陌生人”正在由形象隐喻变作现代性阵痛下的表述焦虑。当然，面对中国城镇化发展的历史洪流，普通的个体该如何克服焦虑，适应这种迅速积累的陌生体验？我觉得，今年的少数民族诗歌作品自身早已做出了回答，即，一方面，“你的眼睛闭着/在时代的拐弯处”（帕斯安《无人·你的眼睛闭着》），另一方面“大地上的事情/不能全部遗忘”（郭小亮在《大地上的事情》）。就此而言，笔者愿意多说一句的是，当下许多持有所谓“保护少数民族传统文化与传统生活方式”话语的创作者，在不断地呼吁“保护少数民族传统文化”或曰“传统生活方式”的同时能否自我反思，这种表述是否暗含一种出于满足自身“观赏者”需要，或者其他“主体需要”的可疑立场？

结 语

总之，综观2014年中国少数民族文学创作的关键现场，不难发现如下三个显著的特点：首先，文学创作、个人经验与民族知识建构的杂糅整合。其次，记忆交际、形象交融与族际接触的叙事实践。第三，乡土符码、民间文化与文化转型间的协商对话，连同生存处境的急迫感紧密交织。与中心城市的汉族文学创作主潮相比，少数民族文学创作似乎还并未能同步做好城市转型的叙事准备，他们的作品大多留恋乡土，作品中令人印象深刻的人物塑造，大多是徘徊在城市与乡村多重生活场景间的陌生人。与此同时，我们在对作品进行细读的过程中也不难发现，社会转型与文化重塑的共时语境中，以往属于少数民族文学创作独有标识的“精神在场”、“男性神话”、“宗教底色”等艺术特征正在渐次完成一次内部的审美蜕变与叙述重塑，力图在中国当代文学发展的整体格局中，重新把握民族叙述的时代脉络。

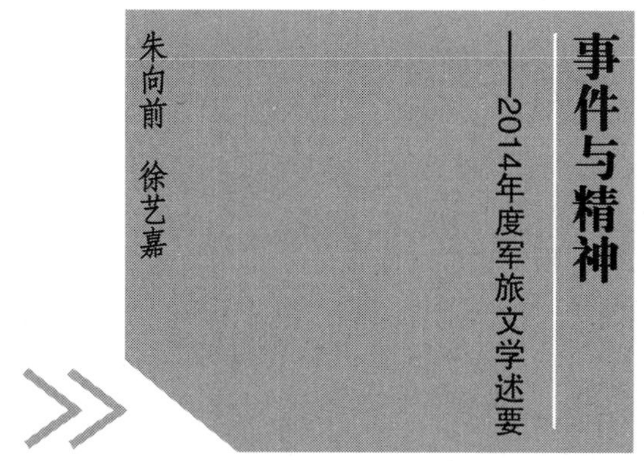

事件与精神

——2014年度军旅文学述要

朱向前　徐艺嘉

简而言之，要而述之，2014年军旅文坛有三个“事件”。

第一，第六届鲁迅文学奖评奖结果揭晓，军旅作家马晓丽的短篇小说《俄罗斯陆军腰带》、徐怀中的长篇纪实文学《底色》、黄传会的长篇纪实文学《中国新生代农民工》、贺捷生的散文集《父亲的雪山母亲的草地》、侯健飞的长篇散文《回鹿山》5部作品集体惊艳亮相，《俄罗斯陆军腰带》和《中国新生代农民工》分列短篇小说和报告文学榜首。获奖作品如此集中，作家阵容如此豪华，是继2010年“鲁奖”之后军旅文学的又一重大收获。

第二，2014年《人民文学》第8期隆重推出“军旅文学专号”，集中刊发了周大新、周涛、朱秀海、徐贵祥等军旅名家的散文，并重点推出以魏远峰、王凯、李骏、裴指海、曾剑、王甜等为代表的“新生代”中短篇小说。以专题形式推出军旅文学专号，这在《人民文学》创刊史上尚属首次，亦颇令人瞩目。

第三，2014年军旅长篇明显歉收，这是本年度军旅文学的一项重大缺失，既暴露出当下军旅文学的失衡，也反映出军旅作家队伍存在的问题。

下面本文就以这“三个事件”作为主要线索，结合军旅文学精神，对2014年度的军旅文学作一总体回顾。

老作家宝刀未老荣光犹在
英雄主义与爱国主义仍是核心表达

军旅作家的5部“鲁奖”获奖作品虽然不是2014年之作，但它们在本年度联袂摘冠，堪称军旅文学界之盛事，也是军旅文学此一阶段的集大成之作，值得逐一品咂、琢磨。

军中文学泰斗徐怀中先生经过了半个世纪的沉淀、酝酿，以84岁高龄完成长篇纪实文学《底色》并荣获“鲁奖”，实属难能可贵。上个世纪他凭借《我们播种爱情》《西线轶事》等经典之作蜚声文坛。世纪之交，他的两篇短篇小说《来也匆匆，去也匆匆》《或许你曾见到过日出》再次显示了惊人的创作活力。始终求新求变的徐怀中并没有停滞步伐，十余载过去，这一部横空出世的《底色》（人民文学出版社2013年版）以“战地日记”的形式激活了一段战争历史，作家饱含深情，作品中融进了作家深切的战争体验与反思、心理感受和情感记忆，笔触细腻而触类旁通，人情、人性部分的描写入木三分、力透纸背，是徐怀中文学创作生涯的又一个突破。

亦可称高龄的贺捷生在文学之路上艰难求索，终于在近80岁高龄之时迎来了自己的文学高峰。这位女将军最初的记忆便和战争有关，马背上颠簸的岁月成为童年最刻骨铭心的回忆。散文集《父亲的雪山母亲的草地》（解放军文艺出版社2013年版）镌刻着作家自身的生命印记，特殊的生命体验给予作家特殊的创作资源。作品是在找回一段已然谢幕的历史，踏寻童年的记忆。在贺捷生笔下，残酷的战争既是不得不面对的生活，同时小女孩儿的视角和凝练、略带伤感的笔触也赋予了文字一种诗意，一种境界，一种情怀。战争的残酷性通过侧面的观察传递出来，而在艰难的岁月之中，动人的细节和孩童的稚嫩与纯真更是宛若白莲般可贵、高洁。细枝末节的记忆绵密地编织出深情款款而又生机勃勃的文字，读来真挚动人。

像马晓丽这样已经蜚声文坛的名家，仍然肯独步寂寞山路，在短篇小说领域打磨并提升业力，积蓄力量顺势爆发，其定力可见一斑。这次的获奖作品《俄罗斯陆军腰带》（《西南军事文学》2012年第2期）是描写军人精神气质的一篇佳作。小说取材于一次中俄边境军事演习，选取了“陆军腰带”这一物件作为牵引点，通过描写双方的几件交集事件，在对比中表现中俄军人之间思想、文化、情感的差异，也写到了两国军人之间从对峙到和解、再到互相认同的过程。中国中校秦冲和俄国上校鲍里斯都是典型的铁血硬汉型军人，他们之间的对抗源于军人尚武争优的心理机制，而他们对彼此的和解与认同也同样来自军人间的惺惺相惜。马晓丽在短篇的容量里成功营造了一方纯粹的军旅味十足的写作土壤，军人的气质与风貌重新在这方圣土里安营扎寨。小说用简洁而细腻的笔触描绘了这样两个军人，进而映射出一代军人群体坚韧、坚守的生命状态。

黄传会首获“鲁奖”，虽令人略感意外，却更是实至名归。此前他已创作出一系列反映希望工程和乡村教师的作品，《中国新生代农民工》（人民文学出版社2011年版）又是一部融入了心血的实力之作。作品延续了他一贯的风格，目光始终锁定社会上的弱势群体，直面社会矛盾和焦点。“农民工”在中国是一个庞大的群体，他们的存在由于颇多矛盾和问题构成了一个独特的文化景观。作家勇于直面矛盾和焦点，对新生代农民工的生存现状进行了全方位的追踪，对农民工这个数以亿计的群体存在的教育、就业、生存等诸多问题进行深入探索和大胆揭示，赢得了评委的一致认同，终以全票荣登报告文学之榜首。

侯健飞则是一个大器晚成的作家。《回鹿山》（人民文学出版社2012年版）写了“我”对父亲这样一位没有战功的老军人认知了解的过程，“我”的成长轨迹是印刻在与父亲的冲撞和对父亲情感的逃离之中的。父亲是一位有军功却未被历史记录下来的老军人，在解放战争中不乏战功，却在解放前悄悄回到家乡回鹿山，当起了农民。而“我”对着一切并不知情，以年轻人的气盛和理想鄙视父亲的平庸，不理解他的药瘾。而埋藏在平凡表面的真相是，父亲曾以一种宽恕的形式对待战争，理解战争，而选择独自承受战争带来的身体伤痛。父亲用身体力行的方式为儿子传递出人生观：隐忍、宽容。这既是男人的品格，也是军人的担当。遗憾的是，当多年后父亲离世，“我”才意识到父亲的价值，父子之间的被刻意搁置的相连血脉再一次奔涌起来，而“我”已追悔莫及。情入深处，而笔调和节奏却是克制的。

需要强调指出的是，这5部作品透露出老作家身上共有的精神特质。

其一便是老而弥坚，矢志不渝的拼搏和耐力。早在2010年的年度军旅文学综述《光芒与阴影》一文中，我就指出，斩获第五届“鲁奖”的部队作家刘立云（诗歌集《烤蓝》）、王宗仁（散文集《藏地兵书》）、李鸣生（长篇报告文学《震中在人心》）和彭荆风（《解放大西南》）以及陆颖墨（短篇小说《海军往事》），五人平均年龄达到了63.5岁。堪称是全国获奖作家队伍中的一支“黄忠队”。然而，这一届的鲁奖得主也是五位，但是徐怀中84岁、贺捷生78岁、黄传会63岁、马晓丽61岁、侯健飞50岁，平均年龄还大大超过了上一届，仍然是获奖队伍中最年迈的一支。令人叹谓之处正在于此。一方面，这固然继续凸显了军旅文学后继乏人之现状；但另一方面，我们却不得不惊异老一辈军旅作家的定力与后劲——在今天这个浮躁的物欲社会中，他们能如此水深流静，笔耕不辍而宝刀不老，频频收获佳作，确实让人感佩。这既是当代中国作家的底气，更是军旅作家的精神。

其二是对军旅文学精神内核的坚守，坚持主旋律的文学表达。老作家们对于文学的执念终于成就了他们的文学地位，共同书写下军旅文学在2014年度最为耀眼的一笔。而与作家们在文学道路上犹如门徒般虔诚的信仰一脉相承的，是作品中一以贯之的精神品格。细品这几部鲁奖获奖作品，会发现它们的特质正与军旅文学的核心品性两相契合，且具有饱满的内在张力。除去黄传会的《中国新生代农民工》，其余四部都是典型的军旅之作，或追忆旧事，或描摹今朝之军事变革，或以父子之情表达老军人的坚韧与宽容，作家个人的文学修养与军旅情结共同内化为打动人心的文字，文字背后，是爱国主义与英雄主义的军旅精神内核。

除去鲁奖获奖作品之外，今年还特别值得关注的有三部报告文学。一是战史作家余戈的《1944：腾冲之围》（三联书店2014年版），是他继2009年《1944：松山战役笔记》之后“滇西抗战三部曲”的第二部作品。洋洋八十万字，以上中下三部，分别呈现了上述奇异诡谲、波澜壮阔的战争图景，将五个月时间中、一县境内同一场战事发生的前后，用细密步骤的推进和多种材料的拼贴，审慎地逼近，最大程度地还原战争现场。余戈作品的最大特点是“微观战史”的写作方式，放大战争中的细节，塑造战争的立体感与现实感，并且始终立足现代人的角度看待历史。因此，《腾冲之围》在三联书店所评“2014十大好书”等多种年度优秀图书榜单中频频上榜，甚至名列前茅，风头一时无两。

二是马娜的报告文学《天路上的吐尔库》（《人民日报》2014年10月18日第12版）入选2014年中国报告文学优秀作品，作品用优美的旋律讲述了一位维吾尔族农民吐尔库热心帮助军队建设被称为“编外老班长”的故事。主人公形象鲜明，亲切可感。作品通过描写吐尔库的感人事迹，深情赞颂了少数民族与汉族、人民与子弟兵之间的鱼水深情。

三是张春燕的长篇报告文学《向东找太阳——寻访西路军最后的女战士》（解放军文艺出版社2014年版）讲述西路军女战士历经劫难、饱尝艰辛，始终对党忠贞不渝、坚持理想信念的感人故事，通过追忆西路军女战士这一特殊群体的人生遭际，再现了红军西路军女战士可歌可泣、悲壮惨烈的英雄事迹，讴歌了她们光荣的革命生涯、坚定的理想信念，是一曲催人泪下的生命绝唱。

“新生代”尚需磨砺长篇歉收
军旅文学亟待“文学性”的回归

2014年8月《人民文学》推出“军旅文学专号”，这在刊物创办65年来尚属首次，颇令文坛瞩目。主办方企图借助这一“大动作”向读者展现新军事变革之中的军人生活。周大新、周涛、朱秀海、徐贵祥、邢军纪、李西岳、廖建斌等军旅名家的散文或真切阳刚，或深情隽永。周涛的《边防连》诉说着对基层官兵的爱，周大新的《当兵上战场》、徐贵祥的《丛林纪事》讲述自身参与的战争经历，+。

专号之中挑大梁的主角便是以魏远峰、王凯、裴指海、王甜、卢一萍、曾剑、李骏、董夏青青等为代表的“新生代”作家群体。老作家荣光犹在，“新生代”浮出水面，专号以主要篇幅刊登了他们的中短篇小说新作，陆海空作者均有，题材涉及边防、机关、日常生活、危急时刻和军中情感方方面面，其中不乏让人眼前一亮的作品。

歌兑的短篇小说《荣军院》是笔者较为欣赏的一篇，《人民文学》刊出后，被《小说月报》第十期转载。故事中的叙述时间发生在一周之内，在比利时一座有百年历史的荣军院里，年轻的中国女军医林灵参加为期一周的照顾老兵志愿者活动，两位老兵也正通过这位中间人进行思想的博弈。林灵负责照顾的老兵Lee是一个韩裔的比利时老兵，曾经参加过朝鲜战争，患有“老年痴呆症”，正常的躯体却面临着意识在不受控制地流失。与之相反，另一位被称为“眼睛”的老兵则身体损坏，思维强悍，是典型的“渐冻人”。故事在女军医与“眼睛”关系的逐步推进中慢慢揭示残酷的战争真相，这两位参与过战争的老人在战争结束后仍然没有停止心理上的厮杀和互相残害。中国小说取材独特，构思精巧，涉及精神层面的对抗与挑战。故事的叙述语调是平静的，却在讲述同样血腥的战争故事——关于精神的绞杀战。故事构思来自作家更为深层的思考：“战争绝不仅仅是在广袤的幅员中攻城掠地，或是让机体在暴力机器作用下支离破碎，它更深刻地表现为对精神与信念的征服欲，并不惜祭出无所不用其极的方式。因此，军事斗争越来高科技，思想战就越是可恶得令人发指。”（此段话转引自《小说月报》“微信创作谈”）

刘克中的《谁是我的敌人》关注的是军人的心理健康层面，写一个经历过国际化训练、赢得诸多殊荣的特种兵上尉患有心理障碍，长时间陷入梦魇，在心理疾控中心柯蓝博士的帮助下逐步摆脱阴影，重新投入岗位。作品大段的心理描写很是到位，文字极具渲染力。

曾剑的短篇《将军的麻烦》通过一个怪性情的瘸腿将军一连串“轶事”表现军人的核心品性，诉说一位老军人对军营满腔的爱。视角独特，人物性格丰满。卢一萍的短篇《哈巴克大坂》是他系列小说中的一篇，小说以士官凌五斗为主人公，以世界屋脊为背景，建构起一方特定水土之上的军营生活。作品风格明快，故事好看。董夏青青的短篇《垄堆与长夜》，以新疆的风土人情为背景，塑造了一个兼具温情、搞笑又悲情的人物形象。刘志金是个灰蒙蒙的人物，平庸而不引人注意，但他的命运却带有某种宿命意味，搁置于荒凉苍茫的西北之中，读来令人慨叹。

《人民文学》专号之外，值得关注的“新生代”作家还有西元。他是一个后劲十足的“爆发派”，此前写过不少理论批评作品，近几年潜心于中短篇小说写作，开始崭露头角。他的作品数量不多，却篇篇苦心经营，精致而考究。每一篇小说都尝试从一个新的围度切入，新作中篇小说《界碑》（《解放军文艺》2014年第7期，被《小说选刊》第8期转载），从不同人物的叙事视角出发，将西北戈壁滩的导弹工程从普通士兵身上延展到几个干部形象，艰苦的对蛮荒之地的开拓过程使得几个普通小人物的灵魂得到洗礼。作家对于战争的思考从未停止，相关的两个中篇小说《Z日》和《死亡重奏》即将刊于15年第一期的《西南军事文学》和《钟山》杂志上，令人充满期待。同时，党益民的散文《众人乃圣人》（首发中国武警网）是一篇怀念母亲的祭文。文章满怀深情，作家一挥而就，以深情的笔触回顾了母亲的一生，以亲情和大爱感动读者，被多家网站争相转载，一时成为热点，反响不俗。

显而易见，军旅专号的推出给“新生代”军旅作家提供了一个集团冲锋的阵地。近几年他们保持了良好的创作势头，“私语化”的写作风格有所转变。在这本小辑中，他们或立足现代化战争思维表现前沿战场，或赞颂部队新形势下新气象，表现了作家们努力向核心价值观靠拢的努力与自觉，这种思路，或说尝试，无疑具有正面意义，值得提倡。

但是，另一个严峻的创作问题也随之浮出水面。这些被精心挑选和组构的小说作品，不少存在人物形象不够丰盈、内涵不够深入等问题，流于苍白的模式化写作。虽然有的小说并不缺乏军人情怀，也不缺好的切入角度，但问题是这种情怀或说情结还远未内化为作品的精髓。有的小说中人物塑造有趋同化、脸谱化的倾向，人物之间的面孔模糊，对话风格高度一致；还有的小说又过于理想化，故事本身并不精致，却生硬地被拔高到一个精神高度上去，仿佛给一个小故事强行扣上了大帽子，显然也不能达到作家提升作品内涵的期许。

症结何在？笔者认为就在于当下军旅文学“文学性”的缺失。“新生代”的弊病源于此，与之对应的军旅长篇现状的羸弱或也可从中寻到根源。

与本届鲁奖的盛誉而归形成鲜明对比的是长篇小说的歉收，总量不多，质量欠佳。纵观今年的军旅长篇，鲜见力作，进入笔者视野值得言说的也仅见刘克中的《英雄地》、苗长水的《梦焰》、余之言的《旺水谣》、海飞的《回家》、咏糠的《东江剑魂》等寥寥数部，这与2011年年终盘点军旅长篇时随便就能列出近20部长篇作品名单的情形大相径庭。据悉，今年能够纳入总政艺术局长篇小说年选的精品长篇也不过3部而已（附录不计）。

总之，无论是“新生代”在集团冲锋之时显示出的力不从心，还是军旅长篇的数量匮乏，皆需追本溯源，从文学的源头之处寻找原因。“新生代”的中短篇和当下的军旅长篇所试图传递的主旋律思想本身并没有错，而且是军旅文学应该坚守的方向。但是对于文学而言，光有精神指引，没有文学核心，是万万不能的。

文学何以谓之文学？文学的叙述是要超越日常经验，翻越生活藩篱，落脚在另一种思维的开阔之处。当作家失去精心营构故事、塑造人物性格、打磨文学语言的耐心，一味指望小说以主题优势胜出，显然是徒劳的。当素材仅仅围绕作家的浅层研究，反而困囿于经验之内，或是建立起简单的对垒模式识真辨伪，不但支撑不起作品应有的格局，反而只能逼迫读者放弃阅读，失去阐释的兴趣。作品的主题精神唯有与文学价值同步，才能够真正达到打动人心的阅读效果。

问题的形成并非朝夕之事，现象本身也应引起作家们的足够重视。透过文学现象和数据表达出来的信息是，当下的军旅文学似乎正处在一个临界点，光荣与梦想并没走远，但新的曙光也远未普照文坛。传承并未接续，断裂已然出现。如果说鲁奖得主代表了当下军队最具实力的创作队伍，他们的创作恰能给整个军旅文坛提供几点借鉴：

首先是作家需要不断提升文学修养，这是最为基本也最为重要的课题，比如说，过不了语言关，就过不了小说关，文学的广度和深度更是无从谈起；其次是作家需要耐下心来沉潜于生活。生活是一切创作的源泉，此乃亘古不变的真理。马晓丽的《俄罗斯陆军腰带》同样是契合当下军事变革的作品，却堪称佳作。成果并非偶得，作家几次三番请缨，才得以近距离全过程体验中俄边境的一次演习，它的出现恰能解答普通读者的困惑：和平年代的军人正在经历着怎样的生活。相比之下，缺乏生命体验又无细致深入的研究，一味凭借主题优势编织的小说并不能遮蔽作品本身的苍白。三是作家需要保持创作活性、求新求变，保持对外界的好奇心，就像前辈作家徐怀中和贺捷生那般，作家需要兢兢业业的不懈努力与付出。文学不是传声筒，好的主题固然好，但好的主题之外没有深度的人性关怀和人性探索，没有多样的文学尝试和文学表达，这样的文学便只有主题没有文学了。

最后，再将军旅文学理论批评后缀于此。虽然相比较军旅文学创作，理论批评更加边缘，但在本年度还有三本书值得一提。一是朱向前的《听松楼读书录》（解放军文艺出版社2014年1月版），该书洋洋70万言，是朱向前自2005以来的文论结集。其中既有研习毛泽东诗词和解读莫言与“诺奖”等万字长文，也有为徐怀中、喻林祥、徐贵祥等军旅文坛宿将新作所写的序跋，以及历年来对军旅文学的年终回顾，更有对新人新作的及时观察、追踪、荐举之文，展现出朱向前远离喧嚣、回归宁静而又放眼文坛、心系军旅的文人情怀。

傅逸尘的《英雄话语的涅槃》（北京大学出版社2014年6月版）是中国作协重点扶持项目，亦被收入中国现代文学馆青年批评家丛书。该书系统梳理了新世纪军旅长篇小说的整体发展脉络，对“21世纪初年军旅长篇小说”创作的现象与概念、来路与走向、创新与症结进行了学理性和个性化的命名与阐释；作者将“伦理批评”引入军旅文学研究领域，以叙事学和伦理学视角审视并透析“21世纪初年军旅长篇小说”的写作伦理特征与文化精神诉求；对新世纪军旅长篇小说的文学成就与艺术特色做出了富于创新性和建设性的分析与概括。

此外，由朱向前主持的全军课题《新世纪军旅文学十年概观》的主体部分也已完成，自2014年第一期起，就在《解放军艺术学院学报》上陆续刊出，其中包括绪论（朱向前西元撰写）、短篇小说（徐艺嘉撰写）、中篇小说（廖建斌撰写）、长篇小说（傅逸尘撰写）、诗歌（洪芳刘常撰写）、报告文学（张倩撰写）、理论批评（西元撰写）等多篇专论，累积共10余万字，已在业内引起关注。

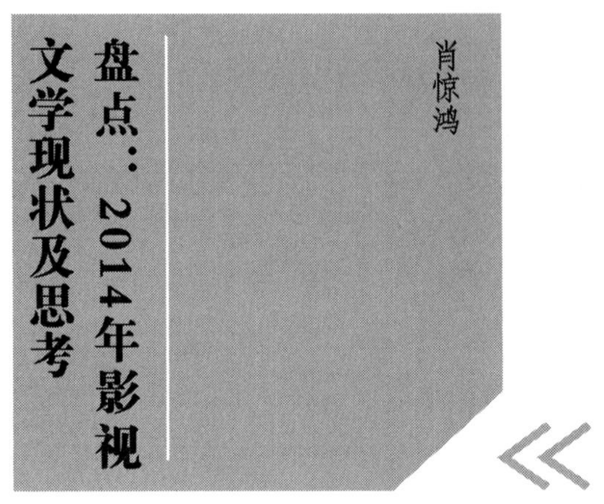

回顾这一年的影视文学总体情况，我不能不说到收视率和票房。当下中国电影整个被市场绑架了。电视剧的情况略好些。然而不说票房，代之以文学的标准吗？这是一个问题。今年我国电影发映400多部，票房将突破300亿，是去年票房的1.5倍，为仅次于美国的世界第二大电影市场。业内预计到2018年，我国将成为超过美国的世界第一大电影市场。对于电视剧来说，我国早已成为世界第一大国。从2010年以后，即以稳定的数量均衡发展，年产量1.2到1.5万集左右，卫视黄金时段播出量约为8000集。虽然如此，我国电影和电视剧仍然处在发展的初级阶段，特别是电影，将长期处于初期阶段。探究深层原因，是市场过速发展与创作“短板”之间的矛盾。

一、特点和趋势

今年对电影的政策优惠前所未有。国家税务局等七大部委联合发布了《关于支持电影发展若干经济政策的通知》，推行对电影产业实行税收优惠、金融支持等九项政策。这一大环境下，电影创作、发行、放映、海外扩张、资金与技术引进等多个环节都相对变得容易。对电影来说，这是前所未有的大好时机。

今年也是华语电影的爆发年。特别是长达三个月的贺岁档，汇集了70多部电影，名家荟萃，关注度最高。

这一年商业电影持续走高，不平衡、不统一的矛盾更加突出。归根结底，这一矛盾还是艺术与商业的矛盾。叫好不叫座，叫座不叫好。这一年出现了几起观影潮。《白日焰火》《小时代》《后会无期》《亲爱的》《心花路放》斩获了高票房。粉丝经济、话题性、小品化、快节奏，是当下高票房电影的共同特点。这类电影在内容选择和表达上，注重话题性、社交性、互动性，在内容呈现方式上，注重快节奏、强刺激、情绪化，有效调动和激发了年轻观众的参与热情。

另一端，文艺范儿的《黄金时代》不具备电影高票房的特点，冷遇就不难解释了。

对于电视剧而言，从东南亚视野看，我国电视剧发展迅速，整体水平超过了日韩，包括港台。特别是现实题材电视剧。这里有一个误区，似乎国产剧比不上日韩港台剧。尤其是韩剧的梦幻气质吸引了一批拥趸。导致创作上盲目跟风、抄袭。这一点，从根本说，与深层的民族文化心理相关。事实上，中国电视剧走了一条比较艰难也比较好的路子，出了一批好作品。

今年的电视剧紧扣时代脉搏，把握时代脉搏中积极向上的内涵，不管是主旋律还是其他题材，甚至类型剧，都有一个明确的目标，即追求美好的愿望，开始了向电视剧审美本性的回归。不难看到，精品力作成为主流。这一年，对于影视文学性的探讨进一步深入。针对中国电视剧的七条禁令中，今年颁布的有两条。一条针对播出，一条针对编导演，这些措施，无论是从短期影响还是长远效应看，确是改善了电视剧的整体生态。

重大革命历史题材仍是电视剧的主旋律。这类电视剧准确把握了市场需求——用英雄叙事的传奇性与平民偶像的亲和力提升了接受效果。

今年出现了不少好剧、精品剧。如《历史转折中的邓小平》《北平无战事》《红色》《铁血红安》《马向阳下乡记》《无贼》《半路父子》等等，不一一列举。好剧成功的经验中，最主要的还是重视了文学。

二、存在的问题

缺乏经典性作品。当前围绕电影的争论，可能是中国电影有史以来最激烈的。电影经常成为主流媒体批判的对象。中国的电影到底怎么看？有多好？或者有多坏？这是中国电影最好的时代，也是最坏的时代。归根结底，烂电影之所以烂，是缺乏对文学的敬畏和敬重。遗憾地说，中国电影到现在还没有出现脊梁式的经典影片。

资本的力量左右了影视的市场生存。电影也好，电视剧也好，都处在市场经济环节中。在市场炒作下，收视率不足为信，票房数据也会掺假。被市场左右、为人民币写作的现象十分突出。习总书记讲话中说，不要在市场经济中迷失了方向。我认为，到现在，资本市场中的影视创作仍然没能找到正确的方向和立足点。

在现有的文化形式、文化氛围，包括文化价值的转变中，多年的市场培养出了低俗、粗俗、庸俗的欣赏习惯，高雅文艺被挤掉了生存空间。这是一个很纠结的问题。我们心目中的好电影，市场表现都不好。像《黄金时代》，习总书记也提到了，提到以后院线重新排片，增长了几百万，但是仍然不理想。

影视批评没有起到应有的作用。

影视批评要树立正确的价值观，要敢于担当。红包的厚度决定作品的高度、为人民币不为人民的批评休矣。习总书记提出不要当市场的奴隶。影视批评要提升民族的审美能力，提升民族的文化境界、人文素养。批评家更要有健康的心理。相当多的批评家，对一些作品，不敢理直气壮地批评，因为市场是硬道理。人家那么火，卖了好多钱，我还说不好，那么多人都说好，举世皆浊我独清是很危险的，总不是多好的事。人人都这么想，健康的批评永远无法实现。围绕电视剧《红高粱》的批评就是实证。对批评界来说，这是一个良知失语的时代。

高票房的电影都是垃圾吗？

仅有批判也是没用的。高票房电影的秘诀在哪里？简单说，就是满足或迎合当下年轻人追求轻松娱乐的心态。相比之下，《黄金时代》的票房肯定不会尽如人意。文艺青年并非观影的主体观众。一部《黄金时代》试出了主流院线的年轻观众群体普遍存在的盲目性、非理性、过度娱乐性以及‘粉丝消费’的观影特点。事实上，高票房电影与国人几十年的文化消费结构有很大的关系。中国电影跟好莱坞的竞争，最有效的一点就在话题性，再有一个就是小品化，小品在市场上几十年的成功已经培养了全国观众小品化的趣味，文学在市场上几十年的缺席，让几乎所有的中国电影都存在叙事的短板。再一个就是快节奏，如《小时代》的游戏内核。我们认真分析它的人物逻辑、情感逻辑，全是不管用的，是对传统文学叙事的极大颠覆。此外还有《同桌的你》《分手大师》《后会无期》《心花路放》等中小成本电影热潮不断，争议与负面评论更多，一时间“话题”、“粉丝”、“跨界IP”成为了现象级的电影话题。

当下电影观众的主体是90后。在网生代的背景下，中国电影存在着很大的矛盾和分裂。电影的热点不是谈创作，不是内容分析，今年最热的几个词，就是互联网、大数据、网生代。互联网高科技发展改变了电影的生态，强大的资本改变了电影的存在方式。我们必须深入研究它，才能找到有效管控的办法。

对于电视剧来说，市场化左右了电视剧的内在品质。电视剧创作和生产迎合和输给了市场趣味，忽略了精神产品应有的属性。《红高粱》的水分为什么那么高？答案是分明的：明年一剧两星了，赶紧赶在今年年底前播掉。因为今年一剧四星，《红高粱》光是浙江卫视就卖到85万一集，所以主创动辄拿到几千万。我无法想象，这种赤裸裸的金钱炒作宣传对大众文化心理和社会风气的深远影响。宫斗、神斗、家斗，在《红高粱》里也出现了。这种改编距离原著已经十分遥远。习总书记讲话中指出的三个存在：存在有数量缺质量，有高原缺高峰；存在着抄袭模仿、千篇一律的问题；存在着机械化生产、快餐式消费的问题，在电视剧的创作与生产中普遍存在。

互联网时代的文艺生产方法还没有答案，包括专家层面的影视观都还是混乱的。对影视文学来说，不能说只有剧本才是文学。如果仅此而已，影视文学永远没有出路。影视文学就是用影视的方法来完成的文学。影视文学，某种意义上就是今天这个时代所需要的文学。电影和电视剧，就是影视方法下文学的呈现。今天的影视剧已经成为主流文化形态，就像元代戏剧成为主流一样。影视文学就是用影视的手段和方式来表达审美理想和文学诉求，是文学本体，是文学样式之一。从影视文学的角度看，目前是中国文学发展的最好的时代。有需要，就有动力。

从精品到经典的路还有多远?

今年的电视剧，精品力作应该成为电视剧主流，但还没有看到经典之作。电视剧普遍格局小，气象弱，和现实对话的能力偏弱，难以体现出大国文化版图。有人说，国产电视剧只有一部经典，就是《西游记》，已播出了3000多遍。电视剧经典的产生离不开文学精神。

目前电视剧面临两个转型，一是人文命题的转型，即时代主题——中国梦；二是呈现形式的转型。一个发展节点——娱乐转型。这两个新语境越被广泛认可越被优化，电视剧发展就越加健康。这也是从精品到经典的必由之路。

剧网融合新媒体对电视剧将产生极大的影响。经统计，在北京，电视机开机率不到30%。年轻人基本都在移动终端。这一现象必然带来电视剧创作及播出的重大变化。

三、出路在哪里

文学精神要有效转化为影视精神。

中国电影产业化发展仅仅用十几年的时间，走过了别人几十年的道路，很多基础、环节、专业都没有有效建立起来。电视剧的发展相对稍好些。如何来解决这个问题？首先是创作层面，一定要强化文学精神，影视的文学基础在任何时候都不可轻视，文学永远是影视精神有效的支撑。但是文学创作的方式和编剧的方式，编剧环节在整个影视生产格局中的地位要发生相应的改变，与现在影视运作方式进行有效的衔接。当下影视中出现的诸多问题，就在于缺乏这种有效的衔接，导致很多的文学理想，缺乏有效实现的渠道。

推进差异化市场体系建设，让不同类型的电影找到不同的观众群体。尤其是偏小众的电影也能有效找到观众群体。不同类型的电影有不同的运作方式，受众群体是不一样的。我国现在已有23000块银幕，完全可以实现差异化运作。中国电影理想的状态是，一方面吸收借鉴美国电影的产业经验，同时也要借鉴法国电影的文化经验，只有这样才能走出一条有中国特色的发展道路。

培养观众群体，有效改善观众的欣赏水平和欣赏素质。影视美学最核心的问题就是观众群体，有什么样的观众群体决定了有什么样的影视。要通过影视文化体系的建设，通过国民影视教育来提高全社会的观影水平和文化素质，只有当观众能够从审美的角度来看待电影电视剧，我们的影视才会得到真正有效的改善。

培养大批创意人才。影视工业，需要批量化的人才，特别是文学人才，不断为影视创意提供支持。影视的工业化和商业模式决定了在影视发展到一定程度时必然出现保守的趋势。大量续集片和系列片、类型剧的出现，其实就是影视生产模式所决定的。当产生赚钱效应的时候，所有的都会跟着这个路径走，这是影视生产的本性决定的。但后果会导致创新缺乏驱动力。基于此，我们需要培养大量创意团队来优化中国影视，提供文学支持。缺乏经典性作品，其实就是缺乏文学。文学缺少有效进入影视生产环节的途经，这是需要研究的课题。当下的影视剧，包括主旋律电影，大多是悲情叙事，好人没有好报。在叙事方式上如何更有效表达社会主义核心价值观，实现影视化的表达和转化，让更多的观众去接受，都还缺少深入的研究。这些，如果不能有效解决的话，中国的影视剧就不能实现可持续发展。

对电视剧而言，尽管政府主管部门一再发布“限令”，但冰冻三尺非一日之寒。过度娱乐的现象波及面大，涉及度深，并不容易解决。相当一部分剧作还存在着娱乐性、媚俗化的肤浅特征。我国要从电视文化节目生产播出的大国变成电视强国，必须全面提升它的文化品质。而提升文化品质，就要破除由收视率左右产业链的局面，建立科学规范、操作性强、能凸现文化价值的评估体制来改变当前唯收视率带来的负面效应。

要实现影视市场更加良性健康发展，有效、有魅力地呈现中国梦，除了产业和资本的推动之外，应该更加发挥影视理论批评的引导作用，使其回到影视艺术、美学、内容的分析上来。一个良性、健康的影视市场最终依靠影视的品质和内涵赢得观众的信任，以高品质赢得高票房和高收视率，而不是简单地进行炒作与批评。让批评真正有利于创作，有助于提升观众水平，让观众摆脱简单的轻松娱乐心态，摆脱简单的非理性消费，向理性和多元化方向引导观众，这样电影市场才能更加细化，电视剧也才能更加注重品质的提升。唯有如此，中国影视市场才能真正进入一个多元、健康的“黄金时代”。

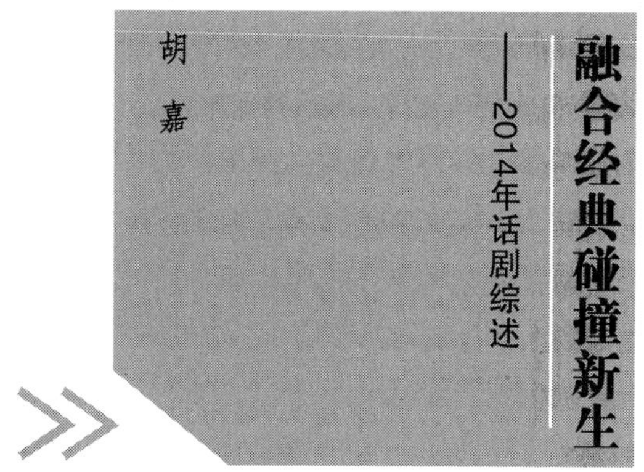

2014年的话剧市场是五彩斑斓的一年，以北京为主要阵地的话剧市场异常蓬勃，国家话剧院、国家大剧院等重点演出场所好戏连番上演，民间剧社也推陈出新，再创精品。中国的话剧同仁力邀国际知名的编导及剧社来华演出，搭建出高端的交流平台，丰富的剧目即丰富了国人的视野，又提升了我国话剧事业在国际舞台上的影响力，风格多元的各类演出致使大师与中国观众交流碰撞的火花不断。年内除传统的主力话剧市场“北上广”以外，浙江乌镇、成都一跃成为新的兴盛之地，表现突出。根据网络小说和网络游戏改编的话剧像春苗一般兴起，真人秀的舞台剧吸引了一群粉丝的关注，走出网络，走进剧场。经典话剧与创新风格剧目，始终在不断地磨合中，交相辉映。

经典话剧现状

（一）莎士比亚诞辰450周年

威廉·莎士比亚（1564年4月23日—1616年4月23日），在莎士比亚诞辰450周年的这一年，《哈姆雷特》《仲夏夜之梦》等经典之作被轮番排演，如《哈姆雷特》，在戏剧奥林匹克上前后上演的就有立陶宛化妆间版、青年戏剧节版、英国TNT版、北京当代芭蕾舞团舞剧版等。《仲夏夜之梦》有环球剧院版、蒂姆·罗宾斯版、英国NBT芭蕾舞团版等。

国家话剧院国际戏剧季上，莎士比亚的三部经典戏剧作品《哈姆雷特》《亨利六世》（第三部）和《仲夏夜之梦》此次分别由美国燃月剧团、马其顿比托拉国家剧院和韩国旅行者剧团带来，来自北美、欧洲和东亚的戏剧院团在同一个戏剧季中带来莎翁三部经典作品的不同演绎。

第二届乌镇戏剧节特别推出致敬莎士比亚经典系列，印度团体剧场精心制作的《第十二夜》，讲述了奥利维亚家族之间的两场战争，是有关爱慕和阶层，争夺和利益的一系列苦乐参半的故事。

来自美国的浓缩莎士比亚剧团上演《莎士比亚全集（浓缩版）》，三名演员在97分钟内极速穿梭于三十七部莎士比亚的剧作，融歌唱、舞蹈、戏剧于一身。《莎士比亚全集（浓缩版）》是在伦敦上演持续时间最长的一部戏剧，曾在伦敦东区的Criterion剧院连续上演了九年之久。它以一种戏说的方式，通过荒诞幽默的演出，让观众在短短的时间里看尽莎翁笔下的人生百态。

（二）契诃夫逝世110周年

安东·巴甫洛维奇·契诃夫（1860年1月29日—1904年7月15日），2014年是纪念契诃夫逝世110周年的年份。

11月12日，由上海译文出版社编辑的四卷本《契诃夫戏剧全集》出版，这是国内首次将契诃夫的戏剧作品以“全集”的方式呈现，收录了焦菊隐、李健吾、童道明等权威译者翻译的名剧。焦菊隐译本包括《海鸥》《伊凡诺夫》《万尼亚舅舅》《三姊妹》《樱桃园》等五部契诃夫最为著名的代表作，李健吾译的《契诃夫独幕剧集》是契诃夫独幕剧最全也最珍贵的中文版本，自上世纪40年代后即已绝版；童道明译的《没有父亲的人》《林妖》等两部早期戏剧补足了契诃夫戏剧中译本的遗漏。全集的出版昭示着契诃夫的戏剧作品将进一步得到普及。

赖声川年内执导契诃夫的《海鸥》《让我牵着你的手》，中戏教师版《樱桃园》，美国运动市集剧团改编自《三姊妹》的《三站台》，都是向契诃夫致敬的力作。剧评人北小京评价道：“一出最接近契诃夫四幕喜剧精神的《海鸥》，赖声川导演读懂了契诃夫。我甚至看到了导演与大师的对话，他们没有就戏剧本身对话，而是关于人生的对话。”

以往在中国内地的舞台上，俄国剧作家契诃夫的作品多以悲剧面目呈现。赖声川此番遵循剧作家本意，将《海鸥》改编成不折不扣的喜剧，于是我们看到舞台上的可笑与可悲既可同时存在，也可瞬间转换。除了故事背景改到老上海外，一切忠于原著，本土化的处理，让观众顺利步入剧情。

（三）曹禺国际戏剧节

2014年恰逢《雷雨》诞生80周年。在首届天津曹禺国际戏剧节中，戏剧导演林兆华通过崭新的形式重新诠释这部名剧，于5月16—17日以纪念活动的方式在天津大剧院歌剧厅上演《雷雨2014》，致敬这部传世经典。舞台上简约的现代主义风格，配以室内乐伴奏的方式，呈现别具一格的效果。颇爱提携年轻人的林兆华，此次依旧大胆启用青年演员。同时，著名表演艺术家濮存昕将以讲述者的身份引领观众进入全新的“雷雨世界”。

对于经典的艺术作品，不应只存在一种版本或者形式的诠释，本届曹禺戏剧节中的《朱莉小姐》《耶德曼》在带给观众全新体验的同时，更让人惊呼“原来戏剧还可以这么演”。多样化的舞台呈现、多角度的文本解读才是一部经典作品在舞台上保持长久生命力的根本。

（四）《雷雨》笑场事件

北京人民艺术剧院经典话剧《雷雨》于7月下旬在北京、上海举行多场公益演出，发生多个场次观众笑场的情况。北京人艺一贯以演绎经典为己任，演员们都有较高的艺术修养，面对这种他们从未遇过的笑场，可谓方寸大乱，适应不了。事后饰演剧中周朴园的著名演员杨立新在其微博上多次撰文表示了愤慨：“这样的公益演出不演也罢！”由此引发热议。一些文化界人士认为现在的年轻观众不懂得欣赏经典，一些人则认为《雷雨》剧本及其表演形式与时代存在代沟。本着尊重历史、尊重文化的角度看，观众在演出过程中，由着自己的性子发出肆意的、缺乏内涵和智慧的笑声，确实让人感到一丝悲哀。

如今是一个娱乐至死的时代，能否让人发笑几乎成为衡量艺术作品的标准和欣赏方式，观众对于《雷雨》的笑点，也许仅仅停留在剧情表层和台词语境上：后母和大少爷的乱伦、丫环怀了大少爷的孩子、二少爷又爱上了丫环、丫环和大少爷原来是亲兄妹……他们没把看话剧当成修行，而只是娱乐。应该说，北京人艺演出的《雷雨》，无论是对原剧本的挖掘还是人物表演上，都达到了一定的艺术高度，几十年来的演出、无论国内外，都获得的是来自心灵震撼般的尊重和认可，作品更深层的是要表现出人性的复杂和时代悲剧。而今，由于现场不少年轻观众不但缺乏艺术水准，还缺乏相应的艺术修养和观看礼仪，当然也肯定缺乏对于时代背景的了解和对曹禺作品的阅读，所以连连笑声，透出的是阵阵寒心，以上种种折射出当今文化氛围的缺失，以及真正优秀的文化作品该如何顺应时代的发展而进阶的问题，值得业内人士的深思和警醒。

（五）2014年老舍文学奖

2014年8月6日第五届老舍文学奖落下帷幕。本届老舍文学奖获奖名单如下：

长篇小说奖：徐则臣《耶路撒冷》、林白《北去来辞》。

马平来《满树榆钱儿》、叶广芩《状元媒》获长篇提名奖。

中篇小说奖：文珍《安翔路情事》、蒋韵《朗霞的西街》、荆永鸣《北京房东》、格非《隐身衣》。

刘庆邦《东风嫁》、王蒙《悬疑的荒芜》、万方《涂自强的个人悲伤》、毛建军《第三日》、李唯《暗杀刘青山张子善》获中篇提名奖。

戏剧剧本奖：万方的话剧《忏悔》、李静的话剧《鲁迅》。

王新纪的戏曲《骆驼祥子》，翟迎春、林蔚然的戏曲《歌唱》，周申的话剧《驴得水》、谢昱缇的话剧《彼岸》、赵宁宇的话剧《声音》获剧本提名奖。

国际交流活动

2014年度重要的话剧盛事有戏剧奥林匹克、国际戏剧季及国际形体戏剧季等，不难看出话剧活动的国际化趋势：

（一）第六届戏剧奥林匹克

戏剧奥林匹克是世界著名戏剧大师特尔佐布罗斯、铃木忠志、罗伯特·威尔逊为了推动世界戏剧艺术的发展，联手发起成立的国际戏剧组织。是当今世界戏剧领域具有重要影响力和学术地位的国际机构。戏剧奥林匹克委员会成立之时，得到了时任国际奥委会主席萨马兰奇先生的认可和支持。

戏剧奥林匹克总部设在希腊雅典，主席为特尔佐布罗斯。自1995年至今，已有五届戏剧奥林匹克活动分别在希腊雅典、日本静冈、俄罗斯莫斯科、土耳其伊斯坦布尔和韩国首尔举行。在过去的五届戏剧奥林匹克活动中，中国曾有一批代表性剧目参与演出或展示、一些中国艺术家参与学术研讨，均引起强烈反响。

经戏剧奥林匹克国际委员会邀请和国内众多文化人士的努力，北京市代表中国于2012年获得了第六届戏剧奥林匹克的主办权。第六届戏剧奥林匹克的主题是“梦想”，46台国内外顶尖剧目来京展演，同时举办讲座等交流活动，打造全球戏剧饕餮盛宴。本届戏剧奥林匹克11月1日的开幕戏剧为张艺谋导演，国家大剧院制作的京剧《天下归心》，闭幕戏剧为12月20日在北展剧场演出的世界经典音乐剧《音乐之声》。

热闹好看的戏剧节上，也不乏争议和质疑，其中有观众在罗伯特·威尔逊和铃木忠志的演出中表现出极度不满情绪，有说看不懂的，也有说改编亵渎了原作的。戏剧奥林匹克的上演剧目来自世界各地，大多是国外艺术节上才能看到的独特剧目，而非商业性演出，应该说一些普通观众难于理解其中的某些表演内容也属正常现象，而中国观众能看到这样一些纯文艺的话剧作品，如此坐看艺术节的机会，还是非常难得的。

正如戏剧评论家林克欢所说：“戏剧奥林匹克为我们提供了一个中外戏剧交流的平台，尤其在如今全世界的表演艺术都正在走向娱乐化、商业化的同时，让中国观众看到，有些人仍然执着地去做一些探索性的严肃作品，这是很重要的。对普通观众来说，可以有不同观点，但一定要先去了解，这是他们很少有机会看到的非商业的演出，对业界来说也是有利的学习机会。”

第六届戏剧奥林匹克46部展演剧目及剧团介绍（排名不分先后）：

1.《天下归心》，导演：张艺谋，剧团名称：中国国家大剧院。

2.《声希之夜Folding：Beijing2014》，导演：沈伟，剧团名称：美国SHEN WEI DANCE ARTS。

3.《被缚的普罗米修斯Prometheus Bound》，导演：特尔佐布罗斯，剧团名称：希腊阿提斯剧团。

4.《维也纳森林的故事Wienerwald》，导演：迈克尔·塔尔海默，剧团名称：德国德意志剧院。

5.《鲜花，水和风之歌The Ballad of Flower Water and wind》，导演：崔致林，剧团名称：韩国自由剧团。

6.《恨嫁家族I Hate Therefore I Marry》，导演：林奕华，剧团名称：香港·非常林奕华。

7.《大鼻子情圣Cyrano de Bergerac》，导演：铃木忠志，剧团名称：日本SCOT剧团。

8.《李尔王King Lear》，导演：铃木忠志，剧团名称：中日韩SCOT剧团。

9.《哈姆雷特Hamlet》，导演：奥斯卡·科尔苏诺夫，剧团名称：立陶宛OKT剧院。

10.《一打鞋子A Dozen Shoes》，导演：阿曼多·鲁塔齐奥，剧团名称：堂哈朗菲律宾语剧团。

11.《阿马里洛Amarillo》，导演：乔治·瓦加斯，剧团名称：墨西哥TLS戏剧公司。

12.《天鹅之死The Buffoon》，导演：霍拉蒂乌·马拉埃雷，剧团名称：罗马尼亚霍拉蒂乌·马拉埃雷公司。

13.《仲夏夜之梦A Midsummer Night's Dream》，导演：多米尼克·壮古，剧团名称：英国莎士比亚环球剧院。

14.《当死人醒来时When We Dead Awaken》，导演：拉坦·赛亚姆，剧团名称：印度合唱话剧团。

15.《勿忘我Forget Me Not》，导演：菲利普·让蒂，剧团名称：法国菲利普·让蒂剧团。

16.《克拉普的最后磁带Krapp’s Last Tape》，导演：罗伯特·威尔逊，剧团名称：美国改变演艺公司。

17.《乡村往事》，导演：刘立滨，剧团名称：中央戏剧学院。

18.《剖腹产Cesarean Session》，导演：杰瑞可·福瑞特，剧团名称：波兰ZAR剧团·格洛托夫斯基协会。

19.《群魔Demons》，导演：尤利·留比莫夫，剧团名称：俄罗斯叶甫盖尼·瓦赫坦戈夫国立模范剧院。

20.《大河之舞Riverdance》，导演：约翰·麦高根，剧团名称：爱尔兰大河之舞爱尔兰舞蹈团。

21.《在火山下的神力Sakti：Under the Volcano》，导演：尤斯里尔·卡提尔，剧团名称：印尼普尔纳迪地球剧团。

22.《盐Salt》，导演：尤金诺·芭芭，剧团名称：丹麦欧丁剧场。

23.《音乐之声The Sound of Music》，导演：安德鲁·洛伊·韦伯，剧团名称：英国韦伯音乐剧团。

24.《我是儿子I Am Son》，导演：劳拉·古德蒂马尔科·迪·斯特凡诺，剧团名称：意大利Sanpapie剧团。

25.《往事只能回味》，导演：谢念祖，剧团名称：台湾全民大剧团。

26.《永乐》，导演：林兆华，剧团名称：中国林兆华戏剧艺术中心。

27.《窝头会馆》，导演：林兆华，剧团名称：北京人艺。

28.《红楼梦》，导演：曹其敬、徐春兰，剧团名称：中国北方昆曲剧院。

29.《想飞的孩子》，导演：王炳燃，剧团名称：北京儿艺。

30.《小美人鱼》，导演：约翰·诺伊梅尔，剧团名称：中国中央芭蕾舞团。

31.《伏生》，导演：王晓鹰，剧团名称：中国国家话剧院。

32.《秀才与刽子手》，导演：郭小男，剧团名称：上海话剧艺术中心。

33.《红高粱》，导演：王舸、许锐，剧团名称：中国青岛市歌舞剧院。

34.《琥珀》，导演：孟京辉，剧团名称：中国国家话剧院。

35.《窦娥冤》，导演：尉霞，剧团名称：中国陕西省宝鸡市戏曲剧院。

36.《城邦恩仇》，导演：罗锦鳞，剧团名称：中国评剧院。

37.《泥人的事》，导演：邓林，剧团名称：中国天津歌舞剧院歌舞团。

38.《忒拜城Thebes》，导演：罗锦鳞、陶先露，剧团名称：北京市河北梆子剧团。

39.《冰山上的来客》，导演：陈薪伊，剧团名称：中国国家大剧院。

40.《皆大欢喜As You Like It》，导演：莱文·特苏拉则，剧团名称：格鲁吉亚库塔伊西巴统国立剧院。

41.《我的哈姆莱特My Hamlet》，导演：贝索·库普瑞希威利，剧团名称：格鲁吉亚手指剧院。

42.《麦克白Macbeth》，导演：大卫·多阿西威利，剧团名称：格鲁吉亚Tbilisi Vaso Abashidze Music and Drama Theatre。

43.《哈姆雷特Hamlets》，导演：保罗·斯特宾，剧团名称：英国TNT剧院。

44.《揭秘——布莱切利公园密码破译中心That is all you need to know-the untold story of

Bletchley Park》，导演：保罗·史莱特，剧团名称：英国空动剧团。

45.《纸人卡夫的英雄梦想Krafff de Yan Raballandet Johanny Bert》，导演：约翰尼·伯特，剧团名称：法国Centre Dramatique National，Montlu on-R é gion Auvergne。

46.《乔尼的小推车Jonny Berouette' s little cart》，导演：Michel Geslin，剧团名称：法国Les Matapestes剧团。

（二）中国国家话剧院第六届国际戏剧季

中国国家话剧院国际戏剧季（FNTC）自2004年10月开始举办，每两年一届，至今已成功举办五届。2014年9—10月间，中国国家话剧院举办第六届国际戏剧季，此次有八台剧目先后在京上演，包括三台中国剧目：《死无葬身之地》《离去》《哥本哈根》，四部来自欧美及东亚的海外剧目：《美狄亚》（德国法兰克福剧院）、《哈姆雷特》（美国燃月剧团）、《亨利六世》（马其顿比托拉国家剧院）、《仲夏夜之梦》（韩国旅行者剧团），以及一部中澳合作剧目：《四川好人》，其中既有莎士比亚、布莱希特、萨特等国外戏剧大师的经典作品，也有当代戏剧的新经典。

由查明哲执导的法国存在主义哲学家、文学家萨特的名剧《死无葬身之地》于1997年在中国首演就引起轰动，时隔17年后隆重登陆国家大剧院，这部汇集6位国家一级演员，荣膺近30个国家级表演奖项的杰作迎来了全新大剧场版，演员韩童生、冯宪珍等原班人马再次聚首。

王晓鹰导演的最新作品《离去》在本次国际戏剧季再度上演，该剧由美国当代剧作家奈戈·杰克逊编剧，剧中演绎一辈子莎士比亚戏剧、获誉无数的演员埃略特·布莱恩荣耀一生，临老却身患阿尔斯海默症，常常穿梭在真实和角色之间，那个曾经风貌勃发的自己与现在渐行渐远；以饰演李尔王著称的他，自己的生活更是与《李尔王》呈现的故事暗合，他的三个女儿和李尔王的三个女儿一样，在他生命长河行至渐衰之时展现出况味百态……《离去》集结了王卫国、赵倩、翟冠华等国话剧院老、中、青三代优秀演员。

此外王晓鹰执导、多年来长演不衰的2000年普利策奖和托尼奖双料获奖剧作《哥本哈根》，在本届国际戏剧季上再次与观众见面。该剧被誉为“一部无法超越的悬疑推理经典作品，达到了艺术与科学、感性与理性的完美融合”，全剧以德国纳粹时代的科学家海森堡和丹麦科学家波尔及其夫人玛格瑞特的亡后灵魂的回忆与对话，展开对原子弹研制成功前后历史的审视。

《四川好人》是中国国家话剧院与澳大利亚马尔特豪斯剧院合作项目，是孟京辉执导的首部英语剧目，也是他首次排演大戏剧家贝尔托·布莱希特的作品。该作品具有孟氏先锋派的戏剧风格，剧评人贾颖点评道：“这版《四川好人》充满鲜明的孟氏风格，与此同时，一个个舞台意象又与这个时代不期而遇。布莱希特作为一个敏感捕捉时代与人心的创作者，或也会觉得，今天的我们该在这样的《四川好人》中看到更多矛盾、疑惑。”

相比之下，国家话剧院的国际戏剧季更加适合中国观众的口味，所演剧目都为重磅的经典作品，从内容到形式，都较为震撼和极具冲击力。国家话剧院希望通过对国内外优秀戏剧作品的演出，让更多观众走进剧场，欣赏国际一流的戏剧艺术家带来的作品。国际戏剧季主打低票价，最高票价为280元，平均票价在百元以内，这一点深得民心。

（三）北京、上海、深圳三地举办“1.2.3...国际形体戏剧季”

“1.2.3...形体戏剧季”的命名取自老子《道德经》“道生一，一生二，二生三，三生万物”。意味着“天人合一、万物自由”，而英文译名则为“one、Two、Free”，旨在挥洒自由、随心随性地感受戏剧、享受生活。“1.2.3...国际形体戏剧季”是“纪念中法建交五十周年”的系列活动之一，受到了法国驻华使馆和法国文化中心的支持。邀请到法国顶尖形体剧团来华演出，还配合举办表演工作坊、大师课以及观众互动等相关交流活动。本届戏剧节演出剧目有独角戏《默默无言》、法国小丑剧《乔尼的小推车》、中国三拓旗肢体剧团《水生》、日本多媒体肢体剧《魔幻秀》《奇幻仙踪迹》等。

国内各地的话剧情况

（一）第九届中国话剧金狮奖

第九届中国话剧金狮奖暨第六届戏剧奥林匹克奖颁奖典礼于12月27日在山西太原举行。该奖项每三年一届，是中宣部、文化部批准的一项全国话剧常设性专业奖，是国内话剧的权威最高奖。本届金狮奖共评出包括剧目奖、儿童剧目奖、小剧场剧目奖、编剧奖、导演奖、表演奖、舞台美术奖、终身荣誉奖等12项大奖。同期，中国话剧研究会年会圆满结束。

今年有著名表演艺术家焦晃、朱起、周贤珍、赵有亮四位获得终身荣誉奖；总政话剧团魏积安、中国国家话剧院王卫国和刘威荣、北京人民艺术剧院卢芳等36位演员获得表演奖；中央戏剧学院姜涛、北京人民艺术剧院唐烨、青岛市话剧院苗青、民间戏剧导演饶晓志等10人获得导演奖；北京人民艺术剧院《甲子园》、中国国家话剧院《活着》、天津人民艺术剧院《红旗谱》、上海话剧艺术中心《大哥》、山西省话剧院《立春》、江西省话剧团《生如夏花》等19部剧获得新剧目奖。

（二）2014年成都话剧市场火热，演出场次是2013年的8倍

据大麦网最新火热出炉的年终盘点数据显示，在刚刚过去的2014年，成都一共上演话剧

1549场，总共入场看戏人数达到了150071人次，是2013年（全年演出191场）的8倍多。凭借这一强大的数据支撑以及越发火热的话剧市场，成都名副其实地站稳了除“北上广”以外的“中国话剧第四城”。

成都是一个包容性很强的城市，有一大批年轻观众群体，对时尚新鲜事物的需求大，同时这个城市有慢生活的习惯，如今越来越多的关注精神生活，这有利于扩大话剧市场的需求。2014年5月14日，成都高校戏剧联盟的成立，不仅拉开了高校戏剧展演活动的序幕，也拉开了高校话剧试水商业市场的帷幕。《一代斯文》《建家小业》《活在阳光下》《红色的天空》《父辈的旗帜》《来自星星的我》等等，一大批本土原创的话剧赢得了专家院团及观众的肯定。其中，由孟冰编剧、胡宗琪导演的成都原创话剧《活在阳光下》还夺得了中宣部“五个一工程”奖。

此外，孟京辉、赖声川、林奕华、李伯男等戏剧界名家近年来多次携作品到成都演出，已成为成都人的老朋友。如赖声川，于2007年开启了《暗恋桃花源》的蓉城首秀，此后的2010年，赖声川带来了《宝岛一村》。2014年他携最新力作《让我牵着你的手》和《海鸥》再度来临，赢得众多粉丝好评。实际上，名家名导已经不满足于仅仅来成都了，他们更愿意扎根成都，描绘成都，给成都话剧带来更强的创新力量。

（三）第二届乌镇戏剧节

乌镇戏剧节由文化乌镇股份有限公司和赖声川、黄磊、孟京辉共同发起，以拥有1300年历史的乌镇为舞台，上演世界级精品剧目以及年轻人的原创作品。本届乌镇戏剧节时间为10月30日—11月9日，两岸三地的戏剧大师和各国戏剧及艺术界人士在这里完美呈现出戏剧与生活、小镇与大师的相互融合与碰撞，营造出一种国内难得一见的、充满亲和力的文艺氛围，乌镇戏剧节已经成为中国最密集的戏剧展览坊，充满了生机。

本届开幕大戏是田沁鑫导演的《青蛇》，闭幕压轴的是美国导演玛丽·辛默曼的《白蛇》，除此之外还有韩国美丑剧团携《墙壁中的精灵》、荷兰阿姆斯特丹剧团的爱情独角戏《人声》、丹麦欧丁剧团上演《进步颂》和《追忆》、香港进念·二十面体带来明朝历史大剧《万历十五年》、台湾杨景翔导演的《在日出之前说早安》、孟京辉执导的《女仆》、林兆华执导的《拍案惊奇之一鸟六命》、话剧《北京的腔调》、当代悬疑喜剧《开膛手杰克》、古典妖狐荒诞喜剧《从前有座庙》等，以及“青年竞演”单元入围的12部作品：《有可能坚定的锡兵》《爷爷历险记》《论一只半兽人的自我成长》《绑架》《怪物》《都市梦游者的沉默》《西》《跳墙》《维也纳·春之祭》《山居》《流转门》《最初的最初》。

乌镇戏剧节还举办了主题为“剧场的各种滋味——娱乐的、艺术的、社会的、心灵的……”的年度论坛，荣誉主席尤金尼奥·巴尔巴，艺术总监赖声川，评委田沁鑫、周黎明、史航，导演玛丽·辛默曼和导演伊凡·范·霍夫等共同出席。

（四）小剧场戏剧

以北京的小剧场为前沿，无论观众和演员，都以80后、90后的年轻人为主，他们是小剧场戏剧的生产者和推动者，主要剧社有三拓旗剧团、亚洲联创、繁星戏剧村等，所选取的演出场地有护国寺西区剧场、前门大街的正乙祠等地，俨然非常小众，但是很受追捧。其中，亚洲创联的小型音乐剧《番茄不简单》和《寻找初恋》在北京西区剧场和上海茉莉花剧场共上演近二百场；爱情经典喜剧《那次说走就走的旅行》和其姊妹篇《那次奋不顾身的爱情》是繁星戏剧村的年度力作；有三百年历史的正乙祠主要以传统京剧演出为主，在2014年度也有所突破，上演了台湾实验京剧《曹七巧》、现代舞《三更·愿》、新民族音乐《青青子衿》等，古老的剧场也在重焕出巨大的生命力。

新的话剧现象

年内，流行网络小说《盗墓笔记》《鬼吹灯》被改编后搬上了话剧舞台，网络游戏《古剑奇谭》同样被改编成舞台剧呈现。此类话剧主要受到粉丝们的热力追捧，多结合故事中情节，布置出玄奇、幻妙、古风的场景，重现小说及游戏中的经典桥段，如话剧《古剑奇谭》是以同名经典单机游戏为蓝本改编而成的，其改编成舞台剧的根源在于承载了一代人对武侠剑仙的情结。配合多媒体视觉特效，真人秀的舞台剧让喜好者们仿佛身临其境。此类话剧是娱乐化和商业化结合的典型代表，这是不是真正的艺术作品？唯有市场和时间来证明。

结束语

话剧，这样一种舞台艺术形式，在当下迸发出如火如荼的生命力，几百年前的剧作仍在上演，最新鲜的原创作品也每天都在上演，无一不折射出我们真实的生命写照。艺术永远有青年探路，我们相信2015年的话剧界也仍将精彩斑斓。米兰·昆德拉说：“我们经历着生活中突然降临的一切，毫无防备，就像演员进入初排。如果生活中的第一次彩排便是生活本身，那生活有什么价值呢？”我们需要在娱乐中思考人生，话剧能让人的生活更贴近地面。真的，有些事情是要白天做的，晚上，就把时间留着看话剧吧。

文学理论与批评综述

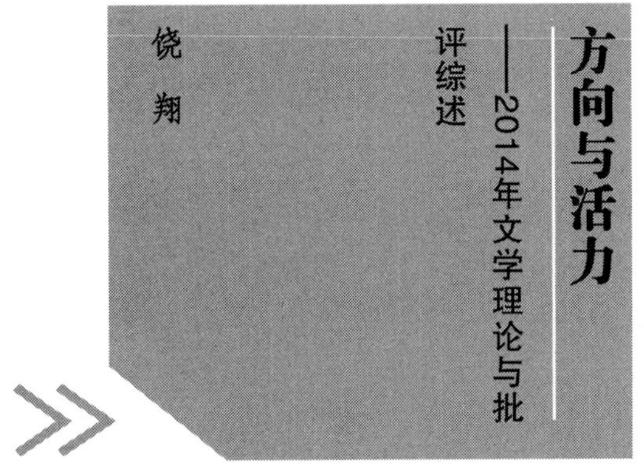

2014年无疑是文艺理论与批评的大年，一个标志性的事件便是2014年10月15日，由习近平总书记亲自主持的文艺工作座谈会在京举行。习近平在座谈会上发表重要讲话，围绕文艺工作的根本任务、指导方针、文艺与人民的关系、文艺创作方法、文艺与市场的关系、好作品的标准、文艺队伍建设、文艺工作环境、文艺评论等问题展开科学论述。而在习近平的讲话发表之前和之前，文学理论批评界作出了相应的理论准备和热烈呼应。

一、重申“为人民”的文艺总方向

习近平总书记在文艺工作座谈会上的讲话发表后，在文艺界引起了广泛关注与反响。张炯在《文艺研究》2014年第11期撰文《牢记文学艺术的真谛——学习习近平总书记在文艺座谈会上的重要讲话》，认为讲话“进一步阐明了文学艺术的多方面的本质规律，是马克思主义文艺理论的新发展，也是新世纪指导我国文艺走向繁荣昌盛的重要指南。这篇讲话，密切联系当今我国面临社会转型和民族复兴的实际，重申了文艺人民、为社会主义服务的方向和‘百花齐放，百家争鸣’与‘古为今用，洋为中用’的方针，既充分肯定文艺的成绩，又实事求是地指出存在的问题。讲话尤其对文艺与真善美、文艺与时代、文艺与人民的关系，做了深刻的论述，有许多新思想、新观点、新见解，从审美性、时代性、人民性等方面，揭示了文学艺术的真谛”。

《文艺报》专门开辟专栏，刊发了张炯的《坚定人民文艺的光辉历史导向》、白烨的《“为人民”：创作的中心与文艺的轴心》、徐贵祥的《引领时代风气彰显信仰之美》、郭文斌的《一次关于中华民族的“护生”行动》、梁鸿鹰的《铸造灵魂评论有责》、施战军的《努力促进更多精品力作涌现》等一批学习体会文章。《解放军报》连续刊发三篇评论员文章《人民是文艺创作的源头活水》《文艺不能当市场的奴隶》《高扬社会主义核心价值观的旗帜》，其中指出，“文艺工作者只有把社会主义核心价值观生动活泼、活灵活现地体现在文艺创作之中，用栩栩如生的作品形象告诉人们什么是应该肯定和赞扬的，什么是必须反对和否定的，做到春风化雨、润物无声，才能使社会主义核心价值观内化为人们的精神追求、外化为人们的自觉行为，成为日用而不觉的行为准则。”

座谈会后，文艺界迅速行动起来，坚持树立以人民为中心的创作导向，把握中国精神这个社会主义文艺的灵魂，扎实开展“深入生活、扎根人民”主题实践活动，牢记使命，倡议走进基层，在大地上积极奔走，潜心生活的深处，在深入人民生活中提升思想和艺术境界，挖掘出时代的精神内核，再通过合适的形式加以艺术化的提炼，成就触动灵魂的华章，力争让文艺的“高原”上“高峰”耸立。

习近平在文艺工作座谈会的讲话中，针对文艺批评，特别指出，“要高度重视和切实加强文艺评论工作，运用历史的、人民的、艺术的、美学的观点评判和鉴赏作品，倡导说真话、讲道理，营造开展文艺批评的良好氛围。”李云雷认为，“运用历史的、人民的、艺术的、美学的观点评判和鉴赏作品”，是一个新的提法：“‘历史的、人民的、艺术的、美学的’相互之间的内部关系，可以理解为一种并列关系。我们可以看到，习近平总书记在这里所倡导的是批评方法的多样性，既可以是‘历史的、人民的’，也可以是‘艺术的、美学的’，但在多样性之中，习近平总书记又将‘历史的、人民的’放在前面，更加突出历史视野与人民立场。”

梁鸿鹰认为，习总书记提出的“传播当代中国价值观念、体现中华文化精神、反映中国人审美追求”，为文艺评论应有中国气派，提供了重要依据。“在批评方面，学界对西方的学习吸收可谓全面系统、成果多多，但对中国古典文论的吸收运用则有乏善可陈之弊。”“要增强对中华优秀传统文化的自觉与自信，坚定传承弘扬中华美学精神的志向。”“要深入探究古代文论宝藏，真正学到其思维、表达、韵律的精髓，增强评论的中国气派、中国风骨，增强感染力吸引力。”

习近平在文艺工作座谈会上的讲话发表，意味着一种新的国家文化方针政策的出台。关于中国故事和中国梦，关于社会主义核心价值观，文化自觉与文学自觉等命题，如何做更深入的理论探讨，转化为有生产力的文学命题，仍然有可开展空间。

二、文学现象与理论问题的宏观探讨

《人民日报》和中国社会科学院共同在《人民日报》文艺评论版开设此栏目，自2014年1月17日起，每月月中、月末各1期，截至年底，已发表20余期。栏目采取对话的方式，每期除主持人张江外，有4位嘉宾参与。参与对话的不仅有学者、批评家如陈众议、朝戈金、党圣元、陆建德、白烨、陈晓明、李敬泽、吴义勤、南帆等，也有意识地引入作家贾平凹、张炜、梁晓声、阿来、麦家、舒婷、方方、曹文轩等参与，甚至不限于国内，还有法兰克福大学学者。

在栏目的组织者看来，近年来，文学创作活跃，文学批评和文学理论取得了有目共睹的成绩，但依然存在不足，特别是当代文学主体理论建设严重滞后，对一些重要的文学原点问题的认识模糊，文学批评缺乏针对性和实效性，导致去价值化、去历史化等现象滋生蔓延，对于文学创作和受众鉴赏水平的提高产生消极影响。针对这一突出问题，故开设“文学观象”栏目，组织文学界、文化界知名专家学者，就当前文学发展过程中的重要现象、热点话题和焦点问题，以对话的形式进行辨析、探讨，有的放矢地开展文学批评和理论研究。

“文学观象”涉及的议题包括文学与历史、道德、人民、市场、民族、读者的关系问题，如何看待文学的功能性、经典性、崇高性、真实性、史诗性和价值观，怎样认识当下文学的低俗化、娱乐化趋势，以及对文学批评的“批评”等。既把问题放到历史脉络里去看，从原点开始追问，又特别提出在当下环境中重提这一问题的必要性、特殊性和紧迫性。具体篇目包括：《文学不能“虚无”历史》《文学，请回归生活》《重塑文学的“真”》《文学是民众的文学》《文学关乎世道人心》《文学遭遇低俗》《时代巨变中的文学命运——在法兰克福大学文学院的讨论》等等。

“文学观象”栏目的关键词可以说是文学的“价值观”问题。即，文学是否要以及怎么样有益于世道人心。整体上看，对当下文学价值观的潜在倾向表示不满和担忧，以否定性居多，有意图对文学创作批评进行针砭和矫正。讨论集中了一线的学者和作家，各个击破似的来谈大问题、原点问题，而且是正面、迎面来谈，在文学批评越来越避重就轻的今天来看，比较难得。

文学的去道德话、低俗化、娱乐化、市场化等等，在20世纪90年代的时候并不比今天弱，在影视、网络中的表现并不比文学弱，换句话说，为什么今天要来谈这个话题，为什么要以文学为切口来谈？联系到10月份的文艺工作座谈会的召开，这次专栏大讨论的重要的意义才得以凸显。可以说，它为座谈会的召开提供了积极的理论氛围和学理准备。

《文艺报》本年度开辟了“文学如何表达现实”的理论探讨，参与讨论者包括南帆、霍俊明、刘大先、张柠、孟繁华、张清华、李雪、王德领等。文学与现实的关系也是一个文学的原点问题。为何在今天又被反复隆重地重提呢？大概是两个原因：其一，中国现实之复杂，在作家的笔下并没有得到有力地把握和表达；其二，媒体时代，新闻以及非虚构作品对于虚构作品构成了一种压力。当然，还有围绕着两部描述中国现实的小说《第七天》和《涂自强的个人悲伤》所产生的广泛的讨论。南帆在《虚构的特权》一文中“郑重地指出”，“新闻话语覆盖文学的时刻远未到来，至少在目前，作家没有必要为之焦。……人们读到的新闻远远超过了文学作品，但是，人们记住的文学作品远远超过了新闻。”（或许也应该反问这个判断是如何得出来的？现在的全民阅读真实情况究竟如何？）南帆给出的理由是，“文学拥有诸多新闻话语无法配备的叙述策略，例如虚构。也许，现在可以重提一个常识以激励文学：为什么不充分地行使虚构的特权呢？”刘大先在《现实感即历史感》一文中则认为，作家对于现实的把握无力，是因为缺乏一种卢卡奇意义上的整体性，以致于以支离破碎的现实或者段子替代了现实。或者对现实的洞察力迷失于过于芜杂的事实材料当中。“现实感不等于对现实的感觉，同时还包括认知、情感与判断，从这个意义上说，现实感即历史感。”王德领在《现实不仅仅是“问题小说”》中指出，“如果我们把现实定位为‘问题’的堆积地，就永远不会写出伟大的作品，因为，现实不仅仅是问题的丛生场所，而且有它内在的逻辑和秩序，有它的丰富性和驳杂性。”

“网络文学”仍然是一个方兴未艾的话题，关于网络文学的理论探讨仍然存在较大空间和学术增长点。自4月4日起，人民日报文艺部与中国作协创研部联合开辟“网络文学再认识”专栏，邀约专家学者，共同研究和探讨网络文学现状及其走向。3个多月的时间里，发表文章10篇，包括南帆的《网络文学：庞然大物的挑战》、何向阳的《网络文学发展的系统工程》、邵燕君的《媒介新变与“网络性”》、黄平的《网络文学如何进入“文学场”》、马识途的《要善于引导，也要宽容一点——网络文学一议》等。文章涉及通俗文学与范式创新的问题，“网络性”与“快感机制”问题，文学性与商业性的双重身份问题、意义指向与价值承载问题，网络文学批评的问题，发展前景问题，引导与监管的问题，等等。邵燕君认为，“网络性”至关重要，从“网络性”的角度，我们才能理解网络文学的一些特点。从网络文学的生产机制出发，我们无法再用印刷时代的文学标准对其评价，必须建立起一套新的评论体系和评论话语，尊重其快感机制。黄平认为，网络文学要进入“文学场”，社会结构的变化所导致的观念的变化、知识分子的介入，这两个因素缺一不可。网络文学在可预见的时期内，还是一个自我循环的文学圈，无法有效地进入“文学场”，改变将是十分缓慢的。马识途认为，发展网络文学，不是一个单纯的文学创作问题，而是一个群众路线问题，是如何导引下一代走上健康道路的问题。调查研究网络文学的生产和销售环节是怎么运作的，特别是现有的网络作家生存状况及他们的思想环境、创作特点，等等，主要目的不是调研他们的缺点，而是去了解他们的技能、长处和经验。讨论以李敬泽的文章《网络文学：文学自觉和文化自觉》作结，从历史脉络理解网络文学本质，从传统、网络性、读者反应、价值观四个方向构建评价体系，从新经验出发建立文学整体观，从心理影响机制重视价值引导，提出：“我们要放下两种傲慢与偏见，传统文学依靠思想和艺术品质对网络文学抱有傲慢与偏见，网络文学背靠市场对传统文学抱有傲慢与偏见。实际上，它们应该是并行不悖的，它们都能从对方那里得到重要的支持和营养，共同构成一个完整、健全的文学生态。”此外，夏烈在《光明日报》撰文《网络文学发展大趋势》，提出“网络文学就是未来文学的主流，媒介革命赋予它这一位置”，目前的网络文学尚处于发展的初级阶段，商品化和欲望化是其鲜明印记，但相信“网络文学会加快它步入盛期的节奏，富有集大成意味的精品可能接二连三地出现”。

在当下，讲述中国故事，已成为一种新的文艺热潮。严格说来，“讲述中国故事”是一个大的意识形态命题，涵盖意识形态的方方面面。但是，由于文学本身的形象性和丰富性，在讲述中国故事方面，文学便被赋予了较重要的使命。究竟何为“中国故事”？张颐武在2月24日的《解放日报》撰文《中国故事：命运与梦想》，提出：“中国故事一方面当然是对于中国的想象和表述，另一方面也是中国现实本身，所呈现的丰富和复杂的情境。一方面是讲述故事，如何让中国故事通过讲述让人们了解，另一方面是阐释中国故事本身。中国故事当然是历史的叙事，但更是当下的叙事，更是对于这些叙事的理解和阐发。”李云雷在1月24日《人民日报》发表文章《何谓“中国故事”》，提出：“所谓‘中国故事，是指凝聚了中国人共同经验与情感的故事，在其中可以看到我们这个民族的特性、命运与希望。而在文学上，则主要是指站在中国的立场上所讲述的故事，这主要包括以下几个层面：相较于上世纪80年代以来的‘个人叙事’、‘日常生活’、‘私人生活’，‘中国故事’强调一种新的宏观视野；相较于‘五四’以来，尤其是上世纪80年代以来的‘走向世界’，‘中国故事’强调一种中国立场，强调在故事中讲述中国人（尤其是现代以来的中国人）独特的生活经验与内心情感；相较于‘中国经验’、‘中国模式’等经济、社会学的范畴，‘中国故事’强调以文学的形式讲述当代中国的现代历程，在‘中国经验’的基础上有所提升，但又不同于‘中国模式’的理论概括，而更强调在经验与情感上触及当代中国的真实与中国人的内心真实。”这可说是对“中国故事”这一概念较为全面的概括。然而，对于李云雷的阐释，李振提出了他的疑问：“什么是中国人共同的经验？这个经验来自何处？如果我们对1949年后的中国文学进行一种纵向的划分，每个时期每代作家之间有着不尽相同的生活经验和文学表达，如果我们进行横向的划分，派系、地域、行业、阶层等等，又各有所异。那么，在这些繁杂的经验与故事当中，谁被用来代表中国？或者，‘中国故事’到底是谁的故事？”（李振：《关于“中国故事”的若干疑问》，《南方文坛》2014年第5期）“讲述中国故事”事实上包括着三个层面的问题，即“谁来讲”、“讲什么”、“如何讲”。霍俊明在《如何讲述“中国故事”与“本土现实”》（《文艺报》2014年4月28日）中强调如何“将日常生活转化为文学”，他认为，“文学的现实感所要求的是作家一定程度上重新发现‘现实’的能力，甚至是超拔于‘现实’的能力。所以，处理正在发生的‘现实’对于作家而言无异于一次巨大的冒险和挑战。”可以看出，“如何讲述新的中国故事”是当前中国文学的一种新主题与新趋势。陈思在《现实感、细节与关系主义——“中国故事”的一条可能路径》（《南方文坛》2014年第5期）中提出，相较于以往的宏大的全景叙事和个人化的讲述方式这“一大一小”两种“中国故事”的“讲法”，贾平凹的小说《带灯》以其细节和关系主义，提示着“中国故事”的一条更有生产性的道路。徐刚通过阎连科小说《炸裂志》的批评，认为在启用所谓“本土叙事传统”来讲述中国故事的时候，不应将本土传统理解为“某种现成的、触手可得的本质化元素”，“某种仪式化的、远古的、僵化的东西”，而应该是“一种与当下生活发生关联的活的传统”（徐刚：《“中国故事”与本土传统的观念化表达》，《南方文坛》2014年第5期）。

孟繁华在早先宣布“乡土文明的崩溃与‘50后’的终结”后，便将期待与关切集中于中国城市文学。其《建构时期的中国城市文学——当下中国文学状况的一个方面》（《文艺研究》2014年第2期）掀起了本年度关于“城市文学”的理论热潮。在本文中孟繁华指出，处于社会文明的全面转型期，当代中国的城市文化还没有建构起来，城市文学也处于建构之中。中国当代城市文学的这种建构状态既呈现为一种丰富的活力，但同时也集中表现出三方面的症候：缺乏代表性的人物形象，没有青春，以及纪实性困境。金理的《当代青年遭遇都市——青春文学与城市书写的一个现象考察》（《当代作家评论》2014年第4期）对孟繁华的观点“城市文学没有青春”进行了呼应，他指出“青年遭遇城市”是世界文学一脉重要的传统，那些来到都市的青年在欲望的鼓励下追寻一个“可能的自我”，然而，在今天中国的文学中，却是另一类形象，“是平抑了欲望，甚至消解了绝望后，外表冷漠、心如死水的人”。通过引入社会学视野，论者尝试分析“为什么在这样的时刻，青年一代对欲望的自我治理会显得意味深长”。在金理看来，中国青春文学的展演中，更多的时“角色化的生成”，而很少“主体化的成长”，他的结论是：“只有充分正视青年人的特性、欲求、内在权利、精神自由以及生命原初意义，真正的青春文学才会诞生，真正属于青年人的城市书写才会到来。”张德明和计文君则探讨了城市的文学想象问题。张德明的《想象城市的方式——中国现当代城市文学侧论》（《上海文学》2014年第6期）从历时性角度分析了中国现当代作家想象和理解城市的多元化景观：从新感觉派对于城市的感觉性想象，到《子夜》的社会学想象，到张爱玲对现代都是的近代性想像，到王安忆对于上海的性别化想象，以及《上海宝贝》的欲望化想象和《教授》《蜗居》的空间化的想象……“一个充满多面性和立体感的现代都市形象也借助这些丰富精彩的想象方式得以逐步建构起来。”计文君在《想象的城——城市文学的转向》中认为，在文学中，城乡对峙的二元叙事模式业已失效，从题材角度来划分城市文学和乡土文学，将丧失意义，城市已经在我们面前，生长为无边无际的现实，小说家需要凭借凭借强劲的想象力将这个“现实”在文学中创造出来。张定浩的《关于“城市小说”的阅读札记》（《上海文化》2014年11月号）道出他对城市文学的片段化感悟。在他看来，我们的小说家之所以在书写城市时的同质化倾向，或许与小说作者习惯以某种否定和离心倾向来观照城市有关。然而，“一个城市无法因为这样的病症表象区别于另一个城市，一个城市不是因为病情的轻重才有别于另一个城市”，故而，“城市小说是在要巨大的、看似不可阻挡的城市危机面前，发现和写出使人们在这里得以生活下去的秘密理由”。

在文体文类的理论探讨方面，陈晓明在《小说何以要现代》（《人民日报》2014年9月5日）中指出，“现代小说”包含了比传统小说更为丰富、复杂、多样的小说经验，“之所以今天还要呼唤这种美学品质，是因为当今中国小说还是以现实主义的乡土叙事为主导形式，艺术表现形式呈现简单雷同的状况”。李冰在《关于报告文学的卮言散议》（《光明日报》2014年11月24日）中分析了报告文学的真实性、思想性、文学性以及两个效益、两种价值等问题，指出，“作家要正确处理好义利关系，当两个效益、两种价值发生矛盾时，自觉做到经济效益服从社会效益，市场价值服从社会价值。要认真严肃地考虑作品的社会效果，讲品位，重格调，抵制低俗之风、逐利倾向。这不只是报告文学面临的问题，而是整个文学界都必须正视和解决的问题。”此外，《光明日报》还组织了“散文的边界问题讨论”，参与者有古耜、陈剑晖、张炜、南帆、孙绍振等。关于散文的边界也是一个老问题，大体有两派观点，一个以贾平凹创办的《美文》为代表的大散文，提倡散文无边界，一个以北师大刘锡庆教授为代表的纯散文。强调文体的纯度。孙绍振的《从抒情审美的小品到审丑、审智的大品》勾勒了中国现代文学从周作人开创的美文传统之后，散文创作美学原则的变迁。他认为，“对智趣和谐趣的排斥，造成散文文体的封闭”，“叙事与抒情”的诗性审美观念，其狭隘性在于窒息了散文的智性生命，束缚了散文的发展。他从而提出，“散文的生命力是动态的”。

三、重要作品评论

贾平凹的《老生》、徐则臣的《耶路撒冷》、刘醒龙的《蟠虺》、宁肯的《三个三重奏》、王跃文的《爱历元年》等长篇小说构成了2014年度重要的收获。李星在《山水不老人情弥新》（《文艺报》2014年10月17日）中指出，《老生》是年满六十的贾平凹进入“老年”时期后的第一部作品，“小说对《山海经》的理解，充满了老年人的耐心和智慧，发现了古人于繁复琐碎中的单纯和世界观念，发现了山水、社会与人和谐相处的哲理，感悟了从‘天人合一’退化到‘天人对立’的人性之恶、历史之罪。”陈晓明在《告别20世纪的悲怆之歌》（《文艺报》2014年12月19日）中称《老生》是对20世纪中国历史的一次还愿式书写。小说的4个故事拼合在一起，可以称得上是“短20世纪”的历史，它们都归属于20世纪的本质——关于“世道在变”的故事。“生长于21世纪初的贾平凹用西北腔‘说一句，念一句’衔接史前史的《山海经》，是否也可以看成一种英雄豪情？他自觉承担了责任，他为了告别，为了不遗忘而写作，也为了历史不再重演写作。尽管他的告别有点晚到，却也有他独到的一种方式。”

作为2015年另一部广受评论界关注的长篇小说，相对而言，徐则臣的《耶路撒冷》则更多地吸引了年轻论者的关注，论述集中在“70后”青年一代的历史与现实，成长历程与精神困境。梁鸿认为，“70后”在历史空间中处于一种模糊和暧昧状态，而这恰恰是一种新型的自我与历史的关系——“没有被大的集体话语所挟裹，一开始就站在历史的废墟之上，不管是无所归依的沉默还是稳重的沉默，他们都只能以自己的方式与历史对话”。从这个角度看，倚重经验性的《耶路撒冷》这是一种小叙事，但它也是史诗，是关于个人心灵的史诗，也是“一代人的心灵史”。梁鸿还重点分析了《耶路撒冷》的艺术形式，认为其具有略萨所言的“总体小说”的特征，“文体的交叉互补和语言的变化多端形成叙事空间的多重性，嵌套、并置、残缺、互补，它们在一起构成一张蛛网，随着人物的归乡、出走、逃亡，蛛网上的节点越来越多，它们自我编织和衍生，虚构、记忆、真实交织在一起，挟裹着复杂多义的经验，最终形成一个包罗万象但又精确无比的虚构的总体世界”（梁鸿：《花街的“耶路撒冷”》，《文艺报》2014年4月30日）。徐勇在全球化的语境下讨论《耶路撒冷》，他发现徐则臣在这部小说中将他一直念兹在兹的“到世界去”置换为“到耶路撒冷去”，这其间的精神脉络有迹可循：“从某种程度上可以说，‘到耶路撒冷去’以矛盾的形式包括了‘到世界去’和精神上的返乡的双重过程。”同时，“到耶路撒冷去”作为一种远景存在，表明了“70后”一代的自我救赎的姿态与期望。故而，《耶路撒冷》的意义就在于，“其写出了全球化语境下一代人的觉醒乃至反思的过程”（徐勇：《全球化进程与一代人的精神自救——评徐则臣的长篇新作〈耶路撒冷〉》）。项静则对《耶路撒冷》的叙事能否撑起作者“为一代人精神立传”的宏大目标持有怀疑，“作家在70后的人生上覆盖了厚重的政治、经济、文化、信仰等等云层，但其实落实到小说中的部分只是涉及心安和创伤的精神层面，而且创伤又是以一个单薄的同龄人早亡事件带来的”。由此疑问来了：书中的几个人物是否有足够的代表性，直接跳到困扰70后一代的景观和问题中去？其命运能否回应起或者拔高到略显沉重的关涉一代人的诸多带着生命热情的社会学问题？（项静：《这么早就开始回忆了——读徐则臣〈耶路撒冷〉》，《上海文化》2014年3月号）

汪政的《价值、知识与话语》（《文艺报》2014年6月9日）、鲁太光的《重提：美问题——〈三个三重奏〉的现代意识及启示》（《南方文坛》2014年第5期）分别对刘醒龙的《蟠虺》和宁肯的《三个三重奏》进行及时评论，值得关注。汪政将《蟠虺》视作刘醒龙的“中年变法”。在这部以青铜器为题材的长篇小说中，刘醒龙表现出队语言的高度重视，“古典与现代、写实与浪漫，已经没有了边界，而推理、悬疑、奇幻，甚至盗墓等许多类型小说的因子都被整合进来”，借此，刘醒龙进入了他的长篇新话语。鲁太光认为宁肯在《三个三重奏》中打造了一种复合的文本，建构了一个立体的空间，而这样的小说形式，是基于我们生存现代世界的复杂性。对当下世界的呈现是作家努力的方向之一，而这目标背后还有一个更大的目标：“回望1980年代，反思1980年代，凭吊1980年代”。

此外，一批出自青年评论家的作家论和作品论构成了本年度重要的批评成果，如张莉《唯一一个报信人——论莫言书写故乡的方法》（《文学评论》2014年第2期）、李遇春《“进步”与“进步的回退”——韩少功小说创作流变论》（《文学评论》2014年第5期）、张立群《“午后”的写作及其辩证综合——李洱小说论》（《中国现代文学研究丛刊》2014年第6期）、黄平《革命时期的虚无：王小波论》（《文艺争鸣》2014年第9期）及杨庆祥《无法命名的“个人”——由〈隐身衣〉兼及“小资产阶级”问题》（《文学评论》2014年第2期）、张定浩《爱和怜悯的小说学——以黄永玉〈无愁河的浪荡汉子·朱雀城〉为例》（《南方文坛》2014年第5期）、项静《方言、生命与韵致——读金宇澄〈繁花〉》（《中国现代文学研究丛刊》2014年第8期）、李振《“七〇后”的“文革”想象与叙述——以〈花街往事〉和〈认罪书〉为例》（《当代作家评论》2014年第4期）等等。

四、文学批评生态的变化

在由中国艺术研究院马克思主义文艺理论研究所举办的2014年第二届全国青年文艺论坛上，中国艺术研究院青年评论家张慧瑜曾经把当今的文学批评分为学院批评、媒体批评和体制内批评。这种分类方法值得商榷，比如说体制内批评，张慧瑜特指作协系统的批评，以及《人民日报》《光明日报》《文艺报》等官方媒体上刊载的批评。严格地说来，中国并没有完全意义上的体制外批评，至少它还不能构成一支重要的文学批评力量。而学院批评，包括社科院、艺术研究院在内的批评都是在体制内，甚至一般的媒体批评也概莫如是。

就广义的体制内文学批评而言，学院批评的崛起一定程度上为文学批评增强了学理性和专业性，但随着学术体制的僵化，学院批评也呈现出流于理论演绎、审美评判缺席、不直面文本和文学现场等弊病。文学批评界越来越认识到这种种弊病，纷纷呼吁批评的“及物化”，文学批评生态在过去几年中得到有效改进。

以去年出版的几部文学批评著作为例。李敬泽的《致理想读者》对文学批评的文体有着相当自觉的追求，“若把文学批评比作体操，李敬泽这位选手的技术动作首先是入眼、好看。他的语言仿佛有天然的磁力，把复杂的文学现象说得那么轻松与明澈……面对众声嘈杂的新年代，他以略带苦涩的表情，重新考量着文学的在公众大教室里那个曾经显赫的座位，使他成为中国当代少见的凝眉关注文学生态的批评家”（徐敬亚：《入眼好看轻松明澈》，《羊城晚报》2015年3月8日）。可以说，这样的文学批评对于改变文学批评的生态起到了积极的推动作用。

再比如上海的青年批评家张定浩在2014年出版的《既见君子：过去时代的诗与人》，介于文学评论与散文作品之间，以优美的文字，蕴藉的才华，真挚的性情，对文学评论的文体形式做了有益的探索。特别值得称道的是，这本书与《致理想读者》一样，不以所谓“专业性”为限，追求文学批评的可读性，使文学批评面向普通读者敞开。这也可视作文学批评渐趋成熟的标志之一。

此外，加快青年批评人才队伍建设，也是改变文学批评生态的重要举措。比如，由中国艺术研究院马文所举办的“青年文艺论坛”，对当前最新的文艺作品、文艺现象与文艺思潮，以专题发言加圆桌讨论的形式进行研讨。“70后”和“80后”共同构成了论坛的主力——他们中既有中国艺术研究院的青年学者和在读研究生，也有来自其他高校、研究所、报纸杂志、文化机构等不同行业的年轻人。青年文艺论坛已坚持了3年多，进行了近50期讨论，还举办了3届“全国青年文艺论坛”。

中国现代文学馆在2014年进行了第三届客座研究员的聘任。中国现代文学馆每年度组织客座研究员参加10次学术例会，通过集中研讨，引导青年评论家学习马克思主义经典文艺理论，研究各种文学思潮和现象，积极介入文学现场，在“短兵相接”中调整着自己的认知方式和批评方式。经过3届共31名客座研究员的聘任培养，一个新的青年评论家群体正在形成。

中国人民大学的“联合文学课堂”提供了一个作家与青年批评家互动的平台。课堂主持人杨庆祥说：“目前高校中文系的教学以文学史为主，对当下的作品缺乏敏感性，教学严重滞后于创作实践。我想通过这种方式让大家比较有效地接触到文学创作的现场；同时，希望这种具体的、有时候是与作家面对面的交流，能形成一个良性的互动。”（《文艺批评人才如何不断档》，《光明日报》2014年10月20日）“联合文学课堂”也同样可以视为改变文学批评生态的有益尝试。

以习近平在文艺工作座谈会上的讲话发表为标志，2014年可视为文学的转折之年，文学理论与批评界重新把握方向，释放活力，一个良性的文学批评生态正在积极的建构当中。

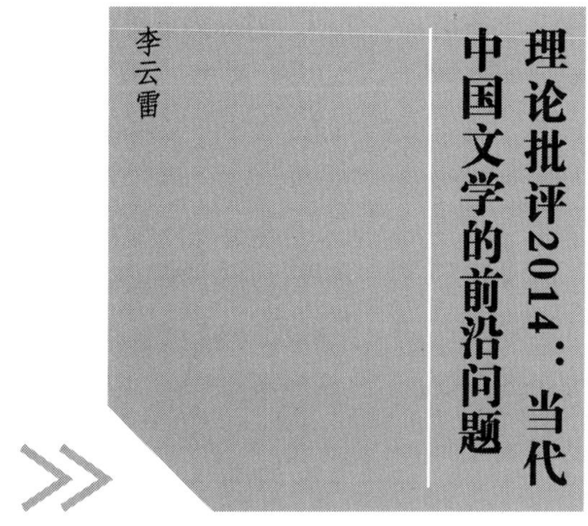

2014年，中国文学批评持续前行，一方面对最新的文学作品与文学现象做出及时的分析与评判，一方面也在自我反思的基础上进行调整。习近平总书记在文艺工作座谈会的讲话中，针对文艺批评，特别指出，“要高度重视和切实加强文艺评论工作，运用历史的、人民的、艺术的、美学的观点评判和鉴赏作品，倡导说真话、讲道理，营造开展文艺批评的良好氛围。”虽然只有短短几句话，但包含着丰富的含义，也为今后文学批评工作的开展指明了方向。

一、坚持以人民为中心的创作导向

习近平总书记在文艺座谈会上的讲话发表后，在文艺界引起了广泛的关注与反响，

《文艺报》等报刊专门开辟专栏学习，白烨在《“为人民”：创作的中心与文艺的轴心》中指出，“围绕着‘以人民为中心’的基本理念，习近平总书记就如何‘为人民’提出了许多新要求与新希望，尤其是对于文艺家的潜心创作、紧跟时代，深入生活，德艺双馨等，都紧扣‘为人民’、‘以人民为中心’的总主题，作了精到的论说与生动的阐发。可以说，这些沿坡讨源又环环相扣的论述，不仅对文艺‘为人民’的根本方向构成了坚强而有力的支撑，而且在文艺‘如何为人民’上，以遵循规律和联系实际的分说与细读，提出了具体的办法与实现的措施，从而构成了色彩强烈的‘以人民为中心’的体系化的理论建构与文艺思想。”梁鸿鹰在《铸造灵魂评论有责》中认为，“‘铸造灵魂’，应专注人精神的向上需求，致力于人精神质地和品格提升。‘铸造灵魂’，要按讲话精神要求，以优秀作品‘让人动心，让人们的灵魂经受洗礼，让人们发现自然的美、生活的美、心灵的美’，‘弘扬中国精神、凝聚中国力量’，在这项崇高事业中，文艺评论负有义不容辞的职责。”施战军在《努力促进更多精品力作涌

现》中指出，“如何担当起为人民而文学的使命？从办刊来说，坚持以人民为中心的创作导向，抓原创精品，引导、发掘、承载和传播优秀作品，就是充满使命感的实际行动。在今天，随着人们生活条件的改善和环境的变化，社会现象显得更为复杂，人生观念也是多样并存，人们的审美趣味、阅读取向受到来自方方面面的影响，这就更需要我们具有‘人民性’的担当，真正听得到人民从生活和内心发出的声音，真正懂得人民的生活情态和精神梦想。”彭学明在《让文学与人民和时代有骨肉情意》中认为，“作为一名作家，我们应该思考：怎样让文学与人民和时代有血肉联系、骨肉情意？怎样为人民服务、为时代担当？怎样让我们的文学作品成为弘扬中国精神、凝聚中国力量、鼓舞中国人民的时代号角和精神动力？”云德在《开创文艺评论新风尚》中则认为，“集结力量，重振旗鼓，打磨好批评这把利器，开创批评新风尚，是贯彻文艺座谈会精神，推动文艺评论发展进步的当务之急。”

《解放军报》连续刊发三篇评论员文章《人民是文艺创作的源头活水》《文艺不能当市场的奴隶》《高扬社会主义核心价值观的旗帜》，其中指出，“文艺是铸造灵魂的工程，文艺工作者是灵魂的工程师。好的文艺作品应该能够启迪思想、温润心灵、陶冶人生，能够扫除颓废萎靡之风。文艺工作者只有把社会主义核心价值观生动活泼、活灵活现地体现在文艺创作之中，用栩栩如生的作品形象告诉人们什么是应该肯定和赞扬的，什么是必须反对和否定的，做到春风化雨、润物无声，才能使社会主义核心价值观内化为人们的精神追求、外化为人们的自觉行为，成为日用而不觉的行为准则。”

自2014年1月起，中国社会科学院与《人民日报》共同开设《文学观象》栏目，该栏目由中国社会科学院副院长张江主持，文学界知名学者、作家广泛参与。该栏目就我国当前文学发展中的重要现象、热点话题和焦点问题，以对话形式进行探讨和辨析，刊出了《文学不能“虚无”历史》《文学，请回归生活》《重塑文学的“真”》《文学是民众的文学》《文学关乎世道人心》《文学遭遇低俗》《时代巨变中的文学命运——在法兰克福大学文学院的讨论》等20多篇文章，直面当前文学创作中的深层问题，开展深入有力的文学批评与理论研究，在文学界引起了广泛的影响。

2014年，第六届鲁迅文学奖评选揭晓，孟繁华的《文学革命终结之后——新世纪文学论稿》、鲁枢元的《陶渊明的幽灵》、程德培的《谁也管不住说话这张嘴》、张新颖的《中国当代文学中沈从文传统的回响——〈活着〉〈秦腔〉〈天香〉和这个传统的不同部分的对话》、贺绍俊的《建设性姿态下的精神重建》等五部著作获得理论批评奖，这五部著作不仅代表了近年来文学批评的最高水准，也为当代文学批评开辟了不同的路径。

二、如何讲述中国故事

2014年，关于中国经验与“中国故事”的讨论持续升温，这既显示了当代评论家的自信与自觉，也展示了这一命题的价值与阐释力。雷达在《从“乡土中国”到“城乡中国”》中对“乡土文学终结论”持异议，他指出，“当下文学面临的是这样巨大的社会转型和人心裂变，在全球化时代，历史的节奏也在由传统的农业文明向现代工业文明跃升，而不是相反。作为对社会生活的表现、想象与建构，乡土叙事为我们提供了一份当代中国人的精神履历。在表现城市化产生的复杂社会问题和各种价值断裂时，乡土文学正在积极书写、建构和谐社会中新的道德、信仰和美学新秩序。”张颐武在《中国故事：命运与梦想》中指出，“中国故事是当下全球和中国本身所关切的。一方面中国三十年来的变化使得中国故事有了更为重要的含义，另一方面，当下中国本身也需要对自己的故事进行叙述、阐释和理解。中国故事一方面当然是对于中国的想象和表述，另一方面也是中国现实本身，所呈现的丰富和复杂的情境。”霍俊明在《如何讲述“中国故事”与“本土现实”》中强调如何“将日常生活转化为文学”，他指出，“文学的现实感所要求的是作家一定程度上重新发现‘现实’的能力，甚至是超拔于‘现实’的能力。所以，处理正在发生的‘现实’对于作家而言无异于一次巨大的冒险和挑战。”李云雷在《如何讲述新的中国故事》《赛珍珠：如何讲述中国故事》等文章中，对于何谓中国故事、如何讲述新的中国故事等问题做了探讨，指出“如何讲述新的中国故事”是当前中国文学的一种新主题与新趋势。李振的《“中国故事”：到底应该怎么讲？》，孙宗广、刘锋杰的《赛珍珠：如何表现中国精神？——接着李云雷的“故事讲述”往下说》等文章，与之进行商榷，显示了一种良好的学风。

2014年，文学与现实的关系得到更进一步的讨论，《文艺报》开设“文学如何表述现实”专栏，刊发了李敬泽、梁鸿鹰、李洱的《如何确立文学对现实的有效表达》，孟繁华的《现实主义文学的表现与超越》等文章。王德领在《现实不仅仅是“问题小说”》则指出，“如果我们把现实定位为“问题”的堆积地，就永远不会写出伟大的作品，因为，现实不仅仅是问题的丛生场所，而且有它内在的逻辑和秩序，有它的丰富性和驳杂性。”刘大先在《现实感即历史感》中认为，“任何一种现实都是在历史中的现实，它要求个体超越与战胜自己的有限性，以人格挑战神格，摆脱褊狭的历史感——这种历史感下的叙事如同美杜莎的眼睛，让触目所及的现实僵化枯死，一方面立足大地接地气，另一方面要有飞升的愿望。”

文学与历史的关系、当代文学经典化等问题，也得到了关注，吴义勤的《“经典化”是真命题还是伪命题》、刘锡诚的《1982：“现代派”风波》、岳雯的《不彻底的改革和理性的抒情——重读〈沉重的翅膀〉》、贺仲明的《论当前文学人物形象的弱化与变异趋向——以格非〈江南三部曲〉为中心》、余夏云的《重写现代——“海外中国现代文学研究译丛”的阅读与反思》、张定浩的《爱和怜悯的小说学——以黄永玉〈无愁河的浪荡汉子〉为例》等文章，都从不同角度触及了这些问题。

三、当代文学批评的前沿问题

2014年，最新发表的一些重要作品得到了评论界的关注，陈晓明的《〈老生〉：告别20世纪的悲怆之歌》、胡平《〈来生再见〉：战争与人的雄奇诗篇》对贾平凹、何顿的新作做了深入分析，汪政的《价值、知识与话语》、王干的《不老叙事人的青春逆袭》、项静的《想象大地上的陨石》则分别对刘醒龙的《蟠虺》、王蒙的《闷与狂》、宁肯的《三个三重奏》三部长篇小说进行了评析。2014年，“70后作家”的长篇写作成为文学界的一个焦点，徐勇的《全球化进程与一代人的精神自救——评徐则臣的长篇新作〈耶路撒冷〉》，梁鸿的《“后文革”时代的忏悔与生活——读〈认罪书〉》，孟繁华、唐伟的《看到他们曾经看到的世界——评李浩的长篇小说〈父亲简史〉》，贺绍俊的《以赏识故事的方式书写世俗人生——读东君的〈浮世三记〉》等文章，对其中具有代表性的作品做了及时而深入的评析，让我们看到了文学批评的介入能力。

李冰在《关于报告文学的卮言散议》中分析了报告文学的真实性、思想性、文学性以及两个效益、两种价值等问题，指出，“作家要正确处理好义利关系，当两个效益、两种价值发生矛盾时，自觉做到经济效益服从社会效益，市场价值服从社会价值。要认真严肃地考虑作品的社会效果，讲品位，重格调，抵制低俗之风、逐利倾向。这不只是报告文学面临的问题，而是整个文学界都必须正视和解决的问题。”何建明在《〈南京大屠杀全纪实〉创作谈》中指出，“我写《南京大屠杀全纪实》一书，最大的创作体会是：假如和平是我们永远的追求，那么牢记历史教训、防止悲剧重演，必定也是我们不能动摇的信仰。”李建军的《伟大中国的美丽书写——读〈胡平的瓷上中国——China与两个china〉》、于雪飞的《纯净的精神力量——读报告文学〈天路上的吐尔库〉》、路平的《跨越自己向梦进军——魏锋〈春天里放飞的梦想〉读后》等文章，也对优秀的报告文学作品进行了评论。

在散文方面，伴随着李零《鸟儿歌唱》、刘禾《六个字母的解法》、韩少功《革命后记》等作品的发表，关于“学者散文再崛起”的讨论也成了文学界的一个热点，顾文豪的《真话让世界陷于尴尬》、余亮的《徐志摩的浮云和奥威尔的暧昧——评刘禾新作〈六个字母的解法〉》、陈冲的《历史不是由亲历者写成的——读韩少功〈革命后记〉随想》等文章，从不同角度切入了历史与文体问题的讨论。

2014年，著名诗歌评论家陈超、打工诗人许立志自杀身亡，在诗歌界内外引起了巨大的反响，陈福民的《诗歌不需要被原谅》、霍俊明的《陈超：用诗歌与时间和脆弱抗争》，以及秦晓宇为许立志编选的诗集《新的一天》的序言，不仅是对两位诗人的纪念，也让我们看到了诗歌在我们这个时代的可能性。

自2010年《人民文学》提倡“非虚构”写作以来，不仅“非虚构”写作蔚为大观，而且理论上的思考与探讨也持续不断，2014年，何平的《非虚构写作：事先张扬的文学态度》，李德南的《非虚构：面对真实还是面对文学？》，陈丹燕、张莉的《非虚构写作是一种“照相术”吗？——关于非虚构女性写作的通信》，王璐的《关于“非虚构”文学的一些思考——兼评〈寻路中国〉》，刘昕亭的《谁的非虚构？什么样的现实？——2013年打工图书出版热分析》等文章，从不同角度对“非虚构”写作的理论与实践问题进行了分析。

新世纪以来，中国文学的格局发生了巨大的变化，网络文学及新媒体的崛起引起了广泛的关注，《人民日报》开设“网络文学再认识”栏目，从不同的角度探讨评价网络文学的方法与标准，李敬泽的《网络文学：文学自觉和文化自觉》系该栏目的终结篇，他指出，“我们要放下两种傲慢与偏见，传统文学依靠思想和艺术品质对网络文学抱有傲慢与偏见，网络文学背靠市场对传统文学抱有傲慢与偏见。实际上，它们应该是并行不悖的，它们都能从对方那里得到重要的支持和营养，共同构成一个完整、健全的文学生态”，并探讨了从四个方向构建评价体系、从新经验出发建立文学整体观等问题。南帆的《网络文学：庞然大物的挑战》、何向阳的《网络文学发展的系统工程》、邵燕君的《媒介新变与“网络性”》也都从不同角度对网络文学做出了分析与探讨。

新世纪文学引人注目的另一个方面，是一些新的文学类型的出现，比如科幻小说的崛起以及大陆“新武侠”的产生，黄灿的《作为宇宙的个体与作为个体的宇宙——论〈三体〉三部曲中的张力艺术》、刘博的《与时代同步的基因科学幻想——读王晋康“新人类”系列科幻小说》、姚晓雷的《新世纪武侠：以“我”为主的武侠新时代》、徐刚的《徐皓峰样本，样本徐皓峰》等文章，对这些新的文学现象与作品做出了思考。

四、新的力量在成长

2014年，新的文学批评力量也在成长，吴义勤主编的“中国现代文学馆青年批评家丛书”第二辑推出，收入刘涛的《瞧，这些人：“70后”作家论》、张丽军的《“当下现实主义”的文学研究》、金理的《青春梦与文学记忆》、刘大先的《文学的共和》、黄平的《大时代与小时代》、曾一果的《中国新时期小说的“城市想象”》、傅逸尘的《英雄话语的涅槃：21世纪初年军旅长篇小说创作论》、刘志荣的《此间因缘》、何同彬的《重建青年性》、李丹梦的《文学“乡土”的地方精神》、张立群的《先锋的魅惑》、郭冰茹的《寻找一种叙述方式》等著作，让我们看到了新一代批评家的集体登场，以及他们各不相同的介入方式与批评风格。

2014年，第三届唐弢青年文学研究奖评选揭晓，姜涛的《“历史想象力”如何可能：几部长诗的阅读札记》、张炼红的《“幽魂”与“革命”：从“李慧娘”鬼戏改编看新中国戏改实践》、杨庆祥的《历史重建及历史叙事的困境——基于〈天香〉〈古炉〉〈四书〉的观察》、王侃的《翻译和阅读的政治——漫议“西方”、“现代”与中国当代文学批评体系的调整》、张莉的《作为文学批评家的孙犁》等文章获奖。他们的文章从不同角度介入历史、现实与文学，展示了新一代研究者的视野与抱负。

2014年，海峡两岸青年作家评论家的交流日益频繁，中国作协组织的“两岸70后创作互评”活动引起了广泛的关注，黄文倩的《人在“中途”：读张楚〈长髮〉》，石晓枫的《超脱而冷峭的日常叙事——读东紫小说》，彭明伟的《当两个鲁蛇同在一起——田耳的欲望之翼》，李丹梦《记忆与历史——关于吴明益的〈虎爷〉及其他》，沈庆利的《人生与“迷藏”——读许荣哲小说》，房伟的《幽灵海洋的塞壬之歌——读郝誉翔小说》，郝敬波的《沉浸梦境与选择清醒——对伊格言小说〈噬梦人〉的一种解读》，欧阳月姣、邵燕君的《月球·西夏：“异托邦”叙事与“游牧”美学——解读骆以军》等文章，展示了这一活动的成果，让我们看到了两岸青年作家与评论家之间相互理解的意愿及其努力，以及新一代批评家的开阔视野。

2014年的文学批评，面对新的现实与新的文学经验，在多方面取得了开拓性的进展。文学批评与文学作品是“车之双轮，鸟之双翼”，都是时代的产物，都应该对世界有敏锐的观察与细腻的体验。文学批评只有“运用历史的、人民的、艺术的、美学的观点评判和鉴赏作品”，只有“说真话、讲道理”，才能与时代保持血肉般的联系，才能有疼痛感与当代性，才能切入最为核心的精神命题，真正形成一种良好的文学生态。

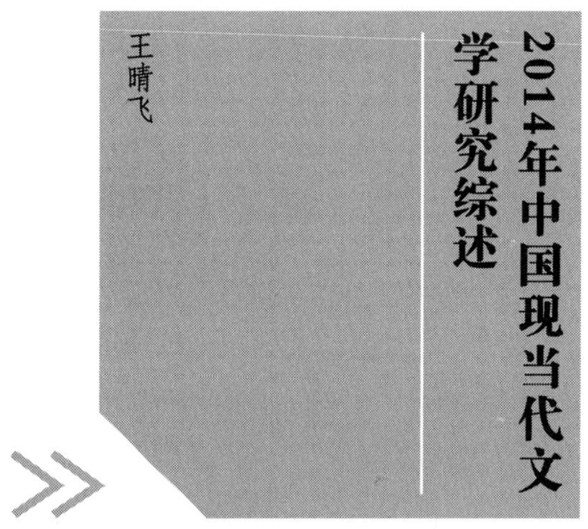

2014年中国现当代文学研究综述

王晴飞

一、重要作家作品研究

鲁迅研究历来是中国新文学研究的“大宗”，本年度值得注意的研究论文，如袁盛勇的《鲁迅的“沉沦”——论鲁迅言与思的不一致乃至背离》（《中国现代文学研究丛刊》2014年第1期）一文，讨论的是鲁迅思想及其话语实践存在言思不一乃至背离的现象，试图由此还原鲁迅思想中的某些消极因素。作者认为这种言思不一的极端形态是“我要骗人”的认知结构和话语方式，源于鲁迅的几次心理危机，这使得他的启蒙实践不能坚持到底，并由此走向言行背离的不断沉沦之路。而从的心理动因上来说，“我要骗人”又体现了善的力量和品格，是一种伟大的人道主义的德性。当然，这种伟大的德性和思想、实践上的“沉沦”如何同时并存，是我们需要继续思考的问题。

韩琛的《入戏的观众——鲁迅与东亚新视界》（《中国现代文学研究丛刊》2014年第5期）一文，讨论的也是鲁迅思想的复杂性。所谓“入戏的观众”，指的是鲁迅在追求现代性的现代中国情境中，既入乎其中，又对此有所反思。文章通过对被视为中国现代叙事源起的政治寓言“幻灯片事件”的考察，认为现代中国作为错位于古/今、中/西间的“铁屋子”，为三重“帝国之眼”所透视。而鲁迅在认同启蒙现代性的合历史性的同时，又质疑其内在的殖民暴力、历史压抑与霸权倾向，从而超越常见的进步/落后、现代/传统的二元思维模式。

刘春勇《留白与虚妄：鲁迅杂文的发生》（《中国现代文学研究丛刊》2014年第1期），讨论的是鲁迅选择杂文这一文体的选择与其思想观念和文学观念变化的关系。文章认为，鲁迅通过《野草》的写作，扬弃了“虚无”而向“虚妄世界像”挺进，这使得鲁迅在1925年前后逐渐放弃了“主题性”极强的带有“现代透视法”的纯文学创作，而选择了在现代文学体制之外的、散漫、有余裕杂文写作，这增加了文章的趣味、写作的开阔度，也壮大了写作者的精神。而马海的《城市经验与鲁迅杂文的发生》（《文艺理论与批评》2014年第5期），则认为鲁迅的杂文是与其城市生活经验紧密相连的，杂文的直接、快速的风格也与现在都市节奏有着内在的呼应。

邵宁宁的《鲁迅诗作中的屈骚情致与现实寄寓》（《中国现代文学研究丛刊》2014年第11期）一文，研究的是鲁迅的旧体诗，并由此反思现代文学研究中考据与审美的关系。文章以鲁迅旧诗《无题·洞庭木落楚天高》中“眉黛”为核心，重新解读该诗的意蕴，并分别从传统诗歌和鲁迅其他诗作、杂文中寻出作证，分析鲁迅作品中的屈骚情致和现实隐喻的关系，反驳之前流行的捕风捉影式的解说，并由此提出要警惕现代文学研究中“考据之沦为索隐”遮蔽了文学本身的审美属性的问题。

程振兴《被注释的鲁迅——以〈答徐懋庸关于抗日统一战线问题〉题注为中心》（《海南师范大学学报（社会科学版）》2014年第2期）一文，是对鲁迅研究之研究，以一条题注的变迁为中心，揭示“鲁迅”与当代中国复杂的历史联系。1958年版的《鲁迅全集》关于这一条的注释，是在周扬的影响下做出的，隐藏了鲁迅和1930年代左翼党员作家之间的矛盾，将矛盾双方转化为徐懋庸和冯雪峰。又通过对关于胡风词条的注释，委曲地否定了鲁迅对于胡风的判断。而鲁迅对《答……》文的版权，在本文之外的许多证据都一再表明，鲁迅对此文有明确的责任，不宜全部推给冯雪峰。而这些证据，一度被隐藏，包括《鲁迅日记》的失收，鲁迅书信的选择性收录，鲁迅《答……》文手稿不予展览等。“文革”开始后，周扬被打倒，这些证据都被重新发掘成为了周扬的罪证。

陆建德的《母亲、女校长、问罪学——关于杨荫榆事件的再思考》（《中国现代文学研究丛刊》2014年第8期），研究的是女师大学潮，算是鲁迅研究的旁支。文章结合许广平的童年心理创伤分析其“驱杨”的复杂动机，并从其各种回忆文字中梳理其拿来指责对方的“罪状”，指出有的政治性指责（如阻止学生纪念孙中山）不尽合逻辑，难以采信。驱杨事件背后有党派和小团体利益的驱动，驱杨一方的攻击，许多也突破公共论坛辩论的界限，流于人身攻击，尤其是暴露出男性中心主义色彩的人身攻击。文章认为，杨荫榆治校并无大过，应该为其恢复名誉。

王风《张爱玲〈五四遗事〉中的“五四”话题与40年代“遗事”》（《现代中文学刊》2014年第4期）一文，研究的是张爱玲，也稍稍涉及鲁迅。文章认为张爱玲自己并不认同新文化传统，反感大叙事和新文艺腔，但是《五四遗事》对“五四”的反讽，却和鲁迅的《伤逝》形成了对接，二者具有对话关系。而且张爱玲本人，许多方面也恰恰符合鲁迅心目中现代女性的理想。关于张爱玲个人史方面，《五四遗事》写作前后，正是她与胡兰成关系彻底结束时，从此开始她与胡兰成的“遗事”不断影射在作品中。张爱玲对爱情的现代前卫与胡兰成的才子佳人幻想，竟然恰好“错位契合”，《五四遗事》可看作这一系列遭际的“镜像”，在之后的写作中，这些“遗事”又多次被调动。

本年度其他重要作家、作品的再评价，也往往源于新材料和新方法的发现和使用，而有所发现，尤其是对于一些曾经在文学史上起到重要作用而一直没有得到充分重视的作家作品，予以“再发现”。李书磊的《作为异文化体验的“梁启超游美”（《中国现代文学研究丛刊》2014年第3期）一文，重新解读梁启超的《新大陆游记》认为梁启超旅美游记的书写本身是对当时西方、东方之间“观察”与“被观察”的文化权力格局的冲破，他的“美国书写”可看作是一次文化行动，显示了甲午之后中国“士人”“文化自恨”之中的“自强”之气。作为一个中国“士人”的梁启超，对美国的许多发现、判断又超出了中国的利害本身，成为对美国相当客观的认识和相当准确的预言。

吴稚晖曾经是晚清民国时期的一位重要文化人物，其文学风格具有特异性，但因其精力并不全在文学，而其文学理念、风格与新文化派主流多有不同，亦后继无人，所以在文学史上一直没有得到充分的重视。文贵良的《“自成一种白话”：吴稚晖与五四新文学》（《文艺争鸣》2014年第6期）一文，认为吴稚晖的文学观念、白话形态以及他小说的准荒诞性，为更宽广地描绘新文学的边界提供了可能。吴稚晖的文学的特异性，首先是其“得言论的真自由，享言论真幸福”的自由说话精神，即所谓的“放屁”文章观。其次是语言形态层面的“文言白化并陈，雅言俗语同现”，作者称之为“万花筒式的语言形态”。而其《风水先生》则被认为是具有现代意识的荒诞性作品，许多因素具有超前性，很难以当时现有文学类型归类。

解志熙的《感时忧国有“狂论”——〈战国策〉派时期的沈从文及其杂文》（《现代中文学刊》2014年第2期）一文，讨论的是沈从文研究中一直相对比较薄弱的两个方面：一是作为“杂文家”的沈从文，二是沈从文与战国策派的关系。作者认为，1940年代沈从文的杂文创作，除了书生气的对政府建言外，更多的是对学院派知识分子批判。此时沈从文思想上的同道，是《战国策》派，这是一个沈从文偏离了自由主义而接近民族主义的阶段，由此可以看出沈从文思想的复杂性，到了1944年，他又回归了自由主义路径，向胡适等人靠拢。商昌宝的《对汪曾祺误读〈边城〉的辨析》（《中国现代文学研究丛刊》2014年第10期）一文，是沈从文研究之研究，是与汪曾祺《又读〈边城〉》的商榷文。汪曾祺反思沈从文1949年以后的命运，从《边城》开始，认为他的命运与《边城》的写作对左翼主流的疏离有关。作者回到历史语境，从当时的史料中得出判断，认为《边城》发表后并未受到左翼文艺界的批判，沈从文及其作品后来遭受的不公正待遇，其真正原因并非是其作品远离了阶级斗争，而是他作为自由派的文艺批评和时事评论。

叶君的《萧军日记里的二萧》（《天津师范大学学报（社会科学版）》2014年第2期）一文，是对萧红传记研究者中经常出现的一种倾向的反驳，即依赖萧军晚年的解读，以萧军立场理解萧红。文章借助更为原始的萧军日记和二萧1937年春平沪通信，重新理解二萧的情感世界，及最终分手的原因。而这些日记、书信时常可以表现出萧军在与萧红相处时，流露出来的导师式的专断与男性的自恋。

林分份的《论黄药眠小说〈李宝三〉的文学史意义》（《中山大学学报（社会科学版）》2014年第4期）一文，从黄药眠未被重视的短篇小说《李宝三》入手，探讨其文学史价值。文章认为，《李宝三》在"乡土小说"的谱系中，与《阿Q正传》有相似性，属于鲁迅开创的现代"乡土小说"的序列。其与之前的乡土小说的不同之处在于，李宝三形象在性格情感思想行为诸方面，都具有"异域情调"，开阔了读者心胸，也开阔了现代乡土小说的创作视野和表现空间，尤其是他有一些正面的品质，敢和对自己命运的抗争，这和阿Q、鼻涕阿二、天二哥等人的浑浑噩噩不同。其文学史地位，在于它是茅盾所谓的，不仅有"特殊的风土人情"，还"具有一定的世界关于人生观"，展现出"普遍性的我们共同对于运命的挣扎"，比《赌徒吉顺》等乡土小说，有"更为深邃的思想内涵和更为高远的艺术境界"。

胡安定的《张恨水〈八十一梦〉的戏仿策略与鸳鸯蝴蝶派阅读共同体》（《西南大学学报（社会科学版）》2014年第3期）一文，以《八十一梦》为典型文本，考察鸳鸯蝴蝶群体的写作策略与运行机制。文章认为，《八十一梦》戏仿手法的使用是对现实暧昧的抵抗，由于张恨水复杂游移的戏仿意图与姿态，《八十一梦》的两个世界的呈现丰富多元，蕴含多重趣味。而鸳鸯蝴蝶派的读者也多能顺利解读和阐释《八十一梦》的戏仿文本，说明作者与读者之间存在这一个文化趣味、文学记忆、解释方式趋近的话语共同体，这一文学共同体对当时的文学生产机制产生了重要影响。这种话语共同体与中国文学的史传传统有关，即读者习惯于以读史的眼光读小说，从而产生了索引式阅读小说的习惯。

徐仲佳的《艰难的"脱胎换骨"——丁玲〈关于《在医院中》〉（草稿）及周边文本的细读》（《晋阳学刊》2014年第5期）一文，讨论的是丁玲所谓"脱胎换骨"式的转变发生的时间节点，并由此看出当时一体化的文学场中，对知识分子"改造"的严酷性和知识分子转变过程的艰难与痛苦。文章通过对丁玲《关于〈在医院中〉》（草稿）的文本细度及修辞分析，认为其从内容到形式，都不符合"检讨"这一思想改造方式的要求，丁玲此时尚未完成"脱胎换骨"的转换，丁玲真正的转变发生在1943年进入中央党校一部审干、抢救之后。又将丁玲的"脱胎换骨"与1931年丁玲的转变比较，认为后者是个人经验与文学场的共识的高度重叠，而前者（1940年代的延安）则正在建立一体化的文学场，以政治场严酷的运作方式代替了文学场域占位斗争的"委婉形式"，导致了这一转换过程极其痛苦。徐仲佳的另一篇论文《"幽默"的变迁：论文学场对老舍的塑造》（《文学评论》2014年第3期），以文化社会学的视角，通过对《离婚》版本变迁的考察，分析不同时代不同的文学场对作家的塑造，认为文学场的权力关系变动内化为作家的习性，进而外化为作家的文学实践。从作家角度来说，在高度规范化、仪式化的场域中，也会以理性、算计的实践代替习性的外化。1930年代"幽默"是老舍的区隔性资本，老舍对《离婚》中幽默的处理，受当时文学场的制约。1949年后，老舍"小资产阶级知识分子”的身份定位使得他谨小慎微，加强了文学实践中的理性算计，不断检讨自己的“幽默”，悄悄收起带有“文化批判”色彩的“底气”，这体现在《离婚》1952年版本中。1963年处于所谓的当代文学的第二个“小阳春”，老舍对自己的“幽默”资本，一面公开否认，一面隐蔽地予以恢复，这体现在《离婚》1963年版本和《正红旗下》的秘密写作。

与作家作品研究相关的，是思潮与现象研究。吴述桥的《“第三种人”与左翼文学批评》（《文艺争鸣》2014年第8期），考察“第三种人”的历史生成，认为“第三种人”与左联的对立，是作家和批评家的矛盾。左联的文学批评包含了意识形态审查功能，“第三种人”向批评家要“文艺自由”，是对审查的不满。文章并指出一直被人们忽略的“文艺大众化”与“第三种人”论争之间的关联，认为二者在时间上同步，理论上也紧密相连。在文艺大众化问题上，“第三种人”和左翼内部的温和派也有根本分歧，二者虽然都强调文艺的审美价值，但是前者认为低级形式不能产生好作品，后者则认为旧小说有自己的艺术性。

张清华的《“传统潜结构”与红色叙事的文学性问题》（《文学评论》2014年第2期）一文，借用叙事学和精神分析的研究，挖掘红色叙事中的“传统潜结构”，及其背后隐藏的民族集体无意识。本文认为，当代革命文学或红色叙事中有着大量来自传统的旧的叙事结构与叙事元素，也正是这些元素支持了红色“叙事”的文学性魅力。而对于红色叙事中“传统潜结构”的分析，也有助于当代文学研究摆脱“社会——历史”的结构模式，并以“精神——文化——心理——人格——传统”的深层结构模式“纠偏”近年来“文化研究”对当代文学研究的影响，避免“十七年文学”和“新时期文学”是“两种完全不同的研究”的分裂局面。

赵学勇、张英芳的《延安时期文学启蒙思潮的历史演变》（《中国现代文学研究丛刊》2014年第9期）一文，比较延安启蒙与五四启蒙，认为启蒙主体由单一的知识分子为主题转变为大众与知识分子双重主体；延安的文学启蒙是人的启蒙与革命启蒙的双重奏，个体启蒙走向阶级启蒙，启蒙被启蒙化，启蒙完成了意识形态化建构。知识分子作为被革命改造的对象，在批判改造过程中也完成了“有机化”过程。

吴俊的《民歌的再造与传统的接续——关于当代中国文学资源的合法性问题刍议》（《扬子江评论》2014年第3期）一文，探讨的事当代文学如何通过民歌改造，一方面完成接续传统的使命，另一面建立主导性的文学资源的合法性身份和地位的问题。本文的宗旨既在于通过民歌的再造理论讨论传统接续的现实形态、方式及特征，更在彰显中国当代文学处理传统资源时所面对的挑战、困境及经验。文章认为在当下的中国社会中，国家文学的基本制度特征及其保障并未改变，但是文学多样性、多元化取向的实际合法性已经基本建立，各种权利的博弈可能性就变得更加公开和重要。最后并以张艺谋导演《归来》对“文革”题材的触碰为例，说明我们更需要建立妥协性地对话而非极端性地对抗的策略，由此获得特定文学资源的实际合法性，促成一种社会性的觉悟和力量。

二、沦陷区文学研究

近年来的沦陷区文学研究，越来越多地注意到作家在特定时代背景中独特的表达策略，其中隐现的心曲，以及与文学政策和政治力量的博弈关系，而非仅仅将其当作政治的附庸。邵迎建的《电影〈春江遗恨〉幕前幕后》（《中国现代文学研究丛刊》2014年第1期）一文，通过对该电影史料的还原，重回历史现场，以“了解之同情”重新审视这部影片的生产制作过程，认为日中双方都按照自己的想法来“借古讽今”，中方参创人员充分了调动中国人潜在的历史体验和地域体验，按照自己的意图影响中国观众欣赏时的想象，因而这部作品是能够作两义解释的。

刘晓燕的《文学与政治的博弈——“大东亚文学者大会”在南京》（《中国现代文学研究丛刊》2014年第1期）一文，通过1942—1944年日本文学报国会主导举办的三次“大东亚文学者大会”讨论沦陷区占领者与被占领者之间复杂的政治、文学的博弈。文章认为，“大东亚文学者大会”名义上是文学会议，然而作为战时文化体制中的一环，大会本身充满政治意味，更像一个角力场，各方的政治意图在此汇集、交锋。日方与各占领区围绕大会表达自身政治立场和要求，汪伪政府及其文学代表们更借助参与和筹办第三次大会的机会，提出尊重和理解“各国固有文化”、“各国自身历史”以及“各国文字”的要求，并以提倡文化沟通和东亚联盟精神为手段，积极争取政治独立和自主空间。从政治博弈到文学实践，汪伪政权的文坛发展，都背离了帝国日本欲借大会建立日本文化为中心、协力战争的“大东亚新文学”的意图和期望。

袁一丹的《隐微修辞：北平沦陷时期文人学者的表达策略》（《中国现代文学研究丛刊》2014年第1期）一文，提出“隐微修辞”的概念，指涉沦陷时期文人言文表达的特殊性和具体性。文章以沦陷时期滞留北平的文人学者为对象，通过对其言文表达修辞层面的分析探讨背后的伦理问题，以及修辞、历史与伦理三折的牵扯。文章认为，沦陷区读书人中有一个具有排他性的修辞共同体，这种“隐微修辞”具有一定的加密性。文章并论及沦陷区新文学处境的尴尬。由于新文学的启蒙特性，不能接受具有排他性的“隐微修辞”，不能满足沦陷区夹缝中文人的需求，而在抗战的背景中的非沦陷区，新文学形式上又不够“喜闻乐见”，所以其实一直是介乎“小众”与“大众”之间。

三、文学的社会功能研究

在现在的舆论氛围中，谈论文学的社会责任，似乎是有些落伍的事情。天下事往往是从一个极端走向另一个极端，自从文学被从政治乃至政策的束缚中解放出来，焕发出文学自身的生命力，随之而来的一个问题是，文学往往放弃了对社会的责任感，从反抗禁欲的非人的文学状况，走向了过度纵欲的另一种非人的文学。本年度《文学评论》有几组笔谈，涉及文学与历史、伦理、“精神能量”等话题，值得注意。

关于文学与历史的关系，有一组“文学不能‘虚无’历史”的笔谈。张江认为，当下流行的无视历史客观性、肆意解构历史的现象，从理论上说，源于西方的后现代主义历史观，在文学界，则存在着混淆“虚构”与“虚无”的创作倾向。文学将历史“虚无”化，过分强调历史和现实的断裂，否定了二者的连续性，颠覆了以历史为载体的文化价值体系，不利于建构一个民族的核心价值认同。不过本文没有准确区别重估、反思历史和肆意解构、虚无历史这两种态度，有将一切对历史现象的批判都视为“解构”、“虚无”之嫌。（《文学不能“虚无”历史》）商金林将文学“虚无”历史现象归因于消费时代和互联网时代这两个大环境，认为历史的本质是求真，文学则倾向于求善求美，二者本具有相互规约性。文学“虚无”历史现象放大了二者的相互独立性、对立性，导致脱离“现实世界”谈人性人情，产生戏说、恶搞之类调侃历史的文学作品。文学作品应该追求美、善、崇高和庄严，让人超越庸常，体验生命超越性的力量。（《文学的边界和本质》）王尧从当代文学中的“历史”叙述出发，分析“革命历史”模式、价值观以及蕴藉其中的“革命伦理”随时势、意识形态氛围的变化。他认为1980年代以后，文学中产生一种新的历史叙述模式，文学中的“历史”和“事件”的“碎片化”和“空洞化”。历史叙述的变化不仅与意识形态、权力话语有关，也与知识谱系的变化有关。由此他认为80年代是一个“未完成”的年代，我们今天面临的文学危机，在于解构之后，没有有效的建构，作家和批评家没有形成重新论述历史的哲学基础，未能有效整合革命价值观和现代化价值观。（《当代文学中的“历史”沉浮》）

在“文学与伦理”的笔谈中，聂珍钊强调文学的伦理责任、教诲功能，认为批评家的责任要维护文学的价值论理标准。（《谈文学的伦理价值和教诲功能》）高楠重点批评了新时期以来文学中的纵欲现象及大众文化对这一现象的片面强调，以及文学批评对这种现象的冷漠。文学作品则常常通过文学笔法给不道德的行为披上道德的外衣，使其为读者所接受。（《文学的道德批评》）陆建德强调伦理建构中自我怀疑精神的重要性，认为人要在与他人的交流中完善自己，这样才不至于以善的名义行暴君的伦理。因此他从文学作品中的细节入手，具体而微地拷问动机，追寻个人的伦理责任，而非笼统地归罪于社会。他认为文学施行伦理功能的方式比价值更重要，否则将会导致更大的恶。（《文学中的伦理：可贵的细节》）（以上诸篇，都见《文学评论》第二期）

所谓的正能量、负能量，是当下流行术语，并不严谨。从物理学的角度说来，“能量”也本无所谓正负，而在具体的使用中，人们又常常误将“正能量”等同于“歌德”派，而视批判、揭露为负能量。“文学与精神能量”笔谈，借用“能量”这一“接地气”的术语，讨论的是文学对于社会心理、情绪建构的作用。贺绍俊在肯定西方现代主义哲学的审丑观在文学解放方面的意义的同时，也认为我们现在需要重建被这一“审丑观”冲散的“真善美”的文学传统，以“真善美”为正能量抚慰人心。（《重提文学的“真善美”》）蒋承勇认为当下的网络文学和部分传统形态文学，往往传递的不是催人奋发向上、向善、弘扬人性美好的正能量，而是诱人向下、向窄、向内、向小、向虚甚至向丑、向恶的负能量。认为文学要表现对物化现实的反抗，其正能量体现在引导人追求生命的意义与理想，承载社会责任与时代担当。（《感性与理性娱乐与良知——文学“能量”说》）陆建德针对的是中国文人自《楚辞》以来的自恋、自怜传统，认为他们传递的这一传统中的“焦虑、沮丧、孤独、猜忌”，与“豁达、乐观、和群、信任”等“正能量”相比，可谓“负能量”，进而分析这种情绪产生的原因，在于传统文人希望借助外力一步登天的白日梦和缺乏自我反省的人格缺陷。（《“不得志”的背后》）（以上均见《文学评论》第3期）

四、文学史编撰问题与“民国文学史”研究

民国文学史和文学史编撰问题是近两年比较热门的话题。前者由张福贵、李怡、丁帆等人提出，为中国现代文学史的写作提供了一个新的视角。本年度关于这一话题，仍然在继续深入，而2013年又有多部关于中国现代文学的编年史出版，这也引起了学界关于现代文学史编撰问题的讨论。

严家炎的《中国现代文学的“起点”问题》（《文学评论》2014年第2期）一文，讨论的是他一直关注的现代文学的“起点”问题，本文通过三个方面的史实，将现代文学的起点提早到19世纪80年代末、90年代初，认为“五四”是这一运动的高潮阶段而非开始。

王桂妹的《从“无意开新”到“有意守旧”：〈甲寅〉一贯的文学趣味》（《文学评论》2014年第4期）可以说是另一个层面上的新文学起点研究，文章针对的是学界重评“甲寅派”的一个趋势，即将“甲寅派”分为前后期，肯定前期，以之为“五四新文学”的先声。文章认为这是把政治思想与文学趣味做同构式理解所产生的误读。从文学趣味角度而言，“甲寅派”从“无意开新”到“有意守旧”，是一以贯之的，守旧是其本色。所以“新文学”是从《新青年》开始的，与《甲寅》无关。

关于现当代文学史编撰的整体思考的文章，如刘保昌《青史凭谁定是非：中国现代文学史修撰的迷途与出路》（《西南大学学报（社会科学版）》2014年第2期），认为现代文学史的修撰还远不成熟，文学史撰写的乱象背后，是现代文学史观的“一元性”，之前的文学史观都有局限，即“意义的单一性与判断的先验性”。近年提出的“民国文学史”概念，因以时间概念为范围而具有多元性，减少意识形态色彩和先入为主的价值观。文章认为，现代文学史的修撰，应该回到中国现代文学史的“历史性”和“本土性”来，面对不同文学史现象时，要以平

常心、无差别心来展示“多元景观”，兼具“世界思潮”与“固有血脉”两个方面。

王彬彬的《文学史编撰的理念与方法》（《南方文坛》2014年第4期）一文，涉及文学史编撰的一些基本原则和具体操作。他认为严格来说，编写文学史是做一件不可能的事。所以，所谓特别好的文学史著作，就是比较不坏的文学史著作。并提出“不得不”编写文学史时，应该普遍遵循的原则：编写文学史不是挑选优秀作品，不是优秀作品选讲；编写文学史不是所见作品评介，不是拣到篮里都是菜，更不是重新拣回历史的垃圾；编写文学史必须文学价值和文学史价值兼顾同时又对两种价值进行区分。在具体的文学史写作的技术层面，不仅要区分文学价值与文学史价值，还要注意到文学史著述中必然会出现的“扯平效应”与“排异效应”，以及如何最大限度地避免这两种效应。

孟繁华的《不确定性与当代文学史的建构——1985—1988年中国当代文学史的讨论》（《南方文坛》2014年第4期）一文，认为当代文学历史面临的问题不是历史与叙述的关系，而是由中国当代历史发展的不确定性和文学史家文学史观的不确定性导致的复杂性。黄子平等人的“二十世纪中国文学”观念的提出陈思和等人的“重写文学史”实践，各有侧重与突破，但也均有争议。学科内部的争议也说明任何文学史写作都是一个建构的过程，因有不确定性，所以永远是一个“未竟的方案”。

对于2013年集中出现的文学编年史的讨论，也是2014年现代文学研究的热点问题。刘勇的《关于文学编年史现象的思考》（《中国现代文学研究丛刊》2014年第7期）一文，认为文学编年史能更好地还原文学发生、发展的原始景象和历史脉络，更好地展现文学史叙述的多种可能性，使人看到文学发展的时间的意义、细节的价值和逻辑的力量。赵京华的《文学编年史与阅读的解放》（《文学评论》2014年第3期）一文，认为新时期以来多元化的现代文学史叙述，仍是作为一个整体连贯的学术传统而成为学界主流，有着总体把握文学发展的历史叙述欲望，编年体的撰写则是注重史料考证的潜在传统的复活。这种接近历史源生态的文学编年，有解构现代文学史的功效，将读者从各种体系化和意识形态化的文学史叙述中解放出来。作为《中国新诗编年史》的编者，刘福春表示自己追求的是资料尽量真实可靠，注重还原历史的丰富性与复杂性，同时具有问题意识。（刘福春：《还原历史的丰富与复杂》，《文学评论》2014年第3期）段美乔则注意到近年出版的几本“编年史”，虽同为“编年”，却有不同，有的是现代文学的编年史，有的是编年体的现代文学史。前者类似于工具书，后者仍是文学史。编年体例的文学史优势很明显：便于展示文学里程的复杂性、多元性；强化客观性。（段美乔：《“编年”：不仅仅是体例》，《文学评论》2014年第3期）萨支山认为，从后现代史学角度看，编年体例是对大叙述历史的一种反动。不过对于编年体来说，更重要的还是如何在材料的取舍中呈现历史认知，以及这样的认知是否符合当时的历史情境。近年出版的三部编年史的共同性是对历史“原生态”的追求——所谓“原生态”并不仅仅是占有材料，而是在新的眼光审视下发现新的材料（萨支山：《对历史“原生态”的追求》，《文学评论》2014年第3期）

作为“民国文学史”概念的提出者之一，李怡继续深化该课题的研究，《作为方法的民国》（《文学评论》2014年第1期）一文，将“民国”提升到方法论的高度，试图通过返回“民国”这样具体的历史场景深化现代文学研究，将其从“现代性”、“20世纪”等宏大概念中解放出来。文章认为，以“民国”作为方法，是要避免追随“他者”的眼界，返回“民国”的历史现场，由此可以避免外来者的“问题殖民”带来的伪问题。以“民国”作为方法的目的就是以具体的文学现场反思乃至消解如“民族国家”概念、“想象的共同体”、“公共空间”等先入为主的概念，丰富、深化我们对于现代文学的认知。在具体的技术层面，以“民国”作为方法，可以从几个方面入手。一是为“中国”学术研究建立具体的“时间轴”，即区分“民国文学”与“人民共和国”文学，尊重两个历史语境的差异。二是将“中国”学术研究落实到具体的“空间场域”，认识到“破碎”的民国地域之间、区域之间的差异性和丰富性。三是要有自己独立的历史观和文学观，区别于过去一般的历史文化与文学关系的研究，反对观念“预设”，尊重民国历史现象自身的完整性丰富性复杂性，以民国时期的具体文学状况校正外来的文学理论与批评视角。

洪亮的《“民国视野”与现代文学的“研究范式”》（《中国现代文学研究丛刊》2014年第7期）一文，在对近些年中国现代文学时常言及的“研究范式”做出辨析的基础上，考察“民国视野”对现代文学研究范式的冲击作用。他认为那种用来指称某种观念体系或阐释框架的用法不合托马斯·库恩对于“范式”的原始定义，因此将“范式”理解为一套根本的研究方法和研究模式，并以倪伟的观点和近几年学界对“民国视野”的讨论为例，探讨了打破“以意识形态为经、以作家作品为纬”的传统范式，而建立一种新范式之可能性，即让文学史回归到“大历史”之中。

杨联芬的《“恋爱”之发生与现代文学观念变迁》（《中国社会科学》2014年1期）一文，借用“关键词”研究的方法，梳理“恋爱”一词借助翻译进入现代汉语后，对“男女之情”在方式、体验、意义与评价产生的影响，在晚清、民初、五四等不同历史时期的不同内涵。文章认为，五四恋爱文学在空间意象和恋爱描写上的开拓与创新，解构了压抑个人自由的家长权威，颠覆了传统道德，开拓了文学表现领域。但对个人自由的单纯追求，也导致五四浪漫文学存在情感泛滥、表现肤浅的弱点，未能将“恋爱”的体验与表现引向深入。

张武军的《民国结社机制与文学的演进》（《文学评论》2014年第1期）一文，是对“民国视野”这一方法有意识的实践。文章以南社和新青年社的研究为例，注意过去研究者较少关注的文人聚合离散的结社机制要素，认为正是民国宪政原则的保障、自由结社理念的秉承，促使了南社的兴盛，南社内部对结社原则的破坏引起南社的分崩离析和文学理念的停滞，而自由结合的新青年社的自由离散，裂变出更多文学社团，则带来文学的进一步繁荣。

五、文学与制度研究

文学与文学制度研究，也是近年现当代文学研究的热点之一。所谓文学制度，也不仅仅是文学政策，还包括文学生产、传播的过程，以及对作家起到规约作用的整个文学氛围。对于现当代文学研究，尤其是在文学场一体化的当代，文学制度研究对于深入理解作品的指向就尤为重要。

黄发有的《〈文艺报〉试刊与第一次文代会》（《文学评论》2014年第1期）研究的是以前较少被关注的《文艺报》试刊，认为这是当代文学史上机关刊物的历史起点，该刊对于文艺组织和文艺制度的规划构想，以及对《文艺报》性质和功能的讨论，为新中国成立以后的文学体制和文学期刊的办刊模式勾勒出基本框架。为了确立成功的文艺典范，文艺评奖是第一次文代会筹委会确定的一项重要任务，但受种种因素的限制，评奖最终不了了之。但这次评选活动拉开了当代文艺评奖的序幕，其程序设计和评选标准，成为新时期初期文学评奖的参照系。王秀涛的《重建城市文艺——论20世纪50年代对“反动、淫秽、荒诞”图书的处理》（《文学评论》2014年第6期）一文，则试图通过考察这一运动揭示城市文艺重建的原因和旨归，以及城市文艺的发展新格局，还原当代文学的发生、社会主义文学确立的复杂历史过程，明确这一时期更为完整的文学特征。

许丽、刘锋杰的《“报告”与“讲话”：周扬“十七年”文论话语的建构与冲突》（《文艺争鸣》2014年第3期）一文，注意到周扬“十七年”文论话语的“报告”与“讲话”两种文本的不同，分析其文论话语与意识形态既共生又疏离的特点：“报告”传达的是意识形态的规训要求，“讲话”则在反思中流露出自己真实的个性与想法。由此认为，周扬的话语矛盾，是“十七年”知识分子的缩影，在其他知识分子身上有不同程度表现。

吴晓东的《海派散文的都市语境》（《长江学术》2014年第1期），考察的是与海派（特指海派中的先锋—唯美一派）散文的都市语境，以与周作人为代表的五四式带有士大夫闲适气的“闲话语境”相区别。海派散文追求的带有浓厚唯美化意味的境界，与大都市生活的繁复苦闷刺激疲惫以及梦幻般的心态相互发生。都会的刺激性和诱惑性，激发出都市享乐主义倾向，以及与之相伴的苦闷。而享乐主义的历史性难题，就是欲望的耽溺之中无法生成生命的精神拯救和自我救赎的超升的可能性。海派散文的终极悖论，也正是试图以肉的享乐来忘却苦闷，却反而更加激发了苦闷。

梁伟峰的《论30年代“亭子间”青年文化与上海文化的关系》（《海南师范大学学报（社会科学版）》2014年第7期）一文，探讨的是作为青年文化的“亭子间文化”与它的“社会主体文化”——上海文化之间的互动关系。作为一种青年亚文化，“亭子间文化”与社会主体文化“一方面具有反抗性、冲突性因素，但同时也包含了接受性、继承性因素”。1930年代左翼青年文化面对上海社会真实的底层及文化，有无力感、陌生感和慌乱感。在人际交往方面，亭子间文化体现出明显的匿名性和短暂性。另一面，“亭子间文化”也透露出波西米亚气质特有的崇尚个性浪漫自由的一面，这又与上海的宽容自由开放活泼不拘一格的整体文化氛围相协调。

周维东的《被“真人真事”改写的历史》（《中山大学学报（社会科学版）》2014年第2期）一文，讨论解放区文艺运动中的“真人真事”创作问题。文章认为“真人真事”创作包括三个层面：以“真人真事”为题材，“真人演真事”，“真人”决定“真事”。作为题材的“真人真事”，其实是作家对工农兵的“临摹”，被作为“文艺工作者走向工农兵，工农民兵走向文艺”的途径。“真人演真事”，则是动员革命群众自我塑造，自我教育。作为“经验”的“真人真事”，其深意在于消解作家“虚构”的权力，突出经验的作用，以“真人”的虚构，顺应革命需要的路线。

戚学英的《“人民话语”与“十七年”文学的身份认同》（《中国现代文学研究丛刊》2014年第4期）一文，认为规约并指引着“十七年”文学的，是以阶级性为其内核的“人民话语”。本文以自由知识分子的思想改造、创作转变为例，辨析十七年文学中“人民”概念的产生、变化，及其内含的文化构成、民族国家想象，探讨人民话语的形成，以及在人民话语规训下所形成的阶级—民族身份认同机制，从中找出“十七年”文学发展的线索。文章认为人民成为一种集体权力，压制或遮蔽着不同情感观念以及表现手法艺术风格，以绝对权威统摄一切身份认同时，文学创作的个体性独创性必然消失。

张钧的《“新现实主义”和文艺界的“华东系统”》（《海南师范大学学报（社会科学版）》2014年第4期），提出与“延安系统”相对的“华东系统”的概念，指的是华东野战军出身的文人群体，他们在数量和质量上都很有优势，而且在文艺观念上与延安系统有整体性差异。文章以1950—1951年间《光明日报》“文学评论”双周刊为例，研究1949年后解放区文艺内部不同“力量”之间的摩擦、冲突和妥协，丰富了我们对于1949年后文艺界权力格局的认知。

六、海外中国学研究的反思

海外中国学研究与中国现当代文学研究的关系，也是近年时常论及的话题，论者对于海外中国学的方法和观点进行深入反思，不再是最初的政治意义上的简单否定和盲从。张清芳、王丽玮的《海外汉学与中国现代文学研究互动关系的再反思》（《南方文坛》2014年第5期）一文，以夏志清著《中国现代小说史》在大陆学界的传播为例，以考古学式的源流追溯，反思海外中国现当代文学研究的优点和缺陷，及其与大陆现当代文学研究之间的对话。文章从夏著在1980年代前、1980年代、1990年代初大陆学界对夏著评价的变迁，讨论夏著给大陆学界的启示，以及大陆学界自身学术体制走向成熟和独立的过程，认为我们今天不应忽视夏著的开创性作用，但也应将其历史化，认识到其优缺点都与不同时期的学术背景有关。

王彬彬的《〈再解读：大众文艺与意识形态〉初解读——以唐小兵文章为例》（《文艺研究》2014年第6期）等文，是对1990年代以来学界滥用西方理论阐释中国当代文学现象的批判。文章认为这些"再解读"学者对于当代文学发生的历史语境缺乏常识性的了解，而滥用西方理论来削足适履地阐释作品，因而学术方式上往往是"想当然"和"绕脖子"。这一系列文章的启示在于，对于那些意义并不复杂而实际上没有独立审美价值的当代文学作品，真正的研究应该是将其置于其发生的历史语境中，才可能有真正的理解。

张中良的《中国现代文学的民族国家问题》（《文学评论》2014年第4期）一文，是对西方民族国家理论对中国现代文学研究影响的反思。文章认为这一理论虽然带来了新的视角，但也出现了生搬硬套等问题。如背离中国的历史实际，以欧洲近代民族国家的历史进程来硬性框定中国数千年的多民族国家历史，以源自异域的民族国家理论剪裁中国现代文学复杂现象，模糊政体与国家形态的界限，混淆国家与国民性的区别。认为中国现代文学研究应该立足于中国的历史与现实，对异域学术话语应注意其特定背景和适用空间，进行深层的吸收与转化，开发出具有原创性的学术话语。

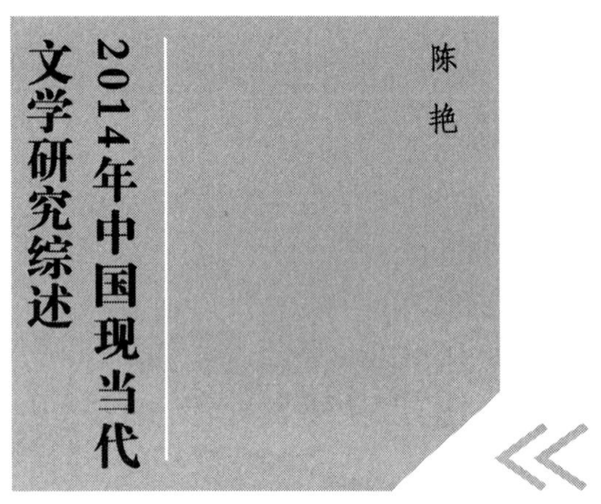

一、前沿与热点

（一）城市文学研究

与乡土文学丰富的研究成果相比，关于城市的书写及研究一直相对薄弱，但可喜的是在近年也有了长足进步。这既是城市化发展的现实需要，也因为对当下许多青年作家和学者而言，乡土记忆已然模糊，而城市经验更为丰富。学者张柠指出2014年的文学批评整体上有一种“城市化的焦虑”，这是因为“50后”作家大多擅长写乡土，或者写小城镇半农民半市民的东西，一旦写城市就出问题。他们难以突破的东西实际上就是城市文学的形式，没有找到这个城市形式，城市不能成为他的主人公，城市这些时间、空间的东西都不能进入小说叙事里面。李慧君认为当下青年批评家的成长是与青年作家群体的崛起相伴而生的。新生力量进入文学界，也势必带来新的理念和问题，“城市文学”便是其中之一。“城市文学”的观念不仅着眼于文学书写空间的位移，更聚焦于城市生活表象下的社会深层文化心理结构。

《当代作家评论》2014年第3期、第6期特辟“城市文学思潮”专栏，从作家、学者的不同角度展现了当下对城市文学的思考。其中晓航的《智性写作——城市文学的一种样式》、张楚《我对城市文学的一点思考》都是从自己的写作实践谈对城市文学的理解，从中也可以看出青年作家与城市的关系越来越紧密。而张莉《寻找结晶体，而非漂浮物——关于城市文学创作的随想》认为当代城市文学创作的同质化倾向严重，创作思维方式的懒惰使城市小说文本的精神向度单一而狭窄，并从几部优秀的城市小说出发，讨论城市文学创作如何穿越表象，抓住城市的精神内核。胡传吉《新道德下的城市小说困境》通过梳理从古至今文学中关于城市经验的表达，对当下城市文学内含的思想新变及人文理想进行了思考。沈杏培《没落风雅与乱世传奇：叶兆言的南京书写——兼论长篇新作〈很久以来〉》从作家个案出发，强调叶兆言对南京的书写使得南京成为他的重要文学名片和文学地理，并把叶兆言的南京书写分为两大类：一类是历史纪实和知识考古式的南京书写，另一类是作为小说叙事的南京记忆和南京形象。在第6期的专栏中，孟繁华《新文明的建构与都市景观》通过解读荆永鸣、晓航、杨小凡的三篇小说，探讨城市文学创作的现状。李丹梦《“文学城市”精神疏辨》从重溯《海上花列传》、“城市”的分裂、“个体城市”三个方面阐述了“文学城市”精神的不同面向。而张晓琴《日常的、寓言的和文化的——论当前城市文学的三种形态》指出日常城市的经验与想象、寓言城市的荒诞与真实，以及文化城市的刻度与溯源构成了当下城市文学的三种主要形态。

在对具体的城市文学的讨论中，“上海研究”仍然较为突出。李永东《上海模式的中国乌托邦叙事》（《文学评论》2014年第2期）认为上海模式的中国乌托邦叙事所提供的未来世界既是现实上海的再造，具有世界性的眼光和进化论的色彩，也是现实上海的反转，反转叙事交织着中国作家的现实忧虑与未来愿景。它提供的是一种中西杂糅的乌托邦。黄平《巨象在上海：甫跃辉论》（《南方文坛》2014年第2期）解读了甫跃辉的城市小说，认为个人世界在庞大都市中的“枯竭”及对于枯竭灵光骤现的“救赎”是小说中最为迷人的时刻。项静《方言、生命与韵致——读金宇澄〈繁花〉》（《中国现代文学研究丛刊》2014年第4期）梳理了《繁花》所属的吴方言写作的历史传统，并归纳出《繁花》写作的历史文化背景和叙事方式转变的动力。小说对1970年代末期到1990年代上海生活和“生命”的无限尊崇，充实和丰富了上海都市生活的实感经验。满建《〈良友〉画报的新型都市散文》（《中国现代文学研究丛刊》2014年第4期）讨论的对象则是民国时期的上海摄影画报《良友》，强调《良友》散文以描绘都市生活都市景观为主，反映了市民的现代生活观念，以新奇的视角、精悍的文笔，呈现出都市新型散文的独特风格。并进一步指出这些散文提升了画报的品位，促进了新型都市散文的传播，拓展与丰富了现代散文的表现手法。

另外，“天津研究”也得到深入。李永东《双城模式的旧天津想象》（《天津社会科学》2014年第6期）指出在旧天津的文学想象中，双城记既是故事与观念的构成方式，又是城市形象和文化身份的表达方式。天津想象的双城模式主要包括华洋双城模式、津京双城模式和津沪双城模式。“两个天津”的空间分隔和文化冲突制约着天津想象的人物塑造、主题表达和文化旨趣。罗海燕《新世纪以来天津文学研究综论》（《社科纵横》2014年第1期）认为新世纪以来天津文学研究成绩斐然，取得了四大标志成果，实现了三大学术转向，但仍存有提升与开拓的空间。而要进一步推动其发展，则需要在天津作家群体建构，强化多元化观照视角、全面系统研究等方面继续努力。

（二）对重要作家作品的讨论

作为当代文坛最为重要的作家之一，莫言获诺奖之后，成为学界持续关注的热点。《文学评论》2014年第2期刊发了四篇讨论莫言的文章，季红真《莫言小说与中国叙事传统》认为莫言小说与中国古典文学关系密切，莫言继承了神话思维开启的艺术想象的一脉传统，借助泛神论的原始宗教，升华出自己“朴素的庄严”的美学理想，并建立起自己质朴而瑰丽的大地诗学。张莉《唯一一个报信人——论莫言书写故乡的方法》指出，莫言《白狗秋千架》《红高粱》《蛙》三部小说呈现出三十年来莫言故乡书写模式、叙述立场的变化轨迹。莫言的故乡书写具有“中间性”特征，在本地人与外来者、启蒙与反启蒙、现代与反现代之间，寻找到了他书写故乡的最佳路径和方法。凌云岚《莫言与中国现代乡土小说传统》认为莫言乡土文学创作对现代乡土文学传统既有承袭也有突破。王晓平《海外汉学界对莫言获诺贝尔奖的反应综述》通过分析海外汉学界对莫言获诺奖的不同反应，强调这对于我们认识今天中国的当代文学创作在世界的地位，以及对于“中国形象”的塑造和中国文化软实力的建设，都具有重要的借鉴意义。此外，林少华《莫言与村上：似与不似之间》（《中国比较文学》2014年第1期）视角独特，比较了莫言与村上春树的相似之处，包括善恶中间地带、民间视角与边缘人立场、富于东方神秘性的魔幻现实主义、作为共同创作取向的陀思妥耶夫斯基等四个方面，以期深化对这两位世界级当代作家的文学特质的认识。李桂玲的《莫言文学年谱》分为上、中、下三部分分别发表于《东吴学术》2014年第1、2、3期，对于莫言研究的推进具有重要的史料价值。

另一位被学界讨论较多的当代作家是余华。《当代作家评论》2014年第6期开辟“先锋文学回顾・余华专辑”，对余华的创作做了整体上的回顾和研究。张清华《主义与逻辑：再谈理解余华的几个入口》从余华小说的批评历史入手，通过余华与鲁迅的关系、叙事的戏剧逻辑、如何完成对历史及现实的记忆等方面对其小说的艺术风格、精神内涵进行了重新解读。王侃《永恒的化蛹为蝶——再谈作为“先锋”作家的余华》重新审视当代文学史对“先锋文学”的评价，认为这种集体的评价使得余华小说的美学气质被学界忽略，而余华本人对“先锋”有独到的理解，他更以自己的文学实践定义了“先锋”：也就是精神和思想层面上的敏锐性。刘汀《从隐喻历史到强攻现实——余华写作道路的一个回顾》对余华三十年的创作经历进行了梳理，并总结了余华在创作上的转型及特色。刘江凯《当代文学诧异“风景”的美学统一：余华的海外接受》认为余华以极简化的人类性、世界性写作有效地融入了世界文学。论文对上世纪90年代以来余华作品的海外传播做了细致的分类和阐述，指出“精英”与“大众”并行是余华海外传播的特点，而海内外对余华当下作品的评价存在着“当代性”与“粗鄙化”的差异。

苏童2013年出版的长篇小说《黄雀记》在2014年继续得到热议。徐勇《以象征的方式重新介入现实——论苏童〈黄雀记〉的文学史意义》（《文学评论》2014年第2期）认为《黄雀记》充满了隐喻与象征，其叙事空间的高度象征化及文化隐喻的丰富性、隐晦性虽造成了阐释上的困难，但同时创造了一种重新介入现实的方式，而如何以一种全新的方式表征现实、介入当下，恰恰是转型之后的先锋作家们念兹在兹的议题。程德培《〈黄雀记〉及阐释中的苏童》（《上海文化》2014年第5期）强调对作家苏童来说，南方是虚无和怀疑主义的滋生地：弹丸之地的想象是如何成其为不知天高地厚的世界；向记忆索取、向虚构求证，没有任何约束的自由和处处是陷阱的束缚可谓如影随形。刘新锁《时代的招魂者——〈黄雀记〉读札》（《扬子江评论》2014年第6期）论述了《黄雀记》对“丢魂”的时代的深刻描画，以及苏童借重返“香椿树街”的努力，完成了对时代荒诞性的整体隐喻。于京一《慌乱的野心——评苏童的长篇新作〈黄雀记〉》（《中国现代文学研究丛刊》2014年第6期）则认为《黄雀记》无论在题材、风格还是结构上都呈示着作家寻求改变的宏大野心，但小说在突围的尴尬中暴露出主体沉沦、叙述破裂和意蕴纷扰的种种弊病。冯妮《先锋·历史·现实——多重视野下的苏童小说研究》（《当代文坛》2014年第4期）是一篇苏童研究综述，对近三十年来的苏童小说研究状况做了总结和概括：一是讨论苏童80年代中后期小说中的“先锋”、“实验”性质，二是论述苏童从“先锋派”到“新历史小说”的转型与延续，三是在新世纪以来的多重语境下讨论苏童小说中的民间性、本土性、地方性等特征。

（三）文学如何写“史”

关于中国现当代文学史的写作问题，历来争论不断。从1985年黄子平、陈平原、钱理群《论“20世纪中国文学”》的提出，到1988年陈思和、王晓明在《上海文论》上开辟专栏讨论“重写文学史”，近二十多年的文学史写作几经更新，各有胜场。文学观念、文学立场，以及历史条件、意识形态因素都在影响文学史的写作与转型，也因此文学如何写“史”成为经久不衰的前沿话题，在2014年涌现出一批新的成果。作为近年来比较热门的文学史写作类型，《文学评论》2014年第3期开设“文学史研究（笔谈）”栏目，专门讨论文学编年史的相关问题。赵京华《文学编年史与阅读的解放》认为2013年多部与现代文学有关的编年史的推出并非偶然现象，它可以促使我们反思当今文学史写作的某种弊端，甚至给读者带来一次新的阅读解放：从各种体系化和意识形态化的文学史叙述中解放出来，去体验更为丰富有趣的文学百态。段美乔《“编年”：不仅仅是体例》强调编年不仅是一种体例，更承载着研究者独特的历史态度和研究立场。而编年体文学史也促使我们重新认识“史料研究”的意义和价值。萨支山《对历史“原生态”的追求》指出从后现代史学的角度看，采用编年体例可以看成对大叙述历史的一种反动。它们体现了作者共同的学术追求，那就是对历史“原生态”的追求。而程凯《作为著述的文学编年史》对中国社科院文学所主编出版的三部文学编年史的特色及价值进行了详细的阐述。

严家炎《中国现代文学的“起点”问题》（《文学评论》2014年第2期）对中国现代文学

史重新做了界定：是指主体由新式白话文写成，具有现代性特征并与“世界的文学”相沟通的最近120年中国文学的历史。文章认为中国现代文学最初的起点是在19世纪80年代末、90年代初，有三个方面的史实可供证明：一是黄遵宪早于胡适提倡“言文合一”，以俗语文学取代古语文学；二是陈季同向欧洲读者积极介绍中国文学，同时又在国内倡导中国文学与“世界的文学”接轨；三是出现了《海上花传奇》等几部标志性的文学作品。王彬彬《文学史编撰的理念与方法》（《南方文坛》2014年第2期）认为文学史的编写应该遵循三个原则：编写文学史不是挑选优秀作品，不是优秀作品选讲；编写文学史不是所见作品评介，更不是重新拣回历史的垃圾；编写文学史必须文学价值和文学史价值兼顾，同时又对两种价值进行区分。傅修海《新的文学史叙述原则的兴起——以〈罪与文学〉为中心的相关思考》（《南方文坛》2014年第6期）讨论的对象是刘再复、林岗新近在内地再版的文学史著作《罪与文学》，强调这部书“关于文学忏悔意识与灵魂维度的考察”探索了一种新的文学史观念和书写的可能性，并具体论述了这部书所体现的文学史观的新视角和文学史写作的向度。方岩《“80年代”与“新时期文学”：以思维特征、主题词汇、修辞倾向为例——考察1980年代文学批评史的一种视角》（《文艺争鸣》2014年3月号）通过史料的梳理辨析，对文学批评史上80年代的几个关键词加以重新解读，包括“十年”、“新时期文学”等等。方维保《逻辑荒谬的省籍区域文学史》（《扬子江评论》2014年第2期）对方兴未艾的省级区域文学史的写作特点及文化根源进行了剖析。

在讨论具体的文学史重要问题时，贺桂梅《1940—1960年代革命通俗小说的叙事分析》（《中国现代文学研究丛刊》2014年第8期）认为革命通俗小说是在批判晚清以来的现代通俗文学基础上，主要借鉴古典小说传统，构造出一种叙述革命历史的独特文学类型。它们拥有广泛读者，但并未获得主流的文学史位置。文章力图在长时段历史视野中分析这一文学类型，借此重新思考古典、现代、当代三种文学间的复杂关系。王尧《偏差、修正与调整的“循环往复”——关于20世纪50、60年代文学制度的一种考察》（《文艺研究》2014年第2期）认为在20世纪50、60年代的文学制度大框架中，对偏差的修正与调整只能是局部行为，无法扭转文艺思潮的左倾。这一状况在80年代以后才发生了根本性的变化，尽管也有局部性的反复。对文学制度这一复杂性的认识，并不是为一个方面做出合理性的辩护，而是为了呈现历史发展的真实状态。因而，夸大或缩小复杂性，都会导致对历史的片面理解和评价。李杰俊《浩然的尴尬文学史地位》（《文艺争鸣》2014年3月号）指出浩然及其作品的文学史定位的变化，折射出80年代以来文学史的建构权力。在这一建构过程中，80年代初期的文学史因被当时的政治批判和文学批评裹挟而出现偏差，致使浩然及其作品在文学史上处于尴尬的地位，暴露出当代文学史书写的某些内在困境。

二、进展与收获

（一）鲁迅研究

作为中国现代文学研究的重要领域，鲁迅研究在2014年成果突出，进一步推进了其研究格局的扩大和细化。孙郁《走进象牙塔里的鲁迅研究》（《文艺争鸣》2014年5月号）对现今活跃于鲁研界的一批“70后”学人做了整体上的考察，认为自他们登上学术舞台，研究话语其实在悄悄变化。从中既能感受到经典阐释的延伸之径，也看到陌生的视角和为文方式，预示着挑战性的到来。这也一定程度使鲁迅研究由精神现象，转化为学术现象。温儒敏《如何理解鲁迅精神的当代价值——和山东大学学生讨论鲁迅》（《甘肃社会科学》2014年第2期）围绕如何理解鲁迅精神的当代价值等问题，进行了深入的探讨。从中也可以看出当代青年在哪些问题上关注鲁迅，他们又可能怎样去接受这份精神遗产。吴俊《大陆“文革”时期的鲁迅——根据1966—1976年编年史料的观察》（上）（《扬子江评论》2014年第6期）通过对相关史料的详细梳理，呈现了鲁迅在“文革”话语中的历史面貌，具有比较重要的史料价值。刘克敌《灵光与深度——鲁迅的〈红楼梦〉研究及其影响》（《中国社会科学》2014年第3期）认为鲁迅在《红楼梦》研究中提出的一系列学术观点、使用的研究方法，对20世纪“红学”乃至中国古代文学研究影响很大，并从学术思想发展史的角度对此进行了论述。

在比较年青的学者中，袁盛勇《鲁迅的“沉沦”——论鲁迅言与思的不一致乃至背离》（《中国现代文学研究丛刊》2014年第1期）力图对鲁迅思想中的某些消极因素给以还原和剥离，以认识一个复杂而完整的鲁迅。作者认为鲁迅是一个在自我挣扎中不断沉沦而又在沉沦中不断抵抗前行的存在者。“我要骗人”在鲁迅身上既具有一种至高的德性，也促使其在对苏联等问题的认知和判断上产生误识，而成为一种遗憾。李国华《鲁迅旧诗的菰蒲之思》（《中国现代文学研究丛刊》2014年第1期）指出鲁迅旧诗以菰蒲为喻，在游戏和批判的积习中附着脆弱的主体意识，展现出鲁迅的恐惧、绝望和乡愁。鲁迅在游戏中挑战常规的文体观念，在批判中抒愤懑，在脆弱中呈露难以直说的苦衷。这个绝望的形象，背后隐藏着一个无意识的孤独自我。周保欣《“他者伦理”、“身体思维”和“三个鲁迅”——论〈示众〉》（《文学评论》2014年第3期）认为看客的伦理批判，源自“文化鲁迅”的清明理性与“现实鲁迅”的屈辱经验的交冲。两种鲁迅一以爱为主导力量，一以恨为主导情绪，两者的交叉、错位与互动，构造出“文学鲁迅”的丰富性、复杂性与多元性。邱焕星《“鲁迅学术史”考辨》（《中国现代文学研究丛刊》2014年第4期）强调学术史的研究体系，应由内部的认识论考察、外部的社会互动考察和学术变迁考察三部分构成，其核心是围绕着“研究共同体”进行一种“知识社会学”的研究，尤其是考察“研究范式”的形成和嬗变。王贺《超越纪念史学与现代中国鲁迅纪念的多重面向——以西北诸地鲁迅纪念实践（1936—1949）为例》（《现代中文学刊》2014年第1期）通过对文献史料的搜集、整理，重绘西北鲁迅纪念的版图，探勘在西北诸地的人们如何发展出自己的纪念实践。其次，以之为例对更具有普遍性的问题即现代中国鲁迅纪念的多重面向予以探讨。并将鲁迅纪念置于现代中国的纪念历史脉络进行比较分析，进而反观鲁迅本人的纪念观念与实践。

（二）作家作品研究

近年来由于新的佚文及相关史料被不断发掘和阐释，沈从文研究再度升温。《现代中文学刊》2014年第2期特设“沈从文研究”专栏，发表了由解志熙辑校的《沈从文杂文拾遗》，而解志熙《感时忧国有“狂论”——〈战国策〉派时期的沈从文及其杂文》指出在抗战中后期的大后方高校涌现出不少评论性的短刊，推动了学院派的随笔及杂文写作之繁荣。进而以沈从文的五篇集外杂文为例，分析了他作为战时重要“杂文家”的思想艺术特点，最后补充分析了沈从文与《战国策》派的关系问题，强调与此相关的时期作为沈从文文学生涯中一个特定阶段的独特意义。陈彦《试论1940年代沈从文的内向性书写——法朗士的影响兼及〈看虹录〉〈摘星录〉的版本流变》从沈从文小说写作所接受的法朗士的启发与影响出发，认为《看虹录》与《摘星录》的版本流变更可能是缘于沈从文对现代主体意识的探索与深化。此外，高恒文《论沈从文的鲁迅小说论述》（《文艺争鸣》2014年5月号）通过考察沈从文的鲁迅小说评论的思想特点和批评眼光，进而分析这个评论与沈从文的文学创作的关系，以及这个评论所体现出来的“京派”的某种思想特征。周仁政《沈从文的“现代”忧惧——〈长河〉纵论》（《武汉大学学报（人文科学版）》2014年第1期）指出“五四”时期，周作人借《小河》一诗表达了“水能载舟，亦能覆舟”的古老忧惧。而在小说《长河》中，沈从文的“现代”忧惧是指涉那种摧枯拉朽的革命政治。汪璧辉《沈从文海外译介与研究》（《小说评论》2014年第1期）认为沈从文以其极富民族特色的乡土小说独树一帜，也成为海外译介与研究的重心。但其乡土小说英译并未系统化规模化，主要集中于30年代的成熟期作品。

现当代文学其他重要的作家作品，也多有出色的研究成果。程亚丽《郁达夫小说女性身体叙述的思想性论析》（《文学评论》2014年第2期）认为郁达夫的小说为了建构男性现代主体，对女性身体有意采取了极具贬抑的多重叙述，并纠结着现代与传统、进步与保守、爱国主义和民族主义等各种新旧思想的矛盾与对抗，但也由此拓展出郁达夫小说独具的思想张力。王昉《论萧红创作对主流文学话语的反思——从〈生死场〉〈呼兰河传〉到〈红玻璃的故事〉》（《中国现代文学研究丛刊》2014年第8期）指出《红玻璃的故事》所关注的主题与《生死场》《呼兰河传》颇为一致，都是聚焦东北乡村农民的生存状况与农民的精神改造。将三部小说在此主题上联系起来，可以清晰地解读出萧红对农民生存状态和农民精神改造这一主题的思想转变。程光炜《张承志与鲁迅和〈史记〉》（《中国现代文学研究丛刊》2014年第4期）认为作家的读书里面有一个他自己的“阅读书目”。这种阅读形成了他与许多经典作家和典籍的历史性相遇。文章在张承志读鲁迅和《史记》的材料中，寻找与他90年代前后思想和文学相匹配的因素。沈杏培《泄密的私想者——毕飞宇论》（《文艺争鸣》2014年2月号）梳理了毕飞宇二十余年文学创作历程的演变轨迹与风格变迁，并从毕飞宇小说中的常见母题、小说的文学史意义以及叙事限度等三个角度分析他的文学世界，强调“文革”情结、无乡的惶惑和种姓血缘的寻找这两种情结催生了他略带悲观和怀疑倾向的文学心态。胡红英《作为“预言”的新世俗传奇——读王安忆的小说〈香港的情与爱〉》（《文艺争鸣》2014年2月号）认为《香港的情与爱》与张爱玲的《倾城之恋》构成了对话。这个新世俗传奇完成与发表于90年代初期，今天读来颇有消费主义时代“预言”的意味。岳雯《不彻底的改革和理性的抒情——重读〈沉重的翅膀〉》（《南方文坛》2014年第2期）通过把《沉重的翅膀》放入80年代的历史语境以及一直以来的批评语境，对小说进行了重新解读。陶东风《大院顽主的荒唐岁月与成圣之路——都梁〈血色浪漫〉解读》（《中国现代文学研究丛刊》2014年第2期）认为《血色浪漫》中钟跃民形象的准确定位是“大院顽主”，兼具大院子弟和顽主的双重身份。但钟跃民的“在路上”不同于垮掉一代知识分子的永远的精神放逐，而是在通向成圣的路上。南帆《论当代小说中的“傻瓜”形象》（《中国现代文学研究丛刊》2014年第8期）借助《透明的红萝卜》《小鲍庄》《爸爸爸》《尘埃落定》《古炉》五部小说讨论近期出现于中国当代文学的五个傻瓜。解读这些傻瓜形象亦即解读社会无意识，进而从某种角度阐释文学想象以及文学灵感的动力。

（三）文献史料研究

文献史料是现当代文学研究的基础，2014年学界在这方面也取得了令人欣喜的进展。洪子诚先后发表了《材料与注释：毛泽东在颐年堂的讲话》（《现代中文学刊》2014年第2期）、洪子诚《材料与注释：张光年谈周扬》（《文学评论》2014年第4期）。1957年2月16日上午11时至下午3时半，毛泽东在中南海颐年堂召集相关人士，谈文艺、学术和百家争鸣方针等问题。关于这次会议和谈话内容，已经有不少文章、回忆录涉及。1967年春天，洪子诚曾在中国作家协会看到这次谈话的比较完整记录，后来整理出来加以注释。后者对张光年1969年2月的“检讨书”《我和周扬的关系》就相关背景作了注释。在注释中作了建立在不同时间、不同处境下同一和不同的人的对话关系的尝试。这两份材料为研究者了解五六十年代文艺界重要事件提供了珍贵的材料和线索。《文艺研究》2014年第7期开辟“史料与阐释”的相关栏目，发表了五篇笔谈，从不同角度展现了现当代文学史料研究的新探索、新趋势和新成果。其中包括杨洪承《中国现当代文学史料的角度和史识问题——以作家全集的编纂为例》、陈力君《史料拓展与“鲁迅影像”的建构》、杨剑龙《基督教文化与中国文学的研究和史料问题》、张广海

《“左联”筹建问题的史料学考察》和高玉《金庸小说误读与武侠小说形象重塑》。

吴秀明《学科视域下的当代文学史料及其基本形构》（《文学评论》2014年第4期）认为为了推进学科“历史化”的进程，也为了对走过的道路进行富有深度的根源性反思，有必要改变比较固化的“思想阐释”研究理路，提出并实施史料整理与研究这个问题。近一二十年来，当代文学史料整理与研究事实上已在逐步展开，并开始呈现出某种良性回归与调整的态势。周立民《〈海行余记〉余稿释读》（《现代中文学刊》2014年第5期）指出巴金1993年捐赠给中国现代文学馆的《海行杂记》初稿的手稿，余有《海行杂记》于1930年代出版时虽收入但改动较多的《病榻看雪》的原稿残稿，以及未收入的《红天》《旅馆》《最后的话》三文。这些余稿真实地记录了巴金初到巴黎之时对异国的印象和他的生活情形，虽不是有意为之的文学创作，但显露了他思想的敏感、观察的仔细等文学才能。李云《北大藏鲁迅〈中国小说史大略〉铅印本讲义考》（《中国现代文学研究丛刊》2014年第1期）在北京大学图书馆藏本鲁迅《中国小说史大略》铅印本讲义的基础上，与以往整理、著录情况加以初步的核校，并对鲁迅及中国小说史研究者的若干误解略加举例探讨。刘子凌《上海戏剧协社成立考》（《现代中文学刊》2014年第1期）通过对原始史料的梳理，指明上海戏剧协社的成立至少有学界中人、文明戏从业者和社会教育团体等不同力量参与其间，也关涉着这一时期中国文化界内部结构的分化重组。栾伟平辑注《夏曾佑、张元济与商务印书馆的小说因缘拾遗》（《中国现代文学研究丛刊》2014年第1期）认为《绣像小说》创刊前后，张元济在致夏曾佑信中，涉及该刊的编者、创刊缘由、办刊方针等重要资料。夏曾佑发表在该刊上的《小说原理》一文，即由张元济约稿。这些书信为首次发表，从中可以看出夏曾佑、张元济与商务印书馆的小说因缘。另外，季红真编撰的《萧红年谱》上、中由《新文学史料》2014年第3、4期刊发，也是现代文学文献史料研究方面比较重要的收获。

（四）台港澳文学及海外华文文学研究

《中国现代文学研究丛刊》2014年第9期开设“台湾文学研究”专栏，张卫中《大陆与台湾“新生代”小说语言比较论》认为在相同的文学传统（中国古典文学、“五四”以后的新文学）、相似的外部环境（西方现代派、后现代派的移植与借鉴）的影响下，大陆与台湾的新生代作家在语言的陌生化、诗化与杂色化方面进行了卓有成效的探索与尝试。向忆秋《台湾少数民族文学中的山海崇拜、祭仪书写与生态关怀》强调台湾少数民族文学所呈现的山海崇拜、祭仪书写和生态关怀的特色，具有建构族群“自我边界”的意义。同时，在文化生态遭受巨大破坏的当下社会，更凸显其关注人类永续生存和繁衍的根本意义。朱双一《比较视野下白先勇的文学观和创作理念》比较了白先勇和陈映真的文学创作，指出这两位作家虽然创作理念有所差异乃至对立，却能相互尊重和包容，共同提供了属于当代台湾最优秀创作之列的作品，并延展出多元互补的两大文学脉流，其“不同而合”的经验值得总结。另外，胡星亮《论张晓风的话剧创作》（《中国现代文学研究丛刊》2014年第2期）认为将宗教信仰渗透于审美沉思是张晓风戏剧的本质特色。张晓风是为宗教传道而开始话剧创作的，但她很快地就能超越宗教，在1970年代的台湾剧坛开辟出一片新的戏剧天地；而另一方面，又正是那种深深地渗透于审美沉思之中的宗教信仰，使得张晓风的戏剧创作体现出独特的意蕴和魅力。郭海军、傅天虹《20世纪70年代的澳门小说与汉语新文学——以〈澳门日报〉〈华侨报〉副刊为例》（《文艺争鸣》2014年3月号）讨论的对象是一直以来被内地学界和批评界所忽略的澳门文学，文章通过澳门两份最重要的报纸文学副刊来论述上世纪70年代的澳门小说创作。

毕光明《中国经验与期待视野：新移民小说的入史依据》（《南方文坛》2014年第6期）对海外华文文学能不能入史、如何入史这一重要问题阐发了自己的观点。文章认为其中独特的一支——“新移民小说”同中国当代文学的粘连性很强，将其纳入中国当代文学更有利于发掘它的艺术与文化价值，更有利于发挥它的审美与社会作用。海外学者许文荣《华文流散文学的本体性：兼及海外华文文学研究的再思》（《华文文学》2014年第4期）对此有不同意见，他指出中国学界对华文流散文学的研究视角与方法还是存有两个盲点：一是过度地聚焦于新移民文学，二是单一的中国视角。华文流散文学在创作与文本体制上至少具有四个本体特征，即视点的边缘性、身份认同的流动性、文体的混杂性及意识形态上的抵抗性。这些本体性不能只从单一中国视角去解读，必须同时掌握在地话语与文化语境，以及创作主体的生存环境与条件，才能进行更完善的解读，归纳出合乎流散模式的深刻意涵。在具体的作家作品研究中，陈涛《耐性中的细小与阔大——陈谦小说论》（《当代作家评论》2014年第6期）对新移民作家陈谦的小说进行了论述，认为她的作品从叙述上讲充满耐性，从容厚实，试图通过一个个细节、画面等来切入，从而展示出背后的深刻思索与现实意义。盖建平《浮华绌落见真淳——〈陆犯焉识〉中的移民视角与当代史观》（《华文文学》2014年第6期）指出《陆犯焉识》不仅以一个美华移民的跨国视角，对中国现当代历史进程的得与失，做了立足于当代中国社会精神现状的整体观照，还进一步传达出一种延续理想主义精神传统、自觉超越“伤痕”思维的当代史观。迟雷鸣、陈涵平《复杂多样的代际差异——以美国新生代华文作家郁秀和王蕤的小说为例》（《华文文学》2014年第5期）以北美新移民文学为背景，在比较中展现出华文新生代作家郁秀和王蕤在各自小说中体现出来的某种新变，以彰显复杂多样的代际差异，即年轻一代移民们独特的异域体验、平和的物质心态、平等的差异认知以及超越“中西”视界的追寻与自审。梁丽芳《华人文学团体在中加文学交流上的民间角色：以加拿大华裔作家协会为例》（《华文文学》2014年第5期）为我们提供了海外华文文学组织的重要个案。它以1987年成立的加拿大华裔作家协会为例，从其沙龙性质的组织、九次国际性会议、文学讲座、互访出版等方面的记录，说明侨民与原籍国之间在文化交流和文化传承上所能扮演的角色。

（五）不同文体、门类的研究

新诗研究方面。吴思敬《论北岛》（《中国现代文学研究丛刊》2014年第10期）重点分析了北岛上世纪70年代后期到80年代的诗歌创作，指出北岛直面现实的勇气、独立的人格力量和觉醒者的先驱意识，他诗中凝结的一代人的痛苦经历与思考，使他理所当然地成为朦胧诗派的代表人物，他的作品也构成了当代中国的一种重要的文化现象。同时北岛作为新时期现代主义诗风的开启者，为中国新诗的现代转型起了重要的推动作用。吕周聚《被遮蔽的新诗与歌之关系探析》（《文学评论》2014年第3期）重提新诗与歌的关系，重新厘定新诗发展中被遮蔽的这种诗歌观念，梳理了新诗发展中被遗忘的这一脉传统，不仅检讨新诗发展中所存在的问题，还可以给未来新诗发展提供可资借鉴的历史经验。张立群《审美的突围及其价值——论先锋派与现代性》（《天津社会科学》2014年第2期）以“审美的突围”为线索，从先锋派概念解析的角度进入现代性的视野，并在探讨先锋派、现代性相互联系与区别的基础上，涉及后现代性等话题。这既符合先锋派、现代性理论的历史演变过程，同时也可以回应当下相关理论话题的交锋。

散文研究方面。丁晓原《媒体生态与中国散文的现代转型》（《中国社会科学》2014年第4期）指出在现代散文发展史上，以报刊为媒介载体的散文，其新的写作方式和传播方式，外在地影响着散文的体式、语言和风格。同时，媒体的价值取向又规定或部分规定了散文的主题设置。媒体散文还是联结报人志怀、报刊功能和民族国家建构的关键词。具体而言，《时务报》等媒体，生成了其时以“维新”、“新民”为宗旨的论说体散文。五四新文化时期，散文的主题由“新民”置换成“立人”，散文语言由文白合体转化为现代白话，散文体式由论议体的一枝独秀变为杂文与美文的双流并呈。郑苹《周作人散文文体的诗性之美》（《福州大学学报（哲学社会科学版）》2014年第2期）阐述了周作人以诗入文的散文创作倾向，从而为现代散文提供了一种充满诗意的美文范本。秦林芳《视像之“变”与视点之“常”——丁玲散文集〈欧行散记〉〈访美散记〉综论》（《扬子江评论》2014年第6期）认为丁玲的这两部散文集在性质上均属国外记游散文，两者的出版前后间隔了三十三年。虽然它们成文于两个不同的年代，叙说的对象也明显有异，但丁玲贯注其中的政治心理和意识倾向却是一脉相通的。

通俗文学研究方面。《中国现代文学研究丛刊》2014年第2期的“通俗文学研究”专栏有四篇论文，从不同方向对近现代以来的通俗文学及翻译作了独到的阐述。李今《伍光建对〈简爱〉的通俗化改写》通过对读与辨析伍光建翻译《简爱》的汉译本《孤女飘零记》之于原文本的缺失和改写，集中探讨了译者对于自然风景和人物描写的“节缩”是否如茅盾所说，能将“原作全本的精神和面目是完全保存着”的问题，从而使《简爱》一向被忽略的宗教精神内涵得以彰显。陈建华《周瘦鹃“影戏小说”与民国初期文学新景观》通过“新女性”形象、“震撼”的美感经验与抒情语言表述等方面的分析，揭示出这些影戏小说如何游走于文字与图像、伦理与美学、文言与白话之间，给我们认识文学现代性的历史形成提供了一个色彩斑驳的复杂截面，也展示了传统如何走向现代的历史轨迹。汤哲声、朱全定《清末民初小说的翻译及其文学史价值》对清末民初翻译家的史学地位以及他们的“为我所需”、意译的观念和方式作了评价和分析。黄诚《论新发现的李涵秋〈我之小说观〉》新发现了自1921年11月5日至1922年3月22日李涵秋在《小时报》上发表的98则题名为《我之小说观》的短论，对于理解李涵秋的文学创作道路及艺术风格有重要的史料价值。

儿童文学研究方面。王家勇《中国现代儿童小说苦难主题的显现与不足》（《中国现代文学研究丛刊》2014年第9期）认为中国现代儿童小说初步显现出苦难新生主题，而苦难有三大来源，即儿童小说作家对生活的认识及自身的阅历、现代中国的社会现实、接受主体即读者的外在与内在世界。刘彩珍《江南作家的文学交往与战后儿童文学运动的传承——以〈大公报〉副刊为中心的考察》（《文艺争鸣》2014年3月号）指出20世纪20年代，以茅盾、郑振铎、叶圣陶、谢冰心等为代表的众多作家发起的“儿童文学运动”是现代中国的重要文化事件与文学现象。在被中断数年的现代儿童文学面临复苏的关键时期，1947年上海《大公报》副刊《现代儿童》坚持以儿童为本位，对接续和推动“儿童文学运动”在江南的开展发挥了重要作用。朱自强《“儿童文学”的知识考古——论中国儿童文学不是“古已有之”》（《中国文学研究》2014年第3期）强调儿童文学是在特定的历史条件下建构出来的一个观念。对“儿童文学”这一观念进行知识考古就会发现，中国的“儿童文学”这一观念是在清末民初这一历史转型时期产生、发展起来的。在中国，“儿童文学”没有古代，只有现代。

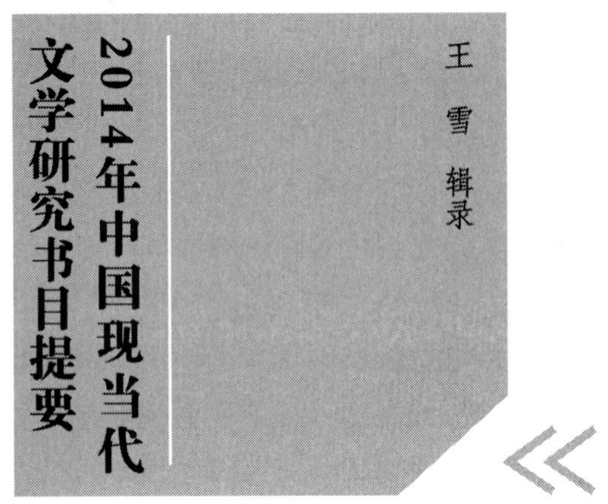

周平远著，《从苏区文艺到延安文艺——马克思主义文论中国化历史进程》，社会科学文献出版社，2014年12月

本书以苏区文艺到延安文艺为线索，对马克思主义文论的中国化进程进行了全景式的历史描述和总体性的理论概括。指出：从国情出发、从实际出发，以旗帜为引领，通过理论创新、文化创新，自上而下地全面推进文艺创新，是其基本经验；坚持政治意识形态艺术化、审美文化形态大众化、苏维埃文化本土化、民间文化资源体制化，是其基本策略。

牛月明著，《中日文论互动研究：以“象”根词的考察为中心》，中央编译出版社，2014年12月

在西学东渐的初期，古典形态的中国文论对近代日本学术用语产生过较大影响——“新漢语”是日本人借用汉字（文）与西学的沟通外显，由此产生了抽象、想象力、第一印象等“象”根词。同时，由于近代日本为西方“形上之学渐入于中国”的“中间之驿骑”，洋化形态的中国文论对明治学术用语又有所选择——“新学语”是中国与洋（东洋与西洋）学的沟通外显，由此想象、象征、对象、现象、具象、抽象、表象、形象、印象等“象”根词进入了中国文论的核心。

刘星显著，《法律与文学研究——基于关系视角》，社会科学文献出版社，2014年12月

本书从法律与经济学、法律与社会学、后现代法学以及法学教育四种法律与文学关系的视角，通过对现代主义与反现代主义的比较，将作为反法律与经济学的法律与文学、作为法律与社会学的法律与文学、作为后现代法学的法律与文学以及作为法学教育的法律与文学，做了详细的阐述，用以回答“法律与文学是什么”这道难题。

王能宪著，《自由创造是文学艺术的本质要求：论文化政策与文化战略》，中国文联出版社，2014年12月

该文丛以学术论文文集为主，亦包括部分学术专著。文集所选论文均为博导研究成果精华，代表其学术研究的最高水平。本书集中反映了作者对我国文化政策和文化发展战略及相关理论问题的思考。作者以其独特的身份和敏锐的眼光，本着解放思想、实事求是的精神，对改革开放以来文化领域出现的一系列新情况、新问题特别是国家文化战略的部署和文化政策的调整，均有较透彻的分析和较深入的思考。本书具有较高的理论价值，又能深入浅出，视野开阔，涉及面广。

王福湘著，《地狱边沿的白色花：二十世纪中国文学专题研究》，中央编译出版社，2014年12月

本书研究对象是20世纪中国文学中不同程度地带有边缘性、争议性和悲剧性的若干作家作品，从二三十年代的瞿秋白到八九十年代的王小波，中经施蛰存、胡风、彭燕郊，以及创作《山乡巨变》时的周立波，最后以对中国现代文学史写作和中国当代文学批评标准的整体论述和评价作结。附录胡风和彭燕郊与作者的通信是难得的研究资料。

周志雄著，《新世纪网络文学的侧面》，山东人民出版社，2014年12月

阐述了网络文学入史的意义和面对的问题，余论论述了网络小说类型化发展的现状和价值。正文讨论了网络小说通俗化的问题，网络恶搞现象的文化意义，新世纪现实题材网络小说的文化内涵，安妮宝贝小说的女性意识，慕容雪村小说的文学视界。面对网络文学繁盛发展的局面，《山东师范大学中国现当代文学专业研究生论文选粹书系：新世纪网络文学的侧面》试图从宏观上把握网络文学的价值与意义，从几个不同侧面展开细致、深入的微观分析，从而深化对网络文学的研究。

杨四平著，《跨文化的对话与想象——现代中国文学海外传播与接受》，东方出版中心，2014年11月

本书为项目优秀结项成果，紧扣“现代中国文学海外传播与接受”这个中心，从现实状况、过程动态、文本接受、形象塑造和未来发展五大方面，以“一个中心，五个单元”为论证的框架和逻辑，依次研究了现代中国文学海外传播与接受的现状、发生、历史脉络、国别关系、不均衡性、差异性、影响力、形象塑造和“走出去”战略等命题，纵横交错地编织出了现代中国文学海外传播与接受的立体网络。

蔡世连、刘新生主编，《中国当代文学作品选》，山东大学出版社，2014年11月

本书分为诗歌、散文、小说、戏剧四部分。包括《苹果树下》《赛马》《日出》《菜园小记》《班主任》《茶馆》等文学作品。

沈卫威著，《中国新文学研究丛书：民国大学的文脉》，人民文学出版社，2014年11月

主要内容包括：旧学新知、雅言俗语、激进保守、学分南北、古典现代、公德私情、荣辱堪当等。

刘纳著，《论五四新文学》，华东师范大学出版社，2014年11月

“五四”新文学，充当了思想革命的先声，比当时的生活更内在更深入地表现了时代的灵魂，不但显示着民族振兴的希望，也成为民族进步的先导。它负载着一代知识分子的热情与痛苦，永远为那伟大的时代作证。本书收录了作者对“五四”新文学的一组评论文字，对五四作家群如鲁迅、郭沫若、郁达夫以及创造社、文学研究会两大文学流派进行了系统的梳理和探究。

萧乾著，《龙须与蓝图——中国现代文学论集》，外研社，2014年11月

该书选录了萧乾先生从1942年到1997年间用英文写作的《苦难时代的蚀刻》《龙须与蓝图》《土地回老家》等三种著作和单篇文章三则。报人、评论家、翻译家和作家的多重角色，赋予其作品极其敏锐的中西比较视角和广泛的同类参照，并在这部论集中有了集中体现。

史挥戈著，《竹林文学创作论》，江苏大学出版社，2014年11月

通过解剖女作家竹林的创作思想与作品，对当代中国作家的创作历程和精神指向进行一番深入探究，提醒作家勿忘社会责任，沉下心来面对生活，开拓创新，努力创作出无愧于中华民族与伟大时代的精品力作，在潜移默化中引导人们向善、向美、向上。

周保欣著，《“文学”观念：理论、批评与文学史》，浙江大学出版社，2014年11月

研究现代意义上的“文学”观念在中国特殊的起源，梳理各种形态的“文学”观念在中国建立、展开的过程。探究各种“文学”观念在中国现当代文学创作、文学批评和文学学术活动中的存在样式及其对诸般文学实践的影响，在历史（传统）与全球化（世界文学）的坐标中，讨论形形色色的“文学”观念存在的问题。

朱栋霖、朱晓进、吴义勤编，《中国现代文学史（1917—2013）》（第三版），高等教育出版社，2014年10月

本次修订，较深度更新百年中国文学史叙述，以新的文学观、文学史观重新阐释中国文学1917至2013年的发展。全书分为上编现代文学（1917—1949）和下编当代文学（1949—2013）。学术观点严谨、新颖，史料翔实，思路清晰，突出对经典作家和作品的解读。每章设“研习导引”，提炼重要的学术争论问题，供提升性学习。本书作为高校中文、新闻、文秘等专业的教材，也可供文学爱好者阅读。

张新民著，《期刊类型与中国现代文学生产（1917—1937）》，中国社会科学出版社，2014年10月

本书针对目前学界存在的文学期刊分类标准不一、种类繁杂的问题，从文学生产机制的角度，尝试对文学期刊分类问题给以厘清，探讨文学期刊与文学生产的内在关系，力求以较为丰富的史料给人以现代文学生产的现场感。

陈国恩等主编，《武大·哈佛“现当代中国文学史书写的反思与重构”国际高端学术论坛论文集》，中国社会科学出版社，2014年10月

该论文集是2012年12由武汉大学文学院、哈佛大学东亚系和《文学评论》编辑部联合主办的武大·哈佛“现当代中国文学史书写的反思与重构”国际高端学术论坛成果的汇编，论题涉及中国现当代文学史建构的前沿课题，如中国现当代文学史书写的批判性反思、当前现当代中国文学史研究的热点、域外文学史书写的理论与方法等，皆具有重要的理论价值和实践意义。

沈国明著，《当代中国学人访谈录——文学卷》，上海人民出版社，2014年10月

为进一步挖掘当代中国人文社会科学的学术资源，记录当代学术界中青年学者的学术人生，从学者的学术师承、学术追求、学术成就等侧面反映改革开放以来的中国学术成就，本书精选《学术月刊》2001——2013年的“中青年专家访谈”栏目内容，以《当代中国学人访谈录》为总书名，汇集林毅夫、洪银兴、郭齐勇、桑玉成、王晓明、汪晖、江晓原、曹树基等知名学者，按哲学、经济学、文学、历史学四大学科汇编成4册。

欧阳可惺著，《区域文学的律动——〈天山〉流变与新疆当代文学》，暨南大学出版社，2014年10月

作者欧阳可惺、钟敏以新疆作协主办、新疆文联主管的文学期刊《天山》及其历史变迁为线索，对新疆地区的文学现象以及围绕中国西部文学而发生的争论进行系统的研究，并将该地区的文学置于区域历史及其与其他地区的横向互动中观察，力求具体入微而不失宏观观察，从而为读者展开了一幅波浪起伏、色彩斑斓的历史画卷。

黄发有著，《中国当代文学传媒研究》，人民文学出版社，2014年10月

该书有十三章的内容，都是最近五年陆续写成的新稿。其余几章在旧稿的基础上，将新世纪媒介与新世纪文学纳入整体视野，进行修改与重写，并对论述结构和逻辑框架进行相应调整。补充了从2002年到2012年的数据与资料，做了较大幅度的增补和改写。之所以做如此大刀阔斧的改动，是因为当前形势的变化和学科研究的发展。

张鸿声著，《城市现代性的另一种表述——中国当代城市文学研究（1949—1976）》，北京大学出版社，2014年10月

《城市现代性的另一种表述》从“文学中的城市”这一概念切入，以长期被忽视的50—70年代中国城市题材文学为考察对象，分析近现代口岸城市之现代性是如何消除的，以及社会主义特性在城市中又是如何确立的。作者指出，在这一时期的城市生活中，“工业化”和“公共性”是其主要特征，描述这一历史时期的文学文本，因此也形成了自身特定的审美原则、人物塑造方式以及特殊的叙事方式。

邹广胜著，《中国传统文论的现代意义——关于中西文论对话的再思考》，商务印书馆，2014年10月

本书是作者对目前中西文论对话中几个热点问题的思考与反思，是用对话的基本原则——多元、平等与交流来反思自身文论与文化传统的结果。笔者认为中国传统文化中的核心部分儒学最为匮乏的就是平等的理念，没有平等的精神就没有普遍幸福的观念。对平等原则的思考与对平等理念对中国文化意义的反思乃是《中国传统文论的现代意义——关于中西文论对话的再思考》的出发点与最终归宿。笔者的思考不仅来自对文化传统，更重要的是来自对现实人的价值理念的反思。

广东网络文学院编，《网络文学评论（第五辑）》，花城出版社，2014年10月

本辑对2013年网络文学的热点现象进行汇总和评说，对2014年面临的危机及出路进行了分析与预测。另外，本书编者还针对时下最为流行的网络类型小说如“小白文”、“重生文”、“屌丝文”、“耽美文”等进行了学理上的研究，对极为火爆的作家如徐公子胜治、辛夷坞的作品进行了文本细读。本辑还收录了陈培、血酬和庄庸三位著名网络文学编辑、运营者对网络写手的演讲，这种第一手的资料，是最为宝贵的。

周维东著，《中国共产党的文化战略与延安时期的文学生产：民国文学史论第六卷》，花城出版社，2014年10月

本卷从“文化战略”的角度，将延安文学置于民国文学的宏大背景中，从而对传统延安文学认知形成挑战和突破。与传统延安文学研究经常使用的“文艺政策”、“政治文化”、“地缘政治”等视角相比，“文化战略”有效将社会语境与文学语境联系起来，将研究视野同时投射到延安内部和外部。正是由于视野的变化，本书对统一战线、突击文化、整风运动与延安文学联系的研究，对“真人真事”创作、“穷人乐”叙事、“下乡”运动的重新认识，能发现前人之未见，探历史之幽微。

张中良著，《民族国家概念与民国文学：民国文学史论第二卷》，花城出版社，2014年10月

本书从民国史的视角出发，认真考察辛亥革命的文学反响与审美映像，系统分析民国文学的生态环境、生态系统与其呈现出来的民国风貌，第一次梳理五四文学的国家话语表现，重新审视20世纪30年代民族主义文学的评价问题，深入剖析现代史诗《宝马》的国家问题背景与丰富内涵，翔实考察作家与正面战场的血脉联系、民国政府文艺政策的两面性。

李怡著，《民国政治经济形态与文学：民国文学史论第一卷》，花城出版社，2014年10月

本卷主要通过对民国政治、法律、经济等因素的剖析挖掘揭示中国现代文学生存发展的国家历史情态。民国时期的经济政策、经济形态以及国家法制等的各种因素都对文学的发展产生了复杂影响，这些影响既有正面的、积极的，又有负面的、消极的，总之这就是中国现代文学发展的历史现场，也是中国现代作家独立创作的社会氛围。

张进著，《文学理论通论》，人民出版社，2014年10月

在全球视野下，以文学理论的“衢路”问题为核心，运用“别异”与“通和”相结合的研究方法，结合百年文论的话语谱系和范式演替，建构和阐发文学理论的通论体系，剖析文学理论、大理论与后理论之间域化、解域与化域的辩证运动，考辨理论、反理论、元理论与后理论之间或对立或矛盾或蕴含的语义矩阵，探讨文学创造—接受论与文学生产—消费论子系统之间相互竞争又彼此依存的文学多元系统，进而对“文学商讨—阐连论”做出系统的论证阐发。

王纯菲著，《中国性别理论与女性文学批评》，社会科学文献出版社，2014年10月

本书在研究中国传统性别理论与观照中国女性主义文学批评实践基础上，提出中国女性文学批评民族主体性理论建构的构想。在中国女性文学批评领域，西方女性主义学说一直拥有话语霸权，“以西律中”、“借西构体”是大多数学者选择的批评范式与批评路径。走出西学话语藩篱，进行民族主体性理论建构，已成为中国女性文学批评持续发展的重要课题。

赵志忠著，《比较文学论稿》，民族出版社，2014年10月

本书为作者从多年来所写的有关文章中选取的22篇有代表性论文组成，从比较文学的角度对我国少数民族文学和文化作了一个深度和广度的比较研究，重点涉及民间文学、少数民族戏剧、母语诗歌等研究领域，内容丰富，极具典型，文笔流畅，论述精辟，可谓是一部学术价值颇高的学术著作。

顾钧著，《文本内外的世界——中外文学文化关系研究新视野》，北京大学出版社，2014年10月

本书分别从形象学研究、译介学研究、跨文化研究三个方面展示了中外文学文化关系研究的新视野。作者们从各自熟悉的领域选取有价值的个案进行了文本内的论证与文本外的阐释，在继承传统比较文学实证方法的同时，更彰显了当下的问题意识和理论思考。本书为当前的中国比较文学和跨文化研究提供了可资借鉴的参考。

潘桂林著，《文学场之魂——中国近代新小说读者意识研究》，中国社会科学出版社，2014年10月

该书系统梳理文学场和读者意识的理论脉络与内涵，阐述读者意识在文学场中的联结功能，并以中国近代新小说为个案，总结近代文学场中读者意识的构成和时代特征，及其对新小说的影响机制，从近代文学场读者意识中的民族境遇意识、报刊语境意识、身份定位意识等具体层面出发，分析新小说的语体变革、雅俗流变、叙事结构和叙事风格等问题。通过具体案例分析，能够更加具体而深入地理清文学场诸要素的相互制衡关系及其对小说本身的引导、建构和制约功能。

江冰著，《新媒体时代的80后文学》，人民出版社，2014年10月

本书分为导论、上、中、下编、附录五个部分。导论主要说明课题研究的缘起与特色；上编主要对80后文学的形态进行了较为详细的描述和阐释；中编则描述了80后这一代人成长的文化环境，其中重点突出了互联网所带来的网络文化空间对80后的深刻影响；下编落在了本课题的核心部分，展示80后文学与网络互动具体表现与内在缘由。

王文参著，《当前文学的民间传播与文学观念的更新》，中国社会科学出版社，2014年9月

本书尝试从文学的传播和接受现状出发，探讨了媒介科技如何开拓文学的生存前景，媒介与文学时空观的历史形成，以及媒介与文学信息化、文学市场之间的密切关联。分析了纸质媒介传播下的文学观念演变、影视传播下的纸质文本改编和网络传播下的文学生态。重点论述了作家文学、民间文学和通俗文学的传播现状和生存前景，以及汉语文学独特的更新机制和文化价值。

罗岗主编，《现代国家想象与20世纪中国文学》，上海人民出版社，2014年9月

本书系教育部人文社会科学重点研究基地重大项目“现代国家想象与20世纪中国文学”结项成果。以“世界”视野中的“强国”梦想：中国现代文学的形成及其危机；左翼、革命与中国现代文学的展开；从“文革”到“改革”：重返“八十年代文学”；“市场社会”的来临与文学生产方式的转换等专题呈现现代国家想象与20世纪中国文学之间的深层关系。

金柄珉、李存光主编，《“中国现代文学与韩国”资料丛书》，延边大学出版社，2014年9月

这套丛书分为《创作编》《翻译编》和《评论及资料编》三编，共十册。《创作编》《翻译编》力求客观完整地呈现出中国有关韩国人和韩国各类创作、译作的原生态，即当时固有的真实历史状貌，无论作（译）者持何立场观点、审美情趣，也无论作品思想内蕴深刻丰富抑或浅显单薄，艺术表现精湛圆熟抑或稚嫩粗糙，均不隐讳、遮蔽、修饰、改动。

张铁荣著，《灯下录——谈鲁迅、现代文学及其他》，天津人民出版社，2014年9月

本书为作者张铁荣的论文集，其中包括有关鲁迅研究、现代文学的相关思考，以及个人的书评序跋，本文集反映了作者近年来的研究方向，书中的多篇论文对现实问题研究补充了新的证据，提供了新的信息，具有较高的研究价值。本书主要分为谈鲁迅、说现代文学、读书偶得、怀人篇等四个篇章。

旷新年著，《中国现代文学理论批评概念》，清华大学出版社，2014年9月

本书选取了文学、人的文学、人民文学、现实主义、浪漫主义、自然主义、社会主义现实主义、典型、形象思维、文艺反映论以及文艺与政治等十一个文学理论批评的核心概念，采用了类似勒内·威勒克《批评的诸种概念》和雷蒙·威廉斯《关键词》的描述方式，对这些概念进行了梳理。

翟瑞青著，《童年经验和现代作家的文学创作》，人民出版社，2014年9月

童年几乎是所有人都难以忘怀的生命底色，也是形成心理结构、人格特征与价值趋向的精神摇篮。童年经验从精神层面对作家作品进行渗透，影响了作家的方方面面。书稿分上下编，上编为“童年经验对作家创作的影响及其表现”，分析构成作家经验世界的空间环境和公共资源和童年经验在作家创作中的呈现；下编为“被童年记忆缠绕的艺术世界”，从个案出发，分析了鲁迅、冰心、庐隐、沈从文、老舍、孙犁的创作和童年经验的关系。

陈国球编，《抒情之现代性——抒情传统论述与中国文学研究》，三联书店，2014年9月

该书为一部论文合集，由哈佛大学教授王德威和香港科技大学教授陈国球联合主编。本书论述的核心观念是“抒情传统”，在解释这一观念之前，更值得一提的是它走过的学术历程：20世纪30年代“抒情传统”的观念在中国大陆萌生，40年代跟随一些留洋的学者漂泊到北美，在北美相对安定的学术环境中得以确立其理论基础，并呈现出勃勃的生机，60—70年代再由北美传回台湾、香港等地，很快被主流学界接受，新人新作不断涌现，从70年代后至今已成为大陆之外中国文学研究（尤其是古典文学）的大宗。

王卫平著，《中国当代文化建设与文学批评》，中国社会科学出版社，2014年9月

该书以较宽广的视野，立足于中国当代文化建设和文学批评的繁荣，并将两者有机结合。在中国当代文学创作与批评对人文文化和精神品格的建设与提升，中国当代文学批评价值体系的建构，中国当代文学批评的现状、缺失的整体反思，以及影视批评如何从贫乏走向丰富等方面都提出了自己的见解，富有反思性和启发性。

李平著，《中国现当代文学基础（第二版）》，北京大学出版社，2014年9月

该书在第一版的基础上修订而成，增加了若干重要的知识点，比原来更丰富、全面。《中国现当代文学基础（第二版）》是专为电大、函授汉语言文学专业的学生编写的中国现当代文学教材。既涵括五四迄今中国现当代文学史上重要的文学史现象、文学思潮及流派，也重点分析了一些重要的作家作品。是一本深入浅出的教材。

李宗刚著，《中国当代文学史论》，山东人民出版社，2014年9月

《中国当代文学史论》是配合中国当代文学史教学和研究而编撰的一部补缺性著作。它从文学史角度，重点研究文学史中重要的文学思潮、文学现象、文学流派、文学社团和代表性的作家作品，是一部高质量的史论性质的著作。

刘俊著，《越界与交融：跨区域跨文化的世界华文文学》，人民文学出版社，2014年9月

《新文学研究丛书》为南京大学文学院的学术成果展示丛书，有相关的项目支持。收入的大多是南京大学学术骨干教师的论文集，具有相当的学术水准，大多在学术杂志上发表过。《越界与交融：跨区域跨文化的世界华文文学》是《新文学研究丛书》中的一本，内容是刘俊关于海外华文文学研究的论文。

吴景明著，《生态批评视野中的20世纪中国文学》，中国社会科学出版社，2014年9月

全书既有对20世纪中国文学中的生态意识的整体把握，呈示其由自发而自觉、由潜流而壮观、由浅尝而深化的演变过程，由此明晰地展现出文学作品的伦理美学观念的历史嬗变；也有对诸历史阶段的具体而深入的阐析和详实丰富的史料佐证，避免流于空泛，还原文学与历史的复杂性。

中国作家协会鲁迅文学奖评奖办公室编，《第六届鲁迅文学奖获奖作品集——文学理论评论卷》，作家出版社，2014年9月

第六届鲁迅文学奖获奖作品集由中国作家协会鲁迅文学奖评奖办公室选编，其中文学理论评论奖评奖委员会委员名单为，廖奔、吴秉杰、何向阳、王鸿生、刘玉琴、李国平、汪政、汪守德、施战军、钱念孙、凌宇。

毕桂发编，《毛泽东评点现当代诗歌赏析》，中央文献出版社，2014年9月

该书收集我国现当代诗人和学者鲁迅、郭沫若、柳亚子等数十家的诗作数十余首，其内容包含政治、经济、军事、外交等诸多方面；其文学体裁则以旧体诗、词、曲居多，也有少量新诗和民歌，形式多样，知识面宽广。《毛泽东评点的现当代诗歌赏析》体例是每篇分为“毛泽东评点”、原文和赏析三个部分。以“毛泽东评点”为例，其形式多样，不拘一格，有较强可读性。

王泉根主编，《中国幻想儿童文学与文化产业研究》，大连出版社，2014年9月

这是一部对中国幻想儿童文学与文化产业研究的图书，其中收录多位从事儿童领域研究多年的教授学者、儿童文学著名作家、成功推动文化产业企业管理者的文章，分别从创作、阅读、产业化阐述他们的思路、观点，让儿童文学爱好者能够从中得到启示，受到启发。

杨树喆著，《多民族文学与民俗文化研究》，中国社会科学出版社，2014年9月

本书属于“叠彩文存”系列丛书之一种，内容包括四个方面：民族文学与民俗文化研究、审美与艺术人类学研究、民间信仰与身体文化研究、非物质文化遗产保护与开发研究。主要适合中国民俗、中国文学研究人员阅读参考。

丁帆著，《中国新文学研究丛书：文学史与知识分子价值观》，人民文学出版社，2014年9月

本书主要内容包括：论近二十年文学与文学史断代之关系、20世纪后半叶中国文学研究的价值立场、80年代：文学思潮中启蒙与反启蒙的再思考、关于建构百年文学史的几点意见和设想、中国现当代文学史断代谈片、新世纪文学中价值立场的退却与乱象的形成、关于百年文学史入史标准的思考、关于建构民国文学史过程中难以回避的几个问题等。

冯黎明著，《学科互涉与文学研究方法论革命》，武汉大学出版社，2014年9月

展示了研究领域最重要的学术景观——各种外学科知识对文学研究的殖民性统治，以及这一现象在文学研究的四大主题——作者论、形式论、文学史论和意义论中均有表现，它一方面带来了文学研究的知识学身份的不确定性，另一方面也使得文学研究逐渐朝向学科互涉的知识学态势发展。学科互涉适应了文学研究的前学科特性，其直接后果就是在文学研究领域里形成了一种“学科间性”的方法论革命。

王轻鸿著，《信息科学视域与文学研究转型》，浙江大学出版社，2014年8月

本书主要论述了信息科学的兴起与文学研究转型的内在关系。主要包括信息科学对于当前的文学本质论、文学批评范式、文学史写作模式的转型的影响。本书是作者主持的浙江省哲学社会规划课题“信息科学的兴起与文学研究范式的转型”的成果，已经于2012年结题。主要内容已经在《文学评论》《外国文学》《浙江社会科学》等刊物上发表。

于丽著，《异类叙述者话语中的二声结构：夏目漱石与鲁迅的比较文学研究》，对外经济贸易大学出版社，2014年8月

本书旨在分析夏目漱石对鲁迅写作的影响。在本书中，将与常人不同的叙述者命名为异类叙述者；将这种既令人感到荒唐滑稽，又让人沉思玩味的叙述的二次元结构成为二声结构。从二者的作品中都能发现相类似的二声结构，将通过这样的相似点，进一步论证鲁迅受到夏目漱石作品影响的可能性。

王先霈著，《文学理论导引（第二版）》，高等教育出版社，2014年8月

以源于文学实践的“问题意识”为出发点，以理论范畴和文学活动的构成为逻辑框架，通过描述、比较和分析经过文学实践检验的各种理论观点，对文学的基本理论知识作了简明、系统的介绍；突出文学理论的知识性，比较中西文论的相通之处与差异之点，同时介绍一些重要的当代理论知识以拓展视野；增加了以往教材较少涉及但又与文学相关的某些内容，强调知识描述的客观性，以突出文学理论的多样性、实用性和文学观念的开放性，避免使教材成为某种文学见解的一家之言。

腾翠钦著，《被忽略的繁复——当下底层文学讨论的文化研究》，上海三联出版社，2014年8月

本书共分为六个部分，主要内容包括：观者的策略：底层问题中的知识分子身份形式，“客观”的幻象：“底层经验”的表述与被表述，文学想象：“底层”被表述的必要方式，风格狂想曲：“底层文学”的“现实主义”限定，现代物质“乐观”式传奇的退场：“底层”的物质想象，非革命、非理想和社会性：“底层”的日常特性，“阶级”和数量崇拜之外：底层的群体观，另外一些可能：底层文学、纯文学和大众文学等。

刘安海著，《文学文本言语研究》，中国社会科学出版社，2014年8月

以文学文本言语为研究对象，根据长期以来轻视文学文本言语的历史和现状，提出应该自觉地面对语言，明确提出应该用“文学文本言语”取代过去习惯称谓的“文学语言”，主张将语言的发展称为“流变”，论述了文学文本言语具有内指性、现时态性、虚构性、情感性、含蓄性、“言不及义”性、修辞性等特点，说明文学文本言语的人文精神和人文价值。

李志孝著，《现场·历史·批评——新世纪文学与新文学传统》，中国社会科学出版社，2014年8月

上编是对当下中国文学的研究，即书名中的“现场”，主要针对新世纪底层文学、乡土文学及文学批评等进行论述。既有对文学现象的宏观考察，也有对具体作家作品的分析评论。下编是对中国现代文学理论批评的研究，即书名中的“历史”，主要对创造社文学批评、京派和其他自由主义批评家以及现代马克思主义文学理论等进行了研究。两编所论对象不同，但有内在关联，副标题“新世纪文学与新文学传统”就突出并包涵了整部书的基本内容和精神倾向。

常丽洁著，《早期新文学作家旧体诗写作》，社会科学文献出版社，2014年8月

本书主要研究了早期新文学作家亦即“五四”一代人的旧体诗写作现象。包括早期新文学作家旧体诗的创作与发表、以旧诗为媒介的交游、旧体诗创作的关键词、旧体诗创作的时代与文化根源以及早期新文学作家旧体诗的新特质等方面内容。

汪文顶著，《现代散文学初探》，人民出版社，2014年8月

《桂堂文库：现代散文学初探》为国家社会科学基金重点项目“现代散文学的中外整合与理论建构研究”的阶段性成果。史论篇探讨现代散文的基本观念、主要特点、发展概况、思潮流派、文体艺术和中外比较等重要问题，论从史出，时见史识。个案篇选论现代散文名家，注重风格特色的评析。

金进著，《中国现代文学的疆界》，中国社会科学出版社，2014年8月

本论著坚持“中国现代文学”的本体还是在中国大陆和台、港、澳地区，“中国现代文学”应该包括传统意义上的“中国现代文学”、“中国当代文学”和“台港澳现代文学”，甚至包括一些从中国大陆离散出去的作家在海外的创作及文学活动。本论著的标题为“现代文学的疆界”，其意在强调当下的中国现代文学的范畴、方法、范围、视域等方面应该有所调整和扩大，与时俱进，以建构真正的中国现代文学。

丁念保著，《重估与找寻——现当代文学批评实践》，中国社会科学出版社，2014年8月

本书的内容主体，是作者丁念保自20世纪90年代以来，直到近年发表于国家级和省级重要报刊的现当代文学研究和评论文章。除此之外，还收编五六篇写成于近两三年未及发表的研究论文。涉及的话题虽较为广泛，但大多数篇目的内容指向比较集中，其一是对20世纪80年代以来文学流变的重新思考与观察，其二是对现当代文学写作规律的探询和批评标准的重新厘定。

陈宁著，《女性身体观念与当代文学批评》，南开大学出版社，2014年8月

本书共分4章，重点从性别视角切入文学批评，通过考察近30年来文学研究中的女性身体观念，论证了当代文学批评仍然受到传统男权文化对女性身体的行为规范和审美标准的深刻影响。同时，本书提出女性身体批评应该有明确的研究立场，才有可能呈现出更为开阔的研究格局。

王元忠、王建斌编，《从现代到当代——新文学的历史场域和命名》，中国社会科学出版社，2014年8月

精选著者十数年来有关中国现当代文学研究的论文24篇，分为上下两编，上编名为“未曾远去的风景”，下编名为“犹自遭遇的现场”，紧扣特殊个案，立足中国文学在现当代特殊历史阶段之中一些重要的现代性命题和文学发生场域的演进关系，从民间、个性、女性、启蒙、政治、先锋、底层等关键词语的分析入手，具体论述了中国义学在百年历史流变之中的变革和承续，显见了著者主体对于文学及中国文学现代性的认真思考。

吴小攀著，《十年谈——当代文学名家专访》，花城出版社，2014年8月

本书是2001—2012年间对莫言、刘心武、贾平凹、余光中、夏志清、刘再复、马悦然、北岛、白先勇等数十位海内外外文学名家独家专访的结集，话题围绕热门文学话题、人物的自身际遇展开，未经删节，有的更是首次发表，不仅对专业研究者有参考价值，对于普通读者来说，也有阅读的价值。

房伟著，《革命星空下的坏孩子：王小波传》，生活·读书·新知三联书店，2014年8月

本书通过大量的采访、回忆、论述等资料，加上作者对于王小波研究的独特心得与感受，以通俗的语言描述了当代最有争议性、最富才情的作家之一王小波的一生。作者不回避王小波生前的落魄，探幽烛微，在对细节的观照和王氏精神高度的把握中，力争还原一个走下神坛的王小波。

王万森著，《文学历史的跟踪——1980年以来的中国当代文学史著述史料辑》，人民出版社，2014年7月

本书集资料性（著述资料、著述者资料）、访谈、论述及反响于一体。沿着两条线索梳理中国当代文学史史料：一是文学史叙事的沿革，文本史料既体现历史的完整轨迹，又体现代表性和史料的典范价值。二是文学史叙事理念的发展脉络，既关注与文学史同时代的理念阐释，也重视当下前沿性文学史理念对于过往文学史理念的反思和整合；凸显当代文学史叙事的现代性理念及其特有的文学史叙事形态，并包容文学史叙事的不同理念和见解。

王进著，《诗艺文心——当代台湾诗歌散文论略》，民族出版社，2014年7月

这是作者王进在多年教学的基础上长期思考和探讨的选题。作者通过散点的透视法去呈现台湾文学的细节之美和个性之美。本书包括五章，包括守望传统和追求现代两部分的女性意识与女性书写、宗教情怀和文学表达，以两岸三地的散文作品为例，描述一种族群记忆与文字精神。具有广阔的读者群。

刘小新著，《现代性与当代台湾文论》，厦门大学出版社，2014年7月

本书对台湾文论与现代性关联性问题的描述与讨论，旨在认识现代性概念对当代台湾文学论述所产生的影响，认识台湾文学现代性问题的复杂性和特殊性，为海峡两岸文学现代性问题的讨论和互动交流提供某种参照。

李玉平著，《互文性——文学理论研究的新视野》，商务印书馆，2014年7月

本书系作者独立承担的国家社会科学基金青年项目“互文性与文学理论基本问题”的结项成果。坚持历史与逻辑相结合的原则，对互文性元问题进行了深入的阐发，并结合文学意义、文类、文学经典、比较文学等重要的理论问题对互文性理论进行了创新性研究。

汤晓青著，《全球语境与本土话语——中国多民族文学论坛十年精选集》，社会科学文献出版社，2014年7月

本书是中国多民族文学论坛十年论文精选形成专题论集。精拣历年来的“中国多民族文学论坛”热点焦点话题，包括中华多民族文学史观的建构、多元文化与文学批评、文化认同与身份问题、跨学科学术视野中的文学生态等话题，这些话题基本涵盖了新世纪以来关于多民族文学研究的前沿性话题。

谭光辉著，《中国现当代小说文本细读》，中国社会科学出版社，2014年7月

本教材以文本分析方法为基本构架，着重训练学生的细读能力，为自主学习打下基础。注重文体区别，对不同体裁的文本采用分卷训练的方式，文本细读更为专业化。在文风上追求密度与深度，是国内首部专业的细读教材。本教材追求理论性、操作性、示范性、启发性的统一，既准确介绍文本分析理论，又要将该理论立即运用于文本分析操作实践，有助于学生形成系统的文本分析方法。

王璟著，《译者的介入——张爱玲文学翻译研究》，浙江大学出版社，2014年7月

本书从译者的主体性角度出发，以翻译家张爱玲的作家、女性、流散者三种不同身份为切入点，探讨张爱玲的创作与翻译的互动关系；分析张爱玲的性别意识对于其翻译策略的影响；研究张爱玲作为流散者的生存和精神境遇，以及如何通过翻译表达这一特殊处境。

徐晋莉著，《现代性与中国浪漫主义文学思潮》，人民出版社，2014年7月

长期以来，由于受到苏联文艺理论的影响，文学思潮被视为“创作方法”的产物，在这个错误理论的指导下，浪漫主义长期被误读，而中国的浪漫主义思潮也被忽视和误判。现代性理论揭示了文学思潮的性质，即文学思潮是文学对现代性的反应，具有特定的历史规定性。本书就是在现代性理论的视野下对文学思潮进行重新界定的一次尝试，并在这一界定的基础上考察中国现当代以来浪漫主义思潮的发展情况。

张泽贤著，《中国现代文学翻译版本闻见录续集（1901—1949）》，上海远东出版社，2014年7月

本书为著名版本收藏家张泽贤所著翻译版本闻见录的第三种，补充了很多珍贵而罕见的翻译版本。收录包括清末至民国时期的翻译文学版本的书影和版权页，有的还附有与版本有关的插图插照，极具史料性和参考性。

郑文惠著，《革命・启蒙・抒情——中国近现代文学与文化研究学思录》，三联书店，2014年7月

本书采访三十二位中国大陆、香港及日本、韩国、美国、英国、德国、法国、捷克的知名学者，展现出新异而多元的学术视野。既体证着革命启蒙与抒情的辩证关系，标举出文学与文化研究对当下所处现实的启示；也关注着本土文学与文化传统的现代遭遇，建构了中国文学与文化丰富而复杂的现代性内蕴与脉络，充分展现出知识分子的魅力、激情与随境自在的适然及批判、反思与超越的精神向度。

尹成君著，《色彩与中国现代文学》，北京语言大学出版社，2014年7月

本书研究色彩与中国现代文学的互文性关系，即通过论述色彩在文学中的运用，以及文学对色彩新的审美内涵的推动，发现色彩的表现力与文学的表现精神之间具有惊人的相似性。本书作者重点论述了鲁迅及“木刻运动”、以沈从文为代表的乡土小说、西方现代艺术的色彩观念在中国的本土化过程、张爱玲与现代派艺术等内容，通过个案分析，展示色彩观念与文学的互动情况。

胡星亮主编，《中国现代文学论丛（第7卷·第2期）》，南京大学出版社，2014年6月

本书为南京大学现当代文学研究所主编的文学研究论文集，全书共分6个版块，包括：现代论坛、文学史透视、文学期刊研究、文学现场、博士论文选萃、学术点击。

王瑜著，《重审与重构——现代文学史观与中国现代文学史编写问题研究》，中国社会科学出版社，2014年6月

本书将现代文学史观和中国现代文学史的编写统合考察，以海内外已有史著和现代文学史观的论析为支撑，思辨中国现代文学史编写的合理性和可行性，在当前研究热点如“国家文学史观”、“中华多民族文学史观”等理论审视的基础上，探析现代文学史编写的人文属性，进而拓展编写研究的新视野和新空间。

金宏宇著，《文本周边——中国现代文学副文研究》，武汉大学出版社，2014年6月

本书为第一本系统研究中国现代文学副文本的著作，从序跋论、题辞论、图像论、注释论、广告论、笔名论六个方面对中国现代文学的副文本进行了充分的研究，匠心独具，具有开拓性意义及较高学术价值。

蒋勋著，《蒋勋说文学——从唐代散文到现代文学》，中信出版社，2014年6月

继《蒋勋说唐诗》《蒋勋说宋词》之后，蒋勋先生全面系统梳理中国文学脉络，以美学视角诠释从先秦到现代近三千年的中国文学之美。在本册中，蒋勋先生凭借深厚的美学功底及对现实生活的敏锐洞察，以平实的语言将唐代至现代中国文学中的经典作品娓娓道来，以文学特有的意境，观照当下人们的内心世界，帮助大家重拾对美与生命的感动。

朱栋霖著，《中国现代文学经典（1917—2012）》，北京大学出版社，2014年6月

在《中国现代文学经典1917—2000》的基础上修订而成，增加了新世纪以来文学作品的内容。本教材与《中国现代文学史1917—2012》相配套，以新的文学观、文学史观重新遴选20世纪以及新世纪以来的中国文学经典，精练地体现百年中国文学进程与辉煌成就。自2007年出版以来，在学界被广泛用于教学及科研，产生了很好的学术反响。

郭长保著，《从传统到现代：文人意识转型与文学思想嬗变》，中国言实出版社，2014年6月

中国近现代文学的转型同中国文人思想意识的转型是密切联系的，而传统文人意识的逐渐消解，无疑又给中国文学思想的嬗变带来契机。可以说，中国文学从宋代以后就逐渐开始了向平民文化步伐的靠拢，而这一过程又是伴随着城市市民文化的发展而缓慢形成的。“五四”以来的新文学特点主要表现为，其思想的平民化，风格的多元化，与传统单纯的娱乐文学有所不同，作者更注意的是用文学来诠释其现代性思想。

张泽贤著，《巴金与现代文学丛书1935—1949》，上海远东出版社，2014年6月

本书首次将巴金先生主编的文学丛书进行全方位的梳理，并有新的发现，内容翔实，史料性强，对于巴金研究及现代文学的研究提供了第一手资料，也是对巴金诞辰110周年的最好纪念。

涂鸿著，《文化嬗变中的中国当代少数民族文学》，中国社会科学出版社，2014年6月

该著选择了一些具有代表性或有特色的少数民族作家与诗人，对他们的创作进行审视与研究。在对民族精神与文化进行清醒而深刻的返溯里，认识到了文学的意义不仅在其本身，而且在于由它所观照的民族精神、文化心理，以及它所折射的人类意识。于在审视民族文化的过程中，苏醒了的现代审美意识找到了一个更高的艺术视点。

张清芳，《创新的文学实践——中国当代作家作品专题研究》，齐鲁书社，2014年6月

本书主要从中国当代文学（主要指大陆文学）“艺术创新”的角度切入，以新时期以来当代具体作家作品为具体个案，从中探寻20世纪80年代到21世纪以来的中国当代文学三十余年来的走向，同时也探讨中国当代文学在当下以及未来的发展趋势。

张丽军著，《当下现实主义的文学研究》，北京大学出版社，2014年6月

通过对当代中国现实的敏锐观察、真切体验和深入思考，对当下正在发生的新世纪中国文学和文化进行了“当下现实主义”的审美研究，及时有效地回应了新世纪“中国故事”及其呈现的“中国问题”：从《蜗居》、涂自强、许三多、当代“白毛女”，到汪曾祺、贾平凹、余华、韩寒、70后作家群，再到当代文学制度改革、文学评奖、文学经典化、底层叙述，逐一给予鞭辟入里而又纵横开阔的批评剖析，建构了一种基于当代中国现实的“当下现实主义”美学理念及其批评实践方式。

王宁主编，《文学理论前沿（第11辑）》，清华大学出版社，2014年6月

《文学理论前沿（第11辑）》分为“前沿理论思潮探讨”、“当代中国文论大家研究”、“海外特稿”、“大家访谈”四个栏目。书中刊发的学术论文既有理论深度，又有独特创新，讨论当今西方乃至国际学界的一些前沿理论话题，既有国内著名学者的新作，又有年轻学术新秀的博士论文精华。

欧阳友权编著，《网络文学评论100》，中央编译出版社，2014年6月

在“数字化生存”已经成为生存方式的今天，网络为我们的文学行为带来了两种明显改变：一是阅读方式由“读书”转向“读屏”，二是审美价值取向从“社会认同”转向“个人自娱”。本书精选了网络文学研究理论评论文章100篇，力图反映十几年来中国网络文学研究概貌。

周勋初编，《文学评论丛刊：第15卷第2期》，南京大学出版社，2014年6月

本书收入包含文艺学研究、中国古代文学研究、中国现当代文学研究、比较文学研究等领域的学术成果，坚持严格的学术研究规范和优良的学术传统，追求学术深度与广度，推进文学理论、中国文学与比较文学文学的研究。

曹文轩著，《曹文轩论儿童文学》，海豚出版社，2014年6月

本书收录了曹文轩全部的关于儿童文学创作论述方面的文字，主要阐述了曹文轩文学创作中倾向自然、诗意、悠然的创作风格，以及关于艺术创作上“美的力量大于思想的力量；再深刻的思想都会过时或成为常识，唯独美是永远的”的观点，语言深入浅出，生动形象地将曹文轩的儿童文学观详细地阐述出来，为研究曹文轩和儿童文学的人提供了很好的借鉴。

曹清华著，《中国现当代小说十讲》，广西师大出版社，2014年6月

本书一共十讲，每一讲都分三部分：中国现当代经典短篇小说的原文、精读指导、进一步阅读。书中所选作品均为鲁迅、废名、沈从文、施蛰存等著名作家的经典短篇小说。在“精读指导”部分，作者主要使用了“对照”的手法精讲作品，提供理解分析作品的基本方法，以一篇作品带出一位作家，旁及一种文学现象，旨在引导学生走进、解剖小说的意义，开拓学生学术视野，训练学生学术思维的基本能力。“进一步阅读”则引导学生的阅读活动与理解思考活动，培养学生的综合归纳能力，激发学生的创新思维。

陈新瑶著，《钢与火的缠绵——武钢工人文学创作研究》，冶金工业出版社，2014年6月

本书主要从整体上把握了武钢工人文学的发展背景和整个发展脉络并针对矿冶企业工人文学创作的独特性进行了分析。结合大量的文学作品，深入分析了武钢工人文学的创作特征。对武钢工人文学创作的价值及其研究情况进行了分析。它们在记载中国的钢铁工业发展史、传播矿冶文化、促进企业文化的和谐建设以及在文学大众化等方面有着极其重要的作用与意义。

程振兴著，《诗与史的缠绵——中国现代文学研究论集》，中国社会科学出版社，2014年5月

本书主要内容涉及新诗研究、小说评论、鲁迅研究三个学术领域。新诗研究方面，作者侧重于探讨中国新诗的艺术资源，辨析新诗与中西诗学传统之关系，力图在学术史的视野中，呈现闻一多、宗白华、朱自清等诗人著史、诗人论诗的别样景观；小说评论方面，本书既有对经典作家萧红的重读，也有对当代知青作家写作策略的揭示；鲁迅研究方面，围绕鲁迅生前与《莽原》的关系，鲁迅死后《解放日报》与《新华日报》对鲁迅的“纪念”，辅之以数篇考证鲁迅生平的杂感文，作者力图勾勒“鲁迅肖像”。

长江文艺出版社编，《中国当代文学经典化研究丛书：故事与经典》，长江文艺出版社，2014年5月

本书辑录了由华中科技大学当代写作研究中心主办的第四季“春秋讲学・喻家山文学论坛”的研讨成果。论坛以“故事与经典”为主题，旨在为国内当代文学创作和文学理论、批评问题提供研讨平台，吸引了来自湖北省作协和省内各高校的100多名专家学者，涉及毕飞宇小说的创作风格和叙事特点、普世价值与文学经典化、经典化研究在现当代文学史中的定位等领域。

黄晓娟著，《中国当代少数民族女性文学研究》，上海文艺出版社，2014年5月

这部专著是国家社科基金项目的研究成果，描绘、归纳、品评了新中国成立以来，特别是20世纪80年代之后，我国各个少数民族女性文学书写的图景与发展状况。内容涉及女性经验与民族文化传统、女性话语与族群记忆、多元文化背景下的女性书写、民族身份与作家身份的建构与交融等。我国学界对当代少数民族女性文学的学术关怀历来比较薄弱，这部专著可被视为填补空白的一种尝试。

邓玉环著，《中国当代文学中的“屋”与“人”》，商务印书馆，2014年5月

本书以当代文学中的“屋”与“人”的内在关系为考察对象，从关于“屋”的物质、两性、城市和精神四重文学话语入手，分析论述半个多世纪以来，中国当代文学中人类生存的空间——“屋”与生活于其中的“人”的关系的历时性话语表达，以及当代人现实生存状况和精神追求在这两者关系中是如何被深刻揭示的。

钟进文著，《中国少数民族母语文学研究》，民族出版社，2014年5月

本书为多人多篇论文集，所收录的论文内容主要包括古代民族母语文学创作与研究，现当代少数民族母语文学创作与研究，少数民族母语文学创作、研究的理论思考等涉及我国21个少数民族文学的相关内容。本文集的出版对促进中国少数民族母语文学研究，拓展少数民族母语作家视野，提高少数民族母语文学创作水平，繁荣我国各民族文化事业具有很好的参考价值和意义。

犁青总主编，《香港新诗发展史》，人民文学出版社，2014年5月

由香港著名诗人犁青担纲总主编，全面记述了从1924年到1997年香港新诗发展的历程。记述了自新文化运动波及香港之后，那里新诗出现、发展的脉络，系统论述了香港这一特殊地带新诗发展，与内地及后来的台湾的关系，特别是抗战期间、1949年以后至改革开放期间，香港新诗对于汉语新诗所起的整体作用。

田本相、邹红主编，《海外学者论曹禺》，广西师范大学出版社，2014年5月

在戏剧界，曹禺却可以被看作中国现代戏剧的确立者和集大成者。《海外学者论曹禺》是国内第一次出版的海外学者论述曹禺及其剧作的论文集。主要集结了日本学者佐藤一郎、阿部幸夫、饭冢容、濑户宏等人的研究成果。此外还有美国、加拿大学者，以及美籍华人学者夏志清等人的文章，港台学者的论文也有所收录。

林建法著，《中国好文学——2013最佳文学批评》，江苏文艺出版社，2014年5月

“中国好文学”丛书前身系“21世纪中国文学大系”，是中国当代文学创作实绩的年度精华。2013年的“中国好文学”，分为短篇小说、中篇小说、散文、诗歌、纪实文学、儿童文学、文学批评七个分册，向读者集中展示中国当代文学写作的品质和高度。林建法主编的《2013最佳文学批评》为文学批评卷，分为当代作家评论、现代汉诗研究、

王红旗著，《21世纪中国女性文学批评理论与实践文选集成（2001—2012）》，现代出版社，2014年5月

该书是对新世纪以来关于中国女性文学作品批评的精彩论文的集成。新世纪十余年来的女性文学创作成果堪称丰盈，可谓老中青三代作家汇聚文坛，小说诗歌散文等都取得了举世瞩目的成就。对这些成果的文学批评也到了一定的总结和梳理之时，本书就是这样的一部作品集。

石晓岩著，《重构与转型——〈小说月报〉（1910—1931）翻译文学研究》，社会科学文献出版社，2014年5月

该书以在1910至1925年跨越“革新”前后的《小说月报》为中心，综合运用期刊研究、比较文学和译介学的方法，考察域外文学进入中国的方式与途径，以及域外文学向翻译文学转换过程中编者、译者民族意识及文学观念对译本选择和接受的影响。

徐鲁著，《湖北儿童文学评论集》，武汉大学出版社，2014年5月

90年代的湖北儿童文学创作似乎进入了一个隐忍待发的阶段，由于保留了新时期以来它所具备的“即兴性”与“散发性”特征，湖北的儿童文学创作沉寂之后出现了一些新的变化。本书对此进行了专门的研究，是徐鲁近些年来为湖北省少儿作者、作家撰写的评论集，全书内容包含了作品评论、编辑札记、出版回忆等，对湖北少儿文学及出版事业是次全面的整理与总结。具有一定的资料价值。

詹丹、黄卫星、郭开平编，《阐释的力量：语言、文学和文化论丛》，上海三联书店，2014年5月

该书是关于语言、文学和文化方面的论文集，内容包括汉语言文字学、比较文学和世界文学、中国古代文学、中国现当代文学、文艺学、教学管理方面，内容翔实，思想深刻，有研究价值，适合从事相关研究工作的人员参考阅读。

浙江作家网编，《浙江作家网文学论坛作品选》，浙江文艺出版社，2014年4月

本书选录了浙江作家网文学论坛上的文学作品近50篇，体裁包括小说、散笔、评论和诗歌四种。

周启超著，《跨文化的文学理论研究（第6辑）》，知识产权出版社，2014年4月

以“跨文化”视界检阅当代国外文论，分析差异性与多形态性、互动性与共同性。专注于探讨文学理论作为人文学科，文学理论作为话语实践以及文学理论作为跨文化旅行等一些核心课题的研究。本书即为“跨文化的文学理论研究”又一阶段性成果。

李怡著，《民国文学讨论集》，中国社会科学出版社，2014年4月

《民国文学讨论集》根据近年来，中国现代文学界提出了“民国文学”研究的课题，各方面的探索持续展开，有倡导，有追问，也时有质疑，尽力搜索，汇编了“民国文学”概念提出以后各种各样的意见，是我们进一步研究、阐述相关问题的重要基础。

葛浩文著，《论中国文学——葛浩文文集》，现代出版社，2014年4月

这是美国学者、翻译家、被称为“中国现当代文学活化石”的葛浩文的论文结集。作者对中国近现代文学的发展脉络作了梳理、分析、评述，评价了这一时期著名的主要作家作品，如鲁迅在中国近现代文学史上的地位和影响、对近现代文学发展的贡献，以及对东北主要作家、对当代台湾某些作家作品、对国外研究中国文学状况等的介绍和评论；也有对中国当代的部分著名作家（如莫言）作品的评析，等等。

文红霞著，《后经典时代的文学叙事研究》，郑州大学出版社，2014年4月

以新媒体时代的文化场域为言说背景，突破经典观念的自我设限，选取新世纪以来中国当代文学中最有代表性的几类叙事如生态叙事、苦难叙事、女性叙事、底层叙事、欲望叙事、历史叙事、网络叙事等为线索，重点对《额尔古纳河右岸》《狼图腾》《丁庄梦》《太平风物》

《檀香刑》《废都》《酒国》等具有大家气象的文学作品进行了深研细读。

于小植著，《周作人文学翻译研究》，北京大学出版社，2014年4月

在前人研究的基础上，做了一种还原式的文化研究。它以文本细读的方式对周作人的文学翻译进行深度阐释，并从中提纯出一系列的文化符号；它将周作人1920年代时的翻译与其他翻译家1980年代的翻译进行比较，并将周作人的文学翻译与其同一历史阶段的鲁迅、巴金、茅盾等人的文学翻译进行比较，从中透视出周作人的文学翻译具有超越时代的特征。同时，本书不是仅局限于其翻译活动，而是拓展到文化传播、文化变革和社会发展的宏观层面，或者说是以周作人的翻译为视角来找寻和触摸文化人周作人的形象。

旷新年著，《新文学的镜像》，广东人民出版社，2014年4月

本书包括论及中国新文学中有关现代文学与新时期文学两个不同部分的内容。在现代文学方面，探讨了构成胡适所倡导的五四文学革命的两个重要支点的白话文运动和文学进化观念，考察了构成现代性重要内容的民族主义与中国现代文学的关系；新时期文学，对作为“伤痕文学话语”的新时期文学提出了反思，重新思考了在现代成为一个重要的范畴并在20世纪中国文学中居于中心地位的文学与政治的问题。本书体现了作者历史的、客观的态度与方法。

杨扬著，《浮光与掠影——新世纪以来的上海文学》，上海文艺出版社，2014年4月

作者杨扬近年来始终关注上海的文学创作，并以此为研究课题，连续撰写了上海文学创作与文学批评的年度报告。本书在此基础之上，对上海在新世纪十年中的文学创作情况进行逐年述评，总体展示新十年上海的文学概况与成就。

赵普光著，《书话与现代中国文学》，人民出版社，2014年4月

书话源自传统读书杂记、藏书题跋、笔记随，游走于文学与文化、创作与述学、趣味与思想之间，葆有颇为有趣的弹性和张力。《书话与现代中国文学》将书话放置在现代中国文学的视野中进行考察，系统归纳了书话的概念与文体特征，深入探究了现代中国文学研究的文体意识、批评观念、史料学建构、文化传播、作家心态等诸多问题。基于书话与现代中国文学之关系的诸多层次、角度的探讨，对现代中国文学研究进行了极具启示性的反思与追问，拓展了文学研究的新空间。

王勇著，《〈东方杂志〉与现代中国文学》，中国社会科学出版社，2014年4月

该书是“学术新视野丛书”系列之一，它以《东方杂志》与现代中国文学的关系为切入点，详细考察了编辑与《东方杂志》文学面貌的关系、《东方杂志》与五四新文化运动的关系、《东方杂志》的文学翻译、文学创作以及文学批评的基本状况。

张清华著，《狂欢或悲戚——当代文学的现象解析与文化观察》，新星出版社，2014年4月

本书以多重文化视角，考察了当代文学，特别是新世纪文学中的一系列重要现象。以文化研究、美学探查、精神分析、叙事细读等方式，对世纪之交以来文学的“文化狂欢”现象、中国经验的复杂性、当代文学的价值评估等重要理论问题进行了探讨。

张新颖著，《当代批评的文学方式》，广东人民出版社，2014年4月

本书主要分为作家评论和当前文学现象批评两部分，主要考察史铁生、王安忆、莫言、余华等作家的创作，以及当前有代表性的文学和文化现象，试图以之来透视21世纪中国当代文学中最有价值的部分，进而思考不断变化着的文学问题。

黄永林等主编，《新文学评论：2014/1：Vol.3 No.1》，华中师范大学出版社，2014年3月

由黄永林、阎志、张永健主编，为新文学学会主办的文学评论集刊，设有多个专题，如“作家语录”、“诗人档案”、“新文学史家访谈录”、“中国现当代旧体诗词研究”，邀请各方学者和作家等，对现当代文学评论、文学史发展、现当代旧体诗词等领域，或撰文抒发己见，或参与访谈剖析心声。

权雅宁著，《中国文学理论知识形态研究》，中国社会科学出版社，2014年3月

现代性是我国整个20世纪支配社会变革、经济建设和人文社会学界的主导思想理论，这个理论在方法论上持传统与现代的线性二分法，即传统的是落后的，现代的是先进的，现代的确立必然以推翻传统为前提。而现代化的参照系实际上只有西方，因此现代化就等于西方化，亦即资本主义化，只能在西方文化中寻找现代性。关于中国的种种探索其前提和问题就是西方现代化是“进步”的。

吴耀宗著，《被叙述，所以存在——中国现当代文学的论想》，北京大学出版社，2014年3月

本书收录吴耀宗自2010年至2013年这三年间所发表的探讨中国当代文学的八篇论文。整体上围绕着文学生产中文本如何叙述以及被叙述的现象与过程来进行论辩的。其中既有深入论析个别作家如张爱玲、莫言、张炜、张承志、高建群、北村以及在港上海作家等的独特文学表述，亦有透彻阐释文学史家或论者对于当代作家的经典化操作，展现的是作者对于中国当代文学的生成与价值叙述的深度思辨。

周宪著，《文学理论导引》，高等教育出版社，2014年3月

面对怀疑文学本质存在，质疑文学本质探讨，否定文学本质论的声音，首先回答了“什么是文学”这一理论难题，并对文学本质作出了新的解答。在保持教材基础性和稳定性特点的同时，努力跟踪中外文学的当代发展与中外文学理论的学术前沿，密切关注中外文学新的动态、新的走势与中外文学理论的当代趋向，及时吸收了文学创作与文学研究的最新成果，在继承优秀传统的同时又保证了理论研究与时俱进的创新品格。

中国社会科学院科研局组织撰写，《文学·语言学科前沿研究报告（2010—2012）》，中国社会科学出版社，2014年3月

本书全面、系统、综合地梳理和总结了中外文学界2010—2012年主要的学术思想、学术观点和学术动态，并对学科发展前景作了必要的展望，充分反映了该科学目前的研究水平。

陈定家著，《文之舞——网络文学与互文性研究》，社会科学文献出版社，2014年3月

该书是从互文性视角研究网络文学的论著。全书论题具有鲜明的前沿意识，研究方法具有自觉的创新意识，是一部值得关注的求真务实之作。

潘超青著，《中国现代文学作品选读》，厦门大学，2014年3月

本书精选了著名作家的中短篇小说、诗歌、戏剧、散文等优秀作品，力求在有限的授课时间内展现现代文学的大致面貌。在编排上，突出以“学”为主的教育理念，以五大专题统摄篇目，既能体现现代文学多元的价值取向，又有利于围绕主题有针对性地展开课堂教学，加强跨文化、文学的对比学习研究。本书根据留学生的阅读能力和兴趣范围，侧重于叙事性作品，小说的比重略大，散文和诗歌的选篇也着重从语言难度上加以把握，力求在使学生领略文学风貌的同时提高其语言鉴赏能力。

胡艳琳著，《文学现代性中的生态处境》，中国社会科学出版社，2014年3月

本书主要包括：放逐自然：启蒙现代性话语中的自然审美、征用自然：政治现代性话语中的自然审美、改造自然：农业现代化“劳动风景”中的自然审美、矮化自然：现代抒情话语中的自然、压抑自然：空间现代性中的自然等。

中国作家协会编，《中国梦的多民族文学书写——2013·中国当代少数民族文学论坛论文集》，作家出版社，2014年3月

以“‘中国梦’的多民族文学书写”为题旨开启论剑，所议者围绕社会转型背景下的少数民族文学，少数民族文学创作的国家、民族、社会责任，少数民族文学与全球视野，少数民族文学的生态意识与生命气象等展开，直击当下少数民族文学的前沿话语、热点问题，突出现象，所阐释的是发展繁荣少数民族文学创作对实现“中国梦”、建设文化强国所具有的政治、社会、文化、美学价值意义，并为少数民族文学在今后的成长进步作多元性思考，以唤起理论自觉、发挥导向作用、激活创作灵感。

胡沛萍著，《多元文化视野中的当代藏族汉语文学》，民族出版社，2014年3月

作者在社会—历史—文化批评的基本框架下，比较深入地讨论了当代藏族文学创作与传统的历史渊源。作者关注了特定的自然地理、人文背景和独特的信仰传统。从文学创作角度来探讨作家的“身份认同”成为文学研究的一个重要问题。其实，这也没有逃脱社会历史批评的窠臼。关于身份认同的讨论往往强调集团性、历史传承性，同时，认同在个体行为和意识的层面上，也是多重的，比如宗教认同、历史认同、族群认同、国家或民族认同、社会性别认同等等。

杨剑龙著，《坐而论道——当代文化文学对话录》，广西师大出版社，2014年3月

本书收入了作者与诸多学者就当代文化和当代文学问题的讨论文章。第一辑“高峰论谈”中，收入了与著名学者顾彬、杉本达夫等学者的晤谈与讨论。第二辑“博士互动”中，收入了与博士生就文化研究、长篇小说等的讨论。第三辑“友朋之间”收入了与学界朋友就文化与文学的相关热点问题的讨论。第四辑“师生论道”收入了与研究生关于新生代小说、80后文学、留学生文学等的讨论。第五辑“作品重读”中收入了与研究生就《受戒》《透明的红萝卜》《棋王》《顽主》《冈底斯的诱惑》等经典作品开展的研讨。参与者在学界取得了有目共睹的学术成就，论题典型而有意义。

邵宁宁著，《中国哲学社会科学学科发展报告：当代中国现代文学研究（1949—2009）》，中国社会科学出版社，2014年2月

该书主要收录了中国现代文学研究学科体系的重建（1979—1993）、革命文艺秩序的恢复与学科体系的重建、中国现代文学史研究的现代化范式、研究领域的拓宽与现代文学研究的新格局等内容。

孔海立著，《海外中国现代文学研究文选》，复旦大学出版社，2014年2月

本书精心编选了海外学界关于中国现代文学研究的成果，以此海外中国现代文学研究如何探究在特定历史语境下性别，身体，政治，欲望的表现与局限，充分展示了现代文学的多姿多彩，为我们了解海外中国现代文学研究提供了第一手的材料。

邹红著，《历史题材文学系列研究（第三卷）——中国现代历史文学的传统与经验》，北京师范大学出版社，2014年1月

本书主要内容包括："现代"烛照与史乘重释、现代中国历史文学之经验、历史文学繁兴的文化溯源、现代历史观的引进与历史文学剧变、"新旧雅俗"视野中的现代历史文学、"历史真实"在现代、现代历史小说中的"解释"与"讽喻"、历史小说理论与重写问题等。

耿传明著，《来自别一世界的启示——现代中国文学中的乌托邦心态》，南开大学出版社，2014年1月

本书关注的是近现代文化、文学中的乌托邦以及作为其产生基础的乌托邦心态问题，作者将形形色色的乌托邦文本纳入到其所产生的具体的历史文化语境中来解读，对乌托邦的源流、特性、精神特质、表现形态、演变过程以及乌托邦存在的价值和意义进行了深入的探讨和分析。

朱德发著，《朱德发文集：第九卷：现代文学史书写的理论探索》，山东人民出版社，2014年1月

《朱德发文集（共10册）》分十卷。分别收录作者朱德发1982至2012年先后出版的专著及文学评论、序跋等作品，包括《五四文学初探》《茅盾前期文学思想散论》《中国五四文学史》《二十世纪中国文学流派论纲》《五四文学新论》等。全书严格按照著作出版时间的先后顺序，来排列十卷文集的前后次序，忠于历史地呈示研究主体的学术思想的演变与研究对象的转换。

张永刚著，《后现代与民族文学》，人民出版社，2014年1月

本书选取在地缘、民俗和文化价值取向上具有更多一致性的西南边疆三省区（云南、广西、贵州）少数民族文学当代形态作为一个整体进行研究。考察了民族文学在后现代背景下的创作环境变化、当代发展形态、创作主体行为和文学实践策略，阐述了其在当代理论背景下的文论建设价值，对于少数民族文学在后现代思潮与全球化影响下的矛盾性创作心理多有洞见。

徐楠、徐润润著，《现代中国文学的审美批评与理论探索》，中国文史出版社，2014年1月

本书由三部分组成：上篇“重写文学史”，内容主要是关于中国当代文学研究中有关“重写文学史”方面的讨论，着重研究的是关于如何更好、更科学地撰写中国当代文学史的问题；中篇作家作品论，内容是对一些有较大影响的中国现当代作家作品进行的研究；下篇理论探索与诗歌鉴赏，既有对古代文论进行的研究探索还有对爱国诗人丘逢甲诗歌的赏析。书名中的“现代”一词，强调了作者是用现代人的眼光和立场，根据现代学术语境，对古今各种文学现象所作的研究和论述。

严家炎著，《严家炎对话集——中国现代文学与现代性》，人民日报出版社，2014年1月

20世纪中国文学的成分是复杂多元的，其发展过程也是曲折起伏，有时甚至要付出沉重代价的；但毫无疑问，“现代性”不仅构成这阶段文学的重要脉络，并且也是它区别于中国古代文学的根本标志。

俞春玲著，《当代文学与工人的命运——当代文化的承载与媒介研究》，南开大学出版社，2014年1月

本书以关于中国当代工人的文学叙事为研究对象，从大量原始资料出发，在重读、细读代表性作品的基础上，探索中国当代工人形象书写的历史轨迹和内在逻辑。在中国现代化进程的大背景下，探讨当代工人形象书写在性格特征、审美风貌、艺术手法等方面的变化，宏观与微观相结合地阐述时代思潮变迁对当代工人形象书写的复杂影响，并反观各个历史时期不同的人对现代化理念的不同认知以及当代文化的复杂变化。

张钟著，《中国当代文学概观（第三版）》，北京大学出版社，2014年1月

本书叙述的是1949年迄今的中国当代文学史，包括大陆文学和台湾文学的发展变迁。由于所处的社会文化环境不同，大陆和台湾呈现出不同的演变态势，本书分别加以描述。其中，中国大陆的当代文学，以1976年“文化大革命”的结束为界，被分为两个时段；第一个时段的总体趋势是文学一体化的确立和不断强化，第二个时段的总体趋势是文学一体化的逐步解体和多元化的初步形成。

徐肖楠著，《从经典气息到时尚风情——当代中国生活与文学的选择》，华南理工大学出版社，2014年1月

本书以经典和时尚之间的第三方立场，廓清经典与时尚的关系，发现文学变化中经典与时尚的关联，超越时尚中国写作与生活表面，深入文学变化与社会转变的关系，评说文学的各种时尚圈层和文化场域，矫正以各种时尚名义和特性而片面判断的倾向，思考在媒介化、消费化、鄙俗化、娱乐化、城市化情境中文学与生活的关系。

王德威著，《现当代文学新论：义理・伦理・地理》，三联书店，2014年1月

该书通过对域内、海外及东南亚等地域种不同时代和背景的华文写作，铺陈出有关现当代文学史研究和编写的种种现象及思考，对构成现当代文学史研究的多种新元素和新角度，有深入的探讨。

施淑著，《东亚・思文丛书・两岸：现当代文学论集》，清华大学出版社，2014年1月

该书是施淑教授有关两岸文学研究论文的选集，通过对胡风、路翎、赖和、陈映真等作家及日据时期台湾的文艺思想论争，“二战”时日本在华占领区及傀儡政权“满洲国”的文艺措施等现象的分析，思索了中国近现代历史的宏大问题，体现了扎实的历史实证与文学审美批评相结合的特点。思想深邃，分析细密，可为文学研究论文的写作提供范例。

王风编，《对话历史——五四与中国现当代文学》，北京大学出版社，2014年1月

本书是今年4月召开的“五四与中国现当代文学”国际学术研讨会的论文集，共三种，从不同侧面探讨五四的历史、思想史意义及其当代回响，在重回现场、对话历史及探源析流中，思索五四的思想遗产。

王风、蒋朗朗、王娟著，《解读文本——五四与中国现当代文学》，北京大学出版社，2014年1月

本书收入了2009年北京大学中文系主持召开的“五四与中国现当代文学”的国际学术研讨

会上部分学者所提交的论文，分为文本阐释和专题研究（包括女性研究、戏剧电影和通俗文学）两大部分，作者多为现当代文学研究领域的知名学者，集中所收论文对“五四”这一主题做了充分的学理上的阐发，并体现出了诸位学者不同的学术眼光和研究思路。

傅蓉蓉著，《当代台湾文学研究》，九州出版社，2014年1月

本书以台湾60年来的文学创作发展和文学思潮变换为观照对象，以历史发展为经，以文学思潮更迭为纬，描述当代台湾文学状况与走向。90年代文学开始复杂化和两岸资讯联系的频繁，台湾文学具有更广泛的读者市场，也必然受到强烈的文化冲击。

张清华著，《中国当代先锋文学思潮论（修订版）》，中国人民大学出版社，2014年1月

该书创造性地将史料考证、作品审美分析与理论思辨结合起来，生动、深入且诗意地论证了中国当代先锋文学思潮的来龙去脉、审美特征及内在逻辑关系，提出了许多颇具学术价值的新见。修订版在原作基础上，纳入了作者近年来对相关问题的重新审视与思考，可谓一次新的归纳和总结。

吴秀明著，《历史题材文学系列研究（第四卷）——中国当代历史文学的创造与重构》，北京师范大学出版社，2014年1月

本书主要内容包括：“将舞台上颠倒了的历史再颠倒过来”、探索中出现的偏差与纠偏、一意孤行的杨绍萱及其引发的大讨论、政治挂帅背景下一场特殊的学术争鸣、20世纪60年代历史剧大讨论的来龙去脉、茅盾的理论整合：《关于历史和历史剧》等。

姚国军等著，《广东新时期三十年小说叙事艺术研究》，中国文史出版社，2014年1月

自古以来，广东物产丰富，风景迷人，“日啖荔枝三百颗，不辞长作岭南人”。如今，广东不独“言之有物”，同时也“言之有文”，文学创作呈现出一派繁荣的局面。在新时期三十年的发展历程中，广东小说精品迭出，异彩纷呈。气象万千的岭南文学景观逐渐形成。本书以“叙事研究”为纲领，以“作品详解”为基础，采用“溯本探源”方法，深入揭示小说创作的内部规律，引领读者观赏广东小说的艺术世界。

黄卫星著，《故事逻辑与文本分析》，上海文艺出版社，2014年1月

《非物质文化遗产研究丛书：故事逻辑与文本分析》有三个基本内容：比较集中而具体地

介绍和评述了四种结构主义的故事理论和方法；对“功能结构”、“序列结构”、“行动元结构”和“语义方阵”等理论和方法，作了进一步的修正和完善；把修正完善后的理论方法运用于分析解读叙事文本的批评实践之中。

北京鲁迅博物馆编，《鲁迅翻译研究论文集》，春风文艺出版社，2014年1月

本书由国内鲁迅研究的最高机构鲁迅博物馆编辑而成，共收录了包括《翻译与独创性：重估作为翻译家的鲁迅》《周氏兄弟早期著译与汉语现代书写语言》《翻译主体的身份和语言问题》《“略参己见”：鲁迅文章中的“作”、“译”混杂现象》《翻译自主与现代性自觉以北京时期的鲁迅为例》《鲁迅的两篇早期翻译》《鲁迅早期三部译作的翻译意图》《民元前鲁迅的翻译活动》《鲁迅与儒勒·凡尔纳之间》等在内的鲁迅翻译研究方面学术论文20篇，作者均为国内外鲁迅翻译研究方面的权威学者。

林建法著，《文学谈话录：想象中国的方法》，辽宁人民出版社，2014年1月

本书是《当代作家评论》杂志三十年来围绕作家、作品所刊发的文章的精萃。收入王尧、郜元宝、张新颖等学者与莫言、贾平凹、韩少功等当代著名作家的谈话录。这些谈话有的放矢，纵横捭阖，艺术性、可读性俱佳。

莫言著，《赤子莫言·诺贝尔文学奖得主的故事朋友与作品彩色绘图本／经典阅读书系》，同心出版社，2014年1月

本书是探寻莫言获得诺贝尔文学奖原因的合集。全书共分四辑。第一辑精选了莫言关于母亲、关于吃的故事散文和杂谈；第二辑收录了军艺同学好友等所写的莫言的故事；第三辑选用孟繁华、许子东等评论家的文章，揭示莫言获奖的原因和“黄土地上的奇迹”、“莫言获奖热潮不断”的原因。第四辑收录了陆文虎《莫言和他的〈红高粱〉》、张志忠《〈透明的红萝卜〉导读》等评论，展示莫言作品的魅力和影响。该书中心明确，主题积极，结构安排独具匠心。

陈瑞琳著，《世界华人文库第三辑：海外星星数不清·陈瑞琳文学评论选》，九州出版社，2014年1月

本书是陈瑞琳对海外华文创作的文学评论集。出国以后，陈瑞琳在自己的文学创作、评论中，常有一种发自“根”部的沉思，一种与中华文化休戚与共的精神探索。从她的评论文章中，不难看出她阅读的广泛和“诗识”，我这里说的“诗”是广义的“诗”，即“诗学”的

"诗"，并非作为文体之一的诗歌的诗。所谓"诗识"，就是作者对文学的理解、对文学与生活关系的深刻认识。从中可以看到，她是一位有诗的灵性的评论家。她不仅在评论中注人自己丰富的感倩，还有一颗理解和关爱他人的心，所以她的评论无论是评人还是评文，笔底总有浓浓的情。

李希凡著，《现代文学评论集·李希凡文集（第四卷）》，东方出版中心出版社，2014年1月

本书为《李希凡文集》（七卷本）之一种，系李希凡先生关于现代文学的评论文章结集。几十年来李希凡先生一直活跃在文学评论与文艺理论研究界，在现代文学研究方面颇有建树。部分内容虽不可避免地打上了时代的烙印，但李希凡先生的解读与评论依然能唤起读者强烈的共鸣。

童庆炳著，《历史题材文学系列研究（第一卷）——历史题材文学前沿理论问题》，北京师大出版社，2014年1月

本丛书为教育部哲学社会科学研究重大课题攻关项目历史题材创作和改编中重大问题研究成果。包括古代卷、现代卷、当代卷、外国卷、理论卷。我们究竟应该如何来看待历史题材的文学创作？本书力图从文学理论的角度，总结古代的、现代的、当代的和外国的历史题材文学创作经验，展开对于历史题材文学创作问题的全面的探索。

谭元亨著，《客家与华文文学论》，华南理工大出版社，2014年1月

在华文文学中，客籍作家占了相当大的比重，深入对他们作品的研究，可谓独辟蹊径，自有新的发现。客家文化，在国内，是中原文化与海洋文化的一座桥梁；在世界，更是中外文化的一条纽带，如韩素音、李金发等，其作品称得上中西合璧，两相辉映。而近现代的客籍作家郭沫若、白危、黄药眠等，也都对中国文学的进程有着重大的影响。本书对这一文学群落及其作品进行了深入研究，从而确立他们在华文文学史上的独特地位，为中国文学研究添上了绚丽的一笔。

刘登翰著，《镜像台湾——台湾文学的地景书写与文化认同研究》，福建人民出版社，2014年1月

本书所称的地景书写，是指文学中的地方风貌和景观书写。与绘画、摄影这些成像艺术相比，文学作品中的地景书写具有描摹地方、传神写意、涵摄情境的多重意涵。作家在诸多地方之间流动，观看地方的姿态和方式，常随外在文化情境和个体感悟而有所变化，也正是在这意义上，文学中的地景书写具有了多元的特色。

张伯存著，《二十世纪九十年代文学转向与社会转型研究》，光明日报出版社，2014年1月

本书运用马克思主义的“总体性眼光”和历史辩证法解释二十世纪九十年代文学作为一种意指符号，如何对生活世界进行表意实践的。九十年代文学作为一种精神生产，与“市场经济”有着密切关系，本书力图揭示出其中的“市场经济”因素，揭示出九十年代文学与“人文精神”讨论、“市民社会”讨论、“日常生活”、“私人生活”、“欲望”等社会思潮、大众心理的互动关系。

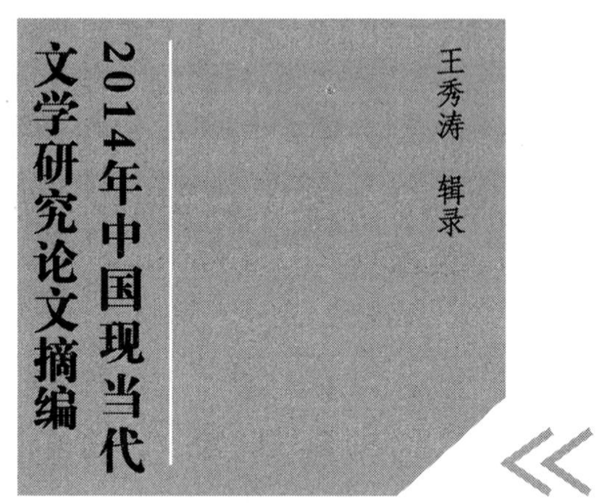

杨联芬：《“恋爱”之发生与现代文学观念变迁》，《中国社会科学》2014年第1期

借助翻译“恋爱”一词在20世纪初进入现代汉语使“男女之情”在方式、体验、意义与评价上因新的命名而发生改变并进入公共话语成为中国新伦理建构的突破口产生了从晚清到“五四”一系列新道德命题及与之相应的新文学作品。晚清倡导的”自由结婚”确立了婚姻以恋爱为前提、以当事人自决为主导的现代意识并开创了文明结婚新风尚。民初“恋爱”一词在本土化过程中一度污名化导致专写恋爱的言情小说普遍规避此词；但哀情小说对爱情精神品质的普遍推崇却为五四时期“恋爱神圣”的出场奠定了基础。西方理论影响下建构的五四时期恋爱理论，有“恋爱自由”与“自由恋爱”的细微差异体现了新文化共同体内部意识形态的分歧。五四恋爱文学在空间意象和恋爱描写上的开拓与创新解构了压抑个人自由的家长权威颠覆了传统道德也开拓了文学的表现领域。但对个人自由的单纯追求也导致五四浪漫文学存在情感泛滥、表现肤浅的弱点未能将”恋爱”的体验与表现引向深入。

丁晓原：《媒体生态与中国散文的现代转型》，《中国社会科学》2014年第4期

为报刊写作是晚清至五四时期散文最显著而重要的特点。以报刊为媒介载体的散文其新的写作方式和传播方式外在地影响着散文的体式、语言和风格。同时媒体的价值取向又规定或部分规定了散文的主题设置。民族国家想象中的媒体与散文现代性之间具有某种内在的关联以报刊建构民族国家想象的共同体是晚清至“五四”的主流媒体为中国现代性建设所做出的特殊贡献而媒体散文是联结报人志怀、报刊功能和民族国家建构的关键词。《时务报》等媒体生成了其时以“维新”、“新民”为宗旨的论说体散文。五四新文化时期散文的主题由“新民”置换成“立人”散文语言由文白合体转化为现代白话。散文体式由论议体的一枝独秀变为杂文与美文的双流并呈。五四时期的许多散文作家既是现代散文理论又是现代散文创作自觉的主体。理论与创作的有机互动实现了中国散文的现代转型。

金理：《“宅女”或离家出走——当下青春写作的两幅肖像》，《文艺研究》2014年第4期

本文以青年作家马小淘《毛坯夫妻》、张悦然《家》为据，讨论这两幅肖像（“宅女”与离家出走的小资女性）背后所隐伏的当下青春写作中的主体困境：面对社会压迫机制时的保守性，基本欲望在社会环境的高压下磨砺而成的、屈从的生存之道绝望后的自我劝慰、自我解脱，彻底放逐乌托邦的远景想象，丧失塑造历史的意志与行动能力，在消解个人危机的同时转移开对根本问题的关注。此外，本文也追究小说关于“家”、关于“青年主体”的想象中所蕴涵的辩证关系。文学肖像是多种因素造成的“综合创造物”，对此肖像的解析，也有可能还原出文学想象、历史经验与社会现实的复杂互动。

吴义勤、王金胜：《“吃人”叙事的历史变形记——从〈狂人日记〉到〈酒国〉》，《文艺研究》2014年第4期

“吃人”由一个经验性历史事实而成为一个文化政治问题，是中国现代性的重要表征。鲁迅《狂人日记》的巨大贡献在于，它将“吃人”的观念化表达熔铸为一个重要文学命题，并形成了对中国历史与文化的经典性现代认知。莫言《酒国》延续并转换了这一“吃人”叙事传统。小说在主旨、意象营构、人物塑造及话语风格等方面均不同程度地受到《狂人日记》的影响。但作为传达某种当代文化隐喻的小说，《酒国》是莫言在特定的现实政治和市场经济语境中，循着自身创作内在的思想与艺术脉络，借助颇具民间色彩的先锋性叙述所完成的个性化美学创制，小说对“吃人”的再叙述也由此成为转型期中国历史与文化的寓言和主体命运的见证。

陶东风：《一个知识分子革命者的身份危机及其疑似化解——重读王蒙的中篇小说〈蝴蝶〉》，《文艺研究》2014年第8期

本文认为，王蒙小说《蝴蝶》的主题是张思远的身份危机及其化解，而这个危机本质上是知识分子革命者张思远的忠诚危机，它源于张思远的革命者身份突然遭到了他誓死效忠的革命组织的怀疑。这个危机之所以可怕，根本原因在于：除了认同革命、忠诚组织，张思远根本不可能有别的任何认同或忠诚。这也决定了获得“平反”之后，张思远的所谓“反思”根本不可能触及造成“文革”社会灾难（包括张思远自己的悲剧命运）的根源。小说把反思的对象转向了所谓的干部“特权”和”作风”，即脱离人民群众，似乎重建与劳动及劳动人民的血肉联系，就能使一切迎刃而解。本文力图证明，这个重建身份认同的努力是经不起分析的，甚至是一种自欺欺人的诡辩和矫情的表演。

孟繁华：《建构时期的中国城市文学——当下中国文学状况的一个方面》，《文艺研究》2014年第2期

当下中国人口结构性的变化，虽然不足以说明作家题材变化的原因，但问题的积累必定会影响世道人心，在某些方面或某种程度上催发或膨胀人性中不确定的东西。当代中国的城市文化还没有建构起来，城市文学也在建构之中。一方面，我们充分肯定当下城市文学创作的丰富性，通过这些作品，我们有可能部分地了解当下中国城市生活的面貌；另一方面，建构时期的中国城市文学也确实表现出过渡时期的诸多特征和问题。城市文学的热闹和繁荣仅仅表现在数量和趋向上，而城市生活最深层的东西还是一个隐秘的存在，最有价值的文学形象很可能没有在当下的作品中得到表达，隐藏在城市人内心的秘密还远没有被揭示出来。具体地说，当下城市文学存在问题主要有三个方面：城市文学还没有表征性的人物，城市文学没有青春，以及城市文学的纪实性困境。

于文秀：《物化时代的文学生存——“70后”、“80后”作家评析》，《文艺研究》2014年第2期

“70后”、“80后”作家以”代”的名义出击文坛，依托纯文学刊物出道，却依靠出版业包装与媒体炒作走红，深谙年轻和性感是其最耀眼的符码，视”性的青春形象”为文化资本，践行市场集体主义。他们将“坏女孩走四方”奉为一种新的意识形态，以毫无遮拦的感性写作以及隐秘心理透明化，彰显了以往文学从未有过的勇气，释放着青春期的感性能量，展现了物化时代空虚而又充满欲望的时代情绪。他们的写作是在以市场经济为底色的物化时代进行的文学行为，但在经过年龄、经验、思想的沉淀后，他们不应该再委身于物化时代的绑架，应该有更深的思考和超越，从而在自己的身上战胜时代。

赵普光：《如何的现代，怎样的文学——论现当代文学研究的中国意识》，《文艺研究》2014年第3期

本文探讨并反思中国现代文学的“文学”与“现代”问题。中国现当代文学研究在研究对象范围的选择方面存在着巨大的盲区，这种现象与现代文学研究界“文学”观念的遮蔽有关。这是因为西方现代“文学”概念引入后，“现代”的“文学”概念与中国文学本身特点及文化事实之间存在一定程度的错位。因此，反思现代中国“文学”概念被“现代”的过程，唤醒现当代文学研究的中国意识，是本文的主要任务。

郭冰茹：《新内容与旧形式——论“十七年”长篇小说对章回体传统的吸收和改造》，《文艺研究》2014年第2期

本文以“十七年”长篇小说为研究对象，在新文学与旧形式关系演变的背景下，重新讨论当代文学发生过程中旧形式被突出的意识形态性。本文认为，“十七年”长篇小说在“文艺大众化”的诉求下，有选择地借鉴古代章回小说的叙事技巧，同时也对其进行符合国家意志的改造。它扬弃传统的文体，一方面是为了承载新内容而探索更为“现代”的“民族形式”，并确立起新中国的主体形象，另一方面也不可避免地为当代文学的创作带来了困境和审美价值的局限。

程光炜：《陕西人的地方志和白鹿原——〈白鹿原〉读记》，《文艺研究》2014年第8期

陈忠实的长篇小说《白鹿原》问世以后，各种评论纷起。本文尝试把这部小说与作者的另一部长篇创作谈放在一起对读，将它放回陕西、地方志、《史记》和《创业史》的历史长河之中，观察一个作家思想气质和文学观念之养成，他是如何“隐在人物背后，以自己对人物此一境况或彼一境遇下的心理脉象的准确把握，通过人物自己的感知做出自己的反应”的。本文认为，如此回到作家作品原点和贴着人物命运处境去理解的阅读，是重新进入文学世界的一个有效途径。许多年后，作家作品的重新研究，都存在着这种如何摆脱当时思潮和文学评论对研究者的压制，更自由更主动地面对它的问题。

姚晓雷：《误历史乎？误文学乎？——格非〈人面桃花〉等三部曲中乌托邦之殇》，《文艺研究》2014年第4期

格非的《人面桃花》《山河入梦》《春尽江南》三部长篇小说，旨在以乌托邦对近现代以来中国社会历史进程中一些现象进行概括。他的叙事逻辑是先把乌托邦定位为一种缺乏必要历史内容支撑的、非理性的、虚妄的个人欲望盲目冲动的产物，再把它简单地运用到对一些极其复杂的社会历史现象的解释。这种话语方式既存在一个畸形的乌托邦伦理的滥用带来的历史认知偏颇的“历史之误”问题，也存在着一个它在文本中机械植入造就的文本审美价值受损的“文学之误”问题，其本质是在当下权力和市场合力控制下的知识分子精神萎缩与心灵异化。

旷新年：《现实主义：广阔道路，还是窄路？——当代现实主义的境遇》，《文艺研究》2014年第6期

在理论上，抗战前夕已经形成了独尊现实主义的趋势，20世纪50年代产生了“现实主义和反现实主义”的公式；实际上，30年代以来，在左倾机械论和教条主义影响下，现实主义的薄弱和文学创作的公式化、概念化在第二次文代会前后成为一种共识。在“百花齐放”运动中，秦兆阳等人对“社会主义现实主义”的定义提出质疑；60年代初，邵荃麟提出“现实主义的深化”的观点；在《林彪同志委托江青同志召开的部队文艺工作座谈会纪要》中，现实主义——广阔的道路、现实主义的深化和写真实作为“黑八论”的重要内容被否定，现实主义失去了合法性。新时期迎来了现实主义的复归。1985年，现代主义崛起，成为文学主流和新的文学评价标准，现实主义及其反映论的、认识论的文学观被颠覆。

徐刚：《“十七年”家庭情节剧的妇女解放主题》，《文艺研究》2014年第3期

本文以情节剧理论为线索，展开对“十七年”家庭情节剧的妇女解放主题的讨论，认为妇女解放题材电影固然是对“婚姻法”和“劳动/解放”等观念的演绎，不免包含情节剧所惯有的虚构和说教，但这种“虚假”的方式借助影像这种“可见的人类”的叙事，对于女性解放的揭示及其意识形态的宣传，尤其是女性尊严的建构具有重要意义。流行的“男女都一样”的话语对于“不可见”的女性意识的压抑，因电影中女性意识的隐现而需要重新辨识。这也是重温社会主义时期电影的性别议题所具有的现实意义。

王尧：《偏差、修正与调整的“循环往复”——关于20世纪50、60年代文学制度的一种考察》，《文艺研究》2014年第2期

在当代文学制度内部，秩序的建立试图以统一的方式进行，但实际上在矛盾冲突中形成了不同因素的相互作用，它表现为偏差、修正与调整的“循环往复”。在20世纪50、60年代的文学制度大框架中，对偏差的修正与调整只能是局部行为，无法扭转文艺思潮的“左”倾。这一状况在80年代以后才发生了根本性的变化，尽管也有局部性的反复。对文学制度这一复杂性的认识，并不是为一个方面做出合理性的辩护，而是为了呈现历史发展的真实状态。因而，夸大或缩小复杂性，都会导致对历史的片面理解和评价。

昌切：《性别与权利——评毕飞宇〈玉米〉和〈玉秀〉》，《文艺研究》2014年第6期

毕飞宇相对偏重理性。《玉米》和《玉秀》中存在一个男主女仆的理性结构。这种理性结构内隐着中国传统的天命观。玉米和玉秀的命运都握在男人手里。女人为男人卸责，女人侮辱作践女人，出自一种集体无意识，一种无条件认可男主女仆的社会等级结构的文化心理。玉米的爱情随其父失权而死去，其肉体（欲）亦随她追逐权利（理）而消亡。玉秀的悲剧源于被玷污的生殖器。原欲自此而来，罪感（理）自此而生。在理欲之间挣扎，玉秀生不如死。玉米叱责玉秀，抛弃玉秀的私生子，是以理杀人。她们不知爱为何物，恨从何来，都认可这两个字：活该。

吴秀明：《论当代文学史料研究的时空拓展及其档案制度障碍》，《文艺研究》2014年第3期

当代文学史料无论从客观存在的实际情况还是从研究和学科发展的角度来看，都有必要打破现有的以1949年为界标、以大陆为疆域的狭隘视野，在现有基础上作纵横两个方向和维度的拓展：在历时性方面由1949年共和国成立向前上溯，强调与现代文学史料的承续；在共时性方面则由大陆本土向包括台港、苏俄与西方在内的域外敞开。当然，上述这些史料“进入”当代研究视域，成为当代文学“史料共同体”，不可避免地要与现行档案制度发生关联，这暴露了档案制度的固有障碍。因此，如何建构“以人为本”的现代开放的档案制度的问题也就尖锐地摆到了我们面前。

李丹梦：《文化的“行动”观：闻一多的“格律”政治》，《文艺研究》2014年第5期

闻一多是一位具有浓厚古典人格的诗人、学者，他建立在儒家道德、内圣外王基础上的“新君子”的理想身份与注重功利实效的现代民族主义主体之间，存在严重抵牾，闻一多通过自己的政治“行动”悲剧性地“统一”二者。他的行动主要体现在对历史“格律”的把握与遵循上，其行动观延续了内圣心学主客不分的整体思维特质，并融入生命诗学的审美受用，不啻为东方现代实践的自觉范例。

王迅：《极限叙事与黑暗写作——以麦家和残雪的小说为考察对象》，《文艺研究》2014年第4期

本文通过对残雪和麦家写作范式的探讨，揭示其小说对生命、对灵魂的极致的审美表达。这种表达是一种本质性的文学写作。作者沉入黑暗中探索秘密通道，找寻打开人性迷宫的精神出口。这种找寻是在界限与限度的规定下，通过生命和灵魂的极限状态的敞开来实现的。麦家对生命极限状态的考察，显示出高度理性化的叙事作风，残雪则致力于对人的潜意识的深度开掘和对灵魂本体的异样思索。这种写作贯穿着作者的精神立场：拒绝对世界的群体性解释，追求独立个性和探索精神。同时，写作过程中交织着创作主体内心的悲苦与欢快俱在、死亡与新生共存的复杂情绪。

唐晓渡：《身份认知和吉狄马加的诗》，《文艺研究》2014年第8期

本文将吉狄马加在身份认知问题上的高度自觉作为当代诗歌重建个体/主体性的一个独特案例，一方面探讨其“代言”抱负的历史和美学内涵，包括这一抱负给他的写作风格带来的影响，他长期持守的“元风格”的特征、意义和指向，以及发散的扩张和向心的深入作为其身份认知的两翼如何在他的写作实践中互为辩证，如何使其作品的自我定义和自我叙述成为既返身寻根又蓬勃生长的双向行为；另一方面，则由其处理自我分裂和悖谬的方式入手，探讨在与身份认知有关的问题情境中，某种结构性的意识缺陷是怎样由于未能得到及时纠正，慢慢发育成他写作中的“短板”，并怎样与他的“身份执着”互为作用，极大地妨碍了他从当代汉语诗歌的加速度发展及其特定的历史语境中汲取更多的活力，以至陷入广义的“政治正确”的困顿，诗艺长期逡巡不前。经由对“母语”的诗学辩证，并验之于对吉狄马加新作的分析，本文试图确认“立元神”之于诗人身份认知问题的第一义：任何时候，任何情况下，真正的“代言者诗人”都首先是，并且始终只能是诗的“代言者”。

李建立：《转折时期的文学生活——〈今天〉（1978—1980）“读者来信”研究》，《文艺研究》2014年第8期

学界对《今天》的研究多以刊物前史、诗歌作品以及作者为重点，而对其读者关注不够。本文通过对新发掘出来的《今天》的订户资料与读者来信的分析，对其读者构成、传播状况以及读者接受等问题进行初步整理和阐释，指出在20世纪80年代，除了学界已有共识的富有精英色彩的“新启蒙”思潮外，还有一段值得重视的以“有蒙共启”为特点的公众意义上的启蒙。对后者一方面的研究可为学界进一步揭示从“文革”到“改革”的文学文化生态。

傅修海：《中国现代文学革命史观的兴起与反思——以瞿秋白为中心》，《文艺研究》2014年第11期

现代左翼文学史观的兴起是20世纪中国革命图景的重要元素，其生成演化与瞿秋白密切相关。瞿秋白基于个人历练和时代体验，对中国现代文学发展史进行精深宏阔的政治化思考，更因革命斗争情势与意识形态的需要，对其进行系统的革命化演述，从而促成中国现代文学史观的革命内爆。以瞿秋白为中心的中国现代文学史观的兴起，事实上正是20世纪中国革命文学入思路径和入世模式的一个常态缩影。

杨华丽：《吴虞与〈新青年〉：意义如何相互生成——以反孔非儒为中心的考察》，《文艺研究》2014年第11期

在《新青年》第2卷第1号至第3卷第6号上，以陈独秀、吴虞为首的知识分子，通过写作论文和回复信件等方式，对洪宪帝制背景下尊孔读经、定孔教为国教的思想潮流进行较为集中的批判。《新青年》、陈独秀在现代思想史、文化史上的地位由此得以初步奠基，而吴虞正是因为在《新青年》上接连发表六篇论文，才真正走上反孔非儒的第一线。就反孔非儒而言，吴虞与《新青年》的意义是相互生成的：对于吴虞来说，《新青年》是一个他历经十余年的反孔探索而终于找到的重要舞台；对于《新青年》来说，吴虞与陈独秀的相关文字在时间和思想上形成互补。

席云舒：《胡适“中国的文艺复兴”思想初探》，《文艺研究》2014年第11期

胡适一生曾多次讲“中国的文艺复兴”，但迄今为止各种公开出版的文集里收录他有关这一论题的论文、著作和演讲不仅非常分散，也很不全面，他的一些重要的英文论著至今尚未被搜集出版，以至于学界对他这一论题的研究尚不充分。除《胡适全集》《胡适英文文存》等文集已收录的论著外，笔者通过他的日记、书信、年谱、西文著作目录以及中国社会科学院近代史研究所和台北胡适纪念馆藏胡适档案等史料，考证并搜集到多篇他有关这一论题的未刊文稿，对他的这些论著以及思想的基本内涵与发展变化做出初步的探讨。

刘涛晚：《清至新中国期间个人、家庭、国家关系问题——以〈精卫石〉〈一缕麻〉〈终身大事〉〈家〉〈青春之歌〉为例》，《文艺研究》2014年第11期

本文选择晚清到新中国五位作家的五个文本，研究这一时段个人、家庭、国家关系问题。秋瑾是革命家，她一生有两个志向，一是男女平权，二是推翻满清统治，其《精卫石》写一个女子离家出走，逐步走向革命的过程。包天笑《一缕麻》主题处乎新旧之间，这篇小说既维护旧道德，也掺进新道德。胡适的《终身大事》则直奔新道德主题，女主角田小姐离家出走。巴金深受胡适及“易卜生主义”影响，《家》以无政府主义的理论资源演绎“离家出走”的主题。杨沫的《青春之歌》前半部分是“五四”时期“离家出走”主题，后半部分则写一个知识分子如何一步一步接受马克思主义。

申霞艳：《新移民小说“历史化”的诸种方法》，《文艺研究》2014年第10期

近几年，新移民小说在国内引人瞩目，部分作品被知名导演改编成影视作品，进入大众的视野。哈金的《南京安魂曲》，严歌苓的《金陵十三钗》《陆犯焉识》，张翎的《阵痛》《金山》《唐山大地震》，薛忆沩的《通往天堂的最后一段道路》《白求恩的孩子们》等作品虽然题材各异，但均具历史深度。本文将结合文本分析新移民小说如何想象历史、“历史化”的诸种方法及其带来的启示。

王秀涛：《宝文堂书店改革与新中国建立初期的通俗文艺生产》，《文艺研究》2014年第5期

新中国建立初期的通俗文艺生产的合法性来源是毛泽东《在延安文艺座谈会上的讲话》指导的解放区文艺，主要形态是以普及为目标的唱词、唱本等"大众文艺"。由于新文艺出版力量的薄弱，改造民营书店为出版新的通俗文艺服务便成为重要的出版手段，其中最典型的是宝文堂书店。宝文堂书店经过与大众文艺创研会的合作，开始改变方向，出版符合新的政治与道德要求的通俗作品；与通俗读物出版社公私合营后，在经营方式上逐步走向组织化、计划化，通俗文艺的出版获得体制上的保障，也受到相应的约束。考察改革的过程，既可以发现通俗文艺生产的新的内容和方式，也可就文艺与政治、经济等多方面的问题展开思考。

黄发有：《"长篇崇拜"与文体关系》，《文艺研究》2014年第10期

在新时期文学的生态环境中，不同文体之间逐渐形成一种潜在的等级关系。20世纪90年代以来，长篇小说的文体地位日益提升，并逐渐发展成一元独尊的文体崇拜。长篇小说的过度生产日益突出，量增质减是其总体的发展趋势。长篇小说的泡沫化现象，也给文体发展带来了一些无法回避的负面影响：规模崇拜、观念超载、形式粗疏。文学发展要有可持续性，必须保护文体的多样性。文体独立与文体交融的有机结合，是文体发展的活力源泉。

李蓉：《女性主义文学解体之后：问题、处境与发展》，《文艺研究》2014年第10期

20世纪80、90年代的女性写作具有重要的文学史价值和现实意义，但也存在无法回避的问题，其中二元对立的思维、对主体性的极致追求是构成其封闭性的重要原因，这直接导致了90年代女性主义文学高潮后的解体。在当下以国内男性文学和国外女性诺贝尔文学奖获得者为高度的背景下，中国女性文学的发展亟需"去性别"和"去主义"，这不是否定和抛弃之前对于性别问题的种种建构和思考，而是在已有成果的基础上，将性别问题纳入更为丰富、复杂的文化结构，并寻求写作方式上的创新和突破，这既是近三十年来中国女性文学发展的结果，也是它在未来的发展中所肩负的使命。

张清华：《"传统潜结构"与红色叙事的文学性问题》，《文学评论》2014年第2期

重建红色叙事的文学性研究，需要我们从无意识结构切入。所谓"传统潜结构"即是隐藏于革命文学中的老模式与旧套路，作为民族根深蒂固的集体无意识，它们经过改头换面，又在时代与意识形态色彩的装饰下再度复活，大量潜伏于这些叙事之中，并且成为支持其"文学性"的关键因素所在；提升革命叙事之研究水准的途径在于透过叙事学与精神分析的研究将这些“传统潜结构”挖掘出来，找出其与古典小说之间的关系，归纳出其若干叙事的模型与母题、结构与功能要素；“传统潜结构”的分析方法，需要结合叙事学、结构主义、文化诗学与细读理论等，从内部梳理红色叙事与传统结构与母题之间形形色色的改装关系，并且建立若干分析模式；在此基础上，可以重新鉴别并调整原有的经典化秩序，将当代文学的知识谱系、评价尺度予以重新规划，以尝试重建一个真正具有“文学性”原则与含量的当代文学史。

季红真：《莫言小说与中国叙事传统》，《文学评论》2014年第2期

莫言继承了神话思维开启的艺术想象的一脉传统，借助泛神论的原始宗教，升华出自己“朴素的庄严”的美学理想，并建立起自己质朴而瑰丽的大地诗学。六朝志怪到《聊斋志异》影响了他取材的向度，唐传奇的“叙事婉转，文辞华艳”决定了他质朴而瑰丽的文风，宋人平话至明清小说启发了他作为说书人的自觉，几部古典名著从人物到叙事技巧都渗透在他小说的骨骼肌肤中，而元曲、明清传奇、民间说唱艺术与近代兴起的故乡戏剧猫腔，则从人物故事场景、叙事策略到语言形式全面造就了他的小说文体。

张莉：《唯一一个报信人——论莫言书写故乡的方法》，《文学评论》2014年第2期

莫言《白狗秋千架》《红高粱》《蛙》三部小说，呈现出三十年来莫言故乡书写模式、叙述立场的变化轨迹。莫言的故乡书写有别于鲁迅式启蒙立场的乡土文学传统，也有别于沈从文式湘西的书写脉络，他的乡土书写具有“中间性”特征，在本地人与外来者、启蒙与反启蒙、现代与反现代之间，这位“从农民中走出的知识者”，寻找到了他书写故乡的最佳路径和方法。

凌云岚：《莫言与中国现代乡土小说传统》，《文学评论》2014年第2期

莫言的创作与现代中国乡土小说传统之间关系密切。高密东北乡这一文学王国的开辟，使乡土成为其创作的核心资源。通过对乡土如何被现代作家“发现”并成为书写对象，乡土文学如何承载现当代作家的文化想象，乡土文学创作者对写作姿态和写作立场如何进行选择等不同方面的研究表明，莫言乡土文学创作对现代乡土文学传统既有承袭也有突破。

杨庆祥：《无法命名的“个人”——由〈隐身衣〉兼及“小资产阶级”问题》，《文学评论》2014年第2期

本文以格非的《隐身衣》为细读对象，分析小说中呈现出来的“个人想象”——不同于20世纪80年代以来的“社会主义新人”、“存在主义个人”和“伪小资产阶级”的新“个人”。由此出发梳理人物的历史谱系、阶级起源和当下位置，探讨资本语境下历史、写作和个人建构之间的复杂互动关系。

徐勇：《以象征的方式重新介入现实——论苏童〈黄雀记〉的文学史意义》，《文学评论》2014年第2期

苏童的《黄雀记》充满了隐喻与象征，其叙事空间的高度象征化及文化隐喻的丰富性、隐晦性虽造成了阐释上的困难，但同时创造了一种重新介入现实的方式，而如何以一种全新的方式表征现实、介入当下，恰恰是转型之后的先锋作家们念兹在兹的议题。自《菩萨蛮》和《蛇为什么会飞》始，苏童在现实写作方面的努力和尝试有目共睹。有趣的是，余华在《第七天》中试图以最真实的“纪实”手段表征现实、书写苦难，成就的却是浮世绘式的表象叠加；苏童反其道而行之，他以象征而虚幻的方式，用充满隐喻色彩的小说叙事完成的却是针对现实当下的最沉重而深刻的介入。

吕周聚：《被遮蔽的新诗与歌之关系探析》，《文学评论》2014年第3期

胡适、郭沫若等大力提倡新诗与歌的分离，强调新诗的自由和诗的内在律而忽视诗的外在律，这种理论导致新诗的散文化，对后来的新诗发展产生了深远的影响。在新诗发展的不同时期，皆有人提倡新诗与歌的融合，并在创作实践中进行大胆的探索尝试，以此反对新诗的散文倾向，但这一脉传统被有意无意地冷落甚至遗忘了。今天，重提新诗与歌的关系，重新厘定新诗发展中被遮蔽的这种诗歌观念，重新梳理新诗发展中被遗忘的这一脉传统，不仅可以检讨新诗发展中所存在的问题，而且可以给未来新诗发展提供可资借鉴的历史经验。

李云雷：《如何讲述新的中国故事？——当代中国文学的新主题与新趋势》，《文学评论》2014年第3期

“中国故事”是指凝聚了中国人共同经验与情感的故事，而“如何讲述新的中国故事”则是当前中国文学的一种新主题与新趋势。新近出现的一些作家作品预示着，新的时代已经超越了近代以来启蒙与救亡的总主题，中国文学正在走出五四新文学的传统，当前不同层次的文学作品中都显现出了中国人的文化自觉；中国人的形象正在发生变化，在国外的中国人形象不再是“落后者”，传统中国文化不再被视为愚昧，而国内的中国人形象也发生了变化，中国人不再以农民的形象为主要代表，而更多地以都市人群为代表；不少中国作家开始探索新的中国美学，突破西方传统小说的规范，更关注中国人独特经验与情感的表达。

房伟：《“炸裂”的奇书——评阎连科的小说创作》，《文学评论》2014年第3期

阎连科的小说，存在一种经过纯文学话语机制改造过的“奇书”模式。阎连科通过“神实主义”理念，进而以极端化的主观现实，形成“奇书”式思维。这种模式既有对中国古典小说的继承和发展，又存在极度抽象的寓言化、“恶”的绝对化等缺陷。这种奇书模式是新世纪以来纯文学话语机制发展陷入困境的产物，值得我们批判并反思。

周保欣：《“他者伦理”、“身体思维”和“三个鲁迅”——论〈示众〉》，《文学评论》2014年第3期

《示众》作为看客形象批判的经典之作，其最具思想史意义的，是提出了人如何善待他人的“他者伦理”问题。这一命题的提出，体现出鲁迅对民族文化危机的深刻认知，对当下中国社会民族伦理重建亦有重要启示意义。在看客形象塑造上，鲁迅主要以“身体”为隐喻思维，在“身”、“心”的辩证关系中，提出了“心”的人文价值与社会实践功能。看客的伦理批判，源自“文化鲁迅”的清明理性与“现实鲁迅”的屈辱经验的交冲。两种鲁迅一以爱为主导力量，一以恨为主导情绪，两者的交叉、错位与互动，构造出“文学鲁迅”的丰富性、复杂性与多元性。

丁帆：《动荡年代里知识分子的“文化休克”——从新文学史重构的视角重读〈废都〉》，《文学评论》2014年第3期

《废都》发表已20年，但是重读这部作品，本文认为它更具备了文学史的意义和价值，其理由有三：一是大凡能够流传下来的著名长篇巨制应该是截取动荡时代社会生活图景的历史大架构之作；二是必须折射出那个时代人性骤变的思想特征，而其性描写恰恰为《废都》展现转型期剧烈的思想动荡穿上了刺眼的商业化外衣；三是其一切的形式的运用与技巧的雕琢均应服从于思想内容之需求，而《废都》虽然采用了多种艺术形式技巧，但是其方法都归结于此。所以本文认为：《废都》正是在满足这三个条件的前提之下，深刻揭示了知识分子的自我启蒙不能完成，中国的改革将会面临思想的迷途。缘此，《废都》才成为了20世纪能够在新文学史上立得住的描摹灵魂救赎风俗长卷的一部作品。

张学昕：《苏童：重构“南方”的意义》，《文学评论》2014年第3期

苏童的小说叙事，试图为我们重构一个独具个性文化精神、美学意蕴的文学“南方”。南方的意义，在这里可能渐渐衍生成一种历史、文化和现实处境的符号化的表达，也可能是用文字“敷衍”的种种地域、人文、精神渊薮，体现着南方所特有的活力、趣味和冲动。与此同时，他更想要赋予南方以新的精神结构和生命形态。在这些文本结构里，蕴藉着一种氛围，一种氤氲气息，一种精神和诉求，一种对人性的想象镜像。“南方”，成为苏童书写“中国影像”的出发地和回返地。

贺仲明：《论近年来乡土小说审美品格的嬗变》，《文学评论》2014年第3期

20世纪90年代中期以来，中国乡土小说的审美品格发生了相当显著的嬗变，这体现在审美风貌、审美内涵和审美艺术等多个方面。这一审美嬗变与现实乡村形态发生的巨大变化直接相关，也关联着作家与乡村之间复杂的现实关系和情感联系。审美嬗变给乡土小说带来了一些新风貌和新气象，但它背后隐藏的“内伤”对乡土小说的创作质量有较多制约，并影响到乡土小说的生存和发展。审美品格是乡土小说的存在基础，对此，学者们需要在理论上进行深化和拓展，作家们也需要进行必要的调整。当前最迫切的，是处理好两方面的问题：一是乡土小说概念拓展与基本内涵之间的关系；二是乡土地域性特征与乡土精神之间的关系。

姚丹：《为“人民文学”的“史诗性”开山——共和国早期冯雪峰的批评实践与理论贡献》，《文学评论》2014年第3期

冯雪峰的文学批评既继承五四国民性批判中对“人民大众”劣根性的警惕，又极为重视中国革命中对人民精神的重塑作用。同时，其理论脉络也内在于20世纪世界左翼关于“无产阶级解放”的逻辑中。由冯雪峰的评价体系着眼，《保卫延安》“史诗性”的核心意涵，并非对于外部世界壮阔战争规模的精确再现，而是对于人的精神统一性的书写，即小说对于战争中人民“作为内部生活要素的伦理与其在社会结构中的行动基础”所具有的“一致性”的呈现。将“精神发展”纳入到“人民文学”的内涵中，是共和国早期冯雪峰重要的理论贡献。

吴晓东：《〈山山水水〉中的政治、战争与诗意》，《文学评论》2014年第4期

卞之琳长篇小说《山山水水》的几个地域空间背后隐含着不同的文化和政治含义，尤其书写延安的两章，更集中表现了卞之琳的政治感觉和政治意识，对于认识延安时期的知识分子的心路历程，具有不可替代的认识价值。本文选择小说中的修辞作为一个具体的切入视角，试图探究《山山水水》中的比喻象征修辞是怎样在塑造诗性文体的同时，成为卞之琳思考战争年代诗意与政治、诗意与战争之间的关联性的一种独特的诗学形态。

张中良：《中国现代文学的民族国家问题》，《文学评论》2014年第4期

西方民族国家理论的引入，给中国现代文学研究带来了新的视角，但也出现了生搬硬套、不伦不类甚至判断失误等问题，如背离中国的历史实际，以欧洲近代民族国家的历史进程来硬性框定中国数千年的多民族国家历史，以源自异域的民族国家理论任意裁剪个性鲜明的中国现代文学复杂现象，模糊政体与国家形态的界限，混淆国家与国民性的区别。中国现代文学中关于国家与民族的认知清晰可见，艺术表现丰富多彩，应该立足于中国的历史与现实，对异域学术话语做精心的选择，进行深层的吸收与转化，开发出具有原创性的学术话语。

魏建：《〈创造〉季刊的正本清源》，《文学评论》2014年第4期

《创造》季刊是研究20世纪20年代前期新文学的重要历史档案，但学界对这一刊物的许多基本问题大都没有弄清楚。论文对该刊的名称、性质、创刊时间以及刊物作者情况等问题逐一考辩与澄清，纠正了目前学界以讹传讹的错误史料和错误结论。文章还对《创造》季刊各期目录进行了汇校，不仅提供了更为准确的全部目录，而且对有关资料书、工具书等“二手资料”上的错误和疏漏逐一补正。

洪子诚：《材料与注释：张光年谈周扬》，《文学评论》2014年第4期

20世纪50—60年代，张光年长期担任中国作协主办的《文艺报》主编，并参与不少重要文件、报告的讨论、起草，深受周扬的赏识。1969年2月他的《我和周扬的关系》，虽是他在成为“文艺黑线人物”时被迫撰写的“检讨书”，但也提供了了解五六十年代文艺界重要事件的一些线索：包括1957年的“鸣放”、反右运动，1958年周扬“建立中国自己的马克思主义美学”的设想，和60年代初“为最广大的人民群众服务”方针的提出。对张光年的这份“检讨书”，本文就相关背景作了注释，在注释中作了建立在不同时间、不同处境下同一和不同的人的对话关系的尝试。

吴秀明：《学科视域下的当代文学史料及其基本形构》，《文学评论》2014年第4期

当代文学迄今已有60余载，为了推进学科“历史化”的进程，也为了对走过的道路进行富有深度的根源性反思，有必要改变比较固化的“思想阐释”研究理路，提出并实施史料整理与研究这个问题。从学科发生史角度看，近一二十年来，在现代文学史料学的影响推动下，当代文学史料整理与研究事实上已在逐步展开，并开始呈现出了某种良性回归与调整的态势。其基本形构，主要包括传统恒定史料与现实活态史料两个部分，以及政策导向型、政治批判型“思想”互动以及与文化保存制度相适的更高层面上实现主体的自由。

王彬彬：《阿城小说的修辞艺术》，《文学评论》2014年第4期

阿城小说在中国当代文学史上具有突出的价值，其价值主要体现在语言上的成就、修辞上的造诣。以雅为底而杂之以俗，是阿城小说叙述的基本美学风格。雅俗夹杂，使得叙述别有韵味。同时，对口语的自然状态的经营、以白描的手法对他人很难留意的细微之处的刻画、单音动词的频繁使用、语言的富有暗示性，凡此种种，使得阿城小说具有十分耐读的艺术品格。能否经得起一字一句地细读，能否经得起反复阅读，是判断文学作品能否成为经典的基本标准。在这个意义上可以说阿城小说是有望成为经典的。

戴哲：《饥饿、财产、尊严与小生产者的梦想——20世纪80年代早期的乡村故事》，《文学评论》2014年第4期

张一弓的《犯人李铜钟的故事》、高晓声的《李顺大造屋》和何士光的《乡场上》，展示了20世纪80年代早期的乡村故事。80年代的乡村叙述通过将“饥饿”、“财产”、“尊严”这三个符号组织进自己的话语体系，建构起的是一个关于“小生产者的梦想”的乡村故事。这一关于乡村的新的想象不只是在经济层面而言的，还指向政治层面，因为它还包含着某种“正义”的理念，它存在着对生活和世界的一种总体性的构想，所以，80年代早期的乡村故事是饱含能量的。当然，这样的乡村故事同样暗含着矛盾，但恰恰因为这样，使其得以成为反思90年代乃至当下的乡村问题的一条有效路径。

周志雄：《网络叙事与文化建构》，《文学评论》2014年第4期

独特的网络场域和叙事主体带来了网络叙事与传统叙事的不同，从叙事的语言层面到叙事的话语风格、话语立场、叙述文体，网络叙事都有新的变化，网络叙事主体以广泛的写作实践进行着当今最大众化的写作。与“五四”文学革命那种有理论依据有组织的活动方式不一样，中国当代网络叙事变革是悄悄进行的，甚至是不自觉的，网络叙事所复活的是古老的讲故事的传统，是对当代文学感性解放内在脉络的赓续，其主要功绩不在于奉献经典作家、作品，而在于促进文学阅读、写作活动的大众化，促进文学形态的丰富性，可以为当代文化建设提供新的契机。

於可训：《方方的文学新世纪——方方新世纪小说阅读印象》，《文学评论》2014年第4期

进入新世纪以后，方方的文学世界主要由三部分作品组成：一部分是一般人生故事的“刀锋叙事”，另一部分是有关爱情和婚姻的自我拯救，还有一部分是对“辛亥首义”和“武昌围城”的历史叙述。这三部分创作集中表现了方方韧性的人生态度、自主的爱情观念和人本主义的历史哲学。方方新世纪小说的“刀锋叙事”，是近期小说“极端化”写作潮流的重要表现，其中的有关创作问题，值得引起深思和注意。

高玉：《〈瞻对〉：一个历史学体式的小说文本》，《文学评论》2014年第4期

《瞻对》书写的是历史，大量引用历史文献，其内容大致都有文献依据，所以具有历史的性质，具有非虚构性。《瞻对》从根本上又是小说，在对历史文献的主观选择以及小说家方式的加工和改造的意义上，它是虚构的，在讲故事的意义上它是虚构的。《瞻对》作为一种新的小说形式探索是有益的，但这种探索不具有普遍意义，它是一种突破，但这种突破的文学意义并不大，它不能发展成为一种小说模式，不能广泛地推广和运用。

白烨：《一部小说的噩运及其他——〈刘志丹〉从小说到大案的相关谜题》，《文学评论》2014年第5期

传记小说《刘志丹》，从编辑组稿到作者完成，有一个从革命回忆录到传记作品，再到长篇小说的演化过程。从传记小说角度来看，李建彤最终完成的《刘志丹》，基本实现了作者原来的写作意图，是一部较有文学性与感染力的传记小说力作。《刘志丹》由一部小说演化成一桩大案，是因为涉及了与刘志丹关联密切的“西北问题”——陕甘与陕北、刘志丹与谢子长、阎红彦与高岗、“肃反”的遗留问题等诸多历史旧账。在一定意义上，小说《刘志丹》不仅是一根导火索，也是一面反光镜，反照出了复杂的西北党史与军史，也映射出了置身其中的人们不同的立场，各自的党性，乃至多棱的人性。此外，其中涉及的写作与批评，文学与政治等诸多问题，也很值得总结经验和汲取教训。

李遇春：《“进步”与“进步的回退”——韩少功小说创作流变论》，《文学评论》2014年第5期

韩少功在新时期之初以认同西方的“进步主义”姿态登上文坛，但他随后走上了以反思现代性为前提、以中西融合为目标的“进步的回退”的文学道路。在第一次“进步的回退”时期，韩少功以“寻根”小说著称，创建“文化—存在”叙事话语形态，既有中国本土文化视野，又有西方现代存在意识；在叙事文体上既有西方现代派小说做派，亦有中国古典志怪传奇小说风味。在第二次“进步的回退”时期，韩少功主要致力于长篇小说创作，他在西方式“语言（符号）—存在”叙事话语形态中灌注了强烈的中国本土文化精神气韵。他在长篇写作中推行文体整合主义，打破文体界限，把中国古典小说文体资源与现代西方学术随笔文体嫁接起来，且袭用中国古典长篇小说叙事传统中的人物单元联缀式结构方式，强化长篇小说叙事空间化倾向。韩少功在新世纪步入第三次“进步的回退”时期，他开始“去语言（符号）化”，回归“寻根”时期的“文化—存在”叙事话语形态，逼视和拷问当代中国人在社会文化变迁中的生命存在困境；叙事文体上虽也借鉴西方现代或后现代文体资源，但整体趋势则是向中国小说“后散文”叙事传统回归和新变。

张岩：《历史的回声——重读李洱的长篇小说〈花腔〉》，《文学评论》2014年第5期

作为广义的“新生代”、“60后”作家的代表之一，李洱的创作历程具有一定的代表性。他的小说创作及其关注的问题皆折射出20世纪90年代中国文学发展的现状。本文通过对其第一部长篇小说《花腔》的读解，初步探析这部作品在作家的个人文学史以及中国当代文学史上的价值意义。文章着重对文本中的历史叙事进行了分析，认为《花腔》彰显了作家李洱的历史意识以及写作理念的特点，是确立其文学史地位的重要文本，对于90年代文学的研究具有重要价值和意义。

杨姿：《抒情性：走在文学的回乡路上——略论迟子建小说创作的当下意义》，《文学评论》2014年第5期

迟子建小说中的抒情性是文学对市场化实践的一种自觉逃离。追求精神的高度和极力逼近日常生活的内核，这两个方向的相反相成构成了迟子建小说抒情性的双重品格；情绪的整体呈现与冲突言说，是迟子建小说采取的一种抒情方式与策略；长歌当哭、故乡物事的神圣化等抒情节制，是滥情时代里迟子建对文学抒情纯洁性的自我保护。神圣与日常、个体与整体、抒情与节制的交织，构成了迟子建小说的抒情辩证法，为非抒情或缺乏抒情性特征的当下文学，提供了一种抒情性的文本范例，也为当下文坛如何保持与维护文学的抒情性提供了有益的启示。

张直心：《从诗化青春到散文人生——兼论浙江一师文人精神气质的衍变》，《文学评论》2014年第5期

沈玄庐、刘大白、朱自清、叶圣陶、俞平伯等浙江一师文人的创作，见证了新文学初创期新诗的崛起与散文的中兴。耐人寻味的是，与其五四前后精神气质的沉潜衍变适成呼应，其文体亦大致呈现了一个从诗到散文的集体性取舍趋势。而朱自清发表于1923年的长诗《毁灭》恰似一座界碑，可借作彼时一师文人不约而同作别诗化青春、步入散文人生的宣言。“人”“文”相契，对于浙一师文人群而言，散文书写显然已不只是体现一种文体风格而已，更衍生为表征一种不急不徐、“前进而不激进”的生存姿态，一种智情合致的思想范式，一种清明平和的精神气质。借此文体得以关注更其日常、宽广的人文经验，追求个人与社会、与自然之间的形散神不散。

单小曦：《网络文学的美学追求》，《文学评论》2014年第5期

网络文学的健康发展及其理论建设需要澄清网络文学的美学追求。网络文学的严格学理定位应是“网络生成文学”。网络生成文学即计算机网络启动传播性生成、创作性生成和存在性生成等全面审美生成活动的产物。网络生成造就出的数字虚拟创作模式、复合符号性赛博文本、“融入”性审美体验，构成了网络文学的审美特质亦即美学追求。

邵宁宁：《鲁迅诗作的屈骚情致与现实寄寓——兼论现代文学研究的索隐、考据及审美诠释问题》，《中国现代文学研究丛刊》2014年第11期

《无题·洞庭木落楚天高》是鲁迅旧诗名篇，数十年来有关其诗意的解说，堪称层出不穷。究其根由，则多因阐释者误解诗中“眉黛”一词的喻义而起。种种捕风捉影式的解说，不但使诗作原有的屈骚情致变得晦蔽，而且使其深刻的现实忧愤变得浅薄、庸俗。类似的错误，同时也存在于对包括《无题·一枝清采妥湘灵》《赠画师》《湘灵歌》等在内的其他一些鲁迅诗作的解说中。考据之沦为索隐，不但是“红学”所曾误入的迷途，也是当前现代文学研究必须警惕的问题。

姚达兑：《晚清传教士中国助手的身份认同问题——以王韬、管嗣复、蒋敦复为中心》，《中国现代文学研究丛刊》2012年第11期

本文意在揭示汉语基督教文献写作的过程中，中国文人作为文学的动能，其身份认同的复杂性。以王韬为主轴，本文讨论了管小异、蒋敦复和王韬三位传教士助手，在1850—1860年间的身份认同危机问题。管小异助裨治文译《大美联邦志略》，却毅然拒绝助译《圣经》。蒋敦复助慕维廉译《大英国志》，但又暗自增删成另一版本，借之以攻驳西方政制及其背后的基督教。王韬则采取调适的策略，希求汇通儒耶。王韬在助译汉语基督教文献时，渗入了许多儒教的元素。三位作者认同的复杂性也影响了基督教文学的写作和解读。

吴小美：《价值观与内心需求的坦陈——我看老舍的散文》，《中国现代文学研究丛刊》2012年第11期

在老舍研究领域中，对其散文的研究远远滞后于小说、戏剧的研究。实际情况是，他的散文中对亲情、友情、故乡情的抒发，或是描状良辰美景、逗弄小动物，批判针砭黑暗现实，无不自成境界，并让读者从多侧面多角度去逼近一个最真实的老舍。而他的散文中的幽默，特别是各种各样的笑声，形成了一种无“技巧”的技巧，很值得我们认真开掘和学习。

房伟：《“再历史化”的可能性及其限度——艾伟小说创作论》，《中国现代文学研究丛刊》2012年第11期

艾伟的小说创作在解构革命叙事的同时，坚持“建构”的启蒙叙事。他以心理现实主义和抒情隐喻的手法，形成了小说内在的再历史化诉求。这种写作的主题内涵与艺术特色，与艾伟的青少年时期的时代成长感受有关，也受到了吴越文化的影响。然而，从解构历史走向“历史的和解”，这种再历史化的小说创作也存在内在困境和难度。

郭冰茹：《阿袁小说的古典情结》，《中国现代文学研究丛刊》2012年第11期

阿袁的遣词造句和“引诗据典”使她的小说带有明显的古典气息，而她在叙事过程中对说书人手法的借用和对小说世俗性的追求更使她在某种程度上延续了中国古典小说的脉络。但是，对诗词典故的过度阐释和说书人式的炫技本身也为她的小说带来某些瑕疵，而当世俗性仅仅成为描述对象而非超越对象时，她的文本也失去了升华的空间，从而成为她创作的局限。

张丽军、常思佳：《“豪华落尽见真淳”——李师江小说论》，《中国现代文学研究丛刊》2012年第11期

作为70后作家，李师江早年写作年少狷狂，中途转型探索，终归于精淳的写作路程，代表了大多数70年代出生作家们的创作探索过程。李师江从最初《逍遥游》《比爱情更假》中的咆哮与愤怒，变成《哥仨》中的反思与深邃，完成了一个华丽转身。李师江在创作的沉淀与反思中，将青春的激情化作成熟而深刻的生命思索，探寻出一条直达人心之路——耐心、笨拙、诚实、细心。寻找属于自己的叙事方式与创作主题，这不仅仅是李师江所需要探索的事情，这是70后一代作家都要经历的心灵求索与成长历程。时代赋予他们特殊的经验，他们必以诚心记录之，这是李师江的使命，也是70后一代作家不可推卸的使命。

尹诗：《文明戏改良和海派话剧的产生》，《中国现代文学研究丛刊》2012年第11期

20世纪三四十年代的海派话剧在中国话剧史上留下了独特的印迹。然而追踪其来源，便可发现它与改良文明戏一脉相承的关系。本文以1928年后改良文明戏演出情形的原始资料为依据，梳理了文明戏的转型轨迹。以《月儿弯弯》为代表的有剧本的改良文明戏的出现，标志着海派话剧的产生。海派话剧的雏形，即已具备了、市民性、通俗性和基本的话剧元素等标准。改良文明戏直接导致海派话剧向它的1940年代繁荣期挺进。

王本朝、肖太云：《沈从文小说叙事中的“突转”模式》，《中国现代文学研究丛刊》2014年第10期

“突转”模式是沈从文小说叙事的重要特点，它主要集中在沈从文1924—1933年间的文学创作，并以“死亡”的“突转”为其特色，产生了发现、惊异、悲剧和空白的审美效果。沈从文小说在叙事上的“突转”既渗透了他的人生体验，也是对人生“偶然性”的理性思考。1937年以后，沈从文几乎中断了小说叙事的“突转”模式而转向“抽象”层面的思考，这也带来了他的精神危机。

陶东风：《革命与启蒙的纠葛——论李锐笔下的张仲银形象》，《中国现代文学研究丛刊》2014年第10期

在李锐描写“文革”背景下吕梁山区的风土人情、民间风俗、日常生活的小说中，知青和农民、知识分子与乡村、革命与民间传统的关系，是其着力处理的重要主题。李锐笔下的知识分子与乡村民俗之间、与农民的生活方式和价值观之间，总是存在严重隔阂，从而导致其深刻的孤独体验。《北京有个金太阳》和《万里无云》是这方面的代表作。张仲银形象则是这种孤独特征的绝好体现。

张晓琴：《现代人的残缺与救援——蒋一谈论》，《中国现代文学研究丛刊》2014年第10期

在当前中国文学语境中，蒋一谈在文体选择和美学风格上都显现出另类和孤独的气质。他明确将短篇小说作为自己的文体追求，揭示出现代社会人的残缺性及其在挣扎中对救援的渴望。蒋一谈将人类的公共文化财富潜藏于当下现实，使之与当下的中国人发生关联，在短篇小说中实现较为复杂的美学结构。以城市女性为视角进行叙述是蒋一谈小说的一大亮点，与此同时，他的小说中呈现出大量的梦境，它们与现实彼此为证共同建构起蒋一谈的短篇小说世界。

于红珍：《文学的“轻”与”重”——余华与莫言饥饿描写比较》，《中国现代文学研究丛刊》2014年第10期

作家卡尔维诺把文学风格划分为轻与重，在呈现食物匮乏时，余华和莫言选择了“轻”与“重”截然不同的表现手法。余华用“轻”消解了匮乏年代的匮乏感，消解了生存给人的逼仄感。莫言以重击重，笔触沉重、凝滞，充满重量和密度，表达一种厚重的直面人生的艺术风格。不同手法的选择取决于作家个体生命体验和创作追求的差异。

商昌宝：《对汪曾祺误读〈边城〉的辨析》，《中国现代文学研究丛刊》2014年第10期

汪曾祺在《读书》1993年第1期撰文《又读〈边城〉》，反思沈从文1949年后的多舛命运，独辟蹊径地将问题引向《边城》发表后遭遇左翼文艺界的批判，并进行了强有力的辩护，引发学界的关注。但是，回到历史现场可以发现，汪曾祺对《边城》发表后的反响存在误读，沈从文及其作品遭受不公正待遇，并非因为创作了远离阶级斗争的《边城》，而是他作为自由派的文艺批评和时事评论。

何浩：《1980年代袁可嘉重返现代主义的思想方式》，《中国现代文学研究丛刊》2014年第10期

袁可嘉在“文革”后的整个1980年代相当活跃。译介西方现代派，编订《九叶集》，重版《论新诗现代化》。但他对西方现代派和中国现代派的态度都非常暧昧。他在1980年代的学术工作并不是毫无障碍地过渡到了新时期文坛，而是处处引发更多的对整个中国现当代文学实践的反思，当然也对新时期文坛的现代派潮流提出了另一种观察视野。本文通过整理袁可嘉这些思考中的复杂纠葛，试图将其思考重置于中国历史实践的内在脉络之中，重新打开关于1940—1980年代文学与现实、自我与历史构成关系的讨论。

罗小凤：《论林庚的自然诗理想》，《中国现代文学研究丛刊》2014年第10期

林庚为规避自由诗的弊病而提倡“自然诗”。自然诗是指韵律自然且内在自由的诗，为保证自然诗之“自然”，林庚以新格律诗的体式为阵地进行实验，却误入新格律诗之“格律”的囿限，导致自然诗理想破产。虽然新格律诗实验失败，自然诗理想破产，但依然给新诗探索者们留下了许多值得深思的问题与值得借鉴的经验。

张学昕：《海外汉学、本土批评与中国当代小说》，《中国现代文学研究丛刊》2014年第10期

海外汉学、本土批评与中国当代小说之间存在着密切关系。如何看待“海外汉学”对中国当代小说理论所产生的重要影响？它的意义和限度何在？如何理解当代汉语小说的异质性？本土批评与海外批评的视差究竟何在？如何面对现实与想象的博弈？在全球语境中，该怎样寻找理解、阐释当下中国文学发展与变化的路径？本文希望借助这几个方面的讨论，对近年中国当代小说研究进行反思，并在此基础上提出当下批评中一些不可忽略的问题。

季进：《作为文本、现象与话语的金庸——从〈纸侠客：金庸与现代武侠小说〉谈起》，《中国现代文学研究丛刊》2014年第10期

本文结合英语世界金庸研究的最新成果《纸侠客：金庸与现代武侠小说》一书，从“作为文本的金庸”、“作为现象的金庸”和“作为话语的金庸”三个方面，反思金庸研究中雅俗文学形态的辩难、文学空间的重构、文学史书写程式的变动等问题，指出金庸作品冲击了既定的文学史框架，带来了学术史本身的位移，也彰显了独特的价值与可能的局限。我们只有对通俗文学与高雅文学的复杂关系作出更为深入的追问，才能真正呈现中国现代文学史众声喧哗的丰富生态。

孙晓娅：《论牛汉20世纪50年代初期的诗歌创作》，《中国现代文学研究丛刊》2014年第9期

20世纪50年代初期，牛汉的诗歌创作体现了特定历史时期的纠结和悖谬，其创作实践和内心情感的波动呈现出矛盾的对立。一方面，他强调坚持作家的创作个性、强调主观精神对生活的投注，力图发挥主体的参与精神，寻找与时代碰撞的切合点；另一方面，他被裹挟在汹涌的政治漩涡中，创作了顺应潮流的“颂歌”，即便是这些符合主流的“颂歌”却又很少被发表出来。考察其50年代初的诗歌创作、通信，可以呈现出一个更为立体的牛汉，可以呈现一些鲜为人知的史料。

李徽昭、李继凯：《论鲁迅与莫言小说中的女性命运》，《中国现代文学研究丛刊》2014年第9期

本文尝试将叙事学与社会学紧密结合起来，对鲁迅与莫言小说中的女性书写进行比较分析。认为鲁、莫作为中国现当代两位杰出作家，先后塑造了诸多值得深思与探究的女性形象；在爱情婚姻家庭、社会生产生活、身体与性表达三方面，鲁、莫深刻书写了男权社会女性的艰难处境与命运状况，不同的是，莫言以多元繁复的长篇叙事形式强调了生命本能的自然释放，他笔下的女性拥有了更多的身体支配权、经济权；鲁、莫笔下的女性命运状态与各自的文学立场、女性观及叙事风格有关，二者以他者化的男性视角，为女性命运发展提供了一种审视路径，也创设了各自具有个性化的叙事方式。

赵学勇、张英芳：《延安时期文学启蒙思潮的历史演变》，《中国现代文学研究丛刊》2014年第9期

文学启蒙作为中国现代文化和革命的动力，一直贯穿了从“五四”到延安时期文学发展的整个过程。与“五四”文学启蒙相比，延安文学启蒙出现了一系列新的变化：启蒙主体由单一的以知识分子为主体转变为大众与知识分子的双重主体；文学对于大众的启蒙由个体性的启蒙转换为一种群体性与阶级性的启蒙；知识分子作为被革命改造的对象，在批判与改造中成为被启蒙的对象，由此完成了知识分子的“有机化”过程。延安时期的文学启蒙是“人”的启蒙与革命启蒙的双重奏，在个体启蒙走向阶级启蒙的过程中，启蒙被启蒙化，启蒙完成了意识形态化的建构。

张卫中：《大陆与台湾“新生代”小说语言比较论》，《中国现代文学研究丛刊》2014年第9期

大陆与台湾新生代作家在文学与语言背景上有许多相近之处，对两者语言的比较不仅有助于加深对两岸作家语言特点的认识，更重要的是，从这种比较中可以把握20世纪后20年汉语作家在语言探索方面的整体脉动。在相同的文学传统（中国古典文学、“五四”以后的新文学）、相似的外部环境（西方现代派后现代派的移植与借鉴）的影响下，大陆与台湾的新生代作家在语言的陌生化、诗化与杂色化方面进行了卓有成效的探索与尝试。

李春雨：《废名小说的文学空间与文化空间》，《中国现代文学研究丛刊》2014年第9期

废名的小说集空灵、大气、悠远于一体，在相当程度上将京派的文化空间与其自身创作的叙事空间融合起来，集中体现了文化与文学的交织与互动。废名小说的一个独特之处，就在于“文化空间”与“文学空间”的交汇与重叠，“文化空间”既是他小说的背景，也融入其作品的内涵之中；而“文学空间”既是他小说的叙事平台，又是其作品给人以想象和联想的跳板。

朱双一：《比较视野下白先勇的文学观和创作理念》，《中国现代文学研究丛刊》2014年第9期

尽管白先勇与陈映真的文学创作理念有所差异乃至对立，却能相互尊重和包容，共同提供了属于当代台湾最优秀创作之列的作品，并延展出多元互补的两大文学脉流，其“不同而合”的经验值得总结。

张中良：《重新认识抗战文学的历史地位》，《中国现代文学研究丛刊》2014年第9期

在现代文学的历史叙述中，抗战文学往往面目模糊，且审美评价偏低。个中原因，有曾经相当长时间里实事求是精神的缺失，也有因袭已久的成见。事实上，抗战时期，作家奔赴前线，对血火交迸的抗战做过大量的真实描写，在艺术上做过大胆而有成效的探索，抗战文学既有英勇无畏的抗战，也有流光溢彩的文学，如此抗战文学，理当在现代文学的历史叙述中拥有重要的一席之地。

秦林芳：《左联机关刊物〈北斗〉中的民族话语——兼谈左联叙事策略调整的内因》，《中国现代文学研究丛刊》2014年第9期

丁玲主编的左联机关刊物《北斗》以东北“九一八事变”和上海“一·二八事变”为焦点，通过刊发理论文字和文学创作，传达出了以民族利益为本的民族话语，显现出了作者和编者的民族立场和民族共同体意识。正是这种与此期左联律令不相谐和的“反帝国主义”的民族话语的出现，昭示了左联此后转变的可能路向，也构成了促使左联调整叙事策略的内发性因素。

贺桂梅：《1940—1960年代革命通俗小说的叙事分析》，《中国现代文学研究丛刊》2014年第8期

1940—1960年间的革命通俗小说，在批判晚清以来的现代通俗文学基础上，主要借鉴古典小说传统，构造出一种叙述革命历史的独特文学类型。它们拥有广泛读者，但并未获得主流的文学史位置。本文力图在长时段历史视野中分析这一文学类型，借此重新思考古典、现代、当代三种文学间的复杂关系。论文将探讨：一、革命通俗小说在当代的历史流脉及命名方式；二、左翼文坛在怎样的历史情境下、出于何种政治诉求开始调用“旧形式”，以构建新的“民族形式”；三、革命通俗小说借鉴的特定古典小说类型英雄传奇，以及抗日战争中形成的现代中国认同，与唐宋转型以来的“中国”意识间的关联；四、“英雄传奇”中的古典英雄与现代的“工农兵”，两种主体想象因何交叠又在何处发生分歧。最后，从历史地理学角度分析“革命中国”与“古典中国”的延续性关系，及其如何影响当代中国/文学建构民族认同的方式。

南帆：《论当代小说中的“傻瓜”形象》，《中国现代文学研究丛刊》2014年第8期

文学史上存在许多著名的傻瓜形象，本文借助《透明的红萝卜》《小鲍庄》《爸爸爸》《尘埃落定》《古炉》五部小说讨论近期出现于中国当代文学的五个傻瓜。异相、弱智、未成年和超现实的异秉四个突出特征是本文对于这些傻瓜形象的总结和分析。本文认为，解读这些傻瓜形象亦即解读社会无意识，进而从某种角度阐释文学想象以及文学灵感的动力。

王昉：《论萧红创作对主流文学话语的反思——从〈生死场〉〈呼兰河传〉到〈红玻璃的故事〉》，《中国现代文学研究丛刊》2014年第8期

《红玻璃的故事》所关注的主题与《生死场》《呼兰河传》颇为一致，都是聚焦东北乡村农民的生存状况与农民的精神改造。将三部小说在此主题上联系起来，可以清晰地解读出萧红对农民生存状态和农民精神改造这一主题的思想转变。从中不难推断出萧红对主流文学话语的态度并非仅仅是陷于矛盾与纠结之中，而是最终走向了对启蒙与左翼文学历史功利性意图的自觉反思。

张细珍：《论作为症候的“梁晓声现象”》，《中国现代文学研究丛刊》2014年第8期

梁晓声的创作基调中不变的是群体本位的道德理想主义内核。一方面，其叙事刻着淳朴的道德纹章；另一方面，直露的理想激情与道德激愤导致叙事伦理与审美形式的单薄。作家的理想激情与审美理性应如何调配、均衡？作者若将理想主义的裂变回旋，以复调的形式植入文本，是否比坚执清明的道德理想主义基调，更能将创作推向精神的高地？作者应如何将自我从群体中剥离，于复调的叙事中反观主体性，建构自己的切入个体与历史内核的叙事体例？这是梁晓声创作的症候所在。

韩松刚：《现实的“表情”——论范小青新世纪以来的小说写作》，《中国现代文学研究丛刊》2014年第8期

范小青对于“现实”的观察和体验，为这个时代留下了诸多现实的“表情”，而她对于现实的处理，从来都不是赤裸裸的枯燥呈现和怒目指责，而是恪守着小说最基本的表现美学。在她的笔下，一方面坚持着自己以往创作中的艺术准则和价值立场，另一方面也在新的“现实”境遇中，不断自我突破，自我超越，在不断变换的叙事策略中凸显当代小说多彩的魅力和复杂的人性面貌。

项静：《方言、生命与韵致——读金宇澄〈繁花〉》，《中国现代文学研究丛刊》2014年第8期

本文梳理了《繁花》所属的吴方言写作的历史传统，结合上海文学写作的其他情状，归纳出《繁花》写作的历史文化背景和叙事方式转变的动力。小说对日常生活的从容还原，潜伏的先锋精神和对抗陈词滥调的立场，确立了方言文学自足性的最高要求；小说对1970年代末期到1990年代上海生活和“生命”的无限尊崇，以吃吃谈谈的讲故事方式，充实和丰富了上海都市生活的实感经验。

陆建德：《母亲、女校长、问罪学——关于杨荫榆事件的再思考》，《中国现代文学研究丛刊》2014年第8期

杨荫榆早年抗拒包办婚姻，毅然离开夫家，走上读书教书之路，取得经济上的独立，并没有如鲁迅在《娜拉走后怎样》一文所言，“不是堕落，就是回来”。这位转型期社会的娜拉出任北京女子师范大学校长后整饬学风，引起少数激进学生反对，以李石曾、易培基为代表的国民党势力乘机卷入，成功将她驱逐。长期以来，一种黑白分明的思维模式将杨荫榆判定在恶人、反动派的位置上，用以反衬好人、革命派。本文试图结合许广平的童年心理创伤分析她“驱杨”的复杂动机，并从她各种回忆性文字梳理杨荫榆的“罪状”，指出有的政治性指责（如阻止学生纪念孙中山）不尽合逻辑，似难采信。文章的结论是杨荫榆治校并无严重过失，今年是她诞辰一百三十周年，中国的文化界、教育界应该为她恢复名誉。

熊辉：《论抗战大后方翻译文学的特征》，《中国现代文学研究丛刊》2014年第7期

抗战时期，中国翻译文学有了长足发展，其中大后方翻译文学成就最高，不仅承担起抗战救国的时代使命，而且在后方复杂的社会矛盾中播撒了革命理念；大后方翻译文学带有地域文化色彩，也体现出对审美性的坚守，从而在多元化的抗战文化语境中呈现出鲜明的特征。

卢付林：《〈黑奴吁天录〉：春柳社与中国话剧的孕育》，《中国现代文学研究丛刊》2014年第7期

作为孕育中国话剧体式标志之一的《黑奴吁天录》，是春柳社在日本东京演出的第一个拥有完整剧本的剧目。该剧的文字剧本至今未发现。本文从日本早稻田大学演剧博物馆找到该剧演出的节目单，对其中详细介绍的情节人物作分析，以呈现该剧运用话剧形式对小说的改编，并对当时演出的状况一并分析，从一侧面观察初始期的中国话剧之面目。

张睿睿：《1930年代上海的英文期刊环境与林语堂的创作转型》，《中国现代文学研究丛刊》2014年第7期

民国时期，不少中国知识分子在上海投身英文期刊的创办，带动并形成了新的中外交流的公共空间。其代表人物林语堂，在跨语际的书写实践中开拓了新的发展空间，如运用词语的“以中化美”和行文隐喻等。这种创作转型，代表了同时代知识分子希冀重建中华文化认同感的复杂心态。

刘勇：《关于文学编年史现象的思考》，《中国现代文学研究丛刊》2014年第7期

当下比较集中地出现了现当代文学编年史的写作，这写作是文学史研究的发展与延伸，又是一种新的现象。文学编年史不仅是时间为经、事件为纬的编年叙事，它更有自身独特的时间意义、细节价值和逻辑力量。文学编年史的出现是为了更好地还原文学发生、发展的原始景象和历史脉络，更好地揭示出一个较以往文学史更为广阔、丰富、复杂的文学图景，同时也是更好地展现文学史叙述的多种可能性。

段从学：《〈呼兰河传〉的“写法”与“主题”》，《中国现代文学研究丛刊》2014年第7期

《呼兰河传》之所以“不像小说”，根源在于萧红不是用时间性叙事艺术“写出”，而是用空间性的绘画艺术为元话语“画出”了这部小说。这种空间性的元话语，不仅造成了小说明暗并置的色块结构，而且暗中消解了现代性线性时间神话，造成了萧红对“改造国民性”主题的反思，把《呼兰河传》与抗战时期的民族生存意识联结成了亲密整体。

丁晓萍、王伊薇：《说书人之声：论〈果园城记〉的叙事方法与叙事意图》，《中国现代文学研究丛刊》2014年第7期

《果园城记》是师陀的代表作，其中刻画的“独一无二”的小城形象也成为中国现代文学史上的经典。这部小说的独特性，不在于京派文学常见的乡土中国的描写，而是来自师陀个性化的文体形式与叙事手段。本文通过分析“说书人”的叙事声音，从西方叙事学和中国叙事传统的角度切入，考察《果园城记》的叙事方法与叙事意图之联系，从而重新认识其在中国现代文学史上的地位。

魏简、潘律：《民主现代主义：再探二十世纪早期中国与欧洲小说之政治》，《中国现代文学研究丛刊》2014年第6期

本文试图为有关中国现代主义的讨论带来一种新的视角，并借此对现代主义这一概念本身进行反思。文章没有将欧洲的“极盛现代主义”与由启蒙运动和十九世纪文学现实主义来定义的二十世纪早期的中国文学对立起来，而是将鲁迅看作是一位现代主义作家，并且用比较的方法来强调他与欧洲现代主义的共通之处。通过将《阿Q正传》与布莱希特的《四川好人》、卡夫卡的《中国长城建造时》进行比较，本文认为上述作家都将某种对民主的特殊理解视为定义现代性的特征。这种对民主和现代性的理解方式转化成为一种民主的语言交际框架，在此框架下，道德的规范和历史的规律遭到了破坏和质疑，并在文学作品的内部留下了一个“空虚的场所”，而这个场所恰恰与现代民主内部的空洞遥相呼应。

陈晓明：《当代文学批评的政治激进化——试论姚文元的批评方法》，《中国现代文学研究丛刊》2014年第6期

1949年后的中国当代文学批评经历了激烈的政治运动，在文学批评的政治化的路径上，姚文元应运而生，他从批判胡风起家，在“文革”中大行其道。对姚文元的清理也是梳理出一条中国文学批评走过的政治激进化的路线图。姚文元的批评锋芒毕露，咄咄逼人，归结起来有一套程式化的路数，其本质就是打棍子扣帽子，置被批评对象于死地。

王金胜：《论“新时期”初期小说的“人民”话语》，《中国现代文学研究丛刊》2014年第6期

与1950—1970年相比，“新时期”初期小说塑造的“人”的形象更具个性和丰富性。但它也未能超越“新时期”主流话语确立的“人民”叙述法则，在叙事中存在着将“人民”本质化、神秘化、道德化的倾向，“人”也未复原为特殊的、经验化的个体，并表现出叙事立场上的暧昧与游移。如何穿越人民话语的僵硬规范，使“人民”真正成为文学的有效精神资源，是“新时期”启蒙叙事的认同困境所在。

魏安娜、王晶晶：《余华，追忆与“文革”》，《中国现代文学研究丛刊》2014年第6期

本文以余华的长篇小说《在细雨中呼喊》的创作，以及著名批评家陈晓明对该作品相隔15年的两次评论为个案，讨论文学如何处理记忆与“文革”的关系，以及围绕“文革”所形成的集体记忆和个人记忆之间的互动关系。作者认为，《在细雨中呼喊》是最早的一部赋予个人记忆以权利，全方位表达关于“文革”的个人记忆的长篇小说；而陈晓明在不同的社会、精神氛围的语境下对余华小说所作的第二次阐释，正表明十多年来中国社会所经历的根本性变革，其中最重要的一点即为复杂而深刻的个人化进程。

符鹏：《阶级想象的危机与底层话语的困境——重读小说〈那儿〉》，《中国现代文学研究丛刊》2014年第6期

底层话语早已被研究者视为当代文学批评不可或缺的观念视野，但深究起来，这种话语乃是一个并未被充分理论化的概念系统。事实上，这种话语实践的困境早就潜藏在其文学起源——小说《那儿》之中。在这篇小说中，曹征路无力对工人阶级底层化的命运做出真正的历史分析，缺乏节制的现实愤怒和偏于一隅的历史判断，都限制了他对于主人公反抗意识的构造，劳动尊严的呈现以及身份政治的透视，由此陷入阶级想象的危机之中。而要再造底层话语的阶级意识，就必须重新审视底层在市场社会中特定的身心状态，并由此回到当代社会主义实践转折的历史脉络，寻求重塑其理论想象的话语空间。

徐勇：《“改革”意识形态的起源及其困境——对〈乔厂长上任记〉争论的考察》，《中国现代文学研究丛刊》2014年第6期

《乔厂长上任记》在1979年发表后曾引起相当广泛的争论；在这场争论中，与其说是蒋子龙及其肯定方的胜利，毋宁说是“改革”及“四个现代化”这一时代意识形态的胜利；争论的双方对造成小说描写的“文革”后混乱局面原因的不同理解，决定了他们对小说的不同态度，而肯定方那种把各种问题及矛盾的解决寄托于“改革”及现代化的做法，也存在简化甚至遮蔽矛盾的倾向。“改革”和现代化发现或制造出问题，又只能在“改革”和现代化（经济和政治层面）的框架内进行解决，改革和现代化的悖论已然明显。

张立群：《“午后”的写作及其辩证综合——李洱小说论》，《中国现代文学研究丛刊》2014年第6期

为了整体呈现李洱小说的特质，本文采取综论的形式，依次阐释李洱小说的写作立场，以知识分子为主要的人物形象，以反讽为突出特征的叙事策略和“综合”式的发展走势，最后以“诗性”回应李洱小说的“难度”，形成开放式的研究特点。李洱小说的历史构成、艺术的独特性和丰富性也在此过程中得到集中的展现。

曹霞：《如何“传统”，怎样“民间”——论批评家对莫言写作资源的发现与命名》，《中国现代文学研究丛刊》2014年第6期

在莫言不断变化和创新的写作过程中，批评家对于其写作资源的发现和命名起到了重要的“提炼”与“形塑”作用，这有助于作家创作观念和写作状态的自我调整。批评家注意到莫言对于“文学传统”的继承与化合，肯定其学习西方的形式创新和对于民族古典艺术的创造性吸纳；批评家提炼的“民间”概念激活了莫言内在的文学资源，使其进入“民间”美学的自觉阶段，还原为传统“说书人”的角色，为理解作家打开了面向大地、民族、本土等视域的广阔维度。

杨会、王丽文：《论〈带灯〉的艺术张力》，《中国现代文学研究丛刊》2014年第6期

贾平凹新近出版的小说《带灯》是一部充满了矛盾与冲突的作品，多种元素在作品中形成对立与反差，使小说充盈着丰富的艺术张力。在内容方面，小说塑造了背负多重身份的农村基层干部群像，在“中间夹层”中的生存状态使其充满了多维张力；作为知识分子的带灯与农村环境存在着隔膜，热情与冷漠、呼唤与沉默、孤傲执着与入乡随俗之间的紧张关系建构了反差式张力。在文体结构方面，小说文体与散文文体的交叉、纪实性语体与虚构性语体的杂糅、书面用语与乡间口语的并用使作品极富艺术弹性。

张勐：《“一个知识分子的道路”——建国初期思想改造对〈工作着是美丽的〉主题之规约》，《中国现代文学研究丛刊》2014年第6期

《工作着是美丽的》作为在思想改造运动之前，便率先将写“一个知识分子的道路”的歧趋修远、上下求索主题，改写成走“思想改造”必由之途的长篇小说，别具文学史意义与政治意义。它奠定了此后知识分子“思想改造”主题小说的基本叙事雏型；而身为留法文学博士的作者长于小说修辞学、拙于政治修辞学的局限，无意中倒使作品保留了部分未经政治整容的原生态的价值。

刘嘉：《论新世纪以来铁凝短篇小说的叙事伦理》，《中国现代文学研究丛刊》2014年第6期

新世纪以来，铁凝的短篇小说叙事中增加了对现实中残酷和绝望的描写，将恶与个人的生存命运相对应，保持着对人的存在经验的人文关照。其叙事伦理呈现出三大特征，即坚持对人性的关怀和悲悯，强调叙事的道德诉求，面向恶的现实却执着地寻找善与希望。

许若文：《论铁凝小说〈大浴女〉中的绘画要素》，《中国现代文学研究丛刊》2014年第6期

铁凝在其小说《大浴女》中，借助巴尔蒂斯的具象画风，通过肖像描绘塑造人物，揭示了女主人公乃至女性自身追求原初欢乐的生命主题。本文从铁凝对巴尔蒂斯的解读与运用出发，阐述其在小说叙事手法上对巴尔蒂斯画法的借鉴与超越，并揭示其最后向塞尚回归的文本意义，与这种意义所传达和建构的铁凝小说的整体美学追求。

于京一：《慌乱的野心——评苏童的长篇新作〈黄雀记〉》，《中国现代文学研究丛刊》2014年第6期

苏童的新作《黄雀记》，无论在题材、风格还是结构上都呈示着改变的宏大野心。但是实现野心的路途却布满荆棘，小说在突围的尴尬中暴露出主体沉沦、叙述破裂和意蕴纷扰的种种弊病，陷入一片慌乱之中。

杨光祖：《修辞并不是一个简单的技巧问题——评长篇小说〈带灯〉》，《中国现代文学研究丛刊》2014年第6期

小说靠细节说话。我们知道小说是虚构的，但虚构的小说为什么会获得艺术的真实？关键就是细节的真实。贾平凹长篇小说《带灯》里却很少真实、生动的细节，因此，我们感觉女主人公带灯与那个小镇总是那么虚幻，不真实。作品没有“揭示出事物本身的内容”，充满“任意性”。

杨劼：《白璧德思想的“中国化”转换及其意义》，《中国现代文学研究丛刊》2014年第6期

白璧德的中国弟子不仅受到白璧德的深刻影响，而且基于中国的文化语境和问题对其思想进行了“中国化”的转换，具有多方面的意义。吴宓着重于对白璧德的道德宗教思想进行转换，梅光迪注重自由的自主性，梁实秋则强调理性的作用。转换过的白璧德思想呈现出多面向、多维度的特征。他们的“中国化”的转换体现了中国学人对中国“重新定向”的探索，以及五四学人思想的一致性、相通性和互补性，这将有助于凝聚五四学人的思想共识，对当下的中国文化建设具有重要的参考价值。

韩琛：《入戏的观众：鲁迅与现代东亚新视界》，《中国现代文学研究丛刊》2014年第5期

作为中国现代叙事缘起的政治寓言，“幻灯片事件”折射出现代东亚新视/世界中层叠的权力关系，反映了现代中国作为错位于古/今、中/西间的“铁屋子”，为三重“帝国之眼”所透视：本土专制主义、日本次帝国主义以及西方殖民主义。从“幻灯片事件”到“铁屋子的寓言”的叙事转换中，鲁迅在客观论述启蒙现代性项目的合历史性的同时，又质疑其内在的殖民暴力、历史压抑与霸权倾向，从而超越了进步与落后、现代与传统、观看与被看的二元思维模式。鲁迅既情非得已、厕身于一个追求现代性的历史大戏剧之中，又出乎其外，并不断发出挑战的噪声，终而将历史演员与观众的角色集于一身，成为一名“入戏的观众”。

刘卫东：《论杨沫的“晚年写作”》，《中国现代文学研究丛刊》2014年第5期

杨沫在《英华之歌》写出了林道静的“另一种”人生状态，已属对《青春之歌》的批判和纠正，但对林道静知识分子改造道路缄口不语，可见其反思并不彻底。杨沫通过刘亚光事件再次与知识分子问题“结缘”，却依然在“时代要求—认真配合”的怪圈里逡巡。杨沫修改日记是“修改后遗症”作祟。

孙绍振：《“凤凰涅槃”：一个经典话语丰富内涵的建构历程》，《中国现代文学研究丛刊》2014年第5期

本文就中国现代文学中的一个具有发生学意义的经典意象“凤凰涅槃”展开分析，梳理了这个意象被建构的话语谱系，揭示出中国现代新诗如何处理词与物的关系，使诗的语言得以丰富和富有表现力。本文通过此一经典话语生成的分析，揭示中国现代文学源起时与西方思潮影响的关系，以及新诗自身创造的生动过程。

王毅：《后现代语境下的小说写作与诠释——以苏童〈米〉的细节败笔为例》，《中国现代文学研究丛刊》2014年第5期

当代作家苏童重要代表作之一的《米》一直被视为当代小说经典，但细读文本会发现，不管是人物塑形，还是情节设置与文本的内在连贯性等方面看，它与经典都还有相当远的距离。如何消化中国传统与西方文学文化资源，并最终形成自己的独立风格，依然是挡在不少当代作家包括苏童面前的难题。

郭艳：《告别“在场的缺席者”——略论徐则臣小说》，《中国现代文学研究丛刊》2014年第5期

徐则臣的文学表达真诚而朴素，在一个常识阙如的时代，回归常识无疑意味着智识的健全，朴素表达则更现文学的勇气。他摹写了一个个徒步的肉身和灵魂在城市生存中庸常而无奈，却能够在精神焦虑中叩问“我是谁”，并且在日益坍塌的伦理文化困境中艰难地重构自身现代个体的文化身份与合法性。

姚斯青：《十年旧铁铸新剑：田汉对“白蛇传”改编的研究》，《中国现代文学研究丛刊》2014年第5期

本文以田汉的“白蛇传”改编为研究对象，首先通过考察田汉40至50年代创作的四个“白蛇传”版本的诞生过程，试图还原具体的历史语境变化与其不同阶段的修改方向之间的联系。然后通过考察1950年的《金钵记》与1954年的定本《白蛇传》之间的删减与增加部分，来揭示田汉不断修改的基本方向是爱情的不断纯粹化。改编的最后效果是彻底地驱逐了“白蛇传”旧故事中掺杂的“恩义”、“孝道”等旧伦理，同时构筑出高度纯粹化的自由恋爱与反压迫之彻底性之间的联系。

乔以钢：《文学领域的性别研究实践：2006—2010》，《中国现代文学研究丛刊》2014年第5期

2006年到2010年，女性文学研究呈现出学术转型的态势。“性别”作为文学阐释的有效范畴之一，运用于女性创作以及更多的文学领域，有关文学与性别关系的探讨取得新的收获。研究者在借鉴西方性别理论和女性主义批评时，更倾向于客观理性，结合中华民族文学的实际进行具体分析；与此同时，显示出较强的理论反思能力。

李珂玮：《再论1980年代“寻根文学”的缘起》，《中国现代文学研究丛刊》2014年第5期

“寻根文学”具有独特的文化底蕴，这与其产生的背景休戚相关。首先，“文革”后中国告别了“文化禁语”时代，“文化热”蔚然成风，催生了文学领域中的“寻根”思潮。其次，在全球化/现代化语境下，中国知识分子产生了文化身份认同的焦虑，通过“寻根文学”倾注了对传统文化、民族命运的忧思。第三，80年代“知青”返城，“知青”作家游走于农村与城市的特殊经历为“寻根文学”提供了独特的写作视角。

董丽敏：《“现代”知识生产的另类途径——论早期商务印书馆的古籍整理》，《中国现代文学研究丛刊》2014年第5期

在晚清以来“中学”日益衰微的语境中，商务印书馆以古籍保存与传播为手段，有效地介入到了近现代知识生产的转型过程中。通过建立涵芬楼——东方图书馆这一古籍公共平台，商务探索了不同于以往精英知识分子以维持文化世家文化资本为目标的自我封闭式的知识生产路径，推动了大众普及型的现代知识生产成为可能。而对“地方志”这一长期游离在正统藏书体系之外的古籍产品的高度重视，暗含了商务对于“乡土”及建立在“乡土”之上的“民族国家”的真切关怀。通过《四部丛刊》的影印出版，商务将“摄影”这一现代技术与旧时藏书家网络相结合，探索了在新技术条件下古籍珍本善本保存的新空间。

程光炜：《张承志与鲁迅和〈史记〉》，《中国现代文学研究丛刊》2014年第4期

作家的读书里面有一个他自己的“阅读书目”。这种阅读形成了他与许多经典作家和典籍的历史性相遇。这种相遇有的时候是擦肩而过的，有的时候则激活作家内心世界中某些相对应的部分，其中一些后来被培育发展成他重要的心灵生活、修养和文章风格。本文想在张承志读鲁迅和《史记》的材料中，寻找与他九十年代前后思想和文学相匹配的因素，以期有一些发现和悟得。

李宪瑜：《自我陈述与中国想象——凌叔华、韩素音、张爱玲的“自传体小说”》，《中国现代文学研究丛刊》2014年第4期

凌叔华、韩素音、张爱玲三位女作家的自传作品，因为关联着去国怀乡、英文写作、东方主义、女性情感、“新中国”、“旧中国”、1950年代的冷战格局及此一格局下西方社会不同层面的“中国想象”，无疑具有了复杂多样的文本性质，存在多重阐释的语义空间。本文将三部自传并置，仅从其中作者自我陈述的策略，与异国接受者彼时的“中国想象”机制间的离合，呈现那一特定情势下的情感政治与文化认同。

梅兰：《思与感伤：韩少功小说论》，《中国现代文学研究丛刊》2014年第4期

本文对韩少功自20世纪70年代末以来的小说创作进行了总体研究，认为他的小说围绕对现实的关注经历了理想之痛、人的失落、人言象义、现实之殇等四个阶段，其一以贯之的特点是思的批判与感伤风格。

张冀：《论〈太阳照在桑干河上〉的土改镜像与叙事困境》，《中国现代文学研究丛刊》2014年第4期

丁玲代表作《太阳照在桑干河上》，以亲历历史的情绪体验，客观呈现当时中国农村乡绅威权的骤然消解与阶级社会对于宗法社会的重构进程，着意刻画贫苦农民从忐忑观望到火爆武斗“地主”的群情激变，与时俱进地完成了对土地改革的镜像图解和对暴力复仇的思想认同。小说因其社会主义现实主义的尝试写作，吊诡地引发出“党的文学”对于“人的文学”的叙事困境。

李雪：《1972年的文学期刊》，《中国现代文学研究丛刊》2014年第4期

1972年一定程度上结束了“文革”以来独尊样板戏的时代，开始恢复到各种文学形式并存的相对平稳的创作时期，尤其以文艺期刊为载体开始了对短篇小说写作的有效探索，出现了属于1970年代的标志性作品和可供借鉴的样板小说。本文整理了1972年的文学期刊，重点考察了其中的短篇小说，以相关文献为基础描述了1972年的文学现场，并分析了这一年文学得以“复苏”的原因。

范玉刚：《当下文学期刊的产业发展现状》，《中国现代文学研究丛刊》2014年第4期

通常文学研究从文学观念和文学形态出发，往往忽略文学存在的主要载体——文学期刊，而期刊的境遇恰恰直接关乎文学的现实存在，其结果必然影响文学观念、研究范式的转变，从而影响到文艺学的学科重构。文学期刊的市场运作存在三种类型，在文化产业日益成为国民经济支柱产业的当下，文学市场维度的凸显和经济效益的实现离不开期刊的产业运作。文学期刊基于内容实现产业延伸并嵌入文化产业链，其经济效益和社会效益的实现提升了刊物的品牌价值。

刘莹：《文学传媒与当下中短篇小说创作》，《中国现代文学研究丛刊》2014年第4期

中短篇小说曾占据中国当代文学重要位置，一大批著名作家依靠中短篇小说创作走入文坛，为人熟知。随着文学期刊的衰落以及文学创作长篇化趋向的加剧，中短篇小说逐渐不受重视。选刊趣味、复制写作、类型化书写严重影响了中短篇小说审美品格的多元化发展；发表和出版空间的萎缩则进一步恶化了中短篇小说的生存。进入新世纪，新生代期刊和新兴媒介给中短篇小说创作者提供了更为自由和宽阔的发展渠道，传统文学期刊和文学出版做出相应调整，跨媒体之间的交流和融合日益明显。

邱焕星：《“鲁迅学术史”考辨》，《中国现代文学研究丛刊》2014年第4期

既往的鲁迅学术史研究局限于“辨章学术，考镜源流”的传统认识，进行一种“研究综述”式的内部梳理，陷入了“以鲁迅为本体”的符合论误区，变成了一种依附性的边缘研究。而库恩对”研究共同体”的发现和对研究主体性的强调，凸显了“学术史”作为研究者的“探索史”的独立价值，从而提供了学术史独立的理论支撑。学术史的研究体系，应由内部的认识论考察、外部的社会互动考察和学术变迁考察三部分构成，其核心是围绕着“研究共同体”进行一种“知识社会学”的研究，尤其是考察“研究范式”的形成和嬗变。

刘长华：《“五四”乡土文学中的“冠婚丧祭”叙事》，《中国现代文学研究丛刊》2014年第4期

“冠婚丧祭”叙事是“五四”前后中国乡土文学中重要的艺术景观，从中所传达的价值趋向看似费人索解。此“景观”的核心义旨是“原礼”，即以回归“人鬼（神）沟通”的敬畏和自由反证着“人际整合”的秩序森严；以“慈母吊子”的人情表达解构着“父尊子孝”的人伦孝悌理念；以“显灵”的生活化仪轨还原着“示圣”的政教性仪制；以礼尊生命的神性反抗着尊崇文化之威权。这种聚焦性地基于“冠婚丧祭”叙事，凸显了既出于集体无意识又带有自觉地以“俗”释“礼”、以“俗”正“礼”的文化理路，并试图从“生命意识的觉醒”角度改写“礼失而求诸野”的文化流脉和精神诉求，表达将“世俗”与“宗教”相容的人文建构意向，是值得深入探讨的存在。

肖进：《〈子夜〉的删节本和翻印本》，《中国现代文学研究丛刊》2014年第4期

由于特殊的时代和环境影响，《子夜》的版本流变复杂多样，不仅存在两个初版本，而且还有删节本和翻印本。在这些版本中，讨论和关注最多的是初版本，迄今仍然存疑的则是删节本和翻印本。本文通过梳理前人对《子夜》版本的研究，在吸收相关研究成果的同时，依据最新发现的史料和新旧材料的对比求证，对删节本和翻印本进行进一步的考证：首先，根据开明书店编辑徐调孚的佐证文章，求证删节本的版次和时间；其次，通过对救国出版社与《救国报》（后改名为《救国时报》）的史实关系探析，揭开翻印本的生产过程。同时指出，删节本和翻印本并不仅仅是版本的变迁问题，其背后体现的是国共两党在政治文化宣传上的角力和斗争。

左轶凡：《作为青春读物的〈新青年〉及其叙述策略》，《中国现代文学研究丛刊》2014年第4期

作为一份公开发行、以青年学生及社会青年为预设读者的杂志，《新青年》重要的特征即本文所总结的“狩猎偶像”。偶像是《新青年》刻意采用的叙述策略，它是是非的具体化，让人不致在布满迷雾的中间地带徘徊；它是理想的具体化，让青年的追求有了目标；它是罪孽的具体化，让革命的进攻有了靶子。《新青年》不仅成功地为一代中国青年猎取了偶像，为他们的求知之欲、自强之心、报国之志找到了合适的寄托与实践的出路，将自身打造成一个国家的历史传奇、无数青年的文化偶像。

李书磊：《作为异文化体验的“梁启超游美”——重读〈新大陆游记〉》，《中国现代文学研究丛刊》2014年第3期

本文通过对《新大陆游记》的重新解读，探寻一百多年前梁启超游美之旅的异文化体验，认为游记的书写本身是对当时西方、东方之间“观察”与“被观察”的文化权力格局的冲破。他的“美国书写”可看作是一次文化行动，显示了甲午之后中国“士人”“文化自恨”之中的“自强”之气。梁启超作为一个中国“士人”对美国怀有浓厚的兴趣，而他对美国的许多发现、判断又超出了中国的利害本身，成为对美国相当客观的认识和相当准确的预言。

李广益：《“黄种”与晚清中国的乌托邦想象》，《中国现代文学研究丛刊》2014年第3期

在晚清思想史和文学史上，乌托邦是重要的文化现象。这一时期，相当一部分乌托邦想象具有强烈的种族意识，指向以重构种族等级为核心的新世界秩序，反映了该时期中国思想的独特风貌。本文在梳理“黄种”和“黄祸”观念源流的基础上，根据晚清乌托邦作品中世界秩序构想的不同性质，将其分为四种不同类型，并结合具体文本探讨其思想探索的得失。

陈越：《中国现代诗学中的“肌理说”》，《中国现代文学研究丛刊》2014年第3期

清代学者翁方纲为救正“神韵”、“格调”的弊端，提出了“肌理说”。在中国现代诗学理论建设和批评实践发展的过程中，这一诗学概念经与来自西方诗学的texture概念相互对照，被赋予了新的诗学意义，而引发了不少研究者的关注和探讨。本文在简要介绍有关texture的定义、特别是罗伯特·格雷夫斯有关texture的论述，以及梳理和分析翁方纲“肌理说”的生成原因、基本内涵以及影响所及而产生的流弊的基础上，对以钱锺书、邢光祖、邵洵美为代表的中国现代诗人、学者有关“肌理”的论说以及由此所进行的诗歌细读的特点及意义加以阐述，以期经由比较的视野和历史的回顾，能够为当代诗学的发展提供有益借鉴。

吕东亮：《建国初新诗形式讨论中的“传统”问题》，《中国现代文学研究丛刊》2014年第3期

建国初的新诗评论主要集中在形式探讨方面。“传统”这一在既往新诗批评史里不大受人关注的话题在讨论中引起重视，释放出了重整诗界的信号，也体现了新诗内外各方力量对未来诗歌形态建构权的争夺。在讨论中，五四新诗传统的权威遭到严重质疑，古典诗歌的传统开始具有正统的意味。表现在诗歌形式探索方面，就是新诗的格律化成为讨论中的强势话语，用古典诗词的经验去改造新诗也成为一个引人注目的形式建设的途径，而以自由化为主要体现的新诗形式传统在这样的思潮中趋于衰歇，至于后来的新民歌运动也由此获得了发生动力。

王泽龙、钱韧韧：《现代汉语虚词与胡适的新诗体“尝试”》，《中国现代文学研究丛刊》2014年第3期

胡适《尝试集》开启了诗体的解放。这种解放与现代汉语虚词入诗有密切关系。《尝试集》大量地采用现代汉语虚词入诗，改变了古代诗歌固有的语言组合规则，促成了汉语诗歌表意语法体系和思维模式的转变。现代汉语虚词入诗也是胡适“作诗如作文”新诗实践的一个重要途径，使过去整饬有序、节奏分明的句式松动变形，影响了新诗体式的形成；同时较大程度上改变了古诗的语音节奏、声调韵律，对现代诗歌的音节建构有重要作用，有力促进了新诗诗体的转变。

孟庆澍：《自我教育——〈夜火车〉与“70后”的成长叙事》，《中国现代文学研究丛刊》2014年第3期

《夜火车》对于徐则臣来说具有特殊的精神史意义。在他成为一个技艺娴熟的新生代作家的今天，隐含在文本中的、曾化身为不同主人公反复在场的小说家形象，变得日益重要起来。这部带有自传色彩的小说隐藏着“70后”一代作家典型的成长叙事，而这种叙事模式是需要被反思和突破的。真正的理想主义不是出走和逃离，而是于此在世界的坚持和力行改造。自我与世界、此在与彼在的关系，应该得到更为丰富的理解和表达。“70后”的成长叙事必须以自我克服、自我教育和自我拯救为核心，只有克服自身的缺陷，“70后”一代作家才可以学会沉静地面对现实世界，真正长大成人。

程小强：《“十七年”文学的“性叙事”——以〈南河春晓〉为中心》，《中国现代文学研究丛刊》2014年第3期

“十七年”文学中的“性叙事”，从维熙的《南河春晓》最具代表性。该书对正面女青年朱兰子的“性叙事”以暗示为主；在反面女性麻玉珍身上，带有色情味的性描写与道德化的批判同步展开；在另一位反面女性秋霜身上，“颓加荡”的性行为和“十七年”时期政治意识形态相互纠葛。在“十七年”文学政治规训凸显的时代，《南河春晓》之越界的“性叙事”达到了那时的文学在这一领域的极限。

李今：《伍光建对〈简爱〉的通俗化改写》，《中国现代文学研究丛刊》2014年第2期

本文通过对读与辨析伍光建翻译《简爱》的汉译本《孤女飘零记》之于原文本的缺失和改写，集中探讨了译者对于自然风景和人物描写的“节缩”是否如茅盾所说，能将“原作全本的精神和面目是完全保存着”的问题。文章认为，《简爱》深得《圣经》“比喻叙事”的精髓，其“自然风景”不仅隐喻神国，也隐喻小说人物及其命运。《简爱》以自传体形式叙说的不仅仅是一个爱情故事，更是“上帝之爱”的故事。简爱的生活历程与天路历程是其贯穿始终的双重结构和主题。从而使《简爱》一向被忽略的宗教精神内涵得以彰显，由此为中国现代文学与汉译文学研究，提供了一个澄明经典化与通俗化翻译之根本区别的个案，以及有待开掘的通俗文学研究的一个新领域。

陈建华：《周瘦鹃“影戏小说”与民国初期文学新景观》，《中国现代文学研究丛刊》2014年第2期

在民国初期周瘦鹃发表了十余篇“影戏小说”，大多是早期欧美经典影片的忠实转译，这对于认识中国文学与视觉现代性的形成都有不可忽视的意义。本文通过“新女性”形象、“震撼”的美感经验与抒情语言表述等方面的分析，揭示出这些影戏小说如何游走于文字与图像、伦理与美学、文言与白话之间，给我们认识文学现代性的历史形成提供了一个色彩斑驳的复杂截面，也展示了传统如何走向现代的历史轨迹。

贺绍俊：《被压抑的浪漫主义——重读周立波〈山乡巨变〉》，《中国现代文学研究丛刊》2014年第2期

浪漫主义在革命文学成为主流之后要么遭到批判和否定，要么制造出一种虚假的浪漫主义，一种没有作家主体位置的、掩盖现实矛盾的、空洞的理想内涵的浪漫主义。因此真正的浪漫主义始终处于被边缘化或被压抑的状态之中。但作家内心被压抑的浪漫主义总会伺机表现出来，周立波就是典型的一例。周立波是一位具有较强的浪漫主义气质的作家，他写《山乡巨变》时，浪漫主义得到了谨慎的释放。主要体现在：其一，日常生活情趣；其二，爱情的抒情化；其三，乌托邦的怀想。

蒋晖：《〈沉沦〉里的四次“偷听”与五四主体性问题》，《中国现代文学研究丛刊》2014年第2期

“偷听”是一个在现代文学里发生的文学事件，它的政治性一直没有得到认真分析。本文将之解释为现代主体的一个特殊的姿态，一个排除集体经验以获取自我绝对性的行为，一个无事件性的事件，一个虚构的崇高历史主体的政治无意识。并以《沉沦》为个案对其中的四次偷听事件作出批判性研究，以部分地解释五四以来的浪漫主义源流中的绝对个人概念和相关的文学形式。

岳雯：《抒情的乌托邦——重读〈从森林里来的孩子〉》，《中国现代文学研究丛刊》2014年第2期

在《从森林里来的孩子》中，张洁以一种抒情的笔调，表现了对未来美好生活的追求和向往。通过考察这篇小说中的抒情话语，可以发现过去—未来时间维度的构建、森林—北京空间维度的并置以及清新细腻的语言风格，共同完成了对乌托邦的想象。这一想象也为强大的意识形态力量所裹挟，失之于缺乏深度与自我意识。

易晖：《“革命的第二天”——十七年合作化小说中的乡村治理》，《中国现代文学研究丛刊》2014年第2期

合作化小说是十七年文学的一大类型，它以强烈的历史理念、变革意识和未来信念揭示合作化的正义性与必然性，书写运动中的新人物、新气象，但客观上也展现了合作化运动各方面的矛盾冲突。本文意在深入到合作化的历史语境及社会主义革命的内在逻辑，阐述这些矛盾既表现为中国农民从生产方式、生活方式到个体身份、私有观念的艰难转换，也来自合作化这一新型共同体不断发展、跃进过程中所产生的制度弊病和治理困境。对此，合作化小说借助观念的、主流意识形态的力量，尽力提供一种“不断革命”的想象性解决，描绘出一场不断由经济—社会共同体向政治与意识形态共同体偏移的合作化运动。

张元珂：《论左联书刊的出版策略与传播效果》，《中国现代文学研究丛刊》2014年第2期

左联所处环境的险恶及生存的艰难直接决定了文章发表、图书出版、期刊运营的非常态特征。本文从这三方面，详细考察了左联为应对国民党文化专制统治而采取的相应策略及其达到的传播效果，以此呈现其在整个文学活动中的另一种风景，为读者、研究者提供进入1930年代左翼文学现场的另一条路径。

胡星亮：《论张晓风的话剧创作》，《中国现代文学研究丛刊》2014年第2期

将宗教信仰渗透于审美沉思是张晓风戏剧的本质特色。张晓风是为宗教传道而开始话剧创作的，但她很快地就能超越宗教，以其社会人生的深沉思考、历史阐释中的现代精神、对于人与人性的真实描写和融合中西进行戏剧新探索，在1970年代的台湾剧坛开辟出一片新的戏剧天地；而另一方面，又正是那种深深地渗透于审美沉思之中的宗教信仰，使得张晓风的戏剧创作体现出独特的意蕴和魅力。

袁一丹：《隐微修辞：北平沦陷时期文人学者的表达策略》，《中国现代文学研究丛刊》2014年第1期

本文以沦陷时期滞留北平的文人学者为对象，聚焦其囿于出处进退的政治选择等考虑的表达策略，通过修辞层面的分析来探讨所涉伦理问题。他们所采取的修辞策略，包括固有概念的复活、典故系统的挪用、文类传统的拟构，不囿于纸面上的语辞，既是一种伦理表达方式，亦可视作象征性的社会行为。从修辞的角度切入北平沦陷时期的历史经验，意在突破既有研究框架，打通以往新旧、雅俗、文史的界限，将被文学史奉为正统的新文学相对化，以揭示为一般沦陷区文学研究所不及、忽视乃至摒弃的某一历史侧面。沦陷时的隐微修辞，不仅是一种文学行为，也是一种伦理的表达方式。而本文提出“隐微修辞”的概念，除了触及沦陷时期言文表达的特殊性和具体性，也反思新文学的限度，希望对相关研究理论和方法有所启示。

王爱松：《重复与循环：中国当代小说的一种结构方式》，《中国现代文学研究丛刊》2014年第1期

重复与循环，既是自然时空与历史发展中的一种客观现象，也是作家创作的一种重要结构方式。在部分新历史小说、新写实小说和先锋小说中，中国当代作家利用这种结构方式表达对现实、历史、人生的认知和冥想，承载特定时期的集体记忆和日常经验，又构成了三种变异。这三种变异，既在一定程度上探索了艺术表达的多种可能性，也呈现出当代作家历史反思、人生认知和艺术实验的某些局限。

陈欣瑶：《重读“李双双”——历史语境中的“农村新女性”及其主体叙述》，《中国现代文学研究丛刊》2014年第1期

本文从短篇小说《李双双小传》及其改编电影《李双双》出发，试图在1940—1960年代的话语生产场域中，参照第三世界女性主义理论的相关论点，讨论“李双双”形象所包含的“农村新女性”主体书写方案。“新时期”以后，农村新女性不再作为文艺表现的主要对象，“李双双”这一形象则遭遇了沉冤昭雪之后被束之高阁的命运。在今天新的情境下对之进行重读，目的在召唤女性主体书写的某种可能性。

袁盛勇：《鲁迅的“沉沦”——论鲁迅言与思的不一致乃至背离》，《中国现代文学研究丛刊》2014年第1期

鲁迅思想及其话语实践存在言思不一乃至背离的情形，而且渐行渐远，呈现出一种不断沉沦的历史和思想景观。其极端形态乃为其所言“我要骗人”的认知结构和话语方式。本文认为，鲁迅是一个在自我挣扎中不断沉沦而又在沉沦中不断抵抗前行的存在者。“我要骗人”在鲁迅身上既具有一种至高的德性，也促使其在对苏联等问题的认知和判断上产生误识，而成为一种遗憾。本文力图对鲁迅思想中的某些消极因素给以还原和剥离，以认识一个复杂而完整的鲁迅。

李国华：《鲁迅旧诗的菰蒲之思》，《中国现代文学研究丛刊》2014年第1期

鲁迅旧诗以菰蒲为喻，在游戏和批判的积习中附着脆弱的主体意识，展现出鲁迅的恐惧、绝望和乡愁。鲁迅在游戏中挑战常规的文体观念，在批判中抒愤懑，在脆弱中呈露难以直说的苦衷。这个绝望的形象，背后隐藏着一个无意识的孤独自我。

刘春勇：《留白与虚妄：鲁迅杂文的发生》，《中国现代文学研究丛刊》2014年第1期

“现代”可以说是一个虚无主义盛行的时代。身处其中的鲁迅虽然留日时期怀抱理想主义，但回国后却认同“惟黑暗与虚无乃是实有”并做绝望的反抗，这都在虚无主义的范畴当中，但通过写作《野草》鲁迅逐渐扬弃了“虚无”而向“虚妄世界像”挺进。对“虚妄世界像”的体认使得鲁迅在1925年前后逐渐放弃了“主题性”极强的纯文学创作，而选择了一种文学体制外的、基于“有余裕的”写作观念之上的杂文写作。这就是鲁迅的“留白”美学观。留白的写作不是剪去枝节，只留与主题的写作，而是相反，留白是一种散漫性的、将一切“摆脱”、“给自己轻松一下”的写作。并且，鲁迅的这种“留白”美学观还同时成为其生活的伦理学。

陶东风：《被抽空了社会历史内涵的爱情绝唱——也谈电影〈归来〉对〈陆犯焉识〉的改编》，《当代文坛》2014年第1期

本文是对于严歌苓小说《陆犯焉识》与张艺谋依据这部小说改编的电影《归来》的一个比较分析。文章首先分析了“文革”题材影视作品的创作和演出环境，认为电影《归来》的改编策略不仅是张艺谋审美趣味和艺术追求的体现，同时也可视作张艺谋的策略选择。其次通过对比分析阐释了《归来》如何尽可能淡化小说的时代背景和政治主题，把一个具体社会历史语境中发生的悲剧改写为一首抽象纯粹的爱情颂歌。文章最后指出，《归来》从心理创伤角度为文艺如何反映“文革”提供了一个与其他同题材作品不同的切入点，紧紧抓住了那些被宏大历史书写遗忘的、迄今仍在隐隐作痛的创伤后遗症，尽管对于心理创伤的社会历史原因语焉不详，但可贵的是，电影的最后结局表明：再伟大的爱情也无法疗救因为特殊的社会政治生态而造成的精神创伤，失去的永远不会归来。

吴丽艳、孟繁华：《文学人物走过的历史——2013年中篇小说现场片段》，《当代文坛》2014年第1期

对2013年中篇小说的评论，这里采用了另外一种方法：即通过同类文学人物的历史比较，观其发展变化。30多年只是历史的瞬间，特别是在当代中国，现代性仍在过程之中，不确定因素比历史任何时期都更加凸显。文学在一定程度上反映了生活，但文学终是虚构的领域。通过比较我们发现，无论是当代青年、农民还是知识分子形象，不仅人物性格日趋复杂，其命运也更加难以把握。这种现象使当代文学更加丰富和有声有色的同时，也不免让我们喜忧参半。但无论如何，可以肯定的是，中篇小说作为这个时代文学的高端成就，确实代表了这个时代文学的最高水准。

程德培：《捆绑之后——〈黄雀记〉及阐释中的苏童》，《当代文坛》2014年第4期

我更坚定了一种看法，苏童是当代作家中为数不多的一位自我阐释时常超越他人阐释的作家。我们乐于看到苏童进行的自我模仿，他那在小说中继续营造的意象正在吞食着自己的早期作品。当然，生活仍在演进，时代步伐的每一个阶段正在制造着香椿树街的新内容，但灵魂依然是我们的人生难题。捆绑术即便在不断地变幻着打结的花样，它的永恒主题依然是对人的束缚，我们在捆绑他人的同时，也捆绑着自己。太多的人认为苏童创作的特色在于坚持某种一贯的东西，此话只说对了一半。苏童对束缚自身的东西具有极度的敏感，几十年了，他的创作几经变异，多种探索和尝试。他是真正懂得“捆绑之后”，一个作家该如何应对。我想，这才是苏童创作史中一方屡试不爽的试金石。

黄丹青：《阿来〈尘埃落定〉在英语世界的译介研究》，《当代文坛》2014年第1期

《尘埃落定》是一部优秀的小说，有着经久不衰的文学魅力，它出版已有15年，至今仍在再版发售，是中国当代文学史上极具代表性的一部著作。翻译家葛浩文（Howard Goldblatt）与夫人林丽君翻译了这部著作，并将之更名为Red Poppies。本文在对《尘埃落定》于英语世界的翻译现状进行梳理及介绍的基础上，侧重考察《尘埃落定》英译本书名与每节标题在翻译中所采用的方式，试图通过分析这些翻译方式，探究其展现的文学交流现象背后所潜藏的文化渊源与变异。

季进：《通俗文学的政治——海外中国现代文学研究论之一》，《当代文坛》2014年第2期

本文通过详实的第一手资料，较为系统地梳理与评述了海外学界关于通俗文学研究的基本情况，辨析了海外学界对“通俗文学”概念理解的多元性和变迁的复杂性，指出海外学界通俗文学研究的特点是从研究对象出发，而非简单地从概念入手进行研究，注重“通俗文学”文本的阐释空间，而不急于作出高低雅俗的判断，表现出较为明显的文化研究的特征。海外学界对通俗文学的研究，与其说是对通俗文学审美价值的重估，不如说是对晚清民国文学现代性的重估。他们重视的不是其文学性的缺失，而是这种缺失如何辩证地构成了一种新的现代机制。这对于我们反思通俗文学的命运、探讨雅俗文学的关系，都具有重要意义。

宋剑华：《情绪记忆与红色经典对民间传奇的师承关系》，《当代文坛》2014年第3期

红色经典是新中国十七年文学所特有的一种现象，它与“五四”以来新文学审美追求精英化的艺术趣味完全不同，即不以西方现代文学的个性主义为价值准则，也不以思想启蒙的“国民性”批判为己任；红色经典认同中国古典通俗小说的叙事方式，全面借鉴与发扬光大了民间英雄传奇的神奇功能，作者与读者以情绪记忆的“集体无意识”为连接纽带，保持了中国文学曾被“五四”所中断了的历史连续性。

汪剑豪：《“弱势”心理时代的小说叙事》，《当代文坛》2014年第6期

这是一个弱势心理时代，对于社会各阶层的“小人物”关注与书写已然是文学创作的一个现象。官场“小人物”小说，突破了对官员的概念化的塑造，转而进入对日常人性层面的写作；市民“小人物”致力于挖掘日常化生活背后强大的抽象力量对“小人物”人性的戕害；农民工“小人物”小说有两类，农民工作家不是宣扬仇恨与哀怨，而是走向自我肯定，突出农民工人性的乐观、坚强和努力，具有“承认的政治”品性，非农民工作家则深入人物内心世界，对人性有更全面更复杂的理解。叙事上，它们以平等的视角来写作，都怀着“同情性的理解”，这反映出社会时代对作家价值观的影响。

吴中杰：《地火在地下运行，奔突——20世纪50—70年代的中国地下文学》，《当代文坛》2014年第2期

政治上大一统时代，往往要求思想上的大统一。但文学的创造，需要有宽松的环境和自由的思想，根据统一要求而制造出来的作品，不可能有独创性；有些作品虽因适应一定的政治需要而红极一时，但同时也随着政治形势的改变而为人所抛弃。这时，地下文学的重要性就突显出来了。它是直面人生的作品，而人性的光辉处和暗淡处，也只有在困顿中才能看得清楚，所以地下文学也就预示着文学的希望。它们是在极其艰难的情况下写出来的，因而在形态上未必完整，却表现出新的思想素质，值得文学史研究者注意。

季进：《作为世界文学的中国文学——以当代文学的英译与传播为例》，《中国比较文学》2014年第1期

论文总结了当代文学英译与传播三个方面的转向，提出了当代文学走向世界所面临的问题与挑战，并以《受活》的英译为例，具体论述了当代文学翻译的作用，在此基础上，从理论上对作为世界文学的中国文学的特质与意义作了深入的阐述，指出中国文学本身就是世界文学的一个重要组成部分，在全球化时代更应当强调中国文学的特殊性和最起码的中国立场，承认

“世界文学”作为一种生态系统的内在多样性。中国文学应该以平常心平等地对待世界文学共同体中的不同的“他者”，并在与他者的交往中，保持和发展自己的文化审美个性，以独特的实践参与到世界文学的进程之中。

黄发有：《文学期刊与当代文学环境》，《社会科学》2014年第5期

当代文学期刊在某种意义上是当代文学史的草稿。当代文学期刊的总体格局对当代文学生产具有深刻影响。中国当代文学期刊的发展与变迁，无法脱离当代中国政治、经济、文化的大背景。总体而言，当代文学期刊与当代文学发展之间相互依存，表现出一种同步性特征，即文学期刊繁荣的阶段也往往是文学创作的兴盛时期，而文学期刊凋零的阶段也是文学创作的萧条时期。在新媒介的冲击下，文学期刊地位被削弱是必然趋势。

黄轶：《八九十年代以来现代文学的价值重建和文学史重构与海外研究》，《文艺理论研究》2014年第4期

上世纪八九十年代以来，在中国现代文学的“价值重建和文学史重构”中，海外研究的影响广泛而深刻。其中，在文学价值观的嬗递与经典重塑、现代性的发掘与“大文学史”的繁兴、“新文学传统”的“重寻”等方面形成的渗透和互动尤为明显，形成了20世纪中国文学研究一条重要的文学史叙事线索；同时，海外研究的局限和偏颇也越来越凸出。近年来，“民国文学”概念的提出实际上是对八九十年代文学史观的嬗变、文学与政治关联性、“无边的现代性”、现代文学传统的重新反思和探察，或许会带来“价值重建与文学史重构”的新突破。

谭桂林：《现代中国文学母题的发展与鲁迅创作的经典意义》，《西南民族大学学报》2014年第2期

在现代中国文学中，鲁迅是最早开辟童年母题文学园地的作家，他对上海（包括其他都市）生活与文化的直接介入不仅对现代文学、对现代上海都市文化的发展直接产生了影响，而且切实地促进了中国现代都市母题文学的应运而生与积极发展。鲁迅的文学创作不仅提供了许多人物形象给新文学作家们以启示，而且提供了许多精致、隽永的原型意象给新文学家们作为模仿的范本。从母题角度切入到鲁迅研究，不仅让我们深入地认识到鲁迅文学世界的创造性的资源由来，更可以让我们看到在20世纪中国新文学的发生与发展中，鲁迅的文学创作是如何成为经典。

欧阳婷、欧阳友权：《网络文学的体制谱系学反思》，《文艺理论研究》2014年第1期

网络文学对中国文论发展最为深刻的影响，在于让千百年来积淀起来的文学体制谱系出现技术改写或悄然置换。突出表现为：从主体身份看，网络文学生产用普罗“草根”僭越了知识精英的文学话语权，创作范式上用自由写作颠覆既有的文学秩序，文学格局上以恒河沙数般作品存量遮蔽文学经典，价值认同上用传媒市场的商业导向对抗文学高度，而在观念传承上，则以“技术至要”搁置了传统文学的逻辑原点。由此引发的传统文论规制与传媒技术宰制的博弈，从体制谱系的学理本体上，把文艺理论转向与转型的时代命题推到了当今文论建设前沿。

陈方竞：《胡风与卢卡契》，《中山大学学报》2014年第4期

胡风以至整个中国的现代文学批评理论未能充分发展起来，有多方面原因，这在1940年代后半期有更为突出的表现。围绕“胡风与卢卡契”所作分析可以看到，卢卡契是有自己完整的哲学、社会历史学和美学相统一的思想理论学说的。它恰逢其时地出现，并进入中国，对于胡风以至整个中国现代文学批评理论的发展，无疑提供了一次不可忽略的“契机”。就此而言，胡风起到了至关重要的作用。认识中国左翼文学最重要的批评家胡风，他与卢卡契理论发生联系的根基和表现，他最终未能真正进入卢卡契理论的个人原因、时代原因以及所受到的整个左翼思潮的限制，在深化我们对胡风理论的价值、意义认识的同时，可以进一步看到他的理论局限。显然，这又是中国现代文学批评理论整体局限的表现。

付祥喜：《当代文学史编写中的文献史料问题——以陈思和〈中国当代文学史教程〉为考察对象》，《文艺研究》2014年第3期

文学研究理应以文献史料为基础，这是一个常识。但落实到实践，特别是中国当代文学史编写，似乎就不那么简单了。新时期以来出版的各种“当代文学史”，或多或少存在一些文献史料问题。其中，陈思和主编的《中国当代文学史教程》（复旦大学出版社1999年版，以下简称《教程》）因其对”重写文学史”做了大胆而有意义的探索，更突出地反映了新时期以来当代文学史编写的文献史料问题。鉴于此，本文以《教程》为考察对象，总结分析它在文献史料方面存在的一些问题，借此抛砖引玉，或可推进学界同人对当代文学史编写中的文献史料问题的思考和探究。

王富仁：《文学史与文学批评》，《学术研究》2014年第3期

文学史应该具有相对的历史合理性、现实合理性和未来的合理性。文学史是文学作品的历史，没有文学批评的繁荣发展，任何一部文学史都无法独立支撑起这个学科的研究活动，也无法独立支撑起自己，因为文学史本身是建立在此前文学批评活动的基础之上的。

李振：《苏区文艺的组织化过程》，《文史哲》2014年第4期

从1920年代末到1930年代，苏区文艺范式得以发生并走向成熟。通过从“娱乐科”到“宣传股”的行政机构建设，实现了红军文艺从娱乐到宣传的质变；“戏管会”到“工农剧社”的文艺组织架构明确了各级文艺生产机构的权限与规约；审查、培训和文艺批判等活动保证了红军文艺思想在苏区的确立与传播。这一系列组织手段的施行，在中国苏区形成了一套全新的文艺生产方法，将文艺理念通过组织的规范与运作传达并在每个支端末节建立其绝对的权威，决定着文艺的性质、目标以及具体文本叙述方式，不仅左右着苏区文艺的走向，而且随着红军的转移，直接构成了延安文艺的最重要内容，对中国大陆几十年的文艺状况产生了深远影响。

赵稀方：《另类现代性的构建——从翻译看《学衡》派》，《安徽大学学报》2014年第3期

《学衡》派诸人与五四新文化运动的分歧，并不在于整体性地肯定或者否定西方文化，而在于学习西方文化的哪一个部分，新文化运动者倾向于学习西方当代文化，而《学衡》派主张学习西方乃至世界的古典文化。《学衡》对于西学的翻译，有以下几个组成部分：一、对于白璧德本人著述的翻译介绍，希望借白璧德的新人文主义澄清国人对于西方文化的观念；二、对于古希腊哲学、文学的翻译介绍，这正是白璧德及其中国弟子们所崇尚的西方文化精华；三、对于西方文学的翻译介绍，这西方文学是按照他们的标准所选择的西方文学精华，与五四新文化者的视野是并不相同的。

孙郁：《对话中的鲁迅》，《学术月刊》2014年第10期

鲁迅从日译本里瞭望到俄国文学，以自审的方式与诸位作家对话。日本对俄国文学视角的摄取影响了鲁迅的审美判断，但他又以中国经验融会新知，发现了俄国文学迷人的独特所在。鲁迅转译俄国文学的过程，不仅仅是求知，更是形成自我批判的精神，这种对话的方式，使他对现象界的凝视不是停在结论中，而是一种精神角斗的过程。以本质主义的眼光打量鲁迅，忽略鲁迅始终是一个怀疑论者，就有可能把鲁迅置于封闭的描述系统，而看不到他与域外文化对话的本质。

倪婷婷：《中国现当代作家外语创作的归属问题》，《首都师范大学学报》2014年第1期

除了台湾日据时期的日语文学外，中国现当代作家的外语创作一直被排除在中国文学研究视阈之外。无论是中国作家在本土创作的外语作品，还是成年后移居海外的中国作家的外语文本，其中反映出明显的中国式感性、意识和价值，提示了中国现当代外语文学的存在事实。用什么样的语言书写并不能完全决定文学的归属。中国现当代作家的外语创作，作为主流现代汉语文学以外另一种特殊的写作形态和文学样貌，拓展了中国现当代文学的边界，在多元文化日益交汇的当下，尤其值得中国学界关注。

金宏宇：《现代文学副文本的史料价值》，《北京社会科学》2014年第2期

副文本是现代文学重要的史料来源地之一，我们从中能直接或间接地发现史料。由于正文本更典型地体现着文学的本体特性，而副文本更偏于历史或实用的性质，所以副文本总体上更具史料价值，不过其史料价值具有等级差序。副文本提供的文学史料对现代文学研究和文学史建构等皆有正面的意义，当然也有遮蔽视野和真相的负面效应。

唐锡光：《想象共同体的重建与当代网络文学生活》，《山东大学学报》2014年第4期

互联网改变着我们的社会，同时也在改变着我们的文学生产和消费方式。这种改变从交往和沟通方式开始，并最终在包括文学在内的人类精神生活各个领域均渐次呈现。新的价值观念要求新的形象体系和表达方式提供支撑。面对旧的文学想象共同体的崩解，我们的着力点不应该是维持和修补，而是基于新的社会关系和新的交往模式的共同体重建。获得对当前文学生产和文学消费的更加深刻的认识则是这种重建无法绕过的前提。

沈杏培：《“文革”与当代先锋写作——先锋作家的“文革”叙事策略及文学价值》，《南京师大学报》2014年第4期

1980年代中期出现的先锋小说，其“文革”叙事具有明显区别于此前小说的叙事策略和精神指向。先锋小说主题层面不再是印证、附和主流话语规范，不再以揭露和批判为价值旨归。在叙事策略上，作为大历史和故事主要情节的“文革”，逐步过渡为小说的背景或荒诞变形的历史，“文革”由写实转向心理化、寓言化和象征化。在价值意义上，先锋作家的叙述重心与叙述意图落在对特定历史背景下人的“文革”创伤心理与精神困境的深度开掘上，通过荒诞狂欢的语词与隐喻多义的文本，建构了一代人真实的文化记忆与心理创伤。

洪亮：《“民国视野”与现代文学的“研究范式”》，《中国现代文学研究丛刊》2014年第7期

近年来，关于中国现代文学“研究范式”的讨论在学界时常出现。但是对于何为“范式”，讨论者的解释则千差万别。本文考察了托马斯·库恩对于“范式”的原始定义，认为多数讨论者用它来指称某种观念体系或阐释框架，是有偏颇的，因此试图在另一种意义上理解“范式”，即把它理解为一套根本的研究方法和研究模式。同时本文借鉴倪伟的观点以及近几年学界对“民国视野”的讨论，探讨了打破“以意识形态为经、以作家作品为纬”的传统范式，而建立一种新范式之可能性，即让文学史回归到“大历史”之中。

陈建华、符杰祥、陈心湛：《从“文学革命”到“革命文学”——以关键词为视角的历史叙事》，《东岳论丛》2014年第6期

对于中国现代文学来说，从“文学革命”到“革命文学”是个经典研究课题，本文从关键词角度追踪“革命”词义起源与变化的历史脉络，对这一开展过程作一提纲挈领式的描述。在20世纪初经由孙中山、梁启超的话语实践，“革命”与英语revolution和日语kakumei的意义相融合，既含“汤武革命”的传统，又含渐进改良之意。从五四“文学革命”和20年代初“新”、“旧”文学之争，到20年代末“革命文学”的形成，贯穿着一根建立民族国家与整体改造社会的红线，而通过新的史料——如周瘦鹃、张春帆的小说理论与创作，揭示了市民社会的日常改良实践及其“新旧兼备”的文化政治。另以“革命加恋爱”小说为例，旨在突破关键词的局限而使“革命”更具文学感性的书写，而对于“被压抑的现代性”的文学记忆的挖掘，则有助于对中国现代文学史的全面认识。

顾彬：《海外中国当代文学与文学史写作》，《山西大学学报》2014年第1期

随着中国的日益强大，更加注重扩大文化的世界影响力变成了一件自然和应该之事。而中国当代文学的海外接受状况非常复杂，对于这方面的研究也很艰难。中国当代文学在英语国家和德语国家的翻译存在着差别。海外对中国文学史的研究经历了不同的发展阶段。顾彬的中国文学研究与翻译也有一个复杂的发展与转变过程。他提倡有个人思想的“不同”的中国文学史写作。

方维保：《从泛称到特指：“革命”与“革命文学”的历史定位》，《天津社会科学》2014年第4期

在中外文化史上，“革命”有着丰富的政治文化涵义。中国现代文化中的“革命”则是一个“回归的书写形式外来词”，它与中国传统文化所给定的涵义存在语义关联，但更主要的还是继承了西方现代革命运动的政治文化精髓。在中国现代政治文化中，“革命”最初是泛称的，但随着共产主义革命运动主流地位的确立，它逐渐成为一种特指。由想象现代中国革命而形成的“革命文学”，最初也是一种泛称，它伴随着中国共产主义政治主流地位的确立也成为一种修辞的特指。“革命”与“革命文学”对于中国共产主义政治运动和文学思潮的特指，是一种历史的定位。

张立群：《审美的突围及其价值——论先锋派与现代性》，《天津社会科学》2014年第2期

作为两个概念，先锋派和现代性一直具有密切的关系。以“审美的突围”为线索，从先锋派概念解析的角度进入现代性的视野，并在探讨先锋派、现代性相互联系与区别的基础上，涉及后现代性等话题，既符合先锋派、现代性理论的历史演变过程，也可以回应当下相关理论话题的交锋。而由此获得的对当代中国文学研究的种种启示，正是探讨上述两个概念关系的意义和价值所在。

颜浩：《“五四”性别启蒙的策略与困境——以“李超之死”为中心》，《北京社会科学》2014年第2期

女高师学生李超之死是五四时期重要的文化事件。男性知识分子借此事件的讨论拓展了女性问题的言说空间，并将妇女解放与启蒙话语相结合，使新女性的形象构建成为现代性想象的一部分，显示了男性知识分子在女性问题上的言说策略与主导地位。而五四女性在新思想与旧道德之间依违离合的处境，不仅凸显了个人身份认同与转型时代之间的矛盾，更呈现出五四时期社会性别问题的复杂内涵。

张志忠：《莫言对司马迁的承续与对话》，《首都师范大学学报》2014年第4期

本文从三个方面探讨莫言对司马迁和《史记》的承续与对话关系：莫言对司马迁对悲惨命运的屈辱接受与他对精神世界执着追求的矛盾人格的理解与回应；莫言对司马迁及《史记》的叛逆性、“好奇”心态和“童心盎然”的独特理解及其与莫言创作特征的关联性；莫言剧作《霸王别姬》和《我们的荆轲》对司马迁原作的增补与重述，并且进一步阐述了通过出奇制胜与奇正相生的辩证法、心灵冲突与人物的可成长性、对爱情真谛与人生意义的不懈追问、古典美与华贵语言等构成的莫言剧作的新古典主义美学特性。

刘忠：《身份认同的“释然”与“困惑”——换个视角论周扬》，《山东社会科学》2014年第2期

周扬身上有着文艺理论家、革命家的双重身份，作为文艺理论家，周扬以其“政治—艺术”一体化批评方式见证了新文学从左翼文学到解放区文学再到新中国文学的全过程；作为革命家，他领导、助推了一系列文艺运动，成为党在若干历史时期文艺政策的阐发者、执行者。针对不同时期周扬的表现，有学者用“摇荡的秋千”概括之，秋千的动力来自“仕途的雄心和文化的使命感”。事实上，无论是赞扬还是批判，都没有摆脱情绪化思维，周扬的“进退”、“荣辱”、“左右”是那个时代知识分子的一个缩影，政治强力为文学创作留下的空间太小，时代裹挟不容作家拥有太多的艺术个性。

杨洪承：《蒋光慈与“左联”革命文学团体之关系的再认识》，《福建论坛》2014年第2期

蒋光慈与“左联”的关系是一个复杂的文学与革命的现象。蒋光慈有一个“革命加恋爱”文学史创作模式的话题，更有中国左翼作家联盟革命团体的主要发起人之一的重要角色，他又是提出退党被“左联”正式开除的作家。相当长的时间里，我们很少谈蒋光慈与“左联”的关系，纪念“左联”时也都回避蒋光慈的特殊贡献。本文试图简略地厘清蒋光慈短暂的人生和革命经历及创作道路，尤其寻踪作家与“左联”同生共存的人与事点滴细节，还原历史既是社会的存在又是一种意识的存在。文学与革命的纠缠中的常态与非常态呈现了蒋光慈与“左联”之关系；无论是文学家的蒋光慈还是革命姿态阶级斗争的“左联”，面对一个历史的过程都有着“是我、非我、真我”的身份认同和精神困惑。

哈迎飞：《新文学史研究的观念、方法和理论》，《学术研究》2014年第3期

百年来，新文学无论在创作还是在研究上都取得了举世瞩目的成就。作为一门年轻的学科，新世纪新文学研究既面临新的挑战，也存在新的机遇。本文以中国现代文学为考察重心，指出就观念、方法和理论而言，中国现代文学与儒教的关系、中国现代作家的晚年写作以及新文学经典的现代解读等对丰富和完善新文学史研究具有重要的意义，研究空间巨大，现实意义突出，值得特别关注。

夏中义：《〈陈独秀诗存〉与“文学革命论”——有涉现代文学史的一桩公案》，《文艺研究》2014年第7期

勘探《陈独秀诗存》与“文学革命论”之间所蕴结的价值紧张，是有涉现代文学史构建的一桩公案。此公案呈示为“否定之否定”：先是陈独秀早期《诗存》（1903—1916）被“文学革命论”所否定，后是陈独秀晚期《诗存》（1934—1942）又否定“文学革命论”。这是现代文学学科自奠基以来不曾见学界涉足的重大现象。至于《诗存》所隐喻的陈独秀从青年到晚年的四张脸，依次从“歌哭生死”、“瀑布之孤”、“夜雨狂歌”到“情老依母”演化，也只有置于如上历史文化语境，才顿觉诗味幽邃浑厚。

张均：《报刊体制与中国当代文学的发生》，《文艺理论研究》2014年第5期

报刊体制介入中国当代文学（1949—1976）发生、发展的方式，目前学界尚无有力研究。而事实上，它在三个大略递进的层面上深深地影响了当代文学的存在状态：先是报刊社会主义所有制将新/旧文学、左/右文学之间相互冲突、相互妥协的格局逆转为“新的人民的文艺”一统文坛的失衡状态，然而报刊“代理人困境”的存在又使当代文学“一体化”的内部充斥着不同话语成分和文学利益的竞争，但派系主义报刊运作规则对意识形态模式的“喜好”最终使这些内部竞争消失于无形。当代文学由此呈现为逐渐板结、衰落的过程。

李冬木：《留学生周树人周边的“尼采”及其周边》，《东岳论丛》2014年第3期

在鲁迅与尼采这一研究框架内，本篇做了两点尝试，一个是研究视点的调整，把由后面看的“鲁迅”，调整为从前面看的“周树人”，由前向后看“尼采”在从“周树人”到“鲁迅”过程中的伴同轨迹及其影响；另外一点是确认清国留学生周树人面对的到底是怎样一个“尼采”。就方法论而言，本篇片导入了“周边”这一概念，在把“尼采”作为留学生周树人周边要素考察的同时，也探讨“尼采”的周边及其它们带给周树人的综合影响。而作为一个研究课题，包括本篇在内，目的在于通过以实证研究的方式来较为清晰、翔实地描绘出留学时期的周树人是怎样借助周边的“尼采”及其相关资源完成关于“人”的自我塑造。基本观点是，所谓“立人”即从周树人的自立开始，这是后来的那个“鲁迅”的起点。

朱德发：《现代文学史书写与创新能力培养》，《山东社会科学》2014年第6期

培养学生的创新能力，创新型中国现代文学史书写承担着重要责任。“文革”后近30多年的现代文学史重构，有所突破，有所创新。不仅现代文学史本体构成的文学运动、文学思潮和作家作品这三个层面的创新深度、广度、力度有显著的增强，而且治史者的文学史观念或思维模式得到了重大调整或根本更新，至少以辩证的人学分析取代了机械的阶级分析，以互动互补的二项相对认知结构取代了二元极端对立的认知模式，这就使现代文学史书写获得差异互见的创新性。若学生能认真阅读、细心领会创新型现代文学史，既能增进自身的创新意识，又能提高创新能力。

逄增玉、孙晓平：《20世纪30年代文学中的中国形象及其空间表征》，《北方论丛》2014年第5期

20世纪30年代文学受制于当时中国的京海社会结构和时代动荡，一方面以五四时期启蒙主义、反现代性的浪漫主义和革命意识形态等视角，绘写同一时空中国乡村世界的不同政治与文化、文学与审美的地理空间，塑造了不同的乡村和中国形象；另一方面，对北京与上海代表的都市中国，从政治、革命、性别和文化视域，揭示和形塑都市中国的文化地理空间及其色调，使摩登的上海与古都北京既呈现出现代与传统的不同内涵，又使不同政治与审美立场的作家笔下的同一都市，具有复杂多态的空间意义及其表征符号。文学叙事中的20世纪30年代中国其实呈现和蕴含非同一性的多个中国的形象及价值空间特征。

赵卫东：《文献史料："为何"以及"如何"进入当代文学史》，《杭州师范大学学报》2014年第1期

学界以往对文献史料之于当代文学研究意义的重要性认识不足，一定程度上可以归因于对当代文学史研究作为断代史和专门史的属性有所忽略，对当代文学史叙述的任务和目标比较模糊，以及对当代文学的特殊性缺乏足够的自觉。在文献史料的运用上，既有囿于研究者的史学意识和史料视野，大量新发掘的文献史料没有进入文学史，导致一些流行的偏见仍是文学史上难以撼动的"钉子户"；也有在写作上未能将文献史料与作家的文学行为分析、优美作品的深度阐释、文学史价值的重构与发现有机地加以融合的问题。以作家的"文学行为实存分析"为中心，结合政治、制度、文化的考察，融合事件、思潮、作家、作品，叙述出文体演化史、思潮流变史、审美风尚史以及作家作品史齐头并进、杂糅无间的当代文学发生发展的生动和流动的景象，应是文学史叙述追求的一种新的境界。

王丹：《港版〈文艺生活〉月刊与战后香港文学》，《学术研究》2014年第9期

现代文学期刊和现代文学之间互文共生于现代中国历史文化语境中。港版《文艺生活》月刊中具有浓厚政治性和鲜明华南色彩的文学文本，很好地诠释了新文学史视野下战后香港文学的定位——整体中国文学其中一个特殊而带地方色彩的部分。探究期刊文本和文学历史之间的互文共生性，为特定时期文学做侧面画像，是期刊研究和文学研究方法的新尝试。

黄平：《没有笑声的文学史——以王朔为中心》，《文艺争鸣》2014年第4期

本文以20世纪80年代末期"痞子论"、90年代初期"人文精神大讨论"（包括"躲避崇高"事件）为对象，分析王朔的形象如何被建构，还原批判王朔的话语逻辑。在此基础上，以多个版本的当代文学史为对象，分析当代文学史以怎样的框架遮蔽王朔。概括地说，本文梳理围绕王朔的各种话语的深层机制，尝试找到重新理解王朔的可能。

陈晓明：《乡土中国、现代主义与世界性——对80年代以来乡土叙事转向的反思》，《文艺争鸣》2014年第7期

本文并不想着力探讨莫言创作的特征或历程，而是试图通过对莫言及其几位同道的创作的历史化分析，来看莫言及其同道与八九十年代以来的文学变革的关系，去探讨的问题归结为：莫言何以走到今天建立了自身的文学经验并且标志着汉语文学的高度？当代文学的转型变革与莫言构成了什么样的关系？今天中国文学形成的这种创作态势是值得我们坚守的吗？还是说今天中国文学可能需要进行更深刻的变革？变革的方向在哪里？其实莫言并非孤军深入，而是有多位殊途同归的同道，在八九十年代文学转折的时期因势利导，他们以不同的方式、以独创的风格，推进了八九十年代的文学变革，形成了乡土叙事为主导的当代文学格局。

张清华：《"中国身份"：当代文学的二次焦虑与自觉》，《文艺争鸣》2014年第1期

假如我们把20世纪80年代"走向世界"的冲动看作是中国当代文学的第一次身份自觉，将冲击诺贝尔文学奖看作是第一次"目标焦虑"的话，那么发明"中国经验"这一词语和对讲述"中国故事"的强调，则可以看作是第二次身份自觉与角色焦虑。这一焦虑事实上在莫言获得诺奖之前就已出现了，只不过是在2012年之后，它成为一个可以"历史化"和显在化的问题。

张涛：《错位的批评与知识分子话语重建——重评"废都现象"》，《文艺争鸣》2014年第1期

2009年，《废都》在出版十七年后，由作家出版社再版。此番再版，没有再引起初版时的轰动，当然也未遭到当年"山雨欲来风满楼"似的批判。在十七年前，《废都》的出场，竟招致了一场持续数年的争议与批判，我们更关心的是：《废都》何以在当年遭到了那么多非议与批判，"竟一时成为知识界的'公敌'"；《废都》与八九十年代的当代文学传统有着怎样的复杂关联；《废都》中知识分子的生存状态与处于社会转型期的当代中国知识分子"精神史"、"心灵史"的"契合"与"冲突"何在；在对《废都》的诸多批评与诟病中，究竟有哪些是批评家面对"纯文本"的发言，究竟有哪些是寄予了知识分子自身的困境窘迫，以及试图摆脱这种尴尬失语的努力与再度崛起。

江冰：《80后文学：青春、网络、非主流》，《文艺争鸣》2014年第1期

怀念青春、致敬青春、青春写作是80后文学的前世宿命，是80后文学的立世根基，最为主要的叙事内容，最具号召力的独门利器。80后文学依赖两个平台成长，网络与《萌芽》杂志。首先是网络。可以说没有网络就没有80后，如今赫赫有名的80后作家，无不是早几年就驰骋网络的少年骑手，各人在网上都有一批追随者。不少人是在网上“爆得大名”，然后才由出版商拉向出版物，从而名利双收，获取更大声誉。非主流是80后文学最为本质的特征。

孟繁华：《失去青春的中国文学——当下中国文学状况的一个方面》，《当代作家评论》2014年第1期

中国新文学自诞生始，一直站立着一个“青春”的形象。与社会主义初期青春形象建构价值观的诉求完全不同的是，八十年代建构的青春文学形象，几乎没有“成功者”或“凯旋者”。九十年代以后，或者说自《一地鸡毛》的小林出现之后，当代文学的青春形象逐渐隐退以至面目模糊。青春文学的变异，是当下文学被关注程度不断跌落的重要原因之一，也是当下文学逐渐丧失活力和生机的重要原因。由浪漫、想象、虚构建构起来的文学王国，也可以满足我们生活中的缺憾和不可能。作家杰出的想象力弥补了我们生活中的不满足，让我们在想象中拥有另一个世界。这也是我们强调重建中国文学青春形象的期许和基本诉求。

马季：《蓄势待发与酝酿新变——二〇一三年的网络文学》，《当代作家评论》2014年第3期

经过十五年的磨砺与撞击，吸收与融合，2013年，网络文学已进入成熟发展阶段。无论是从作家成长、行业发展，还是从读者期许、社会认同的角度来看，网络文学的存在已毋庸争辩，所谓成熟实乃进入“成年期”。这个阶段有可能持续十年或者更久，但最终必然要向主流价值体系回归，逐渐融入社会进步力量的主流。目前，网络文学已进入主流话语的视野，获得了社会力量的鼓励和支持，网络作家逐渐成为大众关注的人群，这说明网络文学作为行业已获得社会的认同。然而，在初露锋芒、快速发展之后，网络文学自身存在的若干痼疾并未消除，由此而产生的潜在危机始终如达摩克利斯之剑悬在上空。

霍俊明：《先锋诗歌回顾：理想年代与北方诗歌》，《当代作家评论》2014年第4期

诗歌的“地下”状态在20世纪的发展中处于一种在国家、民族、战争、运动语境中不断被边缘化的尴尬处境。这在六七十年代更多是一种与主流和政治相对抗的隐伏状态，而到了1980年代中后期以来则更多显现出写作的“地方主义”和“江湖气”。“文革”结束之后以《今天》的创办为标志的北方诗歌迎来了又一个“理想年代”。这一时期《今天》的创办以及相关活动对“外省”诗歌的重大影响形成了公共媒体尚未敞开环境下油印机时代主导性的北方诗学。

丁帆：《有“社会良知”和深邃思想的文学批评》，《南方文坛》2014年第1期

没有哲学思想和历史知识的积累作为批评家主体的方法；没有“社会良知”作为批评价值观的基础和底线，我们的批评家只能是爬行的软体动物，我们的文学批评也只能永远徘徊在低水平肤浅的语言循环之中。这个盘桓在我们文学批评上空的魔咒，这个几十年不被批评界所重视的批评“死穴”，应该得到学理性的梳理了。我们呼唤的是既有“社会良知”，又有深度哲学思想的批评家出现。唯此，我们的批评才能走向真正的繁荣。

王彬彬：《文学史编撰的理念与方法》，《南方文坛》2014年第2期

彻底“个人化”的文学史，完全是写作者自言自语的文学史，是无法想象的。这样的文学史著作根本不可能出现。所以，为了传播和传授的有效，为了表达能为人理解，为了达到“比较不坏”或“最不坏”的境界，坚守某种基本的理念、遵循某种基本的原则，仍然是必要的。一、编写文学史不是挑选优秀作品，不是优秀作品选讲。二、编写文学史不是所见作品评介，不是拣到篮里都是菜，更不是重新拣回历史的垃圾。三、编写文学史必须文学价值和文学史价值兼顾同时又对两种价值进行区分。在文学史编写过程中，要“文学名作”与“文学史名作”兼顾，要“文学价值”与“文学史价值”并重。

梁鸿：《“后文革”时代的忏悔与生活——读〈认罪书〉》，《南方文坛》2014年第4期

如何处理“文革”题材，这已经成为70后作家非常重要的课题。作为“文革”后一代，经验、亲历已经不适用，与此同时，这段历史在公共生活中又以空白和禁忌的方式存在。放眼望去，一切风清月白，繁花似锦。但是，如果历史只是过去，而与现在无关，人类就无所谓“历史”而言。恰恰因为人类精神的连续性和因袭性，历史才成为一条绵延不断的河流，携带着前行的力量和顽强的破坏力，泥沙俱下，奔流不止。从这个意义上讲，如果不对“文革”，或者如“文革”这样的全民运动进行反思的话，那么，它会逐渐成为一种基因，一个不断闪回的记忆，出其不意而又必然地出现在某一时刻、某一空间和某一场景之中。乔叶的《认罪书》可以说是一部“后文革”时代的追寻之书。

汪政、晓华：《新世纪江苏散文论纲》，《南方文坛》2014年第4期

江苏的文化大致归属于江南这个大的板块。当然，现在的江南已经开始泛化了，它不仅是一个地理上的区域，也是气象学上的范围，更重要的是政治、经济、文化甚至是美学上的一个概念。江苏散文家们的知识书写有几个角度，第一个角度是知识考古，是对既有知识体系的再认识与再叙述。第二个角度是对某些知识领域的人文解读。第三个角度就是近于传统的博物叙事，它们表达了打捞与保全知识的文化诉求。知识与地方密切相关有时是难以分开的。江苏许多散文作家的地方性写作已经不同于简单的零星的对故乡的回忆，而是一种自觉地对故乡、当然同时也就是某一地方的系统性书写。江苏作家好像天然地具有一种文化上的双重人格，他们即使在另一个写作空间表现出强烈的现代意识，但总会在另一个场合有意无意地露出旧式文人或士大夫的一面。江苏散文的大叙事主要有这样几个视角。一是中国经验与中国问题。另一个就是“大历史”与“小历史”。江苏散文至少从新时期以来有这样几个总体的变化，并慢慢成为散文的大势。第一是叙事性渐成主流。第二就是休闲报刊，特别是报纸副刊对散文的影响。这种影响一是每天都在生产大量的随笔，二是催生了庞大的作者群，三是在审美上为散文提供了复杂影响因子。再一个就是文体间的融合与互渗。

文学出版与阅读概况

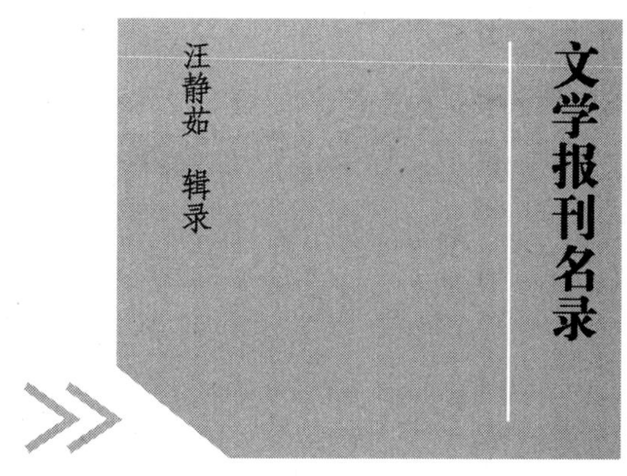

报刊代号	报刊名称	刊期
1-102	文艺报	一周三报
1-105	帅作文	周报
1-115	中国文化报	一周六报
1-190	作家文摘	一周两报
1-220	中国艺术报	一周三报
2-3	中国戏剧	月刊
2-4	人民文学	月刊
2-25	文艺研究	月刊
2-26	文学评论	双月刊
2-35	民间文学	月刊
2-46	中国语文	双月刊
2-84	北京纪事	月刊
2-85	北京文学	月刊
2-102	东方少年	月刊
2-132	章回小说・中旬刊	月刊
2-156	儿童文学（上）	月刊
2-161	当代	双月刊
2-163	十月	双月刊
2-203	人物	月刊
2-206	民族文学	月刊

2-209	剧本	月刊
2-210	小说选刊	月刊
2-231	世界文学	双月刊
2-260	词刊	月刊
2-274	诗刊	半月刊
2-275	读书	月刊
2-301	青年文摘	半月刊
2-302	青年文摘（彩版）	半月刊
2-314	作品与争鸣	月刊
2-393	纪实	月刊
2-450	外国文学	双月刊
2-454	戏剧·中央戏剧学院学报	季刊
2-257	戏曲艺术	季刊
2-468	神剑	双月刊
2-516	海外文摘·上旬	月刊
2-541	俄罗斯文艺	季刊
2-545	中国作家·文学	月刊
2-667	中国现代文学研究丛刊	月刊
2-686	文学研究文摘	季刊
2-869	啄木鸟	月刊
2-899	青年文学·上旬刊	月刊
2-1034	布奇乐乐园5-6岁	月刊
2-1035	发现之旅	半月刊
4-4	萌芽（上半月版）	月刊
4-7	收获	双月刊
4-119	上海戏剧	月刊
4-196	少年文艺（上半月刊）	月刊
4-219	上海文学	月刊
4-225	故事会	半月刊
4-286	外国文艺	双月刊
4-323	文艺理论研究	双月刊
4-399	故事大王	月刊
4-411	现代中文学刊	双月刊

4–425	上海故事	月刊
4–436	小说界	双月刊
4–452	上海滩	月刊
4–486	上海采风	月刊
4–546	东方剑	月刊
4–560	中国比较文学	季刊
4–683	少年文艺·文摘版（阅读前线）	月刊
4–763	文景	月刊
4–818	萌芽（下半月版）	月刊
6–2	天津文学	月刊
6–13	作文升级	月刊
6–25	小说月报·原创版	月刊
6–38	小说月报	月刊
6–39	散文	月刊
6–97	蓝盾	月刊
6–104	微型小说月报	月刊
6–107	散文·海外版	双月刊
6–111	文学自由谈	双月刊
6–112	童话王国·梦幻乐园	月刊
6–139	小说月报·增刊·中篇小说	季刊
6–199	小说月报·增刊·长篇小说	季刊
6–229	童话王国·美丽故事	月刊
6–260	快乐青春·绝妙小小说	月刊
8–7	鸭绿江	月刊
8–12	海燕	月刊
8–16	芒种	月刊
8–17	诗潮	月刊
8–46	中国图书评论	月刊
8–77	奇闻怪事	月刊
8–114	鸭绿江下半月版	月刊
8–121	辽河	月刊
8–144	满族文学	双月刊
8–157	文学少年（中学）	月刊

8–159	文学少年（小学中高年）	月刊
8–183	当代作家评论	双月刊
8–200	民间故事	月刊
8–237	万象	月刊
8–341	意文（长春文学）	月刊
8–576	布老虎青春文学	旬刊
12–1	作家	月刊
12–3	电影世界	月刊
12–7	参花·真情故事	月刊
12–8	电影文学	半月刊
12–13	延边文学（朝）	月刊
12–14	天池小小说	月刊
12–17	短篇小说	月刊
12–24	小作家选刊（小学生版）	月刊
12–27	短篇小说·原创作品版下半月	月刊
12–32	民间故事（朝）	月刊
12–48	小作家选刊·作文素材库	月刊
12–50	民间故事·胆小鬼	月刊
12–51	戏剧文学	月刊
12–78	参花·爱情故事	月刊
12–81	作家·下半月	月刊
12–86	今天	半月刊
12–87	短篇小说·午夜小说绘	月刊
12–99	文艺争鸣（文学版）上半月	月刊
12–114	道拉吉（朝）	双月刊
12–115	小说月刊	月刊
12–130	杂文选刊（上旬版）	月刊
12–156	长白山（朝）	双月刊
12–194	民情（民生）	月刊
12–228	大阅读（初中生综合文摘）	月刊
12–299	杂文选刊中旬版	月刊
12–305	长白山诗词	双月刊
12–340	杂文选刊（下旬版）	月刊

12-367	参花·文艺视界	月刊
12-401	女人坊·悦他	月刊
14-1	北方文学	月刊
14-7	小说林	双月刊
14-16	剧作家	双月刊
14-26	青年文学家	月刊
14-49	诗林（单月）	双月刊
14-52	诗林（双月）	双月刊
14-86	《章回小说》下旬刊·青春版	月刊
14-92	《雪花》（小学生精彩阅读）	月刊
14-117	文艺评论	月刊
14-124	章回小说·上旬刊·文学版	月刊
14-145	知识文库	月刊
14-157	北极光	双月刊
14-171	岁月·上半月（原创版）	月刊
14-291	北大荒文化	月刊
14-317	岁月·下半月（推理）	月刊
16-4	内蒙古画报（蒙、汉）	双月刊
16-7	草原（汉）	月刊
16-8	花的原野（蒙）	月刊
16-9	世界文学译丛（蒙）	双月刊
16-13	金钥匙（蒙）	双月刊
16-20	鸿嘎鲁（蒙）	月刊
16-29	花蕾（蒙）	月刊
16-43	哲里木文艺（蒙）	月刊
16-57	锡林郭勒（蒙）	双月刊
16-59	西拉沐沦（蒙）	双月刊
16-61	呼伦贝尔文学（蒙）	双月刊
16-65	阿拉腾甘德尔（蒙）	双月刊
16-83	陶茹格萨茹娜（蒙）	双月刊
16-84	鄂尔多斯	月刊
16-93	潮洛蒙（蒙）	季刊
16-150	鹿鸣（汉）	月刊

16-288	意林（上半月）	月刊
16-289	意林（下半月）	月刊
16-295	法制文萃报（合订本）	月刊
18-5	青少年文学（上半月）	月刊
18-8	大舞台	月刊
18-28	民间故事选刊	月刊
18-29	民间故事选刊·秘闻	月刊
18-39	当代人	月刊
18-42	青少年文学（下半月）	月刊
18-44	国外文学	季刊
18-45	大众文艺（上半月）	月刊
18-61	大众文艺（下半月）	月刊
18-66	长城	双月刊
18-85	散文百家	月刊
18-87	诗选刊	月刊
18-102	红楼梦学刊	双月刊
18-189	小小说月刊	月刊
18-266	文学遗产	双月刊
18-275	杂文月刊（上半月）	月刊
18-276	杂文月刊（下半月）	月刊
18-289	小小说月刊（悬疑故事）	月刊
18-306	杂文月刊（合订本）上	季刊
18-307	杂文月刊（合订本）下	季刊
22-2	山西文学	月刊
22-15	都市·翻阅日历	半月刊
22-54	名作欣赏上旬	月刊
22-59	民间传奇故事（上旬）	月刊
22-61	火花	月刊
22-67	中外故事	月刊
22-87	对联·民间对联故事（下半月）	月刊
22-88	对联·民间对联故事（上半月）	月刊
22-89	童话大王·（上半月刊）（作品版）	月刊
22-116	民间传奇故事（中旬）	月刊

22–136	新科幻（上半月刊）	月刊
22–152	名作欣赏（下旬）	月刊
22–155	小品文选刊上半月	月刊
22–160	都市	月刊
22–167	名作欣赏（中旬）	月刊
22–190	小品文选刊・新中文（下半月）	月刊
22–228	民间传奇故事（下旬）	月刊
22–432	娘子关	双月刊
24–3	山东文学	月刊
24–21	青岛文学	月刊
24–29	当代小说（上半月小说原创版）	月刊
24–37	小葵花	月刊
24–38	红蕾・故事宝库	月刊
24–40	幼儿园	半月刊
24–45	红蕾・教育文摘	月刊
24–46	红蕾・快乐读写	月刊
24–70	新聊斋	月刊
24–159	蒲松龄研究	季刊
26–30	清明	双月刊
26–32	作家天地	旬刊
26–76	传奇传记・文学选刊	月刊
26–176	诗歌月刊	月刊
26–177	安徽文学	月刊
28–3	钟山	双月刊
28–11	青春	月刊
28–14	少年文艺	月刊
28–22	雨花・青少刊	月刊
28–29	雨花	月刊
28–34	古典文学知识	双月刊
28–43	剧影月报	双月刊
28–49	当代外国文学	季刊
28–52	译林	双月刊
28–86	翠苑	双月刊

28-92	苏州杂志	双月刊
28-160	乡土	月刊
28-161	金山	月刊
28-167	太湖	双月刊
28-171	短小说	月刊
28-186	三角洲	双月刊
28-217	明清小说研究	季刊
28-261	世界华文文学论坛	季刊
28-270	扬子江诗刊	双月刊
28-271	扬子江评论	双月刊
28-310	钟山（长篇小说）	半年刊
32-26	西湖	月刊
32-79	江南	双月刊
32-88	幼儿故事大王	半月刊
32-98	山海经（上半月）	月刊
32-198	山海经（下半月）	月刊
34-11	福建艺术	双月刊
34-13	福建文学	月刊
34-23	中篇小说选刊	双月刊
34-25	中篇小说选刊・增刊	半年刊
34-38	台港文学选刊	双月刊
34-39	故事林（半月刊）	半月刊
34-45	厦门文学	月刊
34-73	泉州文学	月刊
34-96	读写天地（上半月）	月刊
34-97	读写天地（下半月）	月刊
36-8	传奇故事・上旬刊	月刊
36-11	故事家	月刊
36-14	牡丹	月刊
36-20	东京文学	月刊
36-29	百花园	半月刊
36-48	莽原	双月刊
36-70	散文选刊（原创版）	月刊

36–77	散文选刊（选刊版）	月刊
36–80	名人传记（上半月）	月刊
36–81	时代报告	月刊
36–82	小小说选刊	半月刊
36–103	故事世界	半月刊
36–114	时代报告·中国报告文学	月刊
36–148	武侠故事	月刊
36–209	传奇故事·百家讲坛（红版）	月刊
36–213	躬耕	月刊
36–231	故事家·微型经典故事	月刊
36–319	传奇故事·百家讲坛（蓝版）	月刊
36–350	躬耕·最红颜	月刊
36–392	躬耕·美文选刊	月刊
38–5	今古传奇·奇幻版（A版、B版）	半月刊
38–6	长江文艺	月刊
38–11	外国文学研究	双月刊
38–12	都市小说·下半月	月刊
38–14	都市小说·上半月	月刊
38–15	新传奇	周刊
38–29	知音女孩	半月刊
38–33	芳草·小说月刊	月刊
38–62	中华传奇·新悬疑	月刊
38–65	新智慧·故事精	月刊
38–83	今古传奇·传统版（单月号）	双月刊
38–113	东坡赤壁诗词	双月刊
38–127	知音漫客	周刊
38–134	中国故事·传统版	月刊
38–159	中国故事·纪实版	月刊
38–166	中华传奇·纪实版	月刊
38–180	知音文摘	半月刊
38–196	江河文学	双月刊
38–198	中国故事·家	月刊
38–203	都市小说·月末版	月刊

38-220	长江文艺·长篇小说	季刊
38-230	今古传奇·故事版（月末版）	月刊
38-231	今古传奇·武侠版（月末版）	月刊
38-232	芳草文学杂志	双月刊
38-235	最小说	月刊
38-236	经典读本	月刊
38-237	中外童话画刊	月刊
38-266	大历史（中华传奇月末版）	月刊
38-288	旧闻新读	月刊
38-300	可乐·特别优漫	月刊
38-306	三峡文学	月刊
38-310	今古传奇·奇幻版（月末版）	月刊
38-318	今古传奇·传统版（合订本）	季刊
38-319	今古传奇·纪实版（合订本）	季刊
38-323	今古传奇·故事版（合订本）	月刊
38-326	今古传奇·武侠版（合订本）	月刊
38-329	今古传奇·奇幻版（合订本）	月刊
38-338	新传奇（合订本）	双月刊
38-349	今古传奇·故事版（上、下半月）	半月刊
38-368	读书文摘	月刊
38-370	今古传奇·武侠版（上、下半月）	半月刊
38-373	今古传奇·纪实版（双月号）	双月刊
38-376	读书文摘·青年版	月刊
38-423	文学教育	半月刊
38-429	芳草·经典阅读	月刊
38-438	心潮诗词	双月刊
38-441	长江文艺·精品悦读	月刊
38-510	成功·高等教育	月刊
42-6	文艺生活·艺术中国	月刊
42-8	音乐教育与创作	月刊
42-26	芙蓉	双月刊
42-31	理论与创作	双月刊
42-40	小溪流·故事作文	月刊

42-65	新故事	半月刊
42-101	中华传奇（传统版）	月刊
42-116	散文诗（上半月）	月刊
42-150	书屋	月刊
42-154	中国文学研究	季刊
42-207	散文诗·下半月（校园文学）	月刊
42-214	文学天地	半月刊
42-238	小溪流·成长校园	月刊
42-293	中国韵文学刊	季刊
42-313	小溪流·作文画刊	月刊
42-320	文学界（上半月版）	月刊
44-3	微型小说选刊·金故事	月刊
44-11	百花洲	双月刊
44-13	星火·中短篇小说	双月刊
44-21	文学与人生	月刊
44-22	微型小说选刊	半月刊
46-37	作品	月刊
46-54	广州文艺	月刊
46-90	随笔	双月刊
46-92	花城	双月刊
46-100	特区文学	双月刊
46-214	粤海风	双月刊
46-215	华文文学	双月刊
46-263	人间	月刊
46-282	新蕾·STORY100	月刊
46-314	中国铁路文艺	月刊
46-328	佛山文艺	月刊
46-345	西江文艺·财富经	月刊
48-5	广西文学	月刊
48-23	红豆	月刊
48-42	三月三	月刊
48-62	南方文学	双月刊
48-75	金田	月刊

48-87	南方文坛	双月刊
52-6	延河	月刊
52-19	百花·悬念故事	半月刊
52-91	延安文学	双月刊
52-108	小说评论	双月刊
52-110	童话世界（高年级版）	月刊
52-115	美文（上半月）	月刊
52-169	家庭心理医生·百家故事	半月刊
52-197	童话世界（低年级版）	月刊
52-227	美文（下半月）	月刊
54-5	飞天（上半月）	月刊
54-36	北方作家	双月刊
54-67	西北军事文学	双月刊
56-1	章恰尔（藏）	季刊
56-2	青海湖	月刊
56-22	雪莲	双月刊
58-3	柯尔克孜文学（柯）	双月刊
58-22	新疆文化（维）	双月刊
58-26	新玉文艺（维）	双月刊
58-39	绿风诗刊（汉）	双月刊
58-40	吐鲁番文艺（维）	季刊
58-43	绿洲（汉）	双月刊
58-47	阿克苏文艺（维）	季刊
58-51	文学译丛（维）	月刊
58-52	世界文学选译（维）	双月刊
58-57	塔尔巴哈台（哈）	季刊
58-59	哈密文学（维）	双月刊
58-60	美拉斯（维）	双月刊
58-61	吐鲁番（汉）	季刊
58-62	喀什噶尔（维）	双月刊
58-65	西部（新文学版）	月刊
58-66	塔里木（维）	月刊
58-67	曙光（哈）	月刊

58-68	木拉（哈）	双月刊
58-69	启明星（蒙）	双月刊
58-74	伊犁河（汉）	双月刊
58-75	伊犁河（维）	双月刊
58-76	伊犁河（哈）	双月刊
58-77	阿勒泰春光（哈）	季刊
58-78	回族文学（汉）	双月刊
58-83	天尔塔格（维）	双月刊
58-105	地平线（哈）	季刊
58-108	布拉克（源泉）（维）	双月刊
58-124	西部蒙古论坛（蒙）	季刊
58-162	哈密文学（哈）	季刊
62-1	四川文学	月刊
62-16	龙门阵	月刊
62-53	凉山文学（汉）	双月刊
62-62	凉山文学（彝）	季刊
62-69	草地	双月刊
62-89	西南军事文学	双月刊
62-97	星星诗刊	月刊
62-102	看电影	半月刊
62-130	青年作家	月刊
62-157	星星诗刊·诗歌理论	月刊
62-172	看电影（午夜场）	月刊
62-173	当代文坛	双月刊
62-250	散文诗世界	月刊
62-316	文史杂志·收藏人物	双月刊
64-2	边疆文学	月刊
64-9	滇池	月刊
64-17	边疆文学·文艺评论	月刊
64-33	金沙江文艺（汉）	双月刊
64-61	大家	双月刊
64-80	玉龙山	双月刊
66-1	山花·A版（上半月）	月刊

66-3	贵州画报	月刊
66-7	花溪	月刊
66-15	南风	月刊
66-70	山花·B版	月刊
66-161	杉乡文学	月刊
68-6	西藏文艺（藏）	双月刊
68-24	西藏文学（汉）	双月刊
74-2	朔方	月刊
74-31	六盘山文学	双月刊
78-2	红岩	双月刊
78-107	学语文之友·黄版（小学3—6年级）	月刊
80-140	艺术评论	月刊
80-194	当代·长篇小说选刊	双月刊
80-268	十月·长篇小说	双月刊
80-355	长篇小说选刊	双月刊
80-400	儿童文学（中）	月刊
80-526	中国作家·纪实	月刊
80-664	读友	半月刊
80-746	儿童文学（下）	月刊
80-960	民族文学（蒙文版）	双月刊
80-961	民族文学（维文版）	双月刊
82-106	北京文学·中篇小说月报	月刊
82-168	橄榄绿	双月刊
82-205	文艺理论与批评	双月刊
82-325	外国文学评论	季刊
82-334	民族文学研究	双月刊
82-370	传记文学	月刊
82-373	中国校园文学（中学读本）	月刊
82-497	中华文学选刊（中文版）	月刊
82-508	博爱	月刊
82-521	中外童话故事·幼儿版（3-7岁）	月刊
82-522	中外童话故事·少儿版（8-12岁）	月刊
82-547	大地	半月刊

82–549	地火	季刊
82–779	品读	月刊
82–827	中华诗词	月刊
82–835	外国文学动态	双月刊
82–930	复印报刊资料·当代文萃	月刊
84–9	椰城	月刊
84–12	天涯	双月刊

主要文学网站

汪静茹 辑录

澳华文学网	http：//www.aucnln.com/
八斗文学	http：//www.8dou.net/
巴金文学馆	http：//www.bjwxg.cn/
八月居小说网	http：//www.bayueju.com/
白鹿书院	http：//www.cnblsy.com/
北京青少年文学网	http：//www.bjccl.com/
北京文学杂志社	http：//bjwx.qikan.com/
北京作家网	http：//www.bjzjxh.com/
冰心网	http：//www.bingxin.org/
博看小说网	http：//www.bokon.net/
草根文学网	http：//www.cgwenxue.com/
重庆作家网	http：//cq.cqnews.net/cqwriter/
春韵	http：//www.chunyun.net/index.html
当代中国文学网	http：//www.ddwenxue.com/
滇池文学网	http：//www.dchwx.com/
东北作家网	http：//www.xdbzjw.com/
东方文学网	http：//www.iewenxue.com/main.asp
21世纪少年作家网	http：//china.sharpwriter.net/
飞库网	http：//www.feiku.com/index.html

飞卢小说网	http：//b.faloo.com/
凤凰读书—凤凰网	http：//book.ifeng.com/
广东作家网	http：//www.gdzuoxie.com/
故事中国	http：//www.storychina.cn/
河北作家网	http：//www.hbzuojia.com/
红杜鹃文学网	http：//www.hdjwx.com/
红袖添香	http：//www.hongxiu.com/
幻剑书盟	http：//hjsm.tom.com/
湖北作家网	http：//www.hbzjw.net.cn/
湖南作家网	http：//www.frguo.com/
极囧校园文学网	http：//www.jjyuyue.com/
江南杂志社	http：//www.jiangnan.org.cn/
江山文学网	http：//www.vsread.com/
江苏作家网	http：//www.jszjw.com/
江西散文网	http：//www.jxsww.com.cn/
晋江文学城	http：//www.jjwxc.net/
90后作家网	http：//90houzj.howbbs.com/
看书网	http：//www.kanshu.com/
连城读书	http：//www.lcread.com/
辽宁作家网	http：//www.liaoningwriter.org.cn/
猫扑文学	http：//www.mopwx.com/
萌芽	http：//www.mengya.com/portal.php
闽文学网	http：//www.mwenw.com/
民族文学网	http：//www.mzwxzz.com/
起点女生网	http：//www.qdmm.com/
起点中文网	http：//www.qidian.com/Default.aspx
青海作家网	http：//www.qhwriter.com/gb/
青年作家杂志社	http：//www.qingnianzuojia.com/
青藤文学	http：//www.7cd.cn/
人民文学杂志社网	http：//www.rmwxzz.com/
榕树下	http：//www.rongshuxia.com/
散文吧	http：//www.sanwen8.cn/
散文在线	http：//sanwenzx.com/

山东作家网	http：//www.sdzj.org/
17k小说网	http：//www.17k.com/
诗生活	http：//www.poemlife.com/
十月杂志社	http：//www.eduww.com/shiyuezazhi/
守望原创文学网	http：//www.sw020.com/
书海小说网	http：//www.shuhai.com/
书斋原创文学	http：//www.shuzhai.net/
四川作家网	http：//www.sczjw.cn/
搜狐读书	http：//book.sohu.com/
腾讯读书	http：//book.qq.com/
天津作家网	http：//www.tjwriter.net/
天涯文学	http：//ebook.tianya.cn/buke/41320.aspx
TOM读书	http：//html.dushu.tom.com/
网络作家网	http：//www.wlzuojia.com/
网易原创文学	http：//yc.163.com/
文学报	http：//wxb.wenxuebao.com/wxb/html/2013-01/10/node_2.htm
文学会馆	http：//lit.eastday.com/
文学自由谈	http：//wxzy.qikan.com/
文章阅读网	http：//www.duwenzhang.com/
梧桐细雨文学网	http：//www.wtxy.net/
西北文学网	http：//www.gszj.net/
西藏文学	http：//xiza.qikan.com/
现在原创	http：//vip.book.cnxianzai.com/
湘滨文学网	http：//www.4808.com/
新疆作家网	http：//www.xjzjw.com/portal.php
小作家网	http：//202.102.89.92：81/about.asp
新华副刊—新华网	http：//www.xinhuanet.com/xhfk/
新浪文化读书	http：//book.sina.com.cn/
新华悦读—新华网	http：//www.xinhuanet.com/book/
烟雨红尘	http：//www.cc222.com/
杨柳青文学网	http：//www.ylqwx.com/
彝良文学	http：//ylwx.qikan.com/

雨枫轩	http：//www.rain8.com/
阅读网	http：//www.zubunet.com/
岳麓小说网	http：//www.yueloo.com/
浙江少年作家网	http：//www.zjsnzj.com/
浙江作家网	http：//www.zjzj.org/
中国报告文学网	http：//www.zgbgwx.com/
中国读书网	http：//www.dusu.com.cn/
中国国土资源作家网	http：//zj.gtzyb.com/
中国散文网	http：//www.chinasanwen.com/
钟山杂志社	http：//www.zhongshanzazhi.com/home.asp
中国少年作家网	http：//www.snzjb.org/
中诗网	http：//www.yzs.com/index.html
中国网络文学联盟	http：//www.ilf.cn/
中国文学网	http：//www.literature.org.cn/
中国文学家园	http：//www.wenxuejiayuan.com/
中国西部散文网	http：//www.cnxbsww.com/
中国作家网	http：//www.chinawriter.com.cn/
中国校园文学	http：//www.xywx.org/
中国韵律诗歌网	http：//zhongguoyunlvshigewang.5d6d.net/
中华原创儿童文学	http：//www.zh61wx.com/
中国作家杂志社网站	http：//www.zgzjzzs.com/
中华诗词学会	http：//www.zhscxh.com/
中篇小说选刊杂志社	http：//www.zpxsxk.com/portal.php
逐浪文学	http：//www.zhulang.com/
纵横中文网	http：//www.zongheng.com/
作家网	http：//www.zuojiawang.com/
左岸文化	http：//www.eduww.com/thinker/portal.php
作家在线	http：//www.haozuojia.com/
亦凡公益图书馆	http：//www.shuku.net/novels/cnovel.html
黄金书屋	http：//www.hjswbook.com/
《红豆》网	http：//www.hongdouzazhi.com/
云文学网	http：//www.yunwenxue.com/
半壁江文学网	http：//read.banbijiang.com/

主要文艺出版社名录

尹培丽 辑录

出版社名称	出版单位前缀
安徽人民出版社	978-7-212
安徽少年儿童出版社	978-7-5397
安徽文艺出版社	978-7-5396
百花文艺出版社（天津）有限公司	978-7-5306
百花洲文艺出版社有限责任公司	978-7-5500
北方妇女儿童出版社有限责任公司	978-7-5385
北京出版社	978-7-200
北京大学出版社有限公司	978-7-301
北京少年儿童出版社	978-7-5301
北京师范大学出版社	978-7-303
北京十月文艺出版社	978-7-5302
北京同心出版社有限公司	978-7-5477
北京燕山出版社	978-7-5402
北岳文艺出版社有限责任公司	978-7-5378
长江文艺出版社	978-7-5354
长征出版社	978-7-80204
晨光出版社	978-7-5414
崇文书局	978-7-5403
春风文艺出版社有限责任公司	978-7-5313

大连出版社	978-7-5505
大众文艺出版社	978-7-80240
当代中国出版社	978-7-5154
东方出版中心有限公司	978-7-5473
敦煌文艺出版社	978-7-5468
二十一世纪出版社有限责任公司	978-7-5391
复旦大学出版社有限公司	978-7-309
福建海峡文艺出版社有限责任公司	978-7-80719
福建鹭江出版社有限责任公司	978-7-5459
福建人民出版社有限责任公司	978-7-211
甘肃人民出版社	978-7-226
甘肃人民美术出版社	978-7-80588
甘肃少年儿童出版社	978-7-5422
广东花城出版社有限公司	978-7-5360
广州暨南大学出版社有限责任公司	978-7-5668
广东教育出版社有限公司	978-7-5406
广东南方日报出版社有限公司	978-7-5491
广东人民出版社有限公司	978-7-218
广东新世纪出版社有限公司	978-7-5405
广东羊城晚报出版社有限公司	978-7-80651
广州中山大学出版社有限公司	978-7-306
光明日报出版社	978-7-5112
广西人民出版社有限公司	978-7-219
广西师范大学出版社	978-7-5495
贵州人民出版社	978-7-221
国际文化出版公司	978-7-5125
哈尔滨出版社	978-7-5484
海南出版社	978-7-5443
海豚出版社有限责任公司	978-7-5110
河北教育出版社有限责任公司	978-7-5434
河北人民出版社有限责任公司	978-7-202
河南人民出版社	978-7-215
河南文艺出版社有限公司	978-7-80765

黑龙江北方文艺出版社有限公司	978-7-5317
黑龙江教育出版社有限公司	978-7-5316
黑龙江人民出版社有限公司	978-7-207
黑龙江少年儿童出版社有限公司	978-7-5319
湖北人民出版社有限公司	978-7-216
湖北少年儿童出版社有限公司	978-7-5353
湖南大学出版社有限责任公司	978-7-5667
湖南人民出版社有限责任公司	978-7-5438
湖南少年儿童出版社有限责任公司	978-7-5358
湖南文艺出版社有限责任公司	978-7-5404
华龄出版社	978-7-80178
华文出版社	978-7-5075
花山文艺出版社有限责任公司	978-7-5511
华夏出版社	978-7-5080
华艺出版社	978-7-80252
黄山书社	978-7-5461
红旗出版社	978-7-5051
吉林大学出版社有限责任公司	978-7-5601
吉林人民出版社有限责任公司	978-7-206
江苏凤凰出版社有限公司	978-7-5506
江苏凤凰少年儿童出版社有限公司	978-7-5346
江苏凤凰文艺出版社有限公司	978-7-5399
江苏人民出版社有限公司	978-7-214
江苏译林出版社有限公司	978-7-5447
江西教育出版社有限责任公司	978-7-5392
江西人民出版社有限责任公司	978-7-210
解放军文艺出版社	978-7-5033
接力出版社有限公司	978-7-5448
开明出版社	978-7-5131
科学出版社	978-7-03
昆仑出版社	978-7-80239
蓝天出版社	978-7-5094
漓江出版社有限公司	978-7-5407

辽宁教育出版社	978-7-5382
辽宁人民出版社	978-7-205
辽宁少年儿童出版社有限责任公司	978-7-5315
龙门书局	978-7-5088
民族出版社	978-7-105
明天出版社有限公司	978-7-5332
南方出版社	978-7-5501
南京大学出版社有限公司	978-7-305
南京师范大学出版社有限公司	978-7-5651
南开大学出版社	978-7-310
内蒙古人民出版社	978-7-204
内蒙古文化出版社	978-7-80675
宁波出版社	978-7-80743
宁夏人民出版社有限公司	978-7-227
青岛出版社	978-7-5436
青海人民出版社有限责任公司	978-7-225
清华大学出版社有限公司	978-7-302
群言出版社	978-7-80256
群众出版社	978-7-5014
人民出版社	978-7-01
人民日报出版社	978-7-5115
人民文学出版社有限公司	978-7-02
生活·读书·新知三联书店有限公司	978-7-108
山东大学出版社有限公司	978-7-5607
陕西太白文艺出版社有限责任公司	978-7-5513
山东人民出版社有限公司	978-7-209
山东文艺出版社有限公司	978-7-5329
山西人民出版社	978-7-203
陕西人民出版社有限责任公司	978-7-224
陕西未来出版社有限责任公司	978-7-5417
上海辞书出版社	978-7-5326
上海交通大学出版社有限公司	978-7-313
上海人民出版社	978-7-208

上海书店出版社	978-7-5458
上海文艺出版社	978-7-5321
上海译文出版社	978-7-5327
上海远东出版社	978-7-5476
上海文汇出版社有限公司	978-7-5496
上海三联书店有限公司	978-7-5426
社会科学文献出版社	978-7-5097
时代文艺出版社有限责任公司	978-7-5387
世界图书出版有限公司	978-7-5100
世界知识出版社	978-7-5012
四川人民出版社有限公司	978-7-220
四川文艺出版社有限公司	978-7-5411
四川大学出版社有限责任公司	978-7-5614
四川少年儿童出版社有限公司	978-7-5365
天津教育出版社有限公司	978-7-5309
天津人民出版社有限公司	978-7-201
天津社会科学院出版社有限公司	978-7-80688
天天出版社有限责任公司	978-7-5016
万卷出版有限责任公司	978-7-5470
文化艺术出版社	978-7-5039
武汉出版社	978-7-5430
五洲传播出版社	978-7-5085
西北大学出版社有限责任公司	978-7-5604
希望出版社	978-7-5379
西藏人民出版社	978-7-223
现代出版社有限公司	978-7-5143
现代教育出版社有限公司	978-7-5106
新华出版社	978-7-5011
新疆大学出版社	978-7-5631
新疆青少年出版社	978-7-5515
新疆人民出版社	978-7-228
新蕾出版社（天津）有限公司	978-7-5307
新世界出版社有限责任公司	978-7-5104

新星出版社有限责任公司	978-7-5133
学林出版社	978-7-5486
学习出版社	978-7-5147
学苑出版社	978-7-5077
远方出版社	978-7-80723
云南教育出版社有限责任公司	978-7-5415
云南人民出版社有限责任公司	978-7-222
浙江大学出版社有限责任公司	978-7-308
浙江人民出版社	978-7-213
浙江少年儿童出版社	978-7-5342
浙江文艺出版社有限公司	978-7-5339
知识出版社	978-7-5015
中国法制出版社	978-7-5093
中国方正出版社	978-7-80216
中国妇女出版社	978-7-5127
中国画报出版社有限责任公司	978-7-5146
中国华侨出版社	978-7-5113
中国青年出版社	978-7-5153
中国人民大学出版社有限公司	978-7-300
中国少年儿童新闻出版总社	978-7-5148
中国社会出版社	978-7-5087
中国社会科学出版社	978-7-5161
中国文联出版社	978-7-5059
中国文史出版社	978-7-5034
中国戏剧出版社	978-7-104
中国言实出版社	978-7-80250
中华书局有限公司	978-7-101
中央编译出版社	978-7-5117
中央民族大学出版社	978-7-5660
中央文献出版社	978-7-5073
作家出版社	978-7-5063

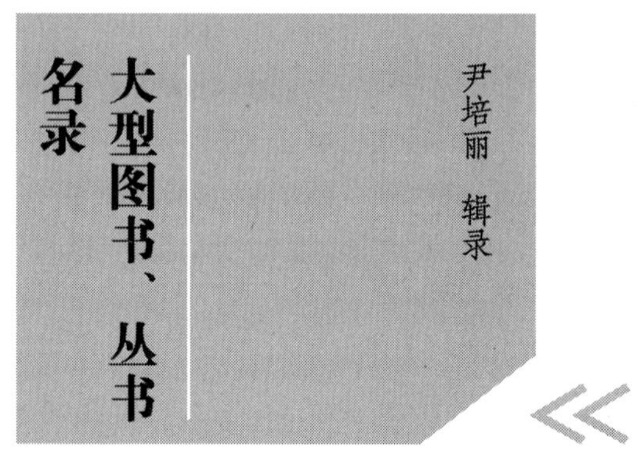

大型图书、丛书名录

尹培丽 辑录

第五届银鹰杯全国文学大赛精品选集	**中华书局**
小说卷	刘维圣等主编
诗歌卷	刘维圣等主编
散文卷	刘维圣等主编
戏曲卷	刘维圣等主编
第二届中国百诗百联大赛参赛作品精选集	**湖南人民出版社**
第二届中国百诗百联大赛作品集	肖雅瑜主编
第二届中国百诗百联大赛参赛作品精选	李军主编
吕梁作家文丛	**北岳文艺出版社**
短篇小说卷	梁大智、韩思中主编
中篇小说卷	梁大智、韩思中主编
诗歌卷	梁大智、韩思中主编
散文卷	梁大智、韩思中主编
吕梁诗韵	梁大智、韩思中主编
大清镖师	梁大智、韩思中主编
周口文学60年精品大系	**河南文艺出版社**
中篇小说卷	编委会主编
短篇小说卷	编委会主编

散文卷	编委会主编
诗歌卷	编委会主编
文学评论卷	编委会主编
诗词卷	编委会主编
21世纪中国文学大系	**南京师范大学出版社**
长篇小说	陈晓明主编
中篇小说	陈晓明主编
短篇小说	陈晓明主编
散文	陈晓明主编
诗歌	陈晓明主编
戏剧文学	陈晓明主编
杂文	陈晓明主编
报告文学	陈晓明主编
理论	陈晓明主编
批评	陈晓明主编
史料	陈晓明主编
翻译文学	陈晓明主编
随笔	陈晓明主编
青年文摘彩虹书系	**中国青年出版社**
年轻总免不了一场颠沛流离	李钊平主编
内心没有方向，去哪儿都是逃离	李钊平主编
亲爱的玛嘉烈	李钊平主编
每个人都有泪流满面的秘密	李钊平主编
别在能吃苦的时候选择安逸	李钊平主编
谢谢你，让我成为更好的人	李钊平主编
成为所有地方的所有人	李钊平主编
南楼丹霞20年作品选	**广西人民出版社**
小说卷	杨合、蓝瑞柠主编
散文卷	杨合、蓝瑞柠主编

诗歌卷	杨合、蓝瑞柠主编
梁斌全集	**百花文艺出版社**
梁斌全集（1）	梁斌著
梁斌全集（2）	梁斌著
梁斌全集（3）	梁斌著
梁斌全集（4）	梁斌著
梁斌全集（5）	梁斌著
梁斌全集（6）	梁斌著
梁斌全集（7）	梁斌著
白薇文集	**湖南人民出版**
小说卷	白薇著
戏剧卷	白薇著
散文卷	白薇著
诗歌卷	白薇著
丛录卷	白薇著
新世纪小说大系	**上海文艺出版社**
2001—2010·生态卷	陈思和主编
2001—2010·乡土卷	陈思和主编
2001—2010·记忆卷	陈思和主编
2001—2010·都市卷	陈思和主编
2001—2010·底层卷	陈思和主编
2001—2010·青春卷	陈思和主编
2001—2010·武侠卷	陈思和主编
2001—2010·科幻卷	陈思和主编
2001—2010·奇玄卷	陈思和主编
“21世纪文学之星丛书”2014年卷	**作家出版社**
花木兰	修正扬著
茱萸	邓瑞芳著
无主之地	曹永著

平行蚀	李宏伟著
我惊飞的那些翅膀	谢小青著
平衡艺术	梁文昆著
草木和恩典	刘汉斌著
沉默所在	岳雯著
重回文学本身	饶翔著
现实的多重皱褶	陈思著

澳门文学丛书	**作家出版社**
挥手之后还会再见吗	水月著
在迷失国度下被遗忘了的自白录	吕志鹏著
澳门古今与艺文人物	李鹏翥著
轻抚那人间的沧桑	未艾著
澳门掌故	黄德鸿著
狼狈行动	李宇樑著
曾几何	王祯宝著
待旦集	李成俊著
悦读澳门	吴志良著
拾穗集	鲁茂著
相看是故人	穆凡中著
浮城	邓晓炯著
三余集	李观鼎著
寸心千里	穆欣欣著
有发生过	寂然著
爱你爱我	梁淑淇著
流民之歌	袁绍珊著
头上彩虹	林中英著
没有错过的阳光	赵阳著
一方净土	黄坤尧著
如果爱情像诗般阅读	贺绫声著
枯枝上的敌人	姚风著

南湖青年文学丛书 **团结出版社**

微光	潘月玲著
观照	柳文龙著
我们都是小把戏	江丽华著
书海一粟	黄辉著
银版的诗	查杰慧著
嘉兴流水	许颜著
莫妮卡与兰花	尤佑著

“啄木鸟”系列生态文学丛书 **北岳文艺出版社**

树木医生	国家林业局森林病虫害防治总站编写
虫子的故事	国家林业局森林病虫害防治总站编写
我与野生动物	国家林业局森林病虫害防治总站编写

百部原创儿童文学丛书 **北京金盾出版社**

风中有朵雨做的云	赵卷卷著
目标	谢玲著
让狼舔舔你的手	闵凡利著
海边的艾米丽	张晗著
一车煤的重量	岳勇著
实名制天堂	徐均生著
留守同学	曹延标著
卷毛虎虎的趣事	林锡胜著
超级无敌地球人	蒋风娇著
爹的袜子，娘的狗	慧萍著
青苹果：少年万卡记事录	琚静斋著
汤姆索亚的无敌号	罗丹著
丑小鸭飞上天了吗	赫东军著
家有豆豆萌翻天	刘瑛著
冲刺	谢玲著
青春狙击	于立极著
珍珠泪	喻虹著
迷失在玩偶城堡	马端刚著

摇摇晃晃的岁月	李清文著
青春花开粉嘟嘟	徐继东著
太阳花开	魏晓英著
我是愤怒的青蛙	尹奇峰著
永远的微笑	于潇湉著
榕树下的秘密	陈华清著
让雪花飞	李丽杰著
我们班的小妖精	王友国、王冕著
我们的理想	广雨辰著
幸福像花儿一样	周莲珊著
爱菲尔棒棒糖	赵华著
追赶	谢玲著
收集幸福的罐子	孙宠著
深夜的香味	贾月珍著
兔班Q传	李爱华著
小精灵探核行	谭旭东著
最后的雪绒树	毕然著
小兔子免免的故事	安琪著
故事五奇	邬朝祝著
我也想要一个“啊嚏”	梁英著
爱在大口袋	窦晶著
山羊阿姨的魔术	孙传侠著
魔法家族	宋雪蕾著
住在蛋糕里的小老鼠	王慧艳著
桃树上的红纱女	瑞娴著
去童话世界采风	汪琦著
柠檬火车	任小霞著
火星老鼠月球猫	周莲珊著
芦花花和她的孩子们	黄非红著
风中的铃铛	杨奇斌著
精灵古怪镇的怪事	马成志著
最男孩的童话屋	薄睿宁著
时间碎片	梁早安著

最后一根琴弦	刘弟红著
晓鱼水底城历险记	刘青鹏著
笑笑龙PK严肃猫	白水平著
X星球历险记	刘奇著
跳出鱼缸的鱼	胡明宝著
春天的歌	王满夷著
山坡上的南瓜屋	胡凡良著
不爱长鼻子的长鼻子象	刘斌著
灵伢子和他的黑山羊	辛立华著
我是95后	逢杭之著
向着太阳微笑	胡森河著
那朵荷花般的微笑	高昌著
蓝色的记忆	陆樱著
心中的月光	于梦娇著
一路阳光，一路花香	卢梓仪著
麻雀的窗边低语	孟祥宁著
乡村的歌谣	谢耀西、谢莲秀著
青树上的叶子	邱易东著
啄着阳光的鸽子	陈华清著
有趣的朋友	佟希仁著
我的乡村，我的少年	刘泽安著
山坡上的云朵	周伟著
绿色的希望	刘芳著
满地桔香	谭旭日著
最初的脚步	谭旭东著
天堂里，不会有眼泪	徐长顺著
乡村牧童	许泽夫著
手语	高巧林著
油菜花开的童年	谭湘豫著
天籁千纸鹤	林卓宇著
住进小木屋的梦里	唐德亮著
田字格里种生字	韩志亮著
小鸟的期末考	林乃聪著

寻找一片叶子	商泽军著
钓太阳	梁继平著
天空的裙子	朵朵著
春天是满地的花开	陆章健著
小鸟的花房	谭哲著
变来变去的妈妈	巩孺萍著
童年，多梦的岁月	滕毓旭著
朗诵诗12月	金本著
变成一朵鲜红	高昌著
大地的眼睛	雨兰著
我是一个坏小孩	盖尚铎著
长不大的童话	李宏声著
别让冬天跌得太疼	何腾江著
发芽的铅笔	李德民著
长大后我就成了你	宋青松著
狐狸偷意象	李成恩著
海东情文艺丛书	**青海人民出版社**
散文卷：文明边缘地带	李永新主编
诗歌卷：圣地与乐土	李永新主编
评论卷：绚烂与平淡	李永新主编
小说卷：最后一盘水磨	李永新主编
校园卷：青春的色彩	李永新主编
灵石县系列文学丛书	**北岳文艺出版社**
后头街：野性的智商	孟繁信著
桃柳坡	王俊才著
被黑夜灼伤的眼睛	郭忠辉著
夜晚为何虚掩门	续海亮著
牡丹文苑丛书	**河南人民出版社**
稻田里的老虎	徐根鹏著
闲花集	梁凌著

春风吹	余子愚著
极度倾斜	谭滢著
花开锦年	若凡著
孤星	高婉情著
回雪	秦晗著
镜花水月	刘子琳著
“中国书籍文学馆”丛书	**中国书籍出版社**
大师经典·鲁迅精品选	鲁迅著
大师经典·郁达夫精品选	郁达夫著
大师经典·闻一多精品选	闻一多著
大师经典·徐志摩精品选	徐志摩著
大师经典·朱自清精品选	朱自清著
大师经典·萧红精品选	萧红著
大师经典·夏丏尊精品选	夏丏尊著
大师经典·邹韬奋精品选	邹韬奋著
大师经典·梁遇春精品选	梁遇春著
大师经典·戴望舒精品选	戴望舒著
大师经典·郑振铎精品选	郑振铎著
大师经典·庐隐精品选	庐隐著
大师经典·许地山精品选	许地山著
大师经典·石评梅精品选	石评梅著
大师经典·李叔同精品选	李叔同著
大师经典·朱湘精品选	朱湘著
大师经典·林徽因精品选	林徽因著
大师经典·苏曼殊精品选	苏曼殊著
大师经典·章衣精品选	章衣著
名家文存·重新发现文学	雷达著
名家文存·槐香入梦	周立民著
名家文存·从传承到重塑	马季著
名家文存·边看边说	白烨著
名家文存·文学的尊严	贺绍俊著
名家文存·文坛小世界	孟繁华著

名家文存·穿越经典	张亦辉著
名家文存·闲笔杂说	王必胜著
名家文存·时代侧面的旁白	张颐武著
名家文存·叙说所有	阎晶明著
名家文存·介入与超越	何言宏著
名家文存·隔行通气	王干著
散文苑·西窗	李惊涛著
散文苑·梦想的寒，成功的暖	方益松著
散文苑·潺潺有声	张文宝著
散文苑·剪一个纸月亮	若兮著
散文苑·心有菩提	葛丽萍著
散文苑·昨日明眸	周维先著
散文苑·心安是归处	蒋岭著
散文苑·一路走来	李建军著
小说林·梅林深处	潘吉著
小说林·一根刺	陈然著
小说林·红披风	修白著
小说林·天缺一角	严苏著
小说林·不会在意	赵剑云著
小说林·送你一束玫瑰花	蒋亚林著
小说林·追赶养蜂人	刘荣书著
小说林·午夜漫游	刘剑波著
小说林·鼎红的小爱情	庞余亮著
小说林·沙城之恋	谢挺著
小说林·谁都不容易	徐泽著
小说林·换一个地方	陈武著
精品赏析·哲思妙悟	高维生著
精品赏析·咀嚼人生	杨晓华著
精品赏析·自然风情	蒋蓝著
精品赏析·青葱岁月	高梦龄著
精品赏析·私房心语	孙洪师著
精品赏析·感时伤怀	赵宏兴著
精品赏析·温情蜜意	吴佳骏著

志通文丛	沈阳出版社
大道星光	董邦耀著
烛光	李婷著
纳西净地	李虎著
不如去远行	郝娟子著
巴人雅趣	史罕明著
Helen的幸福生活	李华著

云南历代文选	云南教育出版社
诗词	编委会编
散文	编委会编
游记	编委会编
传记	编委会编
碑刻	编委会编
词赋	编委会编
文论	编委会编

蓝色东欧丛书	花城出版社
花园里的野蛮人	（波兰）兹比格涅夫·赫贝特 高兴主编 张振辉译
海上迷宫/蓝色东欧	（波兰）兹比格涅夫·赫贝特 高兴主编 赵刚译
带马嚼子的静物画	（波兰）兹比格涅夫·赫贝特 高兴主编 易丽君译
谁带回了杜伦迪娜	（阿尔巴尼亚）伊斯梅尔·卡达莱 高兴主编 邹琰译
罗马尼亚当代抒情诗选	（罗马尼亚）卢齐安·布拉加 高兴主编 高兴译
神殿的基石（布拉加箴言录）	（罗马尼亚）卢齐安·布拉加 高兴主编 陆象淦译
海上迷宫	（波兰）兹比格涅夫·赫贝特 高兴主编 赵刚译
我的金饭碗	（捷克）伊凡·克里玛 高兴主编 刘星灿译
终极亲密	（捷克）伊凡·克里玛 高兴主编 徐伟珠译
没有圣人没有天使	（捷克）伊凡·克里玛 高兴主编 朱力安译
等待黑暗等待光明	（捷克）伊凡·克里玛 高兴主编 杜常婧译
我的金饭碗	（捷克）伊凡·克里玛 高兴主编 刘星灿译
一日情人	（捷克）伊凡·克里玛 高兴主编 高兴、杜常婧译
父辈书	（匈牙利）瓦莫什·米克罗什 高兴主编 许健籍译

索拉里斯星	（波兰）斯塔尼斯瓦夫·莱姆 高兴主编 赵刚译
石头城纪事	（阿尔巴尼亚）伊斯梅尔·卡达莱 高兴主编 李玉民译
错宴	（阿尔巴尼亚）伊斯梅尔·卡达莱 高兴主编 余中先译
权力之图的绘制者	（罗马尼亚）加布里埃尔·基富 高兴主编 林亭、周关超译

文学陇军八骏金品典藏丛书	**甘肃文化出版社**
小说卷·弋舟的小说	弋舟著
小说卷·叶舟的小说	叶舟著
小说卷·王新军的小说	王新军著
小说卷·雪漠的小说	雪漠著
小说卷·马步升的小说	马步升著
小说卷·向春的小说	向春著
小说卷·严英秀的小说	严英秀著
小说卷·李学辉的小说	李学辉著
诗歌卷·娜夜的诗	娜夜著
诗歌卷·高凯的诗	高凯著
诗歌卷·古马的诗	古马著
诗歌卷·第广龙的诗	第广龙著
诗歌卷·梁积林的诗	梁积林著
诗歌卷·马萧萧的诗	马萧萧著
诗歌卷·离离的诗	离离著
诗歌卷·胡杨的诗	胡杨著

新屈原文学丛书（第一辑）	**江苏文艺出版社**
普通话陷阱	普玄著
代梅窗前的男人	王小木著
遁走曲	朱朝敏著
理想国	郭海燕著
一河春水	谭岩著
无缝对接	荒湖著
白莲浦	陈旭红著
带着清江上路	杨秀武著
一个后湖农场的姑娘	大头鸭鸭著

行走的月亮	姚远芳著
永仁人文随笔丛书	**云南人民出版社**
杖藜拾青	汤世杰著
砚边墨迹	万利书著
绣娘秘语	后亚萍著
永仁文学丛书	**云南人民出版社**
永仁情怀	李明锋主编
永仁恋歌	李明锋主编
方山情歌	李明锋主编
国际安徒生奖大奖书系	**安徽少年儿童出版社**
大象的主人	（法国）勒内·吉约 方卫平主编 余轶译
碧婆婆贝婆婆	（巴西）安娜·玛丽亚·马查多 方卫平主编 陈静抒译
太空人遇险记	（澳）帕特里夏·赖特森 方卫平主编 任溶溶译
小书房之玻璃孔雀	（英国）依列娜·法吉恩 方卫平主编 马爱农译
矮个子先生	（奥地利）克里斯蒂娜·涅斯特林格 方卫平主编赵建军译
戴帽子的女士	（以色列）尤里·奥莱夫 方卫平主编 郦青译
隔离区来的人	（以色列）尤里·奥莱夫 方卫平主编 贺爱军等译
小书房之穷岛的奇迹	（英国）依列娜·法吉恩 方卫平主编 马爱农译
鸟儿街上的岛屿	（以色列）尤里·奥莱夫 方卫平主编 路文彬译
巴勒斯坦王后莉迪娅	（以色列）尤里·奥莱夫 方卫平主编 邹运旗译
怪天使斯凯力	（英国）大卫·阿尔蒙德 方卫平主编 蔡宜容译
吹玻璃工的两个孩子	（瑞典）玛丽亚·格里珀 方卫平主编 徐朴译
奥斯波星球历险记	（塞浦路斯）艾丽·皮奥尼斯 方卫平主编 郭建玲译
伊尔莎出走了	（奥地利）涅斯特林格 方卫平主编 谢凤丽译
给妈妈找男朋友	（奥地利）涅斯特林格 方卫平主编 赵建军译
不可思议的阿瑞斯	（希腊）克里斯托斯·布洛迪斯 方卫平主编 崔文君译
少年斯特法诺	（阿根廷）玛丽亚·特蕾莎·安德鲁埃托 方卫平主编 赵文伟译
胡安的国度	（阿根廷）玛丽亚·特蕾莎·安德鲁埃托 方卫平主编 项静姝、徐颖丰译

江苏公安作家丛书	**群众出版社**
氿城警事	卢鍙著
警梦随行	江苏省公安文联编
穷警察富警察	葛波著
预约报警的女人	骆圣宏著
寂寞人生不曾休	赵伟著

中国新文学研究丛书	**人民文学出版社**
文体与图像	赵宪章著
民国大学的文脉	沈卫威著
在语言之内航行·论新诗韵律及其他	李章斌著
中国当代文学传媒研究	黄发有著
应知天命集	王彬彬著
越界与交融：跨区域跨文化的世界华文文学	刘俊著
文学视阈与戏剧电影	胡星亮著
文学史与知识分子价值观	丁帆著
启蒙、文学与戏剧	董健著

在场主义散文奖五年丛书	**广东人民出版社**
空谷传响	周闻道编
阳光不老	周闻道编
星空肖像	周闻道编
个人史	周闻道编
大忧伤	周闻道编
黑暗记	周闻道编
时光河	周闻道编
家园志	周闻道编

新诗研究丛书	**北京大学出版社**
台湾现代诗美学	简政珍著
变形诗学	翁文娴著
抒情主义与中国现代诗学	张松建著

两京论诗	江锡铨著
个人化历史想象力的生成	陈超著
新诗讲稿	废名著
百年散文探索丛书	**广东人民出版社**
诗性想象：百年散文理论体系与文化话语建构	陈剑晖著
新时期散文的发展向度	王兆胜著
审美、审丑与审智：百年散文理论探微与经典重读	孙绍振著
散文的常道	谢有顺著
鲁迅研究新前沿丛书	**漓江出版社**
解构之美：鲁迅《故事新编》思想艺术探析	胡永良著
认识中国的一扇窗	王锡荣著
鲁迅杂文中的医学文化	余凤高著
犁与剑——鲁迅文体与思想再认识	李林荣著
鲁迅的科学思维	张梦阳著
反抗被描写	郜元宝著
西安作家作品创作研究丛书	**陕西师范大学出版社**
贾平凹研究	李伯钧、陈兆朋编
吴克敬研究	李伯钧、陈兆朋编
叶广芩研究	李伯钧、陈兆朋著
性别视角下的中国文学与文化丛书	**南开大学出版社**
中国现代文学文化现象与性别	乔以钢等著
女性身体观念与当代文学批评	陈宁著
中国古代文学与文化的性别审视	陈洪、乔以钢等著
中国现代文学文化现象与性别	乔以钢等著
性别研究——理论背景与文学文化阐释	刘思谦、屈雅君等著
因性而别——中国现代文学家庭书写新论	陈千里著
浮出历史地表之前——中国现代女性写作的发生	张莉著
因性而别：中国现代文学家庭书写新论	陈千里著
现代性的姿容——性别视角下的上海都市文化	陈惠芬等著

“从心出发”丛书	**华夏出版社**
残阳如画	方梁著
你我之间	刘悦来著
雕刻凡尘	李莹姬著
往事叮咚	朱耀华著
小说眼·看中国丛书	**北岳文艺出版社**
借命时代的家乡	秦岭著
凤凰琴	商昌宝主编
你凝视过我的眼睛吗	商昌宝主编
接吻长安街	商昌宝主编

文学活动纪事

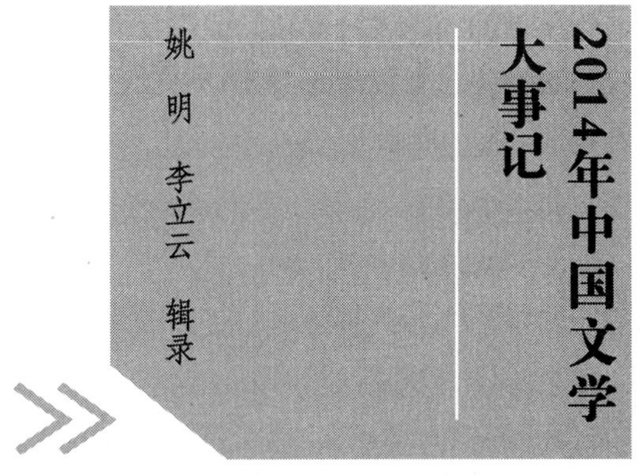

一月

1月1日

长篇小说《花自飘零》出版 作品是2013年中国作协重点扶持作品。作家李迪以生动的文笔，讲述了一个女人的曲折命运和爱恨情仇，情真意切，催人泪下，让读者在充满悬念的故事中，品味人生之苦和人性之美。

1月2日

2010—2012年度“赵树理文学奖”揭晓 由山西省委、省政府设立，山西省作协承办的“赵树理文学奖”揭晓。本次评奖共设13项，葛水平的《裸地》、王保忠的《甘家洼风景》获长篇小说奖，吕新的《白杨木的春天》、韩思中的《挣挣扎扎》、小岸的《车祸》获中篇小说奖，邓学义的《谎》、韩振远的《炭河》、手指的《寻找建新》获短篇小说奖，韩玉光的《捕光者》、陈小素的《素诗》获诗歌奖，玄武的《关云长》、乔忠延的《乔忠延散文选集》获散文奖，黄风和徐茂斌的《黄河岸边的歌王》、聂还贵的《中国，有一座古都叫大同》、陈为人的《山西文坛十张脸谱》获长篇报告文学奖，皇甫琪的《煤矿农民工》、郭万新的《吉庄的三户人家》、任育才的《为善的涞水》获中短篇报告文学奖，陈寿昌的《六二班的故事》获儿童文学奖，燕治国的电视剧剧本《西口情歌》、张卫平和王国伟的电影剧本《浴血雁门关》获影视戏剧文学奖，王春林的《伟大的中国小说》、侯文宜的《中国文艺批评美学》、张石山的

《被误读的〈论语〉》获文学评论奖，孙频、陈克海获文学新人奖，吴炯、侯讵望、杨新雨获优秀编辑奖，张锐锋的《鼎力南极》、刘慈欣的《三体Ⅲ·死神永生》获荣誉奖。

1月5日

长篇纪实散文《失守的城堡》首发式暨牛红旗散文研讨会在京举行　由鲁迅文学院、宁夏文联、中共宁夏固原市委宣传部主办的长篇纪实散文《失守的城堡》首发式暨牛红旗散文研讨会在京举行。中国散文学会会长王巨才，宁夏文联副主席哈若蕙，鲁迅文学院副院长李一鸣、王璇，固原市文联主席杨风军和近20位评论家、学者与会研讨。研讨会由鲁迅文学院常务副院长成曾樾主持。与会者认为，《失守的城堡》可谓作者文化行旅的生命体验。全书通过对一个个古城堡大量文化遗存的辨析、历史事件的考证和对百姓古往今来命运遭际的叙写，展示了整个西海固地区在文明演进过程中的厚重文化积淀。作者并未仅仅驻足于写景层面，而是以自己独特的思考表达对生命、历史、文化的理解和敬重，发掘历史文化和地域文化的民族精神。书中既有大量的文献资料和采访实录，又有不少生动的虚构细节和合理想象，疏密有致，张弛得体，感情内敛，文字朴实，体现了作者认真的写作态度、扎实的艺术积累和娴熟的表达能力。

1月7日

全国首家省级网络作家协会在浙江成立　浙江省网络作家协会第一次全体会员大会在杭州隆重召开。中国作家协会党组成员、副主席、书记处书记陈崎嵘致辞，浙江省委常委、宣传部部长葛慧娟作了重要讲话。浙江省委宣传部副部长龚吟怡，浙江省作家协会主席麦家，浙江省文联党组成员、副主席、书记处书记、省作协副主席黄先钢，浙江省民政厅民间组织管理局副局长周龙等领导出席大会的开幕式。开幕式由省作家协会党组书记、副主席臧军主持。麦家在闭幕式上致辞。大会听取了《坚持正确导向提升审美品格迎接网络文学的春天》筹备工作报告，审议通过了《浙江省网络作家协会章程》，选举产生了浙江省网络作家协会第一届领导机构，提出了今后三年我省网络文学工作的总体思路和主要目标任务。

1月8日

路遥文学奖惹争议　刚刚迈入2014年，文坛就有些躁动。1月8日，路遥文学奖宣布开评。该奖发起人之一、收藏界杂志社社长高玉涛称，路遥文学奖将每年评出一部获奖作品，目前确定奖金为99900元。路遥之女路茗茗随即通过律师发函，表示不同意设立该奖项。2013年1月路遥文学奖在北京启动时，路茗茗就表示过同样态度。知名学者肖鹰指出，路遥文学奖绝非其宣称那样严肃创新，而是极具随意性，并直言该奖设立目的就是“借奖圈钱”。他预言，此奖很可能半途而废。

1月9日

鲁迅文学院第二十一届中青年作家高级研讨班结业　经过为期4个月的学习培训，鲁迅文学院第二十一届中青年作家高级研讨班结业典礼在京举行。中国作协主席铁凝，中国作协党组书记李冰，中国作协党组副书记、鲁迅文学院院长钱小芊，中国作协副主席廖奔、何建明、陈崎嵘，中国作协书记处书记白庚胜、李敬泽出席结业典礼，并向学员们颁发了结业证书。李冰强调，党的十八大围绕坚持和发展中国特色社会主义，提出了“两个一百年”的奋斗目标。站在新的历史起点上，以习近平同志为总书记的党中央明确提出实现中华民族伟大复兴的中国梦。中国梦凝结着无数仁人志士的不懈努力，承载着全体中华儿女的共同向往，昭示着国家富强、民族振兴、人民幸福的美好前景。现在各条战线都在为实现中国梦而努力奋斗，文学也必须积极地贡献力量，要真诚地见证时代、书写时代，为时代放歌，为中国梦立传。

1月10日

中国小小说名家沙龙年会在东莞桥头镇举行　由中国小小说名家沙龙、桥头镇宣传教育文体局主办，桥头镇文化广播电视服务中心、桥头镇文联、《小小说选刊》《百花园》承办，华厦酒业集团、三正半山酒店协办的2013年中国小小说名家沙龙年会在东莞桥头举行。作家出版社总编辑、著名评论家张陵，《文艺报》副总编、著名评论家王山，东莞市文联专职副主席宋媛，桥头镇镇长翟耀东、镇党委委员陈进昌，桥头镇文体局局长陈广城，副局长、文广中心主任刘克平、副主任罗志全，著名作家莫树材等，中国名家小小说沙龙主席团成员与部分理事，以及广东省内小小说作家共80余人参与了此次盛会。年会由沙龙主席、河南省作协副主席、《百花园》《小小说选刊》主编杨晓敏主持。陈进昌致欢迎辞，宋媛、王山、张陵等先后发表讲话。在此次年会上，发布了2013年中国小小说十大重要事件、十大热点人物、十大新秀和2013中国小小说排行榜，并公布了第三届（2014年度）沙龙主席团名单。下午，举行了“桥头小小说现象”研讨会。

1月13日

张锲同志逝世　当代著名作家、文学组织工作者张锲因病于2014年1月13日15时47分在北京逝世，享年81岁。张锲，安徽寿县人。1948年在淮海战役中参加文工队和支前工作，曾在华东支前司令部下属蚌埠直属粮站担任调运员、调运组长、保管组长，《蚌埠报》文艺副刊编辑。1978年起历任蚌埠市文联副主席、主席，安徽省文联副主席，中国作协书记处书记、常务书记、专职副主席，中国文联副主席等，生前还担任中国作协名誉副主席、中华文学基金会常务副会长等职务。张锲1946年开始发表作品，先后发表了近300万字的作品。其中，长篇报告文学《热流》在20世纪80年代初获全国优秀报告文学奖；长篇小说《改革者》是新时期“改革文学”的代表作品，获“当代文学奖”并被改编成电影；报告文学《热岛》《是真名士自风流》《又当桂子飘香时》，散文《在陈嘉庚先生墓前的沉思》《魂兮，归来》《剪不断的中国结》均获全国性大奖。诗集《生命进行曲》更似号角嗒嗒，鼓舞了一代代年轻人。

《光明日报》刊登了习近平同志忆作家贾大山的旧文《忆大山》 文章历数了他与贾大山十余年的交往情谊。英年早逝的作家贾大山再次进入了公众的视野。贾大山因小说《取经》而在1978年获全国优秀短篇小说奖，与他一同获奖的还包括王蒙、刘心武、贾平凹等人。在上世纪80年代的文学界，他与贾平凹一起被称为短篇小说“二贾”。

1月14日

中国作协作家维权工作培训班开班　中国作家协会作家维权工作培训班在鲁迅文学院举行开班仪式。这也是中国作协首次举办作家维权工作培训班。中国作协党组副书记、鲁迅文学院院长钱小芊出席开班仪式并讲话。开班仪式由中国作协书记处书记白庚胜主持。钱小芊在讲话中说，依法维护作家的合法权益是作协组织贯彻落实依法治国方略、推动文学事业繁荣发展的重要举措，也是作家对作协组织的迫切愿望。中国作协一贯重视维护作家的合法权益，开展了一系列维权行动，取得了良好的效果，这项工作已成为作协团结服务广大作家的一个重要纽带。近年来发生的一些维权事件，都是中国作协一系列维权行动的成果，由此赢得了广大作家的信任与赞誉。希望通过这次培训，使大家对当前作家维权工作所面临的新形势、新任务和维权工作的重要性、紧迫性有一个新认识，对各地作家维权工作所存在的问题进行研究探讨，并掌握各地作协作家权益保护的情况信息，探索作家维权工作规律。钱小芊说，维护广大作家的合法权益，是中国作协的一项重要职责。加强作家权益保护工作是作协充分发挥桥梁纽带作用、增强凝聚力向心力的重要保障，是维护和谐稳定的文学创作环境的有效保证，是推动社会主义文化大发展大繁荣的必然要求。随着信息技术和互联网技术的不断发展，文学作品的创作方式、传播方式发生了极大变化，网络维权问题也日益凸显，许多新情况、新问题有待我们去研究解决。目前，我们维权工作的视野、理念、手段、能力和水平与维权工作形势发展的需要还有不小的差距，与广大作家对作协组织的要求还有不小的差距。因此，我们必须大力培养一直既重视和热爱作家维权工作，又善于运用法律武器来维护作家权益的高素质的队伍，不断提升维权工作的质量和水平。

1月15日

《中国作家》2013年度长篇小说、中篇小说、长篇纪实文学排行榜揭晓　《中国作家》年度排行榜坚持思想性与艺术性完美统一的原则，兼顾题材、主题、风格的多样化，力求客观公正，致力于向读者推荐值得阅读的精品力作，为建设美丽中国，实现中国梦服务。

《中国作家》2013年度最佳长篇纪实文学排行榜

1.《底色》，徐怀中，人民文学出版社，2013年4月

2.《国家情怀》，裔兆宏，《中国作家·纪实》2013年第5期，作家出版社，2013年5月

3.《红脸——国家审计在行动》，一合、薛景辰，《中国作家·纪实》2013年第6期

4.《上访》，傅剑仁，《中国作家·纪实》2013年第9期，作家出版社，2013年12月

5.《农民》，王宏甲、刘建，中国青年出版社，2013年1月

6.《工厂女孩》，丁燕，外文出版社，2013年3月

7.《瞻对：两百年康巴传奇》，阿来，《人民文学》2013年第8期

8.《我因思爱成病》，李兰妮，人民文学出版社，2013年1月

9.《张伯驹身世钩沉》，寓真，三晋出版社，2013年8月

10.《滴血的乳汁》，马娜，《中国作家·纪实》2013年第11期

《中国作家》2013年度最佳长篇小说排行榜

1.《花河》，王华，《当代》2013年第2期

2.《黄雀记》，苏童，作家出版社，2013年8月

3.《无尽藏》，庞贝，《中国作家》2013年上半年增刊

4.《生死十日谈》，孙惠芬，人民文学出版社，2013年4月

5.《绝秦书》，张浩文，《中国作家》2013第4、5期

6.《记忆洪荒》，项小米，北京出版社，2013年1月

7.《这边风景》，王蒙，花城出版社，2013年4月

8.《连尔居》，熊育群，作家出版社，2013年10月

9.《耶路撒冷》，徐则臣，《当代》2013年第6期

10.《日夜书》，韩少功，上海文艺出版社，2013年4月

《中国作家》2013年度最佳中篇小说排行榜

1.《涂自强的个人悲伤》，方方，《十月》2013年第2期

2.《长河》，马金莲，《民族文学》2013年第9期

3.《手语者》，蒋峰，《人民文学》2013年第1期

4.《暗杀刘青山张子善》，李唯，《北京文学》2013年第4期

5.《朗霞的西街》，蒋韵，《北京文学》2013年第8期

6.《刺客》，严敬，《中国作家》2013年第5期

7.《初雪》，艾玛，《中国作家》2013年第9期

8.《我不认识你》，杨少衡，《人民文学》2013年第12期

9.《如何走进欢乐谷》，邓一光，《中国作家》2013年第7期

10.《风止步》，胡学文，《长江文艺》2013年第9期

绿蒂诗集《四季风华》创作研讨会在京召开　中国作协创作研究部、中国诗歌学会、中国文联港澳台办公室在北京中国现代文学馆联合举办了绿蒂诗集《四季风华》创作研讨会。中国作协副主席廖奔出席了研讨会。台湾诗人绿蒂是一位50多年来笔耕不辍的创作者，也是大陆文艺工作者的“老朋友”。在海峡两岸被阻隔的漫长岁月里，他冲破层层束缚，长期奔走于两岸的广袤土地上，促进了两岸的文化交流。廖奔在会上谈到，绿蒂擅长以诗人的眼光观察生活，在诗歌里将日常生活审美化。他的思维超越了世俗羁绊，兼顾了传统与现代、刚健与细腻的风格。作品语言展示了独有的境界美和结构美，表达出汉语的丰富内涵。与会者认为，绿蒂诗歌中的一个重要关键词就是“乡愁”，他从时间、空间和文化的意义上，展示出生命在大自然与现代社会中的双重体悟，让人产生出既熟悉又陌生的阅读感受。他的作品多是山水田园、四季交替等古典诗词常见题材，语言唯美雅致，情感舒缓，同样带有一种古典美的气象。

《作家文摘》评出2013年度十大影响力图书，中国作协副主席何建明出席活动并致辞　近90位来自文学界、出版界、学界的嘉宾汇聚一堂，以现场投票的方式评选出过去一年在他们看来最有影响力的图书。本次评选共有40部候选作品参评，与会嘉宾还可以现场推荐其他优秀作品。最终，傅高义的《邓小平时代》、何建明的《落泪是金·十五周年纪念版》、唐宝林的《陈独秀全传》、顾保孜的《毛泽东正值神州有事时》、贺捷生的《父亲的雪山母亲的草地》《习仲勋传》编委会编著的《习仲勋传》、陈徒手的《故国人民有所思》、费正清的《费正清中国回忆录》、安妮·阿普尔鲍姆的《古拉格：一部历史》、王鼎钧的《王鼎钧回忆录四部曲》10部作品榜上有名。

1月16日

中国电影文学学会、《中国作家·影视》版举行“我们的中国梦—讲述中国故事”座谈会　为了贯彻落实中宣部等五部门发出的关于开展“中国梦”为主题的文艺创作活动通知，以及中宣部文艺局等单位关于“我们的中国梦——讲述中国故事”文艺作品征集活动通知精神，根据中国作家协会开展“中国梦”主题文学创作活动的方案举行座谈。

1月17日

中国作协新春茶话会在京举行　小龙辞岁去，骏马迎春来。中国作家协会新春茶话会在京

举行。老中青作家评论家、中国作协离退休老同志和在京的中国作协主席团成员欢聚一堂，喜迎马年新春佳节，共同庆贺过去一年我国文学事业取得的成绩。中国作协党组书记李冰在茶话会上致辞。他首先转达了中央领导同志对文学界朋友们的诚挚问候和真诚敬意，并向作家朋友们拜年。李冰代表中国作协向参加茶话会的作家朋友们表示热烈欢迎，向全国广大作家和文学工作者致以新春问候。茶话会上，铁凝、李冰、钱小芊、廖奔、何建明、陈崎嵘、白庚胜、李敬泽认真听取了大家对文学事业和作协工作的意见和建议，与作家们进行热情的交流，并且向大家鞠躬拜年，为广大作家和文学工作者送上诚挚的新春祝福。

1月18日

叶梅散文集《穿过拉梦的河流》研讨会在京召开　中国散文学会新春联谊会暨叶梅散文集《穿过拉梦的河流》研讨会在北京举行。中国作家协会书记处书记白庚胜，中国散文学会会长王巨才，中国散文学会名誉会长周明、石英、吴泰昌、王宗仁，作家评论家葛笑政、张陵、王必胜、马力、王彬、张水舟、何向阳、黄宾堂、李晓虹、周振华、李美皆等参加会议。中国散文学会常务副会长红孩代表学会回顾了2013年的工作，并对新的一年进行了展望。红孩说，2014年中国散文学会将迎来成立30周年，学会将以此为契机，团结广大会员努力为繁荣散文创作多办实事好事，精心组织好第六届冰心散文奖和漂母杯母爱散文大赛、长城散文金砖奖、徐霞客游记散文奖的评奖颁奖工作，对中国30年的散文创作进行总结和表彰。与会作家评论家认为，叶梅始终以饱满的热情关注时代，深入生活，长期以来她在民族文学这块多彩的原野上辛勤耕耘，在播洒心血汗水的同时，又从中获得了许多滋养和创作灵感，收获了大量的精美文学作品，赢得了广大读者的普遍好评。其新近由作家出版社出版的散文集《穿过拉梦的河流》为作者对我国当代少数民族文学的一次诗意巡礼与展示，文笔娴熟，深情细腻温暖，体现了对不同民族文化真诚的尊重和颂扬。书名中“拉梦”一词，来自藏语，意为“多样化”，展示了中华民族美美与共，五彩斑斓的多样性。

长征诗集《习经笔记》研讨会在京举行　诗人长征的最新诗集《习经笔记》研讨会日前在京举行。研讨会由鲁迅文学院、中国现代文学馆、人民文学出版社、北京师范大学创作批评研究中心联合举办。吴义勤、施战军、商震、李一鸣、唐晓渡、欧阳江河、西川、吴思敬、程光炜、张清华、张柠等20余位专家学者与会研讨。诗人长征来自齐鲁大地，《习经笔记》收录了诗人近年来创作的诗歌作品，由72首相对独立又具有内在联系的短诗构成。与会者认为，诗人从《诗经》描述的某个场景、某种精神氛围或整体意境中获取灵感，展开想象，构建了一个全新的诗意世界，呈现的是有关精神、生命、文化的风景。诗人试图以神奇的想象，开阔的视野，体现传统文化的元气，对“诗经”的段落进行“再解读”和“再创造”，在现代性的维度上再现中国文化底蕴的内涵，沟通中国古典诗歌精神与现代人的内在气质。

《人民日报》开设“文学现象”专栏　《人民日报》和中国社会科学院共同开设“文学观象”栏目，就文学发展过程中的现象、问题进行探讨。“开栏的话”说，其目的是“开展深入有力的文学批评和理论研究，以期正本清源、引导创作，推助当代文学繁荣健康发展”。当日，《人民日报》发表中国社会科学院副院长张江等知名学者的文章《文学不能“虚无”历史》。此后，陆续发表了《文学不能消解道德》《文学，请回归生活》《文学不能成为负能量》《文学是民众的文学》《文学需要什么样的批评》《文学呼唤崇高》《重塑文学的“真”》《写出时代的史诗》等文章。它们揭示和剖析了文坛的病症，具有很强的现实针对性。

1月20日

阮章竞百年诞辰纪念座谈会在京举行　2014年恰逢诗人、画家阮章竞诞辰100周年。由中国作协主办的“阮章竞百年诞辰纪念座谈会”在中国现代文学馆举行。中国作协主席铁凝出席会议并致辞。中国作协名誉副主席贺敬之致信祝贺。中国作协党组副书记钱小芊主持会议。中国作协副主席高洪波、书记处书记李敬泽等出席会议。生于广东中山的阮章竞一生转战大半个中国，他过太湖、越太行、进北京，将有限的生命投入到祖国的革命事业和文学事业之中，为后人留下了宝贵的精神财富。追忆他的一生，人们心中总会油然生出敬佩和感激之情。长篇叙事诗《漳河水》、童话诗《金色的海螺》、长诗《白云鄂博交响曲》和《勘探者之歌》等作品至今仍激励着人们不断前进。铁凝指出，阮章竞深深地扎根在人民生活的丰厚土壤中，人民在他心中始终占有最高位置。说真话、说出人民的心声是他毕生践行的艺术信念，体现着一个革命者的高贵情操。在60多年的创作生涯中，他取得了多方面的艺术成就，为后人留下了宝贵的精神遗产。我们缅怀和纪念阮章競，就是为了从中汲取力量，在中国人民创造历史的实践中书写“中国梦”的最新篇章，推动中国文学的创造与发展，回报我们的祖国和人民。

1月23日

中国作协召开党的群众路线教育实践活动总结大会　中国作协召开党的群众路线教育实践活动总结大会。中国作协主席铁凝出席会议，中国作协党组书记、中国作协党的群众路线教育实践活动领导小组组长李冰作总结讲话，中央第25督导组组长张基尧到会并讲话。李冰对中国作协深入开展党的群众路线教育实践活动情况进行了总结。指出，自教育实践活动开展以来，在以习近平同志为总书记的党中央的坚强领导下，在中央第25督导组的直接指导下，中国作协党组严格按照中央确定的指导思想、目标要求和方法步骤，紧紧围绕“为民、务实、清廉”主题和“照镜子、正衣冠、洗洗澡、治治病”的总要求，聚焦形式主义、官僚主义、享乐主义和奢靡之风问题，高度重视，周密安排，精心组织，突出实践特色和作协特点。认真开展学习教育、广泛听取群众意见，认真查摆问题、深入开展批评与自我批评，认真抓好整改落实、切实加强建章立制。李冰从党员干部的思想认识明显提高、查找出“四风”方面的突出问题及思想根源、领导班子纠正“四风”见诸行动、长效机制和刚性约束初步形成、文学事业和作协工作取得新成效等五个方面总结概括了中国作协教育实践活动所取得的主要收获及成果。

1月24日

天津市作协第四次代表大会召开　天津市作协第四次代表大会召开。中共中央政治局委员、天津市委书记孙春兰出席开幕式并讲话，向大会的召开表示祝贺，对繁荣发展天津文学提出了明确要求和殷切期望。中国作协党组书记李冰出席会议并致贺词。会议由中共天津市委常委、宣传部部长成其圣主持。来自天津20多个区县和行业作协的200多名代表与会。李冰代表中国作协肯定了天津市作协近年来取得的成绩。他希望天津广大作家认真学习贯彻习近平总书记系列重要讲话精神，正确理解和反映改革，准确把握社会脉动，不断提高思想政治素质和创作能力；积极努力书写“中国梦”，反映身边发生的精彩的、感人的故事，为“中国梦”提供正能量；深入研究文学创作中产生的新问题，总结经验，创作出更多精品力作；希望天津作协下功夫抓导向、抓团结、抓精品、抓人才，积极做好各项工作。天津市作协第三届理事会主席蒋子龙致开幕词。大会通过了《天津市作家协会第四届委员会工作报告的决议》《天津市作家协会章程（修改案）决议》，选举产生了天津市作协新一届领导机构。赵玫当选为天津市作协主席，万镜明当选为专职副主席，王松、李鹏、肖克凡、张永琛、武歆、赵鸿友、黄桂元当选为副主席。万镜明当选为秘书长、王忠琪当选为副秘书长。蒋子龙被推举为名誉主席。74人当选为天津市作协新一届全委。

1月26日

中国报告文学学会举行新年学术茶话会　2014年中国报告文学学会新年学术茶话会在中国现代文学馆举行。中国作协副主席、中国报告文学学会会长何建明，中国作协主席团委员王巨才、张胜友和在京的部分报告文学作家、评论家等近百人共聚一堂，畅叙情谊，辞旧迎新。茶话会对2013年中国报告文学学会的工作情况进行了总结，并介绍了2014年学会的重点工作。与会者向不久前逝世的中国报告文学学会原会长张锲同志表达了缅怀之情。与会者表示，在刚刚过去2013年，广大报告文学作家笔耕不辍，佳作不断，亮点频现。新的一年里，大家将继续努力讲好中国故事，用一部部优秀的报告文学作品为实现中国梦传递源源不断的正能量。据悉，2014年是报告文学作家徐迟诞辰100周年，中国报告文学学会将以此为契机，团结广大会员为繁荣报告文学创作多办实事好事，并做好徐迟报告文学奖评奖等工作。

1月27日

西川短诗作品集《小主意》出版　诗集由西川亲自选编，按照创作时间排序，收入了诗人近三十年来（1983—2012）创作的短诗，在编选过程中作者又对部分诗作进行了修改，是目前为止作者最满意、最完善的一本短诗选集。代表着诗人三十年来诗歌写作的最高成就。书中还收入了西川亲手绘制的插图，简单拙朴，而又不失禅机。诗集由著名书籍设计艺术家朱赢椿精心设计。

二月

2月17日

鲁迅文学院第七届网络文学作家培训班开班　鲁迅文学院第七届网络文学作家培训班开班仪式在京举行。中国作协党组副书记、鲁迅文学院院长钱小芊，中国作协副主席陈崎嵘出席开班仪式。陈崎嵘在讲话中说，近年来，鲁迅文学院在重点举办中青年作家高级研讨班的同时，不断创新培训形式，扩大培训对象，从2009年开始将网络作家纳入常规培训范围。这标志着网络作家培养新模式的开启，在整个文学人才培养工程中具有开创性和示范性意义。截至目前，鲁院已成功举办了6届网络文学作家或网络文学编辑培训班，形成了一支数量可观、声誉卓著的网络文学"鲁军"。鲁迅文学院之所以举办网络文学作家培训班，是网络文学形势发展使然，体现了党和政府对网络文学的重视、对网络作家的关心，也是主流文学界对网络文学的一种认可和接纳。潇湘书院推荐的卢菁（天下归元）、重庆市作协推荐的袁锐（静夜寄思）、腾讯网推荐的边晓琳（乱异）、网络文学联盟推荐的徐东（徐一行）作为学员代表在开班仪式上发言。他们表示将珍惜此次难得的学习机会，努力学习，充实自我，力争取得更多收获。此次培训班为期15天，共有来自不同网站、不同地域的50位网络文学作家参加培训。

2月18日

中国作家协会第八届主席团第五次会议在京召开　会议深入学习贯彻习近平总书记系列重要讲话精神，贯彻落实全国宣传部长会议精神，认真审议各项议程，圆满完成了既定任务，为召开中国作协八届四次全委会作了准备。会议听取了中国作协党的群众路线教育实践活动情况的通报。会议审议了《中国作家协会2013年工作总结（审议稿）》和《中国作家协会2014年工作要点（审议稿）》，同意提交中国作协八届四次全委会审议。会议推举阎晶明同志为中国作协第八届书记处书记；会议提议李敬泽同志为中国作协第八届全国委员会副主席候选人，提议阎晶明同志为中国作协第八届全国委员会主席团委员候选人，提交中国作协八届四次全委会选举。廖奔同志由于已超过任职年龄，不再担任书记处书记职务。会议对廖奔同志为我国文学事业和作协工作所作出的贡献，给予高度评价并表示衷心感谢。会议审议通过了部分团体委员变更和增补事项。同意浙江省作协臧军、黑龙江省作协陈永芳、上海市作协汪澜、广东省作协吴伟鹏、天津市作协万镜明、中国化工作协钱玉贵分别接替赵和平、赵毅、臧建民、廖红球、武歆、温洪同志为中国作协第八届全国委员会委员；增补中国金融作协阎雪君同志为中国作协第八届全国委员会委员。

中国笔会中心召开理事会在京召开　会长丹增、常务副会长张健和副会长叶辛、叶梅、李存葆、何建明、张平、张抗抗、张胜友、高洪波、廖奔、谭谈等出席会议。秘书长刘宪平汇报了自去年笔会中心大会以来的工作情况和丹增会长率团出席国际笔会冰岛年会的有关情况。会议总结了中国笔会中心去年的工作，对今年的工作进行了研究。中国作协副主席钱小芊出席会议并讲话。

2月19日

中国作家协会第八届全国委员会第四次全体会议北京召开　中国作协主席铁凝主持会议，中国作协党组书记、副主席李冰作工作报告。中宣部副部长黄坤明出席会议。中国作协党组副书记、副主席钱小芊作会议小结。会议深入学习贯彻习近平总书记系列重要讲话精神，认真贯彻落实全国宣传部长会议精神，审议并通过了《中国作家协会2014年工作要点》和李冰同志代表中国作协书记处所作的工作报告，号召全国文学界为实现中国梦和中国文学梦而共同努力。李冰指出，2013年，在以习近平同志为总书记的党中央坚强领导和中宣部直接指导下，中国作家协会及各团体会员积极履行联络协调服务职能，团结带领广大作家和文学工作者，高举旗帜、围绕中心、服务人民、改革创新，各项工作都取得了新进展，文学界保持和发展了队伍大团结、创作大繁荣、事业大发展的良好局面。他在报告中简要回顾了2013年中国作协的十项工作。一是扎实开展党的群众路线教育实践活动；二是成功召开全国青年作家创作会议；三是重点实施少数民族文学发展工程；四是精心组织第九届全国优秀儿童文学评奖；五是主动引导网络文学健康发展；六是多种举措催生精品力作；七是切实做好作家维权工作；八是大力推动中国文学“走出去”；九是扎实开展东西部地区作协“结对子”活动；十是积极稳妥推进所属报刊社改革。会议选举李敬泽为中国作协第八届全委会副主席、阎晶明为中国作协第八届主席团委员。会上，中国现代文学馆馆长吴义勤、国家新闻出版广电总局电影局局长张宏森、亚马逊中国副总裁白驹逸、中国作协创研部主任梁鸿鹰等分别作了题为《2013年中国文学发展状况》《中国电影发展之路》《数字出版和书的前途》《中国当代文学对外翻译的现状及问题》的专题报告。中国作协全委会委员157人出席会议。中国作协各单位、各部门主要负责人列席会议。

2月20日

中国少数民族作家学会第三届全国代表大会在京举行　中国少数民族作家学会第三届全国代表大会在北京举行。中国作协党组副书记钱小芊出席会议并讲话。中国少数民族作家学会会长吉狄马加主持会议。中国少数民族作家学会名誉会长玛拉沁夫、中国散文学会会长王巨才、国家统战部机关党委常务副书记赵书刚、国家民委文化宣传司副司长钟廷雄等出席会议。钱小芊代表中国作协党组、书记处向大会的召开表示祝贺，向全国各地的少数民族作家、文学工作者致以亲切问候。他说，中国作协党组、书记处一直把少数民族文学工作放在重要位置予以重点支持，在组织开展相关工作的过程中深切感受到，中国少数民族作家学会是一个讲政治、能担当、有活力的社会主义文学队伍。他希望，学会新一届领导班子带领广大少数民族作家深入学习贯彻党的十八大和十八届三中全会精神，深入学习贯彻习近平总书记系列重要讲话，将学会的发展定位于建设“文化强国”和实现中华民族伟大复兴的“中国梦”的战略高度，推动少数民族文学事业大发展大繁荣；希望学会继续发挥桥梁和纽带作用，加强各民族作家之间、作家与读者之间的沟通与联系，传播社会主义核心价值观，致力于抓精品、出力作，创新形式、搞活机制，提升学会的影响力；希望学会更好地发挥少数民族作家的摇篮作用，强化服务意识和责任意识，抓好普及和扶持，继续着力于人口较少民族作家、母语作家和翻译家的培养与推介，为新生代作家搭建更多成长平台。会议听取并审议了叶梅代表第二届学会领导集体所做的工作报告。报告从建队伍、聚人才；推精品，促繁荣；接地气，走出去；建制度，抓管理四个方面回顾了过去五年的工作。同时，也对学会未来五年的发展进行了展望。大会投票选举产生了第三届理事、常务理事、副会长、常务副会长、会长及秘书长。吉狄马加当选为会长。叶梅当选为常务副会长。扎西达娃、乌热尔图、尹汉胤、石一宁、石舒清、包明德、关仁山、李霄明、张承志、阿来、阿扎提·苏里坦、阿尔泰、南永前、黄凤显、景宜、潘琦等16人当选为副会长，赵晏彪当选为秘书长。玛拉沁夫被聘为名誉会长。王树理等34人当选为常务理事。

2月21日

阿云嘎长篇小说《满巴扎仓》作品研讨会在京召开　由中国少数民族作家学会、人民文学杂志社、民族文学杂志社，以及内蒙古文联、作协共同举办的内蒙古作家阿云嘎长篇小说《满巴扎仓》作品研讨会在中国现代文学馆召开。中共青海省常委宣传部长、中国少数民族作家学会会长吉狄马加，中国作协党组成员、书记处书记阎晶明，内蒙古文联党组书记王金喜，内蒙古文联主席巴特尔，中国少数民族作家学会常务副会长叶梅，人民文学杂志主编施战军，民族文学杂志主编石一宁、副主编李霄明、内蒙古自治区作协主席特·官布扎布等出席了会议。《满巴扎仓》是内蒙古作家阿云嘎用母语创作的长篇小说，翻译家哈森将其译为汉语。《人民文学》杂志强力推动少数民族母语创作以及文学翻译事业，于2013年第12期全文刊出。作品发表后，在广大读者中引起了强烈反响，也让少数民族作家、翻译家深受鼓舞。

刘克邦散文集《自然抵达》作品研讨会在京举行　由中国散文学会和湖南省作协联合主办的刘克邦散文集《自然抵达》作品研讨会在中国现代文学馆举行。谭谈、叶梅、梁鸿鹰、龚爱林、周明、吴泰昌、石英、肖复兴、王跃文、王山、红孩、王彬、王宗仁等参加研讨。与会者认为，刘克邦是财政系统涌现的优秀作家。他的散文充满了人文情怀——描写了乡情、乡音、乡风等家乡风貌，投入了无限真情，充满感恩地抒发了对父母、妻子及亲人美德的赞颂。在经受许多的生活磨难后，他并没有放弃对生活的思考和体味。笔触中充满着和谐的人与人之间的关系，充满了安详氛围和正能量。作品描写了人世间的真情，如一缕阳光照进美好的现实生活，也是对现实生活的一种折射，是对生活的一种真情流露，对社会充满了希望和憧憬，给人一种美的享受。在刘克邦的散文中，能够找到美好生活的印记，这与他所经历的生活非常贴近，充满着温暖，充满着美好的人性，能够着眼于被感染的事物，是对良心的深刻呼唤。作品把命运中的苦涩转化成对生活的美好感悟。创作中不是对生活隔靴搔痒，而是对灵魂进行深刻反思，给人留下了难忘的印象。刘克邦的散文描写细致，语言朴实无华，平和淡定，很接地气，既能够烘托出充满温馨的生活气氛，又能让读者在阅读中撕心裂肺地感受到生活的艰辛。

2月22日

西藏自治区第五次文代会作代会召开　西藏自治区文联、西藏自治区作协第五次代表大会在拉萨召开。西藏自治区党委常务副书记吴英杰出席开幕式并讲话。中国文联副主席夏潮，中国作协书记处书记白庚胜出席会议致辞。西藏自治区党委、人大、政府、政协、西藏军区、武警西藏总队等自治区有关领导出席大会。吴英杰肯定了西藏自治区第四次文代会以来取得的成绩，并对今后的文艺工作提出要求。他指出，全区广大文艺工作者要立足当前所处的伟大时代，立足于西藏这片文艺沃土，创作生产更多更好的文艺产品，使文艺成为促进经济增长、民族团结、社会和谐的有力保障。大会审议通过了扎西达娃代表第四届主席团所作的工作报告，修改通过了《西藏自治区文学艺术界联合会章程》，选举产生了西藏自治区文联新一届领导机构。93人当选为西藏自治区文联全委会委员，韩书力被推举为西藏文联第五届名誉主席，扎西达娃当选为西藏自治区文联第五届主席，沈开运、杨世君、吉米平阶、郭守平、美朗多吉、平措扎西、张文龙、高旭波、张治中当选为副主席。扎西达娃当选为西藏作协第五届主席，吉米平阶、扎西班典、许明扬、嘉措、旦巴亚尔、白玛娜珍、程绍武、次仁罗布、尼玛潘多、张羽芊当选为副主席。

陈琼诗集《荣光》在京研讨　由中国诗歌学会主办的军旅诗人陈琼《荣光》作品研讨会2月22日在京举行。总参陆军航空兵学院院长陶炳兰和张同吾、吴思敬、曾凡华、李小雨、朱先树、刘玉琴、汪守德、程步涛、陈先义、向云驹、彭学明等专家学者与会。与会者认为，《荣光》是一部“弘扬主旋律、传播正能量”的力作，虽然同样是写战争风云、血火洗礼、英雄岁月、伟绩丰功，同样是写高擎军旗英勇悲壮，却是战歌、颂歌与挽歌的交融，是阳光与月光的辉映，让人感受到一股深沉凝重的气息，感知到一种“新的美学启迪和新的审美理想”。其中，不乏作者对历史的回望、对现实的赞颂、对军旅生涯的记忆、对生活哲学层面的深思。《荣光》中渗透着一种一以贯之的精神力量，那就是对理想信仰的追寻和对英雄精神的推崇向往，而这一点，在当今的诗歌创作中更显得弥足珍贵。陈琼有着30多年的军营历练，其诗歌创作富有军人的阳刚之气。长期以来，他始终坚持把鲜明的政治立场和远大的理想信念灌注于自己的诗歌创作中，自觉履行一名军旅诗人的神圣使命，以诗铸魂、以诗砺志、以诗尚武。先后出版《春天的歌》《猎守与生计》《血国》等多部诗歌集，其诗歌深为军内外广大读者喜爱。

2月23日

李迪长篇小说《花自飘零》作品研讨会在京举行　由中国作协创作研究部、中国作协小说委员会，作家出版社共同主办的“李迪长篇小说《花自飘零》作品研讨会”在京举行。中国作协副主席高洪波、中国作协理论批评委员会副主任雷达、中国作协小说委员会副主任胡平、作家出版社社长葛笑政、作家出版社总编辑张陵以及作家评论家包明德、刘玉琴、彭程、胡殷红、彭学明、李国强、杜芳伦、高伟、纳杨等出席并做了发言，中国作协创作研究部主任梁鸿鹰主持会议。高洪波为祝贺小说出版赋诗：“花自飘零水自流，迪兄惯写闺中愁。情深掷笔无觅处，窗外闲云正悠悠。”高伟有感和诗：“花自飘零水自流，迪兄又春再登楼。脱手绘得女儿传，旧宿归来新作稠。好向真情掘深井，乐为凡人写春秋。热肠化作文章暖，窗外老树绿枝头。”包明德在发言中也以诗作收尾：“浩劫虽过邪恶残，改头换面作人间。金玉肤表败絮内，翻云转瞬成大款，花自飘零水自流，真情苦女命多舛。正直男儿长相守，缉毒不测遗恨天，农耕文明应超越，都市小说拓先验，感人形象平民泪，呼唤世间心向善！”

宋萧平同志逝世　山东省作协原副主席、烟台师范学院原院长宋萧平同志，因病于2014年2月23日在烟台逝世，享年89岁。宋萧平，笔名萧平。1954年开始发表作品，1959年加入中国作家协会。著有中短篇小说集《三月雪》《墓场与鲜花》《萧平作品精选集》，儿童小说集《海滨的孩子》等。曾获全国第二届优秀儿童文艺作品奖、全国首届优秀短篇小说奖、全国第六届百花奖等。

《生命的骑迹》新书首发式在京举行　《生命的骑迹》的作者李辉是一位青年诗人。2009年，酷爱体育运动的李辉因为身体原因，不得不接受心脏支架手术。一个冠心病患者，生命能否像以前一样精彩？李辉决定试一试。2013年，李辉骑车完成了“从黄河入海口到三江源头、从鲁北平原到青藏高原”的长达12天的极限挑战。该书正是记录了这一路的艰辛与感悟。经过几个月挑灯夜战，李辉完成了这部纪实文学《生命的骑迹：三枚心脏支架伴我单车挑战极限》，将千里单骑、挑战极限的难忘经历一一呈现。《生命的骑迹》由北京理工大学出版社出版发行。此前，山东省作协已将该书列为重点扶持作品。在此次首发式上，专家给予该书很高评价。吉狄马加认为李辉这次骑行充分体现了个体生命坚韧不拔的顽强拼搏精神和中华儿女自强不息的奋斗精神，称这本书为“一本励志明目的好书”。叶延滨认为，该书向读者输送正能量，引人思考，“让人感受到生命的意义，生活的美好”。李辉则表示，他想用自己的行动证明，只要有信念在，生命就会出现奇迹。在他写书的过程中，很多知晓他“千里单骑”的读者，都千方百计找到他的电话，询问这本书何时出版。不少心脏病患者和骑行爱好者，都希望从这本书中获得力量。吉狄马加、叶延滨等诗人参加仪式。

2月24日

贵州省召开青创会并颁发“青年作家突出贡献奖”　第五届贵州省青年作家创作会议在贵阳召开，100多位青年作家相互交流思想和创作经验，总结梳理了近6年来贵州文学创作情况。贵州人大原副主任、省文联主席顾久，对当前贵州文学情况进行了主题讲话。省文联副主席、省作协主席欧阳黔森作贵州文学工作报告。中国作协中国作协全委委员、创研部主任梁鸿鹰应邀为作家们进行“青年作家在担负中国梦中所起的作用”专题讲座，肖江虹、赵卫峰等作家代表分别作了交流发言。与会作家分组学习了刘奇葆部长、李冰书记讲话精神、讨论工作报告、就“青年作家在担负中国梦中所起的作用”进行座谈。其间，为鼓励青年作家的创作热情，贵州省作协决定对近年来文学创作成绩突出的肖江虹、曹永、赵卫峰、末未、李寂荡、肖勤、汪洋等7位作家授予“青年作家突出贡献奖”并各奖励1万元。贵州省政府副省长何力出席会议，代表省政府对大会的召开表示祝贺，希望作家要把握好正确的导向，用文学描绘“多彩贵州”，为贵州的发展和群众的利益鼓与呼。

2月25日

沈洋创作的长篇报告文学《遥远的洛泽河》在昭通举行首发式暨研讨会　会议由云南省文联和昭通市委宣传部主办、云南省作协和昭通市文联承办。2012年9月7日，云南省昭通市彝良县发生5.7级地震，对当地人民的生活造成极大的损害。作家沈洋在地震后第一时间深入灾区一线，通过艰苦采访，历时一年半创作完成这部作品。在研讨会上，与会专家学者认为，《遥远的洛泽河》材料扎实、情感真切，真实反映了地震带给人们的伤害以及人民群众的坚强精神。首发式上，云南省作协向彝良县和昭通市4家图书馆赠送了《遥远的洛泽河》《彝良大地震》等200本图书。

2月27日

赵富海报告文学《南丁与文学豫军》作品研讨会在京举行 由中国现代文学馆、作家出版社共同主办的“赵富海报告文学《南丁与文学豫军》作品研讨会”在京举行。廖奔、雷达、张陵、梁鸿鹰、王必胜、程光炜、周明、周大新、吴泰昌、李炳银、王山、刘玉琴、韩小蕙、冉茂金、李洱、何向阳、李朝全、王斌、李佩甫、邵丽、何弘、乔叶等参加研讨会。会议由作家出版社社长葛笑政主持。赵富海的报告文学《南丁与文学豫军》是一部书写著名作家、文艺组织工作者南丁人生轨迹与事业成就的厚重之作。作品以虔敬扎实的笔触反映了共和国成立后成长起来的第一代作家。中国作协主副主席廖奔等同志认为：这是一部极为特殊的文学传记，极为艺术地将回忆录、流派论、断代史、地域文化史有机地融合起来，从一个未被人使用过的视角论述了文学与环境、文学与文化、文学与群体、与个人的关系，情理充沛、真气饱满、引人深琢，开蒙发悟。

鲁迅文学院第二期公安作家研修班结业 为期 4个月的鲁迅文学院第二期公安作家研修班在中国人民公安大学举行结业典礼。中国作协主席铁凝，中国作协党组书记李冰，中国作协党组副书记、鲁迅文学院院长钱小芊，公安部党委委员、政治部主任夏崇源，全国公安文联主席祝春林等出席结业典礼，并向学员们颁发了结业证书。李冰在结业典礼上发表了即席讲话，他向公安部党委和全国公安文联对作家的关心爱护表示感谢，向公安作家为我国文学事业做出的贡献表示敬意。李冰说，在和平时期，公安战线为社会稳定、国家安全、人民幸福做了大量工作，不少人甚至献出了自己的生命。还有很多公安人对文学事业抱有满腔热情，这些都使我们深深感到，应该为公安作家办好班。同时，本期研修班学员在学习期间创作出大量优秀的作品并结集出版，也足以证明为公安作家办班是有意义的。今年鲁迅文学院还要再举办一期公安作家班，希望大家对此积极提出意见和建议。他祝愿学员们在今后的文学道路上不断取得新成就，期待看到学员们更多的精品力作。

《南渡北归》作品研讨会在京举行 由湖南文艺出版社和中南博集天卷文化传媒有限公司联合举办的岳南历史纪实文学《南渡北归》作品研讨会在京举行。中国作协副主席何建明出席研讨会，20余位在京的专家学者与会进行了研讨。《南渡北归》分为《南渡》《北归》《离别》三部，讲述了大批知识分子冒着抗战的炮火由中原迁往西南之地，尔后再回归中原的故事。整部作品的时间跨度近一个世纪，所涉人物囊括了20世纪人文科学领域的大部分大师级人物，如蔡元培、王国维、梁启超、梅贻琦、陈寅恪、钱锺书等。与会者认为，《南渡北归》对20世纪我国知识分子的群体命运进行了史诗般的记录和细致的探查，对各种因缘际会和埋藏于历史深处的人事纠葛、爱恨情仇进行了有理有据的释解，读来令人心胸豁然开朗的同时，又不胜唏嘘、扼腕浩叹。文史作家岳南多年来致力于考古、历史题材纪实文学创作，其中不少作品将视角聚焦于自由知识分子的人生命运、情感历程、学术精神与成就，产生了广泛影响。据

悉，《南渡北归》是作者历时8年创作完成的，其间，他曾多次前往江南和西南边陲实地采访考察，搜阅了近千万字的珍贵资料。

2月28日

女作家乔叶《认罪书》研讨会在京举行　由中国作协重点作品扶持办公室、中国作协小说委员会、河南省作协、北京出版集团、北京十月文艺出版社联合主办的《认罪书》研讨会在京举行。中国作协副主席李敬泽、河南省作协主席李佩甫、北京十月文艺出版社总编辑韩敬群和来自北京、河南等地的20余位专家学者与会进行了研讨。研讨会由中国作协创作研究部主任梁鸿鹰主持。谈及创作体会，乔叶坦诚，《认罪书》是她迄今为止写得最辛苦的一部小说，无论是体量还是思想性，都是其目前所能达到的极致。“我希望通过这本书引领读者对普通人‘平庸的恶’进行思考，让人们从只看到别人的罪到看到自己的罪，诚实地面对自我、清洗自我。”

“林涛海韵丛话”在济南首发　由山东省作协文学理论批评委员会、人民出版社、山东师范大学主办的李衍柱“林涛海韵丛话”新书发布暨学术研讨会在济南举行。山东省作协党组书记杨学锋出席活动并致辞。张炯、曾繁仁、钱谷融、杜书瀛、朱立元、赵勇、赵宪章、阎国忠等专家学者与会研讨。“林涛海韵丛话”共分五卷。第一卷《文学典型论》探讨了马克思主义典型学说的丰富内涵、审美特征及其产生、发展、演变的轨迹。第二卷《文学理想与文学活动》关注文学理想的本质等问题，对文学活动的发生、发展、构成、形态、特征和价值等进行了系统研究。第三卷《重读与新释》以回归经典文本为主线，探寻诗与美的发展轨迹。第四卷《时代变革与范式转换》对社会转型与思想解放、文艺学发展态势等8个问题和20世纪出现的6种基本范式进行了论证。第五卷《鉴赏批评：运动着的美学》结合学术论争和文艺创作实践，论述了马克思主义美学思想的哲学基础和作者对文学典型问题的再认识。

三月

3月1日

《诗刊》2013年度诗歌奖颁奖　由《诗刊》杂志社主办的首届“子曰”诗人奖（诗词奖）和2013年度诗歌奖（新诗）两项大奖在中国现代文学馆颁出。吴小如以《吴小如诗词选》（刊载于《诗刊》“子曰”增刊2013年第四期）获得年度子曰诗人奖，雷平阳以《诗无邪》（刊载于《诗刊》2013年1月上半月刊）获得年度诗歌奖。另外，获得“子曰”青年诗人奖的是刘如

姬、詹晓勇。获得年度青年诗歌奖是离离、沈浩波。中国作协副主席高洪波、廖奔、何建明出席颁奖仪式。

3月2日

余艳报告文学《板仓绝唱》《杨开慧》研讨会在京举行 研讨会由中国作协创研部、湖南省作家协会共同主办。中国作协党组成员、副主席、书记处书记何建明，中国作协报告文学委员会主任张胜友，中共湖南省委宣传部副部长魏委，湖南省作协党组书记、常务副主席龚爱林等出席会议。报告文学《板仓绝唱》和纪实文学《杨开慧》是余艳近年来创作的红色经典人物——杨开慧的系列作品，也是中国作协的“双扶持项目”，即“作家定点深入生活专题项目”和“重点作品扶持项目”。其中，《板仓绝唱》被中国报告文学学会评为2013年中国报告文学优秀作品。该作品以杨开慧手稿为线索，以历史为依据，试图深度解读杨开慧与毛泽东恩爱十余年的曲折情感，探寻杨开慧“舍小我成大我”的思想成长历程。长篇纪实文学《杨开慧》共38万字，讲述了毛泽东和杨开慧从相识相恋，相知相伴，直到两人分离永诀的一段历史。

第三届唐弢青年文学研究奖颁奖仪式在京举行 “第三届唐弢青年文学研究奖颁奖仪式”在中国现代文学馆隆重举行。中国作家协会党组成员、书记处书记阎晶明出席会议并讲话。中国现代文学馆馆长吴义勤主持会议。为弘扬唐弢先生的学术精神，鼓励青年学者的文学研究，中国现代文学馆设立了“唐弢青年文学研究奖”。天津微像文化传播有限责任公司向“唐弢青年文学研究奖”提供了资金赞助，以支持中国青年批评家的成长。第三届“唐弢青年文学研究奖”于2013年7月9日正式启动。经过20位推荐评委的推荐，共有62篇论文进入初评，并有20篇论文进入终评。全体终评评委经严格评审、多轮投票，最终5篇作品获奖，分别是：姜涛的《“历史想象力”如何可能：几部长诗的阅读札记》、张炼红的《“幽魂”与“革命”：从“李慧娘”鬼戏改编看新中国戏改实践》、杨庆祥的《历史重建及历史叙事的困境——基于〈天香〉〈古炉〉〈四书〉的观察》、王侃的《翻译和阅读的政治——漫议“西方”、“现代”与中国当代文学批评体系的调整》、张莉的《作为文学批评家的孙犁》。获奖论文是反映本年度中国现当代文学研究最新水平的力作，体现了青年学者敏锐的学术眼光和不凡的才情，得到了评审专家的一致好评。5篇获奖作品及入围作品收入已出版的《2013年度唐弢青年文学奖论文集》。颁奖仪上，终评评委阎晶明、程光炜、南帆、孟繁华、汪晖分别为五位获奖者颁奖。姜涛代表获奖者发言。颁奖仪式后，举行了文学评论研讨会，程光炜、南帆、陈晓明、孟繁华、汪晖等专家学者也纷纷发言，就“当代文学史的写作”、“当代的文学批评”等议题，与获奖青年学者一起进行讨论。

第三届唐弢奖授奖词

阎晶明颁奖：

姜涛的《“历史想象力”如何可能：几部长诗的阅读札记》，以文本细读的方式，通过对柏桦、西川、萧开愚、欧阳江河晚近创作的四部长诗的研究，探讨了历史想象力的生成方式及其边界，分析了20世纪90年代以来中国诗人在新的历史语境中的顿挫及可能性。论文具有多维的对话感，视野宏阔，精到恰切，显示了姜涛在诗歌研究上的功力、思想上的洞见和形式上的敏感。评委会经严格评审，同意授予其第三届唐弢青年文学研究奖。

汪晖颁奖：

张炼红的《“幽魂”与“革命”：从“李慧娘”鬼戏改编看新中国戏改实践》，考察了鬼戏《李慧娘》的改编史，梳理了新中国文艺实践在处理民族文化遗产过程中所遭遇的内在困顿及其张力，其注重历史情境与情理脉络的研究角度与表述风格，超越了一般的当代文学史的书写范式，显示了作者卓越的动态历史还原能力和研究功底。评委会经严格评审，同意授予其第三届唐弢青年文学研究奖。

程光炜颁奖：

杨庆祥的《历史重建及历史叙事的困境——基于〈天香〉〈古炉〉〈四书〉的观察》，对王安忆、贾平凹、阎连科的长篇新作与历史的关联以及这些关联存在的问题展开了富有见解的观察分析，批判性地审视了这些作品将“历史景观化”、“去成人化”以及“寓言化”的处理方式，并由此认为当代小说在重建历史观方面遇到了危机。论文反映出新一代批评家的思考深度和学术锐气。评委会经严格评审，同意授予其第三届唐弢青年文学研究奖。

南帆颁奖

王侃的《翻译和阅读的政治——漫议“西方”、“现代”与中国当代文学批评体系的调整》，以译介学的政治性入手，探讨了中国当代小说在海外传播过程中，西方中心主义对中国当代文学评判标准的影响。论文选题新颖、以论带史、由小及大、辩驳充分，对中国当代文学的创作、翻译和海外传播，具有一定的参考意义。评委会经严格评审，同意授予其第三届唐弢青年文学研究奖。

孟繁华颁奖

张莉的《作为文学批评家的孙犁》，细致透彻地对孙犁的学养和批评见解进行了系统研究，这是孙犁研究领域比较容易被忽视的部分。对于孙犁的文学批评活动与中国20世纪80年代文学语境的关系，论文或有进一步补充的空间，但论文将孙犁放在中国当代文学“精神史”的背景下进行重新评估，则具有发现的意义。评委会经严格评审，同意授予其第三届唐弢青年文学研究奖。

3月3日

鲁迅文学院第七届网络文学作家培训班结业　鲁迅文学院第七届网络文学作家培训班结业仪式在京举行。中国作协党组副书记、鲁迅文学院院长钱小芊，中国作协副主席陈崎嵘出席结业仪式。陈崎嵘在培训班总结讲话中说，15天来，“鲁院网七军”在文学殿堂接受了一种与网络世界迥然有异、别开生面的培训。经过培训，学员们的思想境界有所提升，艺术眼界有所拓宽，生活视野有所扩大。此次培训班还引起了媒体的广泛关注，有不少学员强烈渴望参加今年下半年即将举办的鲁院高研班。这些都表明，此次培训班是成功的、圆满的、有效果的。陈崎嵘表示，中国网络作家要在塑造中国人的集体人格、帮助中国人的灵魂找到自己的故乡中发挥积极作用，中国网络文学要成为中华民族美好精神家园的重要组成部分。大佳网推荐的刘艳（纳兰若夕）、搜狐网推荐的黄刚（不亦）、红袖添香网推荐的李婵（木子喵喵）、中文在线推荐的刘泽浔（黑夜de白羊）作为学员代表在结业仪式上发言。他们回顾总结了参加此次培训班的收获和心得，并表示将以此为新的起点，继续努力创作出更多更好的网络文学作品。

3月4日

张翎推出长篇新作《阵痛》　由作家出版社主办的张翎长篇小说《阵痛》新书首发式在京举行。中国作协书记处书记阎晶明，作家出版社总编辑张陵，评论家唐晓渡、何向阳等出席首发式。作家出版社新近出版的《阵痛》是旅居加拿大华人女作家张翎的最新长篇小说。作品描写了从1942年到2008年间，三代身份、际遇迥异的母亲不同寻常的情感和孕育经历，概括和折射出历史的风云变幻、人世的风波险恶、生命的无常无奈，以及足以洞穿一切苦难困窘的母性的坚忍不拔。与会者认为，生育的阵痛是暂时的，但苦难的时代带给人生的磨难，可以让人看到生命的艰辛和柔韧，感受到女性的隐忍和力量。《阵痛》以三代母亲的传奇故事串连起70年人间的悲欢离合，早已超越了女性史的意义，展现出整个国家和民族波澜壮阔的历史。整部作品情节曲折动人，语言温婉细腻，极富感染力。

3月5日

傅一清《35次平川漫流》作品研讨会在京举行　由诗刊社、文艺报社、作家出版社主办的傅一清《35次平川漫流》作品研讨会在北京中国现代文学馆举行。主办单位负责人阎晶明、葛笑政、商震、王山，与会专家学者30余人参加研讨。研讨会由作家出版社总编辑张陵主持。《35次平川漫流》中的大多作品可以称其为现代哲理诗，极有特色，独具气韵。傅一清的诗蕴涵着新奇和机智，常有令人惊喜的发现和哲思，并伴有现代意识的自觉和自制。人、生活、诗歌，这三者之中不知道是谁造成了谁，但对旁观的人们来说，傅一清的确用自己的眼睛为人们摸索出了一个新的维度。诗人对自己的生活的细致观察、深切体验、冷峻思考，加之诗艺上的机巧营造、自然表达，既昭示了她驾驭复杂现代生活经验的诗歌才华，也让我们看到了她有潜质承担以诗歌与世界对话的可能。出席会议的专家还有梁鸿鹰、吴思敬、林莽、王必胜、何向阳、唐晓渡、西川、龚鹏程、刘福春、王久辛、刘琼、李洱、徐忠志、杨志学、颜慧、瘦马、霍俊明、纳杨、罗静文等。

3月6日

往届学员相聚鲁院为"高研班"建言　尽管还是乍暖还寒的早春三月，鲁迅文学院里却洋溢着桃李芬芳的气息。曾经参加过鲁院中青年作家高级研讨班的40余位学员代表重返母校，共同回忆让他们念念不忘的学习时光，为这个大家庭的未来发展建言献策。成曾樾、李一鸣、王璇和大家一起座谈。在座谈中，大家对鲁院高研班今后的办学提出了各自的建议。比如坚持高门槛的办学标准，进一步细分班级设置，"优选种子，坚持培育"；强化教学研究能力，通过高端论坛研讨文学热点问题和前沿文学现象，以适应当下创作的新格局和新特征；更好地整合文学资源，加强各民族作家之间的交流，培养国内作家与国外同行的对话能力等等。

复达海洋散文集《海与岛的独白》作品研讨会在京举行　中国散文学会会长王巨才和周明、叶梅、石英、肖复兴、王宗仁、红孩、王彬、陈奕纯等20余位专家参加研讨。《海与岛的独白》是一本抒写海与岛和海岛人生活的海洋文学散文集。作者以一个海岛人的视野与感受，对故乡的海和岛进行全景式的描绘，用朴实而生动的语言，绘就出一幅幅独特的"海、岛、人"的灵动画面，将海与岛的历史、文化、风土人情、理想和海岛人的真实生活融于其中，以一种全新的视角诠释了海与岛、人与自然的和谐发展，让读者重新认知和体味作者所构筑起的这一片圣洁的天空。与会专家认为，《海与岛的独白》是一本标志性的海洋文学作品，也是一部有着深度、厚度和广度的绿色文学作品。作者复达以别样的视野、新颖的题材与敏锐的触角，写出了海之变幻、岛之绝美、人之至善，呈现了在内心世界里属于他的那块海域的独特性。作为一名执着于海洋文学创作的散文家，复达心里蕴涵着浓郁的故乡之情。他那看似波澜不惊的文字里，充满了对海与岛连绵的无限眷恋与由衷赞美，让读者在蓝色畅想中产生共鸣。

3月9日

王宏甲长篇纪实文学《非典启示录》作品研讨会在京举行　由中国作家协会创研部、中共福建省委宣传部主办，海峡书局承办的"王宏甲长篇纪实文学《非典启示录》作品研讨会"在京举行。中国作家协会副主席何建明、中宣部文艺局副局长孟祥林、中国作家协会报告文学委员会主任张胜友、总政宣传部艺术局局长姜秀生、总后勤部宣传部副部长连新城、福建省委宣传部副部长马照南、福建省新闻出版广电局党组书记李闽榕出席会议并讲话。海峡出版发行集团董事长、总经理刘瑞州等30多位专家学者参加研讨。研讨会由中国作协创作研究部主任梁鸿鹰主持。《非典启示录》是著名作家王宏甲又一部兼有很高文献价值和文学价值，并极具现实意义和思想性的纪实文学作品，本书封面即写着："一个民族，如果不能把灾难变成财富，就是真正的不幸。"这正是一部"把灾难变成财富"的作品。这是首部全方位系统地追踪记述2003年全球联手抗击SARS的纪实文学作品，也是首部全程追述人类与某一严重危害人类健康的传染病斗争的纪实作品。殊为可贵还在于，作者的追踪和反思没有停留在非典事件本身，还对新中国成立以来的卫生事业和非典之后出现的医患矛盾做了深入的追踪撰述，写出一个民族的卫生医疗事业是关乎全民健康，牵系经济发展的国之大政，人民事业，足以影响民族兴衰。通过对历史事实的追述追思，令人信服地写出，不能抛开卫生事业而孤立地进行医疗改革，今日中国迫切需要符合广大人民利益的卫生医疗改革。所述深邃，振聋发聩。

3月11日

鲁迅文学院第二十二届中青年作家高级研讨班举行开学典礼　在全国两会召开之际，又一批来自全国各地的新学员以文学的名义相会在鲁迅文学院，开始了他们为期4个月的学习生活。鲁迅文学院第二十二届中青年作家高级研讨班开学典礼在京举行。中国作协主席铁凝，中国作协党组书记李冰，中国作协党组副书记、鲁迅文学院院长钱小芊，中国作协副主席陈崎嵘、李敬泽，中国作协书记处书记白庚胜、阎晶明出席开学典礼，向学员们表示欢迎和祝贺，并同大家合影留念。钱小芊在开学典礼上致辞，要求学员们深入学习贯彻习近平总书记系列重要讲话精神，积极投入到以中国梦为主题的文学创作中去，施展才华、创新创造，不断推出精品力作，为中国梦增添亮丽的文学色彩。他希望大家尽快转变角色，投入到鲁院的学习和生活中去；强化责任意识，增强知识本领；进一步加强思想道德修炼，提升综合素质；努力增强"鲁二十二"的集体凝聚力和荣誉感，以昂扬的姿态和不竭的热情勤奋学习、积极创作，谱写出人生和事业的新乐章。

山西举行"双百"出版工程论证会　山西省"双百"出版工程专家论证会召开。"三晋百位历史文化名人传记"和"三晋百部长篇小说"出版工程由中共山西省委宣传部、山西省作协、山西出版传媒集团联合推出，于2013年下半年启动，全部工程预计5年内完成。会议由山西省作协、山西出版传媒集团主办，来自文学界、史学界的专家学者与会研讨。大家针对编纂原则及可能遇到的问题展开讨论，提出了许多切实可行的意见和建议。最后经专家论证，"三晋百位历史文化名人传记"确定了2014年拟出版传记的10位传主：晋文公、蔺相如、荀子、关羽、王通、武则天、狄仁杰、司马光、关汉卿、陈廷敬，及2015年拟出版传记的15位传主：介子推、王勃、郭子仪、王维、白居易、柳宗元、裴度、温庭筠、米芾、元好问、罗贯中、傅山、于成龙、祁寯藻、徐继畬。

3月12日

中国作协举办学习贯彻习近平总书记2·17讲话精神专题学习班 中国作协举办学习贯彻习近平总书记2·17讲话精神专题学习班。中国作协党组同志，机关各单位、各部门负责同志参加了专题学习。学习班采取集体学习、自学、分组讨论、集中交流等形式，认真组织学习习近平总书记2月17日在省部级主要领导干部学习贯彻十八届三中全会精神全面深化改革专题研讨班开班式上的重要讲话。中国作协主席铁凝参加学习，党组书记李冰主持学习交流会并作总结讲话。在为期三个半天的学习中，大家深入理解习近平总书记重要讲话精神，围绕把握全面深化改革的总目标，推进文化体制改革创新；提高中国作协工作能力，在国家治理体系和治理能力现代化进程中发挥应有的作用；发挥文学的独特作用，大力弘扬社会主义核心价值观等展开深入讨论。

3月13日

南翔新作小说集《绿皮车》研讨会在京举行 中国作协创研部、广东省作协、深圳市文联、深圳大学共同主办的“南翔新作小说集《绿皮车》研讨会”在中国现代文学馆举行。中国作协党组成员、副主席、书记处书记李敬泽，广东省作协党组成员、专职副主席张建渝，深圳市文联党组成员、专职副主席梁宇，深圳大学副校长李凤亮，深圳市作协主席李兰妮等出席了会议，会议由中国作协创研部主任梁鸿鹰主持，来自北京、广州、深圳的30多位专家学者参加研讨。深圳市文联党组成员、专职副主席梁宇在讲话中说，深圳是座年轻的城市，文学和城市共同成长，深圳文学集中表现了时代精神和深圳社会生活本质，在全国各个时期的文学图谱上，深圳文学以其对改革开放过程中出现的“新的人物、新的世界”的及时反映而独树一帜，在当代文坛留下不可取代的足迹。近年来，随着深圳城市三十而立，深圳文学也摆脱了浮躁，对现代性经验的呈现反思和审美表达渐成为主潮。在这样一个历史时期，深圳文学生态进一步完善，文学气质进一步内敛，文学深军进一步壮大，深圳文学大有可为。南翔系列佳作的不断涌现，以及更多深圳作家作品的不断涌现，都必将不断带给中国文学更多的经验和喜悦。

第五届“茅台杯”《小说选刊》奖颁奖典礼在京举行 由《小说选刊》杂志社主办的第五届“茅台杯”《小说选刊》奖颁奖典礼在中国现代文学馆举行。王蒙、毕飞宇、方方、李唯、马金莲、蒋一谈、王妹英7位作家获得了第五届“茅台杯”《小说选刊》奖。中国作家协会党组成员、书记处书记、中国作家协会副主席、中国作家出版集团管委会主任何建明，全国人大常委、中国作协副主席张健，全国政协常委、中国作家协会副主席陈建功，中国贵州茅台酒厂（集团）有限责任公司董事长、党委副书记袁仁国等出席了颁奖典礼。中国作家协会党组成员、书记处书记、中国作家协会副主席、中国作家出版集团管委会主任何建明代表作协党组向获奖作家表示热烈祝贺，向茅台集团对文学事业给予的一以贯之的支持表示衷心感谢。他说，

《小说选刊》举办的这项文学奖，涌现出很多优秀之作。听《小说选刊》的同志介绍说，即使这样，仍有遗珠之憾，这说明当下文艺大团结大繁荣的局面促进了文艺生产力的发展，他感到很高兴，并向工作在文学第一线的编辑同志们表示慰问。他希望全国文学工作者继续努力，使中国当代文学更上层楼。

3月14日

中国现代文学馆第三批客座研究员聘任仪式在京举行　中国现代文学馆第三届客座研究员聘任仪式在京举行。中国作协主席铁凝、党组书记李冰出席聘任仪式，并为第三届客座研究员颁发了聘书。中国作协副主席李敬泽宣读了第三届客座研究员名单。2014年第三届客座研究员的招聘对象仍为“70后”、“80后”的青年批评家，经过各省区市作协推荐和中国现代文学馆学术委员会的严格评审，张晓琴、徐刚、饶翔、熊辉、丛治辰、陈思、张定浩、王敏、夏烈、王晴飞、金赫楠、李振等12位青年批评家被聘为中国现代文学馆第三届客座研究员。李冰在聘任仪式上发表了讲话，对12位青年评论家被聘为中国现代文学馆第三届客座研究员表示祝贺。他说，文学批评与文学创作是文学活动的双轨，既相辅相成又彼此独立。加强文学理论和文学批评建设，是今年乃至今后几年中国作协摆在优先位置的重点工作。我们希望通过这个平台，团结凝聚文学理论和批评人才，强化文学理论的指导作用和文学批评的导向作用，提高文学批评的质量，不断拓展文学批评的深度和社会影响力。与文学创作相比，文学批评显得不相适应，也存在着种种困难。广大青年批评家要继续加强对马克思主义文艺理论的学习，加深对文学批评规律的研究与认识；主动进入文学现场，提高文学批评的有效性；加强文学批评的诚信建设，树立好的学风与文风。李冰希望大家始终保持对文学的激情与信仰，深切理解自己肩负的历史重任，不断磨砺自己，为中国当代文学评论事业做出更大的贡献。

3月15日

阿来《瞻对：终于融化的铁疙瘩》作品研讨会在京举行　阿来的长篇非虚构作品《瞻对：终于融化的铁疙瘩——一个两百年的康巴传奇》研讨会在北京举行。中国作协副主席李敬泽，中国作协书记处书记阎晶明，中共四川省委宣传部副部长朱丹枫，华文轩出版传媒有限公司总编辑张京、四川文艺出版社社长叶勇等出席研讨会。研讨会由中共四川省委宣传部、文艺报社、新华文轩出版传媒股份有限公司、四川省作家协会共同主办，四川文艺出版社、巴金文学院联合承办。与会专家学者认为，阿来的这部作品填补了文学记录西藏历史的一段空白。他以文学的方式关注着藏区的发展，试图从人文的角度来认识历史、认识现实，通过对瞻对一地的微观历史的透彻挖掘，找到了历史与现实的连接点，搭建起一个“完整的世界图景”。《瞻对》呈现的是两方面的成果，一方面是作家通过对大量档案、史料的深入挖掘，以生动的笔触、丰富的细节、扎实的内容，还原与再现始于雍正八年、长达200多年的“瞻对之战”中藏地与清政府方方面面的表现与表演。另一方面，则是阿来的独有发现与解读，这一部分融于历史事件的叙述，构成了作品的肌理，是有温度、脉搏与节奏的。

3月16日

麦家受到《纽约时报》关注　与莫言获得诺贝尔文学奖不同，麦家以另一种方式受到了西方的关注。3月16日，美国《纽约时报》发表麦家专访——《中国小说家笔下的隐秘世界》，称赞其即将在美国和英国出版的小说《解密》具有“现实意义”和“世界性”。据悉，麦家曾因“红色作家”的身份，被美国两次拒绝签证入境。

庞贝长篇小说《无尽藏》学术研讨会在京举行　由《中国作家》杂志社、中国作协创研部、作家出版社、深圳市文联、北京精典博维文化传媒有限公司联合主办的庞贝长篇小说《无尽藏》学术研讨会于3月16日在北京举行。来自中国作家协会、中国社会科学院、北京大学、中国作家出版集团等机构的20多位专家学者就这部作品的艺术成就进行了热烈的探讨。会议由中国作家出版集团党委副书记、管委会副主任、《中国作家》主编艾克拜尔·米吉提主持。深圳市文联副主席梁宇做了精彩的致辞。长篇小说《无尽藏》2013年由《中国作家》杂志首发、2014年初由作家出版社出版后好评不断，对于这部“中国题材、国际表达”的小说杰作，《人民日报》、中央人民广播电台等重要媒体纷纷予以评论和报道，这部作品先是荣获第三届《中国作家》剑门关文学奖长篇小说奖，继而获选中国作家排行榜2013度长篇小说第三名。2014年2月，这部作品又接连登上新浪中国文学榜、百道中国小说榜、凤凰好书榜、《中华读书报》好书榜等权威榜单，2013年3月，这部小说的纸质书出版月余即告加印，与此同时，此作又举荣登深圳书城月度选书榜首，并与翁贝托·埃科的《傅科摆》一起进入当当网2014年第一季度小说类畅销书榜，埃科的《玫瑰之名》和《傅科摆》是西方知识悬疑小说的典范，而《无尽藏》作者庞贝也被誉为“中国知识悬疑小说第一人”。

傅惟慈同志逝世　著名文学翻译家傅惟慈同志，因病医治无效于2014年3月16日在京逝世，享年91岁。傅惟慈，笔名傅韦、孚威。满族。1954年开始发表作品，1980年加入中国作家协会。译有长篇小说《布登勃洛克一家》《臣仆》《丹东之死》《月亮和六便士》《问题的核心》《权力与荣耀》《动物农场》等多部作品。2004年中国翻译工作者协会授予资深翻译家称号。

冯小军散文集《林间笔记》研讨会在京举行　由中国散文学会和河北省作协举办的冯小军散文集《林间笔记》研讨会在北京举行。来自京冀两地的20余位专家在研讨时认为，冯小军是林业系统涌现出的优秀散文家，他半生在农林中游走，绿色的环境造就了他自然的心境和礼敬万物的胸怀，他的文章绿意盎然、蓬蓬勃勃。作家尽情地开拓着乡土中国，抒写着平原、山地、树木、庄稼和植被，把冀东家乡的“冰窗花”和春山上的野草写得颇有情致，把燕山深处的年味儿和滦河边上的情思写得让人心颤，让人能够深切地体会到掩盖在厚厚石壤之下的乡野生活和自然世界某种内在的真实和复杂。他闹中取静的生命状态，使其创作少了功利和轻浮，多了厚重和哲思。《禅味梨花》等诸多篇什，传达出作家不俗的理性思考，读来不仅令人舒爽，而且“理趣”十足。

3月18日

柳溪同志逝世　中国作协名誉委员、天津市作协原副主席柳溪同志，因病于2014年3月18日逝世，享年90岁。柳溪，原名纪清侁。女，中共党员。1939年开始发表作品，1953年加入中国作家协会。文学创作一级。著有长篇小说《功与罪》（上、下卷）、《大盗燕子李三传奇》，短篇小说集《挑对象》《柳溪短篇小说集》，中篇小说集《生涯》《柳溪中篇小说选集》，散文集《若梦集》，电影文学剧本《风流女谍》等。曾获天津第一届鲁迅文艺奖优秀作品奖，天津第二届鲁迅文艺奖优秀长篇奖，天津通俗文学头奖，获中宣部“五个一工程”奖。

麦家小说《解密》英译本在英美等35个国家上市上架　浙江省作协主席麦家小说《解密》英译本成功“走出去”，在美国、英国等35个国家上市。上市首日便创造中国作家在海外销售的最好成绩。目前已在美国亚马逊图书总榜排名进入前500名。此外，麦家荣获第七届茅盾文学奖的长篇小说《暗算》英译本已与企鹅出版社等签约，年内可出版样书。小说《解密》英译本在海外签约率、发行量、影响力、关注度等方面，都达到了较高水平，取得了好成绩。

3月21日

报告文学《乌蒙长歌》首发式暨研讨会在云南曲靖举行　李朝德长篇报告文学《乌蒙长歌——当代愚公·陆良八老记》首发式暨研讨会在云南曲靖举行。陆良县龙海乡的8位普通农村老人，30余年在石漠化的荒山上植树造林7400亩，造福乡梓，被誉为“当代愚公”。《乌蒙长歌——当代愚公·陆良八老记》以纪实手法真实再现了陆良八老扎根荒山30年造林，并把林场无偿献给国家的感人事迹。与会者在研讨中谈到，作品把生态环境作为一个重点来介绍，对生态的全面反思不仅仅放在陆良八老生长、生活的龙海乡，而且延展到了曲靖、云南甚至全国。同时，这部作品用更多的笔触关注人的内心生态，即社会生活中人生的价值及追求的探索和思考，通过八老的事迹阐述了物质意义上的生命没有永恒，唯有高尚的精神世代相传这一崇高的主题。

3月22日

罗羽获得首届“罗隐诗歌奖” 3月22日下午，浙江富阳，作家麦家的“理想谷”工作室，“首届罗隐诗歌奖”在此揭晓，并举行了隆重的颁奖典礼。“首届罗隐诗歌奖”得主为河南籍诗人罗羽，特邀诗人王家新、浙江大学人文学院教授楼含松担任颁奖嘉宾。

3月23日

“北方写作吉林文笔——王可心、江北小说创作评介会”在京举行 由中国作协小说委员会、吉林省作协共同主办的“北方写作吉林文笔——王可心、江北小说创作评介会”在京举行。中国作协党组成员、书记处书记阎晶明，吉林省作协主席张未民以及宗仁发、雷达、胡平、梁鸿鹰、施战军、吴秉杰、贺绍俊、白烨、孟繁华、陈福民、牛玉秋、邱华栋、徐忠志、刘颋、岳雯、王颖等参加研讨，会议由中国作协创研部副主任何向阳主持。王可心和江北是吉林省近年来创作成绩比较突出的70后女作家。王可心从上世纪90年代初开始创作，中篇小说《头顶一片天》获2014年吉林省第十一届长白山文艺奖。目前正在创作的长篇小说《城》（又名《最后的棚户》），获吉林省重点文学作品扶持基金。江北原名李松花，鲁迅文学院第十九届高研班学员。2006年开始小说写作，短篇小说《狗肉老徐》获吉林省第三届文学奖一等奖。中篇小说《老满的二十四小时》获吉林省第十一届长白山文艺奖。

3月24日

“2014《民族文学》重点作家改稿班”在京举办 由民族文学杂志社和中国少数民族作家学会主办的“2014《民族文学》重点作家改稿班”在北京开班。中国作协党组成员、书记处书记白庚胜，中国作协主席团委员、中国少数民族作家学会常务副会长叶梅，《民族文学》主编石一宁，《诗刊》常务副主编商震，《小说选刊》主编高叶梅等出席了开班典礼。白庚胜代表中国作协党组、书记处对改稿班的举办表示热忱支持。他指出，中国作协党组十分关心和重视少数民族文学的发展，将继续不遗余力地给少数民族作家提供各种有利条件，努力为少数民族作家的创作做好服务。广大少数民族作家们应大力倡导富强、民主、文明、和谐，倡导自由、平等、公正、法治，倡导爱国、敬业、诚信、友善的社会主义核心价值观，要坚持以人民为中心的创作导向，紧贴时代脉搏，深入挖掘民族文化资源，热情讴歌社会主义时代风尚，创作出更好更多的读者大众喜闻乐见的作品，为中华文学蓝图锦上添花。

3月26日

第三届“朱自清散文奖”颁奖 朱自清散文奖，旨在纪念我国现代散文家朱自清，表彰汉语散文写作的卓越成就，主要奖励评奖期内在中国大陆公开出版的散文作品和在散文写作中获得卓越成就的散文家，以及表现了出色才华的散文新人。第三届五位获奖作者及其代表作分别为：张炜，代表作《张炜散文随笔年编》；贺捷生，代表作《父亲的雪山，母亲的草地》；马未都，代表作《瓷之纹》《马未都：醉文明系列》（第三、四、五册）等；于坚，代表作《印度记》《圣敦煌记》《陇上行》；祝勇，代表作《纸天堂：西方人与中国的历史纠缠》《旧宫殿》（十周年纪念版）等。

《中华辞赋》创刊座谈会在北京梅地亚新闻中心举行　在中央领导同志的亲切关怀下，经国家新闻出版广电总局批准，由中国作家协会主管、中国作家出版集团主办的《中华辞赋》正式创刊，成为国内唯一公开出版发行的辞赋类期刊。3月26日下午，《中华辞赋》创刊座谈会在北京梅地亚新闻中心举行。文化界知名学者、诗赋专家李栋恒、李东东、周笃文、李文朝、郑伯农、张同吾以及来自人民日报、新华社、光明日报、中国文化报、文艺报等媒体的近百名嘉宾参加了座谈会。到会的诗赋专家学者相继发言，祝贺《中华辞赋》创刊，并对办好刊物提出建议。会上，播放了中华辞赋社与新华社CNC电视台联合摄制的辞赋文学电视片《世界和平赋》；为“三沙赋征文大赛”的获奖者颁了奖，朗诵了获奖诗赋。

刘海星诗集《走过记忆》研讨会在京举行　由诗刊社主办的刘海星诗集《走过记忆》研讨会在京举行。中国作协副主席高洪波、李敬泽出席会议并讲话。研讨会由《诗刊》常务副主编商震主持。刘海星是一位摄影家，中年才开始写诗，2011年曾出版诗集《太阳的眼泪》。新诗集《走过记忆》主要收录了诗人近几年创作的新作，也辑入了前一本诗集的部分优秀之作。刘海星说，他的诗歌主要抒写的是个人的记忆。个人的记忆是对集体和历史的记忆作出的一种纠正，甚至是“具有挽歌气质的沉思”。但诗人也试图用最为简洁的词语去表达一个时代的共同体验，使诗作成为人类的共同记忆。这也是他努力的方向。与会专家学者认为，与《太阳的眼泪》相比，《走过记忆》中的作品显得更加成熟。诗人将那些富有诗意的“经验”、“记忆”进行了精致地雕刻，抒写出个体真切的生命体验。作为一位摄影家，刘海星对画面、色彩、光影有着敏感的把握，对事物的观察细微、独到，这使得他的诗歌极具细节的美感。从他的诗中可以看到云淡风轻的画面、静水深流的情感以及看似随意撷取的意象，它们像诸多碎片组成的万花筒，构成斑斓的世界。他的诗歌有着独特的叙述语调，感情节制，语言洗练、明澈。与会者也对刘海星诗作提出了一些建议。有专家认为，作为一个诗人要有预见性，要敢于对一些事情表明自己的态度，而不仅仅是客观地进行呈现。此外，刘海星有着丰富的生活经历，应该可以把诗歌写得再“复杂”一些，比如叙述的方式更加多样、诗歌的情感应该更加有起伏，语言变得更加锋利一些。

3月27日

长篇报告文学《命脉——中国水利调查》研讨会在京举行　正值全国各地开展第二十二届“世界水日”、第二十七届“中国水周”的主题活动之际，由中国作协创研部、水利部新闻宣传中心、中国报告文学学会、广东省作协、东莞市文联共同主办、湘潭大学出版社、东莞市长安镇文联和东莞市樟木头镇“中国作家第一村”协办的“陈启文报告文学《命脉——中国水利调查》研讨会”在中国现代文学馆举行。中国作协副主席、中国报告文学学会会长何建明，中国作协副主席陈建功，水利部新闻宣传中心主任郭孟卓，广东省作协专职副主席杨克，东莞市文联主席刘锦明等出席会议并讲话。来自文学界和水利界的30多位专家学者与会研讨。该作品发表、出版后，在文学界和水利界引起热烈反响，其重要篇章先后被《新华文摘》等选刊、选本选载，并高票入选“2012年中国优秀报告文学排行榜”、“2012年中国当代文学最新作品排行榜”等，获得中国大学版协举办的优秀畅销书奖。《中国文学发展状况》连续三年对该作品及其重要篇章予以推介，把该作品视为一部“及时聚焦时代热点，热切关注社会问题，积极干预现实生活，勇于担当历史责任”的报告文学力作。

3月29日

第二届“石膏山杯”全国征文大赛评选结果揭晓　由中国报告文学学会、《时代报告·中国报告文学》杂志社和山西石膏山旅游文化发展股份有限公司共同设立的第二届“石膏山杯”征文大赛的终评结果近日揭晓。中国作家协会名誉副主席蒋子龙担任本届征文大赛评委会主任。中国报告文学学会常务副会长、《时代报告·中国报告文学》杂志主编、文学评论家李炳银和山西省灵石通宇实业有限公司董事长张建新担任本届征文大赛评委会副主任。王世强、艾克拜尔·米吉提、何西来、何向阳、李舫、张陵、周明、高厚、彭程和萧立军担任本届征文大赛的评委。在成功举办首届“石膏山杯”全国征文大赛并获得社会广泛好评的基础上，第二届“石膏山杯”全国征文大赛收到社会各界、各地作家参评的写实性的散文、随笔、诗歌、报告文学和影视文学脚本等作品1527部（篇），在2013年12月24—28日，组织初评委员会专家进行初评，确定30部（篇）作品入围。各位专家评委在深入阅读入围作品基础上阐述了各自的看法，就入围作品的纪实题材、价值倾向、现实介入程度，文学品味、社会影响等方面展开讨论。经过充分的讨论、交流后，以无记名投票的方式产生了评选结果。陈启文的《命脉——中国水利调查》获得“石膏山杯”全国征文大赛奖首奖；张胜友的《风帆起珠江》、余艳的《板仓绝唱——杨开慧手稿还原毛泽东爱情》、侯钰鑫的《大师的背影》分别获得“石膏山杯”全国征文大赛奖；裔兆宏的《历史的抉择——张闻天在延安》、刘汉俊的《南海九章》、阎纲的《美丽的夭亡——女儿病中的日日夜夜》、秦基伟的《本色——秦基伟战争日记》、时刚的《母爱若水润花馥》、蒋殊的《尘嚣之外石膏山》分别获得“石膏山杯”全国征文大赛奖优秀奖。另有苏宁的《一个人的村庄》等20部作品分别获得“石膏山杯”全国征文大赛奖提名奖。颁奖典礼将于择日举行。

专家研讨新荷花淀写作　来自北京、天津、河北的40余位作家、评论家聚集河北廊坊师范学院，以廊坊两位散文作家孟德明、焦喜俊的作品为切入点，就冀中地区所展现的一种文学现象—“新荷花淀写作”进行了研讨。“新荷花淀写作”是继孙犁的“荷花淀派”后活跃在冀中地区的又一文学现象。近年来，此群体形成了以地域文化为依托，以孙犁式的清新、亮丽、诗意为表现手法，以平原水乡为展现内容的共性追求，引起了广泛关注。孟德明、焦喜俊近年来致力于冀中文化的文学展现，与会者认为，二人的作品具有浓郁的乡土气息，雅俗结合有致，语言质朴灵动，展现了冀中地区独有的风土人情和文化内涵。

3月30日

傅剑仁报告文学《上访》作品研讨会在京举行　由中国作家协会创研部、河北省作家协会联合主办的傅剑仁报告文学《上访》作品研讨会在京举行。中国作协副主席何建明出席研讨会并讲话。雷达、吴秉杰、胡平、李炳银、关仁山等著名作家、评论家参加了研讨会。中国作协创研部主任梁鸿鹰主持会议。与会专家对作品展开热烈讨论。《上访》是傅剑仁历时多年精心创作的长篇报告文学，该作品通过记录自建国以来形形色色的群众上访事件，不仅为我们描绘了泱泱华夏独特的社会画卷，同时也深刻地折射出我国独特的社会文化生态和饱经沧桑的民主化进程。这部作品的写作和出版，体现出现实主义文学传统的社会责任与担当，具有深刻的现实意义。

云南作家代表团出席“第五届湄公河文学奖”颁奖活动　应柬埔寨作家协会主席辛番那的邀请，由云南省作家协会主席黄尧、云南省作家协会副主席、秘书长杨红昆、云南省委宣传部文艺处处长缪开和、云南作家协会《百家》副主编李朝德、云南省文联《边疆文学文艺评论》编辑徐晶一行5人的作家代表团前往柬埔寨的暹粒市参加由湄公河流域国家柬埔寨、老挝、越南、泰国共同组织的“第五届湄公河文学奖”颁奖活动。湄公河文学奖是由位于湄公河流域的越南、柬埔寨和老挝三个国家2008年共同创立，每隔一年举行一次文学创作者大会，并在会上颁发湄公河文学奖。举行大会和颁发此奖的目的在于鼓励越湄公河流域的文学创作者加强团结，保护自己的文化和传统。促进社会、经济和文化方面的交流发展。至今，该文学奖项已经举办了五届。第五届湄公河文学奖在吴哥大酒店隆重举行，六国国旗环绕的主席台，柬埔寨副首相梅森安及六国作家代表团团长在主席台就坐。开幕式播放六国国歌后，浓郁柬埔寨特色的舞蹈许愿舞欢迎各国作家，柬埔寨作协主席辛番那致欢迎辞，柬埔寨副首相梅森安宣读柬埔寨王国首相洪森的贺信，并宣布会议开幕。越南、老挝、泰国、缅甸作家团代表宣读贺词。云南省作家协会副主席、秘书长杨红昆宣读了中国作家协会主席铁凝女士的贺电，铁凝在贺电中说：湄公河源自中国的青海高原，在近80万平方公里的流域内，中国人民与东南亚各个人民同受着这条河水的滋养。作为东南亚国家的近邻，中国希望同各国开展广泛的文学交流，互相学习、借鉴。感谢柬埔寨作家协会邀请云南省作协参加此次活动，并希望中国作家协会与东南亚作家的友谊能够不断加深。柬埔寨副首相梅森安为第五届湄公河文学奖获奖作家颁发了获奖证书及奖牌。而后云南省作协向柬埔寨副首相梅森安赠送了青铜器“牛虎铜案”。

四月

4月1日

翟永明获得“腾讯书院文学奖”年度诗人奖　由腾讯文化主办的首届“腾讯书院文学奖”颁奖典礼在北京师范大学举行，苏童、阿来、翟永明、陈晓明、徐则臣分获年度小说家、年度散文家、年度诗人、年度批评家和年度新锐作家奖。首届“腾讯书院文学奖”将“年度致敬作家”大奖颁给了2013年逝去的诗人们，他们是牛汉、雷抒雁、韩作荣、郑玲、纪弦。

《当代国际诗人典译》丛书出版　该书汇集来自英、美、德、法、斯洛文尼亚等国十二位当代最活跃的顶尖诗人的作品精选，均为首次于国内出版。每一首诗歌都由诗人亲自选择，其精品性既来自诗人在其母语诗歌内的卓著成就和显赫声誉，也来自中文译文对原作的精彩再创造。译者杨炼、西川、于坚、唐晓渡、翟永明、杨小滨、严力、姜涛、陈黎、梁俪真等，均为活跃在当代中文与国际诗坛、译界的诗人，艺术家。这是最深邃的诗性思维在异质语言中的一次激情碰撞，堪称一组镜像交织的当代世界诗艺精华的核心样本。

中国作协2014年少数民族文学创作培训启动　鲁迅文学院第九期少数民族文学创作培训班在京举行开班仪式，这标志着中国作协2014年少数民族文学创作培训工作正式启动。中国作协党组副书记、鲁迅文学院院长钱小芊，中国作协书记处书记白庚胜出席开班仪式。开班仪式上，来自不同民族的学员代表作了发言。他们畅谈了自己长期以来的文学创作感受，表达了此次来到鲁迅文学院学习的心情和体会。苗族的蒲钰谈到，在自己的家乡，故事都是口口相授、代代丰富地流传着，每个人都是创作者。少数民族作者在文学创作过程中会遇到更多瓶颈，因为是用汉语创作，很多东西需要翻译，一些好语言在翻译的过程中失去了原有的味道，有的甚至翻译不过来。维吾尔族的白合提亚尔说，好的作品都来自民间，来自现实生活。古往今来无数实践证明，创作厚重、优秀作品的关键，在于是否拥有丰厚的生活阅历、深刻的生活感悟，作品是否能经受住人民群众检验、能否给予人民群众美的享受和深刻启迪。藏族的来鑫华说，每一个严肃的作家都在用圣洁的文字热情讴歌着深爱的故乡，每一个恪守传统的作家也始

终在创作中保持着对文字的无限敬畏。少数民族作家要看到自己的不足，继承和弘扬本民族的优秀传统，汲取和消化兄弟民族的优秀文化。蒙古族的胡额斯吐坦言，虽然自己是一名业余作者，但自己的精神和信念从来不是“业余”的。“我清楚创作道路的艰辛，也在工作事业和文学创作交集时矛盾挣扎过，但我从未放弃过，因为我深知，文学创作是我这一生需要守候的梦想。”回族的郭玛表示，我们会分外珍惜这次学习机会，努力吸收知识的养分，写出更好的作品，把鲁院当成人生的加油站，为自己交上一份满意的答卷，让少数民族的风采在鲁院飞扬成一道亮丽的风景。

4月9日

“中国梦”与文学创作研讨会在京召开　由中国作协创研部、人民日报文艺部、光明日报文艺部、文艺报、鲁迅文学院共同主办的“中国梦”与文学创作研讨会在京召开。中国作协副主席、党组成员、书记处书记李敬泽到会并讲话，中国作协党组成员、书记处书记、文艺报总编辑阎晶明出席会议。人民日报文艺部主任刘玉琴、光明日报文艺部主任彭程、鲁迅文学院常务副院长成曾樾、中宣部文艺局理论文学处副处长彭云，以及作家、评论家、编辑等40余人参加研讨。研讨会由中国作协创研部主任梁鸿鹰主持。为进一步推动“中国梦”文学创作，此次邀请了作家、评论家、编辑汇聚一堂，畅谈对习近平总书记提出的中华民族伟大复兴“中国梦”的理解，多角度阐释“中国梦”对于推动中国社会主义文学繁荣发展的重要意义，探讨如何在文学创作和文学评论中体现“中国梦”，讲好“中国故事”，为时代进步提供正能量。与会者认为，实现“中国梦”是中华儿女的美好夙愿。我们的文学要用高水准的作品把人们寻梦的理想、追梦的奋斗展现出来，用文学的正能量见证国家富强、民族振兴、人民幸福。与会作家、评论家、编辑还有柳建伟、雷达、蒋巍、陆建德、施战军、白烨、徐德霞、王松、黄传会、李迪、刘立云、张者、徐坤、葛水平、徐剑、马金莲、左昡、何向阳、王山、张颐武、韩敬群、李一鸣、刘琼、李云雷、石一枫、王国平等。

《民族文学》少数民族文字版翻译工作交流会举行　《民族文学》少数民族文字版翻译工作交流会在京举行。国家民委中国民族语文翻译局党委书记兰智奇、局长阿里木·沙比提，《民族文学》主编石一宁等出席会议。自2009年以来，中国民族语文翻译局协助杂志社系统承担了《民族文学》少数民族文字版的翻译审读工作。兰智奇表示，《民族文学》少数民族文字版的创办在国内外都有重要意义，是一个高瞻远瞩的创举。翻译局已将《民族文学》译审工作纳入本单位的常规工作，一定要认真负责，创造条件为《民族文学》翻译审读工作提供保障，共同培养一支稳定的文学翻译队伍，进一步办好刊物。阿里木·沙比提说，一直以来，翻译局高度重视《民族文学》译审工作，高效完成了国家民委和中国作协布置的这项重要任务。翻译局和《民族文学》时常地就翻译工作进行交流，形成了很好的合作机制。今后双方还将继续加强沟通，强化责任意识和使命感，认真扎实做好《民族文学》译审工作。石一宁感谢国家民委和翻译局领导、专家对《民族文学》少数民族文字版工作的鼎力支持和帮助。他说，翻译局和《民族文学》两家单位紧密团结，真诚合作，确保了《民族文学》少数民族文字版安全、优质和按时出版。与会专家和编辑还就如何提高翻译质量、扩大翻译家队伍、提升审读水平等问题进行了坦诚的交流和探讨。

湖南作家研究中心成立 湖南省首个面向本土作家的专业研究机构——“湖南作家研究中心”在长沙市挂牌。这家湖南省作协与中南大学文学院联合成立的学术机构，是针对湖南作家及湖南文学创作进行主题研究的组织。谈到成立湖南作家研究中心的初衷，湖南省作协党组书记龚爱林说，在中国文坛上，湖南作家是一支不容忽视的队伍。他们创造了大量厚重而生动的作品，值得好好研究，也亟待深入研究。研究中心的主要任务，就是侧重当下的文学创作，对湖南文学的现状进行系统研究，对湖南作家作品和文学现象进行整体研究，对具有代表性的湖南作家进行专题研究。通过推出有分量、有价值的研究成果，进一步提升湖南文学在全国的知名度和影响力。中南大学副校长周科朝介绍说，中南大学文学院所拥有的师资力量，是研究湖南作家得天独厚的优势。中南大学文学院将配备一定的师资力量，专门从事该中心的研究工作。包括每年完成湖南文学年度发展报告，并安排一定比例的研究生专门从事湖南文学研究，在其毕业论文中以湖南作家、作品和文学现象为研究对象，拿出有质量的文章。同时，研究中心也将成为一个互动平台，分期分批聘请湖南省内的知名作家担任文学院兼职教授和研究生导师，进入高校交流讲学，与莘莘学子进行“零距离”接触。揭牌仪式之后，湖南省作协专职副主席王跃文从自己新作《大清相国》讲起，做了以“大清相国的时代及其历史回响”为题的专题讲座，受到中南大学文学院师生们的欢迎。

4月10日

第五届徐迟报告文学奖评选启动 为纪念作家徐迟诞辰100周年，中国报告文学学会和湖北石花酿酒股份有限公司决定今年联合举办“石花杯”第五届徐迟报告文学奖评选活动。主办方在北京举行新闻发布会，介绍了此次评奖的有关情况。中国作协副主席、中国报告文学学会会长何建明出席会议并讲话。中国作协主席团委员王巨才、中国作协报告文学委员会主任张胜友、中国作协创作研究部主任梁鸿鹰及主办单位领导、部分作家和评论家参加发布会。发布会由中国报告文学学会常务副会长李炳银主持。“石花杯”第五届徐迟报告文学奖的评选范围为2010年1月至2013年12月期间在中国大陆正式公开发表、出版的报告文学作品。从即日起到今年8月30日为作品申报时间，凡符合评奖规定并愿意参与评奖的作家和新闻出版单位均可申报选送作品。征集结束后，评奖委员会将组织初选和终选工作，最终授予5部（篇）作品徐迟报告文学奖、10部（篇）作品徐迟报告文学奖——优秀报告文学奖。主办方表示，本届评奖活动

将继续秉持该奖项评选的一贯原则，坚持公开、公正、公平。评奖活动结束之后，主办方将于今年10月在湖北武汉举行颁奖典礼，同时将举行一系列纪念徐迟诞辰100周年的活动。

4月11日

铁凝与泰国公主诗琳通会谈交流　泰国公主诗琳通4月11日下午到访中国现代文学馆、鲁迅文学院。中国作协主席铁凝与诗琳通亲切会谈，双方就增进两国文学交流、密切作家联系、加强翻译出版合作、促进两国文化发展等话题展开交流。铁凝代表中国作协向诗琳通一行表示欢迎。她向远道而来的泰国客人简要介绍了中国作协的历史、职能、会员构成等情况，赞赏诗琳通为增进中泰两国人民友谊所作出的不平凡的贡献。铁凝谈到，她赞同诗琳通所提出的“通过文学作品来了解一个国家普通人的生活和情感，要胜过仅仅阅读历史书籍”，她期待，今后两国能在文学领域继续加强合作，增进作家尤其是青年作家之间的交流互访，促进两国文学文化的发展繁荣。诗琳通表示，她十分热爱中国文学和中国文化，在中国古典诗词和当代文学作品中体会到不一样的魅力。泰国文学近年来发展迅速，比如，网络文学就吸引了很多年轻人投身创作与阅读，这与中国的情况是相似的。她希望，两国作家能建立起更加密切的联系，让读者有机会阅读到更多彼此优秀的文学作品。

4月12日

张雅文《百年钟声》《生命的呐喊》《活着，为了天堂的钟声》图书签售活动在京举行　由作家出版社、中国对外翻译出版有限公司、陕西人民教育出版社联合举办的张雅文作品与读者见面会在王府井书店举行。张雅文，国家一级作家，黑龙江作协名誉副主席，第五届鲁迅文学奖获得者，著有《趟过男人河的女人》《盖世太保枪口下的中国女人》等二十余部，编剧《趟》《盖》剧一百二十余集，其作品曾获鲁迅文学奖、徐迟报告文学奖、传记文学奖、华表奖、飞天奖等。此次推出的三部作品是2013年出版的《百年钟声——香港沉思录》（陕西人民教育出版社）、《生命的呐喊》（修订版）（中国对外翻译出版有限公司）、《活着——为了天堂的钟声》。

“女性、诗意、青春、校园——中国当代少数民族女诗人诗歌朗诵会”在京举行　“女性、诗意、青春、校园——中国当代少数民族女诗人诗歌朗诵会”在中央民族大学举行。中国少数民族作家学会常务副会长叶梅、北大访问学者顾爱玲、蒙古国诗人宝鲁德胡亚格、《诗歌风赏》主编娜仁琪琪格等作家、诗人参加活动。《诗歌风赏》今年第一期发了娜夜、沙戈、薛梅、夏花、林虹、哈森等人的作品，组成了“少数民族女诗人专辑”。活动现场，娜仁琪琪格向中央民族大学八骏鸣文学社赠送了《诗歌风赏》。出席朗诵会的诗人和八骏鸣文学社成员朗诵了发表在《诗歌风赏》上的部分诗歌。顾爱玲和宝鲁德胡亚格分别用英语和蒙古语朗诵了自己的诗作。朗诵会受到了学生们的热烈欢迎。

4月15日

第15届国际诗人笔会在昆明市东川区闭幕　来自中国大陆、香港特别行政区、澳门特别行政区、台湾地区，以及美国、越南、马来西亚等12个国家和地区的100多名诗人、诗评家汇聚一堂，共同交流诗歌创作的经验。本届诗会由国际诗人笔会和昆明市东川区人民政府联合主办。中国作协名誉副主席贺敬之、国际诗人笔会创会主席野曼为诗会发来了贺信。中国作协名誉副主席丹增在开幕致辞中表示，诗是一门语言的艺术，是一切文学的源泉。它抒发了人们对自然的敬畏、对社会的思考。诗人应该在作品中抒发人们的一切美好追求，表达人们对善良人性的呼唤。本届诗会对在诗歌创作、促进华文诗歌交流等方面作出贡献的多位诗人进行表彰。国际诗人笔会授予晓雪、刘章“中国当代诗魂金奖”，授予张同吾、李小雨、峭岩、绿蒂“中国当代诗人杰出贡献金奖”。部分获奖者来到现场领奖，并纷纷发表感言，表示将更加努力创作。笔会期间，举行了主题为“创建有中国特色新诗体”的诗歌论坛。晓雪、岳宣义、黄东成等与会者谈到，近些年来的华文诗歌，无论是传统诗词还是新诗，都取得了较好的创作成就。老中青三代诗人齐力创作，写出了一批优秀的作品。然而，不可否认，当前诗歌创作也出现了一些令人担忧的问题，比如思想的低俗、语言的无趣等。因此，大家呼吁诗人在创作中保持精神的高度，呼吁创建有民族特色的新诗体，呼吁有更多的诗人创作出思想深邃、构思精妙、语言精致的佳作。

4月17日

康纲联报告文学《扼住命运的咽喉》研讨会在京举行　由中国作家协会创研部、中国作家协会报告文学委员会、四川省作家协会联合主办的康纲联长篇报告文学《扼住命运的咽喉——中国伤残军人六十年生存大调查》作品研讨会在京举行。雷达、胡平、殷红、张陵、李炳银、黄传会、何向阳、杨晓升、李建军、李朝全、黎正明等专家学者参加研讨。中国作协创研部主任梁鸿鹰主持会议。《扼住命运的咽喉》是军旅作家康纲联怀着对祖国和人民军队的强烈责任感，先后历经二十年，累计行程三万里，亲临全国各地十余省市，反复跟踪调查采访伤残军人典型人物后写成的长篇报告文学。与会专家认为，作者生动而真实地讲述了新中国六十年不同时期伤残军人退出战场、离开军营后的坎坷命运，再现了他们难能可贵的精神力量和自强不息的铁血人生，展示了他们在改革开放的暴风骤雨中艰难行走的画面，强烈地呼唤社会各界深刻认识中国伤残军人的名誉、地位和现实问题，把关心、支持和帮助伤残军人提高到稳定和强化国防力量的高度去认识。作者用生动的文学语言，用细节描写全国各地三十八位伤残军人悲欢离合、顽强奋进的生存现实，把不同时空下的三十多个真实典型的人物，刻画得栩栩如生，为我们留下了一笔宝贵的文化精神财富。

全国网络文学重点园地工作联席会议办公室召开专题会议　中国作家协会全国网络文学重点园地工作联席会议办公室组织召开第五十一次会议，研究部署文学网站开展“扫黄打非·净网2014”行动。中国作协副主席陈崎嵘出席会议并讲话。中国作家网、盛大文学、中文在线、新浪阅读、搜狐网原创频道、腾讯文学、作家在线、大佳网、铁血网、TOM网读书频道、汉王书城、纵横中文网等成员单位负责人以及中国网络文学联盟、旗峰天下、塔读文学、百度多酷、网易云阅读代表人员参加。陈崎嵘在讲话中指出，各文学网站要高度重视“扫黄打非·净网2014”专项行动，并以此为契机，进一步提高思想认识，端正网络文学的创作思想和文学网站的管理理念。做到“四个坚持”：一是坚持以人民为中心的创作导向，纠正以人民币为中心的现象。认清内容为“王”，反对内容为“黄”。使网络文学成为中华民族精神家园中的沃土，成为提高国民综合素质的滋养，成为文学普及的平台，成为文学走向社会、走向世界的桥梁。二是坚持走正路、出精品，以正能量的内容和具有网络特点的形式吸引网民，凝聚人气，引导阅读。不走以情色描写增加点击率、提高营收的邪路。三是坚持堂堂正正办站，清清白白办网。立足长远，打造品牌，从严要求，从紧掌握。文学网站要肩负起正确引导、具体监管的责任，防止打“擦边球”的做法和侥幸过关心理，使文学网站（频道）经得起时间和网民的检验。联席会议成员单位网站要加强自律，率先垂范。四是坚持底线。凡上传的网络文学作品，必须做到世界观、人生观、价值观、历史观、义利观、爱情观、道德观正确，不能突破底线。陈崎嵘希望各文学网站（频道）要按照中央四部委通知精神，积极抓好自查自纠。对上传的网络作品内容、书名标题、简介文字等进行审核清理，发现问题，及时下架或修改。要做好编辑和作者的思想疏导工作，把要求、权利、责任、利害讲清楚，引导大家正确对待，稳定情绪心理，保持创作热情。要加强正面宣传，开展多种形式的网络文学活动，形成良好的网络文学舆论氛围，提升正能量，营造大环境，引导网络文学健康发展。在会议上，各文学网站负责人汇报了落实中央四部委关于开展“扫黄打非·净网2014”行动的情况。大家表示，开展净网行动，非常必要，非常及时。要进一步净化网络环境，提升作品质量，为读者提供更好的精神食粮，使网络文学为实现中国梦作出积极贡献。

鲁二十二学员赴山东社会实践　鲁迅文学院第二十二届中青年作家高级研讨班学员赴山东枣庄、临沂等地开展社会实践。中国作协党组副书记、鲁迅文学院院长钱小芊参加了有关活动。其间，学员们参观了台儿庄大战纪念馆、华东革命烈士陵园、孟良崮战役纪念馆和马牧池革命老区等红色革命教育基地，接受了红色革命传统教育。社会实践期间，学员们深切体会到中国人民在争取民族独立和解放战争胜利过程中表现出来的艰苦卓绝、不屈不挠的精神，进一步端正了创作态度，激发了创作热情。虽然行程不长，但大家纷纷表示受益匪浅，对中国革命有了更深的感悟，对今后的创作有了更多的思考。学员杨永康说，沂蒙精神深深打动了我，作家确实有责任、有义务、有良心、有能力把这种感动回报给读者。学员王秀云谈到，沂蒙之行给我们上了一堂深刻的历史课，并会从中汲取创作灵感，挖掘创作资源，在作品中实现对那段历史的祭奠和反思。社会实践由鲁迅文学院常务副院长成曾樾、副院长李一鸣带队。李一鸣表示，厚重的沂蒙文化、沂蒙精神是文学创作的“金矿”。我们的文学创作应该永远感恩这块土地，永远感怀这里的人民，永远呈现那些红色的记忆。

4月18日

长篇小说《原乡》作品研讨会在京举行 海峡文艺出版社出版的长篇小说《原乡》作品研讨会在北京中国现代文学馆举办。研讨会由中共福建省委宣传部、中国作家协会创研部、《文艺报》社主办，福建省新闻出版局、海峡出版发行集团、海峡文艺出版社承办，小说描写上世纪八十年代，台湾老兵突破当局重重封锁，踏上了漫漫归乡路，书写了大时代背景下小人物悲欢离合的命运，讲述了从两岸隔绝到台湾当局开放探亲那将近四十年的特殊年代，两岸亲人之间日夜思念、隔海相望的感人故事，演绎了民族史上深沉的乡愁。《原乡》中浓墨重彩刻画的台湾老兵群体，可谓两岸和平交流的先行者，是他们在27年前不顾个人安危，发起返乡探亲运动，终于促成台湾当局政策的转变，也开启了两岸共谋发展的契机。《原乡》由台湾著名编剧、作家陈文贵和中国作家协会会员、福建省文学院签约作家叶子联袂创作，由于共同的文化背景与一样的人文关切，得益于信息时代便捷的沟通渠道，他们的和谐合作近于完美。这是第一部两岸作家共同创作、共间署名的长篇小说，填补了国内出版界的一项空白，体现了两岸文化交流合作的创新成果。与会专家高度评价《原乡》的艺术价值和思想内涵，赞扬两位作者爱国爱乡、期盼团圆的情怀，对《原乡》全新的创作模式表达期许：同为炎黄子孙的两岸作家，共同书写两岸共同关切的故事一关于故乡，关于亲情，关于爱。小说重拾老兵返乡的这段历史，使读者体会前人种树的艰辛，珍惜今天这种两岸一家亲，共圆“中国梦”的可喜局面，极具现实意义。

梁斌百年诞辰纪念座谈会在京举行 1957年，梁斌长篇小说《红旗谱》的出现仿若平地一声惊雷，震撼了当时的文坛和读者。这部被茅盾先生誉为“里程碑式的作品”，迄今已发行500余万册、译成7种文字在海外出版，并被改编成电影、话剧、评剧和电视剧等多种艺术形式。他写下的《播火记》《烽烟图》《翻身记事》等亦在中国现当代文学史上产生了重要影响。梁斌留给人们的财富远不止于此，他的剧本和书画作品，他以战士自比为真理而战的人生经历，他对文学事业的热忱和奉献精神，都深深地启迪着后来的人们。梁斌百年诞辰纪念座谈会在中国现代文学馆举行。中国作协主席铁凝出席会议并讲话。中国作协党组书记李冰主持会议。来自北京、天津、河北、山东、湖北、辽宁等地的专家、学者以及梁斌的亲属故友参加了会议。座谈会由中国作协主办，中国现代文学馆、天津市作协、天津市文联、梁斌研究会承办。梁斌一生献身于中国革命事业，是忠诚的共产主义战士，也是造诣精深的文学大师、风格

独具的书法家和国画家。他出生于河北省蠡县梁家庄一个农民家庭，少年时期就受到革命文学的熏陶。在戎马倥偬的战争年代，梁斌阅读了大量的进步文艺作品，16岁就发表了处女作。此后，他以笔为枪，在战斗间隙勤奋创作，先后发表30余篇作品。新中国成立之后，他创作出长篇小说《红旗谱》《播火记》《烽烟图》《翻身记事》《一个小说家的自述》等，这些作品历经岁月磨洗，至今依然能够激起千万读者的共鸣。“满天星斗日，一华落地来”，铁凝追忆了梁斌慷慨豪迈、百折不挠的一生，高度评价了他的文学创作成就及其为文学事业作出的贡献。她说，梁斌是一名忠诚的共产主义战士，也是一名高擎着真善美的火炬的文学战士，他把一生献给了中国人民和全人类的自由解放事业，他留下的《红旗谱》《播火记》《烽烟图》等精品力作，奠定了他在中国现当代文学史上的地位和影响，他的名字和作品已经镌刻在一代又一代中国人的记忆之中。《红旗谱》让人们看到，文学的“经典化”和“大众化”可以并行不悖乃至水乳交融；而经典文学作品和新媒介也可以共生共荣，相互扩展和提升。当然，让人感受最深的还是这部作品中屹立着的我们民族的魂魄、民族的风采。

4月19日

中国少数民族文学发展工程首批成果发布会在京举行 由中国作家协会创作联络部与中国作家协会少数民族文学委员会共同主办的“中国少数民族文学发展工程”首批成果发布会在中国现代文学馆举行。发布会共展出《新时期中国少数民族文学作品选》19册、《中国当代少数民族文学翻译作品选粹》10册、《中国当代文学作品选粹（2012）》25册、《“中国梦”的多民族文学书写》论文集1册等4个系列55册图书。中国作协少数民族文学委员会主任丹增，中国作协党组成员、书记处书记白庚胜，中国作协少数民族文学委员会副主任包明德、叶梅、乌热尔图，作家出版社社长葛笑政等出席发布会，首批成果各卷主编阿扎提·苏里坦、扎西达娃、冯艺、特·官布扎布等也出席了发布会。会议由叶梅主持，白庚胜致开幕辞，丹增发表讲话。首发式上，中国作协向国家图书馆、首都图书馆、民族文化宫、中央民族大学图书馆、社科院民族文学所、中国现代文学馆、中国少数民族文学馆等单位赠送工程首批成果。作为社会主义文学事业的重要组成部分，少数民族文学事业近年来取得了长足发展，并在促进民族团结、维护国家统一、促进文化强国建设和推动社会主义文化大发展大繁荣事业中发挥了重要作用。为贯彻落实党的十八大精神、进一步繁荣发展我国少数民族文学事业，在中宣部、财政部的大力支持下，中国作协于2013年开始实施为期五年的“中国少数民族文学发展工程”，就少数民族文学人才培养、扶持重点作品创作、扶持优秀母语作品翻译、扶持优秀作品出版、扶持理论批评建设等方面给予政策支持和经费投入。此次成果发布会集中展示了出版、翻译和理论批评建设扶持等三个专项成果。《新时期中国少数民族文学作品选》是优秀作品出版扶持专项成果。该选集以民族立卷，500万人口以上民族各1卷2册，其他民族各1卷1册或根据创作情况多卷合

册。该选集收录粉碎“四人帮”以来至2012年底在我国大陆地区公开发表的少数民族优秀中短篇小说、报告文学、散文、短诗作品，其中包括汉语文原创作品和少数民族语文原创翻译作品两类。本次发布会上展出的10卷共19册《新时期中国少数民族文学作品选》为其首批成果，包括壮、回、满、维、苗、彝、土家、藏、蒙古、朝鲜等10个民族卷本。作为承办单位，广西、宁夏、辽宁、新疆、湖南、四川、西藏、内蒙古、延边等作协积极联络协办单位，聘请有关民族具有权威性、代表性人士及专家、学者担任编委，精心编校、审读，保证了该选集首批成果顺利出版。目前，第二批共20个民族卷的编选工作已于今年1月份正式启动，第三批将于今年下半年开始实施。

“2014两岸新锐作家创作座谈会”在杭州举行 由中国作协港澳台办公室、浙江省作协联合主办的“2014两岸新锐作家创作座谈会”在杭州举行。尽管大陆与台湾作家的交流已逐渐深入和多元，但两岸具有代表性的青年作家面对面尽情畅谈文学的情况并不多见。在几天的会议中，台湾作家吴钧尧、许正平、谢文贤、苏飞雅、刘中薇、伊格言、杨寒、徐誉诚、陈榕笙、黄琪椿与大陆作家金仁顺、梁鸿、冯唐、魏微、艾玛、黄咏梅、东君、路内、付秀莹、张楚、朱山坡、谢宗玉等24位作家畅谈自己的文学写作，并就“文学处境与市场”、“当今时代的文学书写”、“网络时代的文学”等话题各抒己见，与大陆多家文学报刊的主编对话交流。参加此次创作座谈会的两岸作家均生于上世纪70年代，如今正是汉语写作的中坚力量。参加座谈会的台湾作家除了致力于小说或散文创作之外，还有的从事了多年戏剧创作、儿童文学创作或创意写作研究。座谈期间，他们为大陆同行详细介绍了台湾文学写作者所面临的环境和挑战、作家如何在城乡环境的转变中完成自洽与创作、网络时代部落格（博客）写作对文学创作的影响、台湾地区文化出版近况、市场对作家创作和读者阅读的改变等情况。大陆作家则从讨论多元化时代的文学现状到回望个人创作，内容无不紧扣当下文学书写。在讨论中，两岸作家发现，尽管大陆与台湾的文学生态不尽相同，但作为创作者，他们的关注与焦虑、面临的环境和挑战确有相似之处。而面对时代的喧嚣复杂，两岸青年作家的回应可概括为：坚定地写作，从日常生活中发现写作的生长点，并不断寻找和调整适合的写作方式。

第二届人民文学新人奖颁发 由人民文学杂志社和中共浙江宁波市鄞州区委、鄞州区人民政府共同主办的第二届（2013年度）人民文学新人奖颁奖活动在甬举行。施战军、胡殷红、宁小龄、邱华栋、徐坤及有关方面领导、新人奖评委、当地学生等近千人参加了此次活动。石一枫、张忌和黄咏梅、葛亮、苏枕书、王敖分别获得长篇小说、中篇小说、短篇小说、散文、诗歌新人奖。本届人民文学新人奖获奖者覆盖地域范围广，创作各具特色，有着较强的代表性。评委会认为，石一枫的作品对当代青年人的情感世界作了极其犀利的表现，显示出其把握人物和小说叙述的才能，打开了这代人书写的另一维度；张忌用犀利的笔法、从容的叙述，勾勒了一幕幕俗世生活的场景，表现了作者扎实的艺术功底和浓郁的生活经验；黄咏梅的小说往往从小处着眼，在生活的细微处观察和捕捉人心的幽微之变，在这个匆忙急促的书写年代显得

尤为可贵；葛亮的小说从不同向度诠释了人性的多重性和复杂性，结构新颖，有着巧妙的立意和构思；苏枕书的散文对心理、情绪、感触的捕捉体贴入微，文风恬静温婉，其古典文学修养化作一种温润的文化情怀，沁人心脾；王敖秉持自由即兴而又开放的写作方式，他的诗如一间语言和想象力的实验室，有着天马行空的奇思异想与随物赋形的能力。据介绍，《人民文学》多年来始终坚持发现和培养文坛优秀人才的传统。设立于2013年的人民文学新人奖为每年评选一次，希望通过表彰和奖掖在《人民文学》上发表作品的文学界成绩突出的新人，引导更多的文学青年投身文学创作，推动文学事业的繁荣兴盛。鄞州作家作品研讨会暨《鄞州作家文丛》（第四辑）首发式、“中国梦想和美鄞州”阅读之旅启动仪式暨名家文学沙龙、鄞州诗社成立大会等活动亦于同期举行，陈晓明、袁敏、徐则臣、蓝野、朱零、吴玄等与当地作家和文学爱好者进行了交流互动。

2014诗梦江南系列诗文化主题活动在沙溪古镇举行　诗梦江南系列诗文化主题活动在太仓沙溪镇举行。中国作家协会副主席高洪波，省作协党组书记、主席范小青，江苏省委宣传部部务委员、文艺处处长李朝润，省作协党组副书记张王飞，副巡视员、创研室主任汪政，《扬子江诗刊》特聘主编子川，太仓和沙溪有关方面领导、来自全国的诗人、诗评家谢冕、张清华、赵敏俐、王彬彬、何言宏、叶橹、叶延滨、林莽、梁平、宗仁发、马新朝、张洪波、刘福春、唐晓渡、耿占春、罗振亚、霍俊明、刘颋、高伟、陆梅、晓华、胡弦、何同彬等及新闻媒体记者参加了本次活动。这次活动的主要内容有举行中国新诗第三届论坛、创建江苏省作家协会文学创作基地暨中国新诗江南创作研究基地等。据悉，中国新诗江南创作研究基地由北京大学中国新诗研究所、首都师范大学中国诗歌研究中心、北京师范大学中国当代文学创作与批评研究中心、南京大学新诗研究所、上海交通大学当代中国文学与文化研究中心联合挂牌成立。本次诗文化系列活动是在全国文化大繁荣、大发展及江苏由文化大省向文化强省转变的宏伟蓝图之下，通过一系列与论坛相应的诗歌活动和诗歌行为（如新诗创作研究基地的建设、诗歌大讲堂、“著名诗人写沙溪”系列笔会、“诗书画”作品邀请展等），一方面积极繁荣沙溪、太仓乃至整个江苏的诗歌文化，从而推动全省乃至全国新诗研究和创作的繁荣和进步；另一方面，以太仓沙溪为核心和文化地标，以诗歌为媒介，形成地域性的、传承性的、特色的诗歌文化传统和丰富的、高端的文化样貌，进而推进和带动太仓沙溪镇经济、文化的全面发展，以实现诗歌和地方文化、经济的双赢、多赢，把未来的沙溪打造成为有影响力和号召力的诗歌中心和文化中心。

4月21日

“梦圆南水北调”作家采访活动启动　“梦圆南水北调”中国作家中线采访活动在京启动。中国作协书记处书记白庚胜、国务院南水北调办公室副主任蒋旭光出席启动仪式并讲话。

作家马新朝、梅洁、李春雷、刘益善、裔兆宏、洪烛、纪红建、赵枫莲等参加启动仪式。白庚胜代表中国作协向奋战在南水北调工程一线的建设者们表示敬意。他说，以文学形式生动展示南水北调工程各项工作成果，记录和讴歌在这项工程中涌现出来的典型事迹和先进人物，是作家们的重要使命和责任。目前我们正在开展以“中国梦”为主题的文艺创作活动，本次活动的主题“梦圆南水北调”恰恰能体现人们追梦的执着和奉献精神。他希望参加采访的作家走近这项举世瞩目的工程，走近为之殚精竭虑的建设者们，心无旁骛地深入进去，发掘和收集更多文学素材，寻找新的创作灵感，增加新的情感体验，以优秀的文艺作品记录南水北调各项工作成果和工程效益，弘扬工程建设者攻坚克难的时代精神，把南水北调工程建设者们寻梦的过程、追梦的奋斗历程表现出来。蒋旭光向作家们介绍了南水北调工程的概况，重点介绍了工程中线的基本情况。他说，南水北调东线一期工程已于去年提前建成通水，距离中线一期工程通水也不到200天，在这一关键时期，我们与中国作协再次联合举办南水北调作家采访活动，意义重大。此次活动的主要目的是通过深入中线北京、河北、河南、湖北四省（市）了解工程建设、水源保护、移民迁安、文物保护等工作成效。他希望作家们在南水北调工程中继续深入挖掘，寻找创作动力，创作出一批反映南水北调工程形象、展现建设者风貌、富有时代特色和生活气息的文学精品。启动仪式上，白庚胜和蒋旭光为代表团授旗。北京市南水北调办公室有关负责人向作家们介绍了工程建设、工程效益和北京市水资源情况。仪式结束后，作家们考察了工程展室、团城湖明渠、团城湖调节池和正在建设中的郭公庄水厂。据悉，采访团一行还将在为期一周的时间里赴河北、河南、湖北等省采访考察。

4月22日

首届少数民族题材影视编剧研修班在京开班　由国家民委文宣司、中国少数民族作家学会、民族文学杂志社联合开办的“首届少数民族题材影视编剧研修班”（中国少数民族电影工程子项目）在中央民族干部学院隆重举行开班仪式。中宣部文艺局局长汤恒，中国作协党组成员、书记处书记白庚胜，国家民委文宣司司长武翠英，中国少数民族作家学会常务副会长叶梅，《民族文学》主编石一宁，北京民委副主任牛颂，中国少数民族作家学会秘书长赵晏彪等出席了本次仪式。此次编剧研修班将历时10天，参加研修的50位编剧是从全国各地100余位编剧中遴选出来的，其主要剧作方向都是少数民族题材。其中少数民族学员来自满族、蒙古族、藏族、壮族、回族、土家族、苗族、彝族、白族、仡佬族、羌族、达斡尔族、毛南族等10余个民族共20余人。其中既有资深编剧，也有后起之秀，如2011年“夏衍杯”获奖者温都斯，第十届“骏马奖”获奖者肖勤，还有两届全国少数民族题材影视剧本遴选的优秀获奖者，队伍整齐，实力强劲。

中国作家协会悼念加西亚·马尔克斯去世　中国作协副主席、书记处书记李敬泽代表中国

文学界前往哥伦比亚驻华大使馆，悼念前不久去世的哥伦比亚著名作家、诺贝尔文学奖得主加西亚·马尔克斯，并在大使馆留言簿上题写留言："斯人已逝，作品永生，中国作家深切怀念加西亚·马尔克斯。"哥伦比亚驻华大使卡尔门萨·哈拉米略与李敬泽进行了交谈，共同表达了对马尔克斯的敬重与缅怀之情。李敬泽说，加西亚·马尔克斯是20世纪世界最伟大的作家之一，在中国作家和读者中有广泛的影响。他的逝世是世界文学界的重大损失，也在中国作家和读者中引起深切的怀念之情。李敬泽请哈拉米略大使转达中国作家对加西亚·马尔克斯的亲属以及哥伦比亚作家同行的慰问。卡尔门萨·哈拉米略大使对中国作家和中国作协的慰问表示感谢。她说，马尔克斯的逝去使哥伦比亚失去了一位世界级的文学大师，希望今后中哥两国的文学家能更多地交流，用文学搭起两国人民友谊的桥梁。

4月23日

中国作协少数民族作家团赴加拿大、美国文学交流　中国作协少数民族作家团刘宪平、尹汉胤、叶尔克西·库尔班拜克、梅卓、潘灵、李荣国一行6人，赴加拿大滑铁卢大学、美国乔治·华盛顿大学与北美少数裔作家举行了"2014中国少数民族作家与北美少数裔族作家交流会"。在加拿大滑铁卢大学孔子学院的精心安排下，来自加拿大各地的原住民曼依派、非裔、印裔、法裔、华裔的十几位作家与来自中国的满、藏、哈萨克、布依、黎少数民族作家共聚一堂，举行了被命名为"文学百纳被"的别具一格的文学圆桌会议。两国作家分别介绍了各自民族的文学创作情况，并就共同关心的母语创作，文学反映自己民族独特生活，保持民族精神传统等问题，展开了热烈的讨论交流。会后，曼依作家特意邀请中国少数民族作家到曼依人家做客，热情好客的曼依人独特的生活，历史文化，给中国少数民族作家留下了深刻的印象。在美国乔治·华盛顿大学孔子学院，中国少数民族作家与美国古巴裔非洲裔作家也举行了文学交流。两国作家特别就文学创作中地域、声音对创作的影响，在当今全球化的主流文化中怎样坚守自己民族的心理，独立的文化等话题举行了深入的交谈。

4月24日

"鲁民九"广西作家作品交流会在京召开　鲁迅文学院第九期少数民族作家班广西作家荣斌、透透、瑶鹰、桐雨、西骆举行作品交流会。文学评论家兴安、《民族文学》编辑杨玉梅、鲁迅文学院王冰、赵兴红、王妍丁，以及吕金华、扎西才让、班雪纷、顺定强、刘国星等近二十位作家和评论家对五位作家的作品进行了逐一点评。与会者认为，荣斌作为广西出道较早的诗人，90年代初就已活跃在诗坛，是中国先锋诗歌流派具有代表性的诗人，他的诗歌最大的特点是文本中体现出一种"忠诚"，语言极具穿透力和感染力，以颠覆性的语境、"挣扎"的情绪氛围，呈现出别具一格的质感和厚度，读来让人快意淋漓。透透的散文灵动细腻，感情真挚而温暖，语言生动而诗意，文字现场感强，将哲学的思想蕴含在作品中，体现了人生的真善美，接近生活的本真。瑶鹰的文学作品充满信仰，表达细腻，填补了南方少数民族浪漫主义和魔幻现实主义文学的空白。桐雨以一个女性的角度关注生活，发现生活中细小却富有哲理的东西。她的散文，细腻与知性并存。她的诗歌很有情趣，又蕴涵着哲理。她不喜欢华丽的语言，有着明确的写作方向，有着独特的审美情趣与独立的思考。西骆的小说主要关注小人物的疼痛与迷惘，他很注重小说题目的命名，文字干净、洗练。

李春雷纪实文学《朋友——习近平与贾大山交往纪事》座谈会在河北省作协召开　由中国作协创研部、光明日报文艺部、河北省委宣传部、河北省作协等单位联合主办的李春雷纪实文学《朋友——习近平与贾大山交往纪事》座谈会在河北省作协召开。来自北京的专家学者梁鸿鹰、彭程、李炳银、李朝全、赵宁与河北省作家、评论家封秋昌、康志刚等一起研讨这篇在社会上引起广泛关注和热烈反响的纪实文学佳作。座谈会上，作者李春雷向与会者交流了这篇纪实文学作品的创作始末及创作过程中的心得体会。与会专家一致认为，《朋友》这篇纪实文学立意高远，表达出色，以平视的叙述视角、质朴的文学语言、真实的情感表达，生动地再现了习近平与贾大山十余年的交谊往事，文中大量的细节描写，凸显了朋友二人丰富的内心世界，是一篇感人至深的纪实文学作品。专家们也指出，《朋友》的成功不仅仅是在文学意义上，它还为各级领导干部树立了学习的楷模，是当前党的群众路线教育实践活动的生动教材。一个县委书记与一个基层作家成为朋友，没有职务高低，只有平等真挚的交流。习近平同志从贾大山那里了解到了民情、民意，感受到了真诚的友谊。作品在平实的叙事中体现了习近平同志亲民的工作作风和求真务实的工作态度，也体现了他重视知识、重视人才的思想境界。习近平同志在正定期间的亲身经历，也告诉领导干部们该如何密切联系群众，如何从群众中汲取经验和智慧，如何做到始终以人民为中心，践行群众路线，维护群众利益，做好群众工作。

鲁迅文学院举办陕西中青年作家研修班　鲁迅文学院陕西中青年作家研修班在西安结业。中国作协党组副书记、鲁迅文学院院长钱小芊出席结业仪式。本次作家班为期12天，汇聚了陕西全省50名有较高文学水平与发展潜力的中青年作家，共有13位作家、评论家为学员授课，内容既有对文化生态的传达、文学传统的阐发、文学现状的评述，又有对文学文体的探究、作品个案的解读、写作技巧的传授等，从不同方向和角度引领和启迪了学员的创作。结业仪式上，陈毓、梁亚军、张炜炜、王宏哲等学员代表发言。他们畅谈了学习的收获，交流了创作的心得，抒发了对文学的珍爱、对学习时光的珍存、对文学友谊的珍视，表示将坚守责任和使命，认真扎实地进行文学创作。出席结业仪式的还有中共陕西省委宣传部常务副部长薛保勤，陕西省作协党组书记蒋惠莉，陕西省作协主席贾平凹，中国现代文学馆馆长吴义勤，陕西省作协党组副书记齐雅丽、副主席阎安等。结业仪式由鲁迅文学院副院长李一鸣主持。

4月25日

长篇报告文学《一号文件》研讨会在京举行　由太白文艺出版社策划、作家莫伸创作的长篇报告文学《一号文件》研讨会在北京中国现代文学馆隆重举行。研讨会由中国作家协会报告文学委员会、中共陕西省委宣传部、陕西省新闻出版广电局、陕西省作家协会、陕西出版传媒集团等单位联合主办，太白文艺出版社承办。长篇报告文学《一号文件》以中央历年下发的"一号文件"为切入点，从中国农业遭受"左"倾思潮以及由此带来巨大挫折的反思开始，截取当代中国农村具有代表性的生产、生活场景和具有里程碑意义的事件以及具有影响力的人物，深入浅出地阐述了为什么党的十一届三中全会是中国历史上一次具有里程碑意义的会议，阐述了为什么党在拨乱反正的关键时刻要首先在农业上起步并实现突破。选题先后入选中宣部、新闻出版总署迎接党的十八大主题出版重点图书项目，国家出版基金项目，陕西省重大文化精品项目和陕西出版传媒集团重大出版项目。与会专家、学者家评论家围绕着报告文学《一号文件》的思想价值、艺术水准以及认知意义等多方面的要素，进行了深入广泛的讨论。一致认为这是一部真实、具体、生动的中国农村变迁史和中国农业发展史，是一部可以传世的警世之作。认真地阅读这本书，可以让我们各级领导从中受益，可以让我们一些手握权力却又飘浮在生活表象上的干部更加深刻地认识农民和更加清醒地懂得农村；这部作品的重要价值不只在于歌颂党和政府在"三农"问题上所取得的一个个突破性的成就，而是在肯定成绩、肯定进步的同时，深入观察、思考了当前农村在发展的过程中，所遇到的种种问题，并就这些问题提出了自己的思考和解决的办法和途径。尤其在最后一章农村建设提到了"建设精神家园"的高度，提出不要追求单纯的GDP，让发展的速度"慢下来"的建议，虽会有不同看法，却颇具胆识，具有很强的启示性，不光有学术意义，还有资政的价值。与会者认为，这部作品是由出版社策划和全程参与的、作者"用双脚走出来"的、饱接地脉的优秀纪实文学作品。作品虽立足于陕西，却以全国为视野，是一部"站位高远、眼界开阔、观点精辟、逻辑严密、分析透彻、思想深刻"的讲述中国故事、反映时代精神的力作。专家学者们还在高度肯定作品的同时，高度夸赞了作者莫伸和太白文艺出版社的创作和出版精神，对作者艰苦踏实的采访、实事求是的作风，勇于负责的担当以及热爱农民的真诚，对出版社能够关注、策划、出版这样重大题材的文学作品给予了由衷的褒扬。

鲁院第九期少数民族文学创作培训班结业　鲁迅文学院第九期少数民族文学创作培训班结业仪式在京举行。中国作协党组副书记、鲁迅文学院院长钱小芊出席结业仪式并作总结讲话，回顾了培训班的基本情况，并对学员们今后的创作提出希望和要求。本期培训班为期25天，学员们以饱满的热情和刻苦的精神投入到培训学习当中，认真聆听老师授课，积极参与对话研讨活动，互相交流学习体会，一起商谈创作计划。培训期间，鲁迅文学院精心组织和安排了知名专家学者授课共计48课时，其中包括以改稿和交流相结合的文学对话课。这些课程涉及民族政策和文化文学等多个方面，既有深刻的理论性，又具创作的实用性，贴近学员的实际需求，受到了大家的欢迎。培训班还组织开展了赴苏浙沪等地的社会实践活动，丰富了学员们对国家历史和发展的真实了解。结业仪式上，木帕古体（彝族）、吕金华（土家族）、班雪纷（布依族）、蓝振林（瑶族）等学员代表先后发言，交流了各自的学习心得和收获，表达了对鲁院的感激和不舍之情。学员们表示，此次培训班使自己收获了知识，增长了学识，开阔了视野，提升了创作水平。

4月27日

《王蒙文集》出版暨学术研讨会在京举行 作家王蒙从事文学创作已经整整60年。从20世纪50年代写下《青春万岁》《组织部新来的年轻人》，到20世纪80年代极具艺术探索性的小说，再到近十年来的传记、学术文章等，王蒙以他独特的人生经历、文学素养、政治敏感和社会责任感，笔耕不辍，涉及文学、文化、政治、社会等各领域，在社会各界产生了深远影响。王蒙的创作不仅具有文学层面的价值，而且体现了其在思想、文化、学术等多层面的思考和总结。由人民文学出版社出版的《王蒙文集》与读者见面，《王蒙文集》学术研讨会也同时举行。该文集共45卷，约1600万字，包括长篇小说8卷，中短篇小说7卷，散文随笔、诗歌4卷，文学理论、评论4卷，以及《红楼梦》研究系列、老庄研究系列、自传回忆录系列、演讲访谈录等。出席研讨会的有国家新闻出版广电总局副局长邬书林，中国作协副主席何建明、李敬泽，中国作协书记处书记阎晶明，中国出版集团副总裁潘凯雄、人民文学出版社社长管士光等。30余位作家、评论家、学者与会研讨。研讨会由中国现代文学馆、人民文学出版社共同主办，中国现代文学馆馆长吴义勤主持。

长篇报告文学《善行启示录》作品研讨会在京举行 由中共河北省委宣传部、文艺报社、中国作协创作研究部、河北出版传媒集团联合主办的长篇报告文学《善行启示录》作品研讨会在中国现代文学馆举行，该书由李春雷、李铮共同创作，今年3月由河北教育出版社出版。中国作协副主席、书记处书记何建明，中国作协书记处书记、文艺报总编辑阎晶明，中国作协报告文学委员会主任张胜友，河北出版传媒集团党委书记、董事长杜金卿，河北出版传媒集团副总经理张晨光出席研讨会，会议由中国作协创作研究部主任梁鸿鹰主持。党的十八大报告提出，要大力加强社会主义核心价值体系建设，“倡导富强、民主、文明、和谐，倡导自由、平等、公正、法治，倡导爱国、敬业、诚信、友善，积极培育和践行社会主义核心价值观”。习近平总书记在中共中央第十三次集体学习时强调，核心价值观是文化软实力的灵魂、文化软实力建设的重点。这是决定文化性质和方向的最深层次要素。一个国家的文化软实力，从根本上说，取决于其核心价值观的生命力、凝聚力、感召力。构建具有强大感召力的核心价值观，关系社会和谐稳定，关系国家长治久安。报告文学《善行启示录》便是对社会主义核心价值观的

有力阐释，作品围绕“善行”这一主题，从社会功德、职业道德、家庭美德建设等方面，选取全国具有典型性的28个道德模范，以催人泪下的文学笔法和深邃入微的理性剖析，写出了弘扬社会主义核心价值观的重要性和必要性。这28个典型故事的主人公，有工人、农民、干部、学生、警察、医生、教师、家庭妇女；有个人，也有群体。他们忠于职守，乐于助人，诚实守信，孝老爱亲，以不平凡的举动彰显了人间正能量。与会者认为，《善行启示录》以28个故事为经，以古今中外“善行”脉络特别是改革开放以来精神文明建设历程为纬，把理性文字变成了灵动、鲜活的形象描述。作家站在弘扬社会主义核心价值观、实现“中国梦”的高度，进行了详细梳理、深层思考和准确把握，为这个时代留下了鲜明的注脚和感动人心的诠释。两条线索和两种叙事层层推进、步步深入，相得益彰，使读者在阅读中既收获感动，又收获深度。从这个角度而言，本书在思想性、文学性方面实现了较好的融合，具有特殊的现实意义。

第三届朵日纳文学奖评选结果公示　第三届朵日纳文学奖评奖会在京举行。朵日纳文学奖是由中国少数民族作家学会、内蒙古自治区文联、作协主办，内蒙古鄂尔多斯东方控股集团协办的文学奖项，每两年评选一次，旨在繁荣少数民族文学，推进蒙古族文学的发展，传承蒙古族文化。自第一届、第二届成功评选以来，朵日纳文学奖深入人心，在蒙古族读者中和社会上都产生了很大反响，备受蒙古族作家的热情关注和积极参与。本届评奖会共收到来自内蒙古文联、作协、地方作协、民委，以及全国各地出版单位推荐的154部申报作品，经过评奖办公室审核，共筛选出109部参评作品，其中蒙古文作品79部，汉文作品30部。各位评委恪守评奖宗旨，秉承专业的学术精神和良知，经过严谨、认真、细致的评审和充分的交流讨论，以实名投票方式评选出获奖作品12部，其中朵日纳文学奖大奖1部，朵日纳文学奖7部，朵日纳文学奖翻译奖2部，朵日纳文学奖新锐奖2部。评选结果公示，受到读者和社会各界监督、关注。评委名单和评奖条例随评选结果也一并公示。

4月28日

长篇报告文学《葛健豪和她的儿女们》研讨会在京举行　中国作协副主席高洪波，全国政协常委李羚，中共武汉市委常委、宣传部部长李述永等出席研讨会。会议由《中国作家》杂志社主编艾克拜尔·米吉提主持。会议由中国作协创作研究部、《中国作家》杂志社、中共武汉市委宣传部联合主办。《葛健豪和她的儿女们》由剧作家赵瑞泰和他的学生梁红创作。该书以葛健豪为主人公，讲述了她摆脱封建束缚，培养了蔡和森、向警予、蔡畅、李富春等革命家，以一双小脚走出大天地，不懈奋斗、求索奉献的传奇一生。高洪波、李准、仲呈祥、雷达、梁鸿鹰、白烨、萧立军、李建军、彭程等认为，该书具有深厚的历史积淀，作品浓墨重彩地描述了中华民族在从黑暗走向光明的进程中，葛健豪和她的儿女们生离死别、为理想前仆后继的感人故事，彰显了中华民族自强不息的奋斗精神。30多年前，赵瑞泰受蔡和森、向警予之子蔡

博的嘱托，搜集了大量葛健豪及其儿女们的史料及口述资料，小说因此具有独特的历史意义和现实意义。与会者谈到，该书具有深厚的历史基础，小说在漫长的时间链条和丰富的历史情境中，对人物进行了生动鲜活的刻画，弘扬了中华民族的革命英雄主义精神，这对今天我们实现“中国梦”也具有启示意义。据悉，中共武汉市委宣传部还将联合中国社会福利基金会筹拍同名电视剧。

4月29日

首届少数民族题材影视编剧研修班圆满结业　少数民族电影工程子项目“首届少数民族题材影视编剧研修班”结业仪式如期在中央民族干部学院举行。中国少数民族作家学会副会长、《民族文学》主编石一宁，国家民委文宣司副巡视员任乌晶，中国少数民族作家学会秘书长、少数民族电影工程剧本部主任赵晏彪出席了结业式，并为学员们颁发了证书。经国家民委和中国作协批准立项的中国少数民族电影工程，旨在为每一个少数民族拍一部电影，考虑到国内少数民族题材影视编剧专业人才较为缺乏的现状，特联合开办了此次为期十天的研修班，一方面是加强汉族编剧在创作少数民族题材剧本时的严谨意识，一方面是扶持培养少数民族编剧，尤其是人口较少的民族。本届研修班教学采取领导报告、专家讲课、电影观摩、外出实践等多种形式，内容安排充实丰富，既注重民族宗教等问题的讲解，又具有实效性地教授了编剧创作方法，体现了电影工程的专业性和普及性。授课期间，既有传道解惑，又有提问交流，师生间的互动气氛浓厚。

五月

5月6日

李国涛从事文学活动六十年暨《李国涛文存》出版座谈会在太原市举行　李国涛60年来一直从事文学理论研究和文学批评工作，在鲁迅研究、汪曾祺研究、小说文体研究、山西作家作品研究等方面都取得了不俗的成就。尤其是在1979年，他在《光明日报》发表《且说“山药蛋派”》一文，提出“山药蛋派”这一概念，对扩大“山药蛋派”在全国文学界的影响作出重要的贡献。他在文学批评和文学理论研究方面的探索与追求，带动了山西文学批评和文学理论研究的长足发展，是山西文学批评领域的重要人物之一。李国涛先后担任《汾水》编辑部主任、《山西文学》主编。在主持刊物的若干年里，他甘为人梯，为人做嫁衣，热情奖掖扶持青年作家。特别是在主编《山西文学》时，使《山西文学》成为中国农村题材小说的重镇之一。许多青年作家从《山西文学》起步、成长，特别是改革开放以来，山西几代青年作家从这里脱颖而出，成为新时期“晋军崛起”的重要作家。他确立的务实、求实、活泼、生动和严格选稿、兼容并包的办刊风格一直延续至今，使得《山西文学》成为山西省发现、培养青年作家的重要阵地和展示山西文学事业创作实绩的重要窗口。他在上世纪90年代初期发表的若干小说，如长篇小说《世界正年轻》《依旧多情》、中篇小说《郎爪子》《紫砂茶壶》等，在当时受到好评。退休之后，他仍然笔耕不辍，写了大量文学批评、随笔和杂感作品，为广大读者喜闻乐见。座谈会上，山西作协党组书记张明旺、主席杜学文对李国涛从事文学活动60年来所取得的成就给予高度评价。与会专家学者对李国涛的理论建树和文学成就作了详细梳理，并进行热烈讨论。

“21世纪文学之星丛书”选定 2014年卷入选作品经过两天的审读、讨论，“21世纪文学之星丛书”全体编委以无记名投票方式选定2014年卷的入选作品。入选的10部作品分别是：修正扬的小说集《花木兰》（暂名）、邓瑞芳的小说集《茱萸》、曹永的长篇小说《无主之地》、李宏伟的长篇小说《平行蚀》、谢小青的诗歌集《我惊飞的那些翅膀》、梁文昆的诗歌集《平衡艺术》、刘汉斌的散文集《草木和恩典》、岳雯的评论集《沉默所在》、饶翔的评论集《重回文学本身》、陈思的评论集《现实的多重皱褶》。“21世纪文学之星丛书”是中国作家协会、中华文学基金会主办，中华文学基金会策划，由专门的编审委员会经过严格程序编选的青年作家作品集。自1996年开始，中国作家协会将编审、出版这套丛书列入扶植青年作家计划，意在扶持文学新人、繁荣文学创作。目前，这10部书稿分别由10位编委负责编定、写序，预计年底前由作家出版社出版。

5月7日

“2014·中法诗歌节”在京举行 中法两国的30多位诗人汇聚北京大学，就“诗歌的历程与场域”这一话题进行交流。北京大学中国诗歌研究院院长谢冕说，中国人总是对法国有一种莫名的亲近感，钟情法国的文学、美术、哲学，欣赏法兰西的伟大、浪漫和激情。在诗歌方面，法国众多诗人的名字闪闪发光，像无比绚烂的漫天星斗，比如雨果、波德莱尔、兰波、艾吕雅、马拉美、魏尔伦、瓦雷里、阿波利奈尔、圣-琼·佩斯等。这些代表法国的理想和智慧的诗人，是中国诗人的朋友，甚至是中国诗人的老师，中国诗人从他们那里学到了为理想、为自由歌唱的方式和语言。在新诗的早创期，李金发、穆木天等诗人不断地从法国象征主义诗歌中汲取养分。新诗百年历程，从浪漫主义发展到现代主义，我们都可以看到法国诗歌带给我们的灵感。后来，艾青从彩色的欧罗巴带回了一支芦笛，在中国，这支芦笛化作了一支呼唤黎明和太阳的号角。可以说，法国诗歌是我们诗歌灵感的重要来源之一。经过一代代译者的努力，法国诗歌不断地被翻译为中文，持续地对中国诗人产生影响，但这种诗歌的影响并不是单向的。诗人安德烈·维尔泰谈到，中国的思想和诗歌对法国诗人的影响也是显而易见的。雨果在他的作品中就有很多关于东方的想象。特别是圣-琼·佩斯、克洛代尔、谢阁兰，他们都曾经来过中国，与中国文化、中国文学结下了不解之缘。他们深入到这些丰富的思想之中，产生了很多的创作灵感。其实，在其他并不为中国读者所熟悉的法国诗人中，我们也可以看到中国诗歌的印迹。

《再见梅娘》《梅娘怀人与纪事》出版　人民文学出版社、中央广播电视大学出版社和中国现代文学馆在北京联合举办了《再见梅娘》《梅娘怀人与纪事》新书出版座谈会。来自海内外的60余位作家、学者以及梅娘的文友亲朋与会，共同缅怀这位创作生涯绵延80载、见证了中国百年风雨历程的优秀作家。此次推出的《再见梅娘》一书，是30位中外学者、作家和亲友在梅娘去世后自发写的缅怀文章。大家从不同角度追忆了与梅娘的交往点滴，来自日本和加拿大的研究学者还针对中国抗战时期的沦陷区文学，发表了令人深思的考证文章。《梅娘怀人与纪事》是梅娘的散文作品，不仅是个人对沧桑人生的回望，也展现了现代中国知识分子艰难的成长历程。该书收入了不少关于梅娘的书信和照片，这对现当代文学史研究也弥足珍贵。梅娘本名孙嘉瑞，出生在海参崴，在吉林长春成长，1936年出版《小姐集》，上世纪40年代出版《第二代》和“水族三部曲”（《鱼》《蚌》《蟹》）。她晚年以散文创作为主，出版有《梅娘小说散文集》《梅娘近作及书简》《邂逅相遇》等，作品风格清新雅致。她在小说中描述了女性的抗争、挣扎和呐喊，也显露出对整个民族的包容、理解和期待。与会者认为，在沦陷区文学、现代女性文学、市民文学的研究领域，都不应忽视梅娘的贡献。梅娘的一生既传奇也多难，但读者却很难从她晚年的作品中看到悲苦与怨怼。座谈会上，很多人对梅娘的坚忍、达观、和善和充满理想主义的人生观充满敬意。大家谈到，梅娘由于历史的动荡，在她生命和创作力最旺盛的时候被迫放弃文学。幸而她在晚年时得以重新执笔，显露出雍容大度的“大女人”风范，书写了中国当代文学史一页鲜活的篇章。有与会者说：“我们敬重梅娘，不仅敬重她的创作成就，更敬重她对生活的态度。”

5月9日

中国长篇小说高峰论坛在江苏举行　由《长篇小说选刊》杂志社、江苏省作协和江苏师范大学主办，江苏师范大学文学院承办的中国长篇小说高峰论坛在江苏徐州举行。中国作协副主席张健、中国作协名誉副主席张炯、江苏省作协主席范小青、《长篇小说选刊》主编顾建平、江苏师范大学党委书记徐放鸣、徐州市副市长冯兴振、徐州市文联主席王雪春和何西来、陈歆耕、张王飞、叶兆言、储福金、张文宝、王朔、汪政等30余位评论家、作家、学者与会进行了交流研讨。张健在讲话中说，在过去的一年里，我国的长篇小说呈现出良好的创作态势，不仅“50后”、“60后”作家纷纷推出新作，“70后”作家表现出了强劲的创作势头，不少“80后”作家和网络文学作家也表现了不俗的创作实力，老中青作家形成了老干新枝交相辉映的创作局面。他们的文字不仅触及大都市，也涉及新乡土，他们的书写不仅表达了对当下民众的悲悯关怀，也有对历史的省思、对人性的探微、对时代发展的深刻认识。张健希望广大作家牢固树立使命意识，强化精品意识，突出创新意识，为讴歌时代进步、传递民众心声、弘扬中华文化、实现中华民族伟大复兴的中国梦，奉献我们的经验、智慧、能力和情感。同时，希望批评家真诚批评，关注长篇小说创作，共同推动中国长篇小说走向更辉煌的未来，以美丽的文学梦想书写精彩的中国梦想。

5月10日

“边写边画——六位作家速写展”在京举行　由中国现代文学馆主办的“边写边画——六位作家速写展”在京举行。这六位作者是小说家、诗人、外国文学研究者、翻译家、文学编辑，他们以爬格子为职业：写诗、写散文，写小说、做翻译……用文字记录人生；这六位作者又以画速写为同好：走到哪儿画到哪儿，用不修边幅的线条和色彩描写生活。展览共展出他们的速写作品137幅，其中最早的画于1937年。这些作品有景、有情、有人、有故事、有历史，呈现出文学与艺术的互补性与别样的人文气象。“六位作家速写展”缘起于偶然看到肖复兴的异域速写和屠岸20世纪三四十年代的速写，它们既有现场即兴而作的生动绘画性，又在线条色彩中融入了浓厚的文学气息，遂联想起一直坚持画速写的高莽、赵蘅、罗雪村、冯秋子，便有了这个作家速写展。此展还有一个初衷——提倡画速写。现实蕴含着无穷无尽的变化和倏忽即逝的美，速写作为一种绘画样式，以其对时代、生活现场的瞬间捕捉、记录与表现，和带有作者鲜活的感受与性情，使其既能留下历史划过的痕迹，又可成为相对独立而完整的艺术作品。六位作者的速写作品各有特点。屠岸的速写多作于20世纪40年代，风景画居多，笔调沉静，充满诗情；高莽的速写多以文化人物、事件为主，具有历史与艺术的珍贵价值；肖复兴的速写随性而作，更似日常所见所感的画录日记；赵蘅的速写手法多样，人物、风景和文化活动现场呈现出丰富的文学景象；罗雪村的速写或简洁或细腻，表达出对现实生活真实而复杂的感受；冯秋子的速写则多是瞬间人生感受的即时勾勒，写实中带有印象的意味和诗趣。

“周庄杯”全国儿童文学短篇小说大赛揭晓　第三届“周庄杯”全国儿童文学短篇小说大赛颁奖典礼在江南古镇周庄举行。小河丁丁以《爱喝糊粮酒的倔老头》获得特等奖，任永恒的《三宝退学》与陈帅的《麦当劳里住着一个圣诞老人》共同获得一等奖，三位获奖者都是刚刚崭露头角的文学新人。“周庄杯”全国儿童文学短篇小说大赛由江苏作协儿童文学工作委员会、上海作协儿童文学专业委员会、少年儿童出版社、文学报社联合主办，以“贴近心灵，追求纯粹，拒绝平庸，创造精品”为原则，本届大赛共收到参赛稿3000余篇，最终评选出26篇获奖作品，获奖者中既有范锡林、翌平、王勇英等知名儿童文学作家，更多的则是新面孔。参赛作品丰富多样，反映了儿童丰富多彩的生活状态和精神面貌，在手法上拓展了短篇儿童小说的叙事空间，体现了当前短篇儿童小说的广度和深度。历届获奖作品都将纳入“《少年文艺》典藏书坊”系列丛书，由少年儿童出版社出版发行。上海作协副主席秦文君在谈到这次担任评委的感受时说，现在儿童文学很火，但同时也在变轻、变浅、变得相似，让人忧虑短篇小说这种安静的门类如何保持它的艺术生命力。但是这次评奖中的一些作品让她特别感动，因为它们有作者的体温与个性，安静而动人，希望这些优秀的作品能促进短篇小说样式和语言更丰富。上海世纪出版集团副总裁李远涛、上海作协儿童文学专业委员会主任梅子涵、少年儿童出版社总编辑周晴以及周基亭、马昇嘉、陆梅、谢倩霓等儿童文学作家参加了颁奖典礼。

第二届“全国青年作家批评家主题峰会”在西宁举行 天佑德杯第二届全国青年作家批评家主题峰会在青海省互助县威远镇召开。本次峰会由青海湖国际诗歌节组委会、《人民文学》杂志社、《南方文坛》杂志社、青海省作家协会联合主办，青海省互助土族自治县人民政府、青海互助青稞酒股份有限公司协办。来自全国各地的50多位青年作家、批评家参加峰会，此次峰会以“中国梦与文学高地”为主题，以新一代作家、批评家为对象，意在探究和展望中国当代文学的传承与未来。青海湖国际诗歌节组委会主席、青海省委常委、宣传部长吉狄马加，《人民文学》主编施战军、《南方文坛》主编张燕玲，青海省作协主席梅卓，《人民文学》副主编邱华栋等出席开幕式。开幕式由《人民文学》副主编徐坤主持。吉狄马加在开幕式致辞说，现阶段我们国家处于一个非常重要的历史时期，国家的飞速发展已在国际奠定了一个特殊的位置。习总书记提出的“中国梦”构想，为我们的理想目标找到了一个公约数，将我们各民族各阶层凝聚在一起，真正实现中华民族的历史复兴。文化复兴是其中很重要的一点，现在更应该将当代文化传播到世界上去，让更多的人了解中国文化的博大精深。这也是从事文化尤其文学事业的人应该做的最重要的事情。在今天这样一个多元文化并存的时代，怎样用智慧的开拓的眼光为我国文化的繁荣、提升当代文学、扩大对外文化影响做出贡献是需要我们共同来努力的。他期待期待青年主题峰会的交流能给青海文学带来新的启发、新的创造；希望青年作家批评家能对当代的文学发展、批评理论的建设做出建设性的贡献。

5月12日

湖南省作协组织召开网络文学专题调研会 中国作协党组成员、书记处书记白庚胜一行来湘调研网络作家状况，来自全省的30位知名网络作家、网络文学评论家参加了由湖南省作协组织召开的专题调研会。据国家一级作家、湖南作家网主编余艳介绍，湖南省网络文学起步早，队伍整体上呈年轻化态势，80后是主力军，创作整体水平位居全国前列。如菜刀姓李的长篇军事题材小说《遍地狼烟》网络总点击超过4000万次；网络“大神”血红更是以1450万的版税位列网络作家富豪榜前三。湖南省网络文学理论评论在国内占有一席之地，其中“湖南省网络文学研究会”为湖南省一级学会；中南大学文学院即将结题的国家社科基金重点项目“网络文学

文献数据库建设”；让湖南的网络文学研究地位得到进一步凸显。

5月13日

鲁院第三届西南六省区市青年作家培训班在渝开班　由鲁迅文学院主办、重庆市作协承办的鲁迅文学院第三届西南六省区市青年作家培训班在重庆开班。中国作协党组副书记、鲁迅文学院院长钱小芊，重庆市人民政府副市长谭家玲分别在开班典礼上讲话，对此次培训班提出了要求和期望。开班典礼前，中共重庆市委常委、宣传部部长燕平与钱小芊就办好本次培训班、推动重庆文学事业发展繁荣进行了深入交流。培训班为期15天，共有来自重庆、四川、西藏、云南、贵州、广西六省区市的45名青年作家参加。前来授课的16名教师均为国内知名的理论评论家、作家与编辑家，他们将从不同的角度拓展学员的文学视野。培训班还将通过座谈、研讨、交流、采风等丰富多彩的活动进一步提升学员的创作热情，激发学员的创作灵感。出席开班典礼的还有中共重庆市委宣传部副部长张洪斌、重庆市作协党组书记王明凯、重庆市作协主席陈川、重庆市作协副主席周火岛及四川省作协党组书记吕汝伦、广西壮族自治区作协常务副主席严风华、西藏自治区文联副主席平措扎西、贵州省作协副秘书长孔海蓉、云南省作协副秘书长胡性能等。开班典礼由鲁迅文学院副院长李一鸣主持。

5月14日

中国作家协会在广东省作协召开网络文学调研座谈会　座谈会上，网络作家代表阿菩首先发言，他回顾了网络文学近十年的发展，有喜有忧。喜的是，近十年来，网络写手收入暴涨，相比十年前，像滚雪球一样翻了几番。“2004年，大陆的网络作品只能在台湾出版，稿费收入只有几百元，但这也同时标志着成为大神级写手。到2007年左右，不少网络小说网站的崛起，让网络作家的收入开始增加，创作环境开始变好。到了近两年，顶级网络作家的收入一年可以达到一千万。”阿菩说，也因为网络文学的发展态势良好，吸引了不少资本界的热钱进行投资，对于网络作家而言，这些是很好的外部条件。与此同时，阿菩也提出了目前面临的困境，最为明显的是网络写作过度商业化，“现在什么题材热门就写什么，以前是没有钱作家也愿意写。另一方面，现在网络文学的出版物总量不断增加，但实际上好书却寥寥。现在的大神级作品，都像是工业化模子印刷出来的，因为好卖成了唯一的创作风向标。”阿菩认为，目前的状况需要网络作家自身保持警醒。而网络作家楚雅则提出，目前盗版网站非常泛滥，不少收费的VIP文章被转载至其余网站，比如百度贴吧，严重损害了网络写手的自身利益，希望有关部门能够提高监管，打击盗版。另外，网络作家糖可甜则对网络文学的发展趋势做了阐述。她认为，网络文学今后一定是往精品路线走，如果只是粗制滥造，只看商业风向标，网络作家不可能创造出属于自己的文学天地。中国作协副主席钱小芊出席此次会议。座谈会由广东省作协党组书记、专职副主席吴伟鹏主持，广东省作协领导、多名网络作家代表参加了座谈会。

5月15日

方方揭露柳忠秧为评奖拉关系 湖北省作协主席、作家方方在微博披露："我省一诗人在鲁迅文学奖由省作协向中国作协参评推荐时，以全票通过。我很生气。此人诗写得差，推荐前就到处活动。"方方表示"实在看不下去，想阻击评奖拉关系的不正之风"。她所指的诗人是柳忠秧。柳忠秧有两个作品入围第六届鲁迅文学奖参评名单（《自由天下骑黄鹤》《楚歌——柳忠秧古体诗选》）。他说："不认识评委，绝对没有跟评委拉关系。方方不懂我的古体诗，没有资格评论。"

5月16日

电影文学剧本《大巴山的女儿》座谈会在北京大学召开 由北京大学影视戏剧研究中心、《中国作家》杂志社、坚邦影视文化传媒（北京）有限司联合召开的电影文学剧本《大巴山的女儿》座谈会2014年5月16日在北京大学召开。会议由北京大学影视戏剧研究中心主任、教授、博士生导师陈旭光和中国作家出版集团管委会党委副书记、副主任、《中国作家》主编艾克拜尔·米吉提主持。电影文学剧本《大巴山的女儿》改编自郝敬堂的报告文学作品，作品发表在《中国作家》2012年第三期。作品以全国纪检监察先进工作者标兵王瑛的先进事迹为原型创作。该片从王瑛成为一名县纪委书记入笔写起，讲述了她短暂而光辉的一生。她有红叶的风骨，不惧霜打，在党和人民利益的防线上傲然挺立。在县委县政府和上级纪委的大力支持下，秉公执纪，铁腕办案，严惩违纪者；她有红叶的眼界，天高地阔，以超前的工作为党凝聚起千万力量。对有犯错误的同志挽救帮助，使之从哪里跌倒就从哪里爬起来。为改变县里的投资环境，组织了数次企业业主和政府部门召开别开生面的"投诉会"，大大改善了当地的经济发展软环境，汇聚了正能量：她有红叶的深情，俯首朝下，人民群众的冷暖疾苦是她不舍的牵挂。为"背二哥"解决了实际困难，建立廉价宾馆。用自己的奖金供贫困学生上大学；她有红叶的不朽，虽死犹生，以生命最后的燃烧诠释了一个红色的灵魂能走多远。与病魔顽强斗争，在抗旱、抗震救援中舍生忘死，冲锋在前，最终献出了自己年仅47岁的年轻生命。她，就是大巴山的女儿。

陈国凯同志逝世 第六届全国人大代表、中国作协第五、六届主席团委员、第七届名誉委员、广东省作协原主席陈国凯同志，因病于2014年5月16日在广州逝世，享年76岁。陈国凯同志从1958年开始发表作品。1979年加入中国作家协会。著有长篇小说《代价》《好人阿通》《大风起兮》等，中短篇小说集《我应该怎么办》《羊城一夜》《平凡的一天》等，出版作品集《陈国凯小说选》（三卷）等。曾获全国优秀短篇小说奖、广东省鲁迅文学奖、首届《当

代》文学奖等多项文学奖。

5月17日

海飞长篇小说《回家》作品研讨会在京举行 海飞的长篇小说《回家》由浙江文艺出版社出版。小说讲述了一群被打散的、想回家的军人，为阻击日本侵略者，和当地民众一起保家卫国的故事。与会者在讨论小说思想性和艺术性的同时，更谈及小说对今天的作家特别是青年作家的启示。中国作协书记处书记阎晶明，中共宁波市委宣传部常务副部长张松才、浙江省作协党组副书记曹启文、浙江出版联合集团副总裁陈纯跃等出席研讨会。会议由文艺报社、中共宁波市委宣传部、浙江出版联合集团、浙江省作协联合主办。《文艺报》副总编辑王山主持会议。《回家》是一部向抗日老兵致敬的作品，小说中每个人对"回家"的期待更是对和平的期待，对温暖人性的期待。阎晶明认为，从《向延安》到《回家》，海飞在写革命历史题材小说时在大方向上坚持主旋律创作，同时又能对历史和人物进行艺术性把握，在表现革命战争时注重深度挖掘人性和表现人的特点。作家表现出了不偏不倚的历史观，进入战争时大多并未直接写战场，而是写战争中的人的生存状态和方式，这种写法与西方的一些反战小说是相似的。士兵们渴望回家的精神诉求，就是在人性层面上对历史和战争进行的思考。海飞在驾驭这一主题时表现出了一个青年作家的分寸感，而这种创作也值得思考，没有经历过战争的人该如何去认识战争，并在文艺作品中对战争作出具有当代性的表达。

西川、于坚、欧阳江河、唐晓渡诗歌研讨与诵读会在北京市东城区图书馆举行 由作家出版社、腾迅文化主办的西川、于坚、欧阳江河、唐晓渡诗歌研讨与诵读会在北京市东城区图书馆举行。在一场名为"作为世界诗歌一环的中国诗歌"的活动中，把脉中国当代诗歌，为中国当代诗歌与世界诗歌对焦。作为"所有话题必须回到作品本身"的践行，现场也进行了诗歌诵读，每位诗人以半小时的时间，以自己朗读、和读者一起朗读的方式，将现场带入了诗歌的声音文本。作家出版社出于"体现现代汉语诗歌的成就，向读者与诗歌界奉上现代汉语诗歌多种面向的标准"的目的，策划推出了"标准诗丛"，第一辑五册已经于2013年出版，包括《我述说你所见：于坚集1982—2012》《塔可夫斯基的树：王家新集1990—2013》《诺言：多多集1972—2012》《我和我：西川集1985—2012》《如此博学的饥饿1983—2012》。

5月18日

酒徒作品研讨会在京举行 由中国作协全国网络文学联席会议和中文在线联合主办的酒徒作品研讨会在京举行。中国作协副主席陈崎嵘、中文在线董事长兼总裁童之磊和白烨、王祥、马季、桫椤、吴长青、刘英等评论家与会研讨，分析探讨了酒徒作品及历史小说创作的基本规律。研讨会由中国作协办公厅主任胡殷红主持。酒徒是中文在线17K小说网签约作者，也是中国作协会员、网络文学大学导师。近年来，他在架空历史小说创作方面成绩颇丰。自2000年发表第一部网络短篇小说《秦》开始，10余年来已先后在网络上发表了《明》《指南录》《家园》《开国功贼》《盛唐烟云》《烽烟尽处》等6部长篇历史小说，并出版有简体、繁体、影视等多个版本，行销中国大陆、港台及东南亚地区，获得过多个重要奖项。与会者认为，酒徒的作品风格磅礴大气，热血激荡，又不缺乏侠骨柔情，在故事里蕴含着极为丰富的民本情怀和自我牺牲精神。主办方表示，通过对酒徒这样一位具有典型性和代表性的网络文学作家的作品研讨，可以有效地厘清网络小说、尤其是网络历史小说的发展脉络，从而达到推动网络文学精品化进程的目的。

刘克中长篇小说《英雄地》在京召开　由中国作协创研部、中国作协军事委员会、中南传媒集团、济南军区政治部宣传部等联合举办的“刘克中长篇小说《英雄地》研讨会”在北京召开，中国作协副主席李敬泽、中宣部文艺局副局长孟祥林、总政艺术局副局长彭建渝、济南军区政治部宣传部副部长王洪奇、中南传媒副总经理刘清华以及来自全国的近三十位评论家出席了研讨会，共同探讨了该书作为军事和战争题材的艺术价值，传递坚持诚信坚守承诺的精神价值，在会上，评论家们一致认为：“尽管文学作品中写承诺的书不少，但《英雄地》肯定算得上是独特的一部。”同时，面对英雄主义日渐丧失主场的阅读现实，面对现实军事文学中严重匮乏的英雄进行时书写，刘克中在《英雄地》里极力寻找英雄主义的当下书写，通过藏底气接地气表达方式靠近读者，无疑也是难能可贵的。

“寻求突破与超越——辽宁儿童文学七作家创作研讨会”在北京召开　由中国作协儿童文学委员会、中国作协创研部和辽宁省作协联合举办的“寻求突破与超越——辽宁儿童文学七作家创作研讨会”在北京中国现代文学馆召开。辽宁，是中国儿童文学的“重镇”之一，有着深厚的创作积累。特别是进入新世纪以来，车培晶、薛涛、王立春、刘东、常星儿、李丽萍、单瑛琪先后荣获中国作家协会主办的全国优秀儿童文学奖，创作涉及小说、诗歌、童话诸多领域，读者遍布少年、儿童、低幼层级。这些作家在取得成绩的同时，把创作牢牢扎根于深厚的生活土壤，不断寻求突破。召开本次会议旨在向全国展示辽宁获奖儿童文学作家的最新创作成果，寻求突破的决心。同时，在展示中寻求突破的支点与方向，即通过专家检视与自我审视，全面、综合、深入性的研讨，挖掘创作新质，总结创作得失，指出创作的症结和突破口。中国作协创研部主任梁鸿鹰主持了研讨会，辽宁作协副主席邵永胜介绍了出席研讨会的辽宁儿童文学作家、评论家。会议采取作家与专家恳谈、沟通、交流的形式进行。中国作协副主席、儿委会主任高洪波首先致辞，肯定了辽宁儿童文学作家多年以来的艺术坚守，认为他们的实力不容忽视，是中国儿童文学创作队伍中一支劲旅。沈阳师范大学文学院教授马力对辽宁儿童文学进行全景式评论，涉及辽宁儿童文学的创作成绩、发展态势及艺术走向。在专家主旨发言阶段，每位儿童文学专家重点针对一位或几位作家，总结出他们创作上的得失、短长，并指出其突破方向。金波、曹文轩、张之路、李东华、刘颋、肖惊鸿、安武林等专家就此充分发表了自己的

看法，认为辽宁儿童文学作家能够坚守纯文学领地，坚守辽宁地域文化根脉，有着深厚的文化土层，并且能够发掘时代儿童文学的新动向、新特点，及时地对时代儿童问题发问，关注形而上的人生问题，塑造出崭新的儿童文学形象。

5月19日

北美洛杉矶华文作协代表团访问中国作协　北美洛杉矶华文作协代表团到访中国作协。中国作协主席铁凝会见代表团成员。此前，代表团一行15人参观了中国现代文学馆和鲁迅文学院，并向中国现代文学馆捐赠了作品。在当天举行的代表团欢迎会上，来自大陆和北美洛杉矶华文作协的作家、诗人、评论家及文学刊物主编就文学创作、编辑、出版等话题进行了交流和讨论。会议由中国作协对外联络部主任刘宪平主持。随着时代和社会的发展，海内外文化交流尤其是文学交流日益密切，严歌苓、张翎等一批在海外写作的华文作家在国内外产生了较大影响。从某种程度上来说，正是这些海外华文作家的作品成为了中华文化海外传播的重要基石。而近些年来，中国作协积极采取多种措施，为海外华语文学与大陆文学的交流提供便利条件、搭建广阔平台，有利推动了中华文化“走出去”以及“走进去”。在《人民文学》《中国作家》等文学刊物上，读者经常可以阅读到海外华文作家的作品，而对这些作家来说，能让更多国内读者熟悉他们的作品也是这些海外游子的期盼与渴望。

5月20日

鲁迅文学院举办第十期少数民族文学创作培训班　鲁迅文学院第十期少数民族文学创作培训班在成都开班。中国作协书记处书记白庚胜、四川省作协党组书记吕汝伦出席开班仪式并致辞。参加开班仪式的还有四川省作协副主席梁平、秘书长赵智。开班仪式由鲁迅文学院常务副院长成曾樾主持。白庚胜在致辞中表示，少数民族文学作为社会主义文学事业的重要组成部分，在传承各民族优秀文化传统、丰富中华文化深厚内涵、守护中华民族共有的精神家园方面，发挥着极为重要的作用。这期培训班是中国作协认真贯彻落实党的十八大精神、推动少数民族文学事业的进一步发展、组织实施“少数民族文学发展工程”任务的重要举措。培训班旨在为少数民族文学人才成长创造更好的条件，催生更多的精品佳作问世，以丰富多样的艺术表达，承载少数民族作家的家国情怀和文学理想。他希望学员们珍惜这次培训机会，弘扬民族文化，辛勤耕耘、潜心创作，用优秀的作品为“中国梦”的实现谱写中华民族大家庭共同团结奋斗、共同繁荣发展的新篇章。本期培训班为期22天，共有来自全国14个省区市、17个民族的52位少数民族作家参加学习。

5月22日

中国作协网络作家状况专题调研在海南展开　来自海南省的近20名传统作家、网络作家齐聚一堂，参加了由省作协组织召开的专题调研会。调研会上，大家对网络作家的生存和创作现状展开讨论，其中网络作家的职业身份如何得到社会认可、网络文学与传统文学的发展趋势，成为热议的焦点。“网络文学只能制造网络垃圾，消失不过就是一两年的事情。”1998年，网络作家痞子蔡在网上贴出《第一次亲密接触》，走红的同时也引来不少议论，这便是其中最突出的一种声音。然而，16年过去，网络小说如今正以令人惊诧的速度发展，玄幻、武侠、都市、言情……品种之多让人眼花缭乱，触角还延伸到影视等其他门类。这个搭建在虚拟世界的文坛，已经成为一股不可忽视的力量。海南省作协组织近20名传统作家、网络作家，参加中国作协网络作家状况专题调研，中国作协党组副书记、鲁迅文学院院长钱小芊，中国作协创联处处长、文学评论家梁鸿鹰等与海南作家面对面，畅所欲言，对网络作家的生存和创作现状展开热烈的讨论。作为中国网络文学最先发展的地区，作家们对网络作家的职业身份如何得到社会认可、网络文学与传统文学的发展趋势，进行了真诚的讨论和交流，而不同的思想交锋和碰撞，让调研会气氛热烈，充满着求真的精神。

5月23日

中国作家团访问阿尔及利亚和突尼斯　以中国作协副主席陈崎嵘为团长的中国作家团一行6人访问了阿尔及利亚和突尼斯。代表团成员有王久辛、张者、曾清生、计文君等。访问期间，陈崎嵘副主席分别与两国作协主席会晤，商讨进一步加强作家互访、推动优秀作品互译等合作项目。中国作家团此访的“重头戏”，是先后出席中阿、中突文学论坛。双方作家围绕“文学与社会发展”、“文学的传承”两个主题进行演讲，并在现场与当地作家、文学爱好者进行互动讨论。陈崎嵘在主旨演讲中对论坛表示热烈祝贺，他深情回顾了中国与非洲以及阿拉伯国家源远流长的文化交流，盛赞中阿、中突传统友谊，向两国作家概括介绍了中国作协的主要工作和中国文学的发展现状，表达了对于进一步推动中阿、中突文学交流和友好合作，通过互译文学作品，不断加强两国人民之间相互理解和友谊的愿望。中国代表团作家在发言中从中外作家、作品的分析，文学的传承，到作家创作经历及其与社会发展的互动关联，广征博引，妙语连珠，现场交流气氛活跃，受到所在国文学界、当地媒体的广泛关注和好评。阿尔及利亚国家电视台对陈崎嵘和阿作协主席进行了采访。《人民日报》驻突尼斯记者也对参加论坛的突尼斯作家进行了专访。

5月24日

马识途百岁书法展在京举行　展览展出了马识途近年来创作的148幅书法作品。中国作协主席铁凝出席开幕式并致辞。全国人大常委会原副委员长王汉斌出席活动。中国作协党组书记李冰主持开幕式。王蒙、邓友梅、金炳华、仲呈祥在开幕式上发言。翟泰丰、钱小芊、何建明、李敬泽、白庚胜、吉狄马加、李屹、胡振民、潘际銮等百余位嘉宾共聚一堂，见证这位百岁老人“挥毫泼墨写兴隆”的豪情壮志。开幕式上，马识途还向中国现代文学馆捐赠了10幅书法作品及新作《百岁拾忆》和《雷神传奇》的手稿。“过隙白驹，逝者如斯，转眼百年。忆少年出峡，燕京磨剑，国仇誓报，豪气万千。学浅才疏，难酬壮志，美梦一朝幻云烟。只赢得了，一腔义愤，两鬓萧然。幸逢革命圣卷，愿听令驰驱奔马前，看红旗怒卷，铁骑狂啸，风雷滚滚，揭地翻天。周折几番，复归正道，整顿乾坤展新颜。终亲见，我中华崛起，美梦成圆。”展览现场，由马识途创作并书写的《百岁抒怀》写出了他不平凡的一生，无论从事革命工作还是投身文学事业，他都始终秉持坚定的信仰，为后辈树立了榜样。铁凝代表中国作协对展览的举办表示祝贺。她说，马识途既是久经考验的革命者，又是中国现当代文学的著名作家。解放前，他肩负重任，长期在湖北、四川、云南等地从事地下工作；新中国成立后，他满怀激情地投入到社会主义建设事业中。无论是在地下工作的危险环境里，还是在忙碌的领导岗位上，他都没有停止用笔去记录时代的巨变和人民的心声，他把对党和人民的无限深情，把对祖国命运、历史发展的承担与思考，融入到创作中去，几十年来，出版了小说、散文、纪实文学、诗词等大量作品，取得了卓越成就。《夜谭十记》的深刻诙谐、《清江壮歌》的波澜壮阔、《沧桑十年》的疼痛追忆、《京华夜谭》的惊险传奇，如同一面面镜子，折射着历史的沧桑，映现着时代的风云。

吉狄马加诗歌《我，雪豹……》学术研讨会在京举行　由中国作协创作研究部、中国少数民族作家学会、《人民文学》杂志社、《民族文学》杂志社共同主办的吉狄马加诗歌《我，雪豹……》学术研讨会在北京中国现代文学馆举行。李敬泽、玛拉沁夫、马识途、王巨才、邓友梅、叶梅、梁鸿鹰、施战军、石一宁及来自全国各地的作家、评论家、诗人、学者等90余人与会研讨。《我，雪豹……——献给乔治·夏勒》是吉狄马加近期创作的一首长诗力作，发表于《人民文学》2014年第5期。全诗共400余行，以第一人称“我”为叙事主体，描绘了一只矫健勇猛、游走于高原雪山之上的雪豹形象，并通过其与人类精神情感的一脉相承，对雪豹自身命运、对雪域高原与自然环境、对人类的生存发展和未来前景，发出了预言性的诗意表达。与会者认为，吉狄马加是当代诗歌界一位颇具世界意识和生态伦理意识的诗人，他的诗体现的是万物之间的普遍联系与相互渗透，透露出宇宙的无限性、总体性之美。《我，雪豹……》是人与雪豹同为自然之子的见证，体现了对温暖的渴望和对高贵的坚守，展示出一种凉而不冷、伤而不废的大美境界。全诗一气呵成，气势磅礴，语言纯净而流畅、坚固而锋利，多重隐喻贯穿其间。结构上起承转合紧密相连、跌宕起伏，一行行诗句中迸发着诗人内心深处蕴含的复杂情绪，体现了作者对民族主义、英雄主义、现实主义的深刻思考。

5月25日

鲁院第三届西南六省区市青年作家培训班结业　鲁迅文学院第三届西南六省区市青年作家培训班结业仪式在重庆举行。成曾樾、王璇、王明凯等出席结业仪式。结业仪式由陈川主持。在结业仪式上，成曾樾就本届培训班的课程设置、研讨交流、社会实践安排等作了全面的总结，充分肯定了学员在学习过程中表现出来的勤勉上进、团结活泼的精神风貌，并就学员今后的文学创作提出了希望和要求。四位学员代表在发言中畅谈了各自的收获和体会，对鲁迅文学院和重庆市作协在本届培训班举办过程中所付出的辛勤劳动表达了感激之情。本届培训班为期15天，45位来自西南六省区市的中青年作家参加了学习。在课程设置上，鲁迅文学院精心组织，邀请知名作家、评论家、编辑为学员授课，同学员面对面交流，取得了很好的成效。此外，学院还组织学员开展了社会实践活动，以采风的形式拓宽学员创作的视野。

青年作家赴《中国作家》陕西咸阳创作基地进行文学交流活动《中国作家》杂志社组织弋舟、肖江虹、朱山坡、石一枫、王威廉等青年作家赴《中国作家》陕西咸阳创作基地进行文学交流活动。活动期间，青年作家们分别与咸阳市部分作家、咸阳宇宏・健康花城小区部分业主、咸阳职业技术教育学院师生进行了交流座谈。《中国作家》主编艾克拜尔・米吉提、陕西省作协党组书记蒋惠莉、咸阳市文联副主席王民安、宇宏集团副总裁严美蓉等分别致辞。西安市副市长吴义勤、西安市文联主席吴克敬、中共咸阳市委宣传部常务副部长郭群星等出席此次活动。活动由咸阳市作协副主席王海主持。主办方表示，《中国作家》将在各地创作基地进一步开展文学交流活动，为建设美丽中国、实现中国梦服务。

5月27日

中国报告文学作家组团赴南浔采风　地处长江三角洲腹地，太湖南岸的浙江省湖州市南浔镇，曾被作家徐迟在自己的小说《江南小镇》中用62个“水晶晶”来形容其美。南浔小镇，是著名诗人、翻译家、报告文学作家徐迟的故乡。2014年10月，是徐迟先生100周年的诞辰纪念时日。徐迟曾担任中国报告文学学会第一任会长。为了更多的了解徐迟及他故乡的今昔历史和文化经济建设，更好地纪念徐迟先生，中国报告文学学会联合南浔镇政府，于5月27—31日，举办“走近徐迟故乡记录美丽南浔”——中国报告文学作家赴南浔采风活动。中国作家协会副主席、中国报告文学学会现任会长何建明以及张胜友、李炳银、周明、傅溪鹏、徐刚、徐剑、杨守松、袁敏、陈启文、王伟举、夏坚德、王成章、傅洁等来自全国各地的14位报告文学作家参加了此次采访活动。在几天的采访活动中，作家们分组分头对南浔的古镇文化保护和建设、对经济变革出现的新状态、对特色突出的丝绸业和湖笔传统文化对象的历史发展、对五水共治和新农村建设、对不同领域先进典型人物等对象进行采访。作家们深感南浔文化意蕴深厚，环境风采迷人，经济建设发达，留下了非常美好和深刻的印象。作家们表示，此后将把自己的采访感受通过文学作品真实表达，给南浔和自己都留下深刻的记忆。湖州市和南浔镇领导及有关部门，对此次活动给予热情支持配合，活动取得阶段性的圆满成功。

“陈希我小说《我疼》出版首发式暨创作研讨会”在京举行　李敬泽、阎晶明、管士光、汪文顶及雷达、孙绍振、胡平、白烨、施战军、陈晓明、贺绍俊、孟繁华、张柠、彭学明、何向阳、谢有顺、张莉等20多位专家学者，探讨了陈希我小说的艺术风格及其在当代文学中的意义。研讨会由中国作协创作研究部主任梁鸿鹰主持。陈希我的《我们的苟且》《抓痒》《冒犯书》《大势》《移民》等作品，屡屡向人性最幽深处迸发，探索人们习焉不察的精神隐疾。近日，他的新作《我疼》由人民文学出版社出版。长篇小说《我疼》共包含9个关于疼痛的故事，有女儿的疼痛、母亲的疼痛、丈夫的疼痛、妻子的疼痛、经营者的疼痛、移民的疼痛等，几乎囊括了时代生活中各方面的经验。李敬泽首先肯定了陈希我小说的特殊意义，他认为：“陈希我回应了中国小说一个根本的疑难：精神叙事何以成立？”在《我疼》中，陈希我勇敢地面对生理与心理、肉身与心灵的双重矛盾，从一个个尖锐、冷酷的故事出发，一步步拷问人们内心深处的魔鬼，并最终指向存在之谜。与会专家认为，在小说世界中，陈希我像“拳击手”、“刀客”、“恶童”，他的语言简单直接，具有理性的力量。也正因如此，陈希我的小说中时常充满一种绝望感，“这种绝望又带着一种颤动不定的疼痛感”。大家谈到，陈希我的小说描写了我们这个时代整体的精神困境和精神疑难，在艺术风格、思想主题等方面独树一帜，也因此具有独特性、创新性，形成了带有明确辨识度的文学特征。

“刘迅甫纪实诗报告《农民工之歌》英、法、西文版出版发行新闻发布会”在北京新闻大厦举行　来自全国各地文学艺术界、新闻界和农民工代表100余人出席了会议。中宣部原常务副部长、中国大百科全书出版社总编辑徐惟诚、第十六届中央委员，第十一届全国政协常委，解放军总装备部原副政委、中华诗词学会顾问李栋恒、中国作家协会原党组成员，中华诗词学会驻会名誉会长郑伯农、中宣部出版局副局长张凡、中国诗歌学会名誉会长张同吾、中国诗歌学会副会长兼秘书长、《诗刊》原常务副主编李小雨、五洲传播出版社副社长，图书出版中心主任荆孝敏，出席了新闻发布会并发言；著名朗诵艺术家殷之光、著名表演艺术家朱琳、著名演播艺术家李慧敏以及青年朗诵艺术家王勇、章莹莹、陈亮、王妍丁现场朗诵了《农民工之歌》中的代表诗篇，在与会者中不时激起阵阵热烈的掌声。《农民工之歌》是著名诗人、书画艺术家刘迅甫历经二十年风雨，深入农民工的生活和工作环境，感同身受体验他们的喜怒哀乐，创作的一部纪实组诗，是一部关注社会热点、反映当代中国核心问题的作品，体现了当代中国文学的现实主义创作方向。五洲传播出版社肩负着对外介绍当代中国，传播中华民族优秀文化的使命。因被刘迅甫先生对农民工的真情所打动，组织有关专家将《农民工之歌》翻译成英、法、西文，并在国内外出版发行。这也是第一次将全方位反映农民工生活题材的诗歌作品，用三种外文翻译同时出版发行，以此向世界传播中国人民实现“中国梦”的伟大实践。全诗分为开篇曲、打工篇、留守篇、乡恋篇、开拓篇五个部分，由30首既独立成篇又有机联系的诗歌组成，充分展现了乡村与城市发展的差异现状，再现了农民工群体与现代城市文明的融合，全方位揭示了农民工奉献与担当过程中的幸福与欢乐，辛酸与无奈，泪痕与伤痛，寄托与希望……深情地讴歌了农民工在新时期社会主义建设中所呈现出来的不屈不挠的进取精神，深刻解读了现时背景下中华民族的心路历程和当代中国农民工的生存状况。作品充溢着深沉的大爱与昂扬的格调，通篇贯穿着对人性的尊重与理解，对理想的执着与赞美，对奉献的坚守与讴歌，对公平的呼唤与渴望，对未来的期待与向往，充满着时代气息和昂扬向上的格调。

5月28日

2014年端午诗会在郭沫若故居举行　由《中国作家》杂志社、中央人民广播电台对台节目中心、郭沫若纪念馆共同举办的第四届“端午诗会”在郭沫若故居举行。中国作协党组成员、书记处书记白庚胜，中央人民广播电台副总编辑杜嗣琨，郭沫若纪念馆馆长崔民选，中国诗词发展基金会副理事、秘书长毛炳，国务院参事室中国学文化研究中心副主任李文亮，《中国作家》副主编王青风，《中国作家》影视创投中心总策划萧立军，中央人民广播电台对台湾节目中心主任陈东健，中央人民广播电台对台湾节目中心副主任乐艳艳，诗人叶延滨、杨匡满、评论家谢冕等近200人出席。端午诗会由全国政协委员、中国作家出版集团党委副书记、《中国作家》主编艾克拜尔·米吉提主持。陆洋、于芳等著名朗诵艺术家朗诵了屈原的《渔父》、毛泽东的《长征》、郭沫若的《天上的街市》、雷霆的《风吹麦浪》等诗歌。台湾著名诗人郭枫应邀专程参加端午诗会，并朗诵了他的诗作《春夜听雨》《山的哲学》。在端午节前夕，海峡两岸诗人欢聚在一起，缅怀诗贤，吟诵古今诗人的诗行，为弘扬我国诗歌精神，光大传统文化，进一步提升中华文化的向心力、凝聚力，建设美丽中国，实现中国梦将发挥积极作用。

5月31日

莫言手稿《苍蝇·门牙》撤拍将无偿捐给文学馆　北京歌德拍卖有限公司发表声明，将《苍蝇·门牙》手稿予以撤拍，并将无偿捐赠给中国现代文学馆。莫言早期短篇小说的代表作《苍蝇·门牙》、唐弢多年入选高中语文教材的《琐忆》、王朔为电视剧《海马歌舞厅》所写的剧本等95件20世纪重要作家、艺术家的手书原稿原计划5月30日在歌德春拍“小雅观心——赵庆伟藏重要名家书稿、手札专场”均无底价上拍。其中，《苍蝇·门牙》手书原稿由莫言亲自工整撰写在“解放军文艺社”的稿纸上，稿纸和字迹充满年代感，记述着近30年前的文学时光。该手稿的委托人赵庆伟透露，此批手稿信札均为当时从收废品处购得。据《东方早报》报道，莫言得知此事后，致电解放军文艺杂志社询问由杂志社保管的手稿为何出现在拍场，《解放军文艺》杂志社相关人士表示此手稿通过非正常渠道流失，已经致电拍卖公司希望尽快停止拍卖，并表示莫言希望能够将手稿无偿捐赠给中国现代文学馆保存。

第六届冰心散文奖在济南揭晓　由中国散文学会主办的全国第六届冰心散文奖在济南市历下区揭晓并颁奖。贺捷生的《父亲的雪山母亲的草地》、石英的《石英散文新作选》、葛水平的《河水带走两岸》、胡冬林的《狐狸的微笑》，从维熙的《漓江情韵》、陈祖芬的《陈寅恪的后世有缘人》、门瑞瑜的《海峡两岸同醉》、老九的《卖书记》、任林举的《阿尔山的花开与爱情》，李一鸣的《中国现代游记散文整体性研究》、张振金的《中国当代散文史》等68部（篇）作品分别获得散文集奖、单篇作品奖、散文理论奖，另有28部（篇）获得优秀作品奖。中国散文学会会长王巨才，山东省作协党组书记杨学锋和周明、吴青、叶梅、王宗仁、红孩、李晓虹、陈奕纯、周振华等出席并为获奖者颁奖。全国第六届冰心散文奖征稿范围为2012至2013年在中国大陆正式公开出版发表的散文单篇作品、散文集、散文理论作品（理论集和单篇作品），包括2012至2013年公开发表出版的散文诗集和散文诗单篇作品以及赋体文学作品。组委会共收到散文集286部，单篇散文852篇，散文理论专著、单篇作品35部（篇），散文诗、赋25篇。周明代表评委会作说明时认为，本届获奖作品呈现以下特点：一是地域广泛，几乎涵盖了全国所有地区；二是参赛人员构成年龄层次清晰，老中青几乎各占30%，其中女作家和少数民族的比例比往届有明显增加；三是作品题材广泛，既有乡土散文、风景散文、人物散文、生态散文，也包括思想性文化随笔、军事散文、文化散文等样式；四是创作风格多样，特别是散文诗和赋体文学的增加，使散文大家庭整体更加丰富多彩。存在的问题主要有：题材雷同化，写法不够创新，有些作者沉湎于历史文化的追寻，缺少对现实的关注。特别是相当多的散文，文字偏长，缺乏对题材的提炼。这些都应引起作者注意。颁奖活动后还举行了散文论坛和济南历下城区采风活动。《全国第六届冰心散文奖获奖作家作品集》将由中国致公出版社出版。

六月

6月1日

第三届郁达夫小说奖终评备选篇目评出　由浙江省作协《江南》杂志社主办、富阳市人民政府协办的第三届郁达夫小说奖在杭州举行审读委会议，投票确定了第三届郁达夫小说奖终评备选篇目。其中，实力作家仍然稳健坐镇，“70后”、“80后”作家颇具亮点，海外及少数民族作家亦有重要作家作品跻身其中。本届郁达夫小说奖于今年1月启动作品征集活动。评奖办公室从众多参评作品中遴选出了29篇中篇小说和32篇短篇小说提交审读委成员阅读。经过投票，最终产生中篇小说终评备选篇目14篇，短篇小说终评备选篇目13篇。其中，方方的《涂自强的个人悲伤》、迟子建的《晚安玫瑰》、格非的《隐身衣》等入围中篇小说终评备选篇目，毕飞宇的《大雨如注》、蒋一谈的《透明》、金仁顺的《喷泉》等入围短篇小说终评备选篇目。据悉，本届郁达夫小说奖终评备选篇目将在今年第4期《江南》杂志上公布。

6月5日

《小说选刊》与陕西广播电视台签署合作书　作为国内首个与电视媒体合作的纯文学杂志，《小说选刊》主编其其格道出了此次合作的“内幕”。“这次确实是一个很大的突破。纯文学期刊正面临越来越多的挑战，这要求我们做出改变。虽然现在很多人会觉得纯文学期刊和电视节目的结合点不大，但是我认为在多媒体发展的时代里，纯文学期刊应该并且可以找到更多能够结合并且传播的载体。”谈到“丝绸之路万里行”活动，其其格表示，中国作协提出，中国作协旗下的文学期刊应能率先带头利用我们的文学资源和文化平台积极助力国家文化经济建设。“建设丝绸之路经济带是新一届政府的战略构想，习主席访问中亚四国时提出的这一宏伟设想，是对中国抓住发展机遇期的最好的诠释，预示中国将扩展与中亚各国合作，共同建设东起西太平洋，西到波罗的海，横跨欧亚大陆的新兴经济合作区，也预示了被誉为全球商贸大动脉的古丝绸之路，因中国与中亚各国的合作加深再度活跃起来。陕西作为古丝绸之路的起点，陕西卫视做丝绸之路节目多年，在对传统文化的挖掘和表现上成绩优异，声名远播。这次的‘丝绸之路万里行’节目是在国家战略构想的带动下，蕴含了‘新丝绸之路’概念的重大选题。这一选题将会非常热门，但陕西卫视凭借着得天独厚的地域优势和资源优势，以及已有的丰厚积累和准备，此选题必将脱颖而出。我们将集结全国有影响力的作家对此次活动做文学跟踪，助力国家的丝绸之路经济带的建设。同时，丝绸之路的再度活跃，给民间写作和作家带来丰富的写作资源。我们将用最好的资源支持陕西卫视和‘丝绸之路万里行’活动。”

2014《民族文学》哈萨克文版作家翻译家改稿班在甘肃举办　由民族文学杂志社、酒泉市人民政府主办，中国民族语文翻译局、中国少数民族作家学会、甘肃省阿克塞县文联、协办的“《民族文学》哈萨克文版作家翻译家改稿班”在甘肃省阿克塞哈萨克族自治县举办。中国作家出版集团党委副书记、《中国作家》主编艾克拜尔·米吉提，中国少数民族作家学会常务副会长叶梅，《民族文学》主编石一宁，酒泉市委常委、副市长吴基伟，天津市作协主席赵玫，中国民族语文翻译局局长、总译审阿里木江·沙比提，甘肃省文联巡视员孙周秦等出席开班仪式。开班仪式由《民族文学》事业发展部主任、中国少数民族作家学会秘书长赵晏彪主持。石一宁表示，哈萨克文版创刊已经将近两年，为哈萨克族作家与国内乃至世界各民族作家，为哈萨克族文学与国内乃至世界各民族文学，搭起了一个展示与交流的平台，打开了一个学习与借鉴的窗口，对哈萨克族文学的繁荣发展意义重大，对中国文学的多样化发展、对民族团结进步意义深远。哈萨克文版2012年9月创刊后在哈萨克族文学界产生了热烈反应，从创刊至今，一共刊发了近130篇翻译作品、近30篇母语作家作品，70位翻译家参与了哈萨克文版的翻译工作。短短不到两年时间，有这么多翻译家参与，说明哈萨克族文学界对《民族文学》哈文版的鼎力支持，也说明哈萨克族文学事业的繁荣兴旺。《民族文学》哈文版也引起了哈萨克斯坦共和国文学界的关注，现在已发行到了哈萨克斯坦，还计划在适当的时候刊发哈萨克斯坦文学作品专辑。建设“丝绸之路经济带”战略的提出，也将给《民族文学》哈萨克文版带来新的发展机遇。石一宁表示，期望通过举办改稿班和交流座谈会，给作家和翻译家提供一个切磋创作和翻译心得、打磨修改作品、进一步提高创作和翻译质量的机会，同时广泛听取作家翻译家的意见和建议，共同把民族文学哈文版和其他文版办得更好。

6月6日

新疆文联理论研究室和新疆市作协翻译家分会联合举办“首届文学翻译理论研讨班” 来自维吾尔、哈萨克、蒙古、柯尔克孜、锡伯、回等民族的20名翻译家汇聚一堂，针对新疆少数民族文学翻译的现状、存在的问题和今后发展的方向等进行了理论探讨。中国作协主席团委员、新疆作协主席阿扎提・苏里坦鼓励各民族文学翻译家多翻译各民族的优秀文学作品，宣传新疆各民族的文学，传播正能量，用优秀的文学作品反对“暴恐”思想的传播，维护祖国的统一和社会的稳定。翻译家艾克拜尔・吾拉木和苏永成等作了专题讲座。代表们表示，要抓住当前文学繁荣发展的大好机遇，把新疆少数民族文学的佳作精品翻译成汉文，推荐和介绍给全国的读者，加大“双翻工程”力度。

浙江省作协主办2014年度“新荷计划”评论家和青年作家“一对一”辅导结对活动在杭州举行 10位评论家、编辑家和浙江省10位青年作家进行结对辅导。浙江省作协党组书记臧军、副书记曹启文、副秘书长王益军等出席会议。梁鸿鹰、张陵、吴义勤、胡殷红、商震、陈东捷、陈晓明、牛玉秋、李建军、郭艳10位导师对来自浙江省的10位青年作家张忌、钱利娜、方石英、周华诚、朱个、草白、周如钢、叶琛、林晓哲、王雁羿的作品，逐个作了肯切入理的点评，肯定了青年作家创作的成绩和作品特点，指出了存在问题和不足，提出了有效的建议。迄今为止，“新荷计划”评论家和青年作家“一对一”辅导结对活动已经举办两期，在第一期的“一对一”辅导活动中，导师有的为作家写了专门的评论文章，有的则与作家一直保持着紧密的交流，活动受到青年作家们的欢迎。本次活动在第一期的基础上，细化分工，作家提前递交作品，导师更加仔细认真地阅读文本，评点详细深入，针对性强，结对活动更趋完善。据了解，在未来一年内，导师将对结对的作家进行跟踪，及时对作家的新作品提出审读意见，撰写评论文章，以期提升青年作家的创作水平。

6月7日

蒋孔阳书房揭幕仪式暨纪念座谈会在京举行 蒋孔阳书房展在中国现代文学馆揭幕。蒋孔阳纪念座谈会同时举行。中国作协原党组书记金炳华、中共中央文献研究室原常务副主任金冲及、全国美学学会原副会长杨辛、蒋孔阳夫人濮之珍等出席纪念座谈会。中国作协副主席李敬泽主持座谈会。来自全国各地的蒋孔阳的亲朋、学界同仁及弟子共聚中国现代文学馆，回顾、探讨了他的学术成就和精神品格。此前，濮之珍已将蒋孔阳的著作、手稿、藏书、书桌书柜、文房四宝等捐赠给中国现代文学馆。金炳华、濮之珍为蒋孔阳书房展剪彩，展览即日起面向社会公众开放。“不是我占有了真理，而是真理占有了我”，这是蒋孔阳生前常说的一句话，对真理的执着追求和严谨的治学态度贯穿了他的一生。这位生于上世纪20年代的美学家、文艺理论家于1999年去世，一生著述颇丰，《文学的基本知识》《德国古典美学》《美和美的创造》《美学新论》等在文艺理论界影响深远，4卷本《蒋孔阳文集》更是其美学思想的总结和概括。他还参与了学术界展开的多次重要的美学大讨论，认为真正的唯物主义美学应当从人的客观的社会实践出发去解释美和美感。他的美学思想博采众长、承上启下，为中国特色美学体系的丰富和发展做出了重要贡献。

6月8日

鲁迅文学院第二十二届高研班学员赴四川社会实践　鲁迅文学院第二十二届中青年作家高级研讨班学员赴四川绵阳、成都等地开展社会实践。其间，学员们参观了中国工程物理研究院科学技术馆、李白纪念馆、杜甫草堂、郭沫若故居、巴金文学院、汶川大地震遗址等。7天的学习实践，学员们不仅开阔了视野、增强了写作的信心，也大大加深了对民族与社会的认识。学员李子胜说，此次社会实践是一次爱国之旅、人文之旅，特别是在科学技术馆，大家深刻感受到了老一代科学家为了祖国甘愿付出一切的高尚情怀。学员胡茗茗说，此番四川之行犹如观赏一场川剧“变脸”，所有的表象和面具之下，真实恒久的是巴蜀文化的深厚、悠远。学员王秀云表示，在汶川大地震遗址的残垣断壁前，许多学员流下了眼泪，但人与自然的关系不该用眼泪来确认。作为一名作家，更应该认识到敬畏自然、珍重生命。学员杨永康认为，中青年作家的成长绝对离不开现实生活的滋养与磨砺，社会实践为大家提供了一个很好的滋养、磨砺的机会。此次社会实践由鲁迅文学院常务副院长成曾樾，副院长李一鸣、王璇带队。

6月10日

鲁院第十期少数民族文学创作培训班结业　鲁迅文学院第十期少数民族文学创作培训班6月10日在成都结业。中国作协党组副书记、鲁迅文学院院长钱小芊，中共四川省委宣传部副部长赵明仁出席结业仪式并讲话。四川省作协党组书记吕汝伦、鲁迅文学院副院长李一鸣和50名学员参加结业式。本期培训班为期22天，共计开展14次课堂教学、2次文学对话、2次社会实践，取得了良好的效果。来自14个省区、17个民族的少数民族作家相聚在一起，既收获了丰厚的文学馈赠，又增进了彼此间的友情。结业式上，学员代表李霞（侗族）、李小龙（土家族）、杜满·巴泽利江（哈萨克族）、拉央罗布（藏族）先后发言，交流了各自的学习心得和收获，表达了对鲁院的感激和不舍之情。结业仪式后，钱小芊与中共四川省委常委、宣传部部长吴靖平就繁荣四川文学事业进行了交流。

6月13日

长篇纪实文学《我的兄弟，我的姐妹》作品研讨会在京举行 由中华全国总工会宣教部、中国报告文学学会、江苏省总工会、江苏省作家协会、中共镇江市委宣传部联合主办的长篇纪实文学《我的兄弟，我的姐妹》作品研讨会在京举行。中国作协党组成员、副主席、书记处书记何建明、中华全国总工会宣教部部长王晓峰出席并作重要讲话。李炳银、王必胜、何西来、范咏戈、贺绍俊、张陵、丁晓原、王晖、徐忠志、马季等专家与会研讨。《我的兄弟，我的姐妹——一位工会主席的家访周记》的作者董晨鹏，是江苏省镇江市城市投资建设集团公司工会主席，在长达一年多的时间里，他坚持每个星期家访一名一线员工，将视角投向所属单位的司机、保安、保洁员、厨师、食堂服务员、绿化工、小区物管员等最基层人物，不仅真实记录了他们的生存状态，更关注到他们的精神生活，以原生态的叙述方式，原汁原味地记录了当代普通职工对生活、情感、事业和理想的追求。由于这部作品真实、可信、接地气，出版后迅速得到读者欢迎和追捧。研讨会上，专家们积极发言，对《我的兄弟，我的姐妹》这部作品给予很高评价。他们认为，作为一名工会主席作家，董晨鹏深入基层，做职工心声的倾听者，做职工利益的维护者，用实际行动回答了怎样更好地履行职能，拉近工会组织与普通职工距离的这一问题，展现出作者思想坚实的质地和文化反省的自觉，在当今文坛非常难得。作者以基层工会主席家访这个独特视角，将笔墨聚焦在当下社会转型时期的国企基层员工的生存状态和精神生活，以一个个动人的故事，一段段感人的话语，折射出我们这个时代最需要培育和倡导的“爱国、敬业、诚信、友善”的核心价值观念，感悟到普通群众追梦、筑梦、圆梦的奋斗精神，具有较强的现实意义和文学价值。江苏省作协主席范小青、江苏省总工会副主席马永青、江苏省镇江市委常委、宣传部长曹当凌、江苏省镇江市政协党组成员、市总工会主席王荣正也分别作了发言。研讨会由江苏省作协副巡视员、创研室主任汪政主持。

6月15日

长篇小说《梦焰》研讨会在京召开 由中国作家协会重点作品扶持办公室、军事文学委员会、总政宣传部艺术局、济南军区政治部宣传部、时代出版传媒股份有限公司暨安徽文艺出版社联合主办的苗长水长篇小说《梦焰》研讨会在京召开，中国作协副主席李敬泽，中国作协创研部主任梁鸿鹰等参加了本次研讨会。时代出版传媒股份有限公司总经理田海明代表出版方致

辞。长篇小说《梦焰》以强国强军梦为基底，以充沛的笔墨演绎了我军飞速发展的现代化建设和对光荣革命英雄主义传统的弘扬，把军队放置到现代化数字化战争背景下，下大力气精到、专业、内行地书写大场景，书写军事行动中的具体环节和细节；小说关注当下现实军旅生活，直面军事变革实践，是一部演绎当代中国军人强国强军梦的军事文学力作，一部让中国人长精神长志气的阳刚之作。

6月16日

中国少数民族文学石柱创作基地成立　由重庆市作协、中国少数民族作家学会和中共石柱土家族自治县委、县人民政府主办的“中国少数民族文学石柱创作基地”授牌仪式暨“多民族作家看石柱”笔会在重庆石柱举行。重庆石柱历史悠久，文化积淀深厚。在“中国少数民族文学石柱创作基地”成立授牌仪式上，中国少数民族作家学会副会长李霄明说，此次建立的基地将有助于繁荣文学创作，表现少数民族地区人民团结和谐的民风民情民意。中国少数民族作家学会副会长石一宁和重庆市作协主席陈川为石柱创作基地授牌。石一宁表示，希望今后基地的管理工作常态化、健全化、规范化，真正起到发展繁荣少数民族文学、促进民族团结进步的作用。笔会期间，来自全国各地的20余位作家在石柱进行了采风。他们对石柱充满魅力的土家文化和独特的民风民俗赞叹不已。

6月17日

中国作协召开东西部地区作协“结对子”工作座谈会　中国作协在京召开东西部地区作协“结对子”工作座谈会。中国作协党组副书记、副主席钱小芊出席会议并讲话。14个参加“结对子”活动的地方作协负责人齐聚一堂，总结交流东西部地区作协“结对子”的经验和做法，研究进一步促进东西部地区文学合作发展。会议由中国作协书记处书记白庚胜主持。自2009年开展东西部地区作协“结对子”活动以来，已有上海和新疆、江苏和宁夏、山东和西藏、浙江和青海、广东和内蒙古、湖南和新疆生产建设兵团、湖北和延边共14家7对东西部地区作协建立了“结对子”关系。“结对子”双方签署协议、制订计划、建立机制、开展系列活动，取得了显著成效，受到东西部广大作家和文学工作者的欢迎。钱小芊在讲话中对“结对子”工作取得的成绩给予充分肯定。他指出，“结对子”活动促进了东西部文学交流，带动了作协工作发展，拓展了文学活动的新形式，服务了民族团结大局。钱小芊对进一步做实做好“结对子”工作提出了要求：一是各地作协要进一步认识开展“结对子”活动的重要意义。开展“结对子”活动不是一项临时任务，而是长期的系统性工程，既是一项文学活动，又具有特殊的政治、社会、文化意义。参与“结对子”是相互学习借鉴，优势互补共享，有助于促进文学创作和人才队伍建设、提高文学创作和作协工作水平。二是扎实细致推进“结对子”工作。要围绕出作品、出人才，推动文学事业繁荣发展来思考谋划和实施“结对子”活动，按照有关协议约定，一项一项地组织开展有关活动，确保取得实实在在的成效。三是不断探索和完善有关工作机制，拓展工作内容，创新工作方法，继续加强这方面的工作，使之有声有色有成效。四是借鉴“结对子”活动的经验，并以此为契机为抓手，积极推动做好作协各方面工作。

作家维权研讨会在京举行　中国作协作家权益保障委员会在京召开了作家维权研讨会。中国作协作家权益保障委员会主任张健，副主任张抗抗，委员武和平、许超、李明德、马晓刚、李德成、吕洁参加了会议。会议讨论了苹果商店应用程序侵权案件处理情况、图书盗版盗印现象、名人手稿书信拍卖等热点问题。去年，就苹果商店应用程序侵权事件，中国作协权保办与苹果公司代表进行了会谈，并建立“通知—删除”快速处理机制。之后，权保办对苹果商店侵权行为进行监控，发现苹果商店中有5款付费下载的应用程序中使用了舒婷、席慕蓉及海子的多首诗歌，软件开发商均为上海某电子商务公司。权保办随即向苹果公司在线投诉，之后与开发商取得了联系。开发商向权保办提供了上述侵权应用程序自上线以来的收益统计。最终，权保办代表作家与开发商达成和解，由开发商向每位作家支付了远高于其侵权收益的惩罚性赔偿金，并及时删除了有关侵权应用程序。与会委员高度肯定了权保办在处理上述案件中所做的工作，同时建议改进维权方式，希望权保办加强宣传，调动作家的维权积极性，让作家拿起手中的苹果设备查询自己作品的使用情况，一旦发现作品被侵权使用，可交权保办代为维权。

6月18日

江西研讨夏磊散文创作　由江西省作协和上饶市文联共同主办的夏磊散文集《一枕清霜》研讨会在江西上饶三清山举行。刘华、古耜、常绍民、江子、叶红艳、倪爱珍、叶彤、李晓君、范晓波、刘蓉林、樊燕华、聂卫平、袁演等20余位作家、评论家、编辑与会研讨。《一枕清霜》收集了夏磊近十年来的散文佳作，由生活·读书·新知三联书店出版发行。会上，与会者就文化与散文、人品与文品等话题进行了探讨，肯定了作者对文字的把握、对文体的个性追求、对散文中人物的刻画，同时对散文创作如何把握人与自然、人与社会的关系以及散文的真实性等谈了自己的看法。

6月21日

中国作协少数民族文学委员会年会在乌鲁木齐召开　中国作协少数民族文学委员会年会在新疆乌鲁木齐召开。新疆自治区宣传部副部长黄永军到会致辞，他首先向中国作协少数民族文学委员会表示感谢和敬意，指出中国作协少数民族文学委员会将年会安排在新疆召开，是对新疆的信任、支持和鼓舞。中国作协及其少数民族文学委员会非常重视新疆，关心新疆、给予新疆作家，特别是少数民族作家以特别的关怀和帮助，这是落实中央新疆工作座谈会精神的具体体现。会上，中国作协主席团委员、新疆作协主席阿扎提·苏里坦向与会委员传达了中央新疆工作座谈会的有关精神，介绍了新疆作协少数民族文学工作的情况。他强调，在当下，丰富人们的精神世界，为老百姓提供优秀的精神食粮是文学的价值所在。新疆作协今年所组织的“维吾尔诗歌新疆行”活动，在新疆得各地得到广大群众的热烈欢迎，彰显了文学艺术强大的正能量。中国作协少数民族文学委员会主任丹增在讲话中深刻分析了正处于转型期的中国文学的发展情况，认为面对社会深化改革、传播媒介变化，我们要坚持文化化人、艺术养心的文学本质，在思想道德、传承文化等方面发挥应有的作用。他同时向在座的少数民族作家提出希望，少数民族作家要关注中国的改革进程，了解本民族的传统文化、民间文学，本民族作家作品，有意识地发掘各民族传统文化中的独特性，以增强文学的创作力。

《中国作家》率作家代表团参加中国霍城第四届国际薰衣草文化旅游节　在紫色的花海与薰衣草的芳香中，为期3天的中国霍城第四届国际薰衣草文化旅游节暨江苏·伊犁旅游结对仪式隆重开幕。此次旅游节由中共霍城县委、霍城县人民政府主办。开幕式节俭而隆重，亮点频出。霍城县委副书记、县长热夏提·木沙江、江阴市人大副主任倪颖伟和法国ECTI组织、法国薰衣草行业协会、国家外专局特聘专家皮埃尔·罗斯博士分别致辞，预祝第四届国际薰衣草旅游节圆满成功。为祝贺本次旅游节，全国政协委员、中国作家出版集团党委副书记、《中国作家》主编艾克拜尔·米吉提代表著名书法家沈鹏向霍城赠送《芳香之都——霍城》题匾，并代表中国作协副主席高洪波朗诵其诗作《霍城的颜色——献给薰衣草节》，中华两岸文创经贸合作协会理事长、台湾《新地》文艺出版社社长郭枫向霍城赠送了编纂的《梦幻霍城》一书。开幕式后，《中国作家》代表团的作家和书法家们，到艾克拜尔·米吉提书院参观、留墨。接下来的几天，参观薰衣草博览园、惠远古城、伊犁将军府、英阿瓦提维吾尔民俗风情区、赛里木湖、霍尔果斯口岸、林则徐纪念馆等地。参加霍城第三届（芦草沟第三十届）民间赛马会，观看了丰富多彩的表演，姑娘追、拾哈达、叼羊等哈萨克族的特色表演，给作家们留下深刻印象。西域风光，民族文化，深厚的历史，让作家艺术家们感慨，这是文学创作的沃土，他们回去后，一定要用自己的笔端宣传这方美丽与具有魅力的土地。

6月24日

第二次中国—西班牙文学论坛在京举行　中国与西班牙两国都拥有源远流长的文学传统，在漫长的历史进程中两国都诞生了无数大师与杰作。他们宛若璀璨的群星，构成了世界文学版图中的一座座高峰，标识着人类文明演进的深度与广度。如果把中国与西班牙两国的文学发展看成两个坐标系，那么它们之间一定存在着某种交集和联系。2010年，第一次中国—西班牙文学论坛在马德里举行，两国作家围绕既定主题交流创作体会，谈论文学对国家和民族的历史、传统、文化的独特作用。4年之后，来自两个国家的作家相聚在中国现代文学馆，中西两国文学又一次直接对话。6月24日至25日，第二次中国—西班牙文学论坛在北京举行。中国作协主席铁凝、西班牙驻华大使瓦伦西亚出席论坛开幕式并致辞。中国作协书记处书记阎晶明主持开幕式。来自两国的12位作家围绕“新时代、新声音、新方向”的主题，就戏剧、小说、诗歌领域的话题进行交流。徐坤、吴彤、魏微、陈众议、张清华、娜夜、荣荣，与来自西班牙的意驰尔·帕斯夸尔、埃尔维拉·纳瓦罗、玛塔·桑斯、诺妮·本内哈斯、宫碧兰等参加论坛。鲁迅文学院第二十二届中青年作家高研班学员也参加了活动。铁凝在致辞中代表中国作协向远道而来的西班牙作家表示欢迎。2010年在西班牙的首次会面给她留下了深刻印象，塞万提斯学院的文学金库显示了西班牙尊重文学和作家的传统，论坛期间的交流使大家收获了友谊和真情。铁凝说，时隔3年，中西两国作家在北京再次相聚。我们有机会结识新的西班牙作家朋友，聆听两国作家新的声音，这是一件多么美好而又愉快的事情。她希望两国作家交往越来越多，相知越加深刻。

鲁院第十一期少数民族文学创作培训班在大理开班　鲁迅文学院第十一期少数民族文学创作培训班（理论评论家班）在云南大理开班。中国作协书记处书记白庚胜、云南省大理白族自治州州长何华、云南省文联副主席黄映玲等出席开班仪式。开班仪式由鲁迅文学院常务副院长成曾樾主持。白庚胜在讲话中说，在当今思想大活跃、观念大碰撞、文化大交融的时代，文化越来越成为民族凝聚力和创造力的重要源泉，成为综合国力竞争的重要因素，成为经济社会发展的重要支撑。以社会主义核心价值观为核心、多民族多元一体的文化生态已成为中华民族文化软实力的重要表征，是推动国家发展、铸就中国梦的强大精神力量。大理文化灿烂，文人名流荟萃，史籍文献甚丰，此次培训班在苍山洱海之间举行，相信这片神奇的土地一定会为少数民族作家带来更丰厚的艺术浸润与文学滋养，催生出更多具有恒久生命力的精品佳作。何华代表大理自治州委、州政府对培训班的举办表示祝贺，并预祝培训班圆满成功。他说，大理的文学艺术源远流长，深厚的文化积淀和多姿多彩的民族风情是大理的“根”和“魂”，也是大理可持续发展的核心竞争力所在。时隔3年，大理再次成为鲁院的培训班举办地，充分体现了中国作协、鲁迅文学院对大理的关心和重视。这次培训将进一步架设起文学艺术交流的桥梁，繁荣大理州、云南省和全国少数民族文学创作事业。本期培训班是鲁迅文学院自举办少数民族文学创作培训班以来的首期理论评论家班，共有全国16个省区市的50名少数民族理论评论家学员参加。

麦家对话西班牙作家哈维尔·西耶拉　文学能让东西方深入交流。和麦家坐在一起的，是西班牙读者非常熟悉的本土作家哈维尔·西耶拉。哈维尔是西班牙小说家、记者与学者，他的作品许多都成为了畅销书。他是西班牙首位跻身《纽约时报》畅销书排行榜前十名的作者，小说《秘密晚餐》已在42个国家出版，累计销售300万册以上，有数位美国电影制片人想将这部作品改编成影视剧。他的小说讨论了各种历史疑案，并以大量的档案资料和背景调查研究为基础，具有高度的可信性。这样看来，“解密”成为了麦家与哈维尔小说的相似之处，他们都在孜孜不倦地探求知识的秘密、历史的秘密、人性的秘密。也因此，麦家与哈维尔之间的对话就有了些神交已久的意思。

6月25日

老奎中短篇小说集《赤驴》作品研讨会在京举行　由作家出版社主办的老奎中短篇小说集《赤驴》作品研讨会在京举行，10余位专家学者与会研讨了该书的社会历史意义和文学价值。《赤驴》收录了作者老奎1994年至2014年期间创作的12篇中短篇小说。这些故事大多发生在上世纪六七十年代的“文革”时期，颇具质感地描述了这一时期北方农村的世态人情。与会者认为，作者凭着对文学的热爱，多年来孜孜不倦地进行写作。他的作品从自己的阅历和经验出发，直面生活真实，从一个侧面展现了特殊年代底层民众的生存苦难史和精神苦难史，对历史的反思和对人性的拷问无不发人深省。作品具有鲜明的特色，现场感、带入感很强，故事情节的展开、人物的刻画、细节的设置和语言的运用都充满了地道的乡土气息，读来十分生动。

6月26日

第三届朵日纳文学奖颁奖　“东方情·中国梦”第三届朵日纳文学奖在内蒙古呼和浩特颁奖。中国作协名誉副主席丹增、中国少数民族作家学会常务副会长叶梅、《民族文学》主编石一宁等出席颁奖活动。本届评奖共收到154部申报作品，经过评奖办公室审核，筛选出109部参评作品，其中蒙古文作品79部，汉文作品30部。最终共有12部作品获奖。阿云嘎的长篇小说《满巴扎仓》获得“朵日纳文学奖·大奖”。该作品以蒙医药殿宇“满巴扎仓”为背景，生动描述了19世纪末鄂尔多斯高原上波澜壮阔的社会生活，情节引人入胜，故事矛盾冲突尖锐复杂。结尾将蒙古药典以手抄经卷的方式广布天下、治病度人，表现了各民族和平共处、团结和谐与仁爱天下的情怀，展现了古老而现代的草原文化的多彩神韵，构思精妙，寓意深远。斯·巴特的长篇小说《传说中的红月亮》、白雪林的中篇小说集《一匹蒙古马的感动》、乌仁高娃的散文集《大地的呼吸》、特·赛音巴雅尔的散文集《从阿尔卑斯到罗马》、白涛的诗集《长调与短歌》、满全的评论集《文本·意义结构·文化阐释》、刘成的评论集《草原文学新论》等7部作品获得“朵日纳文学奖”。“朵日纳文学奖·翻译奖”颁给了锡林巴特尔的汉译蒙长篇小说《蛙》和哈森的蒙译汉长篇小说《满巴扎仓》。“朵日纳文学奖·新锐奖”由努恩达古拉的中篇小说《云梯》和都仁吉日嘎拉的诗集《火红的孤独》摘得。朵日纳文学奖是由中国少数民族作家学会和内蒙古自治区文联、作协主办，内蒙古鄂尔多斯东方控股集团协办的文学奖项，创立于2009年，每两年评选一次，旨在繁荣少数民族文学，推进蒙古族文学的发展，传承蒙古族文化。自前两届成功评选以来，朵日纳文学奖产生了较大反响，受到了蒙古族作家的热情关注和积极参与。

6月27日

《民族文学》举办蒙古文版作家翻译家改稿班 2014《民族文学》蒙古文版作家翻译家改稿班在通辽举行开班仪式。本次改稿班为期5天，37位作家翻译家参加。中国作协书记处书记白庚胜，《民族文学》主编石一宁，中共内蒙古通辽市委常委、宣传部部长李永刚，内蒙古作协主席特·官布扎布，中国民族语文翻译局副局长李万瑛等出席开班仪式。本次改稿班由民族文学杂志社和内蒙古自治区文联、作协主办，中国少数民族作家学会、中国民族语文翻译局、内蒙古通辽市文联协办。白庚胜在开班仪式上讲话谈到，中国作协一直以来都高度重视少数民族文学的发展，确定2012年为“中国少数民族文学年”，2013年开始实施“中国少数民族文学发展工程”，鲁迅文学院去年举办了8期少数民族文学创作培训班，这些举措都进一步推动了我国少数民族文学事业的繁荣发展。民族文学杂志社近年来相继举办各个文版的改稿班，这对作家翻译家提高文学素养、扩大视野、促进交流产生了积极作用。之所以多次到民族地区举办改稿班，就是希望壮大作家和翻译家队伍，培养文学新人。他勉励各位作家翻译家珍惜学习机会，认真听取授课专家的宝贵经验，倾心交流，努力学习，共同进步，为推动《民族文学》蒙古文版的健康发展和蒙古族文学的繁荣进步而共同努力。

6月28日

张锲文学创作65年研讨活动在京举行 中华文学基金会、中国作协创作研究部、中华诗词学会、中国诗歌学会、中国报告文学学会在京共同举办“追梦者的歌吟——张锲文学创作65年”研讨活动。张锲是我国当代著名作家、优秀的文学组织工作者，曾任中国作协书记处常务书记、中国作协副主席、中国文联副主席、中国报告文学学会会长等职。张锲称自己是一个“梦想家”，“没有梦的人生，简直是枉活了一世”，他最初的梦想便是文学。他自1946年开始发表文学作品，先后出版了长篇小说《改革者》，中短篇小说集《爱情奏鸣曲及其他》，长诗《生命进行曲》，散文集《新潮集》《寻找星球的结合点》等。长篇报告文学《热流》获第一届全国优秀报告文学奖，长篇小说《改革者》、话剧《主人》获《当代》文学奖。张锲一生追梦并努力付诸实践，上世纪80年代，他在担任中国作协相关负责人职务之后，为了给广大作家提供更多创作和生活的便利，发展文学事业，积极筹建了中华文学基金会，出任副会长兼总干事，先后资助了许多有困难的作家和作家遗属。此后，他参与创办了文采阁、深圳创作之家、杭州创作之家、北戴河创作之家、《环球企业家》杂志，参与筹划和创设了“理解与友谊国际文学奖”、“中美国际文学交流奖”、“庄重文文学奖”、“冯牧文学奖”、“姚雪垠长篇历史小说奖”，策划创建了“21世纪文学之星丛书”工程和“育才图书室”工程等。与会者认为，张锲不仅是新时期报告文学的领军人物、开拓者之一，而且是一个非常优秀的诗人、散文家。大家对张锲的文学创作成就及他对文学公益事业所作的贡献给予高度评价，对他的实干

精神和在创作的旺盛期投身到为作家们服务的事业中，表示赞赏与肯定。在散文《夏夜说梦》一文中，张锲曾这样写道："我是一个喜欢做梦的人，在梦里飞翔；经常沉湎在梦的境界里，为追逐一个个新的梦境而神醉魂迷，而搏击不止。""我相信，事在人为，在文学界和社会各界许多爱做梦的人的共同努力下，一些看来还只是梦想的事情，都将有可能逐步变为美好的现实。"与会者认为，张锲正是这样，一生不断努力，将自己的一个个梦想变为一个个美丽的现实。研讨活动由中国作协副主席何建明主持。王蒙、万绍芬、高洪波、黄勇、段炳仁、黄宏、郑伯农、束沛德、王明明、周明、冯立三、李佩甫、刘震云、方明、李辉、李小慧等，以及张锲的家属鲁景超、张钫等参加了研讨活动。

6月29日

赵瑜长篇摄影报告文学《野人山淘金记》研讨会在京举行　研讨中，专家们认为，上世纪八十年代后期，报告文学创作发生了明显的变化。赵瑜成为问题报告文学的重要代表作家之一，其创作思想独立、勇于批判，敏锐发现问题，大胆干预现实，注重文学艺术含量，始终以人为轴心。跨入新世纪以来，他与时俱进，不断探索文体创新，题材开拓更加宽广深入，风格异常冷峻、深沉，尤其注重亲身体验。用作者自己的话说，报告文学写作要有一种"一竿子插到底"的精神。报告文学理论界曾经这样评价：赵瑜的文学创作经历丰富、题材广泛、内容深刻、形式多样，在当代文学史特别是报告文学史上有着独特而重要的意义，已形成具有丰富文化内涵的"赵瑜现象"。《野人山淘金记》，是一部长篇报告文学，又是一部长篇纪实摄影作品。二者的结合标志着一种文体再创新。报告文学与纪实摄影的先天亲近性，促使两者共同参与了新文体的创造。纪实文学努力还原或重建曾经发生过的事实和场景，而再严谨翔实的文本，都不能完全客观的还原现场。作家对历史对生活进行完全客观的书写只能是一种美好的愿望，这就构成了纪实文学创作的美中不足。如果，在文本中插入来自事件现场拍摄的图片，毫无疑问是一种非常有效的方法。《野人山淘金记》就是一次大胆的图文试验。在十分艰苦的条件下，作者不畏旅途劳顿及关卡林立的缅北守军，共拍摄图片3000余幅，本书选用800余幅，有效地配合文本呈现出一个全景式故事结构。构成了中国第一部长篇摄影报告文学。自此，图与文之间不再是外在的剥离单列，不是以往著作的插图版本。而是一部完整的立体的图文交融力作。

七月

7月2日

华语文学网在沪上线 由上海市作协主办的华语文学网上线运营。中国作协副主席陈崎嵘、国家新闻出版广电总局数字出版司司长张毅君、上海市作协党组书记汪澜等出席了当天举行的网站上线仪式。仪式上，华语文学网与首批授权入驻的作家代表，以及刊物、文化机构和企业的代表进行了签约。王安忆、叶辛、孙颙、赵丽宏、孙甘露、金宇澄、余华、苏童、格非、马原、阎连科等向华语文学网授权了自己的作品。香港的吴正、陶然，台湾的施叔青，旅居和侨居海外的作家聂华苓、卢新华、虹影、陈谦、张翎、李彦、林湄、赵淑侠、穆紫荆、朵拉等，也都把自己的作品授权给华语文学网。一些文学刊物如《收获（增刊）》《上海文学》《江南》《雨花》《红豆》《西部》《江南诗》等授权网站从事刊物内容的传播工作。与此同时，包括上海人民出版社、三联书店（上海）有限公司、巴金文学研究会等在内的一批文化机构和企业也与华语文学网初步达成入驻意向或签订了战略合作协议。

"传统文学网络化生存"主题论坛 上海市作协举行了"传统文学网络化生存"主题论坛，论坛由程永新主持，余华、金宇澄、黄平作了主题发言。论坛结合金宇澄《繁花》由线上到线下的写作出版历程、余华《第七天》电子书与纸质书同步发行等案例的分析，探讨了传统作家和传统文学作品如何顺应互联网时代的大趋势，拓展文学生存、传播空间等话题。

《广州文艺》第二届"都市小说双年展"颁奖 为推动都市文学的发展、彰显《广州文艺》的办刊特色，7月2日，由广州市文艺报刊社主办的"《广州文艺》第二届'都市小说双年展'获奖作品颁奖典礼"在广州举行。陈仓的《女儿进城》、娜彧的《走神》、高建刚的《自助餐》、吴君的《华强北》、孙向学的《一色》、彤子的《悬空的宫殿》、嘉男的《伸手向上》获优秀作品奖，文珍的《诡故事或三人行》、王威廉的《洗碗》获新人奖。

7月3日

孙晶岩长篇报告文学《西望胡杨》作品研讨会在京举行 由北京市文联、北京市作协、北京市援疆和田指挥部、北京出版集团、北京十月文艺出版社共同主办的孙晶岩长篇报告文学《西望胡杨》作品研讨会在京举行。中国作协报告文学委员会主任张胜友、北京市文联党组书记陈启刚、北京市援疆和田指挥部副指挥姚忠阳、北京市作协驻会副主席王升山、北京出版集团总编辑曲仲、北京十月文艺出版社总编辑韩敬群和十余位专家学者与会研讨。

上海网络作家协会成立 2014年7月3日，上海网络作家协会成立成立，召开的第一届会员大会第一次会议和第一届理事会第一次会议选举产生了上海网络作家协会第一届理事会理事，

作家陈村当选为会长，孙甘露、血红、骷髅精灵、蔡骏和洛水当选为副会长。这个由上海作协主管的协会将致力于服务写手，扶持新人，并呼吁作品不偏离法律航道。首批会员75名，在此后每年两次的评审中，上海网协将吸纳更多写手。会长陈村强调，他们只致力于提供交流平台，无意“管理”写手。

7月5日

浙江召开网络文学工作座谈会　7月5日，浙江网络作协召开网络文学工作座谈会，就“一刊、一奖、一论坛”三件大事的规划方案听取网络文学作家、评论家和从事新媒体研究的高校教师的意见。今年下半年，浙江省作协将带领浙江网络作协，集中力量办好《华语网络文学》丛刊、“华语网络文学双年奖”以及网络文学高峰论坛。座谈会上，与会者为网络文学组织工作发展建言献策，大到宏观思路，小到具体的工作细节，畅所欲言，希望浙江省作协能摸索出适合网络文学创作特点的组织工作机制，为网络文学的创作和研究提供更好的平台。

7月6日

《国际汉语诗歌》创刊号首发式暨研讨会在北大举行　7月6日，由国际汉语诗歌协会主办、北京大学文化产业研究院艺术创意实验室协办的《国际汉语诗歌》创刊号首发式暨研讨会在北京大学举行。屠岸、曾凡华、谭五昌、顾春芳、洪烛、北塔、冰峰、安琪、雁西、南鸥、王桂林、马启代、高艳国、石厉、杨北城、旺忘望、阿B、谢长安、曹胜利、康桥、周永、戴潍娜、万明了、阿琪阿钰、刘井彬、杨罡、有一、雷迅等在京及来自全国各地的20多位诗人、学者与批评家出席了活动。《国际汉语诗歌》创刊号首发式暨研讨会由《国际汉语诗歌》主编、北京师范大学中国当代新诗研究中心主任谭五昌主持。

首师大驻校诗人杨方诗歌创作研讨会在京举办　会上，来自首师大、北师大、南开大学、中国艺术研究院、《诗刊》杂志社等各界专家学者对杨方的诗歌创作和诗集《骆驼羔一样的眼睛》进行了交流探讨。杨方，生于新疆，大学毕业后回到祖籍浙江工作。对此，李怡教授认为，生活地域的变迁让诗人对故乡充满了挣扎和矛盾，边疆问题加深了自我身份的尴尬，体现了当代诗歌对边疆问题的现实关照。

7月7日

2014《俄罗斯文艺》学术前沿论坛举行　第四届《俄罗斯文艺》学术前沿论坛7月7日在哈尔滨举行，会议由哈尔滨师范大学斯拉夫语学院、俄罗斯文化艺术研究中心与中国俄罗斯文学研究会、《俄罗斯文艺》编辑部共同主办，60余名专家学者与会。论坛围绕“世界文学视野中

的莱蒙托夫：纪念莱蒙托夫诞辰200周年”、“还乡：俄罗斯文学中的乡村书写变迁”、“俄罗斯文学与文化中的高加索形象”、“当代俄罗斯女性文学研究”、“俄罗斯文论”、“当代斯拉夫语”、“俄罗斯文化中的宗教、哲学问题”等议题进行了学术交流与讨论。该论坛致力于搭建中俄文化交流的学术平台，以促进国内文坛对于俄罗斯文化学术研究的专业化、国际化、权威化拓展。

7月8日

胡文亮文学作品研讨会召开　7月8日，“中国国学奖”金奖获得者、我省著名作家胡文亮文学作品研讨会在太原召开。中国作家协会、省委宣传部、省文联、省作协的领导，以及全国著名文学评论家、作家、学者40余人与会研讨。胡文亮是我省一位很有影响力的多产作家。迄今已发表和出版文学作品680余万字，出版专著13部。主要作品有：中篇小说集《迟到的爱情》，诗集《爱的长河》《胡文亮诗文选》，长篇报告文学《煤海涛声》《心灵的阳光》，散文集《我的新语录》《花开的声音》，长篇小说《万荣女人》《西安峪》《办公大楼的故事》等。胡文亮先后荣获首届“中国国学奖”金奖、首届“马烽文学奖”、第三届“中华宝石文学奖”，2010年12月当选为首届“百名感动中国文化人物”。

中以文学国际研讨会在京召开　7月8日至9日，由中国社会科学院外国文学研究所和以色列本-古里安大学犹太、以色列文学与文化中心联合主办的“中以文学国际研讨会：文学与民族认同”在京举行。来自中国社会科学院、以色列本-古里安大学、以色列海法大学、中国人民大学、《人民文学》杂志社的60余名学者、作家与会。

长篇小说《世纪病人》新书发布暨作品研讨会在京召开　7月8日，由作家出版社、《作家》杂志社和中国现代文学馆联合主办的李晓桦长篇小说《世纪病人》新书发布暨作品研讨会在京举行。中国作协副主席李敬泽、中国作协书记处书记阎晶明及十余位专家学者与会研讨。

7月9日

《新时期少数民族文学作品选集》第二批19卷通过终审　7月9日至10日，中国少数民族文学发展工程优秀作品出版扶持专项——《新时期少数民族文学作品选集》第二批卷本终审会议在京举行。中国作协书记处书记白庚胜出席会议并讲话。侗、布依、白、瑶、哈尼、黎、哈萨克、畲、傈僳、东乡、仡佬、佤、水、纳西、羌、仫佬、锡伯、景颇、普米等19个民族卷的主编及有关专家学者30余人参加了会议。与会者对《新时期少数民族文学作品选集》所选作品进行了审读，对下一步的修改补充和出版工作提出了意见和建议。

7月11日

“全国网络文学理论研讨会”召开　7月11日到12日，由中国作家协会创作研究部、全国网络文学重点园地工作联席会议、人民日报社文艺部、光明日报社文艺部共同举办的“全国网络文学理论研讨会”在北戴河召开。中国作协、人民日报社文艺部、光明日报社文艺部、中宣部文艺局理论文学处、国家新闻出版广电总局网络监管处、有关省市作协负责人，网络文学专家学者，全国重点文学网站高层管理人员等70余人参加会议。会议分设六个专题进行研讨，与会者发言热烈、思辨活跃，虚实结合、新意迭出。大家反映，这是一次多维度、高质量的理论研讨会，在我国网络文学发展史上具有开创性、标杆性意义。

鲁迅文学院第二十二届中青年作家高级研讨班结业　经过为期4个月的学习研修，又有50名学员结束了自己在鲁迅文学院的文学寻梦之旅，顺利结业。7月11日，鲁迅文学院第二十二届中青年作家高级研讨班结业典礼在京举行。中国作协主席铁凝，中国作协党组书记李冰，中国作协党组副书记、鲁迅文学院院长钱小芊，中国作协副主席何建明，中国作协书记处书记白庚胜出席结业典礼，并为学员们颁发了结业证书，向大家表示热烈祝贺。

第四届中国儿童戏剧节精彩开幕　7月11日晚，由中国儿童艺术剧院主办的第四届中国儿童戏剧节在中国儿童剧场隆重开幕。戏剧节自2014年7月11日至8月28日，历时49天，涵盖23个国内外演出团的44部国内外优秀剧目，演出219场，将为广大少年儿童奉献出最高规格的儿童戏剧盛宴。第十届全国人大常委会副委员长、中国关心下一代工作委员会主任顾秀莲、文化部副部长董伟、全国妇联、教育部、中国关工委、全国少工委、中国剧协、中共北京市东城区委、北京市东城区政府、中共北京市怀柔区委、北京市怀柔区政府领导以及儿童戏剧专家、部分参演剧团、学校师生代表和600余名观众一起参加开幕式并观看《宝船》演出。

第八届福建文艺高级讲习班举行　7月11日至14日，由福建文学杂志社和福建省文联文艺理论研究所共同举办的第八届福建文艺高级讲习班在漳州举办，来自福建各地市的30余位作者参加了本届讲习班。讲习班邀请了王干、林蔚文、余岱宗、徐忠志等专家为学员授课，采用专家讲座与座谈交流相结合的形式进行，学员们反响热烈。和往届相比，本届讲习班邀请了较多的年轻写作者，其中有的是各类文学作品大赛的获奖者，有的是高校在读的研究生和博士。这些年轻写作者的参与，使讲习班变得更加活泼和富有朝气。

7月13日

茅盾研究回顾与前瞻学术讨论会在西安召开　7月13—14日，由中国茅盾研究会和陕西师范大学文学院主办、台湾花木兰文化出版社和黄山书社协办的“茅盾研究回顾与前瞻学术讨论会暨中国茅盾研究会理事会”在陕西师范大学雁塔校区启夏苑召开。来自全国各地的专家学者70多人出席了本次会议。会议由文学院院长张新科教授主持。会上，台湾花木兰文化出版社和黄山书社分别向会议主办方赠送了图书，由台湾花木兰文化出版社推出的60册精装本《茅盾研究80年书系》也同时首发。此外，中国茅盾研究会理事会及理事扩大会议还商讨了发展会员、增补理事、筹划后续会议等事宜。

7月14日

澳门艺术家访问团做客中国文联　以澳门基金会行政委员会主席吴志良为团长的澳门艺术家访问团一行13人7月14日拜访了中国文联，并与内地画家笔会交流，共庆澳门回归祖国十五周年。中国文联副主席、书记处书记左中一会见访问团一行，欢迎访问团到访中国文艺家之家，祝贺“澳门美术家作品展”在国家博物馆成功开幕，感谢澳门特区政府、澳门基金会等长期以来对两地文化交流和文联工作的支持。他希望今后双方更加紧密地携起手来，切实发挥各自特点和优势，积极推动两地文化交流与合作，为祖国文化事业的美好明天共同努力。他还向访问团介绍了文联的组织机构、近年工作和中国文艺家之家的建设使用情况，以及中国文联与澳门文艺界交流的情况。随后，访问团与多位内地著名美术家进行笔会交流。中国文联副主席、中国美协主席刘大为和孙志钧、许俊、唐辉、余光清、易峰合创了一幅大型国画《溪山饮马图》赠送给访问团。澳门美术家也回赠了合作国画。访问团还参观了中国文联发展史展厅。

作家赴河北张家口采风　7月14日，为助力崇礼申奥，全国知名作家走进张家口采风活动日前在河北张家口举行。张胜友、肖克凡、周晓枫、徐则臣、乔叶、葛一敏、何玉茹、胡学文、李春雷、贾兴安、李浩等36位作家参加了此次活动。中共张家口市委书记邢国辉，河北省作协党组书记魏平、主席关仁山，河北省作协副主席王力平、李延青等出席启动仪式。此次采风活动由中共河北省委宣传部、河北省作协、中共张家口市委联合主办。在为期一周的时间里，作家们分赴崇礼、张北、康保、沽源、赤城等地，感受张家口厚重的历史文化，品鉴张家口优美的自然风光。据悉，作家们将用自己手中的笔，生动描绘张家口的大好河山和发展建设新成就，记述张家口悠久的人文历史和浓郁的风土人情。

7月15日

孙颙作品研讨会在上海市作协举行　“从《雪庐》到《缥缈的峰》——孙颙文学作品研讨会”在上海作家协会大厅举行，来自北京上海的近三十位作家学者出席此次研讨会，回顾了孙颙四十年的文学创作，并对此做出了高度评价。会议由上海作协副主席、《上海文学》杂志社社长赵丽宏主持。

鲁迅文学院第十一期少数民族文学创作培训班结业　7月15日，鲁迅文学院第十一期少数民族文学创作培训班（理论评论家班）在云南大理顺利结业。中国作协党组副书记、鲁迅文学院院长钱小芊，中国作协名誉副主席丹增，云南省文联党组书记、主席郑明，中共云南省大理白族自治州州委书记梁志敏出席结业仪式并讲话。结业仪式后，钱小芊与中共云南省委常委、宣传部部长赵金就云南文学发展和繁荣进行了深入交流。出席结业仪式的还有中共大理白族自治州州委常委、宣传部部长张剑萍，鲁迅文学院副院长王璇等。结业仪式由鲁迅文学院副院长李一鸣主持。

7月16日

北京人艺将推出话剧《理发馆》　7月16日，北京人艺年度原创大戏《理发馆》举办媒体见面会，经过两年多的筹备，这部京味儿戏在媒体面前首度揭开神秘面纱。该剧由宋凤仪、李卫编剧，任鸣、王鹏导演，石维坚、吕中、班赞、王雷、李小萌、王长立、孙茜、梁丹妮等主演。剧作围绕一个北京胡同里的小理发馆展开，由老中青三代主人公不同的故事，勾勒出北京的风土人情和人生百态。而这些看似发生在生活中的小故事，却共同演绎了大爱的人性主题。

7月18日

厦门举办第二届文艺创作培训班　近日，由中共厦门市委宣传部主办的厦门市第二届文艺创作培训班在福建厦门举行，来自厦门、龙岩、泉州等地的90余名文艺骨干参加培训。此次培训班邀请了阎晶明、吴义勤、欧建平、周光、黎继德等文学评论家、舞蹈和戏剧研究专家进行授课，内容丰富精彩，具有很强的实用性和指导性。近年来厦门的文艺事业稳步发展，成果丰硕，但和全国一些文化强省、强市相比，仍有诸多欠缺之处。厦门历来重视文艺人才的发现和培养，努力创造各种条件，通过举办针对性强的文艺创作培训班等形式，为厦门文艺人才的成长营造良好氛围。

7月19日

《两代文》在京首发　7月19日，由野草诗社和老文学艺术家后代联谊会主办的“纪念老诗人老作家陈鸣树同志逝世王亚平诞生110周年暨《两代文》首发式”在中国现代文学馆举办。《两代文》由王渭编纂，作家出版社出版，汇集了王亚平、王渭父子两代的文学作品，是继《两代书》《两代诗》之后的第三部王氏父子作品合集。会后还举办了朗诵演唱会，20余位表演者倾情朗诵了王亚平、王渭父子不同时期的代表作，并穿插上演了手风琴独奏、京韵大鼓、评剧等多种文艺节目。

7月20日

刘醒龙新作《蟠虺》研讨会召开　7月20日，刘醒龙新作《蟠虺》研讨会在湖北举行。与会专家对刘醒龙的长篇小说《蟠虺》进行了研讨，认为《蟠虺》是一部创新之作、厚重之作。小说在题材和写法上都有较大创新，是刘醒龙文学创作的一次“华丽的转身”、“惊险的一跳”。小说在神秘瑰丽楚文化的渲染、纷繁复杂社会现实的展现等方面带有寓言性质。但变化中有坚守，重点关注的是当下中国知识分子的道德理想和人格操守。

7月21日

第七届“文心雕龙杯”校园文学写作大赛在京颁奖　第七届“文心雕龙杯”全国中小学校园文学写作大赛颁奖典礼于7月21日在北京举行。著名文学评论家、中国当代文学研究会副会长兼校园文学委员会会长吴思敬，著名作家、北京大学博士生导师曹文轩，著名作家、中国作家协会儿童文学委员会副主任张之路，中国作家协会《文艺报》副总编胡军，教育专家、祖冲之研究会秘书长张泽，作家、中国教育科学研究院教育科学出版社资深编辑夏辉映，著名教师作家、特级教师、校园文学委员会副会长张丽钧，诗人、中国当代文学研究会校园文学委员会常务副会长王世龙，文心雕龙研究专家、教师作家唐正立等参加了颁奖典礼。本次大赛由中国当代文学研究会校园文学委员会、中国教育文学网站、《文学校园》编辑部主办。

第三届“泰山文艺奖”评选揭晓　7月21日至25日，第三届山东省“泰山文艺奖（文学创作奖）”评选在济南揭晓，共有39部作品获奖。其中包括常芳的《爱情史》等4部长篇小说，宗利华的《水瓶座》等5部中篇小说，王秀梅的《父亲的桥》等5篇短篇小说，路也的《地球的芳心》等4部诗歌集，陈占敏的《忧郁的土地》等4部散文集，铁流、徐锦庚的《中国民办教育调查》等5部报告文学，莫问天心的《翅膀》等5部儿童文学，李掖平、赵庆超的《刘玉堂沂蒙小说论》等7部（篇）文学评论、文学理论。据介绍，第三届泰山文艺奖（文学创作奖）获奖作品题材丰富，接地气、有力度，表现手法灵活新颖，艺术风格鲜活多样。获奖作家梯次合理，代表面广泛，涵盖老中青等不同年龄段，其中既有专业作家、高校教师，又有自由撰稿人和基层写作者。

7月22日

首期“2014年青年汉学家研修计划”结束　7月22日，由文化部和中国社会科学院主办的“2014年青年汉学家研修计划”第一期结业仪式在北京故宫博物院举行。中宣部副部长黄坤明、文化部副部长丁伟、中国社会科学院秘书长高翔出席结业仪式，并与来华研修的青年汉学家座谈。高翔代表主办单位致辞。中宣部文艺局局长汤恒、中国社会科学院国际合作局局长王镭、文化部中外文化交流中心主任于芃出席结业仪式。文化部外联局局长张爱平主持结业仪式。

7月25日

纪念《四世同堂》问世70周年研讨会在重庆举行　为纪念老舍先生的《四世同堂》问世70周年，中国公共外交协会、中央文史研究馆、中国老舍研究会日前在重庆举办了专题研讨会。中国公共外交协会会长李肇星，中央文史研究馆副馆长冯远，中国老舍研究会会长关纪新，重庆市政协副主席何事忠，老舍子女以及中外学者60余人参加研讨。会议期间，《四世同堂·北碚版》首发，老舍铜像揭幕。《四世同堂》和《骆驼祥子》《茶馆》并列为老舍的三大代表作。老舍称《四世同堂》是他“用时最长，也是最好的一部作品”。书中56个有名有姓的人物先后死去19个，种种悲惨的故事、无数真实的细节无情揭露了日本侵略者犯下的滔天罪行。《四世同堂》刚一问世就被翻译成日文出版，被日本进步学者称为“一部每一位日本人必读的作品”，“是反战的人生教科书”。2005年，在老舍创作《四世同堂》的地方重庆市北培区专门成立了“四世同堂纪念馆”，并于2013年完成了重新装修和布展。

7月26日

人民文学出版社推出“有价值悦读”丛书　26日下午，由人民文学出版社举办的“有价值阅读”文学沙龙在北京三联韬奋图书馆举办。著名评论家雷达、贺绍俊以及作家邓友梅、严歌苓等出席了活动，与读者共同讨论文学与全民阅读的价值所在。该沙龙的主题源自人民文学出版社近期推出的“有价值悦读”丛书。这套书迄今已经出版十七种，内容摘选围绕大学和中学的语文和文学教程，作者皆为新时期以来活跃的、有影响的中短篇小说作家，比如汪曾祺、史铁生、冯骥才、阿城、严歌苓、邓友梅、刘恒、毕淑敏等。但收选作品并不拘于中短篇小说，只要是品质高、影响面广，并且有益于阅读的文章尽在其列。比如史铁生《我与地坛》一本，既收了当年轰动的小说《我的遥远的清平湾》，也收了知名散文《我与地坛》。

中国微型小说学会与央视微电影发展中心联手影视创作　7月26日，由中国电视艺术家协会、中央新影集团等在北京主办了亚洲微电影艺术节最具影响力人物暨亚洲微电影十大新闻和十大新闻人物颁奖典礼，中国文联副主席、中国电视艺术家协会主席赵化勇、中国电视艺术家协会驻会副主席兼秘书长张显、央视副台长、中央新影集团董事长兼总裁高峰，著名影视演员斯琴高娃、著名导演丁荫楠、冯小宁、王群等出席了颁奖活动。会上，央视副台长、中央新影集团董事长兼总裁高峰与中国微型小说学会的代表凌鼎年、滕刚签署了战略合作协议。

7月27日

莫怀戚同志逝世　重庆师范大学教授莫怀戚同志因病于2014年7月27日在渝逝世，享年63岁。莫怀戚，笔名周平安、章大明。1995年加入中国作家协会。著有小说集《诗礼人家》《大律师现实录》《莫怀戚中短篇小说选》、长篇小说《经典关系》、散文《散步》《家园落日》

等。曾获四川文学奖、庄重文文学奖等。其作《散步》被选入苏教版初二语文第二十二课，也被选入了2013年人教版初一语文第一课。

7月30日

山东省作协召开军事文学创作座谈会　在纪念中国人民解放军建军80周年之际，由山东省作协主办的山东省军事文学创作座谈会7月30日在济南召开。山东省作协党组书记、副主席李敏，济南军区政治部宣传部副部长朱国华，山东省作协党组成员、副主席王兆山，山东省作协副主席、济南军区创作室主任苗长水，同来自济南军区、济南空军、北海舰队、武警部队，以及地方的军事文学作家和有关方面人士30余人出席了会议。会上还宣布恢复建立山东省作家协会新一届军事文学创作委员会，苗长水任主任，宋新力、于永军、于波、瞿旋任副主任；另有桂恒彬、王耕夫等10位作家任委员，聘请冯育军、方南江、李心田、丛正里、薛寿先为顾问。会议向老作家李心田、丛正里、薛寿先颁发了“从事军事文学创作荣誉纪念证书”。

7月31日

2014年第二届“林斤澜短篇小说奖”评选候选名单产生　由11名文学期刊编辑和出版社编辑构成的初评委员会经过认真细致的评比，7月31日，第二届“林斤澜短篇小说奖”入选终评的候选名单产生，如下：“杰出短篇小说作家奖”终评入选名单（按照得票多少）：王蒙范小青石舒清王祥夫晓苏。“优秀短篇小说作家奖”终评入选名单（按照得票多少）：金仁顺薛忆沩万玛才旦阿丁赵志明。

鲁迅文学院第十二期少数民族文学创作培训班开班　7月31日，鲁迅文学院第十二期少数民族文学创作培训班在京开班。中国作协党组副书记、鲁迅文学院院长钱小芊出席开班仪式并讲话。本期培训班为期近一个月，共有来自全国18个省区市、16个民族的53名学员参加。本期培训班既是鲁迅文学院少数民族文学创作培训班开办以来招生范围最广的一期，也是历次培训班中人数最多的一期。开班仪式由鲁迅文学院常务副院长成曾樾主持。出席开班仪式的还有中国作协创作联络部副主任尹汉胤、鲁迅文学院副院长王璇等。

中国散文学会主办的第六届冰心散文奖揭晓　此次7位作家的获奖作品分别是老作家贺捷生的散文集《父亲的雪山母亲的草地》、侯炳茂的《顶水罐的朝鲜女孩》，以及青年作家丁小炜的《舌尖上的亚丁湾》、汪瑞的散文集《当兵走阿里》、李美皆的散文集《永远不回头》。另有李骏《回到我们出发的地方》、常晓军《灞桥柳》获得优秀作品奖。

八月

8月1日

第二十四届全国图书交易博览会开幕　由国家新闻出版广电总局、贵州省人民政府共同主办，以“文耀贵州·书博天下”为主题的第24届全国图书交易博览会近日在贵阳举行。本届书博会为期4天，设贵阳市主会场和遵义市、安顺市、黔东南苗族侗族自治州和贵阳孔学堂4个分会场。主会场展区面积达4.3万多平方米，共设展位2395个，800多家参展单位参与这一盛会。以推动全民阅读为重点，本届书博会开展了170多项活动，涉及名家讲坛、学术研讨、产业论坛、新书签售、演讲大赛等。同时，本届书博会还举办了读者大会，邀请王蒙、吴敬琏、欧阳自远、阎崇年、曹文轩等知名作家、学者与读者交流读书的乐趣与心得。

长诗《甲午》座谈会在北京举行　8月1日，由中华先进文化促进会主办的“胡松夏长诗《甲午》座谈会”在北京举行，鲁迅文学院常务副院长成曾樾、《诗刊》常务副主编商震以及徐忠志、赵智、刘立云、康桥、韩丽敏、周占林、蔡诗华等数十位军地诗人、诗歌评论家应邀参加座谈，会议由中华先进文化促进会副会长张泓主持。近年来，“80后”战士诗人胡松夏坚持主旋律创作，先后出版了《铿锵之韵》《烈火青山》《诗记雷锋》等一批优秀作品，受到诗歌界的广泛关注。长诗《甲午》是其最新推出的一部力作，全诗共2000余行，由“鸦片之殇”、“视角”、“甲午海战”、“旅顺大屠杀”、“最后的绝唱”和“黑色·马关”等章节组成，已被中国甲午战争博物院收藏。

8月2日

中国翻译家首次问鼎国际译联大奖　2日，在柏林举行的第20届世界翻译大会会员代表大会上，中国文学翻译家许渊冲荣获国际翻译界最高奖项之一——国际翻译家联盟（国际译联）2014“北极光”杰出文学翻译奖，成为该奖项1999年设立以来首位获此殊荣的亚洲翻译家。许渊冲现任北京大学新闻与传播学院教授，从事文学翻译工作数十载，至今仍笔耕不辍，计划5年内译完莎士比亚全集。他已在国内外出版中、英、法文译著120余部，包括《诗经》《楚辞》《唐诗三百首》《宋词选》《西厢记》《红与黑》《包法利夫人》等。他2010年获得中国翻译协会颁发的“翻译文化终身成就奖”。

8月3日

“阿克塞”哈萨克族文学奖启动　8月3日，中国少数民族作家学会“阿克塞”哈萨克族文学奖启动仪式在甘肃酒泉阿克塞哈萨克族自治县举行。中国作家出版集团党委副书记艾克拜尔·米吉提，中国少数民族作家学会副会长、《民族文学》主编石一宁，中共阿克塞县委书记黄从光，阿克塞县县长银雁、副县长于锐华等出席启动仪式。据介绍，哈萨克族文学奖定位为具有权威性和影响力的中国少数民族文学奖，是奖掖全国哈萨克族作家创作的各类文学作品以及哈萨克文文学创作、翻译的专门奖项。该奖项每两年评选一次，设有大奖1名、创作奖4名、翻译奖2名、新锐奖2名。第一届参评作品范围为2010年1月1日至2013年12月31日期间，在中国大陆首次公开出版发行的作品。

首届“甘肃文艺论坛”聚焦如何增强文艺批评的影响力　文艺批评一直都是文艺活动的重要组成部分，然而近些年，批评本身却受到了批评。引发这一现象的原因是复杂的，但人们确实怀念文艺批评与创作相互激发、促进的年代，说到底，那是一个文艺批评具有独特影响力的时代。文艺批评的影响力从何而来？我们需要什么样的批评？在8月3日至6日于兰州举行的首届“甘肃文艺论坛”上，与会者围绕“非艺术时代的艺术还原”这一主题展开讨论，他们的许多观点对于增强文艺批评的影响力具有一定的启发意义。本届论坛由甘肃省文联主办，甘肃省文艺评论家协会、西北师范大学传媒学院承办。甘肃省文联主席邵明、党组书记周丽宁，中国文艺评论家协会主席仲呈祥，中国小说学会会长雷达，甘肃省文艺评论家协会主席陈春文及来自甘肃省的70多位学者、评论家与会研讨。

2014·青海国际诗人帐篷圆桌会议启幕　8月3日上午，这是一个诗意的季节，是一次跨越重洋的相聚，也是一次代表不同地域、不同文明的诗的合唱与交响。由青海国际诗人帐篷圆桌会议组委会、省文联联合举办的2014·青海国际诗人帐篷圆桌会议在此拉开帷幕。省委常委、宣传部长吉狄马加出席会议并即兴致辞。

8月4日

鲁迅文学院举办黑龙江中青年作家班　8月4日，由鲁迅文学院与萧红文学院联合举办的鲁迅文学院黑龙江中青年作家班在哈尔滨开班。中国作协党组副书记、鲁迅文学院院长钱小芊，中共黑龙江省委宣传部副部长、黑龙江省作协党组书记陈永芳分别在开班典礼上讲话，对学员们提出了明确要求和殷切期望。开班典礼由黑龙江省作协主席迟子建主持。鲁迅文学院常务副院长成曾樾出席开班典礼。本次培训班为期8天，共有来自哈尔滨、齐齐哈尔、牡丹江、佳木斯、大庆、绥化、鹤岗等黑龙江省内9个地市的39名中青年作家参加。出席开班典礼的还有黑龙江省作协副主席何中生、秘书长李滨庆，萧红文学院院长李琦等。

陕港澳台文学座谈会在西安举行　3日下午，由陕西省作协、香港作家联会主办的“‘寻根与筑梦’陕港澳台文学座谈会”在西安召开。作家、学者余光中、贾平凹、潘耀明、袁绍珊等人齐聚一堂，就“寻根筑梦”、“中国精神”等问题进行了讨论，共同探讨繁荣文学发展的新途径。

吉狄马加诗集、演讲集外文版首发式在贵德举行　8月4日上午，贵德县中华福运轮广场，著名彝族诗人吉狄马加的诗集、演讲集外文版首发仪式隆重举行。法语版翻译者罗伊女士、外国出版方代表仁东先生、克里斯蒂女士等嘉宾出席了首发仪式并发言。首发仪式上发行了作者的诗集《火焰与词语》罗马尼亚文版、法文版，演讲集《为土地与生命而写作》西班牙文版。诗集《火焰与词语》表达出作者对故土和人类事业的热爱，诗歌作品展现的生命力代表了一种独特的中国声音，作品在另外一种语言空间中获得了新的生命。三本外文作品均以英语版作为翻译母本。除了首发的三部作品以外，吉狄马加诗集、演讲集的德语、塞尔维亚语、孟加拉语、土耳其语、斯瓦西里语、阿拉伯语、意大利语等7个语种的外文版本，将在今年年内出版。

8月6日

2014老舍文学奖在京揭晓　8月6日，由北京作家协会、北京戏剧家协会、北京老舍文艺基金会联合主办的2014老舍文学奖在京颁奖。本次老舍文学奖征集作品的时间范围为2010年11月至2013年12月。组委会遴选出符合评奖要求的长篇小说18篇、中篇小说20篇、戏剧剧本20部进入初评，共20部作品进入终评。最终，徐则臣的《耶路撒冷》、林白的《北去来辞》获得优秀长篇小说奖；格非的《隐身衣》、蒋韵的《朗霞的西街》、荆永鸣的《北京房东》、文珍的《安翔路情事》获得优秀中篇小说奖；李静的话剧剧本《鲁迅》、万方的话剧剧本《忏悔》获得优秀戏剧剧本奖。此外，刘庆邦的小说《东风嫁》等12部作品获提名奖。老舍文学奖是北京市文学艺术方面的最高奖项，是为纪念人民艺术家老舍先生、繁荣首都文学创作于1999年设立的，与茅盾文学奖、鲁迅文学奖、曹禺戏剧文学奖并称为中国四大文学奖。

宁夏首届《朔方》文学奖揭晓　8月6日，由宁夏文联《朔方》编辑部主办、宁夏葡萄酒产业管理局冠名支持的“紫色梦想杯”首届《朔方》文学奖揭晓，共有中篇小说、短篇小说、散文、诗歌、文学评论和新人奖等6个奖项13位作家、诗人、评论家获此殊荣。他们是：张贤亮、马金莲、马悦、李洁冰、季栋梁、东西、刘汉斌、彦妮、古马、杨森君、林一木、牛学智、许艺。

8月7日

内蒙古纪念纳·赛音朝克图百年诞辰　8月7日，内蒙古文联、正蓝旗人民政府共同举办纪念纳·赛音朝克图诞辰100周年学术研讨会。来自北京大学、中国社会科学院、内蒙古文联、内蒙古大学、内蒙古师范大学等高等院校及学术单位的20多名专家学者齐聚正蓝旗，从历史、语言、文学、思想等多个方面对纳·赛音朝克图及其作品进行分析研究，展开热烈讨论。

纳·赛音朝克图（1914—1973），又名赛春嘎，蒙古族，今内蒙古正蓝旗人，是著名诗人、翻译家，是内蒙古现代文学的奠基人之一。著有《心的伴侣》（诗集）、《蒙古兴盛之歌》（散文集）、《沙漠，我的故乡》等著名诗作，在国内外享有很高的知名度。研讨会后，在纳·赛音朝克图的故乡正蓝旗扎格斯台苏木举行了纳·赛音朝克图纪念碑揭幕仪式暨纳·赛音朝克图纪念馆开馆仪式。内蒙古人民出版社、锡林郭勒日报社等单位和个人向纪念馆捐赠了书籍、报纸和诗词刺绣作品。此外，还举行了乌兰牧骑专场演出、牧民诗歌朗诵比赛、牧民那达慕大会等一系列活动纪念纳·赛音朝克图诞辰100周年。

8月8日

中国作家代表团赴韩参加第12届亚洲儿童文学大会　近日，中国儿童文学作家、评论家、出版人一行30余人前往韩国昌原，参加第12届亚洲儿童文学大会。本届大会以“文学，为孩子种梦”为主题，有来自中、日、韩、印，以及英、法、德、意、加等国的300余位儿童文学工作者参加，有34篇论文在大会主会场发表，60篇论文收入论文集，以中、日、韩、英4种文字出版。中国代表团蒋风、王泉根、吴其南、朱自强、保冬妮、杜传坤、王黎君等，分别在主会场或分会场发表论文。王泉根的《新世纪中国儿童文学与中国梦》，论述了我国儿童文学的创作思潮、艺术特色与审美追求，向世界介绍了我国近年儿童文学事业不断推进所取得的成就。楚三乐代表中国儿童文学研究会向大会赠送了寓意“北京欢迎你”的礼品，并邀请与会代表参加将于2018年在北京召开的第14届亚洲儿童文学大会。

宁夏纪念《朔方》创刊55周年　《朔方》是宁夏唯一的省级文学期刊，至今已经走过了半个多世纪的历程。8月8日，宁夏文联在银川召开座谈会，纪念《朔方》创刊55周年。1959年5月，《朔方》以纯文学的定位进入全国发行的杂志行列，并从此发表了大量宁夏作家的作品。尤其是1980年9月改刊后，《朔方》刊登了张贤亮的小说《灵与肉》，随即引起热烈反响。当年，这篇作品获全国优秀短篇小说奖，并改编为电影《牧马人》。《朔方》原主编冯剑华这样说道：“《朔方》的历史，就是宁夏文学发展繁荣的历史。”与会专家和学者都认为，《朔方》影响和带动了宁夏文学。特别是改革开放以来，《朔方》与时俱进，开拓前行，丰富性和多样性并举，原发作品被大量转载，《朔方》原发作品相继获鲁迅文学奖、全国少数民族文学骏马奖、宁夏文学艺术奖等多种文学奖项。

8月11日

辽宁省作协举办中青年作家践行社会主义核心价值观培训班　为认真贯彻落实中央《关于培育和践行社会主义核心价值观的意见》精神，激励作家引领社会思潮、凝聚社会共识，发挥传播社会主流价值的主渠道作用。8月11日至14日，辽宁省作协举办辽宁中青年作家践行社会主义核心价值观培训班。中国作协副主席何建明等为学员授课。中共辽宁省委宣传部常务副部长张玉珠出席开班典礼并讲话。本次培训班邀请了国内文化、外交、军事等领域的专家、学者为学员授课。

鲁迅文学奖遭质疑　随着第六届鲁迅文学奖公布，质疑声不断。四川大学文学与新闻学院教授周啸天的《将进茶》获得诗歌奖。网上“一个叫周啸天的诗人居然获了奖，气得我拍案而起”的微博受到普遍关注。许多网友认为周啸天的诗是“打油诗”，“侮辱公众智商，简直是诗歌的耻辱”。四川省诗词学会十三位常务理事发表致中国作协及鲁奖评奖评委会的一封公开信，对周啸天获奖感到愕然。就连被方方指责“跑奖”的落选者柳忠秧也说，“周教授的诗歌中关于赌场、关于杨振宁订婚这些内容，实在浅薄，毫无精气神。”阿来的《瞻对——两百年康巴传奇》、岳南的《南渡北归》等作品受到读者欢迎，在鲁奖中却以零票落选，这引起一些读者质疑。阿来也说：“这个结果简直荒诞离奇，不合情理是毫无疑问的，没有标准、没有原则。”他还发文声明，详细阐释了自己对鲁奖结果的质疑缘由。

8月13日

第二届海峡两岸文学创作网络大赛高峰论坛在京举行　8月13日，“中国梦·海峡情”第二届海峡两岸文学创作网络大赛之“文学在互联网时代的地位与应对方式”高峰论坛在中国现代文学馆举行。中国作协副主席李敬泽、书记处书记阎晶明出席论坛活动。谢冕、张胜友、白烨、谢有顺、张柠、孙绍振、张作兴、何强等近30名专家、学者与会。此次活动由福建省文联、福建省互联网信息办公室、福建省作协联合主办，福建省文联主席张帆主持论坛。

2014上海书展暨“书香中国”上海周开幕　8月13日上午，2014上海书展暨“书香中国”上海周在上海展览中心开幕。本次书展主题“我爱读书，我爱生活”，引导读者读更多好书，更好地思考阅读与人生的真谛。除了好书新书外，各大出版集团还精心策划了近700场主题讲座、新书发布会签售会、艺术展演等活动。书展将从今天起持续至8月19日，周五周六周日每天开放至晚上22时，其余日期开放至晚上21时。

8月16日

内蒙古、广东两地作家共度“文学之夏”　8月16日至17日，由广东省作协、内蒙古作协、花城出版社联合举办的“内蒙草原与岭南文学之夏”文学活动在广州举行。广东省作协党组书记吴伟鹏、内蒙古作协主席特·官布扎布、花城出版社社长詹秀敏以及内蒙古、广东两地的部分作家参加了此次活动。活动期间，内蒙古作协与广东省作协举行了“优秀蒙古文文学作品翻译出版工程第一批成果（共8册）”与《广东文学作品精选丛书》（四卷）的互赠仪式。两地作家进行了座谈，就地域性文化及交流对个人创作的影响，以及在采风、出版、评奖、培训等方面的合作事宜进行交流。

8月18日

中国少数民族当代文学论坛在银川举行　作为“中国少数民族文学发展工程”的重要环节之一，中国少数民族当代文学论坛在去年初露峥嵘之时，就以其鲜明的主题和创新的立意，收获了一系列丰硕的成果。今年的论坛以“中国梦的多民族影视文学呈现”为题旨开启论剑，同样吸引了业内极高的关注。8月18日至19日，“2014·中国少数民族当代文学论坛”在素有“塞上明珠”之称的宁夏银川举行。中国作协少数民族委员会主任丹增、中国作协主席团委员张胜友、宁夏回族自治区人大副主任吴玉才、宁夏文联党组书记郑歌平，以及在少数民族文学理论与创作领域深耕多年的40余位作家学者与会研讨。此次论坛由中国作协创作联络部、宁夏回族自治区党委宣传部、中国作协少数民族文学委员会、中国社科院民族文学研究所和宁夏文联联合主办。

第三次汉学家文学翻译国际研讨会在京举行　8月18日至19日，由中国作家协会主办的第三次汉学家文学翻译国际研讨会在京举行。此次研讨会以“解读中国故事”为主题，共有来自埃及、法国、德国、匈牙利、意大利、日本、韩国、墨西哥、蒙古、荷兰、俄罗斯、西班牙、瑞典、乌克兰、英国、美国等16个国家的30位汉学家、翻译家参加。中国作协主席铁凝出席研讨会并致辞。中国作协副主席钱小芊、莫言、李敬泽，中国作协书记处书记阎晶明，中国作家贾平凹、阿来、刘震云、徐小斌、麦家、李洱、陈希我，与汉学家、翻译家们就如何推动中国当代文学作品的对外译介推广工作进行了广泛深入的交流。

8月20日

《邵璞诗选》新书发布暨作品研讨会在京举行　8月20日，由文艺报社、作家出版社共同主办的《邵璞诗选》新书发布暨作品研讨会在北京中国现代文学馆举行。中国文艺评论家协会主席仲呈祥，中国作协党组成员、副主席、书记处书记李敬泽，中国作协党组成员、书记处书记阎晶明，中国文联党组成员、书记处书记郭运德出席研讨会，来自文学界、艺术界的30余位专家学者与会研讨，对邵璞诗歌的创作风格和艺术特色进行了广泛深入的探讨和交流。研讨会由作家出版社总编辑张陵主持。邵璞是我国著名诗人，朦胧诗派的代表人物，也是一位著名书画家，尤其在焦墨艺术方面造诣颇深。由作家出版社今年6月出版的《邵璞诗选》，内容多为作者上世纪80年代的诗作。书中同时收入作者部分画作、书法作品以及一些评论家的诗评、画评。与会者认为，邵璞善于从平凡的生活中发掘诗意，其在诗歌、书画方面的成就，显示了诗书画艺术本源相同的特点。

8月22日

许渊冲获“北极光”杰出文学翻译奖　8月22日，中国外文局、中国翻译协会、中国翻译研究院在京举行颁奖仪式，代表国际翻译家联盟授予我国著名翻译家、北京大学教授许渊冲国际译联2014“北极光”杰出文学翻译奖。前中国外交部部长李肇星，许渊冲就读西南联大时的两位同窗好友——中国科学院外籍院士、诺贝尔物理学奖获得者杨振宁和中国科学院院士、“两弹一星功勋奖章”获得者王希季等到会祝贺。周明伟、唐闻生、高松等出席仪式并为许渊冲颁奖。国际译联“北极光”杰出文学翻译奖是国际翻译界文学翻译领域的最高奖项，许渊冲是首位获该奖的亚洲翻译家。由于许渊冲年事已高，未能亲赴德国柏林颁奖现场，因此，由中国外文局和中国翻译协会代表其接受国际译联奖项。

鲁院第十二届少数民族文学创作培训班结业　8月22日，鲁迅文学院第十二届少数民族文学创作培训班结业仪式在京举行。中国作协党组副书记、鲁迅文学院院长钱小芊出席结业仪式。中国作协书记处书记白庚胜在结业仪式上讲话。本期培训班得到了中国作协领导的关心和支持。结业仪式上，鲁迅文学院常务副院长成曾樾作了本期培训班总结讲话。结业仪式由鲁迅文学院副院长李一鸣主持，鲁迅文学院副院长王璇出席。

8月23日

严家炎先生藏书及文物捐赠仪式　2014年8月23日上午“严家炎先生藏书及文物捐赠仪式”在北京中国现代文学馆举行。今年3月至7月，严家炎先生陆续将自己的近万册藏书和书房家俱、名人字画等捐赠给中国现代文学馆，其中还有金庸先生送给他的一个小写字台。

8月24日

首都文艺界纪念杨沫百年诞辰　8月24日，由中共北京市委宣传部和北京市文联共同主办的纪念杨沫同志诞辰100周年座谈会在京举行。中共北京市委宣传部常务副部长王海平、北京市文联党组书记陈启刚出席座谈会并讲话。杨沫亲属及生前好友、首都文艺界代表等各界人士参加了座谈会。杨沫是中国当代文学史上的重要作家，曾任北京市文联第五届理事会主席。她的代表作《青春之歌》是新中国文学史上第一部正面描写学生运动的优秀长篇小说，1958年1月出版以来，深受广大读者尤其是青年学生的喜爱，多次再版，总发行量逾500万册，并被译成近20种文字介绍到国外，感染和感动了一代又一代青年读者。1959年，杨沫又将《青春之歌》改编成同名电影，该片成为我国电影史上的精品。

8月25日

杨沫百年诞辰纪念座谈会　今年是我国著名作家杨沫诞辰100周年。由中国作家协会举办的“杨沫百年诞辰纪念座谈会”25日在中国现代文学馆举行。中国作协党组书记、副主席李冰主持会议，中国作协主席铁凝出席会议并致辞。张全景、翟泰丰、高占祥、栗前明、中国作协副主席李敬泽及百余位专家、学者及杨沫的亲朋好友出席了纪念座谈会。

8月26日

第八届中华图书特殊贡献奖在京颁奖　8月26日，第八届“中华图书特殊贡献奖”在京颁奖。国家新闻出版广电总局党组书记蒋建国，中国作协主席铁凝、副主席何建明等出席颁奖仪式。据介绍，此次“中华图书特殊贡献奖”经评审委员会评审，有10位外国、外裔学者从43名候选人中脱颖而出。他们分别是美国汉学家康达维、法国作家贝尔纳·布里赛、印度汉学家莫普德、意大利汉学家费德里克·马西尼、日本东方书店社长山田真史、墨西哥汉学家莉亚娜·阿尔索夫斯卡、塞尔维亚贝尔格莱德地缘政治出版社社长弗拉蒂斯拉夫·巴亚茨、土耳其新生出版社社长吉姆·克齐泽、英国企鹅出版集团（中国）董事总经理周海伦、美裔中国籍汉学家沙博理。

天津举行纪念袁静、鲁藜诞辰100周年座谈会　2014年是著名作家袁静、鲁藜百年诞辰的日子，为共同缅怀这两位老作家、继承并发扬老作家们优秀的文学创作传统，天津市作家协会联合天津市文学艺术界联合会、中老年时报社于8月26日在天津美术展览馆共同举办了“纪念袁静、鲁藜诞辰100周年座谈会”。天津市作家协会主席赵玫、天津市作家协会党组副书记、专职副主席万镜明、天津市文学艺术界联合会主席陈洪、天津市文学艺术界联合会党组书记寇士恺、中老年时报社长兼总编辑张玲和天津市文学、艺术界人士、袁静、鲁藜好友及家属代表近百人参加了活动。据悉，为纪念两位老作家，天津市作家协会联系百花文艺出版社分别出版发行了由袁静的助手秦文虎和鲁藜女儿王晓枫撰写的传记文学《袁静与赵梅生》和《泥土的灵魂》两部书。

8月27日

关仁山长篇小说《日头》新书发布会　8月27日下午，第二十一届北京国际图书博览会中国作家馆“河北主宾省”活动之“关仁山长篇小说《日头》新书发布会”在中国国际展鉴中心举行。《人民文学》杂志主编施战军、人民文学出版社社长管士光、文学评论家孟繁华、中国社科院文学所研究员李建军等出席了发布会。会议由河北省作家协会副主席王力平主持。《日头》是河北省作家协会主席关仁山的“中国农民三部曲”最后一部。《日头》是一部深刻反映农村变革的长篇力作，传统写实与乡村魔幻巧妙融合，文化记忆、精神探索和文学想象异彩纷呈，风格上成功地实现了现实性与神秘性、民间性与地域性、宏大叙事与细节描摹的统一。本书已入选中国作协2014年度“中国梦”主题专项重点扶持作品。

北京图博会中国作家馆澳门厅启动，“澳门文学丛书”同时首发 今年是澳门回归祖国15周年。8月27日上午，由中国作家协会、澳门基金会、澳门特别行政区政府文化局主办，中国作家出版集团、作家出版社、中华文学基金会承办的第21届北京国际图书博览会中国作家馆·澳门厅启动仪式暨“澳门文学丛书”新书发布会在中国国际展览中心新馆举行。中国作协主席铁凝、中国作协党组书记李冰、中国作协副主席何建明、澳门基金会行政委员会主席吴志良、澳门特区政府文化局副局长姚京明及澳门作家代表团全体成员出席了此次活动。澳门文学作为中国文学母体主干的一个分支，具有鲜明的地域性和时代性。本届中国作家馆设立的“澳门厅”，正是旨在展示澳门文学事业繁荣发展的成就，宣传推介澳门优秀作家作品，促进各界更加关注澳门文学创作。当天下午，主办方还举办了“澳门文学丛书”出版座谈会。中国作协书记处书记阎晶明，作家出版社社长葛笑政、总编辑张陵，《人民文学》主编施战军和澳门作家代表团成员与会研讨。此次座谈会邀请了梁鸿鹰、石一宁、商震、宁小龄、邱华栋、徐坤、徐可、李一鸣、李少君、郭艳等内地作家、评论家为澳门文学“把脉”，对丛书每一部作品的特色进行了点评，并与作者进行了互动交流。

曹桂林《纽约人在北京》在京首发 8月27日，“纽约—北京”双城记——《北京人在纽约》《纽约人在北京》出版沙龙暨签售会在京举行。暌违20年，《北京人在纽约》原著由人民文学出版社再次出版，同期出版的还有原作者曹桂林续写的王起明“回归篇”《纽约人在北京》。作者曹桂林，导演、编剧郑晓龙，演员王姬与读者分享了从北京到纽约再回北京的故事。《北京人在纽约》是曹桂林根据自己的亲身经历创作而成的小说，首次出版于1994年，并由郑晓龙、冯小刚改编成同名电视剧。《纽约人在北京》是曹桂林最新创作的长篇小说，这部作品沉淀了他30年旅美生涯的感悟和对中美关系的思考。

8月28日

文学界培育和践行社会主义核心价值观座谈会在京举行 8月28日，中国作家协会在京举行文学界培育和践行社会主义核心价值观座谈会。中国作协主席铁凝在会上宣读了《文学工作者践行社会主义核心价值观倡议书》。中国作协党组书记、副主席李冰出席会议并讲话。中国作协党组副书记、副主席钱小芊主持会议。中国作协副主席李敬泽、张抗抗、陈崎嵘、高洪波，中国作协书记处书记白庚胜、阎晶明和京津冀60余位文学界人士出席座谈会并当场签署了《倡议书》。

中俄作家共话文学与时代 8月28日，由中国作家协会和俄罗斯联邦出版与大众传媒署联合主办的中俄文学论坛在京开幕。中国作协副主席何建明、俄罗斯联邦出版与大众传媒署副署

长格里戈里耶夫·弗拉基米尔、俄罗斯驻华大使安德烈·杰尼索夫出席论坛开幕式。在两天的时间里，邱华栋、亚历山大·阿尔汉格尔斯基、赵玫、阿列克谢·瓦尔拉莫夫、奥尔加·斯拉夫尼科娃、李洱等作家先后进行主题发言，论题涉及“作家在当代社会的位置”、“民族小说在全球化时代的命运”、“地域、乡愁与文学”、“传记文学的可信度”、“青年人的焦虑”、“人与自然的关系”等。另外，论坛还将举行两场圆桌会议，两国作家将就“东西方文学的主人公：文明价值观的相互影响”、“文化常数：民族原型在当代文学中的位置”等议题展开讨论。

河北文学高峰论坛在京举行　8月28日下午，第二十一届北京国际图书博览会中国作家馆“河北主宾省”活动之“河北文学高峰论坛”在中国现代文学馆举行。中国作协副主席李敬泽，中国作协书记处书记阎晶明，中国作协创联部主任孙德全、《人民文学》杂志主编施战军、鲁迅文学院副院长成曾樾，文学评论家雷达、孟繁华、何向阳、张清华、陈晓明、白烨、李建军、陈东捷、李一鸣、王春林、李朝全、郭艳，河北作家代表团全体作家等出席了论坛。会议由作家出版社总编辑张陵主持。

《中蒙文学作品选集》首发　今年是中蒙建交65周年和中蒙友好交流年，两国在经济、文化等方面进行了更加密切的交流。在文学领域，中国作家协会和蒙古国作家协会联合编选了《中蒙文学作品选集》，民族文学杂志社具体承担该书的组稿、翻译、审读和编辑工作。这部作品集由作家出版社用斯拉夫蒙古文出版，荟萃了中蒙两国各29位作家的小说、散文和诗歌佳作，较为全面地反映了两国现当代文学的精彩风貌。8月28日，《中蒙文学作品选集》首发仪式在京举行。中国作协副主席何建明、作家出版社总编辑张陵、《民族文学》主编石一宁，以及参加第21届北京图博会的蒙古国作家代表团、中国河北省作家代表团成员参加了此次活动。大家在发言中谈到，《中蒙文学作品选集》入选作品题材广泛、内涵丰富，深刻地反映了中蒙两国的历史与现实生活，表达了两国人民对美好精神的追求。这部作品集的出版对加强中蒙两国的文化交流、增进两国人民的亲切友谊将具有积极和深远的意义。

“中国小说的可能性——作家四人谈”活动在图博会现场举行　在日前落幕的第21届北京国际图书博览会上，北京出版集团携旗下8家出版社、5家杂志社、14家子公司的2000余种精品出版物参展，并举办了新书首发、名家座谈、专题讲座等一系列文化活动。8月28日，由北京出版集团、北京十月文艺出版社主办的“中国小说的可能性——作家四人谈”活动在图博会现场举行。徐则臣、李浩、盛可以分别携自己的作品《耶路撒冷》《镜子里的父亲》《野蛮生长》同《十月》副主编宁肯就文学创作的有关话题进行了交流对谈，宁肯也带来了自己的最新作品《三个三重奏》。此次活动由北京十月文艺出版社总编辑韩敬群主持。

8月29日

“21世纪年度最佳外国小说”揭晓，获奖作品《生命》在京首发　8月29日上午，“21世纪年度最佳外国小说评选”冠名仪式暨获奖作品《生命》首发式在京举行。活动由人民文学出版社、“21世纪年度最佳外国小说”评选委员会、韬奋基金会与德国柏林文学之家（LCB）联合举办。人民文学出版社社长管士光，韬奋基金会副秘书长黄国荣，“21世纪年度最佳外国小说”德语文学评选委员会主任叶廷芳，评委韩瑞祥、李永平，德国作家、《生命》的作者大卫·瓦格纳（David Wagner）、柏林文学之家主席弗罗里安·霍勒赫尔（Florian H　llerer）出席仪式。人民文学出版社副总编辑肖丽媛主持活动。

《邵荃麟全集》出版座谈会在京举行　8月29日，《邵荃麟全集》出版座谈会在京举行。中国作协副主席李敬泽，武汉出版社社长彭小华和张炯、严家炎、张梦阳、陈丹晨、陆建德、格非、李频、姚锡佩等专家学者与会座谈。邵荃麟的亲朋故友也参加了座谈会。《邵荃麟全集》由武汉出版社于2013年12月出版，共8卷、230万字，收录了迄今有确切线索并有文献印证的邵荃麟的全部著作，包括文艺理论与批评、作家作品评论、杂文、时评、译著、译文、小说、剧本、散文及序跋、书信等，较为全面、系统、客观地反映了邵荃麟一生的创作风貌和文学成就，具有很强的文献和史料价值。

《诗刊》加强与网络诗人的交流　8月29日至9月1日，由诗刊社主办、诗维文化集团承办的“2014年《诗刊》：纸媒与网络论坛”在湖南长沙举行。来自全国各地的十多位网络诗人在论坛上分享了自己对纸媒、网络与诗歌创作之间关系的理解。据《诗刊》常务副主编商震介绍，诗刊社于今年6月在其官方博客上贴出帖子《〈诗刊〉请你做编辑》，邀请网友们推荐心目中的优秀诗歌，所荐作品一经采用，将发表于《诗刊》“网络”栏目，并将寄给荐稿者、入选作者样刊及作者稿酬。此外，还将不定期召开论坛和改稿会，让网络作者与知名诗人、诗刊社编辑进行直接的交流。因此，“2014年《诗刊》：纸媒与网络论坛”的举办，是与之前的“《诗刊》请你做编辑”活动相呼应的，目的是为了发掘更多的诗歌新力量。活动期间，还举办了“诗人八零、楼兰女子作品研讨会”。这两位诗人的作品即将发表在《诗刊》的“双子星座”栏目上。与会者对这两位诗人的诗作进行点评，指出了这些作品中的优缺点，并讨论了当前诗歌创作普遍存在的一些问题。

陕西为青年作家聘请文学导师　为加强对文学艺术人才的培养，今年2月，陕西省委宣传部启动了“百名青年文学艺术家扶持计划”。陕西省作协推荐20位优秀青年作家入选“百青计划”。8月29日上午，陕西省作协举办导师聘任仪式，聘请陈忠实、贾平凹、刘庆邦、叶广芩、莫伸、白烨、霍俊明等7位作家、评论家为“百青计划”作家的文学导师。中共陕西省委宣传部副部长陈彦出席聘任仪式，并为文学导师颁发了聘书。聘任仪式上，贾平凹、白烨、刘庆邦、莫伸、霍俊明结合自己的创作经验或批评实践，与学员们交流座谈。

8月30日

《奇士王世襄》新书首发式　8月30日，北京出版集团、北京出版社主办了追忆“畅安百年”暨《奇士王世襄》新书首发式。与会的文化界专家学者回顾了王世襄先生独特的治学门径与传奇的人生经历，高度评价了其在诸多领域取得的成就，同时追思了与王世襄生前交往的逸闻趣事，并与现场观众进行了互动交流。

中国诗人互助联盟启动　8月30日，由杨林、海啸、陈美明、艾若、袁剑虹、易清华等诗人发起的“中国诗人互助联盟”在湖南长沙启动。《诗刊》副主编李少君、湖南省作协专职副主席王跃文，以及来自全国各地的30多位诗人参加了启动仪式。在启动仪式上，诗人杨林阐释了“中国诗人互助联盟”的缘起与计划。他说，当前诗人的生存环境面临许多困境。一方面，他们需要坚守自己内心纯粹的诗歌梦想，同时也需要直面来自现实生活中的诸多问题。提出“诗人互助”，就是要团结社会各界力量，对需要帮助的诗人开展一系列的帮扶行动。“中国诗人互助联盟”除了对困难诗人进行经济上的直接援助，还将建立“诗歌超市”，将诗人书籍、诗人手稿、诗人藏品等通过网店和实体店义卖。另外，通过“诗歌助梦”计划，解决贫困诗人出书难的问题，或帮助诗人召开发布会、研讨会等。

中俄《十月》相聚北京　中国与俄罗斯都有一本叫做《十月》的文学杂志，它们都与时代有着密切的关系，也都推出过具有世界性影响的作品。近日，俄罗斯《十月》应中国《十月》之邀访问北京，正应了“有缘千里来相会”的老话。8月27日，在北京图博会的首届中俄《十月》文学论坛上，两国作家以“文学与时代”为题展开对话；8月30日，俄罗斯作家又造访中国《十月》编辑部，与中国同行探讨“文学杂志与当代文学的关系”。

九月

9月1日

王蒙最新长篇小说《闷与狂》面世　暌违十年，王蒙推出最新创作的长篇小说《闷与狂》。1日，81岁的王蒙与50后作家刘震云、60后作家麦家、70后作家盛可以和80后作家张悦然展开了一场“五代对话”。《闷与狂》从主人公的婴儿时期一直写到老年，书写了每一个中国人共同的心灵史诗。小说长达28万字，形式新颖、风格独特。文学评论家王干说，《闷与狂》的写法太年轻了，像疯狂的文字精灵在舞蹈，像张旭的书法在咆哮。王蒙颠覆了时间的无情和年龄的冷酷，再次证明了那句话：“这世界上唯一经得住岁月摧残的就是才华。”

“德孝廉”小小说征文大赛评选揭晓　9月1日，由《小说选刊》《小小说选刊》《微型小说选刊》等杂志社主办的中国·武陵“德孝廉”小小说全国征文大奖赛评选揭晓，63篇作品从上万件参赛作品中脱颖而出。张玉兰《陪着母亲坐火车》、申平《瘸羊倌儿》、戴希《一串佛珠》3篇作品获一等奖，林庭光《小巷》等10篇作品获二等奖，金洁雯《摄像头》等20篇作品获三等奖，另有30篇作品获优秀奖。

《天涯》开办读者俱乐部　9月1日，《天涯》杂志读者俱乐部在海南省海口市“开张”。《天涯》杂志自1996年改版之后，提出“大文学”、“大文化”的办刊方向，主张走出象牙塔，直接表达对社会现实与文化的观察和看法，产生了广泛的社会影响。近年来，《天涯》与时俱进，不断尝试新的传播方式，在网络时代更加重视扩大自己的影响力，作者、读者加强线上交流之外，又进一步加强线下面对面交流的力度，《天涯》读者俱乐部由此应运而生。开办读者俱乐部是《天涯》“从文学迈只脚进现实”传统的延续，杂志社通过面对面的交流，拉近“编写读”三者之间的距离，进一步深化杂志的话题讨论，扩大杂志的影响力。读者俱乐部“开张”当天，作家郭文斌和《天涯》杂志社编辑及海南省各界人士，举行了主题为“传统文化与当下道德建设”的文化沙龙活动。《天涯》杂志社社长孔见、主编王雁翎，海南师范大学教授单正平、张浩文，海南大学教授刘复生等也作了发言。

9月2日

中国作家劳马获颁蒙古国最高文学奖　以短篇小说、微小说写作而著称的中国作家劳马（马俊杰）9月2日在蒙古国首都乌兰巴托获颁2014年蒙古国最高文学奖。这是该奖项首次授予中国作家，劳马也成为继日本作家谷川俊太郎、韩国作家高银之后，第三位获此殊荣的亚洲作家。此番获奖，开启了中蒙文学交流的新篇章。

9月3日

第二届北京文学艺术品展示会隆重开幕　9月3日，由北京市文联主办的“第二届北京文学艺术品展示会”在中华世纪坛隆重开幕。中国文联、北京市文联，北京市新闻出版广电局、北京市财政局、天津市文联、河北省文联等单位领导，以及各艺术门类的艺术家代表和嘉宾参加开幕式并观看展览。本次艺展会将会展示来自文学、美术、书法、摄影、民间艺术五大艺术门类的150位文艺工作者创作的2500件文学艺术作品。其中，文学类参展图书280本，作家33人；美术类190幅，参展作者25人；书法类参展作品210幅，参展作者30人；摄影类作品700幅，参展作者35人；民间艺术品1120件，参展作者27人。

鲁迅文学院第十三期少数民族文学创作培训班开班　9月3日，鲁迅文学院第十三期少数民族文学创作培训班在中国作协北戴河创作之家举行开班仪式。中国作协党组副书记、鲁迅文学院院长钱小芊在仪式上讲话。中国作协书记处书记白庚胜出席开班仪式。本届培训班共有37

名学员，来自新疆、西藏、内蒙古、云南、贵州、广西、青海等16个省区市，包括藏族、蒙古族、壮族、苗族、朝鲜族等12个少数民族。开班仪式由鲁迅文学院常务副院长成曾樾主持，鲁迅文学院副院长李一鸣、王璇出席了开班仪式。

9月5日

《世事天机》在台湾推出繁体版　9月5日，杨志鹏长篇小说《世事天机》（繁体版）新书发布会暨新书研讨会在台北举行。此次研讨会以"文学：逼视世道真相探寻人生救赎"为主题，雷达、白烨、顾建平、司马中原、亮轩、陈若曦、李锡奇、管管、李瑞腾等来自海峡两岸的20余位作家、学者、评论家与会研讨。《世事天机》以上世纪90年代以来中国当代社会变迁为背景，深刻揭示了当下生活现实，严肃思考了现代心灵的归宿问题。2013年该书在大陆出版后引起良好反响，此后台湾风云时代出版社积极联系作者，并在台湾推出了该书繁体版。诗人余光中专门为此次研讨会撰写了评论，赞誉小说深刻揭示了当代中国社会无所逃于经济的现状，认为小说展开了一个"归真即佛"的故事。此次活动由大陆《小说选刊》《长篇小说选刊》杂志社和台湾风云时代出版社、《文讯》杂志社联合主办。

9月7日

万伯翱推出新著《六十春秋》　9月7日，由中国作协报告文学委员会、中国传记文学学会和中国人民解放军文艺出版社主办的"红色散文作家万伯翱文学创作五十周年暨《六十春秋》新著研讨会"在京举行。迟浩田、吴仪和中国国家体育总局分别致信祝贺。全国人大常委会原副委员长何鲁丽，中国作协主席铁凝，全国人大常委会副秘书长乔晓阳，外交部原副部长乔宗淮，中国文联副主席李维康，中国作协主席团委员张胜友，中国作协党组成员、书记处书记白庚胜，中国文联党组成员、书记处书记李前光，中国传记文学学会副会长许海峰等出席研讨会。来自文学界、艺术界、体育界的专家与会。研讨会由苏叔阳和梁鸿鹰主持。

9月10日

鲁迅文学院第二十三届中青年作家高级研讨班开学　由全国公安文联和中国作家协会联合举办的鲁迅文学院第23届中青年作家高级研讨班（公安作家班）10日上午在北京举行开学典礼。来自全国公安机关的48名公安作家将在鲁迅文学院进行为期2个月的研修学习。开学典礼上，中国作家协会铁凝，中国作协党组书记、副书记李冰，中国作协党组副书记、书记处书记、鲁迅文学院院长钱小芊，全国公安文联主席祝春林，公安部政治部副主任王亚茹先后讲话。研讨班期间，鲁迅文学院将邀请相关领域的权威专家和各大文学期刊主编，采取点面结合、生动活泼的教学模式，对公安作家们进行授课和创作指导。

9月12日

“美丽中国”征文活动在京颁奖　9月12日，由人民日报社、中国作协联合举办的“美丽中国”征文颁奖典礼在京举行。中国作协副主席高洪波、何建明，《人民日报》副总编辑陈俊宏出席颁奖典礼并为获奖作家颁奖。颁奖典礼由中国作协书记处书记白庚胜主持。鲁迅文学院第二十三届中青年作家高级研讨班学员，以及来自文学界、新闻界的近百人参加了颁奖典礼。

中国文联名誉主席周巍峙在京逝世　“雄赳赳，气昂昂，跨过鸭绿江……”一首激昂的《中国人民志愿军战歌》，曾鼓舞过成千上万的志愿军将士和国内民众。该歌曲曲作者、中国文联名誉主席周巍峙先生于9月12日凌晨4时34分在北京医院逝世，享年98岁。

9月13日

第二届国风文学奖在京颁奖　9月13日，由中国萧军研究会、华语红色诗歌促进会等单位联合主办的第二届国风文学奖颁奖活动在京举行。康桥的《征途》、李长鹰的《登刘公岛》、杨卫东的《浴血山河》、孙继祥的《孙继祥诗选》、任长连的《长风集》、胡娜的《殇北川》等6部作品获奖。

《中国作家》探讨刊物发展之路　9月13日，“建设美丽中国，实现中国梦——《中国作家》回顾与展望座谈会”在京举行。高洪波、李准、仲呈祥、梁鸿鹰、柳建伟等作家评论家对《中国作家》近些年的办刊成绩进行了评价，并对刊物的未来发展提出了建议。

第十三届精神文明建设“五个一工程”评选揭晓　第十三届精神文明建设“五个一工程”表彰座谈会今天在京召开，揭晓本届“五个一工程”评选结果。《中国合伙人》《周恩来的四个昼夜》等27部电影，《毛泽东》《历史转折中的邓小平》等30部电视剧，《焦裕禄》等33部戏剧，《重整河山待后生》等22部广播剧，《我们的中国梦》等31首歌曲，《兴国之魂——社会主义核心价值体系释讲》等28部图书等脱颖而出，共186部作品获得“优秀作品奖”，浙江省委宣传部、云南省委宣传部等25个单位获得“组织工作奖”。

“生活与创作”专题座谈会在都安举行　为了解今年作家定点深入生活开展的真实情况，探讨作家定点深入生活的经验。9月12日至14日，中国作协创联部派员到广西都安瑶族自治县回访了定点深入生活作家潘红日。9月13日上午，创联部在都安县委宣传部会议室召开“生活与创作”专题座谈会。广西作协副主席凡一平，都安县委副书记黄伟，县委常委、宣传部长、副县长刘春雨等有关县、乡领导，定点深入生活作家潘红日，作家的采访对象，以及都安本地作家代表出席了座谈会。

首届江苏青年诗人双年奖颁奖　9月13日，江苏青年诗歌创作座谈会暨江苏青年诗人双年奖颁奖仪式在南京举行。省委宣传部部务委员、文艺处处长李朝润，省作协党组书记、主席范小青，党组副书记张王飞，党组成员、书记处书记王朔，副巡视员、创研室主任汪政，副主席、青创委主任储福金，《扬子江》诗刊特聘主编子川，《雨花》副主编胡弦，来自省内外的诗人和诗评家吴思敬、林莽、叶橹、王彬彬、谢克强、张洪波、宗仁发、朱燕玲、朱零、谷禾、霍俊明、于奎潮、何平、何同彬，以及获奖的十位青年诗人和媒体记者参加了座谈会。此次评奖由江苏省作协青年创作指导委员会与《扬子江》诗刊联合设立。

9月16日

中国文联文艺评论中心揭牌　9月16日，中国文联文艺评论中心揭牌仪式在中国文艺家之家举行。中国文联党组书记、副主席赵实和党组副书记、副主席李屹共同为中国文联文艺评论中心揭牌。中国文联党组成员、副主席夏潮和中国文联机关各部室负责人等参加揭牌仪式。仪式由中国文联理论研究室主任、中国文联文艺评论中心主任庞井君主持。

首届三亚国际诗歌节新闻发布会在京举行　2014年9月16日，诗刊社、三亚市河东区管理委员会、海南省诗歌学会在北京中国现代文学馆举行了“2014首届三亚国际诗歌节新闻发布会”。中国作协党组副书记、副主席、鲁迅文学院院长钱小芊，著名评论家、北京大学教授谢冕，诗刊社常务副主编商震，著名诗人林莽，诗刊社副主编冯秋子、李少君和海南省三亚市委常委、宣传部长孙苏，三亚市河东区工委副书记、管委会主任陈明，三亚市河东区工委委员、管委会副主任李孟伦以及诗人代表、中外记者等100多人出席发布会。

9月17日

鲁迅文学院第二十四届中青年作家高级研讨班举行开学典礼　9月17日，鲁迅文学院第二十四届中青年作家高级研讨班（报告文学作家班）开学典礼在京举行。这是鲁迅文学院首次举办中青年作家报告文学专题班。中国作协主席铁凝，中国作协党组书记李冰，中国作协党组副书记、鲁迅文学院院长钱小芊，中国作协副主席何建明、李敬泽，中国作协书记处书记白庚胜、阎晶明出席开学典礼，并与学员们合影留念。出席开学典礼的还有中国作协办公厅主任胡殷红，鲁迅文学院常务副院长成曾樾、副院长王璇等。开学典礼由鲁迅文学院副院长李一鸣主持。

首届“茅盾文学新人奖”启动　由中华文学基金会、浙江省桐乡市人民政府共同主办的首届“茅盾文学新人奖”评奖近日启动。浙江桐乡是茅盾先生的故乡，文明悠久，人杰地灵，历来是人文荟萃、名人辈出之地。中华文学基金会以繁荣文学创作、培养文学人才、增进国内外学术交流、促进中国文学事业发展为宗旨，历来重视对年轻文学力量的奖掖与鼓励。设立“茅盾文学新人奖”，对弘扬中华民族文化、推动和繁荣当代中国文学创作、造就和奖掖文学新人

将起到积极的推动作用。“茅盾文学新人奖”的奖励对象为中国大陆近年来在文学创作和文学评论中成绩特别优异，并具备进一步发展和提高的潜质，年龄不超过45周岁的青年作家、评论家。评奖每两年一届，每届奖励10人。该奖主要采取由各省区市作家协会申报的形式进行征集，主办方已聘请11位知名作家、评论家、学者等组成评奖委员会。首届颁奖典礼将于年底在桐乡举行。

诗集《自然集》《我看见》首发　9月17日，李少君诗集《自然集》和徐南鹏诗集《我看见》首发式在京举行。两书均由长江文艺出版社出版。《自然集》收录了李少君2010年以来创作的100多首诗作，大多与大自然有关。李少君谈到，之所以在写作上钟情于自然，是因为他一直生活在美丽的自然之中——从小时候生活的湘乡，到大学时的武汉大学，再到后来的海口、三亚，莫不如此。他在写这本诗集中的作品时，心态也发生了较大的变化，“以前可能比较固执、极端，但现在人到中年，开始更自然地看待生活，多了一份随遇而安”。《我看见》选录了“70后”诗人徐南鹏20多年来创作的160多首诗歌。徐南鹏认为，写诗是发现，是探索，也是救赎。生命的过程往往处于两难境地，不向高处的美奋力攀爬，必然向低处的黑暗坠落。通过写诗，可以发现万物之美，探索人生奥义，同时校正自己的内心，让自己不至于迷失在欲望的森林里。

9月18日

范稳长篇小说《吾血吾土》新书发布会　9月18日，著名作家范稳长篇小说《吾血吾土》新书发布会于北京出版集团六层报告厅举行。本书作者范稳亲临现场，与各界媒体、读者分享了这一次文学创作的历程。中国文联副主席、中国作家协会名誉副主席、国际笔会中心中国笔会会长丹增，中国作协副主席、著名评论家李敬泽，北京市新闻出版广电局出版管理处处长冯献省，北京出版集团副董事长、总编辑曲仲，抗战老兵代表、原国家博物馆中国文物交流中心研究馆员卢少忱，北京十月文艺出版社总编辑韩敬群等嘉宾共同出席了此次发布会，从主题思想、历史意义、现实价值等多个方面对本书的文学特质进行了交流与探讨。

9月19日

第二期“2014青年汉学家研修计划”圆满落幕　19日上午，由文化部、中国社会科学院和中国作家协会共同主办的“第二期2014青年汉学家研修计划暨中国当代作品译介研修对接计划”结业仪式在北京圆满落幕。中宣部副部长黄坤明、文化部副部长董伟出席了结业仪式，来自不同国家的10位汉学家代表进行了总结发言，共同交流在华研究的心得体会。

9月21日

中国文联领导访问印尼和澳大利亚　9月21日至28日，应东盟和澳大利亚方面邀请，中国文联副主席李屹率中国文联代表团访问了雅加达和墨尔本，在两地分别出席了“梦想·记忆——中国民生35年之变迁”摄影展和“新疆风情”美术摄影展开幕式。

“紫金·人民文学之星”奖在南京颁奖　9月21日，第二届“紫金·人民文学之星”奖颁奖典礼在江苏南京举行。中国作协副主席李敬泽，中共江苏省委常委、宣传部部长王燕文，《人民文学》主编施战军，江苏省作协主席范小青出席了颁奖典礼。七堇年、孙频、郑小驴分别摘得长篇小说、中篇小说、短篇小说大奖，张怡微、谢小青分获散文大奖和诗歌大奖。焦冲、毛植平、吕魁、霍艳、寒郁、双雪涛、左右、老四、沈书枝、张佳玮、傅逸尘、丛治辰获佳作奖。“紫金·人民文学之星”奖由《人民文学》杂志社和江苏省作家协会联合主办，致力于挖掘培养文坛生力军，是专门针对30岁以下年轻作家所设立的全国性文学大奖。

9月22日

2014年度国家艺术基金专家大会在国家图书馆举行　9月22日上午，2014年度国家艺术基金专家大会在国家图书馆音乐厅举行。文化部部长兼国家艺术基金理事会理事长蔡武出席会议并讲话，国家艺术基金理事会副理事长兼秘书长赵少华作工作报告，文化部副部长兼国家艺术基金理事会副理事长董伟主持会议。国家艺术基金理事会理事、国家艺术基金部分在京专家、复评专家、文化部相关司局与直属单位负责人等约500人出席会议。

2014《民族文学》维吾尔文版作家翻译家改稿班在乌鲁木齐举办　9月22—25日，由民族文学杂志社、新疆维吾尔自治区文联、作家协会主办，中国民族语文翻译局、中国少数民族作家学会协办的“2014《民族文学》维吾尔文版作家翻译家改稿班”在乌鲁木齐市举办。全国人大常委会原副委员长司马义·艾买提、司马义·铁力瓦尔地到会看望与会作家、翻译家。中国出版集团公司原总裁、韬奋基金会理事长、作家聂震宁，《民族文学》主编石一宁，新疆维吾尔自治区文联主席、作协主席阿扎提·苏里坦，中国民族语文翻译局局长、总译审阿里木江·沙比提，《小说选刊》主编其其格，新疆维吾尔自治区文联副主席、作协副主席叶尔克西·胡尔曼别克，文联副主席、作协常务副主席董立勃等出席开班仪式。开班式由新疆维吾尔自治区文联主席、作协主席阿扎提·苏里坦和中国少数民族作家学会秘书长赵晏彪共同主持。

9月23日

第六届鲁迅文学奖颁奖典礼在京举行　9月23日晚，第六届鲁迅文学奖颁奖典礼在中国现代文学馆举行。中国作协主席铁凝、中国作协党组书记李冰、中宣部副部长黄坤明、35位本届鲁迅文学奖的获奖作家以及评奖委员会委员出席颁奖典礼。

铁凝在致辞中说，今天的35位获奖者以他们艰苦寂寞的写作和卓越的创造表达了中国人的生活和思考、奋斗和梦想，丰富了我们民族的精神世界，证明了文学在这个时代坚韧充沛的力量。这份崇高的文学荣誉不仅是授予他们的，也属于所有真诚的写作者。铁凝感谢评委们的辛勤付出。她说，继第八届茅盾文学奖之后，第六届鲁迅文学奖也采取了实名投票公开的办法，评委们的公心和眼光在这个过程中经受了考验，得到了呈现。铁凝在致辞中对广大读者的热情参与表示感谢。她说，伟大的作品是在作家的案头诞生，更是在读者的阅读中生长。无数怀着对文学的热情与珍重，不断地阅读、寻找和发现的读者，构成了文学生生不息的天地。文学奖是这种寻找和发现过程的重要环节，这种寻找和发现，不仅滋养着每一个读者的心灵，而且也是在不断地肯定和传承中华文化中的优秀成分，不断为新的创造补充营养和能量。

本届鲁奖评奖工作从2014年2月开始启动，历经半年时间，从符合申报条件的1359部参评作品中严格评选，最终在中篇小说、短篇小说、报告文学、诗歌、散文杂文、文学理论评论、文学翻译等7个门类中评选出34篇（部）获奖作品。评奖工作认真负责、公开透明。通过严格的程序，评委们推选出一批思想内涵丰厚、艺术品质出众，具有浓郁中国特色、中国风格、中国气派的佳作。反映了我国四年来文学创作持续繁荣的态势，凝聚了广大作家长期以来辛勤耕耘的汗水，体现了我国各文学门类创作的代表性成就。

格非、徐则臣、黄传会、大解、刘亮程、孟繁华、赵振江代表获奖作家分别发表了获奖感言。

附：第六届鲁迅文学奖获奖名单

中篇小说奖

《隐身衣》 格非 《收获》2012年第3期 人民文学出版社2012年5月

《美丽的日子》 滕肖澜 《人民文学》2010年第5期

《白杨木的春天》 吕新 《十月》2010年第6期

《从正午开始的黄昏》 胡学文 《钟山》2011年第2期

《漫水》 王跃文 《文学界·湖南文学》2012年第1期

短篇小说奖

《俄罗斯陆军腰带》 马晓丽 《西南军事文学》2012年第2期

《如果大雪封门》 徐则臣 《收获》2012年第5期

《香炉山》 叶弥 《收获》2010年第2期

《我的帐篷里有平安》 叶舟 《天涯》2013年第1期

《良宵》 张楚 《天涯》2012年第6期

报告文学奖

《中国新生代农民工》 黄传会 人民文学出版社2011年7月

《粮道》 任林举 吉林人民出版社2011年8月

《毛乌素绿色传奇》 肖亦农 远方出版社2012年3月 《中国作家·纪实》2012年第6期

《中国民办教育调查》 铁流、徐锦庚 《中国作家·纪实》2012年第11期 作家出版社2013年3月

《底色》 徐怀中 人民文学出版社2013年4月

诗歌奖

《整理石头》 阎安 太白文艺出版社2013年3月

《个人史》 大解 长江文艺出版社2013年12月

《忧伤的黑麋鹿》 海男 云南人民出版社2013年12月

《将进茶——周啸天诗词选》 周啸天 天地出版社2012年3月

《无限事》 李元胜 重庆大学出版社2012年11月

散文杂文奖

《在新疆》 刘亮程 春风文艺出版社2012年2月

《父亲的雪山母亲的草地》 贺捷生 解放军文艺出版社2013年10月

《先前的风气》 穆涛 陕西师范大学出版总社2013年12月

《巨鲸歌唱》 周晓枫 东方出版社2013年12月

《回鹿山》 侯健飞 人民文学出版社2012年1月

文学理论评论奖

《文学革命终结之后——新世纪文学论稿》 孟繁华 现代出版社2012年5月

《陶渊明的幽灵》 鲁枢元 上海文艺出版社2012年6月

《谁也管不住说话这张嘴》 程德培 上海文艺出版社2011年7月

《中国当代文学中沈从文传统的回响——〈活着〉〈秦腔〉〈天香〉和这个传统的不同部分的对话》 张新颖 《南方文坛》2011年第6期

《建设性姿态下的精神重建》 贺绍俊 作家出版社2012年1月

文学翻译奖

《人民的风》 埃尔南德斯（西班牙） 西译汉 赵振江 作家出版社2011年1月

《布罗岱克的报告》 菲利普·克洛代尔（法国） 法译汉 刘方 上海译文出版社2012年8月

《有色人民——回忆录》小亨利·路易斯·盖茨（美国） 英译汉 王家湘 北京大学出版社2010年11月

《上海，远在何方？》 乌尔苏拉·克莱谢尔（德国） 德译汉 韩瑞祥 人民文学出版社2013年9月

第六届鲁迅文学奖上海获奖作品座谈会举行 9月23日，第六届鲁迅文学奖上海获奖作品座谈会在上海市作协举行。三位获奖作家程德培、滕肖澜、张新颖在赴京领奖前夕与沪上老中

青作家、评论家齐聚一堂，这里有他们在创作生涯中一直陪伴左右、默默支持的老友，也有鞭策鼓励、共同探艺的文友。

9月24日

第十三届海外华文女作家双年会暨华文文学论坛召开　2014年10月24日，由厦门市作家协会和海外华文女作家协会主办，厦门大学人文学院、中文系联办的第十三届海外华文女作家双年会暨华文文学论坛在厦门大学隆重召开。著名作家余光中、席慕蓉、陈若曦、中共厦门市委宣传部常务副部长张萍、厦门市文联主席舒婷、党组书记林起与来自美国、加拿大、法国、荷兰、日本、文莱等国家和地区的一百多位海外华文女作家共同出席年会开幕式。厦门市副市长国桂荣、厦门大学副校长詹心丽、人文学院中文系主任李无未以及海外华文女作家协会副会长张纯瑛在开幕式上致辞，对从世界各地远道而来的作家们表示热烈欢迎。开幕式由厦门市作协主席、厦门大学语言研究所所长林丹娅教授主持。

鲁迅文学院第十三期少数民族文学创作培训班结业　9月24日，鲁迅文学院第十三期少数民族文学创作培训班在中国作协北戴河创作之家举行结业仪式。中国作协党组副书记、鲁迅文学院院长钱小芊出席结业仪式并讲话，还为学员一一颁发了结业证书。本期培训班为期23天，取得了预期的效果。学员们既收获了丰厚的文学知识，又增进了彼此间的友情。培训班期间，学员们还专门开展了文学创作交流活动，就当今全球化的语境中文学创作是否应当体现民族性的问题进行了讨论。结业仪式上，鲁迅文学院副院长李一鸣作了本期培训班工作总结。结业仪式由鲁迅文学院副院长王璇主持。

第21届曹禺剧本奖揭晓　由中国剧协《剧本》杂志社主办的第21届曹禺剧本奖9月24日在湖北潜江第3届曹禺文化周期间揭晓。经评选，共有20部作品入围，最终，话剧《兵者・国之大事》（王宏、李宝群、肖力）、《幸存者》（唐栋、蒲逊）、《老大》（喻荣军）、《海底捞月》（李冰），锡剧《一盅缘》（罗周），京剧《项羽》（王勇），戏曲《青藤狂歌》（余青峰），秦腔《西京故事》（陈彦），滑稽戏《探亲公寓》（陆伦章）等9部作品获得本届曹禺剧本奖。

9月25日

首届刘章诗歌奖颁奖，娜夜的《睡前书》获奖　25日，由河北省文化厅、承德市委宣传部主办的首届“中国兴隆・刘章诗歌奖”颁奖，并首发由线装书局出版的《刘章集》（11卷）。刘章是新中国成立后成长起来的农民诗人，60年来笔耕不辍。在他的影响下，其家乡上庄村已走出4位中国作家协会会员，被人们亲切地称做“诗上庄”。刘章诗歌奖每两年举办一次，首届诗歌奖收到1000多部作品，工人、农民、学生等近300位诗歌爱好者参加。娜夜的《睡前书》、田禾的《乡野》和霍俊明的《无能的右手》被评为优秀奖。

徐兆寿长篇小说《荒原问道》研讨会在京召开　9月25日上午，由中国作协创研部、中国现代文学馆、作家出版社、西北师范大学联合主办的徐兆寿长篇小说《荒原问道》研讨会在中国现代文学馆召开。与会评论家认为，《荒原问道》是一部具有精神启蒙意义的重要作品。小说描摹了中国自上个世纪五十年代以来两代知识分子的精神历程，他们虽然大多时候活动在西部，但也远涉北京、上海，尤其是他们所追寻的中国文化之命运等问题，是整个中国知识分子所面临的终极问题。老一辈知识分子夏好问经历了从广场到民间，再从民间到广场，而最后又回到民间问道；而新一代知识分子陈十三则经历了从民间到广场、从东方到西方，再从西方至东方的问道过程，他们两人的经历从一定意义上可以理解为我们半个世纪以来知识分子追求真理的坐标。从这一个角度来看，这部小说就不仅仅是西部知识分子的精神历程，也意味了整个中国知识分子的精神史。评论家们还认为，《荒原问道》切入到西部知识分子的心理、命运、精神、信仰进行书写，对过去以乡土、苦难为特征的西部文学是一次新的开拓，将西部文学从表象生活的描写拓展到内在精神生活的揭示，开启了新的美学空间。

9月27日

闽派文艺理论家批评家高峰论坛举行　由中国作协创作研究部、《文艺报》社和福建省文联主办的“2014闽派文艺理论家批评家高峰论坛”27日在福州举行。中国作协党组成员、副主席、书记处书记李敬泽，省委常委、宣传部长李书磊，省政协副主席、省文联主席、社科院院长张帆，中国作协党组成员、书记处书记阎晶明，中国作协原党组成员、书记处书记张胜友出席论坛。论坛上，我国文艺评论界的专家学者与闽籍和在闽工作的文艺批评家、闽籍作家等汇聚一堂，围绕“闽派批评与当代文学”、“文艺批评的变革与创新”等主题进行交流互动。闽籍与在闽工作的文艺理论家批评家表示，要努力成为文艺繁荣发展的重要推动力量，成为中国审美认识、文化思想传承和发展的重要推动力量，为开创福建文化事业发展新局面而努力。

“中国当代获奖儿童文学作家书系”作家群笔会在河南举办　9月27日，“中国当代获奖儿童文学作家书系”作家群笔会暨促进原创儿童文学繁荣座谈会在河南安阳举行，来自全国各地的20多位老中青儿童文学作家、评论家齐聚一堂，共话儿童文学创作、出版产业繁荣发展。座谈会由人民文学出版社、天天出版社主办，金波、张之路、吴然、徐鲁、董宏猷、冰波、张品成等20多位儿童文学作家与会研讨。会议集中探讨了在多媒体时代和全球化趋势之下，儿童文学如何发挥优势，坚守品质，健康发展的问题。

首届“魅力临夏”全国散文诗歌大奖赛颁奖　9月27日，由民族文学杂志社、中国少数民族作家协会、中国散文学会、中国诗歌学会、临夏回族自治州民委联合主办的首届“魅力临夏”全国散文诗歌大奖赛颁奖仪式暨《民族文学》临夏创作基地授牌仪式在京举行。青海回族作家冶生福的散文《浆水面里的河州》、甘肃诗人王选的诗歌《在河之洲》分获散文、诗歌组一等奖。

著名作家张贤亮去世　中国共产党党员，全国政协第六届、七届、八届、九届、十届委员，中国文联委员，中国作家协会第四届、五届、六届、七届主席团委员，宁夏回族自治区文联第三届、四届、五届主席，党组成员，宁夏回族自治区文联名誉主席，宁夏作家协会名誉主席，著名作家张贤亮同志因病于2014年9月27日14时在银川逝世，享年78岁。

9月28日

峭岩文学创作五十年座谈会在京举行　9月28日，峭岩从事文学创作五十年暨《峭岩文集》首发座谈会在京举行。迟浩田、贺敬之为会议题词，李瑛、高洪波、王巨才致信祝贺。吴思敬、张同吾、高瑛、朱先树、岳宣义、石英、石祥、萧鸣、程步涛、曾凡华、宗鄂、查干、丁慨然、王久辛等与会者对峭岩的文学创作成就进行深入探讨。大家认为，峭岩在几十年的创作中始终坚持社会主义核心价值观，倾心讴歌真善美。特别是近几年来，他陆续出版了《一个士兵和一个时代的歌》《遵义诗笔记》《烛火之殇——李大钊诗传》《跪你一千年》等优秀长诗。此次出版的《峭岩文集》，涵盖短诗、长诗、散文、传记文学、评论等，洋洋大观，宏阔而厚重，多方面展示了诗人的学识与才华。此次座谈会由解放军出版社和中国诗歌学会联合主办，唐山市文联协办。

9月30日

首届全球华人中国长城散文·诗歌金砖奖颁奖　9月30日，首届全球华人中国长城散文·诗歌金砖奖颁奖仪式日前在河北省滦平县举行。中国作协副主席廖奔出席颁奖仪式并为获奖者颁奖。本次征文活动由诗刊社、中国散文学会、承德市作协等单位共同主办，征文内容以抒写长城的自然风光、历史文化、风土人情为题材。经过9个月的征集，共收到来自海内外的散文稿件850余篇，诗歌稿件7200余份。经过评委会的专业评审，最终评出10篇获奖作品。其中，王贤根的《寻找长城脚下的乡亲》、胡健的《比长城更长的人生》、张瑜娟的《英雄的宇宙》、阿慧的《赤脚踏上金山岭》、庄志霞的《宝玉叔叔的长城》获得散文金砖奖，刘立云的《金山岭》、李琦的《长城辞》、姚风的《长城随想》、路也的《金山岭长城的春天》、臧棣的《金山岭长城》获得诗歌金砖奖。

十月

10月4日

中国散文诗研究会第七次代表大会召开　10月4日至6日，中国散文诗研究会第七次代表大会在吉林省梅河口市商务宾馆会议室召开。来自上海、新疆、贵州、福建、浙江等15个省市的31名代表参加了会议。中国散文诗研究会常务副会长、著名诗人严炎、亚楠、桂兴华、刘毅参加了会议。中国散文诗研究会副主席张咏霖主持开幕式。

10月10日

徐迟百年诞辰纪念座谈会在文学馆举行　10月10日，中国作家协会在北京中国现代文学馆举行座谈会，纪念著名作家徐迟诞辰一百周年。中国作家协会党组书记、副主席李冰主持会议，中国作家协会主席铁凝致辞。中国作协副主席何建明、李敬泽，报告文学作家傅溪鹏、田珍颖、徐剑，在京的专家学者张炯、周明、李炳银、李朝全、吴泰昌等以及徐迟先生的亲属出席此次纪念会。

徐则臣作品研讨会在江苏淮安举行　10月10日至12日，从“花街”到“耶路撒冷”——徐则臣作品研讨会在江苏淮安举行，“我们这一代”青年作家批评家论坛也同时举行。陈思和、陈涛、汪政、晓华、黄发有、邵燕君、刘琼、郭艳、李云雷、梁鸿、李浩、何平、杨庆祥、金理、朱林生、施军、李相银等作家、批评家与会研讨。本次活动由中共淮安市委宣传部和淮阴师范学院共同主办。

中国诗人获南非“姆基瓦人道主义奖”　2014年南非“姆基瓦人道主义奖”当地时间10日在南非巴特沃斯市颁奖，中国当代著名诗人、文化学者吉狄马加获奖，其彝族同胞、学生吉克曲布赴现场代为领取证书和奖杯。吉狄马加是第一个获得该奖的中国诗人，也是第一个获得该奖的亚洲人。评选委员会在颁奖词中称他为“人民文化的捍卫者”。“姆基瓦人道主义奖”是为纪念南非著名人权领袖、反种族隔离和殖民统治的斗士理查德·姆基瓦而设立的，旨在表彰以积极眼光与最广大人民广泛接触的领导人和文化名人等。该奖自1999年设立以来，曾先后授予南非前总统纳尔逊·曼德拉等社会活动家和文化知名人士。

10月11日

诗刊社第30届青春诗会在海南陵水县举办　今年，青春诗会正好走到第30届，这是一个令主办方和参会诗人都特别关注的节点。10月11日至15日，王彦山、玉珍、吉尔、麦豆、陈亮、张巧慧、李宏伟、李孟伦、杜绿绿、林森、孟醒石、爱松、徐钺、影白、戴潍娜等15位青年诗人汇聚海南，共同参加第30届青春诗会。诗刊社邀请诗人荣荣、大解、汤养宗、靳晓静和诗歌评论家霍俊明担任本届诗会的辅导员。

北师大聘任作家导师　10月11日，由北京师范大学文学院、北京师范大学国际写作中心主办的“北京师范大学首届文学创作方向硕士研究生导师聘任仪式”在京举行。中国作协副主席李敬泽出席聘任仪式。

10月12日

纪念丁玲诞辰110周年座谈会举行　由中国丁玲研究会、清华大学中文系等单位联合主办的“丁玲同志诞辰110周年纪念座谈会”10月12日在湖南常德举行。市委副书记宋冬春，中国作家协会党组成员、书记处书记白庚胜，丁玲研究会名誉主席、研究员张炯，中国丁玲研究会会长王中忱，湖南省作协主席唐浩明以及海内外丁玲研究学者专家等出席今天的座谈会。会议由市委常委、宣传部长刘进能主持，市领导肖艳芳、陈华出席座谈会。11日，丁玲骨灰由丁玲亲属从北京八宝山公墓带回常德，葬入常德市城区丁玲公园内的丁玲墓，同时举行了丁玲铜像揭幕仪式和丁玲纪念馆开馆仪式。

10月13日

云南举行“百名作家德宏行”活动　由民族文学杂志社、中国少数民族作家学会、云南省文联、云南省作协、中共云南德宏州委州政府联合举办的全国人口较少民族重点作家研讨会暨“百名作家德宏行”活动日前在德宏傣族景颇族自治州举行。来自全国的知名作家、编辑和全国人口较少民族重点作家代表与我州本土作家及文学爱好者齐聚一堂，共同探讨民族文学的振兴与发展。中国作协原党组副书记、中国作协少数民族创作委员会主任玛拉沁夫，中国文联副主席、中国作家协会副主席丹增，《民族文学》主编、中国少数民族作家学会常务副主任叶梅，云南省文联党组书记、主席郑明，云南省作家协会主席黄尧，国内著名期刊主编和作家李平、李霄明，徐怀谦、叶广岑、孙春平、葛一敏、李鲁平等出席开幕式。

中国丁玲研究会举行第六次全国代表大会　中国丁玲研究会第六次全国代表大会10月13日在湖南常德举行。中国作协书记处书记白庚胜出席会议并讲话。会议进行了换届选举。王中忱当选为新一届丁玲研究会会长，颜海平、魏饴、王增如、郑楚、涂绍钧、阎浩岗、李云雷、何吉贤当选为副会长，秘书长由涂绍钧兼任。会议期间还举行了第十二次国际丁玲学术研讨会，来自国内外的80多名专家学者围绕“20世纪中国革命和丁玲的精神史”这一议题进行了深入研讨。

重庆举办第五届华文诗学名家国际论坛　由西南大学中国诗学研究中心和《文艺研究》杂

志社联合主办的第五届华文诗学名家国际论坛10月13日在重庆举行。来自国内外的100多位诗人、诗歌评论家与会研讨。中共重庆市委常委、宣传部部长燕平出席开幕式并致辞。本届论坛的关键词是“守常求变”。诗歌批评家吕进认为，无论什么时代的新诗，无论什么路数的新诗，无论什么国家的华文新诗，都得求变，但是作为艺术品的诗，又得在“变”中守住诗的“常”这个边界。“自由”不是放弃诗美建设的借口，“多元”更不应该成为伪诗存在的理由。岩佐昌暲、朱寿桐、陈仲义、池莲子、朴南用和张德明等6位专家在开幕式后做了主题讲演，从不同维度对论坛主题阐述了自己的见解。在论坛上，叶延滨、古远清、殷国明、吕周聚、马新朝、徐国源等也作了发言。大家就新诗的“三大重建”、华文诗歌的范式与价值、新时期“新来者诗群”及21世纪新诗艺术的美学流变、新诗经典重读等问题展开讨论。

10月14日

第七届老舍散文奖在江苏颁奖　10月14日，由北京市文联、北京文学月刊社主办，江苏省泗洪县人民政府协办的第七届老舍散文奖在江苏泗洪颁奖。雷达、范小青、梁衡、张陵、徐忠志等作家、评论家，以及老舍先生的女儿、老舍纪念馆名誉馆长舒济参加了颁奖活动。周大新的《在苏格拉底被囚处》、张亚丽的《京城的告密》、马步升的《鸠摩罗什的法种与舌头》、怡霖的《苍穹之王》、王必胜的《单位》、刘醒龙的《抱着父亲回故乡》、田珍颖的《冬天的记忆》、任林举的《西塘的心思》、杨文丰的《雾霾批判书——自然笔记》、杜怀超的《苍耳：消失或重现》等10篇作品获奖。本届评奖于今年8月完成，由李敬泽、阎晶明、雷达、梁衡、施战军、张陵、胡平、韩小蕙、徐忠志、杨晓升等评论家组成的评委会，以无记名投票方式，经多次投票，评出10篇获奖作品。获奖作品及其他优秀参选作品已由地震出版社结集出版。

鲁迅文学院第十四期少数民族文学创作培训班开班　10月14日，鲁迅文学院第十四期少数民族文学创作培训班在上海复旦大学新闻学院举行开班仪式。中国作协党组副书记、鲁迅文学院院长钱小芊出席开班仪式并讲话。上海市作协党组书记汪澜在开班仪式上致辞。开班仪式由鲁迅文学院副院长李一鸣主持。本届培训班共有49名学员，来自全国16个省区市的13个少数民族。鲁迅文学院培训部及上海作协有关人员参加了开班仪式。

2014首届三亚国际诗歌节举行　10月14日，由诗刊社、海南省诗歌学会联合主办的以“诗意三亚，浪漫天涯”为主题2014首届三亚国际诗歌节在三亚隆重开幕，中国作协副主席高洪波出席诗歌节开幕式并致辞。诗歌节活动于10月14日至16日在三亚市区、琼州学院、天涯海角、大小洞天、热带森林公园、玫瑰谷等举行，主要内容包括“天涯诗旅·采风创作”、诗歌朗诵会、大东海广场诗会、中国诗歌论坛等，国内外、港澳台和本地著名诗人100余人参加。诗歌节受邀的海外诗人有俄罗斯著名诗人维亚切斯拉夫·库普里亚若夫，塔季杨娜·丹尼利亚斯，美国诗人雅米·普罗克斯托弗·梅尔，雅米·普罗克特-徐，瑞典诗人李笠，葡萄牙诗人Manuel Pinho马天龙等，国内著名诗人有中国作协副主席高洪波，北京大学教授、博导谢冕，诗刊社常务副主编商震，诗刊社副主编李少君，海南省诗歌学会主席李孟伦，台湾著名诗人郑愁予等国内外、港澳台和本地著名诗人100余人，东西方诗文化的碰撞、交流，将成为三亚诗歌文化的新养分。

10月15日

第五届徐迟报告文学奖在武汉颁奖　由中国报告文学学会、湖北省文联、湖北省作协主办的纪念徐迟诞辰100周年座谈暨“石花杯”第五届徐迟报告文学奖颁奖典礼10月15日在武汉举行。中国作协副主席、中国报告文学学会会长何建明，中国作协主席团委员王巨才，中共湖北省委宣传部副部长陈连生，湖北省文联党组书记刘永泽，湖北省作协党组书记蒋南平等出席，并为陈启文、阎纲、丁燕、李青松、王国平等获奖作家颁奖。周明、李炳银、黄传会、洪洋、傅溪鹏、李春雷、李朝全等和徐迟先生次子徐建共100余人参加了此次活动。

习近平主持召开文艺工作座谈会　2014年10月15日，中共中央总书记、国家主席、中央军委主席习近平15日上午在京主持召开文艺工作座谈会并发表重要讲话。从实现“两个一百年”奋斗目标、实现中华民族伟大复兴中国梦的使命高度，深刻指出文艺工作肩负的时代责任。他强调，文艺是时代前进的号角，最能代表一个时代的风貌，最能引领一个时代的风气。实现“两个一百年”奋斗目标、实现中华民族伟大复兴的中国梦，文艺的作用不可替代，文艺工作者大有可为。广大文艺工作者要从这样的高度认识文艺的地位和作用，认识自己所担负的历史使命和责任，坚持以人民为中心的创作导向，努力创作更多无愧于时代的优秀作品，弘扬中国精神、凝聚中国力量，鼓舞全国各族人民朝气蓬勃迈向未来。中央和国家机关有关部门、解放军总政治部负责人，各领域文艺工作者代表等参加座谈会。座谈会上，中国作协主席铁凝，中国剧协主席、上海京剧院艺术指导尚长荣，空政文工团一级编剧阎肃，中国美协副主席、中国美术学院院长许江，中国舞协主席、国家大剧院舞蹈艺术总监赵汝蘅，中国作协副主席、上海市作协副主席叶辛，中国影协主席、国家话剧院一级演员李雪健先后发言。

“文学陕军新梯队”小说研讨会在京举行　10月15日，由鲁迅文学院和陕西省作协主办的“文学陕军新梯队”小说研讨会在京举行，对8位陕西青年作家的小说创作进行集中研讨。中国作协书记处书记阎晶明，中共陕西省委常委、宣传部部长景俊海出席研讨会并讲话。蒋惠莉、成曾樾、李一鸣、王璇，以及鲁院高研班学员参加了研讨会。

10月17日

第三届中法文学论坛在巴黎举行　10月17日，第三届中法文学论坛在巴黎法国文人协会举行。中国驻法国大使馆文化参赞李少平和法国文化院院长达尔高斯出席开幕仪式并致辞。刘恒、张炜等4位中国当代作家与5位法国当代作家进行了面对面的对话。本次论坛是继2009年在巴黎和2012年在北京分别举办首届和第二届中法文学论坛活动后的又一次文学盛宴。论坛由中国作家协会和法国高等社科学院中国近现代研究中心主办，法国文化院、法国文人协会、法国国家图书馆、语言文明大学图书馆和ATLAS文学翻译促进协会等机构协办，中国驻法国大使馆和法国驻华使馆提供支持。

第十六届中国上海国际艺术节揭幕　由国家文化部主办、上海市人民政府承办的第十六届中国上海国际艺术节17日晚在上海大剧院揭幕。历时四年筹备创作的中国歌剧《一江春水》担纲开幕演出。值得一提的是，本届中国上海国际艺术节打破“剧场”与城市公共空间的“障碍”，举办大量户外公益性演出和与剧场演出同步的室外实况转播活动，让艺术惠及更多人民。据悉，为期一个月的艺术节期间，将有音乐、舞蹈、戏曲、木偶4个种类共27台节目33场演出，走出音乐厅，走向户外的广场与草地举行。这些节目来自德国、加拿大、西班牙等16个国家，预计将吸引5万人次观众。第十六届中国上海国际艺术节将于11月18日落幕。

10月18日

专家研讨毛泽东诗词与古典文化　10月18日，中国毛泽东诗词研究会和中华诗词学会在京联合举办“毛泽东诗词与中华古典诗词的文化历史渊源及深远影响”学术研讨会暨中国毛诗会第十四届年会。中央文献研究室主任冷溶、副主任陈晋，中国毛泽东诗词研究会会长李捷、中华诗词学会会长郑欣淼，以及逄先知、郑伯农、董学文、吴欢章等近百位专家学者参加研讨。与会者认为，毛泽东的诗词极具魅力，深刻地影响着当代中国人的精神世界，散发着郁勃的生机和活力，代表着中国共产党人的理想信念和全国各族人民寻求民族伟大复兴的执着追求，是宝贵的精神食粮，是凝聚和代表时代精神的文学精华。毛泽东诗词与中华古典诗词的关系，最主要的体现在他对中华文化精髓的精湛把握，对历史优秀典籍的精确运用，以及对古典诗词艺术手法的精彩创新中。本次研讨会共收到论文165篇，有60多篇论文提交会议参加了研讨。为鼓励推动、不断深化毛泽东诗词研究，本次研讨会还设立了“首届中国毛泽东诗词研究会优秀论文奖”，吴欢章、胡国强、黄玉杰、王生、李琦、王凌等六位学者提交的论文获得该奖。

第二届教师文学表彰奖颁奖　为倡导教师文学创作，提高教师文学素养，推动语文新课程改革与校园文学发展，由中国当代文学研究会校园文学委员会、中国教育学会中学语文教学专业委员会等单位主办的第二届教师文学表彰奖颁奖典礼10月18日在历史文化名城蓟县举行。活动期间，还举办了以“教师文学创作与语文教学”为主题的教师文学研讨会及“全国教师文学创作基地”挂牌仪式。本届教师文学表彰奖评出“十佳教师作家”以及教师文学专著奖和单篇作品奖。获奖者也在颁奖典礼上谈了自己在创作和教学中的感受。他们谈到，一边写作一边研究一边教学，相得益彰。他们要让诗意的文字走进语文课堂，走入孩子们的心灵世界。

10月19日

《蓝天梦》研讨会在京举行　10月19日，重庆市文学院主办的何佳环保题材长篇小说《蓝天梦》研讨会在京举行。环境保护是国际重大问题。随着全球气候变暖，动物植物大量灭绝，生态链遭到破坏，地球上几十亿人的生活将不可避免地趋于恶化，最终人类将导致灭顶之灾。何佳的环境保护系列创作，正是作家用文学的方式唤起人们的环境保护意识，体现了作家的良知和高度的社会责任感。

雪漠长篇小说《野狐岭》研讨会在京举行　10月19日，由中国作协创研部、人民文学出版社、东莞市文联共同主办，东莞文学艺术院、东莞市樟木头镇“中国作家第一村”协办的“雪漠长篇小说《野狐岭》研讨会”在中国作协举行。中国作协副主席、党组成员、书记处书记李敬泽，人民文学出版社社长管士光，东莞市作协主席詹谷丰，东莞文学艺术院副院长柳冬妩出席会议并讲话。雷达、吴秉杰、胡平、胡殷红、吴义勤、贺绍俊、孟繁华、张颐武、陈福民、张柠、丁燕、王一丁、李朝全等二十多位批评家与会，就《野狐岭》的艺术探索、西部写作等议题展开研讨。会议由中国作协创研部副主任何向阳主持。与会评论家认为，《野狐岭》对雪漠小说创作是一个突破，在小说的故事性、叙述方式、精神结构等方面，都显示了雪漠不断挑战自我的努力。这部小说把好看的故事、新颖的形式、狂放的想象力融合在了一起，讲述了一个极富象征意味的关于寻找和超越的灵魂探险故事。无论从文学、文化还是民俗、历史层面看，都颇具新意。

大自然文学国际研讨会在合肥举行　“随着人们对现代化进程带来的生态危机有了更深刻的认识和反省，大自然文学也迎来了更好的发展契机。”10月19日，由中国出版集团、人民文学出版社、安徽省文联、安徽大学联合主办的“大自然文学国际研讨会”在合肥举行。来自瑞典、美国、俄罗斯、英国以及国内大自然文学研究的知名专家共聚一堂。中宣部原副部长、中国作协党组原书记翟泰丰，省委常委、宣传部长曹征海出席并致辞，中国作协副主席高洪波发来贺信。

10月20日

梁凤仪新作在京首发　2014年10月20日，人民文学出版社与中国现代文学馆联合在京举行了香港著名作家梁凤仪博士《我们的故事之乱世佳人：1949—1959年香港故事》中文简体版新书发布会暨读者见面会。人民文学出版社副总编辑周绚隆、生活·读书·新知三联书店原总编辑李昕以及作者梁凤仪出席发布会并发言。现代文学馆副馆长梁海春、中国艺术摄影协会主席杨元惺、人民文学出版社编审脚印以及梁凤仪的先生、原全国人大代表、香港立法会议员黄宜弘也应邀出席发布会。

专家研讨柳岸长篇小说《浮生》 10月20日，由中国作协重点作品扶持办公室、河南省作协、河南文艺出版社、周口市文联联合召开的柳岸长篇小说《浮生》研讨会在中国现代文学馆举行。中国作协书记处书记白庚胜出席会议。出席研讨会的专家有：张胜友、雷达、吴秉杰、胡平、李佩甫、王山、陈杰、白烨、赵兰振、岳雯以及周口市文联主席李泽功、周口市文联副主席苏运峰等。会议由河南省文学院院长何弘主持。

10月21日

全媒体时代的文艺传播座谈会在京举办 10月21日下午，由中国文联理论研究室、人民网文化频道联合主办的“全媒体时代的文艺传播座谈会”在京举办。本次座谈会由中国文联理论研究室副主任徐粤春主持，中国文联理论研究室主任、中国文艺评论家协会副主席兼秘书长庞井君、人民网副总裁罗华致辞。中国社会科学院外文所党委书记、研究员党圣元，北京师范大学艺术与传媒学院院长、博导周星，八一电影制片厂文学部主任、导演翟俊杰，人民日报文艺部副主任李舫，中国传媒大学新闻传播学部教授、博导郎劲松，中国社会科学院新闻与传播研究所网络学研究室主任、研究员孟威，中国青年政治学院中文系主任、教授张跣，北京伯乐营销总裁、电影《失恋33天》《无人区》等影片的营销团队负责人张文伯等出席座谈会并发言。与会专家学者结合学习习近平总书记重要讲话精神，结合自己的理论思考和工作实践，深入分析了新形势下文艺传播面临的机遇与挑战，提出了全媒体时代文艺传播的对策建议，分别谈到“全媒体时代文艺传播的社会责任”、“全媒体时代创作与传播的关系”、“主旋律文艺作品如何吸引新生代”、“我们正迎来新的‘黄金时代’”、“文艺传播的伦理尺度”、“文艺传播如何融合‘新技术’与‘深内容’”、“网络艺术与文艺传播”、“如何做好全媒体时代的文艺作品营销”等主题。

10月22日

阎连科获颁第十四届卡夫卡奖 卡夫卡文学奖创立于2001年，为纪念20世纪伟大的小说家弗兰茨·卡夫卡而设，每年评选一次。

张洁油画作品展在中国现代文学馆举行 由中国现代文学馆主办、北京作家协会协办的《张洁油画作品展》10月22日在中国现代文学馆隆重揭幕。中国作协主席铁凝出席开幕式。中国作协副主席李敬泽讲话。中宣部原常务副部长徐惟诚、北京市委原副书记龙新民、北京市委原宣传部副部长陶一凡、北京市文联党组副书记程惠民，以及部分在京作家、艺术家参加活动。张洁向中国现代文学馆捐赠油画作品，并接受了入藏证书和纪念品。展览展出了近10年来张洁创作的31幅油画作品，以及她的主要文学作品版本、代表作手稿等。10月22日至26日，张洁油画作品展在中国现代文学馆举行。

宁肯长篇新作《三个三重奏》研讨会　10月22日下午，著名作家宁肯新作《三个三重奏》研讨会在中国人民大学人文楼二层会议室举行，此次研讨会由北京市作协、中国人民大学文学院、北京十月文艺出版社主办，原中国作协创研部主任雷达，北京大学中文系教授陈晓明，中国人民大学文学院院长孙郁教授、客座教授黄子平，《人民文学》总编施战军，中国社会科学院研究员贺绍俊，文艺评论家解玺璋等知名学者和评论员，以及中国人民大学文学院张永清、陈奇佳、陈阳、杨联芬、杨庆祥、王敦等多位老师参加座谈会。本次座谈会由北京作协驻会副主席、秘书长王升山主持。

王蒙最新双长篇小说学术研讨会举行　10月22日，王蒙最新双长篇小说学术研讨会在位于山东青岛的中国海洋大学举行。专家围绕王蒙最新出版的《这边风景》和《闷与狂》展开研讨。研讨会由中国海洋大学王蒙文学研究所等单位承办，青岛市文艺评论家协会协办。研讨会邀请到《小说选刊》前主编冯立三、中国文艺评论家协会副主席毛时安、评论家南帆、作家徐坤、澳门大学教授朱寿桐、中国社会科学院外国文学研究所研究员朱一凡等三十余专家、学者与会。

莫言著作《红高粱家族》在爱沙尼亚翻译出版　10月22日，在爱沙尼亚塔尔图，读者参加《红高粱家族》爱沙尼亚语版新书发行仪式。当日，诺贝尔文学奖获奖作家莫言著作《红高粱家族》爱沙尼亚语版在爱沙尼亚大学城的塔尔图大学举行了新书发行仪式。

第二届北京文艺网国际华文诗歌奖颁奖礼在北举办　第二届北京文艺网国际华文诗歌奖颁奖典礼，于2014年10月22日下午三点半在北京华侨大厦隆重举行，中外诗人会聚一堂，共襄盛事。获得本年度诗作一等奖的作品是蒋浩的《游仙诗》；二等奖获得者为回族老诗人孙谦，获奖作品为《苏菲的绝唱》；诗作三等奖获得者为八零后诗人乌鸟鸟，获奖作品为《狂想》系列诗；第一部诗集奖获得者为上官南华，获奖作品为《八声甘州》。

10月23日

林雪儿小说研讨会举办　继《妇科医生》之后，女作家林雪儿完成了第二部长篇小说《亲爱的宝贝》。这部作品被列入中国作协重点扶持作品项目，已由上海文艺出版社出版。10月23日，林雪儿长篇小说《亲爱的宝贝》研讨会在京举行。林雪儿本名王雪珍，来自四川乐山，是中国作协会员和巴金文学院签约作家。身兼妇产科医生的她，融锐利笔锋与温润心灵于一体，《亲爱的宝贝》以医院产科为切入点，深入刻画了当代社会的复杂与矛盾。研讨会由中国作协重点作品扶持办公室、文艺报社、四川省作协等单位主办。会议由中国作协重点作品扶持办公室、四川省作协、中共乐山市委宣传部、上海文艺出版社主办。中国作协主席团委员张胜友、中共四川省委宣传部副部长朱丹枫参加研讨会并讲话。彭学明、何向阳、曹元勇、叶梅、胡平、胡殷红、成曾樾、李一鸣、白烨、谢欣、徐忠志、杨青、周立民、李东华、肖惊鸿等作家、评论家参加研讨。

第23届梁斌小说奖在天津颁奖　23日，天津市第23届“东丽杯”全国梁斌小说奖颁奖会暨第七届东丽全国群众文学小说创作论坛在天津举行。本届评奖共有117篇（部）作品入围，最终评出东丽文学大奖2名、新人新作奖2名、长篇网络人气奖3名和长篇小说奖、中篇小说奖、短篇小说奖及小小说奖110名，以及网络人气前三强作品。罗布次仁的《冬虫夏草》和姚宗瑛的《赌跤》获东丽文学大奖，吴夏旸的《七日》等获新人新作奖，徐玲的《遇见青春的你》等获长篇网络人气奖。曹明霞的《日落呼兰》、林森的《夏风吹向那年的画像》、次仁顿珠的《河曲马》、谢群山的《假戏真做》分获长篇小说类、中篇小说类、短篇小说类、小小说类一等奖。

全球汉语文学奖正式启动　今天，“全球汉语文学奖”新闻发布会在中国现代文学馆举行。中国现代文学馆馆长吴义勤主持发布会并回答了记者的提问。全球汉语文学奖由全球汉语文学奖理事会主办，中国现代文学馆承办。全球汉语文学奖的设置旨在进一步扩大中国文学的全球影响力，弥补中国文学在具有国际性影响的文学奖项设置方面的欠缺，提升中国文学的话语权，鼓励汉语文学的原创性和多样性，提升汉语文学的精神品质和文化内涵，促进全球汉语文学的繁荣和发展。根据《全球汉语文学奖章程》的规定，该奖为双年奖，每两年评选一届。每届评选一位获奖者，奖金为人民币100万元。第一届全球汉语文学奖已经启动，评奖年度为2015年。本奖项评奖范围为全球优秀汉语作家，包括国内（含香港、澳门、台湾地区）及海外以汉语进行文学创作的华人作家（包括有突出成就的网络文学作家）。

10月24

莫言与中国当代文学国际学术研讨会举行　10月24日至25日，“讲述中国与对话世界：莫言与中国当代文学国际学术研讨会”在京召开。莫言和董奇、张江、过常宝、童庆炳、贾平凹、毕飞宇、诺埃·杜特莱、艾伟、管谟贤、陈众议、邱华栋、陆建德、孙郁、白烨、陈晓明等百余位内地、港澳台及国外的作家、评论家、翻译家与会并发言，探讨莫言及其创作所取得的成就及在世界文学中的地位和意义，梳理了莫言与鲁迅及新文学谱系的传承关系，分析了莫言作品中的本土性与世界性因素及外译和传播方面的经验。与会人员还探讨了中国当代文学面临的一些问题，围绕中国文学与世界的对话方式、中国当代文学中的中国经验和世界视野等进行了讨论，对中国当代文学的发展和走向世界总结了经验。此次活动由北京师范大学国际写作中心、北京师范大学文学院主办。

第十三届海外华文女作家双年会暨华文文学论坛　由厦门市作家协会和海外华文女作家协会主办，厦门大学人文学院、中文系联办的第十三届海外华文女作家双年会暨华文文学论坛在厦门大学隆重召开。著名作家余光中、席慕蓉、陈若曦、中共厦门市委宣传部常务副部长张萍、厦门市文联主席舒婷、党组书记林起与来自美国、加拿大、法国、荷兰、日本、文莱等国家和地区的一百多位海外华文女作家共同出席年会开幕式。厦门市副市长国桂荣、厦门大学副校长詹心丽、人文学院中文系主任李无未以及海外华文女作家协会副会长张纯瑛在开幕式上致辞，对从世界各地远道而来的作家们表示热烈欢迎。开幕式由厦门市作协主席、厦门大学语言研究所所长林丹娅教授主持。开幕式后，著名作家余光中、席慕蓉、徐小斌以特邀嘉宾的身份，围绕此次大会的主题"多元·跨界：我们的写作"，分别做了《从九州到世界》《我的原乡写作》以及《文学与人生的终极价值》的相关演讲，引发了巨大的轰动效应。

罗烽、白朗文物文献资料捐赠仪式在文学馆举行　2014年10月24日，"罗烽、白朗文物文献资料捐赠仪式"在北京中国现代文学馆举行。在捐赠仪式上，罗烽、白朗的子女傅英和白莹将父母的文物文献资料捐赠给中国现代文学馆。文学馆副馆长梁海春向傅英、白莹颁发了入藏证书和巴金先生手模纪念品。

10月25日

第三届郁达夫小说奖揭晓　10月25日，第三届郁达夫小说奖在杭州揭晓。经过数轮投票，邓一光的《你可以让百合生长》、毕飞宇的《大雨如注》分别获得中篇小说奖和短篇小说奖，马金莲的《长河》、迟子建的《晚安玫瑰》、弋舟的《等深》获得中篇小说提名奖，艾伟的《整个宇宙在和我说话》、须一瓜的《寡妇的舞步》、叶弥的《亲人》获得短篇小说提名奖。在获奖作者中，"60后"作家成为获奖主体，"80后"作家马金莲则成为首位获得郁达夫小说奖的少数民族作家。郁达夫小说奖每两年评选一次，评奖对象为海内外华语中短篇小说。本届评奖的终评委由10位专家学者组成，评委会主任为陈建功，评委有李敬泽、苏童、方方、叶兆言、曹文轩、施战军、袁敏、程永新、苏炜。本届郁达夫小说奖颁奖典礼将于12月7日郁达夫诞生日在其故乡富阳举行，同时本届获奖作品名单、得票数及终评委评语将在《江南》杂志刊发。《第三届郁达夫小说奖获奖作品集》也将由浙江文艺出版社出版。郁达夫小说奖评奖由《江南》杂志社主办，富阳市人民政府协办。

专家研讨中外文学中的都市想象　随着城市建设的快速发展，都市文学越来越受到专家学者的关注。10月25日，由北京联合大学师范学院主办的"中外文学中的都市想象"专题研讨会在京举行，来自京津冀的50多位专家学者与会研讨。与会者围绕文学与城市的复杂关系、中国都市文学的研究现状等话题展开了讨论。在北京师范大学教授张柠看来，当代中国城市文化的创意创新需要一种可持续发展的机制，当代中国城市文化研究应在自由宽松的氛围中强调多元化、尊重差异性。中国传媒大学教授张鸿声的发言关注"文学中的上海想象"，认为应该寻找城市表达的新范式。北京大学教授韩加明以英国作家斯威夫特的《城市阵雨》为例，阐释诗歌

如何表现现代城市发展的问题，认为我国作家在城市生活的表现方面是大有可为的。

10月26日

老九小说集《连环劫》研讨会在京举行　10月26日，老九中短篇小说集《连环劫》在京研讨。会议由河北省作协、中国煤矿作协、作家出版社联合主办。河北省作协主席关仁山、中国煤矿作协主席刘庆邦、作家出版社总编辑张陵等20余位专家学者与会研讨。小说集《连环劫》由作家出版社于2014年6月出版，收入了老九《连环劫》《对象》《永远的迷宫》《白老鼠》《心灵是一个孤独者》等作品，讲述了发生在“复兴煤矿”的一系列故事。

2014年全国报告文学创作会在河南召开　10月26日至29日，由中国报告文学学会、中国作家协会报告文学委员会、河南省作协、河南省报告文学学会联合主办的2014年全国报告文学创作会，在河南鲁山县成功举行。中国作协副主席、党组成员、书记处书记、中国报告文学学会会长何建明，常务副会长李炳银、副会长张胜友、黄传会、王宏甲、李春雷、杨黎光等与来自全国各地的百余名报告文学作家参加了会议。本次会议旨在认真学习贯彻习近平总书记在文艺座谈会上的讲话精神，密切联系群众，端正文艺创作作风，正确把握报告文学的特性，传播正能量。

10月27日

《漫水》及王跃文作品研讨会在京举行　10月27日，《漫水》及王跃文作品研讨会在京举行。会议由中国作协创作研究部、中国作协小说委员会、湖南省作协、湖南文艺出版社共同主办。中国作协书记处书记李敬泽、中共湖南省委宣传部副部长魏委、湖南省作协党组书记龚爱林、湖南文艺出版社社长刘清华以及20余位专家学者与会研讨。研讨会由中国作协创作研究部主任梁鸿鹰主持。《漫水》是《王跃文作品》典藏版中的一部中短篇小说集，收录了包括同名小说在内的7部作品。中篇小说《漫水》讲述了以于公公、慧娘娘为代表的乡村中人的情感和人生经历，写出了人与自然的和谐依存，也写出了乡村伦理在历史进程中遭遇的裂变。

贾平凹长篇小说《老生》首发　10月27日，由中国出版集团公司、人民文学出版社、中国移动手机阅读基地、北京大学中文系团委联合主办的“中国历史的文化记忆——贾平凹长篇新作《老生》读者见面会暨名家论坛”在北京大学举行。贾平凹携长篇新作《老生》现身活动现场，与读者进行了面对面的交流。中国作协副主席李敬泽，北京大学中文系教授陈晓明，意大利驻华大使馆文化处职员、翻译家李莎以《老生》为中心，围绕中国历史与个人记忆的文学传承展开了精彩对谈。

10月28日

《我在孔子故里歌唱》座谈会举行 10月28日，著名诗人黄亚洲的诗集《我在孔子故里歌唱》作品座谈会在中国现代文学馆举行。中国作协原党组书记金炳华、中国新闻文化促进会会长李东东等出席。与会专家高度评价了诗集《我在孔子故里歌唱》的艺术成就，认为这部作品对于曲阜以及由这块土地承载的中国优秀传统文化的艺术表达是十分成功的。他们认为，通过对这部内涵深厚而又形式新颖的诗集的研讨，有助于深入探索以当代文学作品有效弘扬中国优秀传统文化的路径，并且借此生动地扩大孔子故里与中国儒学的影响力。据悉，由这部诗集中的部分作品构成的组诗《行吟孔子故里》，在近日揭晓的第二届全国诗歌大赛暨第26届马鞍山中国李白诗歌大奖赛中一举夺魁，摘取唯一的金奖。这次作品座谈会，由全国促进传统文化发展工程传统文化研究开发工作委员会、中国现代文学馆联合主办。

王跃文新作《爱历元年》研讨会召开 10月28日，湖南作家研究中心主办的王跃文长篇新作《爱历元年》研讨会在中南大学文学院举行，二十多位专家学者与中南大学文学院四十余名师生参加研讨。《爱历元年》是第六届鲁迅文学奖得主、著名作家王跃文的最新长篇小说，这部小说摆脱了王跃文过去官场小说题材，把笔触指向社会转型期中年知识分子的情感危机。小说在细致讲述一个知识分子家庭日常生活的同时，牵出近三十年中国社会生活的变迁。在情感叙事中包含史诗性元素，是一部深入人心同时又具有广阔社会容量的长篇力作，具有丰富的意蕴和文学的张力。与会学者、评论家对《爱历元年》的精神价值和艺术品格作了深入的探讨。

10月29日

首都少数民族文学界学习习近平总书记讲话精神 10月29日，首都少数民族文学界学习习近平总书记在文艺工作座谈会上重要讲话精神座谈会在京举行，20多位少数民族作家评论家结合自己的文学实践，从不同角度畅谈了学习讲话的感受与体会。此次座谈会由中国作协创作联络部、中国作协少数民族文学委员会、中国少数民族作家学会共同举办。中国作协名誉副主席丹增、书记处书记白庚胜、名誉委员玛拉沁夫出席座谈会。会议由中国少数民族作家学会常务副会长叶梅主持。

10月30日

刘醒龙文学创作三十年学术研讨会在武汉举行 2014年10月30日，“刘醒龙文学创作三十年学术研讨会”在武汉举行。中国作协副主席、党组成员李敬泽，湖北省文联党组书记刘永泽，湖北省作协党组书记蒋南平，湖北省委宣传部副部长陈连生，武汉市委宣传部副部长陈汉桥，华中师范大学党委副书记黄晓玫等到会讲话。王先霈、於可训、陈美兰、吴义勤、何向阳、汪政、王春林、李建军、何言宏、何平、贺仲明、黄发有等不同代际的学者、媒体人参加

了研讨。

刘醒龙当代文学研究中心揭牌成立仪式在武汉举行　10月30日，华中师范大学刘醒龙当代文学研究中心揭牌仪式在武汉举行。

10月31日

陈超同志逝世　河北省作协副主席、河北师大文学院原教授陈超同志，于2014年10月31日逝世，享年56岁。陈超，1982年开始发表作品。1995年加入中国作家协会。著有专著《中国探索诗鉴赏辞典》《生命诗学论稿》《当代外国诗歌佳作导读》《打开诗的漂流瓶——现代诗研究》等。曾获第三届鲁迅文学奖、第六届庄重文文学奖、河北省文艺振兴奖等。

中国寓言文学研究会迎来“而立之年”　10月31日至11月1日，中国寓言文学研究会成立30周年纪念活动在湖北襄阳举行。来自全国各地的寓言作家欢聚一堂，共同庆祝中国寓言文学研究会迎来“而立之年”。凡夫、樊发稼、余途等数十位寓言作家和中共襄阳市委常委、宣传部部长郭忠等参加了此次活动。《中国当代寓言精选》等图书也在活动上推出。此次纪念活动上，中国寓言文学研究会决定授予公木、季羡林、严文井等12位已故作家、理论家“中国寓言文学终生成就奖”，授予余途等33位作家“中国寓言文学研究会贡献奖”。此外，湛卢的《猴子磨刀》等35部书获颁“中国当代寓言名著”称号，彭文席的《小马过河》等49篇作品获颁“中国当代寓言名篇”称号。活动期间同时颁发了第11届“金江寓言文学奖”和第三届“张鹤鸣戏剧寓言奖”。纪念活动期间，主办方还举办了全国廉政寓言征文颁奖暨《廉政寓言》研讨会。据介绍，为发挥寓言文学在廉政文化建设中的作用，今年以来，中国寓言文学研究会与襄阳市纪委联合举办了全国廉政寓言征文大赛。此次大赛共收到来自全国近百名作者的700余篇作品，最终《中流砥柱》等10篇获奖作品脱颖而出。主办方表示，用寓言小故事讲述和宣传廉政文化，形式新颖，可读性强，能有效传播廉政文化正能量。在此次纪念活动上，襄阳被中国寓言文学研究会授予“中国寓言大市”称号，襄阳寓言作家群作品研讨会亦同期举行。

十一月

11月1日

专家研讨中国新诗现代性　11月1日至3日，中国诗歌现代性问题学术研讨会在京举行。此次研讨会由首都师范大学诗歌研究中心、文学院和北京大学中国新诗研究所共同举办。与会的80多位诗人、诗歌批评家围绕“如何现代，怎样新诗”的主题展开研讨。

中国当代文学研究会第十八届学术年会　11月1日至2日，由中国当代文学研究会主办、湖北大学文学院承办的“文学新变与文化自信——中国当代文学研究会第十八届学术年会（2014）”在武汉举行。来自海内外的300余位中国当代文学研究方面的专家学者与会，共同研讨中国当代文学研究在当下语境中所面临的问题与出路。张炯、白烨、方方、孟繁华、於可训、陈晓明、陈福民、贺绍俊、张清华等专家学者作了发言。

专家研讨互联网时代文学，“寻找京东锐作者”征文大赛微小说组的颁奖典礼在京举行　对于这一与社交媒体密切相关、要在140字之内完成的新型文体，知名作家徐则臣、梁鸿等从当代的短篇小说展现出的不同特点说起，并对这一新文体是否能承载属于文学的东西进行探讨。据了解，此次比赛提出寻找“锐作者”的理念，展现与互联网时代特性相结合的特点。此次获奖的5个作品分别以亲情、爱情、处世之道为主题，被认为短小精悍中有令人思考的意味。来自上海的作者“飞不过的天”获得此次比赛微小说组一等奖。

2014年中国童话节开幕，增设童话剧本创作大赛　由文化部公共文化发展中心、广东省文化厅和中共深圳市委宣传部等联合主办的2014年中国童话节在深圳音乐厅开幕。在开幕式上，中国国家交响乐团奏响童话交响音乐会。音乐会由胡咏言指挥，深受小朋友们喜爱的央视少儿频道主持人红果果（陈苏）、绿泡泡（耿晨晨）主持。今年童话节新增了“微童话”创作大赛、童话剧本创作大赛、“全国童话精品汇报演出”，推选优秀童话舞台剧在深港两地巡演。此外，童话节还将举办丹麦、德国的“童话之旅”少儿艺术交流等活动。

11月2日

2014年第五届全球华语科幻星云奖在京颁奖　第五届全球华语科幻星云奖11月2日在北京举行颁奖典礼，“80后”作者宝树的《时间之墟》获得长篇小说金奖。短篇小说金奖由台湾作者平宗奇的《智能型人生》夺得。中篇小说金奖则首次出现空缺。杨鹏的《校园三剑客》、飞氘的《中国科幻大片》分获最佳少儿原创科幻图书奖和最佳科幻图书奖。台湾作家黄海的《科幻文学解构》和大陆作家吴岩的《科幻六讲》同时获得最佳科幻评论奖。刘维佳、陈茜和姬少亭分获最佳科幻编辑、最具潜力新作者和最佳科幻迷金奖。此外，美国华裔科幻作家刘宇昆因为把《三体》等优秀中国科幻小说成功译介到西方，被授予特别贡献奖。著名科幻作家王晋康获得组委会颁发的全球华语科幻星云终身成就奖。另外两个特别贡献奖颁发给了《中国科幻银河奖精选作品集》和果壳网。

11月3日

第四届中国校园戏剧节在上海举行　11月3日—12日，以“中国梦·青春梦”为主题的第四届中国校园戏剧节在上海举行。由长安大学文传学院曲妍同学编剧、文传学院艺术教育中心吴鹏老师担任编剧及导演、信息学院陈晏老师担任艺术指导的原创话剧《爱，不殊不忘》作为陕西省唯一代表、西北地区唯一参演剧目（普通组），荣获第四届中国校园戏剧节最高奖——中国戏剧奖·校园戏剧奖（优秀编剧奖），是该校迄今为止参加同类比赛取得的最高荣誉，实现了历史性突破。同时，长安大学还荣获优秀剧目奖、优秀组织奖。中国校园戏剧节由中国文联、教育部、上海市人民政府主办，中国戏剧家协会、上海市文联、上海市科教党委、上海市教委、上海市剧协共同承办。校园戏剧奖设立的“中国戏剧奖·校园戏剧奖”是中宣部批准的国家级文艺常设奖项，是目前唯一由国家设立的校园戏剧最高奖，素有大学生自己的“梅花奖”之称。本届校园戏剧节共收到91所高校、2所中学的123个剧目，最终有22个省市区的33所高校剧目入选，其中包括11台普通组剧目。最终，长安大学与清华大学、复旦大学、三明学院、北京科技大学、南京林业大学、重庆人文科技学院、广西师范大学获得普通组中国戏剧奖·校园戏剧奖。

11月4日

陕西省作家协会成立60周年座谈会　11月4日，陕西省作家协会成立60周年座谈会在西安召开。中国作协副主席、书记处书记何建明，陕西省委常委、宣传部部长景俊海，副省长白阿莹出席会议。座谈会上同时举行了陕西省作协首届年度文学奖颁奖典礼，红柯等20名作家获奖。

11月5日

第九届中国文联文艺评论奖颁奖典礼暨第七届当代中国文艺论坛　11月5日，在由中国文联主办，中国文联理论研究室、中国文艺评论家协会、江苏省文联、苏州市文联承办，江苏省文艺评论家协会、苏州市文艺评论家协会协办的第九届中国文联文艺评论奖颁奖典礼暨第七届当代中国文艺论坛举办。中国文联党组书记、副主席赵实，中国文联党组成员、副主席夏潮，中国文艺评论家协会主席仲呈祥和许先锋、陈先郡、陈建文、庞井君、章剑华、蔡丽新、成从武等中宣部、人社部、中国文联、江苏省、苏州市有关部门领导，以及来自全国各地的艺术家、文艺评论家、专家学者、本届文艺评论奖获奖作者代表和中国文联各团体会员单位代表、当代中国文艺论坛征文作者代表、各省级文艺评论家协会负责人200余人出席颁奖典礼。夏潮主持颁奖典礼和论坛开幕式。

11月6日

第二届《儿童文学》金近奖在上虞颁奖　第二届《儿童文学》金近奖颁奖活动11月6日在

上虞区崧厦镇金近小学举行。来自全国各地的儿童文学作家、评论家及社会各界代表200余人汇聚一堂，参加了颁奖活动。本次大赛共设立优秀作品奖、优秀插画奖、中国小作家奖、中国小作家协会优秀写作中心奖四个奖项。经过严格评选，曹文轩的小说《灰娃的高地》、范锡林的童话《秘笈一条街》、湘女的散文《驿路传奇之白石岩》、徐德霞的诗歌《长安街上的洗楼工》以及韩青辰的报告文学《漂瓶》等18部作品荣获第二届《儿童文学》金近奖优秀作品奖。

刘萧长篇小说《筸军之城》研讨会在京举行　抒写湘西大地上的生命之歌，是作家刘萧在她新出版的长篇小说《筸军之城》里的尝试。11月6日，长篇小说《筸军之城》研讨会在京举行。中国作协书记处书记阎晶明，以及雷达、胡平、贺绍俊、彭学明、何向阳、顾建平等20余位专家学者与会研讨。研讨会由《长篇小说选刊》杂志社主办。《筸军之城》通过匡氏一家四代人的命运串联起“边城”从清代到民国的历史变迁，展现了这座“边城”男子勇武、女子多情的生命场景及奇谲瑰丽的悲情命运。

《人民文学》举办第三届“新浪潮”诗会　11月6日至9日，由《人民文学》杂志社和大理州委宣传部主办的“2014年度《人民文学》杂志社创作培训基地年会暨第三届‘新浪潮’诗会”在云南大理举行。活动中，主办方对2014年度《人民文学》杂志社创作培训基地的先进个人和先进集体进行了表彰。在第三届“新浪潮”诗会上，黄智扬、夏午、武强华、庄凌、蔡根谈、杨犁民、芒原、敬丹樱以及向晚等9位青年诗人与会。他们的作品在4000多份应征稿件中脱颖而出。《人民文学》编辑朱零、大理诗人李智红等与这些年轻诗人进行座谈，并就诗歌稿件中存在的问题进行讨论。

中国少数民族戏剧研讨会在京召开　11月6日，由中国艺术研究院、中国非物质文化遗产保护中心、民族文学杂志社共同主办的“中国少数民族戏剧研讨会”在京召开。中国作协主席团委员、中国少数民族作家学会常务副会长叶梅，中国少数民族戏剧学会原会长谭志湘，《民族文学》主编石一宁，中国艺术研究院戏曲研究所副所长刘文峰、王馗，中央民族大学教授梁庭望，中国艺术研究院戏曲研究所研究员毛小雨，中国少数民族戏剧学会副会长李悦，中国少数民族戏剧学会副会长、中国戏曲学院教授海震，中国艺术研究院戏曲研究所研究员、《戏曲研究》副主编谢拥军、中国非物质文化遗产保护中心理论室主任吴浩等专家学者，以及在京部分青年编辑、学者、研究生等共30多人出席了会议。研讨会由中国艺术研究院戏曲研究所代所长贾志刚主持。

11月8日

第二届宁波文学周举办　11月8日，由中共宁波市委宣传部、宁波市文联主办的第二届宁波文学周拉开帷幕。中国作协副主席李敬泽出席开幕式。在4天的时间里，包括文学颁奖、作品研讨、高峰论坛、作家讲座等活动如期举行。为了集中推介宁波的青年作家，文学周期间举办了多场作品研讨会、推介会。文学周期间还揭晓了“储吉旺文学奖”、“水之魅”优秀诗歌奖和宁波期刊联盟奖。其中，“储吉旺文学奖”是宁波《文学港》杂志的刊物年度奖，以刊登在当年《文学港》上的所有单篇（组）作品为参评对象。在本年度评奖中，曹军庆的短篇小说《请你去钓鱼》、汤养宗的组诗《光阴谣》获得大奖，石一枫、路也、朱零、徐海蛟、草白的作品分别获得优秀奖。

第五届“今日批评家”论坛在南宁举行　11月8日至10日，由中国现代文学馆与《南方文坛》杂志社联合举办的第五届“今日批评家”论坛在广西南宁举行。中国作协副主席李敬泽、中国现代文学馆馆长吴义勤以及张陵、陈剑澜、陈汉萍、冯艺、东西等70余位作家、评论家、编辑家与会，围绕“2014年的文学：现象与问题”展开热烈讨论。论坛由张燕玲和计文君共同主持。

11月9日

扬子江诗学奖颁奖　11月9日，第二届扬子江诗学奖在张家港颁奖。江苏省作协主席范小青、党组副书记张王飞等参加活动。据了解，第二届扬子江诗学奖的评选范围为2013年第6期到2014年第5期《扬子江》诗刊发表的诗歌与诗歌理论作品（翻译作品除外）。最终，杜涯获得“《扬子江》年度诗人奖”，雷平阳、柳沄、大卫、宋晓杰、杨方获得“《扬子江》年度优秀诗作奖”，耿占春、张洪波获得“《扬子江》年度优秀诗歌理论奖”。为配合评奖，张家港同步举办了第二届“诗歌里的城”微型诗全国征集活动。该活动自征集之日起，共收到参赛作品1600多件。评选出一等奖2名、二等奖5名、三等奖8名、优秀奖10名。活动期间，第四届“长江杯”文学评论奖也正式启动，从本届评奖开始，每届评奖将侧重对一个文体的评论进行评选。

中国报告文学学会设立青年创作委员会　11月9日，鲁迅文学院第二十四届中青年作家高级研讨班（报告文学作家班）创作交流会在京举行。中国作协副主席、中国报告文学学会会长何建明，鲁迅文学院常务副院长李一鸣，中国报告文学学会常务副会长黄传会等与会并同学员们进行了交流互动。会上，中国报告文学学会青年创作委员会正式宣告设立。据介绍，青年创作委员会是中国报告文学学会继创作联络委员会、学术研究专业委员会和外事信息工作委员会之后设立的第四个专业委员会。该委员会旨在为中国报告文学学会整体建设和科学发展发挥参谋助手作用，为学会发现、培养和扶植年轻作家发挥梯队作用，打造青年报告文学作家采访创作和经验交流新平台。该委员会将发现、吸收和带领青年报告文学创作人才团结在中国报告文学学会周围，进一步推动青年报告文学作家创作队伍的组织和理论建设，力求使目前报告文学作家队伍年龄偏大、青黄不接的现状得到改观。

《南方文坛》2014年度优秀论文颁奖　11月9日，《南方文坛》2014年度优秀论文颁奖会在南宁举行。中国作协副主席李敬泽、中国现代文学馆馆长吴义勤、广西文联党组书记韦守德，以及80余位作家、批评家、编辑家与会。颁奖会由广西文联副书记石才夫主持。本届评奖的获奖作品有：刘锡诚的《1982：“现代派”风波》、李云雷的《赛珍珠：如何讲述中国的故事？》、岳雯的《不彻底的改革和理性的抒情——重读〈沉重的翅膀〉》、贺仲明的《论当前文学人物形象的弱化与变异趋向——以格非〈江南三部曲〉为中心》、余夏云的《重写现代——“海外中国现代文学研究译丛”的阅读与反思》、张定浩的《爱和怜悯的小说学——以黄永玉〈无愁河的浪荡汉子〉为例》6篇论文。

11月10日

首届收获论坛暨青年作家与批评家对话在上海举办 昨天上午，由《收获》杂志社等主办的“文学与时代——首届收获论坛暨青年作家与批评家对话”在上海作协举办，包括张悦然、笛安、周嘉宁等在内的20多位青年写作者出席了论坛，该活动也是纪念巴金110周年诞辰系列活动之一。由巴金先生创办的《收获》杂志，经过几代人的努力，如今已经变成中国文学的品牌。

11月11日

第三届“中山杯”华侨华人文学奖颁奖仪式在中山市举行 11月11日—12日，第三届“中山杯”华侨华人文学奖颁奖仪式在伟人故里中山市隆重举行。经过评委会专家评审，马来西亚作家李永平的长篇小说《大河尽头》（上下卷）、加拿大作家张翎的长篇小说《阵痛》共同摘得评委会大奖，两位获奖者将共享30万元奖金。薛忆沩的长篇小说《遗弃》、夏曼·蓝波安的中篇小说《天空的眼睛》、王宝国的长篇纪实文学《华侨抗日女英雄李林传》、孙必胜的长篇纪实文学《革命者孙眉》获得优秀作品奖，新作奖分别由山飒的《裸琴》、谢凌洁的中篇小说《一枚长满海苔的怀表》、张冲的中篇小说《她比烟花绚丽》摘得。中国作协副主席高洪波、《中国作家》原主编艾克拜尔·米吉提、《中国作家》主编王山及中山市委书记薛晓峰等为获奖作家颁奖。

“湖北青年作家作品研讨会”在武汉举行 11月11日，由中国作协创作研究部和湖北省作协联合主办的“湖北青年作家作品研讨会”在武汉举行。中国作协副主席李敬泽、《人民文学》主编施战军、中国作协创研部副主任何向阳、《小说选刊》副主编王干等与会。会议由湖北省作协副主席梁必文主持。来自北京和湖北两地的20余位专家学者对普玄、李榕、王君、桢理、宋小词5位青年作家的创作展开了研讨。

11月13日

《民族文学》举办朝鲜文版作家翻译家改稿班　11月13日至17日，由民族文学杂志社、延边朝鲜族自治州作家协会主办，中国民族语文翻译局、中国少数民族作家学会协办的“2014《民族文学》朝鲜文版作家翻译家改稿班”在延吉市举办。《民族文学》主编、中国少数民族作家学会副会长石一宁，中国民族语文翻译局党委书记兰智奇，延边州委常委、宣传部部长尹成龙，延边州委宣传部副部长兼延边作家协会党组书记王智，延边作家协会党组成员、专职副主席于曜东，《飞天》主编马青山等出席开班仪式。开班仪式由《民族文学》副主编赵晏彪主持。《民族文学》朝鲜文版自2012年9月创刊以来平稳健康发展，顺利出版14期，共刊发212篇国内外作家的优秀作品，其中翻译作品155篇，近60位朝鲜族翻译家参加了《民族文学》朝鲜文版的翻译工作。刊发朝鲜族作家母语作品44篇，还刊发了13位韩国作家的作品。

11月14日

田湘诗集《遇见》首发　11月14日，由广西作协主办的田湘诗集《遇见》首发式暨研讨会在京举行。《遇见》是诗人田湘出版的第四本诗集，收录了他100多首不同题材和风格的诗作。这些作品大多取材于诗人自身的日常生活经验。

首届“中国新移民文学研讨会”系列活动在江西举行　14日下午，包括严歌苓、张翎、虹影、陈瑞琳在内的近百名知名海外华人作家共聚江西南昌，探讨“中国新移民文学”，并分享各自在海外的写作经历。14日至16日，首届“中国新移民文学研讨会”系列活动在江西举行。据主办方介绍，中国新移民文学，特指“中国改革开放30年来，从中国新移居或侨居到海外的文学爱好者、作家的文学创作和文学活动。本次活动在中美作家、学者倡导下，获得中国国务院侨办、中国作家协会、中国世界华文文学学会等单位的支持。

徐则臣《耶路撒冷》作品研讨会在京召开　11月14日，由中'国作协重点作品扶持办公室主办、北京十月文艺出版社协办的《耶路撒冷》作品研讨会在京召开。中国作协副主席、党组成员、书记处书记李敬泽，北京十月文艺出版社总编韩敬群出席并讲话。雷达、胡平、曹文轩、陈晓明、孟繁华、彭学明、陈福民、张清华、宁肯、邵燕君、梁鸿、张莉、杨庆祥、计文君、李浩、石一枫、爱瑞克等专家出席研讨会。会议由中国作协创研部副主任何向阳主持。《耶路撒冷》今年3月由北京十月文艺出版后，引起了文坛和社会的热烈反响，并荣获2014老舍文学奖等多个重要文学奖项。小说讲述的是主人公为了筹集求学耶路撒冷的费用，回运河边的老家卖掉祖宅，而后接连与几位儿时伙伴相遇，他们各自的人生境遇、理想追求和对往昔生活的回顾。故事横跨七十年，在浩繁复杂的背景下聚焦于这个年代的中国年轻人，旨在通过对他们父辈以及自我切身经验的忠实描述，探寻成长细节的脉络，并为读者呈现“70后”一代人复杂的精神世界和完整立体的社会。

11月15日

2014年度“茅台杯”人民文学奖揭晓　2014年度“茅台杯”人民文学奖于11月15日下午在鲁迅文学院举行了隆重的颁奖仪式，中国作协副主席何建明、张健，茅台集团总经理刘自力，获奖作家李瑛、吉狄马加、刘醒龙、严歌苓等出席了颁奖典礼。获得优秀长篇小说奖的是刘醒龙的《蟠虺》和严歌苓的《妈阁是座城》。优秀中篇获奖的是邵丽的《第四十圈》和畀愚的《新记》。优秀短篇获奖的是朱文颖的《凝视玛丽娜》和向祚铁的《幸运儿和他的朋友》。优秀散文奖给了汗漫的《妇科病区，或一种艺术》和帕蒂古丽的《被语言争夺的舌头》。优秀诗歌奖为吉狄马加的长诗《我，雪豹》。今年的特别奖给了老诗人李瑛的《抒怀六章》。

11月16日

纪念郭小川诞辰95周年学术研讨会在北京召开　11月16日，“纪念郭小川诞辰95周年学术研讨会”在中国现代文学馆举行，在京的专家学者、郭小川的亲朋好友以及郭小川家乡的代表一百多人出席此次研讨会。研讨会由中国现代文学馆副馆长梁海春主持。郭小川夫人杜惠女士早在十几年前就将郭小川的珍贵手稿、书信、藏书、字画、照片等一千多件文物文献资料捐赠给中国现代文学馆，这些珍贵的文献资料丰富了中国现代文学馆的馆藏，为当代文学的研究提供了更多的一手资料。中国现代文学馆副馆长梁海春代表文学馆向郭小川的亲属表示感谢，并向他们颁发纪念品。

“军事文学现状与前景研讨会”在京召开　11月16日，由中国作协创研部、总政宣传部艺术局和中国作协军事文学委员会联合举办的“军事文学现状与前景研讨会”在京召开。中国作协副主席李敬泽，中国作协副主席、中国作协军事文学委员会主任李存葆出席会议并讲话。会议由总政宣传部艺术局局长、中国作协军事文学委员会副主任姜秀生主持。总政宣传部艺术局副局长彭建渝，中国作协创作研究部副主任彭学明、何向阳，中国作协军事文学委员会副主任周大新及军事文学委员会委员、来自全国各地的军事文学作家近30人与会研讨。

河南作家研讨小说《女导游》　11月16日，河南作家赵瑜长篇小说《女导游》研讨会在郑州举行，南丁、李佩甫、张宇、何弘、墨白、冯杰等多位我省著名作家出席。《女导游》是中国第一部全景式描述女导游的职业生涯及情感生活的长篇小说，再现60后、70后、80后三代女导游的职业秘密、情感密码与生存体悟。这是作家赵瑜继《小闲事：恋爱中的鲁迅》《海瑞官场笔记》之后的最新长篇力作。

11月17日

22本书获评2014年“中国最美的书”称号　11月17日，2014年“中国最美的书”揭晓，上海人民美术出版社的《上海书籍设计师作品集》、中国少年儿童出版社的《羽毛》、广西师范大学出版社与故宫出版社的《在紫禁城》等22本书荣膺该称号。明年3月，上海出版界将组团参加莱比锡书展，参与2015“世界最美的书”的相关活动，22种图书也将代表中国角逐“世界最美的书”评选。

铁凝会见葡萄牙文化代表团　11月17日，铁凝在中国作协会见了葡萄牙文化国务秘书巴雷托·沙维尔博士和他率领的葡萄牙文化代表团。铁凝首先代表中国作协对沙维尔博士一行到中国作协做客表示欢迎。葡萄牙驻华大使若尔热·佩雷拉等使馆官员和中国作协书记处书记阎晶明等参加了会见。

鲁迅文学院第二十三届中青年作家高级研讨班结业　经过为期2个月的学习研修，48名来自全国各地公安战线的学员圆满结束了自己在鲁迅文学院的文学寻梦之旅，顺利结业。11月17日，鲁迅文学院第二十三届中青年作家高级研讨班（公安作家班）结业典礼在京举行。中国作协主席铁凝，中国作协党组书记李冰，中国作协党组副书记、鲁迅文学院院长钱小芊，全国公安文联主席祝春林，中国作协副主席何建明、陈崎嵘，中国作协书记处书记白庚胜、阎晶明出席结业典礼，并为学员们颁发了结业证书。李冰在结业典礼上发表了讲话。结业典礼由鲁迅文学院常务副院长李一鸣主持。出席结业典礼的还有全国公安文联秘书长张策、鲁迅文学院副院长王璇等。

11月18日

2014中国文艺论坛在京开幕　这是一次针对中国本土原创文化的思想交锋。11月18日，由搜狐网与鲁迅文化基金会联合主办的“2014中国文艺论坛暨中国文艺推介评审会”在京开幕。中国作家协会副主席李敬泽、历史学家杨天石、北大教授戴锦华、编剧史航、文学评论家祝东力、鲁迅文化基金会副理事长周令飞、搜狐网总编辑吴晨光等十余位文化、传媒界人士出席论坛，就文艺与政治、思潮对文艺的影响等议题展开讨论。

11月19日

2014陈伯吹国际儿童文学奖颁出　1981年，我国著名儿童文学作家、出版家陈伯吹捐资设立了“儿童文学园丁奖”，意在鼓励儿童文学创作。1988年，此奖改名为“陈伯吹儿童文学奖”。该奖是我国目前连续运作时间最长、获奖作家最多的文学奖项之一。时隔26年，这一奖项又有了新的发展——19日，更名后的“2014陈伯吹国际儿童文学奖”首次颁出，上海国际儿童文学阅读论坛同日举行，为今年的中国上海国际童书展揭开序幕。陈伯吹国际儿童文学奖每年评选一次，奖项包括年度作家奖、特殊贡献奖和年度作品奖。巴西插画家罗杰·米罗、中国儿童作家金波获2014年度作家奖。加拿大出版人帕奇·亚当娜、中国出版人海飞获颁2014年度特殊贡献奖。《小城池》《致未来的你》《掉牙小猪》等13件中外作品摘得年度作品奖。

11月20日

长篇报告文学《泣血长城》研讨会在京召开　2014年11月20日，由全国公安文联、《中国作家》杂志社联合主办的紫金报告文学《泣血长城》研讨会在北京召开。中国作家协会副主席何建明、全国公安文联主席祝春林、《中国作家》主编王山、《中国作家》原主编艾克拜尔·米吉提、全国公安文联副主席武和平、大连市委宣传部常务副部长、大连市文联主席滕贞甫出席会议并讲话。会议由全国公安文联秘书长张策主持。《泣血长城》是以2010年大连“7·16”特大原油火灾救援为背景的长篇报告文学作品。该作热忱讴歌了危急时刻冒着生命危险救援火灾的公安民警及武警消防官兵，讲述了他们惊天动地的英勇事迹和悲怆故事。

全国报告文学理论研究会第八届年会在福州举行　11月20日至22日，全国报告文学理论研究会第八届年会在福建福州举行。会上，来自全国各地的20多位报告文学理论家认真学习领会习近平总书记在文艺工作座谈会上的重要讲话精神，并结合报告文学创作的现实状况，对报告文学如何发挥自己的文体优势、在现实中国社会生活的伟大进程中更好地发挥自身作用、努力参与社会建设自觉、提高独特思想表达和文学艺术水平等话题进行了充分研讨和交流。

首届全球华文散文大赛颁奖仪式在广州举行　“文化中国·四海文馨”首届全球华文散文大赛颁奖仪式今天（20日）在广州举行，曾晓文等海外华文文学作家获奖。第二届全球华文散文征文大赛启动仪式同时启动，主题为“梦想照进心灵”。全球华文散文征文大赛是中国国务院侨办的品牌系列活动“文化中国”的子项目之一，首届大赛自2013年3月启动以来在台港澳及海外广受关注，众多华文作家踊跃来稿，遍及亚洲、美洲、欧洲、大洋洲十几个国家和地区。2013年12月征文截稿后，大赛组委会分别于2014年4月和5月组织了两轮评审，无记名评出100篇入围作品，结集为《遇文化原乡——首届全球华文散文大赛作品选》，由广州花城出版社出版。

11月21日

何顿长篇小说《来生再见》作品研讨会在京召开　11月21日，何顿的长篇小说《来生再见》作品研讨会在北京召开。研讨会由中国作协创作研究部、中国作协小说委员会、湖南省作家协会、长沙市文联、江苏文艺出版社主办，长沙市作家协会承办。中国作协党组成员、副主席、书记处书记李敬泽等近40位专家学者参加研讨会。会议由中国作协创作研究部副主任彭学明主持。《来生再见》是长沙市文联专职作家何顿继长篇抗日题材小说《抵抗者》《湖南骡子》后的又一部以抗日为题材的长篇力作。作品笔墨朴实生动，真实地还原了历史。

《人民文学》军事文学专号引专家关注　2014年11月21日，总政宣传部艺术局、解放军军事文学研究中心、《人民文学》杂志社与解放军艺术学院文学系，在解放军艺术学院联合召开《人民文学》2014年第8期（军事文学专号）作品研讨会。总政宣传部艺术局局长姜秀生，中国作协书记处书记阎晶明，解放军艺术学院常务副院长董斌，《人民文学》杂志社主编施战军、副主编邱华栋，《文艺报》主编梁鸿鹰，著名作家、评论家周大新、朱秀海、汪守德、张志忠、柳建伟、殷实等出席了会议。会议由解放军军事文学研究中心主任、解放军艺术学院文学系主任徐贵祥主持。受总政宣传部艺术局委托，今年4月，解放军军事文学研究中心和《人民文学》杂志社共同举办了以解放军艺术学院文学系历届学员为作者主体的改稿会，其创作成果集中编发于《人民文学》2014年第8期，形成了一期颇具特色的军事文学专号。与会者认为，魏远峰的中篇小说《拂晓》以一支部队“拉练”为背景，表现了当代军人的理想信念和现实情感矛盾，既有思想性的厚重，也有艺术性的创新。董夏青青的《垄堆与长夜》和卢一萍的《哈巴克达坂》，分别从不同的视角聚焦边关生活，于苍凉中呈现出辽阔的境界，从琐碎的事物中提炼出军人的崇高和尊严。军艺文学系在读学员徐彤以其有限的军营生活阅历，创作了短篇小说《风雨桥》，表现了当代军校大学生独特的内心世界和爱军尚武的职业精神。这些作品集中展示了军队中青年作家的创作实力，带着火热的军营生活气息，洋溢着军事文学的蓬勃生机。

11月22日

蔡骏领衔《悬疑世界文库》系列图书在京签售　11月22日，由作家出版社与著名悬疑作家蔡骏联合打造的《悬疑世界文库》系列图书在北京中关村图书大厦上市，同时还举行了蔡骏的《悬疑世界文库》系列图书的首部作品《偷窥一百二十天》《谋杀似水年华》（新版）现场签售活动。悬疑世界文库》系列图书的首部作品是蔡骏的《偷窥一百二十天》，通过被囚禁者和偷窥者两个人物，揭示社会病态和人性人心。

文学界纪念巴金诞辰110周年　11月25日是文学家巴金先生诞辰110周年的纪念日。为了纪念先贤，由中国作协、上海市作协、巴金研究会、巴金故居共同举办的“纪念巴金先生诞辰110周年”系列活动近日在上海举办。11月22日，这一系列纪念活动正式启动。中国作协党组书记李冰，中国作协名誉副主席金炳华，中共上海市委常委、宣传部部长徐麟出席了当天的开幕式。大家就巴金的文学成就、人格精神以及我们今天纪念巴金的意义等问题进行发言。当日，“巴金的世界——巴金先生110周年诞辰纪念展”在上海图书馆开幕。本次展览从多角度、多层次展现真实的巴金，上千件珍贵展品多为首次展出。此次纪念活动将持续一周时间。

第11届巴金学术研讨会举办　作为巴金诞辰110周年系列纪念活动之一，由中国作家协会、上海市作家协会、巴金研究会、巴金故居共同主办的第十一届巴金学术研讨会于11月22—23日在上海举行。此次研讨会的主题为“超越时代的理想主义”，来自日本、韩国以及中国香港、台湾和内地的近百名巴金研究领域专家、学者参与本次学术盛会。中国作协副主席，上海市作协主席王安忆开幕式致词。

中国文学批评研究会成立　为贯彻落实习近平总书记在文艺工作座谈会上的重要讲话精神，切实加强文学评论工作，11月22日，中国文学批评研究会在京成立。中国社会科学院院长王伟光，中宣部副部长黄坤明，中国文联副主席杨承志，中国作协副主席李敬泽、书记处书记阎晶明，中宣部文艺局局长汤恒出席成立大会。中国文学批评研究会由中国社科院副院长张江任会长，李敬泽、朱立元、程光炜、陈晓明、南帆等任副会长。

山东研讨张炜40年文学创作　11月22日，由山东省档案馆主办、山东省文艺评论家协会和山东省新华书店协办的“张炜创作40年研讨会暨手稿、版本展”系列活动在山东省档案馆举行，《张炜文集》（48卷）同时首发。据悉，山东省档案馆从所藏一万多件张炜的手稿、著作版本及其他材料中采撷部分精品和素材举办了此次展览，张炜也再次将其8部中长篇小说手稿捐赠给山东省档案馆。山东省档案局局长杜文彬致辞并为张炜颁发了捐赠证书。中共山东省委宣传部副部长王红勇、山东省作协党组书记杨学锋出席并讲话。30余位作家、诗人、评论家参加了有关活动。此次首发的《张炜文集》由作家出版社出版，共收录了张炜的长篇小说19部、中短篇小说集7部、散文随笔集20部、诗集2部，包括他迄今40年间发表的1500万字的文学作品。

专家研讨开展积极健康文艺批评　学习贯彻习近平总书记文艺工作座谈会重要讲话精神、开展积极健康文艺批评研讨会11月22日在京召开。中宣部副部长黄坤明，中国社会科学院院长王伟光，人民日报社总编辑李宝善出席并致辞。中国社会科学院副院长张江主持会议，中国文联副主席杨承志、中国作协副主席李敬泽、人民日报社副总编辑陈俊宏和来自中国社会科学院、北京大学、清华大学、复旦大学、北京师范大学、四川大学等高校和科研院所的学者、评论家和作家代表40余人参加会议。

全国大学生文学社团联盟成立　在习近平总书记文艺工作座谈会重要讲话精神的鼓舞下，11月22日，全国大学生文学社团联盟在江苏常熟沙家浜爱国主义教育基地正式成立。中国作协副主席何建明、叶辛，共青团中央学校部部长、全国学联秘书长杜汇良，中共江苏省委宣传部副部长、江苏省文联党组书记章剑华等出席成立大会并致辞。来自全国各地60多所高校的文学社团学生代表参加了此次活动。成立大会上发布了《全国大学生文学社团联盟倡议书——用最优美的文字书写社会主义核心价值观》和全国大学生“青春中国”写作营计划，沙家浜“全国大学生文学社团联盟践行社会主义核心价值观学习实践基地”同期揭牌。20位同学逐一登台，用简短而生动的语言表达了各自对社会主义核心价值观的理解，展现出青春向上的正能量。活动期间，全国大学生文学社团联盟还举行了第一次代表大会，选举产生了联盟理事会。北京大学五四文学社等37个文学社团当选为联盟常务理事，武汉大学浪淘石文学社当选为联盟理事长。联盟秘书处设在中国作家出版集团，顾超任秘书长。

洛夫诗歌创作70年研讨会　11月22日，由东南大学世界华文诗歌研究所主办的“背离与回归——洛夫诗歌创作70年研讨会”在南京举行。洛夫在研讨会上说，我的诗歌风格从早期的实验主义、超现实主义到后来向传统文化和古典诗歌回归，并不是评论界臆测的“浪子回头”，而是追求现代与传统的有机融合，建立新诗的现代美学体系。与会者围绕洛夫的诗歌创作与中国新诗的发展态势展开讨论。孙基林谈到，洛夫的现代主义禅诗把西方超现实主义与中国古代禅意，把西方现代派诗人提倡的“自动语言”与古典诗人讲究的“无理而妙”巧妙融合，实现了“化欧”与“化古”的融会贯通。任洪渊说，洛夫70年的诗歌探索，是20世纪中叶以来的重要诗歌个案，为重建现代诗歌美学提供了很好的诗学价值。赵思运对洛夫诗歌中反复出现的“雪”意象进行分析，并试图从中窥测诗人的创作心理，认为洛夫的诗富有汉语的特质和智慧。姜耕玉认为，洛夫高扬新诗的自由精神，在创作上进行多种实验，这种精神值得年轻诗人学习。

中国电影文学学会剧作理论委员会成立　2014年11月22日，中国电影文学学会剧作理论委员会成立大会暨首届学术研讨会日前在上海戏剧学院举行。此次研讨会的主题是“中国影视文学发展的历史、现状与前景”，上海戏剧学院副院长黄昌勇，中国电影家协会副主席、中国电影文学学会会长王兴东等到会致辞。来自全国40多所高校和文化单位的60位首批会员提交了学术论文，并就中外电影剧作理论研究、中国电影剧作史研究、动画电影剧作研究、类型电影剧作研究、电影剧作家研究、新媒体时代的电影剧作研究等6个专题分别进行了学术研讨。

11月23日

司马光传记文学学术研讨会举行　由中国传记文学学会主办、山西运城学院协办的司马光传记文学学术研讨会日前在山西省运城市举行。与会学者从司马光人物述评、《资治通鉴》研析、司马光生平史料考订、有关司马光传记写作的历史变化、编写现代司马光传记的新视野新方法、《资治通鉴》对中国古代和当代传记写作的启示等方面做了深入探讨。这是海内外第一次举办的将《资治通鉴》与传记研究联系起来的学术研讨会。

11月24日

鲁迅文学院第二十四届中青年作家高级研讨班结业　经过为期两个月的研修充电，又有61名学员圆满完成了在鲁迅文学院的各项学习任务，顺利结业。11月24日，鲁迅文学院第二十四届中青年作家高级研讨班（报告文学作家班）结业典礼在京举行。中国作协党组书记李冰，中国作协党组副书记、鲁迅文学院院长钱小芊，中国作协副主席何建明、陈崎嵘、李敬泽，中国作协书记处书记白庚胜、阎晶明出席结业典礼，并为学员们颁发了结业证书。

陕西文艺界举行学习柳青创作精神座谈会　11月24日上午，陕西文艺界在西安举行学习柳青创作精神现场座谈会。陕西省委常委、宣传部长景俊海和贾平凹、肖云儒、王西京、高建群等陕西知名文学艺术家来到长安区皇甫村，柳青曾在这里生活了14年，创作了代表作《创业史》。大家参观了柳青故居、柳青文化广场，实地感受了柳青当年的生活和创作环境。随后，大家就柳青创作精神展开现场座谈，交流探讨文艺创作心得体会。座谈会上，大家就柳青扎根基层、融入群众当中，进行文学创作的精神展开座谈，一致认为广大文艺工作者应该大力学习柳青精神，俯下身心“接地气、深入生活、扎根人民”。著名作家贾平凹表示，柳青之所以能够写出《创业史》这样的作品，与他长期植根沃土、深入生活是分不开的，学习柳青、研究柳青、继承柳青，对文艺家的创作是非常重要的。景俊海说，文艺创作要深深扎根生活，从人民群众的伟大实践中汲取营养；要坚持以人民为中心的创作导向，确保艺术之树常青；要胸怀坚定的文艺理想和责任担当，推出更多有筋骨、有道德、有温度的文艺精品；要尊重和遵循文艺创作规律，为文艺工作营造良好发展环境。

第三届泰山文艺奖表彰座谈会在济南召开　11月24日，山东省第三届泰山文艺奖（文学创作奖）表彰座谈会在济南召开。中共山东省委常委、宣传部部长孙守刚出席并讲话，宣传部副部长王红勇主持座谈会。泰山文艺奖三年一届，本届共评出39部获奖作品。其中，长篇小说4部、中篇小说5篇、短篇小说5篇、诗歌4部、散文4部、报告文学5部（篇）、儿童文学5部、文学评论（理论）7部（篇）。山东省作协主席张炜宣读了第三届泰山文艺奖表彰决定，党组书记杨学锋介绍了评奖情况，副主席刘海栖宣读了“中国梦”主题文学征文表彰决定，并为第三届泰山文艺奖和“中国梦”主题征文的获奖者颁奖。获奖作家代表铁流、王秀梅、也果分别发言。山东省作协党组成员李军、副主席赵德发、谭好哲、许晨、李掖平等与会。

11月25日

“天地家春秋——纪念巴金诞辰110周年”展览在中国现代文学馆举办　为纪念巴金诞辰110周年，中国现代文学馆于举办“天地家春秋——纪念巴金诞辰110周年”展。展览将持续至明年1月25日。

上海市儿童诗创作研讨会召开　25日，市儿童文学研究推广学会在闸北区安可金殿培训基地举行儿童诗创作研讨会。著名作家张锦江会长作了《童诗是孩子内心欢唱的歌》的主题发言。同日，“上海儿童诗创作阅读推广基地”揭牌。

中山首创全国“诗意公交”诗歌奖揭晓　伟人故里中山，11月25日晚8时34分，一辆快速公交缓缓从利和广场快速公交站驶出，与公交车一起启动的还有一场特殊的颁奖仪式：中山“超人杯”——“全民修身·诗意公交”文化公益活动诗歌大赛颁奖仪式在该市快速公交上举行，广东省作协副主席、中山市政协主席丘树宏，当代著名评论家、北大教授谢冕等与几十名名诗人、乘客出席了这一流动的颁奖仪式。

第二届蒙古文儿童文学青年作家培训班举办　11月25日，由内蒙古自治区团委、自治区作家协会联合主办，内蒙古民族青少年杂志社承办的第二届全区蒙古文儿童文学青年作家培训班在呼和浩特开班。自治区团委副书记陈晓东，自治区文联副主席、作协主席特·官布扎布，自治区党委宣传部文艺处副处长图巴特尔，自治区作家协会秘书长锡林巴特尔等出席开班仪式。全区60余名蒙古文儿童文学青年作家参加培训班。培训班通过讲座、改稿、座谈会等多种形式，对学员们进行理论和实践培训。

11月26日

莫言小说《苍蝇·门牙》手稿捐赠入藏现代文学馆　莫言小说《苍蝇·门牙》的手稿在11月26日入藏中国现代文学馆。小说《门牙·苍蝇》最早发表于1986年的《解放军文艺创刊35周年纪念特刊》，是莫言短篇小说代表作之一。小说手稿今年5月被宣布公开拍卖，其私洽价格达400万人民币。莫言得知消息后，表示不愿看到手稿在市场上拍卖，而希望捐赠给现代文学馆。此事后经崔永元从中协调，最终手稿藏家赵庆伟、原发刊物《解放军文艺》、北京歌德拍卖公司以及私洽买家等各方达成一致，同意尊重作家捐赠手稿，拍卖公司撤拍。

鲁迅文学院第二十五届中青年作家高级研讨班举行开学典礼　11月26日，鲁迅文学院第二十五届中青年作家高级研讨班（网络作家班）开学典礼在京举行。中国作协主席铁凝，中国作协党组书记李冰，中国作协党组副书记、鲁迅文学院院长钱小芊，中国作协副主席陈崎嵘，中国作协书记处书记阎晶明出席开学典礼，向学员们表示欢迎和祝贺。开学典礼由鲁迅文学院常务副院长李一鸣主持。出席开学典礼的还有中国作协办公厅副主任徐光、鲁迅文学院副院长王璇等。

新疆作家谢耀德长篇小说《荒原之恋》获优秀作品奖　近日，由新疆作家谢耀德创作的长篇小说《荒原之恋》荣获国资委第二届中央企业精神文明建设“五个一工程”优秀作品奖。11月26日下午，国资委在北京举行了“凝心聚力·塑形铸魂——第二届中央企业精神文明建设“五个一工程’颁奖仪式”，共有两部电影、一部电视剧、3部电视纪录片、3部戏剧、3部广播剧、8首歌曲、6部图书共计26部作品获得优秀作品奖。新疆克拉玛依市作家谢耀德的长篇小说《荒原之恋》获得图书类优秀作品奖。

严歌苓受聘北师大驻校作家　11月26日，美籍华人女作家严歌苓正式签约北京师范大学国际写作中心、北京师范大学文学院，成为继贾平凹、余华之后的又一位驻校作家。著名作家莫言、北京师范大学党委书记刘川生、北京师范大学国际写作中心学术委员会主任童庆炳共同为严歌苓颁发了驻校聘书和兼职教授及作家导师聘书。莫言主持仪式。参加研讨会的还有：陈晓明、白烨、孟繁华、贺绍俊、陈福民、张志忠、邵燕君、梁鸿、徐则臣、张莉等。

“跨越文化的思考与超越性别的书写”学术研讨会召开　11月26日，“跨越文化的思考与超越性别的书写”学术研讨会在京召开。会上，专家就严歌苓的小说艺术特色及其在海内外产生的影响进行了讨论。上世纪80年代以来，严歌苓陆续发表小说作品，引起了文学界和读者的广泛关注。她的作品被译为法文、荷兰文、西班牙文等多国文字，在中外文学交流中产生了重要影响。小说《第九个寡妇》《小姨多鹤》《陆犯焉识》等改编电影、电视剧后掀起了收视热潮。大家一致认为，严歌苓小说最重要的特点就是戏剧性、技巧性强。莫言认为，严歌苓的小说创作技巧上达到了炉火纯青的程度，她“真懂小说的技术”，可以给写作初学者提供料理清晰的指导。此外大家还注意到，严歌苓的小说取材广泛，有着宽阔的国际视野和敏锐的跨文化的思考。参加研讨会的还有：陈晓明、白烨、孟繁华、贺绍俊、陈福民、张志忠、邵燕君、梁鸿、徐则臣、张莉等。

《民族文学》藏文版作家翻译家改稿班举办 26日至28日，由《民族文学》杂志社、云南省作协主办的“2014《民族文学》藏文版作家翻译家改稿班”近日在云南迪庆举办。中国作协副主席廖奔、《民族文学》主编石一宁、迪庆州委宣传部副部长毛建忠、西藏文联副主席平措扎西等出席开班仪式。《民族文学》藏文版创办5年来，共出版了33期，翻译发表了400多位国内作家的优秀作品，其中包括60多位当今活跃的藏族母语作家的佳作，来自社会各界的130多位藏族翻译家参与了藏文版的翻译工作。杂志社曾分别在西藏、青海、甘肃举办过藏文版作家翻译家改稿班和座谈会。谈及刊物今后的发展，石一宁认为，时代在发展，刊物需要与时俱进，在组稿视野、翻译质量、编辑水平等方面，都有扩展、提升的空间。他希望通过举办这样的改稿班和交流座谈会，为大家提供一个切磋创作和翻译心得、进一步提高创作和翻译质量的机会，共同把《民族文学》办得更好。

11月27日

天津研讨狄青作品 11月27日，日前，由天津市作家协会、天津市委支部生活社联合主办，天津作协文学院、天津作协创作研究室承办的“狄青作品研讨会”在津召开。天津市作协主席赵玫、党组副书记万镜明、副主席武歆以及京津两地的10余位作家、评论家与会，对狄青近年来出版的4部作品进行了研讨。狄青的创作涵盖了多种文学体裁，近年出版了随笔集《恋爱与烹调》、文学评论集《与文学有关的一些话》、短篇小说集《我不要你管》和中篇小说集《闭嘴》等。与会者认为，狄青善于观察生活、体悟生活，其作品常以含蓄内敛的笔锋折射社会的诸多现象，于幽默和机智中表现人生的思考。他的写作自觉继承了现实主义传统，又在独特的津味文化与地域风俗中暗承了话本小说民间化的叙事风格。他视野开阔，敢于针砭时弊，谈问题直指要害，其随笔式批评有性情、有态度、有立场。

11月28日

专家研讨长篇小说《无尽藏》 日前，庞贝长篇小说《无尽藏》学术研讨会在深圳举办。中国作协副主席李敬泽，以及欧阳江河、杨扬、陈子善、谢有顺、南翔、邓一光等与会。此次

研讨会的主题为“汉语文化与空间叙事”，与会者围绕这一话题由《无尽藏》延伸出去进行了探讨。《无尽藏》讲述了南唐后主李煜治下的宫里宫外的斗争，将我们带入到了南唐那烟雾缭绕的历史迷宫里。这是庞贝的第一部长篇处女作。《无尽藏》于2013年由《中国作家》杂志首发、2014年初由作家出版社出版后好评如潮，这部“中国题材、国际表达”的精品力作以其卓尔不群的品质赢得读者追捧，也获得了文学界的盛赞。

鲁迅文学院丛书《恰同学芳华》出版　11月28日，鲁迅文学院第二届中青年作家高级研讨班学员结业10周年纪念会在京举行。胡平、雷达、王璇等与“鲁二”部分学员齐聚一堂，抚今追昔，共叙情怀。会上同时举行了《恰同学芳华》丛书首发式。

11月29日

长篇小说《夏》研讨会举行　11月29日，由中国作协创研部、文艺报社、人民文学出版社、山西省作协共同主办的许大雷长篇小说《夏》研讨会在京举行。《夏》长达80余万字，题目“夏”象征着华夏文化中“夏天”般的核心性格。小说的表层写的是山西晋南“河东人”，但实际上着力挖掘的是中国人的文化人格。专家认为作者许大雷的小说是探索性写作，他基于自己的创作理念和生活阅历，对文明、人性、小说特征进行了自我挖掘。

专家研讨吴礼权历史小说　11月29日，由复旦大学中国当代文学创作研究中心与暨南大学出版社联合主办的“吴礼权历史小说研讨会”在沪召开。陈晓明、陈思和、栾梅健、郜元宝、杨杨、黄发有等与会。与会者认为，吴礼权以深厚的学术功底和修辞学家的专业背景从事历史小说创作，抓住了历史“本事”的精髓与精气神。《游士孔子》在细节描写上细腻传神，塑造了孔子的鲜活形象。《策士张仪》在虚实相间、情理交融中突显了小说主角的性格特点，自然不露痕迹。这些作品展露了古代游士的生存状态与心路历程，与“戏说”历史的作品拉开了距离，作者扎实严谨的考据与优雅流畅的语言为历史小说创作增色不少。

第三届青年文学奖颁奖　11月29日，“赋春杯”第三届《青年文学》奖颁奖典礼暨《青年文学》创作基地揭牌仪式在江西婺源举行。张炜获得第三届《青年文学》成就奖，弋舟获得《青年文学》创作奖，杨怡获得《青年文学》新人奖。《青年文学》杂志社社长李师东和作家评论家梁晓声、孟繁华、王干等为获奖者颁奖。本届《青年文学》奖由《青年文学》杂志社、江西省婺源县人民政府联合主办。

《中国历史文化名人传》丛书创作会在京举行　自2012年启动至今，由中国作协主持的重大文化原创工程——《中国历史文化名人传》丛书出版工作进展顺利：全套124卷中已有20部作品与广大读者见面，全部传主均已有作者认领，近90人已向丛书编委会提交了创作大纲。为更好地推进丛书创作与出版，11月29日，第四次《中国历史文化名人传》丛书创作会在京举行。中国作协副主席、《中国历史文化名人传》丛书编委会主任何建明出席会议并讲话。部分丛书编委会成员、专家学者同近20位丛书作者与会进行了交流。

11月30日

诗人西川任北师大驻校作家　11月30日，继余华、欧阳江河后，著名诗人西川成为北京师范大学国际写作中心驻校作家。西川是中国当代著名诗人，自80年代起便投身全国性的青年诗歌运动。他和海子、骆一禾被誉为北大三诗人，曾出版诗文集《深浅》《大河拐大弯》等。据北师大中文系主任张清华介绍，西川是余华、欧阳江河、贾平凹、严歌苓之后又一位北师大驻校作家，同为诗人的欧阳江河已经开始带硕士研究生。

中原论坛启动仪式暨周大新文学创作研讨会举行　11月30日，“中原论坛启动仪式暨周大新文学创作研讨会”在郑州师范学院举行。此次活动旨在促进中原作家群研究，繁荣当代文学、文化发展，论坛主办单位为中国当代文学研究会、中国现代文学馆和郑州师范学院，由郑州师范学院中原作家研究中心承办，会议级别为国家级学术会议。首届“中原论坛”的主题为“周大新文学创作学术研讨”，对著名军旅作家、茅盾文学奖的获得者周大新的创作进行深入、全面的研讨，以探讨周大新的创作与中国当代文学、当代文化的关系，发现文学创作为人民服务的新路径和内驱力。

十二月

12月1日

“文学陕军”诗歌创作座谈会在京举行　12月1日，“文学陕军”诗歌创作座谈会在京举行。中国作协副主席高洪波、李敬泽，中共陕西省委常委、宣传部部长景俊海，陕西省作协党组书记蒋惠莉等出席座谈会。50余位诗人、诗评家与会，共同探讨了秦巴子、伊沙、李小洛等16位陕西中青年诗人落的创作，他们希望，陕西诗歌能接续诗歌传统，立足本土经验，不断进行艺术上的探索和创新。研讨会由中国作协创作研究部、中国作协诗歌委员会、陕西省作协共同主办。

“德孝廉”小小说征文大赛颁奖　12月1日，由《小说选刊》《小小说选刊》《微型小说选刊》等杂志社主办的中国·武陵“德孝廉”小小说全国征文大赛在湖南常德颁奖。经严格公正的初评终评，张玉兰《陪着母亲坐火车》、申平《瘸羊倌儿》、戴希《一串佛珠》3篇作品获一等奖，林庭光《小巷》等10篇作品获二等奖，金洁雯《摄像头》等20篇作品获三等奖，另有30篇作品获优秀奖。《中国武陵·“德孝廉”小小说全国征文大赛获奖作品集》已经由湖南人民出版社正式出版。

12月2日

2014中国小小说年会在湖南常德举行 12月2日，由《小小说选刊》、小小说作家网主办的2014中国小小说年会在湖南常德举行。会议由河南省作协副主席、《小小说选刊》《百花园》主编杨晓敏主持。会议发布了2014中国小小说十大重要事件、十大热点人物、十大新秀与2014中国小小说排行榜，并对国内外2014年华文小小说创作态势进行了研讨与交流。在这次年会上，还举行了《杨晓敏与小小说时代》新书首发式。

2014影视文学研讨会在京召开 由中国作协影视文学委员会主办的“2014影视文学研讨会”日前在中国现代文学馆举行。中国作协副主席李敬泽出席会议并讲话，中国作协影视文学委员会副主任黄亚洲、范咏戈、艾克拜尔·米吉提及部分委员程蔚东、王兴东、马中骏等参加会议，中国作协副主席、影视文学委员会主任陈建功主持会议。

12月3日

刘勇同志逝世 湖南省作协原常务副主席、秘书长刘勇同志，因病医治无效，于2014年12月3日逝世，享年90岁。刘勇，1952年开始发表作品。文学创作一级。著有小说集《一面铜锣天下响》《两面红旗迎风飘》等，诗集《山歌倒满涟水河》《幸福歌》等，散文集《我敬周总理一杯酒》等，戏剧集《初成和细英》等，曲艺集《十绣新农村》，儿童文学集《两只好看的文具盒》，文艺评论集《怎样写好短篇小说》等。

12月5日

首次国家公祭文学行动在南京举行 由江苏省委宣传部主办、江苏省作协承办的“拒绝遗忘——首次国家公祭文学行动”12月5日在南京举行，长篇报告文学《南京大屠杀全纪实》以及《雨花》《扬子江诗刊》公祭特刊在活动中首发。中国作协副主席何建明、江苏省委宣传部部务委员李朝润、江苏省作协主席范小青等出席此次活动。

天津研讨李治邦小说 12月5日，由天津市作协主办的李治邦中短篇小说研讨会在津举行。天津市作协名誉主席蒋子龙、天津市作协主席赵玫出席并致辞。万镜明、武歆、肖克凡、黄桂元等京津两地的专家学者对李治邦的10部中短篇小说进行了研讨。

12月6日

《中国作家》首届“舟山群岛新区杯”短篇小说奖颁奖会举行 《中国作家》首届“舟山

群岛新区杯”短篇小说奖颁奖仪式12月6日上午在舟山新城举行。《谁在说话》等6部短篇小说分别获得大奖、优秀奖和新人奖。全国政协常委、中国作协副主席陈建功，《中国作家》主编王山，《中国作家》原主编艾克拜尔·米吉提，舟山市市委常委、宣传部部长、统战部部长忻海平等出席颁奖仪式并为获奖作者颁奖。

专家研讨散文集《真情档案》　由中国散文学会举办的军旅作家程荣贵散文集《真情档案》研讨会近日在京举行。来自军内外30多名作家、评论家与会。程荣贵为总参军务部上校军官，《真情档案》是其第一本散文集，收集了他从军后创作的112篇散文。与会专家认为，程荣贵的作品文风朴实，以军人的目光和敏感，对现实生活进行了深刻思考，在文坛流行大散文和历史散文的潮流中，程荣贵坚持写身边的凡人小事，形成了自己独特的风格。

贾平凹《老生》研讨会在复旦大学举行　贾平凹先生的第十五部长篇小说《老生》一出版就引起评论界的高度关注。6日，来自北京、辽宁、陕西、湖北、江苏、上海的二十多位评论家在复旦大学举行贾平凹《老生》学术研讨会。贾平凹在中国现代文学馆馆馆长吴义勤的陪同下出席会议，听取了大家的意见。

首届湖南网络文学创作研讨会举行　12月6日，由湖南作家研究中心、湖南网络文学研究基地、湖南省网络文学研究会联合主办的“首届湖南网络文学创作研讨会”在中南大学文学院召开。王跃文、余三定、谭伟平、季水河、赵炎秋、龚旭东、阎真、余艳、陈善君、唐樱等100余名知名专家学者出席会议。与会专家学者围绕“网络创作与网络文学湘军建设”为题，通过分析湖南网络文学创作的现状与问题，提出打造“网络文学湘军”的发展良策，就新媒体技术、网络出版、网络义学质量、网络文学电影改编、网络文学微影转化等相关问题展开了深入探讨，提出网络文学创作需要具备主体担当意识，树立正确的价值取向积极投身中国梦表达，建构立体传播模式不断寻找批评新范式，追求网络文学的经典化。

12月7日

第三届郁达夫小说奖在浙江颁奖　12月7日，由浙江省作协《江南》杂志社和富阳市人民政府联合主办的第三届郁达夫小说奖颁奖典礼在郁达夫的故乡——浙江富阳举行。中国作协副主席陈建功，中共浙江省委常委、宣传部部长葛慧君，中共浙江省委宣传部副部长龚吟怡，浙江省文联党组书记田宇原，浙江省作协主席麦家、党组书记臧军，郁达夫小说奖部分评委及获奖者参加颁奖典礼。经过评委数轮投票评选，邓一光的《你可以让百合生长》获得中篇小说奖，毕飞宇的《大雨如注》获得短篇小说奖；马金莲的《长河》、迟子建的《晚安玫瑰》、弋舟的《等深》获得中篇小说提名奖，艾伟的《整个宇宙在和我说话》、须一瓜的《寡妇的舞步》、叶弥的《亲人》获得短篇小说提名奖。同时，本届郁达夫小说奖还向周晓枫、哈闻、杨泥、刘照进、徐则臣、甫跃辉、雁翎、王小王等8人颁发了责任编辑奖，以感谢他们在作品发表过程中所付出的辛劳。颁奖活动当天，陈建功为当地文学爱好者做了名为《喧嚣的时代与文学的定力》的专题讲座。

12月8日

叶君健百年诞辰纪念座谈会在京举行　叶君健，1914年12月7日生于湖北红安，毕业于武汉大学外国文学系，以丹麦文翻译全本168篇的《安徒生童话》广为人知。为纪念翻译家和文学家叶君健，12月8日，叶君健百年诞辰纪念座谈会在中国现代文学馆举行。中国作协主席铁凝出席座谈会并致辞。中国作协党组书记李冰主持会议。中国作协副主席李敬泽出席座谈会。来自各地的几十位作家、学者、评论家及叶君健亲朋故交参加座谈会。“叶君健先生的一生，是穿越语言的疆界，自由地运用多种语言进行文学创作的一生；是对翻译事业精益求精，无私奉献的一生；是为了儿童，对儿童文学事业寄予无限深情的一生。”铁凝在座谈会发言时如是说。

全国优秀科普作品奖揭晓　由科技部组织开展的“2014年全国优秀科普作品”评选活动今天揭晓，少年儿童出版社出版的《十万个为什么（第六版）》等50部作品榜上有名。

2014网络文学行业峰会在深举行 12月8日，由腾讯文学主办的2014网络文学行业峰会在深圳举行，唐家三少、天蚕土豆、我吃西红柿、猫腻、风凌天下、辰东等来自不同平台的百余位网络文学行业顶尖作家以及江南、南派三叔、蔡骏等知名作家齐聚一堂，共话移动互联网时代和“泛娱乐”趋势下的网络文学产业机遇与未来。这是网络文学产业有史以来规模最大、覆盖最广、与会作者含金量最高的一次行业会议，也是一个打破门户之见的网络作家大聚会。

文学与影视互相牵手　中国作家协会影视文学委员会举办的影视文学研讨会日前在京举行。与会的专家围绕影视与文学的关系、2014年影视的现状、问题和未来发展展开研讨。

著名评论家何西来逝世　中国社会科学院文学研究所原副所长何西来同志，因病医治无效，于2014年12月8日在京逝世，享年76岁。何西来，原名何文轩。1983年加入中国作家协会。著有专著《新时期文学思潮论》《文格与人格》等，论文集《探寻者的心踪》《文学的理性和良知》《文艺大趋势》等，散文集《横坑思缕》《虎情悠悠》等。

12月9日

鲁院举办第十六期少数民族文学创作培训班　12月9日，鲁迅文学院第十六期少数民族文学创作培训班在广东珠海举行开班仪式。中国作协党组副书记、鲁迅文学院院长钱小芊在开班仪式上讲话，广东省作协党组书记吴伟鹏致辞。广东省作协副主席熊育群、广东省珠海市委宣传部常务副部长房祁出席开班仪式。开班仪式由鲁迅文学院常务副院长李一鸣主持。本届培训班共有42名学员，来自宁夏、新疆、西藏、内蒙古、云南、贵州、广西等16个省区市，包括土族、藏族、蒙古族、壮族、苗族、朝鲜族等21个少数民族。在开班仪式上，彝族作家段绍东、满族作家王志利、回族作家马晓艳、藏族作家包红霞代表本期培训班学员作了发言，表示要倍加珍惜此次学习机会，认真汲取创作经验，以习近平总书记在文艺工作座谈会上的讲话精神为指引，创作出深受人民群众喜爱又独具民族特色的好作品，共圆文学梦、中国梦。

12月10日

朱西京获俄罗斯“契诃夫文学奖”勋章　12月10日，由欧亚作家联盟副主席史拉布诺夫带队的俄罗斯“契诃夫文学奖”勋章的颁奖代表们，一行专程从俄罗斯赶至陕西，给陕西作家朱西京颁发“契诃夫文学奖”勋章。史拉布诺夫表示，朱西京的《流年》为中、俄两国的文化交流架起了一座友谊桥梁。

《小说评论》创刊三十周年座谈会在京举行　12月10日，由中国作协创研部、《文艺报》社、陕西省作家协会主办，《小说评论》杂志社协办的“反思批评现状重建批评伦理——暨《小说评论》创刊三十周年座谈会”在京召开，中国作协副主席李敬泽，陕西省委宣传部副部长陈彦，陕西省作协主席贾平凹，陕西省作协党组书记、常务副主席蒋惠莉出席座谈会，雷达、吴秉杰、张陵、白烨、施战军等来自全国各地的20余位批评家先后发言，就目前文学批评的现状及其所存在的问题发表了自己的看法。座谈会由《文艺报》总编辑梁鸿鹰、《小说评论》主编李国平共同主持。

上海文学艺术奖揭晓　上海文化艺术领域的综合性最高奖项——上海文学艺术奖12月10日揭晓评选结果。作曲家吕其明，画家陈佩秋、方增先，京剧大师尚长荣，“连环画泰斗”贺友直，文学翻译家草婴，电影表演艺术家秦怡，文艺理论家徐中玉、钱谷融，越剧表演艺术家徐玉兰、“话剧皇帝”焦晃，舞剧编导舒巧等12人，获得第六届上海文学艺术奖“终身成就奖”。王安忆、于本正、陈少云、陆谷孙、李莉、周慧珺、施大畏、赵丽宏、奚美娟、黄蜀芹、蔡正仁、廖昌永等12人获得第六届上海文学艺术奖“杰出贡献奖”。在停办12年之后，上海文学艺术奖于今年重启评选，为上海文艺创作设立“标杆”。

《十月》举行“小说新干线”研讨会　“小说新干线”是《十月》杂志的一个特色栏目，该栏目每期集中刊发同一作者的两到三篇小说，同时刊发创作谈、印象记等文章，目的在于重点推介具有一定创作实力但尚未得到文坛充分关注的青年小说作者。自1999年以来，许多有实力、有特点的新作家从这里起步，逐渐被文学界和普通读者熟悉。12月10日至12日，这些曾经的“新生代”赴贵州安龙，同来自各地的作家、评论家、编辑家共同探讨小说创作以及文学期刊在当下的重要作用。蒋子龙、陈世旭、欧阳黔森、陈东捷以及栏目作者李云雷、马小淘、甫跃辉、王威廉、郑小驴等与会。活动期间还举行了“《十月》文学安龙创作基地”的挂牌仪式。蒋子龙、陈世旭等为当地文学爱好者做了专题讲座。

12月12日

2014年中国报告文学优秀作品排行榜揭晓　由中国报告文学学会评出的2014年中国报告文学优秀作品排行榜近日揭晓。何建明的《南京大屠杀全纪实》、李春雷的《朋友——习近平与贾大山交往纪事》、丰收的《西长城——新疆兵团一甲子》、张敏宴的《吸血的血透》、裔兆宏的《淮河赤子情》、马娜的《天路上的吐尔库》、胡平的《瓷上中国——China与两个china》、薛晓康的《悲怆莲花路——追记一群默默奉献的墨脱筑路人》、紫金的《泣血长城》、赵瑜的《野人山淘金记》等作品榜上有名。

21世纪年度最佳外国小说（2014）揭晓　12月12日，由人民文学出版社和中国外国文学学会联合举办的“21世纪年度最佳外国小说（2014）”颁奖典礼在京举行。德国作家大卫·瓦格纳的《生命》、俄罗斯作家安德烈·沃洛斯的《回到潘日鲁德》、法国作家克里斯托夫·奥诺-迪-比奥的《潜》、西班牙作家拉法埃尔·奇尔贝斯的《在岸边》、罗马尼亚作家弗洛林·拉扎雷斯库的《麻木》、加拿大作家丹尼斯·博克的《回家》等6部作品获此殊荣。

12月13日

专家研讨冷明权诗集　12月13日，由中国诗歌万里行组委会和中国文联出版社共同主办的冷明权诗集《行纪而已集》研讨会在京举行。海南作家冷明权在不久前推出长篇小说《远古大帝》之后，近日又在中国文联出版社出版诗集《行纪而已集》。这些诗作是他因工作、旅游而在各地行走的记录，绝大多数是写于火车或飞机上。与会诗人、评论家认为，冷明权且行且记且歌，其作品具有纪行性。他的诗歌哲思丰富，不拘一格，新体和旧体兼用，在大开大合中展现了诗人情怀。与会者谈到，诗歌写作讲究吟咏情性、有感而发，所以即使是用诗来反映现实生活，也往往是写“内心化的生活”。诗歌可以和其他艺术进行跨界合作，扩大诗歌的影响力，力求实现市场效益和社会效益的双赢。

12月14日

《百年巨匠》文学篇研讨会暨开机仪式在现代文学馆举行　2014年12月14日14：30，百集大型人物传记纪录片《百年巨匠》文学篇研讨会暨开机仪式在中国现代文学馆举行，中国作家协会副主席、党组成员、书记处书记何建明，中国话剧历史与理论研究会会长、原中国艺术研究院话剧所所长田本相，老舍研究学会名誉会长兼学术委员会主任吴小美，原中国现代文学馆副馆长吴福辉，中国人民大学文学院院长孙郁，老舍研究学会会长关纪新，郭沫若女儿、原郭沫若纪念馆馆长郭平英，郭沫若纪念馆原副馆长郭晓虹，《百年巨匠》战略合作伙伴、中国民生银行社会责任管理委员会代表单宇红，《百年巨匠》出品人、总策划杨京岛，中央电视台高级编辑、《百年巨匠》文学篇总导演肖同庆出席研讨会和开机仪式。中国现代文学馆馆长吴义勤主持仪式。百集大型人物传记纪录片《百年巨匠》由中国艺术研究院、中央电视台、中央新影集团、中国民生银行联合出品，是国内第一部大规模、全方位拍摄制作的关于20世纪画坛巨匠、艺苑大师、文坛泰斗的大型人物传记纪录片。《百年巨匠》文学篇将聚焦鲁迅、郭沫若、茅盾、巴金、老舍、曹禺6位巨匠，预计2015年内完成拍摄制作。

雨燕长篇小说《盐大路》作品研讨会在京举行　12月14日，由中国少数民族作家学会、《民族文学》杂志社、中国作协创研部联合主办的雨燕长篇小说《盐大路》作品研讨会在京召开。中国作协党组成员、书记处书记白庚胜，中国作家出版集团党委副书记、作家出版社社长葛笑政，中国少数民族作家学会常务副会长叶梅、民族文学杂志社主编石一宁出席会议并发言。在京的部分专家、学者与会研讨。研讨会由《民族文学》杂志副主编赵晏彪主持，他在主持词中介绍说，雨燕，原名罗晓燕，就生长在被鄂西人称为“盐大路”的古盐道上。

12月15日

《黎明，你好》获年度散文“精锐奖”　由《海外文摘》杂志社、《散文选刊》杂志社主办的“2014中国散文年会”12月15日至16日在京召开。年会现场揭晓了2014年度散文各奖项：备受关注的年度“精锐奖”被散文新人、广东作家魏清潮的《黎明，你好》夺得；李存葆的《龙城遐想》、丹增的《牦牛颂》、韩静霆的《天堂有没有书店》、祝勇的《宋徽宗的光荣与耻辱》、唐兴顺的《看谷子的老人》、阿城的《卧铺》、刘庆邦的《脚的尊严》、朱以撒的《砚边六题》、祁玉江的《陕北的窑洞》、于志学的《大酱缸》10篇散文获得一等奖，另有80余篇（部）散文、散文集分别获得“十佳散文奖”和二、三等奖。

杨义推出“文史三录”　12月15日，由中国社会科学院文学研究所主办的杨义“文史三录”品读会在京举行。陆建德、刘跃进等数十位来自北京、澳门等地的专家学者与会品读了杨义的新著。“文史三录”是杨义2014年出版的三本专著《国学会心录》《文学赏心录》《文学哲思录》的合称。《国学会心录》由生活·读书·新知三联书店出版，收入了作者近年来关于国学和文化理论、文化史、文化思想的论文、答问和讲演，探讨了现代大国如何把握国学的方向，凸显大国学术的胸襟和魄力。该书从先秦诸子的疑难问题入手，深入国学研究的根本，并对汉、唐、宋、清的经典作家和流派进行了宏观审视和源流辨析，探讨了国学研究新的“治学路径”。《文学赏心录》和《文学哲思录》由海天出版社出版，两书探讨了现代中国文学的哲学意蕴和审美趣味，所涉思考触及现代中国思想学术的许多重要命题，对启发学界的治学新思路、激活经典文化的新生命，注入了灵动的活力。

12月16日

2014年傅雷翻译出版奖在京揭晓　12月16日，是法语译者最荣耀的一天——为鼓励优秀法语译著的出版，颇具影响的2014年傅雷翻译出版奖在京颁出。时值中法两国庆祝建交50周年，法方特意派出以法兰西学院院长亲自带领的代表团出席颁奖礼，中国作协主席铁凝也到场祝贺，使得这届颁奖现场格外隆重。今年的特邀评委是作家刘震云和出版家董秀玉。三位译者分别获得了文学类、社科类大奖和新人奖。由安宁翻译、上海文艺出版社出版的梅里斯·德·盖兰嘉尔的小说《一座桥的诞生》荣获文学类大奖；由蔡鸿滨翻译、世纪文景公司出品的路易·阿尔都塞的自传《来日方长》获得社科类大奖；而俞佳乐因为翻译了安妮·弗朗索瓦的《读书时代》（广西师范大学出版社出版）获得今年的新人奖。

12月17日

2014年度《光明书榜》揭晓　经过专家评委的讨论和投票，2014年度《光明书榜》17日在京揭晓，《中国古代物质文化》（中华书局）、《丝绸之路》（江苏人民出版社）、《21世纪资本论》（中信出版社）、《甲午殇思》（上海远东出版社）、《戊戌变法的另面：“张之洞档案”阅读笔记》（上海古籍出版社）、《优雅的理性》（东方出版社）、《大地上的事情》（广西师范大学出版社）、《脚注趣史》（北京大学出版社）、《地球：行星的力量》（北京理工大学出版社）、《如何用你的眼睛》（生活·读书·新知三联书店）十种图书入选。

上海文学艺术奖颁奖典礼举行　由中共上海市委宣传部、市文化广播影视管理局主办的第六届“上海文学艺术奖”颁奖典礼，12月17日晚在上海大剧院举行。德高望重的12位“终身成就奖”、德艺双馨的12位“杰出贡献奖”获得者，接受党和人民授予的崇高荣誉。市委书记韩正为“终身成就奖”获奖者本人或其代表颁奖。市委副书记、市长杨雄，市人大常委会主任殷一璀，市政协主席吴志明，市委副书记应勇为“杰出贡献奖”获得者本人或其代表颁奖。颁奖典礼举行之前，市领导亲切会见了“终身成就奖”和“杰出贡献奖”获奖者，并与大家合影留念。

北京第二届剧本推介会举办　北京第二届剧本推介会于17日至21日在中华世纪坛成功举办。北京市文联22日通报称，推介会期间，共有65部剧本成功签约，178部剧本签订了合作意向书。此外，由北京文联创办的“网上剧本超市”正式开通，现已上传剧本2300部，有310余部获得影视、文化公司关注，平台点击量已超5万人次。北京剧本推介会旨在为全国的剧本创作者，特别是体制外和非京籍的文艺工作者，搭建一个从剧本走向市场的平台。

臧仲伦同志逝世　北京大学外国语学院俄语系教授臧仲伦同志，因病医治无效，于2014年12月17日在京逝世，享年83岁。臧仲伦，民革成员。1955年开始发表作品。1988年加入中国作家协会。著有专著《俄汉翻译讲座》《中国翻译史话》，译著《驿站长》《钦差大臣》《罪与罚》《被侮辱与被损害的人》《卡拉马佐夫兄弟》等

12月18日

2014年中国作协儿童文学委员会年会在京举行　12月18日，中国作家协会儿童文学委员会年会在京举行。中国作协副主席、中国作协儿童文学委员会主任高洪波，中国作协副主席李敬泽出席会议并讲话。与会的儿委会委员和评论家认真学习习近平总书记在文艺工作座谈会上的重要讲话精神，围绕儿童文学作家的天职与责任这一主题，结合各位委员2014年所在地区的儿童文学工作展开深入讨论，并对未来一年儿童文学的发展各抒己见，建言献策。

“赵德发传统文化小说三种”新书发布会在京举行　12月18日，山东省作家协会与安徽文艺出版社在北京铁道大厦联合举行“赵德发传统文化小说三种”新书发布会，赵德明、施战军、张清华等著名评论家、翻译家出席，京城二十多家媒体前去进行了采访。赵德发现任中国作家协会全委会委员、山东省作家协会副主席、日照市文联主席、作协主席，从事创作三十多年来已经发表、出版各类文学作品六百万字，曾获人民文学奖、《小说月报》百花奖、齐鲁文学奖、泰山文学奖等，长篇报告文学《白老虎》获第六届鲁迅文学奖提名。近年来，他致力于传统文化题材，先后创作出版了《君子梦》《双手合十》《乾道坤道》三部长篇小说，分别对构成中华传统文化核心的儒、释、道文化进行了生动表现与深刻剖析，探讨它们在中华文化复兴中的作用，在社会上引起强烈反响。12月18日，山东省作家协会与安徽文艺出版社在北京铁道大厦联合举行“赵德发传统文化小说三种”新书发布会，赵德明、施战军、张清华等著名评论家、翻译家出席，京城二十多家媒体前去进行了采访。

12月19日

中国作协召开“深入生活、扎根人民”主题实践活动工作会议　12月19日，中国作协在京召开“深入生活、扎根人民”主题实践活动工作会议。中国作协主席铁凝出席会议。中国作协党组书记李冰讲话。中国作协党组副书记、副主席钱小芊主持会议。中国作协副主席何建明、陈崎嵘、李敬泽，书记处书记白庚胜、阎晶明，中宣部文艺局副局长孟祥林出席会议。中国作协各团体会员单位负责人、来自全国各地的作家代表、中国作协各单位各部门负责人参加会议。

第二十九届“青春诗会”作品研讨会在京举行　2014年12月19日，第29届“青春诗会”作品研讨会在中国作家协会十楼会议室隆重举行。中国作家协会创研部、中国作家协会诗歌委员会、《诗刊》社共同主办了本次研讨会。到场的专家有第29届“青春诗会”的评审成员及辅导老师汤养宗、靳晓静、霍俊明，著名诗人叶延滨、林莽、臧棣，著名作家、评论家吴思敬、张清华、李少君、何向阳、杨庆祥等，研讨会由《诗刊》社常务副主编商震主持。会上，专家们就15位青春诗会诗人的诗集畅所欲言，进行了有针对性的评论、研讨，既对诗人们的创作成绩进行了褒扬，也一一指出了各自存在的问题，同时，与会专家也对《诗刊》社为推动诗歌繁荣与发展作出的努力给予了充分肯定。

第五届十月诗会举办　12月19，由《十月》杂志社主办的第五届“十月诗会”在长沙举行。张胜友、谭仲池、陈东捷以及十多位诗人参加了此次活动。2014年度“十月诗歌奖”在诗会开幕式上揭晓并颁发，王夫刚的《抱着马路边的小树哭泣的人》、泉子的《雄辩与寂静》、杜绿绿的《合适的火焰》3组诗获奖。

12月20日

范小青长篇小说《我的名字叫王村》研讨会在京举行　12月20日，由中国作协创研部、《文艺报》社、江苏当代作家研究中心、作家出版社主办的“范小青长篇小说《我的名字叫王村》作品研讨会”在京举行。中国作协副主席李敬泽、中国作协书记处书记阎晶明、《文艺报》社总编辑梁鸿鹰，江苏作协党组副书记张王飞、作家出版社总编辑张陵出席会议，专家、评论家近30人参加了研讨。会议由作家出版社社长葛笑政主持。

当代维吾尔散文创作研讨会在北京举行　12月20日，由中国社会科学院民族文学研究所、新疆文联主办的当代维吾尔散文创作研讨会在北京举行。来自中国社科院、中国作协、新疆文联等单位的文学评论家、少数民族文学研究者，围绕拜格买提·玉苏甫、艾合买提·伊明两位作家的散文创作及当前新疆散文创作进行了研讨。这是首次在北京举行维吾尔散文创作研讨会。

12月21日

第四届汉语文学女评委奖颁奖　12月21日，《芳草》杂志第四届“汉语文学女评委奖”在湖北武汉颁奖，铁凝等11位作家和评论家的作品获奖。中国作协副主席、党组成员李敬泽，有关领导和来自全国的知名作家、评论家、文学期刊主编60余人见证了岁末湖北省的这一文坛盛事。铁凝的短篇小说《告别语》、叶舟的长诗《陪护笔记——给母亲》获得本届大奖。林那北、洪治纲等获得“最佳审美奖”，周李立、水运宪等获得“最佳抒情奖”，马步升获得“最佳叙事奖”。此次获奖的11部作品，是从《芳草》杂志4年来刊发的720余万字的作品中遴选出来的，其中既有业已成名的作家作品，也有文坛新秀的力作。

中国武侠文学学会第四次会员代表大会召开　12月21日，中国武侠文学学会第四次会员代表大会在京召开。中国作协书记处书记白庚胜出席会议并讲话。会议听取了第三届学会的工作报告，选举产生了第四届学会会长、副会长、秘书长及46名理事，卜键当选为中国武侠文学学会新任会长。

12月22日

第七届《中国作家》鄂尔多斯文学奖颁奖 12月22日，第七届中国作家鄂尔多斯文学奖颁奖典礼在内蒙古举行。中国作协党组副书记钱小芊、中国作家出版集团党委副书记艾克拜尔·米吉提、《中国作家》杂志社主编王山、内蒙古自治区党委宣传部副部长宫秉祥等出席颁奖典礼。何顿的《来生再见》获得本届大奖。裔兆宏的《国家情怀》、杜文娟的《祥瑞草原——走进鄂托克前旗》、张秉毅的《东胜1938》、张锐强的《时间缝隙》、李亚的《将军》获得优秀奖。老开的《大红公鸡喔喔叫》、晶达的《请叫我的名字》、留待的《谁让我害怕》、云舒的《凌乱年》、丁晓平的《毛泽东的乡情世界》获得新人奖。《中国作家》鄂尔多斯文学奖设立7年来，推出了几十篇佳作和一批优秀的作家，为发现文学新人新作做出了贡献。

12月23日

《贾大山文学作品全集》出版座谈会 12月23日，由中共河北省委宣传部、中国作协创作研究部、文艺报社、河北省作协、河北出版传媒集团主办的“贴近生活根系人民——《贾大山文学作品全集》出版座谈会”在京举行。作家贾大山以短篇小说见长，在河北和全国文学界有着很大的影响。贾大山生前没有出版过一本书，经其家人正式授权，花山文艺出版社近期推出了《贾大山文学作品全集》。该书收录了迄今为止能搜集到的贾大山一生创作的全部文学作品，为喜爱和关注贾大山的读者提供了一个深入认识了解这位作家的全面而权威的读本。

鲁院第十五期少数民族文学创作培训班结业 12月23日，鲁迅文学院第十五期少数民族文学创作培训班结业仪式在京举行。中国作协党组副书记、鲁迅文学院院长钱小芊，中国作协书记处书记白庚胜出席结业仪式，为学员们颁发结业证书。

北京推动职工文学创作 由中共北京市委宣传部、北京市总工会、北京市文联共同举办的第十四期北京市职工文学创作研修班12月23日结业，职工文学作品集《大地之礼》同时首发。研修班自今年3月初开课，招收学员83名，邀请毕淑敏、舒乙、肖复兴、刘庆邦、周晓枫、杜丽、李功达、周大新、曹文轩等为学员授课。此外还举办了“职工文学大讲堂”讲座、文学创作座谈会等活动，进一步提升了文学研修班的社会影响力。活动当天还举行了“中国梦·劳动美”北京市职工征文比赛颁奖仪式，共75篇作品获奖。

民族文学影像时代研讨会在中国现代文学馆召开 2014年12月23日，在北京中国现代文学馆，一场主题为“新思路新实力新跨越：民族文学影像时代”的研讨会正在热烈进行。这次会议是由国家民委、中国作协作为指导单位，由中国作协少数民族文学委员会、中国作协创联部主办，由中国少数民族作家学会、中国少数民族电影工程剧本部承办的。来自北京和全国各地的各民族作家、编剧、学者及影视从业人员云集一堂，分享民族文学影像时代的前沿论点。中国文联副主席、中国作协少数民族文学委员会主任丹增，中国作协党组成员、书记处书记白庚胜，国家民委文宣司司长武翠英，以及中国少数民族电影工程相关领导叶梅、石一宁、牛颂、冯秋子、赵晏彪等出席会议，并就当前少数民族影视文学的政策形势、工程实施建议发表了看法。会议由《民族文学》副主编赵晏彪主持。这次会议还有一个重要议题，就是“第三届少数民族题材优秀影视剧本遴选”正式启动。活动由中国少数民族电影工程剧本部、北京国际电影节民族电影展组委会、中国少数民族作家学会联合举办，将秉承以往两届的宗旨，致力于发现和培养少数民族中青年剧作家，促进少数民族优秀文学作品的影视转化，进一步丰富中华多民族文化版图。

广西扶持重点文学创作项目　12月23日，广西2014至2015年重点文学创作项目扶持签约仪式在南宁举行。共有10部长篇小说、8部中短篇小说集、10部散文集、10部诗歌集、2部儿童文学作品、3部文学理论作品、5部报告文学作品，以及1部壮文文学作品入选扶持项目名单。石才夫、东西、黄云龙、严风华等出席了签约仪式。据了解，入选年度重点文学创作扶持项目的49部作品，是经专家严格评审，从148件申报项目中脱颖而出的。获得扶持的项目作者均是广西目前创作活跃、具有代表性的作家。该项目的实施，将使作家从体验生活、采风采访到作品创作、出版、推介等各个环节都获得有力的支持。

12月25日

中国纪实文学研究会第四届全国代表大会召开　2014年12月25日，中国纪实文学研究会第四届全国代表大会在京召开，来自全国各地的百余位代表参加。中国作协书记处书记白庚胜出席会议并讲话。白庚胜希望中国纪实文学研究会在今后的实践中，认真学习贯彻党的十八届三中、四中全会及习近平总书记在文艺工作座谈会上的重要讲话精神，坚持以人民为中心的创作导向，深入生活，扎根人民，为人民创作，为时代讴歌，多出精品、多出人才，谱写我国纪实文学事业的新篇章。会议完成了新一届理事会及新一届领导班子的选举工作。刘守家当选为会长，马卫东、杜卫东、刘印生、张飚、武立金、赵正元、彭蕴锦、董保存当选为副会长，秘书长由赵正元兼任。

12月27日

茅盾名著改编电影《蚀》系列首映　12月27日，电影《蚀》系列在中国现代文学馆举行首映仪式。该系列电影改编自现代文学巨匠茅盾先生的成名作《蚀》三部曲，由作家出版社旗下百城映像和央视电影频道联合出品，近期将于电影频道首播。茅盾的《蚀》三部曲成篇于20世纪20年代，讲述了那个时代青年人在大革命中的浮沉，不断追求、幻灭又不断追求的人生历程。

12月30日

鲁院第十六期少数民族文学创作培训班结业 12月30日，鲁迅文学院第十六期少数民族文学创作培训班在广东省珠海市举行结业仪式。中国作协书记处书记白庚胜出席结业仪式并讲话，鲁迅文学院常务副院长李一鸣为本期培训班作了工作总结，珠海市委宣传部常务副部长房祁出席结业仪式并致辞。珠海市文联主席马融、珠海市作协主席卢卫平也出席了结业仪式。参加此期培训班的共有40位少数民族作家，他们来自全国16个省市自治区的20个少数民族。结业仪式上，土家族作家邓毅、藏族作家卓玛次仁、回族作家王忠祥、羌族作家何波等学员代表先后发言，畅谈了自己的学习心得和收获，表达了对鲁院的感谢和留恋之情。

12月31日

中国作协召开干部大会 2014年12月31日，中国作协召开干部大会，中央组织部副部长潘立刚宣读了中央的决定并在会上讲话，中宣部常务副部长黄坤明出席会议并讲话。中央决定：钱小芊同志任中国作家协会党组书记，李冰同志不再担任中国作家协会党组书记职务。

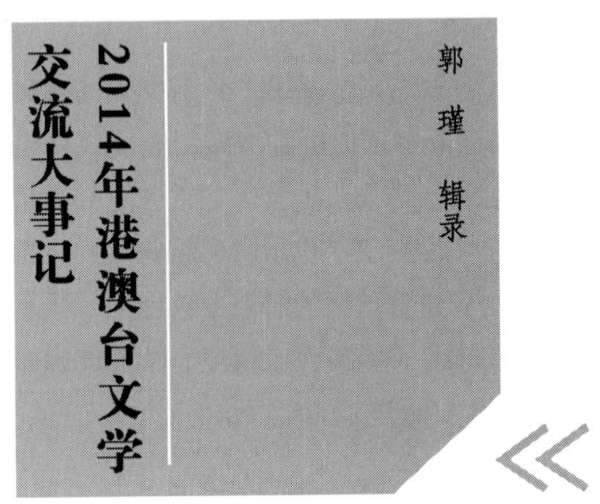

2014年港澳台文学交流大事记

郭瑾 辑录

1.“2014两岸新锐作家创作座谈会”在杭州举行

由中国作家协会港澳台办公室和浙江省作家协会共同主办，《幼狮文艺》《联合报》副刊、《人民文学》杂志社、《江南》杂志社、浙江大学文学院等单位协办的“2014两岸新锐作家创作座谈会”，于2014年4月18日至4月24日在浙江杭州举办。来自两岸20位出生于上世纪70年代的新锐作家，就“当今时代的文学书写”和“文学处境与市场”等话题进行讨论，并与浙江大学人文学院的学生、读者面对面对话交流。其间，两岸作家共同出席了“两岸作家与报刊媒体负责人座谈会”。两岸相关报刊负责人分别介绍各自刊物历史、办刊特点等，并与两岸作家分别就文学刊物发表作品的宽容与禁忌、文学编辑与文学作品的关系等话题进行深入交流。

2.作家代表团赴澳参加“2014澳门影视剧本创作研修班”活动

2014年4月24日至27日，应澳门笔会邀请，以鲁迅文学院常务副院长成曾樾为团长的作家代表团一行6人赴澳门，参加“2014澳门影视剧本创作研修班”活动。内地著名影视编剧全勇先、中央戏剧学院教授陈小玲分别以《小说与影视》《一个舞台剧本的诞生》为题目发表专题报告，畅谈影视文学创作技巧、讲授编剧创作理论。中国电视剧制作中心徐萌以澳门小说《追逐者的天空》为蓝本示范改编影视作品的基本技巧。通过专业讲解，澳门作家对影视文学创作技巧有了更多的理解。期间，代表团参加了“第十届澳门文学奖”暨第五届“我心中的澳门”全球华文共议大赛颁奖典礼等活动。

3.“2014年两岸青年诗歌创作座谈会暨海峡诗会”在福州举办

2014年5月23日至28日，由中国作家协会港澳台办公室和福建省文联共同主办，台湾《创世纪》诗刊社、福建省作协、《诗刊》《台港文学选刊》等单位协办的“2014年两岸青年诗歌创作座谈会暨海峡诗会”在福建福州举办。来自两岸25位青年诗人围绕各自的诗歌创作畅谈创作心得，诗评家就“新世纪两岸现代诗歌发展现状”做专题演讲。其间，两岸诗人一同参加了在福建师范大学协和学院和武夷学院举办的海峡两岸诗歌朗诵会等活动。

4.中国作家协会代表团赴台采访台湾抗日英烈事迹

2014年6月20日至27日，应台湾抗日志士亲属协进会邀请，以吴克敬为团长的中国作家协会代表团一行11人，赴台采访台湾抗日英烈事迹。作家们重点了解姜绍祖、丘逢甲、罗福星、李友邦等8位志士的抗日事迹。其间，作家们还先后走访了台北、苗栗、台中、南投等6个市、县，考察了20多处抗日志士生活、战斗过的地方，采访了20余位抗日志士后人，对日据时期台湾人民抗日斗争历程有了深入了解。

5.“庆祝中华人民共和国成立65周年暨澳门回归15周年暨纪录片‘在希望的田野上’开机仪式和庆典晚会”在澳举行

2014年6月28日至30日，应澳门新建业集团邀请，中国作家协会原党组成员、书记处书记张胜友赴澳门参加“庆祝中华人民共和国成立65周年暨澳门回归15周年暨纪录片‘在希望的田野上’开机仪式和庆典晚会”。

6.两位港澳台作家加入中国作家协会

2014年7月23日，澳门作家陈艳华、台湾作家陈若曦加入中国作家协会。

7.台湾评论家代表团赴河北参加“白洋淀文学之旅”活动

2014年8月3日至11日，以中国作协会员、评论家吕正惠为团长的台湾评论家代表团一行13人访问大陆，参加“白洋淀文学之旅”活动。台湾评论家通过研习丁玲、“白洋淀”文学流派作品和实地走访相结合的形式，重点考察了丁玲创作《太阳照在桑干河上》的历史背景、创作过程和“白洋淀”文学流派的形成、发展、创作特点及其对当代文学的影响等。其间，台湾评论家们出席了由河北省作家协会主办的“海峡两岸文学交流座谈会”等活动。

8.“2014两岸文学评论工作会议”在京举办

2014年8月9日，由中国作家协会港澳台办公室主办的“2014两岸文学评论工作会议”在京召开。来自两岸的近30位评论家就涉及两岸16位作家、诗人的18篇批评文章展开热烈的学术讨论。双方充分展现了两岸文学场域的共性与差异，并一致认为两岸文学互评对增进两岸文学相互了解具有重要意义。

9.大陆少数民族作家代表团赴台参加“2014两岸民族文学交流暨学术研讨会”

2014年8月22日至28日，应台湾艺文作家协会邀请，以中国少数民族文学学会会长吉狄马加为团长的大陆少数民族作家代表团一行16人赴台，参加“2014两岸民族文学交流暨学术研讨会”。来自两岸的26位作家、评论家围绕“两岸少数民族文学的发展状况”、“少数民族作家的文化选择”、“全球化时代民族文学的坚守与嬗变”、“两岸多民族文学发展的差异性与共性”、“少数民族母语文学的独特价值”等议题进行了9场次演讲、研讨、座谈及作品朗诵等交流活动。其间，大陆少数民族作家参加了与台湾“原住民”作家的交流与对话等活动。

10.第二十一届北京国际图书博览会中国作家馆-澳门厅启动仪式暨“澳门文学丛书”新书首发式在京举行

2014年8月27日，由中国作家协会、澳门基金会、澳门特别行政区政府文化局主办，中国作家出版集团、作家出版社、中华文学基金会承办的第二十一届北京国际图书博览会中国作家馆-澳门厅启动仪式暨“澳门文学丛书”新书首发式在北京中国国际展览中心新馆隆重举行。中国作家协会主席铁凝，中国作家协会党组书记、副主席李冰，中国作家协会党组成员、副主席、书记处书记何建明，澳门基金会行政委员会主席吴志良，作家出版社社长葛笑政，澳门特别行政区政府文化局副局长姚京明等出席开馆活动。该丛书忠实反映了澳门文学的全貌，向澳门和内地读者展示澳门文学的特色和成就。

11.“2014香港作家创作研修班”在深圳举办

2014年9月19日至21日，由中国作协港澳台办公室主办，香港作家联会、深圳市文联和鲁迅文学院合办的“2014香港作家创作研修班”在深圳举办。来自香港和深圳的19位作家，围绕如何提高散文创作进行了认真研讨与交流。《散文》杂志执行主编汪惠仁和新散文写作的代表作家性祝勇分别以《散文的文化传统与经验》《散文的文学性》为题发表专题报告，分析散文创作语言特点、文本形式和精神内质及其呈现规律等。在专家指导下，学员们相互讨论、点评作品，对散文创作技巧有了更多的理解。

12.“首届两岸四地文学论坛”在湖南长沙举办

2014年10月18日至23日，由中国作家协会、中华文化联谊全共同主办的“首届两岸四地文学论坛”在湖南长沙举办。论坛主题为“多元视角下的华文创作”。来自两岸的44位作家分别就“地域文化的文学展现”、“都市文学的多元书写”和“文学奖与文学生态”等话题进行了交流、讨论。

13.台湾青年作家代表团赴大陆参加“重走长征路——遵义之旅”活动

2014年10月23日至30日，以台湾报告文学作家蓝博洲为团长的台湾青年作家一行7人访问贵州，参加“重走长征路——遵义之旅”活动。作家们先后走访了贵阳、遵义、赤水等地，通过专家授课和实地走访的形式，了解遵义会议召开的历史背景、过程及红军四渡赤水及其历史意义。其间，台湾作家们参加了在贵阳、遵义举办的“两岸青年作家座谈会”，与两地的“80后”和“90后”作家进行了深度交流。

14.评论家代表团赴澳门参加“创作与批评在此相遇——澳门文学十五年回望”研讨会

2014年12月5日至8日，应澳门笔会邀请，以作家出版社总编辑张陵为团长的内地评论家代表团一行11人赴澳门，参加“创作与批评在此相遇——澳门文学十五年回望”专题研讨活动。这是澳门庆祝回归15周年系列活动中一项重要文化活动。两地评论家针对澳门回归15年来的40余部文学作品进行了点评和研讨。评论家们充分肯定了澳门回归以来取得的文学成绩，并对澳门文学繁荣与发展充满期待。其间，评论家们出席了澳门文学中篇小说征文的颁奖活动。

15.大陆儿童文学作家代表团赴台交流

2014年12月5日至10日，应台湾“中国海峡两岸儿童文学研究会”邀请，以《中国校园文学》副主编王慧艳为团长的大陆儿童文学作家代表团一行7人赴台交流。其间，作家们参加了新北市汐止区“梦想艺术村”社区童话剧表演等活动，并与台湾儿童文学作家、编辑进行了广泛交流。

16.中国作协副主席李敬泽率团赴台参加“当代大陆新锐作家系列作品”发表会及两岸学术研讨会

2014年12月11日至17日，以中国作家协会副主席李敬泽为团长的大陆作家代表团一行8人赴台，参加“当代大陆新锐作家系列作品”发表会和以“小说写作中的想象因素与现实因素”、“两岸小说的印象式比较”、“文化视野与创意（新）写作——谈当前的文学创作”为题的两岸作家、评论家座谈会等活动。其间，李敬泽代表中国作协看望并慰问了朱秀娟、陈若曦、吕正惠、莫那能、丘秀芷等5位中国作协会员，并与台湾文学界进行了广泛交流与座谈。

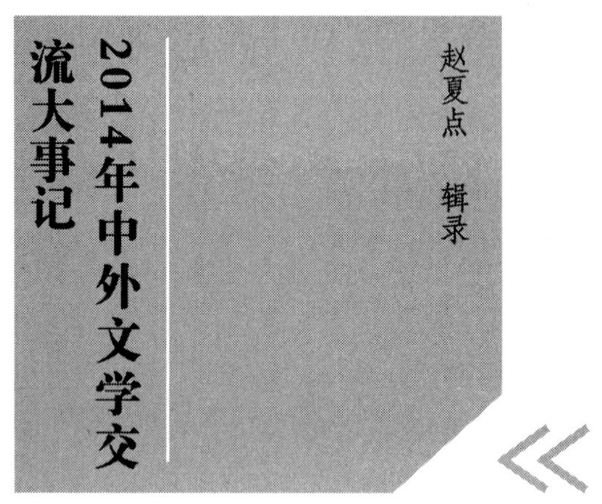

1月

2013年澳大利亚中文作家协会年会举行

1月6日电 据澳洲新快网报道，近日，澳大利亚中文作家协会举行年会。

大会上，会员们首先向大家汇报两年来做出的成果。多位华文作家的作品出版并获奖，包括：凌之、海之涛、崖青、进生、吴润扬、李富祺、骆进之等。

其中，罗山2011年出版的长篇小说《唐花仙子》被悉尼华人舞蹈团改成大型神话古典舞剧，于2013年在悉尼公演三场，获得成功。该剧得到了澳大利亚文化部和移民部的大力支持，还得到了地产商和中小企业家的赞助。2013年5月，前总理吉拉德女士给悉尼华人舞蹈团发来贺信。2014年2月8日，悉尼华人舞蹈团将再次将“唐花仙子”的风采呈现给悉尼的观众。澳洲所有华文作家都可以将自己的作品放上交流网站（www.Universal-law68.com）以扩大知名度。

年会上，凌之总结了在2012—2013两年期间，澳洲中文作家协会举办及协办多次文学活动，包括接待大洋洲华文作协会长冼锦燕访问悉尼、何与怀的《振瀚南溟金石声》新书发布会、元宵联欢会暨月妖雪新书发布会和SBS广播剧集《人生插曲》首发式等活动。

凌之还介绍了11月23日在马来西亚吉隆坡召开的世界华文作家协会第九届全球会员大会的会议内容。

按照协会约定，凌之任职已经到期，会长将由海之涛担任。海之涛表示，一定锐意改革把协会办得更加具有活力，及产生更多好作品。很多会员踊跃提出了改进协会工作的建议。会议气氛非常热烈，长达四个多小时。

美国《侨报》第二届少年儿童中文写作大赛举行

1月6日电　旨在激发美国少年儿童学习中文的积极性，鼓励青少年朋友更加努力学好中文，由美国《侨报》《侨报周末》主办的第二届少年儿童中文写作大赛决赛5日在纽约举行，并评选出儿童、少儿、少年组的一、二、三等奖和优秀奖获得者。

5日，纽约天气寒冷，雨雪交加，但参赛的同学和家长们如约赶至纽约参加比赛。今年的参赛者数量更多、水平更高，参与的中文学校数量也更多、更活跃。

据介绍，此次大赛分为纽约州、新泽西州、宾州、大华府地区、麻省、伊利诺伊州六大赛区，覆盖了美东地区主要华人聚居区。比赛由长期从事华文写作及教育工作的资深评委对参赛作文进行评定，分儿童、少儿、少年三个年龄组评选出一、二、三等奖及优胜奖得主。

参赛者大部分是在美国出生长大的孩子，他们流利的中文和丰富的才艺表演征服了在座观众，更难得的是孩子们用热情和想象力，把学中文变成一件有趣的事情，既鼓励了同龄人，也感动了在场的老师和家长们。经过一个下午紧张的比赛，第二届少年儿童中文写作大赛优胜者名单在众人欢呼声中出炉。徐德美、孙硕洋、董语薇分获儿童、少儿、少年组冠军。

《侨报》总裁游江表示，悠久灿烂的中华文化是我们中华民族共同的魂。《侨报》作为一家中文媒体，传播和弘扬中华文化是我们义不容辞的责任，也是我们与华人社团、中文学校共同的信念和愿望。我们希望有更多的社团、中文学校、学生及家长朋友们参与到比赛中来，共同推动海外华文教育的发展。

中国驻纽约总领事馆新闻与公共外交一等秘书乔利领事、文化领事王萍、视光学院孔子学院美方院长Jeffrey Philpott、孔子学院中方院长屠理理，北美著名作家、诗人陈九，法拉盛华人工商促进会理事长徐朱留弟，纽约崇正会主席吕坚强，纽约华侨衣馆联合会主任廖忠诒，以及侨报副总编卢仲维出席这次活动。

3月

巴黎图书沙龙将办　王安忆等中国当代作家将齐亮相

第34届法国巴黎图书沙龙将于本月21日至24日在巴黎凡尔赛门展览中心盛大举行。王安忆、毕飞宇、李洱、刘震云、孙甘露、赵丽宏、秦文君、金宇澄、袁筱一、小白在内的20余位中国当代作家将集体亮相本次书展，并在上海主宾市系列文化交流活动中拓展中国文学“走出去”的国际影响力。

据了解，20余位作家里，王安忆、孙甘露等的作品已先后“走”向法国主流图书市场，并拥有了多个法语翻译版本。而作家小白以上海为落笔点创作的小说《租界》正在进行法语版的翻译，年内也将试水法国图书市场。

今年是中法建交50周年。在为期4天的沙龙期间，20余位中国作家将持续举行30余场见面会、主题演讲和文化对谈，与法国读者交流自己的创作体验并推荐中国文化。

值得一提的是，在上海作家协会受邀出访的名单里，路内、周嘉宁、滕肖澜等70后、80后作家的名字也赫然在列。法国巴黎图书沙龙主席孟泰屹最近在接受本报记者专访时表示：“近几年来，随着中国的发展与国际影响力的提升，法国书业与法国读者对中国年轻一代的生存状况、所思所想，以及他们对城市生活的感受发生了浓厚的兴趣，而这一切将有望在阅读中得以实现。”据悉，这批年轻的写作者能否在今年巴黎图书沙龙上崭露头角，他们的作品能否引起法国文学界的关注，将成为本次盛会的关注点之一。

法国文学研究学者吴岳添日前向记者回忆了1980年代末期他到法国讲学的情景：“也许是我们对中国现当代文学译介不力的缘故，法国作家对当代中国作家和文学了解很少，他们懂的更多的倒是有许多译本的《道德经》等古代著作。但现在不同了，巴黎图书沙龙将成为中国当下正在持续写作的那批作家展示自己的舞台。”

“这是中国当代文学‘走出去’出现的新现象。”南京大学法语系教授许钧表示，一些写作能力旺盛的当代作家，特别是一些年轻作家的作品，逐渐成为中国文学“走出去”的新生力量。

巴黎图书沙龙是最具影响力的国际书展之一，自1980年创办以来，每年举办一次，每次都设有主宾国或主宾市，重点推荐该国该市的文化、图书及作家。上海作为主宾市参加是34年来中国第二次成为巴黎图书沙龙的主角。2004年3月23日，法国文化部曾授予主宾国中国的作家莫言、余华、李锐“法兰西共和国艺术与文学骑士勋章”。

据上海新闻出版局局长徐炯介绍，上海主宾城市展台面积达300平方米。目前，一部以中法文化交流为主题的纪录片正在精心拍摄与制作中，届时该片将在巴黎凡尔赛门展览中心广场循环播放。法国读者将通过影像进一步加深对中法文化交流及中国作家的了解与认识。此外，本次巴黎图书沙龙还将在巴黎火车站启动具有象征意味的“美丽中国”主题出版物全球联展的巴黎首发式、“上海—巴黎出版人5+5”出版研讨会等一系列活动。包括《谢阁兰与中国的对话》《红楼梦》（连环画）、《东京审判文集》在内的一批“上海牌”优秀出版物的版权将举行输出法国的签约仪式。

4月

美国作家桑顿受邀成北师大驻校作家，莫言颁聘书

4月10日上午，北京师范大学国际青年驻校作家桑顿入校仪式暨“如何认识并讲述中国：中美青年作家对谈会”在北京举行。著名作家莫言现身为驻校作家桑顿颁发聘书，并表示高兴与祝贺。在他看来，此举或可视作国际写作中心对文化建设做出的贡献。

北京师范大学国际写作中心成立于2012年11月，由著名作家、诺贝尔文学奖得主莫言担任主席。宗旨在于将学术研究、文学创作等功能融为一体，旨在推动中外文学与文化交流。

在当天举行的仪式上，北京师范大学校长董奇、著名作家莫言等对桑顿的加入表示欢迎，并为之颁发聘书，期待其在驻校期间能够以独特的笔触、视角创作出更多优秀作品。学生代表亦为桑顿献上鲜花。

桑顿对能够成为北师大的驻校作家感到十分荣幸，并表达对莫言以及相关的领导、师友的感谢之情。桑顿回忆，自己第一次来中国是在8年以前，“当时是打网球，与中国少年网球队对打。那会儿没想到要写什么，但正是在中国的这段经历，让我萌生想要当一名作家的想法”。

后来，回到美国的桑顿试图将这段经历讲给同学听。但他发现，这个过程很艰难，“他们对中国文化较为陌生，也不能特别客观地认识中国。然后我把自己小说的初稿拿给他们看，他们表现得十分感兴趣，有些人甚至决心要学汉语”。据此桑顿认为，文学能改变人们的思想，乃至触及世界观。

对此，莫言表示，随着这种国际交往的增加，各国青年间的了解会更加深刻，“这其中有我们对西方的认识，亦有西方对中国的认识”。

在稍后举行的论坛上，中美两国青年作家就“如何认识并讲述中国”的议题各抒己见。桑顿表示，中国是个大而复杂的国家，在讲述中国的时候要有不同的表达方式，“文学的力量能够促进不同民族之间的沟通和交流，并充当有力媒介促进思想层面的沟通”。

桑顿介绍，西方相关叙事传统有多种风格，不同时期各有不同，“创作的核心在于要写怎样的故事，重新发现我们的灵魂，作品才能够有生命；而非简单借用一些技术层面的叙事传统”。

青年作家徐则臣则回忆了与国外友人的相处经历，厘定外国人与中国人视角的不同之处。徐则臣感慨的表示，我们在讲述中国的时候或经常沉溺于日常环境，未能站得更高一点来认识，因此可能会存在“当局者迷”的问题，“或许有一个‘他者’的身份，将能够更加确认自身的主体性”。

诗人吕约则从诗歌、文学的角度谈到自己的见解。在她看来，无论叙述故事还是其他或许都要面对具体现实，“自己的心灵不要囿于成规俗见。能够保持自己的个性，说出别人没有表达过的东西，这就是我理解的文学精神”。

第43届伦敦书展开幕　英文图书成中国参展主力

据新华社报道，第43届伦敦书展8日在伦敦伯爵宫会展中心开幕，包括不少知名国际出版商和传媒机构在内的1500多个展商参展，其中来自中国的出版商约30家。中国外文局局长周明伟说：“中国各类机构到伦敦书展参展已有十多年了。近些年来，我们展出的英文图书越来越多，以前90%是中文图书，现在的情况刚好相反。”

旨在介绍中国当代文学作家作品、弘扬中华人文精神的英文期刊《中华人文》在8日开幕的伦敦书展上举办首发式。首期《中华人文》聚集了国内知名作家毕飞宇、苏童及其作品，其中包括毕飞宇的《哺乳期的女人》《怀念妹妹小青》和《相爱的日子》三部短篇小说的英文版。

一年一度的伦敦书展始于1971年，是仅次于德国法兰克福书展的世界第二大国际图书版权交易会，也是欧洲春季最重要的出版界盛会。本届书展于8日至10日举行。

国际比较文学学会荣誉主席提哈诺夫来北大讲演

4月21日，世界著名学者G.提哈诺夫教授来到北京大学进行学术访问，并举行系列演讲。提哈诺夫教授现任伦敦大学女王学院George Steiner讲席教授、比较文学系主任，同时任欧洲科学院院士、国际比较文学学会理论委员会荣誉主席，是国际上重要著名的文学理论和思想史专家。此次系列演讲是“比较文学与世界文学学术讲座”的一环。该系列讲座是由北京大学中文系、北京大学比较文学与比较文化研究所主办，北京大学出版社和《比较文学与世界文学》杂志协办的系列学术活动。

庆祝中法建交50周年文化活动丰富多彩

作为东西方两个具有重要影响力的国家，中法的文化交流始终在两国关系发展中占有特殊地位。为纪念中法建交50周年，中法两国筹备了一系列庆祝活动，其中文化交流活动尤为丰富多彩。两国的文化机构、艺术团体、文化企业和艺术家们纷纷满怀热情积极参与，使得相关的庆祝活动呈现出传统与当代兼备、合作与交流并举的特点。

“名馆·名家·名作”特展亮相国博

为展现中法两国在过往50年中的文化交流成果，4月11日，为期两个月的“名馆·名家·名作——纪念中法建交五十周年特展”在中国国家博物馆开幕。此次展览由中国国家博物馆与法国博物馆联合会共同主办，共有来自法国5家著名博物馆的10件精品画作参展。这些作品全部是首次在华展出，可谓各自博物馆的镇馆之宝。每件作品不仅承载着与之对应的具体时代背景，还反映了当时具有标志性的潮流运动和艺术风格。观众可以从中了解作品本身呈现的故事以及作者希望传达的信息。

法国总统弗朗索瓦·奥朗德为此次展览发来了贺词。他说：“其实几个世纪以来的艺术交流已经在中法两国之间建立了非常密切的特殊关系。自然，艺术如约而至地现身于庆典活动中。我们谨以最隆重的方式在北京集中展出法国绘画中的若干出类拔萃的精品以体现法兰西艺术。”

值得一提的是，此次展览是法国5家国立博物馆首次联合举办的国外展览。展览展出的10件作品包括让·克鲁埃的《法国国王弗朗索瓦一世像》、乔治·德·拉·图尔的《木匠圣约瑟》、让-奥诺雷·弗拉戈纳尔的《门闩》、亚森特·里戈的《63岁时着加冕服的路易十四全身像》、雷诺阿的《煎饼磨坊的舞会》《秋千》、毕加索的《读信（毕加索和阿波利奈尔）》《斗牛士》、费尔南·莱热的《三个肖像的构图》和皮埃尔·苏拉热的《油画》。从写实主义到印象派，这些精心挑选的不同时代画家的名作体现了不同流派的风格，无不具有深刻的艺术故事性。中国国家博物馆副馆长陈履生表示，这些艺术大师将其传世名作完美结合成一部浓缩的法国艺术史，呈现于中国观众面前，将带给广大艺术爱好者从文艺复兴时期到“二战”后横跨500年历史的一次艺术时空之旅。

虽然只有10幅作品，但整个展览的布置颇为充实而用心。据法国国家博物馆联合会主席让-保罗·克吕泽尔介绍，主办方在布景过程中花了很多心思，一共设置了5个展厅，力求再现每家博物馆各不相同的艺术氛围。

2014“中法文化之春”异彩纷呈

“名馆·名家·名作——纪念中法建交五十周年特展”同时揭开了2014“中法文化之春”系列活动的序幕。本届“中法文化之春”系列活动于4月11日至7月10日在北京、天津、上海、广州等40余座中国城市举行，届时将有近千名艺术家为超过100万观众奉献上百场饕餮文化盛宴。与此同时，法国也将举办一系列形式多样的中国文化活动。

文学方面，埃里克·法伊、玛丽·尼米埃、维罗尼克·奥瓦尔代、皮阿·皮特尔森等将参加“法国作家长江游”活动，在多个城市分别同中国作家举行座谈，开启一段文学与人文交流的旅程。同时，纪念玛格丽特·杜拉斯百年诞辰亦是文学活动的重要内容之一。中法文化高峰论坛、“探讨当今世界”中法思想类公众系列讲座、“中法诗歌的邂逅”等活动也将陆续举行。

作为本届“中法文化之春”的闭幕展览，“恩特林登博物馆藏品展”将于7月10日在昆明举行，届时将集中展出科尔马这所著名现代艺术博物馆的30余幅藏品。此外，“印象派大师：

莫奈特展”、“大师与大师：徐悲鸿与法国学院派大家作品联展”、“幻境——中法数字艺术交流展”、“中国原创精品漫画法国巡展”等一系列各具特色的展览，都将令观众大饱眼福。

由法国电影推广署和法国驻华使馆共同主办的第11届法国电影展映活动近期将在中国多个城市举行，演员葛优应邀担任形象大使。此次展映分别与北京国际电影节和上海国际电影节合作，向中国观众展示法国风格多样的优秀新片。5月至6月，第四届法国中国电影节将在法国高蒙电影院线举行，届时《大闹天宫》《全民目击》《北京爱情故事》等12部中国影片将在法国7个城市放映。

中国当代戏剧精品展演将于7月在法国举行。北京青年戏剧工作者协会将组团参加法国阿维尼翁戏剧节的演出，所携剧目为孟京辉执导的《恋爱的犀牛》、邵泽辉执导的《睡/觉》和赵淼执导的《九种时刻》。其中，首次赴法演出的《恋爱的犀牛》将融合戏剧、舞蹈、多媒体等艺术样式并配法文字幕。

第十四届“相约北京”艺术节开幕式暨“灵动法兰西——庆祝中法建交50周年音乐会”将于4月28日在国家大剧院音乐厅举行。此次音乐会由法国指挥大师菲利普·昂特勒蒙执棒，中央歌剧院交响乐团演出。此外，不少法国音乐人和乐团将来华举办一系列音乐演出，贵州苗族侗族歌舞团、青岛交响乐团等也将赴法演出。

铁凝与泰国公主诗琳通会谈交流

泰国公主诗琳通4月11日下午到访中国现代文学馆、鲁迅文学院。中国作协主席铁凝与诗琳通亲切会谈，双方就增进两国文学交流、密切作家联系、加强翻译出版合作、促进两国文化发展等话题展开交流。

铁凝代表中国作协向诗琳通一行表示欢迎。她向远道而来的泰国客人简要介绍了中国作协的历史、职能、会员构成等情况，赞赏诗琳通为增进中泰两国人民友谊所作出的不平凡的贡献。

铁凝表示，诗琳通公主过去曾多次访问中国，在文学、书法、绘画、音乐等诸多领域成就卓著。公主热爱中国的历史文化。她曾创作出版10部中国游记，用淳朴、美妙的语言向泰国读者介绍中国的自然景观、历史文化和社会发展，给读者留下了深刻印象。诗琳通公主还是一位著名翻译家，曾经将百余首唐诗宋词翻译成泰文。近年来，她又翻译了王蒙、王安忆、方方、池莉，以及包括自己在内的中国当代作家作品，这体现了诗琳通公主对中国文学尤其是中国当代文学的喜爱。

铁凝谈到，她赞同诗琳通所提出的“通过文学作品来了解一个国家普通人的生活和情感，要胜过仅仅阅读历史书籍”，她期待，今后两国能在文学领域继续加强合作，增进作家尤其是青年作家之间的交流互访，促进两国文学文化的发展繁荣。

诗琳通表示，她十分热爱中国文学和中国文化，在中国古典诗词和当代文学作品中体会到不一样的魅力。泰国文学近年来发展迅速，比如，网络文学就吸引了很多年轻人投身创作与阅读，这与中国的情况是相似的。她希望，两国作家能建立起更加密切的联系，让读者有机会阅读到更多彼此优秀的文学作品。

2013年，诗琳通开始翻译铁凝的中篇小说《永远有多远》，这次她特意带来这本书的泰文版送给铁凝，并就翻译中产生的疑惑与铁凝交流。她说，因为喜欢这部作品，自己在泰国也建起了类似北京胡同的景观，她还打算让泰国人也有机会在那里品尝到正宗的北京小吃。“文学的影响就是这么微妙和奇特”，铁凝说，“我也很高兴能当面向译者解释我的作品，每当说起我们共同关注、热爱的文学话题，总是觉得时间不够用，似乎刚一开始就要结束了。”

会谈结束后，铁凝陪同诗琳通参观了中国现代文学馆、鲁迅文学院。诗琳通与鲁院师生进行了交流，并为中国现代文学馆和鲁迅文学院题词。

中国作协副主席钱小芊、李敬泽，书记处书记阎晶明参加会谈。泰国驻华大使伟文·丘氏君、诗琳通公主的随行人员以及中国作协有关人员参加了上述活动。

5月

上大“文学之夜”邀中韩文学家共话青春

5月4日，上海大学图书馆报告厅座无虚席，热爱文学的师生在此共同参与上海大学第四届“文学之夜”主题晚会。晚会上，《爱情公寓》著名编剧汪远，知名小说家金仁顺，华东师范大学教授毛尖，巴金故居常务副馆长周立民，上海大学影视学院教授聂伟以及四位韩国小说家、诗人鄭璘、曺甲善、鄭永善、金惠英，向上大学子讲述他们的故事，传递青春与文学的力量。

文学，跨时空的交流

文学家有国籍，而文学属于全人类。开场伊始，来自韩国的小说家曺甲善、诗人鄭璘、鄭永善、金惠英用韩语朗诵了《夜晚的眼睛》《在凌晨时》《红旗，黄花，蓝地毯》《水的时间》，虽然语言不通，但现场听众还是在文字的停顿与抑扬间感受到故事的曲折变幻、诗句的韵律缠绵。

诗韵未息，上大影视学院聂伟教授与两位韩国文学批评家朴炯俊先生、田成煜先生共同对话诗人、小说家。不同于通常意义的“韩流”，从事文学批评的朴先生希望中国的青年朋友多关注韩国影视之外的其他丰富文化。田先生说，现在的学生读书少了，过多地关注电视剧，其实最深的智慧还是在书里。关于图书出版的情况，田先生说，韩国的书都是定价售卖，以此保持出版行业的健康发展。小说家曺甲善先生特别指出，鲁迅、茅盾、巴金先生的作品其实在很早之前就被翻译成韩语被韩国读者阅读了。在谈到创作时，曹先生表示，读者有读自己想读的作品的自由，但一个好的作家不应该为了迎合读者而写作，应该有写想写的作品的自由。

之后，文学院中文系孙晓忠教授与11级影视学院的朝鲜族学生韩敏颖用中、韩语对唱《美丽的神话》，绕梁的歌声中，千年爱恋的柔情故事在图报厅被深情演绎。

文学，爱转角的回眸

随着现场对电影《绿茶》《时尚先生》精彩片段的放映，知名小说家金仁顺与巴金故居常务副馆长周立民展开了一次关于往事、文学、作家成长历程的回眸。

针对小说作者、影片编剧均为同一人的电影《绿茶》，金仁顺女士坦言自己首先是个小说家，其次才是编剧，《绿茶》原作只有八千字，在创作时是全身心地投入，把最深的想法都写了进去，所以觉得小说才是自己的东西。而自己的创作速度较慢、作品也不“高产”，是因为文学在心里一直占有神圣的位置。自己在创作一个小说的时候并没有任何的预设，也不会想到要讨好读者。但正因为受众很小，所以更要好好写。

八十年代人们崇尚文学的时代氛围对金女士踏上文学之路影响巨大。她说，因为自己的表哥喜欢文学，所以她从小就受到影响，也喜欢文学，甚至高三时还曾逃课去读诗，那时的女生如果读书多，是一件十分时髦而且文艺的事情，回想起来十分怀念。自己在小说中着力描写人和人之间沟通的不可能性，因为现代人在设立一道一道的墙，关上人与人交流的门。现在的同学都读村上春树、《穆斯林的葬礼》等，有时都趋于模式化，希望大家扩大范围，并能够专注、静默。

文学，青春梦的追求

今年初播出的《爱情公寓》第四季引起了青年人的追剧热潮和热议。今年的“文学之夜”特别在青年节邀请了该剧的编剧汪远与华东师范大学教授、资深影评人毛尖，与现场的听众互动，共话青年人对青春梦的追求。

《爱情公寓》的热播自然是绕不过的话题。汪远直言这部电视剧其实是自己在创业时尝试的一部广告剧，因为一个朋友想投资广告，自己就建议他改为电视剧，这样三十秒就成了九百分钟。一开始的动力很原始也很纯粹，团队也一直保有这样的“初心”，所以《爱情公寓》从第一季到第四季的风格是一以贯之的以表现美丽的青春为主题，讲述的是后宿舍时代的年轻人不断成长的故事，这可以视作是校园剧、校园生活的延续。剧中人物虽然会因为剧情需要有些夸张，但基本还是正面的，所以可以视作同学们的朋友而不是老师，可以体验到最好的朋友就在身边的那种感觉，而不是被居高临下地教授。

谈到目前国产剧的创作环境和观众评价，汪远说，创作本身也是一种尝试，而目前我国的电视剧题材还显得比较贫乏，给年轻人看的电视剧还比较少，值得挖掘。情景喜剧作为一个模式，最开始是美国人发明的，至今还是国外比较领先。现在我们面对着美、英、日等等的文化倾销，中国的电视人是应该急起。而青年人应该保持好奇心，这样才能有不间断的想象力，可以讲全新的故事、表现我们的文化。汪远还鼓励同学们要敢想敢做，站在前人的肩膀上闯出一片天。

英国班戈大学举办春季中国文化系列活动

5月1日至4日，英国威尔士北部的班戈大学以举办中国文化系列活动的方式迎接春天的到来，活动包括三个版块："双龙吟"——威尔士与中国的音乐对话，"双龙颂"——威尔士与中国的文学牵手，"双龙腾"——中国风筝涂画和放飞。

来自上海师范大学音乐系的申林、赵娴和威尔士著名竖琴演奏家和歌唱家Gwenan Gibbard及班戈大学音乐系Andrew Lewis教授同台演奏。中国音乐家为听众呈现了吴语山歌与电子音乐完美结合的效果，威尔士音乐家则为听众奉献上威尔士独特的传统音乐形式Cerdd Dant和幻听电子音乐作品，两国音乐家共同演绎了一场跨文化的传统音乐和现代电子音乐交相辉映的音乐盛宴，为听众建起了音乐时空隧道。

班戈大学现代文学院、威尔士文学交流中心和上海译文出版社在次日的文学交流活动中签署了交流合作备忘录。根据备忘录，上海译文出版社将用五年时间分期出版威尔士文学系列丛书，并计划翻译出版威尔士作家Francesca Rhydderch的《宣纸日记》。同时，还举行了《外国文艺》杂志威尔士当代文学和艺术专辑发布会，首次在中国系统地介绍威尔士文学。威尔士Seren出版社计划于2017年出版中国作家尤凤伟的《中国1957》英译本，上海译文出版社将出版Francesca Rhydderch的《宣纸日记》。

风筝放飞活动在北威尔士最大的植物园举行，近百位当地民众和儿童来到植物园，迎着春风，放飞亲自涂画的风筝，度过了一个轻松自然、欢乐和谐的周末。

两岸华文作家齐聚香港谈城市文学生态

5月19日晚，"第二届两岸华文文学讲座"在香港北角揭开序幕。来自内地、台湾、香港、澳门以及美国各地的知名作家、学者齐聚一堂，共话城市文学生态。

黑白相间的竖纹衬衫、棕色西裤……年届八旬的内地作家王蒙如约而来。时髦的穿着，让人想象不到他已到耄耋之年。

"我在北京经常收到从香港寄来的文学刊物。"王蒙一直关心香港的文学发展。他坦言，在香港这座城市，搞文学创作是不容易的，无论是办文学杂志，还是组织文学活动，得到财政上的支持并不多。

但他对香港作家作出了高度的评价。"我敬重香港作家。他们坚持创作，都是因为热爱文学、为文学事业献身，这是非功利性的。”

王蒙认为，和香港相比，内地的文学创作条件较好。一是因为人口多，读者数量大，一本书能出五万册，作家就已感到“很满足”；二是文学活动较活跃，各种组织会不断举办像“中国好书评选”、“读书讲座”等活动，使文学没那么受人冷落。

对于中国的文学现状，王蒙直言，现在并不处于最火热的状态。“多媒体的流行、网络信息技术的发展，导致文学读者流失。”他说，“现在看小说、诗歌的人远没有拿手机刷微博、看视频的多。”

北京大学中文系教授、内地文学批评家陈晓明坦言，城市文学创作是内地文学创作中的难题。“香港是国际大都市。这里出了不少很好的城市文学作品，能充分表现城市的特质，让我惊叹。”

但在内地，写城市文学出色的作家并不多。“成功的城市文学需要充分表现城市和社会对立或共容的状态、人在城市里的生存境况、人与人之间的复杂关系。”陈晓明不禁提出问题，“现在内地一些流行的城市文学作品风格呈怪诞、青春、扭曲，这是不是可行的呢？”

对于城市文学的发展，台湾作家黄春明也略显担忧。他说，在城市的影响下，文学创作变得商业化，不少作家忘记了原本创作的目标，只想着怎么写才能更赚钱，会“害”了文学。

在部分作家笔下，与现代城市丑恶形成反差的，是乡间和田园的美好。近年，乡土文学的发展迅速。香港浸会大学中文系荣誉教授黄子平对此有自己的看法。“都市人生活苦闷、无聊，对于刻画乡土风情、体验的题材就多了赞赏。但乡土文学在乡下是写不出来的，它往往是作者来到城市后的产物。”

接近三个小时的思想碰撞，作家们依然意犹未尽，沉浸在文学交流的美好气氛里。

北美洛杉矶华文作协代表团访问中国作协

5月19日，北美洛杉矶华文作协代表团到访中国作协。中国作协主席铁凝会见代表团成员。此前，代表团一行15人参观了中国现代文学馆和鲁迅文学院，并向中国现代文学馆捐赠了作品。在当天举行的代表团欢迎会上，来自大陆和北美洛杉矶华文作协的作家、诗人、评论家及文学刊物主编就文学创作、编辑、出版等话题进行了交流和讨论。会议由中国作协对外联络部主任刘宪平主持。

随着时代和社会的发展，海内外文化交流尤其是文学交流日益密切，严歌苓、张翎等一批在海外写作的华文作家在国内外产生了较大影响。从某种程度上来说，正是这些海外华文作家的作品成为了中华文化海外传播的重要基石。而近些年来，中国作协积极采取多种措施，为海外华语文学与大陆文学的交流提供便利条件、搭建广阔平台，有利推动了中华文化“走出去”以及“走进去”。在《人民文学》《中国作家》等文学刊物上，读者经常可以阅读到海外华文作家的作品，而对这些作家来说，能让更多国内读者熟悉他们的作品也是这些海外游子的期盼与渴望。

21年前，作家萧逸首次随团来大陆访问，由于当时与国内文学界交流不多，所以他对那次访问的经历记忆犹新。他在发言中回忆起与文坛旧友相识的欣喜，介绍了近几年海外华语文学创作的发展态势。他谈到，在海外的作家从事文学创作是有些艰苦的，因为他们基本是出于个人的兴趣爱好写小说、写诗歌，但他们一直坚守在文学的阵地上，写出一部又一部优秀的作品。

《中国作家》主编艾克拜尔·米吉提和《诗刊》常务副主编商震介绍了刊物的情况，并表示愿意为海外华文作家提供发表作品的园地。艾克拜尔·米吉提谈到，《中国作家》设立的许多奖项都将海外作家列入评奖对象，就是希望通过这种方式对他们的坚守给予鼓励和支持。刊物也为他们的作品提供了较大的发表空间，期待更多优秀的海外华文作品在《中国作家》上与读者见面。商震则谈到，作家应该是不问出处、身份和年龄的，唯有作品才最具说服力。许多海外作家的作品具有较高的艺术水准，它们的存在丰富了汉语文学的审美风格，在中华文化的海外传播方面发挥了重要作用。因此，国内的文学刊物要重视这部分作家的作品，以活跃、丰富文学生态和图景。

作家北奥谈到，在美国，除专业的华文作家以外，还有许多业余的文学爱好者，他们身份不同，但都喜欢写作且具有很大的创作潜力。因为身处各行各业，具有不同的知识结构和生活背景，所以他们对美国社会有着更真切的体验和了解，具体到作品里会呈现不同的视角和风格，这部分作家的创作是需要重视的。同样来自美国的江启光也希望，中国作协以及有关机构能加大对海外华文作家的支持，比如为他们举办专题讲座及培训班等。他还谈到，电影在文化的传播交流中扮演着重要角色，因此应该重视电影剧本的创作，挖掘那些反映当代中国社会和中国人生活的好剧本，通过影视手段更好地推动中华文化的海外传播。

此次来访的许多作家曾多次来国内访问，因此这次重逢就带有更多故友相见的意味。学者白舒荣就对这次到访的许多成员相当熟悉，这些年她也一直致力于出版、传播海外华文作家的作品。她说，这些年北美洛杉矶华文作家来访，几乎每次她都能见到熟悉的朋友，从代表团成员的变化也可以看出海外华语文学的发展壮大。“老朋友就是即便几十年不相见，也一见如故的人，从你们的坚守中我自己也学到了很多东西。”

参加座谈的还有李洱、曾哲、陈喜儒、李锦琦、肖惊鸿、叶周、施玮、张金翼、艾玉、林美君、王克难等。

第十届东南亚华文文学研讨会举行

5月26日由厦门市东南亚华文文学研究会、厦门大学东南亚华文文学研究中心、泉州师范学院和菲律宾华文作家协会等联合主办的第十届东南亚华文文学研讨会日前在福建厦门、泉州两地举行。

作为拥有27年历史的国际性学术研讨会，本次会议吸引了专家学者160余人参加。新加坡文论家骆明、文学史家杨松年，菲律宾诗人江一涯等众多东南亚华文文学界知名人士应邀参会。

会议以东南亚华文新文学的创作与批评为议题，提出从东南亚华文新文学与"海上丝绸之路"关系的新视角来探讨其独特性与价值。

2014年河南省外国文学学会年会暨学术研讨会在郑州召开

5月23—25日，2014年河南省外国文学学会暨学术研讨会在华北水利水电大学召开，来自河南省内十余所高校的七十余名专家、学者参加了会议。会议由河南省外国文学学会主办，华北水利水电大学外国语学院及外国文学研究中心承办，会议的主题为"外国文学与变动中的中国（河南）"。

开幕式由华北水利水电大学外国语学院院长魏新强主持，华北水利水电大学纪委书记马英向参会专家和代表表达了热烈的欢迎并预祝会议圆满成功。河南省外国文学学会会长、河南大学外语学院院长高继海教授致开幕辞。河南省社科联副主席王喜成致辞，期望本届年会能够成为一次河南省外国文学界学者有效沟通和深入交流的学术盛会，促进河南省外国文学研究事业的蓬勃发展。

开幕式后，教育部英语专业教学指导委员会委员、中央民族大学外国语学院院长郭英剑教授应邀作了题为"文学的跨学科研究"的精彩报告。8位专家学者进行了大会发言，分别从外国文学研究的不同角度与与会学者进行了深入的交流和探讨。与会代表围绕外国文学研究、比较文学研究和外国文学的教学等主题进行了热烈而深入的交流与研讨，先后有约三十位学者在会上宣读了自己的学术论文，对外国文学的研究与教学起到了积极有效的推动作用。

河南省外国文学学会常务副会长、秘书长、河南大学文学院院长李伟昉教授对此次年会做了精彩点评。他表示，此次年会的场次及内容安排层次井然、论题多彩，既有细腻的文本分析，也有向文化探源的努力，与本次年会的主题密切关联。大会的召开起到了在外国文学研究及教学领域同行间交流观点和增进感情的作用，是一次成功和完满的会议。

6月

第二届中美儿童文学高端论坛在美国成功召开

2014年6月23日至24日，由中国海洋大学与美国南卡罗莱纳大学共同主办的第二届中美儿童文学高端论坛在美国哥伦比亚市成功召开。这是继2012年中国海洋大学与德克萨斯A&M大学在青岛举办首届中美儿童文学高端论坛之后，中国海洋大学再次与美国大学合作，移师美国召开的一次重要学术会议。在论坛开幕式上，南卡罗莱纳大学大众传播和信息学院院长查尔斯教授致欢迎词，美方论坛主席、国际儿童文学学会会长、南卡罗莱纳大学米歇尔·马丁教授和中方主席中国海洋大学朱自强教授分别发表了讲话。朱自强教授感谢合作方南卡罗莱纳大学为举办本届论坛所作出的努力，指出第二届中美儿童文学论坛具有特殊重要的意义。他说："'二'这个数字非常重要，'二'，既是对'一'的接续，也是对'三'的开启。首届中美儿童文学论坛开了中美儿童文学的高层次、规模性学术交流的先河，我们希望，本届研讨会对于中美儿童文学的高质量学术交流，能够起到继往开来的作用。"第二届中美儿童文学论坛的主题是"全球化视野下的儿童"，划分为"全球儿童，全球市场"、"国际比较研究"、"'全球儿童'建构问题"、"跨越语言文化之界"、"改编与翻译"五个议题进行研讨。在历时两天的会议研讨中，有15位学者针对上述议题宣读了论文。论坛除了安排论文宣读后的研讨时间之外，还安排了一场综合讨论，讨论气氛十分热烈，将研讨会论题引向深入，同时也增进了双方学者彼此间的了解。中国海洋大学儿童文学研究所所长朱自强教授、文学与新闻传播学院副院长罗贻荣教授分别宣读了题为《论周作人的"儿童文学"观念的发生——以美国影响为中心》《"马小跳"遭遇的冰火两重天——一个文学的跨文化传播分析》的论文。本届研讨会的笔译和现场口译工作也是由中国海洋大学邹卫宁教授和徐德荣副教授担纲，其专业水准获得了与会者的一致好评。第二届中美儿童文学论坛上宣读的论文和进行的研讨，在整体上具有跨文化视野、比较研究意识、重视个案研究这些特点。与首届论坛相比，本届论坛论文的研究内容中，中美两国的儿童文学发生了多层面的交集和融通，这使交流和研讨具有了较为宽阔的基础。可以说，首届中美儿童文学论坛开启的学术交流已经取得了较为明显的成效。在首届和第二届中美儿童文学论坛成功举办、中美儿童文学学术交流已经深入开展的基础上，中国海洋大学儿童文学研究所所长朱自强教授正在与前国际儿童文学学会会长、首届中美儿童文学论坛美方主席、得克萨斯A&M大学尼尔森教授，就下一步中美儿童文学之间的更为深入的学术交流与合作事宜进行具体磋商，以将出现良好势头的中美儿童文学学术交流保持下去，打造一个常态化的中美儿童文学学术交流的高端平台。

7月

15国青年汉学家来华研修

7月2日由文化部、中国社会科学院联合主办的"2014青年汉学家研修计划"今日开班。共有来自美国、法国、哈萨克斯坦、印度、韩国等15个国家的18位优秀青年汉学家参加，研修方向涉及中国文学、历史、哲学、艺术、政治等诸多领域。

研修班期间，青年汉学家将接受厉以宁、葛剑雄、王蒙、许渊冲、郭建宁、单霁翔等专家学者为期一周的集中授课，之后赴中国社科院、中国艺术研究院、故宫博物院、中国美术馆、北京大学、北京语言大学等单位，与对口领域的研究机构和专家学者开展为期两周的研讨和实践活动。

"2014青年汉学家研修计划"系文化部与中国社科院今年首次举办的针对青年汉学家项目，旨在通过邀请其来华研修，加深其对中国文化的了解、理解与认同，建立与中国专家学者、学术机构的联系。

8月

中外学者在俄研讨老舍作品

日前，由中国老舍研究会与俄罗斯圣彼得堡国立大学东方系共同主办的"远东文学研究第六届国际学术研讨会暨纪念老舍先生诞辰115周年研讨会"在俄罗斯圣彼得堡召开。

在开幕式上，圣彼得堡国立大学常务副校长戈尔林斯基、中国驻圣彼得堡领事馆总领事季燕池、中国老舍研究会会长关纪新分别致辞，对老舍在中国和世界文学中的地位予以高度评价。会议开幕式由圣彼得堡国立大学东方系教授罗季奥诺夫主持。

来自中国、俄罗斯、斯洛伐克、日本、英国、新加坡等国家的数十位专家学者，参加了为期三天的老舍研究专题讨论会。大家围绕着老舍与外国文学、老舍在世界20世纪文学上的位置、老舍对中国现当代文学的影响、老舍创作的海外译介等议题进行了细致、深入的探讨。

小说家与诗人跨国界对话

8月20号下午，伊朗裔荷兰作家卡德尔·阿卜杜拉（Kader Abdolah）应邀来到广东省作协，与广东省作协专职副主席、诗人杨克，以及魏微等广东作家对话。作为广东省作协参与主办的“南国书香节”系列活动之第三届南方国际文学周活动的重要一环，该对话活动由杨克主持，深圳大学外语学院副院长张晓红担任翻译，主题围绕全球化背景下的诗人与小说家的沟通、文化差异对文学的影响等问题进行。参与对话活动的作家谢石南、世宾、西篱、高小莉、郑小琼、王璐等也就不同文化背景之下的写作难题、文学中的人性与政治、女性的包容与族类文化的隔膜等问题与卡德尔·阿卜杜拉先生进行了交流。

卡德尔·阿卜杜拉原名为Hossein Sadjadi Ghaemmaghami Farahani，1954年出生于伊朗阿拉克，受其祖父影响，阿卜杜拉从12岁开始钻研西方文学，由此对西方社会产生了浓厚的兴趣。1988年定居荷兰后，阿卜杜拉很快熟练地掌握了荷兰语，并开始用荷兰语创作。他的小说作品通常以移民和迁徙为主要内容，并因其小说作品中诗歌般的语言和他讲述故事时那种震撼人心的力量在国际上获得广泛称赞。

中俄作家共话文学与时代

8月28日，由中国作家协会和俄罗斯联邦出版与大众传媒署联合主办的中俄文学论坛在京开幕。中国作协副主席何建明、俄罗斯联邦出版与大众传媒署副署长格里戈里耶夫·弗拉基米尔、俄罗斯驻华大使安德烈·杰尼索夫出席论坛开幕式。

何建明代表中国作协对参加论坛的中俄作家们表示热烈欢迎。他说，由于两国一直有着密切的交往，中俄作家聚在一起总是感到特别亲切。很多中国作家就是因为受到俄罗斯文学的影响而走上写作之路的，他们从普希金、托尔斯泰等作家的作品中汲取营养，最终寻找到了自己的写作风格。作家之间的交流，其实是民族之间的情感的交流。这次文学论坛设置了很多富有针对性的论题，希望两国作家就此进行深入研讨，共同分享对生活与文学的看法，加深对彼此文学、现实与传统的理解。

格里戈里耶夫·弗拉基米尔在致辞中介绍了中俄两国文学交流的情况。他说，无论是俄罗斯还是中国，在经济、社会等方面都发生了巨大的变化，作家们都有对其进行深刻反映的紧迫性。两国作家的关注点有很多的相似性。现在，中俄两国的出版机构正在推进文学的互译工程，将50种中国文学作品翻译为俄文，同时也将50种俄罗斯作品翻译为中文，为两国读者呈现彼此的文学创作成就。另外，我们还将建设电子图书馆，将翻译的所有作品集中到同一个平台，让俄罗斯读者更好地了解中国文学的状况。参加这次论坛的很多俄罗斯作家的作品都已经有中文译本，这就为彼此之间的交流打下了良好的基础。

在两天的时间里，邱华栋、亚历山大·阿尔汉格尔斯基、赵玫、阿列克谢·瓦尔拉莫夫、奥尔加·斯拉夫尼科娃、李洱等作家先后进行主题发言，论题涉及“作家在当代社会的位置”、“民族小说在全球化时代的命运”、“地域、乡愁与文学”、“传记文学的可信度”、“青年人的焦虑”、“人与自然的关系”等。另外，论坛还将举行两场圆桌会议，两国作家将就“东西方文学的主人公：文明价值观的相互影响”、“文化常数：民族原型在当代文学中的位置”等议题展开讨论。

中俄《十月》相聚北京

中国与俄罗斯都有一本叫做《十月》的文学杂志，它们都与时代有着密切的关系，也都推出过具有世界性影响的作品。近日，俄罗斯《十月》应中国《十月》之邀访问北京，正应了“有缘千里来相会”的老话。8月27日，在北京图博会的首届中俄《十月》文学论坛上，两国作家以“文学与时代”为题展开对话；8月30日，俄罗斯作家又造访中国《十月》编辑部，与中国同行探讨“文学杂志与当代文学的关系”。

在交流中，王蒙、格非、李建军、孟繁华等不约而同地表达了“俄罗斯文学情结”。大家谈到，中国文学在相当一段时间里深受俄罗斯文学的哺育。俄罗斯对战争、苦难、人性的观察和了解，至今仍值得中国作家学习。当下社会人心浮躁，缺失理想主义、英雄主义和批判精神，因而重新阅读和识别俄罗斯文学、加强两国间的文学交流显得格外重要。

中国与俄罗斯在近百年来经历了许多变化和起伏。王蒙认为，“这对于一个写作人来说不见得是坏事情”，有一些不幸的、痛苦的经验会成为写作人的资源，比那些一帆风顺的、成功的经验更宝贵。与会者显露出对文学发展前景的信心，认为文学创作是未来社会发展的需要，“一个新的文学时代即将到来”。

大家还谈到，中俄《十月》发展现状中有不少相似之处，如对文学新人的“求才若渴”、对现实主义风格作品的青睐。两家刊物都提出了加强联系、长期合作的意愿，希望通过多种形式的合作搭建起两国文学交流的新桥梁，比如将中俄《十月》文学论坛坚持举办下去，在各自杂志开辟专栏介绍对方作家作品，每年各自编选本国文学年度选本并由对方国家翻译出版等。

俄罗斯《十月》杂志是俄罗斯最具声望的大型文学杂志之一，创刊于1924年，今年正值其创刊90周年。参与创刊的有富尔曼诺夫、绥拉菲莫维奇和法捷耶夫，肖洛霍夫、戈尔巴托夫、苏尔科夫等曾任编委，马雅可夫斯基的《放声歌唱》、肖洛霍夫的《静静的顿河》、法捷耶夫的《毁灭》等均发表在该杂志。中国《十月》杂志创刊于1978年，创刊30余年来发行量一直稳居国内文学期刊前列。

中外学者研讨古典文学中的民族风情

8月29日至30日，由中国社会科学院文学研究所、贵州民族大学文学院共同主办的“中国古典文学中的民族风情与地域文化”国际学术研讨会在贵州民族大学举行。来自日本南山大学、福冈国际大学、新加坡南洋理工大学、韩国中央大学、中国社科院、中国人民大学等国内外的专家学者近百人到会，提交了60余篇学术论文。

研讨会上，专家学者们从理论上阐释古典文学与地域文化、民族风情之间的关系构成及研究视角转变的可能性、合理性，关注古典文学中主流文化与地域文化和民族文化之间的多元交融关系。其中，部分专家学者就“明代贵州移民诗人与地域诗风考论”、“清代贵州女诗人郑淑昭抒情诗歌艺术论”、“明清笔记中的贵州影像”、“明代贵州提学官员与地方社会”、“宋代贵州文学的民族风情”等富含“贵州元素”的议题展开讨论。

中国古代文学理论学会副会长、中国社会科学院研究员蒋寅认为，本次研讨会关注中国古典文学中的民族风情与地域文化，具有开创性和前瞻性，为专家学者们提供了一个新的视野。

9月

七国作家参与“2014上海写作计划”

9月7日，2014上海写作计划近日在此间启动，来自美国、新西兰、匈牙利、阿根廷等七个国家的9位作家成为新一批驻市作家。7日，这些“临时上海作家”与数十位上海作家一起参加朗读欢迎会，共同感受上海这座城市的“时时刻刻”。

上海作协主席王安忆对本届写作计划的主题“时时刻刻”作出了诠释：“欢迎你的时时刻刻与我们的汇合，仿佛溪流汇入江河，一同流淌，在下一个岔道再分离，就这样，你中有了我，我中有了你。”

在朗读欢迎会上，上海作家金宇澄朗读了小说《繁花》选段，作家走走朗读了小说《失踪》选段，上海话剧中心的演员则演绎了喻荣军作品《星期八》选段。3位驻市作家恩里克·索利纳斯、维多利亚·凯萨雷斯及艾利森·王分别朗读了自己的部分作品。

值得一提的是，来自新西兰的艾利森·王是一位华裔作家，她的作品取材于新西兰和中国传统，经常挖掘的主题为家庭、爱情、身份认同、归属感和跨文化关系等。目前她正在写作家族回忆录。

自2008年以来，“上海写作计划”已不间断举办了6届，20多个国家的39位作家在上海度过了为期两个月的“驻市写作”时光。在这两个月中，他们除参加一系列文学活动外，还将住居民楼、逛公园、乘公交出行，体验上海的市井生活，实实在在地做一回上海普通人。

谢尔·埃斯普马克夫妇到北师大做讲座“在微观的世界里发现宏观的宇宙”

2012年底，中国作家莫言获得诺贝尔文学奖，在国内外引起了热烈反响。瑞典学院院士，诗人、小说家，原诺贝尔文学奖评委会主席谢尔·埃斯普马克就瑞典学院如何看待文学和政治的关系发表《诗与社会》一文，他说：“对我来说，作家的责任始终是一件不言而喻的事情。但是，这并不意味着我必须在我的创作中也为那些当下的实际问题提供一个位置。”谢尔·埃斯普马克的夫人莫妮卡·劳利是知名传记文学作家，出版过两部关于19世纪瑞典女作家的传记文学作品，最新著作入围奥古斯特文学奖。9月7日，谢尔·埃斯普马克夫妇来到北京师范大学，与师生们一起探讨“当代瑞典诗歌与世界”、“文学传记的艺术”等问题。活动由作家、北京师范大学国际写作中心主任莫言主持。

谢尔·埃斯普马克首先谈了他对当代瑞典诗坛三位知名诗人及其作品的看法。他说，1974年获得诺贝尔文学奖的哈瑞·马丁松曾在上世纪30年代前后为瑞典诗坛带来了革新，他的诗歌常常能够以小见大，把宏观的世界浓缩在微观的物象中，其诗歌中精细的自然微缩画及其令人惊异的隐喻成为后来所有瑞典自然诗的出发点。谢尔·埃斯普马克认为，不论是语言风格还是审美方式，马丁松都是瑞典诗人中与中国古典诗歌最接近的。瑞典当代第二位重要诗人叫做艾克洛夫，谢尔·埃斯普马克把他称为20世纪最伟大的诗人之一。艾克洛夫作品中不断出现“变形意象”，让人想起毕加索的画作。他的诗歌风格有着明显的变化过程，最初呈现绝望的超现实主义风格，后期则逐渐归于宁静平和。艾克洛夫认为诗歌必须包含一种“刺耳声响”，一种刺穿高尚话语的不和谐音，他多变的风格和独特的诗歌语言也为日后的瑞典诗人提供了灵感。当代瑞典诗坛的第三位重要诗人是托马斯·特朗斯特罗姆，他的作品被翻译成60多种语言，对许多国家的诗人都产生了重要影响，2011年的诺贝尔文学奖就是对他国际地位的表彰。谢尔·埃斯普马克认为，托马斯·特朗斯特罗姆成功的秘诀在于感官上的精确描写与广阔的视角之间的精妙结合。托马斯·特朗斯特罗姆认为自己是一个观察家，任务就是用精准的细节去捕捉庞大而难以描述的过程并记录下来。正如他自己所说：“我来了，我是隐形人，或许由一种伟大的记忆聘任而生在此刻。”

谢尔·埃斯普马克从自己的写作出发，分析了以上三位诗人对当代瑞典诗人产生的影响。他说，“我从马丁松那里学到如何以小见大，在微观的世界里发现宏观的宇宙”，“我从艾克洛夫那儿学会的是碎片化的处理方法”，“我与特朗斯特罗姆有共同的出发点、共同的老师，但是有不同的发展轨迹，他是自然神秘领域的诗人，而我更关注社会、人，把我们的生活作为出发点”。

在讲座中，莫妮卡·劳利从自己的写作实践出发，与大家分享了传记文学的写作方法与技巧。莫妮卡·劳利已出版的两部传记文学作品《一个女士的声音》《真理道德》，描写对象都是19世纪瑞典杰出的女性作家。在当时，瑞典女性得不到良好的教育，她们自我发展的权利被剥夺，这对很多聪明的女性来说简直就是一种苦难。莫妮卡·劳利的两部作品从对两位女性作家的耐心发现和对她们文学经历的回顾入手，一步步深入到对19世纪瑞典社会的研究。莫妮卡·劳利回忆到，这两部著作的完成需要大量的、丰富的、多种多样的材料，除了作家的手稿、自传、信件等，还需要在图书馆、档案馆、互联网中查找相关资料。她认为，文学传记的写作是一项复杂的工作，这种工作很像一个探险家或者侦探，因为要发现一些秘密，要用不同的方式搜寻信息，把它们总结整理然后得出结论。推动传记文学作家写作的关键就是好奇心，有好奇心就能得到打开密室的钥匙。

11月

铁凝会见葡萄牙文化代表团

11月17日，铁凝在中国作协会见了葡萄牙文化国务秘书巴雷托·沙维尔博士和他率领的葡萄牙文化代表团。铁凝首先代表中国作协对沙维尔博士一行到中国作协做客表示欢迎。

会见中，铁凝向客人介绍了中国作协和中国当代文学的情况。她表示，文学是世界性的语言，通过文学交流让双方民众更深入地了解对方国家是一件非常美好的事情。虽然目前中葡两国的文学交流还比较少，但不断发现两国的文学“新大陆”也正是文学工作的魅力所在，文学在精神交流中的作用是不能替代的。沙维尔表示，葡方重视与中国的文化交流，希望更多的葡萄牙民众了解中国文学。葡政府有意愿推出翻译计划，为两国出版商建立沟通渠道，在葡资助、推广充满正能量的中国文学作品。

葡萄牙驻华大使若尔热·佩雷拉等使馆官员和中国作协书记处书记阎晶明等参加了会见。

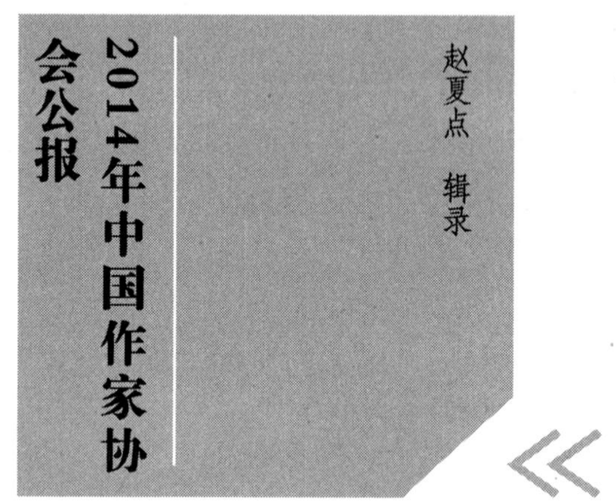

中国作家协会公报（2014年第1号）

中国作家协会重点作品扶持办公室共收到2014年度重点作品扶持项目推荐选题373项。经专家论证和书记处审核，确定110项选题入选：长篇小说45项，报告文学、纪实文学30项，诗歌6项，散文4项，理论评论9项，儿童文学6项，网络文学10项。其中“中国梦”主题专项32项，抗日战争胜利70周年专项11项。

现予公布。

中国作家协会
2014年7月4日

中国作家协会2014年重点作品扶持项目篇目

（排序不分先后）

“中国梦”主题专项

长篇小说

低纬度青春期　　吕雷、简嘉
河套母亲　　李廷舫
大海之南　　罗萌、麦子杨
尖锐的瓷片　　江华明
南方的秘密　　刘诗伟

蒙古里亚	郭雪波
人类世	赵德发
红雪莲	杜文娟
破茧成蝶	朱明静
野沙	郭严隶
大地芳菲	李轻松
烽火连三月	张　梅
田园牧歌	查　舜
红绸	赵　雁
日头	关仁山
我们是姐妹	小　岸

报告文学、纪实文学

航母英雄——中国航母辽宁舰部队建设纪实	沙志亮
追日之舞	张子影
中国“蛟龙”	许　晨
大地的朗读——西海固和她的老师们	许　艺
闯荡黑非洲	黎　化
中国核潜艇诞生纪实	舒德骑
三沙大博弈	阿　廖
我的非凡中国梦	李玉洁
疆龄	王云鹏
黄河金岸	艾克拜尔·米吉提、裔兆宏
龙脉	李春雷

诗歌

西藏书	陈人杰

散文

鄱阳湖	凌　翼

网络文学

不能没有你	向　娟（天下尘埃）

青果青	赵艳萍（古筝）
女兵英姿	王冕荣（江心舟）

抗日战争胜利70周年专项

长篇小说

血战桂河	吉柚权
潍县CAC	黄国荣
女真人	朱日亮
万物作	王秀云
迁徙	李凤群
吾血吾土	范　稳
红山	王鸿达

报告文学、纪实文学

最后的国门	罗学蓬
跨海挥刀割羯云——记抗战胜利中国军队入越受降	孙　嵒
血色国魂——抗日战争殉国将领备忘录	蒋巍、里夫、叶文、蒋婉
女殇——寻找侵华日军性暴力受害者	瑞　秋

长篇小说

八岁的运河	裘山山
渡城	余　红
南棉	郑小驴
大汉钱潮	杨　军
狂犬病	嵇亦工
空心人	哲　贵
七月流火	红　柯
三个三重奏	宁　肯
野蛮生长	盛可以
黄泥地	刘庆邦
终极预审	吕　铮
黑白（白之篇）	储福金
箴言・密语・试着告别繁音似锦的爱	晓　航

边村女人	王妹英
师母	阿　袁
刀	陈　鹏
七十二匠	李治山
远去的人	薛　舒
覆船山	姚鄂梅
金珊瑚	赖妙宽
天使	程　青
南方有令秧	笛　安

报告文学、纪实文学

寂寞夕阳——中国农村留守老人采访记	李琭璐
搏击生命——路遥传	梁向阳
人去巢空	彭晓玲
大写西域	高洪雷
白马部落	陈纪昌
流逝在草原的日子	汪浙成
汉口徽商	刘富道
汪曾祺传略	苏　北
黑与白	张同义
烟壶大师的黑白片和彩色片	李玲修
清境·清境	欧之德
高原神曲	蒋吉成、杨红昆
明月中国——明恩溥传	季　冉
卓尼土司的1935	任向春
我是谁——两种文化堡垒下的生存者	赵　殷

诗歌

还不能用这首诗做我的墓志铭	阿　未
消失，记忆：2009—2013新作选	赵　四
我的乡愁在青山绿水间	施施然
朴素的低音号	桑　克

第三十届青春诗会入选青年诗人诗丛

散文

好吃在民间	李　汀
故宫的隐秘角落	祝　勇
我和我追逐的梦	严英秀

理论评论

“北方文学高地”与吉林作家群	朱　晶
晚年孙犁与中国当代文学的发展	张　莉
《茶馆》经典性与未完成性研究	范党辉
中国现代文学馆与中国现当代文学研究	北乔、刘业伟
瞧，这些人——70后作家研究	刘　涛
网络文学创意写作研究	庄　庸
文学编辑与中国当代文学	王秀涛
自由诗的骄傲与难度	师力斌
新诗审美接受研究	陈仲义

儿童文学

童话之书	陈诗歌
牛说话	邓湘子
新开张的裁缝店	窦　晶
狐狸的友情	黄　鑫
树精灵之约	汤　萍
木棉·离歌	李　靖

网络文学

吉时医到	李金荧（云霓）
斩龙	丁宗磊（失落叶）
烽烟尽处	蒙　虎（酒徒）
无敌唤灵	陆晓宁（苍天白鹤）
回归家园	李小静（仙人掌的花）
奥术神座	袁　野（爱潜水的乌贼）
律政先锋	于海霞（柳暗花溟）

中国作家协会公报（2014年第2号）

经中国作家协会书记处会议审议批准，2014年发展中国作家协会会员509人。现予公布。

中国作家协会

2014年7月21日

中国作家协会2014年新会员名单（509人）

北京15人

卫汉青、王冬（蝴蝶蓝）、王宇飞、王威、左少兴、孙春明、李林荣、李倩（女）、李睿（殷寻，女）、张文睿、陈珠（女）、陈唯斌（余途）、者永平（回族）、席小平、魏翠萍（女）

天津10人

于海霞（柳暗花溟，女）、尹金丹（女，朝鲜族）、田桂荣（女）、李金荣（女）、杨萍（女）、张建云、张莉（女）、张桐英（晓月，女）、赖德斌、霍君（女）

河北17人

于忠辉（桫椤）、王克难、冯晓军、刘荣书（满族）、许斌、苏洪源、李铮、杨佑田、杨勇（满族）、宋子平（女）、金赫楠（女）、赵叶（女）、段建月（唐小米，女）、夏玉祥、唐慧琴（女）、曹俊英（女）、崔浩（何常在）

山西11人

王平、王国伟、王保国、任存弼、陈素云（陈小素，女）、贾彩青（女）、徐茂斌、郭万新、郭虎、郭蓉（女）、韩玉光

内蒙古17人

王万里、王志利（车夫）、王茂荣、仁钦道尔吉（蒙古族）、巴图吉日嘎拉（蒙古族）、田丽丽（女，蒙古族）、达·额尔敦毕力格（蒙古族）、任月海、迟凤君、张建忠、张建熙（张小花）、娜恩达拉（女，达斡尔族）、贺西格图（蒙古族）、郭广泉、海风（蒙古族）、朝洛蒙（蒙古族）、魏铎

辽宁18人

卜庆祥、于学利、冯大中、朱玉豪、刘兴雨、刘金澄、刘晓波（女）、孙阳、孙艳丽（女）、李鹏飞、邸玉超、张笃德、金方（女）、钟素艳（女）、贾淑芳（女，满族）、高树义、黄宇（女）、常君（女）

吉林16人

千日（朝鲜族）、马爱茹（女，回族）、曲静（女）、朱万和（满族）、李凤艳（李子燕，女）、何青志（女）、张伟、尚书华、郑义、赵家治、姜英文、顾连弟、高春阳、康孝根（朝鲜族）、程永刚、程光

黑龙江17人

于志学、王德强、白雪松（满族）、刘勇（耳根）、杨川庆、肖凌、张凤玲（女）、张建祺、张曙光、陆少平（女，壮族）、陈永芳、陈国远、徐拓、郭淑梅（女）、曹立光（荒原狼）、梁帅（梁坏坏）、薛喜君（女）

上海13人

马文运、贝鲁平、江胜信（女）、许云倩（女）、严志明、吴崇源、汪澜（女）、张怡微（女）、张冠仁、赵荔红（女）、胡庚（树下野狐）、胡绳梁、商俊伟（路内）

江苏31人

丁宗磊（失落叶）、于利祥、马汉清、王永君、王荣方、王啸峰、王履辉、毛贵民、江秉钧、汤雄、孙蕙（女）、纪萍（女）、严正冬、李向民、杨刚良、吴志云、吴颖达（傲无常）、谷代双、陈培元、杭贰（良木水中游）、周文、周国忠、周浩锋（周耗）、周淑娟（女）、胡军生、柯强兴、姚社成、顾鹰（女）、徐晓思、龚房芳（女）、章剑华

浙江22人

丁真（女）、王继红（桑子，女）、田家村、许彤（女）、李明亮、杨永勤（杨邪）、张凤翔（管平潮）、张健（燕垒生）、陈政华（烽火戏诸侯）、林新荣、帕提古丽（女，维吾尔族）、周建达、赵海虹（女）、赵鸿伟（阿门）、钟根清（郁颜）、徐均生、翁美玲（女）、曹启文、曹凌云、章锦水、虞锦贵、薛荣

安徽8人

田斌、刘政屏、江泓（女）、李华阳、吴子长、沙玉蓉（女）、张静（张尘舞，女）、项丽敏（女）

福建11人

王忠智、任剑锋、江俊涛、杨叶飞（风丫头，女）、吴玉辉、陆永建、孟丰敏（璎洛，女）、洪辉煌、夏炜、唐宝洪、黄荣才

江西7人

邓涛、朱传辉、刘建华（女）、刘晓彬、杨景荣、贺璞（池灵筠，女）、喻虹（女）

山东34人

王华英（女）、王庆利、王家祥、牛鲁平（女）、厉剑童、田晓琳（女）、刘玉诚（瓦当）、刘宜庆、刘清梅（女）、刘强、许振民、孙书文、孙照明、李宪珍（女）、杨曙明、连淑香（连谏，女）、轩辕轼轲、宋彩霞（女）、张佑峰、张英华（女）、张建鲁、张柯、陈宜

新、陈瑞仪、金翠华（女）、周志雄、屈绍龙、赵林云、赵静怡（女）、柏明文（女）、莫问天心（女）、徐锦庚、梁月昌、蔡中锋

河南21人

马素芳（鱼禾，女）、王宇民、代海、司伟平（司卫平，回族）、刘峰晖（庚新）、孙青瑜（女）、孙新华（女）、李玉梅（女）、李荣泰、李智慧（女，回族）、连忠诚、肖根胜、沈靖、张中民、尚伟民、尚攀、郝子奇、胡昌国、黄玉华（扶桑，女）、黄凌、蒋建伟

湖北12人

田苹（女，土家族）、向国平（土家族）、闫刚、江作苏（鱼禾）、李诗德、何子英（女）、宋春芳（宋小词，女）、罗胸怀、周芳（女）、高晓晖、郭晶晶（苏瓷瓷，女）、谢络绎（女）

湖南25人

丁鲁、叶菊如、刘克定、刘明（欲不死，土家族）、刘绍英（女）、吴国才、宋永清（苗族）、宋庆莲（女，土家族）、张凭栏（女）、张战（女）、奉荣梅（女）、林卓宇、欧阳伟、易清华、周迅、周琴（一枚糖果，女）、孟大鸣、胡辉、聂元松（女，土家族）、夏云华、晏杰雄、晏建怀、舒文治、蔡栋、戴希

广东22人

王威廉、王普宁（求无欲）、李光文、吴伟华（吴乙一）、吴伟鹏、吴诗娴（吴飞飞，女）、吴彪华、何进、张慧谋、陈马兴、陈开斌（陈诗哥）、陈再见、陈崇正、林爽英（女）、欧阳露（女）、周小娟（蓝紫，女）、郑万里、聂小雨（女）、崔保新、鄞珊（女）、蔡玉燕（女）、裴蓓（女）

广西8人

杨仕芳（侗族）、何述强（仫佬族）、张冰辉（女）、胡红一、徐向群（四丫头，女）、蓝瑞轩（古董，瑶族）、谭亚洲（毛南族）、潘小楼（女，壮族）

海南4人

许燕影（女）、严敬、符力、鹿玲（女）

重庆8人

向林（司徒浪子）、李成琳（女）、杨康、张天国、罗小玲（女）、倪文财（泥文）、唐梅（女）、曾维惠（紫藤萝瀑布，女）、

四川20人

王大华、邢小兵（藏族）、李明春、李前秀（女）、杨元礼（杨角）、邹瑾、张历（章泥，女）、罗铖、周文琴（女，藏族）、赵敏（藏族）、觉乃·云才让（藏族）、贾飞、贾志刚、黄冬梅（女）、黄政钢、鲁娟（女，彝族）、曾鸣、熊焱、黎明泰、魏丕植

贵州2人

袁仁国、蒋德明

云南7人

王丹（王单单）、朱镛、许文舟、李兴海、李承翰（人狼格，纳西族）、吴玉华（瑶族）、陈鹏

西藏2人

罗洪忠、班丹（藏族）

陕西18人

史飞翔、冯天海、宁颖芳（女）、刘云、刘爱玲（女）、芦芙荭、李庆和、杨英武（哑鹦鹉）、张仙利（女）、张丛笑、张芳（女）、陈若星（女）、南书堂、姜民权、姚逸仙、贾军龙（贾松禅）、韩怀仁、薛保勤

甘肃11人

万小雪（女）、王玉国（叶梓）、王喜平（满族）、车才华（藏族）、刘玫华（刘梅花，女）、许曙明、妥清德（裕固族）、汪泉、张晓琴（女）、崔俊堂、薛林荣

青海5人

马有义（回族）、华多太（藏族）、李万华（女）、李明华、杨秀珍（女）

宁夏2人

严龙宁、郭宁

新疆11人

王敏（女）、瓦依提江·吾斯曼（维吾尔族）、巴西尔·吾穆凯（哈萨克族）、麦麦提敏·阿卜力孜（维吾尔族）、李东海、李泽生、吾伦哈孜·曼里巴扎（哈萨克族）、库班·阿斯哈尔（哈萨克族）、张可让（樟楠）、贾沙莱提·塔西（维吾尔族）、程静（女）

兵团3人

张振平（张小痣）、黄文生（黄闻声）、董志远

延边2人

林锦山（朝鲜族）、赵一男（朝鲜族）

解放军11人

兰占军（兰草）、李志远、汪瑞（女）、张子影（女）、周志方、周徐、段天杰、徐柏坚、龚盛辉、程晓玲（女）、曾皓（菜刀）

石油2人

安顺国、李建华

铁路1人

郝炜华（女）

煤矿3人

刘向莲（女）、李伟（女）、程豁（女）

国土2人

刘连翠（女）、周伟莨

电力1人

洪梅（小川，女，蒙古族）

冶金1人

崔美兰（女）

水利2人

董伟斌、蒋彩虹（女）

石化2人

刘萍（女）、齐帆（女）

公安4人

孙学军、杨明山、赵英斌（满族）、蒋海云（女）

金融3人

王炜炜（女）、李劲、胡小平

其他45人

丁国旗、于泽俊、马爱农（女）、王伊（女）、王祥、王钟（梦入神机）、王晴飞、王慧敏、艾国柱（阿乙）、左昡（女）、丛治辰、刘炜（血红，苗族）、刘兰芳（女，满族）、刘英武、刘慧英（女）、乔振绪、汤勇（打眼）、那耘（满族）、李雨铮（山羊一科，女）、李佩伦（回族）、杨东彪、吴欣蔚（女）、余飞、汪国新、沈庆利、沈俊峰、陈思、张定浩、张嘉佳、林阳、林晗（鱼人二代）、罗选民、岳雯（女）、周李立（尚盈盈，女）、胡浩、俞胜、饶翔、姚昆仑（侗族）、贺清龙、班清河、徐刚、高建平、郭富民、曹国炳、熊辉

澳门1人

陈艳华（女）

台湾1人

陈秀美（陈若曦，女）

中国作家协会公报（2014年第3号）

中国作家协会少数民族文学发展工程办公室收到2014年度少数民族文学重点作品扶持项目推荐选题176项。经过专家论证和书记处审核，确定扶持项目90项。其中，民族语文作品

21项、小说31项、报告文学9项、散文11项、诗歌11项、剧本1项、理论评论专项6项。现予公布。

中国作家协会

2014年7月21日

中国作家协会2014年度少数民族文学重点作品扶持项目篇目

（排序不分先后）

民族语文作品

作品拟题	申报人	创作语种
金融界博弈	乌云毕力格（蒙古族）	蒙古语
敖德斯尔研究	刘成（蒙古族）	蒙古语
美丽的梦	戴宝林（蒙古族）	蒙古语
成吉思汗	萨仁图娅（蒙古族）	蒙汉语
年楚河	尼玛顿珠（藏族）	藏语
远处流逝的小溪	格桑占堆（藏族）	藏语
花样年代	普布次仁（藏族）	藏语
卓香卡	才让扎西（藏族）	藏语
一个步行者的远方	久美多杰（藏族）	藏语
她	卡毛加（藏族）	藏语
诗歌集	完么措（藏族）	藏语
芦苇荡	亚生江·沙地克（维吾尔族）	维吾尔语
爱在何方	伊力哈尔江·沙迪克（维吾尔族）	维吾尔语
童心梦	帕尔哈提·伊利牙斯（维吾尔族）	维吾尔语
心中的黎明	毛里提汉·阿布力哈孜（哈萨克族）	哈萨克语
无色的命运	胡玛尔别克·壮汗（哈萨克族）	哈萨克语
村长	赛力克·哈文拜（哈萨克族）	哈萨克语
改革开放30年朝鲜族小说发展历程	李光一（朝鲜族）	朝鲜语
长白山山鬼	林元春（朝鲜族）	朝鲜语
石正——尹世胄评传	崔国哲（朝鲜族）	朝鲜语
乡里乡亲	沙马加甲（彝族）	彝语

小说

作品拟题	申报人
一夜长于百年	刘荣书（满族）
三棵草根	白雪林（蒙古族）
围	胡庆胜（鄂温克族）
图瓦大地	鲍尔吉·原野（蒙古族）
彩带缠腰	雷德和（畲族）
水杉王	田苹（土家族）
白河	黄光耀（土家族）
古港千年	陆露（布依族）
兰家书语	谭丽娟（土家族）
福桥密码	莫俊荣（侗族）
魔术师	第代着冬（苗族）
索伦杆下的女人	冯璇（满族）
商海亮剑	赵晏彪（满族）
腊子口	降边嘉措（藏族）
阿古·登巴	格绒追美（藏族）
山风不朽	蔡小锋（彝族）
心作良田	杨洲颖（布依族）
一个农村大学生的爱情	漕调罗勇（彝族）
嗄呦寨	郑吉平（白族）
花重锦城	邓荣（哈尼族）
妃子村	成如明（彝族）
佤山1934	伊蒙红木（佤族）
蒿子花开	杨跃祥（白族）
楚楚的离歌	沈涛（彝族）
后坑	沙铁成（满族）
部落王国时期的一张羊皮画	才旦（藏族）
牦牛漫步	江洋才让（藏族）
风雨唐古拉	郭占雄（藏族）
拯救者	李进祥（回族）
客家人	朱秀海（满族）
炮兵连爱情往事	胥得意（蒙古族）

报告文学

作品拟题	申报人
复疆——台湾义勇队报告	钟一林（畲族）
一个农民的中国梦	陈铁军（锡伯族）
一粒稻谷有多重	李梦薇（拉祜族）
高原之子——“会泽七子”特岗教师	陈晓兰（蒙古族）
大国公民	段平（回族）
达浦生评传	李健彪（回族）
阴山下　乌不浪口——绥西抗战纪实	马丽华（回族）
奔跑的绿洲	杨贵峰（回族）
海殇	马泰泉（回族）

散文

作品拟题	申报人
神山下的皇家猎场	张秀超（蒙古族）
万物的样子	苏莉（达斡尔族）
赤子笔记	杨瑛（蒙古族）
头颅中国2：帝国与自由	黄挺（土家族）
花山画语	黄鹏（壮族）
炊烟是村庄的呼吸	杨犁民（苗族）
寻乡	饶昆明（土家族）
自然笔记	吉布鹰升（彝族）
暗世界	李达伟（白族）
雪莲心语	白玛玉珍（藏族）
断裂带	刘勇（羌族）

诗歌

作品拟题	申报人
风吹草低	席奎芳（蒙古族）
图腾诗集：我们是谁	南永前（朝鲜族）
两个字	张远伦（苗族）
龙河吟	童中安（土家族）
圣地之旅	列美平措（藏族）

锋芒	李承翰（纳西族）
凉山雪	罗斌（彝族）
高地大风	曹有云（藏族）
喀拉库勒湖畔的情歌	萨黛特·加马力（柯尔克孜族）
梦染黎乡	郑文秀（黎族）
盲道	姜庆乙（满族）

剧本

作品拟题	申报人
聪明的甲金	韦昌国（布依族）

理论评论专项

作品拟题	申报人
新时期满族作家创作的文化生态	吴玉杰（满族）
在乡村与城市之间抒情	杨启刚（布依族）
苗族文学论稿	施俊岑（苗族）
当代少数民族历史小说中的英雄形象与中国叙事	白晓霞（藏族）
现当代北疆维吾尔族作家群体研究	古丽莎·依布拉英（维吾尔族）
新时期少数民族母语文学研究	杨玉梅（侗族）

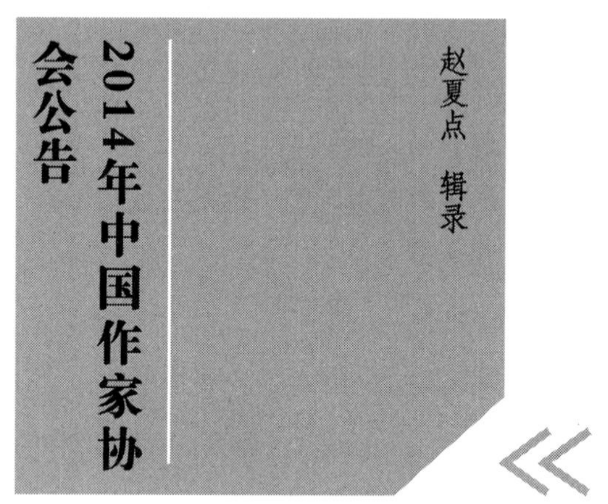

关于征集2014年度中国作家协会重点作品扶持选题的通知

一、2014年度中国作家协会重点作品扶持项目，自本通知发布之日起，至5月31日接受申报。

二、凡符合《中国作家协会重点作品扶持工作条例》所列条件的作者，无论是否中国作家协会会员，均可申报。

三、中国作家协会团体会员单位为重点作品扶持项目推荐单位。各地作者向所在地中国作家协会团体会员单位提出申报，解放军（含武警部队）作者向总政宣传部艺术局提出申报，中直、国直系统作者，直接向重点作品扶持办公室申报。申报者可向上述单位索取申报表格，也可从中国作家网（http：//www.chinawriter.com.cn）下载。

四、推荐单位接受申报后，进行论证和遴选，填写推荐意见，报送重点作品扶持办公室。每单位报送的选题，一般不超过5部。

五、重点作品扶持办公室同时向部分出版单位、文学期刊、持有互联网出版许可证的重点文学网站和中国作家协会创作联络部定向征集选题。上述单位在征得作者同意后推荐申报。

六、2014年重点作品扶持工作设立以下专项：

1.“中国梦”主题专项，鼓励讲述在实现国家富强、民族复兴、人民幸福中国梦的历程中多姿多彩的中国故事，深刻反映时代变化和生活实际，生动表现人民群众创造美好生活的精神风貌，展示寻梦的理想，表现追梦的执着，传递社会正能量，激励人们为实现中国梦而努力奋斗。

本专项选题以长篇小说、长篇报告文学和纪实文学等长篇作品为主，鼓励创新创造，鼓励艺术表现和风格的多样性，力求思想性和艺术性的统一。

2.抗日战争胜利70周年专项，鼓励创作讴歌中国人民团结抗战的英雄壮举，弘扬民族精神，体现人类正义与良知的作品，以纪念2015年中国人民抗日战争和世界反法西斯战争胜利70周年。

七、作者可依据上述专项申报，也可另行提出选题。

八、申报者应认真填写申报表格，说明创作计划，提供详细的构思大纲和作品部分文本。

九、曾获重点作品扶持的作品，如尚未完成出版，其作者一般不能申报本年度选题。

十、不接受征集截止日之前已出版作品的申报。

十一、中国作家协会书记处将聘请专家组成重点作品扶持项目论证委员会，对选题价值和申报者完成选题的能力进行综合评估。委员会以投票方式决定重点作品扶持项目，报中国作家协会书记处审批。最终确定的重点作品扶持项目将在《文艺报》和中国作家网公布。

重点作品扶持办公室地址：北京朝阳区东土城路25号

邮政编码：100013

联系电话：010-64489989 010-64489987

传　真：010-64221879

联 系 人：赵 宁、郑苏伊

中国作家协会重点作品扶持办公室

2014年1月10日

关于征集2014年度中国作家协会少数民族文学重点作品扶持选题的通知

一、2014年度中国作家协会少数民族文学重点作品扶持项目，自本通知发布之日起至5月31日接受申报。

二、凡符合《中国作家协会少数民族文学重点作品扶持工作条例》所列条件的作者，无论是否中国作家协会会员均可申报。

三、中国作家协会团体会员单位为少数民族文学重点作品扶持项目推荐单位。各地作者向中国作家协会团体会员单位提出申报，解放军（含武警部队）作 者向总政宣传部艺术局提出申报，中直、国直系统作者，直接向少数民族文学发展工程办公室申报。申报者可向上述单位索取申报表格，也可从中国作家网（http：//www.chinawriter.com.cn）下载。

少数民族文学发展工程办公室同时向部分出版单位、文学期刊定向征集选题。上述单位在征得作者同意后推荐申报。

四、推荐单位对申报选题进行论证和遴选后，填写推荐意见，报送少数民族文学发展工程办公室。

五、内蒙古、广西、西藏、宁夏、新疆等5个自治区，以及重庆、云南、贵州、四川、甘肃、青海等省份，各报送选题一般不超过10部。总政宣传部艺术局和延边州，各报送选题一般不超过5部。其他团体会员，各报送选题一般不超过3部。

六、2014年少数民族文学重点作品扶持工作分作品原创与理论评论两部分。

（一）作品原创：分汉语文原创与少数民族语文原创两类，并按“讲述中国故事”这一主题设定选题：

1.反映新中国成立65年来，尤其是改革开放35年来少数民族地区发生的深刻变化以及所取得的辉煌成就。

2.讲述各少数民族在追求、实现中国梦过程中的动人故事、最美人物。

3.表现各少数民族人民建设四位一体社会主义文明的伟大业绩。

4.歌颂各少数民族的悠久历史、灿烂文化、优良传统、杰出人物。

5.展现各少数民族守望精神家园及保护生态环境的智慧与经验。

（二）理论评论部分：科学总结新中国成立以来，特别是改革开放以来少数民族文学发展繁荣的历程与经验，关注当代少数民族优秀作家及作品创作，深度探讨当下少数民族文学创作热点话语、突出现象及理论建设问题。

作者可依据上述选题申报，也可另行定选题申报。

七、申报者应认真填写申报表格，说明创作计划，提供详细的构思大纲和作品部分文本。

八、本项目仅限重点作品创作扶持。优秀作品出版、翻译出版另设扶持专项。

九、不接受征集截止日期之前已出版作品申报。

十、中国作家协会书记处将聘请专家组成少数民族文学重点作品扶持项目论证委员会，对选题价值和申报者完成选题的可行性进行综合评估。委员会以投票方式确定重点作品扶持项目，报中国作家协会书记处审批。最终确定的重点作品扶持项目将在《文艺报》和中国作家网公布。

办公室地址：北京朝阳区东土城路25号创作联络部会员处

邮政编码：100013

联系电话：010-64489864 010-64489865 010-64489863

传　真：010-64221703

联 系 人：李军杰 张敬敬

中国作家协会

少数民族文学发展工程办公室

2014年1月10日

2014年度中国作家协会所属单位招聘公告

一、中国作家协会所属单位2014年招聘人员计划表

二、报名时间：2014年2月9日至2014年3月9日

三、报名方法：

考生下载并填写考生情况表，发送至中国作家协会人事部电子邮箱zuoxierenshibu@126.com

同时将个人材料邮寄至：北京市朝阳区东土城路25号

中国作家协会人事部

邮政编码：100013

考生请在信封右上角注明报考职位，邮寄材料应包含：

考生情况表、个人简历、本人有效身份证件复印件、就业推荐表复印件（应届）或本人户口本复印件（非应届）、学历学位证书复印件（非应届）等。

四、考试时间：2014年3月下旬（具体时间于报名截止后在中国作家网上公告并电话通知简历初选通过的考生本人）

五、联系电话：010-64221705

中国作家协会人事部

2014年2月8日

中国作家协会2014年度考试录用机关工作人员面试公告

根据中央组织部、人力资源和社会保障部、国家公务员局的有关规定，现将我会2014年度考试录用机关工作人员面试工作有关事项公告如下：

一、面试安排及人员名单

根据考生公共科目笔试成绩从高到低的顺序，按照规定面试比例1：5确定各职位参加面试人员。面试安排在2014年2月22日、2月23日两天，请考生务必按照报到时间提前到达候考室（中国作家协会机关7楼会议室），进行面试顺序抽签和资格审查，未按时进入候考室的考生，取消面试资格。考生实行封闭化管理。

欧美处对外文学交流岗专业考试安排在2月22日全天，上午专业笔试，下午专业口试。

面试时间安排及考生名单一览表

<table>
<tr><th colspan="2">面试时间</th><th>职位名称及
报考职位代码</th><th>最低面
试分数</th><th>准考证号</th><th>考生
姓名</th></tr>
<tr><td rowspan="12">2月
22日</td><td rowspan="6">上午
8：30
前报到</td><td rowspan="5">秘书处机要档案岗
主任科员以下职位</td><td rowspan="5">114.00</td><td>944135020902</td><td>李丽香</td></tr>
<tr><td>944139260426</td><td>徐　蔚</td></tr>
<tr><td>944111293517</td><td>刘　慧</td></tr>
<tr><td>944113012822</td><td>王　蕾</td></tr>
<tr><td>944137052816</td><td>赵长珂</td></tr>
<tr><td colspan="4">9：00—11：00欧美处对外文学交流岗专业笔试</td></tr>
<tr><td rowspan="6">下午
13：00
前报到</td><td rowspan="5">秘书处综合秘书岗
主任科员以下职位</td><td rowspan="5">118.60</td><td>944144051726</td><td>朱方硕</td></tr>
<tr><td>944134014428</td><td>张　磊</td></tr>
<tr><td>944133210320</td><td>王未未</td></tr>
<tr><td>944137451727</td><td>郇　欢</td></tr>
<tr><td>944113042629</td><td>武　欣</td></tr>
<tr><td colspan="4">13：30欧美处对外文学交流岗专业口试</td></tr>
<tr><td rowspan="6">2月
23日</td><td rowspan="6">上午
8：30
前报到</td><td rowspan="6">欧美处对外文学交流岗
主任科员以下职位</td><td rowspan="6">120.00</td><td>944131070511</td><td>周颖琪</td></tr>
<tr><td>944143011106</td><td>马雨竹</td></tr>
<tr><td>944112031811</td><td>靳柳悦</td></tr>
<tr><td>944144051803</td><td>刘　方</td></tr>
<tr><td>944111802205</td><td>李鲁婉</td></tr>
<tr><td>944111891711</td><td>冷　亚</td></tr>
<tr><td rowspan="5">2月
23日</td><td rowspan="5">下午
13：00
前报到</td><td rowspan="5">人事处人员调配岗
主任科员以下职位</td><td rowspan="5">119.80</td><td>944137042020</td><td>常广春</td></tr>
<tr><td>944139261917</td><td>张可新</td></tr>
<tr><td>944131031223</td><td>顾俊君</td></tr>
<tr><td>944144051808</td><td>饶秋晔</td></tr>
<tr><td>944137050119</td><td>林　娜</td></tr>
</table>

二、面试人员须知

（一）面试资格确认

请考生于2014年2月9日前来电和发送电子邮件到zuoxierenshibu@126.com进行面试确认。面试确认的邮件标题一律为“×××确认参加面试”，邮件内容应包含考生姓名、准考证号、身份证号、报考职位名称、毕业院校或工作单位、联系电话等。逾期未确认的考生，经进一步核实后，将视为放弃面试资格。如考生自愿放弃面试资格，请务必于2014年2月11日前通知我单位，并进行书面确认。对有考生放弃的职位，将由该职位公共科目笔试合格考生按总成绩由高到低顺序递补。

（二）寄送材料

请于2014年2月11日前（以邮戳为准）通过邮政特快专递邮寄以下材料：

1.身份证、准考证复印件。

2.报名登记表（从国家公务员局网站下载），贴近期一寸免冠彩照（另附2张，标注姓名），准确、详细填写个人学习、工作经历，时间必须连续，并注明各学习阶段是否在职学习，取得何种学历和学位。未按要求填写的，视为资料不全。

3.职位要求的学历、学位证书及专业证书复印件。

4.其他材料

考生身份为应届毕业生的，需提供报名推荐表和学生证复印件，报名推荐表中注明培养方式。

考生身份为社会在职人员的，需提供工作证复印件和单位人事部门同意报考证明，注明政治面貌、参加工作时间、工作单位详细名称及地址、单位人事部门联系人和办公电话。职位要求具有基层工作经历的，需提供单位人事部门的有关基层工作经历证明，注明起止时间和工作地点。现工作单位与报名时填写单位不一致的，需提供离职证明。

考生身份为待业人员的，需提供待业证明（由档案所在街道或人才中心开具，注明政治面貌和开具证明单位联系人及联系电话）。

5.邮寄地址：北京市朝阳区东土城路25号，中国作家协会人事部，邮编100013。请在信封上注明“公务员面试确认材料”。材料不退还，如无通知，说明邮件已收到。

以上材料在面试时须携带原件。考生提供的证件和材料必须真实、准确，涉及报考资格的材料或信息不实的，取消面试和录用资格。

（三）面试地点

北京市朝阳区东土城路25号中国作家协会十楼会议室。乘车路线：乘123或130路公交车，东土城路南口站下车；或乘地铁13号线柳芳站下车向南300米即到。

（四）体检人选

面试结束后根据考生综合成绩，各职位按从高到低的顺序前2名参加体检，费用由我会支付。时间定于2014年2月24日。

综合成绩计算方法为：公共科目笔试总成绩占50%，面试成绩占50%；进行专业考试的岗位公共科目笔试总成绩占50%，面试成绩占35%，专业考试成绩占15%。

联系电话：010-64221705

中国作家协会人事部

2014年2月8日

中国作家协会2014年度考试录用机关工作人员面试递补公告

由于进入面试人选因个人原因放弃面试资格，根据中组部、国家公务员局关于公务员招考面试工作的有关规定，我会在公共科目笔试成绩合格考生中，按照成绩由高到低的顺序进行递补。递补人员名单如下：

准考证号	姓名	职位名称	面试最低分数
944143017713	胡仙桐	秘书处综合秘书岗 主任科员以下职位	117.20

请递补考生于2014年2月11日前发送电子邮件到zuoxierenshibu@126.com进行面试确认，并按照《中国作家协会2014年考录机关工作人员面试公告》的要求，于2月12日前邮寄相关材料。

联系电话：010-64221705

中国作家协会人事部

2014年2月10日

第六届鲁迅文学奖参评作品征集公告

鲁迅文学奖是我国具有最高荣誉的文学奖之一，旨在奖励优秀中篇小说、短篇小说、报告文学、诗歌、散文杂文、文学理论评论的创作，奖励中外文学作品的翻译，推动中国文学事业的繁荣发展。现将第六届鲁迅文学奖参评作品征集事宜公告如下：

一、评奖年限和奖项设置

1.第六届鲁迅文学奖评奖年限为2010年1月1日至2013年12月31日。

2.鲁迅文学奖设置如下奖项：中篇小说奖、短篇小说奖、报告文学奖、诗歌奖、散文杂文奖、文学理论评论奖、文学翻译奖。每个奖项获奖作品不超过五篇（部）。

二、评选标准

鲁迅文学奖坚持思想性与艺术性统一的原则，获奖作品应有利于倡导爱国主义、集体主义、社会主义的思想和精神，有利于倡导改革开放和现代化建设的思想和精神，有利于倡导世界和平、国家统一、民族团结、社会和谐、人民幸福的思想和精神，有利于倡导用诚实劳动争取美好生活的思想和精神。对反映人民群众主体地位和现实生活，塑造社会主义新人形象，讲述中国故事，表现中华民族伟大复兴中国梦的优秀作品，应重点关注。兼顾题材、主题、风格的多样化。重视作品的艺术品质。鼓励在继承中国优秀文学传统和借鉴外国优秀文化基础上的创新。尤其鼓励具有中国特色、中国风格、中国气派，人民群众喜闻乐见的富有艺术感染力的作品。

鼓励关注中国当代文学的理论评论作品。鼓励追求信、达、雅的翻译作品。

三、征集办法

1.鲁迅文学奖参评作品由中国作协各团体会员单位、中国人民解放军总政治部宣传部艺术局，各报刊社、出版社和拥有互联网出版许可证的网站推荐。

2.中国作协各团体会员单位、中国人民解放军总政治部宣传部艺术局推荐本地区本系统作家的作品，各报刊社、出版社推荐本社发表和出版的作品，有互联网出版许可证的网站推荐本网站发表的作品。

网站推荐的作品须已完成，推荐时须声明本网站拥有作品的独家版权，并附《中华人民共和国互联网出版许可证》复印件。

3.各单位推荐的作品，每个奖项不得超过五篇（部）。

4.有关推荐须经作者明示同意并获得相关授权。

5.符合参评条件的作者可向上述单位提出推荐参评要求。不接受个人申报。

四、征集范围

1.鲁迅文学奖评选体裁和门类包括：中篇小说、短篇小说（含小小说）、报告文学（含纪实文学、传记文学）、诗歌（含旧体诗词、散文诗）、散文杂文、文学理论评论、文学翻译。

2.参加鲁迅文学奖评选的作品，须于评选年限内由中国大陆地区经国家批准的报纸、刊物、出版社和网站首次发表或出版，符合评选体裁、门类要求。单篇作品以首次发表的时间为准，书籍以版权页标明的第一次出版时间为准。

3.中篇小说、短篇小说，以单篇形式参评；小小说、诗歌、散文杂文，以成书形式参评；报告文学、文学理论评论，以成书或单篇形式参评；翻译作品以成书形式参评。结集作品，出版年月前四年内创作的内容须占全书字数三分之一以上，推荐时须另附列表，注明每篇作品写作或首次发表的日期并由推荐单位证明属实，加盖公章。不接受多人合集、个人多体裁合集、合译与重译作品参评。

4.中篇小说指篇幅在2.5万字以上、13万字以下的小说；短篇小说指篇幅在2.5万字以下的小说；小小说指篇幅在2千字以下的小说。推荐时须注明字数。

5.用少数民族文字创作的作品，以汉语译本参评。

五、征集程序及时间

1.各推荐单位请到指定网址下载并按要求填写《第六届鲁迅文学奖参评作品推荐名单》和《第六届鲁迅文学奖参评作品推荐表》（包括800字左右作品内容简介和200字以内作者简介），并加盖公章。参评文学翻译奖的作品请填写《第六届鲁迅文学奖文学翻译奖参评作品推荐表》并加盖公章。（下载网址：中国作家网http：//www.chinawriter.com.cn）

2.以单篇形式参评的作品，各推荐单位须提供作品原刊（报）2份及复印件10份；以成书形式参评的作品，各推荐单位须提供样书12本。翻译作品除提供12本译本样书外还须附原文样书2本。所有推荐作品均须同时提供完整的Word格式电子文本。

3.纸质推荐作品名单、推荐表和作品样刊样报样书及复印件等以快递方式寄送中国作家协会鲁迅文学奖评奖办公室。请在快件外部标明参评作品的类别，如“中篇小说”、“短篇小说”等。勿用包裹方式邮寄。

电子版推荐作品名单、推荐表和作品电子文本，按体裁门类分别发送至指定的电子邮箱。

4.参评作品推荐截止时间为2014年4月30日，以快件寄出时间为准。

六、评奖办公室联系方式

通讯地址：北京市朝阳区东土城路25号

中国作家协会鲁迅文学奖评奖办公室

邮政编码：100013

电　话：010-64489989、64489987、64489729

传　真：010-64221879

联 系 人：赵 宁、郑苏伊、纳 杨

电子邮箱：

评奖办公室：lxwxj6@163.com

中篇小说：lxwxj6zp@163.com

短篇小说：lxwxj6dp@163.com

报告文学：lxwxj6bg@163.com

诗　歌：lxwxj6sg@163.com

散文杂文：lxwxj6sz@163.com

文学理论评论：lxwxj6lp@163.com

文学翻译：lxwxj6fy@163.com

对各推荐单位和作者的协作支持，谨致衷心感谢！

中国作家协会鲁迅文学奖评奖办公室

2014年2月28日

中国作家协会所属单位2014年度招聘考试公告

中国作家协会定于2014年3月31日—4月4日进行2014年所属单位工作人员招聘考试。

一、参加考试的考生名单

二、考试工作安排

1.报到时间：2014年3月31日14：00—16：00。

2.报到地点：北京市朝阳区东土城路25号中国作家协会十楼会议室。

3.乘车路线：乘123、130路公交车，东土城路南口站下车；或乘地铁13号线柳芳站往南300米。

4.考生需提供材料：

考生应提供本人有效身份证件（身份证，学生证或工作证等）原件、所在学校盖章的就业推荐表（应届）或本人户口本（非应届）、学历学位证书，报考财务岗位人员需提供会计从业资格证书。上述材料，除原件外须提供复印件1套。一寸彩色近照两张（背面注明考生姓名）。

三、联系电话：010-64221705

中国作家协会人事部

2014年3月24日

中国作家协会2014年拟录用机关工作人员公示公告

根据《中央机关及直属机构2014年考试录用公务员工作实施方案》的要求，经公共科目笔试、面试、体检、考察等程序，经研究，拟录用王蕾等4名同志（具体情况见下表）为我会机关工作人员，现将有关情况予以公示。公示期间，如有问题，请向中国作家协会人事部反映。

公示时间：2014年4月11日至4月17日

监督电话：010-64221705

中国作家协会人事部

2014年4月11日

职位名称	准考证号	姓名	性别	工作单位或毕业院校
办公厅秘书处机要档案岗	944113012822	王蕾	女	河北省涉县档案局
办公厅秘书处综合秘书岗	944134014428	张磊	男	安徽省宣城书画院
外联部欧美处对外文学交流岗	944112031811	靳柳悦	女	南开大学
人事部人事处人员调配岗	944144051808	饶秋晔	女	江西省中国科学院庐山植物园

中国作家协会2014年部门预算

第一部分 中国作家协会概况

一、主要任务

（一）组织作家学习马克思列宁主义、毛泽东思想、邓小平理论和“三个代表”重要思想，树立科学发展观，学习党的方针政策，坚持社会主义核心价值体系，不断提高文学队伍的思想道德修养、科学文化素养、文学艺术学养。

（二）坚持文学创作的正确方向，树立精品意识，实施精品战略；提倡题材、体裁、形式的多样化，推动多种艺术风格、流派的充分发展；继承和发扬中华民族优秀文学传统和革命文学传统，学习和借鉴世界各国优秀文化成果，鼓励探索和创新，不断提高作品的思想水平和艺术水平，多出优秀作品，把最好的精神食粮贡献给人民。

（三）加强文学理论建设和文学评论工作。提倡和鼓励不同学术观点和学派的自由讨论；开展健康、科学的文学评论，树立和发扬与人为善、实事求是的文学批评风气，切实加强对创作思想的引导。

（四）坚持贴近实际、贴近生活、贴近群众的原则，鼓励和帮助作家从现实生活中汲取营养，丰富自己，努力反映以爱国主义为核心的民族精神和以改革创新为核心的时代精神，反映人民群众建设新生活的伟大实践，为建设和谐文化、巩固社会和谐的思想道德基础做出贡献。

（五）发现和培养文学创作、评论、编辑、翻译的新生力量，关心青年文学人才的成长，发展和壮大社会主义文学队伍。

（六）大力培养少数民族作家。尊重少数民族文学的传统和特色；尊重少数民族作家使用本民族语言文字进行创作。加强各民族之间的文学交流，促进各少数民族文学的繁荣与发展。

（七）努力办好本会所属的报纸、杂志、出版社和网站。坚持正确导向，不断提高质量，努力实现思想性和艺术性的统一，社会效益与经济效益的统一。

（八）高举爱国主义的旗帜，巩固和扩大全国各民族作家的大团结，增进同香港特别行政区、澳门特别行政区和台湾地区作家以及海外同胞中作家的联系、交流和友谊，加强民族团结，维护祖国统一。

（九）推进中外文学交流，参加国际文学活动，增进同世界各国作家的友谊，维护世界和平，促进社会进步。

（十）依据宪法和法律的规定，加强协会管理，倡导会员自律，反映会员的意见和要求，维护会员的民主权利和其他合法权益，保障会员从事正当的文学活动的自由。

（十一）组织全国性文学评奖活动，对优秀的创作成果和文学人才，给予表彰和奖励。

（十二）加强与社会各界的联系，并与政府有关部门密切合作，为会员从事创作、评论和其他文学活动创造良好的环境和氛围，提供必要的条件和服务；举办作家的福利事业，积极帮助会员解决生活、工作、学习等方面的困难。

（十三）广泛联系志在繁荣社会主义文学的文学社团，做好业务由本会主管的全国性文学社团的管理工作。

二、部门预算单位构成

中国作家协会2014年部门预算包括作协本级预算及所属11个事业单位预算，纳入中国作家协会2014年部门预算编制范围的单位详细情况见下表：

序号	单位代码	单位名称
1	212001	中国作家协会本级
2	212116	鲁迅文学院
3	212117	中国现代文学馆
4	212118	中国作家协会创作研究部
5	212119001	中国作家出版集团本级
6	212119111	《文艺报》社
7	212119112	《诗刊》社
8	212119113	《人民文学》杂志社
9	212119114	《民族文学》杂志社
10	212119115	《中国作家》杂志社
11	212120	中国作家协会机关服务中心
12	212121	中国作家协会作家活动中心

第二部分 中国作家协会部门预算表

表1、收入支出预算总表

填报单位：中国作家协会　　单位：万元

收入		支出	
项目	预算数	项目	预算数
一、财政拨款收入	16,198.68	一、教育支出	50.00
二、事业收入	3,441.17	二、文化体育与传媒支出	20,465.46
三、事业单位经营收入	0.00	三、社会保障和就业支出	818.00
四、其他收入	2,623.61	四、住房保障支出	686.00
	0.00		0.00
本年收入合计	22,263.46	本年支出合计	22,019.46
用事业基金弥补收支差额	0.00	结转下年	3,225.00
上年结转	2,981.00		0.00
	0.00		0.00
收入总计	25,244.46	支出总计	25,244.46

表2、收入预算表

部门：中国作家协会　　单位：万元

科目编码	科目名称	合计	上年结转	财政拨款收入	事业收入	其他收入	用事业基金弥补收支差额
205	教育支出	50.00	0.00	50.00	0.00	0.00	
20508	进修及培训	50.00	0.00	50.00	0.00	0.00	
2050803	培训支出	50.00	0.00	50.00	0.00	0.00	
207	文化体育与传媒支出	23,690.46	2,856.00	14,941.06	3,441.17	2,452.23	
20701	文化	18,571.96	2,856.00	12,858.34	1,053.35	1,804.27	
2070101	行政运行	1,338.64	0.00	1,198.17	0.00	140.47	
2070102	一般行政管理事务	2,428.86	36.00	2,392.86	0.00	0.00	
2070103	机关服务	776.30	0.00	23.11	743.39	9.80	
2070105	文化展示及纪念机构	3,613.85	100.00	3,423.85	0.00	90.00	
2070110	文化交流与合作	394.00	0.00	394.00	0.00	0.00	
2070111	文化创作与保护	9,126.35	2,720.00	5,126.35	0.00	1,280.00	
2070199	其他文化支出	893.96	0.00	300.00	309.96	284.00	
20705	新闻出版	4,813.50	0.00	1,777.72	2,387.82	647.96	
2070505	出版发行	4,813.50	0.00	1,777.72	2,387.82	647.96	
20799	其他文化体育与传媒支出	305.00	0.00	305.00	0.00	0.00	
2079902	宣传文化发展专项支出	305.00	0.00	305.00	0.00	0.00	
208	社会保障和就业支出	818.00	0.00	696.62	0.00	121.38	
20805	行政事业单位离退休	818.00	0.00	696.62	0.00	121.38	
2080501	归口管理的行政单位离退休	698.00	0.00	587.82	0.00	110.18	
2080503	离退休人员管理机构	120.00	0.00	108.80	0.00	11.20	
221	住房保障支出	686.00	125.00	511.00	0.00	50.00	
22102	住房改革支出	686.00	125.00	511.00	0.00	50.00	
2210201	住房公积金	341.00	11.00	310.00	0.00	20.00	
2210202	提租补贴	77.44	24.00	51.00	0.00	2.44	
2210203	购房补贴	267.56	90.00	150.00	0.00	27.56	
	合计	25,244.46	2,981.00	16,198.68	3,441.17	2,623.61	

表 3、支出预算表

部门：中国作家协会　　　　单位：万元

科目编码	科目名称	合计	基本支出	项目支出	上缴上级支出	事业单位经营支出	对下级单位补助支出
205	教育支出	50.00		50.00			
20508	进修及培训	50.00		50.00			
2050803	培训支出	50.00		50.00			
207	文化体育与传媒	23,690.46	6,767.60	16,922.86			
20701	文化	18,571.96	4,274.10	14,297.86			
2070101	行政运行	1,338.64	1,338.64				
2070102	一般行政管理事务	2,428.86		2,428.86			
2070103	机关服务	776.30	776.30				
2070105	文化展示及纪念机构	3,613.85	813.85	2,800.00			
2070110	文化交流与合作	394.00		394.00			
2070111	文化创作与保护	9,126.35	751.35	8,375.00			
2070199	其他文化支出	893.96	593.96	300.00			
20705	新闻出版	4,813.50	2,493.50	2,320.00			
2070505	出版发行	4,813.50	2,493.50	2,320.00			
20799	其他文化体育与传媒支出	305.00		305.00			
2079902	宣传文化发展专项支出	305.00		305.00			
208	社会保障和就业	818.00	818.00				
20805	行政事业单位离退休	818.00	818.00				
2080501	归口管理的行政单位离退休	698.00	698.00				
2080503	离退休人员管理机构	120.00	120.00				
221	住房保障支出	686.00	686.00				
22102	住房改革支出	686.00	686.00				
2210201	住房公积金	341.00	341.00				
2210202	提租补贴	77.44	77.44				
2210203	购房补贴	267.56	267.56				
	合　　计	25,244.46	8,271.60	16,972.86			

表 4、财政拨款支出预算表

部门：中国作家协会　　　　单位：万元

科目		2013 年执行数				2014 年预算数		2014 年预算数比 2013 年执行数		2014 年预算数比 2013 年执行数（扣除发改委安排的基建）	
科目编码	科目名称	执行数			扣除发改委安排的基建后执行数	年初预算数	扣除发改委安排的基建后预算数	增减额	增减%	增减额	增减%
		小计	当年财政拨款数	当年国库集中支付结余数							
205	教育支出					50.00	50.00	50.00		50.00	
20508	进修及培训					50.00	50.00	50.00		50.00	
2050803	培训支出					50.00	50.00	50.00		50.00	
207	文化体育与传媒	19,426.37	17,154.75	2,271.62	16,200.37	14,941.06	14,941.06	-4,485.31	-0.23	-1,259.31	-0.08
20701	文化	15,343.65	13,072.03	2,271.62	12,117.65	12,858.34	12,858.34	-2,485.31	-0.16	740.69	0.06
2070101	行政运行	1,115.68	1,115.68		1,115.68	1,198.17	1,198.17	82.49	0.07	82.49	0.07
2070102	一般行政管理事务	2,423.44	2,423.44		2,423.44	2,392.86	2,392.86	-30.58	-0.01	-30.58	-0.01
2070103	机关服务	23.11	23.11		23.11	23.11	23.11	0.00	0.00	0.00	0.00
2070105	文化展示及纪念机构	6,438.02	6,166.40	271.62	3,212.02	3,423.85	3,423.85	-3,014.17	-0.47	211.83	0.07
2070110	文化交流与合作	382.97	382.97		382.97	394.00	394.00	11.03	0.03	11.03	0.03
2070111	文化创作与保护	4,700.43	2,700.43	2,000.00	4,700.43	5,126.35	5,126.35	425.92	0.09	425.92	0.09
2070199	其他文化支出	260.00	260.00		260.00	300.00	300.00	40.00	0.15	40.00	0.15
20705	新闻出版	1,477.72	1,477.72		1,477.72	1,777.72	1,777.72	300.00	0.20	300.00	0.20
2070505	出版发行	1,477.72	1,477.72		1,477.72	1,777.72	1,777.72	300.00	0.20	300.00	0.20
20799	其他文化体育与传媒支出	2,605.00	2,605.00		2,605.00	305.00	305.00	-2,300.00	-0.88	-2,300.00	-0.88
2079902	宣传文化发展专项支出	305.00	305.00		305.00	305.00	305.00	0.00	0.00	0.00	0.00
2079999	其他文化体育与传媒支出	2,300.00	2,300.00		2,300.00	0.00	0.00	-2,300.00	-1.00	-2,300.00	-1.00

208	社会保障和就业	732.88	732.88		732.88	696.62	696.62	-36.26	-0.05	-36.26	-0.05
20805	行政事业单位离退休	732.88	732.88		732.88	696.62	696.62	-36.26	-0.05	-36.26	-0.05
2080501	归口管理的行政单位离退休	632.08	632.08		632.08	587.82	587.82	-44.26	-0.07	-44.26	-0.07
2080503	离退休人员管理机构	100.80	100.80		100.80	108.80	108.80	8.00	0.08	8.00	0.08
221	住房保障支出	555.00	432.03	122.97	555.00	511.00	511.00	-44.00	-0.08	-44.00	-0.08
22102	住房改革支出	555.00	432.03	122.97	555.00	511.00	511.00	-44.00	-0.08	-44.00	-0.08
2210201	住房公积金	305.00	267.78	37.22	305.00	310.00	310.00	5.00	0.02	5.00	0.02
2210202	提租补贴	70.00	46.80	23.20	70.00	51.00	51.00	-19.00	-0.27	-19.00	-0.27
2210203	购房补贴	180.00	117.45	62.55	180.00	150.00	150.00	-30.00	-0.17	-30.00	-0.17
	合　计	20,714.25	18,319.66	2,394.59	17,488.25	16,198.68	16,198.68	-4,515.57	-0.22	-1,289.57	-0.07

表5、政府性基金预算收支表

部门：中国作家协会　　　　单位：万元

科目编码	科目名称	政府性基金财政拨款收入	政府性基金财政拨款支出		
			合计	基本支出	项目支出

注：中国作家协会没有政府性基金财政拨款收入和支出，故本表无数据。

"三公经费"财政拨款预算情况表

部门：中国作家协会　　　　单位：万元

2013年预算数						2013年预算执行数						2014年预算数					
合计	因公出国（境）费	公务用车购置及运行费			公务接待费	合计	因公出国（境）费	公务用车购置及运行费			公务接待费	合计	因公出国（境）费	公务用车购置及运行费			公务接待费
		小计	公务用车购置费	公务用车运行费				小计	公务用车购置费	公务用车运行费				小计	公务用车购置费	公务用车运行费	
633.42	337.00	183.42	18.00	165.42	113.00	633.42	337.00	183.42	18.00	165.42	113.00	626.81	330.39	183.42		183.42	113.00

第三部分　中国作家协会2014年部门预算情况说明

一、关于中国作家协会2014年收支预算总表的说明

中国作家协会2014年收入支出总预算为25244.46万元，比2013年年初预算的24145.74万元相比，增加1098.72万元，增长4.55%。详情如下：

（一）收入预算

1.财政拨款收入：2014年年初预算为16198.68万元，比2013年年初预算15788.81万元，增加409.87万元，增长2.6%，主要是文学理论研究专项经费和出版《人民文学》杂志英文版等方面预算增加。

2.事业收入：2014年年初预算为3441.17万元，比2013年年初预算3070.17万元，增加371万元，增长12.08%，主要是同比新增了中国作家协会作家活动中心的事业收入。

3.其他收入：2014年年初预算为2623.61万元，比2013年年初预算2954.76万元，减少331.15万元，降低11.21%，主要是其他收入存在不确定性，预计中国作家协会所属单位筹办各种文学活动的资金收入比上年预算会减少。

（二）支出预算

1.教育支出：2014年年初预算为50万元，比2013年年初预算增加50万元，主要用于鲁迅文学院网络及青年作家培训班支出，科目自2014年起从原来的文化体育与传媒支出转入教育支出。

2.文化体育与传媒：2014年年初预算为23690.46万元，比2013年年初预算22597.74万元，增加1092.72万元，增长4.84%，主要是鲁迅文学院中青年作家高级研讨班和中国现代文学馆现当代文学研究等方面支出增加。

3.社会保障和就业：2013年年初预算为818万元，比2013年年初预算791万元，增加27万元，增长3.41%，主要原因是离退休人员增加。

4.住房保障支出：2014年年初预算为686万元，比2013年年初预算757万元，减少71万元，降低9.38%，主要原因是购房补贴支出有所减少。

二、关于中国作家协会2014年收入预算表的说明

中国作家协会2014年收入预算为25244.46万元，其中：上年结转2981万元，占11.81%；财政拨款收入16198.68万元，占64.17%；事业收入3441.17万元，占13.63%；其他收入2623.61万元，占10.39%。

中国作家协会2014年收入预算构成图

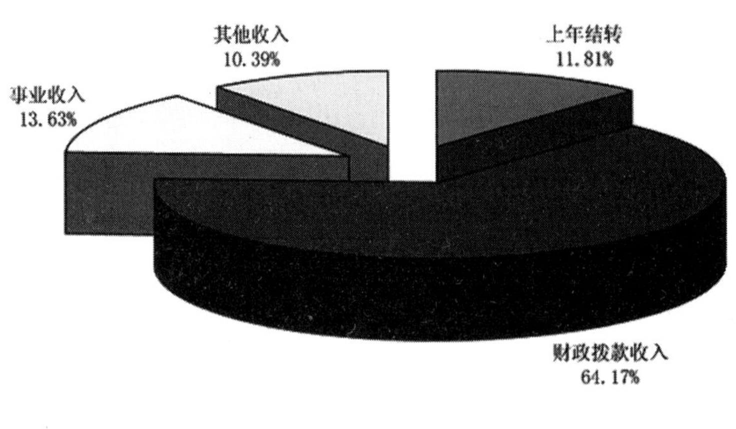

■上年结转 ■财政拨款收入 □事业收入 □其他收入

三、关于中国作家协会2014年支出预算表的说明

中国作家协会2014年支出预算构成图

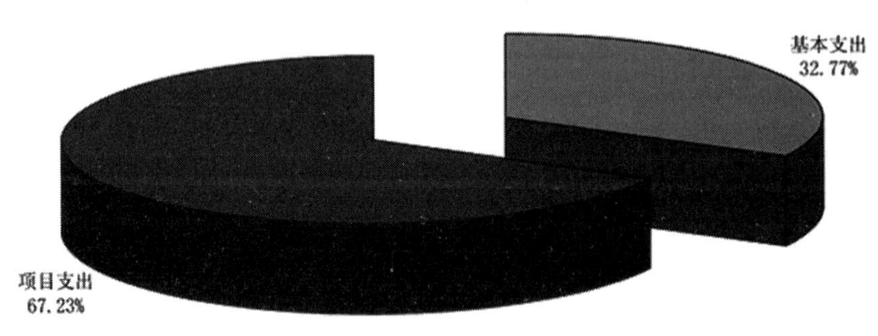

■基本支出 ■项目支出

中国作家协会2014年支出预算为25244.46万元，其中：基本支出8271.6万元，占32.77%；项目支出16972.86万元，占67.23%。2014年支出包括教育支出50万元，占0.2%；文化体育与传媒支出23690.46万元，占93.84%；社会保障和就业支出818万元，占3.24%；住房保障支出686万元，占2.72%。

四、关于中国作家协会2014年财政拨款支出预算表说明

（一）财政拨款预算规模变化情况

中国作家协会2014年财政拨款预算数为16198.68万元，占2014年收入预算总额的64.17%。2014年年初财政拨款预算数比2013年预算拨款执行数减少4515.57万元，降低21.8%。主要是2013年预算中追加了用于中国现代文学馆的基建经费和其他文化体育与传媒支出经费。

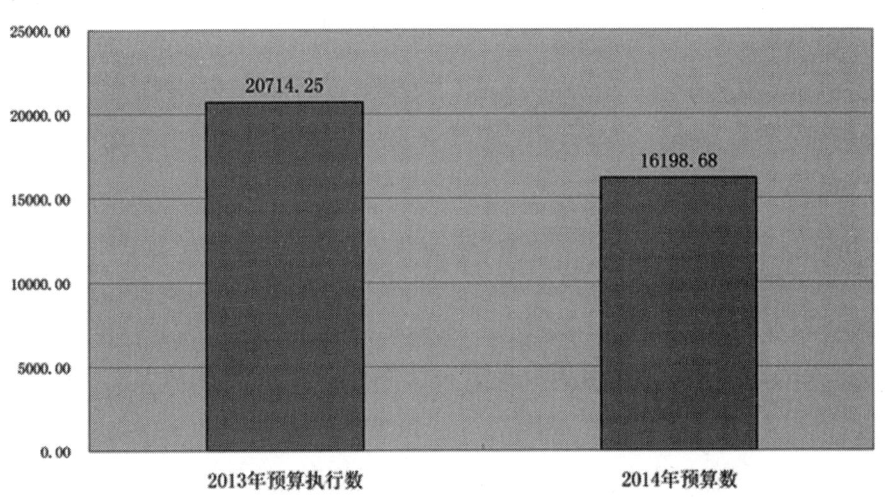

（二）财政拨款预算结构情况

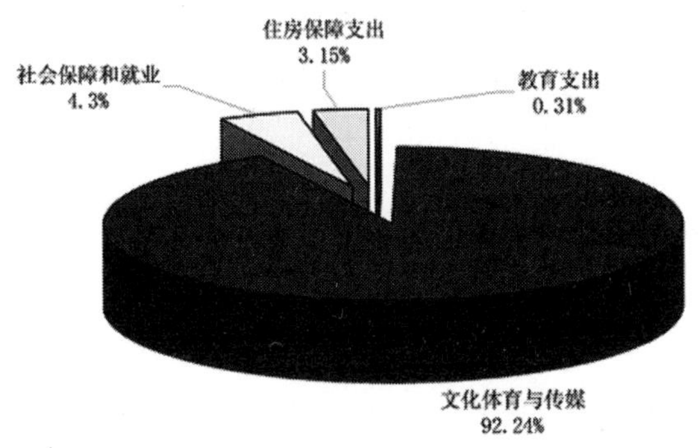

中国作家协会2014年部门预算中，财政拨款主要用于以下方面：教育支出50万元，占0.31%；文化体育与传媒支出14941.06万元，占92.24%；社会保障和就业支出696.62万元，占4.3%；住房保障支出511万元，占3.15%。

（三）财政拨款预算具体使用安排情况

1.教育支出（类）进修及培训（款）培训支出（项）。2014年财政拨款预算数为50万元，比2013年执行数增加50万元，增长100%，主要是鲁迅文学院网络及青年作家培训班支出。

2.文化体育与传媒（类）文化（款）行政运行（项）。2014年财政拨款预算数为1198.17万元，比2013年执行数增加82.49万元，增长7.39%，主要是正常的增人增资。

3.文化体育与传媒（类）文化（款）一般行政管理事务（项）。2014年财政拨款预算数为2392.86万元，比2013年执行数减少30.58万元，下降1.26%，主要是2013年有全国青年作家创作会议经费，而2014年无此项支出。

4.文化体育与传媒（类）文化（款）机关服务（项）。2014年财政拨款预算数为23.11万元，同2013年执行数相比没有变化。

5.文化体育与传媒（类）文化（款）文化展示及纪念机构（项）。2014年财政拨款预算数为3423.85万元，比2013年执行数减少3014.17万元，下降46.82%，主要是减少了中国现代文学馆二期工程的基建经费。

6.文化体育与传媒（类）文化（款）文化交流与合作（项）。2014年财政拨款预算数为394万元，比2013年执行数增加11.03万元，增长2.88%，主要是对外文学交流经费恢复到2012年预算数。

7.文化体育与传媒（类）文化（款）文化创作与保护（项）。2014年财政拨款预算数为5126.35万元，比2013年执行数增加425.92万元，增长9.06%，主要是文学理论研究专项经费和鲁迅文学院中青年作家高级研讨班等方面预算增加。

8.文化体育与传媒（类）文化（款）其他文化支出（项）。2014年财政拨款预算数为300万元，比2013年执行数增加40万元，增长15.38%，主要是增加《民族文学》杂志社房屋修缮项目。

9.文化体育与传媒（类）新闻出版（款）出版发行（项）。2014年财政拨款预算数为1777.72万元，比2013年执行数增加300万元，增长20.3%，主要是增加了出版《人民文学》英文版的经费。

10.文化体育与传媒（类）其他文化体育与传媒支出（款）。宣传文化发展专项支出（项）2014年财政预算数为305万元，同2013年执行数相比没有变化。

11.文化体育与传媒（类）其他文化体育与传媒支出（款）。其他文化体育与传媒支出（项）2014年财政预算数为零，比2013年执行数减少2，300万元，下降100%，主要是2013年预算执行中追加安排用于作家出版社的文化产业发展专项资金项目。

12.社会保障和就业（类）行政事业单位离退休（款）归口管理的行政单位离退休（项）。2014年财政拨款预算为587.82万元，比2013年执行数减少44.26万元，降低7%，主要是年初财政拨款没有安排当年新增退休人员支出和抚恤金支出，此类支出均需在当年预算执行中予以追加。

13.社会保障和就业（类）行政事业单位离退休（款）离退休人员管理机构（项）。2014年财政拨款预算为108.8万元，比2013年执行数增加8万元，增长7.94%，主要是正常的增人增资。

14.住房保障支出（类）住房改革支出（款）住房公积金（项）。2014年财政拨款预算为310万元，比2013年执行数增加5万元，增长1.64%，主要是正常的增人增资导致住房公积金支出略有增长。

15.住房保障支出（类）住房改革支出（款）提租补贴（项）。2014年财政拨款预算为51万元，比2013年执行数减少19万元，下降27.14%，主要是部分支出计划用以前年度结转资金安排开支。

16.住房保障支出（类）住房改革支出（款）购房补贴（项）。2014年财政拨款预算为150万元，比2013年执行数减少30万元，下降16.67%，主要是部分支出计划用以前年度结转资金安排开支。

五、关于中国作家协会2014年“三公经费”预算情况说明

中国作家协会2014年“三公经费”预算为626.81万元，其中：出国（境）费330.39万元；车辆购置及运行费183.42万元；公务接待费113万元，比2013年预算数减少6.61万元，主要是出国（境）费减少6.61万元。预算减少的原因是我会认真贯彻落实党中央、国务院厉行节约的精神，切实采取措施严格控制和压缩“三公经费”支出，2013年“三公经费”决算数相应减少，2014年“三公经费”预算是参照2013年决算安排的。

第四部分　名词解释

（一）财政拨款收入：中央财政当年拨付的资金。

（二）事业收入：事业单位开展专项业务活动及辅助活动所取得的收入，如作协所属事业单位报刊发行收入、后勤服务收入、鲁迅文学院函授教学收入等。

（三）事业单位经营收入：指事业单位在专业业务活动及其辅助活动之外开展非独立核算经营活动取得的收入。

（四）其他收入：除“财政拨款收入”、“事业收入”、“事业单位经营收入”等以外的收入，主要是指利息收入、其他部门拨款、按规定动用的售房款收入等。

（五）用事业基金弥补收支差额：指事业单位在预计用当年的“财政拨款收入”、“事业收入”、“事业单位经营收入”、“其他收入”不足以安排当年支出的情况下，使用以前年度积累的事业基金（事业单位当年收支相抵后按国家规定提取、用于弥补以后年度收支差额的基金）弥补本年度收支缺口的资金。

（六）上年结转：指以前年度尚未完成、结转到本年仍按原规定用途继续使用的资金。

（七）文化体育与传媒（类）文化（款）行政运行（项）：指作协本级人员工资及机构正常运转、履行职责所需的基本支出。

（八）文化体育与传媒（类）文化（款）一般行政管理事务（项）：指作协本级组织作家深入生活等各项支出。

（九）文化体育与传媒（类）文化（款）机关服务（项）：指作协本级后勤人员工资支出。

（十）文化体育与传媒（类）文化（款）文化展示及纪念机构（项）：指中国现代文学馆人员工资支出、公用支出、中国现代文学馆设备改造及运行所需的各项支出。

（十一）文化体育与传媒（类）文化（款）文化交流与合作（项）：指作协本级组织作家对外交流所需的各项支出。

（十二）文化体育与传媒（类）文化（款）文化创作与保护（项）：指作协本级及所属单位开展扶持文学创作活动和鲁迅文学院开展教学活动所需的各项支出。

（十三）文化体育与传媒（类）新闻出版（款）出版发行（项）：主要指作协所属报刊社出版发行的相关支出。

（十四）文化体育与传媒（类）其他文化体育与传媒支出（款）宣传文化发展专项支出（项）：主要指中国作家出版集团按规定使用的宣传文化发展专项支出。

（十五）社会保障和就业（类）行政事业单位离退休（款）归口管理的行政单位离退休（项）：主要用于我会本级离退休人员离退休费和公用支出。

（十六）社会保障和就业（类）行政事业单位离退休（款）离退休人员管理机构（项）：指用于我会离退休人员管理机构人员支出和公用支出。

（十七）住房保障支出（类）住房改革支出（款）住房公积金（项）：是按照《住房公积金管理条例》的规定，由单位及其在职职工缴存的长期住房储金。该项政策始于上世纪九十年代中期，在全国机关、企事业单位在职职工中普遍实施，缴存比例最低不低于5%，最高不超过12%，缴存基数为职工本人上年工资，目前已实施近20年时间。行政单位缴存基数包括国家统一规定的公务员职务工资、级别工资、机关工人岗位工资和技术等级（职务）工资、年终一次性奖金、特殊岗位津贴、艰苦边远地区津贴，规范后发放的工作性津贴、生活性补贴等；事业单位缴存基数包括国家统一规定的岗位工资、薪级工资、绩效工资、艰苦边远地区津贴、特殊岗位津贴等。

（十八）住房保障支出（类）住房改革支出（款）提租补贴（项）：是经国务院批准，于2000年开始针对在京中央单位公有住房租金标准提高发放的补贴，中央在京单位按照在编职工人数和离退休人数以及相应职级的补贴标准确定，人均月补贴90元。

（十九）住房保障支出（类）住房改革支出（款）购房补贴（项）：是根据《国务院关于进一步深化城镇住房制度改革加快住房建设的通知》（国发[1998]23号）的规定，从1998年下半年停止实物分房后，房价收入比超过4 倍以上地区对无房和住房未达标职工发放的住房货币化改革补贴资金。中央行政事业单位从2000年开始发放购房补贴资金，地方行政事业单位从1999年陆续开始发放购房补贴资金，企业根据本单位情况自行确定。在京中央单位按照《中共中央办公厅国务院办公厅转发建设部等单位〈关于完善在京中央和国家机关住房制度的若干意见〉的通知》（厅字[2005]8号）规定的标准执行，京外中央单位按照所在地人民政府住房分配货币化改革的政策规定和标准执行。

（二十）结转下年：指以前年度预算安排，由于客观原因发生变化无法按原计划实施，需延迟到以后年度按原规定用途继续使用的资金。

（二十一）基本支出：为保证机构正常运转，完成日常工作任务而发生的人员支出和公用支出。

（二十二）项目支出：指在基本支出之外，为完成特定行政任务和发展目标所发生的支出。

（二十三）“三公经费”：纳入中央财政预决算管理的“三公经费”，是指中央部门用财政拨款安排的因公出国（境）费、公务用车购置及运行费和公务接待费。其中，因公出国（境）费反映单位公务出国（境）的住宿费、旅费、伙食补助费、杂费、培训费等支出；公务用车购置及运行费反映单位公务用车购置费及租用费、燃料费、维修费、过路过桥费、保险费、安全奖励费用等支出；公务接待费反映单位按规定开支的各类公务接待（含外宾接待）支出。

第六届鲁迅文学奖评奖办公室公告[2014年]第1号

第六届鲁迅文学奖参评作品征集工作于2014年2月28日启动，2014年4月30日结束。评奖办公室对所有申报作品进行了审核，初步认定共有1362篇（部）作品符合评奖条例规定的参评条件，其中，中篇小说255篇、短篇小说287篇（部）、报告文学195篇（部）、诗歌224部、散文杂文226部、文学理论评论134篇（部）、文学翻译41部。

现将参评作品目录在《文艺报》和中国作家网予以公示。其中若有不符合参评条件的作品，欢迎向评奖办公室反映。

公示时间为2014年5月16日至5月30日。

评奖办公室电话：010－64489989、64489987、64489729，电子邮箱：lxwxj6@163.com。

特此公告。

2014年5月16日

中国作协所属单位2014年拟招聘工作人员公示公告

按照国家人力资源社会保障部下发的《事业单位公开招聘人员暂行规定》要求，经笔试、面试、体检、考察等程序，拟聘用赵依等13名同志（具体情况见附表）为我会所属单位工作人员。现将有关情况予以公示。公示期间，如有异议，请向中国作家协会人事部反映。

公示时间：2014年5月26日至6月1日

监督电话：010-64221705

中国作家协会人事部

2014年5月26日

附：

姓　名	性　别	报考岗位	毕业院校
赵　依	女	鲁迅文学院教学管理岗	中国人民大学
张成龙	男	鲁迅文学院教学管理岗	中国传媒大学
宋　嵩	男	现代文学馆研究岗	山东师范大学
姚　明	男	现代文学馆典藏管理岗	广西民族大学
尹培丽	女	现代文学馆编目管理岗	北京大学
尚　烨	女	现代文学馆行政岗	北京师范大学
王　龙	男	现代文学馆茅盾故居管理岗	北京师范大学
金美玲	女	民族文学杂志少数民族版文字编辑岗	中央民族大学
李　夏	男	作家出版社编辑部编辑岗	华北科技学院
杨兵兵	男	作家出版社编辑部编辑岗	北京印刷学院
范　烨	女	作家文摘报社文字编辑岗	北京大学
丁　历	男	作家文摘报社发行岗	中国艺术研究院
何冬花	女	作家文摘报社财务会计岗	中国人民大学

第六届鲁迅文学奖评奖办公室公告[2014年]第2号

第六届鲁迅文学奖参评作品公示已于5月30日结束。经审核，共有1359篇（部）作品符合评奖条例规定的参评条件，现予公布。目录见中国作家网（http：//www.chinawriter.com.cn/）。

特此公告。

2014年6月16日

中国作协所属单位2014年递补拟聘用工作人员公示公告

中国现代文学馆办公室行政岗拟聘用考生因个人原因放弃，递补该职位汪静茹同志进行公示。公示期间，如有异议，请向中国作家协会人事部反映。

公示时间：2014年6月18日至6月24日

监督电话：010-64221705

中国作家协会人事部

2014年6月18日

附：

姓 名	性 别	报考岗位	毕业院校
汪静茹	女	中国现代文学馆办公室行政岗	中国青年政治学院

中国作家协会2013年部门决算

第一部分　中国作家协会基本情况

一、主要任务

（一）组织作家学习马克思列宁主义、毛泽东思想、邓小平理论和“三个代表”重要思想，树立科学发展观，学习党的方针政策，坚持社会主义核心价值体系，不断提高文学队伍的思想道德修养、科学文化素养、文学艺术学养。

（二）坚持文学创作的正确方向，树立精品意识，实施精品战略；提倡题材、体裁、形式的多样化，推动多种艺术风格、流派的充分发展；继承和发扬中华民族优秀文学传统和革命文学传统，学习和借鉴世界各国优秀文化成果，鼓励探索和创新，不断提高作品的思想水平和艺术水平，多出优秀作品，把最好的精神食粮贡献给人民。

（三）加强文学理论建设和文学评论工作。提倡和鼓励不同学术观点和学派的自由讨论；开展健康、科学的文学评论，树立和发扬与人为善、实事求是的文学批评风气，切实加强对创作思想的引导。

（四）坚持贴近实际、贴近生活、贴近群众的原则，鼓励和帮助作家从现实生活中汲取营养，丰富自己，努力反映以爱国主义为核心的民族精神和以改革创新为核心的时代精神，反映人民群众建设新生活的伟大实践，为建设和谐文化、巩固社会和谐的思想道德基础作出贡献。

（五）发现和培养文学创作、评论、编辑、翻译的新生力量，关心青年文学人才的成长，发展和壮大社会主义文学队伍。

（六）大力培养少数民族作家。尊重少数民族文学的传统和特色；尊重少数民族作家使用本民族语言文字进行创作。加强各民族之间的文学交流，促进各少数民族文学的繁荣与发展。

（七）努力办好本会所属的报纸、杂志、出版社和网站。坚持正确导向，不断提高质量，努力实现思想性和艺术性的统一，社会效益与经济效益的统一。

（八）高举爱国主义的旗帜，巩固和扩大全国各民族作家的大团结，增进同香港特别行政区、澳门特别行政区和台湾地区作家以及海外同胞中作家的联系、交流和友谊，加强民族团结，维护祖国统一。

（九）推进中外文学交流，参加国际文学活动，增进同世界各国作家的友谊，维护世界和平，促进社会进步。

（十）依据宪法和法律的规定，加强协会管理，倡导会员自律，反映会员的意见和要求，维护会员的民主权利和其他合法权益，保障会员从事正当的文学活动的自由。

（十一）组织全国性文学评奖活动，对优秀的创作成果和文学人才，给予表彰和奖励。

（十二）加强与社会各界的联系，并与政府有关部门密切合作，为会员从事创作、评论和其他文学活动创造良好的环境和氛围，提供必要的条件和服务；举办作家的福利事业，积极帮助会员解决生活、工作、学习等方面的困难。

（十三）广泛联系志在繁荣社会主义文学的文学社团，做好业务由本会主管的全国性文学社团的管理工作。

二、2013年决算编制范围

中国作家协会2013年部门决算包括作协本级决算及所属11个事业单位决算，同比增加1个事业单位。纳入中国作家协会2013年部门决算编制范围的单位详细情况见下表：

序号	单位代码	单位名称
1	212001	中国作家协会本级
2	212116	鲁迅文学院
3	212117	中国现代文学馆
4	212118	中国作家协会创作研究部
5	212119001	中国作家出版集团本级
6	212119111	《文艺报》社
7	212119112	《诗刊》社
8	212119113	《人民文学》杂志社
9	212119114	《民族文学》杂志社
10	212119115	《中国作家》杂志社
11	212120	中国作家协会机关服务中心
12	212121	中国作家协会作家活动中心

第二部分　中国作家协会2013年部门决算表

收入支出决算总表

公开01表

编制单位：中国作家协会　　单位：万元

收入				支出			
项目	行次	年初预算数	决算数	项目(按功能分类)	行次	年初预算数	决算数
栏次		1	2	栏次		3	4
一、财政拨款收入	1	15,788.81	20,714.25	一、文化体育与传媒	11	22,597.74	24,157.80
二、上级补助收入	2			二、社会保障和就业	12	791.00	732.88
三、事业收入	3	3,070.17	3,064.23	三、住房保障支出	13	757.00	662.07
四、经营收入	4		197.86		14		
五、附属单位上缴收入	5				15		
六、其他收入	6	2,954.76	2,710.90		16		
本年收入合计	7	21,813.74	26,687.25	本年支出合计	17	24,145.74	25,552.75
用事业基金弥补收支差额	8		61.24	结余分配	18		160.42
上年结转和结余	9	2,332.00	6,692.27	年末结转和结余	19		7,727.59
合计	10	24,145.74	33,440.75	合计	20	24,145.74	33,440.75

注：本表反映部门本年度的全部收入支出和年末结转结余情况。
7行＝（1+2+3+4+5+6）行；10行＝（7+8+9）行；17行＝（11+12+13）行；20行＝（17+18+19）行。

公共预算收入决算表

公开02表

编制单位：中国作家协会　　　　　　　　　　　　　　金额单位：万元

项目		本年收入合计	财政拨款收入	事业收入	经营收入	其他收入
支出功能分类科目编码	科目名称					
类 款 项	栏次	1	2	3	4	5
	合计	26,687.25	20,714.25	3,064.23	197.86	2,710.90
207	文化体育与传媒	25,388.31	19,426.37	3,056.39	197.86	2,707.69
20701	文化	18,741.45	15,343.65	629.78	197.86	2,570.15
2070101	行政运行	2,019.12	1,115.68			903.44
2070102	一般行政管理事务	2,438.53	2,423.44			15.09
2070103	机关服务	612.65	23.11	509.77		79.78
2070105	文化展示及纪念机构	6,721.32	6,438.02		197.86	85.43
2070110	文化交流与合作	382.97	382.97			
2070111	文化创作与保护	5,768.43	4,700.43			1,068.00
2070199	其他文化支出	798.43	260.00	120.01		418.42
20705	新闻出版	3,941.86	1,477.72	2,426.61		37.53
2070505	出版发行	3,941.86	1,477.72	2,426.61		37.53
20799	其他文化体育与传媒支出	2,705.00	2,605.00			100.00
2079902	宣传文化发展专项支出	405.00	305.00			100.00
2079999	其他文化体育与传媒支出	2,300.00	2,300.00			
208	社会保障和就业	732.88	732.88			
20805	行政事业单位离退休	732.88	732.88			
2080501	归口管理的行政单位离退休	632.08	632.08			
2080503	离退休人员管理机构	100.80	100.80			
221	住房保障支出	566.05	555.00	7.84		3.21
22102	住房改革支出	566.05	555.00	7.84		3.21
2210201	住房公积金	313.77	305.00	7.84		0.94
2210202	提租补贴	70.00	70.00			
2210203	购房补贴	182.28	180.00			2.28

注：1栏=（2+3+4+5）栏

公共预算支出决算表

公开03表

编制单位：中国作家协会　　　　　　　　　　　　　　金额单位：万元

项目		本年支出合计	基本支出	项目支出	经营支出
支出功能分类科目编码	科目名称				
类 款 项	栏次	1	2	3	4
	合计	25,552.75	7,544.00	17,836.01	172.74
207	文化体育与传媒	24,157.80	6,149.05	17,836.01	172.74
20701	文化	17,525.30	4,023.36	13,329.19	172.74
2070101	行政运行	1,353.66	1,353.66		
2070102	一般行政管理事务	2,458.33		2,458.33	
2070103	机关服务	644.44	644.44		
2070105	文化展示及纪念机构	6,138.06	797.45	5,167.87	172.74
2070110	文化交流与合作	370.82		370.82	
2070111	文化创作与保护	5,824.94	752.76	5,072.18	
2070199	其他文化支出	735.05	475.05	260.00	
20705	新闻出版	3,927.50	2,125.68	1,801.81	
2070505	出版发行	3,927.50	2,125.68	1,801.81	
20799	其他文化体育与传媒支出	2,705.00		2,705.00	
2079902	宣传文化发展专项支出	405.00		405.00	
2079999	其他文化体育与传媒支出	2,300.00		2,300.00	
208	社会保障和就业	732.88	732.88		
20805	行政事业单位离退休	732.88	732.88		
2080501	归口管理的行政单位离退休	632.08	632.08		
2080503	离退休人员管理机构	100.80	100.80		
221	住房保障支出	662.07	662.07		
22102	住房改革支出	662.07	662.07		
2210201	住房公积金	333.91	333.91		
2210202	提租补贴	69.52	69.52		
2210203	购房补贴	258.63	258.63		

注：1栏=（2+3+4）栏

公共预算财政拨款支出决算表

公开04表

编制单位：中国作家协会 金额单位：万元

项目		本年支出		
支出功能分类科目编码	科目名称	合计	基本支出	项目支出
类 款 项	栏次	1	2	3
	合计	20,265.11	4,389.25	15,875.86
207	文化体育与传媒	18,924.82	3,048.96	15,875.86
20701	文化	14,815.42	2,571.24	12,244.18
2070101	行政运行	1,115.68	1,115.68	
2070102	一般行政管理事务	2,430.35		2,430.35
2070103	机关服务	23.11	23.11	
2070105	文化展示及纪念机构	5,879.89	712.02	5,167.87
2070110	文化交流与合作	370.82		370.82
2070111	文化创作与保护	4,735.58	720.43	4,015.15
2070199	其他文化支出	260.00		260.00
20705	新闻出版	1,504.39	477.72	1,026.67
2070505	出版发行	1,504.39	477.72	1,026.67
20799	其他文化体育与传媒支出	2,605.00		2,605.00
2079902	宣传文化发展专项支出	305.00		305.00
2079999	其他文化体育与传媒支出	2,300.00		2,300.00
208	社会保障和就业	732.88	732.88	
20805	行政事业单位离退休	732.88	732.88	
2080501	归口管理的行政单位离退休	632.08	632.08	
2080503	离退休人员管理机构	100.80	100.80	
221	住房保障支出	607.41	607.41	
22102	住房改革支出	607.41	607.41	
2210201	住房公积金	325.14	325.14	
2210202	提租补贴	69.52	69.52	
2210203	购房补贴	212.75	212.75	

注：1栏=（2+3）栏

政府性基金预算收入支出决算表

公开05表

编制单位：中国作家协会 金额单位：万元

科目编码	科目名称(项目)	上年结转和结余	本年收入	本年支出			年末结转和结余
				合计	基本支出	项目支出	
类 款 项	栏次	1	2	3	4	5	6
	合计						

注：本表反映部门本年度政府性基金预算实际收入支出及结转和结余情况。

6栏=（1+2-3）栏；3栏=（4+5）栏。

说明：中国作家协会没有政府性基金收入，也没有使用政府性基金安排的支出，故本表无数据。

“三公”经费公共预算财政拨款支出决算表

公开06表

编制单位：中国作家协会　　　　单位：万元

2013年预算数						2013年决算数					
合计	因公出国（境）费	公务用车购置及运行费			公务接待费	合计	因公出国（境）费	公务用车购置及运行费			公务接待费
		小计	公务用车购置费	公务用车运行费				小计	公务用车购置费	公务用车运行费	
1	2	3	4	5	6	7	8	9	10	11	12
633.42	337.00	183.42	18.00	165.42	113.00	626.81	330.39	183.42	18.00	165.42	113.00

注：2013年度预算数为“三公”经费财政拨款年初预算数，决算数是包括当年财政拨款预算和以前年度结转结余资金安排的实际支出。

1栏＝（2+3+6）栏；3栏＝（4+5）栏；7栏＝（8+9+12）栏；9栏＝（10+11）栏。

第三部分　中国作家协会2013年部门决算情况说明

一、2013年公共预算收支总体情况说明

（一）收入总体情况

中国作家协会2013年资金来源分别是：财政拨款、事业收入、经营收入、其他收入、用事业基金弥补收支差额、上年结转和结余。

本年收入合计33440.75万元，比年初预算24145.74万元增加9295.01万元，增长38.5%；比上年收入合计28587.39万元增加4853.36万元，增长16.98%。增长的主要原因是财政拨款中一次性的项目经费比上年有所增长，另外年末结转资金同比增长较多。

1.财政拨款收入

此项本年收入20714.25万元，此项是中国作协本级及所属事业单位本年从中央财政取得的资金，比上年增加3389.98万元，增长19.57%，其中：

文化体育与传媒（类）19426.37万元，比上年增长19.97%，主要原因是财政部给中国作协本级追加基建支出3226万元用于中国现代文学馆二期工程。

社会保障和就业（类）732.88万元，比上年增长15.02%，主要原因是中国作协本级因退休人员增加而追加部分人员经费。

住房保障支出（类）555万元，比上年增长10.81%，主要原因是因以前年度住房改革支出的结转资金逐年递减，所以本年财政拨款同比略有增加。

2.事业收入

此项本年收入3064.23万元，此项收入是中国作协所属事业单位开展专业业务活动及辅助活动所取得的收入，如出版发行和广告收入、宣传展览和场馆收入、后勤服务和保障收入等。比上年增加178.26万元，增长6.18%，其中：

文化体育与传媒（类）3056.39万元，比上年增长5.91%，主要原因是增加1个事业单位的其他文化收入。

住房保障支出（类）7.84万元，上年无此收入，主要原因是部分事业单位用事业收入弥补

此项支出财政拨款不足部分。

3.经营收入

此项本年收入197.86万元，此项收入是中国作协所属事业单位在专业业务活动及辅助活动之外开展非独立核算经营活动取得的收入，如场租会议服务收入等。其中：

文化体育与传媒（类）197.86万元，上年无此收入，主要原因是中国作协所属中国现代文学馆有一些场租和会议服务收入。

4.其他收入

此项本年收入2710.9万元，此项收入是中国作协本级及所属事业单位在财政拨款、事业收入、经营收入之外取得的收入，如投资收益、固定资产出租收入、利息收入和捐赠收入等。其中：

文化体育与传媒（类）2707.69万元，比上年下降11.27%，主要是中国现代文学馆上年此项收入较多，而本年收入下降。

住房保障支出（类）3.21万元，比上年增长16.30%，主要是部分事业单位用其他收入弥补此项支出财政拨款不足部分。

5.用事业基金弥补收支差额

本年用事业基金弥补收支差额61.24万元，此项是中国作协所属事业单位在当年的财政拨款、事业收入、经营收入和其他收入不足以安排当年支出的情况下，按规定使用以前年度积累的事业基金弥补当年收支缺口的资金。本年比上年增加6.31万元，增长11.49%，主要是部分事业单位因事业收入、其他收入等下降，使用事业基金弥补的金额略增。

6.上年结转和结余

上年结转和结余6692.27万元，系中国作协本级及所属事业单位以前年度结转到本年仍按原规定用途继续使用的资金。本年比上年增加1454.22万元，增长27.76%，主要是上年基建工程没有完工导致结转资金增多。

（二）支出总体情况

中国作家协会2013年支出包括：文化体育与传媒支出、社会保障和就业支出、住房保障支出。收支相抵后的资金全部转入结余分配和年末结转和结余。

本年支出25552.75万元，比年初预算24145.74万元增加1407.01万元，增长5.83%；比上年支出22152.84万元增加3399.91万元，增长15.35%。其中：基本支出7544万元，占总支出的29.52%，比上年7456.94万元增加87.06万元，增长1.17%；项目支出17836.01万元，占总支出的69.80%，比上年14695.89万元增加3140.12万元，增长21.37%；经营支出172.74万元，占总支出的0.68%，上年无此支出。支出增长的主要原因是中国现代文学馆二期工程基建支出同比增加2840.5万元。

1.文化体育与传媒支出

此项本年支出24157.80万元，其中：基本支出6149.05万元，同比增长1.08%，主要用于中国作协本级及所属事业单位的基本支出；项目支出17836.01万元，同比增长21.37%，主要用于中国作协本级及所属单位围绕繁荣文学事业而开展的各种项目支出。

2.社会保障和就业支出

此项本年支出732.88万元，全部是基本支出，同比增长9.86%，主要用于中国作协本级归口管理的离退休人员和离退休人员管理机构的基本支出。

3.住房保障支出

此项本年支出706.51万元，同比下降6.29%，全部是基本支出，主要用于中国作协本级及所属事业单位按照国家政策规定向职工发放的住房公积金、提租补贴和购房补贴支出。

4.结余分配

本年结余分配160.42万元，主要是中国作协所属事业单位按规定提取的事业基金和职工福利基金。本年较上年增加135.48万元，同比增长543.22%，主要是中国作协所属事业单位结余分配同比略有增加。

5.年末结转和结余

本年年末结转和结余7727.59万元，主要是中国作协本级及所属事业单位按有关规定结转到下年或以后年度继续使用的资金。本年较上年增加1035.32万元，同比增长15.47%，主要是中国作协本级及所属事业单位因各项收入增加导致年末结转和结余资金同比增加。

二、2013年公共预算财政拨款支出情况说明

（一）财政拨款决算总体情况

本年财政拨款收入20714.25万元，占本年收入的77.62%。其中：基本支出收入4336.84万元，占财政拨款收入的20.94%；项目支出收入16377.41万元，占财政拨款收入的79.06%。财政拨款收入年末决算比年初预算15788.81万元增加4925.44万元，增长了31.20%。增加的原因是财政部追加基建支出用于中国现代文学馆二期工程，追加文化产业发展专项资金用于中国作协所属文化企业改制等因素。

本年财政拨款支出20265.11万元，占本年支出的79.31%。其中：基本支出4389.25万元，占财政拨款支出的21.66%，项目支出15875.86万元，占财政拨款支出的78.34%。财政拨款支出年末决算比年初预算18120.81万元（当年财政拨款支出加上预计动用以前年度财政拨款结转资金）增加2144.3万元，增长了11.83%。基本支出同比持平，项目支出同比增加4236.32万元，增长36.4%，增加的原因是财政拨款中一次性的项目经费（包括中国现代文学馆二期基建工程支出）比上年有所增长。

（二）财政拨款支出决算构成情况

中国作家协会2013年部门决算中，财政拨款支出主要用于以下方面：文化体育与传媒支出

18924.82万元，占财政拨款支出的93.39%；社会保障和就业支出732.88万元，占财政拨款支出的3.61%；住房保障支出607.41万元，占财政拨款支出的3%。

（三）财政拨款支出具体情况

1.文化体育与传媒（类）文化（款）行政运行（项）。本年财政拨款支出预算1115.68万元，决算1115.68万元，决算与预算相同。上年支出1077.14万元，同比增加38.54万元，同比增长3.58%，此项经费主要用于中国作协本级的基本支出。

2.文化体育与传媒（类）文化（款）一般行政管理事务（项）。本年财政拨款支出预算2636.26万元，决算2430.35万元，决算比预算减少205.91万元，下降7.81%。上年支出2708.44万元，同比减少278.09万元，下降10.27%，此项经费主要用于中国作协本级组织作家深入生活等经常性项目支出。

3.文化体育与传媒（类）文化（款）机关服务（项）。本年财政拨款支出预算23.11万元，决算23.11万元，决算与预算相同。上年支出23.11万元，同比持平。此项经费主要用于中国作协本级后勤服务人员的基本支出。

4.文化体育与传媒（类）文化（款）文化展示及纪念机构（项）。本年财政拨款支出预算3422.02万元，决算5879.89万元，决算比预算增加2457.87万元，增长71.83%。上年支出2284.13万元，同比增加3595.76万元，增长157.42%。此项经费主要用于中国现代文学馆的基本支出和文学研究等项目支出，本年支出增长的原因是中国现代文学馆二期工程基建支出。

5.文化体育与传媒（类）文化（款）文化交流与合作（项）。本年财政拨款支出预算382.97万元，决算370.82万元，决算比预算减少12.15万元，下降3.17%。上年支出421.36万元，同比减少50.54万元，下降11.99%。此项经费主要用于中国作协本级组织各地作家进行对外文学交流等项目支出。

6.文化体育与传媒（类）文化（款）文化创作与保护（项）。本年财政拨款支出预算7120.43万元，决算4735.58万元，决算比预算减少2384.85万元，下降33.49%。上年支出4127.35万元，同比增加608.23万元，增长14.74%。此项经费主要用于中国作协所属鲁迅文学院和创作研究部两个单位的基本支出、中国作协本级重点作品扶持等项目支出以及鲁迅文学院举办中青年作家高研班等项目支出。

7.文化体育与传媒（类）文化（款）其他文化支出（项）。本年财政拨款支出预算280万元，决算260万元，决算比预算减少20万元，下降7.14%。上年支出280万元，同比减少20万元，下降7.14%。此项经费主要用于中国作协所属报刊社举办文学活动的项目支出。

8.文化体育与传媒（类）新闻出版（款）出版发行（项）。本年财政拨款支出预算1477.72万元，决算1504.39万元，决算比预算增加26.67万元，增长1.8%。上年支出1373.80万元，同比增加130.59万元，增长9.51%。此项经费主要用于中国作协所属报刊社的基本支出和出版《民族文学》汉、蒙、藏、维、哈、朝文版本等项目支出。

9.文化体育与传媒（类）其他文化体育与传媒支出（款）宣传文化发展专项支出（项）。本年财政拨款支出预算305万元，决算305万元，决算与预算相同。上年支出354.64万元，同比减少49.64万元，下降14%。此项经费主要用于中国作协所属中国作家出版集团举办文学活动的项目支出。

10.文化体育与传媒（类）其他文化体育与传媒支出（款）其他文化体育与传媒支出（项）。本年财政拨款年初预算未安排，实际执行中申请追加了2300万元，决算2300万元。上年支出2000万元，同比增加300万元，增长15%。此项经费主要用于中国作家出版集团所属文化改制企业所需的文化产业发展专项资金支出。

11.社会保障和就业（类）行政事业单位离退休（款）归口管理的行政单位离退休（项）。本年财政拨款支出预算559.82万元，决算632.08万元，决算比预算增加72.26万元，增长12.91%。上年支出565.74万元，同比增加66.34万元，增长11.73%。此项经费主要用于中国作协本级离退休人员的基本支出。

12.社会保障和就业（类）行政事业单位离退休（款）离退休人员管理机构（项）。本年财政拨款支出预算100.8万元，决算100.8万元，决算与预算相同。上年支出71.44万元，同比增加29.36万元，增长41.1%。此项经费主要用于中国作协本级离退休人员管理机构的基本支出。

13.住房保障支出（类）住房改革支出（款）住房公积金（项）。本年财政拨款支出预算334万元，决算325.14万元，决算比预算减少8.86万元，下降2.65%。上年支出298.51万元，同比增加26.63万元，增长8.92%。此项经费主要用于中国作协本级及所属事业单位的住房公积金支出。

14.住房保障支出（类）住房改革支出（款）提租补贴（项）。本年财政拨款预算86万元，决算69.52万元，决算比预算减少16.48万元，下降19.16%。上年支出68.98万元，同比增加0.54万元，增长0.78%。此项经费主要用于中国作协本级及所属事业单位的提租补贴支出。

15.住房保障支出（类）住房改革支出（款）购房补贴（项）。本年财政拨款预算277万元，决算212.75万元，决算比预算减少64.25万元，下降23.19%。上年支出339.02万元，同比减少126.27万元，下降37.25%。此项经费主要用于中国作协本级及所属预算单位的购房补贴支出。

三、2013年“三公”经费公共预算财政拨款支出情况说明

中国作家协会2013年“三公”经费预算总数633.42万元，其中：出国（境）费337万元；车辆购置及运行费183.42万元；公务接待费113万元，本年决算总数626.81万元，其中：出国（境）费330.39万元；车辆购置及运行费183.42 万元；公务接待费113万元。“三公”经费支出决算数比预算下降6.61万元，下降1.04%，其中因公出国（境）费比预算下降6.61万元，公务用车购置及运行维护费同预算一样，公务接待费同预算一样。中国作协认真贯彻落实中央关于厉行节约的各项要求，从严控制“三公”经费开支，继续保持“三公”经费稳中有降的趋势。

中国作家协会是个人民团体，出国费主要用于组织全国各地知名作家出国进行对外文学交流活动，接待费大部分用于接待国外来访的作家而支出的，中国作协党组书记处同志全年都没有安排国内来宾的公务宴请。本年中国作协组织出访团组25个，出访作家人次160人次。需要说明的是，中国作协本级因公出访多为外事翻译人员。中国作协及所属单位公务用车保有量为47辆，其中本年因旧车报废新增1辆。

第四部分　名词解释

一、财政拨款收入：中央财政当年拨付的资金。

二、事业收入：事业单位开展专项业务活动及辅助活动所取得的收入，如中国作协所属事业单位报刊发行收入、后勤服务收入、鲁迅文学院函授教学收入等。

三、经营收入：指事业单位在专业业务活动及其辅助活动之外开展非独立核算经营活动取得的收入。

四、其他收入：除“财政拨款收入”、“事业收入”、“事业单位经营收入”等以外的收入，主要是指利息收入、其他部门拨款、按规定动用的售房款收入等。

五、用事业基金弥补收支差额：指事业单位在当年的“财政拨款收入”、“财政拨款结转和结余资金”、“事业收入”、“经营收入”、“其他收入”不足以安排当年支出的情况下，使用以前年度积累的事业基金（事业单位当年收支相抵后按国家规定提取、用于弥补以后年度收支差额的基金）弥补本年度收支缺口的资金。

六、上年结转：指以前年度尚未完成、结转到本年仍按原规定用途继续使用的资金。

七、文化体育与传媒（类）文化（款）行政运行（项）：指中国作协本级行政人员工资及机构正常运转、履行职责所需的基本支出。

八、文化体育与传媒（类）文化（款）一般行政管理事务（项）：指中国作协本级组织作家深入生活等各项支出。

九、文化体育与传媒（类）文化（款）机关服务（项）：指中国作协本级后勤人员工资支出。

十、文化体育与传媒（类）文化（款）文化展示及纪念机构（项）：指中国现代文学馆人员工资支出、公用支出、中国现代文学馆设备改造及运行所需的各项支出。

十一、文化体育与传媒（类）文化（款）文化交流与合作（项）：指中国作协本级组织作家对外交流所需的各项支出。

十二、文化体育与传媒（类）文化（款）文化创作与保护（项）：指中国作协本级及所属单位开展扶持文学创作活动和鲁迅文学院开展教学活动所需的各项支出。

十三、文化体育与传媒（类）新闻出版（款）出版发行（项）：主要指中国作协所属报刊社出版发行的相关支出。

十四、文化体育与传媒（类）其他文化体育与传媒支出（款）宣传文化发展专项支出（项）：主要指中国作家出版集团按规定使用的宣传文化发展专项支出。

十五、社会保障和就业（类）行政事业单位离退休（款）归口管理的行政单位离退休（项）：主要用于中国作协本级离退休人员离退休费和公用支出。

十六、社会保障和就业（类）行政事业单位离退休（款）离退休人员管理机构（项）：指用于中国作协离退休人员管理机构人员支出和公用支出。

十七、住房保障支出（类）住房改革支出（款）住房公积金（项）：指按照《住房公积金管理条例》和其他相关规定，由单位及其在职职工以职工工资为缴存基数，分别按照一定比例缴存的长期住房储金。行政单位缴存基数包括国家统一规定的公务员职务工资、级别工资、机关工人岗位工资和技术等级（职务）工资、年终一次性奖金、特殊岗位津贴、规范后发放的工作性津贴和生活性补贴等；事业单位缴存基数包括国家统一规定的岗位工资、薪级工资、绩效工资、特殊岗位津贴等。单位和职工住房公积金缴存比例均不得低于5%，不得高于12%。

十八、住房保障支出（类）住房改革支出（款）提租补贴（项）：指按照国家有关政策规定，自2000年开始，针对在京中央单位职工因公有住房租金标准提高发放的补贴，中央在京单位按照在编职工人数和离退休人数以及相应职级的补贴标准确定，人均月补贴90元。

十九、住房保障支出（类）住房改革支出（款）购房补贴（项）：是根据《国务院关于进一步深化城镇住房制度改革加快住房建设的通知》（国发[1998]23号）的规定，从1998年下半年停止实物分房后，房价收入比超过4 倍以上地区对无房和住房未达标职工发放的住房货币化改革补贴资金。中央行政事业单位从2000年开始发放购房补贴资金，地方行政事业单位从1999年陆续开始发放购房补贴资金，企业根据本单位情况自行确定。在京中央单位按照《中共中央办公厅国务院办公厅转发建设部等单位〈关于完善在京中央和国家机关住房制度的若干意见〉的通知》（厅字[2005]8号）规定的标准执行，京外中央单位按照所在地人民政府住房分配货币化改革的政策规定和标准执行。

二十、结余分配：指事业单位按规定提取的职工福利基金、事业基金和缴纳的所得税，以及建设单位按规定应交回的基本建设竣工项目结余资金。

二十一、年末结转和结余：指以前年度预算安排，由于客观原因发生变化无法按原计划实施，需延迟到以后年度按原规定用途继续使用的资金。

二十二、基本支出：为保证机构正常运转，完成日常工作任务而发生的人员支出和公用支出。

二十三、项目支出：指在基本支出之外，为完成特定行政任务和发展目标所发生的支出。

二十四、“三公”经费：纳入中央财政预决算管理的“三公经费”，是指中央部门用财政拨款安排的因公出国（境）费、公务用车购置及运行费和公务接待费。其中，因公出国（境）费反映单位公务出国（境）的住宿费、旅费、伙食补助费、杂费、培训费等支出；公务用车购置及运行费反映单位公务用车购置费及租用费、燃料费、维修费、过路过桥费、保险费、安全奖励费用等支出；公务接待费反映单位按规定开支的各类公务接待（含外宾接待）支出。

第六届鲁迅文学奖提名作品目录

（以作者、译者姓氏笔画为序）

中篇小说奖提名作品

终将远去　王　凯

漫水　王跃文

白猫　东　紫

白杨木的春天　吕　新

龙舟　林那北

邮递员　界　愚

从正午开始的黄昏　胡学文

隐身衣　格　非

美丽的日子　滕肖澜

个人和村庄　潘　灵

短篇小说奖提名作品

俄罗斯陆军腰带　马晓丽

我的帐篷里有平安　叶　舟

香炉山　叶　弥

四个穆萨　李进祥

良宵　张　楚

怡保之夜　陈　河

老桂家的鱼　南　翔

如果大雪封门　徐则臣

瓜子　黄咏梅

光辉岁月　笛　安

报告文学奖提名作品

低天空：珠江三角洲女工的痛与爱	丁　燕
粮道	任林举
毛乌素绿色传奇	肖亦农
瞻对：两百年康巴传奇	阿　来
命脉：中国水利调查	陈启文
南渡北归	岳　南
白老虎：中国大蒜行业内幕揭秘	赵德发
中国民办教育调查	铁流、徐锦庚
底色	徐怀中
中国新生代农民工	黄传会

诗歌奖提名作品

个人史	大　解
浊酒杯	卢卫平
傍晚的三种事物	江　非
潜行之光	池凌云
无限事	李元胜
将进茶——周啸天诗词选	周啸天
散文诗六重奏	耿林莽
忧伤的黑麋鹿	海　男
整理石头	阎　安
渴死的水	樊忠慰

散文杂文奖提名作品

在新疆	刘亮程
疏离的神情：万松浦讲稿	张　炜
忽然想到	陈四益
巨鲸歌唱	周晓枫
回鹿山	侯健飞
父亲的雪山　母亲的草地	贺捷生
洗尘	梁　衡
原野上的原野	鲍尔吉·原野

匿名者　塞　壬
先前的风气　穆　涛

文学理论评论奖提名作品

作品	作者
“分化期”儿童文学研究	朱自强
中国新诗编年史	刘福春
重申“新文学”的理想	李云雷
当代诗歌的断裂与成长：从“诵读”到“视读”	张　江
穿越尘埃与冰雪——当代诗歌观察笔记	张清华
中国当代文学中沈从文传统的回响 ——《活着》《秦腔》《天香》和这个传统的不同部分的对话	张新颖
文学革命终结之后——新世纪文学论稿	孟繁华
建设性姿态下的精神重建	贺绍俊
谁也管不住说话这张嘴	程德培
陶渊明的幽灵	鲁枢元

文学翻译奖提名作品	译　者
有色人民——回忆录	王家湘
爱达或爱欲	韦清琦
然而，很美：爵士乐之书	孔亚雷
披头士	宁　蒙
布罗岱克的报告	刘　方
纳粹与理发师	安　尼
神圣的贫困	余志远
骗局的辉煌落幕	赵　清
人民的风	赵振江
上海，远在何方？	韩瑞祥

中国作协少数民族文学发展工程2014年度翻译出版扶持专项民译汉作品篇目

中国作协少数民族文学发展工程2014年度翻译出版民译汉专项，共收到符合规定的推荐作品24部。经中国作协少数民族文学发展工程办公室组织专 家论证、投票后，确定扶持作品10

部。其中，蒙古文作品2部、藏文作品2部、维吾尔文作品3部、哈萨克文作品1部、朝鲜文作品2部。现予公布。

作品名	语种	作者	译者	推荐单位
《遥远的大漠》	蒙古文	巴尔木德·乌兰夫	朵日娜	内蒙古作协
《诗的光影》	蒙古文	噶·额尔敦毕力格	照日格图	内蒙古作协
《子弹征服野兽》	哈萨克文	乌玛尔哈孜·艾坦	哈依夏·塔巴热克	新疆作协
《往事》	维吾尔文	哈丽旦·斯拉音	巴赫提亚·巴吾东	新疆作协
《爱的倾诉》	维吾尔文	阿拉提·阿斯木	郭永瑛	新疆作协
《唱不完的歌——铁依甫江·艾里尤夫诗选》	维吾尔文	铁依甫江·艾里尤夫	艾克拜尔·吾拉木	新疆作协
《泪洒图们江》	朝鲜文	崔红一	成龙哲	延边作协
《彼岸在何处》	朝鲜文	许莲顺	金莲兰	延边作协
《卓玛的梦——拉先加中篇小说集》	藏文	拉先加	索南多杰	青海作协
《山那边》	藏文	龙本才让	华多太	青海作协

中国作协少数民族文学发展工程办公室

2014年8月11日

第六届鲁迅文学奖实名投票情况表

第六届鲁迅文学奖中篇小说奖实名投票情况													
编号	作品名称	作者	票数	李存葆	阎晶明	王春林	牛玉秋	白烨	孙甘露	李东华	李掖平	陈晓明	崔艾真
1	邮递员	畀愚	0										
2	白猫	东紫	1								★		
3	隐身衣	格非	10	★	★	★	★	★	★	★	★	★	★
4	从正午开始的黄昏	胡学文	8		★	★	★		★	★	★	★	★
5	龙舟	林那北	3					★	★			★	
6	白杨木的春天	吕新	9	★	★	★	★	★	★	★	★	★	
7	一个人和村庄	潘灵	0										

8	美丽的日子	滕肖澜	9	★	★	★	★	★	★	★		★	★
9	终将远去	王凯	2	★									★
10	漫水	王跃文	8	★	★	★	★	★		★	★		★

第六届鲁迅文学奖短篇小说奖实名投票情况

编号	作品名称	作者	票数	李敬泽	周大新	何弘	李洱	肖惊鸿	张柠	陈福民	罗勇	郎伟	郭艳	黄发有
1	怡保之夜	陈河	0											
2	光辉岁月	笛安	0											
3	瓜子	黄咏梅	4						★	★	★			★
4	四个穆萨	李进祥	1									★		
5	俄罗斯陆军腰带	马晓丽	11	★	★	★	★	★	★	★	★	★	★	★
6	老桂家的鱼	南翔	0											
7	如果大雪封门	徐则臣	11	★	★	★	★	★	★	★	★	★	★	★
8	香炉山	叶弥	10	★	★	★	★	★	★		★	★	★	★
9	我的帐篷里有平安	叶舟	10	★	★	★	★	★		★	★	★	★	★
10	良宵	张楚	8	★	★	★	★	★	★	★			★	

第六届鲁迅文学奖报告文学奖实名投票情况

编号	作品名称	作者	票数	何建明	梁鸿鹰	丁晓原	马步升	白铁民	邢军纪	李青松	李朝全	范咏戈	贺仲明	黄济人
1	瞻对——两百年康巴传奇	阿来	0											
2	命脉：中国水利调查	陈启文	3			★	★						★	

3	低天空：珠江三角洲女工的痛与爱	丁燕	0											
4	中国新生代农民工	黄传会	11	★	★	★	★	★	★	★	★	★	★	★
5	粮道	任林举	11	★	★	★	★	★	★	★	★	★	★	★
6	中国民办教育调查	铁流、徐锦庚	11	★	★	★	★	★	★	★	★	★	★	★
7	毛乌素绿色传奇	肖亦农	11	★	★	★	★	★	★	★	★	★	★	★
8	底色	徐怀中	8	★	★			★	★	★	★	★		★
9	南渡北归	岳南	0											
10	白老虎	赵德发	0											

第六届鲁迅文学奖诗歌奖实名投票情况														
编号	作品名称	作者	票数	高洪波	陈崎嵘	包明德	李小雨	林雪	郁葱	罗振亚	荣荣	雷平阳	褚水敖	霍俊明
1	潜行之光	池凌云	0											
2	个人史	大解	11	★	★	★	★	★	★	★	★	★	★	★
3	渴死的水	樊忠慰	0											
4	散文诗六重奏	耿林莽	0											
5	忧伤的黑麋鹿	海男	11	★	★	★	★	★	★	★	★	★	★	★
6	傍晚的三种事物	江非	0											
7	无限事	李元胜	9			★	★	★	★	★	★	★	★	★
8	浊酒杯	卢卫平	4	★	★		★	★						
9	整理石头	阎安	11	★	★	★	★	★	★	★	★	★	★	★
10	将进茶——周啸天诗词选	周啸天	9	★	★	★			★	★	★	★	★	★

第六届鲁迅文学奖散文杂文奖实名投票情况														
编号	作品名称	作者	票数	张胜友	彭学明	王力平	布仁巴雅尔	冯秋子	朱向前	李舫	李一鸣	郑彦英	彭程	谢有顺
1	原野上的原野	鲍尔吉·原野	0											
2	忽然想到	陈四益	0											
3	父亲的雪山 母亲的草地	贺捷生	11	★	★	★	★	★	★	★	★	★	★	★
4	回鹿山	侯健飞	8	★	★	★	★		★		★	★	★	
5	洗尘	梁衡	4					★		★		★	★	
6	在新疆	刘亮程	11	★	★	★	★	★	★	★	★	★	★	★
7	先前的风气	穆涛	9	★		★	★	★	★	★		★	★	★
8	匿名者	塞壬	1											★
9	疏离的神情：万松浦讲稿	张炜	2		★						★			
10	巨鲸歌唱	周晓枫	9	★	★	★	★	★	★	★	★			★

第六届鲁迅文学奖文学理论评论奖实名投票情况														
编号	作品名称	作者	票数	廖奔	吴秉杰	何向阳	王鸿生	刘玉琴	李国平	汪政	汪守德	施战军	钱念孙	凌宇
1	谁也管不住说话这张嘴	程德培	10	★	★	★	★	★		★	★	★	★	★
2	建设性姿态下的精神重建	贺绍俊	8		★	★	★	★	★	★	★	★		
3	重申“新文学”的理想	李云雷	2	★							★			
4	中国新诗编年史	刘福春	2										★	★
5	陶渊明的幽灵	鲁枢元	11	★	★	★	★	★	★	★	★	★	★	★

6	文学革命终结之后——新世纪文学论稿	孟繁华	11	★	★	★	★	★	★	★	★	★	★	★
7	当代诗歌的断裂与成长：从“诵读”到“视读”	张江	0											
8	穿越尘埃与冰雪——当代诗歌观察笔记	张清华	1						★					
9	中国当代文学中沈从文传统的回响——《活着》《秦腔》《天香》和这个传统的不同部分的对话	张新颖	10	★	★	★	★	★	★	★		★	★	★
10	“分化期”儿童文学研究	朱自强	0											

第六届鲁迅文学奖文学翻译奖实名投票情况														
编号	作品名称	译者	票数	陈众议	白庚胜	刘宪平	刘学慧	刘雪岚	吴岳添	陈正发	张冲	罗国祥	罗选民	袁伟
1	纳粹与理发师	安尼	3					★					★	★
2	上海，远在何方？	韩瑞祥	8	★	★	★	★		★	★	★	★		
3	然而，很美：爵士乐之书	孔亚雷	5			★	★	★		★				★
4	布罗岱克的报告	刘方	9	★	★	★	★		★	★	★	★	★	
5	披头士	宁蒙	0											
6	有色人民——回忆录	王家湘	8	★	★		★		★	★	★	★	★	
7	爱达或爱欲	韦清琦	3				★	★						★
8	神圣的贫困	余志远	6	★	★	★		★			★			★
9	骗局的辉煌落幕	赵清	3						★			★	★	
10	人民的风	赵振江	10	★	★	★		★	★	★	★	★	★	★

第六届鲁迅文学奖文学翻译奖附加投票情况														
编号	作品名称	译者	票数	陈众议	白庚胜	刘宪平	刘学慧	刘雪岚	吴岳添	陈正发	张冲	罗国祥	罗选民	袁伟
1	然而，很美：爵士乐之书	孔亚雷	6			★	★	★			★		★	★
2	神圣的贫困	余志远	5	★	★				★	★		★		

第六届鲁迅文学奖各评奖委员会名单

第六届鲁迅文学奖中篇小说奖评奖委员会

主　任：李存葆

副主任：阎晶明

委　员（按姓氏笔画为序）：

王春林　牛玉秋　白　烨　孙甘露　李东华　李掖平　陈晓明　崔艾真

第六届鲁迅文学奖短篇小说奖评奖委员会

主 任：李敬泽

副主任：周大新

委　员（按姓氏笔画为序）：

何　弘　李　洱　肖惊鸿　张　柠　陈福民　罗　勇　郎　伟　郭　艳　黄发有

第六届鲁迅文学奖报告文学奖评奖委员会

主　任：何建明

副主任：梁鸿鹰

委　员（按姓氏笔画为序）：

丁晓原　马步升　白铁民　邢军纪　李青松　李朝全　范咏戈　贺仲明　黄济人

第六届鲁迅文学奖诗歌奖评奖委员会

主　任：高洪波

副主任：陈崎嵘

委　员（按姓氏笔画为序）：

包明德　李小雨　林雪郁　葱罗振亚　荣　荣　雷平阳　褚水敖　霍俊明

第六届鲁迅文学奖散文杂文奖评奖委员会

主　任：张胜友

副主任：彭学明

委　员（按姓氏笔画为序）：

王力平　布仁巴雅尔　冯秋子　朱向前　李　舫　李一鸣　郑彦英　彭　程　谢有顺

第六届鲁迅文学奖文学理论评论奖评奖委员会

主　任：廖 奔

副主任：吴秉杰　何向阳

委　员：（按姓氏笔画为序）：

王鸿生　刘玉琴　李国平　汪　政　汪守德　施战军　钱念孙　凌　宇

第六届鲁迅文学奖文学翻译奖评奖委员会

主　任：陈众议

副主任：白庚胜　刘宪平

委　员（按姓氏笔画为序）：

刘学慧　刘雪岚　吴岳添　陈正发　张　冲　罗国祥　罗选民　袁　伟

第六届鲁迅文学奖纪律监察组

组　长：钱小芊

成　员：路　侃　袁越伦　郑苏伊

第六届鲁迅文学奖评奖办公室

主　任：梁鸿鹰　刘宪平

副主任：彭学明　何向阳　赵　宁

第六届（2010—2013）鲁迅文学奖获奖作品名单

（以得票多少为序，得票相同者以发表或出版时间先后为序）

中篇小说奖

《隐身衣》	格　非	《收获》	2012年第3期
		人民文学出版社	2012年5月
《美丽的日子》	滕肖澜	《人民文学》	2010年第5期
《白杨木的春天》	吕　新	《十月》	2010年第6期
《从正午开始的黄昏》	胡学文	《钟山》	2011年第2期
《漫水》	王跃文	《文学界·湖南文学》	2012年第1期

短篇小说奖

《俄罗斯陆军腰带》	马晓丽	《西南军事文学》	2012年第2期
《如果大雪封门》	徐则臣	《收获》	2012年第5期
《香炉山》	叶　弥	《收获》	2010年第2期
《我的帐篷里有平安》	叶　舟	《天涯》	2013年第1期
《良宵》	张　楚	《天涯》	2012年第6期

报告文学奖

《中国新生代农民工》	黄传会	人民文学出版社	2011年7月
《粮道》	任林举	吉林人民出版社	2011年8月
《毛乌素绿色传奇》	肖亦农	远方出版社	2012年3月
		《中国作家·纪实》	2012年第6期
《中国民办教育调查》	铁流、徐锦庚	《中国作家·纪实》	2012年第11期
		作家出版社	2013年3月
《底色》	徐怀中	人民文学出版社	2013年4月

诗歌奖

《整理石头》	阎　安	太白文艺出版社	2013年3月
《个人史》	大　解	长江文艺出版社	2013年12月

《忧伤的黑麋鹿》	海　男	云南人民出版社	2013年12月
《将进茶——周啸天诗词选》	周啸天	天地出版社	2012年3月
《无限事》	李元胜	重庆大学出版社	2012年11月

散文杂文奖

《在新疆》	刘亮程	春风文艺出版社	2012年2月
《父亲的雪山 母亲的草地》	贺捷生	解放军文艺出版社	2013年10月
《先前的风气》	穆　涛	陕西师范大学出版总社	2013年12月
《巨鲸歌唱》	周晓枫	东方出版社	2013年12月
《回鹿山》	侯健飞	人民文学出版社	2012年1月

文学理论评论奖

《文学革命终结之后——新世纪文学论稿》	孟繁华	现代出版社	2012年5月
《陶渊明的幽灵》	鲁枢元	上海文艺出版社	2012年6月
《谁也管不住说话这张嘴》	程德培	上海文艺出版社	2011年7月
《中国当代文学中沈从文传统的回响——〈活着〉〈秦腔〉〈天香〉和这个传统的不同部分的对话》	张新颖	《南方文坛》	2011年第6期
《建设性姿态下的精神重建》	贺绍俊	作家出版社	2012年1月

文学翻译奖

	翻译语种	译者		
《人民的风》 埃尔南德斯（西班牙）	西译汉	赵振江	作家出版社	2011年1月
《布罗岱克的报告》 菲利普·克洛代尔（法国）	法译汉	刘　方	上海译文出版社	2012年8月
《有色人民——回忆录》 小亨利·路易斯·盖茨（美国）	英译汉	王家湘	北京大学出版社	2010年11月
《上海，远在何方？》 乌尔苏拉·克莱谢尔（德国）	德译汉	韩瑞祥	人民文学出版社	2013年9月

第六届鲁迅文学奖评奖办公室公告[2014年]第4号

第六届鲁迅文学奖各评奖委员会对经过公示的提名作品进行了认真评审，于2014年8月11日分别投票表决，产生了七个奖项的获奖作品。现将获奖作品名单、实名投票情况和各评奖委员会、纪律监察组及评奖办公室名单予以公布。

特此公告。

第六届鲁迅文学奖评奖办公室

2014年8月11日

图书在版编目（CIP）数据

2014年中国当代文学年鉴 / 中国现代文学馆，中国当代文学年鉴中心编.
-- 南昌 ：百花洲文艺出版社，2015.8
ISBN 978-7-5500-1466-4

Ⅰ．①2… Ⅱ．①中… ②中… Ⅲ．①中国文学－当代文学－2014－年鉴 Ⅳ．①I206.7-54

中国版本图书馆CIP数据核字(2015)第168541号

2014年中国当代文学年鉴

中国现代文学馆
中国当代文学年鉴中心 编

出版人　姚雪雪
责任编辑　王丰林
美术编辑　彭　威
制　　作　何　丹
出版发行　百花洲文艺出版社
社　　址　南昌市红谷滩新区世贸路898号博能中心A座9楼
邮　　编　330038
经　　销　全国新华书店
印　　刷　江西千叶彩印有限公司
开　　本　16开　印张　45.5
版　　次　2015年8月第1版第1次印刷
字　　数　750千字
书　　号　ISBN 978-7-5500-1466-4
定　　价　78.00元

赣版权登字 05-2015-299

发行电话　0791-86895108
网　　址　http://www.bhzwy.com
图书若有印装错误，影响阅读，可向承印厂联系调换。